Veröffentlichungen
der Deutschen Akademie
für Sprache und Dichtung
Darmstadt
89. Veröffentlichung

Eine Veröffentlichung der
Deutschen Akademie für Sprache und Dichtung
in Verbindung mit dem
Literatur- und Kunstinstitut
Hombroich

Werner Kraft
Wilhelm Lehmann
Briefwechsel
1931 - 1968

Herausgegeben von
Ricarda Dick

Band 1

1931 – 1953

WALLSTEIN VERLAG

Mit freundlicher Unterstützung der Fritz Thyssen-Stiftung, Köln
und der Berthold Leibinger Stiftung, Ditzingen

Inhalt

Werner Kraft – Wilhelm Lehmann. Briefwechsel 1931-1953

Anhang

1. Werner Kraft an Wilhelm Lehmann

Hannover, 28.10.31
Tiestestraße 19

Sehr geehrter Herr,
in der Annahme, daß Ihnen in dieser Zeit der Verlassenheit Zustimmung angenehm ist, möchte ich Ihnen sagen, daß die drei Gedichte, die ich bis heute von Ihnen kenne »Der Gott und die Magd«, »Dezembernacht auf den Feldern«, »Untergehender Dichter« tiefen, nachhaltigen Eindruck auf mich gemacht haben. Daß dieser Eindruck von der künstlerischen Gestaltung kommt, glaube ich daran zu erkennen, daß ich Ihre Erlebnisweise, wohl wegen der tiefen Naturverbundenheit, die mir fehlt, eigentlich als fremd empfinde, daß ich aber deutlich das »Wort« höre, hinter allem Nicht-Verstehen die tragische Grundstimmung, die sich des schlichtesten, härtesten Ausdrucks bedient. Sollten Sie die Liebenswürdigkeit haben, mich auf weitere erschienene Gedichte hinzuweisen, so würden Sie mich sehr erfreuen. Daß Gedichte wie diese offenbar keinen Verleger finden, beleuchtet grell die Lage der Dichtung in diesen Tagen.

Ich bin
mit dem Ausdruck besonderer
Hochachtung
Ihr ergebenster
Dr Werner Kraft

2. Wilhelm Lehmann an Werner Kraft

Eckernförde, 1. November 1931

Sehr geehrter Herr,
Ihr gütiger Brief ist ein so seltenes Geschenk, dass ich kaum weiss, wie ich Ihnen danken soll. Erlauben Sie mir, Ihnen ein paar Verse zu schicken, an die wie an zwei neuere Romane kein heutiger Verleger sein Geld verschwenden will. Sie finden einen Verskreis »Nördlicher Juli« in der »Neuen Rundschau« Maiheft 1929 und eine Reihe von Gedichten in der, schon wieder erloschenen, Zeitschrift »Die Horen«. Leider kann ich Ihnen das betreffende Heft nicht genau nennen, habe ich es doch selbst nicht mehr.

Ihr dankbarlichst ergebener
Wilhelm Lehmann

3. Werner Kraft an Wilhelm Lehmann

Hannover, 21.11.31
Tiestestraße 19

Sehr geehrter Herr Doktor,
ich danke Ihnen sehr für die Übersendung Ihrer drei Gedichte. Inzwischen habe ich mir auch die aus den Horen und der Neuen Rundschau verschafft. Wie mit jedem Gedicht der Eindruck einer magisch anziehenden Fremdheit verstärkt sich mir auch der einer restlosen Originalität von Anschauung und Ausdruck, am stärksten in »Verzweiflung« oder »Der Heilige«. »Mondjubel« ist ein sehr schönes Gedicht, wo die halbgereimte Heine-Strophe der besonderen Mischung aus lyrischem Gefühl und gedanklichem Ernst tief entsprechend ist. Die sehr schönen Schlußverse von »Nördlicher Juli« »Die Rosen ruhen vom Blühen aus« usw habe ich mir ganz einverleibt. Auch den »Bedrängten Seraph« habe ich nun gelesen, doch möchte ich darüber mich nicht äußern, bevor ich Ihre Romane kenne. (Ich besitze ihn seit 15 Jahren in dem Heft des Neuen Merkur, das ich mir damals wegen des Aufsatzes von Walter Benjamin gekauft hatte.)

Hier in Hannover ist jetzt eine neue literarische Gesellschaft begründet, deren Leiter Professor Wilhelm Böhm ist, der Verfasser der bekannten Hölderlin-Biographie. Ich bitte Sie, mir kurz auf einer Karte mitzuteilen, ob Sie bereit wären, aus Ihren Gedichten und Romanen öffentlich vorzulesen. Obwohl mein Einfluß gering ist, würde ich dann in diesem Sinne für Sie zu wirken versuchen. In der hiesigen Stadtbibliothek ist ein sehr schöner Vortragssaal. Für kostenlose Unterkunft würde natürlich gesorgt. Der Herausgeber des Kunstwart, Dr. Rinn, erwähnte neulich in einem Briefe, daß er Sie um eine Auswahl Ihrer Lyrik gebeten habe. Falls Sie es noch nicht getan haben, würde ich Ihnen sehr raten, ihm Gedichte zu schicken. Er scheint sich ernsthaft für Sie zu interessieren.

Ich bin, mit dem Ausdruck
meiner besonderen Hochachtung
Ihr ergebenster
Werner Kraft

4. Wilhelm Lehmann an Werner Kraft

Eckernförde, 27. Nov. 31

Sehr geehrter Herr,
Erneuerten Dank für die liebevolle Aufmerksamkeit, die Sie mir schenken. Zu Ihrem Vorschlag: principiell habe ich nichts gegen eine Vorlesung, ich lese sogar sehr gern. Ich würde zwei Proben aus Romanen, dann ein paar Verse sprechen. Auch lockt, dass Sie von einem »sehr schönen Vortragssaal« melden. Schreiben Sie mir bitte, falls es Ihnen gelingt, mehr Menschen als sich selbst für solchen Abend zu gewinnen. Als Zeit kämen allerdings für mich, den am gewöhnlichen Tag in den Dienst Gebundenen, nur die Ferien in Betracht, wesentlich jetzt also die Zeit zwischen Weihnachten und Neujahr. Des Geschäftlichen wegen lassen Sie gewiss den Vorsitzenden der Gesellschaft selbst am bequemsten mir schreiben.

Ihr ergebener
Wilhelm Lehmann

Im Februar 1928 druckte die ›Neue Rundschau‹ eine Novelle »Verführerin Trösterin« (›der bedrängte Seraph‹ liegt weit zurück). Vielleicht macht sie Ihnen Freude.

5. Werner Kraft an Wilhelm Lehmann

Hannover, 7.12.31
Tiestestraße 19

Sehr geehrter Herr Doktor,
leider wird Ihnen der beiliegende Brief [Nachtrag: Ich lege den Brief von Prof. Böhm doch nicht bei. Auf Sie bezogen sich nur die Worte: »Die spröden aber starken Proben sollen mir Anlaß sein, auf ihn zu merken.« Im übrigen sagte er, daß die Gesellschaft es sich mangels eines Publikums vorläufig nicht leisten könnte, *unbekannte* Talente zu fördern.] – um dessen Rücksendung ich Sie bitte – deutlich machen, wie ergebnislos mein Versuch war. Wie auf allen Gebieten des deutschen Lebens, so fehlt auch hier jedes Einsetzen der ganzen Existenz. Man wirkt für das Halbe und Schlechte, um »später« – die Aufnahmefähigkeit für das Ganze und Gute so zerstört zu haben, daß der gute Vorsatz mit dem schlechten Tun identisch bleibt. Und es gilt Shakespeares gewaltiges Wort: »Wahrheit ist ein Hund, der ins Loch gesperrt wird, indes Madame Schoßhündin am Feuer stehn und stinken darf.«

Aber Sie dürfen als Ersatz für einen Ruhm, den Sie in »Untergehender Dichter« so ergreifend verworfen haben, stolz den Trost annehmen, den Sie in Ihrem Sein finden und der Fähigkeit, es in Sprache umzusetzen. Dies zu sagen fühle ich mich berechtigt, denn ich habe inzwischen »Weingott«, »Der Sturz auf die Erde« und »Verführerin, Trösterin« gelesen, und ich darf wohl sagen, daß ich nichts mehr, was von Ihnen kommt, zu lesen versäumen werde. »Weingott« hat mich geradezu berauscht, und obwohl ich noch keine Distanz des Urteils zu Ihren Schöpfungen habe und darum eigentlich schweigen müßte, möchte ich Ihnen doch sagen, daß alles gerade mir Fremde in Ihrem tiefsten Wesen sich angesichts solcher Wärme und Weite des Blicks, angesichts solcher milden Kraft in ein beinahe Vertrauliches gelöst hat, vor dem ich selbst erstaune. Um von Einzelnem zu sprechen: Stellen wie die über Iphigenie und die über Darwin oder jene Einsicht, daß das Auflösen von Ordnung *und* Unordnung das eigentlich Furchtbare sei, was der Menschheit drohen könnte, dies alles hat mich tief betroffen. Weingott selbst ist eine herrlich gelungene dichterische Gestalt, die bescheiden und selbstverständlich alles hat, was mächtige philosophische und geistige Strömungen der Zeit (George, Klages) erstreben, ohne es je anders erweisen zu können denn als klein, bei George, oder als Theorie, bei Klages, und jeder Theorie stehen zahllose andere mit gleichem Rechtsanspruch gegenüber. Warum mich bei Ihnen anzieht, was mich bei anderen abstößt – das möchte ich darin sehen, daß Ihr magisches Einssein mit der Natur in völliger Freiheit *neben* den unabweisbaren Ansprüchen der Ethik besteht. Daß Sie Weingott, diesen Verkünder so mächtiger Wahrheit, schließlich doch verfallen lassen, darin erkenne ich einen seltenen, wahrhaft unzeitgemäßen Wahrheitsmut. Nicht ganz ein gehen mir die Scenen in Berlin, die, in der Komposition notwendig, durch das sich wenigstens bei mir einstellende Vorbild von College Crampton mir etwas gestört werden, wenngleich das Gedicht Weingotts erschütternd schön ist. Besonders mächtig finde ich außer der Darstellung von Weingotts und Mariannes Vereinigung den Schluß. – Es bleibt mir nur noch wenig Raum, um Ihnen zu sagen, warum auch »Der Sturz auf die Erde« mit voller Gewalt auf mich gewirkt hat. Hier glaube ich die Stimme des echten, fast ausgestorbenen Deutschen zu hören, der einer Kulturideologie Widerstand leistet, die sich mit der Vernichtung der Menschheit in maßloser Hybris solidarisch erklärt. Es geschieht das Unmögliche: daß die Natur, in echter Tiefe begriffen, sich als ethischer Maßstab offenbart. So sehe ich es, und ich glaube mich nicht zu irren. Wieder ist es der Schluß, in dem herrlich ausladend sich alle halb ausgesprochenen Töne beinahe zum Gedicht sammeln. – Daß Sie endlich den armen Mengs nur mit dem *Bilde* der Schönheit abspeisen, möchte ich Ihnen beinahe verübeln, wenngleich es mir mit jenem Ethischen Ihrer Natur zusammenzuhängen scheint, das aus tieferen Gründen gerade hier den kritischen Einspruch gegenstandslos macht.

Ich bin
Ihr ergebenster
Werner Kraft

6. Werner Kraft an Wilhelm Lehmann

Hannover, 29.1.32
Tiestestraße 19

Sehr geehrter Herr Dr Lehmann,
den schwermütig-bitteren Ton in Ihren freundlichen Zeilen vor Weihnachten habe ich wohl gehört, doch könnte ich Ihnen nicht einmal die Zusicherung geben, dem besten Leser, um den allein sich zu mühen Sie das Recht, ja die Pflicht haben, auch nur zeitweise zu entsprechen. Aber ich darf sagen, daß mein Verhältnis zur Kunst kein Zufälliges ist. – Wieder hatte ich einen tiefen Eindruck von Ihnen: ich las den Vogelfreien Josef. Ich weiß nicht, ob es Ihre Natur oder Ihr Kunstverstand ist, auf jeden Fall finde ich es meisterhaft, daß der Freiherr und Wingen so tief auf einander bezogen sind, ohne sich mehr als flüchtig zu begegnen: sie sind sich eben in Wahrheit mehr als zufällig begegnet. Die an sich schlagkräftige Darstellung der deutschen intellektuellen Verwirrung nach dem Kriege wird über die Vergänglichkeit solcher sozialkritischen Ironie sanft emporgehoben, dadurch daß diese Verwirrung unterm Anhauch des Echten buchstäblich zerflattert. Aber was mich am tiefsten berührt hat, ist Wingens – darin der Bruder des Assessors Mengs – Sprachgehemmtheit. Sie bietet Ihnen auch einen hohen technischen Gewinn, nämlich den Verzicht auf die immer naheliegende und von dem echten Künstler zu verschmähende Beschämung einer Masse durch die fiktive Weisheit des Helden. Die Generation, die den Parzival ablehnt, behält ein relatives Recht, und Wingen hat sein entscheidendes Erlebnis, das die Welt nicht ändert. Die Grenzen, wo das Negative ins Positive, das Positive ins Negative umschlagen könnte, treten hervor. Diese Sprachgehemmtheit in Sprachentladung zu wandeln, müßten Sie als künstlerische Aufgabe fühlen, die revolutionäre Verbindung des Erlebens mit der Welt, an-

statt daß beide sich entgleiten, müßten Sie als das höhere Ziel über Ihren hohen Zielen sehen. Wie dem aber sei, ich habe von Ihrer Kunst einen wesenhaften Eindruck und bedaure nur, daß ich Ihnen in das Gebiet der Natur so wenig mit eigener Erfahrung folgen kann.

Als Sie Ihre Radio-Vorlesung hielten, war ich in Berlin. Ich konnte sie nicht hören, da ich zu spät von ihr erfahren habe. Aber ich versuchte, Sie zu erreichen. Es gelang mir nicht. So sehr ich mich freue über die Propaganda, die Sie von der Literarischen Welt erfahren, so sehr bestätigt es mir das Bild dieser traurigen Zeiten, daß eine abgebrühte Literaten-Gesellschaft sich des Echten annimmt. Die außerordentlichen Sätze des Grafen Yorck, die Sie zitieren, sind hier fehl am Ort. Hier werden nicht Gewissen erzeugt sondern zerstört. Verzeihen Sie dieses offene Wort, das ich glaubte sagen zu müssen!

Ich bin
in hoher Achtung
Ihr
Werner Kraft

7. Wilhelm Lehmann an Werner Kraft

Eckernförde, 3. März 1932

Sehr geehrter Herr Doktor,
Es ist nun schon mehrere Wochen her, dass ich Ihren letzten Brief erhielt. Schliessen Sie aus der Langsamkeit meiner Antwort nicht auf eine Mattigkeit des Empfangs. Im Gegenteil: wie Dilthey an York darf ich an Sie schreiben: alles kommt mir aus Ihrer Hand vertieft zurück. Oskar Loerke hatte in seiner öffentlichen Besprechung des »Vogelfreien Josef«s allerlei auszusetzen, erklärte mir dann, dass er bedauere, das Grundgehaltige nicht genügend ins Licht gestellt zu haben. Da ist es mir eine besondere Freude, zu sehen wie die Novelle, unfertig wie sie sei, in Ihrer Erlebniskraft die Glieder rührt.

Was Sie über die ›Literarische Welt‹ sagen, bin ich bereit zu verstehen. Nur darf ich nicht vergessen, dass sie fast der einzige Weg für mich ist, ein Weg, auf dem ich z.B. doch zu Ihnen gelangt bin.

Der Bücherwurm gab seinem (belanglosen) Februarheft ein Stück aus dem letzten Kapitel des »Provinzlärm«s als Loses Blatt bei. Das Stück mag seinen leisen poetischen Wert für sich haben, aber es ist ganz ungeeignet, auch nur eine Ahnung dessen zu erregen, was der ganze Roman zu umfangen sucht. Ich darf Ihrem Urteil nicht vorgreifen – schliesslich wirkt doch jedes gesprochene oder geschriebene Wort –, aber ich denke gern, dass der ganze Roman gerade Ihnen etwas bedeuten möchte. Da keine Aussicht auf eine Drucklegung des Werkes besteht, schicke ich, falls Sie mögen, Ihnen vielleicht eines Tages das leserliche Manuskript. – Noch dies: Der Herausgeber des Kunstwarts hat mir – ich vermute, auf Ihr Zutun – geschrieben, und ich sandte ihm Lyrik und ein Stück Prosa (eben auch aus dem Provinzlärm, das mir geschlossen vorkommt). Er sprach von einem Begleitaufsatz, meinte, dafür wären vielleicht »sogar« Hermann Stehr, sicher Paul Alverdes, und auch Sie zu gewinnen. Nun darf ich Ihnen sagen, dass ich bei meiner hohen Verehrung für den *jungen* Stehr (ich mache bis zum »Begrabenen Gott« noch mit. Dann wird alles bedenklich – eine flache Kurzschlussmystik: ruinös ist das Stehrbuch des »Freundes« Kaergel) nicht blind bin dafür, dass ihm ganz und gar das Talent, einen Aufsatz zu schreiben, fehlt; dass mir Alverdes unbekannt ist; dass endlich die Art und Weise, wie *Sie* mir geschrieben haben und wie sie jede *Ihrer* Äusserungen durchdringt, mir eine sehr hohe Freude bedeutet. Sollte also aus dem Abdruck im Kunstwart wirklich etwas werden, sollte Ihr Interesse wach bleiben, dann – wünschte ich mir im Voraus zu einem Wort von Ihnen Glück.

Seien Sie herzlich gegrüsst und bedankt
Ihr
Wilhelm Lehmann

8. Werner Kraft an Wilhelm Lehmann

Hannover, 10.3.32

Sehr verehrter Herr Doktor,
sehr danke ich Ihnen für Ihren Brief, der mich zugleich erfreut und beschämt hat. (Sie wissen nicht, daß ich ca 15 Jahre jünger bin als Sie.) – Den Aufsatz über Sie werde ich schreiben, gleichgültig ob der Kunstwart ihn nimmt oder nicht. Ich möchte aber vorher noch Ihre Romane »Der Bilderstürmer« und »Die Schmetterlingspuppe« lesen. Es ehrt mich sehr, daß Sie mir den »Provinzlärm« – ich sage es mit Bewußtsein, daß schon dieser Titel auf ein bedeutendes Werk schließen läßt – im Manuskript zu lesen geben wollen, obwohl ich Ihnen doch praktisch nicht im geringsten helfen kann. Für den Fall daß es Ihnen mit dieser Übersendung Ernst ist, wäre ich Ihnen dankbar, wenn Sie sie bis Mitte April verschieben würden. Dann habe ich ent-

weder den Aufsatz schon geschrieben oder sehe klarer, wie ich ihn schreiben muß. – In meinen Worten über die Literarische Welt lag kein Vorwurf gegen Sie. Im Gegenteil: Sie dürfen, ja Sie müssen sich jedes Mittels bedienen, um Ihr Werk wenigstens zu jener bescheidenen Wirkung zu bringen, die in dem barbarischen Deutschland von heute überhaupt noch erreicht werden kann. Aber es ist so trostlos, zu sehen, wie das Echte nur noch ein Vorwand ist, um die eigene Unechtheit besser an den Mann zu bringen.

Ich grüße Sie

Ihr
Werner Kraft

Ich lege Ihnen einen kleinen Aufsatz von mir bei, der Sie, vielleicht, interessiert.

9. Wilhelm Lehmann an Werner Kraft

Eckernfoerde, Ostermontag [28. März] 32

Wertester Herr Doktor,
Wegen entzweier Nerven mit einem Urlaub gesegnet, den ich fürs Erste in der Schweiz zubringen will, verlasse ich am *Mittwoch* Nachm. um 4 herum Altona, sitze also in dem Zuge, der in Ihrer Stadt von 19^{3} bis 19^{26} hält. Wenn Sie Zeit und Lust haben, mögen Sie dann mit einem Taschentuch winkend auf mich das Gleiche aus einem Abteil III Klasse Tuenden achten? Ich kann Ihnen dann gleich das MS des »Provinzlärms« reichen. Da mein Bescheid in die letzte Minute fällt, können Sie mir nicht mehr antworten. Wenn Sie gehindert sind, winke ich hoffentlich nur dieses Mal umsonst und sehe Sie in grösserer, erfrischterer Ruhe auf der Rückreise, ja? Das MS schicke ich Ihnen dann auf jeden Fall am nächsten Tage von Giessen aus. Es ist mir eine *grosse* Freude, dass Sie den Aufsatz schreiben wollen.

Ihr Gedichtaufsatz fördert mich. Er bewegt sich in der Höhe der Loerkeschen Deutung von »Über allen Gipfeln«. Seien Sie bedankt. – Ich bitte Sie nur noch gleich, nach der Ihnen gemässen Zeit des Lesens das M.S. an meine Eckernförder Adresse zurückzusenden, lediglich damit, aus Subsistenzgründen, für etwaige Radioaufforderungen daraus abgeschrieben werden kann.

Ihr
W. L.

10. Werner Kraft an Wilhelm Lehmann

H. 7.4.32

Sehr verehrter Herr Lehmann,

ich habe nun die erste Lektüre des »Provinzlärm« beendet und danke Ihnen nun erst mit Bewußtsein dafür, daß Sie mir dieses außerordentliche Werk zu lesen gaben. Daß es keinen Verleger findet, wundert mich nun nicht mehr: es wird keinen Leser finden, auch wenn es – und ich hoffe es für Sie mit Kraft – einmal doch den Verleger finden wird. Denn wo wäre heute in Deutschland die Ruhe, d.i. die vornehme Fähigkeit, »langsam« zu lesen, von der Nietzsche so oft spricht?! Wo wäre ein Bedürfnis, der »Mitte« zuzustreben, die nicht Mittelmäßigkeit ist, wie bei Asbahr? Wo gar die Fähigkeit, in der Mitte zu sein, wie bei Felfer? Wo schließlich der von Sensation gereinigte Verstand, der die Langeweile der Wirklichkeit interessanter findet als die Spannung einer Romanhandlung, die, wo sie vorhanden ist, weil auch dieses Geschehen im Bereich der Kunst verbleibt, mit bedeutender Einsicht jeweils zurückgenommen wird wie in der eben darum so großen Episode mit der Toten?! Die Grenze und Größe des Buches scheint mir auch darin zu liegen, daß im Gegensatz zu dem französischen Roman hier auch alles Soziologische und Typenhafte gleichsam zurückgenommen wird und, obwohl hier am ersten auch für den mittleren Leser ein Zugang zu dem Buch sich zu öffnen scheint – es ist ja so, als ob noch niemals anderswo die Kleinstadt und die Schule überhaupt dargestellt wären –, der Provinzlärm von dem stillen Sturm zum Schweigen gebracht wird, in dem Felfer und Asbahr stehen. Weil aber das Gute im Sinne jenes Kafka-Wortes »trostlos« ist, müssen Sie in dem überaus glücklichen Titel die sichtbare Seite der Welt ausdrücken, während Sie im Grunde die unsichtbare darstellen. Fast noch mehr als die Bedeutung des Romans imponiert mir die Kunst, mit der sie entwickelt wird. Wie langsam erscheinen Asbahr, Felfer, Regine in diesem milieu- und nichtsgebundenen Wirbel des Gewöhnlichen als die *Gestalten* der Natur, glücklich oder unglücklich oder beides, fern allem eigentlichen Charakter! Wie reich sind die Spiegelungen, Felfers in Asbahr, Asbahrs in Felfer, Regines in beiden! Mit welchem Takt haben Sie es vermieden, die Handlung dadurch zu komplizieren, daß nun auch noch Asbahr Regine »liebt«, *obwohl* – und das ist das Herrliche – auch er sie im Grunde *liebt*, aber nicht anders wie er die Natur selbst liebt, als eine ihrer Gestalten! Asbahr – wenn Sie mir erlauben, mich so direkt auszudrücken – sind Sie selbst und Felfer möchten Sie sein: völlig gut, d.h. ohne Bedeutung, »leer«, wie dieser. Wie das zauberhafte Fließen des Geschehens an den Tolstoi von »Krieg und Frieden« denken läßt gleichsam diesseits – oder schon jenseits! – von dessen bis ins Heillose paradoxer Problematik, so kommt Felfer von Dostojewkis »Idiot«. Aber ich erwähne dies nur, weil mir gerade in diesem Vergleich ein wichtiger, ja vielleicht entscheidender Unterschied zwischen beiden Gestalten deutlich wird. Beide sind im mittleren Ablauf des Lebens, der das schweigende Leiden Asbahrs gerade noch duldet, notwendigerweise Episodenfiguren, ohne Folge. Aber auch Felfer leidet an der gleichen Sprachbefangenheit wie Asbahr, Löschki, Weingott, Wingen, obwohl er etliche Stufen höher steht als diese, weil er nicht mehr in der Natur, in der er steht, so tief versinkt wie diese – in der »Schmetterlingspuppe« hat es mich erschreckt, daß die Natur geradezu identisch mit dem Unglück sein kann! –, und es ist für mich die größte Scene des Buches, wie in der letzten Konferenz Felfer Asbahr verteidigt und nichts hörbar, d.h. unhörbar wird, als daß hier ein Schweigen das andere im Stammeln bestätigt und jenen herrlichen Abschied möglich macht zwischen den beiden herrlichen Unglücksgenossen, bei dem mir die Tränen nahe waren, von Regines Abschied zu schweigen. Aber Fürst Myschkin findet, in jener Rede vor dem Umwerfen der Vase und anderswo, die Sprache. Er hat, in dem gleichen mittleren Leben stehend, die gerade, unmittelbare Richtung auf das Religiöse, d.h. in den Untergang, der nur vom Blickpunkt des Lebens, nicht von dem Gottes aus Untergang ist. Felfer darf leben, aber in einem Schweigen, dem vielleicht die letzte dialektische Spannung fehlt. Ist es Entsagung, die Sie hier üben? Fürst Myschkin läßt die Natur hinter sich, in der Sie Ihren schönsten Helden verharren lassen. Dies ist nicht Kritik sondern Frage. Die tragische, besser: die traurige Gemeinsamkeit Myschkins und Rogoschins am Leichnam der Nastasja ist verwandelt in der bittersüßen Klarheit in Felfers und Asbahrs Beziehung zu Regine. Ich wage es zu sagen, daß Dostojewski in einen noch wesentlicheren Bezirk vordringt und durchbricht als selbst die strengste Natur sein kann, aber vielleicht haben doch Sie recht! Wenn ich Kritik üben darf, die hier nichts anderes ist als das Stocken des sonst willig mitgehenden Lesers, so empfinde ich Felfers Beziehung zu Juliette als zu lang in der Darstellung, weil die Hemmung jenes Strömens nach der Episode mit der Toten geradezu ihren Kunstwert beeinflußt. Die Hinlenkung des Lesers auf ein neues Milieu wirkt als vom Wesentlichen ablenkend. An sich enthält diese Geschichte die außerordentlichen Stellen der Vereinigung mit Juliette und der Degradierung (deren *positive* Accentuierung, für mich, von der offiziellen Haltung auch der höheren geistigen Schichten zum Krieg so befreiend absticht!) Um diese beiden Stellen müßte sich die Erzählung dichter gruppieren. Wenn Ihnen aber dies nicht einleuchtet, so möchte ich Ihnen wenigstens zu bedenken geben, ob es nicht richtiger wäre, diese ganze Erzählung unmittelbar als *Erinnerung* Felfers zu geben, die dann auch manches überspringen dürfte. Ist nicht vielleicht die wenn auch kürzere Aufklärung über die Tote fast überflüssig? Ich habe zum mindesten die Empfindung, daß hier *ein* Satz von der Kürze eines Zeitungsberichts über den Selbstmord einer Operettensängerin aus unbekannten Gründen genügte, da ihr Schicksal als ein selbständiges Faktum kaum interessieren darf. – Als besonderen Fortschritt gegen Ihre früheren Bücher, deren Eigenwert ich damit natürlich nicht angetastet wissen möchte, empfinde ich es, wie Sie die Natur, obwohl sie in gleicher Dichtigkeit da ist, zurückzudrängen sich bemühen. Damit erhält das Werk eine weit größere unmittelbare Verständlichkeit. Sehr imponiert mir Ihre oft souveräne Gleichgiltigkeit, mit der Sie auf alle Beschreibung des Unwesentlichen in den Zeitvorgängen verzichten, auf deren Überbetonung ein gut Teil der armseligen Bedeutung z. B. Thomas Manns beruht, von Yoice zu schweigen, der wie ich nicht aus ihm aber glaubwürdig über ihn gelesen habe seinen Helden ja noch auf dem Klosett darstellenswert findet. Dieses Ihr Verfahren erinnert mich an Stellen bei Goethe im Wilhelm Meister. Wie Sie im Großen Zeit haben, so verachten Sie sie im Kleinen, und so muß es sein. – Was den Stil angeht, so sind mir besonders in den ersten Kapiteln allerlei harte Stellen aufgefallen, die ich Ihnen mit dem Versuch einer Begründung sagen würde, wenn Ihnen das wichtig wäre. – Wissen möchte ich, ob der Name »Felfer« etwas bedeutet. Der Name Lupinus ist wohl nicht zufällig, es ist aber ein wenig unangenehm, daß sich von diesem Namen kein richtiger Genitiv bilden läßt. – Dies sind nur einige Andeutungen dessen, was ich über das Buch zu sagen hätte. Ich muß aber jetzt schließen. Indem ich Ihnen schöne Frühlingstage der Besinnung und der Schöpfung wünsche, grüße ich Sie

Ihr
Werner Kraft

Von Ihrer Gattin habe ich inzwischen »Michael Lippstock« und »Marleen« erhalten.

11. Wilhelm Lehmann an Werner Kraft

Cadempino bei Lugano (Schweiz), Porzahaus, 24. April 1932

Sehr verehrter und lieber Herr Kraft,
Zwischen die grosse Freude über Ihren Brief und meinen Willen, Ihnen gleich zu danken, legte sich die Mühsal des Daseins: Schwierigkeit, sich gegen einen Wall neuer Menschen einzuleben, Ungunst des Wetters, quälendes Unwohlsein – ach! j'eprouve une difficulté d'être! Ich habe mich mit Sehnsucht und Entzücken mit Ihrem Brief auseinandergesetzt. Dass Weite und Entschiedenheit des Blicks, wie Sie sie besitzen, meinem Buche zuteil wurde, gewährt mir eine herrliche Befriedigung: lassen Sie mich das gleich von vornherein sagen; auch muss ich Ihnen sagen, wie sehr es mich tröstet und erhebt, dass es solchen Blick auf die Welt überhaupt noch gibt. Möchte Ihnen diese meine Freude auch ein wenig Freude schaffen.

Sie treffen so in das Zentrum, das ich meine, dass mir eigentlich zu Ihrem Urteil über den Provinzlärm wenig zu sagen übrig bleibt. Auf die Fragen, die Sie stellen & auf deren Beantwortung Sie wohl selbst kaum rechnen, muss ich, gemäss der Natur, die Antwort schuldig bleiben. Ein Schelm gibt mehr als er hat. Das sprachlose Schweigen sowohl Felfers wie auch eigentlich Asbahrs ist wohl alles was ich ›sagen‹ konnte. Dass Sie die Langsamkeit der Entwicklung loben, der Verzicht auf das, was der gangbare, viel beschwatzte Roman macht und vieles andere noch! – all das freut mich unendlich. Und dass Sie einiges ergreift – auf was Besseres, Schöneres dürfte ich denn rechnen! Ganz besonders trifft mich Ihre Kritik, dass die Juliettengeschichte ablenken kann dass zweitens der Bericht über den Tod der Sängerin anders lauten könnte oder müsste. Namentlich das Erste ist so erstaunlich »getroffen«, aus Gründen, die ich Ihnen am liebsten in einem Gespräch sagen werde. Das ist wirklich ›frappant‹! und zeigt mir, dass Sie wie ein Fisch tauchen, dem Element als solchem nahe, zur Tiefe schiessend, hellsichtig, gründlich und dann das Ganze verlassend als wären Sie nie dagewesen, zur nächsten Strecke des Flusses eilend – welch schöne edle Fahrt! Die Begründung dieses meines Gefühls, noch einmal, bleib ich Ihnen vorläufig schuldig. Nun bitte ich Sie noch, sich das was Sie an sprachlichen Härten beobachtet haben, zur Erinnerung aufzunotieren: es wird in dem Moment wichtig, wo das Buch gedruckt wird (wovon vorläufig, vielleicht überhaupt, keine Rede sein kann), über den Genitiv Lupinus' bin ich schon oft gestolpert.

Lassen Sie mich, da ich heute noch nicht mehr sagen kann, Ihnen noch einmal von Herzen danken, auch getrost ausdrücken, dass mir

Ihre Nähe und Teilnahme das allerschönste Geschenk zum fünfzigsten Geburtstag bedeutet – lassen Sie mir die Hoffnung, dass Ihre Teilnahme nicht wieder schwinden wird, sodass ich mich nicht zu grämen brauche, dass ich kein weder von den vielen Geistreichen, Fortschrittlichen noch dazu nicht ganz so vielen ›edel-konservativen‹ Vielbeschwatzter bin, sondern freuen darf, dass ich ein von Ihnen Besprochener bin!

Ihr
Wilhelm Lehmann

Schicken Sie mir doch bitte, wenn Sie können, Ihre Bemerkungen zu den Goetheschen Gedichten, von denen Sie mir erzählten! Ihren Aufsatz über Kafka werde ich erst verstehen, wenn ich ausser dem Bischen, was ich von K. gelesen, mehr weiss.

12. Werner Kraft an Wilhelm Lehmann

Köln, 2.5.32

Lieber Herr Lehmann,
ich danke Ihnen sehr für Ihren Brief, der mir allerdings wirklich neben der Verwirrung über eine so direkt ausgesprochene Bejahung große Freude gemacht hat. Wenn Sie mich näher kennen lernen, werden Sie finden, daß ich ein Mensch wie alle bin, mit starken Fehlern und geringen Vorzügen. Aber ich darf sagen: der Treue gegen meine künstlerischen Eindrücke dürfen Sie gewiß sein! Zu Ihrem fünfzigsten Geburtstag sage ich Ihnen meine aufrichtigsten Wünsche. Ich hoffe, daß das nächste Jahrzehnt auch die Teilnahmslosigkeit ändern wird, welche die deutsche Öffentlichkeit heute noch gegen Ihr bedeutendes Werk beweist. Was in meinen geringen Kräften steht, werde ich mündlich und schriftlich dazu zu tun versuchen. Und möge Ihnen das schwere Leben nicht allzu schwer sein! »Die Rosen ruhen vom Blühen aus. So bin ich heiter. / Laßt mich nicht weiter.« Oder mit Goethe: »Wie es auch sei, das Leben, es ist gut.« (Wobei ich glaube, daß hier mit dem »es« nicht das Leben gemeint ist sondern *es* = alles im Höhenraum von Hölderlins »Alles ist gut« in »Patmos«!) Ich bin übrigens nicht abergläubig, wenn ich aber bedenke, daß ich am gleichen Tage wie Sie, nur vierzehn Jahre später, geboren bin, so ist mir doch merkwürdig zumute. – Ich fahre am 4. Mai von hier weiter nach Paris, wo ich ca drei Wochen zu bleiben gedenke und auch meine Frau auf ihrer Rückfahrt von Palästina treffe. Auf diese Reise

freue ich mich sehr. Von dort aus werde ich Ihnen schreiben. – Inzwischen wünsche ich Ihnen, daß die Gewöhnung an die Umgebung und das volle Erwachen der Natur Ihnen die Kraft zuströmen lassen, Ihren Blick auf die Welt so rein zu erhalten, wie er ist!

In aufrichtiger Verbundenheit
Ihr
Werner Kraft

Ich hatte eigentlich die Absicht, den »Provinzlärm« vor meiner Abreise nach Eckernförde zurückzuschicken. Da ich aber in der letzten Zeit nicht dazu gekommen bin, ihn zum zweiten Male zu lesen, habe ich ihn noch behalten. Wenn Sie ihn brauchen, bedarf es nur eines Wortes, und mit einer Verzögerung von ca zwei Tagen wird er sorgfältig verpackt expediert werden. Meine Adresse in Paris ist vorläufig: p. A. Herrn Adolf Handzel Paris XI Rue Saint Maur 97 Hôtel des Alliés. – Den Aufsatz über Sie habe ich zu drei Vierteln geschrieben. Ich glaube bestimmt, daß ich ihn zum 1.6. an den Kunstwart abschicken kann.

13. Werner Kraft an Wilhelm Lehmann

Paris 9.5.32

Lieber Herr Lehmann,
ich komme eben müde vom Sehen und Fahren aus der wunderbaren Stadt zurück und finde Ihre Blumen. Ich habe sie sofort in Wasser gestellt und hoffe, daß sie wieder aufblühen werden. Dieses liebevolle Zeichen hat mich tief gerührt. Ich danke Ihnen. Sagen kann ich im Augenblick nicht viel. Ich sehe zu viel und zu wenig. Die Chimären an den Türmen von Notre Dame haben bis jetzt den tiefsten Eindruck auf mich gemacht. Ich werde Ihnen noch einmal mehr von hier schreiben.

Indem ich Ihnen die schönsten Tage wünsche Ihr

Werner Kraft

14. Werner Kraft an Wilhelm Lehmann

Paris, 19. [recte: 18.] 5.32

Lieber Herr Lehmann,
vor meiner Abreise sende ich Ihnen noch einen Gruß. Diese Reproduktion gibt nur einen schwachen Eindruck von der finsteren Gewalt dieses Bildes, das natürlich farbig ist. La difficulté usw Le monde est

plein de beauté et de terreur et je vis dans le néant impur en attendant la mort. Mais Rodin qui a fait une main de Dieu créant l'homme et la femme me rend un peu d'espérance. L'air du printemps est doux, et la nature vue par un aveugle qui se souvient de vous est bonne. Ihr Werner Kraft

Excusez le français allemand!

15. Wilhelm Lehmann an Werner Kraft

Cadempino, 23. Mai 32

Lieber Herr Kraft, vielen Dank für Ihre beiden in jedem Sinne schönen Karten – ich grüsse Sie herzlich als wieder in H: möchte es Ihnen nicht zu farblos nach jener wunderbaren Stadt vorkommen und Möchte mein Gedenken Ihnen gelinde etwas zum Wohlergehen helfen.

Ihr Wilhelm Lehmann

16. Werner Kraft an Wilhelm Lehmann

Hannover, 26.5.32

Lieber Herr Lehmann,
ich schreibe an dem Aufsatz über Sie und denke nach: Wie kommt es, daß Sie mir so liebevoll schreiben? So viel glaube ich von Ihnen zu wissen, daß der Grund dafür *nicht nur* darin liegt, daß mein Eindruck von Ihrem Werk so stark ist sondern daß Sie eine *menschliche* Nähe und Wärme verspüren, wie auch ich sie verspüre. Ich stehe nicht alleine in der Welt, ich habe Frau und Kinder und Freunde. Aber ich gestehe Ihnen, daß ich eine tiefe und dauernde Sehnsucht nach Menschen habe, mit denen sich leichter die Last, in so frevelhafter Zeit zu leben, und die Last des Lebens überhaupt, unabhängig von aller Zeit, ertragen ließe. Als ich zuerst an Sie schrieb, habe ich gewiß die Wahrheit gesagt, aber selbst sie wurde durch einen Ihnen vielleicht unhörbaren Zuschuß von Eitelkeit getrübt darüber, daß gerade *ich* das sagte. Aber ich frage mich immer wieder, ob ohne solche Eitelkeit, ohne solche selbst bei reinstem Bemühen trübe Sprache überhaupt zu leben möglich ist, und das Schicksal des Menschen, daß er weder rein sprechen noch rein schweigen kann, wird mir gerade dort, wo es in der Dichtung wie bei Felfer so herrlich gelingt, zu dauernder Trauer bewußt. Daß mir die Natur – von der ich doch wenigstens weiß, daß

der Himmel blau und die Bäume grün sind – nicht helfen kann, wenn es wahr ist, daß dies mein jüdisches Erbteil wäre, so bejahe ich es durchaus, in dem Glauben, daß der Geist an einem den Sinnen entzogenen Punkt mit der Natur zu reiner Identität zusammenfällt. Gerade in Ihnen glaube ich zu erkennen, daß was Sie – mit Recht – Natur nennen im tiefsten Grunde Geist ist. Wäre es anders, wie könnte Ihre Weltansicht dann diese unvergleichliche Originalität haben, die sie notorisch hat?! Doch ich bin abgeschweift. Denn was ich Ihnen anfangs sagen wollte, war dies: Es ist mir eine aufrichtige und persönliche Freude, von Ihnen direkt angesprochen zu werden! – Noch eines möchte ich Ihnen sagen, mit aller Vorsicht und allem Vorbehalt, und nur deshalb damit Sie mich deutlicher sehen: Auch ich – aber die Fortsetzung des Satzes will mir nicht in die Feder. Erraten Sie, was ich verschweige, so wird es mir leichter, davon zu sprechen. Erraten Sie es nicht, so bleibe es künftiger, besserer Gelegenheit vorbehalten. Auf jeden Fall und in jedem Sinne hat es Zeit. In Paris habe ich starke Eindrücke gewonnen. Möge dies auch Ihnen, in anderer Sphäre, beschieden sein, das wünsche ich aufrichtig.

Ihr
Werner Kraft

Je suis fatiguée à mourir, ô mon père! Où trouver le repos? Je me sens le front brûlant, la tête vide et les bras si las que je n'aurais pas la force de saisir le bonheur, si l'on venait le tendre à portée de ma main …

Paphnuce la regardait avec bonté: – Courage, ô ma sœur: l'heure du repos se lève pour toi, blanche et pure comme ces vapeurs que tu vois monter des jardins et des eaux.

Anatole France: Thais

17. Wilhelm Lehmann an Werner Kraft

Ehrwald (Zugspitzendorf) in Tirol, Haus no. 12
27. Juni 32

Lieber Herr Kraft,
Seien Sie mir nicht unhold, dass ich Ihnen noch nicht gedankt für Ihren letzten Brief, mancherlei nahm mich hin, seit Ende voriger Woche wohne ich hier, Frau u. Töchterlein kommen heute für 2½ Ferienwochen. Wie seltsam, dass in einer Novelle, die ich gerade schrieb, die Frage nach der ›Unschuld‹ des Menschen gestreift wurde! Ja, gewiss,

Stunde und Ort werden erscheinen, wo wir über Ihre dichterischen Arbeiten sprechen werden, haben Sie Dank, es ist selbstverständlich, dass Sie so arbeiten.

Grille im Tessin

Die Erde ruft als Maulwurfsgrille –
Die Krume bröckelt als ihr Fleisch, die Steine halten als ihre Knochen,
Wenn die heissen Lüfte den jungen Mais kochen,
Tönt selbst die Stille.

Die Mauersegler werfen sich ins Blau wie Sicheln aus russigem Eisen.
»Heute mir und morgen dir« steht an den kleinen Kirchhof geschrieben.
Ich quäle mich, die Schläfen fallen ein, ich werde sterben –
Ist übermorgen nichts von meiner Stimme geblieben?
Doch, eine Grille wird sie erben
Und als verborgener Erdenmund das Dasein weiter preisen.

Seien Sie einstweilen von Herzen gegrüsst!
Ihr
Wilhelm Lehmann

18. Werner Kraft an Wilhelm Lehmann

Hannover, 29.6.1932

Lieber Herr Lehmann,
Ihre Karte erfreut mich um so mehr, als ich schon leise vermutete, Ihr Schweigen könnte mit Äußerungen meines letzten Briefes zusammenhängen, die gleichsam »zu weit« gegangen wären. Das Gedicht ergreift mich. Wen aber sonst? Sie müssen damit rechnen, daß es heute und morgen nur wenige Menschen geben wird, die solche paradox gesagt prosaische Äußerung als *Einheit des Gedichts* zu erkennen vermögen. Ein Grund mehr, nur dieses Eine zu sagen! Das Zentrum des Gedichts ist der trostlos-große Vers »Ich quäle mich, die Schläfen fallen ein, ich werde sterben.« Wie hoffnungsvoll im Hoffnungslosen ist aber hier noch das Futurum, das gottlob keine präsentische Kraft hat, und noch das Präsens hat futurische! So muß man nur der Sprache vertrauen, und man ist schon halb gerettet. (Aber ich habe gut reden. Ich glaube zu ahnen, wie schwer das Leben für Sie ist.)

Ich sende Ihnen nun, aus verschiedenen Gründen nicht ohne Befangenheit, meinen Aufsatz, der bei weitem nicht alles enthält, was über Sie zu sagen wäre – aber urteilen Sie selbst, und offen! Ich bedaure sehr, daß ich Ihnen, gerade weil ich Sie ernst nehme, weniger dienen kann als ich möchte. Ein Alverdes würde den Leuten mit schönen Lügen von Bodenständigkeit usw ins Herz reden und würde Ihnen bei Verlegern *nützen*, die eben das hören wollen. Schon liegt eine Karte von Dr Rinn vor – der ein wesenloser und unehrlicher Mensch ist –, aus der andeutend hervorgeht, daß er mit dem Aufsatz nicht einverstanden ist. Aber warten wir auch dies mit Geduld ab – oder auch mit Ungeduld, ja mit Empörung über den ungeheuren Betrug, der allerseits die Kultur zugleich repräsentiert und zerstört.

Indem ich Ihnen noch schöne Tage wünsche, verbleibe ich – wie immer Sie über meinen Aufsatz denken, denn nur auf Wahrheit kommt alles an –

mit den herzlichsten Grüßen
Ihr
Werner Kraft

19. Wilhelm Lehmann an Werner Kraft

Ehrwald in Tirol, 5. Juli 1932
An einem sehr schönen Sommertag

Lieber Herr Kraft,
Seit den paar Tagen, in denen ich Ihren Aufsatz in Händen halte, bin ich nur mit dem Gefühl einer grossen Freude herumgegangen – und ich kann Ihnen auch heute noch nichts anderes als bewegten Dank überhaupt sagen. Möge Ihnen das auf jeden Fall Bedeutung und Wirksamkeit Ihrer Arbeit, jedenfalls für mich, auf mich, künden. Mir ist als sässen Sie und ich in einem unterirdischen Gemark zusammen, in dem es nach Wurzeln riecht, in dem das Vertraute fremd, das Fremde vertraut wirkt. Oder es ist so, als ob ein grosser erfüllter & zugleich erwartungsvoller Augenblick *währte*: keine Gewöhnung zersetzt ihn, kein Minderes verkleinert ihn, er macht höchstens – vielleicht nicht einmal das – frisch für sehr Grosses, Grösseres – Enttäuschungen gibt es nicht, wohl aber *gibt* es die Dauer grosser Empfindungen (die Jean Paul rühmte als wesentlich).

Wenn es Ihnen nicht genug erscheint, dass ich nur das sage, so bitte ich Sie daran zu denken, dass sich (ausser Moritz Heimann und Oskar Loerke – vielleicht beide auch nur provisorisch) noch niemand ernsthaft mit meinen Büchern beschäftigt hat: auch in der Anerkennung seitens einiger gewiss wertvoller Individuen, sie mochten übrigens meistens ausserstande sein, sich auszudrücken, waltete, so schien mir und waltet noch heute, immer einmal wieder, immer einige Kälte, Befremdung: als sei ich im Grunde ein Frevler, ein Schmuggler, der sich nicht sehen, nicht fassen lassen darf (ganz abgesehen davon dass Bücherschreiben meiner Art in dem Kreise, in dem ich täglich atmen muss, etwas durchaus Anrüchiges hat. ›Man‹ sagt quasi »Da ist etwas nicht in Ordnung«, so wie etwa bei einer schreibenden Frau wirklich etwas nicht in Ordnung sein mag): so muss ich gleichsam immerfort um Entschuldigung bitten!

Es kommt hinzu, dass ich in den letzten Wintermonaten und noch bis in den Cadempinoer Aufenthalt hinein am Rande meiner Kräfte gewesen bin, auf der Flucht vor der Ruhe, die ich eigentlich begehrte und auf der Flucht vor der Ruhe immerfort zum Wandern getrieben: hielt ich still, so kam das Übel.

Dies alles nur zur Erklärung der wenigen Antwort auf Ihren Aufsatz. Seine Bedeutung für mich? Dass ich endlich einmal einen Ort finde, an dem ich anwesend sein darf, wie der Hase in seinem bestimmten Revier und nicht immerfort wie ein versprengter Nachtschmetterling am Lampenschirm eines Menschen kauern muss, aller Schicksale gegenwärtig, des Mangels an Freiheit, der Furcht täppisch angefasst zu werden. [Nachtrag: Ein Nachgedanke: vielleicht ›liegt's‹ Ihnen zu empfinden, das sei alles Egoismus. Es schadet nichts! Die Wahrheit, die Objektivität, sie haben meines Glaubens ihre echte heilige Heimat im Subjektiven, im »Unterworfenen«?]

Es ist ganz unwichtig, dass Herr Rinn (der mir bereits dreimal schrieb, ich möchte mich durch meine Einsendung an ihn keineswegs abhalten lassen, Gedichte an Zeitungen zu geben 〈als ob die sich um mich ›rissen‹!〉, da er auf Erstdrucke keinen Wert lege: der Arme fürchtet, ich könnte ihn erpresserisch zwingen, mich fürstlich zu bezahlen) Ihren fundamentalen Aufsatz nicht drucken wird. Er wird es nicht tun, er kann es auch nicht – es handelt sich doch um eine Familienzeitschrift – ich habe herzlich gelacht über das, was Sie von Alverdes sagen. Stören wir die traute Ruhe der Mitglieder dieser weitverzweigten Familie nicht. Ja, warten wir ab, wie Rinn sich aus der Affäre ziehen wird!! Das mir Wesentliche ist geschehen: Sie haben sich zusammenfassend geäussert. *Ich* habe Ihren Aufsatz, halte ihn mit Ihren handschriftlichen Addendis in der Hand & werde ihn immer wieder lesen. Gewiss, ich denke, *irgendwo* wird er doch gedruckt, vielleicht in der »Neuen Rundschau« – man sollte es doch versuchen, ihn irgendwohin zu schicken. Könnten Sie sonst Ihre Aversion gegen die Literarische Welt als letzte Zuflucht überwinden? Schöner wär's freilich in der N.R. – Aber, lieber und verehrter Herr Kraft, das ist alles ganz unwichtig. Bleiben wir einander verbunden! Hören wir von einander, wenn auch zögernd, wenn auch befangen – lassen wir doch unseren Naturen ihren Bann. Noch einmal: Ihre Person, Ihr Denken, Ihre Sprache sind mir eins der allerschönsten Ereignisse zum fünfzigsten Lebensjahre. Vieles, wovon Sie sagen, weiss ich garnicht mehr. Es wacht in Ihren Worten wie ausgeruht, wie auferstanden auf, mit erfrischtem Gesicht & findet dann seine Ruhestätte wieder, die der lebendigen Ruhe. So seien Sie inzwischen von Herzen bedankt & gegrüsst!

Ihr
W.L.

Vielen Dank auch für Ihren Brief, dass ich's nicht vergesse. Es ist köstlich was Sie zum Gedicht sagen. Und Recht haben Sie mit der ›Sprache‹. Wo las ich es denn: »Kein Mensch ist tiefer als seine Sprache«?

20. Wilhelm Lehmann an Werner Kraft

Ehrwald in Tirol, z. Abschied am 15. Juli 1932

Lieber Herr Kraft, Dank für den schönen Christian Wagneraufsatz, Dank für den freundlichen Brief von Dr B. Rang: mögen Sie mir seine Adresse schreiben, damit ich ihm selbst danken kann? Dies nur zur Nachricht, dass ich von morgen an in Weilheim *a. d. Teck* (kein Fluss, sondern ein Tafelberg, dem schwäbischen Jura vorgelagert) Württemberg, bei Herrn W. Bezner bin. Herzl Gruss

Ihr Wilhelm Lehmann

21. Werner Kraft an Wilhelm Lehmann

Hannover, 16.7.32

Lieber Herr Lehmann,
ich bedaure es aufrichtig, daß ich Ihnen in den letzten Tagen nicht, wie ich wollte, habe schreiben können und daß auch jetzt – zu leben ist heute eine paradoxere Aufgabe als je – meine Stimmung nicht so ist, um Ihren letzten Brief würdig zu erwidern. Ich möchte Ihnen aber doch, um mein Schweigen nicht Mißdeutungen auszusetzen,

rückhaltlos sagen, daß die Hoffnungen, die Sie für das Wachstum unserer noch so jungen Verbindung so beredt und naturhaft aussprechen, auch die meinen sind! Lassen Sie mich, um nicht weniger zu sagen, nicht mehr sagen. Ihre Freude aber über meinen Aufsatz Ihnen als »Egoismus« vorzuwerfen – nein dazu bin ich wirklich nicht »fein« genug. Wenn es hier Einwände gibt, so kann es höchstens der sein, daß ihre Freude nicht auch die *Kritik* zum Ausdruck bringt, die sich gewiß an meinem Aufsatz üben läßt – den Problemzusammenhang, in dem ich Ihr Werk sehe, nicht so verständlich und ausführlich darzustellen wie es vielleicht nötig wäre. Aber hier bekenne ich mich – mit dem Bewußtsein, daß dies kein Vorzug ist – zu einer gewissen Unlust am Direkten und Verständlichen. Sie hängt mit einer gewissen Zwitterhaftigkeit meiner Denkform zusammen, gegen die ich schwer etwas tun kann, da ja kein Mensch durch eigene Anstrengung seine mitgeborene Existenzform wesentlich verändern kann. Claudius sagt in seinem Testament an Andres: »Was im Hirn ist, das ist im Hirn; und Existenz ist die erste aller Eigenschaften«. Ein großer Satz, dessen richtig verstandener Inhalt aber auch den Menschen dauernd mit dem Gefühl belastet, das Negative, als welches ihm das – vielleicht – Positive erscheinen muß, Zeit seines Lebens nicht durchbrechen zu können. Ich habe das größte Bedürfnis nach wissenschaftlicher Klarheit und Nüchternheit, weiß aber zugleich, daß ich aus den verschiedensten Gründen kein wissenschaftlicher Mensch bin und niemals sein werde. Ich kann im Grunde, wenn ich mich genau prüfe, mag ich auch vorher eine Gedankenfolge genau und sachlich zu denken mich bemüht haben, *schreiben* nur auf Grund *sprachlichen* Anreizes und sprachlicher Assoziationen. Dadurch entsteht einerseits – vielleicht – etwas wie »Stil«, andererseits sind die Gedanken, um deren scheinlosen Ausdruck es letztlich doch allein geht, ständig in der Gefahr, sich gleichsam zu »versprechen«, dunkel zu werden, wo Klarheit nötig wäre, abzubrechen, wo alles noch zu klären ist. Von der andern Seite betrachtet, könnte ich sagen, daß alles daher kommt, daß meine Art des Reagierens auf die Welt eine ausschließlich sprachlich-dichterische ist, daß ich aber dabei stets ein *schlechtes Gewissen* habe. Dies ist auch der Grund, warum ich auf keinem Gebiet, weder dem der Kritik noch dem der Dichtung, jemals Entscheidendes – im Sinne der mir vorschwebenden Maßstäbe – leisten werde, denn mit einem schlechten Gewissen ist man sozusagen auch in der Welt des Geistes nach Goethes auch hier zuständigem Wort vom »gewissenlosen« Handeln ständig operationsunfähig. – Doch ich breche hier ab, da ich merke, daß der Raum zuendegeht und es unhöflich genug ist, daß ich statt von Ihnen dauernd von mir spreche. Dr Rinn hat noch nicht geschrieben. Wenn Sie glauben, daß die Neue Rundschau den Aufsatz nehmen wird – ich bezweifle es – ist es nicht besser, wenn *Sie* ihn in meinem Namen einschicken? Ich könnte Ihnen für diesen Zweck noch einen Abzug schicken. Leben Sie wohl! Ich wünsche Ihnen noch schönste Tage

Ihr Werner Kraft

Ich lese jetzt Lörke »Atem der Erde«. Die Gedichte sind als ganzes zweifellos bedeutend. Aber tragen sie ihre Bedeutung nicht zu offen auf der Stirn? Daher die oft beinahe protzig seltenen Reimworte. Es fehlt den Gedichten oft das Heimliche, Selbstverständliche der großen Dichtung: »Der Mond ist aufgegangen«. Ein Vers wie »Es wachsen die Hormone« ist unmöglich. Aber manches ist gewiß außerordentlich!!

[auf dem Umschlag:
Herzlichen Dank für Ihre Karte. Adresse von B. Rang: Köln-Thielenbruch, Waldhausstr. 40.]

22. Werner Kraft an Wilhelm Lehmann

Hannover, 7.8.32

Lieber Herr Lehmann,
ich nehme an, daß Sie wieder in Eckernförde angelangt und in die Arbeit eingespannt sind. Mögen Sie trotz allem Kraft gesammelt haben und Hoffnung! Der beiliegende Brief wird Sie interessieren. Ich hatte an Rowohlt geschrieben, und immerhin – ohne mir und Ihnen Illusionen zu machen – bedeutet es doch so etwas wie einen bescheidenen »Erfolg« meines Briefes, daß Rowohlt die Absicht ausspricht, das Manuskript persönlich zu lesen. Nicht daß er ein eigenes Urteil im strengen Sinne hätte, aber er hat doch einen gewissen Flair für das Gute, und ich glaube, daß er im stillen zwischen Emil Ludwig und Wilhelm Lehmann abzuwägen weiß. Aber jener bringt Geld, und dieser ist ein Dichter. Es sind elende Zeiten. Ich denke mir, daß es am besten ist, wenn ich Anfang September Rowohlt mein Exemplar schicke. Oder ist das andere, von dem Sie sprachen, lesbarer? Es kommt natürlich, da es nicht sein Beruf ist, innere Arbeit zu leisten, viel darauf an, ihm die äußere zu erleichtern! Ich erwarte also Ihren Bescheid. – Dr Rinn hat noch immer nicht geschrieben und wird auch

nicht mehr schreiben, es sei denn jene fettigen Lobhudeleien, mit denen er mir zu verstehen gibt, daß er gar nicht daran denkt, die geschickte Feigheit, für die er bezahlt wird, mit einer Probe persönlichen Mutes um Ihret- oder meinetwillen zu durchbrechen. (Jene Stelle seines Briefes, die Sie mir zitierten, nach der er »auf Erstdrucke keinen Wert lege« ist ein Bekenntnis zur Prostitution des Geistes an das Geld, bei dem am unheimlichsten erscheint, daß es gar nicht als solches gefühlt wird und daß der es spricht sich stolz als »unabhängig« fühlen und erklären wird. Und seine Auftraggeber werden ihm diese Unabhängigkeit jederzeit, verborgen schmunzelnd, bestätigen!) – Bernhard Rang, den ich als einen tiefen und ernsten Menschen sehr schätze – er ist der Sohn eines bedeutenden Vaters: Christian Florens Rang – hat jetzt einen schönen Aufsatz über die »Schmetterlingspuppe« geschrieben, von dem ich allerdings sagen muß, daß er in wesentlichen Gedanken ohne den meinen nicht möglich wäre, ja die Abhängigkeit von ihm an einzelnen Stellen direkt verrät. (Er enthält aber auch selbständige Gedanken.) Ohne jetzt – in Ihrem Interesse – auf die Priorität der Gedanken allzu großen Wert zu legen, da es ja nur auf die Sache ankommt und nicht wer sie sagt, muß ich zugeben, daß dieser Aufsatz weniger oder gar keinen »Anstoß« erregen wird und größere Möglichkeit hat als meiner, *jetzt* gedruckt zu werden, worauf alles ankommt, da man Rowohlt etwas zeigen muß!! Rang schrieb mir, er wolle Rinn vorschlagen, *beide* Aufsätze zu drucken, gleichsam einen allgemeinen und einen speziellen, um ihm so die Annahme *meines* Aufsatzes zu erleichtern. Ich habe ihm zugeredet, es zu tun, habe nun aber auch von ihm nichts mehr gehört. Wenn Sie meinen, daß die Literarische Welt meinen Aufsatz nehmen wird, so möchte ich Sie bitten, Ihr Exemplar – ich kann Ihnen aber auch ein anderes schicken – dorthin zu geben und für den Druck nur die eine Bedingung zu stellen, daß der Aufsatz *an jeder Stelle ungekürzt* gedruckt wird. Bitte gebrauchen Sie diese Wendung! – Die Neue Rundschau würde wohl gern einen Aufsatz über Sie bringen. Ich glaube aber nicht, daß Sie *diesen* Aufsatz bringen wird, selbst wenn sie ihn gut fände. Denn meines Wissens hat diese Zeitschrift ihren Lesern *noch niemals* mitgeteilt, daß Karl Kraus einer der wenigen großen Autoren unserer Epoche ist, obwohl Herrn S. Fischer dieses Faktum genau bekannt ist, und heute hat Alfred Kerr vollends dafür gesorgt, daß dieser für alles erlogene Ansehen so gefährliche Name für Kinder und Kindeskinder aus der Reihe der Lebendigen gestrichen wird. Doch Sie brauchen ja von diesen Dingen nichts zu wissen, und es kann ja auch ein Wunder geschehen. – In einer Buchhändler-Zeitschrift »Der neue Stand« (II, 1) hat Bernhard Rang einen Aufsatz »Die literar-kritischen Zeitschriften« geschrieben. Darin schreibt er gelegentlich der Literarischen Welt (die er trotzdem zu positiv sieht): »Und wer in einer Sondernummer für einen wirklichen deutschen, leider ganz unbekannten und in ungerechte Vergessenheit geratenen Dichter wie Wilhelm Lehmann nachdrücklich eintritt, hat sich um das deutsche Schrifttum mehr verdient gemacht als alle völkisch-nationalen Literaturblättchen zusammen.« – Doch nun will ich schließen. Ich grüße Sie herzlichst Ihr Werner Kraft

Der Grund, warum ich Ihnen den Brief von R. erst jetzt schicke. Ich war einige Tage verreist und habe infolge eines bedauerlichen Versehens den Brief erst jetzt zu lesen bekommen. – Von Lörkes »Atem der Erde« hat besonders stark auf mich gewirkt: Urleid – Staubes Wege – Weltlauf – Meerufer – Einladung – Teppichklopfen – Nebelheim – Flügel – Lied.

23. Werner Kraft an Wilhelm Lehmann

H. 1.10.32

Lieber Herr Lehmann,
ich danke Ihnen sehr für die Übersendung dieses Kraus-Unfugs, von dem Sie sicherlich vermuteten, daß er mir noch nicht bekannt sei. Nun hat mich aber schon jemand damit bedacht, so daß ich also dieses alberne Machwerk, dessen Besitz sich nicht einmal lohnt, zweimal besitze. Es handelt sich offenbar um den traurigen Sohn eines bedeutenden Vaters, des Herausgebers der schönen Sammlung »Die Sagen der Juden«. Ich möchte glauben, daß ein urteilsfähiger Leser, der nichts von Karl Kraus weiß, aus dieser Schmähschrift entnimmt, daß es sich um einen Autor ersten Ranges handelt!! Ich hoffe, Ihnen in einigen Wochen etwas Wesentlicheres über den gleichen Gegenstand schicken zu können. Schade, daß außer Ihren edlen Schriftzügen auf dem Briefumschlag ich nichts von Ihnen hörte! Doch auch ich habe ja länger als erlaubt geschwiegen, und ich fühle mich schuldig, falls Sie heimlich glauben könnten, meine Teilnahme an Ihrem Werk und Wesen sei schon wieder im Abflauen begriffen. Im Gegenteil habe ich oft an Sie gedacht, hatte große Freude an Ihrem Gedicht »Südliche Stunde«, das mir Bernhard Rang abschrieb, und habe in den letzten Wochen den »Provinzlärm« noch einmal gelesen und vorgelesen. Ich finde die Conzeption des Werkes zauberhaft schön, besonders tiefen

Eindruck machte jetzt auf mich das letzte Kapitel, dessen Seelenhaftigkeit unvergleichlich ist. Ob Sie nicht die Julietten-Geschichte noch einmal dichten könnten, aus Felfers Geist heraus, indem er sich gleichsam so mühsam erinnert wie er spricht, und so das Ganze unter Beibehaltung des Wesentlichen – Vereinigung, Magd, Degradierung – mehr geheimnisvoll als direkt, weniger abschweifend, unmittelbarer zur Sache gehörig wirkt?! Ich könnte mir denken, daß es eine sehr lockende Aufgabe wäre. – Überhaupt müßten Sie noch einmal Satz für Satz auf die Goldwage legen, auch manche Wiederholung streichen, damit das Werk so außerordentlich wird, wie es ist!! Mir fällt ein Satz von Hofmannsthal ein, der starken Eindruck auf mich gemacht hat: »In Prosa dichten ist darum so schwer, weil bis ins Atom hinein sich der Enthusiasmus und die Ratio vermählen müssen.« In seiner Erzählung »Die Frau ohne Schatten« ist es ihm gelungen, und auch für den »Provinzlärm« stelle ich's mir als *erreichbares* Ideal vor. – Ich habe damals, nach Empfang Ihres Briefes, an Rowohlt noch einmal in dem Sinne geschrieben, daß ich mich freute, daß er das Werk noch einmal lesen wolle, obwohl seine Lektoren es abgelehnt hätten. Er schrieb mir darauf beinahe beleidigt wieder, seine Lektoren hätten es keineswegs »abgelehnt« (folgt Namensnennung: Meyer und Hessel) sondern nur auf die schwere Absetzbarkeit hingewiesen usw Ich entnehme daraus, daß der Wind im Umschlagen begriffen ist. Ich hatte auch meinen Aufsatz erwähnt, und man zeigte Interesse, ihn zu lesen, ich schickte ihn, habe aber nun nichts mehr gehört. Vielleicht aber Sie, denn ich bat, sich an Sie direkt zu wenden, falls sie das Werk nehmen wollten. Ihre Erbitterung verstehe ich, aber sind denn Verleger Menschen, über die man sich erbittern darf? Es sind Knöpfe, auf die man drückt, und zuweilen kommt es eben vor, daß einer, der zu versagen schien, dann schließlich doch funktioniert! Man kann das nie genau wissen. – Anbei zwei kleine Aufsätze von mir, die Ihnen vielleicht etwas sagen. – Das Leben ist schwer. Wie geht es Ihnen? Ich grüße Sie herzlichst Ihr Werner Kraft

Haben Sie etwas von der Neuen Rundschau gehört? Aber vielleicht haben sie den Aufsatz längst abgelehnt, und es lohnte Ihnen nicht, mir das ausdrücklich mitzuteilen?! Der Herausgeber dieser Zeitschrift ist ja auch ein Kapitel für sich.

24. Werner Kraft an Wilhelm Lehmann

Hannover 5.10.32

Lieber Herr Lehmann,
es waren schöne Tage, und ich hoffe herzlichst, daß sie nur der Anfang einer Reihe sind! Heute möchte ich Ihnen nur sagen, daß Sie sich zu meinen Gedichten – oder einzelnen von ihnen – nur dann äußern sollen, wenn Sie wirklich die Notwendigkeit einer Äußerung verspüren. Ich möchte nicht, daß auch nur der Schatten eines Zwanges für Sie durch ein »Geschenk« gegeben wäre, an das sich bei mir etwa Erwartungen knüpfen könnten, die Sie gar nicht erfüllen dürften, selbst wenn Sie es wollten, denn jenseits aller menschlichen Beziehungen ist die Kunst unerbittlich! – Hoffentlich habe ich Sie nicht zu sehr überschüttet mit Dingen, die mir zwar wesentlich sind, Sie aber im letzten Grunde vielleicht nur stören. Mir fällt es in solchen Fällen oft schwer, Maß zu halten, und keinerlei Mitgefühl mit der Wehrlosigkeit des Gastes hält mich zurück – –

Ich will, wenn Sie es sagen, gerne glauben, daß Emanuel Bingorion ein bescheidener und auch echter Mensch ist. Aber gerade dann ist seine Schrift ein Beweis für den Satz, daß *gute* Beispiele gute Sitten verderben. Die Schrift ist um so kurioser, als unzweifelhaft ob bewußt oder unbewußt der, von dem diese Art stammt, sich zur Literatur zu verhalten – Kraus ist. Doch genug hiervon! Lesen Sie doch ja Hofmannsthals »Brief«, von dem ich sprach, er steht im ersten Band seiner Prosaischen Schriften. Die folgende »Inschrift« von Hofmannsthal wollte ich Ihnen mündlich sagen, ich wurde aber abgelenkt:

Entzieh dich nicht dem einzigen Geschäfte!
Vor dem dich schaudert dieses ist das deine:
Nicht anders sagt das Leben, was es meine,
Und schnell verwirft das Chaos deine Kräfte.

Merkwürdig ist es, daß Hofmannsthal Sie gar nicht gesehen hat! Gerade er hätte doch von einem Buch wie Die Schmetterlingspuppe tief bewegt sein müssen. Es ist ja ein moralisches Problem und als ein solches spreche ich es aus, nicht als ein Urteil: daß Oskar Lörke für Sie auch dann eintreten müßte, wenn er sein Lektorat verlöre, sofern er nur wirklich glaubt, daß Ihre Schriften aus künstlerischer Notwendigkeit entspringen!

Ich habe eben in der Neuen Rundschau die Aphorismen von Schestow gelesen. Ein Denker! – Dagegen der Aufsatz über George zwar *politisch* respektabel, geistig aber gleichgültig. Man sollte lieber sprachkritisch erweisen, wie eng begrenzt das Dichterische in George ist und wie wenig der Sachverhalt, der sich da ergibt, zu der bombastischen Einschätzung selbst eines »Gegners« berechtigt. Aber einen solchen Aufsatz würde die Neue Rundschau vermutlich nicht bringen. (In seinen Grenzen halte ich George für einen Dichter hohen Ranges.)

Doch nun will ich schließen. Ich grüße Sie herzlichst

Ihr
Werner Kraft

25. Wilhelm Lehmann an Werner Kraft

Eckernförde, 6. Okt. 32

Lieber Herr Kraft, ich muss Ihnen gleich von Herzen danken für Ihren reichen Brief: er hilft mir darüber hinweg, dass die Reise vorbei ist – die Pappelblätter zittern, das Meer leuchtet: so leuchtet mir Ihre Teilnahme. Haben Sie Dank für alles was Sie über den Provinzlärm schreiben. Wir werden darüber noch verhandeln. Nun frisst mich gleich wieder das Amt, hoffentlich dauert es nicht zu lange, bis ich Ihnen über Aufsatz und Gedichte schreiben kann. Ihnen, Ihrer Frau, Ihren Kindern Herzliches & Gutes!

Ich danke Ihnen mit Bewegung als

Ihr Wilhelm Lehmann

26. Werner Kraft an Wilhelm Lehmann

H. 9.10.32

Lieber Herr Lehmann, sehr danke ich Ihnen für den Lörke, als Ausdruck Ihrer Gesinnung wie, inhaltlich, als Äußerung eines reichen Geistes. Ich kannte das Buch schon teilweise, habe aber sofort den sehr schönen Jean Paul Aufsatz wiedergelesen. Ich kenne im Grunde nur Brocken von ihm, wie die gewaltige »Rede des toten Christus vom Weltgebäude herab, daß kein Gott sei«, aber ich will ihn nun endlich einmal zu *lesen* beginnen. Ich finde L's Betrachtungsweise übrigens oft nicht unbedenklich. Gerade im Loben vermisse ich teilweise das kritische Salz. Die Aufsätze über Hauptmann und Heimann ziehen mich lebhaft an durch ihre menschliche Wärme, stoßen mich aber ab durch einen gewissen Mangel an Sachlichkeit. Hauptmann z. B. ist wirklich seinen Anlagen nach unendlich reich, aber ein *großer* Dichter ist er doch vielfach nicht, weil ihm das Letzte abgeht: der Geist, so z. B. – für mich – im »Quint«, im »Ketzer von Soana«, in »Indipohdi«. Gerade an einer Gestalt wie Hauptmann sehe ich, daß dies Fehlen einer autoritativen *Kritik* im heutigen Deutschland ein nationales Unglück ist. So hat mich auch über das Wesen von Mombert – dessen Eigenart ich sehe und doch bestreite, es gibt heute und nur heute »Sprache« ohne »Gegenstand« – L. nicht *belehren* können. Aber das sind Einzelheiten. Ich freue mich doch sehr, das Buch zu besitzen. Ich grüße Sie herzlichst

Ihr
Werner Kraft

Karl Kraus:

»Wehe der Zeit, in welcher Kunst die Erde nicht unsicher macht und vor dem Abgrund, der den Künstler vom Menschen trennt, dem Künstler schwindlig wird und nicht dem Menschen!«

Karl Kraus:

»Soll einer hergehn und soll einmal das Schlußwort aus der »Iphigenie« stehlen: »Lebt wohl!«

27. Werner Kraft an Wilhelm Lehmann

Hannover, 17.10.32

Lieber Herr Lehmann,
anbei die Zeitschrift mit dem Aufsatz, von dem ich Ihnen hier sprach. Aber eigentlich sind es drei Aufsätze, die durch die Überschrift verbunden werden. – Ich denke oft an Sie und immer mit dem gleichen Gefühl geistiger und menschlicher Zugehörigkeit. – Ob Sie nicht auf ein anderes Motto zum »Provinzlärm« denken? Ich glaube, daß es aus einer Sphäre stammt, die der Ihren wesensfremd ist; und nur weil alles wahrhaft Bedeutende an der Wurzel als identisch erscheint, erscheint Ihnen dieses Wort von der Trostlosigkeit des Guten mit *Ihrer* Anschauung der Welt in Einklang. Beide Welten sind aber getrennt durch die jeweils verschiedene Bedeutung des Bösen; die bei Kafka absolut, bei Ihnen doch nur relativ ist. Darüber ließe sich noch manches sagen.

Kafka glaubt wohl: Das Gute ist zufällig, heimatlos illegitim in einer Welt, die auf dem Bösen als auf Granit ruht, unerlösbar durch Liebe; daher seine Trostlosigkeit. Das aber glauben Sie nicht! – Kennen Sie Boccaccios herrliche Geschichte vom Falken aus dem Decamerone? Wenn nicht, so müßten Sie sie einmal lesen. (V 9) Goethe wollte aus ihr ein Drama machen in den ersten Jahren seiner Liebe zu Frau von Stein.

Ich grüße Sie herzlichst
Ihr
Werner Kraft

[von Erna Kraft:
Viele herzliche Grüße und Dank für die schönen Rosen!
Ihre
Erna Kraft.]

28. Werner Kraft an Wilhelm Lehmann

H. 22.10.32

Lieber Herr Lehmann,
ich möchte Ihnen nur sagen, daß ich morgen für zwei Wochen nach Berlin fahre. Adresse: Berlin-Lichtenberg Röderstraße 60 bei Brauer. Wenn Sie mir dahin schrieben, würde ich mich sehr freuen. Ich will das gleiche tun. Hoffentlich geht es Ihnen gut!
Herzlichste Grüße

Ihr
Werner Kraft

29. Wilhelm Lehmann an Werner Kraft

[Eckernförde,] Freitag 28 Okt

Lieber Herr Kraft, nur diesen kargen Gruss aus der Schulluft von 48 Sextanern, denen ich Deutsch und Französisch, dazu der Quarta Deutsch, der Obertertia Deutsch der Unterprima – beibringe. Ich muss mich erst wieder finden: grüsse Sie aber einstweilen herzlich & danke Ihnen für alles

Ihr
Wilh. Lehmann

30. Werner Kraft an Wilhelm Lehmann

Hannover, 8.11.32

Lieber Herr Lehmann,
ich bin von meiner Reise zurück und danke Ihnen für die Karte, die Sie mir nach Berlin schickten. War sie auch im Verborgenen traurig, so war sie doch ein Lebenszeichen, ein Zeichen des Lebens. Mehr habe ich Ihnen auch von mir kaum zu bieten. – In Berlin habe ich den Herausgeber des »Sumpf«, Wilhelm Kütemeyer, kennen gelernt. Ich war öfter mit ihm zusammen. Er ist 28 Jahre alt und ein geistesstarker Mensch. Wofür er lebt, ist weniger rätselhaft als wovon. Aber es scheint mir, daß er, im Geistigen und Ethischen, ein Charakter ist! – Ich habe »Rose Berndt« mit der neuen Schauspielerin Paula Wessely gesehen. Ich bin zwar selber gegen meine Theatereindrücke skeptisch, aber ich glaube mich nicht zu irren: dieses Spiel war groß, unmittelbar ans Herz greifend und dabei Kunst! Gegen diesen Eindruck kam selbst die gute Aufführung von Gabriel Schillings Flucht im Schauspielhaus mit Werner Krauss und der phantastisch überschätzten Bergner nicht auf, von dem geringeren Kunstwert des letzteren Dramas ganz zu schweigen. Im Kronprinzenpalais sah ich ein außerordentliches Selbstporträt von Beckmann und in Hamburg die herrlichen Runges außer dem leider verbrannten. Ich denke oft an Sie und grüße Sie herzlichst

Ihr
Werner Kraft

31. Wilhelm Lehmann an Werner Kraft

Eckernfoerde, Mitte Dezember [16. Dezember] 1932

Lieber Herr Kraft – meine Gedanken sind sehr oft bei Ihnen. Ich sitze in einem kahlen Konferenzzimmer & es brütet finster der Dezember. Die Novelle, auf die ich etwas zu halten das Recht fühlte, ist von der Neuen Rundschau als zu lang abgelehnt. Es erbittert – Seien Sie nicht böse, dass man so klein wird. Der Verzweiflung Gefährten finde ich in Ihren Gedichten – ich werde einst schon genauer & ausführlicher darüber sein – manche beflügeln mich mit schwarzen Flügeln & ich gaukele mit Ihnen in der Unterwelt herum.

Immer Ihr Wilhelm Lehmann

32. Wilhelm Lehmann an Werner Kraft

Eckernfoerde, 18. Dez. 1932

Lieber Herr Kraft,
Wollen Sie mir bitte Ihr Exemplar des »Provinzlärms« zuschicken? Es tut sich verschwommen eine Aussicht auf, ein Stück daraus zu veröffentlichen. Seien Sie in Eile von Herzen gegrüßt von

Ihrem Wilhelm Lehmann

33. Werner Kraft an Wilhelm Lehmann

H. 20.12.32

Lieber Herr Lehmann,
ich nehme mir die Freiheit, den Provinzlärm erst am Freitag abzuschicken, so daß Sie ihn am Sonntag haben. Ich hatte ihn gerade gestern Abend einem Bekannten hier zu lesen gegeben, der unbedingt zuverlässig ist und an dessen Urteil mir liegt. Er wollte mir das Ms am Donnerstag zurückgeben. In der Hoffnung, daß Sie einverstanden sind, grüße ich Sie – in Eile, ich schreibe bald mehr – herzlichst.

Ihr Werner Kraft

Jener Bekannte meinte übrigens, man müsse einen bekannten Pädagogen für das Werk zu interessieren suchen, vielleicht Spranger. Das schien mir einleuchtend. Aber hoffentlich ist es nicht mehr nötig!!

34. Wilhelm Lehmann an Werner Kraft

Eckernförde, 23.XII.32

Lieber Herr Kraft,
Ihrer und der Ihrigen lebendig gedenkend sende ich Ihnen Wünsche des Friedens und der Freude. Längst hat sich der Tag gejährt, wo Sie mir zum ersten Male schrieben. In Ihren Versen steht Clemens Brentano auf:

Wandl ich nachtwärts eine Spanne
Durch den Tag alleine,
Immer doch in deinem Banne
Lach' ich, ach! und weine.
Nur zuweilen blickt nach drüben

Meine bange Angst
Zeit ist nur noch, so zu lieben
Wie du mich durchdrangst.

Wie schön! und:

Die nie begriffne Klage
Sie richtet mich zugrunde
Noch lange muss ich wandern
Bis bald ich niemals war

Und sehr liebe ich »An den Gesang«. Nun denn:

Mag verarmen
Oben das Erbarmen
Unten aus der Armut alle Angst
Aus dem Überflusse
Schenke, schenke, bis zum Kusse
Du den Namen, namenlosen auf dich niederrangst!

Spinnen wir also gemeinsam am vergeblichen, aber festen Netz und seien Sie mir von Herzen gegrüsst.

Sie werden den »Provinzlärm« mittlerweile abgesandt haben – schade, hätten Sie ihn doch behalten. Ich fand ein Stück aus dem MS, und brauche das Ganze nicht mehr, es handelt sich bestenfalls um den Abdruck von zwei bis drei Seiten. Wollen Sie ihn wiederhaben? Ihnen, Ihrer Frau Erna, Else und Hans Kaspar Gutes & Schönes.

Ihr Wilh. Lehmann

35. Werner Kraft an Wilhelm Lehmann

H. 23.12.32

Lieber Herr Lehmann,
Ihnen und den Ihren wünsche ich friedenvolle Weihnachts- und Ferientage! Ich habe leider wenig zu sagen. Lassen Sie mich aber dem schwermütigen Ton Ihrer Karte, mit den folgenden Versen Christian Wagners begegnen, deren letzter einen Shakespeare'schen Ton hat:

Wenig bedürfen fürwahr, ich lerne es an mir, damit ich
Trotz zu bieten vermag der Tücke des Schicksals, der Menschen. –
Was mich entsetzet ja nur ist dieses: Ich könnte im Hunger
Feigling werden, vielleicht untreu mir selber. – Wie trostvoll:
Stufen schlug ich, um groß herabzusteigen vom Throne.

Ich lege Ihnen einige Zettel mit Bemerkungen über den Provinzlärm bei. Ob Sie sie brauchen können, weiß ich nicht. Weit bin ich nicht gekommen. Mich hemmte schließlich doch wohl auch das Ungeziemende, an Ihrer herrlichen Dichtung den Beckmesser zu spielen (obwohl es ja in der Kunst nichts Kleines gibt!) – Im Anfang übrigens erzählt Bertha Asbahr von einem Gespräch mit Lupinus. Sie sagt ungefähr: Ich sehe ein Buch bei ihm, und er sagt usw Aber so spricht doch eine Frau nicht zu ihrem Mann, sondern sie nennt das Buch bei Namen. Ich habe nachgedacht, welches man da nennen könnte. Alles klang mir falsch außer – vielleicht – »Der Sturz auf die Erde« von Lehmann oder ein anderes Buch des gleichen Autors. (Auch dies eine Kleinigkeit!)

Ich grüße Sie herzlichst

Ihr
Werner Kraft

Der Provinzlärm ist Freitag Morgen als Päckchen eingeschrieben an Sie abgegangen.

S. 1.
Von kleiner Statur, hatte er – nächster Satz: Sohn e. .. Volksschullehrers war er
2 × die gleiche, nicht unanfechtbare Konstruktion.
S. 2
vorgezogen worden war
vielleicht besser: vorgez. war
letzter Satz unten Frau Kleinschmidt usw: 2 × Kopf – Kopfe
S. 3
Mochten einige .. so nahmen
vielleicht besser: andere nahmen
Z. 6 von u.: darum statt deshalb
S. 4 Z. 8
Lupinus *war* .. (und der) mit solcher ... gespannt *war*
besser: L .. ein Mann mit großer Arbeitskraft, die aber .. stets als *das* Ergebnis .. erschien.
Immer schien er gespannt, als ..
Z. 12
waren gewesen
besser:
In der ersten Begrüßungskonf. sagte er, die Regierung *habe* ihn berufen

S. 5
Z 2. ich würde das »jedoch« streichen, einen logischen Behelf, dessen Fehlen im Parallelismus des Unzusammengehörigen den Leser zur Arbeit zwingt.
Z. 11 Art u. Weise besser: Art
Ebenda: gelte. Dieser Konjunktiv nicht völlig logisch. Er setzt Lupinus als Subjekt voraus. Etwa: daß er glaubte, nur seine Auffassung gelte.
Z. 14 auch ohne daß sie *es* gleich wußten. Gemeint ist der *Grund* für den Widerwillen, aber nicht ausgedrückt.
Z. 18 gekommen zu *sein* .. bedauerlich *sein*
besser: u. ernste Besinnung konnte es bedauern, daß ..
Z. 4 v. u.: von vornherein
besser: von Anfang an
S. 6.
Z. 10. zu dessen .. Erstaunen
besser: zu *seinem* Erstaunen
»dessen« logischer, aber steifer.
Z. 12.
war er .. entschlossen .. gegangen. Der Leser versteht: war er entschlossen. Gemeint ist war er gegangen. Also besser: war er .. gegangen, entschlossen, sich *einem* Leben ..das
Z. 17 Tröstung *in* der ..
Z. 3 v. u: und während der
besser: als er
S. 7
Z. 12 denn
besser: gegen
Z. 9 v. u. besser: um es zu verarbeiten, und nur ..
S. 9
Z. 1 zu große Willigkeit L. gegenüber
besser: warf sie ihm oft vor, er sei zu nachgiebig gegen L.
Z. 6 Begann .., fand
besser: A. begann .. und fand es ..
Z 11 *angehöre*
Z 8 v. u.: um .. einzureden
unechter Finalsinn der Infinitivwendung
besser: und redete
S. 10
Z. 4 vielleicht besser
gelang es:

S. 11
Z. 2 in *der der*
S. 19.
Z. 9 daher, daß
S. 21.
Z. 17 Auch Asbahr war .. genommen. Dativ, der wie Nominativ aussieht
S. 23
Z 10: entschwand – nicht
besser »verschwand«
Z 11: »wohin er .. geladen worden war. Mir scheint besser: Er war .. geladen und lief gleich Bertha war schon da und plauderte mit .. Asbahr trat ein, nach ihm L.
S. 24
Z 3.: ruhiger zu werden:
und setzte sich zu Tische.
S. 24
Z. 9: begehrte *bald*
S. 26
Z. 1 fühlen, daß er .. wäre
nicht besser: sei?
Z. 17 Bertha A., .. eingeladen, brachte ..
S. 27
Z. 6 bedachte er, daß er helfen *mußte* – oder später: *dürfte*. Im »bedenken« liegt aber mehr ein indikativischer Beschluß
Z. 12 Bertha mußte .. anhören.
17. »Ich sah ein Buch auf seinem Tisch.« Aber ihrem Mann nennt sie das Buch mit Namen. Widerspruch. (denn es ist auch verständlich warum *Sie* keinen Namen nennen) Aber dies ist Durchbrechung der Romanfiktion.

Der Provinzlärm

Wie aus diesem Buch mit Unglücks Sternen
Fährt ein Mensch mit Namen Felfer,
Daß wir aus der Stummheit lernen,
Wo verborgen ist der Helfer!

Ach, wir lernen's nicht, wir wollen Sprache,
Die selbst er uns nicht kann geben.
Bringt sein Mangel uns die Brache,
Statt zu retten unser Leben,

Laßt uns danken seiner gold'nen Schwäche!
So steht sie mit Gott im Bunde,
Daß die Hoffnung, Feuer breche
Diese Fessel, dröhnt im Munde,

Stern dem Stummen, dann wird er es sagen,
Was in allen Sprachen fehle.
Blühend zu des Heiles Tagen
Schluchzt das Wort uns durch die Kehle.

36. Werner Kraft an Wilhelm Lehmann

H. 1.1.33

Lieber Herr Lehmann,
ich wünsche Ihnen und den Ihren ein gutes Neues Jahr! Hoffentlich finden Sie in den Ferien Muße und Lust, zu arbeiten. Wenn Sie mir den Provinzlärm wiederschicken wollen, werde ich mich *sehr* freuen. Aber vielleicht prüfen Sie zuerst meine Notizen, ob Ihnen eine solche Betrachtung wirklich als nützlich erscheint. Aber auch ganz abgesehen hiervon, freue ich mich, das Werk bei mir zu haben und zu *lesen*. Ich möchte aber gern, daß dieses Werk so vollkommen würde, wie es seiner Idee nach ist! Hofmannsthal sagt einmal: »Die modernen psychologischen Dichter approfondieren, was übergangen werden sollte, und nehmen oberflächlich, was tief genommen werden müßte.« Darin spricht sich die Erkenntnis von der Notwendigkeit aus, die Psychologie zu überwinden, soweit sie Psychologie des Scheines ist. Zu dieser Theorie gibt der Provinzlärm – für mich – die überzeugende Praxis. – Ihre Karte hat mich sehr bewegt. Die Art, wie Sie schreiben, gibt mir die Gewißheit, daß wenigstens die von Ihnen zitierten Stellen meiner Gedichte in einem lebendigen Sinne auf Sie *gewirkt* haben. Das ist mir Freude und Trost zugleich. Ich bin jetzt nicht gesammelt genug, um mehr zu schreiben. Doch grüße ich Sie sehr herzlich

Ihr
Werner Kraft

Der Brief ist leider liegen geblieben. Doch nun will ich ihn abschicken. Ich warf eben einen Blick in Spenglers als »Volksausgabe« erschienenen Politischen Schriften und stieß auf den Satz: Wer nicht hassen kann, ist kein Mann. – Nun, wenn dies so ist, dann hasse auch ich: den Autor dieses Satzes. Welches Deutschland!

Ich würde Ihnen doch raten, das andere Exemplar des P-L.von Rowohlt zurückzufordern. Zu erwarten ist vorläufig wohl doch nichts von ihm. Aber das Ex. könnte dort verschlampt werden!!

37. Werner Kraft an Wilhelm Lehmann

Hannover, 29.1.33

Lieber Herr Lehmann,
ich habe in der letzten Zeit immer wieder an Sie gedacht, aber es wird mir jetzt so schwer, mich mitzuteilen. Etwas lähmt mich, und es ist nicht einmal die »Zeit«, obwohl sie es am Vorabend des Faktums sein dürfte, daß ein von allen Göttern ausgespiener Kretin – heute darf man es noch sagen, morgen ist es eine »Beleidigung«, auf die gar bei einem Juden der Tod steht – feierlich zum Führer Deutschlands, des heiligen Deutschlands – »o heilig Herz der Völker, o Vaterland« – in die Nacht der Nächte bestallt wird. Nicht dieses aber lähmt mich im Grunde. Wäre mein Geist so klar und ungeteilt wie der eines Trotzki etwa – den ich für einen glänzenden Autor und fast beispielhaften Menschen halte –, so würde ich alles an seiner Stelle einordnen, und nichts könnte mir geschehen, ja selbst der Tod – für die Idee – wäre, in einem Shakespeareschen Bilde zu reden, nur der Tod des Todes. Es ist nicht so. Mir fehlt der Glauben an die Idee überhaupt – eine furchtbare Wahrheit, die nur dadurch gemildert wird, daß sie einer noch furchtbarereren noch Raum läßt, die sich schwer in eindeutigen Worten ausdrücken läßt, die aber in der Richtung liegt, daß Träger der Wahrheit sein (wenn es das überhaupt gibt) heiße, träge sein. – Es kommt, denke ich, so sehr viel, wenn nicht alles, darauf an, daß Menschen wie Sie in der heilig-heillosen Leere der Schöpfung ihre Existenz führen. Ich habe jetzt zum ersten Male, mehr aus Langeweile als aus innerer Nötigung den »Zauberberg« gelesen, mit Spannung und vielfachem Staunen, denn dieses Buch stellt etwas dar, was es nur heute gibt: Ersatzkunst, an die Meisterschaft gewendet ist. Das müßte eine souveräne Kritik (die es nicht gibt) einmal darstellend zeigen! Das Eigentliche der Kunst beginnt erst, wo Wesen und Wirkung eines solchen Buches aufhören. Und wieder dachte ich an Sie. Mir wurde klar – negativ, warum ein Buch wie der »Provinzlärm« heute ohne Wirkung bleiben muß, positiv, welche mächtige Chance Sie haben, das Werk so vollkommen zu machen, daß es gleichsam die Wirkungslosigkeit als reinen Raum der Existenz sich zueignet. – Es gibt übrigens eine Stelle im Wilhelm Meister – leider kann ich sie jetzt trotz eifrigstem Suchen

nicht wiederfinden – die mir gleichsam als unbewußtes Vorbild Ihres Verfahrens erscheint, alles Unwesentliche (das der moderne Roman zu tausend Seiten aufschwemmt) einfach wegzulassen. Es wird da beschrieben, wie Wilhelm durch einen Wald geht – blitzschnell, wegen des Zieles, und Goethe, der so ganz Natur ist, findet kein Wort für den Wald, der hier förmlich ein totes Requisit ist. In Wirklichkeit aber verhält es sich umgekehrt, und an solchen Stellen glaube ich zu spüren, wie z.B. in Stifter (den ich sehr liebe!) nur eine ursprüngliche Schwäche seines Geistes schöpferisch wird. Was sagen Sie dazu? –

Sie wissen wohl, daß hier in der Stadt eine Grippe-Epidemie herrscht. Wir sind noch halbwegs gesund, aber unsere Else hat es gepackt, und da sie immer gleich hoch fiebert (gestern 40°), wird sie geschwächt. Gottlob erholt sie sich immer rasch wieder. Und es geht ja auf den Frühling! Ich hoffe, daß es Ihnen und den Ihren gut geht.

Ich grüße Sie herzlichst
Ihr
Werner Kraft

Wie ich höre, sind Gedichte von Ihnen in einer Anthologie erschienen. Besonders freut es mich wegen »An meinen Sohn« und »Grille im Tessin«.

38. Wilhelm Lehmann an Werner Kraft

Eckernförde, 30. Januar 1933

Lieber Herr Kraft,
Dank für Ihren Brief, Dank auch für den vorigen, Sie geben mir allemal Nahrung, und ich brauche einige Zeit, um Ihre Worte gleichsam mit einer inneren Absonderung einzukapseln und mir zu eigen zu machen. Ich behalte in Gedanken, dass unsere Zusammenkunft im Oktober in der Tat nur pro-visorisch war & dass uns noch viel zu sprechen übrig bleibt. Von mir ist nichts Gutes zu melden: gleich einem Fetzen Papier, der aus dem Fenster geflattert, in eine Pfütze fällt & hier sein frisches & rösches Wesen unter Regen, dann unter Fusstritten einbüsst oder einer Frucht gleich, die einstmals kernig mulsch geworden ist &, überweich, bei einem Griff zerfliesst. Der Schriftwechsel wegen der Erzählung, über seine Ergebnislosigkeit, die träg-frivole Art, in der Herr Kayser mit mir verfuhr (er tut sich als mein Gönner, ebenso wie die Vossische Zeitung, die in zwei Jahren ein Gedicht druckt) – ich will Ihnen nicht die Details sagen – hat mich

angestrengt & angewidert – ich erholte mich dann »Papiers Natur ist Rauschen« heisst es in des Knaben Wunderhorn. Als mir gar zu übel wurde, hab ich mich wahrhaft wieder gefunden an Ihrem Aufsatz über mich: ich sah ihn in seiner Gefasstheit & fand, dass die Chemie der Zeit und der Sonne ihm schwerlich etwas anhaben könnte (& meinte, es wäre doch herrlich, wenn aus seiner Drucklegung etwas würde). Ihre Bemerkung über Thomas Manns gepflegte Künstlichkeit als Ersatzkunst hat mich sehr erbaut [Nachtrag: Ein Blick auf Manns Gesicht zeigt das Fehlen des Transcendenten – übrigens als Wyneken u. seine Schule in eine gewisse Schwärmerei für Carl Spitteler ausbrach, wies mir ebenso Spittelers Portrait den Bürger, nur den Bürger, den Prosaiker in der Mattigkeit dieses Begriffes – Nein, viel besser: das Flügellose!]: sie trifft zu, hier fliesst keine Quelle, hier ist keine Natur. Ganz möcht ich ausholen, über vieles mich zu Ihnen verbreiten. Dass Sie das hohe Lob aus meinem Denken an Clemens Brentano über Ihren Versen (übrigens, bei der Spärlichkeit der Nachrichten über seine Person, lese ich gern, was der Maler Wasmann in seiner Autobiographie aus seinen letzten Jahren erzählt) herausschmeckten, war gut. Neulich sann ich über den Eindruck Ihrer Verse auf mich nach und fand etwa, dass man von einigen sagen könnte, sie ruhten auf befahrenem Meer gleich Booten wie an ihr Spiegelbild gebunden – am Rande der Zeit, am Ende auch des Meeres, oft nur mehr der Schatten eines Erinnerungsbildes, auf der Fahrt ausruhend nach den Dingen, die der Mensch nie finden wird.

Es ist spät, die Monotonie des morgigen Tags klopft schon wieder an. Dass ich es ja nicht vergesse: tausend Dank für Ihre Korrekturen zum Roman, ich bewundere Ihre Aufmerksamkeit & Ihre Entsagungskraft & habe sie sorgfältig bewahrt. Ich folgte Ihrem Rate, das MS von Rowohlt zurückzubitten. Es traf sich wunderlich, dass ein Mann, der mir einmal im Urlaub die Benutzung seines Tiroler Hauses erlaubt hatte & an den ich gerade schrieb, den Rowohlt bei sich zu Gast hatte, ihm mich rühmte, ihm den »Sturz auf die Erde« zu lesen gab – ob irgend etwas erfolgt, ist, bleibt fraglich.

Der entscheidendste Anlass zu diesem flüchtigen Schreiben ist indessen mein Gedanke an Ihr Töchterlein. Meine Frau hat sich gestern gelegt, fieberte in der Nacht stark, fühlt sich heute aber ein wenig besser. Die Fälle sollen meist leicht verlaufen, aber alle Schulen ausser unserer sind hier geschlossen. Möge es uns allen gut gehen. Nichts von der Wahl jenes ›Cretins‹, wie Sie sagen, zum Reichskanzler, nichts von der deutschen Kriegervereinsbetrunkenheit! Verfluchtes armes Land! Wir leben, Sie wie ich, im Exil, lassen Sie uns einander in unserer Wehrlosigkeit die Hände reichen. Diese Verse mögen der lieben kleinen Else (Agathen geht es gut) zur Gesundheit helfen. Ich grüsse Sie & Ihre Frau & Hans Caspar & Else von Herzen

Ihr Wilhelm Lehmann

Geben Sie kein Geld aus für jene Anthologie »Mit allen Sinnen«. Sie ist bedeutungslos. Mein Lohn war 1 Exemplar, das ich meinem Bruder zum Geburtstag schenkte. Ein Schlag ins Wasser.

Für die kleine Else Kraft,
dass sie schnell gesund werde.
30. Januar 33

Der Tauwind

Die Karrenspuren
Sammeln das Wasser,
Der Schaumkrautstengel
Hebt sich krasser,

Hundsrosensame
Sprengt sein Gehäuse,
Durch erfrorene Öde
Tunneln die Mäuse

Das Schweigen lässt
Das Schweigende ein
Die Ameise mich
Zum Hügel herein
Der Baum den Hauch
In sein Gebein:

Da den dünnen Leib
Der Tauwind fasst,
Fühlt sich schon blühen
Der Seidelbast!

39. Werner Kraft an Wilhelm Lehmann

H. 1.2.33

Lieber Herr Lehmann,
dies ist keine »Antwort« auf Ihren Brief und auf das Gedicht – für beides danke ich Ihnen sehr –, sondern ich möchte Ihnen sagen: ein

Mann namens Kayser sollte Sie wirklich nicht ärgern dürfen. Auch wenn er alles täte, um den Provinzlärm zu drucken (was natürlich erfreulicher wäre!) – auch dann noch würde ich ihn trotz der großen Auswahl, die hier zur Verfügung steht, für den talentlosesten deutschen Literaten der Gegenwart halten. Den zeugete kein irdisch Weib sondern das Berliner Tageblatt selbst, und als ich in Paris im Musée Rodin in einer deutschen Hammelherde von Geführten auch dieses Mondgesicht sah, da fühlte ich die Unentrinnbarkeit des Intellekts. Immerhin kann man gelegentlich Sorge tragen, daß wenigstens *eine* Bibliothek einen Spinoza-Schmarren *nicht* anschafft. Doch genug!

Ihre Teilnahme nicht nur an mir rührt mich sehr. Else, der Ihr Tauwind sicherlich geholfen hat, hat noch kleine Temperaturen, die wohl dem Stande ihrer Erkältung entsprechen. Hoffentlich geht es Ihrer Frau auch inzwischen besser. Wie schade, daß nur Ihre Schule … Ich denke, Ihnen bald mehr zu schreiben.

Herzlichst
Ihr
Werner Kraft

Von Clemens Brentano gibt es einen ganz außerordentlichen Brief an Runge in dessen Nachgelassenen Schriften. Wenn Sie ihn nicht kennen – den müßten Sie einmal lesen! Vielleicht schreibe ich ihn Ihnen einmal ab.

40. Werner Kraft an Wilhelm Lehmann

H. 11.2.1933

Lieber Herr Lehmann,
ich habe noch nicht die Sammlung gefunden, um Ihnen zu schreiben, denke aber oft an Sie und über Sie. Statt eines Briefes die beiliegenden Sätze, von denen Ihnen vielleicht dieser oder jener etwas »sagt« – für künftige Gespräche! Schicken Sie sie bitte zurück, wenn Sie sie nicht mehr brauchen. Ich habe keine Abschrift. Der Titel ist preziös aber für den Druck, der nicht nur aus äußeren Gründen nicht in Frage kommt, vielleicht nicht ohne polemische Kraft. – Ich habe mir jetzt Adam Müllers Reden über die Beredsamkeit gekauft und bin fasciniert von seiner erstaunlichen Ausdruckskraft, wie immer der Mann sonst gewesen sein mag. – Vielleicht erbauen auch Sie sich einmal, wie ich es jetzt getan habe, an Heinrich V von Shakespeare. Es sind außerordentliche Szenen in dem vermutlich mit der linken Hand (– Shake-

speares! –) geschriebenen Stück, besonders die erstaunliche Liebesscene im 5. Akt. – Dann habe ich jetzt wieder den Prinzen von Homburg gelesen. Das Problem – wie und ob Recht zu Gerechtigkeit werden kann – ist ein gewaltiges und läßt die nationalistische Dekoration weit hinter sich. Es gibt Stellen bei Kleist, bei denen mir die Tränen kommen. Des Prinzen Todesangst (= Felfers Degradierung, die aber endgültiger ist!) Wunderbar das kleine Gedicht von Kleist »Katharina von Frankreich«, über dessen Sinn wir jetzt viel gestritten haben. Wie verstehen Sie es?

Ich grüße Sie herzlichst
Ihr
Werner Kraft

Kleine Denkversuche in großer Zeit

Wir tanzen auf einem erloschenen Orkan. Nicht einmal das: wir kriechen. –

Geistige Existenz heute nur durch List möglich. –

Der Wissende darf sein Leben wegwerfen; der Unwissende muß es tragen. –

Besser das Falsche tun als das Richtige nicht wissen. –

Trägheit, frei von Schwermut, Fleiß. –

Shakespeares Monolog eines Kanzlisten in Richard III. vor Hastings' Hinrichtung enthält die Wahrheit über die Feigheit auch unserer Epoche. –

Hitler glaubt an Gott. –

Aus nichts etwas machen war ehedem das heilige Vorrecht Gottes. Heute ist es der Trick der Trabanten des Teufels. –

Shakespeare: Heinrich V. Ein Soldat sagt vor der Schlacht von Agincourt zum König, dem er gegenübersteht, ohne ihn zu kennen: »Wir wissen genug, wenn wir wissen, daß wir des Königs Untertanen sind: Wenn seine Sache schlecht ist, so reinigt unser Gehorsam gegen den König uns von aller Schuld dabei.« Das ist die Anschauung des Volkes vom mythischen König. Seine Geltung hängt nicht vom Erfolg ab. Wie trostvoll, zu wissen, daß die heutigen Diktatoren, Philister mit dem bösen Blick, schließlich *doch* weggejagt werden, wenn der Erfolg ausbleibt. Kafka: »Noch spielen die Jagdhunde im Hof, aber das Wild entgeht ihnen nicht, so sehr es jetzt schon durch die Wälder jagt.« – Die Großen bei Shakespeare denken freilich anders. Sie fallen ab, wenn das Gestirn des Königs sinkt. Es liegt kosmisch-astrologische Verknechtung des Geistes vor. Der König begeht kein Verbrechen, erkennt es aber im Tode. Das entscheidende Gefühl ist: Trauer. Darauf hat Walter Benjamin, in »Ursprung des deutschen Trauerspiels«, wohl zum ersten Male den Finger gelegt. Richard II! Davids Reue aber entspringt nicht der Trauer sondern dem Glauben. –

Brecht. Von den Trägern des Wissens: »Wer das Wissen trägt, der darf nicht kämpfen; noch die Wahrheit sagen; noch einen Dienst erweisen; noch nicht essen; noch die Ehrungen ausschlagen; noch kenntlich sein. Wer das Wissen trägt, hat von allen Tugenden nur eine: daß er das Wissen trägt«, sagte Herr Keuner. – Wenn nichts von diesem merkwürdigen Menschen bliebe – Bleiben ist aber kein Kriterium für Wert, der an sich vergänglich ist –, so doch diese wahrhafte Belehrung und die »Geschichten vom Herrn Keuner«, in der sie steht. –

Geneinschaft – ein Verschreiben zeigt in konzentrierter Form auf die Aufgabe echter Gemeinschaft – heute – hin. –

An der Zeit tiefer zu verzweifeln als an Gott – welche Sünde! –

Karl Kraus: »verzweifelnd bis zum Glauben« das ist es! –

Die Kraft, Nein zu sagen, muß zuerst eine esoterische Tradition haben. Dann kann sie die Lüge heutigen Bejahens zur gewaltigen Wahrheit wenden. –

Die Macht der Macht liegt darin, daß sie Geist suggeriert, besonders dort, wo ein riesiges Scheinbedürfnis nach geistiger Besinnung das tragische Mißverhältnis von Idee und Realität erfolgreich verdeckt. –

Gesichter, die, wie Kinder Glauben, Erpressung ausstrahlen, als Natur.

Karl Gustav Jochmann in einem 1821 geschriebenen Brief aus Marseille: »Ich bin nach Frankreich gezogen, das seit sechs Jahren ein merkwürdiges und schönes Beispiel gibt, indem es den Verfolgten aller Parteien einen Zufluchtsort bietet. Über die Alpen ziehen die geächteten Liberalen hieher, über die Pyrenäen die scheuen Diener der Willkür und beide Parteien wohnen hier friedlich beisammen, so lange eine heilsame Scheu vor der Stimmung des Volkes die Regierung selbst vor dem entschiedenen Ergreifen einer Partei zurückhält. Diese Stellung der Regierung ist die Bürgschaft für die Ruhe Frankreichs, die außerdem vielleicht nicht fünf Minuten dauern würde und ich wünsche von Herzen, daß diese Bürgschaft, die nur der Furcht ihre Entstehung verdankt, in einer mutigen Überzeugung ihre Dauer finden möge. Ich wünsche es, aber – ich hoffe es nicht. Ich habe den schönen Glauben an die Möglichkeit der Reformationen auf dem trockenen Wege (wie die Chemiker sagen) verloren. Es gibt in Europa keine Völker mehr, es gibt nur zwei Parteien, das ist das festeste Resultat meiner bisherigen Beobachtungen. Die Leidenschaften verlöschen, die Interessen versöhnen sich, die Meinungen niemals, sie müssen untergehen oder siegen; und wandert die Civilisation nicht unwiderruflich aus der alten in die neue Welt, so gehen wir, fürchte ich, einem europäischen Bürgerkriege entgegen, zu dem sich der französische im letzten Decennium des 18. Jahrhunderts verhalten wird wie der Prolog zum Drama. Wolle Gott, daß ich nur schwarz sehe, weil meine Brille gefärbt ist. Mir soll niemals eine Wahrheit so angenehm sein als dieser Irrtum.« –

Sprache als Vitriol. –

Shakespeare: »Wahrheit ist ein Hund, der ins Loch muß und hinausgepeitscht wird, während Madame Schoßhündin am Feuer stehen und stinken darf.« Sagt Lear, der es wissen muß, denn er war wahnsinnig. –

Es ist verständlich, daß man auf dem Gang zum Untergange noch einmal Theater spielt. – Wie schade! Die Protagonisten aber sagen nicht, daß nun das letzte Ende – nicht zu verwechseln mit der bekannten Phrase, deren historische Bedeutung feststeht! – des bittren Weges völlig schwer wird. –

Geschichte macht der Kinodreck der Zeit. Die Auguren jubeln dem Heros zu. –

George ist wesentlich klüger als die heutigen Deutschen, aber nicht so klug, um aus seiner Überlegenheit eine wesentliche Konsequenz zu ziehen. Gerade in ihm wird der Erschöpfungszustand des deutschen Geistes erschreckend deutlich. –

So tief kann einer heute in Deutschland gar nicht fallen, daß er nicht strahlend stiege, wenn die Zeit nicht gekommen ist. –

Die nationale Einheit

Welches Gesicht hat hier gesiegt?
Welche Gehirne haben dies gewollt?
Und welche Geier machen es zu Gold?
Und welches Lachen, das die Balken biegt

Ist nicht ertönt! Ach, voller Leichen liegt
Das Land der Liebe in der Schande Sold!
Der Traum der Treue hat sich weggetrollt,
Und alle Hoffnung auf den Geist verfliegt.

Geschichte macht der Kinodreck der Zeit.
Er stampft den Sieger aus verschloss'ner Erde,
Vom Jubel der Auguren eingeweiht.

Kein Mann hat Macht. Es folgt der Haß der Herde
Nicht ihm, er folgt dem Apparat.
Ihn zu zerschlagen sei die Tat!

41. Werner Kraft an Wilhelm Lehmann

H. 25.2.33

Lieber Herr Lehmann,
ich wollte Ihnen immer schreiben, aber mein Athem langt nicht zu langen Briefen. Der Albdruck ist doch zu groß. Nietzsche hat gesagt: Deutscher Geist ist eine contradictio in adiecto. Damals war es vermessen, aber heute – Sagen Sie selbst! Ach, wenn man doch lachen könnte! Aber alles ist zu traurig. So kann ich Ihnen nur Worte herzlichsten Gedenkens senden. – Ich habe jetzt die Anthologie »Mit allen Sinnen« (gräßlicher Titel) durchgesehen. Außer Ihren Gedichten kommen noch die von Lörke in Frage (die aber mir nichts sagen!) Dann interessierten mich noch die Gedichte von R. Brendel, den ich kenne. Er ist College von Ihnen in Lüneburg, menschlich sympathisch. Aber ich fand nichts Wesentliches. Dagegen hat wirklichen Eindruck ein Gedicht von von der Vring auf mich gemacht: Wiesengesang. Ich finde, es hat einen echten Klang, wenn man auch heute gegen alles Volkstümliche und überhaupt äußerst mißtrauisch sein muß. Von Karl Kraus stammt der dunkle und doch so wahre Satz: »Ein Gedicht ist so lange gut, bis man weiß, von wem es ist.« Aber immerhin, unter dieser Einschränkung gefällt mir das Gedicht (die anderen von ihm allerdings weniger.) Sonst ist wohl alles in dem Buch

wüster Dilettantismus. – Es wird ein furchtbares Erwachen geben, in der Form neuen Leidens.

Ich grüße Sie Ihr
Werner Kraft

42. Werner Kraft an Wilhelm Lehmann

H. 28.2.33

Lieber Herr Lehmann, ich habe nun das Gedicht von Lörke »Die Vogelstraßen« in »Mit allen Sinnen« noch einmal gelesen, und heute Nacht im Halbschlaf fiel es mir ein, daß es doch eigentlich Unrecht wäre, so gleichgültig über dieses Gedicht gerade zu Ihnen zu sprechen, der Sie es vermutlich besonders lieben werden. Ich finde jetzt: Die Vision dieser Vogelstraßen ist bedeutend, besonders in der Strophe:

»Sie sind verboten aller Menschenlast,
Verwehrt dem zwiegespaltnen Huf, der Klaue.
Kein Stäubchen lagert dort, kein Blatt vom Ast
Und, gibt es Gott, kein Haar von seiner Braue.«

Ob das ganze Gedicht bedeutend ist, weiß ich nicht. Ich spüre nicht so die elementare Notwendigkeit jedes Wortes wie etwa bei Ihnen in »An meinen Sohn«, ein Gedicht, das ich im einzelnen nicht einmal ganz »verstehe«. Aber das ist ja gerade das Wesen des echten Gedichts: daß es anspricht *vor* dem Verstehen (das natürlich nachkommen muß!) Der Schluß von L's Gedicht »O daß wir alle Vogelseelen wären!« scheint mir gewichtlos, beinahe reaktionär d.h. flüchtend vor der Welt, obwohl ich ahne, daß der gleiche Gedanke *dichterisch rechtmäßig* ausgedrückt werden könnte. –

Übrigens träumte ich auch, daß ich von Ihnen einen Brief erhielt, in dem Sie sich über mein Gedicht »Die nationale Einheit« äußerten: in Form einer Erinnerung an frühere Zeiten, wo auch Sie solche Gedichte gemacht hätten, wohlwollend ablehnend! Ist das nicht seltsam? Den letzten Vers habe ich übrigens geändert in »Gedanken, denkt, und werdet Geist und Tat!«. – Das eigentlich Furchtbare dieser Tage ist das *große Schweigen* der deutschen Kultur, zu dem was ihr angetan wird. Wieder wird Karl Kraus der Einzige sein, der die Sprache findet! Die Wahrheit über dieses alles hat er schon längst in den Versen gesagt:

»Die Welt will leben und in Ruhe töten
Und wehe jedem, der es weiß und sagt!«

Haben Sie einen Trost?

Allerherzlichst Ihr Werner Kraft

43. Wilhelm Lehmann an Werner Kraft

Eckernfoerde, 18 März 33

Lieber Herr Kraft,
Ich schlage mich mit Gespenstern herum, werde mir selbst zum Gespenst. Ich denke oft an Sie, ich drücke Ihnen die Hand und quäle mich, und kann nichts weiter tun.

Immer Ihr
Wilh. Lehmann

Macbeth II3 ..

and destroy your sight
With a new Gorgon.

44. Werner Kraft an Wilhelm Lehmann

Hannover, 19.3.33

Lieber Herr Lehmann,
wie traurig Ihr Brief! Schließlich kommt alles darauf an, daß ein Mensch wie Sie der Gespenster Herr wird und seine Form der Existenz zurückgewinnt oder bewahrt, die ein Trost ist, ohne es sein zu wollen. Sicherlich ist Shakespeare jetzt der aktuellste Autor, den es überhaupt geben kann.

Richard III (III, 6). Ich schreibe englisch, weil Sie verstehen, was ich – in einem tieferen sprachlichen Sinne – nur deutsch verstehe:

Here's a good world the while! Why, who's so gross
That cannot see this palpable *device*?
Yet who so bold but says he sees it not?
Bad ist [!] the world; and all will come to nought
When such ill dealing must bee [!] seen in thougt [!].

Die Unterstreichungen sind von mir! – Und dann die gewaltige Scene aus Heinrich VI 3. T. (II, 4 u. 5), die Karl Kraus im Krieg vorgelesen hat. Wieviel Deutsche mögen heute noch wissen, daß es das gibt: daß Shakespeare, hier, der gewaltigste Gegner des Krieges ist, der überhaupt gedacht werden kann! (Wie ich durch einen zufälligen Blick in Cosima Wagners Briefe an ihre Tochter erfahre: sie wußte es noch und hat ihrer Tochter diese Scenen zur Lektüre empfohlen!) Hier ließe sich endlos fortfahren. Kennen Sie die elisabethanischen Dramatiker außer Shakespeare? Was von diesen halten Sie für so bedeutend, daß Sie es mir zu lesen rieten? – Ihr Gedicht »Der Tauwind« finde ich sehr schön. Leider kann ich das Wort nach »Ameise« nicht deutlich lesen. Heißt es »weil« oder »mich« oder wie sonst? Der Reim auf »Wasser« in der ersten Strophe ist original und, im Gegensatz zu Lörke, im Sinne einer schlagenden, von Kraus stammenden Prägung nicht »gesucht« sondern »gefunden«. Der Schluß, wie schön! Den feinen Schleier aber, der mich an der restlosen Zueignung eines solchen Gedichts hindert, muß ich zugeben, im Gegensatz zur »Grille im Tessin«. Selbst den schönsten Landschaftsbildern ohne den Menschen ziehe ich ein echtes Porträt ohne Landschaft vor. Ich weiß nicht, ob dies Vorzug oder Mangel ist: es ist so. Daher ist für mich der Gipfel der deutschen Lyrik Goethe. Im Zentrum seiner Lyrik steht der Mensch. Die Vergötterung der Natur beginnt mit der Romantik, und ihre höchste Möglichkeit erreicht sie mit Eichendorff. Wenn aber Hölderlin singt »Die Natur ist nun mit Waffenklang erwacht«, so meint er etwas völlig anderes, was weder Goethe noch die Romantik ihren geistigen Voraussetzungen nach realisieren konnten: die Natur als mythische Gewalt, die den mythischen Gesang, die mythische Hymne auslöst, besonders großartig z. B. in »Der Rhein«, wo es heißt:

.. »und wenn in der Eil'
Ein Größrer ihn nicht zähmt,
Ihn wachsen läßt, wie der Blitz, muß er
Die Erde spalten, und wie Bezauberte fliehn
Die Wälder ihm nach und zusammensinkend die Berge.«

In diesem Sinne scheint mir Goethes Lyrik nicht »Gesang« zu sein. Trotz »Iphigenie«, »Euphrosyne« usw, völlig Goethe, d. h. die restlose Realisierung der von Weltgeist in ihn gelegten Möglichkeiten ist er nur dort, wo er nicht griechisch sondern deutsch ist. »Der du von dem Himmel bist«, »Über allen Gipfeln« – in solchen Tönen ist eigentlich erreicht, was Hölderlin in dem Brief an Böhlendorff als *seine* Aufgabe sah: zum ersten Male seit den Griechen wieder nationell zu dichten. Hier hat er sich wohl selbst nicht verstanden. Er war höchstens in einem fast hybriden Sinne nationell. Denn er hat den griechischen Gesang – im Gegensatz zu Goethe – *original* erlebt und mußte an der Größe dieser Aufgabe in jedem, nicht nur im künstlerischen Sinne scheitern. (Aber es war das Scheitern eines Halbgotts!) Dies alles ist mir unterm Schreiben eingefallen, und nur wenn Sie es gleichsam *schwebend* verstehen, kann es einen Sinn haben, und dieser Sinn ist bestimmt nicht der, Ihre eigene Lyrik, der ich weit aufgeschlossen bin, mit Theorien totzuschlagen. Im Gegenteil, ich glaube heimlich an die Möglichkeit, daß selbst Lyrik sich an Theorie *im Wege des Geheimnisses* organisch wandeln könnte.

Ich grüße Sie herzlichst
Ihr
Werner Kraft

Ich freue mich für Sie, daß bald die Ferien beginnen und Sie schöne Frühlingstage erleben werden!

Karl Kraus
Der Reim

Der Reim ist nur der Sprache Gunst,
nicht nebenher noch eine Kunst.

Geboren wird er, wo sein Platz,
aus einem Satz mit einem Satz.

Er ist kein eigenwillig Ding,
das in der Form spazieren ging.

Er ist ein Inhalt, ist kein Kleid,
das heute eng und morgen weit.

Er ist nicht Ornament der Leere,
der toten Wortes letzte Ehre.

Nicht Würze ist er, sondern Nahrung,
er ist nicht Reiz, er ist die Paarung.

Er ist das Ufer, wo sie landen,
sind zwei Gedanken einverstanden.

Er ist so seicht und ist so tief
wie jede Sehnsucht, die ihn rief.

Er ist so einfach oder schal
wie der Empfindung Material.

Er ist so neu und ist so alt
wie des Gedichtes Vollgestalt.

Orphischen Liedes Reim, ich wette,
er steht auch in der Operette.

Wenn Worte ihren Wert behalten,
kann nie ein alter Reim veralten.

Fühlt sich am Reim ein Puls, ein Herz,
so fühlt es auch den Reim auf Schmerz.

Aus allgemeiner Sachlichkeit
glückt neu der Reim von Leid auf Zeit.

Weist mich das Wort in weitere Fernen –
o staunend Wiedersehn mit Sternen!

Der erdensichern Schmach Verbreitung
bedingt dafür die Tageszeitung

und leicht trifft einem irdnen Tropf
der Reim den Nagel auf den Kopf.

Dem Wortbekenner ist das Wort
ein Wunder und ein Gnadenort.

Der Reim, oft nur der Verse Leim,
ist der Gedanken Honigseim.

Hier bietet die Natur den Schatz,
dort Technik süßeren Ersatz.

Ein Wort, das nie am Ursprung lügt,
zugleich auch den Geschmack betrügt.

Dort ist's ein eingemischter Klang,
hier eingeboren in den Drang.

Sei es der Unbedeutung Schall:
ein Schöpfer ruft es aus dem All.

Dort deckt der Reim die innre Lücke
und dient als eine Versfußkrücke.

Hier nimmt er teil am ganzen Muß,
die Fessel eines Genius,

Gebundnes tiefer noch zu binden.
Was sich nicht suchen läßt, nur finden,

was in des Wortglücks Augenblick,
nicht aus Geschick, nur durch Geschick

da ist und was von selbst gelingt,
aus Mutterschaft der Sprache springt:
das ist der Reim. Nicht, was euch singt!

45. Werner Kraft an Wilhelm Lehmann

H. 21.3.33

Lieber Herr Lehmann,
ich will heute meinem gestrigen Briefe nur folgendes hinzufügen: Das was ich »gegen« die Iphigenie schrieb, war wirklich sehr »schwebend« gemeint. Ich habe gerade gestern erschüttert darin gelesen:

»Weise bist du und siehest das Künftige:
Nicht vorüber ist dir das Vergangne,
Und dein Blick ruht über den Deinen
Wie dein Licht, das Leben der Nächte,
Über der Erde ruhet und waltet.
O enthalte vom Blut meine Hände!«

Ich denke mit großer Herzlichkeit an Sie
Ihr Werner Kraft

Kafka: Das nächste Dorf
Mein Großvater pflegte zu sagen: »Das Leben ist erstaunlich kurz. Jetzt in der Erinnerung drängt es sich mir so zusammen, daß ich zum Beispiel kaum begreife, wie ein junger Mensch sich entschließen kann ins nächste Dorf zu reiten, ohne zu fürchten, daß – von unglücklichen Zufällen ganz abgesehen – schon die Zeit des gewöhnlichen, glücklich ablaufenden Lebens für einen solchen Ritt bei weitem nicht hinreicht.« –

In der hiesigen natsoz. Ztg stand *heute* der folgende Satz: »Nunmehr brachte der Hannoversche Gesangverein den Goethetext »Feiger Gedanke« in der Vertonung von Karl Lißmann zu Gehör ..« Das Wort der Wahrheit über diesen Tag!

46. Werner Kraft an Wilhelm Lehmann

H. 24.3.33

Lieber Herr Lehmann,
ich habe jetzt wieder den Vogelfreien Josef gelesen. Mit Bewegung! Viel stärker noch als in der Stelle meines Aufsatzes darüber wurde mir das Heimliche, das Seelenhafte dieser wundersamen Dichtung bewußt. Sie steht mir nun bildhaft vor Augen: der Anfang, der Schluß – Silvias Brüste = zwei Seelen, die Begegnung mit Julia – Wingens Verstummen – der Parzival – die Mädchen mit dem Hasen – Die Gerechtigkeit in Ihrer Weltbetrachtung ist ohnegleichen, dieses Stehen zwischen Klage und Anklage in einem *reinen* Medium. Ich mußte schmerzhaft an das Heute denken. Die Demokratie, in der Wirklichkeit korrupt, war in der Idee nicht korrupt sondern die rechtmäßige Stütze des »Neuen«, so verworren und unrein es auch sich zeigte. Aber was heute ist und morgen sein wird, läßt – so sehe wenigstens ich es – nur noch Raum für die eine Consequenz: Deutscher Geist kann nicht mehr rechtmäßig tradiert werden, es sei denn esoterisch. Doch ich breche dieses herzzerreißende Kapitel ab. (So furchtbar ist die Lage, daß z. B. in Deutschland ein Pogrom vor sich geht und niemand außer den Erschlagenen oder an Leib und Leben Bedrohten weiß es! Dies mußte ich sagen, obwohl es nur in einem indirekten Zusammenhang mit dem Vorhergehenden steht, der doch, ach, wie direkt ist!)

– Stilistisch habe ich mir einige Stellen angestrichen, die ich Ihnen einmal zeigen werde. Mit dem Bleistift lesen erscheint mir dann nicht pedantisch, wenn man von selbst und ohne Bleistift jede stilistische Hemmung so spürt wie das Auto die geringste Krümmung der Straße. Ich hatte den Eindruck, als ob zwischen Ihrer herrlichen dichterischen Vision – die zu dem Geistig-Reinsten gehört, was mir aus der Epoche bekannt ist – und ihrer nüchternen Gestaltung gerade in den nötigen Verbindungssätzen der Fabel eine gewisse Müdigkeit steht, für die möglicherweise nicht Sie sondern Deutschland verantwortlich zu machen ist. Dies würde ich nicht sagen, wenn ich nicht von der Hauptsache, Ihrem organischen Stilgefühl, unbedingt überzeugt wäre. Die schöne Sprache ist es nicht, die mich verführen könnte: ich erliege ihr nicht z. B. bei Thomas Mann. Aber die Identität von Sache und Ausdruck als Ziel aller Sprachgestaltung, läßt ein Gefühl der Trauer in mir zurück, wenn sie, in der Anlage ergreifend vorhanden, sich nicht auch im Kleinen erfüllt.

Eine Frage: Würden Sie wohl Lust haben, uns nach Ostern bis zum Schluß der Ferien zu besuchen? Gerade *weil* ich Dienst habe, so bliebe genügend Zeit für Sie, mit mir zusammen zu sein wie auch sich selbst zu leben. Wir würden uns sehr freuen, wenn Sie annehmen. Ich denke, die Ostertage in Hamburg zu sein. Wir könnten dann gemeinsam nach Hannover fahren. [Nachtrag: Ich habe mich in den Daten geirrt. Sie müßten natürlich gleich zu Beginn der Ferien, am 5.4., kommen und bis 13.4. bleiben. Dann wollte ich über Ostern nach Hamburg fahren, und wir könnten also die Reise bis Hamburg gemeinsam machen. Wenn Sie Lust haben, könnten Sie dort noch unsre Freunde besuchen, die sich sehr freuen würden, Sie kennen zu lernen. Diese müssen Deutschland verlassen und gehen nach Palästina.]

Für heute schließe ich. Herzlichst grüßt Sie
Ihr
Werner Kraft

Geliebte Seele

Leuchte herüber aus deiner Nacht
Und erhelle die meine!
Ach, wie haben einst wir gelacht!
Kaum noch heut daß ich weine.

Lange, wie lang' schon lesend nicht mehr
In deinen strahlenden Zügen,
Ward alles Leiche, ward alles leer?
Vertrocknet das Bier in den Krügen?

Und sei es, die Kinder – du hast sie geliebt –
Dies hören sie, dies nur noch gerne.
Wie wärest du tief in der Seele betrübt!
Sie wiegt sich in goldener Ferne.

Ob alles verloren, es sei, es sei,
Wie wollt' ich schweigend es tragen,
Wärest nur du – ach, lockt dich kein Mai? –,
Mit dir ins Gute zu tagen!

47. Wilhelm Lehmann an Werner Kraft

Eckernförde, 4. April 33

Lieber Herr Kraft, Dank für alles, die Briefe die Karte: sie sind Tau auf die Flur. Dank auch für die Einladung aber ich kann nicht kommen, es geht mir körperlich auch nicht gut bin mir selbst & anderen nichts als eine Beschwerde. Ich grüsse Sie & die Ihrigen von Herzen

Ihr
W. L.

48. Werner Kraft an Wilhelm Lehmann

H. 5.4.33

Lieber Herr Lehmann,
wenn wirklich nichts als Ihre Beschwerden Sie zu kommen hindern sollten, so – kommen Sie. (Das ist schon eine fast Shakespearsche Antithese?!) Dazu bedarf es nur eines Entschlusses. Es geht uns auch schlecht. Nur den Bösen geht es heute gut. Vielleicht kommen aber doch Augenblicke, wo man gemeinsam vergißt und erkennt. Zur »Last« fallen Sie uns doch auf keinen Fall. Wie können Sie das denken?! Auch haben Sie völlige Freiheit, zu bestimmen, worüber Sie sprechen und nicht sprechen wollen, wie auch, wenn Sie es für nötig hielten, sich ganz zurückzuziehen. Denken Sie an die schönen Waldspaziergänge, die wir im ersten Frühlingsgrün machen können!

Herzlichst grüßt Sie Ihr
Werner Kraft

[von Erna Kraft: es wäre eine große Freude!]

In der »Literatur« (April) bespricht Lissauer [Nachtrag: Hier kann man allerdings sagen: Kommt mal ne leere Droschke, so ist sie besetzt. Denn wer ist Lissauer? Schließlich doch nur der Dichter des Haßgesangs!] »Mit allen Sinnen« und hebt Ihre Gedichte besonders hervor. Er zitiert ganz »An meinen Sohn«. – Ich lese jetzt wieder den »Idiot« von Dostojewski. Ein erhabenes Buch. Kennen Sie es? Ich denke mir, daß es ganz besonders für Sie geschrieben ist.

49. Wilhelm Lehmann an Werner Kraft

Eckernförde, 12. April 1933

Lieber Herr Kraft,
Haben Sie Dank für Ihre erneute Einladung aber ich kann ihr diesmal noch nicht folgen: allmählich finde ich mich ein wenig zurück, vielleicht komme ich zum Arbeiten, ob die Ferienverlängerung auch für die städtischen Schulen gilt, steht dahin. Wenn es Ihnen passt, komme ich Pfingsten zu Ihnen, wenn's auch nur zwei Tage frei werden sollten. Ich grüsse Sie von Herzen

& bin Ihr & Ihrer aller
Wilhelm Lehmann

50. Werner Kraft an Wilhelm Lehmann

H. 14.4.33

Lieber Herr Lehmann,
vielleicht ist es sogar besser, daß Sie nicht kommen. Denn was könnte ich Ihnen jetzt »bieten«? Staunen! Zerrissenheit! Empörung! Worte, hundertfach zerkaute, um die steinharte Realität zu bewältigen! Besser ist es, daß Sie jetzt *arbeiten*, wenn Sie es vermögen, um einer künftigen Epoche, »wenn keine Ahnung dieser Fieberträume weht an das Denken neugeweihter Räume«, jenen Schatz an Seele wenigstens teilweise zu überliefern, der jetzt mit vollen Händen verschüttet wird, als wäre der Vorrat unausschöpfbar. (Und davon kann ja für den der sieht und hört schon lange keine Rede mehr sein!) Selbst nach Spengler – der *für mich* keinerlei Autorität bedeutet – fällt das was seit 1914 geschieht in eine Zeit absoluten Niedergangs, an dem folgerichtig dann auch die teilhaben, die nicht das wollen sondern das Gegenteil. Und in dieser Richtung wird, mit anderer Begründung, die Wahrheit liegen. Jeder echte Aufschwung ist geknüpft an das Geheimnis der Geburt neuer Menschen und Ideen – und darum wird man, wenn die Stunde kommt, auch Ihr Werk zu brauchen wissen! –, es ist aber keineswegs so, wie heute selbst die wenigen zu glauben scheinen, die überhaupt noch an »Kultur« [Nachtrag: In H. Johsts »Schlageter« soll der Satz vorkommen: »Wenn ich das Wort Kultur höre, entsichere ich meinen Browning.« Der Bluff eines kleinen Literaten, der hier der Generation das »neue Wort« zu geben glaubt. Der Jude hat in solchem Fall ein wunderbar ausdrucksvolles Wort – ich weiß nicht ob Sie es verstehen –: nebbich!] interessiert sind, daß z.B. das franzö-

sische grand siècle – Ludwig XIV. zu verdanken sei. Trugschluß und Kurzschluß, aber beide von magischer Wirkung, indem ein sekundärer Vorgang – »günstige« Umstände – zur Hauptsache gemacht wird. Wer nicht an das Geheimnis des Geistes glaubt, das zugleich der Inbegriff der Realität selbst ist, den mag der Teufel holen. Die Gedanken sind wahrhaft frei, wenn man sie hat. Allerherzlichst Ihr Werner Kraft
Mein Schicksal ist nach dem neuen Beamtengesetz wohl besiegelt. Dann werden wir Deutschland verlassen. Aber Ihr Besuch zu Pfingsten, auf den wir uns schon sehr freuen, wird noch zustandekommen!

Goethe

Wenn gewaltig du erscheinst,
In den allerstillsten Stellen
Meiner Sehnsucht heut wie einst
Irres Dunkel zu erhellen,

Fühl' ich, daß auf anderm Stern,
Weil du lebtest, du gesungen,
Wo die Kunst mit ihrem Kern
Noch vom Tode nicht verschlungen.

Ahn' ich schaudernd, daß selbst du
Ganz nicht wagtest deine Seele,
Hinter deines Reiches Ruh
Wer bin ich, daß ich dir fehle!

Du fehlst mir. Es ist schon spät.
Eh mich ganz die Nacht entblöße,
Gib mir, daß ein Reim gerät,
Nur ein Gran von deiner Größe!

Ein mit inniger Gewalt
Saugt' ich deiner Seele Süße
Aus dem Genius zwiegestalt;
Und das Wort springt auf die Füße.

Angst verfließet sanftgebannt
In des tiefsten Herzens Tone,
Meinen Fuß auf deinem Land,
Ohne Hoffnung, dir zum Sohne!

51. Werner Kraft an Wilhelm Lehmann

H. 23.4.33

Lieber Herr Lehmann,
ich schreibe eben – für W. Kütemeyer – Ihr Gedicht »Dezembernacht auf den Feldern« ab, und da sehe ich, daß der Schluß heißt: »Und die liebeskranke Ophelia ertränkte sich *um* mich!« Ich hatte bis jetzt immer geglaubt, es hieße im letzten Vers »*und*« mich. Das fand ich gerade so besonders stark. Vielleicht ist dies Unsinn, ein einfaches Verlesen für die bessere Lesart zu halten, vielleicht bringt aber ein solcher Zufall den Gedanken ins Licht, den Sie nicht voll ausgedrückt haben. Denn liegt nicht der Sinn Ihres Wortlauts darin *und mehr*?! Aber entscheiden Sie selbst!

Im übrigen geht es uns schlecht. Meine Stelle werde ich bestimmt in den nächsten Monaten verlieren. Unsere Wohnung geben wir jetzt schon auf. Paul Caspar siedelt schon Anfang Mai nach Palästina über. Wir werden wohl zunächst nach Paris gehen. Aber wie ich mich auf die Dauer ernähren soll ist mir ein Rätsel. Aber wir werden uns bestimmt noch einmal sehen?

Ich grüße Sie herzlichst Ihr
Werner Kraft

52. Werner Kraft an Wilhelm Lehmann

H. 3.5.33

Lieber Herr Lehmann,
ich wünsche Ihnen zu Ihrem Geburtstag: Friede der Seele für Sie und die Ihren, Freude des Geistes an Ihrem Sein und Sosein! Lassen Sie mich von neuem aussprechen, daß Sie meiner geistigen und menschlichen Zugehörigkeit immer sicher sein können! Das ist gewiß wenig, aber vielleicht ist es mehr als nichts, und war es denn je in Deutschland anders?! Singen Sie weiter die Große Klage mit jener Kraft, die ihr den Stachel nimmt und Kommenden den Übergang zur Freude leichter macht!

Mir selbst geht es objektiv schlecht, aber subjektiv lasse ich mir's noch immer am Rande des Abgrunds wohl sein und sehe mit einer fast dämonischen Neugier meinem Schicksal zu. Ich bin noch im Amt. In Paris kenne ich einen einflußreichen Franzosen (ehemaligen Gesandten), der viel von mir hält und mir die erstaunlichsten Briefe schreibt. Die Hoffnung, daß er mir helfen wird, ist vielleicht nicht ganz unbegründet.

Möge es Ihnen doch gut gehen! Ich grüße Sie sehr herzlich Ihr

Werner Kraft

Die Nachricht vom Selbstmord des Professors Jacobsohn aus Marburg, den ich weder persönlich noch sachlich kannte, hat mich tief erschüttert. Auch Rang, der kürzlich auf der Durchreise sich hier aufhielt, ist beurlaubt, hat aber erreicht, daß es ruckgängig [!] gemacht wird. (Seine Frau erwartet das dritte Kind.) [Nachtrag: Sollten Sie ihm schreiben, erwähnen Sie *nichts* hiervon, da seine Frau es nicht weiß.] Welch eine Zeit!

Die Welt ist schön

Die Welt ist schön. Wer darf es sagen,
Wenn so sie blickt und auf das Gute schießt!
Wie weckt den Haß das heilige Behagen,
Das Blut wie Thränen weihevoll vergießt!

Die Welt ist schön. Wer darf ihn lindern,
Der Sonne Strahl, den letzten, vor dem Tod,
Wenn statt die Macht des Maules zu vermindern,
Die Schrift der Wahrheit trifft der Lüge Schrot!

Die Welt ist schön. Hat sie gesehen
Gott selbst im Geist, der dennoch sie erschuf,
Wir dürfen nicht, bevor wir untergehen,
Uns retten in den ungehörten Ruf.

Die Welt ist schön. Siehst du sie bluten,
Als wäre eins und alles feiger Mord
Der Töter, die ins Horn des Heiles tuten? –
Die Welt ist schön. Die Welt ist ohne Wort.

Goethe [...]
[vgl. Nr. 50, S. 64]

53. Wilhelm Lehmann an Werner Kraft

Eckernförde, 3 Mai 1933

Lieber Herr Kraft,
ich grüsse Sie aus der Tiefe der Empfindung & wünsche Ihnen und mir die Fähigkeit, sich aus der Bitterkeit der Bitterkeiten emporzusaugen.

Ich gedenke Ihrer als Ihr
Wilhelm Lehmann

54. Werner Kraft an Wilhelm Lehmann

[Hannover, 4. Mai 1933]

Diese Blumen, diese blauen,
Aus der Ferne hergesandt,
Machen mir den Geber schauen
Und die liebevolle Hand.
Wie sie pflückt aus reiner Erde
Was entwurzelt aus dem Grund
sich mit Farbe und Gebärde
Wandelt in den stillen Bund!

Wehrt dem Worte, auszubrechen,
In des Geistes Tiefe krank
Meine Sprache, nicht zu sprechen,
Spricht der Mund des Mundes: Dank.

55. Werner Kraft an Wilhelm Lehmann

H. 6.5.33

Lieber Herr Lehmann, Ihre Blumen stehen noch auf meinem Tisch. Sollte nur meiner Unkenntnis der Natur die Behauptung, in meinem Gedicht, entspringen, Sie hätten diese Blumen »gepflückt«, auch die Hand, die sie vom Blumenhändler in Empfang genommen hat, bleibt »liebevoll«.

Es interessiert Sie vielleicht, daß S. Fischer auf der Jagd nach nationalem Alibi neuerdings seine ungangbaren Autoren im Börsenblatt inseriert, in einer großen Annonce Huch usw, darunter auch Sie. In dem dazugehörigen Waschzettel, der im Terzo Regno noch nicht verboten ist, werden Sie mit Merlin verglichen. Das ist egal. Wenn es Erfolg hätte, dürfte man beide Augen zudrücken. Hat sich eigentlich der Verlag Kurt Wolff an Sie gewandt? Ich hatte ihn auf den »Provinzlärm« aufmerksam gemacht, und er wollte Sie um Einsendung des Ms bitten.

– In der hiesigen Stadtbibl. liegt die Neue Rundschau im Lesesaal nicht mehr aus und wird auch nicht mehr ausgegeben.

Ich grüße Sie herzlichst

Ihr
Werner Kraft

Ich tat neulich wieder einen Blick in F. Huchs »Pitt und Fox«. Ein schönes, gut (= bescheiden) geschriebenes Buch.

56. Werner Kraft an Wilhelm Lehmann

H. 9.5.33

Lieber Herr Lehmann,
entschuldigen Sie bitte die schmutzige Karte und die Eile. Aber ich wollte Sie fragen: Ich trete am 15.5. einen 14tägigen Urlaub an (wenn ich nicht vorher den endgültigen antrete). Würde es Ihnen »passen«, wenn ich Sie einige Tage heimsuchte?! Ich weiß, daß dies aus vielen Gründen nicht die Zeit für »Besuch« ist (als welcher nicht zu gelten im Sinne von unmöglichen »Ausgaben« mein Wunsch wäre!), und wenn Sie Nein sagen *müssen*, so brauchen Sie dieses Nein nicht zu begründen. Auch ist unsere äußere Lage so verworren, daß ich nicht einmal sicher weiß, ob ich käme, selbst wenn Sie einverstanden wären.

Wie dem sei,
ich grüße Sie
herzlichst
Ihr
Werner Kraft

57. Wilhelm Lehmann an Werner Kraft

Lieber Herr Kraft,
in Eile schreib ich Ihnen. Ich mache Ihnen den Vorschlag, innerhalb Ihres Urlaubs an einem Freitag Abend hier anzukommen (ich erwarte

Sie an der Sperre) & Sonnabend & Sonntag bei uns zu bleiben sodass Sie Montag wieder führen. Warum diese Conrad Ferdin. Meyersche Beschränkung? Weil ich einfach nicht mehr Kraft & Zeit für Sie habe: abgesehen davon, dass ich eigentlich infolge des inneren Leids nur noch wie ein Gespenst wandle, bin ich mit Arbeit überschüttet: mir sind 5 Studienreferendare zur Ausbildung übergeben, da ist – heute! – die Arbeit unglaublich zehrend & wegnehmend. Im Übrigen freuen meine Frau & ich uns *sehr*. Schreiben Sie sobald Sie über Ihr Kommen im Klaren sind. Hoffentlich kommt nichts dazwischen & gelingt alles.

Von Herzen Ihr
Wilhelm Lehmann

Eckernförde, 13. Mai 33

Sie bekommen ein schönes Zimmer bei mir oben & mögen Ruhe & Freude am Blick auf Wasser & Bäume herrlich finden.

58. Werner Kraft an Wilhelm Lehmann

H. 24.5.33

Lieber Herr Lehmann, Ihnen und Ihrer Frau danke ich herzlichst für Ihre Einladung, der ich so gerne gefolgt wäre, aber ich kann nicht kommen. Es geht nicht. Ersparen Sie mir bitte die Begründung. Vielleicht halten wir nun aber daran fest, daß Sie Ihren in Aussicht gestellten Pfingstbesuch bei uns ausführen. Es wäre so schön! Aber man kann heute nur von Tag zu Tage Entscheidungen treffen. Daß Sie so sehr durch Ihren Beruf in Anspruch genommen sind und daß es Ihnen auch sonst nicht gut geht, schmerzt mich. Das ist die Große Klage, an der heute jeder teilhat, der denkt.

Herzlichste Grüße Ihr
Werner Kraft

Ich wünsche Ihnen einen schönen Himmelfahrtstag. – Bei Victor Hugo fand ich in einer auch sonst sehr schönen Gedenkschrift »Mes fils« (über die Zeit seiner Verbannung) die großartige Formel: »Rire, quel motif de pleurer!«

Ersatz

Etwas scheint mir zu geschehen.
Es geschieht.
Fällt nicht von den sanften Sternen
Still ein Lied

Mir, dem Zweifler, es zu lieben,
In den Schoß?
Alles wäre, in der Hölle,
gut und groß!

Doch wer spricht es, wenn die Sprache
Mich verstieß?
Das geliebte Lied der Lieder
Ist es dies?

59. Wilhelm Lehmann an Werner Kraft

Eckernförde, 25. Mai 1933

Lieber Herr Kraft, *sehr* betrübt sind sowohl meine Frau als ich, dass Sie nicht gekommen sind. Lässt es sich nicht *noch* machen? Um so schlimmer als die Pfingstferien für uns wegfallen sodass ich schwerlich zu Ihnen komme. Bevor sich das Äussere entscheidend für Sie ändert, möchte ich Sie aber doch sehen. Hat sich schon Genaues entschieden? Ich danke Ihnen für das sehr gute Gedicht, nur der Name gefällt mir nicht (ich schlage Ihnen vor: ›Flehentlich‹) – ach, Worte sind ohnmächtig & doch können sie wunderbar da sein & wie das grossartig Seiende sich leben & damit anderes ermutigen. Seien Sie bis zu Genauerem von Herzen gegrüsst mit den Ihrigen

Ihr
Wilh Lehmann

60. Werner Kraft an Wilhelm Lehmann

Bln 29.5.33

Lieber Herr Lehmann,
Gestern Abend ist mein Sohn, mit einer Anzahl junger Menschen von hier nach Palästina abgefahren. Es ist schwer für uns, für ihn wird es

gut sein. Meine dort lebende Schwägerin wird so gut wie seine Mutter für ihn sorgen. – Welch eine Welt! Welch ein Mai! – Mit Herrn Kütemeyer hatte ich ein langes Gespräch über die Schmetterlingspuppe, von der er einen starken Eindruck hatte. Sind eigentlich die Verse darin »Doch meine schöne Braut« usw von Ihnen oder wirkliches Zitat? Am Mittwoch bin ich wieder in H.

Allerherzlichst Ihr
Werner Kraft

61. Werner Kraft an Wilhelm Lehmann

H. 8.6.33

Lieber Herr Lehmann,
ich danke Ihnen sehr für Ihre Karte. Daß »Ersatz« Ihnen gefällt, freut mich sehr. »Flehentlich« als Überschrift ist natürlich viel schöner aber – leider – nicht völlig entsprechend, da es den Rest von Unfrommheit im Zweifel nicht mitausdrückt. – Am Dienstag kommender Woche begebe ich mich auf die Reise, zunächst nach Stockholm. Ich dachte nun, einen Tag in Lüneburg zu bleiben und am Mittwoch Nachmittag bei Ihnen zu sein. Je nach Ihrer Stimmung und Zeit würden Sie dann entscheiden, ob ich am Donnerstag oder erst am Freitag weiterfahre. Ich möchte Sie aber auch so – leider kann ich die Zeit nicht für Sie günstiger festsetzen – in keine Zwangslage versetzen und bitte Sie, mir möglichst umgehend mitzuteilen, ob Ihnen mein Besuch in dieser Form paßt. Ich bitte Sie um völlige Offenheit. Ein Zusammensein, wenn es aus äußeren oder inneren Gründen ein gequältes sein müßte, kann ja weder in Ihrem noch in meinem Sinne sein.

Mit den herzlichsten Grüßen
Ihr
Werner Kraft

Unser Paul Caspar ist gesund in Tel Aviv (Palästina) angekommen.

62. Werner Kraft an Wilhelm Lehmann

H. 8.6.33

Lieber Herr Lehmann,
ich möchte Ihnen noch gern, bevor ich selber komme, drei Gedichte zu *lesen* geben, denn im Sagen liegt doch immer ein halber Betrug. –

Es ist natürlich, gemessen an der steinharten, unerweichbaren, alles vernichtenden Wirklichkeit, pure Kinderei, und doch macht es mir Spaß, zu träumen: ich könnte im Exil eine Zeitschrift herausgeben, die etwa den Titel führte »Der Gegenbeweis«, dazu etwa als Motto jenes furchtbare Fragment von Hölderlin

»und es hängt, ein ehern Gewölbe
der Himmel über uns, es lähmt
Fluch die Glieder der Menschen, und
die erfreuenden Gaben der Erde sind,
wie Spreu, es spottet unser, mit
ihren Geschenken die Mutter und
alles ist Schein –«

oder jene noch gewaltigeren Zeilen, auf die gerade in diesen Tagen meine Augen zum ersten Male gefallen sind

»O wär es möglich
zu schonen mein Vaterland«

Inhalt. H. 1. Lehmann: Südliche Stunde. Karl Gustav Jochmann: Stilübungen. Werner Kraft: Das Verhältnis des Dichters zur Sprache. Christian Rang: Brief an Hofmannsthal. Paul Kraft: Der Kriegsgefangene. Abendstern. (Mit Fußnote: Ein Gedicht aus Des Knaben Wunderhorn.)

H. 2. Adam Müller: Über die deutsche Sprache. (Zitate aus den Reden über die Beredsamkeit.) Werner Kraft: Kafkas Kübelreiter. Lehmann: Novelle. Paul Kraft: In Erinnerung eines alten Leierkastens. Letztes Gedicht. Jochmann: Über die deutsche Sprache. (Mit Fußnote: über Müller und Jochmann.) H. 3. Fouqué: Letzte Verse (mit Fußnote.) Werner Kraft: Über Wilhelm Lehmann. Jochmann: Brief. Chamberlain: Über Shakespeare – Übersetzung. Else Lasker-Schüler: Gedichte. Schmidt von Lübeck: Distichon.

– Dies alles ist nur ein Spiel. Vielleicht aber macht es Ihnen für einen Augenblick Vergnügen.

Herzlichst
Ihr
Werner Kraft

Wiedergeburt

Der gold'ne Sommer bricht zusammen
Im Rausch der Reben.

Ein Herbst steigt stumm aus meinen Flammen:
Das nackte Leben.

Mir wankt vor Haß der letzte Hebel
Zu meinem Heile.
In flacher Zeit verfluchten Nebel
Starr' ich und weile.

Der Winter packt das Wort, das wahre,
Und heißt es schweigen,
Daß sie auf eine arme Bahre
Mit Fingern zeigen,

Die nicht dem Genius gehören! –
Zwing' ich sie nieder
Und Frühling ist's in vollen Klagechören
Erschlag'ner Lieder?

Herbst

Schon stürzt das Laub von den Träumen.
Die Bäume stehen kahl.
Deutlicher flammt auf den Stirnen
Das Mal.

Besinne dich grausam auf alles,
Was du lassen mußt,
Die Morgenluft des Leides,
Die Lust.
Noch steigt zum finsteren Himmel,
So bäumend und so bang,
Erschüttert unerschütternd,
Gesang.

Rotdorn und Flieder

Das Rot des Rotdorns ist nicht rot.
Das Blau des Flieders ist nicht blau.
Die Farbe mißt kein irdisch Lot,
Die sich erschuf, so gottgenau,
Für eine kleine Frühlingszeit,
Bevor sie stirbt, und wieder grau
Ein Himmel uns umgibt der Not,

Zu dem sie doch vergebens schreit,
Und wieder lau
Mit Leben fächelt uns der Tod. –
O Rot des Rotdorns, sei mir rot!
O Blau des Flieders, sei mir blau!

63. Wilhelm Lehmann an Werner Kraft

Eckernförde-Borby, Jungmannweg 16 [10. Juni 1933]

Lieber Herr Kraft, Dank für Karte und Brief (wie gut, dass Paul Caspar sicher gelandet ist, wir haben sehr an ihn gedacht). Wir erwarten Sie also am Mittwoch, ich habe Seminarsitzung von 4 bis 6 Uhr, kommen Sie also gegen Abend (Sie können natürlich kommen wann Sie wollen, müssen sich nur ev. dann fragen nach Borby hin (durch die Stadt vom Bahnhof aus links, über die Holzbrücke zu uns an den Rand von Borby)) und bleiben, wenn Sie mögen bis Donnerstag einschliesslich, da ich Freitag das Volkszählungsgeschäft & das Übrige wieder habe (selbstverst. können Sie auch länger bleiben, wenn Ihnen der Sinn danach steht & Sie es hier schön finden, nur dass meine Person dann meist wegfallen muss der Geschäfte wegen). Meine Frau & ich grüßen Sie alle herzlichst, wir freuen uns, wenn es nur erst einmal etwas wird.

Ihr
W.L.

64. Werner Kraft an Wilhelm Lehmann

Djursholm-Danderyd bei
Stockholm
Sturevägen 56
17.6.33

Lieber Herr Lehmann,
nach einer herrlichen Überfahrt – die schwedische Küste tauchte auf wie die Insel der Seligen – bin ich hier glücklich gelandet und, wie Sie an obiger Adresse sehen, gleich auf Sommerwohnung mitgenommen. Rings um mich ist Tannenduft. Ihrer Frau und Ihnen danke ich für den sehr schönen Tag! Lörke war mir ein treuer Begleiter. Ich denke

viel über ihn nach. Wenigstens ein Gedicht sprach mich mit jeder Zeile an, und ich finde es ungewöhnlich schön: Aliang. – Wie schade, daß ich die »Hochzeit der Aufrührer« nicht gleich mitgenommen habe! Wir haben uns unnötige Gedanken gemacht. Können Sie mir die Erzählung nicht schicken! Es wäre mir eine große Freude. Und Zeit hätte ich, Ihnen eine Kritik in Roman-Umfang zu liefern! Und schicken Sie mir bitte »Windiger Februar«! Wie schmerzt es mich, daß Sie auf das Meer vor Ihrem Fenster mit so dunklen Gedanken sehen! (In den meinen ist Ihre Gestalt ganz hell!)

Herzlichst grüßt Ihre Frau und Sie selbst Ihr Werner Kraft

Mir fiel noch der folgende Sprichwort-Ersatz ein:
Pferdchen auf der Weide, Mensch im Stall.

65. Werner Kraft an Wilhelm Lehmann

Djursholm-Danderyd bei
Stockholm
Sturevägen 56
25.6.33

Lieber Herr Lehmann,
würden Sie mir vielleicht meinen Aufsatz über Sie, noch bevor Sie auf Urlaub gehen, zuschicken können? Wie mir B. Rang schreibt, will Herr Schmidthüs, der Herausgeber der Schildgenossen, unsere beiden Aufsätze über Sie jetzt drucken. Dieser selbst hat sich noch nicht geäußert, und da ich nicht weiß, ob er meinen Aufsatz überhaupt schon kennt, und da ich selbst kein Ex. hier habe, möchte ich sichergehen und eine Verzögerung verhüten. Im übrigen bin ich natürlich skeptisch, und Sie erhalten den Aufsatz, sollte aus dem Druck nichts werden, natürlich zurück. – Für Ihre Fahrt nach S. wünsche ich Ihnen und Ihrer Frau die schönsten Eindrücke. – Ich denke oft an Sie. – Ich habe hier den Band von Heimann, in dem die Aufsätze über Weingott und Lörkes Heimliche Stadt stehen. Ich finde beide zwar interessant aber doch nicht das Wesentliche treffend. Insbesondere der über L. »Huldigung« ist mit Ausnahme vielleicht der »Mondeshippen« (??) ein sehr merkwürdiges Gedicht, besonders schön, die zweite und die vierte Strophe. Ferner »Weichbild«, »Mondwolken«, besonders die erste Strophe, »Die Raben« (sehr schön!) – Es ist kein objektiver Einwand aber eine Feststellung, die – für mich – einem solchen gleichkommt, daß ihm die letzte Einfachheit, wie etwa in Ihrem Gedicht

»An meinen Sohn« (noch?) fehlt. [Nachtrag: In Aliang hat er sie allerdings!] – Besitzen Sie zufällig das Inselbuch mit den Gedichten Li-Tai-Pes (Klabund.) Wenn ja, würden Sie mich erfreuen, wenn Sie es mir mit Ihrem Aufsatz leihweise schicken könnten. L's Gedicht hat mir Lust gemacht, sie wieder zu lesen.

Kennen Sie das Romanfragment von Hofmannsthal »Andreas«? Ich finde es ersten Ranges. Ihr Ms?!

Ich grüße Sie herzlichst
Ihr
Werner Kraft

66. Wilhelm Lehmann an Werner Kraft

Poole (Dorset), The Wynglade
England
July 8th '33

Lieber Herr Kraft, nach unglaublich viel Nervositäten gelang mir die Reise doch: ich bin in einem einfachen kleinen Gasthof in Poole an der Südküste gelandet & atme etwas auf. Ich schicke Ihnen erst von hier aus Ihren Aufsatz und den Litaipe (meinen Sie diese Ausgabe?). Falls Ihr Aufsatz gedruckt wird (ich glaube es nicht), müssten Sie doch wohl für das heutige Deutschland S. 10 unten sehr mildern. Ich schreibe Ihnen noch, denke an Sie & bin herzlichst Ihr

W.L.

Ich denke doch, dass ich hier einige Tage bleibe

67. Werner Kraft an Wilhelm Lehmann

Djursholms[!]-Danderyd 12.7.33
bei Stockholm, Sturevägen 56

Lieber Herr Lehmann,
ich danke Ihnen sehr für Ihre Karte und den Klabund. Die Sendung des Aufsatzes war wahrscheinlich gänzlich überflüssig. Auf meinen vor bald drei Wochen geschriebenen Brief an den Herausgeber der »Schildgenossen« habe ich keine Antwort erhalten. Auch eine solche Zeitschrift kann heute nicht mehr erscheinen. Ich schicke Ihnen den Aufsatz gern wieder, wenn Sie heimgekehrt sind. In Klabunds Versen

klingt – aus der Übersetzung einer Übersetzung – ein allerletzter Hauch – stellenweise – des chinesischen Genius und spendet Trost. »Was bleibt vom Heldentum? Ein morscher Hügel, Auf dem das Unkraut rot wie Feuer steht.« Einige dieser Gedichte standen, während des Krieges, in der Fackel und haben damals, verstärkt durch das polemische Pathos der Umgebung, tiefen Eindruck auf mich gemacht. Ich glaube überhaupt, daß Klabund Anlage zu echter Lyrik hatte. Aber ihm fehlte jeder Sinn für Verantwortung. Sehen Sie z.B. die halbgelehrte Improvisation des Nachworts! Zeit und Krankheit haben dann das Ihrige getan. – Ich freue mich, daß Sie aufathmen. Warum haben Sie mir nicht die »Hochzeit der Aufrührer« geschickt? Sie würde mich gerade jetzt so aufgeschlossen finden! – Was ich über den Mangel an Einfachkeit bei Lörke gesagt habe, bezieht sich natürlich nur darauf, daß mir scheint, als wenn es ihm oft nicht gelingt, das Uneinfache seiner Erfahrungen in *einfacher Kunstgestalt* auszudrücken. Wenn aber ein heutiger Mensch eine *einfache Seele* zu haben behauptete, dann lügt er! – Wie es mir geht? Ich könnte es nicht sagen. Hier ist eine tropische Hitze. Ich bade, schlafe, esse. Dazwischen lerne ich Schwedisch und lese viel in französischer Lyrik. Sicherlich kennen Sie die schöne, von Duhamel herausgegebene Anthologie des Inselverlags! Wie es mir sonst geht, sagen Ihnen vielleicht die Gedichte, die ich beilege. Wenn es Ihnen mit solchen Sendungen gelegentlich zuviel sein sollte, weil Sie nicht alles loben oder billigen können, bedenken Sie dann, wie gerne ich mich gerade von Ihnen gelesen weiß, auch wenn Sie nach Lage der Dinge mehr schweigen als sprechen könnten! Herzlichst grüßt Sie (und Ihre Frau, falls sie bei Ihnen ist)

Ihr
Werner Kraft

Höllensommer

Es ist Sommer. Eine grüne Zeit.
Winder [!] wird es. Weißes Leid.
In einander es vergeht
Und steht.

Sorglos sieht die Welt dem Wunder zu.
Ungemolken bleibt die Kuh,
Euter der Gerechtigkeit.
Sie schreit.

Wann macht die Empörung der Geduld
Juli zu dem Born der Huld?
Ehe der Dezember nahm
Die Scham

Herzlos allen Guten, die da sehn
Was sie niemals zu verstehn
Sind geboren wie es heißt
Im Geist!

Angst stürzt nieder, Feuerstern der Angst,
Daß du an die Gurgel drangst
Der Verführung: wahngeneigt.
Es schweigt.

Sonne, das geheime Element
Mordes, der sich Leben nennt,
Mach' ein Ende solcher Not
Mit Tod!

Mondnacht

Verschloss'nen Mundes flammt der Mond.
Er teilt nichts mit. Die Trauer thront.

O heilige Identität!
Verflucht, der durch die Lücke späht!

Die Wunde. Still. Dies ist das Leid.
Die Schönheit liegt mit Gott im Streit.

Sie hat sich monden ihm versöhnt,
Und was nicht schön sei, taut, es tönt ..

Ob morgen auch die Sonne strahlt,
Ob auch der Tod die Zeche zahlt,

Verschloss'nen Mundes blickt der Mond,
Er selbst, auf mich, der ihm entwohnt.

Die große Klage

Ich wachse dem Verhängnis zu
Und tue nichts, es aufzuhalten.
Bald bin ich ohne Dach noch Du.
Nur auf der Stirn der Sorge Falten.

Ungeliebte

Von Gott durchdrungen laß mich deinen Leib,
Den schöngeöffneten, durchdringen!
Wenn alle Schwestern süß Hosianna singen,
Wild steigt im Wohl ein Weh mir auf, das Weib.

Ich liebe dich, doch ach, ich kann nicht lieben.
Zu tief im Herzen stockt die Bitterkeit.
Die Lust dir schenkend muß ich sie verschieben.
Mein Gott ist aus den Fugen. Nimm dein Kleid!

Die Wurzel

Alles überlebt
Was wir dulden ohne Wissen
Auf dem sanften Kissen
Unsres heißen Leibs.

Es ist süße Zeit! –
Keiner wagt zu widerlegen
Einen dunklen Segen
Mit dem letzten Kampf.

In dem Wahnsinn Land! –
Doch wir fliehen gern mit Schweigen
In den schönen Reigen
Vor dem Aufruhr: Tod.

68. Werner Kraft an Wilhelm Lehmann

Djursholms[!]-Danderyd
bei Stockholm, Sturevägen 56
12.7.33

Lieber Herr Lehmann, warum vorenthalten Sie mir die Kenntnis eines so außerordentlichen Prosastückes wie »Begegnung mit den Wasserprimeln«, das mir meine Schwägerin aus Berlin soeben in dem Ausschnitt der Voss. Ztg. vom 9.7. schickt? Oder sollten Sie noch gar nicht wissen, daß es erschienen ist? – Ich hatte beim Lesen das Gefühl, etwas ganz Reines und Hohes in mich aufzunehmen, dem ich in meinem unentwirrbar vermischten Seelenzustand nur bedingt gewachsen bin. Und doch möchte ich glauben, daß ich erkenne: Wenn Sie *das*, in solcher Zeit, erleben und darstellen konnten, so gehören Sie gewiß zu denen, die von der Verzweiflung frei sind!! Sie sprechen darüber im Anfang von »Weingott«. – Mein Aufsatz über Sie gefällt mir nicht mehr. Er müßte viel strenger – nicht gegen Sie, sondern gegen mich –, viel weniger eitel sein!! Aber nur ein Schelm gibt mehr als er hat. – Kennen Sie Hofmannsthals »Turm«? Ich habe es jetzt wieder gelesen. Wahrhaft ein Letztes Wort! – Leben Sie wohl! Ihr Werner Kraft

69. Wilhelm Lehmann an Werner Kraft

Veränderte Adresse:
Wyke Lodge, Ulwell, *Swanage*
(Dorset), England, July 15th '33

Lieber Herr Kraft,
Vielen Dank für Brief und Karte: Dank für die schönen, sehr mächtigen, drängenden Verse, seien Sie getrost! Ob Sie den »Wasserprimeln« nicht zu viel, Ihrem Aufsatz über mich zu wenig Ehre antun? Verändern Sie nur nichts. Ein schwerer Ton klingt durch Ihren Brief – ich bin noch exilierter als Sie. Die Güte des Betragens hier, auch des ›man in the street‹ wider einander bringt mich oft zu Tränen. Meer, Heide, Dünenhügel & Menschen, die mich nicht beargwöhnen. Wie wenig braucht man, wie viel entbehrt man. Ich grüsse Sie von Herzen, gedenke Ihrer im schönsten Sinne & bin der Ihrige

W. L.

Vielleicht reichen die Mittel noch, dass ich bis zum 27. Juli hier bleibe, Donnerstags fährt immer der Hapagdampfer.
[auf dem Umschlag:
Das B. Tageblatt ist kaput, ich hatte am 30. Mai einen belanglosen Artikel – er wird mir nun wohl nie bezahlt werden. Was für Mühen, dass überhaupt etwas gedruckt wird!!]

70. Werner Kraft an Wilhelm Lehmann

Djursholms[!]-Danderyd
bei Stockholm, Sturevägen 56
19.7.33

Lieber Herr Lehmann,
sehr danke ich Ihnen für Ihre Karte, so Trauriges sie auch von Ihnen mitteilt. Aber sicherlich verleben sie dort auch *schöne* Stunden, Sie schreiben es ja selbst, und bedürfen keines anderen Trostes als jenes, den Sie selbst als der, welcher Sie sind und werden, in der Hand haben. Gewiß, als Deutscher exiliert leben zu müssen ist ein schweres Schicksal, ich sage Ihnen aber, im Bewußtsein meiner Verantwortung, es ist tausendmal besser und wird einen Segen ansammeln, von dem noch Kindeskinder zehren, als der Verführung zu erliegen, indem man zu dem verfluchten Deutschland von heute Ja sagte, nur weil man selber von dem borniertesten Publikum aller Zeiten ausgezeichnet wäre. Sie können schließlich doch nichts anderes tun als den Glauben in sich stärken, daß Sie nur für mich und einige andere hier und da in ihrer geistigen Wesenheit sichtbar sind, so wie jeder, der es heute wagt, zu sein, und wenn es diesen wenigen nicht gelingt, die echten Kinder der Zeit über die Wasser zu tragen, so müssen wir eben alle untergehen. So sehe ich es, und ich möchte glauben, daß dieser Wahrheit nichts abzudingen ist. In diesem Zusammenhang muß ich Ihnen offen sagen, daß ich über Lörke, dessen ernsthaftes Streben mir in seinen Gedichten hörbar ist, empört bin. Mag es Gründe geben, trotz besseren Wissens in dieser schmachvollen Akademie für Dichtkunst zu bleiben – der Aufsatz über Bahr im letzten Heft der Neuen Rundschau, das ich hier (nicht) gelesen habe, ist ein Skandal. Denn wer ist Bahr? Einer der schlimmsten Verwüster der deutschen Literatur, über den die Akten geschlossen sind. *Das muß Lörke wissen*, und schon darum darf er einen solchen Aufsatz nicht schreiben, weil er sich neulich ausdrücklich zu dem »Neuen« bekannt hat, das begonnen habe. Ach, gerade *sein* Aufsatz beweist mir, daß alles beim Alten geblieben ist. [Nachtrag: Und den 70. Geburtstag verklungener Literaturpäbste von ehgestern zu feiern, wo so viele wertvollere Menschen in den deutschen Zuchthäusern schmachten oder *ermordet* werden – welch ein Anachronismus!! –] Aber ich breche ab. Ich grüße Sie sehr herzlich und wünsche Ihnen noch weiter die schönsten Tage.

Ihr
Werner Kraft

Ich lese gerade eines der seltsamsten, beunruhigendsten Bücher, die mir je vorgekommen sind – Julien Green: Le voyageur sur la terre. Darin steht eine kleine, völlig rätselhafte Geschichte: »Christine«, über die ich *sehr gerne* Ihre Ansicht hörte. Können Sie sich das Buch nicht vielleicht verschaffen?

Vernichten Sie diesen Brief!

71. Wilhelm Lehmann an Werner Kraft

[Swanage,] Montag, 24 Juli 33

Also, lieber Herr Kraft, Abschied für England und zurück in jenes Land. Dank für Ihren Brief. Ich habe Loerkes Aufsatz nicht gelesen, bekomme scheinbar seit Juli nicht mehr die Rundschau. Es ist ein herrliches Sommerwetter (hoffentlich haben Sie es auch) & trüben Gefühles gehe ich fort. Ich fahre Mittwoch Vormittag nach Southampton & bin Freitag zu Hause.

Immer
Ihr
W. L.

72. Werner Kraft an Wilhelm Lehmann

Djursholms[!]-Danderyd
bei Stockholm, Sturevägen 56
3.8.33 (10. Geburtstag meines Sohnes, der nach den Berichten *sehr* gut gedeiht.)

Lieber Herr Lehmann, ich danke Ihnen sehr für Ihre letzte Karte aus England. Hoffentlich haben Sie alles in allem Kraft gesammelt. Ich wünsche es so sehr. – Dies sind Fouqués letzte Verse, die er schrieb, bevor er, als Gesunder, das Haus verließ. Als er heimkehrte, brach er an einem Schlaganfall zusammen und starb –:

Heil, ich fühl es, der Herr ist mir nah, doch nah auch der Tod mir,
Doch weit näher der Herr, Heil mir der seligen Näh!

Ich habe jetzt eine Reihe von Ideen der Art, von der Sie einige kennen, ins Französische übersetzt. Das hat mir Vergnügen gemacht. Dabei lernt man viel. Der weitere Verlauf (der mit Venezuela zuammenhängt) bleibt abzuwarten. – Hat es eigentlich Gründe, daß Sie mir die Hochzeit der Aufführer, die zu lesen Sie mir doch anboten, nicht schicken oder habe ich es nur jener Entschlußunfähigkeit, die ich so gut verstehe, zu »danken« (Im Gegenteil!!), daß ich nicht lese was zu lesen mir doch eine hohe geistige Freude wäre?! – Ich lese jetzt Proust, mit Abscheu und Entzücken über eine so mächtige Ausdruckskraft und eine so verderbte Kenntnis der menschlichen Psyche. Gestern Abend aber las ich: Der Morgen kam; es scheuchten seine Tritte – Das ist göttlich rein. In Goethes ersten Tagebüchern aus Weimar stehen Sätze, die mich immer aufs tiefste bewegen, wenn ich sie denke, z. B. »Schwere Hand der Götter« oder »Reine Entfremdung von den Menschen«.

Allerherzlichst
Ihr
Werner Kraft

Das Leben ist hier schön aber auch, wenn Sie sich dessen erinnern, was ich Ihnen in E. andeutete, oft – schwer. Trotz aller Sorgen und Zweifel muß ich doch beinahe *gesund* sein, wenn ich hier wenigstens manchmal nicht ohne Erfolg als Helfer fungieren kann!

73. Werner Kraft an Wilhelm Lehmann

Djursholms[!]-Danderyd
bei Stockholm Sturevägen 56
ab 20.8.: Stockholm, Sibyllegatan
bei Blumenthal
13.8.33

Lieber Herr Lehmann,
ich möchte Ihnen gern ein Wort sagen, denn Ihr Schweigen bedrückt mich. »Vogelfreier Josef« S. 45: Und die meisten glichen – Ist es nicht immer noch und immer wieder wahr?! Die Welt ist zu schwer, und in dem Cynismus, der von mir Besitz nimmt, erkenne ich mich manchmal nicht wieder. – Dazwischen denke ich über Goethe nach. Welche seltsamen Dinge stehen in den Venetianischen Epigrammen! 73 und 75. Dann die merkwürdigen schwer deutbaren Angriffe gegen die deutsche Sprache: 29, 77. Wie sind sie eigentlich gemeint? Hat die deutsche Sprache Goethe an seiner Entfaltung oder Goethe sie an der ihren gehindert? Für beides gibt es gewichtige Gründe. Zu 1) könnte

man sagen, daß der Klassizismus ein Irrtum war und der Sprachdurchbruch im »Divan« zu spät kam. Zu 2) fällt mir Hofmannsthals merkwürdig strenges Wort ein, das er nur vielleicht in Beziehung auf Goethe negativer hätte accentuieren müssen, da die deutsche Literatur denn doch *noch* wichtiger ist als selbst Goethe: »Es gibt keine deutsche Literatur. Es gibt Goethe und Ansätze.« Doch genug! Hoffentlich geht es Ihnen gut! – Von mir ist besser zu schweigen. Ich habe kaum »Pläne«, aber – und das ist, soweit ich Klarheit über mich habe, wirklich wahr – *nicht darum* geht es mir schlecht, *obwohl* ich eigentlich den ganzen Tag lache. Unentwirrbare Verstrickung. Ich breche ab. – Leben Sie wohl!

Allerherzlichst Ihr
Werner Kraft

Können Sie mir nicht »Windiger Februar« schicken? Was die »Hochzeit« angeht, so sind Sie vielleicht besorgt. Dann lassen Sie es ja!

Ich habe ein französ. Urteil gelesen, daß Kafka der größte europ. Autor nach Nietzsche (neben Proust) sei.

Das bedeutet mir nicht sachlich sondern stimmungsmäßig sehr viel.

74. Wilhelm Lehmann an Werner Kraft

Eckernförde, 22. Aug 33

Lieber Herr Kraft, es schmerzt mich, dass mein Schweigen Sie bedrückt, das darf es nicht. Als ich Ihre vorletzte Karte bekam, war ich gerade bei dem gleichen schönen Wetter denselben Weg gegangen, den wir zusammen gemacht hatten: sehr gerade in Gedanken an Sie bewegt & es war wirklich wie eine Antwort, als ich Ihre Karte zuhause fand. Zu gern lese ich, dass es Ihrem Jungen wohl gehe, sehr gern von Ihren Übersetzungen. Auch für mich hatte Ihre Mitteilung der Meinung über Proust etwas Erleichterndes. Hochz. der Aufr. will ich doch lieber nicht schicken. Im Sept. will der Bücherwurm (dessen harmloser Herausgeber K. Rauch gibt jetzt auch die Lit. Welt heraus) Gedichte von mir bringen. Aber es ist ja alles in Schweigen u. Schatten verloren. Ich höre keine Stimme mehr, nur die Ihre – wenn ich Ihnen nicht gleich antworte, so denken Sie nichts Schlimmes. Richten Sie sich überhaupt ein, an mich als einen Gewesenen zu denken: dann verkehrt es sich vielleicht am Allerbesten. Aber *Sie* sollen eines Tages wieder »sein«. Bitte schreiben Sie mir aus Goethes mir unbekannten

Weimarer Tagebüchern die Stelle von der »reinen Entfremdung« aus, ich habe sie nicht. Wir hatten einen Direktorwechsel der Schule, ich arbeite mich so durch jeden Tag & leiste nichts mehr. Es soll das keine müßige Melancholie sein.

Ich denke viel & gut an Sie als

Ihr
W. L.

Kennen Sie den englischen Dichter John Donne † 1631?

Meine Frau grüsst sie herzlich.

75. Werner Kraft an Wilhelm Lehmann

Stockholm, 26.8.33
Sibyllegatan 31
bei Blumenthal

Lieber Herr Lehmann,
Ihre Karte hat mich erschüttert. Welch ein Ton! Ich denke nach, was ich Ihnen sagen soll, aber ich finde nichts Entsprechendes. Spero, dum spiro. Nein, nicht ich »soll« leben. Wenn schon von einem »sollen« die Rede ist, dann eben Sie. Das ist keine Umkehrung der Bescheidenheit als Trost (und schließlich doch nur Prahlerei) sondern ein Versuch, auszudrücken, für wie notwendig in einem hohen Sinne ich Ihre Existenz und Ihr künstlerisches Werk halte. Die Zeit ist aus den Fugen, und Jaguaren mit Gedichten oder Romanen gut zuzureden ist noch immer erfolglos geblieben. Sie wissen ja »besser« als ich – im ethischen Sinn dieses Komparativs –, wie unzerstörbar jedes lebendige Wort ist, das dem Schweigen enttaumelt, ohne Wunsch nach Waffe, wehrlos und gewaltig. In der Stille, in der, wie Sie schreiben, keine Stimme mehr zu Ihnen dringt, müssen Sie zu wurzeln streben, verzweifelnd bis zum Glauben, wie Karl Kraus sagt. Schließlich ist es jene »reine Entfremdung von den Menschen«, von der Goethe spricht. (Diese abgebrochene Tagebuchaufzeichnung steht in der Tagebuch-Auswahl des Insel-Verlags, ein Vorkriegs-2 M Band!) Ich breche ab, denn wenn man zu viel zu sagen versucht, sagt man zu wenig. Denken Sie aber auch an die »edle Gleichgültigkeit des Tages«, von der Sie im »Provinzlärm« sprechen, ein Wort, das damals besonders tief auf mich gewirkt hat! – Den englischen Dichter, den Sie erwähnen, kenne ich nicht. Was ist es mit ihm? Worin liegt seine Bedeu-

tung? – Ich übersetze jetzt »Christine«, jene früher erwähnte Geschichte von Green. Überhaupt habe ich allerlei Pläne. Dabei ist die Verstrickung meiner Existenz, auch von allen wirtschaftlichen Miseren abgesehen, groß, ja kaum entwirrbar. So viel wäre zu sagen, wenn man es vermöchte. Schließlich, damit ich es nicht vergesse: Sie sollten statt des Kafka-Wortes (das ich in Ihrem Munde irgendwie als falsch empfinde) die folgenden Worte Jean Pauls als Motto dem Provinzlärm voransetzen: »Wie ist jeder so allein in der weißen Leichengruft des Alls. Und kein lebendiger Vater!« Sie stehen in der Rede des toten Christus vom Weltgebäude

Ich grüße Sie wie auch Ihre Frau sehr herzlich

Ihr
Werner Kraft

Schweres Erwachen

Im Schlaf erwacht. Wer steht vor mir
Mit einem roten Blumenstrauß
Und treibt den groben Teufel aus?
Wie schön! Besieg' ich doch das Tier?

Und will ich's denn, anstatt zu haben
Die lieblichste der Höllengaben,
Nicht dich, o mein zerstörtes Du!
Es schließt des Schlafes Augen zu.

Der roten Blume wildes Fleisch
Springt auf mich her wie Frauenschoß,
Wie Flammenbiß, wie Phallusstoß.
Ich bin erwacht. Einst war ich keusch.

O meine reine Jugendzeit!
O wundersames Knabenbild,
Als es mit seiner Unschuld Schild
Den Gott verhieß, wie bist du weit!

Wie bist du nah, mein Gott, mit Schlaf,
Aus dem es kein Erwachen gibt
Für den Erwachten, der nicht liebt,
Den Blume, Blitz und Dunkel traf!

76. Werner Kraft an Wilhelm Lehmann

St. 31.8.33 [recte: 30. August 1933]

Lieber Herr Lehmann,
ich habe jetzt einen *Entschluß* gefaßt: Ich fahre Mitte nächsten Monats nach London, wo ich zunächst drei Monate bleiben will, um die Sprache zu lernen. Vielleicht daß sich dann doch auch *praktische* Möglichkeiten für mich ergeben. Da ich ja sozusagen vogelfrei bin, halte ich diesen Entschluß, der auch von meiner Frau gebilligt ist, für sinnvoll. (Im Hintergrunde lockt natürlich die Möglichkeit, nun endlich die große englische Dichtung *englisch* zu lesen wenigstens zu beginnen!) Möglich auch, daß ich, um deutsche Stunden zu geben, in eine kleine englische Universitätsstadt gehe. –

Da ich möglicherweise mit meinem Gehalt bis Dez. rechnen kann, wäre der Plan auch *materiell* durchführbar. Sollten Sie Menschen in England kennen – aber das Weitere brauche ich gewiß nicht auszusprechen. Schreiben Sie aber zunächst weiter hierher.

Möge es Ihnen gut gehen! Ich grüße Sie herzlichst

Ihr
Werner Kraft

Meine Frau war jetzt in der Champagne. Sie schreibt interessant von der lieblichen Landschaft und ihren Gesprächen mit den französischen, meistens soz. Bauern.

Anrufung

Bedrohte Seelen in dem Pfuhl der Hölle
Aus wüster Welt und Fleisches Raserei,
Wir müssen leben, hinter uns die Schwelle,
Vor uns den Tod, im Sprunge, falsch und frei.

Vielleicht daß einer faßt den Fetzen Boden,
Der gibt für alle einen Hauch von Halt
In diesem Schaudersturm von Lebenstoden
Vertrauend, wie dem Wetter still der Wald.

Wie ahnt mir tief, daß eure schweren Leiden,
Wenn ihr sie wolltet, wären unverflucht!
Versiegelt es mit großen, gold'nen Eiden,
Daß ihr den Gott, daß ihr die Sprache sucht!

77. Werner Kraft an Wilhelm Lehmann

[Stockholm, 4. September 1933]

Anna Louise Karschin

Ohne Regung, die ich oft beschreibe,
Ohne Zärtlichkeit ward ich zum Weibe.
Ward zur Mutter! wie im wilden Krieg
Unverliebt ein Mädchen werden müßte,
Die ein Krieger halbgezwungen küßte,
Der die Mauern einer Stadt erstieg.
Sing ich Lieder für der Liebe Kenner,
Dann denk ich den zärtlichsten der Männer,
Den ich immer wünschte, nie erhielt;
Keine Gattin küßte je getreuer,
Als ich in der Sappho sanftem Feuer
Lippen küßte, die ich nie gefühlt!

Lieber Herr Lehmann,

ich stoße eben wieder auf diese Verse, die ich am Schluß eines Aufsatzes von Ludwig Geiger über die Karschin gefunden habe. Er sagt dort, es wären die einzigen Verse von ihr, die dichterisch sind. Und wirklich, finden Sie nicht auch, daß diese Verse ein tiefer Menschenlaut sind? – Der Tod des Verfassers von Europa und Asien hat mich tief getroffen. Aber nicht nur Trauer erfüllt mich sondern – so seltsam es klingt –: meine Glaubenskraft wächst. Möchte es doch Ihnen und den Ihren gut gehen!! Ich grüße Sie herzlichst

Ihr
Werner Kraft

Ich fahre am 15.9. nach London – über Kopenhagen! Schöner Traum, daß wir uns dort träfen! Aber sollte es nicht *doch* möglich sein?! Goethe – Manto: Den lieb ich, der Unmögliches begehrt! – Kennen Sie Brownings außerordentliches Gedicht Porphyrias lover?

78. Wilhelm Lehmann an Werner Kraft

[Eckernförde, 6. September 1933]

Lieber Herr Kraft, wie ich mich freue zu Ihrem Entschluss! Kopenhagen? Aber vielleicht einst im herrlichen alten England. Das ist ein schöner Gedanke! Dank für alle Strophen, ja, Karschin ist schön. Seltsam, ich habe gerade in letzter Zeit Browning gelesen. Viel Trost fand ich in William Hazlitts Aufsätzen. Kennen Sie Hegels kleinen Aufsatz ›Wer denkt abstrakt?‹ Ich lese ihn immer einmal wieder. Noch einmal Glück zu Ihrem Plan – ich glaube, er ist *gut*! Vielleicht bringt die kleine Rabenpresse ein Bändchen Gedichte. Soll ich sie für Sie interessieren? Wir hier grüssen Sie von Herzen. Lassen Sie uns hoffen. Ls Tod betrübte mich tief. Immer Ihr

W. L.

Ahornfrüchte.

Gleich Sarazenensäbeln hängen
Des Ahorns Früchte bündeldicht,
Still ist es in der Waffenkammer,
Das Weltgeschrei bewegt sie nicht.

Wildhüter sagte mir und Bauer,
Sie brauchten nicht die dumme Frucht.
September trocknete die Flügel,
Ein Kind hat sie zum Spiel gesucht.

Der Star, vom Kälberrücken schnurrend,
Pickt nach den Schwertern, lässt sie wieder,
Geweih des Hirsches streift sie müssig
Sie glänzen, nie gebrauchte, nieder.

Ich aber brauche sie. Durch Erde und durch Himmel
Zückt meine Hand sie. Dem Getümmel
Der Menschen unsichtbar zieht meines Schlages Spur –
Sie glänzen grün und kupferrot. Von ihrer Klinge rauchte
Kein Blut. Im Schlaf sich rührend, Unverbrauchte,
Die Schwerter sie des Dichters nur.

79. Werner Kraft an Wilhelm Lehmann

Stockholm, 8.9.33
Sibyllegatan 31
bei Blumenthal

Lieber Herr Lehmann,
ich danke Ihnen sehr für Ihre Karte und das sehr schöne Gedicht. Ein Dichter, der so in den Gegenständen seiner Dichtung *wohnt*, fast bis zur Selbstverhüllung, darf außerhalb der strengen Klage seines Gedichts nicht fordern, daß man in es *eindringt*, wenn man es nicht vermag. Und wie sollten das auch die armen Geschöpfe von heute vermögen, denen schon der Tod von morgen im Nacken sitzt, so völlig ohne Ahnung von Gegenwart und Gott?! Dies ist nicht als Hochmut gemeint, weder für Sie noch gegen jene, aber es ist eben wahr, daß »wie Trauer starr des Ruhmes Zeichen« ist – – – Besonders gefällt mir der Vers »Still ist es in der Waffenkammer«, dann – – »Von ihrer Klinge rauchte / kein Blut.« Und der Schlußvers. – Mir fällt die große Strophe von Christian Wagner ein – die ich Ihnen vielleicht schon einmal gesagt oder geschrieben habe, aber das ist ja gleich –:

Hast Du in deiner Rüstkammer,
Ewiger Keil nicht noch Hammer
Für mich Erdüberzähligen,
Unseligen und doch Seligen?

Daß die Rabenpresse Sie druckt, ist sehr schön. Und wenn Sie sie für mich interessieren wollten, habe ich gewiß nichts dagegen. Auch könnten Sie ja unter den Gedichten, die Sie von mir haben, eine genügende Auswahl treffen, und *Ihre* Auswahl böte vielleicht eine sicherere Gewähr für die erstrebte Wirkung als die meine. Nur müßte ich allerdings *eine* »Bedingung« stellen, und wenn Sie auf sie aus persönlichen Gründen, gegen die ich nichts sagen dürfte, nicht eingehen wollen, so müßte es bei dem Plan bleiben. Bitte sagen oder schreiben Sie dem Betreffenden, daß ich Jude bin und daß ich den Anspruch erhebe, *ein deutscher Dichter* zu sein und nur bei prinzipieller Anerkennung dieses Anspruchs in den Druck meiner Gedichte einwilligen könnte – was natürlich nicht im geringsten die Möglichkeit antasten will, daß man sie aus reinster, sachlicher Überzeugung für *schlecht* halten kann! – Ich sende Ihnen die erwähnte Geschichte von Green und bin sehr gespannt, was Sie über sie sagen werden. Sollten Ihnen sprachliche Unebenheiten auffallen, sagen Sie es bitte! – Ich grüße Sie sehr herzlich wie auch Ihre Frau

Ihr
Werner Kraft

Es freut mich sehr, daß Sie meinen England-Plan billigen. Den Green werde ich Sie gelegentlich bitten weiter zu schicken.

80. Werner Kraft an Wilhelm Lehmann

Kopenhagen, 19.9.33

Lieber Herr Lehmann,
ich habe hier in der Glyptothek den Kopf einer Aphrodite gesehen, der mir der Inbegriff der Schönheit zu sein schien. Es gibt keine Photographie davon, aber Ihre Vorstellungskraft wird ausreichen .. Daß es solche Dinge gleichzeitig mit solchen gibt, unausdenkbares, nie zu bewältigendes Grauen! Morgen, Mittwoch, schiffe ich mich von Essbjerg, dem dänischen Hafen, aus nach London ein und bin Donnerstag Abend dort. Post erreicht mich unter folgender Adresse

London W 11
37 Chepstows Villa
bei Dr Alfred Cohn

Schreiben Sie mir, da ich es in den ersten Tagen nicht können werde.

Ich grüße Sie, wie auch Ihre Frau herzlich
Ihr WK

Aus Par. u. Pal. habe ich gute Nachricht.

81. Werner Kraft an Wilhelm Lehmann

Gesicht

Welch ein Gesicht, in Kopenhagen,
In jenem Saal, auf großer Säule!
Welch eine Welt! Welch eine Keule,
Der Schönheit Schänder zu erschlagen!

Wer wagt die Göttin zu ermessen,
Daß sie dem Stein die Stirne biete,
Die strahlende, o Aphrodite,
Du bist es selbst – schon halb vergessen –

Wie müh' ich mich um deine Züge,
Die mir wie Meeres Flut verschwimmen,
Will ich den gold'nen Berg erklimmen,
Du, ohne Leib, du, ohne Lüge –

London W 11
37, Chepstows Villas
bei Dr Alfred Cohn
24.9.33

Lieber Herr Lehmann,
also ich bin »da«, aber leider gar nicht froh. Ich fürchte mich, da ich nicht sprechen kann, wie ein kleines Kind und sehr vereinsamt. Aber das wäre nur äußerlich und Übergang. Da ich die Aufenthaltserlaubnis nur für einen Monat erhalten habe und aus Gründen, die ich Ihnen mündlich sagen müßte, fast ohne Aussicht bin, sie verlängern zu können, überlege ich schon, ob ich nicht weiterfahre .. Darüber nächstens mehr. – Lesen Sie den Almanach des Schocken Verlags (60 ₰) wegen eines außerordentlichen Brieffragments von Kafka! Ich hoffe, daß es Ihnen und den Ihren gut geht. Herzlichst

Ihr
WK

82. Werner Kraft an Wilhelm Lehmann

Paris XI
97, Rue Saint Maur
Hotel des Alliés
15.10.33

Lieber Herr Lehmann,
wie geht es Ihnen? Aber wie immer, Sie leben, und alles ist gut. Ich zitiere Claudius: Was im Hirn ist, das ist im Hirn, und Existenz ist die erste aller Eigenschaften. – Goethe (aus dem Gedächtnis, ungenau): In den Augenblicken der höchsten Freude *und der höchsten Not* bedürfen wir des Künstlers. – Und dann: Ich habe hier für einen franc eine sehr wertvolle Schrift erstanden. Emil Bernard: Souvenirs sur Paul Cézanne et lettres. Darin steht S. 40 ein Wort Cézannes, das in der bündigsten Form alles sagt, was zu sagen ist: Travailler sans le souci de personne, et devenir fort, tel est le but de l'artiste; le reste ne vaut pas le mot de Cambronne. (Sollten Sie nicht wissen, was es mit

diesem mot de Cambronne auf sich hat, so schlagen Sie im Büchmann nach, es handelt sich aber um ein Wort, das man gewöhnlich nicht ausschreibt.)

London ist gescheitert. Ich werde wohl nun, in ca zwei Monaten zu meinem Sohn fahren, der sehr gut gedeiht, aber zunächst besuchsweise. Uns geht es so, daß wir noch nicht klagen dürfen. Aber andere?! – Gestern Nachmittag waren wir in St. Cloud. Der Park ist herrlich. Es war ein Herbsttag von vollkommener Schönheit. Als wir am Abend in die Stadt zurückfuhren, lasen wir das Geschehene. Ich erinnere mich an einen Junitag von gleicher Schönheit, ich war 18 Jahre alt, und mein Bruder lebte noch ... Doch ich zitiere weiter. Heraklit: Trockener Glast: weiseste und frömmste Seele. Und Chamfort hat den berühmten Satz gesprochen, daß es eine Zeit sei, in der das Herz se brise ou se bronce. Ich denke auch an Wassermeyer und den »ungerührten« Abschied von seinem Sohn. Und damit an Sie selbst. Schreiben Sie mir doch einmal ausführlich, was Sie arbeiten. (Sollten Sie sich aber durch diese Frage gestört fühlen, dann beantworten Sie sie bitte nicht!!)

Ich grüße Sie und die Ihren herzlich
Ihr
Werner Kraft

Ein Aufsatz über Schmidt von Lübeck wird im Nov-Heft der »Literatur« erscheinen. (Ich habe aber die Korrektur nicht selbst gelesen.)

City

Ach, dies ist nicht Gott! – Und jenes?
Wenn es doch wäre! Ich ersehn' es!
Doch die Tiger sind nicht tot, so lange
Bleibt mir bange.

Ich, aber ich? –
Und Stich auf Stich
Fühlend verbluten
Den Geist des Guten
In mir
Dem Tier,

Möchte, wie möcht' ich, in leeren Wettern,
Leben mit Göttern!

Palma Vecchio: Ein Dichter
(London)

Die hohe Stirn, so sanft, der schwarze Bart,
Die schweren Augen um die grade Nase,
Die reiche Tracht, die edle Art –
Wie süß von solchem Munde
Die Laute perlen, Thau von grünem Grase,
Zur klingenden Verdunklung lichter Stunde,
Dahin ins reine endliche Vergessen!
Und wessen
Ist jenes Antlitz, das ich im Glase
Des Bildes seh' zu bitterem Vergleiche?
Zwei Dichter und ein Bild,
Das schöne, eines, das nicht gilt,
Es sei denn daß es Gott erlaubt der Leiche ...

83. Werner Kraft an Wilhelm Lehmann

Paris XI
97 Rue Saint Maur
Hotel des Alliés
16.11.33

Lieber Herr Lehmann,
auch wenn Sie mir nicht schreiben und ich zu ahnen glaube, warum Sie es nicht tun, ich gedenke Ihrer in unveränderter Zugehörigkeit. Sollte Ihnen von Anatole France sein Etui de nacre in die Hände fallen, so lesen Sie darin bitte mit meinen Augen die Geschichte Manuscrit d'un médecin de village. Selten hat mich etwas so ergriffen. Green hat wohl keinen Eindruck auf Sie gemacht? – In den Schildgenossen, die ja bald Ihrer gedenken werden (leider ohne mich, der ja nicht zu meiner Schande jeweils nur geduldet wird) steht ein Aufsatz von mir über Rilke (Selbstverl. Burg Rothenfels am Main, Unterfranken). Ich habe leider kein Ex. mehr. Wie schade, daß ich damals die Hochzeit der Aufrührer nicht mitgenommen habe! Herzlichste Grüße Ihnen und den Ihren Ihr W Kr

In aller Hoffnungslosigkeit bin ich nicht ohne Hoffnung für Sie und alle Guten.

A. France: Il faut mépriser les hommes avec tendresse.

84. Wilhelm Lehmann an Werner Kraft

[Berlin,] Montag nach Totensonntag [27. November] 33

Lieber Herr Kraft, ich schreibe Ihnen diesen Gruss vom Lehrter Bahnhof: ich bin auf zwei Tage nach Berlin gefahren, heute Abend spät wieder zu Hause. Es besteht gegründete Aussicht, dass die Erzählung gedruckt wird. Denken Sie sich nicht Gründe meines Schweigens aus, die nicht zutreffen. Immer gedenke ich Ihrer in der reinsten Herzlichkeit: da, wo die Schatten Sie am tiefsten umgeben, da sitze ich. Dank für die wunderschöne A. Francekarte: ich las gleich, was ich immer schon gewollt, durch Sie angeregt Le livre d'Ami & fand es wunderschön. Ja, doch, die Julien Green Sache hat mich sehr beschäftigt: meine Fantasie weilt auf dem Augenblick, da sie sich den Ring über den Finger ziehen will: das Wort »Wut« störte mich: heisst es im Urtext »fureur«? O wie wünsche ich Ihnen Gutes. Heute Abend bin ich wieder im eisigen Nest: da müssen Sie wieder an mich denken. Dass ich betrübt bin, ohne Sie & nur von Rang begleitet gedruckt zu werden, wissen Sie. Wenn es überhaupt etwas wird. Alles Schweigen ist nur ein Schweigen der Trauer.

Immer herzlichst Ihr
W.L.

85. Werner Kraft an Wilhelm Lehmann

Paris XIe
97, Rue Saint Maur
Hotel des Alliés
1.12.1933

Lieber Herr Lehmann,
ich habe mich sehr über Ihre Karte gefreut, obwohl sie traurig klang und klingen muß, denn darin liegt die *Größe* der Epoche, daß sie zwingt, mit Ohren und Augen auf die Realität zu reagieren und sich keinem Gesicht und keinem Mißklang zu verschließen. Nur so ist die Solidarität des Leides gewährleistet, welche die der Freude sich anmaßt zu ersetzen. Sie leben und Sie sehen auf das Nächste, auf den Druck Ihrer Novelle. Ich freue mich sehr, sie nun in absehbarer Zeit mir zueignen zu dürfen. –

Was mich angeht, so leben wir noch ganz friedlich hier, eingeschränkt aber nicht schlecht, hörend, sehend, leidend, verzweifelnd, hoffend. Aber mit dem Beginn des nächsten Jahres, wenn meine Bezüge aufhören und ich keine Pension erhielte, wie ich *noch* hoffen darf, wird alles ungewiß. Aber einstweilen arbeite ich noch sozusagen. Ich gehe jeden Tag in die Bibliothèque Nationale, wo ich auch diese Zeilen schreibe. Bevor ich meine größere Arbeit über Karl Gustav Jochmann beginne, die mich in Gebiete führen müßte, von denen ich noch *nichts* weiß – Geschichte der französischen Revolution – will ich eine andere Arbeit fertig machen, die mich sehr interessiert und an die ich gewisse praktische Hoffnungen, ihrem Gegenstande nach, knüpfe. Sie kennen sicherlich Hofmannsthals schöne Erzählung »Erlebnis des Marschalls Bassompierre«, die ihrerseits wieder auf Goethe zurückgeht, der sie in den Unterhaltungen deutscher Ausgewanderten in einer retouschierten Übersetzung dem Original, den Memoiren Bassompierres entnimmt. Dies alles will ich darstellen, und ich glaube, daß es ein wesentlicher Beitrag zum Wesen der Novelle werden könnte. Ich habe schon manches Material gesammelt. Auf die Rolle, welche in Hofmannsthals Werk und Theorie – er hat enormen Kunstverstand – einmal die Prosa und dann der Verzicht auf Originalität, das Festhalten an vorgegebenen *Motiven* spielen, werde ich näher eingehen. Vielleicht wird es nichts Besonderes, aber vorläufig macht es mir Spaß. Auch weiß ich nicht, ob Sie aus diesen Andeutungen sich ein Bild machen können.

Dabei bin ich nun auch auf Chateaubriand gestoßen, der in seinen übrigens stellenweise in sehr großem Stile geschriebenen Mémoires d'outre-tombe die gleiche Geschichte in einem autobiographischen Zusammenhang – seine Jugendgeliebte war keine Prostituierte sondern eine hundert Jahre tote Wäscherin – erzählt und ihr gleichzeitig mit der romantischsten Begeisterung für ihre Schönheit ihren eigentlichsten Sinn nimmt: ein interessantes Beispiel für die *Leere* des Romantikers, wenn er es mit *wahren* Objekten zu tun hat. Aber hiervon abgesehen, Chateaubriand muß ein großer Schriftsteller sein, und ich denke man könnte dies schon dem kurzen Abschnitt der Mémoires entnehmen, der auf mich einen sehr großen Eindruck gemacht hat und den ich Ihnen hier abschreibe:

> Dans l'extrait mortuaire de ma mère, la terre roule sur d'autres pôles: nouveau monde, nouvelle ère; le comput des années et les noms même des mois sont changés. Madame de Chateaubriand n'est plus qu'une pauvre femme qui abite [!] au domicile de la *citoyenne* Gouyon; un jardinier, et un journalier qui ne sait pas signer, attestent seuls la mort de ma mère: de parents et d'amis, point; nulle pompe funèbre; pour tout assistant, la Révolution.

Hier *sieht* man die Revolution. Finden Sie nicht auch? – Es würde mich interessieren, zu wissen, ob Sie die Geschichte von Green *dichterisch* auf sich haben wirken lassen oder im Sinne meiner Anmerkung, die das Dunkel lichten will, das wenn es nach dem Autor ginge, gar nicht gelichtet werden soll? Die »Wut«, die Sie stört, heißt im Original rage. Vielleicht wäre »Raserei« besser. Die wichtigste Stelle scheint mir die zu sein, wo die Tante mit allen Zeichen des Entsetzens sagt: »Sie hat versucht, mir etwas zu sagen.« Was aber? Es ist möglich, daß, wenn man dies verstände, das Böse zum Vorschein käme, das mit Recht verhüllt wird. – Karl Kraus hat in Nr 888 das dünnste Heft herausgebracht, das je erschienen ist, vier Seiten. Es enthält nur die Grabrede auf Adolf Loos, in der mit der Maßkraft römischer Inschriften eine anima candida dem Gedächtnis der Welt eingeprägt wird, und dann das Folgende:

Man frage nicht, was all die Zeit ich machte.
Ich bleibe stumm
und sage nicht, warum.
Und Stille gibt es, da die Erde krachte.
Kein Wort, das traf.
Man spricht nur aus dem Schlaf.
Und träumt von einer Sonne, welche lachte.
Es geht vorbei.
Nachher war's einerlei.
Das Wort entschlief, als jene Welt erwachte.

– Dies halte ich für ein sehr großes Dokument. –

Ich habe jetzt eine sehr wichtige Beziehung angeknüpft. Ist Ihnen Charles du Bos bekannt? Er ist einer der ernstesten Kritiker des gegenwärtigen Frankreich, der auch eine tiefe Kenntnis der englischen und deutschen Literatur hat, nicht nur geläufig sondern gut Deutsch spricht und ein sehr ernster Mensch zu sein scheint. Ich habe ihn besuchen dürfen. Er hat mit mir meine »Ideen« korrigiert und will ihnen zum Druck verhelfen. Außerdem hat er einen jour, von Januar ab, zu dem wir eingeladen werden. Dort verkehren sicherlich die interessantesten Menschen von Paris. Dort soll ich auch seinen Freund Bernard Groethuysen kennenlernen, der jetzt übrigens, in der Nouv. Rev. Franç. einen großen Aufsatz über Kafka geschrieben hat. – Genug für heute! Sehr herzlich

Ihr
WK

Unter Diskretion: Daß Rang seinen Aufsatz über Sie ohne mich veröffentlicht, halte ich nicht für fair, ein Urteil, das um so gültiger ist, als er nicht völlig selbständig sondern an wichtigen Stellen ohne den meinen nicht denkbar ist. *Aber in Ihrem Interesse* ist es natürlich kein Problem, daß er, auch ohne mich, erscheinen *muß*.

Grimm: Deutsche Sagen:

> »Aber das Geschäft des Sammelns, sobald es einer ernstlich tun will, verlohnt sich bald der Mühe und das Finden reicht noch am nächsten an jene unschuldige Lust der Kindheit, wann sie in Moos und Gebüsch ein brütendes Vöglein auf seinem Nest überrascht; es ist auch hier bei den Sagen ein leises Aufheben der Blätter und behutsames Wegbiegen der Zweige, um das Volk nicht zu stören und um verstohlen in die seltsam, aber bescheiden in sich geschmiegte, nach Laub, Wiesengras und frischgefallenem Regen riechende Natur blicken zu können.«

Die ganze Vorrede ist wunderbar schön.

Kennen Sie Samuel Butler? Du Bos zitiert ihn einmal.

Rahel

> So lange man nicht das Leben liebt,
> kann noch alles gut werden.

Du hast das Leben nicht geliebt,
In das doch Goethe trat zu deinem Heile,
Und mein Verhängnis steht für eine Weile
In diesem Zeichen, das mir Hoffnung gibt.

1928

Schweigen des Liedes

Die Luft erklingt
Von Frühling, nicht von Frieden.
Die Seele singt.
Not ist hinieden.

Das Unglück blüht.
Die Farbe flieht.
Die Bösen bitten um Erbarmen

Die Armen.
Es schweigt das Lied.

12.4.32

Dichters Verhängnis

Niemand hält dich hier zurück, nur du.
Schaudernd wiederholt es: ich?
In dem Mißklang traurig wendet sich
Der Trost.

Schließt die strenge Schönheit stumm sich zu,
Suche, doch Verlorner, dich!
Dieses ist vielleicht der Bienenstich
Des Heils.
Wahnes Feuer, des Gedankens Ruh' –
Wenn das holde Elend wich,
Kommst dem Schlund der Welt du auf den Schlich
Und schweigst.

30.1.1932

London

In London lieg' ich im Bett.
In London schlaf' ich ein.
In London erwach' ich.
Vielleicht auch nicht. In London.
Warum? – In London. – Warum?
Nicht nur in London bleibt's stumm.

86. Werner Kraft an Wilhelm Lehmann

Jean Paul

> Wie ist jeder so allein in der weißen
> Leichengruft des Alls! Und kein
> lebendiger Vater!

Der freudige Dichter klagt es.
Also könnte es wahr sein.

Das Wort zu zweifeln wagt es.
In der Suppe muß ein Haar sein.

Der große Goethe

Identität von rasendem Enthusiasmus
und unbarmherziger Kritik schwer
in sich zu erzielen.

Dies ist ein Wort, das viele,
Selbst wenn sie Hohes dichten,
Vor Höherem macht verzichten.
Es führt zum höchsten Ziele.

George

mein leben seh ich als ein glück

Mit Frevel hat zu Gott gestrebt
Der große Ephemere.
Doch gibt der Tod die Ehre
Dem Klang, der dennoch lebt.

Kafka

An diesem Ort war ich noch niemals:
Anders geht der Atem, blendender als
die Sonne strahlt neben ihr ein Stern.

Wie die Welt aus einem Schweinekoben
sich der Deutung sanft entgegenhebt.
Unscheinbarer Deuter, den zu loben
Sternenklar mißlingt. Er stirbt und lebt.

Paris, 9.12.33

Lieber Herr Lehmann, wie geht es Ihnen? Geben Sie ein Lebenszeichen! – Sollten Sie Goethes Gespräche, hrsg. von Biedermann besitzen, so lesen Sie in Bd 8 den Bericht des russischen Grafen S. über seinen Besuch bei Goethe S. 213. Aber der ganze Band enthält die erstaunlichsten Dinge. Ich arbeite weiter. Es geht allen gut.

Allerherzlichst Ihr

WK

87. Werner Kraft an Wilhelm Lehmann

Paris 16.12.33

Lieber Herr Lehmann, ich habe Ihnen wohl erzählt, daß ich hier Charles Du Bos kennen gelernt habe. Ein bedeutender Kopf. Er hat Auszüge aus einem Tagebuch veröffentlicht. Aus diesem lernte ich zum ersten Mal Joubert (1755-1824) kennen, dessen Pensées, von Chateaubriand herausgegeben, erst nach seinem Tode erschienen. Diese habe ich mir jetzt gekauft und bin nicht nur entzückt von ihnen sondern dachte bei einigen, die ich Ihnen hier abschreibe, sehr stark an Sie. Urteilen Sie selbst!

»J'ai donné mes fleurs et mon fruit; je ne suis plus qu'un tronc retentissant; mais quiconque s'assied à mon ombre et m'entend, devient plus sage.« –

»Je ne puis faire bien qu'avec lenteur et avec une extrême fatigue. Derrière ma faiblesse, il y a de la force; la faiblesse est dans l'instrument.« –

»Mon nid sera d'oiseau; car mes pensées et mes paroles ont des ailes.« –

»Notre vie est du vent tissu.« –

»Je suis, je l'avouerai, comme une harpe éolienne, qui rend quelques beaux sons, mais qui n'exécute aucun air.« –

»La sagesse est le repos dans la lumière.«

»Tout ce qu'on pense, il faut le penser avec son être tout entier, âme et corps.« (Ich denke an eine Stelle in »Verführerin, Trösterin«.) »Le mal est le fumier du bien.« (!)

»Le petit chat et le morceau de papier dont il se fait une souris: il le touche légèrement de peur de s'ôter une illusion.« –

»Il y a des âmes qui non seulement n'ont pas d'ailes, mais qui même n'ont pas de pieds pour la consistance, et pas de mains pour les œuvres.« –

»Ce n'est qu'en cherchant le mots qu'on trouve les pensées.« (Karl Kraus!)

»Les beaux vers sont ceux qui s'exhalent comme des sons ou des parfums.« –

»Tous les lieux communs ont un intérêt éternel.«

»Il y a mille moyens de dire ce qu'on pense, et un seul de dire ce qui est.« –

»La tendresse est le repos de la passion.« –

»N'aimer plus que les belles femmes, et supporter les méchants livres: signe de décadence.« –

»Je ressemble à un peuplier; cet arbre a toujours l'air d'être jeune, même quand il est vieux.« –

»Où le siècle tombe, il faut l'appuyer.« Aber wie?!

Doch mit diesem wunderbaren Satz sind wir beim eigentlichen Thema, und ich breche ab. Die »Hochzeit« in der Voß lasse ich mir sammeln und werde sie dann in einem Zuge lesen. Ich freue mich schon sehr.

Herzlichst grüßt Sie und die Ihren
Ihr
WK

Die Reaktion auf Georges Tod, soweit ich sie bis jetzt wahrnehmen konnte, ist flau und verlogen. Es muß so sein. Da er mehr ist als die Epoche aber weniger als er selbst glaubt, wer sollte die volle Wahrheit sagen können? Hier zeigt sich erst die Unheilbarkeit unseres Zustands.

88. Wilhelm Lehmann an Werner Kraft

Eckernförde, 22. Dez 33, da die Sonne eben durch das Zeichen des Steinbocks gegangen.

Lieber Herr Kraft, vielen Dank für Schönes & Bedeutendes in Brief und Karte: die Votivtafeln haben es »in sich« – Stefan George, was Sie über ihn sagen, macht mich tief nachdenklich – besonders bewegt haben mich die Rahelverse. Joubert kenne ich nur aus einem, doch recht guten, Aufsatze des bedeutenden engl. Kritikers Matthew Arnold. (S. Beuve hat über J. geschrieben?) »He has chosen«, Chateaubriand (adopting Epicurus's famous words) said of him, »to hide his life«. Und M. A. spricht von ihm als ›a genius‹. – Ich traue, dass Sie die Vossische Schöne einigen leisen Schminkpflästerchen zum Trotz erkennen werden. Wir denken Ihrer und der Ihrigen in Treue & Herzlichkeit – das möge Ihnen auch der kleine Blumengruss sagen: nun ist es ja schon weit über ein Jahr, dass ich an Ihren Gedanken teilhaben darf. Der Drang der Tagegeschäfte ist so gross & ich bin nie so *ganz* wohl. Seien Sie deshalb mit Flüchtigem nicht unzufrieden. Ihr

WL

Biedermann hab ich nicht, werde aber besorgen. Dank für alle Hinweise.

Sehr schön auch Ihr Votiv zu Goethe.

89. Werner Kraft an Wilhelm Lehmann

P. 30.12.33

Lieber Herr Lehmann,
ich danke Ihnen innigst für Ihren Blumengruß wie auch für Ihre Karte! Ich wünsche Ihnen und den Ihren wie uns und allen (nein, nicht allen, so groß bin ich nicht!) ein Neues Jahr des Lebens und der Liebe.

Ihr
Werner Kraft

Rettung

Ungeheuer ist das Walten
Des erbarmungslosen Tods.
Rings erblick' ich die Gesichter,
Die ich liebe, nah, doch fern.
Möge Gott die Welt beschützen
Vor dem Blick, mit dem er sieht!
Es ist helle, es ist dunkel.
Frühlings Qual und Winters Last
Mündet alles in dem Heile,
Das nach unsren Herzen zielt?
Laßt uns an den Tisch uns setzen,
Brechen von des Lebens Brot!

90. Werner Kraft an Wilhelm Lehmann

[Paris, 6. Januar 1934]

Lieber Herr Lehmann,
ich lese die »Hochzeit« jetzt zum zweiten Male, möchte aber noch einige Zeit warten, ehe ich mich äußere. Dies sage ich nur, damit Sie mein Schweigen nicht etwa mißverständlich deuten. Ich denke gerade jetzt sehr viel an Sie.

Sehr herzlich Ihr W K

Das Eine

Ich gehe eine Zeitung holen.
Verfluchter Zwang!
Doch fühl' ich jung mich wie ein heißes Fohlen
Auf seinem Morgengang.

Es ist die Luft, es sind die Beine,
Gefeite Ruhe zwischen leeren Polen,
Das Eine,
Gestohlen.

Wer löst das Rätsel solcher Hemmung,
Der ich noch eben ganz erlag,
Und schon ward es in gold'ner Überschwemmung
Des Geistes: Tag!
Nicht daß ich mehr als Hoffnung hätte
In meiner leeren Hand,
Und leg' ich abends mich ins Bette,
Ist alles Wand.

91. Werner Kraft an Wilhelm Lehmann

Paris 17.1.34

Lieber Herr Lehmann,
ich habe Ihre Erzählung bis jetzt zweimal mit Aufmerksamkeit gelesen und bin von ihrem wesentlichen Inhalt ergriffen. Die langsame Entwicklung bis zum Erscheinen Ramlohs, dann Utes, die Katastrophe fast ganz am Schluß und doch auch nicht zu weit, um ihr den Charakter als Episode zu nehmen, welche so tief, wohl mehr noch als Ihrer Auffassung vom Leben als einem durch nichts Tragisches auf die Dauer zerstörbarem Ganzen entspricht, endlich die erst am Ende auf den Anfang zurückweisende und hochweisende Überschrift, die mehr sagt als die wortkarge, fast schweigende Darstellung an den entscheidenden Stellen, das alles ist von einer Originalität, die Ihnen alleine zugehört und die mich noch an unscheinbaren Stellen tief bewegt. Ich denke an Ramlohs erstes Erscheinen, ich denke an das Weinen der Reben, an die in ihrer Kürze so besonders monumentale Bergbesteigung, an Utes Wunde, überhaupt an die Unscheinbarkeit Ihres Stils, der so sehr erinnert an den, welcher in dem Satz eines Kindes steckt, das, wie ich hier gelesen habe, in einem Aufsatz über das

Meer geschrieben haben soll: La mer est grande. Das ist es! [Nachtrag: In einer kleinen Schrift von Wassermann: Die Kunst der Erzählung (1904), die mir jetzt in die Hände fiel und die Sie vielleicht von früher her kennen, aus den Bändchen der »Literatur«, stehen einige prägnante Sätze. Vor allem wird da eine Stelle aus dem Wilhelm Meister – der Brand – als Stilmuster zitiert. Dabei fühlte ich mich stark an Sie erinnert.]

Und es ist ungefähr das Gleiche – ich denke, Sie werden mir Recht geben! –, was in dem Vers von Claudius zum Ausdruck kommt, den ich so liebe, obwohl ich weiß, daß man ihn auch bis zur Einfältigkeit einfältig nennen könnte: »Bäume haben Blätter.« Die Hauptscene zusammen mit der abgewiesenen Verführung, die ihr vorausgeht, ist unvergleichlich schön und kühn. Dies ist allerdings Aufruhr, der nur darum die Grenze des Erlaubten – wo ist freilich der Richter *über* unserem in der Anarchie rechtmäßig hausenden Geschlecht?! – nicht überschreitet, weil Sie hier genau so wenig sagen, wie solche Situation gebietet, auch hier ist das Episodische mit feinstem Takt gewahrt. Würden Sie mehr sagen, so sagten Sie weniger und eigentlich nichts. Dem Tragischen nichts abdingen, das ist die Ehrfurcht, die man ihm erweist und es doch relativieren – da es als Absolutum kein wirkliches, nur ein gedachtes Daseinsrecht hätte –, das ist die Grenze, in die man es liebevoll aber unerbittlich zurückbannt. Sie tragen das Dichterische in seltener Echtheit in sich, und Sie »gewahren«, wie Rudolf Borchardt einmal in anderem Zusammenhang sagt, »die Welt aus dem Punkte«. Darin liegt aber auch eine Gefahr, und wenn ich hier Einwendungen mache, zu denen bei Ihren früheren Dichtungen kein Anlaß war, so tue ich es mit dem Willen, mich unmißverständlich auszudrücken, mit jenem Willen zur Wahrheit, der ein Verhältnis zwischen zwei Menschen adelt, während das Gegenteil es schändet, und am meisten in einem immerhin möglichen Schweigen und Verschweigen. Utes Gestalt ist als dichterische untadelhaft, als politische anfechtbar, und zwar nicht in dem groben Sinne, daß ich etwa ihrer Überzeugung wäre (was hier ganz gleichgültig ist!) sondern in dem tieferen Sinne, daß Sie sie geistig auf einem tieferen Niveau sehen als auf dem sie gedacht werden *muß* und daß der heutige Leser sich gerne hiermit zufriedengibt, um eben seine, ihr feindliche Überzeugung bestätigt zu finden, kraft deren er – vielleicht – gnädig geneigt ist, sich an dem Positiven, das Sie ihr zuweisen, zu erfreuen, da er es ungefährlich findet oder da er an dem eigentlich Gefährlichen, das weder in Ute noch in Ramloh sondern in Ihnen droht, ihn auszuschließen, völlig uninteressiert ist. Ich meine, dies ist eine gefährliche Bahn, auf die Sie sich begeben. Theoretisch und praktisch geht die Fahrt in dieser Richtung, und Ute wird noch Geschwister haben, in denen der Dryade der Kopf gesellt ist, dem Verhängnis zu trotzen, nein, es überhaupt aus ihrer Sphäre auszuschließen, aber *Sie müßten eben der verlorenen Sache* treu bleiben, der Dichtung, der Seele. Denn obwohl ich mich paradox gesagt Ihnen näher fühle als mir, daran habe ich doch nicht den mindesten Zweifel, selbst wenn es anders aussähe, daß Utes Richtung die richtige ist und daß die Dinge in ihrer Richtung gehen, ob wir das nun lieben oder nicht, und *wir* sind die Untergehenden. Diesen Prozeß nicht zu verfälschen, *darin* liegt unsere Größe! Wenn Sie sich auf Arnim berufen – der eine edle und schöne Gestalt im ganzen und im einzelnen und auch in der von Ihnen zitierten Stelle aus den »Kronenwächtern« ist –, so muß ich doch sagen, daß Goethes Urteil in all seiner Ungerechtigkeit – »wenn ich einen Sohn hätte, so wollte ich lieber, daß er vom Bordell bis zum Schweinekoben sich verirrte, eh er in den Narrenwust dieser letzten Tage sich verfinge« – praktisch weit mehr bedeutet als der gewiß tief gefühlte Versuch, ihn als Vorbild hinzustellen für die kommende Entwicklung, und auch Goethe sagt an der Stelle, ich zitiere aus dem Gedächtnis, sie steht, glaube ich, in einem Brief an Reinhardt, daß er Arnim sehr lieb habe. Doch genug davon, wenn es auch nie genug ist! Nur dies möchte ich noch sagen: Ich glaube überhaupt, daß für einen Dichter, der sich nicht *theoretisch* mit diesen Ideen beschäftigen will und kann, es unendlich viel fruchtbarer ist, statt ihrer der Wirklichkeit selbst in das Medusenauge zu sehen, wie auch Goethe heute seine großen Augen nicht auf Statuen sondern auf Zeitungen richten müßte .. Hier lauert das Mißverständnis, als wollte ich sagen, daß Sie nicht die Wirklichkeit sehen. Aber dies wäre wirklich eine demagogische Entstellung. Das Gegenteil ist wahr. Aber wenn Sie die metaphysische Tiefe der Ihnen zugewandten Wirklichkeit zur realen machen wollen, wie die Oberfläche Ihrer Dichtung vorgibt, dann müssen Sie es entweder ganz tun und *alle* Konventionen der alten Dichtung hinter sich lassen, um in völligem Neuland zu beginnen, wie es unter den Jüngeren Brecht mit solcher genialen Kühnheit tut, indem er sich dazu gleich die »nichtaristotelische Poetik« schafft, oder Sie müssen verzichten und der bleiben, der Sie sind, ein Dichter, dem von außen nichts geschehen kann, aber die Vermischung ist gefährlich. Ich weiß, daß Sie hiergegen einwenden könnten: 1) daß Sie tatsächlich zu Utes Gegnern gehören 2) daß Sie tatsächlich nicht zu ihren Gegnern gehören. Aber über beide Möglichkeiten läßt Ramloh sich nur undeutlich vernehmen, während andererseits die Stimmen der anderen *in ihrer Wir-*

kung um so deutlicher sind. Dies stört wenigstens mich sehr. Wie ich auch sagen muß: Das Motto ist für mich unannehmbar. Und zwar darum, einmal weil ich es für einen tragischen Irrtum halte, zu glauben, sein Inhalt hätte den geringsten Aktualitätswert, so als ginge es etwa um das! Dann aber, weil es auch Goethe nicht um das geht, sondern die Dichtung, der es entnommen ist, ist ein – sehr großes – Dokument der Angst des Genius, es könnten diejenigen ökonomischen Änderungen eintreten, an die er notwendig geknüpft war, mindestens damals sich noch unzerstörbar geknüpft fühlte, im Gegensatz zu den vorausweisenden Ahnungen seiner letzten Jahre. Dies ist subjektiv völlig rechtmäßig, objektiv völlig unrechtmäßig. Denn die Erkenntnis muß die Dichtung stützen, nicht aber darf diese jene verunklären. Bedenken Sie, daß dies auch die Zeit ist, in welcher das verhängnisvolle Wort gefallen ist: Ich will lieber eine Ungerechtigkeit dulden als eine Unordnung. –

Nun will ich, in der Hoffnung, daß Sie meine Nörgeleien und Spitzfindigkeiten nicht schließlich *doch* ermüden, noch einiges über den Stil Ihrer Dichtung sagen. Da ergeht es mir nun merkwürdig: Ich habe fast den Eindruck, als wenn meine Scheidung in Positives und Negatives sich bei Ihnen auch stilistisch wiederspiegelt [!] und als wenn Sie manches nicht mit dem guten Gewissen geschrieben hätten, das zum vollen künstlerischen Gelingen gefordert wird. Auf jeden Fall müßten Sie Satz für Satz noch einmal auf die Goldwage legen. Auch aus einem tieferen Grunde: Ihre Dichtung ist in einem Sinne, der Sie ehrt, »langweilig«. In dieser Langweile den metaphysischen Sinn zu erkennen, dazu ist das heutige Publikum so wenig vorbereitet wie das gestrige. Es ist daher nicht im Sinne einer Konzession gemeint sondern in dem einer notwendigen und berechtigten Weckung des Interesses, wenn ich sage, daß gerade diese Teile – in gewissem Sinne ist ja Ihre Dichtung eine einzige Exposition und Vorbereitung auf die Katastrophe, die dann doch völlig unvorbereitet, blitzartig sich vollzieht – messerscharf stilisiert sein müssen. Ich schreiben Ihnen nun gesondert schlagwortartig alles auf, was mir auffiel, wobei im Einzelfalle auch einfach Druckfehler vorliegen können und werden. Vielleicht können Sie Einzelnes brauchen. Allgemein gesagt denke ich: Der deutsche Dichter ist begnadet mit einem organischen Stilbewußtsein, das ihn zu dem Größten befähigt, *aber er hat keine Tradition der künstlerischen Arbeit.* Das hängt nicht nur mit der problematischen Genielehre zusammen, sondern damit, daß die deutsche Sprache wesentlich eine geschriebene, keine gesprochene Sprache ist. Karl Gustav Jochmann hat darüber die allerbittersten Wahrheiten gesagt, wenn ich von Karl Kraus absehe, der eben darum im heutigen Deutschland nicht die geringste Möglichkeit der Wirkung hat. Noch der mittlere Autor, der in Paris auch nur den ephemeren Erfolg einer Saison haben will, muß sich den Gesetzen bequemen, welche die Kritik ihm nicht erläßt, ja noch in einer Parlamentsrede, in der die Verschleierung der Korruption es wirklich schon als gleichgültig könnte erscheinen lassen, ob sie mehr oder weniger gut gesagt ist, findet die Zeitung es nötig, die pureté de la langue zu erwähnen. Die Kritik ist hier eine nationale Institution, aber ich breche ab, sonst kommt dieser Brief nie ans Ende.

Ich grüße Sie sehr herzlich, lieber Herr Lehmann
Ihr
W K

Anfang
Sp 1. Z. 3 »gleichsam sich begegnen.«
Warum »gleichsam«? Ist es nicht schöner, es fortzulassen?
Sp 2 Gewiß hatte aus seinem Gesicht, in dem eine hohe Stirn usw
Ich finde, daß diese Charakteristika nichts Individuelles sagen und die Wirkung größer wäre, wenn sie wegblieben. »Eduard, so nennen wie einen jungen Grafen« (Goethe!)
Sp 1 Z 10 v.u. »Hausrats entlang«
die beiden hineingezwängten Genitive, beide mit Attributen verwirren, so als hingen *sie* von »entlang« ab.
1. Forts. Sp. 2 Z. 14 v.u. »in das Haus gekommen *wäre*.«
Ich denke, besser: sei. Bei »wäre« könnte man folgendes wenn nicht usw vermuten.
Sp 3 Z 1 »Nebbich«.
Warum dieses Jargonwort? Ich wäre vermutlich auch gestern nicht dafür gewesen; heute ist seine Wirkung in einem Sinne klar, dem Stellen des »Provinzlärm« widersprechen.
Z. 17 »seinem Lehrgegenstand, etruskischen Altertümern.«
Ist es nicht weniger umständlich und frischer, den »Lehrgegenstand« ganz wegzulassen, da man die Altertümer doch sofort als ihn versteht?
Rückseite Sp. 1. Z. 17 »der Ankunft des Gastes … *dem* Leiter«.
Eigentlich *des* Leiters. Aber dies wie auch der Parallelismus zu »Ankunft« problematisch!
Sp 2 Z. 11 Den langen Satz Der Gast usw halte ich für verfehlt.
Ich würde vorschlagen, in *Ihrem* Stil: Hinter »setzen« Punkt. Dann: Angela … saßen bereits. Er glaubte, der Älteste .. zu sein

und errötete über seinen Fehler, als usw aber ohne »nämlich«. Das »daß er für jemand anders da sei« müßte die Aktionskraft der Hauptsätze von selbst mitteilen.

2. Forts. Sp. 1 Im Lichtenberg-Zitat heißt es meiner Erinnerung nach nicht »Gebet«
sondern »Träne«. Die Stelle Er sieht die alte Frau liebevoll an usw, herrlich!

Z. 5 v.u. »bat sie, sie *wünschte*«.
wünsche! Aber auch dieses bitten *und* wünschen ist nicht gut.

Sp. 2. Wenn Sie Angela reden lassen »Der Karl schreibt« usw, so ist mir etwas unbehaglich.
Es ist doch eine schöne Frauengestalt, alles in allem, aber die Worte geben im Klang, selbst wenn sie der Sache nach stimmen, einen falschen Begriff. Wenn Sie die Worte ganz wegließen, so wären die Worte »Hunderte solcher Berichte« usw um so stärker. Dies führt auf etwas Prinzipielles. Ihre Sprache kommt aus dem Sprachlosen. Wenn Ramloh und Ute im letzten Moment miteinander sprechen, so sind ihre Worte *abgewogen*, förmlich gezählt. Worte, wie Sie sie hier Angela leihen, kommen nicht aus Ihrer Tiefe.

Rückseite Sp. 1. Wenn die alte Frau sagt: Sie sehen nicht so aus, so sage *ich*:
Im Sinne der Idee, allerdings doch!! Sie müßten weiter die linke Backe hinhalten, in der Erkenntnis, daß der Streich auf die rechte nicht nur Sie traf sondern alle, und zwar tödlich, was sogar noch die herrschende Lüge beweist!!

Sp. 2. sie nannte es beim Namen, es war nur einer Frau »möglich«, solche Verdeutlichung des in den Worten Liegenden scheint mir sehr ernüchternd. »Alles würde ihm erschwert, niemand *kümmerte* sich um ihn.« kümmere! Man könnte sonst glauben, die indirekte Rede gehe in den Bericht über.

Z. 4 v.u. »ob die Wasserleitung .. füllte, leckte«.
Der Satz ist nicht gut. Ich schlage vor: Ob die Wasserleitung leckte? Man füllte mit ihr einen Schlauch, wenn es trocken war.

3. Forts.

Sp. 1 Z. 18 Wenn auf den Bergen Schnee liegt usw
Das logische »deswegen« in diesem Satz scheint mir seine *sprichtwörtliche* [!] Kraft zu zerstören.

Z. 16. »Das .. Hochdeutsch, das er sprach, verlieh usw Warum der Relativsatz?
Ist er nicht überflüssig?

Z. 23 »Er ehrte *ihre* kühne Lebendigkeit.«

In dem Zusammenhang wird nicht deutlich, wen er meint: seine Frau oder die »Gräfin«. Mir scheint, hier fehlt ein Satz. Der Übergang von der Verachtung zur Ehrung der Lebendigkeit ist gar zu schroff.

Sp. 2 Z 18 Angela redete usw Diesen Satz, finde ich, obwohl er gar nichts Wesentliches zu sagen scheint, stilistisch musterhaft.

Z. 1. v. u. und er befestigte usw
den Relativsatz empfinde ich als hart. Könnten Sie nicht den Satz in Gedankenstriche setzen, als Hauptsatz?

Z. 14 v. u. verhielte?
Ich würde in solchem Fall immer den Konj. des Präs. setzen.

Rückseite 1. Sp. Z. 3 v. u.: »zerbrach«.
Sie fallen aus der indirekten in die direkte Rede. Es muß hier wohl »zerbreche« heißen. Aber eine zu weit ausgesponnene indirekte Rede wirkt im Deutschen, im Gegensatz zum Latein überhaupt hart. (Allerdings erinnere ich mich, mit welcher technischen Meisterschaft Hofmannsthal in der »Frau ohne Schatten« die indirekte Rede behandelt, so daß förmlich der Eindruck der direkten entsteht!)

2. Sp. Z. 7 »und konnte, wenn er, was«
Der Was-Satz ist sehr hart, auch gehört er nicht eigentlich hierhin, er ist vorweggenommen.

Z. 15 Den so schönen Satz »Er schob« usw finde ich noch nicht gelungen.
Das doppelte »durch«, das schwache »bis«. Ich würde teilen. Punkt hinter »hatte«. Es war eine Eisenbahn, die durch einen Tunnel fuhr. Er wußte .. zu erhaschen: der Knabe brach in Jubel aus.

4. Forts. 1. Sp. Z 4 »Antwort als Frage«.
Warum nicht: Zögernd fragte es?

Z 14 »Klang ihre Klage«
Meinen Sie wirklich, daß die Klage *klang*, ist es ein schöner Ausdruck. Mir scheint aber, Sie meinen eher: »erging sich in«?

3. Sp. Kap. 3 Z. 9 »neben *demjenigen* Ramlohs«.
Klingt so steif. Mir fällt ein: Er wohnte neben R.

Z. 15 »und auch noch einige der« usw:
Und auch noch später.

Z. 19 das, was sie trennte:
das Trennende

Rückseite 1. Sp. Z. 15 dieselbe .., die er selbst:
seine eigene Freimütigkeit.

Z. 22 und sagte ihm bald:

das Tempo in diesem »und« ist denn doch zu schnell. Mindestens ein neuer Satz: Bald sagte sie ihm.

5. Forts. Sp. 1 Z. 11 »doch noch wieder«: wieder

Sp 2 Z. 7 v.u. »der ideol. Überbau«,
das ist, scheint mir, gedanklich falsch, da ja im Sinn der Theorie B. gerade richtig spielte, *ohne* Überbau. Oder wollen Sie Kehrers Unbildung zeigen?

Sp. 3 Z. 7 K ... Ich bin nicht sehr für solche Punkte.
Was die Erwähnung Hauptmanns angeht, so glaube auch ich, daß er ein Dichter ist, aber ich würde doch Hemmungen haben, es heute und hier zu sagen. Denn jener A.E. bei Vischer sagt mit Recht, daß das Moralische sich immer von selbst versteht. Das tut es bei diesem mindestens seit 18 Jahren nicht mehr, und wenn er, was ich hoffe und glaube, auf Gipfeln lebt, so hat er auch diesen erklommen: der Schamlosigkeit.

Z. 15 »wären«.
»wären« ist falsch, »seien« nicht gut, ich würde »sind« sagen.

Z. 11 v.u. *die* Gedichte.
Meinen Sie das hier? Sie sprechen von einem?
Klaglied statt Klag*e*lied.

6. Forts. 1. Sp. Z. 20: Ein Freund von mir:
ein Freund.

Sp. 3 Z. 4 v.u. Gebrüder Grimm.
Nein: Brüder Grimm. Gebrüder weckt nur die Assoziation an Warenhäuser.

Rückseite Sp. 1 Z. 18 »flogen«
ist es nicht zu logisch? Zuerst bezieht sich das Prädikat auf Angela. Ich würde ruhig »flog« sagen.

7. Forts. Sp. 1 Z. 8 v.u. »freute«:
freue.

8. Forts. Sp 2 Z 19 »in den Dienst eines .. Überbaus«.
Auch hier wieder der *falsche* Gedanke.

Sp. 3 Z 8: »Dinlekt«:
Witz oder Druckfehler?

Z 18 »nur verdeckte«. Das »nur« scheint unklar gesetzt.

Rückseite Sp 2 Z. 4 »*in* einem Punkte«: aus.
Zu dem Schluß »und – spielt Beethoven«.
Hier fiel mir ein, daß eben dies die Lehre des großen Tolstoy ist.

9. Forts. Z. 2 v.u. »nährten«
Es muß »nähren« heißen, da doch von einer immerwährenden Eigenschaft der Menschen die Rede ist.

10. Forts. Sp. 3 Z. 17 v.u. Mochten andere denn reformieren usw
Würden Sie *mir* einen Gefallen tun und den Satz weglassen? Aber der folgende Satz sagt den Gedanken tiefer, ohne Grenzüberschreitung. Dieser klingt schrill und roh, und ich kann mir im Ernst nicht vorstellen, daß Sie fähig wären, ihm eine praktische Anwendung zu geben. Ist nicht gerade reformatio eines der Adelsworte des deutschen Geistes?

Z. 5 v.u. »trotzdem« hat sich als Konjunktion eingebürgert, ist aber keine. Ich würde »obwohl« vorziehen.

11. Forts. Z. 5 v.u. Aber vorher usw –
Leider ist der Kausalzusammenhang von wehren und hängen in Wirklichkeit umgekehrt!

Sp. 3. Z. 12 v.u. Diese Goethe-Variation paßt nicht zu Ihnen. Ich finde sie sehr häßlich.
Verzeihen Sie, aber ich muß sagen, was ich fühle!

Rückseite Sp. 2 Z. 15 »*dessen* Haut«: die Haut.

92. Wilhelm Lehmann an Werner Kraft

Eckernförde (Ostsee), 26. Januar 1934

Mein lieber Herr Kraft – ich schreibe nur eben vorläufig – ach Gott! Alles was ich tue ist nur vorläufig, als ich geboren wurde, *flackerten* die Sterne – um Ihnen zu danken für die grossartige Summe von Liebe und Aufmerksamkeit, die Sie der ›Hochzeit‹ schenkten – ich wartete schon lange auf Ihre Worte, und schon wollten mir die Kniee wanken, als ich Ihre Kritik jetzt las – aber wundersamerweise strafften sie sich wieder: denn jenes Hauptthema, das Sie für misslungen halten oder besser jene Gestalt der Ute in bestimmtem Sinne: ihr gehört wie Ihre so auch meine ganze Liebe & wenngleich es bequem ist, jene von Ihnen gerügte Niveauverminderung auf das Schicksal der Zeit, der jetzigen, abzuschieben: doch, ich weiss es: mein Gewissen ist rein, glauben Sie mir (das Motto, das ich notgedrungen nahm, um nicht *noch Schlechteres* zu sehen, wenn überhaupt gedruckt werden sollte, ist völlig sinnlos). Mögen Sie es tadeln, dass ich, endlich einmal etwas gedruckt zu sehen, der Verführung vor Schwäche unterlag? Mit Ergriffenheit las ich Ihren Brief & werde ihn noch oft lesen. Sie haben ganz bis auf den Grund gesehen & lassen Sie uns einander hier auf dem klaren Grunde wie immer gut & wahr begegnen. Sie haben Recht, dreimal Recht. Für die Sprachmarginalien vielen, vielen Dank.

Ja, es sollte wahrlich alles ›messerscharf‹ sein. Wenn jemand es als Buch nähme – aber lassen wir die albernen Konditionalsätze. Es war eine üble Zeitungsfabrik – so bin ich denn, wahrlich nur durch Sie an eine würdige Behandlung gewöhnt, noch einmal sag ich's, ergriffen und voll Dank & hoffe Ihnen bald besser auf alles eingehend schreiben zu können. Wie geht es Ihnen u. Ihrer Frau?

Immer Ihr W. L.

93. Werner Kraft an Wilhelm Lehmann

Paris, 1.2.34

Lieber Herr Lehmann, daß Ihr Gewissen rein ist, weiß ich, und ich habe es innerlich nie bezweifelt. Jede Minute, die ich Ihnen zu denen, die Sie schon fühlen, noch Schmerzen fügte, würde mir weh tun. Doch was ich in meinem Briefe sagen mußte – mit Freude entnehme ich Ihrer Karte, daß Sie selbst es nicht als ungerecht empfinden, wie immer Sie über das Einzelne denken. Es ist eben für jeden schwer, außer für die, welche mit dem guten Gewissen von dieser Welt das Schwere bewirken.

– Wie es mir, uns geht? Nicht schlecht, noch nicht. Doch werden wir wohl bald in die Richtung unseres Sohnes fahren, dem es in jeder Beziehung gut geht, fahren müssen .. Aber es wird *auch* schön sein, wenigstens werde ich mir Mühe geben, das Schöne zu sehen, denn quo usque tandem wird selbst das uns erlaubt sein! Mir fiel neulich, in der Metro, als sie oben fuhr und ein plötzlicher Sonnenstrahl kam, das Folgende ein:

Über mir

Die Sonne kommt! – Das Mal der Male
Hat sie die Welt erneut.
Doch in dem leeren Kampf der Baale
Schweigt Gott, daß es mich freut.

Und auch dies fiel mir ein:

Die Untergehenden

So laßt uns heiter sein!
Am Ende

Werden wir weiter sein
Als an der Wende.

Ich grüße Sie sehr
herzlich
Ihr
W K

94. Werner Kraft an Wilhelm Lehmann

Das Dunkel

Ich schlafe ein
Mit mir allein
Im Dunkel, Schlummernder, und du?

Wo so viel Licht,
Da find' ich nicht
Im Ruhm des Reimes deine Ruh',

Die gute, ach,
Noch bin ich wach
Und nun nicht mehr und nichts im Nu.

Paris, 4.3.1934

Lieber Herr Lehmann,
wie geht es Ihnen? Warum schweigen Sie? Ich bitte Sie um ein Lebenszeichen. Hat sich ein Verleger für die »Hochzeit« gefunden? Sind die »Schildgenossen« mit Ihren Gedichten erschienen? Was arbeiten Sie? Haben Sie den herrlichen Brief von Hölderlin gelesen, den Ludwig Strauß im Febr. in der Frankf. Ztg veröffentlicht hat? Von allem sonstigen abgesehen hat Hölderlin eine wahrhaft göttliche Liebenswürdigkeit. – Unsere Lage ist nun so, daß meine Frau mit dem Kind am 23.3. sich von Marseille aus einschiffen. Ich bleibe noch hier und hoffe weiter. Es ist noch alles unentschieden, wie es wird, aber ich habe doch in letzter Zeit dies und jenes gearbeitet. Selbst das Kleinste muß man jetzt zählen, es ist mehr als nichts. Arbeiten und nicht verzweifeln, das ist flacher Optimismus. Arbeiten und verzweifeln, das macht den Adel des Menschen, wenn ich auch, in dieser Kunst perfekt, in jener noch Anfänger bin. Ich grüße Sie sehr herzlich

Ihr W K

Chamfort:

En voyant ce qui se passe dans le monde, l'homme le plus misanthrope finirait par s'égayer, et Héraclite par mourir de rire.

Victor Hugo:

Rire, quel motif de pleurer!

Zwei Sätze zur Auswahl!

95. Wilhelm Lehmann an Werner Kraft

Eckernförde, 20. März 1934

Lieber Herr Kraft,
Dank für Ihre Karte: sie kam in einem Augenblick, der sich nach Erleichterung sehnte. Ich bin in Gedanken bei Ihrer Frau und Klein Else in Marseille gewesen. Ich bin so sehr mit Berufsarbeiten & Examen verschüttet gewesen und noch, dass ich zu keinem Gedanken frei werde (o wie gern lese ich immer, dass Sie arbeiten & sehr einverstanden bin ich mit Ihrer Carlylevariante, nur dass ich eben zu keiner eigentlichen Arbeit mehr gelange). Dazu kam die Nachricht, dass die Erzählung tatsächlich als Buch gedruckt werden soll, so geht alles in Hast. Ich denke, ich habe all Ihre Berichtigungen (für die ich wieder von Herzen danke) beherzigt. *Eine* Stelle kann ich von Ihrer mir so sehr lieben Schrift nicht lesen. Wollen Sie es mir für die Korrektur schnell noch sagen? Sie schrieben zur 1. Forts. Sp. 3 Z. 17 »seinem Lehrgegenstand, etruskischen Altertümern«. Ist es nicht weniger umständlich und [frischer] (dies ist das Unleserliche), den »Lehrgegenstand« ganz wegzulassen, da man die Altertümer doch sofort als ihn versteht?« Bitte gleich Nachricht! Loerkes neuer Gedichtband Der Silberdistelwald, mit einem schönen mir gewidmeten Nachwort, ist da. Vielleicht kann ich ihn Ihnen senden. Ich hoffe, bald ordentlich schreiben zu können. Immer

Ihr
W. L.

96. Werner Kraft an Wilhelm Lehmann

Paris, 22.3.34

Lieber Herr Lehmann,
ich freue mich sehr, daß die »Hochzeit« nun erscheinen wird. Leider kann ich auch nicht mehr sagen, wie das unleserliche Wort heißen mag. Aber darauf kommt es ja nicht so sehr an, ich meine, daß die Stelle heißen sollte: der sie über seinen anderen Kindern und seinen etruskischen Altertümern vergaß. (Der »Lehrgegenstand« ist überflüssig, da die Altertümer von selbst als dieser erkennbar sind.) – Meine Frau ist noch nicht abgefahren. Sie muß die Reise um ca einen Monat verschieben. Wir hatten viel Unruhe. Elsi hatte die Masern und als Folge eine Bronchopneumonie, die allerdings durch energische Packungen schnell zurückging. Aber wir waren doch sehr besorgt. Jetzt ist sie aber wieder fieberfrei und heute zum ersten Mal wieder ausgegangen. Ein sehr naher Freund von uns hier ist Arzt. – Der Silberdistelwald würde mich sehr interessieren, obwohl die jetzige Haltung seines Autors nicht frei von Tadel ist. Ich las über das Buch schon in den Nouvelles Littéraires. Sollten Sie mir ein Freiex. verschaffen können, würden Sie mich sehr erfreuen. –

Zum 60. Geburtstag von Karl Kraus erscheint im »Brenner« Innsbruck Anfang Mai ein Aufsatz von mir über zwei der schönsten Gedichte dieses Autors. Ich möchte gern, daß Sie ihn läsen. – Ich lese sehr viel in Shakespeares Sonnetten [!]. Kennen Sie das Schlußgedicht aus dem Passionated Pilgrim, von der Taube und dem Phönix? Es ist gewaltig.

Herzlichste Grüße für Sie und die Ihren
Ihr WK

97. Werner Kraft an Wilhelm Lehmann

Paris XIe
97, Rue Saint Maur
Hôtel des Alliés
1.5.1934

Lieber Herr Lehmann,
nehmen Sie zu Ihrem Geburtstag meine allerherzlichsten Wünsche. Hoffentlich trifft Sie der Frühling stark im Glauben an alles, was des Glaubens wert ist!! Ich denke oft an Sie. Manchmal glaube ich, daß es

Unrecht sei, solche herben Worte wie z.B. neulich über Lörke gerade Ihnen zu sagen, und ich möchte sie fast nicht gesagt haben, obwohl ich sie für wahr halte .. Wie steht es mit der »Hochzeit«? Wird sie bald erscheinen? Ich sende Ihnen ein zweifelhaftes Geschenk, jenen Zyklus, von dem ich Ihnen damals, als ich bei Ihnen war, einiges sagte. Möge der Inhalt wenigstens etwas besser sein als das elende Papier und der elende Druck, aber so *ist* es eben! – Wie es mir geht? Wenn Sie diese Zeilen erhalten, schwimmen meine Frau und meine Tochter *wirklich* schon auf dem Wasser, denn diesmal wird es ja allem Anschein nach endgültig werden. Sie fahren am 3.5. abends hier ab, und am nächsten Vormittag schiffen sie sich ein – kurioserweise übrigens erster Klasse, was nicht immer ein Zeichen des Reichtums zu sein braucht und diesmal bestimmt nicht ist. Was ehedem paradox war, das bestätigt nun die Zeit. So heißt es wohl im »Hamlet«? Ich bleibe zurück, mit geringen Aussichten. Noch immer warte ich auf die Entscheidung in meiner Pensionsfrage. [Nachtrag: Ich habe gestern Abend die offizielle Anerkennung meines Pensionsanspruchs erhalten. Nun warte ich auf die ministerielle Genehmigung des Aufenthalts im Ausland. Immerhin ein Schritt weiter. Die Summe selbst wird am Ende klein genug sein, ist aber auf jeden Fall mehr als nichts.] Ich bin weiter nach Kräften geistig tätig, aber praktische Aussichten habe ich gar nicht. Jetzt wohne ich im Quartier latin, *sieben* Stock hoch in einem gar nicht üblen Zimmerchen mit Aussicht sur les toits de Paris. Eine Etage unter mir wohnen meine Hamburger Freunde. Ich grüße Sie und die Ihren sehr,

Ihr
Werner Kraft

Zu Klage des Gedankens: Das Gedicht unter dem Titel soll für sich stehen, als erstes des Zyklus.

In »Der Krieg« muß der drittletzte Vers natürlich eingerückt sein.

Adr. ab 4.5.
Paris VIe
50 Rue Monsieur Le Prince
Hotel Printania

98. Wilhelm Lehmann an Werner Kraft

Eckernförde, 3 Mai 34

Lieber Herr Kraft, nein, nicht vergessen, sondern herzlichst gedenkend & bewahrend; es jährt sich fast, dass wir durch den sommerlich glühenden Wald gingen – nun hab ich wieder lange nichts von Ihnen gehört. Kennen Sie das Buch von Kommerell über Jean Paul, über seine Schrift »Jugend ohne Goethe«? Zu sehr im Geröll der Tägigkeit versunken, 52 werdend. Oft: wozu dieser Mensch? Seien Sie von Herzen gegrüsst: uns ist, als sässen Sie bei uns, aus der Ferne zu schöner Nähe gewachsen. Immer Ihr W. L.

99. Werner Kraft an Wilhelm Lehmann

Paris VI
50, Rue Monsieur le Prince
Hôtel Printania
6.6.1934

Lieber Herr Lehmann,
warum schweigen Sie? Ich hoffe sehr, daß es Ihnen und den Ihren gut geht! Ist eigentlich die »Hochzeit« schon erschienen? Mein Aufsatz im »Brenner« (Mai) »Zu zwei Gedichten von Karl Kraus« ist jetzt erschienen. Darf ich Sie bitten, sich das auch sonst interessante und völlig harmlose Heft zu kaufen? Ich habe kein Honorar erhalten. Der Verleger hat mir, falls der Absatz einen Überschuß ergibt, ein solches in Aussicht gestellt. (Brenner-Verlag, Innsbruck, Innrain) Ferner hat die Frankfurter Zeitung vom 23.5. meinen Aufsatz »Über Anselm Elwert« gedruckt, den Sie wohl kennen. – Meine Frau ist mit dem Kind nach sehr schöner Überfahrt angelangt. Die Freude war groß. Ich warte noch immer auf eine Entscheidung. Neulich habe ich mir für 6 frcs = 1 M Bismarcks Briefe an seine Braut gekauft. Ich habe eine Vorliebe für den *jungen* Bismarck. Er hat Feuer und Sprache. – Heute erstand ich für 3 frcs das »Buch der Kindheit« von Bogumil Goltz, das mich wegen einer merkwürdigen Stelle über Hölderlin anzog. – Haben Sie »Klage des Gedankens« – ich schickte Ihnen den Zyklus zum Geburtstag – erhalten? Nur wenn nein, bitte ein Wort. Sonst liegt es mir völlig fern, Sie zum Reden zu veranlassen, wo Sie etwa schweigen wollen!! Im übrigen gibt es manche Sorgen. Wie schade, daß man sich nicht *sprechen* kann! Ihr Wort würde

mir sicherlich jetzt besonders gut tun. Die Erfahrungen des Lebens sind zu seltsam, fast ungeheuer. Aber ich wünsche nichts anders. »Nimm dein Verhängnis an. Laß alles unbereut« singt Paul Fleming mit Recht.

Sehr herzlich Ihr
WK

100. Werner Kraft an Wilhelm Lehmann

Paris VIe [21. Juni 1934]
50, Rue Monsieur le Prince
Hôtel Printania

Lieber Herr Lehmann,
warum schweigen Sie? Hoffentlich geht es Ihnen und den Ihren gut und Sie rüsten sich zum Aufbruch in die Ferien! Ich wünsche Ihnen eine *schöne* Zeit! – Ich selbst warte noch immer .. Von meiner Frau habe ich gute Nachrichten.

Herzlichst grüßt Sie
Ihr WK

Die Kinder

Der Park! der Park! Die Kinder spielen.
Die Boote schwimmen auf dem Teich.
Die Segel bauschen sich so weich.
Ich fühle Luft in den Gefühlen.

Sie schweben auf, sie werden leichter.
Es sind die meinen, ohne mich.
Der eben noch sich selber glich,
Das hohe Ziel wie leicht! erreicht er,

Als Fremder, herzensfrisch empfangen,
Als guter Freund, als froher Gast!
Ein jedes Schiff hat seinen Mast
Und der Gedanke Kinderwangen.

101. Wilhelm Lehmann an Werner Kraft

Brejning bei Børkop, Dänemark
(bei Kristoffersen), 10. Juli 34

Lieber Herr Kraft,
Haben Sie Dank für Ihre Nachrichten nach Eckernförde. Ich weile seit Beginn der Ferien in einem kleinen jütischen Ort, wo Verwandte meiner Frau wohnen. »Heimlich klingt ein tiefes Läuten Tief im Innern mit dem Wind Das im Sturme der Entwandlung Letzter Deutung sich entzieht«, ach! doch öfter: »... dass mein eigen Nichts ist, nur ein leerer Raum Tief im Herzen meines Herzens«. Wissen Sie einen Trost? Der Himmel blaut, die Welle rauscht, die Schmetterlinge fliegen – ist denn alles sonst so hoffnungslos, wenn dieses so hoffnungsvoll ist? Schreiben Sie mir einen Gruss hierher! Immer Ihr

W. L.

102. Werner Kraft an Wilhelm Lehmann

Paris, 14.7.1934

Lieber Herr Lehmann,
ich freue mich sehr über das Lebenszeichen, das Sie mir geben. Warum aber sind Sie so wortkarg? Das befremdet mich fast. Dies ist zuviel gesagt. Es irritiert mich. Menschen sind da, um mit einander zu sprechen. Selbst wenn viel Geschwätz mit unterlaufen sollte, dies ist der einzig rechtmäßige Trost, den ich zu erkennen vermag, da nur er das Geheiligt-Unrechtmäßige jedes Trostes, die Vorwegnahme und den Verzicht, im Maße dessen, *was* gesprochen wird, zu überwinden vermag. Schweigen ist falsches Gold, das in echtes zu wandeln eben die Sprache befugt ist, welche aus ihm entspringt. – Doch genug hiervon! Ich habe mit großer Freude Ihre Gedichte in jenem Heft der Schildgenossen gelesen, das der Herausgeber mir erst jetzt zusandte. Die ich kannte und die ich nicht kannte, ich finde alles sehr schön und sehr ergreifend, wurzelecht. Auch der Druck ist schön. Aber streng genommen gehören Sie nicht in diese Umgebung. Freilich ist heute alles Erscheinen des Echten ein Mißverständnis, das wir mit Geduld überwinden müssen. »Es kommt die Zeit, sie ringt sich selber los Und eilt auf Fittichen der Rose in den Schoß.« – Nach unerträglicher Hitze hat es sich abgekühlt. Ich will jetzt nach St. Cloud fahren und mich in

dem herrlichen Park erfrischen. – Sicherlich dichten Sie jetzt. Lassen Sie mich teilnehmen!

Ich grüße Sie sehr herzlich
Ihr
Werner Kraft

103. Werner Kraft an Wilhelm Lehmann

[Marseille, 3. August 1934]

Lieber Herr Lehmann,
einen letzten Gruß an Sie und die Ihren, bevor ich – nicht für immer, wie ich zuversichtlich hoffe – Europa verlasse! Morgen schiffe ich mich nach Palästina ein. Wie soll ich Ihr Schweigen deuten?

Ihr
Werner Kraft

Meine dortige Adresse:
Tel Aviv (Palestina)
Jona ha Navistreet 14
c/o Fräulein Toni Halle

104. Wilhelm Lehmann an Werner Kraft

Lieber Herr Kraft,
Mit einer Augenentzündung schreib ich Ihnen. Warum ich so wortkarg bin? Weil es mich ängstigt zu leben, weil ich keine Ruhe finde: nehmen Sie es *wieder* nur als ein Sprechen mit Ihnen, wenn ich Ihnen das geringe Ergebnis meiner Ferien schicke: wenn es Sie freuen sollte, dann wäre es mir ein Trost, ein grosser. Es regnet in Strömen – immerzu geht alles hin und her. Es tröstet mich, dass Sie gute Nachricht von den Ihren haben: also ich reise wieder in jenes Land, das …

Ich kann nur *hoffen*, dass ich doch noch einmal Arbeitskraft & Ruhe wiederfinde Ihnen *gesprächig* zu schreiben

Zürnen Sie mir, d.h. der Angst der Kreatur, nicht & bleiben Sie treu Ihrem

Wilh. Lehmann

Heute Abend denke ich wieder in E. zu sein.

Bejning [!], 4. August 1934

Oberon.

Durch den warmen Lehm geschnitten
Zieht der Weg. Inmitten
Wachsen Lolch und Bibernell.
Oberon ist ihn geritten,
Heuschreckschnell.

Oberon ist längst die Sagenzeit hinabgeglitten.
Nur ein Klirren
Wie von goldenen Reitgeschirren
Bleibt,
Wenn der Wind die Haferkörner reibt.

Rosen am Mittag.

Den aufgeblühten Leib
Weihn sie der grossen Stunde,
Die mit dem luftigen Munde
Im Wohlgeruch der Glieder wühlt.
Der heisse Buhler nimmt
Die Schönen, bang gekrümmt,
Die Narbe schauert wie ein Weib.

Verschliesst euch dann der Macht
Des grausam weichen Stosses,
Der nach des holden Schosses
Goldbrauner Mitte zieht.

Die Rosen folgen lüstern
Den sinkenden Geschwistern.
Um meine Füsse spielt
Der süssen Leichen Pracht.

Der Schlafapfel.

In den Rosengallenapfel ist der Schlaf geflüchtet,
Wo kein Vogelschnabel und kein Rodemesser lichtet –.
Leg ich ihn aufs Kissen,
Hingerissen

Von der heissen Mittagseinsamkeit
Streun die wilden Gräser ihre Samen über meine Hand:
So bin ich in Deutschland, Irland, Dänemark, in jedem Land.
Es herrscht keine Zeit,
Jede Zeit ist nah,
Rote Ampferblätter bauschen sich wie Segel auf der Adria.

Abends ruft Jorinde
Dass sie der Geliebte finde,
Bleibt als Nachtigall der Klage treu.
Lieg ich auf der wilden Gräserstreu,
Wie der Welt entnommen,
Bin ich tief auf ihrem Grunde angekommen.

Öde bricht herein, den Traum zu überfallen,
Rosengallen, helft mir, Rosengallen.

105. Werner Kraft an Wilhelm Lehmann

Jerusalem, 18.8.34

Lieber Herr Lehmann, Es scheint in Ordnung zu sein, daß heute der Brief eines Landsmanns an einen Landsmann von Dänemark nach Paris geht und ihn in Jerusalem erreicht. Wie dem sei, er hat mich sehr bewegt, und wenn ich Ihnen durch meine Ungeduld Ihrem Schweigen gegenüber wehe getan habe, so bedaure ich das sehr. Ihre Gedichte ergreifen mich. Sie berühren mich immer wieder wie der letzte, der tragische Aufschrei deutscher Natur vor dem endgültigen Verstummen. So als Ganzes und so immer wieder im Einzelnen. »Oberon«, dieses »bleibt« ist sehr stark, das ganze Gedicht, dessen Herz die beiden letzten Verse sind, prachtvoll. Ebenso »Der Schlafapfel«. Welche Trauer! Welche Fülle des Ausdrucks! Welche Sehnsucht nach einer älteren Gestalt der Seele, die vernichtet zu haben die Schmach derer ist, die das Neue *nicht* wollen, welches diese Vernichtung wenigstens bedingungsweise rechtfertigen könnte! Ebenso »Rosen im Mittag«, wenn mir auch nicht klar ist, ob diese weitentfernten Reime »wühlt – zielt – spielt« »richtig« sind. Das »wühlt« ist an seinem Platz im Verhältnis zu »Wohlgeruch«, aber eben *nicht* als Reim oder doch nur teilweise, wenn ich auch glaube, daß hier kaum etwas mechanisch zu »ändern« wäre, ohne das Ganze zu zerstören. Was ist übrigens mit der »Hochzeit«? Sollte der Druck sich zerschlagen haben, so hätten Sie eine große Gelegenheit, unter Erhaltung alles Wesentlichen das Ganze noch einmal zu dichten, vielleicht, indem Sie es historisch distanzierten. Denn ich glaube, daß der Fehler der an sich herrlichen Konzeption in der *Aktualität* liegt (wie z.B. auch in Hofmannsthals »Schwierigem«.) – Die Reise war sehr schön. Die unbeschreibliche Bläue des Mittelmeers! Die Landschaft hier ist von nackter Monumentalität und würde Sie tief ergreifen. Das gewaltige Licht! – Den Meinen geht es gut, aber es gibt viel Sorgen. Die Welt, in die ich hier komme, ist so neu, daß ich über meine Eindrücke nichts sagen möchte. Schreiben Sie mir doch, sobald Sie irgend Lust dazu fühlen. Jedes Lebenszeichen ist mir eine Freude.

Sehr herzlich
Ihr
Werner Kraft

Adr.:
Tel Aviv (Palästina)
Jona ha Navistreet 14
c/o Fräulein Toni Halle

Haben Sie eigentlich den Brenner noch erhalten?

106. Werner Kraft an Wilhelm Lehmann

Jerusalem, 2.9.34

Lieber Herr Lehmann,
ich bin sehr betrübt, aus dem Briefe Ihrer Frau, den ich gestern erhielt und für den ich ihr herzlichst danke, entnehmen zu müssen, daß Sie krank sind. Ich hoffe mit Ihnen, daß die Behandlung erfolgreich sein wird und daß Sie bald wieder völlig hergestellt sind. Ich hatte ja nicht geglaubt, daß die Augenentzündung, von der Sie aus Dänemark schon schrieben, ernsthafter Natur wäre. Falls Ihre Frau mir ab und zu an die Adresse in Tel Aviv, wohin ich wohl bald fahren werde, so lange Sie nicht selbst schreiben können, über Ihre Heilung wenigstens mit ein paar Worten berichten könnte, wäre ich ihr sehr dankbar. Nun sind Sie also zur Untätigkeit gezwungen, und was sonst vielleicht ein Trost wäre und erwünschte Gelegenheit, sich zu sammeln, ist nun wahrscheinlich Anlaß zu neuer Sorge. So will ich versuchen, Ihnen wenigstens etwas Zerstreuung zu bieten. Ich lege Ihnen einen kleinen Aufsatz bei, der Sie vielleicht wegen der darin enthaltenen Zitate in-

teressieren wird. Sogar die Neue Rundschau interessiert sich für ihn. Sie findet aber, daß die Tendenz nicht richtig herauskomme und daß ich ihn noch einmal bearbeiten solle. Leider weiß ich nicht recht, wie ich das machen soll. Vielleicht sagen Sie mir Ihren Eindruck! – Sonst wäre viel zu berichten. Leider aber ist auch unser Leben von Sorgen erfüllt, die die reine Lust beeinträchtigen, das Fremde und Neue aufzunehmen. Denn obwohl hier die Arbeitslosigkeit gering ist, so ist doch gerade für mich die Lage besonders schwierig, nicht nur wegen meines wenig bedurften Berufs sondern auch wegen meiner Unkenntnis des Hebräischen, das hier bei dem begreiflichen Sprachchauvinismus einer so jungen und so bedrohten Sprachgemeinschaft ganz unerläßlich ist. Sicherlich wäre bei entsprechender Konzentration auch dies zu lernen, wie es viele schon gelernt haben, aber mir ist unerbittlich klar, daß *ich* nicht hier wurzele und daß ich sobald es irgend möglich ist nach Frankreich oder nach Deutschland zurückkehre. Vorderhand ist es aber von den materiellen Gründen abgesehen schon darum nicht möglich, weil auch die Erziehung meiner Kinder mir gewisse Sorgen macht, die Möglichkeit einer völligen Assimilierung an die hebräische Umgebung und der Entfernung von deutscher Sprache, die mir ein großer Schmerz wäre .. Doch nun will ich Ihnen noch etwas von der Landschaft sagen, soweit ich es vermag. Sie wird wirklich beherrscht von dem gewaltigen Licht, und man kann vielleicht sagen, daß hier die Sonne nicht *brennt* wie in Europa sondern einfach *ist*, als Elementargewalt. Sie ist darum eigentlich trotz aller Hitze auch weniger »heiß« als ich mir vorgestellt habe. Die Berge sind kahl, und der nackte Stein wirkt im Geröll riesigen Brachlands wie in den weißen Häusern mit der Kraft der Natur. Dazwischen dann Cypressen, Ölbaume [!], Kaktus, Palmen. Die arabischen Häuser sind fast kastellartig. Ich habe schon von dem Dach eines Hauses die Omarmoschee gesehen, die an der Stelle des alten jüdischen Tempels steht. Ein Teil der sie umgebenden Mauer ist die berühmte »Klagemauer«, an der seit Jahrhunderten die frommen Juden (denen ich mich ganz fremd fühle) ihre Gebete verrichten. Ich bin durch die arabischen Bazare der Altstadt gegangen. Da ist man in der Urzeit. Es ist dunkel, farbig und stinkt; aber der Gesamteindruck ist mächtig. Die Araber sind vielfach schön, mit herrlich weißen Zähnen. Der Gang der Frauen, die ihre Krüge auf dem Kopf tragen, ist königlich, und sie gehen mit nackten Füßen über den glühenden Sand. Ich habe in voller Mittagsglut die Tempelmauer gesehen, an der der jetzt ausgetrocknete Kidron vorbeifließt. Gegenüber Gethsemane, wo jetzt eine russische Kirche steht. Wir saßen auf einem jüdischen Friedhof, der hier völlig ohne Blumen ist, nur nackte Steinplatten als Gräber, und die Angehörigen, die sie besuchen, legen Steine statt Blumen auf sie. Ich habe, zufällig, eine chassidische Hochzeit gesehen. Die Männer und die Frauen feierten in getrennten Räumen, und die Männer tanzten, mit dem Bräutigam, ekstatische Tänze. Es war beispiellos. Großen Eindruck machen noch immer auf mich die Kamele, die ich ja bis jetzt nur aus dem Zoologischen Garten kannte. Es sind wunderbare Tiere, der Inbegriff der Ruhe. Über die jüdische Kulturarbeit, die hier geleistet wird und die sicherlich enorm ist, kann ich am wenigsten sagen. Das alles ist sehr kompliziert und mit der ganzen Problematik Europas belastet. Ich fahre bald aufs Land und werde die jüdischen Kolonien sehen.

Dies sei für heute alles, lieber Herr Lehmann. Es ist mager genug, aber ein Schelm gibt mehr als er hat. Alle Genesungswünsche und die herzlichsten Grüße für Sie und Ihre Frau

Ihr Werner Kraft

107. Wilhelm Lehmann an Werner Kraft

[von Frieda Lehmanns Hand:

Kiel, d. 12.9.34.

(nach Diktat): Lieber Herr Kraft, vielen Dank für Ihr gutes Gedenken und für Ihren Brief, den meine Ohren eben begierig einschluckten. Auf Ihren Aufsatz u. die Gedichte freue ich mich. Wie schön, daß die ›Neue Rundschau‹ geneigt ist. Wollen Sie ihr nicht (da sie jetzt auch Interesse für mich hat) Ihren mir so lieben Aufsatz über mich zuschicken? Es besteht begründete Hoffnung auf Annahme. Mein ausgezeichneter vorsichtiger Arzt ist mit meinem Auge zufrieden; ich hoffe und warte mit Geduld, die mir nicht schwer fällt. Auch für *Sie* hoffe und warte ich Ihr

W. L.]

[von Frieda Lehmann:
Gestern ist mein Mann zum 3. Mal operiert worden; anscheinend hilft jede ein Stück zur Heilung. Wir können wohl wirklich hoffen, daß das Auge erhalten wird.

Auch von mir recht schöne Grüße

Ihre Fr. Lehmann]

108. Werner Kraft an Wilhelm Lehmann

Jerusalem 15.9.34

Lieber Herr Lehmann,
ich habe lange nichts von Ihnen gehört. Wie mag es Ihnen gehen? Da ich es nicht anders weiß und die Wahl habe, so sage ich: Gut! Hoffentlich sind Sie schon aus der Klinik heraus und können sich schon wieder zuhause pflegen! Jetzt sind ja wohl die Herbstferien. – Bei uns ist Scharlach. Es geht aber Elsi ganz gut, sie ist schon fieberfrei, und wenn keine Nachkrankheiten kommen, so werden auch diese sechs Wochen an uns vorübergehen. Wir bewohnen jetzt hier eine kleine Dachwohnung, d. h. das große flache Dach mit weitem Blick über die Stadt steht zu unserer Verfügung. – Neulich las ich das Grimmsche Märchen von Hans im Glück und war sehr erstaunt. Das ist ja eine vollkommene metaphysische Weltdichtung in der kürzesten Form. – Wenn Sie es nicht kennen und Zeit und Lust haben, so lesen Sie Les dieux ont soif von Anatole France. Sie werden sehr große Freude daran haben. – Das Insel-Buch mit den Manesseschen Reproduktionen ist sehr schön.

Was macht die Lyrik!

Herzlichste Grüße und Wünsche für Ihre Frau und Sie selber Ihr

Werner Kraft

»Nur einen Sommer« ist doch wohl Hölderlins schönstes Gedicht.

109. Werner Kraft an Wilhelm Lehmann

Jerusalem, 25.9.34

Lieber Herr Lehmann, mit Freude empfing ich heute Ihre diktierte Karte, nach der Sie hoffen dürfen, alles gut zu überstehen. Nun darf man vielleicht wirklich sagen, daß dies eine Zeit der *Ruhe* und der *Sammlung* für Sie sein wird. Ich wünsche es von ganzem Herzen!! – Den Aufsatz über Sie werde ich der N. R. schicken, bin aber nicht so optimistisch wie Sie, aber nous verrons! Von Jonas Fränkel in Bern, der die große Keller-Ausg. ediert, hörte ich Gutes über meine Arbeit über Hofmannsthal (Bassompierre), die ich in Paris machte und die ich Ihnen vielleicht später einmal schicke. Ist von Ihnen außer dem schönen Gedicht an Lörke noch anderes in der N. R. erschienen? Das würde mich sehr interessieren. Vielleicht könnten Sie die Zusendung dieser Hefte an mich erwirken?! Was ist mit der »Hochzeit«? Unsrer

Elsi geht es nach gefährlichen Tagen besser, aber sie muß noch liegen. Wir haben hier eine kleine Wohnung mit einem großen Dach, Blick über die ganze Stadt und herrlichen Sternennächten. Auf dem Schiff machte ich folgende Strophe

Am Rand des großen Schiffes steh' ich.
Schwarz in die schwarzen Fluten seh' ich.
Dies ist die Nacht. – Und doch, vergeh' ich,
Der Große Wagen bringt das Heil.

Sehr herzliche Grüße, auch für Ihre Frau,

Ihr
Werner Kraft

110. Werner Kraft an Wilhelm Lehmann

Jerusalem, 2.10.34

Lieber Herr Lehmann,
gestern habe ich wieder stark an Sie gedacht, indem ich Ihre Gedichte in den »Sch« las und vorlas. »Südliche Stunde« ist wohl ein Gedicht, das gänzlich schön ist. Der Anfang berührt mich fast zauberspruchartig, und auch die Mispel trägt zu diesem Eindruck bei. (Sie kommt übrigens auch in einem schönen Gedicht Georges aus dem S.R. »Betrübt als führten sie zum totenanger Sind alle steige wo wir uns begegnen« an bedeutender Stelle vor.) Etwas stört mich das Wort »Bleibe«, aber das ist wohl nur ein persönliches Vorurteil, denn es ist sicherlich uralt. Über »Ahornfrüchte« habe ich Ihnen ja schon meinen Eindruck gesagt. Vielleicht ist *nur* eben dieses im Schlußvers als zu unbetont, zu logisch, zu wenig bedeutend, da ja gerade im deutschen Gedicht die Bedeutung der Silbe den Reim macht, anfechtbar. »Sonnenwende«: magisch und mächtig. Im Ganzen habe ich den Eindruck, als wenn Ihre Gedichte der letzten Zeit »runder« sind, mehr zum Gedicht als zur Aussage strebend, was aber keinen Einwand gegen die früheren Gedichte meinen will sondern nur eine Feststellung. – Ich lese jetzt viel Montaigne. Das ist eine Welt. Das Kapitel De l'amitié hat großen Eindruck auf mich gemacht. Er spricht darin von seiner Freundschaft zu dem früh verstorbenen und als erstem Verkünder freiheitlicher Ideen berühmten Etienne de la Boëtie. Eine Stelle:

> Nous nous cherchions avant que de nous estre veus, et par des rapports que nous oyïons l'un de l'autre, qui faisoient en nostre affection plus d'effort* que ne porte la raison des rapports, je croy par quelque ordonnance du ciel: nous nous embrassions par noz noms.

Dieser wunderbare letzte Satz! Finden Sie nicht auch? – Hoffentlich schreitet Ihre Genesung weiter fort. Ich wünsche es von Herzen. Ihrer Frau und Ihnen selbst sehr herzliche Grüße

Ihr Werner Kraft

* effort = effet

Auch meine Frau grüßt Sie sehr und wünscht Ihnen recht gute Besserung

Hier ist noch deutsches Juniwetter. Aber von der im nächsten Monat beginnenden Regenzeit erzählt man Schreckensdinge. – Unserer Elsi geht es bedeutend besser.

111. Werner Kraft an Wilhelm Lehmann

Jerusalem, 22.10.34

Lieber Herr Lehmann,
sehr danke ich Ihnen für die »Hochzeit der Aufrührer« wie auch für die freundlichen Zeilen, die Sie hineingeschrieben haben. Ich habe das Buch bereits einmal gelesen, und obwohl ich mich ja schon ausführlich geäußert habe, ist mir beim Lesen doch noch dies und jenes eingefallen, das ich Ihnen bald mitteilen werde. Meine Grundauffassung von der dichterischen Schönheit der Konzeption hat sich nicht geändert, höchstens verstärkt. – Ich muß Ihren Zeilen entnehmen, daß Sie noch immer in der Klinik sind. Hoffentlich bedeutet das nur, daß die Genesung, im Einklang mit Ihren früheren Mitteilungen, *zwar langsam aber sicher* fortschreitet. – Hier ist noch Sommerwetter. Ich war jetzt in Tel Aviv, wo wir noch im Meer gebadet haben. Bald mehr!

Mit den herzlichsten Grüßen und Wünschen auch für Ihre Frau
Ihr
Werner Kraft

112. Werner Kraft an Wilhelm Lehmann

Jerusalem, 31.10.34
Kerem Abraham
Amosstreet Haus [!] Resen

Lieber Herr Lehmann,
ich bin tief betrübt – auch meine Frau –, aus der Karte Ihrer Frau zu entnehmen, daß Sie noch immer leiden. Was soll ich sagen! Daß Sie Geduld haben, höre ich mit Freude – das Edelste, was ein Mensch besitzen kann, der mehr besitzt als sie! – Ich schreibe Ihnen bald mehr. Nehmen Sie heute fürlieb mit ein paar Gedichten aus meinen Lyrik-Abschriften, die Ihnen vielleicht Freude machen, auch wenn Sie einiges schon kennen sollten. Auf Wunsch folgt gern mehr. – Das Leben ist schwer, obwohl ich gesund bin, auch für mich. Aber daß *Sie* bald gesund werden, ist mein aufrichtigster Wunsch.

Immer Ihr
Werner Kraft

Ihrer Frau Dank und Gruß. Ist die Klinik die Universitätsklinik und kann ich an diese Adresse direkt schreiben?

Carl Candidus

Mir ist so weh ums Herz,
mir ist, als ob ich weinen möchte
vor Schmerz!
Gedankensatt
und lebensmatt
möcht ich das Haupt hinlegen
in die Nacht der Nächte!

Zwei Prosasatze [!] von Heine

Es steigt herab die große Nacht mit ihren kühnen Sternen.

Die wahnsinnig gewordene Jüdin, die die Jahrzeitlampe des Kindes wiegt.

Gottfried Keller
Friede der Kreatur

Spinnen waren mir auch zuwider
All meine jungen Jahre,

Ließen sich von der Decke nieder
In die Scheitelhaare,
Saßen verdächtig in den Ecken
Oder rannten, mich zu schrecken,
Über Tischgefild und Hände,
Und das Töten nahm kein Ende.

Erst als schon die Haare grauten,
Begann ich sie zu schonen,
Mit den ruhiger Angeschauten
Brüderlich zu wohnen;
Jetzt mit ihren kleinen Sorgen
Halten sie sich still geborgen,
Läßt sich einmal eine sehen,
Lassen wir uns weislich gehen.

Hätt ich nun ein Kind, ein kleines,
In väterlichen Ehren,
Recht ein liebliches und feines,
Würd ichs mutig lehren,
Spinnen mit dem Händchen fassen
Und sie freundlich zu entlassen;
Früher lernt' es Friede halten
Als es mir gelang, dem Alten!

Möglich, daß Sie das herrliche Gedicht schon kennen. In der großen Keller-Ausgabe ist es noch nicht erschienen. Jonas Fränkel hat es in der zu Bubers 50. Geburtstag erschienenen Festschrift »Aus unbekannten Schriften« veröffentlicht.

Friedrich Pustkuchen
Die Wolke

Finster legte ich das alte
Buch zur Seite, mich betrübte
Solche Hoheit, die im Leben
Unterging.

Ich sann und sahe
Aus dem Fenster, es war Dämmrung –
Da sprach zu mir, was ich denke
Ahnend, der erfahrne Lehrer:

Eine Wolke kam vom Morgen
Durch den Himmel hoch geschwommen;
Dunkel war die Welt noch, sie nur
Helle schon vom künft'gen Tage.

Aber wie sie flog, verdüstert
Sich ihr roter Schein, es schwärzet
Sie die Nacht mit gift'gen Schatten.
Wie ein Himmelsflecken zieht sie
Fortan zu den Abendbergen
Und geht unter.

Dennoch kam der lichte Aufgang
Und die Sonne brach in's Finster,
Alles Grausen schwand, der Nebel
Sank, die Erde sah den Tag.

Also sprach er; da erkannt' ich
Die Bedeutung und las ruhig
In den großen Blättern weiter.

Aus: Die Poesie der Jugend. 1817. Der einzige reine Ton, den ich in dem Buche fand.

Wilhelm Busch
Nachruhm

Ob er gleich von hinnen schied,
Ist er doch geblieben,
Der so manches schöne Lied
Einst für uns geschrieben.

Unser Mund wird ihn entzückt
Lange noch erwähnen,
Und so lebt er hochbeglückt
Zwischen hohlen Zähnen.

Alter japanischer Meister

Der Kirschbaum blühte. Schwarz war mein Haar,
Und ich tanzte in der Gefährten Schar.

Der Kirschbaum blühte. Grau war mein Haar,
Und die Blüte ist jung, wie sie damals war.

Auf eines gütigen Gottes Geheiß
Blüht er nun wieder. Mein Haar ward weiß.

Aus dem Ludwig Hardt-Buch. Aus der Erinnerung zitiert. Ich schätze Hardt als Rezitator nur sehr bedingt. Aber er hat Kunstverstand. Diese Verse finde ich als deutsches Gedicht *sehr* schön. Sie haben sich mir tief eingeprägt.

Göckingh
An meine kranke Freundin
(Bei Übersendung einer grünen Bettdecke, in die Stelle einer rothen.)

Wie? Deine Augen – oft des Trostes Quelle
Für meinen Gram – seh' ich von Schmerz bedroht? –
Der Wahrheit Glanz wird nie dem Geist zu helle;
Den Augen aber bald ein brennend Roth.
Gab die Natur den Wäldern und den Auen
Zufällig nur ein grün und gelbes Kleid?
Nein! Ohne Schmerz beständig sie zu schauen,
Das war der Grund von ihrer Gütigkeit.

Ein brennend Roth hat sparsam sie verteilet,
Und überall mit sanftem Grün gemischt;
Was jenes krank gemacht, hat dies geheilet,
Was jenes schwächte, ward durch dies erfrischt.
Das Erste lohnt am Ende mit Betruge,
Das Andre kann Dir nichts zu Leide thun;
Drum laß hinfort auf diesem Überzuge
Dein wachend Auge zur Erquickung ruhn.

Aus »Ruinen und Blüten« (Jahrbuch) ca 1820.

August Apel
Die Nacht

Gütige Nacht, du enthüllst in dem Herzen der Liebe Geheimnis,
Aber die Liebenden selbst birgst du mit dunklem Gewand.

Cicaden I. 1810.

113. Werner Kraft an Wilhelm Lehmann

Jerusalem 16.11.34
Rehavia
Ben Maimonstreet 37
bei Rosenberg

Lieber Herr Lehmann,
ich habe oft in den letzten Wochen an Sie gedacht, aber zu dem langen Brief – der kommen wird! – langte es noch nicht. So kann ich Ihnen heute nur ein Lebenszeichen geben, in der Hoffnung, daß es Sie bei fortschreitender Gesundung erreicht. Hier war zwar schon etwas Regen, aber jetzt ist wieder der blauste Himmel und Sonne. – Ich lese jetzt (deutsch) Brownings Briefwechsel mit Elisabeth B.B. Sehr bedeutend aber vielleicht auch *zu* bedeutend. Es fallen zuviel selbst bedeutende Worte. Browning muß eine mächtige Dichterpersönlichkeit sein. Ich kenne nur *ein* Gedicht von ihm, das in einer Nachdichtung Borchardts wie auch im Original sehr starken Eindruck auf mich gemacht hat: Porphyria's lover.

Leben Sie wohl, lieber Herr Lehmann, hoffentlich höre ich bald Gutes von Ihnen.

Herzlichste Grüße, auch von meiner Frau, für Ihre Frau und Sie selbst

Ihr
Werner Kraft

Anbei unsere neue Adresse

114. Werner Kraft an Wilhelm Lehmann

Jerusalem, 23.11.34
Rehavia
Ben Maimonstreet 37
bei Rosenberg

Lieber Herr Lehmann,
ich danke Ihrer Frau sehr für ihre Karte, die heute ankam. Wie traurig, daß Sie noch immer leiden müssen. Und doch freue ich mich, aus der Karte Ihrer Frau *Hoffnung* herauslesen zu dürfen!! Verlieren Sie nicht die Geduld. »Der Tröster prahlt leicht« heißt ein strenger Satz bei Hofmannsthal, gewiß! Und doch ist es wahr: An Depressionen ist

überall in der Welt kein Mangel, selbst hier nicht, wo noch immer herrliches Sonnenwetter ist mit einzig schönen Mondnächten!! Denken Sie an das, was Sie im Anfang von »Weingott« über die Verzweiflung geschrieben haben!

Heute nur diesen Gruß. Das Leben ist schwer. Bald mehr.

Herzlichst Ihr
Werner Kraft

Immermann
Verzweiflung

Zeig mir den Berg, auf dem sich sterben läßt,
Wo Holzes g'nug zum letzten Fest!
Nicht Heben gilt's, nicht ihren Trank zu kaufen,
Nur einen Berg! nur einen Scheiterhaufen!

Jacob Burckhardt
Nyt Eiges meh

Was wie-n-e Flamme-n-uf mym Scheitel rueht,
Du bisch die Glueth!
Was wie-n-e helli Wulke-n-um mi wallt,
Du bisch die Gwalt.

Und's Morgenroth schynt dur e Rosenhag,
Du bisch der Tag!
Und d'Sterne glänze-n-in der hellste Pracht,
Und du bisch d'Nacht!

Es ghört mer weder Denke, Gseh noch Thue
Meh eige zue, –
Wer het mi au mit Allem was i bi
Verschenkt an Di?

Hofmannsthal
Eigene Sprache

Wuchs dir die Sprache im Mund, so wuchs in die Hand dir die Kette;
Zieh nun das Weltall zu dir! ziehe! Sonst wirst du geschleift.

Karl Kraus, Aus »Nachts«:

Die Sprache tastet wie die Liebe im Dunkel der Welt einem verlorenen Urbild nach. Man macht nicht, man ahnt ein Gedicht.

Anatole France:

Caressez longtemps votre phrase, elle finira par sourire.

Derselbe:

Il faut mépriser les hommes avec tendresse.

115. Werner Kraft an Wilhelm Lehmann

Jerusalem 29.11.34
Rehavia
Ben Maimonstreet 37
bei Rosenberg

Lieber Herr Lehmann,
ich denke oft an Sie aber ich kann mich jetzt schwer zu Briefen konzentrieren. So nehmen Sie einstweilen mit diesen bescheidenen Lebenszeichen vorlieb. Ich hoffe mit Ihnen, daß Sie die hoffentlich letzte Operation nunmehr erfolgreich hinter sich haben. Eben las ich zufällig (oder nicht zufällig) in dem »Bilderstürmer« und war besonders bewegt von der Stelle, wie Friederike Wesendonck den Knaben heilt, der in Pubertätsnot tötet. – Kennen Sie die anspruchlosen Erinnerungen Georg Bondis an George? Eine Stelle darin über das bekannte Platensche Sonett über den Tod Pindars ist bemerkenswert. – Jemand sagte neulich, die Kinder wüchsen so unbeschwert auf, ohne zu wissen, in welche Welt sie hineinwachsen. Ich erwiderte, nicht mit voller Verantwortung, die Not sei doch immer gleich gewesen. Ich wurde widerlegt. Mit Recht. Obwohl *ich* Recht habe. Was will ich damit sagen? Die unabänderliche Konstanz der Not in der Welt ist ein so riesiger Gedanke, daß ihn zu denken *nur im Scheine* gelingt. Wer ihn entschlossen *nicht* denkt, steht sittlich höher als der ihn hätte, aber nicht hat .. Dabei lag mir sogar auf der Zunge, mich auf gewisse Gedanken Kafkas über die *Realität des Paradieses* zu berufen. Ich habe es aber unterlassen. Sollten Ihnen dies Hirngespinste sein, die in der Welt Felfers keinen Kurs haben, so ist es auch gut. Ich grüße Sie wie auch Ihre Frau sehr herzlich

Ihr
Werner Kraft

Jean Paul: »So viel ist erwiesen, daß man in Paris bogenlang in Zeitungen und stundenlang in Kaffeehäusern urteilt und zankt, nicht etwan über eine neue Prose oder Poesie, sondern schon über eine neue Wortfügung, ja über ein neues Wort. Aber dies offenbart wenigstens eine Liebe gegen die Sprache, von welcher die Liebe gegen das Vaterland nicht weiter entfernt liegt, als von der Zunge das Herz, das man ja sogar am Ende auf dieser haben kann. Die Muttersprachen sind die Völkerherzen, welche Liebe, Leben, Nahrung und Wärme aufbewahren und umtreiben. Dieses Herz einem Volke ausschneiden, heißt das Lebendige ins Tot-Gedruckte übersetzen und unter die Presse geben. Daher ist der Untergang oder die Vertilgung jeder, auch der ärmsten Sprache, das Verdunkeln und Vertilgen einer Facette oder Fläche am polyedrischen Auge der Menschheit für das All ..«

Karl Kraus: »Wer nichts der Sprache vergibt, vergibt nichts der Sache.«

116. Werner Kraft an Wilhelm Lehmann

Jerusalem 5.12.34

Lieber Herr Lehmann, ich erhielt heute einen Brief von L. Ficker, dem Herausgeber des »Brenner«. Darin schreibt er am Schluß: »Wenn ich nicht irre, fragten Sie mich auch einmal nach dem Dichter Wilhelm Lehmann. Ich kenne ihn nur nach dem, was in den ›Schildgenossen‹ von ihm stand. Aber es genügt, um sagen zu können, daß es die einzige echte, große Dichterbegabung ist, die mir in dem heutigen Deutschland aufgefallen ist.«

F. hat ein, an Karl Kraus geschultes, sehr begründetes Urteil über Lyrik. Darum hat mich sein Urteil sehr gefreut. Ich teile es Ihnen gleich mit. Hoffentlich geht es Ihnen besser!!

Sehr herzlich

Ihr
Werner Kraft

Abschatz
1646-99
Ach

Du fragst, was sagen will dies Ach!
Das ich bei deiner Ankunft sprach?

Es sprach: Ach! seht die holden Wangen,
Seht die geliebte Fillis an!
Da kommt auf rosenvoller Bahn
Mein Tod, mein süßer Tod gegangen!

Klopstock
Furcht der Geliebten

Cidli, du weinest und ich schlummre sicher,
Wo im Sande der Weg verzogen fortschleicht;
Auch wenn stille Nacht ihn umschattend decket,
Schlummr' ich ihn sicher.

Wo er sich endet, wo ein Strom das Meer wird,
Gleit ich über den Strom, der sanfter aufschwillt;
Denn der mich begleitet, der Gott gebot's ihm;
Weine nicht, Cidli.

Jean Paul
Bei einem Wasserfall mit dem Regenbogen

O wie schwebt auf dem grimmigen Wasserfall der Bogen des Friedens so fest! So steht Gott am Himmel und die Ströme der Zeiten stürzen und reißen und auf allen Wellen schwebt der Bogen seines Friedens.

117. Werner Kraft an Wilhelm Lehmann

Jerusalem, 17.12.34
Rehavia
Ben Maimonstreet 37
bei Rosenberg

Lieber Herr Lehmann,
immer dachte ich, Ihnen einen langen Brief zu schreiben. Nun drängt die Zeit und die Stimmung fehlt. *Aber er kommt!!* So sende ich Ihnen und den Ihren zu Weihnachten meine allerherzlichsten Wünsche. Ich habe wieder lange nichts von Ihnen gehört. Mögen diese Zeilen Sie wieder zuhause treffen, wohin ich sie richte: gesund!! Dies ist im Augenblick der einzige Wunsch, den ich für Sie hege!! Hätte ich Geld, so schenkte ich Ihnen den »Spaziergang nach Syrakus« von Seume (Re-

klam) Ein außerordentliches Buch, das mich teilweise *sehr* ergriffen hat. Vielleicht, wenn Sie es nicht kennen, schenken Sie es sich als Geschenk von mir.

Immer
Ihr
Werner Kraft

Nehmen Sie das Gedicht freundlich auf. Es gefällt mir. Und Ihnen?

Fortschritt

Tief in mich selbst mein Leben ist verschlungen.
Wie lastet dies, daß niemals mir's gelungen,
Auch nur den schwächsten Faden aufzulösen!
So soll es sein! Verflüchtigung des Bösen!
Die Schlange weicht. Zu athmender Verschlingung
In Schmerz und Wonne fühl' ich eine Schwingung
Des Guten senkrecht in das Nichts mich heben –
Erstarkten Geistes dankend stürzt mein Leben.

118. Werner Kraft an Wilhelm Lehmann

Jerusalem 31.12.34

Lieber Herr Lehmann,
warum höre ich gar nichts von Ihnen?! Ich hoffe sehr, daß es Ihnen gut geht. Gerade heute, am Schluß des alten Jahres, wurde ich tief an Sie erinnert, als ich zufällig in einer Buchhandlung in dem Fischerschen Almanach blätterte und auf die überaus schöne Photographie von Ihnen stieß. Möge der ernste und wahre Blick, mit dem ich Sie ansah, Ihnen in diesen Zeilen deutlich werden! Durch Vergleich mit andren Photographien konnte ich mir über manche Erscheinungen ein physiognomisches Urteil bilden, das mir das kritische erspart. Ich las auch Ihr erschütternd schönes Gedicht »Letzter Abend«. Ist es Ihnen vielleicht möglich, mir auf dem Umweg über Lörke den Almanach zukommen zu lassen? Wenn nicht, werde ich ihn mir, trotzdem ich es nicht kann, kaufen. – Ich lese jetzt sehr intensiv Heines Gedichte. Er ist nicht der größte deutsche Lyriker des 19. Jh. – im Vergleich zu Eichendorff, Keller, Mörike – aber sicherlich der notwendigste. Kennen Sie von Karl Kraus »Heine und die Folgen«? Für die

Prosa ist das dort ausgesprochene Urteil wohl endgültig, für die Lyrik ist es nur bedingt wahr. Ihnen und den Ihren ein *gutes* Jahr

Ihr
Werner Kraft

Besonders schön finde ich unter Heines letzten Gedichten das »Morphine« benannte.

Ich habe jetzt in Mommsens Römischer Geschichte gelesen. Das Kapitel über die Zerstörung Karthagos ist in einem mächtigen Stil geschrieben.

119. Werner Kraft an Wilhelm Lehmann

Jerusalem, 26.1.35 [recte: 25. Januar 1935 (Poststempel)]
Rehavia
Alphasistreet 31

Lieber Herr Lehmann,
schon früher wollte ich Ihnen auf die letzte Karte Ihrer Frau, für die ich ihr herzlich danke, antworten, aber im Drange täglicher Kleinigkeiten unterblieb es. Dies bedeutet aber keineswegs, daß ich nicht sehr oft an Sie denke und Ihnen nicht im Geiste längere Briefe schreibe als leider zu Papier kommen. Auf jeden Fall habe ich mich sehr gefreut, aus der Karte Ihrer Frau zu entnehmen, daß die Heilung Ihres Auges langsam aber stetig vorwärtsschreitet. Möge dieser Prozeß nun bald beendet sein! Ich wünsche es innigst. Übrigens teile ich Ihnen mit, daß mir ein hiesiger Arzt sagte, es gäbe jetzt in Utrecht einen Professor, der *sehr erfolgreiche* Operationen Ihrer Art mache. Den Namen würden Sie wohl gegebenen Falles leicht erfahren, wenn ich auch nicht wünsche, daß diese meine Mitteilung mehr als akademische Bedeutung hat. – Mit meiner Pension klappt es, und wir beziehen zum 1.2. unter obiger Adresse eine eigene Wohnung. Am 1.3. kommt dann der Junge wieder zu uns. – Ich danke Ihnen sehr für den Fischerschen Almanach, der mir auf Ihre Veranlassung vom Verlag zugegangen ist. Darüber werde ich Ihnen *bald* ausführlicher schreiben. Diese Zeilen sollen nur ein vorläufiges Lebenszeichen sein. Ich grüße Sie und Ihre Frau sehr herzlich
Ihr Werner Kraft

120. Werner Kraft an Wilhelm Lehmann

Jerusalem, 28.1.35
Alphasistreet 31
Rehavia

Lieber Herr Lehmann,
ich finde, daß Ihr Gedicht »Letzter Abend« sehr groß ist. Gibt es bei Ihrer Prosa die Möglichkeit von Einwänden, die mit dem Stand der deutschen Prosa überhaupt und den trostlosen Bedingungen für die Kunst in dieser Epoche zusammenhängen – aber auch hier überwiegt das Dichterische –, als Lyriker können Sie beruhigt sein: Sie sind geborgen, und wenn ich Sie mit Gedichten wie dieses [!] oder »An meinen Sohn« oder »Untergehender Dichter« in mein Repertoire aufgenommen habe, das ich ab und zu vor mir zum Vortrag bringe unter lebhaftestem Beifall des stillen Auditoriums, so will das denn doch etwas besagen. Von der untrennbaren Einheit des Gedichts abgesehen, sprachlich den tiefsten Eindruck macht auf mich der Vers »wie Helmbusch Husar«, obwohl er mit seinen beiden weggelassenen Artikeln hart an der Grenze des Möglichen ist. – Dagegen konnte sich das gleiche Auditorium der Heiterkeit nicht erwehren, als es Zuckmeyers Salzburger Phantasie zu sich nahm, von dem Herbstgedicht ganz zu schweigen, das mir schon vor Jahren, im ersten Druck der seligen »Voß« als ein Gipfel erschien. Das meint, wenn man eine Pfeife im Munde hat, auf »brauste« »Fauste« und auf »Katakomben« »Tromben« reimen kann, dann sei man ein Dichter, und nach dem Beifall der Welt zu urteilen, muß man als armer Schlucker klein beigeben, wenn der komplette Dreck offenbar die edelsten Gefühle einer Leserschaft anspricht. Doch ich breche ab. – Manchmal ist hier jetzt schon eine Wärme, daß ich Ihnen gern eine Hand voll in einem Brief herübersenden möchte. Möge es Ihnen weiter gut gehen, *Ihren Augen*, und mögen Sie weiter Kraft haben, in dieser herben Welt mit Müh zu atmen und uns dieser Atemzüge in Ihrer Dichtung teilhaftig werden zu lassen, lieber Herr Lehmann

Ihr
Werner Kraft

121. Wilhelm Lehmann an Werner Kraft

[von Frieda Lehmanns Hand:

Kiel, d. 12.2.35.

(Diktat) Lieber Herr Kraft, Sie erfreuen mich schon so lange durch Zeichen edelster Teilnahme u. schönsten Mitgefühls, daß ich Ihnen nur immer danken kann. Mögen Sie gewiß sein, daß Ihre Karten nicht in den Abgrund des Nichts geflattert sind, sondern die Höhle des Trübsals wohnlicher gemacht haben. D. Gedicht, das Sie in das Kafka-Büchlein geschrieben haben, ist schön, u. ich werde es mit Tinte nachziehen, statt es auszuradieren. Ich liege noch immer u. kann mich, wie Sie sehen, nicht zum rechten Ausdruck disziplinieren. Die vorletzte Woche war kritisch aufregend; die letzte schadhafte Stelle des Auges geriet ohne Operation in Bewegung, und es gab eine ständige Bewegung vom Schiefen zum Geraden, vom Geraden zum Schiefen, das war ein Seelendurchkneten. Am vorvorigen Montag wurde noch ein 12. Stich gemacht. Als seine Folge hält sich d. Auge bis jetzt ganz gut. Abends liest mir eine 70jährige Menschenfreundin Buddhas Reden; vor dem Donner ihrer Erhabenheiten flieht dann oft die Sorge. – Über Ihre Pension habe ich mich *sehr* gefreut. Wir grüßen Sie alle bis zum nächsten Mal

herzlich Ihr W. L.

Wunderschön Kellers »Friede d. Kreatur«.]

122. Werner Kraft an Wilhelm Lehmann

Jer-Rehavia, 22.2.35
Alphasistreet 31

Lieber Herr Lehmann, gestern kam Ihr Lebenszeichen. Ich hoffe nun sehr, daß bald alles gut wird! Was müssen Sie dulden! – Soeben ist der erste Band von Kafkas Ges. Schriften erschienen, der *alles* bei seinen Lebzeiten Gedruckte enthält, auch das erste vor dem Krieg erschienene Buch »Betrachtung«. Darin gibt es ein kleines Stück »Die Bäume«:

> »Denn wir sind wie Baumstämme im Schnee. Scheinbar liegen sie glatt auf, und mit kleinem Anstoß sollte man sie wegschieben können. Nein, das kann man nicht, denn sie sind fest mit dem Boden verbunden. Aber sieh, sogar das ist nur scheinbar.«

Ich grüße Sie und Ihre Frau sehr herzlich

Ihr
WK

Mein Gott

Das große Nichts steht mir bevor,
Aus dem ich kam, in das ich gehe.
Kein Gott erwartet mich am Tor,
Daß ich in ihm mich selber sehe,

Den Menschen mit dem strengen Mut,
Auf einer Scholle leichter Erde
Zu stehn, in Herzenstreuer Hut,
Zu stürzen an dem stillen Herde

Der Wahrheit .. Aber könnte ich
Sie, wenn ich wollte, anders sagen?
Und müßtest du nicht dennoch mich
Im Sturm zurück ins Trübe tragen,

Mein Gott, und willst nicht dennoch du
Verwandelnd hier dich offenbaren?
Drückt mir dein Zorn die Augen zu,
Noch häng' an meines Herzens Haaren

In großem Gram ich dir zum Griff,
Du selber daß du mir erscheinest,
Mich stoßend von granitnem Kliff
Ins wilde Meer, worin du weinest ..

123. Werner Kraft an Wilhelm Lehmann

Jer. 26.2.35

Lieber Herr Lehmann, ich fand heute in Nietzsches »Der Wanderer und sein Schatten« eine Stelle, von der ich mir denke, daß sie gerade Sie besonders erfreuen könnte. Selbst wenn Sie sie kennen, schreibe ich sie Ihnen ab:

»Et in Arcadia ego. – Ich sah hinunter, über Hügel-Wellen, gegen einen milchgrünen See hin, durch Tannen und altersernste Fichten hindurch: Felsbrocken aller Art um mich, der Boden bunt von Blumen und Gräsern. Eine Herde bewegte, streckte und dehnte sich vor mir; einzelne Kühe und Gruppen ferner, im schärfsten Abendlichte, neben dem Nadelgehölz; andere näher, dunkler; Alles in Ruhe und Abendsättigung. Die Uhr zeigte gegen halb sechs. Der Stier der Herde war in den weißen, schäumenden Bach getreten und ging langsam widerstrebend seinem stürzenden Laufe nach: so hatte er wohl seine Art von grimmigem Behagen. Zwei dunkelbraune Geschöpfe, bergamasker Herkunft, waren die Hirten: das Mädchen fast als Kabe gekleidet. Links Felsenhänge und Schneefelder über breiten Waldgürteln, rechts zwei ungeheure beeiste Zacken, hoch über mir, im Schleier des Sonnenduftes schwimmend – Alles groß, still und hell. Die gesamte Schönheit wirkte zum Schaudern und zur stummen Anbetung des Augenblicks ihrer Offenbarung; unwillkürlich, wie als ob es nichts Natürlicheres gäbe, stellte man sich in diese reine, scharfe Lichtwelt (die gar nichts Sehnendes, Erwartendes, Vor- und Zurückblickendes hatte) griechische Heroen hinein; man mußte wie Poussin und sein Schüler empfinden; heroisch und zugleich idyllisch. – Und so haben einzelne Menschen auch *gelebt*, so sich dauernd in der Welt und die Welt in sich *gefühlt*, und unter ihnen einer der größten Menschen, der Erfinder einer heroisch-idyllischen Art zu philosophieren: Epikur.« –

Ich lese jetzt viel Heine. Von allen paradoxen Künstlergestalten die paradoxeste. Die furchtbarsten Gegensätze nicht nur im Leben sondern auch in der Kunst! Der widerlichste Journalismus neben der reinsten Lyrik, und eben wegen Umfang und Spannungskraft war er *doch* größer als Eichendorff oder Mörike, die, praktisch, in Hinsicht der Kunstleistung größer sind als er. Das Gedicht »Morphine« finde ich erhaben.

Sehr herzlich
Ihr
Werner Kraft

124. Werner Kraft an Wilhelm Lehmann

Jer. 14.3.35

Lieber Herr Lehmann,
wieder habe ich lange nichts von Ihnen gehört. Wie mag es Ihnen gehen! Hoffentlich besser! Nein, gut!! – Buddhas Reden lesen Sie wohl

in der Übersetzung von K.E. Neumann, die mir nach den wenigen Proben, die ich kenne, als außerordentlichste Übersetzungsleistung der Epoche erscheint. Aber den Inhalt dieser Reden mir zuzueignen, war mir bis heute nicht möglich. – Kennen Sie Heideggers Rede über die Selbstverteidigung der deutschen Universitäten? Sie ist des genauesten Studiums würdig und unwürdig.

Sehr herzlich
Ihr
WK

Die Tote.

Mit meinem feierlichsten Liede
Die Seele, die des Lebens müde,
Darf ich zu hören sie bewegen
Den Segen?

Besäß' ich ihn! Dann lebte sie,
Leicht durch das Schwere schwebte sie
Dahin, mir fehlte, daß sie bliebe,
Die Liebe.

Es ist zu spät. Dies ist die Klage.
Von des verstummten Herzens Schlage
Den reinen Wohllaut schweigt zu geben
Das Leben.

Wir leben weiter. Ach, die Toten.
Noch bangen wir, es ist verboten,
Noch tröstet träumend doch die Trauer
Von Dauer.

Du aber kannst nicht mehr verzagen,
Du hattest einmal Mut zu wagen
Die Freude, bleibest, bitt'rer Friede,
Im Liede.

125. Wilhelm Lehmann an Werner Kraft

[von Frieda Lehmanns Hand:

Kiel, d. 24.3.35

– Lieber Herr Kraft, haben Sie Dank für Ihre letzten Karten. Gerade wenn man so liegt, muß man durch allerlei hindurch u. antwortet nicht immer rechtzeitig. Ich muß immer noch Geduld haben mit dem Auge u. wünsche mir so sehnlich, daß mit dem Frühjahr die letzte Störung verschwinde. Die Operation im Febr. brachte einen großen Fortschritt. Mit der Stelle aus Nietzsches ›D. Wanderer u. sein Schatten‹ haben Sie mich wirklich sehr erfreut. Ich empfand einen großen Durst nach Epikur; ein ehemaliger Schüler bringt mir ihn vielleicht in einer Übersetzung zum Vorlesen, Griechisch kann ich zu wenig. Die mitgeteilten Gedichte muß ich erst still durchfühlen. Ich denke sehr oft an Sie u. freue mich jedes Zeichens, das von Ihnen kommt. Ist es schon 1000 Jahre her, daß wir zusammen durch den deutschen Frühlingswald gingen? Schrecklich gern sähe ich die Landschaft, die Sie jetzt umgibt. Mit dem größten Entzücken lasse ich mir jetzt Stifters ›Studien‹ vorlesen. Immer herzlich

Ihr
W.L.

Einen recht schönen Gruß an Frau u. Kinder.]

[von Frieda Lehmann:
Auch von mir schöne Grüße. Ihre Fr. L.]

126. Wilhelm Lehmann an Werner Kraft

Kiel, d. 28.4.35.

Lieber Herr Kraft, im unbegreiflichen Sonnenschein sitze ich auf dem Balkon der Klinik und atme die bezaubernde Luft und fühle den herrlich leisen Luftzug. Ich werde wohl denn doch entlassen werden; das Auge ist noch nicht ideal, aber ich hoffe rüstig weiter auf noch größere Besserung. Wenn man so sich wieder in die Welt schmeichelt, kommt einem alles ergreifend vor. Liegen nicht doch in dem Phänomen des Lebens alle unsere Möglichkeiten beschlossen? Vielleicht ist es möglich, ein Bändchen Gedichte von mir zu veröffentlichen. Es wäre mir doch eine große beruhigende Freude. Ich muß versuchen, die 250 M., die der Verleger als Zuschuß haben will, aufzubringen. Wie töricht, daß die Menschen keine Gedichte kaufen. Kaufen sie doch beim Schlachter Knochenmark. Mir im Rücken blühen ganz zartblau Glyzinien auf. Meine Frau, die mir während der ganzen Zeit so unendlich geholfen hat, weilt gerade bei mir. Die Glocken läuten. Genau wieder am 25.4. trafen die ersten Schwalben ein. Heute hörte ich das erste süße Gezwitscher. Amseln singen laut. Wären Sie hier, wir könnten vieles zusammen sprechen. In wahrem Gedenken sage ich Ihnen meinen Glückwunsch zum 4. Mai und bin immer in

herzlicher Gesinnung
Ihr
W. L.

[von Frieda Lehmann:
Auch von mir herzliche Grüße u. gute Wünsche

Ihre Fr. Lehmann.]

127. Werner Kraft an Wilhelm Lehmann

Jerusalem-Rehavia
Alphasistreet 31
29.4.1935

Lieber Herr Lehmann,
hoffentlich kommt dieser Brief noch zu Ihrem Geburtstag bei Ihnen an, um Ihnen meine Wünsche zu übermitteln, und hoffentlich trifft er Sie zuhause und geheilt, so daß Sie sich des mailichen Ausblicks auf das weite Wasser aus dem Fenster Ihres schönen Raumes freuen können. Was könnte ich im Augenblick mehr für Sie wünschen. Die letzte Nachricht, die ich von Ihnen erhielt – ich wollte Ihnen gleich antworten, es unterblieb leider – gibt mir den Mut dazu. Wie dem aber sei – ich wünsche Ihnen Mut, Geduld, Liebe, Kraft des Entsagens und Kraft der Freude, alle jene Eigenschaften, die sich in Ihnen mir so beglückend verkörpern. – Es sind hier jetzt überheiße Tage, die den ganzen Menschen angreifen, und obwohl so viel zu sagen wäre, wenig genug wird herauskommen. Immerhin, wir haben jetzt eine Reise durch das Land gemacht, und ich habe gesehen, *wie* schön es ist. Wir waren zuerst in einer der Siedelungen, in denen sich das Eigentümlichste dieser neuen Gemeinschaft darstellt. Ich bin sicher, daß diese fast heroische Form des Gemeinschaftslebens unter den ungünstigsten äußeren Bedingungen auf Sie den stärksten Eindruck machen

würde, könnten Sie es sehen. Ich kann darüber im Augenblick nicht mehr sagen. Die Siedelung liegt in der Nähe des Sees Genezareth, im mittleren Jordantal. Als Kuriosum erwähne ich, daß die Frau eines unserer dortigen Freunde die *schönste* Frau ist, die ich in meinem Leben gesehen habe. Sie sieht aus, als sei sie einem von Dürer oder van Eyk gemalten Bild entstiegen, und sie stammt aus Krakau. Einmal machten wir einen Ausflug nach einem Ort am Genezareth-See, wo ein reicher Mann eine herrlich gelegene Villa gebaut hat. Dort fiel mir das folgende Gedicht ein

Garten am See

Es liegt der See.
Die Berge stehn.
Der Vogel schwebt.
Die Blume bebt.
Das Weh
Wird Wohlergehn
Der Welt, zu sehn
In Palmenpracht.
Nun naht die Nacht,
Im Fliehn, im Flehn
Des Seelenlauts, am lichten See,
Die dunkle Nacht, noch ist es Tag, ade!

Wie finden Sie es? Sagen Sie es offen! Und schicken Sie mir doch selbst wieder einmal Verse! Irgend etwas werden Sie schon haben!! Auch fühle ich mich Ihnen so nahe, wenn ich etwas von Ihnen schön finde. – Über dem Tiberias-See Genezareth liegt hoch im Gebirge einer der ärmsten Orte Palestinas – Safet –, aber die Lage ist einzig schön, der Blick auf die Berge und den See tief unten. Diese weißen arabischen Häuser im Licht der weißen Sonne! Von dort ging's nach Akko, wo wir den herrlichen Vorhof einer Moschee sahen. Haifa, der größte Hafen des Landes, habe ich mir nicht mehr angesehen. Es war zu heiß, ich fuhr direkt nach Jerusalem zurück, wo es aber auch fast zum Ersticken ist. – Leben Sie wohl, lieber Herr Lehmann! Den Ihren, vor allem aber Ihnen selbst meine herzlichsten Grüße und Wünsche, auch von meiner Frau,

Ihr
Werner Kraft

Unsere Kinder gedeihen gut.

128. Werner Kraft an Wilhelm Lehmann

Jer. 22.5.35

Lieber Herr Lehmann,
ich danke Ihnen sehr für Ihre Wünsche zu meinem Geburtstag, und ich freue mich sehr, aus Ihren Zeilen zu entnehmen, daß Sie, wenn dieser Brief bei Ihnen ankommt, *wirklich* schon wieder zuhause sind. Bedeutet das auch, daß Sie wieder zur Schule gehen? Schreiben Sie doch darüber gelegentlich ein Wort! – Ich hoffe mit Ihnen, daß Sie das Geld aufbringen werden, um Ihre Gedichte zu drucken. Auch mir scheint dies überaus wichtig zu sein. Schreiben Sie mir bitte, ob Sie Aussicht haben, das Geld aufzubringen! Aber vergessen Sie es nicht! Mit dem, was Sie über die Natur schreiben, haben Sie Recht, solange Sie den Menschen nicht vergessen. Dies ist ein unerbittliches Gesetz. Da Sie aber nicht sich selber vergessen können – was ja niemand vermag! –, so hat mein Einwand nur theoretische Bedeutung. Ein Gedicht wie »Letzter Abend« erschüttert mich durch die elementare Notwendigkeit, den Menschen in die Natur einzubeziehen, wenn auch tragisch: »und mitteninne Weinte *ich*.« Das ist es! Möchten doch die Menschen nicht nur beim Schlachter Knochenmark sondern auch beim Buchhändler Ihre Gedichte kaufen! Manche hätten davon Freude und einige (auf die es allein ankommt!) Belehrung. –

Ich habe jetzt meine Aufsätze über Kafka zu einem Buch-Manuskript zusammengestellt, das bereits bei einem Verleger liegt. Er interessiert sich dafür, ob er es aber nimmt, ist sehr zweifelhaft. Aber wenn nicht dieser, dann jener, und wenn auch der nicht, so keiner. Dann schreibe ich meine Gesammelten Werke für mich und stelle sie mir aufs Regal. Das Buch kann schlecht, das Manuskript kann gut sein, den Geist berührt es nur äußerlich, und so schmerzlich ich es *persönlich* empfinde, so ziehe ich doch auch zuweilen einen gewissen Trost aus der heimlichen Einsicht, daß das heute *ungedruckte* Buch in fünf Jahren, falls es erscheint, *besser* sein kann. Genug! – Ich schreibe auch gelegentlich an einer Arbeit »Die Idee der Prosa«, in der ich gewisse Lieblingsideen darstellen will, vor allem die, daß nicht die Prosa auf die Poesie sondern die Poesie auf die Prosa bezogen ist – eine Erkenntnis, die Manches in ein neues Licht rücken würde. Auch abgesehen von der Hitze, ist es mir schwer, mich brieflich dazu zu äußern. Jedenfalls soll die Analyse von Goethes Über allen Gipfeln darin eine wichtige Rolle spielen. – Kennen Sie die Tagebücher von Amiel? Der Pessimismus ist etwas blaß, mehr gefühlt als gedacht, aber er schreibt gut und steht eigentümlich, als Genfer, zwischen deutschem und französischem Geist.

»L'Allemand a l'admiration mais non le génie de la forme; il est l'inverse de l'Hellène, il a la critique, l'aspiration et le désir, non la puissance sereine de la beauté. Le Midi, plus artiste, plus satisfait de lui-même, plus capable d'exécution se repose paresseusement dans le sentiment de son équilibre. D'un côté est l'idée, de l'autre le talent. L'empire de l'Allemagne est au-dessus des nuages, celui des Méridionaux est sur cette terre. La race germanique médite et sent; les Méridionaux sentent et expriment; les Anglo-Saxons veulent et font. Savoir, sentir, agir, c'est le trio de l'Allemagne, l'Italie, l'Angleterre. La France formule, parle, décide et rit. Pensée, talent, volonté, parole, ou autrement science, art, action, prosélytisme, telle est la repartition des rôles du quatuor.«

In den Grenzen, in denen solche völkerpsychologischen Urteile sinnvoll sind, finde ich diese Sätze sehr treffend. –

Leben Sie wohl, lieber Herr Lehmann! Ich grüße Sie wie auch ihre liebe Frau sehr herzlich

Ihr
Werner Kraft

Aus einer in Paris entstandenen Dichtung »Wilder Juli«, die aus 100 in sich unabhängigen, gleichgebauten Vierzeilern besteht und die Verse Schmidts von Lübeck

»Drum achte nicht für schlechten Treber,
Was deinem Gaumen ekel dünkt,
Wir übertünchen unsre Gräber,
Wie jedem seine Schelle klingt«

zum Motto hat.

Die Jugend schwand, das reine Alter.
Heut bin ich nur noch der Verwalter
Und der schon lang' verschloss'ne Schalter.
Ein andrer zahlt mit meinem Gold.

Mir kracht die Sehnsucht in den Gliedern,
Es möge meinem Leid erwidern
Mit warmen Lauten, wahren Liedern
Ein Tag, ein Tag, ein neuer Tag.

Ich freue mich. Ich bin ein Jude.
Gott ist noch in der Schacherbude.
Ich halte warm in meiner Gruhde,
Die deutsche Sprache halt' ich werth.

Mag wer da Lust hat mich verdammen!
Ich achte nicht des Wahnes Schrammen.
Wie Fleming steh' ich streng in Flammen
Und nehme mein Verhängnis an.

Nicht schön wie diese oder jene
Ist sie, die mir erscheint, die Schöne,
Die schöngeborene Kamöne,
Die einen Traum lang mir erschien.

Der Erbe ist noch ungeboren.
Noch wartet nicht vor keinen Toren
Der Hannibal der holdern Horen.
Zerstört er Rom, er baut es auf.

Ich rieche nicht die andern Düfte,
Und ohne Riß ist meine Hüfte,
Und wenn ich mein Geheimnis lüfte,
So bin ich nur ein armer Mann.

Es glaube niemand, ich sei schlechter
Als ein Verzweifelter, ein Echter.
Wo frevelte nicht ein Gerechter!
Und ich bin nicht der Mann aus Uz.

In hundert Strophen wie ich flute
Ist mir so zauberhaft zumute.
Das holde Schlechte, schlimme Gute
Schlingt meine Inbrunst all in eins.

129. Werner Kraft an Wilhelm Lehmann

Requiem

Till then we rest. And dreamless be our sleep
until we wake to knowledge that we slept.
Then come the dream! Then once more let us weep
old tears God holds for us, that once we slept.

Tears dried and long forgot up-welling break
once more from eyes struck blind with sudden light.
Now let us dream! For now we are awake
and know we slept, how must our dream be bright!

For Sylvia's Birthday

And now another year has passed since we,
children each of the other, marvelling knew
that you, so ripened, brought me forth anew
and I waked young when you lay born of me!
Did once my days drag wan? – it cannot be
that days should drag; we know but how they flew
since that last day when you and I were two
and, thence for ever one, at last could see
God's light upon us in each other's eyes
and by His light, walking no more apart,
could build our Templeton of each other's heart,
our birthday secret gift, our hushed surprise –
since this your birthday is my birthday too,
and you are old as I, I young as you!

Jer. 29.5.35

Lieber Herr Lehmann, vielleicht machen Ihnen diese beiden Gedichte, die zu lesen Sie ja berufener sind als ich, Freude. Der Verfasser, mit dem ich in einem höchst fruchtbaren (deutschen) Briefwechsel stehe, Albert Bloch, ist Amerikaner, Professor in Lawrence (Kansas) Er beherrscht die deutsche Sprache erstaunlich! Sehr herzlich

Ihr
Werner Kraft

Templeton ist nach Angabe des Verfassers ein Phantasieschloß nach der Art von Poggfred.

130. Wilhelm Lehmann an Werner Kraft

[von Frieda Lehmanns Hand:

Eckernförde, d. 30.5.35.

Lieber Herr Kraft, seit dem 9.5. zu Hause, finde ich mich etwas mühsam in die alte Welt. Die Sehkraft des rechten Auges ist bedeutend geschwächt; aber ich will die Hoffnung nt. aufgeben, daß es sich noch bessere. Daß Sie mir schreiben u. an mich denken, hilft mir bedeutend, den Blick auf kommendes Dasein nicht zu verlieren, sondern ihn immer wieder zu gewinnen. Mehr kann ich Ihnen immer noch nicht schreiben. Dies soll auch nur ein von Herzen kommender Gruß u. Dank für alles sein. Auf Ihre Arbeiten, der Sie mit der Fruchtbarkeit des Denkens gesegnet sind, freut sich d. Inhalt der Welt, dem Sie zur Entbindung verhelfen. Damit ist schon entschieden, wer von den Menschen sich daran freuen wird. Hier ist jetzt erst d. Mauersegler angekommen, der schnellste Vogel der Welt. Ob er auch um die Türme der Heiligen Stadt saust? Das möchte ich wohl wissen. Grade eben las meine Frau, die Sie sehr herzlich grüßt, mir Ihren Himmelfahrtbrief vor. Ich habe noch bis nach den Sommerferien Zeit, mich zu erholen, u. tue das bei schönem Wetter durch Liegen im Garten zwischen Stachelbeerbüschen.

Ihrer Frau, Ihren Kindern Schönes u. Gutes.

Immer
Ihr
W. L.]

131. Werner Kraft an Wilhelm Lehmann

Jer. 14.6.35

Lieber Herr Lehmann,
ich danke Ihnen sehr für Ihre Karte, freue mich, daß Sie wieder zuhause sind und in der Gesellschaft Ihrer lieben Frau (und Tochter) wie auch von Meer und Stachelbeeren die sommerliche Ruhe genießen können, die Ihrem tiefsten Wesen so gemäß ist. Nur die noch immer geschwächte Sehkraft Ihres Auges macht mich betrübt. – Der Mai ist hier einer der schlimmsten Monate. Wegen der heißen Wüstenwinde ist die Hitze (selbst am Abend) unerträglich, aber jetzt ist schönes Sommerwetter, am Abend kühlt es sich herrlich ab, und die Mond- und Sternennächte sind vollkommen schön. »Füllest wieder –« Gerade gestern hat Else (die hier Alißa, d.i. die Fröhliche heißt) Geburtstag gehabt. Es waren viele Kinder da, und die Realität der Finsternis verhauchte wie ein Traum .. Ein Freund schickte mir Ihr Gedicht »Merlin«. Wenn Sie mir dies zu sagen erlauben, so fand ich, daß Sie sich in ihm – was oft bei Dichtern geschieht – selbst kopieren. Gerade in halbgereimten Gedichten müssen die Vorstellungen sehr prägnant sein – wie in »Letzter Abend« –, und hier ersetzen Sie diese Prägnanz durch »Merlin«, »Turpin«, »Roland«, d.s. zwar klangvolle

aber doch ein einem strengen Sinn nicht letztlich sachliche Mythologeme. Dies ist mein Eindruck, der falsch sein kann. Selbstverständlich weiß ich, daß diese Vorstellungen Ihrer Weltansicht entsprechen, *aber sie gehen nicht ins Wort ein*, wie etwa in dem sehr schönen Gedicht, in dem Oberon vorkommt. Ich grüße Sie sehr herzlich wie auch Ihre Frau

Ihr
Werner Kraft

Intermezzo

Die Welt erwacht. Ich bin der Ahne,
Der weisen Auges alles sieht,
Und singt, gewiegt, auf gold'nem Kahne
Im Abendrot das Morgenlied:
Wenn nur die Ewigkeit mir blieb,
Die dunkle Erde ist mir lieb.

132. Werner Kraft an Wilhelm Lehmann

Jer. 13.8.35 [recte: 12. August 1935]
Alphasistreet 31

Lieber Herr Lehmann,
wie mag es Ihnen gehen! Hoffentlich gut, und die dienstliche Arbeit bekommt Ihnen! Die letzte Zeit habe ich öfter an Sie gedacht, da ich jetzt den »Silberdistelwald« besitze. Hatte ich nach den früheren Bänden öfter den Eindruck, die Gedichte seien zwar schwierig, aber es sei doch fraglich, ob es sich lohne, diese Schwierigkeit zu durchdringen, so kann ich das nun nicht mehr sagen. Hier finde ich einige Gedichte, die ebenso stark wie verständlich und unzweifelhafte Zeugnisse höherer sprachlicher Autorschaft sind. Ich denke besonders an die große »Klage des Johann Rist« und etwa »Drunten«, aber auch an andere, die ich nicht namentlich aufführen kann. »Von fern der Weise« wäre besonders schön, wenn hier nicht doch ein logischer Fehler zugrunde läge. Ein »Brillenschleifer« zu sein (oder zu bleiben) – *darin* konzentriert sich heute die geistige Kraft der Menschheit, und die Aufgabe ist fast unmöglich. (Oder etwa ein »Landvermesser«, wie im »Schloß«!) Ich freue mich darüber, daß Ihr Name durch dieses Buch an Klang gewinnen wird. Trotzdem finde ich, daß das Nachwort besser weggefallen wäre. Es ist zu sehr pro domo geschrieben.

Davon abgesehen ist es an einigen Stellen, obwohl im ganzen gedankenvoll, nicht ohne Zweideutigkeit, besonders dort, wo von dem »miserablen« persönlichen Leiden im Gegensatz zum »Urleid« die Rede ist. –

Ich grüße Sie sehr herzlich

Ihr Werner Kraft

133. Werner Kraft an Wilhelm Lehmann

Jer. 26.10.35

Lieber Herr Lehmann,
ich war eine Woche auf einer Wanderung durchs Land, es war sehr heiß, ich habe im Jordan gebadet, anregende Gespräche geführt und von Leo Schestow: Potestas clavium oder die Schlüsselgewalt (Verlag der Nietzsche-Gesellschaft), ein Buch, das von *echter* philosophischer Fragestellung birst, gelesen, dann kam ich nach Hause zurück und fand Ihr Buch vor, und einige Tage später, als ich gerade damit beschäftigt war, meine aus Hannover gekommenen Bücher auszupacken, kam Ihr Buch nochmal, diesmal nicht vom Verlag sondern von Ihnen selbst, mit Ihrer Widmung, aus der ich wohl indirekt schließen darf, daß es Ihren Augen gut geht! Ich danke Ihnen sehr. Daß Ihre Freude groß ist, Ihre Gedichte so schön gedruckt zu sehen (mit Ausnahme des ausgeglittenen Inhalts- und des häßlichen Verlagsverzeichnisses daneben), möchte ich glauben. Auch meine Freude über diese echte Antwort des Schweigens ist groß. Nun liegt also endlich ein Text vor, auf den man sich beziehen kann, falls man Lust verspürt, das Neue Ihrer Lyrik darzustellen. Vor kurzem hatte ich einem Schweizer Verlag angeboten, meine Aufsätze zur neueren Lyrik, über George, Rilke, Karl Kraus, Else Lasker-Schüler, Christian Wagner, unter dem Titel »Würdigung des Wortes« zu drucken. Er hat natürlich dankend abgelehnt, da das Publikum für ein solches Buch zu klein sei. Nun, auch dies ist zum Guten! Ich habe also reichlich Zeit, diesem Buch den Aufsatz über Ihre Gedichte hinzuzufügen, und ich will mir Mühe geben, ihn mit solchem Ernst zu schreiben, wie ich nur irgend vermag, und wäre es selbst, daß ich ihn nur für Sie persönlich schriebe. Von den Gedichten, die ich kenne, sprechen mich »An meinen Sohn«, »Lied des alternden Weingott«, »Untergehender Dichter«, »Letzter Abend« und »Grille im Tessin« am tiefsten an, ohne daß ich damit etwas gegen die anderen gesagt haben will;

von denen, die ich nicht kannte »Der alte Gutsherr auf seinem verfallenen Besitz«, besonders die Strophe »Schäumt es da in meine Eimer« mit ihrer tragischen Vertauschung von Realität und Metapher wie auch die herrliche nächste und dann der kolossale mythische Wiedergewinn des Verlorenen – und »Späte Glut auf armem Land« mit dem großen Vers »So stürzt der hohe Tag« usw. Dies aber ist überhaupt nur ein erster Eindruck. Manches verstehe ich nicht oder noch nicht. Daß die Gedichte eine *Einheit* darstellen und nicht nur eine zufällige Sammlung von besseren und schlechteren Gedichten, möchte ich ausdrücklich sagen. Das herrliche Gedicht »Der Gott und die Magd« vermisse ich. Ich hoffe, daß nur Raummangel es ungedruckt ließ. An Einzelheiten, die mir aufgefallen sind, möchte ich erwähnen: In der vierten Strophe von »Fassung« verstehe ich nicht das »quellt«. In »Staarenschwarm im Baum« ist in dem Vers »Baum, du mußtest gleich mir schweigen« ein Mißverhältnis zwischen metrischer und logischer Bedeutung eingetreten. Der Vers will sagen »wie ich«, und er sagt »sofort« (= gleich), denn »gleich« steht in der Senkung und kann einfach nicht so gelesen werden, wie es der Reflexion ohne weiteres klar ist. Hier führt sich einmal die »harte« Metrik, die sonst für Ihre Verse so positiv charakteristisch ist, ad absurdum. Den Titel des Bandes glaube ich ganz zu verstehen. Sollten Ihre Verse kritischen Widerhall finden, der sich nicht nur dem Mißverständnis einer Bodenständigkeit verdankt, die Ihnen im Verlieren eigentümlicher ist als im Besitz, so teilen Sie es mir mit. Es würde mich sehr interessieren. Im übrigen gibt es Bücher, denen die dicken Tränen über das Gesicht fließen, und die große Darstellung des beschmutzten Schicksals wartet auf ihren Dante. Der Jammer der Menschheit ist groß. Ich danke Ihnen nochmals und grüße Sie und Ihre Frau herzlichst

Ihr
Werner Kraft

Wahnes Frage

Ich blicke voll Vertrauen
Auf mein erschlag'nes Leben
Und schüttle mich vor Grauen,
Daß ich's vermag.

Und steige aus der Asche
Mit jedem frischen Tage

Und habe in der Tasche
Noch etwas Geld.

Bleibt von der Pudels Kerne
Nur dies, nur dies: das Dunkel,
Noch leuchten schön die Sterne,
Noch lebt der Tod.

Mit großem Fluch verlasse
Ich die zerstörte Erde.
Noch trink' ich meine Tasse
Erglühten Tees.

Ich komme nie ans Ende.
Mit wildem Gegensatze
Ertrotzt der Wahn die Wende
Des Wortes. Wann?

134. Wilhelm Lehmann an Werner Kraft

[Eckernförde,] 15.XII.35

Lieber Herr Kraft: in der Urfassung von Mörikes Maler Nolten heisst es (es ist die Nacht, die dem Sonntag als dem Begräbnistage Agnesens vorhergeht) Henni (der blinde Gärtner) »trat ans Fenster und öffnete es. Die Nacht war sehr unfreundlich; ein heftiger Sturm wiegte und schwang die hohen Gipfel der Bäume, und auf dem Dache klirrten die Fahnen zusammen«. Als ich es las, fiel mir sofort Ihr sehr schöner Aufsatz Bogumil Goltz – Jean Paul – Hölderlin ein: die Fahnen ... Seien Sie mir in weiter Ferne gegrüsst. Es fällt mir immer noch schwer, ausführlich zu schreiben, aber oft, oft wünsche ich Ihre Gedanken herbei, um meinen aufzuhelfen, auch baute mich neulich das Gedicht, das Sie mir in den Kafka setzten, recht zusammen. Ja, ich las wiederum auf Ihr Lob hin einige versprengte Aufsätze von Schestow & finde sie prachtvoll. Ich habe seit der Sammlung (nur eine Zeitung äusserte sich wohlwollend, sonst niemand: dieser Rezensent stellte mich »unbedenklich« Georg Britting an die Seite. Nun schickte mir dieser seinen Band »Der irdische Tag« mit freundlicher Zuschrift. Ich mag mich drehen wie ich will: diese Gedichte bedeuten mir nichts, ich möchte mich sehr gern einmal darüber ausreden. Ob Sie sie einmal sondieren möchten?) Seitdem also habe ich einige wenige neue geschrieben. Soll ich sie Ihnen schicken. Es ist dunkel, das Thermometer sank unter Null: gibt es Tropen, gibt es einen Tessin, gibt es das Land, in dem Sie weilen? Ich gehe oft ganz unter in der Mühsal des Tages, des Amtes. Haben Sie Dank, dass Sie mir schrieben. Ja, das wäre eine grosse Ehre, wenn Sie etwas Wirkliches darüber sagen wollten. Wie sagte J. Burckhardt »Und was Dauerndes neu geschaffen werden soll, das kann nur entstehen durch eine ganz übermächtige Anstrengung der wahren Poesie …«

Herzlich grüßen wir Sie und die Ihrigen
Ihr
W. L.

135. Werner Kraft an Wilhelm Lehmann

Jerusalem-Rehavia, 23.12.1935
Alphasistreet 31

Lieber Herr Lehmann,
ich sende Ihnen verspätet meine herzlichsten Glückwünsche für Sie und die Ihren zu Weihnachten und Neujahr. Dass ich es nicht rechtzeitig tat, bedeutet nicht, dass meine Gefühle für Sie schwächer geworden sind, sondern nur, dass das Verhängnis der Existenz in solcher Weltzeit sich so auswirkt, dass man mehr als an die Freunde an sich selber zu denken gezwungen ist, ob man will oder nicht. (Und man will nicht!) Meine tägliche Verwunderung darüber, dass ich lebe, als wäre nichts geschehen, wo Ungeheures geschehen ist und täglich geschieht, ist ohne Grenzen. Aber vielleicht ist gerade dies gut: in Unabhängigkeit von den Gewalten zu leben, deren Realität nachgerade nicht mehr zu bestreiten ist. Denkt man noch, der Himmel sei blau, so hat er sich schon schrecklich verfinstert, und verfällt man dieser Finsternis, so ist es strahlender Tag. Aber alles dies wissen Sie ja besser als ich. Mir fallen aber zwei Sätze von Kafka ein, die ich aus der Erinnerung zitiere. Einmal: Noch spielen die Jagdhunde im Hof, aber das Wild entgeht ihnen nicht, wie sehr es auch jetzt schon durch die Wälder streift. Und dann: Die Krähen sagen, eine Krähe könne den Himmel zerstören. Das ist möglich, besagt aber nichts gegen den Himmel, denn Himmel bedeutet ja eben die Unmöglichkeit von Krähen. – So also winde ich mich, um dem Abgrund zu entgehen, der auch auf mich wartet. Wie geht es nun Ihnen, lieber Herr Lehmann? Gerne würde ich einmal wieder von Ihnen Näheres hören, denn für die lebendige Menschenrede ist mein Ohr immer offen, und es muss so vieles hören, wogegen es sich gern verschliessen

möchte, aber es ist unmöglich! – Ich treibe im übrigen die alten Dinge. Ab und zu bereite ich mir selber kleine Freuden, indem ich mir seltene Bücher kaufe, wozu mir nicht etwa mein leider nicht vorhandenes Vermögen die Möglichkeit gibt sondern die paradoxe Verstrickung dieser Zeiten, die keinen Lebensbereich, und vor allem nicht den des Geldes unberührt lässt. So habe ich jetzt das berühmte Buch von Karl Philipp Moritz »Entwurf einer deutschen Prosodie« (1786) erworben, auf Grund dessen Goethe die Iphigenie aus der Prosa in Verse umgesetzt hat, eine kaum zu überschätzende theoretische Leistung, übrigens in einem vorbildlichen Stile geschrieben. Eine umfangreiche Biographie Seumes (1883) unterrichtet mich näher über diesen ausserordentlichen Charakter, den man gemeinhin als den »guten Seume« abtut. Aber vorwiegend habe ich mich in der letzten Zeit mit Heine beschäftigt, und es geht mir langsam auf, dass er *in* seinen enormen moralischen und geistigen Schwächen die entscheidendste Dichterpersönlichkeit des 19. Jahrhunderts gewesen ist, im ganzen von wahrhaft providentieller Bedeutung. Ich bereite jetzt für den Schocken-Verlag eine Heine-Auswahl vor, zu der ich ein Nachwort schreibe, in dem ich wesentliche Dinge zu sagen gedenke. Zuächst habe ich die zehn Bände der Insel-Ausgabe durchgelesen, und da ich vieles noch nicht kannte, darf ich sagen, dass, ob diese Auswahl nun gedruckt wird oder nicht, ich in mancher Hinsicht meine Erkenntnis bereichert habe. Dass z.B. eine so durchgebildete Komposition wie das letzte grosse Gedicht an die Mouche von dem toten Mann im Marmorgrabe ein Totkranker machen konnte, ist mir ein wahrhaftiges Wunder. Natürlich ist es lächerlich, dass George in seiner Anthologie »Das Jahrhundert Goethes« die Rosinen aus dem Kuchen pickt und die »schönen« Stellen aus dem Gedichte abdruckt, deren Schönheit doch erst dem Schein in die Sphäre der Wahrheit entrissen wird durch den mächtigen Wahrheitsmut dieses Mannes, der dennoch – das Nachwort zum Romanzero beweist es – im vollen Umfang des Wortes zu Gott, zu dem lebendigen Gott, der zu helfen vermag, heimgekehrt ist! Leider kann ich mich aber nicht den ganzen Tag solchen Gedanken hingeben und muss allerlei Brotarbeit tun, und da die Leute hier zwar alle mehr Hebräisch können als ich, aber ich mehr Deutsch als sie, so bin ich hier als deutscher Stilist ganz geschätzt und habe eine materielle Stütze. Doch nun will ich schliessen, obwohl noch so viel zu sagen wäre. Auch dies, dass die Schönheit eine gewaltige Himmelmacht ist, der das Leben zum Opfer zu bringen kein zu teurer Preis wäre. Aber leider habe ich in der letzten Zeit Anlass, zu denken, dass vieles in der Geschichte der Menschheit verloren gegangen ist und verloren geht, und das ist unendlich traurig. Leben Sie wohl!

Ihr
Werner Kraft

136. Werner Kraft an Wilhelm Lehmann

Jerusalem, 27.12.1935

Wo ist die Fee mit dem langen Goldhaar,
Die erste Schönheit, die mir hold war?
Der Eichenbaum, worin sie gehaust,
Steht traurig entlaubt, vom Winde zerzaust.

Lieber Herr Lehmann, ich las gerade diese Verse, die mich tief ergreifen, wie überhaupt das Gedicht »Waldeinsamkeit« von Heine als ganzes, da kam Ihre Karte. Ich danke Ihnen sehr für Ihren Gruss. Ja, warum haben Sie denn die Gedichte, die Sie in letzter Zeit gemacht haben, nicht gleich mitgeschickt, anstatt diese gänzlich überflüssige Frage zu stellen?! Ich hoffe, dass Sie es nun bald tun werden, denn da kann es doch keinen Zweifel geben, dass mich *jedes* Gedicht von Ihnen aufs höchste interessiert! Wenn Sie das Porto wagen und mir die Gedichte von Britting schicken wollen, so werde ich sie gerne lesen, auch schlechte Gedichte interessieren mich, und ich hätte hier unter Umständen eine Möglichkeit des Vergleiches, worin sich diese Gedicht[e] von den Ihren unterscheiden. Ich sagte Ihnen ja schon, dass ich sehr gerne mich über Ihre Gedichte äussern möchte, und irgendwann werde ich es natürlich auf jeden Fall tun, aber die Unmöglichkeit, einen solchen Aufsatz zu publizieren, lähmt mich doch. Die Isolierung noch des Geschmacks der heutigen Menschen ist schrecklich. So habe ich neulich Ihre Gedichte Ludwig Strauss gezeigt, der an sich urteilsfähig ist. Er hatte keinen wesentlichen Eindruck. Mich hat das, ohne dass es mich im allergeringsten in meiner eigenen Auffassung alteriert hat, doch sehr traurig gemacht. Es bleibt nichts übrig als sich einzugestehen: dass ganz abgesehen von den Millionen Menschen, für die wir nicht existieren, auch mit der Mehrzahl der wenigen nicht zu rechnen ist. Es bleiben eben im Grunde nur die, die man an den Fingern einer Hand abzählen kann, und nur diese hat man das Recht sich zur Menschheit zu ergänzen. Der Satz von Jakob Burckhardt, den Sie zitieren, hat mich sehr berührt. Ja, es ist wahr, das ist auch meine Auffassung! Ich will Ihnen nächstens einmal englische Gedichte von meinem Brief-Freund aus Lawrence in Kansas abschreiben, die ich, soweit ich über englische Verse ein Urteil habe, sehr schön finde, vor allem aber auch darum, damit Sie sehen, dass die Lage des Individuums heute an jeder Stelle des Erdballs die gleiche ist. Mörikes Maler Nolten kenne ich leider noch nicht, ich werde diese Lücke aber bei nächster Gelegenheit auszufüllen suchen. Seien Sie nicht allzu traurig, lieber Herr Lehmann!

Ich grüsse Sie und die Ihren sehr herzlich
Ihr
Werner Kraft

Plötzlich

Wie verbringe ich meine Tage!
Wie meine Nächte!
Wenn ich gedächte,
Müsste ich schreien.

Halb verloren warten die Berge,
Und auch die Wiesen
Zittern: »Ach, diesen
Lassen wir fahren!«

Seele der Sonne! Milde des Mondes!
Aber ich liege
Fremd in der Wiege
Des Sinns, der Freude!

137. Werner Kraft an Wilhelm Lehmann

Jerusalem-Rehavia
Alphasistreet 31
28.4.1936

Lieber Herr Lehmann,
wieder ein Jahr! – Ich wünsche Ihnen – was aber ließe sich sagen, ohne lächerlich zu wirken! Ich wünsche Ihnen – und den Ihren – dennoch Gutes!! Wie mag es Ihnen gehen!

Uns geht es im ganzen gut, wie man so sagt, aber mir fällt ein, daß man einen französischen Aristokraten nach der Großen Revolution fragte, was er während der Zeit getan habe, und er gab zur Antwort:

J'ai vécu. Das ist in der Tat alles, und gelingt es dann noch den Seltenen – Ihnen –, dem Erlebten Gestalt zu geben, so ist schon fast ein Überfluß da .. Ich hoffe es, für Sie!

Ich habe jetzt zum erstenmal sehr bewegt das folgende Gedicht von Lenz gelesen, das Sie wahrscheinlich kennen:

So gehts denn aus dem Weltgen 'raus,
O Wollust, zu vergehen!
Ich sterbe sonder Furcht und Graus,
Ich habe sie gesehen.
Brust und Gedanke voll von ihr:
So komm, o Tod! ich geige dir;
So komm, o Tod! und tanze mir

Dieser Triumph über den Tod als Konsequenz der Liebe ist überaus schön, und gewiß kann das Gedicht *neben* Goethes Jugendgedichten bestehen (vielleicht von dem ersten Vers abgesehen), aber was bedeutet der Welt Goethe, was Lenz! So wahllos gibt oder nimmt Fortuna, bei vielleicht gleichen Anlagen, ihre Gaben. Mich durchschauert es.

Dann hatte ich in diesen Tagen eine besondere Freude. Sie wissen, daß ich zu Hauptmanns früheren Werken eine offene, zu seinen späteren eine geheime Liebe habe, die ich immer wieder gegen die offenbare Charakterlosigkeit dieser Gestalt durchzusetzen mich bemühe. Nun habe ich »Hamlet in Wittenberg« gelesen oder vielmehr nicht gelesen und glaubte, für die Zukunft jede Hoffnung fahren lassen zu müssen. Da aber kam mir in »Corona« (V 2) das folgende Sonett vor Augen:

Porto Fino, Alta Chiara

Hier sah ich neunzig Sonnen sich erheben
Aus heiliger Flut. Wie eine Purpurqualle
Enttauchte jede leis dem Wasserschwalle,
Um schnell befreit und strahlend zu entschweben.

O mächtge Sonnen, eine so wie alle,
Ich fühle noch mein innerstes Erbeben
Von eines Aufstiegs ungeheurem Leben
Stärker von Feuerball zu Feuerballe.

O, neunzig Sonnen landend an dem Ufer,
Dran meines Gartens Pinien sich geheftet,
Den Fels berennend, dran ich mich geklammert

Als ein betäubter Beter, Frager, Rufer.
Mein selges Auge habt ihr nicht entkräftet,
Ihr neunzig Sonnen, die ihr drauf gehammert.

Ich finde dieses Gedicht gewaltig schön. Wie eine einfache Zeitbestimmung sich in die Kraft von neunzig Sonnen verwandelt, das ist herrlich! Ich bin auf Ihren Eindruck neugierig.

Schließlich will ich Ihnen noch sagen, daß in der Revue de Littérature Comparée (1935 Juli-Sept. und Okt.-Dez.) jetzt tatsächlich in deutscher Sprache meine Arbeit »Von Bassompierre zu Hofmannsthal. Zur Geschichte eines Novellenmotivs« erschienen ist. Wenn Sie auch durch Druckfehler entstellt ist, da ich nicht selbst die Korrekturen lesen konnte, so bin ich doch ganz zufrieden. Ich habe allerlei »Unsachliches« hineingemogelt. So steht in einer Fußnote S. 722: »Hierher gehört auch Hofmannsthals scharfer und treffender Satz: ›Die modernen psychologischen Dichter approfondieren was übergangen werden sollte, und nehmen oberflächlich, was tief genommen werden müßte. Nach diesem das Tiefe ohne Psychologie darstellenden Verfahren arbeitet ein so bedeutender Autor wie Wilhelm Lehmann seit Jahren von Natur und bleibt, daher, völlig ohne Wirkung.‹« Ich hätte Ihnen die Arbeit geschickt, habe aber selbst nur *ein* Exemplar der beiden Hefte. Es ist aber möglich, daß sich ein Freund in Deutschland die Hefte kauft. Ich werde ihn in diesem Falle bitten, sie Ihnen zu leihen.

Leben Sie herzlich wohl und schicken Sie mir Gedichte

Ihr
Werner Kraft

138. Werner Kraft an Wilhelm Lehmann

Jerusalem, 29.5.36

Lieber Herr Lehmann,
Ihre Gedichte »Mühsal« waren mir eine große Freude. Ich habe sie sofort und seitdem noch oft gelesen. Sie sind sehr schwer, und obwohl sie nicht eigentlich für mich geschrieben sind, glaube ich sie doch hinter dem – mir – Unverständlichen in ihrer eigentlichen Intention zu verstehen. Ich stehe fast mit Ehrfurcht vor solcher Fähigkeit, den Boden, den das Geschick vergönnte, und sei sein Umfang noch so gering, während eines Lebens nicht um einen Millimeter zu über-

schreiten, wie so viele Menschen tun, unter ihnen auch ich, und die alle von dem Verdikt jenes Satzes von Kafka getroffen werden: »Er läuft den Tatsachen nach wie ein Anfänger im Schlittschuhlaufen, der überdies noch läuft, wo es verboten ist.« Erfolg können *Sie* nicht haben, es sei denn der des Mißverständnisses, den ich Ihnen von Herzen gönne, wenn er dazu beitragen sollte, Ihnen die äußeren Stützen zu geben, die Sie von innen zerstören. Neulich fiel mir der Fetzen einer Schweizer Zeitung in die Hände, wo neben anderen auch Ihr Gedichtband besprochen war, mit einigen völlig nichtssagenden Wendungen, unter denen die erstaunlichste die war, Ihre Verse erinnerten an – Lilienkron! Wenn ich mir einen Einwand erlauben darf, so würde ich in der Schlußstrophe von »Orpheus« statt »neigt« vielleicht »legt« sagen. Das doppelte Reimpaar, an sich als Abschluß verständlich, scheint mir doch den Versen etwas von ihrer Härte zu nehmen, und wo von »Wahnsinn« die Rede ist, verläuft sie, wenigstens für meine Ohren, in einem goethisierenden Singsang. In »Maulwurfshügel« finde ich aber die Leichtigkeit des kindlichen Reimes, durchgehalten bis zu dem unmittelbar ergreifenden Schluß (wie am Ende von »Nördlicher Juli«), einfach herrlich. »Tür ins Nichts« trifft mich besonders. Die dritte und die vierte Strophe! »Die Welt verliert ihren Schmerzensleib, / Er ruht im Arm des Gedichts« – das ist sehr groß. »Verzweiflung bleibt wie ein Ruhm bewahrt«, das ist es! Aber Sie sollten kühn statt »wie« *als* sagen, die irreale Sphäre des Vergleichs hinter sich lassend. Ebenso vielleicht – vielleicht auch nicht?! – in »Pause des Windes« statt »der als Donner« *dessen Donner*. Ich finde, diese »Mühsal«, die niemand verstehen wird, der sich heute noch pantheistisch für die Natur begeistert, hat sich gelohnt, und wenn Sie es auch müssen, so sollten Sie es doch auch wollen: weiter in dem schönen Kerker zu beharren und dem Schweigen die Antwort zu finden. Vor allem sollen Sie nie verzweifeln, daß es Menschen gebe, die es Ihnen danken. Wie, in Bescheidenheit, ich. Auch in Beschämung, wenn ich denke, wiviel ich hier *nicht* sehe. Dennoch et ego in Arcadia, wo es knallt und kracht. So bleibt mir nichts als die »Monotonie«, »und mehr zu geben Fehlt mir das Talent zum Schelm«. Ich habe jetzt von Kierkegaard »Furcht und Zittern« gelesen. Wenn Sie dieses erstaunliche Werk nicht kennen, sollten Sie einen Blick hineinwerfen, um so mehr als es höchst aktuell ist. Die letzte Position dieses Mannes zu bejahen, die christliche, ist mir nicht möglich. Vielleicht nicht einmal ihm!! – »Bejahen« ist hier natürlich nicht im eingeschränkten Sinn eines »Urteils« gemeint sondern eher in dem einer mitgeborenen Fähigkeit oder Unfähigkeit. Aber die Denkleistung auf dem Weg zu diesem Ziele ist ungeheuer. Hier steht die Opferung Isaaks und das Problem des Glaubens im Mittelpunkt. Inzwischen werden Sie mein Buch erhalten haben. Ich bin sehr neugierig, ob der Dichter in dieser Auswahl Eindruck auf Sie macht. – Ich kenne nichts Wesentliches von Hermann Hesse, bin nie von ihm angezogen worden, aber im letzten Heft der »Corona« stand ein Prosastück von ihm »Erinnerung an Hans«, das mir *sehr* gefallen hat.

Ich grüße Sie und die Ihren herzlichst
Ihr
Werner Kraft

[von Erna Kraft:
Viele herzliche Grüße auch von mir! Ich denke noch oft daran wie Sie mit mir durch Hannover gingen und selbst in dieser mir so öde erscheinenden Stadt so viel Schönes entdeckten. Wie wäre es erst, wenn wir Ihnen einmal hier die herrliche Landschaft und Natur zeigen könnten.

Ihre
Erna Kraft]

Zwiegespräch

»Der da ist ein Philosoph!«
Schläft er mit der Wahrheit? »Nein.«
Sondern nur mit einem Weibe,
Das bedenke wohl!

»Ich verstehe dich nicht mehr.
Dieses, jenes, alles nichts?
Dabei leuchtet deiner Augen
Trauer ohne Spott.«

Höre schweigend, wie mir scheint
In die Schatten meines Tods
Aufzubauen mich das Rätsel,
Laß uns ehrlich sein!

In dem warmen Erdenleib,
Bis der schwere Alp verklingt,
Reinen Abstands laß mich leben
Von der Wahrheit: sie!

139. Wilhelm Lehmann an Werner Kraft

[Dänemark,] 16. August 36

Lieber Herr Kraft,
Seit langem sparte ich an dem Gedanken, sobald ich im benachbarten Dänemark wäre, Ihnen ungebrochen und wahr schreiben zu können. Auch die Fähigkeit, Briefe zu schreiben, wird den Deutschen systematisch weggerottet, wundern Sie sich deshalb nie, wenn ich längere Zeit oft nichts, und dann belanglos schreibe, denn Lüge muss im Lande der Dichter und Denker alles der Öffentlichkeit Preisgegebene sein – und sich vorstellen zu müssen, dass jeder Brief beliebig geöffnet werden kann, schafft eine stickige Verzweiflung. Doch nun: wozu es, ausser zu persönlicher Erleichterung, weiter aussprechen, dass eine geistige Existenz unmöglicher wird von Tag zu Tag, dass man als ein liebenswürdig-vertrauender Affe herumgeht, dass Verfolgung sich weiter aussät, die guten Menschen ängstigt, die Bösen fest macht? So will ich nichts anderes denken, jetzt, wo ich Ihnen Herzlichkeit und Dank sende, dass eine herrliche Augustsonne scheint, die Hollunderbeeren noch nicht reif sind, das Weidenröschen in Fülle seine weisse Watte der Luft gibt und dass es süss ist, am Mark der wunderschönen Welt zu saugen und zu denken, dass es *Sie* gibt, der mit unwahrscheinlicher Genauigkeit den Versen nachgeht, sie schätzt und sich nicht enthält, es mir zu sagen. Also, haben Sie, durch die grosse Ferne, Dank und wieder Dank. Mag Papiers Natur auch Rauschen sein, wie des Knaben Wunderhorn behauptet, es ist nun einmal *unsere* Keilschrift, & so danke ich, dass Sie meiner erwähnten in jener französischen Zeitschrift, danke Ihnen dann vornehmlich für Ihre Würdigung meiner Mühsalverse (nebenbei, Sie schrieben einmal von Ludwig Straussens Ablehnung: sind seine poetischen Versuche nicht wirklich nur klassizistisch?). Ein ›literarischer Bekannter‹ verriet mir, dass eine »hohe Stelle« in der Reichskulturkammer meinen kleinen Band Gedichte als »unerwünscht« bezeichnet hat, so wird das Buch so schnell verschwinden wie es kam, & kein Hahn kräht danach ausser Ihnen! Der Verleger Niekisch, der von sich selbst ausgesagt haben soll, er verstünde nichts von Lyrik, hat es einem (nicht genannten) ›Fachmann‹ vor der Publikation gezeigt, der hat es gelobt! Dafür bin ich im »Inneren Reich« ganz gröblich geschulmeistert worden als »traurig abgesunkener« Mann, an dem sich die ganze Fragwürdigkeit des Vergangenen offenbare usw. usw. – Dass die Ironie sich vollende, werde ich als »müder Nachkömmling« – ja, was denken Sie wohl!? – Georg Brittings bezeichnet, genau also als desjenigen, dessen Poeme ich für eine ärgerliche Nichtig-

keit habe [!]. Die Masslosigkeit, die Unbildung des Rezensenten, Professor an der Technischen Hochschule in Stuttgart, konnte mir nichts mehr antun, als ich lesen musste, dass man bei Brittings Sprachkunst an Shakespeares Barock denken müsse!!! Wenn man solche Albernheiten schreibt, vernichtet man sich – ein unfreiwilliger Selbstmord.

Ich danke Ihnen auch sehr für Ihre Heineauswahl: sie enthält *nichts* Unwichtiges. Ihr Nachwort sagt mit ernster Liebe das, was Heine immer am Leben erhalten wird. – Es freut uns, dass Ihre Frau, dass Ihre Kinder, dass Sie leben. Sie haben doch, trotz allem, Zukunft, die ich nicht habe. Ich habe keine Möglichkeit, das geistig getötete Deutschland zu verlassen: ich werde froh sein müssen, wenn man mir nichts tut & husche wie ein Kaninchen in der Dämmerung auf die Weide oder stürze dem Zaunkönig gleich sofort stets in ein Gestrüpp, weil ich im Freien den lauernden Feinden sofort zur Beute falle.

Ich hätte fast vergessen, Ihnen zu sagen, dass die Neue Rundschau mich ebenso nichtig gelobt hat (völlig ins Blaue hinein) wie das Innere Reich mich tadelte – ausserdem stellt auch sie mich zusammen mit Britting! Das macht sich so gut, ordnet so herrlich, wenn man glaubt, süd- und norddeutsch zusammenhalten zu können! o wie lächerlich – sie stirbt, die Kunst, also auch die Kritik – sie ist ja schon oft zu Grunde gegangen, die geliebte Kunst, welcher Irrsinn hat jene Lüge vom Lande der Dichter und Denker in die Welt gesetzt, noch im kleinsten englischen oder franz. Journal steckt mehr Respekt vor dem wirklich Geistigen als in diesem Lande, dem Heine »ewigen Bestand« zusagte – er irrte. Aber das Vergangene ist mächtig, in demselben Sinne, lieber Herr Kraft, in dem Sie mächtig sind. Meine Frau & ich sehen Sie sehr deutlich an unserem Tische sitzen & wir danken Ihnen, dass Sie es getan haben, so wie ich froh bin, dass ich *Sie* resolut damals in Hannover aufsuchte: auch da sehe ich Sie deutlich, eine Mappe unter dem Arme am Bahnhof stehen & alles war gut & schön & daran halte ich fest.

Ich brauche Ihnen nicht zu sagen, dass es mir eine grosse Wohltat ist, Ihnen schreiben zu können *ein*mal von hier aus. Alle Korrespondenz in D. wird belauert & je unauffälliger man bleibt, desto besser ist es. Postkarten sind vielleicht das Beste. Ach! morgen bin ich wieder in E. Die Schule hat kaum noch e. Sinn. Ich muss sie beibehalten, um uns ernähren zu können.

Meine Frau grüsst Sie & Ihre Frau herzlich

& ich bin in grosser Herzlichkeit
immer Ihr W. L.

Gerade in einer grossen Unmöglichkeit, weiter atmen & sein zu können, kam Ihr Brief über die Mühsal. Das war ein *wirklicher* Trost.

Sehr getröstet hat mich im schönen »Am Wegesrand« die Strophe von den *Eseln*.

140. Werner Kraft an Wilhelm Lehmann

Jer. 28.8.36
Goethes Geburtstag

Lieber Herr Lehmann, Ihren Brief habe ich mit größter Anteilnahme gelesen. Er traf mich nach sechswöchentlichem Kranksein zusammen mit meiner Frau und unserem Jungen. Wir sind alle drei an einem Tage an Scharlach erkrankt. Doch nun sind wir wieder gesund. Für mich liegt das Kriterium für die *Echtheit* eines Leidens darin, ob es die Treue bewahrt oder preisgibt. Daß bei Ihnen jenes der Fall ist, gibt *mir* Trost, und, rückwirkend, hoffentlich auch Ihnen! Ich denke, es gibt, in Beschämung Carlyles, nur noch einen vornehmen Wahlspruch für den edlen Menschen: Arbeiten und verzweifeln! Möge Ihnen jenes vergönnt sein, um dieses schließlich doch in Höheres und Höchstes zu erheben! Was Sie in Beziehung auf mich von »Zukunft« schreiben, ist stark optimistisch gesehen. Wir haben alle nur die Gegenwart, und gerade in ihr zu leben ist so paradox schwer: »denn nur ein Gott vermag, zugleich Kegel und Kugel zu sein.« Ich habe jetzt wieder den Wilhelm Meister gelesen. Gewaltig. Aber Novalis dürfte recht haben, wenn er den Roman einen »Candide auf die Poesie« nennt, nur daß er übersieht, daß darin der *Fortschritt* dieses Buches liegt. Aber diesem Fortschritt wird die herrlichste (und rätselhafteste) Gestalt – Mignon – buchstäblich *geopfert*. Sie stirbt, als sie sehen muß, daß Therese Wilhelm als Bräutigam umarmt. Wäre aber Therese Natalie gewesen, die er wirklich heiratet, wäre Mignon *nicht* gestorben!! –

Sehr herzlich
Ihr
Werner Kraft

Die Sache

Ich gelobe mich der Leere
Mit Gedanken und Gedicht.
Dies allein ist meine Ehre.
Dies allein ist meine Pflicht.

141. Wilhelm Lehmann an Werner Kraft

Lieber Herr Kraft,
Auf ein ganz paar Tage ›flüchtete‹ ich wieder nach D., so lange das noch möglich ist. Ich danke Ihnen sehr für Ihre beiden Karten & bin froh, dass die Krankheit – möchte sie gut überstanden sein – mich Ihnen nicht abspenstig gemacht hat. Dank auch für das schöne & wahre Gedicht an die Leere. Neulich fand ich in einer Aphorismensammlung aus dem 18. Jhdt: ›es gelang, mit dem Geschrei non-popery tausend kräftige Bauernburschen zu Wilden zu machen, obschon kaum einer von ihnen wusste, ob pope ein Mann oder ein Pferd bedeute‹ (leider kann ich das Original nicht zitieren). Dem gab ich die Überschrift ›German Antisemitism‹. Sie rühmten mir einst als vortrefflich Jochmann – merkwürdig, alle Lexika schweigen sich über ihn aus – Helas, il faut que je départe. Ich grüsse Sie und die Ihren von Herzen als Ihr
W. L.

[Kopenhagen,] 14. Okt. 36

Ich schicke ausser dem Umstehenden noch Einiges demnächst.

Herbstgang

Ohrgehänge von Rubinen,
Kugelfrucht der Schattenblume,
Über gelbem Blätterzwilling
Dem Gewesenen zum Ruhme.

Unter dem gekühlten Himmel
Dass der Drachen steige, steige?
Rübe häuft sich in der Scheuer –
Dass Erwartung endlich schweige!

Halbmond wird dem letzten Blick
Letztes Dunkel leise spalten,
Grünen Glanzes Ginsterbusch
Fahne des Propheten halten.

142. Werner Kraft an Wilhelm Lehmann

Jer. 23.10.36

Lieber Herr Lehmann, längst wollte ich Ihnen schreiben, da kommt Ihre liebe Karte mit dem Gedicht. Die ersten beiden Strophen sind schön, aber gegen die letzte habe ich den Einwand, daß hier die »Fahne des Propheten« gar zu sehr ein aesthetisches Problem ist, zwangsmäßig assoziiert dem »Halbmond«. Ich sage *nichts* gegen den Koran, aber bedenken Sie, wieviel Blut diese Fahne die Menschheit schon gekostet hat! – Nein, in den Lexika finden Sie den Namen Jochmann nicht, wenn Sie aber in der Kieler Bibliothek das *alte* Lexikon von Ersch und Gruber nachschlagen, da finden Sie ihn! Und lobend erwähnt, daß er besondere Sorgfalt auf die Reinheit des Stils lege!! – Wir sind wieder gesund. Möglich, daß ich Mitte Januar für zwei bis drei Monate nach Paris fahre. Aber was sind Pläne, was sind Entwürfe. Kennen Sie von Josef Conrad »Mit den Augen des Westens«? Hervorragend.

Sehr herzlich Ihr
WK

Lied

Trätest zur Tür herein,
Lass mich verschlossen sein
In dir,

Lass mich aus dunklem Mühn
Strahlend zu mir erblühn,
Zu dir!

Wo aber bist nur du,
Daß ich dir ohne Schuh',
Nur dir,

Nahend, dem Heiligtum,
Danke die gold'ne Krum',
Ach dir?

So weit die Erde reicht,
Ruf' ich, daß dir sich's gleicht,
Du dir.

Stürb' ich, wie ich, in mir,
Lebst du, wie du, in dir,
O dir!

Trätest zur Tür herein,
Müßte verschlossen sein,
Nur dir!

Neulich sah ich hier auf einem Wagen einen alten Jg der Neuen Rundschau aus dem Krieg. Ich blätterte und stieß auf eine interessante Glosse von Ihnen über Irland. Schicken Sie ja mehr von Ihren Versen!

143. Wilhelm Lehmann an Werner Kraft

E., 12. März 1937

Mein lieber Herr Kraft,
Da meine Frau gerade zu ihrer Schwester nach F. fährt, nimmt sie diesen Brief an Sie mit, um ihn »jenseits« einzustecken. Man macht mir Scherereien wegen der Korrespondenz. Wollen wir es aufgeben, über solche Zustände zu klagen. Ich bitte Sie, in der Hoffnung, dass ich doch ab und zu einmal hinüberkomme oder ein Vetter von dort uns hier besucht ohne Leibesvisitation, immer direkt (ohne meine Adresse) an Herrn Ernst Riewerts, Brejning/Börkop, Dänemark zu schreiben. Er wird mir dann alles sicher übermitteln. Die Vorsicht ist leider nötig. Grimm und Leid nützen hier nichts. Dank für alles, was von Ihnen kommt. Ich hoffe, Ostern falls es mit dem Gelde geht, von Br aus Ihnen ausführlicher schreiben zu können. Es war, es ist noch ein *böser* Winter.

»Welch ein edler, eisiger Morgen,
Glanzdurchtobt in weisser Landschaft
Ausatmend Mord!«

Ich grüsse Sie als Ihr Ihnen
über alle Hindernisse hinweg
treuer
W. L.

144. Werner Kraft an Wilhelm Lehmann

[Paquebot Alexandrie,] 9.4.1937
Mariette Pascha
zwischen Marseille
und Korsika

Lieber Herr Lehmann,
Ihren letzten Brief habe ich in Paris erhalten, wo Sie mich gewiß nicht vermutet haben. Tatsächlich war ich – wider gegen jede materielle Möglichkeit – drei Monate dort und bin seit heute wieder auf der Heimreise. Ich habe mir Vorwürfe gemacht, daß ich Ihnen während der ganzen Zeit nicht geschrieben habe, aber nachträglich stellt es sich ja als gut heraus, denn um alles möchte ich Sie nicht durch meine Korrespondenz in Schwierigkeiten verwickeln. Anderseits hat mich der Wille zum Widerstand, der aus Ihrem Briefe zu mir spricht, besonders gefreut. Ich hatte aber noch einen Grund, mit meinem Brief an Sie zu zögern. Ich hatte dem Herausgeber der »Corona« – Herbert Steiner – ein Exemplar meiner Gedichte geschickt und in die konventionelle Widmung die Frage verwoben, warum die »Corona« nichts für den großen deutschen Lyriker Wilhelm Lehmann tue. Die Antwort, ein Muster an pretentiös verkleideter Ablehnung, beschloß ich nicht schweigend hinzunehmen, und nun wird gleichzeitig mit diesem von Alexandrien aus an ihn der folgende Brief abgehen: »Wenn Sie mir erlauben, noch einmal auf Ihre Karte zurückzukommen, die Sie mir vor einigen Monaten zu schreiben die Liebenswürdigkeit hatten, so geschieht es nicht wegen meiner Gedichte sondern wegen Ihrer Äußerung über Wilhelm Lehmann: Ich finde, daß Sie als Herausgeber einer Zeitschrift, die die produktiven Kräfte der Zeit fördern will, nicht das Recht haben, welches Ihnen als Privatmann ohne weiteres zusteht: einen Autor von Ihrer Beachtung auszuschließen, den Moritz Heimann und Oskar Lörke bejaht haben und bejahen. Ich füge noch hinzu, daß ich selbst Wilhelm Lehmann für einen originalen Dichter halte, was ich weder von Schröder noch von Jünger noch von Binding zu behaupten wagen würde.« Und nun will ich Ihnen erzählen. Dank Freunden und Gönnern war ich in Paris. Ich hatte sehr wenig Geld, aber es war sehr schön. Ich habe dort Freunde, die gleichfalls wenig Geld haben, das hat uns aber nicht gehindert, sehr innig zusammenzuleben. (Sollten Sie vielleicht während der Ausstellung Gelegenheit zu einer solchen Reise haben, so gebe ich Ihnen auf jeden Fall ihre Adresse: Dr Hermann Scheiner Paris 5^{e}, Rue du Cardinal Lemoine 71. Er ist Ungar, der zehn Jahre in Italien gelebt hat,

von Beruf Pharmakologe, sie Deutsche, aus Hamburg. Sie würden mit selbstverständlicher Herzlichkeit aufgenommen werden und würden dazu zwei sehr wertvolle Menschen kennenlernen.) Das Ziel meiner Reise war aber nicht eigentlich das Vergnügen – so zauberhaft es ist, in dieser Stadt zu leben, selbst arm –, sondern ich habe gearbeitet, und ich war im Maße meiner nicht übermäßig starken Kräfte sogar fleißig. Ich habe das Werk von Paul Valéry und die Literatur über ihn studiert und ein schönes Material über die Entwicklung der französischen Lyrik, in Beziehung auf die Idee der »poésie pure«, von Poe über Baudelaire zu Mallarmé und Valéry, gesammelt. Das Buch, das mir hierüber vorschwebt, muß ich erst schreiben. Ob mir dazu noch Zeit bleibt, ist allerdings zweifelhaft. Denn ich *muß* Geld verdienen, weiß allerdings nicht, wie. Ich kann nicht genug über das Leben staunen – »das Staunen ist der Menschheit bestes Teil« – und sehe mir zuweilen fast belustigt zu, so heute, als ich meinen Tischnachbarn, einen Perser, um Informationen über Teheran bat und er mir eine Adresse gab, an die ich mich wegen der dortigen Aussichten für deutsche Bibliothekare wenden könnte. Bedenken Sie –: Teheran?! Und da soll man nicht staunen! Ich sehe mich schon im Geiste dort, und obwohl ich seit Jahren damit spiele, Persisch zu lernen, werde ich in einer Mischung aus Trägheit und Instinkt es vorziehen, auch dort *deutsche* Gedichte zu machen!! Aber genug der Phantastereien und zurück zu Mallarmé, von dem ich bisher nur eine sehr vage Vorstellung hatte und der mir jetzt als eine überaus bedeutende Künstlergestalt deutlich geworden ist. Was sein Leben betrifft, so dachte ich an Sie. Er war Lehrer und wohl mit dem gleichen positiv-negativen Accent wie Sie. Einem Journalisten, der ihn fragte, ob er der Chef einer »Schule« sei, erwiderte er, daß er zwar die Jungen liebe, daß aber im übrigen ein Dichter heute – 1890! – mit einem Künstler zu vergleichen sei, der Zeit seines Lebens an seinem eigenen Grabmal arbeite. Ein großes Wort, das mich sehr ergriffen hat. Er hat einige außerordentliche Gedichte gemacht. Mir fällt gerade aus dem Sonnett [!] auf Poe der großartige Anfangsvers ein: Tel qu'en lui-même l'éternité le change oder der berühmte Vers aus Prose pour Des Esseintes: Gloire des longs désirs, idées. Er hat bezaubernde Gelegenheitsverse gemacht, die er für nichts achtete. Seine Kunstauffassung war von äußerster Verstiegenheit. Zeugnis dessen sein letztes Gedicht »Un coup de dé n'abolira pas le hasard«, das er für die Krönung seines Werkes hielt und das nahezu unaufnehmbar ist. Es gäbe noch so viel zu sagen. Aber der Brief darf nicht zu schwer werden. Das Meer rauscht. Es ist Abend. Ich kehre eigentlich etwas beklommen nach

Hause zurück, aus den erwähnten materiellen Gründen. Das Leben ist schwer. Ein alberner Kritiker, der meine Gedichte lobte, sie aber »morbide« fand, gab mir folgende Strophe ein:

Und nennst du mein Gedicht morbide,
Es sagt dir offen: Ich bin krank
Am Leben und am hohen Liede
Und tu der Lüge nichts zu Dank

Wie geht es aber Ihnen? Arbeiten Sie wenigstens? Es gibt keinen Trost als diesen. Aber ich habe gut reden, gerade ich. Es wäre sehr schön, wenn ich zuhause den versprochenen Brief von Ihnen vorfände. Leben Sie wohl!

Mit den herzlichsten Grüßen für Ihre Frau und Sie selbst

immer Ihr
Werner Kraft

Die Gedichte, die ich in Paris gemacht habe, werde ich Ihnen demnächst abschreiben und schicken. – Übrigens eines ist merkwürdig und dürfte Sie interessieren: Sie wissen, die letzte Pariser »Schule« ist der surréalisme, eine tolle Mischung von Talent und Blague. Sie rebellieren gegen die Reine Kunst und sind für Politik, Marx, und für die automatische, unstilisierte Wiedergabe des »Unbewußten«. Und wen haben sie bei dem Bestreben, sich Kronzeugen zu schaffen – denn sie sind weder dumm noch ungebildet – entdeckt und übersetzt –: Achim von Arnim. Ich habe selten so gestaunt. Ist dies schon Wahnsinn, so hat er doch Methode, und es kann mich nur freuen, daß der edle Dichter unter die Leute kommt, obwohl *ich* seine Kunstauffassung keineswegs für exemplarisch halte.

145. Wilhelm Lehmann an Werner Kraft

Eckernförde, 15. April 1937

Lieber Herr Kraft,
Ich sitze in dem unbehaglichen Raum, der sich Konferenzzimmer einer Kleinstadtschule nennt: alles ist grau, verdunkelt sich ins ganz Dunkle, Licht kennen wir seit einem Jahr nicht mehr – kurz, es ist viel viel Anlass zu Depressionen. Aber es hat ja Schulmänner, Rektoren, Theologen mit kleinem Gehalt gerade in diesem Lande gegeben, die Grosses in die Kümmerlichkeit ihrer irdischen Umstände hineingegeben haben – so sollten Flügel keimen & über alles hinweg tragen.

Ich denke Ihrer so manches, manches Mal. Gerade jetzt sollte ein Brief von Ihnen mich trösten kommen – da das neue Hindernis. Ich benutze die Gelegenheit eines uns auf 2 Tage besuchenden dänischen Bekannten, Ihnen dies zu übermitteln, nachdem ich vor einiger Zeit Ihnen 2 Rundschauhefte habe schicken lassen. Der scharfe Schmerzensruf Ihrer Gedichte geht mir oft nach: ihre herbe Kraft will langsam ausgesogen sein, besticht nicht, hält aber fest als letzter, erschütternder Ernst. Ich wiederhole, was ich Ihnen in das Heft schrieb: einen besseren Dank gegen Sie, Ihre Person, Ihre Teilnahme, weiss ich nicht, als dass ich dankbar Ihre Glossen Zu den Mühsalgedichten benutzt, z. Tl. völlig angenommen habe. Sie haben Recht mit der *Korsaren*fahne, die Weltgeschichte wiederholt sich ja, nur unter neuen, bunten Lichtern. In diesem geistig völlig darniederliegenden Lande – wie unbegreiflich, dass es so herrliche, ergreifende Individuen in der Vergangenheit hat hervorbringen können – lebe ich so, *bin* ich kaum. Ist es aus Ihrer Reise nach Paris nichts geworden? Wie gut, dass die kleine Auswahl Ihrer Verse hat gedruckt werden können. Alles ist hier verfehmt. Der Fischerverlag (stolz nennt er sich so weiter: Suhrkamp ist ein Kämpfer & ein Charakter. Ihm gehört jetzt der Verlag: die N. R. leitet Wolfgang von Einsiedel, der damals die »Hochzeit der Aufrührer« in der verstorbenen Vossischen zu bringen gewagt hatte (verzeihen Sie die Schrift: Feder u. Hand sind schwächlich) dezimierte sich gewaltig & wagt klein weiter zu existieren. Da man mir dort wohlwill, ist das ein kleines Hoffnungszeichen. Vor kurzem schrieb ein deutscher Rumäne Walter Oskar Cisek aus Prag verehrend an mich, meine ersten Bücher schon hätten wesensbestimmend auf ihn gewirkt, er bäte mich um seine [!] Meinung über seinen grossen Roman (eben bei Fischer) »Strom ohne Ende« – das klang mir leise trostreich (ich bin etwas nervös: ein mir völlig antipathischer »Kollege« sitzt unfern & präpariert sich für Latein in U III), so habe ich doch ein bischen auf Menschen gewirkt & bin nicht ganz umsonst gewesen. Es geht uns finanziell unangenehm, auch meine Frau ist – mit auf Grund der ewigen Geldsorgen – häufig leidend, mir selbst ging es in den Ferien nicht gut, jetzt, bei gespanntem Dienstanfang, besser. Ich habe beschlossen, alle diese Arbeit, wofür ich ja Geld zur Familie bekomme, ruhig & gründlich zu machen, das spart Arbeit, eine zeitlang bin ich leichtfertig damit gewesen. Mich in die Zeitwirren zu vertiefen, habe ich keinen Anlass: es ist alles zu geistlos & wird sofort mit grobem Stiefeldruck von oben befohlen. Alles andere ist umsonst. Freilich kommt es einem zuweilen grauenhaft vor. Die physische Kraft reicht zuweilen auch nicht. Was wir gelebt haben, ist gelebt. Wir dürfen nur auf eine Auferstehung im Geiste hoffen, wenn eines Tags die Epoche des neuen Barbarentums nur noch als schlimme Erinnerung quält. Einstweilen ist sie Gegenwart. Glauben wir für einen tiefen Abend die Gespenster verscheucht zu haben: am Morgen sind sie wieder da. Herrliches & Deutliches steht in Loerkes »Wald der Welt« dazu. Schlimm, aber cacher sa vie et répandre sa poésie, so könnte man nach Descartes variieren. Wenn ich mir nur vorstellen könnte, wie Sie dort leben. Es quält Sie kein grober Eingriff. Sie brauchen nicht zu heucheln. Wir ducken uns & müssen das »politische« Geschehen eben gehen lassen. So, ich grüsse Sie & die Ihrigen nun aus vollem Herzen & bin &

bleibe der Ihrige
W. L.

Es ist leider ganz unbestimmt & selten, wann ein von Ihnen an Herrn Ernst Riewerts, Brejning/Börkop, Dänemark gerichtetes Schreiben in meine Hände kommt. Auf jeden Fall aber schreibt mir E. R., wenn Herr So & So geschrieben hat. Das ist mir dann schon eine Freude!

Sören Kierkegaard interessiert mich sehr. Ich besitze e. ganze Menge in Übersetzung.

Dänemark ist merkwürdig in seiner Geistigkeit.

146. Werner Kraft an Wilhelm Lehmann

Jerusalem, 12.7.1937

Lieber Herr Lehmann,
mein Gewissen schlägt, und mir scheint, Sie müssten es hören. An Ihrem Geburtstag hatte ich einen Brief an Sie begonnen, er war schon auf mehrere Seiten gediehen, aber dann blieb er nach dem unerforschlichen Ratschluss der Vorsehung liegen, und schliesslich verschwand er gar, und der Alltag mit allen Forderungen der Stunde tat das Seine, um ihn in Vergessenheit zu bringen, ihn, aber nicht Sie, das mögen Sie mir glauben, und nun will ich es beweisen, indem ich Ihnen einige stille, wenn auch gestohlene, Stunden widme. Ich schreibe Maschine, achtungsvoller gegen Sie wäre es, mit der Hand zu schreiben, aber es gibt mir einen stärkeren Anreiz, und die Hauptsache ist, dass ich den Brief nun unter allen Umständen abschicke, damit Sie ihn noch in den Ferien erhalten.

Ich danke Ihnen sehr für Ihre Arbeiten in den Heften der »Rundschau«. Den Brentano habe ich mit Entzücken gelesen. An einigen Stellen erinnerte ich mich mit Vergnügen, dass ich in meiner zwar mittelmässigen aber dennoch nicht ganz wertlosen Doktorarbeit dem Gegensatz zwischen Natur- und Kunstpoesie bei Arnim und Jakob Grimm ein besonderes Kapitel gewidmet habe, indem ich schließlich für jenen gegen diesen Stellung nahm. Ich finde Ihren Aufsatz sehr körnig und plastisch. Das Lesen hat mir nur Freude gemacht, und ich hatte gar keine kritischen Bedenken, es sei denn, ein wenig, bei der Übernahme des konventionellen Urteils gegen Varnhagen. Mit dem Charakter wird es ja stimmen, aber es stimmt auch bei Adam Müller und Gentz, von Heine ganz zu schweigen, ohne dass sich das Urteil in diesem Defekt beschliessen liesse: »denn dieser Defektiv-Effekt hat Grund«. So wenigstens Polonius, der manches von Shakespeare gelernt hat .. Schliesslich ist es doch wahr, dass in der notwendigen Entwicklung von Goethe abwärts Varnhagen eine höchst wichtige Figur ist. Dafür hatte Heine den sichersten Instinkt. Nun müssten Sie in gleicher Weise über Arnim schreiben, freilich mit grösserer kritischer Besinnung, als sie bei Brentano gefordert wird. Denn mir scheint, dass man das Herrliche in Arnim nur loben darf, wenn man sich seiner erstaunlichen Zuchtlosigkeit bewusst ist und sich nicht mit einer brüchigen Theorie über sie hinwegschwindelt wie die französischen Surrealisten, von denen ich Ihnen geschrieben habe. Das berühmte Urteil Goethes, der sagte, dass er Arnim sehr lieb habe und dass er dennoch lieber wolle, dass, wenn er einen Sohn hätte, dieser vom Bordell sich zum Schweinekoben verirrte, als dass er in dem Narrenwust dieser letzten Tage sich verfinge, ist völlig ungerecht und müsste doch der Massstab sein, um das Positive in Arnim zu entwickeln. – Über die »Mühsal«-Gedichte habe ich im Augenblick nur zu sagen, dass ich sie als Ganzes ergreifend und »Tür ins Nichts«, »Pause des Windes«, »Maulwurfshügel« herrlich finde. »Stare« – ein höchst dichterisches Gedicht. Die Art, gesetzlos zu reimen, haben Sie von Lörke (oder er von Ihnen), sie hat ihre grossen Möglichkeiten, bei Ihnen elementarer als bei Lörke, d.h. überzeugender, dennoch scheint gerade dieses Gedicht, so schön es empfunden ist, an der Grenze zu stehen. In der letzten Strophe finde ich »es donnert*e*« hässlich. Muss es nicht, sprachlich, »es donnert« heissen?! (Aber vielleicht ist es ein Druckfehler!) Die Verse

»Es fährt das Schiff der vergeblichen Fahrt,
Verzweiflung bleibt als ein Ruhm bewahrt«

habe ich als Motto meinen Pariser Gedichten vorangesetzt, die ich unter dem Titel »Reise« – für mich – zusammengestellt habe. Was meine gedruckten Gedichte betrifft, so hat Buber, der jetzt hier ist, sie gelesen. Er sagte mir, sie schienen ihm »unter die Kategorie des Richtigen« zu fallen wie – verzeihen Sie, es geht ganz schnell! –: Claudius. Den ersten Teil dieser Äusserung anzunehmen ist gewiss kein Zeichen von Eitelkeit, wenn man wirklich glaubt, dass wenigstens einige dieser Gedichte sprachlich-künstlerisch *gelungen* sind, zu dem zweiten fiel mir die folgende Strophe ein:

Dass Claudius ich hätt' erreicht
Im Richtigen – Verlockt mich's leicht:
Der Dichter, der der Wahrheit weicht,
Gesteht, dass er sich selber gleicht.

Buber sprach übrigens mit Achtung von Ihnen. Er kennt Sie auch persönlich von einem »Stammtisch« in Berlin, wohl vor langen Jahren, als Heimann noch lebte. – Unter den wenigen Kritiken, die meine Gedichte in jüdischen Blättern gefunden haben, war eine, in der etwas von »morbide« stand. Dazu fiel mir das Folgende ein:

Und nennst Du mein Gedicht morbide,
Es sagt dir offen: Ich bin krank
Am Leben und am Hohen Liede
Und tu der Lüge nichts zu Dank.

Dass ich auf »morbide« diesen Reim »gefunden« habe, stimmt mich gegen diesen Kritiker fast dankbar ..

Die Trauer, die aus Ihrem Briefe spricht, teile ich im weitesten Umfang. Aber im Grunde ist sie schon immer unser ganzes Gut gewesen, und wir müssen *alles* aus ihr zu machen suchen, wofür glücklicheren Generationen die Freude bereitstand und, nach uns, wieder bereitstehen wird. Vorerst werden wir leider einer schlechteren Zukunft geopfert. Aber dann .. Kein Wort über die Politik, und in diesem Sinne ist es vielleicht sogar gut, dass ich nicht in Ihrer Nähe bin, sonst würde ich Ihnen mit all dem Entsetzlichen an Sünde, Schande, Verbrechen, das tagtäglich geschieht, so in den Ohren liegen, dass es kaum zu verantworten wäre, obwohl es zu verantworten ist, denn durch *diesen* Morast müssen wir hindurch, kein Weg führt um ihn herum. Ohne an Sie die geringsten Forderungen zu stellen, möchte ich Ihnen sagen – ich weiss natürlich, dass jeder in seine eigenen Wurzeln hoffnungslos verstrickt ist –, welch eine Welt für mich dahin ist, seit Karl Kraus gestorben ist und doch auch lebt: in mir. Sein nachgelassenes Werk »Die Sprache«, die noch von ihm selbst fertiggestellte Sammlung seiner Sprachaufsätze, ist nun in meinem Besitz, es gibt für mich nichts Wichtigeres. An seinem Todestage habe ich hier bei uns vor etwa dreissig urteilsfähigen Menschen aus seinen Schriften vorgelesen, nicht ohne Wirkung.

Sie fragen nun, wie wir hier leben, und ich will versuchen, Ihnen einiges zu sagen, so gut oder so schlecht es geht. Im ganzen nicht anders als in Europa. Familie, Bekannte, Freunde – c'est tout. Sogar ein junger zwanzigjähriger Dichter, der sehr begabt ist, ist in meiner Nähe, und ich muss immer denken, wie ganz anders ich gelebt habe, als ich so jung war. Er stammt aus Russland, ist in Deutschland aufgewachsen und dichtet deutsch. Er war aber auch schon drei Jahre lang im Kuhstall tätig und bereitet sich jetzt auf sein Maturum vor, um dann Chemie zu studieren. Seine Mutter lebt in Russland. Er hat wenig Geld. Ich erzähle Ihnen dies nur, um Ihnen einen Begriff zu geben, wie heute Juden ausserhalb Deutschlands leben. Alles in allem, so trostlos es oft scheint, gibt es auch einen Standpunkt, von dem es gut, ja sogar sehr gut ist .. Denn welchen Unsinn habe ich *damals* gemacht, weil niemand mehr von mir verlangte! Die Folge ist, dass ich unter den eigenen Trümmern *von* ihnen leben muss .. Aber das sind Metaphern, und ich wollte ja von der Wirklichkeit sprechen. Also zunächst, auch ich habe jetzt eine Art von »Beruf« und zwar in dem hiesigen Centre de culture française, von dem ich Ihnen wohl in meinem vorigen Briefe geschrieben habe, als Bibliothekar, Buchhalter usw. Schlecht bezahlt und vielleicht nicht für immer. Dennoch ist es für mich, der ich noch immer sehr wenig Hebräisch kann, ein grosses Glück, und ich hoffe, dass ich mich halten werde .. Dann sind wir vor einiger Zeit umgezogen, in eine andere Wohnung desselben Hauses, die nicht nur billiger sondern auch viel schöner als die vorige ist, da sie nach hinten heraus liegt und ein kleines Gartenstück zu ihr gehört. Da können wir am Spätnachmittag und an den kühlen Abenden herrlich sitzen. Ich denke, dass es Ihnen da sehr gefallen würde. Wir haben einen Blick ins Weite. Sollten Sie übrigens je auf den Gedanken kommen, eine Reise nach hier zu machen, so rechnen Sie bitte die Kosten für Ernährung und Unterkunft nicht in Ihren Kostenanschlag ein. Es wird uns immer eine grosse Freude sein, Sie bei uns zu sehen, auch in den meisten andern Orten können Sie bei Freunden von uns wohnen, denn die Selbstverständlichkeit der Gastfreundschaft ist einer der schönsten Züge im jüdischen Palästina, eine edle Folge der Armut, die alle gemeinsam haben und unter der nur die Bürger leiden, die sich nicht ändern können (obwohl ich auch mit ihnen Mitleid habe, da diese Unfähigkeit oft tragische Konsequenzen hat!) Die Kinder wachsen hier unbeschwert von Antisemitismus und Fascismus auf. Freilich ist dafür gesorgt, dass die Bäume nicht in den Himmel wachsen, und es gibt auch hier Probleme über Probleme und Gefahren über Gefahren, zum Ersticken und *auch* Fascismus, wenn auch noch nicht in militanten Formen. Sie können aber jederzeit kommen, wenn die Entwicklung so weitergeht. Auf so kleinem Raum ist alles hoffnungslos unlösbar, und die Engländer die jetzt den Juden einen »Staat« gegeben haben, wissen, warum … Das ist eines der dunkelsten Kapitel in der Entwicklung Europas, und zwar gerade darum, weil das Volk, das hier Schuld auf Schuld häuft, kein fascistisches ist und, wenn man prophezeien darf, auch niemals sein wird .. Sie lieben die Engländer. Mit Recht. Würde ich Sie von innen kennen, ich würde Ihren Standpunkt unbedingt teilen. Wie sollte man auch ein Volk, das Shakespeare und Shelley, Milton und Ruskin hervorgebracht hat, nicht lieben! Dennoch denke ich daran, dass dieses Volk, dessen Politik die Vernichtung der Basken möglich gemacht hat, in aufrichtiger Menschenliebe die baskischen Kinder bei sich aufgenommen hat. Über diese entsetzliche Gleichzeitigkeit des Guten und des Bösen mit völlig gutem Gewissen komme ich nicht hinweg, und ich werde gegen ein solches Volk immer das tiefste Misstrauen haben. Quidquid id est timeo Danaos et Dona ferentes – Genug. Die Landschaft hier ist herrlich und wartet auf Ihre Augen und Ihre Bereitschaft, das ungeheure Licht zu trinken, das hier vom Himmel strömt. Kommen Sie her!

Was gäbe es noch alles zu sagen! Aber ich breche ab, um so mehr als ich mich doch habe verleiten lassen, von Politik zu sprechen. Nur noch eines: Ich habe in letzter Zeit Erzählungen von Diderot gelesen. Besonders eine hat starken Eindruck auf mich gemacht: Ceci n'est pas un conte. Ihres Stiles wegen. Ich habe dabei an Sie gedacht. Ich denke, Sie müssten davon lernen können. Wenn Ihnen Diderot erreichbar ist, versäumen Sie nicht, hineinzusehen. Es gibt auch einen sehr interessanten Aufsatz »Sur les femmes« von ihm. Dann habe ich neulich zum ersten Male in den »Briefen eines Unbekannten« gelesen, leider nur die Auswahl in einem Insel-Buch, und war entzückt über soviel Feinheit, Grazie, Sprachkraft. Die »Weissagungen des Baki« gehören wohl zu dem Grössten von Goethe. Das Gedicht vom Schwan und der Schönen und dem Schleier, unsagbar herrlich! Und dann das von Kegel und Kugel!

Leben Sie wohl, lieber Herr Lehmann, schreiben Sie mir, wie es Ihnen geht, was Sie arbeiten, oder schreiben Sie mir nicht, wenn es Sie in Ihren Ferien stören sollte, denn diese sind die Hauptsache!

Mit vielen Grüssen und Wünschen, auch für die Gesundheit Ihrer Frau,
Ihr
Werner Kraft

Das Kunstwerk steigt, gewollt, gemusst,
Empor aus ungeheurem Duste,
Wenn das verfluchte Unbewusste
Als Nonsens wird der Welt bewusst.

Ich werde nicht mehr sehn
Die Türme
Und nicht mehr athmen diesen Duft
Berauschter Luft
Um das verzauberte Gewürme.
Ich werde gehn.
Im leeren Wehn
Zerreisst der leere Schleier: mir.
Ich singe auf der leeren Leier: mir.

Im Traume gehend an dem Flusse,
An dem ich gehe, ist mir gut,
Wie dem bewegten Regengusse,
Der milde rauscht und mächtig ruht.

Das Meer rauscht.
Die Sterne klingen ein.
Wer lauscht?
Mir fehlt der Reim. – Ach, nein.

Ein Freund von mir, Hubert Breitenbach in Lüneburg van der Mölenstraße 8, Anglist, der Sie kennt und schätzt, würde sich gewiß sehr freuen, zu Ihnen in Beziehung zu treten. Ich habe ihm deswegen geschrieben. Sie werden einen wertvollen Menschen kennenlernen. Wenn Sie Lust haben, schreiben Sie ihm eine Zeile. Er fühlt sich ebenso verlassen wie Sie.

[von Erna Kraft:
Sehr geehrter Herr Lehmann, ich lese den Brief und bin ganz fasciniert von dem Gedanken, daß Sie hierher kommen könnten. Wie schön würde das sein! Wir denken noch oft an Ihren Besuch damals

in Hannover. Es besteht die Aussicht, daß ich im Herbst geschäftlich nach Deutschland komme. Bestünde vielleicht eine Möglichkeit, Sie in Berlin zu sehen?

Herzlichste Grüße!
Ihre
Erna Kraft]

147. Wilhelm Lehmann an Werner Kraft

[vorgedruckt: Glyngøre, den] 13. August [19]37

Lieber Herr Kraft,
Nicht recht bin ich imstande, zu schreiben. Meine Gesundheit schwankt, ich muss mich stündlich und öfter zum Entschluss zu leben aufraffen. Das seltsame mit dem Körper behaftete lässt mich diesen jetzt immer empfinden. Aber so viel ist gewiss: Ihre Briefe sind mir eine Wohltat & sie dürfen gewiss sein, dass die dafür verwendeten Stunden Ihrer Arbeitszeit nicht umsonst sind: meine Frau holte mir den ersten im April (den vom Alexandriaboot mein ich), den zweiten (mit der Schreibmaschine) holte ich mir selbst und war sehr glücklich darüber. Ihr schönes Erzählen tut mir wohl. Bei mir geht es durcheinander. Ich wusste kaum, ob ich reisen sollte. Im April war es (Herz? Milz?) nicht in Ordnung mit mir, jedenfalls wollte ich eigentlich nicht mehr ohne meine Frau reisen. Dann ging es besser, & so habe ich zwei (glücklicherweise mit reicher Sonne gesegnete) Wochen am Limfjord hinter mir, & zwar wohne ich in einem Altersheim, esse mit 70 bis 90jährigen ganz einfachen & simplen Männern & Frauen zusammen. Alles sehr simpel. Das Heim wird geleitet von einem Diakon, d.h. einem Krankenpfleger (innere Mission! Man singt Christuslieder & hält Andachten ab) & seiner Frau – reizende, menschliche Menschen, bei denen ich voriges Jahr schon war & bei denen ich dies Mal als *Gast* bin. Sollte es wirklich nichts Gutes mehr in Deutschland geben, nur ausserhalb? Ihre »Einladung«, zu Ihnen zu kommen, ergreift mich. Ob es je noch dazu kommt? Die mitgeteilten Verse sind sehr gut: besonders schön finde ich den Regengussspruch. Diderot werde ich mir merken. Arnim und die Surrealisten! Ich habe auch wohl schon gedacht, über A. zu schreiben: man sollte sich vor der Lektüre seines Gesamtwerkes nicht scheuen. (Goethes Urteil über Arnim ist so jäh und ungeduldig wie das über Joh. Chr. Günther, nicht?) Allerdings findet sich in den Gedichten unendlich viel bloss Gezimmertes & eilig Gehämmertes, was nicht taugt. Ihr Urteil über den Brentanoaufsatz

freut mich sehr, leider ist viel gekürzt. Über die mir besonders liebe »Gründung Prags« hatte ich mehr gesagt. Es sind ganz besondere Herrlichkeiten darin. Auch über die Rosenkranzromanzen hatte ich mehr gesagt. Über Varnhagen haben Sie sicher Recht. Ich übernahm es einfach im Brentanoschen Sinne. Es sollen in der letzten Ausgabe der Schriften des Freien deutschen Hochstiftes (gibt es das noch?) bedeutende, unbekannte Briefe B's veröffentlicht sein .. Es ist ja eine so grosse Mühe, sich all die Literatur zusammen zu leihen. Seien Sie mir nicht böse wegen der schlechten Schrift, ich bin zu abgespannt & möchte Ihnen doch so gern deutlich machen, was mir Ihre Teilnahme bedeutet. Ich finde ja sonst garkeine (Loerke schweigt, todestraurig über alles), das soll keine Klage sein, sondern nur Begründung.

Sagen Sie Ihrer Frau, dass ich ihr in Gedanken einen Strauss schön blühender jütischer Heide (wir sind ungefähr in der Kierkegaard-gegend!) auf den Tisch stelle. Wer weiss? It is always the unexpected that happens. Die Engländer! Ja, *lieben* nein, lieben tu ich sie *nur* von Shakespeare & Wordsworth (kennen Sie die herrlichen Sonette: Where goes your Ship? und »The World is too much with us«?) aus. Trotzdem glaub ich, dass im gemeinen Engländer mehr von Shakesp. steckt als im gemeinen Deutschen von Goethe – aber Sh. u. G. lassen sich freilich auch nicht vergleichen. Ich schliesse. Sie sehen also, dass ich Ihre zwei lieben schönen Briefe bekommen habe: Schreiben Sie wieder (die alte Adresse: Brejning), ich bekomme es auf irgend eine Weise Und es ist herrlich, dass es so geht.

In Herzlichkeit Ihr
Wilh. Lehmann

Ja, ich erinnere mich auch Bubers gut (Er kam mir sehr »hohepriestermäßig« vor) .. er verschaffte mir das Angebot, zu Lafcadio Hearns Briefen eine praefatio zu schreiben. Ich tat es gern, bekam sie bezahlt, aber nie gedruckt. Sein Urteil über Ihre Gedichte – ich interpretiere es noch anders als Sie

Vielleicht schicke ich Ihnen noch die mich ständig erbosenden »Gedichte«(??) Brittings u. ein schulmeisterlich glaubendes Buch über Valéry.

O armes Deutschland. Dein *Volksschullehrer* – ein notorischer Schlachtertyp macht jetzt deine »Kultur«

Wunderschönes Wasser, kleine Kiefernkratts, violette Heidehügel. Herrlicher Nachsommer.

148. Werner Kraft an Wilhelm Lehmann

Jerusalem, 23.8.1937

Lieber Herr Lehmann,
gestern kam Ihr Brief, und ich danke Ihnen sehr für ihn. Was Sie über Ihre Gesundheit schreiben, hat mich beunruhigt. Ich wusste nicht, dass Sie krank waren und auch jetzt noch nicht wiederhergestellt sind. Auf eine so weite Entfernung wirken solche Mitteilungen ernsthafter, als sie in Wirklichkeit – hoffentlich! – sind. Auf jeden Fall wünsche ich innigst, dass Sie inzwischen wieder in den vollen Besitz Ihrer Kräfte gekommen sind. – Das Arion-Gedicht ist sehr schön, und ich glaube ihm alles, was ich aus Unkenntnis der Natur nicht unmittelbar nachfühlen kann. Daher ist es vielleicht kein Zufall, dass ich gerade die zweite Strophe zauberhaft eindrucksvoll finde: hier geht mir die gesamte Bildlichkeit unmittelbar ein. Aber auch die letzte Strophe mit dem gewiss nicht zufälligen männlichen Ausgang des dritten Verses ist sehr überzeugend, ja mehr als das, sie schliesst das Gedicht nicht nur äusserlich ab sondern auch innerlich, sie zeigt mit grosser Schärfe den tragischen Zug in Ihrer Naturauffassung. Beim ersten und auch wohl beim zweiten Lesen wirkte das »auf *seinem* Rücken« auf mich verwirrend, denn man merkt erst am Ende der Frage, dass »Arion« hier nicht Nominativ sondern Akkusativ ist. Vielleicht wäre hier eine Verdeutlichung möglich und erwünscht, denn der Satz scheint mir nur grammatisch aber nicht sprachlich klar zu sein. Ernsthafter ist der Einwand gegen die »Wolken*vliesse*« der fünften Strophe, die scheinen mir, ganz abgesehen von dem unheiligen Reimzwang, der vorliegen könnte, paradox gesprochen überhaupt nicht von Ihnen zu sein. Die Wolken selbst ohne die abschwächende Ergänzung einer doch ziemlich konventionellen Metapher wären wahrlich von Ihnen. Da alle Erscheinungen der Natur für Sie die gleiche Realität und Dignität haben, liegt die Originalität Ihrer Lyrik gerade darin, dass Sie in erstaunlichem Grade eine Erscheinung durch die andere darzustellen vermögen und im Grunde der Notwendigkeit überhoben sind, überhaupt Metaphern zu gebrauchen. Metaphern sind unerlässlich, wo *symbolische* Bedeutung zur Darstellung kommen soll, Ihre Auffassung der Natur aber, in der Sie als der Ihnen einzig gegebenen Realität wohnen, ist eine ausgesprochen antisymbolische, im Gegensatz etwa zu Hofmannsthal. Vielleicht ist, was ich hier sage, nicht sehr deutlich, ich kann es aber im Augenblick nicht deutlicher sagen. Auf jeden Fall würde ich, wenn Sie sich nicht entschliessen können, die ganze Strophe um dieses Fehlers willen neu zu dichten, lieber die ganze Strophe

mit den Wolken am Versausgang reimlos lassen als einen Reim beibehalten, der im Grunde nur einer der Verlegenheit ist. So scheint es mir, sollte aber meine Auffassung falsch sein, so lasse ich mich natürlich gern belehren. Ich denke seit lange aber jetzt wieder ernsthaft daran, den Aufsatz über »Antwort des Schweigens« zu schreiben, der mir als notwendig vorschwebt, um so mehr als ich einige Aufsätze zu einem Ganzen vereinigen will, in dem dieser Aufsatz von besonderer Bedeutung wäre. Leider ist der Weg zur Hölle mit guten Vorsätzen gepflastert, und da die hiesigen Wege in besonders praller Sonne liegen, sind die Aussichten des Gelingens besonders ungünstig. Erfreulicherweise bin ich aber nicht abergläubig, und selbst auf meine Trägheit ist bei den Dingen, die mir einzig wichtig erscheinen, kein unbedingter Verlass. Also Geduld! Dass ich übrigens Aufsätze zu einem Ganzen zusammenstelle, als wenn es doch eine Möglichkeit gäbe, sie zu veröffentlichen, ist ja heute ein nachgerade lächerliches Unterfangen, aber es macht mir Spass, und wenn Gott will schiesst eine Gabel und druckt ein Verleger, selbst in den Zeiten Hitlers, es ist eben alles unsicher ..

Inzwischen habe ich auch Lörkes »Wald der Welt« gelesen. Es ist gar keine Frage, dass Lörke ein bedeutender Dichter ist, aber ich muss Ihnen doch wiederholen, was ich Ihnen, glaube ich, schon früher gesagt habe: mir bleibt wenig von seinen Versen haften, wenn ich mich besinne im Augenblick eigentlich nur »Gespräch im Dunkel«, ein besonders schönes Gedicht. Woran liegt das? Man könnte sagen, ich hätte nicht ernsthaft genug gelesen. Aber das ist doch gerade nicht richtig, denn erstens habe ich ernsthaft gelesen, und zweitens glaube ich wirklich, dass gerade die grossen Gedichte auch und gerade dem oberflächlichen Lesen eines wirklichen Lesers mindestens den elementaren Eindruck vermitteln, dass sie gross sind, den dann eine vertiefte Lektüre bestätigt oder auch bezweifelt. Bei Lörke habe ich immer den Eindruck, dass ihm ein Schuss Banalität fehlt. Ich meine das ganz ernsthaft. Um das vielleicht grösste deutsche Gedicht ist doch geradezu eine Aura von Banalität, die erst diese Ruhe über allen Gipfeln so gewaltig macht, und Karl Kraus sagt sehr richtig und schlagend: »Ein Gedanke ist das, was einer Banalität zum Gedanken fehlt.« In diesem vorsprachlichen Sinne ist die Banalität der Rohstoff der sprachlichen Schöpfung, jenem Nichts am nächsten, aus dem die Welt entsprungen ist. Ich leugne nicht, dass auch Lörke manchmal von einer hohen Simplizität ist, mir ist da besonders das Gedicht »Altersheim« aufgefallen, aber allzu oft ist er überladen mit historischen und ethnologischen Assoziationen, unter denen auch seine echten Gedichtgedanken immer in der Gefahr schweben, erstickt, d.h. unhörbar zu werden. Aber noch einmal, dass er im heutigen Verfall der deutschen Sprach- und Geisteskultur eine höchst positive Kraft darstellt, leugne ich nicht, im Gegenteil, ich freue mich darüber. Bei dieser Gelegenheit möchte ich Sie fragen, ob Sie Lörke vielleicht einmal Gedichte oder gar das gedruckte Heft von mir gezeigt haben. Es würde mich natürlich keineswegs kränken, wenn Sie mir sagen müssten, dass er von meinen Gedichten keinen positiven Eindruck hat. Mir wäre es immerhin wichtig, dies zu wissen, da ich, falls er meine Gedichte nicht kennt, ihm vielleicht das Heft schicken könnte. Oder meinen Sie, dass ihm die blosse Zusendung in Palästina gedruckter Gedichte schaden könnte? Dann würde ich es natürlich auf keinen Fall tun! Es würde mich übrigens interessieren, zu wissen, wie Sie Bubers Äusserung über meine Gedichte deuten. Vergessen Sie bitte nicht, mir darüber ein Wort zu sagen! – Was die Banalität angeht, so scheint mir besonders Claudius sie zu haben, aber auch bei Gerhardt Hauptmann in dem einzigen bis jetzt gedruckten Gesang seines Epos »Der grosse Traum« findet sich eine Stelle, die mich sehr berührt hat. Es sagt dort ein totes Kind, ich zitiere aus der Erinnerung –:

»Ich starb an einem frühsten Frühlingstage.«
Es klang wie wenn man sagt: Das Gras ist grün.
Es klang wie eine klagelose Klage.

Dieses »Das Gras ist grün«, das ist es, und die Wirkung auf mich ist die gleiche, wie wenn Claudius sagt: Bäume haben Blätter, und so mögen Sie denn, sollte Ihnen das Wort »Banalität« nicht behagen, dafür »Identität« setzen! – Vielleicht interessiert es Sie, dass Else Lasker-Schüler jetzt hier in Jerusalem ist. Sie ist über 60 Jahre alt, ganz gebrochen, durch ihre eigene wahnhafte Natur, aber auch durch die Ereignisse der letzten Jahre. Ich war auch mit ihr zusammen. Ein Gespräch kann man mit ihr nicht führen, konnte es wahrscheinlich nie, man kann ihr höchstens das Stichwort geben, damit sie erzählt, Wahrheit und Dichtung in seltsamster Mischung. Aber sie hat hier neulich einen Vortragsabend gehalten, und ich muss gestehen, dass Ihre[!] Gedichte, auch durch die höchst eigenartige Mischung aus Ekstase und Nüchternheit in ihrem Vortrag, die Vorstellung, die ich schon immer von den besten von ihnen hatte, nur bestätigt haben. Das Werk dieser Frau ist trümmerhaft wie sie selber, aber auf seinen Gipfeln ragt es in das Gebiet echter Sprachkunst, wo selbst die kultivierteste Frauendichtung unserer Tage im allgemeinen nicht mehr zuständig ist. Ich habe schon vor längerer Zeit einen umfangreichen Aufsatz über sie geschrieben, wo ich diesen Standpunkt bei strengster kritischer Objektivität gerade gegen den Ballast, den sie mitschleppt, zu begründen versucht habe. Ironie des Schicksals, dass sie jetzt ein ganzes Buch über Palästina »Das Hebräerland« geschrieben hat, das einfach lächerlich ist! Dieselben Menschen, die ihren Gedichten offenbar überzeugten Beifall gespendet haben, konnten kaum ihr Lachen unterdrücken, als sie daraus vorlas. In ihren Gedichten dagegen, besonders in den Hebräischen Balladen, die ca aus dem Jahre 1907 stammen und keiner Konjunktur ihr Dasein verdanken, ist sie mit den Mitteln der deutschen Sprache in einem höchst originalen Sinne jüdisch. –

Nun will ich Ihnen noch einiges über meine Lektüre der letzten Zeit wenigstens andeuten. Ich habe jetzt von Laclos: Les liaisons dangereuses gelesen. Diesen Roman hat der Teufel selber geschrieben. Nicht zu erzählen, was er in der meisterhaftesten Sprache enthält! Ich habe das Buch mit einer Spannung gelesen, als wäre es heute erschienen. Allein aus ihm lässt sich die Notwendigkeit der Grossen Revolution in Frankreich ableiten. Das Buch gehört sicherlich zu den grössten seiner Gattung. Von Balzac las ich eine kleinere, übrigens berühmte Erzählung »Le chef-d'œuvre inconnu«. Sie ist höchst interessant. Der Fanatismus der künstlerischen Arbeit an einem schrecklichen Schicksal ad absurdum geführt. Sollte Ihnen einmal das 1934 erschienene Buch von Jean Guéhenno »Journal d'un homme de 40 ans« in die Hände fallen, so lesen Sie es. Ich bin sicher, dass es als Zeitdokument auf Sie starken Eindruck machen wird. Die Lage des Menschen, der nichts sein will und kann als eben dies, unverführbar, unzerstörbar aber auch völlig ohne Macht, ist heute an jedem Punkt der bewohnten Erde offenbar die gleiche. – Inzwischen wird die Welt an allen Ecken methodisch in Brand gesteckt: nach Spanien China und morgen vielleicht die Tschechoslowakei. – Genug.

Seien wir stark, schwach sind wir ohnehin! Ich grüße Sie, wie auch Ihre Frau, lieber Herr Lehmann, allerherzlichst

Ihr
Werner Kraft

Ich hoffe Ihnen bald einiges Literarische von mir zu schicken.

Heute oder morgen läuft meine Frau in Bremen ein. Sie ist über Port Said, Genua, Rotterdam, Southampton gefahren.

149. Wilhelm Lehmann an Werner Kraft

Espe auf der Insel Fünen, 6. Okt. 1937

Lieber Herr Kraft,
Schon wieder ward mir die Wohltat eines Briefes von Ihnen – von Ihnen zu hören lohnt es sich wahrlich nach Dänemark zu fahren. Zwei Tage sass ich in einem kleinen Lehrerwitwenhaus in Südfünen (von Flensburg nach Sønderborg, mit der Fähre über das schöne Wasser nach Faaborg, dann mit Kleinbahn hierher, wo eine alte Tante meiner Frau wohnt: Balsaminen vor den Fenstern und grosse, grosse Ruhe. Wie herrlich, dass es Grenzen gibt und sei es nur deshalb, dass ich nicht von dem Herrn Hitler gehindert werde, Briefe meiner Freunde von wo *ich* will zu empfangen. Also vielen, vielen Dank! für Brief und den Aufsatz und die Gedichte: beide wollen ordentlich erst gelesen werden & ich freue mich darauf. (Übrigens ist das Dänische eine grosse Bereicherung für mich: es ist voll alten, wahren, reichen Ausdrucks besonders stark auch in sinnlichen Vordergründen – Kierkegaard habe ich nur auf Deutsch, eine billige Ausgabe von ›Hverken – eller‹ erschien eben, müsste man haben – aber man darf nur für 10 Mk mitnehmen = 18 Kronen). Von Loerke höre ich so gut wie nie: ich werde ihm *mein* Heft Ihrer Verse senden. Also nun heisst es Dank Ihrer Kritik:

Wolke nur bleibt freundlich nahe,
Fliehen unter mir die Fische –
Wenn mich Ohnmacht überfiele
In der Kühle, in der Frische,
Rettete nicht den Arion
Ein Delphin auf seinem Rücken? u. s. f.

Gewiss, *Vliess* erinnert an die Zotten eines Ziegenfellbettvorlegers und an Grillparzer. Ich sah nur erst flüchtig, dass Sie W. Benjamin zitieren. Vergebens bemühte ich mich früher, seinen Aufsatz über Goethe zu bekommen. Ich habe mir nämlich ihn, seiner Schärfe & Erkenntniskraft wegen, mit einer Reihe von Aufsätzen aus der Frkf. Ztg. etc. sorgsam aufbewahrt: einen Artikel, in dem er ganz ausgezeichnet A. Schaeffers Wiedergabe griechischer Sagen als unmöglich nachweist, verlor ich leider. Die systematische Verdummung & Zerstörung alles dessen, was wirklich = wirkend deutsch die Welt würzt, geht unverdrossen weiter (ein junger Malerfreund schrieb mir verzweifelt, dass auch er auf der ›Entartungsausstellung‹ sich befände, aber er ist jung & kräftig). Bubers »Kategorie des Richtigen« verstehe ich dahin, dass auch Sie sagen, was *ist*: allerdings in einer wehen Welt, in der Sie die Wundränder aufzeichnen dessen, was mit uns geschehen ist seit der Zeit, wo ein Jens Baggesen in dänischen Parks, Stolbergs & Klopstocks in Windeby bei Eckernförde weilen durfte & wo auch ich heute noch in die Herbstpracht schweren blattbestreuten Wassers sinken und dasselbe wie Sie sagen und singen darf. Wir reisen nun schon gleich, meine Frau (sie lässt Sie herzlich grüssen) & ich (ich fühlte mich dieser Tage wohler – es geht schwankend mit mir) & ich, wieder nach Hause: die [Schluss fehlt]

Nein, es lohnt nicht, Ihnen das Schulmeisterbuch über Valéry zu senden.

150. Werner Kraft an Wilhelm Lehmann

Jerusalem-Rechavia
Alfasistreet 31
27.4.1938

Herr Lehmann,
dass Sie mir so lange nicht geschrieben haben, beunruhigt mich, ich hoffe aber mit aller meiner Hoffnung, die ein frischer Wind nach Tagen unerträglicher Hitze sofort ins Grenzenlose steigert, dass meine Unruhe unbegründet ist, und ich bitte Sie herzlich, mir dies *sofort* durch ein wenn auch noch so kurzes Lebenszeichen zu bestätigen. Dass nun ich Ihnen genau so lange nicht geschrieben habe, hat viele Gründe: 1) die unerträgliche Kälte des Winters, 2) die genau so unerträgliche Hitze dieser Frühlingsmonate hier, 3) die Zeit, die die Möglichkeit geistiger Geselligkeit angesichts des Unsagbaren und schlechterdings Unvorstellbaren, das jeden Tag geschieht, auf ein Minimum reduziert, 4) der Wille, gerade Ihnen besonders ernst und gesammelt zu schreiben und die Gewissheit, meine Gedanken nur so selten gesammelt zu haben, 5) aber, und dieses kommt leider an erster Stelle, dass wir schwere Monate hinter uns haben. Meine Schwägerin, die älteste Schwester meiner Frau, die seit zwei Jahren bei uns wohnte, erkrankte nach der Rückkehr meiner Frau aus Deutschland an einer furchtbaren Krankheit und starb nach einem Vierteljahr, ohne dass man ihr im geringsten helfen konnte. Das ist wohl das Schwerste, was es gibt, einen Menschen leiden zu sehen .. Was ich dazu zu sagen habe, enthält das beiliegende Gedicht. Aber nun will ich Ihnen zu Ihrem Geburtstag gratulieren und Ihnen sagen, was es dauernd für mich bedeu-

tet, Ihre Bekanntschaft gemacht zu haben und zu wissen, dass auch ich Ihnen etwas bedeute. Auf verlorenem Posten der Treue treu zu sein und dem Nichts nach reinstem Vermögen eine Verklärung abgewinnen, an der wir uns erfreuen, bevor der Abgrund sie verschlingt – dies ist die Gemeinsamkeit, die ich mit Ihnen fühle, und ich bin sicher, dass nichts denkbar ist, was in diesen Zeiten der Zerstörung sie auch nur zu stören vermöchte. Schicken Sie mir doch recht bald einmal wieder Verse! Ich brauche sie und kann sie *so* leider nicht selber machen ..

6.5.: Wieder sind neun Tage vergangen, und erst jetzt setze ich den Brief fort, [Nachtrag: Den Sie zum 4.5. haben sollten – ach!] ich schäme mich sehr, will aber nun hoffen, dass der Brief wenigstens Pfingsten in Ihren Händen ist. Inzwischen habe ich hier vor ca 30 näheren und weiteren Bekannten und Freunden einen Zyklus von 25 Gedichten vorgelesen, den ich »Frühling« genannt habe. Fürchtete ich nicht, die Absendung des Briefes wieder in Frage zu stellen, würde ich sie Ihnen abschreiben, denn ich habe leider nur ein Exemplar, so verschiebe ich es auf eine günstigere Gelegenheit. Ferner las ich einen Aufsatz über das Religiöse bei Franz Kafka vor, der Anlass zu einer interessanten Diskussion gab. Sie sehen daraus, dass wir uns hier trotz des entsetzlichen Weltzustands noch mit ernsten Dingen die Zeit vertreiben, und dies hoffe ich auch von Ihnen. Was hören Sie von Lörke? Übrigens finde ich, dass die »Corona« noch immer eine *lesbare* Zeitschrift ist, wenn auch ihr Traditionalismus als Prinzip so sinnentleert ist wie alles im heutigen Deutschland. Diese Kreise halten Schröder für einen Dichter, das besagt alles, und selbst Carossa ist nur eine sympathische Künstlergestalt zweiten Ranges. Dagegen ist Hofmannsthal *wirklich* eine Gestalt ersten Ranges, das entnehme ich aus allem, was man aus seinem Nachlass veröffentlicht, und wäre es nur der wunderbare Satz: »Wenn das Haus durchsichtig wird, gehören die Sterne mit zum Fest.« Vielleicht ist Ihnen Borchardts widerlicher Roman »Vereinigung durch den Feind hindurch« vor Augen gekommen. Von dem gleichen Autor habe ich aber das Vorspiel zu einem Zyklus von Staufer-Dramen gelesen, das starken Eindruck auf mich gemacht hat.

Ich schliesse diesen Brief, der mager genug ist, schon allein darum, weil ich eine schreckliche Unlust habe, auch nur ein Wort über das Notwendigste zu sagen: die Politik. Es ist alles zu grauenhaft.

Den Kindern und meiner Frau geht es gut. Leben Sie wohl, lieber Herr Lehmann, und schreiben Sie mir recht bald. Ich grüsse Sie als Ihr Ihnen immer gleich naher

Werner Kraft

Ich arbeite dauernd in dem hiesigen Centre de Culture française, so dass wir leben können. Die Tätigkeit ist alles in allem sehr angenehm.

Das »Lied« – aus dem Zyklus »Frühling« – füge ich noch hinzu, um die letzte Seite zu füllen. Ich liebe es besonders. Wie und warum ich es gemacht habe, wüßte ich nicht zu sagen, aber nachträglich finde ich es ergreifend sinnvoll (und klangvoll!) – Verzeihen Sie dieses Eigenlob!

Totenklage

Lass mich, bevor wir nun vorübergehn
An diesem Grab
Aus nackter Erde, nackten Steinen, nacktem Himmel
In diese Welt,
Du Liebe, danken dir, dass du gewesen
– Ach, dass du bist!

Es war einmal, so fängt ein Märchen an,
Es wird einst sein, so mündet es: verwandelt.
Die Ethik krankt am Aussatz der Moral,
Mit der wir dennoch sinnvoll leben müssen,
Und, dennoch, leider alles ist nicht wahr,
Und dieses selbst, selbst dieses ist gelogen.

Aus wehem Material das Paradies
War deine Wohnung,
Indes wir auf den höllenstarken Stühlen
Die Frage unsres heissen Herzens stellten,
Sie fliehend, wenn sie stand, wie vor dem Tod,
In das berauschte Leben, dem wir leiden.
Und hättest klagend fragen du gesollt,
Wo viel zu lernen war, schwer zu verstehen
Dies alles?!
Du gingest ruhig deine heitre Bahn,
Ein Stern an Gleichmut und Gesetzesstrenge,
Der Teppich deiner Tätigkeit das Tun.

Im Duft des Guten durch und durch balsamisch,
Hast trüb des Bösen niemals du bedurft,
Wie alle, die mit Recht nach Grösse dürsten,
Und sie verwerfen jede Rechenschaft,
Dem dunklen Trieb nach Licht das strenge Nein.
Du klopftest an, und dir ward aufgetan.

Wie freundlich lag die bitterliche Welt
Vor der Erkenntnis tiefen Menschenaugen!
Selbstwesentlich, bescheiden, reinentsprungen,
Du warest schwach,
Doch so, dass alle Stärke mag erzittern,
Was hier Geduld, was Reinlichkeit vermochte.

Nie eines Zweifels Schatten trübte dich,
Nie eine Pflicht hast du versäumt dem Nächsten,
Weil du dir selber mehr erschienst als dieser,
Nie kam dir ein Gedanke, der nicht deiner.
Du warest langsam wie die Götterzeiten
Und schnell wie sie im Blitze der Entscheidung.

Wie schwach ist meine Sprache, denn erzählen:
Vermag ich's, will ich's nicht, und will ich's, quält mich
das stille Herz, als bräch' ich das Geheimnis,
Und mahnt, zu schweigen, und ich tu's mit Freude
– Mit Trauer, denn du gingest nun dahin,
Und wenig Zeugenschaft lässt du zurück,
Und wenig Hoffnung, dir es gleichzutun,
Und wenig Zuversicht, und schief Gedenken,
Und dunkle Lust, den Weg auch durch die Hölle,
Die du nicht kanntest,
Unendlich fortzuschlendern und nicht wegzuschleudern
Die schwere Last
Des eig'nen Todes, eig'nen Lebens und der messerscharfen
Gewissheit, dass es stiller wird um uns,
Bis dass wir selber, rein erschlagen, still sind.

Tritt durch die Tür! Begrüsse uns! Ich warte.
Wann hätt' ich dir gesagt, was niemals Menschen
Den Menschen sagen! Du bist tot. Ich danke –
Dir? Mehr als dir, identisch Du des Guten,
Des Schweigens Nahrung für das neue Wort.
Das Wesen wird kraft geistiger Verwesung
Zu nichts, und ist, wie Gott, der ihm entspringt.
Dein reiner Leib erblüht im Licht der Sonne
Zu deiner Seele lieblicher Gestalt.

Lied

Pierrot

Ich mache gute Miene
Zu dem betrübten Spiel.
O süsse Kolombine,

Wie dir die Welt gefiel,
So hat sie mir missfallen,
Und höre doch erschallen
Mein brausendes Gefühl,

O süsse Kolombine,
Von deiner Trauermiene
Gib mir den Strahl ins Spiel!

Kolombine

Gerne wollt' ich dir geben,
Liebster, das Paradies!
Ach, mein unsterblich Schweben
Weiss nicht, wie es mich liess,

Warum im Fieberschauer
Der Schleier mich zerreisst –
Nimm hin den Strahl der Trauer,
Gib mir die Nacht, den Geist!

151. Wilhelm Lehmann an Werner Kraft

Haderslev, 9. Juni 38 auf der Rückreise nach E.

Mein lieber Herr Kraft, zu meiner wahrhaft grossen Freude bekomme ich, leider gerade wo ich schon wieder zum ewigen Schuldienst zurückmuss, Ihren Brief, richtig zu Pfingsten. Auch ich habe Ihrer zum 4. Mai gedacht, denke überhaupt so oft an Sie, dass äussere Schwierigkeiten (der dänische Vetter ist schwerfällig, mit dem Gelde wird's immer schwieriger und umständlicher. Haben Sie mein letztes Schreiben vom vorigen Oktober bekommen?) zurücktreten, so schön es freilich & erleichternd es wäre, Ihnen auch räumlich nahe zu sein. So schreib ich Ihnen denn dies schnell, damit Sie wissen, dass ich noch lebe. Die Totenklage muss ich in Ruhe lesen, damit ich etwas sagen kann. Ich werde versuchen, Ihnen Verse zu schicken (das Ariongedicht änderte ich in Ihrem Sinne). Ich bin die paar Pfingsttage im brütend warmen Juniwetter herumgelaufen, bis mir die Füsse wund wurden. In der höllischen Welt flimmert die Sonne, entzogen menschlichem bösen Willen und trillern die Regenpfeifer süss. Auch sah ich 2 Eulen, sahen aus als rängen sie die Hände & schauten tief ins Unabänderliche. Warten Sie nicht sehr auf mein nächstes ordentliches Schreiben, da ich immer nicht weiss, wann und wie die Besorgung möglich ist. Aber haben Sie bitte immer die Gewissheit, von der Sie mir schreiben: der Sinn der Treue bleibt. Wie herrlich, dass ich, gerade noch vor »Torschluss« Sie damals in Hann. aufsuchte & dass auch Sie eine kurze, aber tiefe Weile »unter meinem Dach« (wie schön, das Hofmannsthalwort) sassen. Meine Frau (hat eine Operation, Gebärmutterverlagerung, hinter sich, es geht wieder gut) schliesst an Sie & die Ihren stets ihr Herzlichstes ein & ich bin immer & immer

Ihr
W. L.

152. Wilhelm Lehmann an Werner Kraft

Lieber Herr Kraft, ich sitze im letzten Sommersonnenschein vor dem Kgl. Theater und sehe Ludwig Holberg zu. Ich danke Ihnen für Ihre Gedichte, sie pflügen mir das Herz um – ich sende Ihnen das Bild des Totengottes: schauen wir ihn ehrfürchtig an, lässt er uns vielleicht noch eine Zeit und in die Sonne spähend:

Und dann auf Erden wohnen, wo mit allen
Ich fahre hin zu freudigem Verfall
Und aller Trauer endlichem Verfallen
Und aller Freude Jubel durch das All.

Das ist wahrlich schön und ich glaube Ihnen. Auch dies ist nur ein Lebenszeichen, am 22. Aug. beginne ich wieder die schreckliche Monotonie meines Berufes der mir immer schwerer fällt. Sind wir dazu geübt, vor dem wieder drohenden Kriege zu sch[xxxx]ren? Und mein Sohn? – Werden Ihre Elsi und meine Agathe je einander begegnen auf diesem Stern? Ach! ich grüsse Sie (und die Ihrigen) von Herzen und treu über Raum und Zeit

als Ihr
Wilhelm Lehmann

Kbhvn, 18. Aug. 39

153. Wilhelm Lehmann an Werner Kraft

E., Oct. 22nd '45

My dear Mr. Kraft,
Are you still alive? And your wife and your children? I venture by kind help of an English soldier to write to you. Unbelievably we survived the terror of these horrible twelve years. I managed to get a book of verse ›The Green God‹ [Nachtrag: A new collection ›Enchanted Dust‹ is in preparation: but shall I live to see its publication?] published as late as 1942: how I should love to send it to you! And what have you been doing? I do not know if I shall hear from you: could you not find any means of communicating with me? We received a Jewish evacuee [Nachtrag: A euphemism for: a victim of one of those awful concentration camps.] in our house: a Mrs. Johanna Spector. Would it be possible to write to her, perhaps by the help of the Red Cross?

With love from all of us
ever yours
Wilhelm Lehmann

154. Wilhelm Lehmann an Werner Kraft

Mein lieber Herr Kraft,
Noch einmal habe ich Gelegenheit, Sie zu suchen. Jüdische Freunde suchen mich auf & wollen dies mitnehmen!

Durch Raum & Zeit grüsse ich Sie
& bin immer von
Herzen
Ihr
Wilhelm Lehmann

Ich kann nur dies schreiben, da der Reisende drängt.

Eckernförde, 1. Nov. 45

155. Werner Kraft an Wilhelm Lehmann

Große Freude, daß Sie leben und dichten. Erwarte Ihren Gedichtband und langen Brief. Mir und den Meinen geht es gut. Habe viel geschrieben und gedacht.

[Jerusalem,] 9. December 1945

156. Werner Kraft an Wilhelm Lehmann

Jerusalem
31 Alfasi Rd
25.5.46

Lieber Herr Lehmann,
in dem Augenblick, da der Postverkehr mit Deutschland wieder eröffnet ist, entsteht ein neues Problem, denn es ist dafür gesorgt, daß die verkrüppelten Bäume nicht in den Himmel wachsen: meine Lust, Briefe zu schreiben, besser meine Konzentrationsfähigkeit hat sich in den letzten zehn Jahren verflüchtigt. Das bedeutet nicht, daß ich nicht schreiben möchte und nicht schreiben werde und um so mehr angeregt werde, je mehr ich von Ihnen höre, aber ich bitte Sie dringend, aus meinem etwaigen Schweigen keine Schlüsse zu ziehen, die gegen Sie gerichtet wären. Die Gründe für dieses Schweigen werden immer bei mir liegen. Es ist heiß oder (im Winter) kalt, und ich arbeite acht Stunden in einem mechanischen Beruf, in einem Militärburo, da ich eine mir sehr zusagende Tätigkeit als Bibliothekar in einem französischen Institut, wo ich über sechs Jahre gearbeitet habe, infolge einer ungeheuerlichen Intrige gegen mich aufgeben mußte. Das sind die äußeren Tatsachen. Aber glauben Sie bitte nicht, daß es uns schlecht geht! Wir leben und versuchen, aus unserem Leben so viel zu machen, wie möglich ist. Meine Tochter ist jetzt 17 Jahre alt und geht noch zur Schule. Sie ist sehr lebendig und angeregt und macht uns viel Freude. Mein Sohn, der jetzt 23 Jahre alt wird, war bis jetzt Soldat in Italien und wird Anfang Juli zurückkehren, um an der hiesigen Universität mit dem Studium von Geschichte, Hebräisch und Arabisch zu beginnen. Er ist ein merkwürdiger und nicht unbegabter [Nachtrag: besser: sehr begabter] Junge. Ich bin neugierig, was aus ihm werden wird.

Ich habe mich sehr sehr gefreut, von Ihnen zweimal zu hören, daß Sie und die Ihren leben. Ich hoffe, daß Sie einen vor Monaten abgeschickten Rotekreuzbrief mit einem Lebenszeichen erhalten haben. Bitte versuchen Sie, mir Ihre Gedichte zu schicken. Nichts würde ich lieber lesen. Meine Begeisterung für die Poesie ist die alte. Da wird sich nichts mehr ändern. Und bitte schreiben Sie mir, was Sie denken, wie Sie leben, wie es Ihnen beruflich geht und was Sie für literarische Pläne haben. Ich habe – was wäre natürlicher! – nicht den geringsten Einfluß, weder hier noch in der Welt, aber da alle denkbare Wirkung heute mehr als je nur von Mensch zu Mensch geht, so werde ich tun, was in meinen Kräften steht, um für Ihren Wert und für Ihr Wesen zu wirken. Wenn Sie überhaupt Möglichkeiten des Veröffentlichens haben, so sollten Sie vor allem an den »Provinzlärm« denken.

Während des Krieges schrieb ich das Folgende:

Einem deutschen Dichter in die Ferne

Ich weiß nicht, ob du lebst und wie,
Verlassener in deinem Heimatlande.
Treibst über oder unter du dem Sande
Dein Wesen? Nein, du lebst! Ja, nie,
Ob auch der Himmel Höllen spie,
War ewiger entrückt der tiefen Schande
Ein hoher Mensch, ich sah dich, und ich lande,
Beugst vor Kybele jubelnd du die Knie,
Mit Wahrheit an dein rauschend karges Meer –
Lebendiger, gemeinsam laß uns schwinden,
Als wäre es schon tausend Jahre her,
Daß Bomben alle Burgen Gottes binden,
In das uns aufgetane Angesicht
Der Schöpfung, eh' sie uns die Treue bricht!

Ich habe an Ihren Geburtstag gedacht und an meinen: ich bin 50 Jahre alt geworden. – Das muß für heute genügen. Mit aller Kraft des Wünschens für Ihre Familie und Sie selbst immer

Ihr Werner Kraft

Meine Frau grüßt herzlichst.

157. Werner Kraft an Wilhelm Lehmann

Jerusalem
31 Alfasi Rd
4.8.1946

Lieber Herr Lehmann,
ich habe Ihre beiden ›Fetzen‹ mit Ihren Begleitworten richtig erhalten, und so sehr ich erfreut bin durch die Tatsache, daß Ihre herrlichen Gedichte erscheinen durften – und nun auch Leser finden, die

von ihnen wahrhaft und wesentlich getroffen werden –, so traurig hat mich gemacht, was Sie über Ihr persönliches Leben schreiben. Wir leben hier natürlich auch von der Hand in den Mund, *aber wenigstens dies*, darum werden wir in diesen Tagen sehen, ob wir Ihnen nicht etwas schicken können. Nehmen Sie es also, falls es richtig bei Ihnen ankommen sollte, nicht als Gabe, für die Sie sich bedanken müßten sondern als Dank für Ihr Dasein. Ich habe gerade eben Ihre biographische Notiz in der Literarischen Welt von 1932 unter uns vorgelesen wie auch das Lied des alternden Weingott, dessen erste Strophe zu dem Herrlichsten gehört, was Sie gemacht haben. Was soll ich Ihnen nun, nachdem ich Ihre neuen Gedichte erst wenige Tage lese, über den ›Entzückten Staub‹ sagen? Wenn das Gedicht von Robert Graves (den ich nicht kenne aber nun lesen werde) eine wirkliche Übersetzung ist, so ist sie unwahrscheinlich gelungen; ist es eine freie Nachschöpfung, so ist es ein außerordentliches Gedicht. Ihm entspricht das Schlußgedicht, das mich aber so traurig macht, daß ich gleichsam nicht wissen will, wie groß es in seiner absoluten Einfachheit des Sagens ist. Diese Einfachheit ist so groß, daß sie sogar dem unreinen Reim lang – Bank seine Unreinheit nimmt. Was ›unrein‹ ist, bestimmt eben nicht die Metrik (deren Verdienst, eine Art von Ordnung im völlig Unkalkulablen zu machen, ich keineswegs schmälern will) sondern der Athem, der Herzschlag des Gedichts. ›An meinen Sohn‹ ist unvergleichlich, ›Auf sommerlichem Friedhof‹ tragisch, ›Mit den Toten‹ sprengt im Grunde die Trauer, die es ausspricht, durch einen Hymnus auf das Leben, den es verschweigend mitteilt, besser durch die unbedingte Treue zum Leben. Ich greife Einzelnes heraus: ›Am See‹ die vorletzte Strophe. Wäre nicht der erste Vers, der ganz Ihrem tiefsten Selbst gehört, so würde ich denken, es ist aus den Liedern von Wilhelm Müller in Schuberts ›Winterreise‹, aber das ist kein Tadel sondern das Gegenteil. ›Entzückter Staub‹ ist herrlich, alles. ›Mauser der Vögel‹ hat einen starken ironischen Schluß (obwohl mir der sehr schön gedachte Reim mit Feder fiel und Federkiel nicht ganz gelungen zu sein scheint wenn auch – und das ist gut – unmöglich zu ändern.) In ›Augusttag‹ das Suggestive der vierten Strophe. Oder wie in der letzten Strophe das ›Stiefmütterchen‹ im Vers steht, wer versteht das (außer mir und einigen Verlorenen)? Es ist natürlich kein Stiefmütterchen sondern eben ein Stiefmütterchen. Das Ganze Wort erzwingt sich seinen Ort: es sprengt die Konvention der Metrik und steht. ›Ulmennüsse‹: altdeutsch und tote Gegenwart zugleich. ›Spätsommer‹ – Ihre Gedichte haben etwas Palpables, man kann sie in die Hand nehmen oder auch anbeißen, dazu ist dieses: ein Lied. ›Warte nicht mehr, wer zu dir will!‹ – Nein, ich warte nicht, aber der Raum ist so weit, und der Tag fordert so viel. Glauben Sie aber nicht, daß ich von den anderen Gedichten etwa darum nicht gesprochen habe, weil sie mir weniger gefielen. Diese sind mir vor allem aufgefallen. Für das Gebot der Stunde halte ich übrigens, daß Sie sich bemühen, den ›Provinzlärm‹ drucken zu lassen. Das *muß* doch jetzt gehen. Ich hätte Ihnen noch so viel Anderes zu sagen, möchte aber daß der Brief sofort abgeht, und verschiebe es daher auf das nächste Mal, das bald sein wird. Ich grüße Ihre Frau und Sie von ganzem Herzen, auch von meiner Frau und meiner Tochter (die es mir ausdrücklich aufträgt)

Ihr Werner Kraft

Seume

So wie das Rad des Schicksals läuft,
Wird hier zertrümmert, dort beglückt;
Und furchtbar wird zerdrückt,
Was kühn ihm in die Speichen greift.

Erhalten wir uns fest in Ruh,
Ob jener stand, ob dieser fiel,
Und sehen wir dem großen Spiel
Mit aufmerksamer Seele zu.

Und wenn es uns auch endlich faßt,
So fass' ein ernst entschlossner Blick
Sodann auch das Geschick:
Jezt wird gekämpft, und dann ist Rast.

Klopstock
Gegenseitige Wirkung

Ist dein Gedank' erhaben, dann macht er edler dein edles
Wort und zugleich erhöht dieses den rhythmischen Ton.

Aber, ist dein Wort ein gemeines, so sinkt der erhabne
Sinn, und solcherlei Wort schwächt auch die rhythmische Kraft.

158. Wilhelm Lehmann an Werner Kraft

Eckernförde, am 3. September 1946

Mein lieber Herr Kraft,
O welche Freude – ein Brief aus der hochgebauten Stadt an den Hyperboräer (bei Goethes Rezension von Vossens Gedichten hat man oder er das Gefühl, er handele von einem Eskimo – so fern, so nördlich – er hatte vielleicht auch darin nicht unrecht).

Und wessen habe ich mich zu freuen? Der Aufmerksamkeit Ihrer Sinne, Ihres Geistes: Ihre Anmerkungen blühen, Ihr Wort grünt, und es fördert mich. Es freut mich, dass Sie auf die »Stellen« weisen, die mir besonders teuer sind (andere greifen ganz woanders hin, ich meine sogenannte Beurteiler): ich glaube auch, dass sich im ›Stiefmütterchen‹ – etwas emphatisch gesprochen – die Schöpfung im August wie vor einem entscheidenden Ruck noch einmal ausruht.

Auf Ihre Seume-Verse habe ich sofort reagiert. Lassen Sie mich das Gedicht *stämmig* nennen insofern Seume ein stämmiger Mensch ist (mit dem Ruhm des Baumstammes; das Wort bedeutet für mich nur Gutes, wie könnte ich einen Schlechten so nennen). Auch hat Ihre Aussage etwas Zwingendes und lautet sie wie ein Epitaph lobt er den Lebenden (da wir vom Tode ja auch nichts wissen und sagen können). Schön ist auch das Klopstockdistichon. Den Gletscher des Historischen erwärmt Ihre Hand und flüssig wird wie es war das Gedicht und erwacht aus der Erstarrung der Rhetorik.

Die Deutschen (wer ist das eigentlich? jedenfalls seit langem das Volk der Nichtsdenker, der Nichtdichter) gewöhnen sich vermutlich daran, alle Dezennien Weltkriege zu verlieren und alle geläufigen Pestilenzien durchzumachen, die notwendig immer wieder diesen Niederlagen folgen. War es nicht erst gestern? Vortragsseuche, Humanitätsgefasel, Blähungen junger Leute, die immer wieder entdecken, wie man nun eigentlich anzusetzen hätte, Wut der Erziehung usw. ach! ach! Und ein Haufen von Zeitschriften: hungrig fällt das Publikum darüber her. Wir lesen uns was zusammen & füllen den leeren Kopf mit Leerem. Unter all dem Geschwätz vielleicht einmal eine gute Bemerkung? eine Erhellung? Und doch muss das vielleicht so sein: Chesterton definierte den Liberalen als »a man who if he could by waving his hand in a dark room stop the mouths of all the deceivers of mankind would not wave his hand« und vielleicht ist's auch mit diesem Wirrwarr und Tumult wie mit dem Menschlichen und Geistigen überhaupt, ich erinnere mich Moritz Heimanns Aphorismus' »Der Schutt von Unsinn, der in den Religionen ist: aber der Berg enthält ein paar Gramm Radium, gegen das das schiere Gold zuhauf von Verstand, Ethos etc. nicht aufkommt. Aber dieses Radium ist dabei auf keine Weise auszuscheiden aus dem Geröll!«

Ich bin so glücklich, Sie wieder zu haben. Sie gehören mit Moritz Heimann und Oskar Loerke zu den grossen Ehrungen meines Lebens.

Meine Frau und ich schliessen Sie, Ihre Frau, Ihre Kinder in Segenswünsche ein & grüssen über Raum und Zeit.

Von Herzen Ihr
Wilhelm Lehmann

Ein anderes Mal mehr und besser & hoffentlich erreicht Sie dies – es dauert also einen Monat. Dass Sie auch sonst an uns denken wollen, bewegt uns sehr.

»Der Dichter« ist nichts als eine Übersetzung (für die Mitte liess sich kein »männlicher« Reim entdecken). Das Original lautet:

Devilishly Disturbed

1) Devilishly disturbed
By this unready pen:
For every word I write
I scratch out nine or ten,
And each surviving word
Resentfully I make
Sweat for those nine or ten
I cancelled for its sake.

2) Devilishly disturbed
By this unready heart:
The flame staggers & leaps,
The shadows trip and start,
And far from crying joy
To watch their lusty play,
I loathe the outrageous art
That turns my horn away.

3) Devilishly disturbed
By this unready minds,
Its mouth so talking dumb,
Its eye so winking blind –
Yet, once the eye has seen

And once the mouth has said,
The Devil awhile is numb,
My heel being on his head.

159. Werner Kraft an Wilhelm Lehmann

Jerusalem
31 Alfasi Rd
29.9.1946

Lieber Herr Lehmann,
ich möchte Ihnen gern lange Briefe schreiben, aber ganz zu schweigen davon daß ich so wenig Zeit habe wird es mir leider so sehr schwer, meine Gedanken in Briefen zu konzentrieren.

Immerhin habe ich vor etwa einer Woche das dritte Heft meiner Gedichte, das soeben ›erschienen‹ ist, in zwei Druckbogen, ergänzt von Korrekturabzügen, in ein Kouvert gestopft und an Sie abgeschickt. Da dieses Kouvert mehr wiegen dürfte als den Vorschriften entspricht, kann ich nur hoffen, daß die prüfenden Instanzen ein Einsehen haben und die Sendung bis zu Ihnen gelangen lassen werden. Wenn nicht, werde ich Ihnen das Ganze später noch einmal schicken.

Ich weiß nicht, ob Sie Gelegenheit haben, das in der Schweiz erschienene Buch ›Hitler in uns‹ von Max Picard zu lesen. Sollte es der Fall sein, so tun Sie es. Es ist ein problematischer aber durch und durch ernsthafter Versuch, das Phänomen Hitler zu verstehen. Gelingen kann das natürlich in vollem Umfange niemals. Ich schreibe Ihnen aber die Seite 242 aus einem kurzen Kapitel ab, das ›Die Ausnahme‹ heißt:

›Diese Einzelnen stehen da mit mehr Wahrem, Schönem, Gutem, als sie von sich aus haben könnten: dieses ›Mehr‹, das sie haben, ist jenes Wahre, Gute und Schöne, das einst bei allen war und nun bei ihnen, den Einzelnen, angehäuft ist. Unbeholfen und zögernd und sich selbst nicht trauend sind sie da mit diesem Übermaß des Guten, Wahren und Schönen. Diese Einzelnen haben keine Gemeinschaft, in der das Gute, Wahre und Schöne, das bei ihnen ist, weiter wirken kann, es geht nicht mehr weiter von ihnen zu andern, es wirkt nicht mehr auf andere, – aber es strahlt selber um sie herum. Die Bewegung, mit der einst das Gute, Wahre und Schöne von dem Einzelnen zu den anderen hin sich ausdehnte, wird nun zu Glanz um die Einzelnen selber: das Gute, Wahre und Schöne wird das, was es einst ursprünglich war, bevor es zum Menschen kam: es wird wieder Glanz. Ungebraucht, verloren, abseits stehen die vollkommenen Einzelnen unter diesen Zusammenhangslosen, sich auflösenden Menschen. Wie Museumsstücke aus einer Welt, die nicht mehr da ist, stehen diese Einzelnen da, ausgegraben von einem Gott, ein Museum Gottes, – und eben deshalb doch kein Museum, sondern lebendig!‹

Mögen Ihnen diese Worte ein Trost sein!

Ich habe eine Frage: Neulich las ich wieder Ihre schöne autobiographische Skizze in jener Nummer der Literarischen Welt, die ich, wie Sie sehen, getreulich aufgehoben habe. Sie sprechen da von einem Aufsatz über Hölderlin von Moritz Heimann, der sie als jungen Menschen hingerissen hat. Würden Sie mir einmal genau mitteilen, in welchem Heft welcher Zeitschrift er gestanden hat? Dieser Aufsatz interessiert mich sehr.

13.10.46

Nun ist Ihr schöner Brief vom 3.9. gekommen, und ich bedaure doppelt und dreifach meine Trägheit. Anderseits ist es gut, daß ich noch auf ihn antworten kann. Über Ihr von der furchtbaren Zeit strenges und doch schönes Bild habe ich mich sehr gefreut. Was Sie Gutes über mich sagen, bedrückt mich beinahe, wenn es mir auch zugleich einen schnell vergehenden und langsam wiederkommenden Schimmer von Zuversicht leiht. Das Zitat von Chesterton ist außerordentlich. In welchem Buch steht es? Wenn ich bedenke, daß Sie doch mit der katholischen Leere [am Rand: Seltsamer Schreibfehler! Ich meine natürlich: Lehre.] dieses Mannes nichts gemein haben dürften, sehe ich wieder, wie es bei bedeutenden Menschen wie Chesterton nie um das geht, was ihnen selbst als das Wesentliche erscheint. In der Welt des Scheins bläst jeder mit vollen Backen seine Wahrheiten ins Leere; in der Welt der Wahrheit ist das Einzelne wesentlich, weil es auf einen Zusammenhang deutet, den niemand hat. (Wenn auch gerade ihn zu erreichen das Ziel aller konkreten menschlichen Besinnung sein müßte und muß!)

Was Sie von den Deutschen schreiben, beeindruckt mich sehr, besonders das von den Nichtdenkern und den Nichtdichtern. (Wissen Sie, daß Karl Kraus lange vor dem *vorigen* Kriege von den Deutschen als dem Volk der Richter und Henker gesprochen hat: während der Eulenburg-Affäre, für Eulenburg und gegen Harden?) Aber leider muß ich sagen, daß das mit den Nichtdenkern nicht einmal stimmt, und das ist das eigentlich Grausige, wobei wenigstens ich mich geradezu schütteln muß. Ich weiß nicht, ob die geistige Bewegung, die seit Kriegsende in Paris herrscht und sich als Existentialisme bezeichnet, schon zu Ihnen gedrungen ist? Sie gruppiert sich um einen Schriftsteller namens Sartre, der nach dem wenigen, was ich von ihm und dem vielen, was ich über ihn gelesen habe, ein Kopf ist, der sich zwischen Katholizismus und Kommunismus um die Begründung einer neuen geistigen Welt auf nihilistisch-atheistischer Grundlage bemüht. Warum nicht? Das ist ein Versuch wie jeder andere. Das Schlimme ist nicht einmal, daß inzwischen die vierte Republik vor die Hunde gehen könnte (was aber trotzdem ein großes Unglück wäre, da es sich nur im Wege eines furchtbaren und für die Freunde der Freiheit aussichtslosen Bürgerkrieges vollziehen könnte) sondern daß dieser Versuch ganz und gar ausgeht von der Philosophie Heideggers [Nachtrag: Sartre selbst hat in Heidelberg studiert] und daß alle Zeitschriften voll sind von einer abstrusen Terminologie, die schon im Original mit der deutschen Sprache nur noch in dem losesten Zusammenhang steht. Wenn das so weiter geht, werden die Franzosen schon in der nächsten Generation metaphysisch schwerfälliger sein, als es die Deutschen je gewesen sind. Ja so weit geht die Objektivität, daß man Heidegger nicht einmal seine Freiburger Rektoratsrede von 1934 übelnimmt, obwohl sie doch in der Sphäre des Geistes sicherlich das furchtbarste Dokument war, um einer Bande von Verbrechern die für die anspruchsvollere Jugend notwendige metaphysische Grundlage zu geben. (Von dem anderen Deutschen, der jetzt in Deutschland und außerhalb Deutschlands Furore macht, einem Mann namens Ernst Jünger, will ich gar nicht reden, denn trotz schönem Stil und Pazifismus streicht er sich von selbst, als ein Barbar, der im Begriff ist, als Rattenfänger von Hameln für Erwachsene zu reussieren, mit der Absicht, aus dem Berg, in dem sie verschwinden, eines unheiligen Tages hervorzubrechen.)

Doch genug hiervon. Ich möchte Ihnen so viel schreiben, was Ihnen und mir wichtig ist, aber mir fehlt Zeit und Kraft. So viel in Prosa habe ich geschrieben, was Sie interessieren könnte, über Goethe, Hölderlin, Valéry, Karl Kraus, Kafka, George, über Sprache – aber wann sollte ich es je abschreiben? Ich kann nur hoffen, daß dies oder jenes in der nächsten Zeit *doch* gedruckt wird. Und schließlich hoffe ich, daß wenigstens meine Gedichte richtig bei Ihnen ankommen. – Gibt es eigentlich außer den in Ihrer Selbstbiographie zitierten Versen noch Gedichte von Heimann, die Sie schön finden? Ihre Übersetzung des

Gedichts von Graves ist schön, trotz der weiblichen Reime in einer Strophe. Es kommt auf das *deutsche* Gedicht an. Das Gegenteil zeigt sich in Georges Shakespeare-Übersetzung (der Sonette) gerade in dem Bemühen, *alle* männlichen Reime wiederzugeben. Schicken Sie mir von Zeit zu Zeit, falls Sie Lust haben, englische Gedichte, die Sie schön finden oder nennen Sie auch nur die Titel. ›Dirge in woods‹ von Meredith hat Eindruck auf mich gemacht. Welchen Eindruck haben Sie von Donne? Ich vermute nach einigen französischen Übersetzungen, daß das ein *großer* Dichter ist. Mein Sohn bereitet sich für eine Beamtenlaufbahn vor. Was macht Ihre Tochter Agathe? Leben Sie wohl! Immer der Ihre

Werner Kraft

Besitzen Sie zufällig einen Gedichtband von Irene Forbes-Mosse? Ich habe in dem dicken Band ›Die deutsche Ballade‹ von Hans Benzmann von ihr ein balladenhaftes Gedicht ›Marianna‹ gefunden, das vielleicht nicht groß ist, das mich aber entzückt hat. Vielleicht gibt es noch andere Gedichte von ihr die schön sind? – Haben Sie einen Eindruck von Otto zur Linde? Meine wiederholten Versuche, an ihm etwas zu finden, sind gescheitert, und doch bin ich unsicher: der Mann hat etwas gewollt.

Johann Jakob Mnioch
Umgekehrtes Sonett

Du liebst mich wohl, nur willt du's nicht gestehen!
Was wendest du den Blick, was glüht die Wange?
Du möchtest zürnen, und vermagst es nicht.

Wir müßten beide ja zu Grunde gehen,
Wenn ich den Aufschluß stürmisch nicht verlange;
So zürne denn mit offnem Angesicht!

O schönster Anblick für mein ganzes Leben!
Verhüllet schien in bange schwüle Lüfte
Das reine Himmelslicht, der Blumen Düfte
Vermochten nicht, ins reine Blau zu schweben.

Da ward dem Wetter volle Kraft gegeben,
Durch Einen Blitz erfrischten sich die Lüfte,

Der Liebes-Thau sank in der Liebe Düfte,
Und neu verklärt war unser Beider Leben.

Zwei Stellen aus dem Gedicht ›Sturmabend‹ von Hebbel, wo von Liebe und Rosen die Rede ist

Eine Todesgöttin, tritt
Sie die zarte Schwester
In den Staub mit stolzem Schritt
Und umschlingt mich fester.

Locken vor mir, rund und rot,
Ihre Feuerlippe!
Zwei Schritt hinter mir der Tod
Mit geschwungner Hippe.

Bitte geben Sie diese abgeschriebenen Gedichte nur an Menschen weiter, *die keine Literaten sind* – wegen des Plans einer Anthologie (wenn sie auch nie erscheinen dürfte)!!

Christian Gryphius
Ungereimtes Sonett

Obgleich Cloriades [!] auf ihre Marmorkugeln,
Die, wie ein jeder sagt, der Himmel selbst gewölbt,
Und auf ihr Angesicht, das Sternen gleichet, trotzt;
Obschon, wie sie vermeinet, des Paris goldner Apfel

Vor sie allein gemacht; obgleich viel altes Silber
In ihrem Kasten ruht, – doch ist's ein eitler Wurf,
Den sie nach mir getan; ich bin gleich wie ein Fels,
Und lieb' ein gutes Buch mehr als der Venus Gürtel.

Die Liebe reimet sich so wenig mit Minerven,
Als eine Sterbekunst zu Karten und zu Würfeln,
Das Brautbett in die Gruft, Schalmeien zu der Orgel.

Ein Mägdlein und ein Greis, als Pferde zu den Eseln,
Als Messing zum Smaragd, als Rosen zu den Disteln,
Als diese Verse selbst, ja fast noch weniger.

Anna Louise Karschin […]
[vgl. Nr. 77, S. 88]

160. Wilhelm Lehmann an Werner Kraft

Eckernförde, 9. Nov. 46

Lieber Werner Kraft,
Immer ist es ein Fest, von Ihnen Zeichen Ihres Daseins zu bekommen. So will ich Ihnen heute nur schnell melden, dass ›die Instanzen‹ freilich gütig waren und mir Ihren innen und aussen gewichtigen Gedichtbrief gegönnt haben vor ein paar Tagen: und heute nun der Brief vom 29.9. bezw. 13.10!. Der Gesamteindruck ist bedeutend: ich muss aber noch länger mit Ihnen [Nachtrag: = ihnen] zusammen leben, ehe ich mich genauer äussern kann. Von Picard habe ich nur oui dire: Ihr Auszug vermag Augenblicke lang gewiss zu freuen. (Noch lieber erbaue ich mich an Ihrem herrlichen Gedicht, das ich wage, auf mich zu beziehen. Darf man doch einmal von sich selbst sprechen, wenn ›das Wahre Gute Schöne‹ durch den Einzelnen tönt (es kann ja nicht anders geschehen); ich habe einmal mit Verdruss gelesen, dass die Deutung des Wortes Person als per-son philologisch nicht zutreffe. – Ich schreibe heute nur, was mir so einfällt. Also: von Moritz Heimanns Versen [Nachtrag: Ach, jener Hölderlinaufsatz steht in einem alten, noch blauen Heft der ›Neuen Rundschau‹ als sie noch ›Freie Bühne‹ hiess: ich will versuchen, den Jahrgang zu erinnern, aber es ist unsicher.] will ich Ihnen abschreiben, was mir »gefällt«. Freundliche Engländer lassen mir zuweilen engl. Bücher und Zss. hier, eine kleine neue Oxf. Classics Anthologie, in der einiges, weniges auffiel. Von Donne habe auch ich den Eindruck der Grösse, wage mich aber in diese scholastische Lyrik nicht recht herein & fusse auf einzelnen Inselstücken wie ›autumnal face‹ u. dgl.

Endlich bin ich auch froh über die Art wie Sie von dem mir unleidlichen Jünger sprechen. Das beruht bei mir auf völlig physischer Grundlage und ein junger Dichterfreund, Friedrich Podszus (dessen Gedicht an Oskar Loerke: Les adieux mich eines Tages ›traf‹, sodass sich Berührung, Korrespondenz und Besuche ergaben), verhalf dem zu weiterem Ausdruck: *da seien die Atome nicht richtig gelagert* (er ging weiter & sprach von Schizophrenie, was immer das sein mag). Wie gewisse Raupen gewisse Pflanzen völlig unberührt lassen, so geht es mir mit gewissen Menschen, von denen die Zeitungen, auch die sogenannten ›wichtigen‹ (à la Frankfurter etwa) und mir widrige Leute wie Erik Graf Wickenburg u. Max von Brück ein gewaltiges Aufheben machen. Selbst ein Benno Reifenberg, so ›glänzend‹ und ›kenntnisreich‹ er sein mag, und ein Hausenstein haben etwas ›Ungemütliches‹ für mich. Reiner Klang, wichtige Beziehung wie selten.

Mit vielen Geistreichigkeiten schnurrt es um die grossen Themen herum. Mit beschämtem Grausen denke ich an eine Vorlesung zurück, die ich in Frkf. hielt, nach der ich in eine Gesellschaft geriet von Leuten, die eben alles schon wussten & denen ein Mann meiner Art als Provinzler sehr uninteressant vorkam, was sie mich deutlich fühlen zu lassen nicht unterliessen.

Ja, ich denke auch über den Existentialismus, die neueste Kinderrassel, wie Sie. Arme Welt, sie muss sich von all diesen »Bewegungen« schinden lassen: lässt zwischendurch leise ein Stück ihrer unverderblichen Schönheit, ihres ›Glanzes‹ schimmern – und dann sind wir da & tun in diesen Glanz die fröstelnden Glieder. – Über Mnioch sprachen Sie mir, als wir im Aufgang des Höllischen friedlich noch im Walde bei Hemmelmark spazierten, und von Eulenburg damals im herbstnassen Eilenauer(?) Wäldchen bei Hannover: wissen Sie noch?

Glücklich fand ich gestern im kläglich erstarrten hiesigen Buchladen das 6. Heft der »Fähre« wollte es schon weglegen: da blitzt mir Ihr Name entgegen. Ich bewahre mir Ihren *Aufsatz*, Ihre Gryphius-Mnioch-Karschinstücke für gesammelte Stunden auf. Wie wunderbar ferner: Dirge in the Woods kenne ich seit langem, liebe es sehr, habe es zu übersetzen versucht ohne Gelingen.

Sie fragen nach Agathe. Ach, das sind alles Kapitel für sich. Vielleicht hole ich einmal aus und schreibe Ihnen ausführlich. Lassen Sie uns hoffen: Wie die Alten sungen Zwitscheren die Jungen – trotz allem, allem Schrecklichen, Hoffnungslosen. Welch schmerzliche Ironie, dass Ihr Junge einmal so genau von den ›Organisationen‹ der H.J. Bescheid wusste! Ach, ach, ach!

Es gab mir einen Stich, dass Ihre kurze Begleitnote zu den Gedichten besagte, dass es *heiss* bei Ihnen wäre. Wir kauern um glimmende Torfstücke & können uns nur an Gedichten wärmen und an reingestimmter Geister Melodie. Bis zum nächsten Mal

von Herzen
Ihr
W.L.

Sehr bewegt hat mich Ihr Gedicht an W. Benjamin. Ist er tot? Ich halte sehr, sehr viel von ihm, wenn ich auch vielem nicht folgen kann. Bitte, berichten Sie einmal von ihm!

Nein, von Irene Forbes-Mosse (es gab einen frühen Roman von ihr bei S. Fischer) kenne ich keine Verse. Ein junger Schauspieler vom Army Theatre, Bryan Forbes, besuchte mich, Verwandter des grossen Schauspielers.

161. Werner Kraft an Wilhelm Lehmann

Jerusalem
31 Alfasi Rd
11. Dezember 1946

Lieber Wilhelm Lehmann,
ich war gerade vorgestern Nachmittag verkehrt auf den schon fahrenden Autobus gesprungen und schwebte sekundenlang durch eigenes Verschulden in Gefahr, kam aber mit dem Schrecken davon. Zur unverdienten Belohnung fand ich dann zuhause Ihren Brief vor, an dem ich mich sehr erbaute und erbaue, von der Befriedigung abgesehen, daß Sie die Gedichte doch erhalten haben. Nun schicke ich diese Zeilen mit Flugpost ab, in der Hoffnung, daß sie noch zu Weihnachten, bestimmt aber zu Neujahr bei Ihnen eintreffen werden. Ich wünsche Ihnen und den Ihren trotz aller Kälte – die wir nun nicht nach dem Thermometer aber nach der faktischen Wirkung auch der geringeren Kälte in leichtgebauten Häusern redlich mit Ihnen teilen – ich wünsche Ihnen also ein stilles und schönes Fest:

›In einem Berg Vergangenheit verloren
Gregorianische Litanei‹.

Und dieses:

›Die Lava dröhnt, bald kracht sie frei.
Und Weihnacht ist? Es war, es sei
Mariä Kind noch nicht geboren‹

– möge die Welt, in der solche Worte gesagt werden mußten, dahin sein und eine neue –? Aber es ist wohl besser, wie ich eben sagte, ›still‹ zu sein.

Da Sie nun meinen Aufsatz über Karl Kraus besitzen, der vielleicht nicht für Sie geschrieben ist, da es sehr möglich wäre, daß Ihnen der Zugang zu diesem Autor verschlossen ist – aber das würde nicht das Geringste ausmachen! –, muß ich Ihnen doch sagen, daß er von Druckfehlern wimmelt. Ich nenne vor allem die in den Zitaten und bitte Sie, sie zu verbessern: In dem einen Zitat soll nicht von einem ›imaginairen Sprach*gebiet*‹ die Rede sein sondern von einem Sprach*gericht*, in dem anderen, auf Schopenhauer bezogenen ist nicht die *Entstehung* sondern die *Entehrung* der deutschen Sprache gemeint. Dort wo ich sage, daß Schopenhauer die Deutschen verachtet, *aber* die Franzosen und Engländer liebt, ist ein ›also‹ gesetzt, das den Eindruck nahelegt, ich teilte diese Meinung. In Wirklichkeit referiere ich, und es kommt mir nur darauf an, daß er die deutsche Sprache der griechischen gleichstellt. Wenn Schopenhauer ›die Deutschen‹ sagt, meint er im Grunde Hegel und Fichte, und die ihm zu opfern, dazu müßte ich doch mehr von der ›letzten‹ Wahrheit jedes Philosophen überzeugt sein als ich es leider bin. Daß er besser schreibt als insbesondere Hegel, daran kann leider kein Zweifel rühren. Es ist ein Geheimnis, das ich noch nicht gelöst habe, wie viele Menschen in Deutschland behauptet haben, Hegel zu ›verstehen‹, obwohl das doch ohne Sprache kaum möglich sein dürfte .. Aber nun will ich aufhören, um nicht schließlich doch bei Ihnen den Eindruck zu erwecken, daß ich Schopenhauer Recht gebe .. Es ist eben schwer. Bei den Franzosen besteht *diese* Problematik nicht, eher die, daß sie gerade da, wo sie sich ernsthaft um Erkenntnis bemühen, zu schön schreiben, zu klar. (Kant nehme ich übrigens aus diesem Zusammenhang aus. Sein Stil ist schwer aber entsprechend der unerhörten Schwere des von ihm Gedachten, von dem ich glauben möchte, daß es einfacher schlechthin nicht ausdrückbar gewesen wäre. Sein Stil ist sicherlich für diejenigen großartig, die die Ehre haben, seine Lehre zu verstehen, als zu welchen ich leider nur im minimalsten Umfang gehöre.)

Es hat mich besonders interessiert, den Namen Friedrich Podzus in Ihrem Brief zu lesen. Diesen Mann habe ich gekannt, als wir beide um die 20 waren. Ich habe mich damals nach einiger Zeit von ihm abgewandt, weil mir sein unter dem Einfluß des George-Kreises aesthetisch gespreiztes Wesen schwer ertragbar war. Inzwischen sind aber 25 Jahre vergangen, und ich kann mir durchaus denken, daß er sich zum Guten entwickelt hat, um so mehr als Sie ihn Ihrer Bekanntschaft für würdig halten. Ich würde doch sehr gern sein Gedicht auf Lörke [Nachtrag: Gibt es von L. noch ungedruckte Gedichte? Ich hoffe es.] lesen. Ist es etwa französisch geschrieben? Wie dem sei, falls es Ihnen keine zu große Mühe macht, wäre ich Ihnen für eine Abschrift dankbar. Wovon lebt denn ein solcher Mann jetzt in Deutschland? Aber vielleicht ist ihm gerade die neue Entwicklung günstig. Das würde mich sehr freuen.

Wenn er übrigens über Jünger sagt, die Atome seien schlecht gelagert, so ist das richtig, aber die ›Schizophrenie‹ besagt nicht viel. Daraus kann Gutes, ja Herrliches entstehen wie etwa bei Else Lasker-Schüler – der ich hier bis zu ihrem Tode vor zwei Jahren nahestand – und Grausiges wie bei verschiedenen Naziführern: es kommt darauf an, *was* aus dem Gesamtorganismus ›abgespalten‹ ist. Das Gräßliche, das mich während des Krieges unter dem Druck der Siege Hitlers sehr beschäftigt hat, ist der Gedanke, daß dieser Mann und sein gutartigerer Bruder – die beide bei absoluter Nullität des Inhalts *gut* schreiben, die Identität von Sprache und Wesen ist eben ein Postulat, dessen Realisierung schwieriger ist als es scheint –, die geheime Absicht hatten, auf der Grundlage des schrankenlosen Sieges der nackten Barbarei, die ja als solche nicht dauernd bestehen könnte, *eine klassische Literatur durchzusetzen, durch welche nachträglich diese Barbarei als gerechtfertigt erschiene*. Ich halte diesen Gedanken theoretisch leider nicht für unstichhaltig, die Praxis hat ihn erfreulicherweise ad acta gelegt, wenngleich die immanente Gefahr der Schriftstellerei eines Jünger im Heerbann des siegreichen literarischen Nihilismus in der ganzen Welt [Nachtrag: Über den Existentialisme, insbesondere über Sartre möchte ich trotz meiner früheren Äußerungen vorläufig zurücknehmen, bis ich durch genauere Kenntnis eine solidere Grundlage des Urteils habe.] noch immer in dieser Richtung liegt .. Für mich sind diese Leute tot, sie mögen schreiben, was sie wollen, und wenn ein Jünger *Frieden* sagt, fühle *ich* das Recht, zu erschrecken ..

Sie fragen mich nach Walter Benjamin. Das ist eine überaus traurige Geschichte, und sie lautet so: Ich muß zunächst vorausschicken, was das Wort ›Feind‹ in meinem Gedicht erklärt. Dieser Mann hat in meinem Leben eine entscheidende Rolle gespielt. Ich habe ihn im vorigen Kriege kennengelernt und er mich. Obwohl er nur ca 5 Jahre älter war, als ich, stand doch in diesem Alter seiner überragenden metaphysischen Klugheit nur mein guter Wille, Begeisterung für Menschen und Ideen und diese unbedingt und unbelehrbar durch kühle Vernunft, im übrigen aber nur völlige Wehrlosigkeit gegenüber – ich möchte glauben, daß Ihnen solcher Zustand aus Ihrer eigenen Jugend nachfühlbar ist. Eines Tages hat er denn tatsächlich die Beziehungen zu mir abrupt abgebrochen. Ich kam sehr schwer darüber weg, ich kann leider nicht so ausführlich sein, wie ich möchte, schließlich gelang es. Ich wurde ruhiger und in langsamem Proceß dessen, was man im allgemeinen, nicht ohne einen gewissen Leichtsinn, Reifen nennt, in mir selbst sicherer. Als ich nun Benjamin 1934 wiedersah, in Paris, nichts mehr von ihm wollte, was in mir Fehlendes ersetzen sollte, und in den ungeheuren Ereignissen sich für ihn wie für mich alles geändert hatte, näherte ich mich ihm wieder, und unsere meistens briefliche Beziehung blieb friedlich und wurde fruchtbar. 1936, als ich noch einmal für drei Monate in Paris war, sahen wir uns wieder und waren oft zusammen. Ich machte ihn mit Jochmann, meiner bedeutenden Entdeckung, bekannt, die ihn stark beeindruckte, in dem auch von ihm ausdrücklich anerkannten Vertrauen, daß er selbst diesen Gegenstand nicht literarisch verwerten werde. Dann geschah am Schluß meines

Pariser Aufenthalts etwas, was vielleicht nicht haltbar ist, was ich aber damals tun mußte, da mich die hörbare Zurückhaltung, die er mir im Wege zeremoniöser Zuneigung bekundete, auf die Dauer irritierte: ich brach unsere Beziehungen wiederum ab, diesmal aber in durchaus freundlicher Weise, der er brieflich, ebenfalls in freundlicher Weise, das Nichtverstehen meines Schrittes entgegensetzte. Im Mai 1940 nun erhielt ich das Heft des damals in Paris erscheinenden Archivs für Sozialwissenschaften, wo er ständiger Mitarbeiter war, mit einer großen Veröffentlichung über Jochmann, die nicht mit einem Federstrich erwähnte, daß er das gesamte Material von mir hatte. Ich war empört. Eine Beschwerde bei dem Herausgeber in New York führte zu einer brieflichen Rechtfertigung diesem gegenüber, die ein einziges Lügengewebe war und behauptete, unser Bruch sei wegen Jochmanns erfolgt, weil ich ihm, Benjamin, das Recht verweigern wollte, über Jochmann zu schreiben. Soweit die Feindschaft, die ich nur darum Ihnen so ausführlich beschrieben habe, weil nun die Weltgeschichte eingriff und alles zurücknahm. Es kam der französische Zusammenbruch. Benjamin floh vor den Deutschen nach Südfrankreich in die Nähe von Lourdes. Seinen amerikanischen Freunden gelang es, ihm ein Visum für Amerika zu verschaffen, was gegenüber so vielen anderen eine ungeheure Vergünstigung war, aber nun verweigerte die Petain-Regierung Juden das Ausreisevisum. Es blieb nichts übrig als truppweise über die spanische Grenze zu gehen und sich bis nach Portugal durchzuschlagen. Und so geschah es. Aber in dem ersten spanischen Ort wollte man sie in Berufung auf eine eben erlassene antijüdische Bestimmung nicht weiterlassen, sie müßten entweder zurück oder kämen in ein Lager. In der Nacht, die ihnen noch gewährt wurde, nahm Benjamin Morphium. Alle Versuche, ihn zum Leben zu wecken, scheiterten. Am nächsten Tage stellte sich heraus, daß die angebliche Bestimmung nur eine Aufforderung zur Bestechung war: sämtliche Mitglieder der Gruppe kamen wohlbehalten nach Amerika, eine der stärksten Intelligenzen des Zeitalters wurde das Opfer. Denn wie immer es mit seiner Moral bestellt war und wie immer man zu dieser oder jener seiner Auffassungen stehen mag: das war er tatsächlich! Wenigstens bin ich tief davon durchdrungen. Aufsätze wie der über die Wahlverwandtschaften, das Buch über den Ursprung des deutschen Trauerspiels, seine letzten soziologisch-marxistischen Aufsätze – Über das Kunstwerk im Zeitalter der mechanischen Reproduktion, Über den Historiker der Erotik Georg Fuchs, Über Baudelaire – [Nachtrag: 1936 hat er unter dem Pseudonym Detlev Holz im Vita Nova Verlag in der Schweiz ein Buch

»Deutsche Menschen« herausgegeben, eine herrliche Briefsammlung großer Deutscher von Goethe bis Nietzsche mit höchst wertvollen Vorworten zu jedem Brief – eine deutsche Kulturgeschichte in nuce.] enthalten eine Fülle von nach allen Seiten greifenden und übergreifenden Erkenntnissen. Sein Hauptwerk, an dem er Jahrzehnte lang arbeitete, eine große kulturgeschichtliche Darstellung von Paris als Hauptstadt des 19. Jahrhunderts, die für ihn viel mehr bedeutete als der Titel verrät, ist wenn überhaupt so nur in Trümmern erhalten.

Über alles dieses wie über vieles andere nächstens mehr. Ich muß schließen. Der Brief ist einfach zu lang, und ich möchte, daß er abgeht.

Ich grüße Sie und Ihre Frau, auch von meiner Frau herzlichst, immer Ihr

Werner Kraft

Ich lege Ihnen bei 1) ein Gedicht von Maximilian Kronberger, das ich für völlig schön halte. Der Dichter ist jener mit 15 Jahren gestorbene Jüngling, den George als Maximin verherrlicht hat. Seine Gedichte und überaus interessanten Aufzeichnungen über George sind vor einigen Jahren in der Schweiz erschienen. 2) die Umdichtung eines chinesischen Gedichts von Klabund, die mich als *Experiment* reizte, auch wenn sie nicht gelungen sein sollte, und nur als solches schicke ich sie Ihnen.

Sommernacht

Es ist dunkel. Müde. Ich schreibe
Etwas an die Wand,
Von einem Mann, von einem Weibe,
Von mir, mit meiner Hand.

Bin ich nicht meiner Mutter Lohn
Und der noch glühende Beweis
Von meines Vaters Brand?
Heiß.
Du schläfst ja schon.

W. K.

Die Kunst

Ich stellt' im Traume Prosasätze
So streng zusammen, daß die Wortzahl, klein,

Mich in der anstrengenden Hetze
Zufriedenstellte. – Dies war mein.

Auch mehr. Wie nun der Kopf mir brannte,
Weil ich der angestrengten Sache stand:
Geschwächt ist schon das stark Benannte
Dem stolz Erwachten. – Schwand.

W. K.

Klabund
Einsamer Trinker am Meer

Die Sonne ruht auf Baum und Bucht.
Gefallne Blätter betten sich im Winde.
Ein Vogel sucht sein Nest. Ein Fräulein sein Gesinde.
Und eine Wolke schläft in dunkler Schlucht.

Mein Herz ist einsam, weil es keinen Reim hat.
Ich sitz am Meer. Im Schaun erblühn Gedanken,
Die sich zur Oleanderlaube ranken.
Ich sitz und trink. Weit draußen liegt die Heimat.

W. K.

Die Sonne ruht auf der Bucht,
Blätter im Winde,
Ein Fräulein sucht das Gesinde,
Vogel sein Nest, Wolke des Schlafes Schlucht.

Mein Herz ist einsam. Es hat keinen Reim.
Sitzend am Meer der schäumenden Gedanken
Unter der Oleanderlaube Ranken
Hinter dem Meere, trink' ich. Heim.

Maximilian Kronberger
Am Brunnen

Du sitzt am Brunnen mit den Sphinxen,
Die aus den hellen Felsen sind gehauen.
Ihr Haar verwirrten nicht die Winde,
Noch unverwittert sind die großen Klauen.

Du sitzt am Brunnen mit den Sphinxen –
Dem Untier legst den Lorbeer du aufs Haupt,
Den einst der Ahne hat gewunden,
Den du der Statue im Hof geraubt.

Du sitzt am Brunnen mit den Sphinxen –
Du legst dem Tier aufs Haupt die weiße Hand,
An der du liebreich mich geleitet
Zurück aus der Verbannung Land.

Du sitzt am Brunnen mit den Sphinxen –
Die singen dir ein stilles Lied …
In kurzer Zeit bist du gealtert,
Wie vor dem Herbst die Rose schied.

Um 1903

Ich vermute, daß das Gedicht an George gerichtet ist – dessen Vergöttlichung dieses jungen, tatsächlich überaus schönen Menschen ich natürlich für barbarisch halte, barbarisch *hinter* dem dichterisch teilweise großen Wert seiner Gedichte.

Klabund wäre ein Dichter, wenn er es wäre: es fehlt ihm etwas. Statt sich um dieses Fehlende zu bemühen, kultiviert er das leicht Vorhandene. So sind manche seiner schönen Gedichte Seifenblasen, die als solche immer noch einen Abglanz des Schönen haben aber diesen nicht halten können. Es ist schade. Was meinen Sie?

Zu ›Dirge in woods‹ – daß Ihnen die Übersetzung mißlingt, kommt vielleicht daher, daß Sie übersetzen statt selbst zu dichten. Die Treue ist hier ein Ideal, dessen Realisierung nur durch Untreue möglich ist. Es kommt nur auf das *deutsche* Gedicht an: ob es eines ist oder nicht.

Sie entsinnen sich, daß ich Ihnen in der Eilenriede in Hannover von Eulenburg sprach. Ich entsinne mich, daß Sie mich in Eckernförde zur Bahn begleiteten und als Ihnen schon gar nichts mehr einfiel und ich zufällig auf dem Weg über einen Bekannten in Paris von Venezuela erzählte, plötzlich die Frage stellten: Wie sieht es denn jetzt in Venezuela aus?!

162. Werner Kraft an Wilhelm Lehmann

Jerusalem
15.3.1947
31, Alfasi Rd

Lieber Herr Lehmann,
es tut mir sehr sehr leid, daß ich Ihnen so lange nicht geschrieben habe, mein letzter Brief ist vor Weihnachten an Sie abgegangen, aber noch mehr tut es mir leid, daß ich von Ihnen so lange nichts gehört habe. Der Grund ist ja nur allzu klar: Sie müssen in diesem furchtbaren Winter ungeheuer gelitten haben. Möge Ihnen der Frühling etwas Erleichterung, Wärme, Freude bringen! Ich wünsche es von Herzen. Ich teile Ihnen mit, daß vor etwa zehn Tagen von Tel Aviv aus ein größeres Lebensmittelpacket abgesendet ist. Absenderin, in unserem Auftrag, ist meine Schwägerin, die sich als Toni Halle-Kraft bezeichnet hat, um Ihnen den Zusammenhang mit uns deutlich zu machen. Schicken Sie es also nicht zurück, wenn es eines Tages ankommt! Und danken Sie nicht! In der gegenwärtigen Lage ist ja einmal zu geben wie keinmal (obwohl es doch wohl mehr ist), aber Sie müssen mir glauben, daß wir nur über ein Existenzminimum verfügen, das jede Extraausgabe zu einem Wagnis macht. Es ist traurig, aber es ist so. Wie gerne würde ich Ihnen nachdrücklich und dauernd helfen!

Mir ist im übrigen gar nicht sehr zum Schreiben zumute. Auch hier ist die Lage turbulent, und man lebt und hofft von Tag zu Tage. Neulich habe ich übrigens zum ersten Male Ihren Namen in einem Aufsatz der Schweizer Weltwoche gelesen, leider in einem mir nicht sympathischen Zusammenhang, nämlich mit den Brüdern Jünger, die mir beide so antipathisch wie nur möglich sind. Dennoch habe ich mich gefreut. Ich habe auch immer wieder Lust, meinen Aufsatz von damals über Sie neu zu schreiben, aber ich habe leider so traurig wenig Zeit, daß ich zu nichts Neuem komme. Dennoch gebe ich mir Mühe, in den nächsten freien Tagen an Sie und nur an Sie zu denken. Ich fühle eine innere Verpflichtung dazu. Gibt es keine Möglichkeit, mir den ›Grünen Gott‹ so zukommen zu lassen wie den ›Entzückten Staub‹? Ich würde es so sehr begrüßen! Von mir selbst werden Sie in ›Silberboot‹ und ›Fähre‹ wohl hin und wieder Aufsätze und Gedichte lesen können. Auch in einer Anthologie, die Herr Schönwiese in Salzburg (übrigens ein Snob) unter dem Namen ›Patmos‹ neu herausgeben will, soll ich vertreten sein. In der ›Fähre‹ soll auch ein Aufsatz *über* mich erscheinen. Ich sehe also eine *bescheidene* Wirkung. Mehr darf heute niemand, der sich über den Verfall der Welt klar ist und daß er seinen klaren Anteil daran hat, schon aus moralischer Feinfühligkeit erwarten, geschweige verlangen. Vielleicht haben Sie das letzte Gedicht von Rudolf Borchardt gelesen? Ich finde es einfach zum Heulen und verbiete mir jedes Kunsturteil, auch wenn das Gedicht es nicht zu scheuen hat. Wir haben ja nie viel über diesen Mann gesprochen, von dem ich nicht weiß, wie Sie über ihn denken. Seinen mächtigen Fehlern stehen mächtige Vorzüge gegenüber, und ich glaube, daß er die Zukunft noch sehr beschäftigen wird, besonders wenn sein Nachlaß, was ich hoffe, erhalten ist. Wie ich höre, werden seine Werke bei Rowohlt erscheinen, von Schröder herausgegeben. Gibt es einen ungedruckten Nachlaß von Lörke? Wann wird der ›Provinzlärm‹ erscheinen? Ich hoffe: bald. Ich schicke diesen höchst unbefriedigenden Brief als vorläufiges Lebenszeichen ab in der leisen Hoffnung, so die Ankunft Ihres längst fälligen Briefes magisch zu beschleunigen und dann ausführlicher zu antworten. Leben Sie wohl, lieber Herr Lehmann, alles alles Gute für Sie und die Ihren

Ihr Werner Kraft

Wenn Sie im Mai frühlinghaft aufatmen, werden wir unter den warmen Wüstenwinden ächzen. Der Winter war hier dieses Jahr milde, und ich hätte Ihnen gerne etwas Sonne in einem Postpacket geschickt. *Aber es geht nicht.*

[von Erna Kraft:
Herzliche Grüsse! Ihre Erna Kraft]

163. Wilhelm Lehmann an Werner Kraft

Eckernförde, Sonntag 16. März 1947

Lieber Werner Kraft,
Dank, vielen Dank für die Wohltat Ihres Neujahrsbriefes, der nur zwei Tage später als Sie gerechnet hatten, bei mir eintraf. Ich hätte ihn längst beantworten sollen: wäre Gedanke gleich Schrift geworden, so hätten Sie schon vielmals meine Antwort bekommen. Aber mein Fleisch wird wahrlich schwach, ich bewältige den Tag oft schwer, recht erfrischenden Schlaf kenne ich nicht mehr, die Ernährung ist jämmerlich und es ist nicht zu sagen, was die letzten Monate uns an Nervenkraft geraubt haben: die Kälte war und ist barbarisch, das Thermometer steigt jetzt am Tage eben bis zur Null: in den Wänden sitzt der Frost festgeklammert, wir hausen zu dreien oder vieren (ein

junger Studienrat wohnt bei uns, zwei Flüchtlingsfrauen aus Ostpreussen mit drei Kindern, deren eines zur Weihnacht starb) in einer Stube. Nervosität und Gereiztheit greifen immer mehr um sich. Man ist ein Sklave der Kälte, da der Leib hinfällig ist der geringen Speise wegen, nagt die Kälte draussen gierig an einem herum. So bin ich oft schwach und matt, ich bewundere meine Frau, die unermüdlich sorgt, dafür aber auch ihrerseits von dieser täglichen Mühsal, der sie sich ganz bewusst opfert, der baren Realität fast verzehrt wird. Agathe hat dieser Tage das Abitur (das unter den Nazis schon gemachte wurde ungültig) mit befriedigend bestanden: der deutsche Aufsatz, den sie schrieb (Was ist aus der alten Märchenfigur des Teufels in Goethes Faust geworden?), rührte mich in seiner originellen Interessiertheit. Doch was nun? Keine Universität, keine Lehrstelle wartet – Friedrich Podszus will versuchen, sie im Kunsthandel oder einem Verlage mit der Möglichkeit zu studieren, in München, wo er Lektor eines Verlages ist, unterzubringen. Agathe ist begabt, lebhaftesten Sinnes für die bildenden Künste, neulich überhörte ich sie einer Freundin alte und neue Bilder auf das Lebendigste und Phrasenloseste erläutern.

Ihr Bericht über W. Benjamins Schicksal hat mich sehr mitgenommen (ich habe eine ganze Sammlung seiner in der Lit Welt und der Frkf. Ztg verstreuten Aufsätze: selbst ein Blinder musste ihre Besonderheit merken. Ich will versuchen, mir aus der Schweiz das von Ihnen genannte Buch zu besorgen). Freilich, jetzt begreife ich Ihre neuliche Bitte, bestimmte Gedichte nicht literarisch zu verwerten – Ich muss Ihnen eine sicher viel schwächere Parallele zu Ihrem Jochmannerlebnis erzählen. Ich habe wie Sie den Jochmann (von dem ich vergebens aus deutschen Büchern mehr zu erfahren versuchte, ich weiss noch, wie Sie mir zu Ersch & Grubers Enzyklopädie rieten: aber Kiel ist völlig zerstört und in schlimmsten Verhältnissen) den Th. W. Danzel (1818-1850) entdeckt, einen Aufsatz über ihn geschrieben, Auszüge seiner Schriften abgetippt, vergebens der damaligen Neuen Rundschau angeboten – dann erscheint ein grosses Lesebuch aus deutschen Dichtern und Denkern, darin Aufsätze auch von Danzel (den vorher niemand oder nur aus dem germanistischen Seminar kannte) – und keine Erwähnung meiner Person (hier hätte ich sie nun wirklich einmal gewünscht & für richtig gehalten); nicht eine bescheidene Fussnote. – Eben kopierte ich für F. Podszus Ihren Bericht über W. B. und Ihr schönes Gedicht ›Grab in Spanien‹ (ach! ich möchte mir denken, dass einen Spruch von Ihnen auch meines Staubes Ohren vernähmen!), und, o merkwürdiger Zusammenfall, jetzt, da P. uns zur Weihnacht seine erste Gedichtsammlung schickte, darunter auch das folgende, kopiere ich es für Sie (wobei ich gleich anmerke, dass ich das Ihrige vollkommen auffasse, Podszus mir noch fremd ist):

Angelus Novus
Für Walter Benjamin

Schön, ohne Neid, nur Nachtigall?
O Tue nicht den tiefen Fall
Zurück in aller Mütter Schoss.
Nur dort im Dunkel wütet Macht.
Kaum dass den Tod du umgebracht,
Zerfällt in Überglut das Herz,
Und Wollust ist doch nur ein Scherz.

Gross, starr vor Zorn, ein Herrscherlos?
So mattet dich dein eigner Stoss,
Bei deiner Klage lacht das All.
Kühl und in Frieden trenne dich.
Wer so aus diesem Banne wich
Er, ungeheure Waage, schwingt
Im Geist sich gleich – und singt.

F.P. begehrt auch von Ihnen zu wissen und schreibt über W.B.:

»Ich weiss leider erst seit einigen Wochen (aus einer Fussnote in der ›Wandlung‹), dass W.B. auf so tragische Weise aus dem Leben gegangen ist. Er wird also, was ich so sehr wünschte, meine kleinen Bücher nicht mehr lesen. Noch bei der Korrektur setzte ich, einem spontanen Impuls folgend, seinen Namen unter den ›A.N.‹, ein Gedicht, das, ich glaube es nun noch mehr, ihm als Dank für vieles Nennbare und Unnennbare zugehört, das ohne die zeugerische Mitwirkung, zu der er im höchsten Grade befähigt war, nicht unvollkommen-vollkommen, wie es dasteht, hätte sein können. Wenn es Ihnen keine Mühe macht, teilen Sie mir doch mit, was Sie erfahren haben. Auch über Werner Kraft, der sich so getreu erwiesen hat, wüsste ich gern alles, was zu erfahren ist. … Ihnen darf ich doch sagen, dass ich W.B. geliebt habe, dass ich ihm (so störrisch und ungelehrig wie ich um die Zwanzig herum war) viel, viel verdanke, dass er zu den Menschen gehört, die mir auch heute noch auf die Finger schauen – und zu den paradiesischen Freuden, die ich tumber mir ersehne, gehört die, dass ich in seine bis in den letzten Winkel von Geist durchdrungene Behausung eintreten darf, um mit ihm über die grossen und kleinen ›pleasures of life‹ zu sprechen. Welch ein Krösus! Welch gültige Leidenschaft noch im Irren! Wie schön in verschwiegener Sehnsucht und im grossen Harm über die missratene Seite der Schöpfung! Unter den wenigen Habseligkeiten, die mir erhalten geblieben sind, ist eine Büste, die eine gemeinsame Freundin Jula Radt von mir als Jüngling gemacht hat. Als ich einmal sagte, dass ich es wohl doch nicht wäre, meinte er: »Doch, doch, ja, es ist Ihr Thema!« Mein Thema? Ich würde gerne von ihm hören, ob ich es erfülle.«

Nun noch Podszus Gedicht (ich muss sagen, dass mich hier der musikalische Titel sehr gerührt hat).

Les Adieux
Oskar Loerke zum Gedächtnis

Die Erde selbst spielt die Sonate.
Der Träne läuft die Lippe, Pate
Steht nur das arme, nackte Wort:
Der Tod! Wer sprach es aus? Denn du gingst fort.

Schmerzen, ihr rast wie Rosse ohne Zäume
Durch unsern raschen Tag –
Und dennoch traf, es trifft der Schlag!
Schmerz, lasse dich beschwören: Säume!

Wir Erben müssen auf gestürzten Quadern
Verwaist, verhärmt nun mit der Wahrheit hadern:
Der Himmel braucht uns auf als Hefe …
Ein Efeublatt ruht zart auf deiner Schläfe,

Der Nachtsturm trug es her im Wintermond,
Und dann der Braus, der letzte, singt: Jetzt wohnt
Sie leidlos, ohne Schmach und ohne Fehle
Dort bei den Vogelscharen! Hört die Lerchenseele!

Und ein Gedicht an Karl Kraus

War es genug? – Wir, ach, noch hier gefangen,
Wir wanken weiter in den nächsten Schlag.
Schluchzt nicht die Amsel? Uns wird wieder Tag,
Du bist nun zu den Wundern heimgegangen.

Ein Dickicht tut sich auf: Vom Laub verschwiegen
Lang wartet dort die Vorbestimmte schon,

Und Echo ruft den ungebornen Sohn.
Die Winde summen, sanft ihn einzuwiegen.

Herbei im schnellen, leichten Lauf die Hunde,
Von Ferne haben sie dich treu erkannt.
Nur Frieden atmet weit das neue Land.
Dort kränkt dich keine Narbe, keine Wunde.

Die Sonne rückt nicht weiter, und es spielen
Die Falter, sieh, voran ein Admiral.
Es läutet blau durchs Glockenblumental.
Die Wälder auferstanden, die einst fielen.

O Wunder, was nur Zeit war, ist vergangen:
Verlassene, ihr seid nicht mehr allein.
Was einst euch trennte, will vergessen sein,
Und wer noch fragt, wird nie um Antwort bangen.

Genug und nicht genug! Nun hingegangen
Dahin! Ins Ende? Du hast angefangen!

Das nächste Mal schreib ich Ihnen nun noch Einiges von Moritz Heimann ab: ich wollte, ich könnte Ihnen die 1937 noch in Wien erschienene Auswahl »Die Spindel« schicken, ich kann sie entbehren, da ich ja das vollständige Werk besitze. Da fällt mir ein, im vorvorigen Sommer holte ich mir den mit Oskar Loerke u. Heimann zusammen in einem Dorf bei Flensburg, wo ich bei guten Menschen auf Ferien früher weilte, geborgenen (die Bombenzeit hindurch) Briefwechsel mit Ihnen zurück. Nun bin ich froh, dass ich alles wieder zusammen habe, ich gehe gern mit Reliquien auch der Lebenden um. Und nun bin ich weidlich müde. Ich wollte Ihnen noch vieles sagen, nur dies noch. Ich bin jetzt in manchen Stunden mit Ihren Versen umgegangen und habe mich freudig ihrer Unerbittlichkeit und ihrer aus dem Schweren ins Leichte steigenden Kraft gebeugt: welch grosse Eigentümlichkeit, welch Durchdringen von Schichten, Durchstossen von dem, was uns verdrängt, es ist als ob der Katafalkdeckel aufspränge, alte Kränze weg raschelten, Lorbeer grüne und die erstickte Menschheit von Ihnen erführe, reinen Gewissens zu *singen*. Ganz wundervoll sind »Das Meer«, »Windstille«, (wunderschön die Marceline Desbordes Wiederdichtung), Mondnacht, die Rundreime, Gastmahl (Loerkeschen Klangs) Mein Wille, Junger Baum, Die Toten, In der Sonne, Im Untergange, Die Kühle, prachtvoll der ›Irdische Übermut‹, Aufgang, Sterne am Himmel – Ach, wie herrlich ist dies:

Es ist da wie Untergang und Flieder,
Beide singen chorgross: Jetzt und nie.

und

Von sechs glückseligen Tagen
Sind heut uns durchs Antlitz geschrieben
Sieben Plagen

und

Die Kommenden werden singen,
Wenn wir im erloschenen Sterne
Von schlimmen Dingen
Sind guter Dinge die Kerne.

Lieber Werner Kraft, »Und so fortan!«

auf das nächste Mal,
Ihr
Wilhelm Lehmann

Alles ist wahr (Moritz Heimann)

Wohl ist es spät, doch ist es nicht zu spät:
Denn einen Schritt vom schweigedunklen Lode,
Will sagen: eine Stunde vor dem Tode
Ist zeitig noch ein tiefes Wort gesät.

Ich habe teil am Geiste, der wie Wind
Die Samen wirbelt, die die Narben kitten,
Und habe drum von manchen mehr gelitten,
Als manche wissen, die mir über sind.

Das jagt und wirbelt, streut und spielt und weht
und weiss von Same nichts und nichts von Narbe
Und unversehens schwillt's in Korn und Garbe,
Bis übers Leere sich der Wind ergeht.

Der Unzweck war es, der den Zweck gebar –
Was suchst du lang und bang an dir das Himmelssiegel?
Des Teufels böseste Erfindung ist der Spiegel.
Vergleiche nicht und frage nicht! Alles ist wahr.

Ich bin Ihrem Winke gefolgt, habe ein paar Stunden des Mutes an den »Provinzlärm« gewandt.

Von der inneren Kälte der deutschen Menschen, von ihrer Verhärtung ist kein Bild zu machen.

Ich bin Ihnen noch manches zu sagen schuldig, ich weiss – das nächste Mal.

164. Wilhelm Lehmann an Werner Kraft

Eckernförde, 2 April 1947

Lieber, sehr lieber Werner Kraft,
Bewegt von Ihrem Gedicht, das vorläufig zu meinen besten Freuden zählt, ich schreibe es noch einmal selbst hin, um es in jedem Laut zu fassen

Auf der Terrasse

Wir nahmen es leicht und sprachen zerstreut
Und haben die Welt im Wort nicht bereut.

Wie waren wir riesig und rund überdacht
Von haltendem Himmel! Wie klang die Nacht!

Sie naht uns mit silberner Dämmerung.
Das Licht, wie alt! Das Dunkel, wie jung!

Schon überstrahlt uns der goldene Kern
Des eisernen Tages, der Abendstern.

Er leuchtet von Erdenverheißungen kühl.
– Die Nacht bleibt allein mit ihrem Gefühl.

Und wenn unser Wort die Welt nicht erneut,
Hat ihre Schönheit uns doch gefreut.

habe ich das Gefühl, als leitete mich diese letzte Strophe, Ihnen zum 4. Mai schon heute innigstes Angedenken zu sichern und die beiden Gedichte »Göttin der Fruchtbarkeit« und »Daphne« zu schicken.

Möchten wir beide am 4. Mai 47 einer des anderen Seelengegenwart sicher sein.

Ihr Wilhelm Lehmann

Göttin der Fruchtbarkeit

Da Juliglut die goldnen Lippen auf die Wege legt,
Dass sich die Milch im Lattichstengel regt,
Der Odermennig schneller seine Früchte reift,
Flugs sie mir an die Kleider streift –
Seh ich es wellen durch das Meer der Gräser,
Diana ist es der Epheser:

Wenn weiss ihr Angesicht im Grunde schwimmt,
Zerbricht der hohle Weg in einen Duft von Zimt.
Der Glanz beglänzt der vielen Brüste Runde,
Die Erde hängt ihr an mit jedem Munde.
Ich höre die versunknen Wesen saugen,
Ich seh den Staub verwandeln sich in Pfauenaugen.

Daphne

Die Quitte schwillt. Wie heiss die Lüfte,
Sie kühlt die Hand, die sie umspannt.
So tasteten Apollons Finger,
Von Daphnes junger Brust entbrannt.

Wir sind schon über Jahresmitte,
Doch steigt rhapsodisch noch und fällt,
Ein menschenscheuer Elf, Grasmücke,
Aus grünem Zelt in grünes Zelt.

Indes die gleiche Strophe schallte,
Froh der gewissen Wiederkehr,
Wie viele Leben, die sich wagten,
Wie viele Schöße wurden schwer!

Kein Ekel scheucht die Schmetterlinge
Vom Liebesspiel, kein Todgestank,
Und immer wieder greift Isolde,
Greift Tristan nach dem Zaubertrank.

Zu Früchten bändigt sich das Feuer,
Zu Abendkühle Mittagbrand.
Apollon schreckt nicht mehr, und heiter
Birgt Daphne sich in meiner Hand.

165. Wilhelm Lehmann an Werner Kraft

Eckernförde, 13. April 47 (erster Frühlingssonnenschein)

Lieber, sehr lieber Werner Kraft,
Die Freude über Ihren Brief vom 15. März, der gestern, am 12. April, hier eintraf, macht mich beweglich: ich sende Ihnen in zwei Briefen den ›Grünen Gott‹, leider vorerst nur die bedruckten Druckzettel (aber Sie machten es ja auch so mit Ihren Versen: ich freue mich schon, wenn ich sie als schmuckes Buch bekomme), ich habe nur noch 3 Exemplare; die Menschen gewiss nicht, wohl aber die Bomben stürzten sich eifrig auf die Vorräte in Lambert Schneiders Büro erst in Berlin, dann in Leipzig: so blieb nichts von der ›Herrlichkeit‹ übrig. Ich wüsste niemand, dem ich lieber, sobald es geht, das vorletzte schicken werde, als Sie (und das ist gewiss keine Redensart, da Bosheit meinen könnte, der Autor schickte es *jedem* mit solcher Redewendung!). Sie sagen, ich solle mich nicht bedanken für das angekündigte Paket. Hoffen wir nur, dass es diesen elenden kleinen (entsetzlich von irren elenden Menschen überfüllten, kaum wiedererkennbaren) Ort erreicht. Aber unsere Freude über Ihre Hilfsbereitschaft dankt Ihnen jetzt schon: wie liesse sich solche Seelenregung verschweigen? Dank auch Ihrer Frau für den eigenhändigen Gruss, die meine ist, der entsetzlichen Mühe des Alltages einmal zu entrinnen, auf ein paar Tage zu ihrer Schwester nach Heide gefahren, allem Wahnsinn der grossmächtigen Omnibusreise in schrecklichem Getümmel zum Trotz. – Ja, von Loerke gibts eine ganze Menge herrlicher Gedichte im Nachlass, ich werde Ihnen auch davon schicken. Herr Weismann schrieb übrigens vor langer Zeit im Namen Schönwiesens um Erlaubnis, aus dem ›Entz. Staub‹ nachzudrucken: so träfen wir uns vielleicht auf der Insel Patmos? Das wäre mir eine rechte Genugtuung. Aber es ist ja alles so ungewiss. Es ist Sonntag, erster wirklicher Sonnenschein. C'est déjà une béatitude que de respirer. Ach, wie es mich erfrischend erheitert, Sie im Dasein zu wissen & Ihnen schreiben zu können. O dieses unglückselig verfluchte Land. Ist es nicht sonderbar, dass das Bekenntnis: L'illusion patriotique, chauvine, familiale, professionnelle, n'existe pas pour moi nicht jedermanns Bekenntnis ist, so wie Hebbel sich wundert, dass nicht jeder Mensch ein Genie sei? Andererseits bin ich so weit entfernt, mich in das ganz Unsichtige à l'Amiel zu verflüchtigen und bin so innig jedem Einzelnen zugetan als einem phénomène inspiré.

Das ist böse, das mich die Schweizer Weltwoche mit den mir völlig fremden und schwachen Herren Jünger zusammen nennt. Man halte auseinander, was nicht zusammengehört!

Otto Müller, den die Korrekturen noch als Verleger nennen, wurde, kaum er es angenommen, von Goebbels aus der Reichsschrifttumskammer geworfen (worauf L. Schneider sich erbarmte) und Ernst Niekisch, der Widerstandsverlagmann, wurde zu lebenslangem Zuchthaus verurteilt – die Russen befreiten ihn 1946, er hat schwer am Körper & an den Augen gelitten wie er mir schrieb.

Ich läse so überaus gern auch Ihre Prosa: möchten Sie mir nicht ab und zu kleine *Stücke* schicken, wie gern vernähme ich Sie über Valéry! Ich lese ab und zu in Jules Renards merkwürdigem Journal inédit – aber mir ist dann als hätte ich aus allerlei Gläsern allerlei Absinth genippt, wie aus fremden Gläsern getrunken, und es folgt eine Art elender Betrunkenheit. – Von Ihren Gedichten habe ich noch immer nichts Wertvolles gesagt: sie beschäftigen mich und eines Tages schreibe ich Genaueres und, hoffentlich, Genaues.

Walter Dirks, einer der Redaktöre der alten Frkf Ztg, gibt mit E. Kogon (der ein ausgezeichnet kühles eindringliches Buch »Der SS Staat« schrieb, Podszus schickte es uns aus dem Carl Alber Verlag, in dem er tätig. Wir lasen es mit grimmiger Aufmerksamkeit) die »Frkfter Hefte« heraus, sehr eigene, christianisierende Wege gehend. Er fragte mich, wen ich über den ›E. St.‹ zu schreiben vorschlüge, etwa M. v. Brück: den halt ich für denkbar ungeeignet & habe ihn gebeten, Sie zu bitten! Hoffentlich beschwert Sie das nicht. Ach, es wird so unendlich viel ins Blaue hineingeschwatzt – man vergisst über dem vielen Gemeinplätzigen oft selbst, dass nur weniges zählt.

Adieu für heute! Immer Ihr Wilh. Lehmann

166. Werner Kraft an Wilhelm Lehmann

Jerusalem
31 Alfasi Rd
20.4.1947

Lieber Wilhelm Lehmann,
vorgestern habe ich an Sie meinen Aufsatz über Sie in zwei Briefen abgeschickt. Den übrigens flüchtigen Begleitbrief mußte ich im letzten Augenblick herauslassen, da das Übergewicht postalisch nicht erlaubt war. Gleichzeitig habe ich den Aufsatz an Herrn Walter Dirks

geschickt, von dem ich gerade auf Ihre Empfehlung hin die Aufforderung erhalten hatte, einen Aufsatz über die gegenwärtige deutsche Lyrik zu schreiben. Ich schlug ihm vor die Teile über Ihre Lyrik mit einer entsprechenden Fußnote zu drucken, vorbehaltlich des später zu schreibenden Aufsatzes, wie er ihm vorschwebt. Denn das ist ja, von meiner geringen Zeit abgesehen, nicht so einfach. Wenn er nämlich die nach dem Kriege erschienene Lyrik meint, so kenne ich von ihr eigentlich nur ›Entzückter Staub‹, Lernet-Holenia und Friedrich Jünger sind mir aus verschiedenen Gründen ein Greuel, und alles Sonstige kenne ich nur sporadisch aus Zeitschriften, ohne daß es mich sonderlich aufregte. Ich habe ihm also geschrieben, daß ich einen Aufsatz über die Funktion der Lyrik als solche und dann im einzelnen über Sie, Borchardt, Lörke, Brecht und Ludwig Strauß schreiben könnte, wozu dann noch Else Lasker-Schüler käme. Am liebsten wäre es mir aber, wenn der Aufsatz über Sie gesondert erschiene ..

Inzwischen habe ich nun Ihren reichen Brief erhalten, und ich weiß gar nicht, ob ich auf alles, was er in mir anregt, werde eingehen können. Vor allem aber möchte ich Ihnen zum 4. Mai meine innigsten Wünsche für Sie und die Ihrigen sagen. Ich wiederhole aus einem früheren Briefe, daß meine Schwägerin schon vor einem Monat in unserem Namen aus Tel Aviv ein Packet an Sie hat abgehen lassen, von dem ich nur hoffen kann, daß es richtig und bald bei Ihnen ankommen wird. Als Absender, damit Sie nicht etwa die Annahme verweigern, hat sie angegeben: Toni Halle-Kraft. Daß meine Wünsche zu spät ankommen werden, liegt auch daran, daß ich wegen Berufsarbeit, Klima und Lage im Grunde nur mit halber Kraft existiere. Möge Ihnen aber mein Aufsatz wenigstens das eine sagen: daß ich wie früher so auch heute aus tiefer Überzeugung zu Ihrem Werk und Ihrer Person stehe. Gern stelle ich mir vor, daß Sie gerade *diesen* Frühling wie eine Offenbarung erleben werden. Die traurige Schilderung Ihres persönlichen Lebens macht mich doppelt traurig, da ja alle Worte, mit denen man aus so weiter Ferne zu trösten versuchen könnte, den Stempel der Eitelkeit und der Verlogenheit auf der Stirn tragen würden, und noch wenn ich Ihnen versichern würde, daß auch hier das Leben schwer und beinahe untragbar ist, würde es nicht stimmen: denn wir haben ja wenigstens ausreichend zu essen. Um so mehr bewundere ich Ihre und Ihrer Frau Entschlossenheit, alle persönlichen Opfer zu bringen, um der geistigen Existenz kein Opfer zu bringen. Daß diese Entschlossenheit sich lohnen wird, glaube ich; daß sie sich *Ihnen* lohnen wird, hoffe ich. Möge auch Ihre Tochter bei guter geistiger und moralischer Artung in München die Möglichkeit finden, das ihr Gemäße zu lernen und ein sinnvolles Leben zu führen! Meine Tochter macht jetzt auch das Abitur; sie wird dann wohl in einen Kibutz (= jüdischer Kolonie auf dem Lande) gehen, womit wir einesteils einverstanden, anderen Teils, aus verschiedenen Gründen nicht einverstanden sind. Mein Sohn bereitet sich für eine Beamtenlaufbahn innerhalb der jüdischen Administration vor.

Was Sie von Friedrich Podzus schreiben, hat mich ganz besonders interessiert. Etwas in dem Ton seiner Worte über Walter Benjamin ist mir nicht völlig sympathisch: es klingt wenn auch in verdünnter Form die Georgesche Selbstvergötterung an, George etwa schickt einmal Hofmannsthal ein Jugendbild von sich, nicht ohne sachlich festzustellen, wie die ganzen Schauer einer erregten Jugend sich in ihm ausdrücken. Ich finde das greulich. Aber ich gebe zu, daß die beiden Gedichte auf Lörke und auf Karl Kraus sehr schön sind, besonders das erste. Die Worte sind nicht nur gesetzt, sondern sie ›sitzen‹ auch. Wunderschön ist besonders der Anfangsvers und dann jenes ›Die Erde braucht uns auf als Hefe‹ mit der reinen Antwort auf dieses Faktum im nächsten Vers: ›Ein Efeublatt ruht zart auf deiner Schläfe‹.. Aber auch alles was dazwischen steht und folgt, mit Ausnahme der für mein Gefühl etwas schwächeren beiden Schlußverse. Sehr ergreifend ist auch das Gedicht auf Karl Kraus. Haben Sie bemerkt, daß er Verse des Dichters in sein Gedicht einverschlingt? Der vierte Vers der ersten Strophe stammt aus dem Gedicht ›Unter dem Wasserfall‹, wo es heißt:

›Nun bin ich zu den Wundern heimgegangen
und auf der Gotteswelt allein.
Hier dieser Sonnenstrahl ist mein.
Wie hat die Schöpfung festlich mich empfangen!‹

Die beiden Mittelverse der zweiten Strophe sind aus dem Sonett ›Halbschlaf‹:

›Dies Ding dort ruft, als hätt' ich's oft geschaut,
und dies da blickt wie ein vertrauter Ton,
und an den Wänden wird es bunt und laut.
Dort wartet lang' mein ungeborner Sohn,
hier stellt sich vor die vorbestimmte Braut,
und was ich damals war, das bin ich schon.‹

Sehr zu beklagen ist, daß der Vers zu der ›Braut‹ nicht Raum bot und nur eine ›Vorbestimmte‹ einließ, die immerhin die Möglichkeit bürgerlicher Assoziationen aus dem konventionellen Liebesleben nicht ganz ausschließt. Der Admiral stammt aus ›Wiese im Park‹:

Wie wird mir zeitlos. Rückwärts hingebannt,
weil' ich und stehe fest im Wiesenplan,
wie in dem grünen Spiegel hier der Schwan.
Und dieses war mein Land.

Die vielen Glockenblumen! Horch und schau!
Wie lange steht er schon auf diesem Stein,
der Admiral. Es muß ein Sonntag sein
und alles läutet blau.

Nicht weiter will ich. Eitler Fuß, mach Halt!
Vor diesem Wunder ende deinen Lauf.
Ein toter Tag schlägt seine Augen auf.
Und alles bleibt so alt.

Ich finde übrigens den letzten Vers der Strophe bei Podzus nicht gut. Wenn ›auferstanden‹ ein Partizip ist, schließt es sich syntaktisch nicht überzeugend an, wenn es ein Verbum ist, ist es ungeschickt. Wäre es nicht besser, etwa zu sagen: Die Wälder standen auf, die einst verfielen? (Noch besser: stehen). Oder etwa:

Es läutet blau durchs Glockenblumenthal,
durch auferstandne Wälder, die einst fielen?

Die ›Verlassenen‹ sind wohl die des so überschriebenen Gedichts:

Berückend gar, aus deinem Zauberkreise
gezogen sein!
Nun zieht nach unerhörter Weise
die Lust auf ihre letzte Reise
allein.

Und nie ersattend findet sie die Nahrung,
vertraut
dem Urbild einer Menschenpaarung
und einer Flamme Offenbarung,
die sie geschaut.

Wie mag es sein, aus meinem Feuerkreise
geflohen sein!
Nun zieht nach ungewohnter Weise
die Seele auf die lange Reise
allein.

Sehr schön sind auch die beiden Schlußverse bei Podzus. Das Gedicht ›Angelus Novus‹ finde ich weniger schön, vielleicht darum, weil ich es nicht verstehe, oder auch darum weil es eine Schönheit mitteilt, die Schein sein könnte, ich weiß es nicht genau. Wie dem sei, den Gedankenstrich – wie bei den Witzblattaphoristikern, bevor die Pointe kommt – sollte der Dichter ändern, etwa: im Geist sich gleich. Er singt. Setzte er nun noch den Gedankenstrich hinter ›gleich‹, so hätte er eine ganz andere Kraft. Ich habe Ihrem Brief nicht deutlich entnommen, ob diese Gedichte nur Manuskript oder als Buch erschienen sind. Wenn letzteres, so wäre es mir eine Freude, sie zu besitzen. Das Gedicht von Heimann ist das Dokument eines bedeutenden Kopfes. Ob es ein Gedicht ist, weiß ich noch nicht. Sehr schön ist auf jeden Fall der zweite Vers der Schlußstrophe. Ich wußte gar nicht, daß es einen ganzen Gedichtband ›Die Spindel‹ von ihm gibt. Der würde mich doch sehr interessieren. Wer ist übrigens Danzel? Schreiben Sie mir doch mehr von ihm! Darin haben Sie mich mißverstanden – oder ich habe mich falsch ausgedrückt –, wenn Sie glauben, daß ich *Ihnen* Mißbrauch meines geistigen Finderrechts zugetraut hätte. Soweit ich mich erinnere, hatte ich Sie nur gebeten, Gedichte von Seume oder anderen nicht ohne weiteres anderen zu zeigen, wegen einer etwaigen Anthologie. Ein ›Recht‹ auf diese Gedichte hätte ich ja keineswegs. Da hat übrigens Borchardt in seine Anthologie »Ewiger Vorrat« unter dem Titel ›Wilde Fräulein‹ ein großartiges Gedicht einer unbekannten Dichterin aufgenommen, um 1550, und dieser Herr Zuckmayer – der mir nichts getan hat und den ich für einen jener begabten Macher halte, die, weil sie nichts zu sagen haben, alle Anwartschaft auf Erfolg haben – hat, wie man mir erzählt, dieses Gedicht einfach in einen Roman verwebt, ohne die geringste Quellenangabe. Sie sehen also, daß überall alles gleich ist. Nun will ich Ihnen aber noch etwas Schönes – auch unter Diskretion – mitteilen. Wir haben hier neulich Platten einer sehr berühmten amerikanischen Negersängerin – Marian Anderson – gehört. Darunter waren auch deutsche Lieder. Eines hat den Titel (den ich nicht verstehe) ›Siciliana‹, die unbeschreiblich schöne Musik ist von Händel, und der Text lautet so:

Laß mich wandern durch das Grün,
Beim Runenhang am Hügel ziehn,
Wo der Pflüger nah zur Hand
Pflüget über das alte Land,
Wo die Dirne fröhlich singt,
Wo der Schnitter die Sichel schwingt

Und jeder Hirt zur Abendstund'
Trillert sein Lied im Talesgrund,
Laß mich wandern durch das Grün,
Beim Runenhang am Hügel ziehn.

Daß das eine Wort wirklich ›Runenhang‹ geheißen hat, ist meinen Ohren sehr wahrscheinlich aber nicht völlig sicher. Bis auf Widerruf nehme ich es an. Finden Sie diese Verse nicht zum Weinen schön? Es soll sich um eine Übersetzung aus dem Englischen handeln. Aber von wann und von wem? Kennen Sie die Verse? Vielleicht haben Sie ein Buch über Händel.

Und nun will ich Ihnen noch danken für Ihre Zustimmung zu meinen Gedichten. Sie hat mich sehr bewegt, um so mehr als Ihre Ohren offenbar mit den Begriffen ›verständlich‹ oder ›unverständlich‹, die hier noch meine wenigen ›Anhänger‹ bewegen, tabula rasa machen. Wirklich gibt es ja, wie wenigstens ich glaube, verständliche Gedichte, die schlecht, und unverständliche, die gut sind, oder unverständliche, die schlecht, und verständliche, die gut sind. Die Entscheidung über den Wert von Gedichten hängt von Herz, Geist, Ohr des Lesers ab, und die Begriffe des Verständlichen oder Unverständlichen gehören vielmehr zu dem rätselhaften Vorgang der kollektiven Durchsetzung von Einzelurteilen, wobei in der einen Epoche das Verständliche – Racine –, in der anderen das Unverständliche – Mallarmé – reizverstärkend wirkt. Besonders hat es mich gefreut, daß Sie das Gedicht ›Windstille‹ schön finden. Da hat nämlich eine in New York erscheinende Zeitung ›Aufbau‹ – die abzubauen ein wohlgefälliges Werk wäre – eine Besprechung über meine Gedichte gebracht, in der Oskar Maria Graf, von dem ich zwar nichts kenne aber auch nicht glauben konnte, daß er unanständig ist, meine Gedichte mit denen von – Friderike Kemptner vergleicht. Übrigens ist der Vierzeiler ›Die Toten‹, den Sie erwähnen im Gegensatz zu den meisten anderen Gedichten sehr alt: er bezieht sich auf den *vorletzten* Krieg. Der Vierzeiler ›Die Wirklichkeit‹ sollte Anfang 1933 in der von Wilhelm Kütemeyer herausgegebenen Zeitschrift ›Der Sumpf‹ erscheinen, die vorher eingehen mußte.

Sagen Sie mir aber auch, falls es Ihnen wichtig ist, was Ihnen *nicht* gefällt: mir wird es besonders wichtig sein.

Ich grüße Sie und die Ihren, lieber Wilhelm Lehmann, mit alter Herzlichkeit

Ihr
Werner Kraft

Meine Frau grüßt sehr herzlich.

Grüße auch für Friedrich Podzus!
Und als Revanche für Danzel: Kennen Sie den Dichter Karl Schimper?!

Lesen Sie die Zeitschrift ›Die Wandlung‹ und ist sie wertvoll? Darin soll ein langer Aufsatz von Wilhelm Kütemeyer über ›das Materielle im Christentum‹ stehen. Dieser lebt, zu meiner Freude, er ist Arzt in Heidelberg.

[auf einer Seite mitten im Brief:]
Diese Seite ist aus Versehen frei geblieben. Ich fülle sie mit einem Gedicht von mir:

Die Pause

Wie schön war einst es in der Schule,
Als sich der Tag durchs Fenster schlich
Und plötzlich hinter meinem Stuhle
Steht, und er stört nicht, sondern ich.

Nicht daß ich meine Lust verlöre
An allem, was der Lehrer sagt.
Doch hör' ich auch die freien Chöre
Der Pause, wenn es herrlich tagt.

Heut anders bin ich in der Schule.
Kein Lehrer spricht; die Welt tritt ein.
Still sitz' ich da auf meinem Stuhle.
– Auch draußen ist es schwer zu sein.

167. Werner Kraft an Wilhelm Lehmann

Jerusalem
31 Alfasi Rd
30.5.1947

Lieber Wilhelm Lehmann,
ich habe Ihnen für so vieles zu danken, zwei Briefe, den ›Grünen Gott‹, daß ich nicht weiß, was sagen und wo anfangen, umso mehr als Sie mich durch die dauernden Bezeugungen Ihrer Gesinnung für mich beinahe beschämen. Denn ich würde Sie beleidigen, wenn ich nicht

selbst an die Echtheit [Nachtrag: ich meine: die Wahrheit] dieser Gesinnung glaubte und sie mir gerne als Trost und Stärkung zueignete. Dennoch ist da noch, was ich Anderes von mir sehe und das, mag nun der Blick auf sich selbst getrübt sein oder nicht, anders aussieht .. Wie dem nun sei, ich danke Ihnen, und daß ich erst so spät antworte, liegt auch und vor allem daran, daß das Äußere wie Dienst, Hitze, Trägheit leider immer wieder die Kraft hat, das einzig Wichtige beiseitezuschieben. Oder es ist in der geringen Zeit, die ich für mich habe, ein Eindruck des Schönen, der mich fesselt, und dann ist die Zeit vergangen, wie gerade jetzt eine Auswahl der Trauer- und Lustspiele von Calderon in der Übersetzung von Schlegel und Gries, die ich mir zu meinem Geburtstag schenken ließ und die mich hingerissen hat oder ein Band Chinese Poems in der Übersetzung von Arthur Waley, der mich nicht minder hingerissen hat, als eine ferne Ahnung, daß vielleicht in einem uns völlig fremden Sprach- und Kulturkreis die Lyrik die gewaltigste aller Erfüllungen gefunden habe .. Doch dies alles soll mich nicht abhalten, nun von Ihnen zu sprechen. Meinem Aufsatz über Sie, der ja inzwischen in Ihren Händen sein dürfte, mögen Sie das gedanklich Gute und Richtige entnehmen, das er enthält, und Sie mögen das Mißlungene übersehen. Mehr konnte ich nicht leisten. Es ist mir alles immer wieder zu schwer, aber ich wollte nicht länger warten und Sie möglicherweise erfreuen. Einiges gibt vielleicht in der Kürze, in der es dasteht, Anlaß zu Mißverständnis. Ich denke an das über die ›Dummheit‹ und über das ›Inhaltslose‹. Es ist ernst und tief gemeint. Sollte es Sie aber nicht überzeugen, so haben Sie plein pouvoir, die Stellen wegzulassen, falls Herr Karl Dirks die Absicht hat, den Aufsatz ganz oder teilweise zu drucken. Ich habe ihm selbst eine Abschrift geschickt, habe aber noch keine Antwort. Ich glaube doch nicht, daß ich die Kraft finde, falls er es ablehnt, einen anderen Aufsatz, in der von ihm vorgeschlagenen Art, über vier fünf Dichter, darunter Sie, zu schreiben. Doch lehne ich es nicht völlig ab. Nur brauchte ich dazu Zeit. Also schreiben Sie mir offen, wie die Sache steht. Den ›Grünen Gott‹ lese ich mit Entzücken. Etwa die Hälfte kannte ich ja schon. Vieles greift mir unmittelbar und immer wieder ans Herz. Einiges spielt ja eine wichtige Rolle in meinem Aufsatz. Ich greife wahllos einiges heraus: Die zweite Strophe von ›Arion‹ ist mir immer als ein Paradigma für originale Bildkraft erschienen. In ›Grube mitten im Acker‹ finde ich die fünfte Strophe von der ›Streichholzschachtel‹ ungemein beweiskräftig für Ihre Naturauffassung. Der Schluß von ›Baldgreis‹ ist herrlich, ›Reisezeit der Mauersegler‹ entspricht, wie Sie zugeben werden, völlig dem, was ich über das ›Leise‹ bei Ihnen in meinem Aufsatz sage. ›Auf den abgeernteten Feldern‹, in 2 finde ich das Wort ›Wrasen‹, das wiederholt in Fontanes ›Irrungen, Wirrungen‹ vorkommt, ein Buch, das ich neulich nach langer Zeit wie zum ersten Male wiedergelesen habe. Darin ist eine Episode, die mich besonders ergriffen hat. Die Liebenden fahren in die Mark, sie pflückt Blumen, und er möchte, daß sie sie mit einer Strähne ihres Haars verknüpft. Sie lehnt zuerst ab, tut es später auf sein Drängen doch und gibt als Grund für ihre Weigerung an, daß das Sprichwort sage: ›Haar bindet‹. Wie in der altgermanischen Prägung dieses Satzes ein Hauch aus uralten Sprachzeiten sich in die kühle Sprache eines so späten und skeptischen Autors drängt, das hat mich erschüttert. Dies aber nebenbei und in Klammern! Aber so viel gibt es noch zu sagen über Ihre Gedichte, und ich werde es auch sagen, auch über die zwei, die Sie mir abschrieben, und dazwischen *mein* Gedicht in *Ihrer* Handschrift, und beinahe hätte ich vergessen, Ihnen dafür besonders herzlich zu danken, heute will ich nur noch eines hervorheben: von allen Gedichten dieses Bandes scheint mir eines eine höhere Stufe erreicht zu haben als alle anderen, so schön sie sind. Ich meine die ›Fahrt über den Plöner See‹. Hätte ich dies Gedicht vor Absendung meines Aufsatzes gekannt, so hätte ich sicherlich einen Absatz eingefügt, um seine Schönheit gebührend zu rühmen. Es ist eine völlig schöne Komposition, in der gerade der Flug der Phantasie eine umschriebene Landschaft nicht nur benennt sondern als Landschaft der eigenen Seele aussingt. Ich finde das Gedicht von der ersten bis zur letzten Zeile wunderbar, und noch die Oper von Händel ist aufs schönste in die Vorgänge verwoben, und noch das Traurige, das die Symbolausdeutung dem Schluß gibt, ist leicht und selbstverständlich ausgesprochen. Es wirkt auch so stark auf mich, daß Sie hier die Naturgestalten nicht nur als solche sondern auch als historische benennen, die zu einer festen Landschaft gehören: der See ist nicht nur in sich verschwimmendes Wasser sondern zu ihm gehören Ufer und Inseln und, nicht zu vergessen, zwei Menschen, die eigentlich vier sind .. Vielleicht kann man ein solches Gedicht nicht oft wiederholen, wenn ich aber sage, daß ich viele Gedichte dieser Art und Stufe von Ihnen lesen möchte, so will ich damit *nicht* sagen, daß ich alle anderen, die Sie gemacht haben und machen werden, *weniger gern* lese. Das ist es keineswegs sondern etwa dies: sich selbst im Verhältnis zur Natur sehen und aussprechen, immer wieder, ist unanfechtbar, wenn wie bei Ihnen die geistige Kraft immer wieder im Sprechen das Angeschaute öffnet, aber die Natur auf den in der Gemeinschaft der Lebendigen tätigen Menschen zu beziehen und sie genau so weit auszusprechen wie verschwinden zu machen, damit nur er erscheine, scheint mir bei gleicher Kraft der Sprache die Hervorbringung des schlechthin Großen zu versprechen, indem die Sprache nicht sich ›verspricht‹ sondern die Welt, den Menschen, die Menschheit, alle, und dieses Versprechen einlöst. Ich drücke mich absichtlich dunkel aus ..

Ich denke so oft an Sie bei manchem, was ich an Wichtigem lese oder denke. Sollte übrigens in Ihre Gegend einmal ein französischer Film ›Les enfants du paradis‹ mit dem bedeutenden Schauspieler Jean-Louis Barrault kommen, so versäumen Sie nicht, sich ihn anzusehen. Er ist wesentlich anders als der standardisierte Film, der einem im allgemeinen geboten wird, und enthält stellenweise einen Hauch echter Poesie, die erfrischt nach all der Prostitution echter Schauspielkunst, die als Eindruck gerade der ›guten‹ Filme im allgemeinen zurückbleibt. Ich würde Ihnen so gern Prosaaufsätze von mir abschreiben, finde aber einfach nicht die Zeit dazu. Immerhin höre ich, daß zwei Aufsätze von mir erschienen sind, ohne daß ich die Hefte bisher erhalten hätte: im Märzheft des ›Silberboot‹ der über Goethes ›Über allen Gipfeln‹ (auf den ich besonderen Wert lege), und ich glaube im Märzheft der ›Fähre‹ der über ›Kafka und das Religiöse‹. Vielleicht können Sie sich die Nummern verschaffen. Im Juli werden in der schweizer Vierteljahrsschrift für Literaturwissenschaft und Kritik (Atlantis-Verlag, Zürich) einige Analysen von Gedichten von Karl Kraus erscheinen. Sehr werde ich mich freuen, Sie auf der Insel Patmos wiederzusehen, es liegt ja gut gerechnet in der Mitte zwischen Eckernförde und Jerusalem, aber es ist doch traurig, zu denken, daß immer wieder das Symbol die Realität nur ersetzt .. Um wieviel mehr wären Sie fähig als ich, die hiesige Landschaft nicht nur zu sehen sondern sich ihrer schattenlosen Wärme auszusetzen, wenn auch vielleicht selbst für Sie der Augenblick käme, da Sie das gnadenlose Element als feindlich empfinden würden .. Im Augenblick ist gerade ein tagelanger Angriff der Hitze zusammengebrochen, und es weht ein frischerer Wind. Ich sitze in unserem Gärtchen und schreibe. Meine Tochter sitzt am Tisch und lernt Englisch für ihre morgige Prüfung. Inzwischen habe ich einen Blick in ›Paradise Lost‹ geworfen, ich habe aber Angst, mich noch in das zu vertiefen. Das übersteigt wohl meine Kräfte. Immer wieder lese ich in Lörkes Gedichten und werde von der edlen und originalen Sprache an vielen Stellen angezogen, vom Einzelnen vielleicht noch mehr als jeweils vom Ganzen eines Gedichts, ich denke etwa an den Blick in den Spiegel in ›Ohrenklingen in der Winterstille‹ und diese herrlichen ›vier Ernsten‹, die sich da begegnen – oder an die ›Hand des Gemordeten‹ und dieses

›Die ihr mich überstandet Und weiter übersteht, Seid froh, von Morgen brandet der Wildgans schreiender Komet‹, das ist außerordentlich, oder auch das als ganzes schöne Gedicht ›Furcht‹, das ich besonders liebe, es ist förmlich in die Hand zu nehmen, dann die wunderbare ›Nachtmusik‹ aus dem ›Silberdistelwald‹ und das tiefe Kindertotengedicht ›Aliang‹ aus der ›Heimlichen Stadt‹. Schicken Sie mir doch Gedichte aus dem Nachlaß, falls sie nicht zu lang sind [Nachtrag: Aber das ergreifende Gedicht von dem Brot und dem Messer, es zu schneiden, kenne ich.] und vor allem falls es Ihnen keine besondere Mühe macht.

Den Zeitungen entnehme ich, wie traurig die Ernährung in Deutschland ist. Ich fange an zu zweifeln, ob unser Packet angekommen ist. Es tut mir entsetzlich leid, um so mehr als meine eigene Lage – mein an sich kaum angemessenes Gehalt ist gerade jetzt empfindlich gekürzt worden – mir solche Sendungen kaum noch erlauben würde. Möge doch auch dies besser werden als unsere Vernunft schließen muß daß es wird. Vielleicht geschieht doch irgend etwas, das innerhalb der Logik nicht vorgesehen ist, nennen wir es versuchsweise ein Wunder. Ich wünsche es so dringend. Sehr gern würde ich übrigens den Gedichtband von Friedrich Podzus lesen. Vielleicht hat er die Möglichkeit, mir ein Exemplar zu schicken. Was den Existentialismus angeht, so kann ich nicht leugnen, daß er sich in der Welt förmlich als Seuche auswirkt. Irgendwo habe ich schon ein deutsches Buch angezeigt gesehen, das von existentieller Literaturwissenschaft handelt. Dagegen habe ich jetzt mehrere Aufsätze von Sartre gelesen und muß sagen, daß ich ihn tatsächlich für einen glänzenden Schriftsteller halte. Nur daß leider alles falsch sein dürfte, wenn ich auch zugebe, daß dieses ›Falsche‹ eine wichtige zeitgeschichtliche Funktion hat: er stellt nämlich Fragen, die die anderen zwingen aus ihrer Schlafreserve herauszutreten und mit richtigeren Argumenten zu antworten, und das ist nicht so leicht.

Ihnen und ihrer Frau alles Gute bis zum nächsten Mal auch von meiner Frau

Ihr Werner Kraft

168. Wilhelm Lehmann an Werner Kraft

Eckernförde, am letzten Maitag [31. Mai] 1947

Lieber Werner Kraft
Die tiefste Freude am 65. Geburtstage wurde mir zuteil durch Ihren ebenso ernsten wie glücklichen Aufsatz. In den Augenblicken, in den Stunden der äussersten Depression werde ich zu mir selber sagen: Es kann nicht umsonst gewesen sein wenn es einen W. K. auf solche Gedanken zu bringen vermag.

Mehr kann ich heute noch nicht schreiben. Ich bin in einer schönen & sich oberhalb des Niveaus einer Kleinstadt bewegenden Feier [Nachtrag: Sie konnte einem fast die Möglichkeit eines anderen Deutschlands vorspiegeln.] (ohne Behörde, nur Mitarbeiter, alte & neue, Schüler, alte & neue) am letzten Freitag aus dem Schuldienst ausgeschieden. Ich war dreist genug, zu sagen, dass ich stolz bin, niemals eine tote, vertrödelte Stunde gegeben zu haben. Jenes Wort aus einer englischen Zeitschrift, Schulmeister sollten nur die werden, die eigentlich zu gut dafür wären – ein junger, literarisch gesinnter Studienrat zitierte es (er kannte es von mir) & ich hielt es für nötig, in meinen Schlussworten, es ihm zu verwehren, des Sinnes, wer das von sich selbst sage, sei wahrscheinlich nicht gut genug dazu. Aber ich fürchte, ich gab mich da sittlicher als ich bin –

Ach! Auf jeden Fall ein Aufseufzen! Eine grosse Stille. Charles Lamb The Superannuated Man (welch ein liebenswürdiges Stück) –

Lieber Werner Kraft: ein wonniger Maitag (Sie haben Recht: mir eine Offenbarung. Das erste Pfauenauge auf sandigem Weg. Nein, Fichte ist nicht mein Mann. Ich habe dies Pfauenauge nicht gemacht), tiefblaue Förde. Liebendes Gedenken an Sie.

Ich umarme Sie & wünsche mir noch einige Zeit, mit Ihnen zusammen atmen zu dürfen. Wie wahr: Ein geistreich-aufgeschlossnes Wort wirkt für die Ewigkeit – nein, es heisst *auf* die Ewigkeit.

Voll Dank
Ihr
Wilhelm Lehmann

Bis zum nächsten Brief

169. Werner Kraft an Wilhelm Lehmann

Jerusalem
31 Alfasi Rd
9.7.1947

Lieber Wilhelm Lehmann,
Ihr Brief hat mich sehr bewegt. Wie schön, daß Sie nun eine ehrenvolle, wohlverdiente Ruhe genießen und sich dem Leben sei es durch bloßes Sein sei es durch künstlerische Arbeit hingeben können [Nachtrag: Ich denke daran, daß das Manuskript des Provinzlärms sich besonders freuen wird!]!

Wie schön diese Fata Morgana eines ›anderen‹ Deutschland, die in Ihrem Falle bei dieser Abschiedsfeier nur darum Wirklichkeit war, weil sie nicht plakatiert sondern nur dargelebt [!] wurde, indem eine geistig-sittliche Person [Nachtrag: die nicht zufällig ein Deutscher ist!] im Zentrum stand, um die die ›anderen‹ [Nachtrag: die ich nicht herabsetzen will!] rotierten!

Auch freue ich mich sehr, daß mein Aufsatz über Sie Ihnen zusagt. Ob er den Herren in Frankfurt zusagt, bleibt ja noch abzuwarten. Seit vielen Wochen habe ich nichts mehr gehört. Den eigentlich gewünschten Aufsatz zu schreiben, fällt mir sehr schwer. Ich habe zu wenig Muße ..

Die Wärme, mit der Sie mich dauernd ansprechen, würde mir noch tiefer wohltun als sie es tut, wenn mein Seelenzustand gefestigter wäre. Leider ist er ziemlich krisenhaft erschüttert. Woraus Sie bitte nicht folgern mögen, daß es mir in irgend einem äußerlich sichtbaren Sinne schlecht geht. Ich kann und mag darüber im einzelnen nicht sprechen, um so weniger als ich eine merkwürdige Feststellung gemacht habe: das Wesen einer Krise liegt darin, daß sie vorübergeht; die Lebenskraft hält stand. Täte sie es nicht, dann erst wäre es schlimm. Das ist das eine! Das andere ist: daß das in einer solchen Krise eigentlich Erlittene überschattet, ja beinahe ausgetauscht wird gegen etwas anderes und sehr Nüchternes, gegen das Bewußtsein, kein Geld zu haben. Dies ist das Entwürdigende schlechthin, um so mehr als das erwünschte Geld wirklich zu haben noch entwürdigender wäre. Und doch: Geld kann helfen!! Im Punkte des Geldes deutet eine persönliche Krise auf die Krise der Welt als ganzer und verliert damit ihren Charakter als Luxus des Individuums .. Mehr will ich nicht sagen, nur noch dies hinzufügen, daß meine berufliche Tätigkeit im Gegensatz zu der Ihren von der dürftigsten Primitivität ist und dazu kaum ausreicht, uns das Existenzminimum zu verschaffen, wenn wir nicht dauernd zwei Zimmer unserer 4 Zimmer-Wohnung vermietet hätten. Auch lebe ich hier, von wenigen Freunden abgesehen, in der äußersten Einsamkeit mit meinen Gedanken und Gedichten und habe in Beziehung hierauf ich möchte fast sagen begründetere Depressionen als Sie. Denn die Verhältnisse bei Ihnen werden sich bessern, man wird Dichter wieder hören und auch Sie, ich habe keine Angst, auch ist das ein Proceß, der sich unabhängig von meiner Einsicht in Ihr Werk vollziehen wird, ich glaube da ganz sicher zu sein. Aber ich in Beziehung auf meine eigenen Sachen?! Gewiß, da gibt es diesen oder jenen, der sich am Rande dafür interessiert, aber das hat nur Kuriositätswert für eine Übergangszeit, die produzierenden Juden nicht ungünstig ist: *getroffen* werden wenige, und ich weiß nicht, ob ich Ihnen die Groteske berichtet habe, daß in einer amerikanischen von Juden beherrschten und sagen wir deutsch geschriebenen Zeitung [Nachtrag: bei der es für mich besonders trostlos ist, da ich diese Berliner Schnauzen ja kenne, daß sie in vielem gegen Deutschland Gesagten Recht hat, sogar sie!!] meine Gedichte mit denen von Friderike Kemptner verglichen wurden, und der Mann, der solcher puren Schlechtigkeit fähig war, ist ein Deutscher, der aus zweifellos persönlicher Anständigkeit Deutschland verlassen hat, Oskar Maria Graf (von dem ich außer belanglosen Zeitungsaufsätzen nichts kenne, dem ich aber nie etwas getan habe.) Dabei ist meine symbolische Rache der Glaube, daß er ein *so* schlechtes Gedicht wie jenes: Links sind Bäume, Rechts sind Bäume, In der Mitte Zwischenräume und daneben fließt ein Bach / Ach zu machen bei weitem nicht genügend Talent hat. Denn sind diese Verse nicht wie die Karikatur eines großen Gedichts? Ich meine nicht, daß das Folgende ein großes Gedicht ist, es hat nur den Wert eines Experiments, ich will nur zeigen, was entstehen *könnte*, wenn man ein vorhandenes Schema anders ausfüllte, etwa so:

Links sind Bäume,
Rechts sind Träume,
In der Mitte leere Räume,
Gleich daneben fließt ein holder Bach,
Ach!

Doch genug hiervon! Sonst werden Sie noch glauben, daß *daher* meine Klagen kommen. Nein, wirklich nicht! Schließlich kann ich ja jederzeit solchen Unverstand mit Äußerungen von Ihnen und anderen aufrechnen. Aber es ist doch schwer, ja fast unmöglich, in der heutigen Weltzeit zu leben. Es ist ein Wunder, aber langsam beginnt dieses Wunder zu versagen ..

Ich möchte übrigens hier ein Gedicht einfügen und Ihrer Kritik unterbreiten, das ich schon vor längerer Zeit gemacht und für das ich bei meinen wenigen Lesern von einer bedingten Ausnahme abgesehen auf schroffe Ablehnung gestoßen bin. Es hat den Titel ›Schlaflied‹ und heißt so:

Wie, schläfrig, vergesse,
Schlafgehalt an Zipfel,
Bin Hauchs die Esse,
Tiefen Tales der Gipfel,
Da,
Langsames Tagen
Um das schlafende H,
Ich schlafe, du magst schlagen.

Ich bemerke noch, daß hier nirgends ein Schreibfehler ist, auch nicht in dem letzten Buchstaben der vorletzten Zeile und daß es gut wäre, es dem Herrn Graf nicht zu zeigen. Und nun sagen Sie mir offen, ob Sie etwas damit anfangen können oder nicht!

Ich habe gerade wieder in Rilkes Gedichten (›Späte Gedichte‹) geblättert. Mein Eindruck ist seit langem der gleiche: im einzelnen immer wieder ungewöhnlich schöne Gedichte und Stellen von Gedichten, aber im ganzen schwindelt er, er gibt ein Wissen vor, das er nicht hat, er kopiert sich mit unerhörter Virtuosität, aber zu den großen Dichtern der Epoche rechne ich ihn nicht. Ich finde etwa das Schöne in Lörkes schönen Gedichten viel essentieller, palpabler, scheinloser als das Schöne in seinen schönen Gedichten. [Nachtrag: Dabei wird mir schmerzlich bewußt, daß ich von L. ›Athem der Erde‹ und die früheren Gedichtbände gar nicht kenne und daß ich jenes Gedicht ganz vergessen habe, das mit dem Reim Salz – Pfalz schließt und über das Moritz Heimann einmal einen besonderen Aufsatz geschrieben hat. Theodor Lessing hat mir einmal, als ich ihn nach Lörke fragte, geantwortet: ›*Der ist durch!*‹ Das war ein großes Lob. Ich freue mich, daß es mir wieder eingefallen ist.]

Vielleicht hängt es auch damit zusammen, daß er Dichter von Beruf und außerhalb dieses Berufs eigentlich nichts war, es sei denn ein Melancholiker auf Schlössern oder ein Briefschreiber für Frauen, die von allen sonstigen Vorzügen abgesehen noch den besonderen haben, daß sie niemals widersprechen ..

Was nun aber *Ihren* Beruf angeht, um in die Wirklichkeit zurückzukehren, so war es mir immer selbstverständlich, daß Sie ein vorzüglicher Lehrer sein müssen, der in der leisesten Form der Lenkung das

Richtige anklingen läßt. Ich war nie in diesem Sinne ein guter Bibliothekar, der nicht nur den Inhalt sondern das Sein der Bücher so liebevoll betreut hätte wie Sie Generationen von Kindern. Das ist sehr traurig, denn da ich mich ganz aus der Wirklichkeit herausdirigiert habe, muß ich ihr in der niedrigsten Form dienen, in der Form schlecht bezahlten Nichtstuns, das in einem gewissen Sinne mehr erschöpft als gut bezahlte Arbeitsanstrengung, wenn ich auch glaube, daß alles besser ist als Journalismus, der kommt überhaupt nicht in Frage, und das ist ja wieder ein Plus.

In den letzten Tagen habe ich nach allen Richtungen in dem Briefwechsel zwischen Dilthey und York gelesen. Es ist wirklich eine großartige Lektüre. Dieser York hat eine Kraft der Urteilsformulieren [!] und der sprachlichen Prägung schlechthin, die ihn für mich zu einem großen deutschen Prosaautor machen. Die Souveränität eines Denkers ohne literarischen Ehrgeiz ist ein unvergleichlicher Anblick, wie ja ein deutscher Großgrundbesitzer, der um 1890 herum Zugang zu Kierkegaard und Dostojewski hat, als völlig unwahrscheinlich anmutet. Das Wissensgebiet, das beide Denker beherrschen, ist mir ja nur zu einem Bruchteil erschlossen, aber dennoch verlockt es mich, einen Aufsatz über die Äußerungen über Poesie zu schreiben. Vieles ist unannehmbar, der Antisemitismus bei beiden (Simmel), die erstaunliche Tatsache, daß in dem Denken beider Marx einfach nicht vorkommt, Yorks Verständnislosigkeit vor der Romantik, das unmögliche Urteil über Brentano (vielleicht wegen des ›jüdischen‹ Bluts, das nicht in ihm war [Nachtrag: Dennoch steht er auch als Antisemit hoch über dem bemakelten Chamberlain eine Generation später.]), das falsche über Arnim – ›Farbe, nicht Gestalt‹, da doch die Farbe gerade der Fortschritt war! –, Wildenbruch usw. Aber großen Vorzügen entsprechen große Fehler. Ich habe die höchste Achtung vor beiden und vor Ihnen und grüße Sie und Ihre Frau von Herzen

immer
Ihr Werner Kraft

Ich füge noch einiges über Sprache hinzu: Bei Rilke finde ich die Verse: ›Atme das Dunkel der Erde und wieder / aufschau! Wieder. Leicht und gesichtlos‹ usw. Über dieses ›aufschau‹ möchte ich sagen: Normal wäre gewesen: Schau auf! Das war ihm zu normal, und er nahm das Verkehrte, das noch nie ein deutscher Mund gesprochen hat, und hielt es für Sprache. Aber das Antinormale: $\overset{\acute{}}{\overline{\text{auf}}}\ \overset{\acute{}}{\overline{\text{schau}}}$, ein großer Spondäus, in dem eine Präposition aktiviert wird, ist ihm nicht eingefallen, nur eine sprachwidrige Wendung, die in keinen Vers eingeht. Präpositionen sind ja nur eine Erfindung der Grammatik. In dem ›Seelied‹ von George, aus dem Neuen Reich, für mich einem der schönsten Gedichte dieses Dichters – was halten Sie von diesem Gedicht? – steht in Beziehung auf das ›blonde Kind‹, das sich regelmäßig am Strande zeigt, der Vers: ›Ich schau ihm vor, ich schau ihm nach‹. Wunderbar scheint es mir zu sein, wie hier zwei Präpositionen lebendig werden, finden Sie nicht auch? – Aber nun noch etwas über Fichte, der nicht Ihr Mann ist, weil Sie das Pfauenauge nicht gemacht haben – er ist auch nicht mein Mann! Ich habe nämlich gerade in Hofmannsthals sonst so schöner Chrestomatie ›Wert und Ehre deutscher Sprache‹ die vierte der Reden an die deutsche Nation über die deutsche Sprache gelesen. Welch ein Nonsens! Welch eine metaphysische Wassersuppe dieser Blödsinn von der ›unvermischten‹ deutschen Sprache! Ebenda findet sich von E.M. Arndt, der die falsche Voraussetzung mit Fichte teilt, ein im einzelnen einfach herrlicher Aufsatz, weil er eben ein lebendiger und dichterischer Mensch ist, trotz seiner schlechten Gedichte! [Nachtrag: Besonders originell ist das ›Schräge‹ als charakteristisch für die ›sassische‹ Mundart.] – *Ich* könnte mir denken, daß man das Einzigartig-Geistige der deutschen Sprache gerade aus der vielfachen Häßlichkeit ihres Materials ableitet, weil hier der Geist den größten Widerstand zu überwinden hat usw. [Einfügungszeichen ohne Bezugstext]

bis zum nächsten Brief!

170. Wilhelm Lehmann an Werner Kraft

Eckernförde, 22. Juli 47

Lieber Werner Kraft,
Es kommt mir vor, als hätte ich Ihnen lange nicht geschrieben, und bin Ihnen doch so nahe. Also: zuerst langten Ihre zehn Gedichte an. Ich finde sie alle *schön* und *bedeutend*. Es gelingt ihnen, aus der Gepeinigtheit sich die Ruhe des Wortes zu erobern. (wunderschön mündet I:

›Nehm ich wahr den Rosenfels
Eines Quells‹,

während ich in II den Schluss der langen Zeile musikalisch nicht so aufgelöst finde: ich müsste sie einmal von Ihnen gesprochen hören, um jeder Silbe ihr Recht wiederfahren zu lassen. Ähnlich geht es mir zum Schluss von III, das ich sonst sehr bewundere, o Strophe 2 und 3!

»Dankend in den Staub des Schuhs
Schreibt der Tag, dass es geschah«

und die 2. Strophe des Hieronymus Bosch! Überhaupt halten sich Geistig- und Gesichtigkeit die Wage: dies Gleichgewicht der Schalen zu finden, welch Triumph! Was kann ich von mir aus Besseres sagen, als dass Ihre Art den Bereich meines Fühlens erweitert, mich empfinden lässt, was ich bisher nicht empfand, in die Tiefe wie in die Höhe. Ist es nicht zuweilen gerade in der Lyrik, dass man ihr nachjagt, weil man *wissen* möchte, weil diese Art des Wissens nur im Gedicht überliefert werden kann? »Die Sommernacht« kannte ich schon. Die zweite Strophe hatte mich zuerst sehr beunruhigt: nun beruhigt mich gerade ihre Kühnheit. Und das macht der hier allein richtige Schluss: »Ich schlafe schon«. »Kühler Rausch« geht mir unmittelbar herrlich ein, auch mit dem »sauer« als letztem Klang hab ich mich übereingestimmt. »Leicht schau ich auf die Schönheit hin, Vereinigt und daneben«. Das möcht ich auch über meine Verse schreiben dürfen.

O gewiss! »Das Wirkende hält Stand« – so viel, so wenig darüber für heute. Seien Sie gegrüsst und bedankt.

Und nun langte zweitens die Materie an, und zwar aus Sydney (mit Marken beklebt, die ein Känguruh ziert – welche Freude). O wie sehr danken wir Ihnen (bitte vergessen Sie nicht, auch der hilfreichen Schwägerin zu danken). Zwar ist das Paket beschädigt in Hamburg angekommen, aufgebrochen, so viel ich sehe (da das Inventarverzeichnis auch fehlte) aber nur um das zweite Zuckerpäckchen und einen Teil der Kaffeebohnen beraubt. Welche Erholung für die verbrauchten Nerven. Aber nun, nicht um mit falscher Bescheidenheit vor Ihnen zu paradieren – es sind *Delizien*, lieber Werner Kraft, und dass Sie die schicken (und gewiss nicht wieder schicken können: meine Pension beträgt jetzt 346 Mk im Monat), verbietet die dira necessitas. Und gerade deshalb schreib ich Ihnen, dass wenn Sie einmal noch ganz Simples (Mehl, Graupen, Erbsen, Linsen: wie sie der einfache Landarbeiter braucht und wie es am allerbilligsten erstanden werden kann) schicken können, helfen Sie das Gespenst der Wintersorge (sie wird nicht geringer als voriges Jahr werden, fürchten wir) bannen! Brauch ich erst zu sagen, dass, wenn Ihnen das nicht möglich sei, Sie es bitte gar nicht erst begründen dürfen!

Meine Frau zitiert mir ein Wort Alexander von Humboldts (aus einem Buch über die Rahel) an Varnhagen: »Wahrheit ist man im Leben nur denen schuldig, die man tief achtet, also Ihnen«. Ich denke nun oft an Sie, dass Sie so schuften müssen, denn ich bin ja jetzt a superannuated Man, der Galeerendienst der Schule ist weg & ich versuche mich zu sammeln. Aber zu oft noch zerreibt eine peinliche Nervosität mir die Zeit und ich komme zu nichts. Drei ›laute‹ Ereignisse sind vorüber, der 65. Geburtstag, die Schulentlassung (schön und würdig, ein milder Ausklang, er hätte Ihnen Freude gemacht; vielleicht etwas Hoffnung für dies verdorbene Land erweckt), die Lesung in der Hamburger »Woche der Dichtung« (komische Bezeichnung). Denke ich nun zurück, so will sie mir durchaus als ein Schlag ins Wasser erscheinen. Schön war eben nur, 40 Minuten lang mit dem Hauch des Mundes über 200 Menschen zu regieren – dann, als ich mit Pelle in die Pension an der Alster zurücktrollte, ein Gefühl grosser Leere (als vor vielen, vielen Jahren ich in der Preussischen Akademie auf Loerkes Betreiben Prosa gelesen hatte, war ich gleich hinterher mit ihm und der Witwe und Tochter des vortrefflichen, zu früh gestorbenen Leo Greiner zusammen, und das Gespräch war gut. Das Inoffizielle zählt, das Offizielle ist die Lüge) – schrecklicher Leere. – Mir liegt nichts dran, den schon im »Heiligenhof« sich verirrenden Hermann Stehr zu schmähen (da er seine Seele verkaufte! Ein tragischer Fall: er glaubte sich die versagte Anerkennung erzwingen zu können durch den Übergang zu den Mördern) – die »Leonore Griebel« bleibt mir ein geniales Werk, bei allem Schrecklichen etwas Mozartisches – aber wie weit überragte ihn Moritz Heimann (der ihn aus dem Dunkel holte. Zum »Dank« erwähnte Stehr in s. Autobiographie nicht einmal den Namen M. H.). Als ich M. H. zum ersten Male aufsuchte, erzählte ich ihm meinen Enthusiasmus für ›Meike der Teufel‹ und der ›Schindelmacher‹, herrliche Erstlinge & er forderte mich auf, das Stehr doch einmal zu schreiben. Ich tat es, in primanerhafter Begeisterung. Gewiss, solche Primanerbriefe sind peinlich – aber Moritz Heimann, der Kenner der Herzen, hat es Stehr sehr übelgenommen, dass er sich über meinen Brief spöttisch hinwegsetzte. Als nach vielen vielen Jahren ich Stehr einmal etwas von mir schickte (schon nichts Unreifes mehr), verschwieg Stehr das. Ich sagte Loerke meinen Kummer darüber, und Loerke erwiderte »Gott nimmt oft die Gaben zurück, die er einmal gewährt haben mag«.

Die Hand wird müde, ich muss schliessen. Sie schrieben von einem Gedichte R. Borchards, es sei »zum Heulen«. Solche Erschütterung gab mir Loerkes »Die späte Reise«:

Ganz anders ist's und schöner, als es war.
Versann sich einst auf eines Baumes Trumm
Die Seele mir; ich rief sie: Kehre um!
Und jetzt: Verweile, wenn du magst, ein Jahr!

Die Welt, soviel sie mir an Schmerzen gab,
Nahm niemals wieder einen Schmerz zurück. –
Nicht wiederhaben will ich nun mein Glück;
Es wandere und schneide sich den Stab!

Und einmal lassen wir uns ja allein,
Frau Welt. – Und wenn du meinst, du bliebest da:
Nie sieht dich einer ganz, wie ich dich sah.
Nie mehr. Und bitt ich denn, gedenke mein?

Zu denken irgendwes bist du zu gross.
Bist du darum auch mein uneingedenk:
Wenn du einst träumst, gestützt aufs Handgelenk,
Wer streift es dann,
Rührt ernst es an,
Bei tausend Blüten eine Blüte bloss?

NS: hinter mir las übrigens der rheinische, in Hamburg gelandete Dichter, viel gerühmte Paul Appel: es war eine Enttäuschung. Ich möchte ausführlich Ihnen darüber handeln.

»He who tastes a piece of bread
tastes all the stars«

heisst es bei W.B. Yeats. So schmecken wir mit Ihren Gaben *Ihre* Güte, empfinden dankbar Ihre Gegenwärtigkeit.

Ich grüsse Sie von Herzen als
immer
Ihr Wilhelm Lehmann

Schreiben Sie bald, wenn auch kurz
So vieles ist noch zu besprechen.

171. Werner Kraft an Wilhelm Lehmann

Jerusalem
31 Alfasi Rd
24.8.1947

Lieber Wilhelm Lehmann,
vorgestern kam Ihr lieber Brief, der einen Monat unterwegs war. So sehr ich mich freue, daß das Packet nun doch bei Ihnen angekommen ist – ich hatte es nicht mehr geglaubt und schon einen Freund veranlaßt, von Schweden aus ein anderes an Sie abgehen zu lassen, das nun *hoffentlich* auch ankommen wird, obwohl ich schon lange die ebenso banale wie leider treffende Erfahrung mache, daß alles Böse schnell und alles Gute langsam geht, oder auch, wie Kafka sagt: ›Das Gute ist in gewissem Sinne trostlos‹ –, so traurig bin ich anderseits, daß ein langer Brief, den ich kurz vor den zehn Gedichten abgehen ließ, offenbar *nicht* bei Ihnen angekommen ist, sonst hätten Sie doch etwas davon erwähnt und wahrscheinlich früher geschrieben. So stocken, auf große Entfernung, Briefe, wenn die Herzen voll sind. Oft ist es die Zeit in ihrer konkreten Furchtbarkeit oder das Fehlen der Zeit, oft ist es das Fehlen eines Anstoßes, und von den Briefen, die ich Ihnen im Gehen schreibe, erfahren Sie ja leider nur wenig .. Ist dies alles gewiß traurig, so gibt es doch Traurigeres, und wir müssen mit dem Wenigen, das wir uns nach Lage der Dinge gewähren können, zufrieden sein.

Doch zunächst danke ich Ihnen für alles, was Sie über meine Gedichte sagen. Ob Zustimmung oder noch so leise Ablehnung – mir ist alles gleich wertvoll, weil es von Ihnen kommt, und dauernder Anlaß zum Nachdenken und Nachprüfen. Nur eine äußere Bitte habe ich: daß Sie künftig nur mit einem Wort jeweils andeuten mögen, welches Gedicht Sie meinen. Die Numerierung der letzten 10 Gedichte war ganz zufällig, wie auch in ihrer Zusammenstellung kein besonderer Sinn gemeint war als eben der, daß es zehn sind.

In jenem verlorenen Brief – wenn Sie nun doch das Folgende zum zweiten Mal lesen müssen, ist es *Ihre* ›Schuld‹ – hatte ich Ihnen das folgende Gedicht von mir abgeschrieben, das bis jetzt überhaupt nur einen bedingungsweise zustimmenden Leser gefunden hat, und ich möchte gern wissen, was Sie zustimmend oder ablehnend dazu sagen. Es ist ein ›Schlaflied‹ und lautet so: […] [vgl. Nr. 169, S. 240]

Ich muß leider noch hinzufügen, daß in dieser Abschrift kein Fehler enthalten ist, besonders nicht in dem Buchstaben H des vorletzten Verses. So, und nun urteilen Sie, und damit Sie das Gelesene rascher vergessen, schreibe ich Ihnen auch noch einmal das Lied von Händel ab, das ich hier auf einer Platte der Negersängerin Maria Anderson gehört habe, ohne nach bloßem Hören die volle Verantwortung für den ›*Runen*hang‹ übernehmen zu können, wenn ich auch glaube, daß es so heißt. Sie können sich nicht vorstellen wie herzerschütternd schön die Melodie zu diesem Liede ist, aber auch ohne Musik wird das Wort auf Sie seine Wirkung üben: [...] [vgl. Nr. 166, S. 230f.]

Es soll sich um eine Übersetzung aus dem Englischen handeln. Wer der englische Dichter oder der deutsche Übersetzer ist, weiß ich nicht. Aber vielleicht Sie?! Und noch etwas zum Vergessen jenes Schlaflieds, diesmal von mir, und zwar die Übersetzung einer Übersetzung, nämlich das Gedicht ›Der Talwind‹ nach Arthur Waley: Chinese Poems 1946 und zwar von Lu Yün 4st Century AD:

Ich lebe hinter der Welt.
Still genießend die Abtrennung,
Sperr' ich die Tür dichter
Und kitte den Riß im Fenster.
Mein Geist dehnt sich dem Frühling zu.
Herbst ist mir im Herzen mit des Jahres Fall.
Nachahmend den Wechsel des Kosmos
Wird mein Haus ein All.

Und nun noch dies:
›Als ich jemanden ein Gedicht von Yüan Chên singen hörte‹ (geschrieben lange nach Chên's Tode, AD 840):

Sein Pinsel wird keine neuen Gedichte ziehen;
Selbst sein Ruhm ist tot.
Seine alten Gedichte sind tief im Staube
Von Kisten und Schränken.

Einmal, spät, als einer sang,
Plötzlich, ich hörte, einen Vers –
Bevor ich die Worte griff,
Pein erschlug mein Herz.

Meine deutschen Worte wollen gar keinen eigenen ›Wert‹ haben, wie ja auch die englischen nur auf ein unerreichbar fernes Original deuten, von dem man zu ahnen glaubt, daß es zu der gewaltigsten Lyrik gehört, die die Menschheit gemacht hat, finden Sie nicht auch?

Um aber von China ins Jahr des Unheils 1947 zurückzukehren, so freue ich mich sehr, daß Sie die Möglichkeit hatten, aus Ihren Sachen vorzulesen. Daß *Sie* von dieser ›Dichterwoche‹ enttäuscht waren, deren Titel stark an die ›Weiße Woche‹ deutscher Warenhäuser erinnert, wenn nicht gar an die 95 Pfennig-Tage, kann ich mir denken, und doch ist es trotz allem wichtig, welchen Eindruck die *Hörer* von Ihren Sachen hatten. Darüber schreiben Sie nichts. Ich hoffe einen starken! – Lörkes Wort über Stehr (der mich nie berührt hat), daß ›Gott seine Gaben zuweilen zurücknehme‹, hat mich sehr getroffen. Sein Gedicht ist sehr sehr ergreifend, aber zum ›Heulen‹ ist diese ›Späte Reise‹ nicht wie das ›Letzte Gedicht‹ von Borchardt, denn dieser bis zur Hybris stolze Mann hat, als Jude, am Ende seines Lebens mit seiner Familie eine Erfahrung gemacht, die Lörke, wie schwer sein Sterben gewesen sein mag, naturgemäß erspart blieb: er wurde nämlich mit der ganzen Familie von Florenz nach Tirol geschleppt, um dort – vielleicht mehr noch denn als Jude als deutscher Konservativer – ›liquidiert‹ zu werden. Zufall führte zur Rettung der Familie aber nicht zur Rettung des Dichters, der bald darauf, im Januar 1945, 68 Jahre alt einem Herzschlag erlag. Ich habe übrigens ein langes Gedicht auf Borchardt gemacht, von dem ich hoffe, daß es in Silberschiff oder Fähre einmal erscheinen wird. Heute möchte ich Ihnen noch ein Gedicht ›Der Klang‹ abschreiben, weil ihm mindestens vorschwebt, eine Einfachheit zu erreichen, von der das Gedicht vom Runenhang ein gültigeres Zeugnis ablegt:

Ich suche eine einfache Weise,
Die, meinem Gehöre einverleibt
Seit früher Zeit, entschwand und leise
Nicht ist und bleibt.

So sinnlos bietet sie mir dar
Das leichteste Gedenken
Von allem, was mir je entfiel,

Der weiße Duft in Wäscheschränken,
Die Barke auf dem Nil,
Der Thautropfen im Eise,

Leise,

Mit meiner Stimme stillstem Senken,
Bin ich am Ziel
Der Weise.

Und nun vergessen Sie bitte nicht, mir in Ihrem nächsten Brief zu schreiben, ob Sie etwas von Herrn Walter Dirks und meinem Aufsatz über Sie gehört haben. Ich seit Monaten: nichts!! Können Sie ihn nicht einmal fragen, ob er für den Aufsatz noch Interesse hat und falls es nicht der Fall ist ihn bitten, ihn in meinem Namen Dr Hans Hennecke, Herausgeber der ›Fähre‹ in München 27, Herzogparkstraße 2 zu schicken, damit er doch nicht völlig brach liegt.

Vergessen Sie nicht den ›Provinzlärm‹. Den sind Sie der Welt – und sei es selbst die kleinste – schuldig, sonst mache *ich* Staatslärm!!

Ich könnte Ihnen übrigens endlos über die Ereignisse in diesem unglücklichen Lande, ›untröstlich ist's noch allerwärts‹, schreiben, ich tue es nicht, weil ich mich einfach gelähmt fühle: die Explosivgewalt der Spannungen in diesem kleinsten Lande ist schlechthin undarstellbar. Aber ich glaube sagen zu können, daß ich dem Guten, selbst wenn es wirklich trostlos wäre, treu bleibe. Das muß genügen.

Kennen Sie die Erinnerungen von Verwey an George, die 1936 in schlechter Übersetzung in Straßburg erschienen sind? Wenn Sie sich das Buch – vielleicht durch Podzus – verschaffen könnten, es ist unglaublich aufschlußreich über George als den bösen Dämon von einem Menschen, von welchem ich doch nicht leugnen kann, daß er in Trümmern ein großer Dichter ist. Und in Père Goriot von Balzac lese ich gerade folgendes:

›Il faut entrer dans cette masse d'hommes comme un boulet de canon, ou s'y glisser comme une peste. L'honnêteté ne sert à rien. On plie sous le pouvoir du génie, on le hait, on tâche de le calomnier, parce qu'il prend sans partager; mais on plie s'il persiste; en un mot, on l'adore à genoux quand on n'a pas pu l'enterrer sous la boue. La corruption est en force, le talent est rare.‹

Und nun leben Sie wohl! Ich grüße Sie und Ihre Gattin, auch im Namen meiner Frau, sehr herzlich und bin in immer gleicher Neigung und Treue

Ihr Werner Kraft

172. Wilhelm Lehmann an Werner Kraft

Eckernförde, letzter [30.] September 1947

Lieber Werner Kraft, eben kommt Ihr am 24. Aug. geschriebener Brief. Ja, meine Antwort auf Ihr Schlaflied, das ich gut verstehe!, hat Sie leider nicht erreicht. Ich schreibe schnell diese Karte in der Hoffnung, dass sie wenigstens zu Ihnen gelangt. Sie soll Ihnen nur sagen, wie glücklich ich über Ihren Brief bin, soll Ihnen nur sagen, dass was von Ihnen kommt mich immer und besonders jetzt tief erfreut: es ist ein rein vegetatives Gefühl und gerade darum so gewiss, so wohltuend.

Plötzlich ist es hier, nach endlich einmal anhaltend warmem Sommer, kalt geworden, und, vorahnend, schaudern wir vor dem Winter. Ihr voller Brief soll bald beantwortet werden. Walter Dirks lässt auch mich im Stich. Die Leute haben immer Wichtigeres zu tun. Doch darüber dann brieflich. Wie sehr, wie herzlich grüssen wir Sie und die Ihrigen! *Immer* Ihr

W. L.

173. Werner Kraft an Wilhelm Lehmann

Naharia
16.10.47

Lieber Wilhelm Lehmann,
ich bin für eine Woche hier an diesem Ort am Meer in der Nähe von Haifa, sitze am Strande und denke an Sie. Ich hoffe, wenn ich übermorgen wieder zuhause sein werde, einen Brief von Ihnen vorzufinden, denn ich habe wieder seit längerer Zeit nichts von Ihnen gehört, und ich möchte von Ihnen hören! Und Gutes!

Das Meer ist spiegelglatt und blau und grün. Ganz in der Ferne sehe ich ein Segelboot. Bei Ihnen dürfte es schon stürmischer sein. Aber neulich hat mich auch hier beim Baden eine Welle einfach umgeworfen und beschämt mit zwei Hautabschürfungen an den Strand entlassen. Es ist gewiß schön, und die Welle schwillt ›mit zartester Verneigung‹, wie es so schön in Ihrem Gedicht heißt, an den Strand. Aber die Welt einfach abfließen lassen wie einen Wassertropfen, wie Sie es zuweilen vermögen – und in gebührendem Abstand auch ich –, dazu gehört allmählich doch ein wahrhaft herkulisches Vermögen, über das ich kaum noch verfüge. Dazu kommt, daß an den Toren unseres Landes die Cholera pocht: Noch ist sie nicht da, und sie *kann* auch *nicht* kommen, und auch wenn sie käme, gibt es solche, die leben, und solche, die sterben, aber – [Nachtrag: Ich lese eben eine Überschrift, daß in Ägypten an einem Tag 175 Tote sind.] Am besten ist es natürlich, zu sagen: Ich bin ganz ruhig. Das beruhigt wirklich, obwohl eine solche Aussage nicht den geringsten Sinn hat, denn wie könnte sie an den Fakten etwas ändern! Mark Aurel sagt: Und wenn sie darüber bersten – sie werden immer gleich handeln. Hat er Recht? Ich glaube es zuweilen, aber ich wehre mich dagegen. Wie mir auch die zwei Kriege, die ich erlebt habe, nebst dem dritten, den ich erleben könnte und nicht – und nicht mehr – zu erleben hoffe, etlichen Revolutionen und all den Beobachtungen des persönlichen und Gesamtlebens zuweilen die Vermutung nahelegt [!] Nietzsche könnte mit der mir bisher gänzlich unverständlich gewesenen Wiederkehr des Gleichen Recht haben. Auch dagegen wehre ich mich, aber nicht mit dem Übermenschen, der, wie Karl Kraus sagt, ein verfrühtes Ideal ist, das den Menschen voraussetzt. Nirgends übrigens so wie in einem Badeort wird einem bewußt, welche ungeheure Rolle durch die ganze Breite des Lebens hin das Geschwätz spielt. Es ist schlechthin unfaßbar, und wenn man sich selbst daran beteiligt, müßte man sich eigentlich das Leben nehmen, fühlt sich aber gleichzeitig durch den Strom der Gemeinsamkeit getragen. Der Individualismus macht nicht viel Aufhebens davon, durch wieviele Fäden er mit der verachteten Kollektivität verknüpft ist, und diese wiederum lebt in trostloser Ahnungslosigkeit über den Verlust, den sie täglich erleidet, wenn sie alle steigert und den Einen entbehrlich findet. Bei allen Betrachtungen dieser Art glaube ich immer klarer zu sehen, daß alle Erkenntnis nur Garantien für relativ stichhaltige Resultate gibt, wenn sie *polar* ist. Ich muß es leider Ihnen überlassen, sich dabei das Richtige zu denken. Goethe war es, dem es auffiel, daß man immer nur denkt, wenn man das was man denkt nicht zuendedenken kann. Wie wahr ist das! Aber ich fürchte, ich habe das Geschwätz an die Wand gemalt, damit es auch mich holt, und Sie müssen gleichsam die Zeche zahlen – –

Die Lage dieses Landes ist furchtbar. Die letzte Erklärung, von der ich mir bewußt bin, daß niemand etwas von ihr hat, nicht einmal ich, ist die: daß es Politik und Geschichte gibt. Alles von zahllosen Standpunkten aus Gewollte und Gesollte ist auswegslos, so möge wenigstens das was unabhängig davon geschieht, wie eine Welle, die diesen trägt und jenen umwirft, für das Ganze gütig sein, damit es intakt bleibt. Die bängere Frage ist allerdings die: Wenn es so in diesem kleinen Lande aussieht – ich müßte ein Buch schreiben, um Ihnen nur halbwegs was vorgeht zu erklären –, wie sieht es dann eigentlich in der Welt als ganzer aus?!

Aber trotzdem möchte ich wissen, was Sie tun und vor allem, was Sie arbeiten. Es wäre so schön, wenn Sie den ›Provinzlärm‹ beenden oder, falls Sie ihn beendet haben, veröffentlichen könnten.

Lesen Sie die ›Wandlung‹ in Heidelberg? Ich habe neulich zwei Hefte gelesen und fand einiges darin vorzüglich. Gedichte eines mir unbekannten Dichters – Hans H. König – machten stellenweise Eindruck auf mich. Über alles Maß entsetzlich wirkten auf mich die Berichte über die Tötung der deutschen Geisteskranken und nicht nur die Sache sondern vor allem die administrativen Briefe, die da von Himmler und anderen geschrieben wurden. Selbst die Opposition, so erfreulich sie war, ist noch in dieses Grauen einbezogen. Dieses Grauen selbst ist nur ein winziger Ausschnitt des großen Grauens, das überhaupt niemals wird dargestellt werden können. Finden Sie nicht auch, daß das Vergessen an allem Lebendigen wie ein Wurm nagt? Ich hörte hier folgendes harmlose Gespräch: Eine Dame fragt einen Herren nach einer gemeinsamen Bekannten. Dieser sagt ruhig: Sie ist mit ihrem Mann und ihren beiden Kindern erschossen worden. Darauf sie: Sie war ein so vergnügter Mensch. Ich erhebe keinerlei Vorwurf, daß das *Ereignis* in diesem Gespräch nicht vorkam und daß der begründete Eindruck bestand von einem geheimen Einvernehmen, ›davon‹ nicht zu sprechen: das Ereignis überraschte ich im Stadium des beginnenden Vergessens. Der Vorwurf geht auf eine Welt, die solche Ereignisse und solches Vergessen verantwortet. Wenn ich übertreibe, so sagen Sie es mir, denn Sie haben doch für manches aus der Stille Ihrer Existenz Lösungen, wo anderen die zuviel gebrauchten Worte ausgehen .. [Nachtrag: oder auch in unerlaubter Weise kommen.]

Gern möchte ich wissen, was mit meinem Aufsatz über Sie ist. Inzwischen habe ich selbst an Herrn Dirks in Frankfurt geschrieben. Ich kann nicht verstehen, daß ich keinerlei Nachricht aus Deutschland erhalte. Auch meine Zeitschriften schweigen gänzlich.

Ich habe von Sartre einen Roman ›L'âge de raison‹ gelesen und muß sagen, daß es ein Buch ist, von dem ich bei den entscheidendsten Vorbehalten gegen die Weltansicht, die ihm zugrundeliegt, zugeben muß, daß es mit der Keule geschrieben ist und daß sein Autor eine Energie ist.

Leben Sie wohl bis zum nächsten Mal, lieber Wilhelm Lehmann. Von Herzen grüßt Ihre Frau und Sie selbst

Ihr
Werner Kraft

174. Werner Kraft an Wilhelm Lehmann

Jerusalem
29.10.47
31 Alfasi Rd

Lieber Wilhelm Lehmann,
ich erhalte eben Ihre liebe Karte vom 30.9. und bin sehr traurig, daraus zu entnehmen, daß ein Brief von Ihnen offenbar nicht angekommen ist. Nun alles noch einmal schreiben zu müssen, was Sie inzwischen schon längst vergessen haben werden, ist hart, aber vielleicht holen Sie einzelnes dennoch nach. Es ist so schade, daß bei solcher Nähe eine solche Weite zwischen uns ist. Aber was soll man tun? Man kann sich immer wieder nur bemühen, aus der Kraft des Geistes und des Herzens die Kluft zu überbrücken. Meinen Brief vom Meer – aus Nacharia – werden Sie inzwischen erhalten haben. Nun bin ich schon längst wieder in den Alltag eingespannt.

Aber gerade jetzt habe ich wieder eine ganze Reihe Silberboote und Fähren erhalten. Ein Silberboot enthält eine sehr zustimmende Besprechung von ›Entzückter Staub‹, von einem sympathischen Mann – Franz Golfing – geschrieben, der wohl kein Dichter im eigentlichen Sinne aber ohne Zweifel ein dichterischer Mensch ist. Er wird bei Ihren Gedichten an solche aus dem ›Divan‹ erinnert. Ich glaube nun nicht, daß das stimmt. Wenn er aber am Schluß sagt, daß Gedichte wie diese auf eine Renaissance der Lyrik schließen lassen, so hat er zehnfach Recht. Dann steht in der Fähre II 5 ein Aufsatz von Hans Hennecke ›Deutsche Lyrik – heute‹, der lesenswert ist, da er eine Reihe interessanter Gedanken enthält. Darin heißt es:

> ›Nichts gegen die überzeugenden oder gar genialen Eingebungen auf diesem Gebiete, wenn etwa die Droste in Gedichten wie ›Die Mergelgrube‹ aus solchem Detail einen hinreißend neuen Weltaspekt schafft; oder wenn Friedrich Schnack (in seiner frühen Lyrik) und Wilhelm Lehmann oder (um unter jüngeren wenigstens einen namhaft zu machen) Oda Schäfer bisweilen hier auch heute noch wahrhaft merlinische Akkorde finden ... Aber letzthin waltet hier vor allem doch ein vormenschlicher Gesichtspunkt ..‹

Sie sehen, daß Sie nicht vergessen sind. Er ist zwar ›dagegen‹, und wieweit das die anderen, die ich nicht kenne, mit Recht trifft, weiß ich nicht. In Ihrem Falle übersieht er das Besondere: Daß Sie mit Ihrem Sosein und So schreiben ein *Problem* setzen, das als solches noch nie ein Dichter sich als Lebensaufgabe gestellt hat: den Kampf für und gegen die Natur. Aber dieser Mann ist zweifellos belehrbar, und es wird Zeit, daß Herr Dirks, mein Manuskript freigibt, damit ich es verwenden kann .. Ich habe ihm schon vor Wochen geschrieben aber noch immer keine Antwort erhalten. Der letzte Satz des Aufsatzes lautet:

›Aber auch bei uns gibt es Anzeichen dafür, daß solches – nicht nur in der Gesinnung sondern auch in der Potenz der Sprache – sich anbahnt: in Bergengrüens ›Dies Irae‹, in Holthusens ›Trilogie des Krieges‹, in der Lyrik Werner Krafts und in Lernet-Holenias ›Germanien‹. Das sind Gedichte, in denen es um nichts so sehr als um die Sache des Menschen geht.‹

Dieser Autor meint es wirklich gut mit mir, daran ist kein Zweifel, er schätzt mich aufrichtig. Bergengrüen und Holthusen kenne ich nicht, aber daß ich nun unmittelbar neben Lernet-Holenia stehe, den ich mein ganzes Leben geringgeschätzt habe und dem ich weder seine Anklage gegen Deutschland (von innen, sprach- und herzecht, von außen ist es ja schon kinderleicht und kostet nichts) noch sein Dichten wie früher im Hölderlin- oder Rilkestil so heute im Stil des Klopstockschen Messias glaube – daß ich gerade neben ihm stehe, zeigt mir wieder die groteske Paradoxie der dichterischen Wirkung, gegen die man nichts tun kann als mäuschenstill sein .. In demselben Heft finden Sie vier Ihnen unbekannte Gedichte von mir aus der Zeit vor dem Kriege und vor allem zwei schreckliche Druckfehler, die ich Ihnen gleich bezeichne: in ›Die Ruhe‹ Str 4 V 1 statt ›die Erde‹: *diese*; in ›Die Liebe‹ Str 1 V 2 statt ›wenn *das* Leben: *dieses*, schließlich in ›Die Klapper‹ Str 3 statt ›fügte‹: füge. Dazu aber finden Sie in diesem Heft noch zwei außerordentliche Briefe von Borchardt an eine junge Dichterin. Darüber würde ich gern Ihre Meinung hören.

Dann habe ich Ihnen noch zu berichten, daß Fr. Podzus mir seine beiden Bücher durch den Verlag hat schicken lassen. Ich bin sehr erfreut darüber, sagen zu können, daß mir beide Bücher starken Eindruck machen, die ›Kinderszenen‹ sind entzückend erzählt, frisch und lebendig, in natürlicher Sauberkeit des Stils. Ein verstorbener Onkel meiner Frau – Paul Stettiner – hat jahrzehntelang als Stadtschulrat das kulturelle Leben Königsbergs beherrscht. Er hätte an diesem Buch große Freude gehabt, an der Art, wie hier der Duft der ihm nächsten Stadt eingefangen ist. Er nahm übrigens an seinem 80. Geburtstag Gift, als er, obwohl er getauft war, den gelben Fleck anlegen sollte .. In den Gedichten finde ich manches Mißglückte, viele schöne Stellen und einige sehr schöne Gedichte. Zu diesen rechne ich: Les Adieux – ›Ballspiel der Göttinnen‹ – ›Vor dem Paradies‹ – ›Karl

Kraus‹ – ›Kortege‹, dann in einer höheren Ordnung geistig-moralischen Kampfes: ›An Hekuba‹ – ›Beim Tode Don Quichottes‹ – ›An den Schatten Hamlets‹ – ›Monolog im Feuer‹. Ich habe ihm dies auch in einem Briefe gesagt. Über meine Einwände werde ich Ihnen im nächsten Brief schreiben.

Nun noch schnell, da Ihnen das erste gefallen hat, das zweite chinesische Gedicht – aus derselben Quelle –, das ich ›übersetzt‹ habe, von demselben Dichter:

Als ich jemanden ein Gedicht von Yüan Chên singen hörte [...]
[vgl. Nr. 171, S. 247]

Und damit, lieber Wilhelm Lehmann, leben Sie wohl. Ich schreibe bald wieder. Wäre ich doch reich! Aber ich bin arm. Das ist beinahe ein Gedichtanfang. Aber die Fortsetzung ist Wahrheit, die ich verschweige, damit Sie sie hören.

Herzlichst grüßt Ihre Frau und Sie selbst, auch von meiner Frau

Ihr
Werner Kraft

175. Werner Kraft an Wilhelm Lehmann

Jerusalem
31 Alfasi Rd
17.11.1947

Lieber Wilhelm Lehmann,
zunächst etwas ›Geschäftliches‹: Die ›Wandlung‹ in Heidelberg interessiert sich für meinen Aufsatz über Sie, und der verfluchte Herr Dirks in Frankfurt läßt nichts von sich hören.

Darf ich nun Folgendes vorschlagen: Würden Sie sofort ihn in meinem Namen fragen, ob und wann mein Aufsatz erscheinen wird und ihn bitten, ihn Ihnen umgehend für mich zurückzuschicken, falls er *nicht* erscheinen wird. Fügen Sie vielleicht auch hinzu, daß Sie, falls Sie etwa in 10 Tagen keine Antwort erhalten, sich frei fühlen, den Aufsatz einer anderen Zeitschrift in meinem Namen anzubieten. Und schicken Sie ihn in jedem Fall, d.h. ev. Ihr Exemplar in meinem Namen (falls Sie sich von ihm trennen wollen) an die ›Wandlung‹ in Heidelberg Weberstraße 11. Sie könnten aber auch, um die Sache abzukürzen, den Aufsatz *sofort* an die Wandlung schicken und dies Herrn Dirks mitteilen, mit der Bitte um umgehende Mitteilung, falls er die Absicht hat, in *absehbarer* Zeit den Aufsatz zu veröffentlichen. [Nachtrag: Es kommt doch nur der erste Vorschlag in Frage, da man ja sonst den Aufsatz von der Wandlung zurückerbitten müßte, was ja peinlich wäre.] Also ganz wie Sie wollen, und falls es Ihnen unangenehm wäre, mit der Wandlung in eigener Sache zu verhandeln, könnten Sie auch jemand anderen mit der Abfassung des kurzen Begleitbriefs betrauen.

Ich bin heute Abend müde und daher bin ich so kurz. Ich verspreche Ihnen aber, in einigen Tagen ausführlich zu schreiben. Mit stärkstem Eindruck lese ich gerade das in Amerika erschienene Buch von Hermann Broch: Der Tod Vergils. Es ist das erste Buch, das ich von diesem Autor lese. Ich halte es sprachlich und gedanklich für ein Werk sehr hohen Ranges. – Leider bin ich zu Anfang Dezember gekündigt worden. Leben Sie herzlich wohl! Viele Grüße für Ihre Frau und Sie selbst, auch von meiner Frau

Ihr Werner Kraft

176. Wilhelm Lehmann an Werner Kraft

Eckernförde, Busstag [19. November] 1947

Lieber Werner Kraft – ach ja, die Ferne macht mich weniger schwierig als die Zeit, wie sehr betrübt mich, dass Sie der eine Brief von mir nicht erreicht hat: ich schrieb Ihnen über alles, auch über Ihr Schlaflied, das ich ganz gewiss zu verstehen glaube, auch das schlafende H: es kommt mir insofern Mallarmésch vor, als es wie eine schwarze Eschenknospe Violett und Grün in sich verbirgt; ich fürchte aber, bei der Unterernährung krankt mein Gedächtnis, nicht mehr alles reproduzieren zu können, was ich frisch niederschrieb. Auch drückte ich Ihnen meine Beschämung darüber aus, dass ich einen Mann in Ihrer Lage eine Bitte um Linsen und Einfachstes & Billigstes geäussert und nun schreiben Sie, dass Sie einen schwed. Freund schon gebeten hätten – auch wenn es nicht ankommen sollte, tut uns Ihre Güte von Herzen wohl. Ich habe so viel mit Ihnen zu besprechen & zu bedenken & so wenig kommt davon in die Tinte. Wo anfangen? Also zuerst: endlich bekam ich auf mein Drängen von Walter Dirks als Antwort den Brief, den er Ihnen nun selbst geschickt hat. Ich hatte ihn zwar, wie Sie wollten, die wunderschöne, mich immer wieder freudig erregende Arbeit an Hennecke zu senden gebeten; bin aber gewiss, dass so Gründliches, Ausführliches im Häppchenladen dieses mir ganz und gar nicht gefallenden, grossen ›connaisseurs'‹ (der so gern ein bedeutender Kritiker sein möchte. Immerhin. Ihm soll über all seinem Novitätenplunder nicht vergessen werden, dass er jedenfalls einiges von Ihnen gedruckt hat & hoffentlich weiter drucken wird) keine Stätte finden wird (o ich kann diese immerfort redaktionell für notwendig gehaltenen Kürzungen nicht aushalten!). Daher erkühnte ich mich, ohne Sie vorher zu fragen, Alfred Döblin eine Abschrift zu schicken, auch einem Frankfurter Verleger, der an mich geschrieben hatte & der anständig gegen Loerke (bitte nicht: -ö-) gewesen ist, endlich noch einem dritten. Sie erinnern sich, dass Ludwig Kunze, der in Amsterdam gerettet sein soll, mir zum 50. Geburtstag ein kleines Manifest »Die unbekannte Stimme« publizierte – wie schön wäre es, in Ihrer Schrift eine Parallele zum 65. zu sehen. – Die Frankfurter Hefte (ich möchte Ihnen sowieso einen Sack von Schriften schicken, immerzu: es rührt sich manches wirklich Geistiges unter den vernichteten Deutschen, mag auch das Gros doch nur – wie auch Klaus Mann gesagt haben soll, mit dem ich sonst gewiss nicht sympathisiere – dem verlorenen Krieg nachtrauern & in unsagbar stupidem Geschwätz ⟨Ihre Probe ist leider nur eine Harmlosigkeit gegen das, was unsereins hören muss beim Schlangestehen, aber auch unter ›Gebildeten‹⟩ seiner Wut, statt seinem Gewissen Ausdruck geben. Verzeihen Sie die Satzmonstren: ich bin noch nicht ganz geheilt von einer Erkältung, die mich über 2 Wochen ins Bett warf & den Kopf jämmerlich verdumpft) also, die F. Hefte scheinen mir sehr wertvoll, sehr aufrecht, sehr rein zu sein & W.D. einer der Besten. Freilich, sie sind nicht eigentlich ein Ort für Dichterisches. Gewisse Dinge Ihnen zu schildern, müsste ich so weit ausholen, dass die kleinmaschig-realistische Schilderung Sie langweilen *müsste*. – Ihre Erinnerung an den Provinzlärm ermutigte mich, Lambert Schneider davon zu schreiben, er schrieb zurück, das MS habe ihn von der ersten bis zur letzten Seite gefesselt & er will es drucken Anfang des Jahres. Auch schrieb er mir heute, dass er den ›Grünen Gott‹, aus Papiermangel im Format des »Entzückten Staubes« neu drucken will, dann kann ich Ihnen endlich ein anständiges Exemplar schicken.

Weil es mir gerade einfällt: von Karl Schimper (Naturforscher, lebt – 1853 – in Erlangen oder auf wissenschaftl. Reisen, kenne ich aus O.L.B. Wolffs (Goethe!) Poetischem Hausschatz einige bemerkenswerte Gedichte.

Nun aber, es kommt mir wieder, zum Anfang meines Briefes: ich schrieb Ihnen zu dem Angriff Grafs gegen Sie. Sie entwickelten mir die Fr. Kemper – und ich gehe *völlig* auf Ihre Gedanken ein. Es lassen sich vom lieu commun zwei Wege denken, der Genialität und der Stumpfheit. Den letztern geht Herr Georg Britting (über den u. seinen Bewunderer ich Ihnen in jenem verlorenen Briefe ein Zeitungsblatt einlegte), wenn er »dichtet« (als einer, der den Primitivismus pflegt, das tun die in und um München überhaupt):

Der Ziegelstein

Der zernarbte Ziegelstein
Auf der weissen Gartenstiege
Glüht im prallen Sonnenschein,
Wie eine dicke Feuerfliege.

Und am Abend ist er blutrot
Noch, von Fleisch, und bebend,
Und verströmt die Glut wie lebend:
Erst erkaltend wird das Tontier tot.

Man verübele mir nicht meinen Zorn auf solche »Kunstübung« – nur, es nimmt eben Echtem den Raum weg & verdirbt das poetische Allgemeinbewusstsein, falls es ein solches gibt.

Noch entsetzlicher ist in der »Wandlung« das ›Aktenmaterial‹ über die Hinschlächtereien in Polen.

Frau Joh. Spector ist nun doch in die U.S.A. gefahren. Ich schmeichele mir, ihr wieder ins Leben verholfen zu haben, indem ich sie (zusammen mit meiner Frau: wir *wollten* alles, alles hören & genau) von Anbeginn an angestachelt, das Erlebte niederzuschreiben, & bei ihrer angeborenen, Gott sei Dank nicht auch gemordeten Energie, gelang es auch, ich habe mir viel Mühe gegeben. Sie war in der letzten Zeit in Frankf., über Jüd. Ghetto & Kzmusik zu promovieren. Keine erstrangige Intelligenz, auch keine grosse Künstlerin – aber sie wird leben & tätig sein. Etwas wurde von ihr auch in Hamburg gedruckt, ich will versuchen, es Ihnen zu schicken. – Ach, lieber Werner Kraft, Sie und die Ihrigen hausen sehr an den Wurzeln unseres Daseins hier am Jungmannweg. Ich muss heute wieder abbrechen.

Schon tanzen selige Gestalten
In heiligem Wahnsinn durch den Jammer.

Von uns allen zu Ihnen allen!

In Liebe und Treue
bis zum nächsten Briefe
Ihr Wilh Lehmann

Sie schreiben vom grünblauen Meer. Hier ist längst die Kälte, meine grösste Feindin. Und es gab den ersten Schnee.

177. Werner Kraft an Wilhelm Lehmann

Jerusalem
31 Alfasi Rd
20.11.47

Lieber Wilhelm Lehmann,
inzwischen werden Sie meinen Luftpostbrief von vor einigen Tagen erhalten haben, und ich füge ihm noch Folgendes hinzu, in der Annahme, daß Sie meinen Aufsatz über Sie noch nicht an die ›Wandlung‹ abgeschickt haben:

1) Würden Sie bitte S. 22 die Jahreszahl hinter dem ›Grünen Gott‹ in 1942 ändern

2) die Fußnote auf dieser Seite streichen

3) S. 23 hinter ›Zeitgenosse‹ (3. Zeile von unten) noch die Worte hinzuschreiben: als Liebender

4) S. 24 hinter ›der Erdentag lädt nicht mehr ein‹ folgendes hinzufügen, vielleicht mit Schreibmaschine auf einem beigelegten Zettel:

> Das Gedicht ›Fahrt über den Plöner See‹ aus dem ›Grünen Gott‹ verknüpft, ergriffen und ergreifend, eine umschriebene See- und Insellandschaft, ›Acis und Galathee‹ von Händel, Sein und Vergehen, die Liebe und die Fahrt durch die Schönheit der Natur und den ›Schreck der Zeiten‹ zu einer Traumvision, die das reine Spiegelbild der Erfahrung von der Nähe und Wärme menschlicher Gemeinschaft ist.

Das ist alles, und *ein* Gedicht mehr zu loben, wie ich möchte – das wäre schon unanständig.

In der Neuen Rundschau (die mich so wenig liebt wie ich sie) sah ich doch mit Freude drei Gedichte von Ihnen abgedruckt neben sehr schönen aus dem Nachlaß von Lörke (die vielleicht von Ihnen kommen). Dagegen sah ich zum ersten Male in Gedichte von Elisabeth Langgässer hinein, zugegebenermaßen sehr flüchtig – ich sage also mit Vorbehalt: *Nein*. Doch lasse ich mich gern belehren, falls ich mich irren sollte.

Wieder schreibe ich nur dies in der Mittagspause, da der Brief schnell weg soll, und vertröste Sie auf den nächsten.

Immer Ihr
Werner Kraft

Die Trennung

Wie seh' ich aus? –
Lang' schwieg davon die Ahnung.
Sie spricht: Wohl schlechter als vor dreißig Jahren,
Im Gruftgemach des Körperbaus;
Auch besser, durch die Wucht des Schwundgewichts.
Dies ist die sinnberauschte Bahnung
Des Wahren.
Das Nirgends dehnt sich nach dem Nichts.
Wie sich die Seele freut
Des eigenen Gesichts
Im Wiesenplan der aufgerauschten Planung!
Ein Schimmerndes, verstreut,
Glänzt auf, gedenkend sie verflichts
Zu Leibe, o Geläut
Des Lichts!
O feierliche Mahnung! –
Die Flitternde beruht, die Flatternde bereut.

Der ferne Morgen

Wie Morgen rauscht's und wartet;
Ich warte auch.
Das Spiel ist abgekartet.
Dünn hör' ich durch den Rauch
Einen Vogel pfeifen
Und fühle schon im Schweifen
Ihm entgegenreifen
Den freudigen Betrug,
Er frommt mir,
Schön kommt mir
Der Morgen, ach, genug,
Wenn in dem grünen Garten
Der Welt,
Dem morgenschön erharrten,
Knochenzug
Macht bis ins Herz erbleichen
Tief über Raum und Reichen
Mein Herz, das sich der Armut stellt.

178. Wilhelm Lehmann an Werner Kraft

Eckernförde, 29. Nov. 47

Lieber Werner Kraft, so schieben Sie das Schlimmste bescheiden an den Schluss Ihres Briefes (ich bekam zwei zu gleicher Zeit: Dank!), nämlich, dass Ihnen gekündigt sei. Ach! soll ich nun Ihren ›Gedichtanfang‹ sprechen: »Wäre ich reich! Doch ich bin arm!« Es hat mich wie mich selbst getroffen – ach, wär ich ein Magnat, ich wollte Sie zu meinem Sekretär machen, als der Sie nichts zu tun hätten, als Ihren Gedanken nachzutanzen. Aber getrost! die arme Welt kann und wird sich ein so reiches Haupt nicht entgehen lassen (*fromme* Wünsche: jetzt weiss ich, wie ernst diese Redensart ist). – Zum ›Geschäftlichen‹. Kurz bevor mir Dirks den Brief an Sie im Durchschlag schickte, hatte ich, ärgerlich auf ihn (den ich selbstverständlich in Ihrem Auftrag die Arbeit an Hennecke schicken hiess), mich erdreistet, Alfred Döblin sie vorzulegen. Er hat sie jetzt drei Wochen: nun kommt Ihre Nachricht von dem Interesse der ›Wandlung‹: so schickte ich sie an deren Redaktion (mit dem Bemerken, ich gäbe ihr Bescheid, sobald Döblin sich meldete, der dann eventuell das Vorrecht haben würde).

Zuerst schreibe ich aus Oktoberheft der »Frankf. Hefte« ab:

> Der »deutsche Versöhnungsbund« ist Zweig eines Internationalen Versöhnungsbundes, der Menschen verschiedener Herkunft, Konfession, Parteirichtung und beruflicher Stellung umfasst. Ohne etwa Nichtchristen zu Christen, Protestanten zu Katholiken, Kommunisten zu Nichtkommunisten oder umgekehrt bekehren zu wollen, bemüht er sich, die Wege zu Versöhnung und Frieden im Geiste Gottes, wie er sich in Jesus Christus geoffenbart hat, immerfort von neuem ausfindig zu machen. Der deutsche Zweig steht unter Leitung von Pfarrer W. Mensching in Petzen bei Bückeburg. Das Schriftchen »Jüdisches Vermächtnis« enthält u.a. »Ein jüdisches Gebet aus einem Konzentrationslager«. Es lautet:
>
> »Friede sei den Menschen, die bösen Willens sind, und ein Ende sei gesetzt aller Rache und allem Reden von Strafe und Züchtigung … Aller Massstäbe spotten die Greueltaten; sie stehen jenseits aller Grenzen menschlicher Fassungskraft, und der Blutzeugen sind gar zu viele … Darum, o Gott, wäge nicht mit der Waage der Gerechtigkeit ihre Leiden, dass du sie ihren Henkern zurechnest und von ihnen grauenvolle Rechenschaft forderst, sondern lass es anders gelten. Schreibe vielmehr den Henkern und Angebern und Verrätern und allen schlechten Menschen zugut und rechne ihnen an:

all den Mut und die Seelenkraft der anderen, ihr Sichbescheiden, ihre hochgesinnte Würde, ihr stilles Mühen bei alledem, die Hoffnung, die sich nicht besiegt gab, und das tapfere Lächeln, das die Tränen versiegen liess, und alle Liebe und alle Opfer, all die heisse Liebe …, alle die durchpflügten, gequälten Herzen, die dennoch stark und immer vertrauensvoll blieben, angesichts des Todes und im Tode, ja auch die Stunden der tiefsten Schwäche …. Alles das, o mein Gott, soll zählen vor Dir für eine Vergebung der Schuld, als Lösegeld, zählen für eine Auferstehung der Gerechtigkeit, – all das Gute soll zählen und nicht das Böse. Und für die Erinnerung unserer Feinde sollen wir nicht mehr ihre Opfer sein, nicht mehr ihr Albdruck und Gespensterschreck, vielmehr ihre Hilfe, dass sie von der Raserei ablassen .. Nur das heischt man von ihnen, und dass wir, wenn nun alles vorbei ist, als Menschen unter Menschen leben dürfen und wieder Friede werde auf dieser armen Erde über den Menschen guten Willens, und dass Friede auch über die anderen komme.«

Meine Frau und ich sind tief erschüttert über das, was nicht mehr menschlich, schon fast göttlich hierin ist (wie meine Frau sagt).

Es ist Sonnabend Abend, wir sitzen in dem einen Zimmer am kleinen Ofen, Agathe, die in Kiel »schwarz« an der Univ. hört (noch nicht zugelassen, ausserdem besucht sie einen, ziemlich sinnlosen, Ergänzungskurs für Abiturienten in Kiel. Aber was soll eigentlich ein Studium hier?), Kunsthistorisches und Französisch, übersetzt fleissig Valérys Gedichte & fragt mich nach dunklen Stellen, die ich oft auch nicht deuten kann, meine Frau stopft Strümpfe, oft aufbegehrend gegen das tägliche Einerlei, immer wieder sich willig fügend, und ich schreibe Ihnen, Ihrer aller gedenkend.

Ihre Abneigung gegen Lernet-Holenia teile ich ganz. Ich habe Oberflächliches von ihm gelesen, und vor vielen Jahren, als die Konjunktur so war, dummes Geschwätz gegen Gedichte, sie seien sinnlos, es müsse Gebrauchslyrik geben, es war abscheulich. Jetzt wird er gross gefeiert … Auch Zuckmeyer ist wieder hoch im Kurs, in Hamburg aufgeführt, überschwenglich gefeiert. Er war nie ein Dichter .. Ich erinnere mich einer ergötzlich-grausamen Anzeige W. Benjamins. Denken Sie, ich wagte, den Luzerner Verlag um Detlef Holz anzugehen: er schickte mir gütig das herrliche Buch, ich danke *Ihnen* auch dafür.

Sie lehnen, jäh, E. Langgässers Gedichte ab. Ihr bin ich ja sehr, sehr verpflichtet, sie hat mir stets mit Liebe und Treue beigestanden, ihr verdank ich den Verleger L. Schneider, als er Otto Müller aufkaufte, den Goebbels, grad als er den ›Grünen Gott‹ drucken wollte, aus der Reichsschrifttumskammer warf. Ich habe ihr schon einmal, bei aller Neigung zu ihren Gedichten, eine leise Andeutung gemacht einigen Bedenkens, brauche aber noch Zeit, es ihr genauer zu sagen. Darf ich Ihnen gegenüber meine Bedenken offen schildern? Ihre Verse sind mir zu virtuos, die vielen Anspielungen wollen mir trotz reichen (zu reichen) Ineinanderflechtens nicht glücken: es kommt mir vor, als ob jemand – rasanten Willens – Wiesenblumen so angestrengt mit einem Draht statt mit einem Bast in einen Strauss zwänge, dass die schönen weichen Glieder sinken und sterbend hinhangen. Über die große Begabung, Spiel der Visionen, kann keine Frage sein: aber ich trag mitten im angestrengten Lesen ein Verlangen nach – Nachlässigkeit, nein, nach alle dem, was gerade die besungenen Früchte und Dinge von Natur aus besitzen, eben nach – Natur, was immer das sein mag. Le style trop serré suffoque.

All das sei erst einmal so herausgesagt, es müsste noch präzisiert werden: der gute, grosse Wille, er müsste – schwächer sein?

Sehr schön und merkenswürdig »Die Trennung« (aber ich mühe mich noch an der letzten Zeile) und »Der ferne Morgen«. Mehr im nächsten Brief!

Ich bin
Ihr
Wilhelm Lehmann

»im Gruftgemach des Körperbaus«

Ich bin zu oft müde. Kann ich Ihnen meine Schrift zumuten. Ihre – musikalisch fliessende ist mir so sehr geläufig.

Von uns allen Schönes u. Gutes an Sie alle

Ihr
W. L

Nein, ich begreife es schwer: sollte Sie dies erst 1948 erreichen?

Ich bin froh, dass Sie Gutes aussagen über Friedrich Podszus – ich bin Ihrer Empfindung. In den Gedichten manches Schöne – mit manchem schlag ich mich wie mit Eisblöcken, tauen nicht auf.

Er erwies mir die Ehre seines Besuches zum 65. Geburtstag. Leider, leider ist eine Spannung in unsere Beziehung gekommen – darüber vielleicht ein anderes Mal.

Oskar Loerke
Timur und die Seherin

Timur:
Du giltst für eine grosse Seherin
Und tränkst wie eine niedre Magd die Kühe.
Du bist doch alt; verdriesst dich nicht die Mühe?
Und kennst du mich, der ich gekommen bin?

Seherin:
Die Wiese blüht, zertritt mir nicht den Klee!
Er gibt für meine Tiere Leckerbissen.
Du bist der Timur Lenk. Was willst du wissen?

Timur:
Was meine Macht sei

Seherin:
Die schmilzt hin wie Schnee

Timur:
Mein Reich beschliesst die Hitze wie das Eis.
Die Sterne tauchen tags in meine Meere
Und stehn aus ihnen auf wie grosse Heere
Ist das für Grösse nicht genug Beweis?

Seherin:
Beweis ist mir mein Eimer, der sich füllt
Beweis ist mir das Vieh in seiner Blösse
Es trinkt und zeigt mir seines Schöpfers Grösse,
Dass es gesättigt ist und keines brüllt.

Timur:
Du kannst dem Monde nicht befehlen: Geh!

Seherin:
Willst du den Mond orangengleich erpressen?

Timur:
Ich töte dich; sprichst du mir so vermessen.

Seherin:
Das kannst du tun, doch tritt mir aus dem Klee.

179. Wilhelm Lehmann an Werner Kraft

Eckernförde, 14. Dez. 47

Lieber Werner Kraft, es ist ein sonniger, aber kalter Sonntagvormittag und ich denke an Sie, höchst erschreckt über alle Meldungen aus Ihrem Lande. Als ich Anfang Oktober 1932 Sie in Hannover besuchte (zusammen mit Ihrer Frau einen herrlichen Sisley in der Hannoverschen Galerie betrachtete), kaufte ich in einem Warenhause für zehn Pfennige ein Bändchen. »Baltische Briefe aus zwei Jahrhunderten«. Daraus schreibe ich Ihnen zwei Stücke von Christoph Ludwig Tetsch ab (geb. 10. März 1735 in Libau, studierte in Jena die Rechte, seit 1764 Rechtsanwalt (Hofgerichtsadvokat, Justizrat) in Mitau, gest. 9. Juli 1793).

An Karl v. Sacken
[Note von WL: Geb. 1740 zu Senten in Kurland, studierte in Königsberg, Besitzer des Gutes Alt-Sehren, gest. 1811]

Mitau, den 13. Aug. 1782

Mit Ihnen, mein liebster Sacken, kann man schon immer ein Wort im höhern Gefühle reden.

Ei, wenn aus Ihrer Gerstenähre, die Gott weise niederschlug, im wilden Rausch ein Brudermord erwachsen wäre, – oder ein Betrüger hätte Ihr Korn gekauft, und selbst die Rute kostete Ihnen noch Geld, die Sie von der feilen Gerechtigkeit für ihn hinterher noch binden lassen müssten, – oder Sie selbst umritten morgen Ihr hochschwangeres Feld und stürzten und brächen das Bein … sagen Sie mir, liebster Sacken, lässt sich der Verlust nicht leichter ertragen, wenn man aus eben dem Guten, das man verliert, noch empfindlichere Unglücke hätte haben können? Lassen Sie also alles gut sein, was Gott tut. Hagel im Fruchtfeld ist im ganzen ebenso schön, als die Rose an der Brust eines blühenden Mädchens, – und wir gute Jungens Gottes, wir sind zu allem gemacht, und es ist seine und nicht unsere Ökonomie.

Wir hatten hier schon Nachrichten von dem Unglück im Oberlande. Ich hätte doch die Wolke hier nicht aufhalten oder sie bitten können: »Hagele, nur schlage meinen Sacken nicht!«

Menschen schlagen Menschen, warum nicht eine Donnerwolke ein Kornfeld oder eine Fensterscheibe?

Es ist eine Ehre für mich, mein liebster Sacken, dass Sie Ihre Leiden vor allen andern mir gemeldet haben. Ich dürfte jetzt nur ein bisschen Fürst sein, oder sonst etwas, das ich jetzt nicht bin, – wir wollten mit der Revolution, die die Natur macht, schon zurechte kommen, und auch Sie bauten mir mein Haus, wenn ich abbrennen würde.

Kurz, wir wollten uns beide Gott empfehlen und weiter leben. Wir wissen ja noch nicht alles. Ich liebe Sie recht sehr.

T.

Mitau, den 21. März 1787

Ich wollte, mein liebster Sacken, schon mit der vorigen Post an Sie schreiben. Allein es war ein Nordwind, und weil *der* Kerl auf meinen Resonanzboden nicht passt und ich beim Nordwinde mehrenteils sehr übel zu sprechen bin, so schrieb ich auch an Sie nicht.

Noch toller! Ich hatte schon anderthalb Seiten an Sie geschrieben, und ich zerriss den Brief. So ein Mensch bin ich, wenn mir der Kopf nicht recht steht!

Da ist mein lieber Sacken schon ganz anders. Er schreibt alle Posttage an mich und schert sich den Teufel um den Nord.

Im Publico hat sich mittlerweile nichts Sonderbares zugetragen. Der Zustand unseres ganzen Landes ist überhaupt dieser. Es mault so wie Fritz, wenn Papa nicht immer oder nicht genug Rosinen und Mandeln gibt.

Von meinem Privatleben zu reden, so hat sich hier auch nichts Merkwürdiges zugetragen – ausser – ausser – und das müsste auch wohl gut anzusehen sein – dass ich ein Renntier habe. Ein so frommes liebes Tier, dass es mir oben auf meine Zimmer kommt. Schneeweiss. Des Mittags muss es mir die Visite bei Tische machen, und solange ich ihm Weissbrot gebe, wirft ihm der Papagoy einen Hundsfott in den Bart.

Basta! Ich habe mit Ihnen, mein liebster Sacken, nur ein bisschen plaudern wollen.

T.

Mein Abschied von der Erde
(Wenige Wochen vor seinem Tode geschrieben)

Indem ich dieses niederschreibe, ist mein erster Gedanke: Gott! und in diesem Gedanken liegt Anbetung, Dank und völlige Ergebung in seinen Willen!

Seiner Vorsehung bin ich's allein schuldig, dass ich bin und jetzt noch bin, dass Kurland mein liebes Vaterland war und kein ander

Land, dass ich gute und fromme Eltern hatte, dass ich froh lebte, dass ich der gesundeste meiner Zeitgenoosen war, dass ich immer ein offenes Herz und einen frohen Sinn und den ersten und grössten Schatz auf Erden, Freunde, hatte, dass ich immer so reich war, dass ich geben konnte, und dass ich als Herr meiner selbst überhaupt immer so glücklich gewesen bin, dass ich nie eine Träne meinetwegen, sondern öfters eine einsame für andere geweint habe, und dass ich also mit einem offenen, frohen und Gott ganz ergebenen Herzen, sobald die Stunde kommt, dem Ende aller Dinge, dem guten Tode entgegengehen kann.

Mein zweiter Gedanke ist meine Seele; ich habe denjenigen, der die Unsterblichkeit derselben bezweifelt, immer für einen Narren, keinen Bösewicht oder Gotteslästerer gehalten und freue mich, dass ich stark genug gewesen bin, mir den Trost nie rauben zu lassen, dass mein Geist auch noch im Tode fortdauern wird – wie, wo und in welchen Verhältnissen, das hat mir weder Vernunft noch Religion sagen können, und ich wollte es auch nicht wissen. Das Schicksal meines Geistes in der Zukunft habe ich denn auch Gott allein heimgestellt, freue mich daher auf die erste Minute nach meinem Tode und bin fest überzeugt, dass, da Gott meinen Körper über ein halb Jahrhundert glücklich sein liess, er auch den edleren Teil meines Daseins in einer höheren Gegend seiner Schöpfung nicht unglücklich sein lassen werde. Ich sterbe als Philosoph und Christ und muss erst dort erfahren, was wahre Philosophie und wahres Christentum ist.

Mein dritter Gedanke sind meine Handlungen auf Erden; ich bin für diese meinem Gewissen, meinen Mitmenschen, dem Gesetz und dem Richter résponsable gewesen, dort werde ich Gott Rechenschaft für selbige ablegen. Hier habe ich alle Fehler so viel als möglich gut zu machen gesucht, und dauern die Folgen derselben auch jenseits meines Grabes noch fort, so vergibt sie mir mein Zeitgenosse, so wie ich hoffe, dass Gott sie mir vergeben wird – der Gute.

Lieber Werner Kraft, bis zum nächsten Brief Ihres W.L

180. Werner Kraft an Wilhelm Lehmann

Jerusalem
19.12.1947
31 Alfasi Rd

Lieber Wilhelm Lehmann,
lange habe ich nichts von Ihnen gehört, der letzte Gruß war eine Postkarte, die feststellte, daß ein längerer Brief von Ihnen nicht angekommen sein müsse, und nun ist für Sie Weihnachten und Neujahr und Kälte, und ich denke an die letzten Verse des Gedichts von Lörke ›Radio‹. Aber meine Wünsche, für Sie und die Ihren, sind die gleichen wie immer, und wenn es leider wahr ist, daß Sie sich daran nicht wärmen können, so brauchen Sie ja nur einen Blick in die Zeitung zu werfen, um zu sehen, wie es bei uns aussieht. Alles, was Sie lesen werden, ist leider wahr und doch auch zugleich völlig falsch, denn die Unfähigkeit des Journalismus zeigt sich immer dann, wenn es seine Aufgabe wäre, ein *Bild* von einer Lage zu geben. Das kann er nicht, darf er wahrscheinlich auch nicht. So sage ich Ihnen, daß wir hier, am 1. Dezember, eine Freude gesehen haben, deren elementarer Ausbruch auch mich ergriff. So winzig das Faktum dieses jüdischen Staates sein mag, es ist ungeheuer: es setzt Vergangenheit und Zukunft, und da *ich* das sage, der ich nicht für die Politik war, die zu dieser Lösung geführt und andere – vielleicht bessere – Lösungen theoretisch gemacht hat, dürfen Sie es glauben. Aber die nächste Folge war und ist: Blut und Tränen. Doch auch hier dürfen Sie sich den Verlauf nicht falsch vorstellen, denn er ist zugleich bewegt und ruhig. Es geschehen schreckliche Dinge und daneben gar nichts, es sei denn der traurige Alltag der Menschheit. Es besteht aber auch eine gewisse Hoffnung, daß das Morden zunächst aufhören wird, das ja wie immer in Zeiten des Aufruhrs zugleich elementar und befohlen ist. Dinge sind geschehen, vor denen die Sonne sich verdunkeln müßte, aber sie überstrahlt sie, denn sie hat eine lange Erfahrung. Kennen Sie den Satz von Strindberg ich glaube aus dem Osterspiel: ›Der Frieden kann erst kommen, wenn das Unglück müde wird‹? Das ist gewaltig, aber in Wirklichkeit scheint das Unglück eine ungeheure Frische zu haben .. In einem gewissen Grade sind wir auch besorgt um unsere Kinder, aber wir hoffen doch auch wieder, daß diese Sorge unbegründet ist .. [Nachtrag: Leider wird gerade eben eine jüdische Schandtat als Antwort auf eine vorhergehende arabische gemeldet, und sie spielt in der Nähe meiner Tochter, die in einer Siedlung fast an der syrischen Grenze lebt ...] Abgesehen davon, daß die Welt an jedem Punkt der

bewohnten Erde heute die gleiche ist, ist es doch auch ergreifend zu sehen, wieviel guter Wille in diesem unglücklichen Volk herrscht, besonders unter der Jugend.

Was nun mich betrifft, so ist es besonders merkwürdig, daß gerade jetzt mein äußeres Ergehen durch eine Veranstaltung des Zufalls, dem man etwas unter die Arme griff, eine Wendung zum Besseren erfahren hat. Daß ich in jenem Militärbüro, wo ich vier Jahre gearbeitet habe, zum 8. Dez. gekündigt war, hatte ich Ihnen wohl geschrieben. Aber bereits am 9. konnte ich eine neue Stelle antreten, und zwar gibt es hier ein großes archäologisches Museum, eine Stiftung von Rockefeller, das eine archäologische Bibliothek besitzt, und eben dort habe ich eine bibliothekarische Arbeit erhalten, die zwar nicht besser bezahlt wird als die, welche hinter mir liegt, dafür aber den Vorteil bietet, abgesehen davon daß ich in meinem Beruf und einem mir angemessenen menschlichen und geistigen Milieu arbeite, daß mein Dienst von ½ 8-2 Uhr festgesetzt ist und ich am Nachmittag frei bin, dazu kommt eine Urlaubszeit von drei Wochen. Dieses Museum ist ein Prunkbau mit herrlichen Räumen, und ich kam mir vor, als ob ich aus einem Stall in ein Schloß gekommen sei. Die Umgebung ist herrlich, aber in diesem Augenblick *leider* [Nachtrag: Dieses ›leider‹ meint: ich bin für eine echte Verständigung zwischen Juden und Arabern, aber in diesem Augenblick ist dieser Weg für Juden gefährlich, wie auch für Araber.] ganz arabisch, so daß der *Weg* zu diesem Schloß, wo zwischen Engländern, Arabern und Juden als Beamten zivilisierte Formen des Umgangs herrschen, gefährdet war. Die Folge ist, daß ich zunächst nicht dort sondern auf der Jüdischen Nationalbibliothek arbeite, die zwar auch abseits liegt aber etwas weniger gefährdet ist. Hier sitze ich nun jeden Morgen und blicke gelegentlich auf die herrliche Stadt, die in *diesem* Anblick wirklich die Heilige Stadt ist, als welche sie übrigens einen internationalen Status erhalten wird, was wiederum zur Folge haben mag, daß besagtes Museum in irgend einer Form in die neue Regelung der Dinge sicherer wird übernommen werden als andere Institute der Regierung.

Inzwischen habe ich von Herrn Dirks den Aufsatz über Sie mit glaubhaften Entschuldigungen wegen der Verzögerung zurückerhalten. Gutgläubig verriet er in seinem etwas vagen Lob, daß er Sie überhaupt nur als Lyriker kennt, und wenn man deuten darf, könnte man glauben, daß ihm die Einschätzung Ihres Werkes für einen Lyriker etwas zu hoch – und zu lang – erschien. Wie dem sei, er hat mich wieder gebeten, den prinzipiellen Aufsatz über die Lyrik zu schreiben, in dem auch Sie vorkommen dürfen, aber ich weiß doch nicht, ob ich die

Lust finden werde, ihn zu schreiben. Inzwischen haben Sie doch wohl meine Briefe erhalten, in denen ich Sie bat, Ihr Exemplar meines Aufsatzes über Sie an die ›Wandlung‹ in Heidelberg (Weberstr 11) zu schicken, und ich hoffe, daß er bereits abgegangen ist. Ob sie ihn nehmen werden, bleibt natürlich zweifelhaft, aber der äußere Grund, daß der Verlag der Zeitschrift mit dem von ›Entzückter Staub‹ identisch ist, könnte natürlich mitsprechen. Außerdem glaube ich, daß dieser Dolf Sternberger als Herausgeber abgesehen von seinem mir peinlichen Vornamen (der natürlich immer noch besser ist als die heute unmögliche Ergänzung zu Adolf) ein urteilsfähiger Kopf und vorzüglicher Schriftsteller ist, ich habe wenigstens einen ausgezeichneten Aufsatz – über die Idee der Toleranz – von ihm gelesen. (Gerade diese Urteilsfähigkeit könnte ihn allerdings veranlassen, Einwände zu machen. Man muß also abwarten!)

Die Ernennung von Herrn Lernet-Holenia zum nationalen Lyriker, da immer einer in die Lücke springen oder sozusagen gesprungen werden muß – und noch dazu intra muros et extra! – hat *meine* Zustimmung nicht. Vor vielen Jahren schon hat ihn Karl Kraus ›eine Art Sterilke‹ genannt, aber heute stellt er dem niemals überraschten deutschen Publikum die Verbindung von Hölderlin und Brecht vor, von der er nicht ahnt, daß sie beide zu Schaden bringt. Können Sie Lambert Schneider nicht die Herausgabe von *Flugblättern* vorschlagen, die, einfach und sauber gedruckt, jeweils nur zwei oder drei Gedichte – oder ein Prosastück – oder einen programmatischen Aufsatz – oder auch ein älteres unbekanntes Gedicht aus den Gruftgewölben [Nachtrag: ›Das Gruftgewölbe‹ – wäre das nicht ein prachtvoller Titel für eine Anthologie deutscher Lyrik, für meine? Was meinen Sie? (Aber nicht weitersagen!)] der deutschen Lyrik – enthielte? Aber das Ganze würde mir nur sinnvoll erscheinen, wenn es *Charakter* hätte. Es wäre also, soweit ich als Mitarbeiter in Frage käme, eine Einigung unerläßlich, welche Autoren *nicht* darin erscheinen dürften! Gewiß, das Ganze ist eine Phantasie ohne Substrat, aber es machte mir im Augenblick Vergnügen, Ihnen diese Phantasie mitzuteilen.

Sehr gern würde ich wieder Gedichte von Ihnen lesen und hören, woran Sie sonst arbeiten. Aber auch wenn Sie gar nichts arbeiteten, weil die Jahreszeit es Ihnen verbietet, so ist das Ruhen – und ich glaube, daß Sie es weit richtiger verstehen als ich – natürlich auch eine Produktivität, die ihre Frucht tragen wird, wenn die Zeit gekommen ist.

Ich habe jetzt auf Wunsch des Herausgebers der ›Fähre‹ in München einen Aufsatz über Jules Supervielle geschrieben, in dem auch Sie an einer Stelle vorkommen und in welchen ich einen Teil meiner

Übersetzungen dieses Lyrikers verwoben habe. Sollte er erscheinen, so hoffe ich, daß er Ihnen Freude machen wird. Auf jeden Fall ist das ein vielfach herrlicher Dichter. Auf seine Prosa gehe ich nicht ein, schon darum weil ich sie zu wenig kenne. Aber ich habe jetzt in zwei alten Heften der Nouv. Rev. Française zwei Prosastücke – Le bœuf et l'âme de la crèche und La fuite en Egypte – gelesen (die vielleicht zu einem größeren Ganzen gehören, das ich nicht kenne), und ich muß sagen, daß ich etwas so Entzückendes seit langer Zeit nicht gelesen habe. Das – dichterisch – abgebrauchte Motiv von Jesu Geburt und der Flucht nach Ägypten wird hier mit einer geradezu beispiellosen Frische erzählt, als habe noch nie ein Dichter sich daran versucht. Es würde mich locken, diese Stücke zu übersetzen, aber diese Mischung aus Leichtigkeit, Eleganz und Anmut, die der französischen Sprache von ihrer Sprachkultur her selbstverständlich ist, könnte im Deutschen nie ein annähernd gleichwertiges Äquivalent finden. Während Maria beschäftigt ist, die tausend Fragen der futurs chrétiens zu beantworten, hat der Esel das Kind mit seiner Schnauze – délicatement – herumgedreht.

›Comprenant ce qui venait d'arriver, elle fit entendre à l'âne qu'il convenait de ne pas toucher à l'Enfant. Le bœuf approuva, par un silence d'une qualité exceptionnelle. Il savait donner à son mutisme un rythme, des nuances, une ponctuation. Par les jours froids, on pouvait aisément suivre les mouvements de sa pensée à la longueur de la colonne de vapeur qui s'échappait de ses naseaux et se rendre compte de bien des choses.‹

Scheint Ihnen das nicht auch unübersetzbar? Schon ein Wort wie ›délicatement‹ könnte man kaum anders als mit ›delikat‹ wiedergeben, und das wäre, als Fremdwort, preziös. (Natürlich weiß ich, daß man alles übersetzen kann, wenn man den Mut hat, wegzulassen und untreu zu [sein], denn die Treue zum Original wird nicht durch Treue sondern durch Untreue bewiesen, aber ich weiß auch, daß sich so ›richtig‹ verhalten nicht frei von Hybris ist ..) Nun leben Sie wohl, lieber Wilhelm Lehmann, und schreiben Sie bald. Ihnen und den Ihren zum Neuen Jahr und zu Weihnachten wünscht alles Gute

immer
Ihr
Werner Kraft

Ich schreibe Ihnen noch ein Gedicht von Ludwig Strauß ab, das kürzlich im ›Silberboot‹ stand, da ich es für sehr schön halte.

Ludwig Strauß
De Profundis

Du lastest mir des Hasses Grauen auf,
Daß nicht zu leicht mein Wort der Liebe wiege,
Und mitten in des Wahns Gewaltenhauf
Erhärt ich mein Vertraun zu deinem Siege.

Ummauert von gegossenem Verrat,
Von jeder Stunde Geißelhieb getroffen,
Gelähmten Armes lobe ich die Tat,
Geschlagenen Munds verstumme ich ins Hoffen.

So darf ich nun, des Untergangs gewiß,
Erst gültig feiern, die dem Aufgang leben,
Und darf aus segenloser Finsternis
Den Segen zu den Sternen heben.

Von Ludwig Strauß wird im Märzheft der Züricher Zeitschrift ›Trivium‹ (Atlantis-Verlag) ein *bedeutender* Aufsatz ›Zur Struktur des deutschen Sinngedichts‹ erscheinen, ebenda von mir in einem späteren Goetheheft (hoffentlich nicht erst 1949) Aufsätze von mir über Goethe. Die Zeitschrift ist überhaupt *sehr* gediegen.

Es gibt eine Selbstbiographie von Zschokke, dem Schweizer aus Magdeburg – ›Eine Selbstschau‹ –, darin steht über seine Mutter, die sieben Wochen nach seiner Geburt starb:

›Sie soll schön gewesen sein, noch sterbend mich in ihre Arme geschlossen und mit Heftigkeit gesagt haben: ›Armer Junge, warum bist Du nicht ein Kirschkern, den ich hinabschlingen und mit mir ins Grab nehmen könnte!‹

– Über seine ersten Kirchenbesuche:

›Ich trieb's übrigens in der Kirche, wie jeder meines Alters; flatterte mit den Gedanken in meinen Robinsonaden umher; betrachtete mir sehr andächtig des Pfarrers Geberdenspiel, den wechselnden Faltenwurf seines Kanzelrocks; lauschte dem Verhallen seiner Stimme in den Kirchengewölben nach; ergötzte mich an der Not der Schlafenden, ihr anständiges Gleichgewicht zu erhalten; oder wenn der Prediger einmal den Namen Jesu sprach, an der ehrerbietigen Verneigung der gesamten Gemeinde, die einem Ährendfelde glich, über welches der Wind strich.‹

Sterbender Herbst

Leicht gehen vorüber die strahlenden Tage
Wie meines Traumes schöne Gestalten,
Die klagende Schleier des Wandels entfalten,
Die offenen Tage, o Klang ohne Klage!

Im reinen Gewissen der richtigen Lage
Auf Wiesen, im Walde der Herzensgewalten.
O könnt' ich von ihnen das Strahlende halten
Im treuen Gedenken verwandelter Frage!

Doch fürcht' ich noch immer vorm Anfang Mißlingen,
Und wär' ich auch mutig wie Hans im Glück
Im willigen mich der Beraubung Verdingen
Der Dinge, halt' ich das letzte zurück,

Des strahlenden Herbstes erschütterte Tage,
Die Wahrheit versagend, auch wenn ich sie sage.

Die Größe

Es war ein kleiner Junge,
Der wollte einmal groß sein
Und schrie aus voller Lunge:

Ich bin –
Plötzlich versagt die Zunge
Den Sinn.

Da wollte man ihn los sein,
Den Dünkel, der verspricht
Sich selbst, als dürft' er Schoß sein,

Und er fuhr fort:
– Ihr nicht!

Fortsetzung

Schwarz die Nacht und hell der Geist
Mit dem Tod im Herzen!
Neu die Welt, die hoch sich preist,
Schickt sich an zu schmerzen.

Schon zieht sie die Pranken ein,
Um sie loszulassen,

Greifend in den Pinienhain
Und die Elendsgassen.

Was an Edlem mit sie greift,
Kinder, Mütter, Greise,
Hat sie sauber eingeseift,
Unrat für die Reise.

Kein Erbarmen hält zurück
Die erbarmungslosen
Flieger, wenn die Jugend flügg
Fallen läßt die Rosen

Hoch von oben, nein, nicht sie
Sondern, ja, Atome,
Dann bedarfs nicht mehr der Knie
Oder gar der Dome,

Dann ist alles einerlei,
Denn die Himmelsleiter
Brennt und auch der Schöpfung Ei,
Brennend geht es weiter –

Trüber Tag

Blau der Himmel gibt
Etwas Freude auch im späten Jahr
Der verlornen Welt, um sie zu finden
Wieder, welch ein Glück!
Welch ein herberer Verlust! Die Zeiten
Wechseln: uns, noch einmal
Heb' ich auf zum blauen Himmel,
Eh' der blauende erbleicht,
Den verirrten Blick ins Unbestimmte.

Leerer Blick ins Blaue

– So hat selbst Goethe zuweilen gesessen
Wie ich hier sitze, leer.
Dies ist die Lage: essen.
Dies ist der Stand, zu hungern, hehr.

181. Wilhelm Lehmann an Werner Kraft

Eckernförde, 7. Febr. 48

Lieber Werner Kraft,
Ihr Brief vom 19. Jan. angekommen! Freude und Dank – ich werde ihn ausführlich beantworten. Heute nur die Nachricht über Ihren Aufsatz: hoffentlich haben Sie inzwischen von Dolf Sternberger Nachricht bekommen. Auch Alfred Döblin ist er leider zu umfangreich. Ich schickte ihn also meinem mir sehr getreuen und zugetanen Lambert Schneider und er antwortete heute:

> »die Arbeit von Herrn Kraft ist sehr erfreulich und ich bin garnicht abgeneigt, sie zu verlegen. Nur bin ich der Meinung, dass es vielleicht gut wäre, wenn er sie ergänzte und sie dadurch etwas umfangreicher würde, denn das jetzige Manuskript ergibt ja nur ein sehr schmales unansehnliches Heftchen.«

Also, lieber Werner Kraft, glauben Sie, Lust zu solcher »Erweiterung« zu haben? Ich würde mich schrecklich freuen! Lambert Schneiders Verlag hat Bedeutung im heutigen Deutschland. Es wäre auch Ihnen hilfreich.

Ich freute mich, von Ihnen über die Situation Palästinas zu hören. Immer höre ich begierig alle Nachrichten darüber: nun endlich von Ihnen. Vieles beunruhigt mich seitdem! Wie tief tief traurig die Ermordung Gandhis. Also auch im Lande der Bhagavad Gita.

Ach, liefe doch die Verbindung zwischen uns schneller. Schon wieder habe ich das schmerzliche Gefühl, *lange* nichts von Ihnen gehört zu haben. Ich schrieb Ihnen kurz hintereinander zwei Briefe. Nur dies für heute, bald mehr

immer, immer
Ihr
Wilhelm Lehmann

Ich bin so sehr erleichtert, dass Sie wieder »im Amt« sind. Möchte alles sich zum Guten wenden.

182. Werner Kraft an Wilhelm Lehmann

Jerusalem
9.2.1948
31 Alfasi Rd

Lieber Wilhelm Lehmann,
schwer liegt es mir auf der Seele, daß ich inzwischen *drei* Briefe von Ihnen erhalten habe und mich erst so langsam zu einer Antwort entschließe. Die Kälte, die Lage usw würden eine beredtere Sprache sprechen, wenn Sie einen realen Blick auf das was hier vorgeht werfen könnten. (Die Kälte werden Sie leider aus erster Hand beurteilen können!)

Ich fange also irgendwo an und sage Ihnen zunächst, daß Ihnen meine Schwägerin zu Weihnachten ein Packet Zigaretten geschickt hat, zum Preise des Tabaks. Ob es ankommen wird, ist natürlich sehr zweifelhaft. Sie sollen nur unseren kleinen guten Willen sehen. Außerdem scheint wieder ein Brief von mir verlorengegangen zu sein. Darin teilte ich Ihnen u.a. mit, daß ich wider jedes Erwarten doch eine Stelle gefunden habe, und zwar in dem hiesigen Archäologischen Museum, einer Stiftung Rockefellers, eine bibliothekarische Stelle, nicht besser bezahlt als die frühere aber mit der Aussicht auf Dauer und dem Vorteil, irgendwie, wenn alles gut geht, in die neue Ordnung Jerusalems übernommen zu werden, das ja einen von dem Jüdischen Staat unabhängigen Status erhalten wird. Dazu kommt, daß ich von 8-2 Uhr arbeite und die Nachmittage für mich habe, was ja unschätzbar ist. Ferner: Schon vor längerer Zeit schickte ich meinen letzten Gedichtband an Sie ab. Haben Sie ihn erhalten? Vergessen Sie nicht, darauf zu antworten! Ich wiederhole die Sendung, wenn es notwendig ist. (Exemplare habe ich genug!) Weiter: Von der ›Wandlung‹ erhielt ich einen leicht gekränkten Brief, von dem Ihnen eine Abschrift zuging. Was soll man tun? Gar nichts. Haben Sie inzwischen von Döblin gehört? Wo der Aufsatz erscheinen wird, ist ja schließlich egal, wenn er nur erscheint. Aber ich muß doch sagen, daß ich zufällig ein Heft dieser Zeitschrift gesehen habe, das mir einen überaus dürren Eindruck machte, wie mir übrigens dieser Autor auch vor seiner Konversion [Nachtrag: Ich habe in meiner nächsten Nähe eine solche Konversion gesehen, sie war von tödlichem Ernst, und ich habe meine Stellung zu diesem Menschen *nicht* geändert. Leider ist er plötzlich gestorben.] nie das Geringste bedeutet hat. Aber ich habe noch ein wenn auch indirektes Lebenszeichen von Ihnen erhalten, den Aufsatz über die Anemone in der Neuen Rundschau. Ich habe ihn mir abgeschrieben, da ich ihn überaus schön finde [Nachtrag: Ich werde später noch etwas dazu sagen!], und die Neue Rundschau soll dafür gesegnet sein, daß sie Sie druckt, und dann sofort gehaßt dafür daß sie existiert (obwohl ich kaum zu hassen vermag!) Denken Sie nur an die erbärmlich schlecht geschriebene Erzählung von Werfel, und so was hat Weltruhm! Warum Sie eigentlich in Ihrem ersten Brief so heftig gegen Hennecke waren, verstehe ich nicht. (Vielleicht waren Sie schlechter Laune!) Ich überschätze ihn nicht, aber ich halte es auch nicht für richtig, ihn zu unterschätzen. Ich halte ihn für einen intelligenten Vermittler, wie es sie in jeder Generation gibt (und geben muß!) Sie sind nicht unbedingt als geistige Persönlichkeiten zu werten sondern danach was sie für die Entwicklung von Werten im Stadium ihres Nochnichtbekanntseins tun. In großem Maßstab war dies etwa Franz Blei, auch wenn er als geistige Person problematisch war, oder Moritz Heimann, auch wenn er als geistige Person mehr war. Ich verdanke übrigens Hennecke in einem Aufsatz über Joyce die Kenntnis eines herrlichen Zitats, das mich zum ersten Mal, was diesen Mann betrifft, aufhorchen ließ. Und zwar dieses:

> ›Michael Roberts ⟨eine Figur von Yeats⟩ ruft die verschollene Schönheit herauf. Er umarmt die Anmut, die seit langem aus der Welt geschwunden ist. Mein ganzes Verlangen geht darauf, die Anmut zu umarmen, die noch nicht in der Welt ist.‹

Ich finde, daß in diesem letzten Satz ein Programm enthalten ist, das der Größe nicht entbehrt. Es spricht mich auch darum besonders an, weil ich schon seit längerer Zeit einen Aufsatz über den Verfall des Wortes ›Anmut‹ in der deutschen Sprache schreiben wollte.

Für die herrlichen Briefe des Kurländers, die ich nicht ohne tiefe Rührung gelesen habe, danke ich Ihnen ganz besonders. Was die Unsterblichkeit beriff, so erinnere ich Sie an die Fußnote zu Jean Pauls ›Rede des toten Christus vom Weltgebäude herab, daß kein Gott sei‹ aus dem Siebenkäs und auch an den erstaunlichen Brief, in Benjamins Sammlung, von jenem Samuel Collenbusch, in dem der Satz steht: ›Es tut mir leid, daß I. Kant nichts Gutes von Gott hofft.‹ Ganz genau übrigens erinnere ich mich Ihres Besuchs in Hannover und jenes Augenblicks, da Sie mir das Buch mit den kurländischen Briefen zeigten und mich geradezu triumphierend auf die Stelle von der ›hochschwangeren Saat‹ aufmerksam machten. Den Sisley in der Kestnergesellschaft haben Sie nicht mit mir sondern mit meiner Frau gesehen, und sie sagt, daß sie sich dieses Museumsbesuchs noch in jeder Einzelheit erinnert.

Das Dokument des Juden aus dem Konzentrationslager halte auch ich für überaus ergreifend. Wenn ich trotzdem dagegen kühler bin als Sie, so liegt das einmal daran, daß Sie die Zerstörung hinter sich und wir sie – außer hinter uns – vor uns haben. Es liegt aber auch daran, daß ich gegen die Stelle, die das Dokument veröffentlicht, obwohl ich ihr allen guten Glauben zubillige, gewisse geistige Reserven habe, denn mir ist leider jedes *direkte* Gottesbekenntnis, sei es christlich oder jüdisch, noch dazu wenn es mindestens eine politische Funktion hat, in der neuen Weltzeit unannehmbar. Was um Gottes Willen (die Phrase wird hier Wahrheit!) nicht bedeuten soll, daß Gott für mich nichts bedeutet. Aber er ist der weiße Fleck auf afrikanischen Landkarten: da gibt es noch etwas zu entdecken! Ich habe einmal den Satz niedergeschrieben: Die feindliche Einheit der Massen der Welt zerstört die Idee der Menschheit. – Wirklich ist mir Gott als der *Punkt*, der die Menschheit geistig zusammenhält, mehr als ein weißer Fleck und annehmbar!! Die ganze zeitliche Wahrheit spricht einstweilen die Ermordung Gandhis, die ich unter zwei Aspekten sehe: 1) ist sie eine Mahnung, daß sie vogelfrei sind an alle, die noch glauben, daß sie mit Geist und Vernunft in die Welt eingreifen könnten 2) ist hier zum erstenmal das sichtbare Charisma über einem Menschen in kühler Berechnung getötet worden. Dies ist zweifellos ein Fortschritt, bei dem dieser im Spiegel sehen sollte, welche furchtbare Fratze er hat. Ich habe dabei weltenfern wie ich von allen indischen Maßstäben bin nicht das geringste Urteil, wer Gandhi wirklich war. Nur daß ich keinen Zweifel darüber habe, daß es nicht, wie Bernhard Shaw aus Geistlosigkeit oder Altersschwäche will, gefährlich ist, ein guter Mensch zu sein, sondern daß hier – einmal und nicht wieder – das Gute der Welt gefährlich war. Vielleicht habe ich Ihnen schon einmal früher das großartige ›Morgengebet‹ von Schmidt von Lübeck abgeschrieben, aber warum soll ich es nicht noch einmal tun, wo es doch in einem so durchschlagenden Sinn auf den heutigen Weltzustand paßt:

Das Gute, das wir nicht erbitten, sende,
Wenns kann geschehn,
Und gnädiglich das Böse von uns wende,
Das wir erflehn.

Ist es nicht das? Dabei fällt mir ein, daß in Dostojewskis ›Dämonen‹ nach der Ermordung Schatoffs einer der idealistischen Mittäter – und ich glaube sogar, es ist ein Jude – immerfort ausruft: Das ist doch nicht das! Das ist doch nicht das! Diese Worte sind mir immer als der Urlaut der zu spät erkennenden Kreatur erschienen, und ich muß mit

Grauen daran denken, daß selbst dieser Urlaut der Klage – der doch wenigstens etwas war! – heute verstummt ist, in einem so umfassenden Sinne hat die Politik gesiegt. Was sagen Sie?

Es tut mir überaus leid, daß ich Sie mit meinem scharfen Urteil über Elisabeth Langgasser persönlich getroffen habe. Ich kenne im Grunde diese Dichterin gar nicht, und ich will, wenn sie Ihnen nahesteht, gerne glauben, daß mein Urteil der Wirklichkeit gegenüber nicht Stich hält. Anderseits haben Sie selbst alle Einwände gegen sie ebenso zart wie liebevoll formuliert und sind dabei ganz unbewußt – oder halb unbewußt – auf das merkwürdige Problem gestoßen, daß einem Dichter, der sich der Natur zu tief hingibt, sie eben fehlen könnte: daß sich in der Natur so die Ratio verbergen könnte wie in der Vernunft die Natur. Den größten Eindruck hat mir einmal eine Stelle im Wilhelm Meister gemacht – leider kann ich sie nicht wiederfinden, wie ich auch die Stelle im Grünen Heinrich nicht wiederfinden kann, wo ein reisender Handwerksbursche von der Mutter des Grünen Heinrich, als er noch ein Kind war, in der Küche bewirtet wird und nebenbei sagt: Übrigens, der große Goethe ist gestorben –, wo Wilhelm durch einen Wald reitet und nichts als die Tatsache erwähnt wird, als bestände dieser Wald gar nicht aus Bäumen, wenn ein Mensch durch ihn reitet, den ein eigenes Leben im Bann hält! Erzählen Sie mir aber mehr von dieser Frau! Ich lasse mich so gern belehren und mache in meinen Urteilen oder Vorurteilen oder Eindrücken nicht den geringsten Anspruch auf Unfehlbarkeit.

Was nun Ihre Handschrift angeht, um auch das noch zu sagen, so könnte sie sein, wie sie wollte, um mir teuer zu sein als der genaueste Ausdruck dessen, der sie schreibt. Davon abgesehen, finde ich sie schön, sogar sehr schön. Aber was den praktischen Sinn brieflicher Mitteilung betrifft: daß der Empfänger das Mitgeteilte zur Kenntnis nimmt, so hat sie eine bedenkliche Seite. Beim Lesen Schwierigkeiten überwinden zu müssen, konzentriert geradezu die Aufmerksamkeit. Wie aber wenn die Schwierigkeiten unüberwindbar werden? So stehe ich manchmal vor Ihren Wortbildern ratlos wie vor ägyptischen Hieroglyphen. (Nebenbei: ich habe jetzt wieder den Sonnengesang des Königs Echnaton gelesen, der im Tempel zu Tel-Amarna zur Harfe gesungen wurde. Tief erschüttert stieß ich dabei auf die Stelle, wo von der Sonne gesagt wird, daß sie das wachsende Kind erwärmt und wo sie eine ›Amme im Mutterleib‹ genannt wird!) Ich komme zu den tollsten und lächerlichsten Deutungen, und wenn mir nicht im Blitz die Lösung kommt, bleibe ich ratlos. Es ist oft so, als wenn der schöne Schwung Ihrer Hand noch im Schreiben das schon Geschriebene wieder einschlingt und so gleichsam ein Beispiel gibt für die Unaufnehmbarkeit des Schönen als Schönes, wenn der Schöpfer sich nicht zu der gewiß niedrigeren Sphäre der bloßen sachlichen Mitteilung herabläßt. Da aber diesen Tatbestand zu ändern schwerlich in der Macht eines Menschen liegt, so tun Sie bitte, als habe ich nichts gesagt, und ich habe ja auch nichts gesagt, denn im ganzen gesehen sind es ja doch immer nur winzige Bruchstücke, die ich *nicht* lesen kann. Manchmal allerdings besonders edle, wie einzelne Verse aus dem *sehr schönen* Gedicht von Loerke über Timur und die Seherin. Da heißt es zum Schluß

Du kannst dem – nicht befehlen, geh!

Heißt das fehlende Wort ›Mond‹ oder ›Mord‹ oder ›Mensch(en)‹ oder anders?! Der nächste Vers:

Willst du – – dich erpressen?

Hier lese ich etwas von –: Mondorangen?! Das kann doch nicht stimmen? Oder doch?! Alles übrige habe ich entziffert. Sie sehen, was für Sorgen ich habe, außer denen, die ich habe. Aber auch diese sind wichtig, gerade diese, und helfen Sie mir um Loerkes willen aus der Verlegenheit! Am schönsten sind die vier Verse der Seherin ›Beweis ist mir‹ usw und der Schlußsatz ›Tritt mir aus dem Klee‹. Das Gedicht wirkt beinahe wie eine geträumte Ergänzung zu Goethes Divan.

Was kann es denn für eine ›Spannung‹ geben zwischen Ihnen und Podszus, wenn er in *dieser* Zeit von München nach Eckernförde gereist kommt, um Ihnen zum Geburtstag zu gratulieren?! Ich denke mir allerlei und gestehe, daß ich etwas neugierig bin, wenn Sie auch beileibe nicht sprechen sollen, falls es Ihnen aus Gründen widerstrebt!

Ich möchte gern wieder Gedichte von Ihnen hören. Die Gedichte, die ich selbst mache, sind unerlaubt traurig, manchmal auch unerlaubt hoffnungsvoll. Immerhin lege ich Ihnen einige bei. Was ich mir etwa in der letzten Strophe von ›Los‹ und ›Nasses Gesicht‹ an sprachlicher Kühnheit erlaubt habe, ist gewiß verboten, und doch hat mir dieses Spiel, mit dem es mir Ernst ist, Freude gemacht. Sagen Sie mir also, ob und wie es auf Sie wirkt!

Auch möchte ich sehr gerne, daß Ihre Frau nicht über die Langeweile von Eckernförde verzweifelt. Diese Langeweile ist an jedem Ort der bewohnten Erde die gleiche, aber *dazwischen* kommen die Geschenke des Lebens, sicherlich auch für sie. Wie schön, daß Ihre Agathe schon mit Ihnen Valéry liest! Das könnte unsere Alisa nicht da sie nicht Französisch kann, dafür lese ich mit ihr Goethe und Hölderlin, und sie hat auch Ihre Prosa gelesen. Sie ist zwar *aufgeschlossen* für Poesie aber doch noch mehr tätig und dem allgemeinen Wohl ergeben, augenblicklich in der Küche ihrer Siedlung.

Ich schreibe augenblicklich an einem Manuskript über George, in dem ich das Dunkle und Helle dieser außerordentlichen Gestalt von allen Seiten beleuchte. Bei dieser Gelegenheit wiederhole ich meine Frage, was Sie eigentlich von diesem Dichter halten. Da ich über ihn von Ihnen, so lange ich Sie kenne, noch nie ein Sterbenswörtchen gehört habe, möchte ich beinahe glauben, daß Sie einer Äußerung widerstreben. *Was ich durchaus verstände*! Aber wenigstens den Ausdruck dieses Widerstrebens würde ich gern hören.

Gestern habe ich gleichzeitig zwei Briefe erhalten, einen von Hennecke, über einen Aufsatz über Supervielle, den ich ihm geschickt habe, voll überschwenglichen Lobes, aber selbst ein offenbar gutartiger Literat sagt immer um ein Wort zuviel (und darum zu wenig) – und einen von Hermann Broch, dem Autor der Romantrilogie ›Die Schlafwandler‹, die ich nicht kenne, und der Dichtung ›Der Tod des Vergil‹, die ich mit sehr starkem Eindruck gelesen habe, als einen wahrhaft kühnen Versuch, *Neues* zu sagen. Nun, ihm, den ich nicht persönlich kenne, habe ich den dritten Band meiner Gedichte geschickt, nur mit einer Widmung, und er hat mir mit einem Brief beispiellos spontaner Herzlichkeit gedankt. Das ist eine sehr große Freude für mich, nicht größer allerdings als jedes Wort, das von Ihnen kommt, auch wenn es nicht von mir handelt. Ihr grüße Sie und die Ihren herzlichst

Ihr Werner Kraft

Rune

Sinnend hinab
Gedenkendes zu Grab
Der Zeit knapp,

Steigend Gunst
Der Kunst
Ballt Dunst.

Was ich soll, tun
Mag Ruhn
Zwischen Baum und Buhn',

Wenn es hegt
Was bewegt
Grund legt,

Er schnellt
In die Welt,
Nichts verfällt.

Mut

Süß saugt noch ein Süßes
Trockner Mund.
Wer kernig büss' es
Mit Dank im Dung.
Gurgelt der Grund
Der Erinnerung,
Mündet im Kelch, in dem Pupurbund [!]
Glückes Sprung.

Ich habe eine Anzeige gelesen, daß die Anthologie ›Pathmos‹ ›demnächst‹ erscheinen wird. Vielleicht ist sie schon erschienen. Wie schön, wenn wir uns dort träfen!

Aus ›Pathmos‹ von Hölderlin:

> Im Traume einmal sah ich des Himmels Herrn,
> Nicht daß ich sein sollt' etwas sondern zu lernen.

Nasses Gesicht

Dem Regen frierend auf der Spur,
Ich weiß,
Der aufwärts strömenden Natur,
Heiß,

Die Erde trinkt. – Was ihr allein
Gebrach,
Wird feurig in der Lust zu zwein,
Schmach

Im leeren, da nicht ich, Vergleich,
Es bin,
Der Flackernde im Zwischenreich,
Hin.

Los*

Näher dem Firmament
Funkelnder Ferne,
Wer in sein Unglück rennt,
Sklave der Sterne,

Deute mit trübem Fleiß
Dunkle Bestimmung,
Wenn schon der Eine heiß
Wagt die Erklimmung,

Höher emporgebaut:
Nichts, es zu schauen!
Dieses pocht herzschlagslaut –
Los, dies: Vertrauen.

* Der Gedankenstrich in der vorletzten Zeile ist – leider – sehr wichtig.

183. Werner Kraft an Wilhelm Lehmann

Jerusalem
31 Alfasi Rd
11.3.1948

Lieber Wilhelm Lehmann,
gestern kam Ihr Brief vom 7.2. und ich bin in Erwartung des längeren Briefes, den Sie in Aussicht stellen. Der Brief von Lambert Schneider ist sehr erfreulich, und ich will sehen, ob mir noch etwas einfallen wird. Ich werde versuchen, einzelne Punkte, wie Ihr Verhältnis zur Natur, ausführlicher zu behandeln. Nur müssen Sie mir Zeit lassen, denn die hiesigen Zeiten sind nicht dazu angetan, die Sammlung zu finden, die schriftstellerische Arbeit erfordert. Ich werde tun, was ich kann, aber *was* ich kann zu bestimmen, das liegt leider nicht nur in meiner Hand sondern vor allem in der der allerseits losgelassenen Mächte, gegen die das Gute den Kampf nicht um seine Geltung sondern um seine bloße Existenz führt. ›Das Gute ist im gewissen Sinne trostlos‹ – so sagt Kafka, und er wird wohl leider Recht haben. Dennoch ist es so, daß ohne die Realität des Guten die Welt in Wahnsinn verfiele, und manches spricht dafür, daß sie im Begriff ist, eben dies zu tun. In den Romanen Sartres etwa – von denen ich sagen muß, gegenüber früheren Urteilen, daß sie unabhängig von einer falschen

Philosophie eine zweifellos sehr starke Kraft der künstlerischen Gestaltung verraten, wenn auch die Lektüre bis zum Ekel qualvoll ist – liegt das Gute nur noch in der Luft der Verwesung, welche es geradezu komplett macht.

Ich habe in der letzten Zeit, da nun einmal der Groschen gefallen war, ein anderes Heilmittel zu mir genommen, statt der bisher vorgezogenen Rosinen aus einem verschmähten Kuchen, ich habe nämlich Wort für Wort und Satz für Satz den Siebenkäs von Jean Paul gelesen und bin geradezu erschüttert bei dem Gedanken, was ich bisher versäumt habe. Das ist ja im Komischen und Pathetischen, im Realistischen und Seelenvollen ein völlig beispielloser Dichter. Erst jetzt verstehe ich die tieferen Gründe für Börnes Gedenkrede auf Jean Paul, die ich oft und oft gelesen habe. Ich habe mit dem Bleistift in der Hand gelesen und mir soviel angestrichen, daß er beinahe stumpf wurde. [Nachtrag: Ich werde jetzt den Aufsatz von Loerke wieder lesen. Kennen Sie das herrliche Buch von Eduard Berend: Jean Pauls Persönlichkeit, eine Sammlung von Äußerungen seiner Zeitgenossen über ihn?] Für Sie und Ihre Anschauung der Natur besonders dies:

›Die meisten Männer gleichen in ihrem zerstörenden Hunger dem Heher, der die Nelke zerrupft, um den Nelkensamen aufzuhacken.‹

Und auch diese Fußnote – in einem komischen Roman! – empfehle ich Ihrer Nachprüfung:

›Zwei Löcher an einer Haselnuß deuten an, daß der Käfer, der darin als Würmchen den Kern zernagte, verpuppt ausgekrochen ist.‹

Und dies zitiere ich Ihnen aus der ›Vorrede‹, auch wenn Sie es kennen sollten: –

›in einem solchen Zeitalter, wo es so schwer ist, den feigen Menschen vom mutigen, den lässigen vom tatendurstigen, den verdorrten vom grünenden zu unterscheiden, wie jetzo im Winter die fruchttragenden Bäume aussehen wie die verreckten – in einem solchen Zeitalter gibt's für einen Autor keinen Trost als einen, dessen ich heute noch nicht gedacht habe, den nämlich: daß er doch ein Zeitalter, worin höhere Tugend, höhere Liebe und höhere Freiheit seltene Phönixe oder Sonnenvögel sind, recht gut mitnehmen und die sämtlichen Vögel so lange recht lebhaft malen kann, bis sie selber geflogen kommen; alsdann freilich, wenn sie in ihren Urbildern auf der Erde ansässig sind, ist wohl uns allen das Schildern und Preisen derselben größenteils versalzen und zuwider gemacht und ein bloßes Dreschen leeren Strohs. – Nur wer nicht *handeln* kann, arbeitet für Pressen.‹

Oder dies:

›Es scheint, daß Schriftsteller nicht lebendig, sondern abgeformt zu ihrer Nachwelt kommen sollen, wie man die zarten Forellen nur gesotten verschickt; man steckt uns nicht eher den Lorbeerreis, wie den wilden Samen der Citrone, in den Mund, als bis man uns gepürscht aufträgt.‹

Aber nun breche ich ab, denn sonst wäre des Zitierens einfach kein Ende. Das habe ich ja schon immer nach dem Wenigen, das ich kannte, gefühlt: es dürfte kaum einen Dichter geben – außer auf höherer und höchster Stufe Shakespeare –, bei dem eine so vollkommene Verzweiflung und ein solcher Glaube an den Menschen und die Welt so bruchlos ineinander wirksam sind: in diesem komischen und kleinstädtischen Roman – aber Jean Paul selbst spricht von dem ›kleinstädtischen Jahrhundert‹! – steht die gewaltige ›Rede des toten Christus vom Weltgebäude herab, daß kein Gott sei‹ – in welcher übrigens jene Verzweiflung in den Traum verwiesen ist, während der Erwachte dankbar sich der Natur und der Welt zuwendet. Sollte ich einmal Lust (und Zeit) haben und sollte es mir beschieden sein, wie ich es vorhabe, *alle* Bücher dieses großen Mannes zu lesen, dann wäre es ja wohl an der Zeit, über ihn ein neues Wort zu sagen – Aber was sind Pläne? Was sind Entwürfe? Und doch muß ich Ihnen noch dies, von Siebenkäs' Wanderung von Kuhschnappel nach Bayreuth berichten:

›Sein Weg lief von einem Paradies durch das andere. – Die Ebene schien aus musivisch aneinander gerückten Gärten zu bestehen. – Die Berge schienen sich gleichsam tiefer auf die Erde niederzulegen, damit der Mensch leichter ihre Rücken und Hölzer besteige. [Nachtrag: Wunderbarer Satz! Aber entweder ›gleichsam‹ oder ›schienen‹, beides ist zuviel – wie in der oft gesprochenen Wendung: Er *soll* das *angeblich* getan haben.] – Die Laubholz-Waldungen waren wie Kränze bei einem Jubelfest der Natur umher geworfen, und die einsinkende Sonne glimmte oft hinter der durchbrochenen Arbeit eines Laubgeländers auf einem verlängerten Hügel wie ein Purpurapfel in einer durchbrochenen Fruchtschale.‹

Das ist herrlich, und ich finde es merkwürdig, daß *diese* Auffassung der Natur gar nicht pantheistisch ist, wie ich immer geglaubt habe, sondern eher uneigentlich, wie auf dem Hintergrunde der Kunst als der Urmetapher, in der die Welt gerechtfertigt erscheint. Jean Paul drückt weit weniger, wie Goethe, das Ganze aus sondern eher eines durch das andere aber nicht ›symbolisch‹ verstanden sondern ›allegorisch‹!, die Welt durch Kuhschnappel, das Große durch das Kleine, aber auch das Kleine durch das Große: der Natur, welche ihre Beziehung zu der Welt, in der ihr Ort ist, soweit ich bis jetzt sehe, nie preisgibt. Sehr lehrreich ist eine Stelle in den Noten zum Divan, wo Goethe Jean Paul mit den persischen Dichtern vergleicht. Und Walter Benjamin macht in ›Ursprung des deutschen Trauerspiels‹ S. 187 die weittragende Bemerkung:

> ›Keineswegs wird diese Beziehung des Allegorischen ⟨von dem das ganze Kapitel in positiver Wendung gegen das Symbol handelt⟩ aufs Bruchstückhafte, Ungeordnete und Überhäufte von Zauberstuben oder alchemistischen Laboratorien, wie gerade das Barock sie kannte, als zufällig gelten dürfen. Sind nicht die Werke von Jean Paul, des ⟨sic!⟩ größten Allegorikers [Nachtrag: Das falsche ›des‹ verrät, daß das ›von‹ nicht als Präposition mit dem Dativ erlebt ist sondern als falsche und schlechte Genitivform – Nachwirkung der schlechten Zeitungs- und Umgangssprache bei einem ernsten Stilisten und bedeutenden Denker! Verzeihen Sie die Beckmesserei, aber ich glaube, daß sie wichtig ist!] unter den deutschen Poeten dergleichen Kinder- und Geisterkammern? Ja eine wahre Geschichte der romantischen Ausdrucksmittel vermöchte nirgends besser als bei ihm selbst das Fragment und selbst die Ironie als Umbildung des Allegorischen zu erweisen.‹

Doch nun breche ich endgültig ab, um das nächste Mal fortzufahren.

Nun will ich Ihnen noch sagen, daß mir Albert Bloch in Lawrence (Kansas), mit dem ich vor dem Kriege in dauerndem Briefwechsel stand, welchen ich jetzt wieder aufnehme, mir soeben schreibt, der Verlag habe auf meine Veranlassung seine Gedichtsammlung ›Adventures in Verses‹ an Sie abgehen lassen. Wenn Sie sie erhalten und gelesen haben und falls Sie einen positiven Eindruck gewinnen, würde sich der Dichter wohl über ein paar Zeilen freuen. Oder Sie schicken ihm als Gegengabe ›Entzückter Staub‹?! Er ist in Ihrem Alter und sehr leidend, im Hauptberuf Maler, und im Dichten und Malen beinahe bis zum Verbotenen stolz und unabhängig. Sie könnten Ihm natürlich deutsch oder englisch schreiben. Ich gebe Ihnen auf jeden Fall seine Adrese: Prof. Albert Bloch, Lawrence (Kansas) *U.S.A.* 1015, Alabamastreet. (Aber keine Höflichkeit im Urteil, natürlich, das würde ihn, wenn sie auch noch so verborgen wäre, kränken.)

Dieser Brief war eigentlich als ein ›kleiner‹ gedacht, dem ein ›großer‹ folgen sollte. Nun ist er selbst schon ziemlich lang geworden, was den längeren aber keineswegs ungeschrieben machen soll. Inzwischen lege ich dem kleinen Briefe, um das an dem großen Fehlende zu ergänzen, einen Aufsatz bei, nur für Sie, mit der Bitte, ihn streng zu lesen und mir zu sagen, wie weit oder wie wenig Ihnen meine Deutung des Türmerlieds als überzeugend erscheint. Die Kopie ist leider schlecht, aber ich hoffe, Sie werden alles lesen können. In der Zeitschrift ›Der Brenner‹, herausgegeben von Ludwig Ficker in Innsbruck, wird das nächste um Ostern erscheinende Heft einen Aufsatz von mir enthalten: Der Sonntag. Ein Motiv bei Karl Kraus. Sehr gern möchte ich, daß Sie ihn lesen. Ich habe gebeten, auf mein Judentum redaktionell hinzuweisen, was ich bei keiner anderen Zeitschrift täte aber bei dieser tun muß, weil sie einerseits literarisch besonders sauber, anderseits in der Tendenz dogmatisch-katholisch ist. Lieber Wilhelm Lehmann, halten wir der Welt die Treue, auch wenn sie uns früher oder später vernichten wird. (Wenn sie sich nur nicht selbst vernichtet?!)

Ich grüße Sie und die Ihren von Herzen

Ihr
Werner Kraft

Ich hoffe, daß Ihr kommender Brief mir viel Anregung zur Antwort geben wird!

184. Werner Kraft an Wilhelm Lehmann

Jerusalem
31 Alfasi Rd
24.3.1948

Lieber Wilhelm Lehmann,
Ihr Buch ›Verführerin, Trösterin‹ ist mir eine große Freude. Ich danke Ihnen dafür, und ich beglückwünsche Sie dazu. Ich fühle nun die Lust, den Aufsatz über Sie teils zu verlängern, teils neu zu schreiben, denn so wie er jetzt dasteht, ist er zwar für eine Zeitschrift geeignet aber nicht für ein Buch oder mindestens eine Broschüre. Ich will also versuchen, das Ganze klarer zu gliedern, und ich hoffe, daß es mir gelingen wird, ehe es – vorläufig – zu spät ist. Denn der 15. Mai, der Tag der offiziellen Beendigung des englischen Mandats steht als Schicksal über unserem schon bestehenden Unglück, und dieses

Schicksal macht sich auch postalisch bemerkbar. Ich fürchte, Sie werden mir schon nicht mehr schreiben können, es sei denn daß es Luftpostbriefe gibt, was ja noch nicht der Fall sein dürfte. Auf jeden Fall müssen Sie sich auf der Post erkundigen, da es ja zwecklos ist, Briefe zu schreiben und abzuschicken, die keine Aussicht auf Ankunft haben. Ja auch das Datum wird kommen, da *ich* keine Möglichkeit mehr habe, *Ihnen* zu schreiben. Augenblicklich geht es noch, und ich will versuchen, die Zeit zu nutzen, so schwer es auch unter dem Druck der Lage fallen mag …

Im einzelnen möchte ich sagen, daß ich Ihr Buch als ganzes und im einzelnen herrlich finde, ich kannte ja nur die erste und die letzte Erzählung, bezaubernd die ›Aufführung‹, wundersam den ›Abgesang‹, großartig die ›Kastanien‹, am schwächsten vielleicht die ›Kleinbahn‹, aber ich habe sie erst einmal gelesen, und vielleicht ändert sich mein Eindruck. Im Grunde sind das alles kaum erfundene Erzählungen sondern erfahrene und erlittene Gedichte – Gedichte in Prosa, nicht in dem verwaschenen Sinn dieses Wortes sondern in dem einer Prosa als stärkster Zusammenfassung und Entfaltung eines Gedichteten. Das ist ja auch schon darum der Fall, weil in keiner Geschichte die Nabelschnur zwischen dem Helden und dem Dichter durch Objektivierung zerschnitten ist, ich sehe unter wechselnden Namen immer nur Sie selber, höchstens in den ›Kastanien‹ treten Sie zurück vor einem Größeren, der Sie selbst sein möchten und für Augenblicke sind. Ich bewundere, wie Ihnen der ›fruchtbare Moment‹ eines Geschehens zur Vision wird, das Muttermal in der ›Aufführung‹, die Abschiedsgebärde im ›Abgesang‹, die Kastanie ebenda, das Eintauchen des weiblichen Eros in das Meer in ›Verführerin, Trösterin‹, wie hier gar nicht mehr motiviert zu werden braucht, sondern nur die Wahrheit gesagt, der Splitter im Fuß in der ›Aufführung‹ ist ein Faktum, aber kein psychologisches, und hat darum keine Folge – das Scheitern kommt daher, daß das Ganze so unbarmherzig vollkommen ist, daß es nur als Katastrophe erfahren werden kann, als die sanfte des Einklangs mit dem Sein, das heute spendet und morgen vernichtet, ohne damit seinen positiven Charakter preiszugeben. Die Gefahr des dämonischen Scheins, die hier bestehen könnte, bannen Sie mit der Treue des Kampfes. Sie ahnen den Zusammenhang, Sie haben ihn, aber Sie brüsten sich nicht mit ihm, und wenn er Ihnen – oder Ihren Figuren – zwischen den Fingern zerrinnt, so schützt Sie noch die begrenzte Einförmigkeit des kleinen monotonen aber zuletzt doch geschichtlichen Lebens gegen die als solche kaum anschaubare Allgewalt des Kosmos. Ich las gerade im ›Siebenkäs‹ ein Wort von Leibgeber, daß er in einem zweiten Leben sich an ›Realien‹ machen wolle – Sie tun es schon jetzt! In meinem neuen Aufsatz wird noch manches von dem stehen, was ich jetzt nicht sage. Nur eines darf ich nicht verschweigen: Ich stoße mich manchmal an Ihrer Sprache. Es sind oft Kleinigkeiten, aber Ihr Deutsch ist so schlicht und unscheinbar, so durchgefühlt, so edel vom Zentrum her, daß ich beinahe traurig bin, wenn ich feststelle, wie Ihre Lust an der Kleinarbeit auf dem Wege zur Peripherie versagt. Ich will aber jetzt nicht auf Einzelheiten eingehen. Auf eines möchte ich hinweisen, nicht weil es in *diesen* Zusammenhang gehörte sondern weil es mir gerade einfällt: Wenn Sie in dem überaus schönen Satz, mit dem die ›Kastanien‹ schließen das letzte ›in‹ weggelassen hätten, würde für mein Gefühl – – – (Intermezzo: Nein, das geht wirklich nicht, lieber Wilhelm Lehmann, daß Sie mir alle 14 Tage ein neues Buch schicken, wo komme *ich* da hin und wo kommen *Sie* hin, wenn ich nun den Aufsatz über Sie bei so viel neuem Material nicht nur umschreiben sondern gänzlich neu denken muß?! Aber nun, im Ernst gesprochen, danke ich Ihnen sehr für diese ›Bewegte Ordnung‹, die soviel entzückte Unordnung in mir hervorgerufen hat. Zufällig hatte ich gestern einen Tag frei und habe das ganze Buch schon verschlungen. Es ist prachtvoll, glänzend geschrieben, überreich an den wesentlichsten Gedanken und Gefühlen, besser: es ist nicht ›glänzend‹ geschrieben sondern klar und bestimmt, bescheiden und sicher, frisch und frei, und ich muß einen besonderen Brief schreiben, der auch kommen wird, um Ihnen alles zu sagen, was mir dazu eingefallen ist. Heute will ich Ihnen nur ganz wenig sagen, was mir unmittelbar wichtig erscheint: der Aufsatz über Brentano ist nicht zu lang, aber der über Arnim ist zu kurz. Sie sagen viel von seinen Erzählungen, was mir unbekannt und wichtig war, aber kein Wort von seinen Gedichten, was mich beinahe traurig gemacht, denn auch Sie werden sicherlich finden, daß einige von ihnen herrlich sind, wenn auch sehr wenige im Verhältnis zur Masse des Mittleren. Ich nenne Ihnen nur das wunderbare Gedicht vom Kirschbaum und jenes an Bettina, in dem der Vers steht ›wir hatten uns zu lange angegafft‹. Und dann die Grabschrift der Günderode!! Ein Freund hat mich einmal auf die folgenden Verse aus dem ›Grafen von Gleichen‹ (5. Akt) aufmerksam gemacht, von denen besonders die letzten beiden groß sind:

> Das ist es nicht, was mich so niederdrückt,
> Es ist die innere Gewitterluft,
> Wie ich im eignen Unglück fremdes ahne,
> Was mich zu seufzen zwingt aus enger Brust.

O könnt' ich weinen, würde mir schon wohler,
Bethautes Gras durchschneidet leicht die Sichel,
Die dort am Himmel steht und mich bedroht.

Der Aufsatz über Fouqué ist sehr gehaltreich, aber eines scheinen Sie nicht zu wissen, was ich selbst zufällig gefunden habe, das ist sein letztes Gedicht. Er verließ gesund seine Wohnung, kam zurück, erlitt einen Schlaganfall, an dem er starb, und als seine letzte Aufzeichnung fand man diese Verse:

Heil, ich fühl' es, der Herr ist mir nah, doch nah auch der Tod mir,
Doch weit näher der Herr, Heil mir der seligen Näh'!

Danzel außerordentlich! Tief ergreifend die Huldigung für Loerke in ›Ist dieser Dieter dann vorbei‹, unglaublich aufschlußreich für Ihr Wesen die ›Entstehung eines Gedichts‹ usw usw Über Ritter und sein Verhältnis zur Schrift gibt es eine wichtige Äußerung von Benjamin: Ursprung des deutschen Trauerspiels S. 212-13, Paolo Uccelli kenne ich aus einer bedeutenden Erzählung von Marcel Schwob, und er kommt auch in meinem Roman ›Der Wirrwarr‹ vor, den Sie leider immer noch nicht kennen, aber ich *muß* jetzt diese Klammer schließen und danke Ihnen nochmals innigst, vor allem auch für Ihre mich beinahe beschämenden Widmungen, die ich doch annehme und mit den gleichen Gefühlen erwidere) – – – Forts. von S. 4: – – der Satz noch sprachdichter geworden sein, obwohl er auch so sehr schön ist. Was sagen Sie dazu? Und auch dies noch: Sie zitieren zuviel. In ›Bewegter Staub‹ können Sie gar nicht genug zitieren, hier ist es in der ›Aufführung‹ in Ordnung, weil der Gegenstand selbst die Zitierung fordert, aber in dem ›Abgesang‹ scheint mir das Divan-Zitat die große Schönheit der ganzen Stelle beinahe zu gefährden. Hier hätte der Held selbst sprechen müssen, etwa: *ich liebe dich* oder schweigen, und der Gedankenstrich hätte für den echten Leser schon alles Nötige gesagt. Doch das sind im Grunde unerhebliche Einwände gegenüber der großen Reife Ihrer Welt- und Kunstauffassung, und auch der kleine Lapsus von Grillparzers ›Leben ein Traum‹ wiegt nicht schwer, wie auch daß das Lichtenberg-Zitat nicht von dem ›Gebet‹ spricht, das schlechter sei als ein Dreigroschenstück sondern von der Thräne: es geht gerade auf den zeitlichen Sentimentalismus der Empfindung, nicht auf das Religiöse. (Ich habe das Drama von Grillparzer gelesen, hier wirklich der Traum ein Leben, d.h. ein dürftiges, und darum sind die Traumvorstellungen phantastisch und eindrucksvoll, aber der Sinn kommt zu kurz, im Erwachen bleibt alles beim Alten und Schmalen.

Dagegen das Leben ein Traum bei Calderon lehrt die tiefsinnige Idee, daß die sittliche Pflicht des Individuums von der Tatsache unberührt bleibt, daß das Leben ein Traum wäre.)

Soviel gäbe es noch zu sagen! Das Meiste vergißt man, aber einiges werde ich doch mit der Zeit nachholen. Diese fruchtbaren Ideen über Pflanzennamen, über ›aber‹ bei Grimm, ein Wort, über das ich gerade im Zusammenhang mit dem späten Hölderlin nachgedacht habe, wo es vielleicht eine Ausdrucksunfähigkeit des kranken Hirns verdeckt ›aber‹ auch ein heiliges Erzählen darstellt. Die Betsabe Rembrandts, die ich in Paris oft gesehen habe, gehört zu den wenigen großen Bildeindrücken, die ich in meinem Leben gehabt habe, ein anderer ist Raffaels Selbstbildnis in Florenz wie auch ein Selbstbildnis des späten Rembrandt ebenda.

Ich *muß* schließen. Bald mehr!

Sehr sehr herzlich

Ihr
Werner Kraft

Rudolf Borchardt
9.6.1947

»Schieße mir die Schärfe
Eines Göttertodes durch die Kehle«

Fern aus dem Süden kam ein Brief;
Er weckte einen, der noch schlief.
– Ich stand vor einem Bergmassiv.

Da ich's mit fremdem Fuß erstieg,
Sah ich, von oben, und verschwieg,
Wie leicht mir war des Scheines Sieg.

Riß mich der Rausch der Sprache hin,
Nach Seele sehnt' ich mich und Sinn
Und hatte scheiternden Gewinn.

Im Staube gabst dem Götterknie
Du die Gestalt der Poesie,
Die mir zu Trug und Schmerz gedieh ..

Wie sich die Riesenstadt mir naht,
Auf Flügeln her vom Karlsbad
Rauscht mir's ums Herz und raunt wie Rat.

Du sagtest nüchtern ein Gedicht
Von Hofmannsthal, mir wird so licht,
Wenn reinen Lauts es zu mir spricht.

›Blüht Ionien?‹ fragtest du, im Kuß
Des Wortes sprang der Genius
Ins Licht – o Archipelagus ..

Du fuhrst vorbei, du sprangst heraus,
In deiner Hand den Blumenstrauß,
Wir sahen beide glücklich aus.

Die Worte waren froh getauscht,
Und mit dem Sturm sind sie verrauscht;
Mein Ohr dehnt sich zurück und lauscht.

So dankt ein Leben den Bestand
Dem Blitz des Zufalls, der entschwand
Und niederfuhr zu Halt und Band ..

Ich seh' im Zorn der wüsten Zeit
Dich in des Herzens Heiterkeit,
Die mich beseelt, rückt nah, was weit –:

In einem düsteren Hotel
War nachtlang halbgerettet hell
Der Seele brüchiges Kastell.

Von deiner Wildheit trug das Maß
Auch mich, daß ich der Not vergaß
Und hohen Augenblicks genas ..

Pistoja nahm mit Pinien auf
Den Gast, er zweifelte zuhauf,
Dies ist der traurige Verlauf,

Daß ich, den stets das Wort verließ,
Das nicht die Wahrheit vorwärtsstieß,
Im Schweigen auf die Ohnmacht wies,

Und doch hielt ich im Griff den Stein,
Bevor er traf, gewaltig ein,
Zum Ja ward meiner Liebe Nein.

Ich ging, du führtest mich ans Tor,
Gabst mir die Hand, stiegst steif empor,
Ich seh' dir nach wie nie zuvor …

Wie oft, wenn du mich aufgebracht
Durch die Verfinstrung deiner Pracht,
Hab' dennoch stark ich dein gedacht

Und jedes Tages, den du rangst
Um das Geheimnis und bezwangst
Dein starkes Selbst und frei erklangst.

Doch alle Menschheit würgt der Strick,
Im Göttertode bricht der Blick,
Der Pfeil trifft hinten durchs Genick.

Du lebtest groß und Dunkles auch,
Dies ist der Menschen alter Brauch –
Das Dunkel weicht der Schöpfung Hauch …

So kummervoll bist du gestorben,
Als Deutschland barst, zertrümmert, Rauch,
Und hast dir kommenden Ruhm erworben.

Wieder

Und wieder Schlaf
Und Tag für – Halt,
Verstumme, Schaf!
Nun, wird es bald?
– Es sei,
Wie es auch wird,
Ich bin dabei,
Der Tod hat sich geirrt,
Und wieder Schlaf
Und Tag für – Traf
Und treffe Tag, ich, frei.

Der Name
Herder

Wenn des Brutus Briefe dir sind in Ciceros Briefen,
Dir, den die Tröster der Schulen von wohlgehobelten Brettern,
Prachtgerüstete, trösten doch mehr von außen als innen,
Der von Göttern du stammmst, von Gothen oder vom Kote,
Goethe, sende mir sie.

Karl Kraus

Und vergebens
Strebt zum Himmel
Feuersäule
Meines Danks an
Gott und Goethe.

Hofmannsthal

Visp heißt ein schäumender Bach. Ein anderer Name ist Goethe.
Dort kommt der Name vom Ding, hier schuf der Träger den Klang.

Verspätete Widerlegung Herders

Nicht mit Gothen und nicht mit Kote hat sein gewaltiger Name
Doch mit Göttern hat er, Herder, etwas zu tun.
Denn an des Göttlichen Stelle ist Götte der Pate des Kindes;
Dieses wächst herrlich empor, und es wird Goethe mit Gott.

W. K.

Das Unmögliche

So nicht hab' ich noch nie geliebt
Dich selbst. – Sprach's und umschlang die Geliebte.
Sie wußte plötzlich, die Wahrheit trübt,
Und war doch die strahlend Betrübte.

185. Werner Kraft an Wilhelm Lehmann

Jerusalem
31 Alfasi Rd
4.8.1948

Lieber Wilhelm Lehmann,
ich höre eben, daß der Postverkehr mit Deutschland wiederaufgenommen ist. Da beeile ich mich denn, um Ihnen ein erstes Lebenszeichen nach so langem Schweigen zu geben, um so mehr da dieses Lebenszeichen ein wirkliches Zeichen des Lebens ist: an meiner Familie, vor allem an unseren Kindern ist der Sturm gnädig vorüberge-

gangen, obwohl es *für uns alle* auch anders hätte sein können. Es war furchtbar, und es ist noch keineswegs gut, aber es wird nicht mehr geschossen. Ob dies nur eine Athempause ist oder die endgültige Regelung dieser trostlosen Verstrickung, will sagen: der Frieden und sinnvolles Aufbauen – ich weiß es nicht. Ich hoffe es von ganzem Herzen. Daß die Juden Heroisches geleistet haben, steht außer Frage, und doch möchte ich über die Politik aus totaler Unlust schweigen. Leider ist mein Blick noch gegen das Heroische, das selbst ich zugeben muß, grundsätzlich getrübt. Von Gelesenem hat in den letzten Monaten den stärksten Eindruck auf mich ein Satz von Jacob Burckhardt – aus einem vorzüglichen Buch über Burckhardt und Nietzsche von Karl Löwith – gemacht, nämlich dieser:

> Es ist nicht wahr, daß jede Zerstörung Verjüngung bedeutet (die Angehörigen und deren Verwandte verbitten sich jede Verjüngung durch Untergang), und die großen Zernichter des Lebens bleiben ein Rätsel.

Das ist es! Mehr läßt sich kaum sagen. – Ich hatte damals – im April – noch einen langen Brief von Ihnen erhalten, nein sogar mehrere, wollte Ihnen antworten, aber da war es zu spät, und ich saß postalisch in der Mausefalle, von der größeren ganz zu schweigen. Seit Monaten empfange ich keine Post, und jetzt beginnen Briefe und Zeitschriften von März und April pünktlich einzutreffen. Eben kommt die ›Literarische Revue‹ (Jg 3 H 2), Nachfolgerin der ›Fähre‹ mit meinem Gedicht ›Im Gehen‹ aus Gedichte II. Es soll ebenda im Maiheft ein größerer Aufsatz von mir über Supervielle erschienen sein, ich weiß aber nicht, ob es der Fall ist. Auch im Trivium müßten Aufsätze über Goethe erschienen sein. Ebenda Atlantis-Verlag Zürich ist übrigens – leider weiß ich die Nummer des Heftes nicht – ein bedeutender Aufsatz von Ludwig Strauß ›Zur Struktur des deutschen Sinngedichts‹ erschienen, den Sie sich verschaffen sollten. Ferner mache ich Sie auf einen überaus lesenswerten Aufsatz von meinem Freund Ernst Simon aufmerksam über ›Pestalozzi als Pionier der Sozialpädagogik‹. Der Verfasser, Dozent der hiesigen Universität, seit einem Jahr zu Gastvorlesungen in New York, ist ein praktisch und theoretisch überaus begabter Theologe (das übrigens auch in Hinsicht auf jüdische Theologie, ich meinte aber:) Pädagoge. Der Aufsatz ist in der von Ragaz herausgegebenen und jetzt fortgesetzten Zeitschrift ›Neue Wege‹ erschienen. Leider enthält der Sonderabdruck keine Angabe über die Nr des Heftes, aber schreiben Sie an die Vereinigung Freunde der Neuen Wege Kalchbühlstraße 87 Zürich 38. Das aber nebenbei. Ungeduldig warte ich nun auf Nachricht von Ihnen, wie es Ihnen und den Ihren geht, was Sie arbeiten, was von Ihnen Neues erschienen ist usw usw

So traurig es ist: ich habe vorläufig *nicht* an der Erweiterung des Aufsatzes über Sie gearbeitet. Es fehlte mir jeder Impuls. Doch das kann sich ändern, und ich hoffe, es *wird* sich ändern. Haben Sie Geduld, es hängt alles an einem Faden, und die Hauptsache ist, daß der Faden nicht abreißt. Das Leben ist eben ein ungeheures Wagnis im Vergleich zu dem ein Vabanque-Spiel ein überlegter Plan ist. Gedichte habe ich viele gemacht und auch sonst nicht aufgehört, auf meinen Kopf zu verzichten. Dies ist nichts als was man so hinschreibt, wenn man sagen will, daß man lebt, aber bald kommt mehr.

Ich grüße Sie sehr sehr herzlich wie auch Ihre Frau

Ihr Werner Kraft

Die Hauptsache hätte ich beinahe vergessen: ich *arbeite noch*, so sonderbar das klingen mag: eben in der jüdischen Fortsetzung jenes augenblicklich unzugänglichen Rockefeller-Museums.

Ruhe der Waffen

Der alte Wind bewegt sich,
Daß er die Welt erfreue.
Mein Steilgedanke legt sich,
Die Treue

Verwehrt ein grünes Wissen,
Wenn grau ich es besitze,
Und blauer Freude Hissen
Im Blitze.

Die jäh erschlagnen Boten
Lebendige vergessen
Die jüngst noch rot Durchlohten;
Gemessen,

Daß rein die Qual gedeihe,
Strömt mir zu Herz und Hause,
Wie schrill der Quälgeist schreie,
Die Pause.

Dann schlägt der Wind, der neue,
Mein Leben in die Schanze.

Auf ihr steht still die Treue
Im Tanze.

18.7.1948

Kastanien

Die Kastanien meiner Jugend
Leuchten mit den weißen Kerzen
Mir ins Antlitz, und sie sagen:
›Lebst du noch kraft unsrer Tugend?
Schlägt dir noch beherzt im Herzen
Unsrer Herzen treues Schlagen?

Sag, wer bist du, Fremder, sag es?
Wir erkennen dich nicht wieder.
Warst du wirklich hier beizeiten?
Nein, verschweig es! Besser: trag es!
Mutig schließ die müden Lider
Über deiner Leere Breiten,

Über unser grünes Gelten,
Über unser blaues Trösten,
Denn wir denken, dich zu wählen.
In den eingefallnen Welten,
Die sich von der Welt erlösten,
Diese könnte viel erzählen.

Wie sie wankt! – Drum in der Ferne
Beib ihr treu im dunklen Lichte,
Dunkelnd, Fremdling, ihr getreuer
Als die strahlend schönen Sterne,
Treu auch uns, wir wanken, dichte,
Mach uns diese Welt geheuer!‹

2.8.1948

186. Wilhelm Lehmann an Werner Kraft

Bleichegut, Oberburg, Kt. Bern, 30. Aug. 48

Lieber, sehr lieber Werner Kraft,
Mit Freude, mit Erleichterung bekam ich Ihr »Lebenszeichen«. Gathi schickte es mir sofort (weil sie wusste, wie sehr ich es erwartete) von

Eckernförde hierher. Meine Frau und ich haben sechs Wochen hier hinter uns, morgen Abend findet die Rückreise statt. Wir müssen die Zähne zusammenbeissen im Abschiedsgefühl, so gut haben wir es bei alten Freunden (der Wickersdorfer Zeit) gehabt, ich habe zu ebener Erde im Eckzimmer eines alten Patrizierhauses gewohnt mit herrlichem Garten, den eine mächtige Lärche bereichert(e), ein eilender Bach durchströmt. Eine Herzneurose machte mir zu schaffen, der Arzt beruhigte mich. So viel von mir, ich habe nur ein paar Gedichte geschrieben, ein winziges Etwas von Prosa. »Der grüne Gott« soll wieder gedruckt werden, alles dauert lange, nach dem Schnitt der Währungsreform schwieg oder schweigt alles paralysiert. Meine Frau und ich sind glücklich, Sie und die Ihren bewahrt zu wissen. Dies ist nur eine hastige Antwort auf Ihre Nachricht. Beständig Ihnen zugetan

Ihr
Wilhelm Lehmann

187. Werner Kraft an Wilhelm Lehmann

Jerusalem
31, Alfasi Rd
27.9.1948

Lieber Wilhelm Lehmann,
ich habe mich sehr über Ihren Brief aus der Schweiz gefreut, bin traurig über Ihre Herzneurose, dann wieder zufrieden, daß der Arzt die Sache nicht als so schlimm ansieht, dann wieder traurig, daß Sie die wenigen Gedichte und die winzige Prosa, die Sie gemacht haben, nicht gleich Ihrem Brief beigelegt haben, ich habe so sehr die Ansprache durch das Schöne nötig –

Es ist eine schwere Zeit, die darum noch schwerer ist, weil wem das Herz voll ist der Mund nicht übergeht. In der Finsternis läßt sich ja kaum noch ein Lichtschimmer sehen, und man müßte schon zaubern, um ein bißchen dem Lichte Ähnliches hervorzubringen, und gerade das ist ganz und gar verboten. Also was soll man sagen? Vielleicht genügt es, zu sagen, daß man lebt, so lange man es noch kann. Lesen Sie meinen Aufsatz über Supervielle im Maiheft der ›Literarischen Revue‹ (München), *ich* habe das Heft noch nicht gesehen. Nehmen Sie diese Zeilen wieder nur als ein Lebenszeichen!

Immer Ihr
Werner Kraft

Ich hoffe bald mehr zu schreiben.

Das Gedicht ›Der edle Herbst‹ habe ich gestern geschrieben.

Der edle Herbst

Wie der edle Herbst
Ist die Welt so still,
Der in Treuen ging,
Der mit Schande kam.

Also gehst auch du
Mit dem edlen Herbst
Brüderlichen Wegs
Nicht zu seinem Ziel.

Ob du wiederkehrst,
Fragst du, Antwort, die
Wie der edle Herbst
Dich gelassen schweigt.

Hebe deine Hand!
Deiner Augen Licht,
Ist das Herz bereit,
Sieht den edlen Herbst,

Sorge, die noch pocht,
Trauer, die schon liebt,
Freude, die durchzuckt
Einer Thräne Meer.

Edler Herbst, verzeih
Mir des Frühlings Glück,
Scheuer, selig, wo
Reichlich ich nicht bin

Dieser Welt, die neu,
Ohne Zeichen, daß
Dies gewiß und wahr
Werde, edler Herbst.

Schwacher Trost

Keine Ruhe glättet die Falten,
Unselig stehen sie bloß.

Da ist Lassens kein Halten,
Für Tragen kein Schoß.

So manchen, wie lange geboren,
Scheint Sterben weit,
Und fühle zweifelnd verloren
Mich, zuzweit.

Der schwache Trost enfaltet mich
Auf Seide gemalt.
Augen des Guten, haltet mich,
Ich falle, strahlt!

In einem Heft der ›Wandlung‹ (Juli) – worin auch einige Verse von einem mir nahstehenden Dichter, Harry Timar, stehen – finde ich in den biographischen Notizen, man brauche über Zuckmeyer nichts zu sagen: ›er ist volkstümlich‹. Das ist um so schlimmer, als die Wandlung eine *gute* Zeitschrift ist. Dieser Zuckmayer hat neulich ein Glückwunschgedicht an Lernet-Holenia (bekannte Kurtisane aus der Zeit der Ninon de Lenclos, die etwas gegen Hitler hat) beendet, indem er auf Gluck (bitte!) reimt: Dein Zuck. – Das ist in der Tat volkstümlich!!

188. Werner Kraft an Wilhelm Lehmann

Tel Aviv
10.10.1948

Lieber Wilhelm Lehmann,
ich bin seit etwa zehn Tagen hier. Wir fahren in einigen Tagen nach Jerusalem zurück. Dies ist die erste Ortsveränderung seit über einem Jahr. Wir sind am Meer, baden, führen so weit es geht heitere aber auch ernste Gespräche mit einigen Menschen, die uns nahe stehen. Es ist ein Aufathmen, und selbst das ist nicht ohne Beschattung. Es ist zwar Waffenstillstand, und doch wird gekämpft. Dies ist das Phantastische, das Dunkle, Drohende der hiesigen Lage. Unsere beiden Kinder sind an verschiedenen Stellen im Negev, das ist jene Wüstengegend im Süden des Landes, die das Hauptziel des ganzen politischen Kampfes bei allen beteiligten Gruppen ist, und die Lage dort ist dauernd gespannt …

Ich hoffe leise, wenn ich nach Jerusalem zurückkehre, einen längeren Brief von Ihnen vorzufinden .. Haben Sie übrigens in der Schweiz das Trivium gelesen? Das ist eine vorzügliche Zeitschrift. Der dort vor kurzem erschienene Aufsatz von Ludwig Strauß über die Struktur des deutschen Distichons hätte Sie sehr interessieren müssen, ebenso wie Aphorismen von demselben, die in der Neuen Schweizer Rundschau erschienen sind. Der Zufall hat mir hier ein Buch in die Hände ›gespielt‹, das geradezu brennend interessant ist und das ich mit größerer Spannung als manchen Roman lese. Es ist das 1944 in der Schweiz erschienene Buch von Huizinga: Homo ludens. Versuch einer Spielbestimmung der Kultur. Ich empfange die reichste Belehrung daraus. Daß die zentrale These richtig ist, ist zwar von entscheidender Wichtigkeit, aber selbst wenn sie falsch wäre, ist das Material einfach erstaunlich und so überzeugend dargestellt, daß die Fruchtbarkeit der These für mich außer Frage steht (wenn ich auch sagen muß, daß mir ›Kultur‹ vorweg als ein zu kompliziertes Gebilde erscheint, als daß sie als Maßstab der Betrachtung ausreichte, und doch ist sie die würdigste Ersatzidee, so lange wir nicht wissen, was Wahrheit ist!) Hören Sie nur die folgende Stelle aus Platos ›Gesetzen‹:

›Man muß Ernst machen mit dem Ernsten, und es ist Gott, der alles seligen Ernstes wert ist, der Mensch aber ist dazu gemacht, ein Spielzeug Gottes zu sein, und das ist wirklich das Beste an ihm. So muß denn jedermann, ein Mann so gut wie eine Frau, dieser Weise folgend und die schönsten Spiele spielend das Leben leben, gerade umgekehrt als jetzt.‹

Ist das nicht wunderbar? Ich bin tief ergriffen davon. Viele Gedanken und Ideen gehen mir durch Kopf und Herz, Pläne aller Art, aber –

Und wo die Freunde verfaulen,
Das ist ganz einerlei,
Ob unter Marmor-Saulen
Oder im Rasen frei.
Der Lebende bedenke,
Wie auch das Schicksal mault,
Daß er den Freunden schenke,
Was nie und nimmer fault.

So Goethe! – Wir wollen versuchen, ein Minimum dieses »Bedenkens« in Tat umzusetzen. Bald mehr!

Ich grüße Ihr Frau und Sie selber sehr sehr herzlich
auch von meiner Frau

Ihr
Werner Kraft

Vase

Es wittert meine Nase
Vor einer weißen Wand
Den ungewohnten Duft
Von einer Blumenvase.

Zart ordnet meine Hand
Die blaue Rosenluft,
Die leere bis zum Rand.

Das Ganze ist so klar
Wie nichts, was jemals war.

Wenn darum es versinkt
In die bereite Gruft
Und meine Thräne blinkt,
Weil alles wird zu Aase,

Bin ich des Wunders bar,
Das ohne Zögern trinkt
Auf wankendem Altar
Aus der Gigantenvase.

Oktober

Über die Fläche der See
Fächelt das Licht am Mittag.
Weiß liegt es wie Schnee
Vor den Augen des Herbstes, Ertrag
Meines Herzens, zu Welt
Kraft fruchtbarer Schönheit bestellt.

Wird es denn wirklich, sag,
Winter sein?

Kein Zweifel stärkt das Ja,
Kein Glauben trübt das Nein,
Einfach bin ich da

Wie der Tag,
Wie die Nacht,
Als ich lag,
Aufgewacht,

Als ich sprach, als ich trank, als ich sah.

189. Wilhelm Lehmann an Werner Kraft

Eckernförde, 23. Okt. 48

Lieber Werner Kraft,
Immer wieder schiebe ich den ausführlichen, geordneten Brief an Sie auf, immer wieder will ich mich zu reinlicher Musse sammeln, was haben Sie von diesem Aufschub. Deshalb, an windigem, deshalb ofenrauchenden, nervös machenden Oktobervormittag nur wieder dies, abgebrochen und ohne rechten Anschluss, mir ist, als ob die lange Unterbrechung mir auf die Hände schlage, und doch bin ich glücklich, dass ich Sie gesund weiss, der ich nun schon ein drittes »Lebenszeichen« von Ihnen wiederbekommen habe. Eben kommt Ihr Brief aus Tel Aviv (Mörikes Frühlingshügel, nicht? Kiebutz u. ä. sind mir fast geläufig geworden aus den vielen Gesprächen mit Frau Johanna Spector, die nun in einem Hebrew College in Cincinnati ›gelandet‹ ist, sich von den Amerikanern getrennt fühlt & doch ihre Vorzüge erkennt, vor allem offenbar viel Güte), also vor allem der Wunsch, es möge im ›Negev‹ gut gehen. »Nur der Meister hat Gegenwart« las ich einmal bei Kassner (von dem ich vieles gelesen habe, dem ich manches Nachsinnen verdanke, bei dem mir aber eigentlich doch nie ganz wohl wird), unsereins ist die Beute seiner Nerven, es macht mich schwach, dieses beständige Herumgerissen werden, dieser Mangel an echter Ruhe, dieses Pseudogerede um einen herum, diese Zeitungen, diese ›runden Tische‹, dieser Kampf um die Bodenreform. Echtes und Unechtes wirbelt durcheinander, aber ich muss meinen Klagen Einhalt gebieten: ist es nicht unsere Aufgabe, das Echte zu erkennen und wert zu behalten? Dank für Ihre Gedichte: besonders die ›Vase‹ bewegt mich sehr: das ist schliesslich auch meine Dichtung. (»Und wo die Freunde verfaulen«, ja, diese Goetheverse, liebe auch ich sehr!) Was soll ich Ihnen von der Schweiz erzählen? Wir waren freundlichst und zartest aufgehoben, ich wohnte – eigentlich idealisch – im Eckparterrezimmer eines alten Landhauses, durch kniehohe Fensterschwelle nur von einem alten schönen Garten getrennt. Eine kräftige Sechzigerin, energisch, deutsche Verhältnisse kennend, das Haus, das mit zehn Zimmern leer steht, nicht ganz gern im Auftrage ihrer Familie besorgend & bewahrend (es war einst lautes seliges Paradies ihrer Kindheit, jetzt verdämmert der Garten, Melancholie des Altwerdens: so gehörte es sich, dass ich schweigend an Begonien und Rittersporn, an Brombeerhecken darin herumging, glücklich, dass es überhaupt noch irdische Einsamkeit, irdisches Alleinsein gibt, bevor ich in diese vollkommen verzerrte unleidliche, von Flüchtlingen bis zur Übelkeit

überfüllte, mir ganz entfremdete Stadt zurückkehren musste); da man vernünftig ernährt wurde, dachte man sehr bald an solche Dinge überhaupt nicht mehr. Die alte Dame schenkte meiner Frau und mir – wir waren ja überhaupt Almosenempfänger – eine Eisenbahnfahrt auf die Schynigeplatte im Berner Oberland: endlich erwischten wir einen sichtigen Tag, es war holder August, wir fuhren zu grosser Höhe & dann lagen Mönch, Eiger, Jungfrau, Faulhorn mit Schneehäupten, mit den Händen greifbar, vor uns und es war unendlich schön.

Ist hier alles in Auflösung, verwischt, verändert sich alles – gespenstisch – bleibt in der Schweiz alles, ist jeder Stein gezählt, jeder Pfahl lackiert, schreibt jede Warenhandlung (buchstäblich) ihre Geschichte, werden ›Demokratie‹, ›Tradition‹, Gottfried Keller wirklich, so wirklich, dass es – ebenfalls – gespenstisch wirkt.

Ich bekam von Günter Eich (der schon 40 ist & sich mir, das ist wenigstens anständig, in der Lyrik verpflichtet bekennt), einen, mit Holzschnitten verzierten (wozu?) Gedichtband. Der hat mich so irritiert, dass ich mich über Gebühr ernsthaft damit beschäftigte, meine kritischen Bedenken in einen Brief zusammenstellte (zögernd, ihn abzuschicken, aus Sorge, den Autor zu verelenden, fragte ich bei ihm Befreundeten an, man riet mir sehr abzuschicken, ich tat es & werde kaum etwas darauf hören, was mir in diesem Falle nur recht sein soll): es schien mir ein Paradigma des Heute zu sein: hier quält sich Unkraft, angeklungener Tiefsinn, scheinbare Bedeutung, Elemente des dichterischen aber aller Zeiten verabsäumt, alles aus 2., 3. Hand, von 73 Gedichten allenfalls 3 haltbar – trostlos, und so hässlich (der Mann wird sich auf die ›Wirklichkeit‹ herausreden!). Nein, ich lasse es mir nicht ausreden: hier möchte einer gern, der nicht kann. Warum soll das nicht auch vorkommen? – O, und nun, merke ich, wie töricht mein Ausbruch in einem Briefe an Sie ist, der Sie den Text gar nicht kennen!

Sprechen wir von Besserem, vom Guten. Mit ganz grosser Freude habe ich endlich Ihren Supervielleaufsatz bekommen. Er ist so gut, so sachenvoll, dass die Erwähnung meiner Arbeit darin mir eine hohe Ehre bedeutet! »Dichten ein Symbol für richtiges Verhalten.« Welches Summieren: »ein Stieglitz und ein Gott ohne Macht, der noch gerade die Fähigkeit hat, diese Stimme zu hören und das Gehörte mit der Selbstverständlichkeit eines Gottes auszusprechen.«

Nach solchen Geistesgängen erscheint alles, das meiste, was über Dichtung geredet wird (es tun sich jetzt vielfach Poesiepädagogen in Zeitungen auf), entsetzlich fade. Als wenn es nicht selbstverständlich wäre, daß Gutes in der Dichtung genauso selten ist wie Gutes über die Dichtung!

Ich schließe für heute, von mir ist nicht viel Gutes zu berichten. Aber daß ich an Sie denke, daß alles was von Ihnen kommt, mir höchst bedeutsam und tief erfreulich ist, das brauche ich Ihnen nicht zu sagen

Ihr (Sie und *alle* Ihrigen von Herzen grüßend)
Wilhelm Lehmann

Ja, der Satz aus Huizinga-Plato (Bücher in der Schweiz unerschwinglich!) ist aufregend schön.

Ich schrieb Ihnen damals doch, wie großartig ich Ihr Zitat aus H. Zschokkes Selbstschau finde?

190. Werner Kraft an Wilhelm Lehmann

Jerusalem
31, Alfasi Rd
8.11.1948

Lieber Wilhelm Lehmann,
Ihr letzter Brief hat mich wieder sehr erfreut, und er hatte doch einen so traurigen Unterton. Ich möchte Sie gerne trösten, aber ich weiß eigentlich keinen Trost, weder für Sie noch für mich. ›Stürzen mit allen Guten muß Lob wert sein‹, ist, in Borchardts Übersetzung, ein Vers aus einer Danteschen Kanzone, und doch ist es merkwürdig, daß ich einen Tag vor Eintreffen Ihres Briefes meinen Aufsatz über Sie an die Literarische Revue abgeschickt habe, mit wenigen geringfügigen Hinzufügungen, denn zu einem Buch reichen meine Kräfte augenblicklich nicht, da müßte ich doch alles neu schreiben. Warten wir nun ab, wie die Leute reagieren! Ich wünsche von Herzen, daß der Aufsatz erscheinen wird, aber auch wenn er nicht erscheint, ist er ja geschrieben, und man muß sich weiter bemühen. Es geht nur alles so entsetzlich langsam, als hätten wir noch eine Ewigkeit zur Verfügung.

Bei Ihnen wird es jetzt schon kalt sein. Hier ist nach einer wochenlangen Wüstenhitze der erste Regen gefallen, und die Atmosphäre ist erfrischt. Der Winter beginnt ja hier erst im Januar mit seinem vollen Schrecken. Wie schön daß Sie das Schweizer Hochgebirge wenigstens zum Greifen nahe gesehen haben! Könnten wir nicht vorsehen, uns im nächsten Herbst oder Sommer in Bern zu treffen! Das wäre doch sehr schön! Wo ein Wille ist, könnte auch ein Weg sein, und ›Almosen‹ – die ich nicht verlange – würden mich gar nicht stören. Ist es denn nicht eine Ehre, Ihnen Almosen geben zu dürfen?!

Was Sie über Günther Eick schreiben, hat mich überaus interessiert, *obwohl* ich den Text, an den es anknüpft, nicht kenne. Mir fiel zunächst dazu ein: Wie gut, daß Sie das nicht mir sagen! Denn es gibt doch sicherlich Menschen, die so über mich urteilen werden, und so sehr ich glaube, daß Sie über Eick Recht haben werden und daß mich einer (dessen böser Wille von Anfang an feststand) zu Unrecht mit Friederike Kemptner verglichen hat – wo der Unterschied zwischen einem guten und einem schlechten Gedicht ist, weiß ich nur praktisch, nicht theoretisch. Die Theorie des Schönen ist in tiefstes Dunkel gehüllt. Ich neige eigentlich schon lange zu der Auffassung, daß der tiefste Grund, warum ›Über allen Gipfeln‹ ein so großes Gedicht ist, in der Tatsache liegt, daß es von Goethe ist, und erst *nach* diesem Wissen – das natürlich das Wissen um einen gewaltigen Menschen ist – können wir versuchen, dieses Vorurteil in die Sphäre des sachlich begründeten Urteils zu überführen, wie ich auch glaube, daß wir, wenn wir von Goethe nur seine wunderbare Jugendlyrik kennten, ihn immer für einen Lyriker hohen Ranges aber nie für einen großen Dichter gehalten hätten. Für dieses Urteil sind immer außersachliche Gründe entscheidend, die geheimnisvoll dann doch wieder ins Sachliche münden: denn es bedarf eben des *ganzen* Menschen Goethe, um ein so kleines Gedicht von 24 Worten, 2 Kommata und drei Punkten hervorzubringen, ein so großes, und was wie eine Verteidigung eines Dichters wie Eick erscheinen könnte, ist in Wahrheit eine Anklage: seine Verblendung sieht nicht den wirklichen Sachverhalt. Aber *kann* er ihn sehen? Sind wir nicht alle verblendet? Ich habe die Gedichte, die ich vor 20 Jahren gemacht und zum Teil längst vergessen habe, doch für genau so gelungen gehalten wie die von heute, und in weiteren zwanzig Jahren würde es dasselbe sein .. Also wo ist der alles entscheidende Punkt? [Nachtrag: Vielleicht in der Fähigkeit, in die *anderen* Menschen zu transzendiieren, um zu erkennen, daß sie mehr von mir sehen, und auf der Grundlage dieses mit Schmerzen zugegebenen Mehr *dann*: noch mehr von mir zu sehen als sie. (Rätselhaft ausgedrückt, aber vielleicht verstehen Sie es trotzdem?!) Deutlicher ausgedrückt: Nur kraft des Zusammenhangs mit der Menschheit kann man etwas über sich selbst erfahren.] Ist es die Wirkung, die doch so oft gerade von dem Schlechten ausgeht? Mindestens teilweise, denn *auf die Dauer* wird die Wirkung des Schlechten vergehen, wenn die des Guten erst beginnt. Dennoch bleibt ein unauflösbarer Rest, wenigstens für mich. Aber es gibt auch ein moralisches Problem: Goethe hat gesagt, es liege in jedem Dilettantismus der Keim einer sittlichen Entartung [Nachtrag: Irrtum: Hofmannsthal.], und wirklich wird eher ein guter Dichter zu Unrecht zugeben, daß seine Sachen nichts taugen, als daß ein schlechter von dem fanatischen Glauben ließe, er sei auserwählt. (Und es wäre doch so leicht, alles was im Gedicht schief herauskommt im Leben gerade zu machen, aber da liegt wohl der Hund begraben: das Leben ist noch schiefer!!)

Aber genug dieser verwirrten Äußerungen, obwohl sie keine Klarheit vorspiegeln sondern nur meiner Unklarheit auf den Grund gehen wollen. Vielleicht fällt Ihnen noch etwas dazu ein, was sie klarer macht. Ihre beiden Gedichte finde ich sehr schön, aber Ihre als ganze so wunderschöne Handschrift ist im einzelnen so schwer zu entziffern, daß ich in ›Tigerfell und Glockenhut‹ das wichtige Wort Nasturtium nie hätte lesen können, aber der Zufall, der überhaupt einer meiner wichtigsten Mitarbeiter ist, half mir, und ich fand in ›Bewegliche Ordnung‹ S. 116 unten die Aufklärung. Das ganze Gedicht finde ich so endgültig gesagt, daß etwa mich, der ich doch in Ihrer Blumenwelt und Wirklichkeit, leider, ein Fremder bin, der nur manchmal zu Besuch kommt, alles durch das Gedicht selbst überzeugt. Es ist kein einziges leeres Wort, keine leere Metapher in diesem Gedicht. Und nun: Der Hollunder. Überaus schön, aber nicht alles kann ich entziffern. Ist das Beiwort zu Mark ›heißes‹ oder ›reines‹? Ich nehme an, daß es ›nicht *schwerer* als Luft‹ heißt, es könnte aber auch ›schöner‹ oder ›scheuer‹ heißen. Wunderbar ist dieses ›doch stark / Wie leichter Sinn, der niemals trumpft' und dann was folgt. Aber würde hier nicht ein Semikolon nach ›trumpft‹ den *Gedanken* des Schrumpfens der Erde stärker hervortreten lassen? Anderseits weiß ich, daß das Komma dem *Rhythmus* die größere Ehre gibt. Dies ist vielleicht einer der Fälle, wo es eine rationale Entscheidung nicht gibt, nur eine des Gefühls. Ebenso ist es vielleicht mit dem ›trumpft‹, denn *ganz* drückt es Ihren Gedanken nicht aus. Sie meinen doch wohl: auftrumpft, aber das ging in den Vers nicht hinein. Ob es anders und wie es besser zu machen wäre, vermag ich nicht zu sagen. Anders ist es mit den Exkrementen. Zunächst wäre ich für Umstellung dieses und des folgenden Verses, da für mein Gefühl das Stärkere, als Steigerung, besser zuletzt kommt. Aber das Wort selbst? Es ist zu scharf, zu grell, zu krass. Ich habe an sich mehr für als gegen krasse Worte, Sie selbst gebrauchen einmal ›krasser‹, und es ist ganz in Ordnung. Dieses Wort ist aber im Grunde ein medizinisches, bei dem der Arzt nichts denkt als die Sache, die ihm in einem Heilszusammenhang wichtig ist. Er lebt ja als Arzt in keinem Gefühlszusammenhang. In diesem lebt aber die Lyrik, und ein Wort, das nur einen Sach- aber keinen Gefühlsgehalt ausdrückt, muß verfehlt sein, als wenn – um es ganz ›krass‹ zu sagen – ein Vers riechen dürfte, statt daß er duften müsse. Wo doch das so schöne ›Duftgericht‹ geradezu auf dem Fuße folgt!! Bitte, überdenken Sie es! (Ich möchte in aller Bescheidenheit vorschlagen, die beiden Verse mit einem Reim auf Dünger [Nachtrag: Der Geruch des Düngers ist ertragbar, *weil ich weiß*, wozu er dient. Ich finde übrigens auch daß der Konjunktiv Imperfekti der schwachen Verben mit Umlaut nicht schön klingt.] noch einmal zu dichten?!) Sehr merkwürdig ist es mir mit dem besonders schönen Schluß gegangen, aber hier bin ich ganz sicher, und zudem ist die Änderung kinderleicht. Ich hatte also gelesen: Käthchen *in* Heilbronn und fand es sofort bezaubernd, dann las ich es noch einmal und sah, daß Sie *von* geschrieben hatten. Beachten Sie aber den *großen* Unterschied: ›von‹, das ist ein literarhistorisches Faktum, die Antwort auf die Frage: Nenne mir ein Drama von Kleist; ›in‹, das heißt: diese Figur aus dem Drama von Kleist lebt, sie bewegt sich, dieses Mädchen, dieses Kätchen sitzt unter dem Hollunder: *in* Heilbronn. Finden Sie nicht auch?

Und nun will ich Ihnen noch etwas über ›Bewegliche Ordnung‹ sagen. Ich habe das Buch jetzt zum zweiten Mal gelesen. (Eben habe ich im Schreiben eine Pause gemacht, um nach Ihrem Hinweis die Stelle zu finden, wo Brentano im ›Radlauf‹, den ich nicht kenne, die Nacht von Hölderlin zitiert. Ich habe geblättert und geblättert, und ich hab's gefunden. Und die göttliche Frechheit ist, daß er nicht einmal zitiert sondern den Wind, der die Lüftchen des Hains aufrührt, in seinen so anderen Stil verwebt, und das ist gewiß ein Gegenbeweis gegen das Organische seiner späteren christlichen Deutung dieses Gedichts! Bei den Worten ›Wind‹ und ›verwebt‹ fällt mir ein, daß es von Joubert den Satz gibt: La vie est du vent tissé. Ist das nicht ein Gedicht in sechs Worten, in dem eine Phrase erblüht, sich freiwillig zu festem Sinn begrenzt? Hinter solchem Satz muß ein ungeheurer Glaube stehen, den *wir* verloren haben. Aber das nebenbei, denn nicht davon wollte ich reden sondern –? Klammer zu!) Ich empfinde in Ihrem Buch eine beneidenswerte Frische der Anschauung, und Sie sollten die berechtigtsten Anfälle von Trübsinn mit der Hand, die noch schreiben kann und schreiben will, gelassen beiseiteschieben, um *alles* aufzuschreiben, was Ihnen an vorweg so sichtbar gesegneten Gedanken durch den Sinn geht, um ihn und nur ihn hervorzubringen. Im einzelnen wäre so viel zu sagen, daß ich kaum weiß, wo anfangen. Zunächst einige Einwände. Jeder Autor hat Lieblingsworte, gegen die nur zu sagen ist, daß sie durch zu häufige Anwendung sich abschwächen und halb entwerten. Bei Ihnen ist mir der Gebrauch des Wortes ›großartig‹ aufgefallen, das an sich sehr elementar ist aber –? Überprüfen Sie einmal, wie oft es vorkommt! In dem Aufsatz über Thümmel, der reizend ist (Sie spielen auf die Anthologie ›Die Vergessenen‹ von Heinrich Fischer an, die ganz auf Lyrik-Vorlesungen von Karl Kraus beruht, der das Gedicht auf den Hund oft vorgelesen und auch über das seltene ›gegleicht‹ einmal in sprachlichem Zusammenhang geschrieben hat) auf S. 30 Z. 13 ist bei dem ›oder ausruft‹ offenbar im Druck ein Malheur passiert, das den Satz unverständlich macht. In dem sehr schönen Dieter-Aufsatz haben Sie den letzten Vers des Gedichts von Lörke falsch zitiert, indem Sie bei den Adern das Grüne weggelassen haben (oder wieder der Drucker.) Aber sonst kann ich nur bewundern und lerne viel. Daß Ihre Wärme sogar Hegel durchglüht, hätte ich nie für möglich gehalten. Ich kenne ihn leider wenig, wollte immer die Aesthetik lesen, besitze sie aber leider nicht. Dagegen kenne ich von ihm – Folge des Bösen Blicks – ein geradezu grauenhaft falsch zitiertes Faust-Zitat. Bei Arnim habe ich ein Eingehen auf seine Lyrik vermißt. Ich glaube, daß etwa ›Der Kirschbaum‹ zu den schönsten deutschen Gedichten gehört, es mutet in seiner Kürze und Tiefe beinahe chinesisch an. ›Brentano‹ kannte ich zwar schon, aber der Aufsatz ist herrlich. Nur seine christliche Lyrik mag ich nicht, was sich aber nicht auf den Frühlingsschrei eines Knechtes aus der Tiefe bezieht und was nicht ausschließt, daß sie für mich turmhoch über den christlichen Gedichten von Novalis stehen, deren Blutdurst für mich oft geradezu widerlich ist. Eine der schönsten christlichen Strophen, die ich kenne, ist für mich die Schlußstrophe des Gedichts ›Heiterer Frühling‹ von Georg Trakl. Auf Brentano habe ich jetzt gerade einen neuen Blick geworfen unter dem Eindruck des Faustus-Romans von Thomas Mann (über den viel zu sagen wäre), besonders auf das wirklich erstaunliche Gedicht ›Die lustigen Musikanten‹. Der Aufsatz über Fouqué ist überaus reizvoll. Er erinnert mich, in Ihrer Schilderung, an Borchardt, nur daß dieser weit umfassender war. Habe ich Ihnen einmal seine, Fouqués, letzte Verse vor dem Schlaganfall, an dem er starb, abgeschrieben? Sie gehören in meine Anthologie. (Hier fällt mir ein, daß ich kürzlich an die ›Wandlung‹ etwas von mir geschickt und dabei Lambert Schneider habe fragen lassen, ob er sich für meine Anthologie interessiere. Falls Sie ihm ohnehin schreiben, könnten Sie ihm ja sagen, daß Sie wertvolle Stücke daraus kennen. Aber bitte keine Titel nennen!) Hervorragend ist der Aufsatz über Danzel. Schwerlich werde ich Schriften von ihm hier auftreiben können. Immerhin ist auf der hiesigen Bibliothek manches Überraschende, nur daß sie leider im Augenblick wegen der Lage unzugänglich ist. Der ›Laie und die Philosophie‹ mit dem bedeutenden Hinweis auf Ritter, von dem ich nun auch außerordentliche Sätze kenne. ›Das hab ich schon gewußt‹ sehr interessant. Da Sie mit einem Valéry-Zitat beginnen – warum lassen Sie sich bei dem Baader-Zitat Zitate von Valéry entgehen, bei dem dieser Gedanke ja ein zentrales Thema ist? ›Pflanzennamen‹ außerordentlich, nur zum Lernen. ›Bewegliche Ordnung‹, ›Begegnung mit den Wasserprimeln‹, ›Sauromatum‹, ›Vierfüßiger Prinz‹, alles herrlich! ›Winterliche Schwäne‹ – hier wurde mir das Motiv des Schwans, besonders bei Baudelaire und Mallarmé wieder lebendig. ›Entstehung eines Gedichts‹ ist außerordentlich, besonders die Frauenstimme mit dem göttlichen Funken. ›Der Planet‹: ›großartig‹. ›Das Unmittelbare‹ mit dem Zitat von Lörke über die Sahara am Schluß erinnert mich daran, daß ein italienisches Heft der ›Literarischen Revue‹ ein sehr eindrucksvolles Prosastück von dem mir unbekannten Schriftsteller Elio Vittorini enthält, das ›Die Wüste‹ heißt, wo ein Italiener, ein Spanier und ein Kroate sich über eine Wüste unterhalten, die mitten in der Stadt liegt, und am Schluß brechen sie in eine Art Hymnus aus auf die *wirkliche* Wüste, auf die ›schöne Wüste‹, die sie ersehnen. Ihre schönen Kindheitserinnerungen am Schluß sollten Sie fortsetzen! Auch mache ich Sie, soweit es dessen bedarf, auf den Maler Müller aufmerksam. Kennen Sie ›Adams und Evas selige Nächte‹? Der wäre auch einer liebevollen Darstellung würdig. Doch nun bis auf weiteres genug hiervon, sonst komme ich ins Schwätzen.

Sie erwähnen Kassner. Mir geht es ähnlich mit ihm wie Ihnen. Ich würde sagen: 1) er ersetzt einen ursprünglich schönen Stil durch Preziosität 2) er hat Gedanken, aber jeder geht jeweils mit zuviel großen Leuten spazieren 3) sein metaphysisch-physiognomischer Zentralgedanke wird durch Privatmystik der Terminologie nahezu entwertet. 4) Sein Denken ist geist- aber nicht sachbezogen, 5) es gibt gehaltvolle Aufsätze von ihm, z.B. einen über Gogol, manches in ›Melancholia‹ und den ›Elementen der menschlichen Größe‹, aber –? Ich wiederhole meine Frage: Was halten Sie von George? Otto zur Linde ist mir ein Rätsel. Von Pannwitz kenne ich keine dichterische Zeile, die sitzt, seine Prosa interessant aber alles zersetzt durch ungeheuerliche Anmaßung. Da ist Buber doch von anderem Format. Ich bin öfter mit ihm zusammen. Wir hatten in der letzten Zeit Sorgen. Von unserem

Sohn hatten wir wochenlang nichts gehört. Aber er ist mit einer *leichten* Malaria davongekommen.

Ich grüße Sie und die Ihren sehr herzlich
auch von meiner Frau

Ihr
Werner Kraft

Die Wiederwahl von Truman gibt mir ein Minimum von Hoffnung auf die Erhaltung des Friedens. Wie schrecklich er, im Weltmaßstab betrachtet sei, er ist besser als –!!

Bitte mehr Gedichte!

Sie haben mir bisher nichts über meinen Türmerlied-Aufsatz gesagt. Vielleicht ist es Zufall, wenn aber nicht bitte *offene* Kritik oder Ablehnung!! – Erzählen Sie mir doch von El. Langgässer!

Leerer Bilderrahmen

Was will der leere Rahmen
Vor meiner Augen Wand?
Soll ich sie neu benamen
Mit Zeichen? Ach, es schwand

Das Bild, es ist vergangen
Und kommt nicht hergesagt.
Die schönen Vögel schwangen.
Die Sonne steht. Es klagt.

Der Mond hat angezündet
Das alte Firmament.
Einst waren wir verbündet;
Heut sind wir scharf getrennt.

Wann kommen wir zusammen?
Wann faßt das Viereck Reu'
Und Feuer fängt in Flammen
Die Kunst, dem Rahmen treu?

Auf grünem Plane halten
Die Gegenstände Stand,
Weit vor dem finstren Walten
Der Welt zuckt mir die Hand,

Die schreibende, dem Bilde
Nachziehend, daß es sei

Noch einmal, o Gefilde
Der Fassung, wir sind drei.

Der Rahmen fügt ins Klingen
Der Kunst des Guten Klang
Und in des Menschen Ringen
Den festlichen Empfang.

Botschaft aus dem Mittleren Reich

Zu wem spreche ich heute?
Die Gesichter sind unsichtbar.
Jeder senkt die Augen vor seinen Brüdern.

Zu wem spreche ich heute?
Wer tut noch wohl einem,
Der ihm gestern Gutes getan hat?

Zu wem spreche ich heute?
Die Herzen sind frech.
Ein jeder nimmt die Habe seines Nächsten.

Zu wem spreche ich heute?
Der Sanfte geht unter,
Der Freche macht den Leuten Mut.

Zu wem spreche ich heute?
Es gibt keine Gerechten.
Die Erde ist ein Beispiel des Bösen.

Zu wem spreche ich heute?
Mit Elend bin ich beladen
Und habe keinen Vertrauten.

Zu wem spreche ich heute?
Die Sünde, die das Land schlägt,
Die nimmt kein Ende.

Der Tod steht heute vor mir
Wie ein betretener Weg,
Wie die Heimkehr eines Mannes vom Kriege.

Der Tod steht heute vor mir,
Wie wenn ein Kranker gesundet,
Wie wenn er ausgeht nach der Krankheit.

Der Tod steht heute vor mir
Wie der Geruch des Flieders –,
Wie wenn ich am windigen Tage unter dem Segel säße.

Der Tod steht heute vor mir
Wie der Geruch des Schierlings –,
Wie wenn ich am Ufer der Trunkenheit säße.

Nach: Hugo Großmann: Altorientalische Texte zum Alten Testament. Berlin 1926 S. 27
H. Fechheimer: Die Plastik der Ägypter. Berlin 1922.

Ich habe die ersten 200 Seiten von Joice: Ulysse gelesen, auf deutsch. Ich möchte noch nichts darüber sagen. Aber ein Satz hat mich angesprochen, nämlich dieser: Die Geschichte ist ein Alp, aus dem ich erwachen möchte.

191. Werner Kraft an Wilhelm Lehmann

Jerusalem
26.11.1948

Lieber Wilhelm Lehmann,
es regnet, es ist kalt, die politische Lage ist noch immer ungeklärt, ich langweile mich redlich in meiner Arbeit, die zu haben ich dankbar sein muß und auch bin, Tag für Tag vergeht, und ich tue ein Minimum von dem, was zu tun mir als schön und sinnvoll vorschwebt, meine vielen Pläne, die ich halb vergesse, gehen in Zersetzung über, und ich kann diesen Proceß nicht aufhalten und muß froh sein, daß ich lebe, selbst wenn nichts dabei herauskäme, und doch werde ich auch von Zeit zu Zeit von dem Schönen überrascht, und dieses läßt mich an Sie denken, und ich nehme die Feder in der [!] Hand, hoffend, daß Sie inzwischen meinen langen Brief erhalten haben und daß Ihre Antwort schon über das Mittelmeer schwimmt, jetzt sieht sie vielleicht gerade Cypern aus den Wogen auftauchen, wo so viele jüdische Emigranten auf die Weiterfahrt nach Palästina warten –

Aber nun endlich zur Sache, sonst werden Sie noch sagen, ich fange an schwachsinnig zu werden, ich habe neulich Abend meiner Tochter – die auch Malaria hatte und auf Erholungsurlaub bei uns ist – Gedichte von Brentano vorgelesen, und da fiel mein Blick auf eines, das ich noch nie gelesen hatte und von dem ich glauben möchte, daß Sie es in meinen guten aber kleinen Auswahlband von Wilhelm Schellberg

(München-Gladbach 1923) hineingezaubert haben, und dies war wohl der Grund, daß ich über Ihren Aufsatz in ›Bewegliche Ordnung‹ hinaus sofort an Sie dachte. Es heißt ›Text zum Oratorium von Ett‹. Kennen Sie es? Ich nehme an, daß Sie eine größere Brentanoausgabe als ich besitzen und es sofort aufschlagen können, falls Sie es nicht kennen sollten. Es ist ein ganz wunderbares, wie vom Himmel gefallenes Gedicht, von einer Reinheit, Lebendigkeit, Volksliedkraft und allerpersönlichster Glut der Sach- und Spracherfahrung, daß ich kaum weiß, was ich dazu sagen soll, um so weniger als es aus seiner Münchener, schon völlig christlichen Zeit stammt. Bei weitem nicht alle Gedichte Brentanos stehen auf dieser Höhe, und doch möchte ich sagen, daß von den Dichtern seiner Generation nur er in der Sphäre des Reimes Hölderlin in der Sphäre der antiken Maße ebenbürtig ist, und es zeugt für seinen enormen Kunstverstand, daß gerade er, der kaum je ein ungereimtes Gedicht gemacht haben dürfte, Hölderlins ›Nacht‹ so bewundert hat. Übrigens habe ich schon vor langer Zeit einen Aufsatz über Hölderlins Reimgedicht ›An Landauer‹ geschrieben, in dem ich die Wahnidee verfolge – nicht in grober Form, aber es ist die verborgene Tendenz –, daß Hölderlins große Gedichte noch größer geworden wären, wenn er nicht in die freien Rhythmen seiner Spätzeit durchgebrochen wäre sondern in den Reim, gegen welchen er sich im Banne Klopstocks mit offenbarer Überspringung Goethes verblendete, um dann doch, als es zu spät war, in die vielfach hoffnungslos großartigen Reime seines Irrsinns durchzubrechen. Und noch etwas: ich habe auch in dem Briefwechsel mit Sophie Mereau den unglaublichen Brief vom Juli 1803 aus Weimar (Inselverlag 1908 Bd 1, S. 89) gelesen, in dem er die Geliebte um Hingabe bittet, und den bezaubernden französischen, der ihm folgt. Das war wirklich, wie Sophie einmal ausruft, kein Mensch sondern ein Geist, ein Elf, und diese Briefe hat Herman Grimm als für die Öffentlichkeit ungeeignet sekretiert!! Aber wie trostlos, zu denken – wenigstens für mich –, daß dieser ungeheure Reichtum an Gefühl, Liebe, Sprache, bei Katharina Emmerich endete, wo er natürlich immer noch der Dichter von einst war, aber –?

Nun noch ein Wort über Kassner, über den ich mich in meinem letzten Brief wohl etwas ungeziemend ausgedrückt habe, wenn ich auch eigentlich nichts zurücknehmen kann, nur daß ich das Positive zu wenig betont habe. Ich habe jetzt durch Sie angeregt sein Hauptwerk ›Zahl und Gesicht‹ wieder nach allen Seiten zu lesen versucht und auch manches verstanden. Da gibt es wirklich eine Lehre, die in ihrer Intention vielleicht genial ist: diese Welt des ›Gesichts‹ ohne Anfang und Ende als Gegensatz zu der Welt der ›Zahl‹, der Welt des ›Anfangs‹ und der ›Identität‹. Viele Folgerungen sind fascinierend, ob das Ganze aber stimmt? Ich wage es nicht zu sagen, meinem tiefsten Instinkt nach halte ich es eher für falsch, aber das zu beweisen, dazu reicht wenn überhaupt meine Kraft nicht mehr und schon gar nicht mein Papier. Vielleicht ein andermal, denn das Problem beschäftigt mich. Das letzte Kapitel über die Chimären von Notre Dame in den ›Elementen der menschlichen Größe‹ gehört zu der schönsten Prosa, die in unserer Epoche geschrieben ist. Wissen Sie eigentlich, daß dieser Mann zeit seines Lebens an beiden Beinen gelähmt war und nie ein Wort darüber in seinen Schriften verlautet hat?!

Ich grüße Sie sehr sehr herzlich

immer Ihr Werner Kraft

Eine Bitte, deren Erfüllung Sie getrost ablehnen mögen: Ich möchte mir einmal Klarheit über Otto zur Linde verschaffen, den ich kaum kenne. Besitzen Sie irgend ein Buch von ihm – möglichst mit lyrischen Gedichten –, von dem sich eine Zeitlang zu trennen Ihnen nicht zu schwer fiele und könnten Sie es mir schicken? Sehr würde mich auch die Schrift ›Arno Holz und der Charon‹ interessieren, obwohl mich Arno Holz selber leider gar nicht interessiert.

192. Werner Kraft an Wilhelm Lehmann

Jerusalem
11.12.1948

Lieber Wilhelm Lehmann,
dies ist der dritte Brief, den ich Ihnen schreibe, obwohl der Ihre noch immer nicht gekommen ist, was sehr traurig für mich ist aber kein Vorwurf für Sie sein soll, und ich schreibe Ihnen nur darum, weil ich Ihnen und den Ihren zu Weihnachten meine innere Gemeinsamkeit zum Ausdruck bringen möchte. Es ist kalt in der Welt, und wir bedürfen ein jeder der Wärme. Ich kann nicht sagen, daß es mir in der letzten Zeit besonders gut gegangen ist, Frieren, Müdigkeit nach dem nicht anstrengenden aber wenn nicht acht so doch mindestens zwei Stunden zu langen Dienst, Unlust zum Arbeiten, da das Gefühl immer lastender wird, daß einen von ganz wenigen Menschen abgesehen niemand braucht, daß ich nicht in den bescheidensten Grenzen dieser miserablen Epoche *getragen* werde und was dergleichen Klagen mehr sind, die Sie genau so gut kennen wie ich – –

So bleibt denn nichts anderes übrig als daß meine mehr oder weniger müden Augen hier und da im Tage auf Schönes fallen, und nur daran kann ich Sie im Augenblick teilnehmen lassen, und so ist es fast ein Trost, daß zu einer Zeit, als diese ihren Explosivcharakter noch nicht erkannt und auf der Grundlage der Barbarei noch Zeit hatte, Kultur zu schaffen, um die Barbarei zu verdecken, die folgende Klage ertönte:

> Und wann, ich fragend, kommt einmal die Zeit,
> Daß man statt eines Leitartikels Öde,
> Bleibt mir mit Politik vom Hals, Narrheit
> Von einem neuen Dichter hinnimmt? Spröde
> Erwägt der Redakteur die Nützlichkeit.
> Poet, du bist vertagt, verlassen, schnöde
>   Wie einer, der in Hamburg wohnt, verloren,
>   Wenn, Fluch, er ohne Regenschirm geboren.

Auch wenn Sie es nicht wüßten, würden Sie sofort erraten, daß solche Verse nur von Liliencron sein können. Karl Kraus zitiert 1924 in einer ›Erinnerung an Liliencron‹ aus dessen Brief vom 18.2.89 an Paul Barsch aus Kellinghusen:

> ›Mir fehlt ein großer Küchen, d. h. *Arbeits*tisch für mich. Eher kann ich nichts schreiben. So ein Tisch kostet 5-6 M. Wenn nun, als Abschlag für ewig, die ›M. Blätter‹ diesen Tisch kauften – (für sich, denn mir würde er sofort abgepfändet) – so könnte ich wenigstens arbeiten ..‹

Dann fährt Kraus fort:

> ›Und er war ›Herr auf Poggfred‹, seine Phantasie gebot über einen Marstall von unerhörten Dimensionen und er war Deutschlands reichster Lyriker. Wie wenig wogen seine Schulden gegen die Schuld seines Volkes an ihn. Gegen die Schuld seines Volkes an *ihm*! Am 3. Juni 1924 wäre er achtzig Jahre alt gewesen. Keine deutsche Zeitung hat dieses Tages gedacht.‹

Wie komme ich aber gerade jetzt auf Liliencron? Sie werden staunen, wenn ich Ihnen sage: auf dem Umweg über Schelling, und das ist wirklich ein Abenteuer, in dem sich Zufall und Absicht seltsam verstricken. Ich kenne ja Schellings Philosophie überhaupt nicht, in meinem System der Lücken nimmt er einen wichtigen Platz ein, und was hilft es mir, daß mir gerade gestern, als ich über diese Lücken wieder einmal entsetzlich niedergedrückt war, da es doch einfach unmöglich ist, sie zu füllen, daß mir da der ergreifend fromme Satz von Hofmannsthal einfiel: ›Auf lauter Lücken ist die Fülle der menschlichen Existenz aufgebaut‹, was hilft es mir, aber vielleicht hilft es mir doch etwas, wie dem sei, ich kenne Gedichte von Schelling und auch die, wie sich zeigen wird, nur unvollkommen. Ich besitze seit 30 Jahren ein 1917 bei Diederichs erschienenes Buch ›Gedichte‹ von Schelling, es enthält seltsamerweise das herrliche Lied an Caroline ›In deines Herzens Grunde‹ nicht, aber es enthält das starke Bekenntnis von Heinz Widerporst, wo es einmal heißt: –

›so lang mir noch ist gegeben
Die Anbetung der Materie und des Lichts,
Dazu die Grundkraft deutschen Gedichts‹

(Ihnen sicherlich, hoffentlich auch mir!), dann das Naturgedicht an Caroline, das etwas zu aufdringlich ›idealistisch‹ nach oben strebt aber doch die große drittletzte Strophe enthält, und dann die ›Letzten Worte des Pfarrers zu Drottning auf Seeland‹, und diese habe ich jetzt zum ersten Mal mit Bewußtsein gelesen. Wie war ich erstaunt, und zwar in doppelter Hinsicht: Das ist ja ein Gedicht, stellenweise ungeschickt wie eine Übersetzung, stellenweise grandios, hinter dem in jeder Zeile der Riesenschatten Dantes steht.

›Doch während so das Härtste ich erdichte,
Das Äußerste zu dulden schon mich rüste,
Geschah es mir, wie ich wahrhaft berichte‹.

(›Wie wahrhaft ich berichte‹ wäre nicht von Dante oder Schelling sondern höchstens von Chamisso!) Oder dies:

›Doch hört' ich, kaum war dies vergönnt zu sprechen,
Ein schrecklich Wort mir an das Ohr getragen,
Und stark wie Felsen durch das Herz mir brechen.‹

Der letzte Vers ist doch so großartig, daß man bei Dante, falls man sich die Mühe machte, das Gegenbild dazu fände, finden Sie nicht auch? Aber noch erstaunter war ich – und nun komme ich zu Liliencron –, daß dieses Gedicht die Quelle ist zu dessen Ballade ›Die nächtliche Trauung‹, ein Gedicht, das mich immer angezogen hat, obwohl ich es im einzelnen überaus ungleich finde, mit sehr starken und sehr schwachen Stellen zugleich. Aber der Brief würde zu lang, wenn ich das ausführen sollte, ich muß es Ihrer Phantasie überlassen, sich den Kommentar dazu selbst zu schreiben. Auf jeden Fall ist mir das sprachliche Problem, das hier vorliegt, so lebendig geworden, daß ich sogar eine Bitte an Sie habe: Die Quelle Schellings ist die Wiedergabe einer ›wahren‹ Geschichte von Steffens (›Was ich erlebte‹ IV 402ff.) Vielleicht besitzen Sie dessen Erinnerungen oder aber Plitt: Das Leben Schellings (?), S. 293. Könnten Sie mir die Stelle, falls Sie nicht zu lang ist, abschreiben oder abschreiben lassen (Agathe?), sie würde mich nämlich ungemein interessieren, und daß ich hier zumal in den gegenwärtigen Umständen solche Bücher fände, ist sehr zweifelhaft. Vergessen Sie das bitte nicht, ich hätte nämlich Lust, darüber zu schreiben, ich wäre Ihnen sehr dankbar!! Auch Goethe soll sich für den Stoff interessiert haben. (Aber wo? Vielleicht besitzen Sie eine Goethe-Bibliographie?) Und da wir gerade bei Schelling sind, so müssen Sie auch noch das Folgende aus Carolines Brief vom März 1801 hören:

> ›Könnt ich Dir nur meinen Sinn einflößen, alle Spannung weghauchen, Dich fest halten in Deiner Anmuth, bei Deiner leichtern Stimmung.‹

(Gehört in meinen nicht geschriebenen Aufsatz über Anmut!) Und hierzu paßt, das [!] ich bei einem englischen Ägyptologen (Gardiner) die Übersetzung eines ägyptischen Liebesgedichts fand, das ich unter dem Titel ›Der Bote‹ deutsch so wiedergegeben habe:

Mögest du eilen zu deiner Geliebten
Wie der Bote des ungeduldigen Königs.
Sein Herz ist außer sich. Die Botschaft!
Ein Bote, alle Ställe versiegelt, offen für ihn,
Pferde hat er an den Ruheplätzen,
Der Wagen steht angeschirrt.
Kein Raum für Athem auf seinem Wege.
Das Haus der Geliebten! Sein Herz jubelt.

Und nun leben Sie wohl bis zum nächsten Mal!

Immer Ihr
Werner Kraft

Haben Sie in der ›Wandlung‹ den entzückenden Aufsatz von Hausenstein über Karl Valentin gelesen? Und den erstaunlichen Nachtrag zu Mommsens Testament? Und den bedeutenden Aufsatz von W. Kütemeyer: Ist Deutschland schuldig oder krank?

Ich werde demnächst die Neue Rundschau mit Lörkes Gedichten und Testament lesen und freue mich darauf.

193. Werner Kraft an Wilhelm Lehmann

Jerusalem
31, Alfasi Rd
6.3.1949

Lieber Wilhelm Lehmann,
ich glaube, daß es nicht meine Schuld war, wenn ich Ihnen auf Ihren letzten Brief so lange nicht geantwortet habe. Es war die Schuld dieses greulichen Winters, in dem ich vor Frieren kaum zu bewußtem Leben gekommen bin. Und dabei hätte ich Ihnen doch gleich danken sollen für Ihre Bereitschaft, mir die lange Stelle aus Steffens abzuschreiben, was ja gewiß auch eine rein manuelle Arbeit war. Ich bin dabei betrübt, daß die Stelle mich enttäuscht, mir auf jeden Fall nicht die erhoffte Aufklärung gegeben hat. Was Steffens ein ›wirkliches‹ Ereignis nennt, das Schellings Terzinen und Liliencrons Ballade zugrunde liege, war wohl nur ein ›romantisches‹, und es bleibt mir ziemlich dunkel, welchen *Sinn* dieses Motiv eigentlich ausdrückt. Vielleicht wissen Sie's?

Sie entschuldigten sich in Ihrem letzten Brief auch wegen Ihres längeren Nichtschreibens mit einer Erzählung, an der Sie gerade schrieben, und zwar in einem Tone, als wenn die Möglichkeit bestände, diese Entschuldigung nicht anzunehmen. So etwas ist doch widersinnig auch nur einen Augenblick zu denken. So sehr ich mich über Ihre Briefe freue, Ihre Dichtung geht vor. Ich habe schon versucht, mir vorzustellen, *was* Sie da erzählt haben, aber meine Phantasie setzt aus, und das Genie des Schulmeisterleins Wutz fehlt mir, eine solche Geschichte gegebenen Falles selbst zu schreiben. Ich bin darum so besonders neugierig, weil es in dieser Welt doch kaum noch etwas gibt, für dessen Wiedergabe es sich lohnt die Feder anzusetzen. Aber ich freue mich schon auf den Augenblick, da Sie mich herrlich widerlegt haben werden. Ich hoffe sehr, Ihre Arbeit bald lesen zu können.

Inzwischen bin ich Ihnen einmal begegnet: in der Zeitschrift ›Merkur‹, von welcher mir ein Freund eine Reihe Hefte geschickt hat, und ich habe Ihren bitteren Protest gegen den neuen Literaturbetrieb – den alten – mit ernsthafter Zustimmung gelesen. Anderseits kann ich nicht leugnen, daß ich gerade in dieser Zeitschrift sehr viel Anregendes finde. Absolute Maßstäbe müssen ja unter so trostlosen äußeren Bedingungen versagen. Aber es scheint doch so, als wenn der Autor, der den Namen Jürgen von Kempski trägt, ein nicht gewöhnlicher Kopf ist und daß da überhaupt an mancher Stelle das Bestreben deutlich wird, *gut* zu schreiben. Die ›Fahrt nach Würzburg‹ von Max

Meister hat mich besonders beeindruckt. Dann ist da eine Geschichte ›Der Jüngling aus dem Meer‹ von einem Autor, dessen Namen mir im Augenblick entfallen ist. Ich finde, daß die Geschichte nicht gewöhnlich erzählt ist. Ich habe von dem gleichen Dichter schon einmal früher ein schönes Gedicht gelesen. Holthusen dagegen, den ich als Essayisten gut finde, scheint mir als Dichter schwach zu sein, falls man nicht die souveräne Nachahmung und Vergröberung der Duineser Elegien – die ja schon selber problematisch sind, aber aus erster Hand – als die eigentliche Leistung bezeichnen will.

Ich fand auch in der Hamburger Akademischen Rundschau einiges Gute. Mir ist aber bei dieser guten Prosa hier und da etwas Merkwürdiges aufgefallen. Sie scheint mir weitgehend beeinflußt zu sein von Ernst Jünger, dessen Prosa im Gegensatz zu dem Mann, der sie schreibt, in der Tat vorzüglich ist, so daß der Satz ›Le style, c'est l'homme‹, den Karl Kraus in tausend Variationen zeit seines Lebens verkündet hat, hier als außer Kraft gesetzt erscheint – wenn es nicht schließlich doch gelänge, diesem Stil hinter die Schliche zu kommen. Ich würde sagen, daß er dem alten Goethe zublinzelt und zu diesem Zweck gleich dessen echte Hinwendung zur Wissenschaft von der Natur als aesthetisches Requisit verwendet. Das macht dann auf die, welche getäuscht sein wollen, wirklich einen ›vorzüglichen‹ Eindruck. Ich halte es da lieber mit Karl Kraus, der da gesagt hat: ›An dem Unechten ist das Echte einer Steigerung fähig‹ oder auch: ›Ich lasse mich täuschen, so lange ich will.‹ Oder mir fällt ein Gespräch mit Benjamin in Paris ein, in dem ich ihn fragte, was er von Spengler halte. Ohne die Stimme besonders zu erheben, gab er die bemerkenswerte Antwort: ›Ein trivialer Sauhund‹. Ich könnte das nicht, und es ist vielleicht auch ungerecht, aber vielleicht geht es nicht anders …

Im ›Merkur‹ habe ich auch zwei Erinnerungen – an Berlin und an Paris – von Kassner gelesen und möchte dazu sagen: Mein Eindruck ist so zwiespältig wie immer. Ein Brillantfeuerwerk von Einfällen, die alle – oder fast alle – nicht stimmen. Das wäre gar nicht so schlimm, denn warum sollte selbst ein bedeutender Geist immer Bedeutendes schreiben? Schlimm wird es erst, wenn Sie bedenken, daß alle diese Einfälle, die auf mich fast wie Gedankenflucht wirken, auf die Darstellung einer Gesamtanschauung prätendieren, aus der sie kommen. Das ist nun ganz und gar nicht der Fall, und darum wiegt auch das einzelne Falsche, wenigstens für mich, viel schwerer. An zwei Punkten wurde mir das klar: 1) Hauptmann ist geradezu bösartig verzeichnet, wenn er ihn als ›Monisten‹ denunzieren will. Ich meine nun, daß er mindestens bis 1912 – etwa bis zu den ›Ratten‹ – ein Dichter und zwar ein großer Dichter ist, und ein Dichter bewährt sich gerade in der Fähigkeit, selbst die brüchigsten geistigen Anlagen außer Kraft zu setzen. Erst wenn ›Monismus‹ nicht mehr durch produktive Leistung gedeckt wird, wird es trostlos, die Charakterlosigkeit feiert die Triumphe des nationalen Genius und wird reif für Hitler, und noch seine Opposition gegen ihn ist trostlos. Dabei ist er immer wieder selbst in schlechten Stücken ein Dichter. Ich erinnere mich an den *großartigen* Schluß der schwachen ›Winterballade‹ oder an einen ganz schlechten Roman – ›Phantom‹ –, der ebenfalls einen ganz ungewöhnlichen Schluß hat, wie ich auch ein nach 1933 erschienenes Sonett kenne, das ich grandios finde. All das aber interessiert Kassner überhaupt nicht, sein Metaphysizieren ist gegen die Sachen gerichtet, und er zieht diesen seine eigenen Gedanken vor. 2) Von Mallarmé erzählt er etwas ganz Außerordentliches: daß er einmal behautet habe, seit 12 Jahren keine Nacht geschlafen zu haben. Nehmen wir es als wahr (es wird leicht übertrieben sein) – Kassner bringt hiermit die Traumlosigkeit seiner Gedichte in Zusammenhang. Er liebt eben diesen Dichter nicht, hat sich wahrscheinlich nicht um ihn bemüht, dann sollte er besser schweigen. Denn nicht traumlos oder traumvoll soll ein Gedicht sein sondern gut, und es gibt *gute* Gedichte von Mallarmé, besoders liebe ich eines, das er der Tochter eines provenzalischen Jugendfreundes, die er als ein kleines Kind gekannt hatte, in ein Album geschrieben hat, und darum heißt es ›Feuillet d'album‹. Am besten ist, daß ich es Ihnen gleich abschreibe:

Tout à coup et comme par jeu
Mademoiselle qui voulûtes
Ouir se révéler un peu
Le bois de mes diverses flûtes

Il me semble que cet essai
Tenté devant un paysage
A du bon quand je le cessai
Pour vous regarder au visage

Oui ce vain souffle que j'exclus
Jusqu'à la dernière limite
Selon mes quelques doigts perclus
Manque de moyens s'il imite

Votre très naturel et clair
Rire d'enfant qui charme l'air

Ist das nicht vollkommen bezaubernd? *Ich* bringe die behauptete Schlaflosigkeit nicht mit der Traumlosigkeit seiner Dichtung zusammen sondern damit, daß ihm das Wort, besser Worte (da er ja ein ungeheuerlicher Atheist war) als Rad in seinen Nächten im Kopf herumgingen, und das ist ein schweres Schicksal. Kassner macht es sich leichter, er schreibt einfach los ... Trotz allem ist der Mann etwas, das beweisen schon die glänzenden Anekdoten, die er hier und da einstreut, aber er macht es mir wahrlich schwer, ihm gerecht zu werden. Dabei gibt es frühe Aufsätze von ihm, in denen die schönsten Dinge stehen, so einen sehr bedeutenden über Browning (den ich nicht kenne) oder über Hebbel (den ich bis auf seine Kindheitserinnerungen und einige Gedichte nicht mag.)

Nun muß ich aber schließen und will nur noch sagen, daß ich wieder und zwar mit dem *größten* Eindruck ›Antonius und Cleopatra‹ gelesen habe. Nach der Schlacht bei Aktium fragt Cleopatra den Ennobarbus: Was sollen wir denn tun? Er antwortet wie aus der Pistole des Geistes geschossen:

Denk nach und stirb.

So Schlegel. Es ist übergewaltig. Gundolf verbessert:

Bedenken und sterben

Weil es heißt Think and die und er den Infinitiven (?) die Treue halten muß und nicht dem Geist! Es ist pitoyabel. Und damit grüße ich Ihre Frau und Sie sehr herzlich auch von meiner Frau und freue mich auf Ihre Antwort und die meinen usw

Immer
Ihr Werner Kraft

Leider ist kein Raum mehr, um über die Gedichte Loerkes in der Neuen Rundschau zu schreiben. Eine Anzahl von ihnen finde ich elementar erschütternd. Es scheint mir alles Bemühen, alle vielleicht notwendige Trübung durch den Willen, aber immerhin Trübung, von ihnen abgefallen zu sein. Sie sind wie reife und süße, lebenstärkende Früchte vom Baum des Todes. Darüber noch mehr.

194. Wilhelm Lehmann an Werner Kraft

Eckernförde, 27. April 49

Lieber Werner Kraft,
Wir nähern uns der Woche, in die Ihr und mein Geburtstag fällt (ich

erinnere mich, dass diese Koincidenz Sie betraf, so wie sie mich betraf und betrifft: meiner Frau fiel auf, dass Oskar Loerkes und Hugo Wolfs Geburtstag am 13. März zusammenfällt). Ich gedenke Ihrer, möchte bei Ihnen sein & mich aufgehoben fühlen. Vor ein paar Tagen bekam ich Ihren wunderschönen Aufsatz ›Der Sonntag‹: ich kann zunächst nur allerlei Persönliches davon sagen. Ihr Lob der herrlichen Gedichte von K. Kraus ist ebenso gut wie die Gedichte selbst. Das Zitat aus den Sprüchen »Als ich nach manchem Jahr wiederkam, waren sie ⟨die Admirale⟩ alle verschwunden, dafür lagen Fetzen von Zeitungen auf der Wiese« macht mir schrecklich deutlich die Verwahrlosung der Welt, wie sie sich hier spiegelt, gerade auf dem kleinen Fleck Erde, auf dem ich lebe und zwar so, dass Wege, die ich sonst mit Lust ging, von den faeces, dem Abfall der in Baracken hausenden unglücklichen Ostvertriebenen so verhässlicht sind, dass mir schaudert. Der Hemmelmarker See, vor einigen Jahren noch schön umwaldet, alten Bäumen, mannhohem blauen Ried, liegt jetzt nackt eintönig da. Die Menschen, die hier laufen, sind Ortsfremde, sie haben kalte spitzige Gesichter: die kleine Stadt E. ist grotesk überfüllt, die Hauptstrasse könnte ein Hexentanzkurfürstendamm sein – muss ich in die Stadt, wähle ich die hinteren kleinen Hafengassen. Fast ist die Einsamkeit ausgestorben – der Sozialismus erscheint mir als eine vom Teufel erfundene Farce! Aristokratische Einsamkeit – auch das ist ein unerträgliches Cliché. O wie tief muss man graben, um was zu trinken zu finden. Aber was klage ich? Ich finde bei Ihnen Nahrung, allerdings so konzentrierte, dass ich tatsächlich manchmal nicht die Kraft aufbringe, sie zu bewältigen. Überhaupt, das Alter kommt, so vieles wird mir mühsam, was mir früher leicht fiel. Als ich las »das Wissen um die Ruhe des siebenten Tages stammt aus einem Vermächtnis der alten Welt, das er weitergibt, aber nicht als vorweg genommene Harmonisierung einer Unstimmigkeit, sondern als reines Gegenbild ....« musste ich an ein im Winter entstandenes Gedicht denken. Darf ich es Ihnen als Geburtstagsgruss des Herzens hiermit schreiben?

Sintflut

Himmel, Erde, grauvertuschte,
Regen stürzt, sie zu zerlassen.
Wo sich feste Hecke buschte,
Will mich keine Nähe fassen.

Nur gewiss im Ungewissen,
Hat mich Nebel eingefangen,
Brombeerzahn den Fuss gerissen
Wurzeltaue spielten Schlangen.

Schenkt sich wieder Fern und Nahe?
Unten scheidet sich von Oben,
Einerlei wird Zweierlei,
Mastet Baum und ästet Rahe.

Noah gibt die Vögel frei,
Das Gewesene zu proben.
Nebelflucht und Häherschrei
Und die alte Welt, sie sei!

Werner Kraft zum 4. Mai 1949

Ich dachte mir schon, dass was ich Ihnen aus Steffens abschrieb, Ihnen nichts bieten würde. Sein Ausdruck gleitet überhaupt meist am Eigentlichen vorbei, finde ich, trotzdem bin ich ihm dankbar für gewisse charakteristische Einzelheiten aus Dasein & Leben der Romantiker. – Ich muss in Ihren Briefen die Stelle genau nachsehen, wo Sie von dem Gedanken, wir möchten nur ein Spielzeug Gottes sein, sprechen. Ich finde in der ›Griechischen Philosophie‹ von Kranz im Anschluss an »Des ewigen Sinnes ewige Unterhaltung« die Bemerkung

> »Ist hier in Goethische morphologische Theorien etwas von dem Platonischen Altersgedanken (Gesetze »Gott ist freilich jedes seligen Eifers und Bemühens wert, der Mensch dagegen ist nur ein Spielzeug Gottes, wie eine Marionettenpuppe, und das ist gerade das Beste an ihm. Diesem unseren Wesen müssen wir also folgen, die allerschönsten Spiele spielen, jeder, Mann und Weib, und so unser Leben verbringen«) eingedrungen, der Mensch sei nur ein Spielzeug Gottes«?

Ach! ich wollte Ihnen noch viel mehr schreiben, ich habe alles bloss angeklungen. Wiederum nur! Nur dies noch: die Währungsreform wirkt sich erst jetzt hier böse aus. Verleger annullieren Verträge, winken entsetzt ab, wenn man Gedichte anbietet, fallieren. Die Bücherhandlungen stehen leer. Die Menschen kaufen Victualien, Kleider, Geschirr; niemals mehr Bücher oder ernste Zeitschriften. Die Kritik ist albern verwildert. Welche Ungezogenheit ich mir bieten lassen muss, folgendes Zeugnis aus einer (welcher?) Berliner Zeitung (es werden also auch meine wenigen Freunde bedreckt oder verhöhnt): Überschrift »Tür ins Nichts«.

»Der Lyriker W.L., geboren 1882, gehört zu jenen, die nur von einem Kennerkreise gekannt, innerhalb dieses Kreises aber auf Zehenspitzen gegrüsst werden. So zum Beispiel beschwor die ihm nachstrebende Dichterin Elisabeth Langgässer sein Bild geradezu auf dem Deutschen Schriftstellerkongress 1947, besonders betreten über ihre Unbildung ihn nicht zu kennen, waren die jüngeren Autoren. Nun, dazu liegt nicht allzuviel Anlass vor. Denn der köstliche Wortreichtum Ls ist von vielen Modernen längst eingeholt und in herberer und einfacherer Form überwunden worden. Auch die Unart dem Volke gegenüber, seltene und seltenste Tiere und Blumen gegeneinander zu türmen, dass nur Kundige im Brehm und Besitzer eines botanischen Werkes sich zurechtfinden können, hat ihren einstmals vielleicht jungen Charme für besondere Isolationssüchtige längst eingebüsst.

In dem Bändchen »Der grüne Gott«, das die Natur in Ls gefertigter Weise – »Kolk, aus dem die Heidekühe schlürfen ⟨gedruckt: schürfen!⟩, Gagel, Porst und wilder Rosmarin« – besingt, findet sich kein neuer frischer Ton. Zu mürbe, ja faulend, zu sehr verzückt im Seltsamen sind diese Verse, um das Wesen von Blume, Wald und Tier wirkend zu umfassen. Die Auswahl ⟨?⟩ könnte benannt werden wie eines der Gedichte: Tür ins Nichts.«

Könnte man an solchem ›Kritikum‹ nicht mindestens beanstanden, ob nicht jene Unart vielmehr auf Seiten jenes (völlig imaginären) »Volkes« liege? Und was heisst in der Dichtung »überholen«? Ich vermute als Vf. einen gewissen Skutsch, der in antiker Dichtung »macht«. Sehe ich mir dann jene ›herbe Einfachheit‹ der vielen modernen Jungen an, bin ich fassungslos vor so viel dürftiger Unkunst und Gedankenlosigkeit. Sollte ich mich da wirklich irren? Ich glaube nicht: warum sollte ich mich von einem echten Ton nicht getroffen fühlen? – Noch wollte ich Ihnen bestätigen, dass ich jene Novelle von Franz Werfel in der ›Neuen Rundschau‹ als scheusslich »gerissen« und unwahr empfand.

Ostern blühte hier, köstlich, die Sonne. Aber dazwischen fällt viel totes Wetter. Ich bin sehr oft niedergedrückt & muss mich mühsam aus dem Sumpf ziehen. Die Hühner gackern beruhigend, Stockrosen, die ich vor ein paar Tagen säte, keimen schon – ich denke Ihrer. Alle Meinen lassen Sie & alle Ihren sehr grüssen.

Mit innigem Glückwunsch zum
4. Mai
immer

Ihr
Wilhelm Lehmann

»Der Abend bringt seine Lampe mit«
(Joubert)

Ich lese Frau u. Tochter W. Ms theatralische Sendung vor: wie schön, wie glatt (im guten Sinne) erzählt! Und mit welcher Ruhe stellen sich die herrlichen berühmten Lieder ein, die uns heute so ›poignant‹ berühren, nicht?

195. Werner Kraft an Wilhelm Lehmann

Jerusalem
31, Alfasi Rd
7.5.1949

Lieber Wilhelm Lehmann,
ich beginne! – Sie sollten diesen Brief zu Ihrem Geburtstag haben, aber es ging nicht, das Leben ist zu schwer, bis Ende April war es hier unerträglich kalt, dann wurde es heiß, jeden Tag muß ich, nach acht Stunden Arbeit einen Anlauf nehmen, um überhaupt zu irgend etwas zu kommen, und wenn Sie klagen, Sie hätten oft keine Lust überhaupt aufzustehen, so ist es bei mir leider so, daß ich aufstehen muß. Freuen wir uns also trotz allem, daß wir leben, und da wahre Wünsche ja nie zu spät kommen können, so werden Sie mir glauben, wenn ich Ihnen zu Ihrem Geburtstag sage, daß ich an Ihre Person und an Ihr Werk glaube und für beide in versteinter Zeit auf das Grünende hoffe. Ich hatte mich über Ihren letzten, nun schon wieder Wochen zurückliegenden Brief so sehr gefreut, war aber gleichzeitig etwas traurig, daß Sie Ihre Energie an selbst berechtigten Ärger über Ihre Zeitgenossen verschwendeten, gleichzeitig aber ›vergaßen‹, über das Gedeihen der Erzählung zu sprechen, von der Sie früher geschrieben hatten, denn *das* ist doch das Wesentliche, nicht was Herr Eick schreibt, von dem ich ja nun alles sich so ziemlich von selbst Streichende aus dem Heft der Frankfurter Hefte zur Kenntnis genommen habe, wie ja überhaupt ein Autor, der 1949 stolz darauf ist, als Dichter die Sprache der Technik zu kennen, als geistige Person nicht vorhanden ist, denn schon Dehmel und Liliencron konnten das, auch in der Sprache der modernen Technik kann man ein großes Gedicht machen, aber man muß es eben können, und es läuft wohl alles auf den grandiosen Satz hinaus, den Else Lasker-Schüler einmal im Gespräch mit mir fallen ließ, daß einer, der ein Gedicht auf einen Baum machen

wolle, zuerst zwitschern können müsse. Und wenn ein Pfeiffer metaphysische Töne auf ein Gedicht von Lenau produziert, so ist die erste Folge leider die, daß man nicht mehr genau weiß, ob das schöne Gedicht so schön ist, wie das Kreischen der Termini behauptet, während Lenau doch unzweifelhaft herrliche Gedichte gemacht hat, wie etwa ›Schläfrig hängen die sommermüden Blätter‹ wo gegen Ende die wunderbaren Zeilen vorkommen, die beginnen: ›Eine Flöte hör‹ ich im Schlaf zuweilen / Wie einen Gesang der Urzeit, sehnsuchtweckend‹. Und wenn Kasack, der ja wohl mit den schon Gestrichenen nicht zu verwechseln ist, vorgibt nichts von Mörike zu halten, so möge er nur zusehen, daß nicht eines Tages das Unmögliche geschieht – ›den lieb‹ ich, der Unmögliches begehrt‹ –, und es kommt heraus: daß Mörike nichts von Kasack hält. Aber er meint es wohl nicht so, er will nur sagen, daß heute keiner ein Gedicht von Mörike machen kann, oder wenn er es könnte, so wäre er ein Schwindler. Aber wenn Kasack ein Gedicht von Kasack macht, das ein Gedicht ist, so ist es das Gedicht von Mörike, das dieser machen würde, wenn er heute lebte, das große Gedicht. Die Zeit bestimmt vieles von Art und Wesen eines Gedichts, Vers, Wortwahl, Symbolik sind keineswegs zeitlos sondern epochenbedingt, aber das Gedicht selbst als großes Gedicht entspringt dem Genius und seiner wahren Zeitlosigkeit, welche sich in eine konkrete Zeit verkleidet. Mörike hat viel Belangloses gedichtet, als gefälligen Schmuck für die von ihm bewohnte Lebensruine, aber die zwanzig großen Gedichte von ihm finde wenigstens ich ungeheuer, besonders übrigens zwei, die ich neulich zum ersten Male gelesen habe: ›Margarethe‹ und den Zwiegesang, der glaube ich ›In die Ferne‹ heißt, wo die Liebende einmal sagt: ›Wohlgeruch der Liebe will mich töten‹. Und ›Erinna an Sappho‹? Und ›An Hermann‹? (Aber hier sagt er einmal ›heutige Nacht‹, er hat noch nicht den Mut, in einem Hexameter ›heute Nacht‹ zu sagen, doch das nur nebenbei, denn das Gedicht ist von tragischer Tiefe!) Übrigens hat Kasack außer Loerke auch den sprachlich stellenweise bedeutenden Gedichtband ›Welten‹ von Gertrud Kolmar herausgegeben. Ein Bekannter erzählte mir neulich, er habe im Litterary Supplement der Times einen Aufsatz über deutsche Dichtung nach dem Kriege gelesen, in dem besonders auf einen Dichter namens Savigny hingewiesen wurde. Wer ist das? Kennen Sie ihn? Und was halten Sie von ihm? Daß Ihnen Kafka, um von etwas anderem zu reden, nichts bedeutet, glaube ich zu verstehen, und doch tut es mir mehr leid als wenn Sie etwa von meiner Erklärung nichts hielten (oder halten). Den modischen Weltruhm beiseite, dem sich zu entziehen er alles getan hat, was in seinen armen Kräften stand – denn selten hat ein

Autor so zielbewußt, und auch mit größerer Verantwortung als seine Bewunderer, gegen sich selber gewütet –: ich halte Kafka für einen providentiellen Menschen und Autor, dem die ›Musik der Welt‹ zum ersten Mal mit Bewußtsein als abgebrochen erscheint. Gewiß, das muß gerade Ihnen furchtbar sein, und ich dränge Sie keineswegs zu einer Äußerung, denn auf mich kommt es ja dabei am allerwenigsten an.

8.5.

Und gestern kam Ihr lieber Brief zu meinem Geburtstag und beschämt mich. Was soll ich aber tun? Am besten ist es wohl, Ihnen zu danken und fortzufahren: Und Sie zu fragen, obwohl ich Ihre Erbitterung über die Unwirksamkeit Ihrer Dichtung verstehe: *Was haben Sie denn gegen Herrn Skutsch?* Der Mensch ist doch in seinem Namen beschlossen, und *dieser* Name diktiert dem Träger einfach seine Bedingungen, und jedes Wort, das aus solchem Munde kommt, erklärt sich von hier aus restlos. Wollen Sie denn aus solchem Munde gelobt werden? Ich höre ihn sprechen. Wollen Sie es hören? ›Wir haben die Gedichte dieses Buches mit Ergriffenheit gelesen. In einer Zeit, da die Welt voll ist von der herzlosen Dekadenz unserer westlichen Nachbarn, darf hier der deutsche Leser Trost finden: diese Rhythmen hat die dampfende Scholle selber gezeugt‹ – na und so weiter, ich breche lieber ab. Seien Sie, lieber Wilhelm Lehmann, in allem begründeten Gram guten Mutes. In dem allgemeinen Glauben, daß Talentlosigkeit beim Weltuntergang sich günstig auswirke, ist es doch gut, Einer [Nachtrag: Heraklit: Einer gilt mir für Hunderttausend – aber nur wenn es nicht die Hybris sagt sondern die Bescheidenheit!] zu sein. Wenn Sie aber einverstanden wären, hätte ich Lust, dem Herrn einen *überaus höflichen Brief* zu schreiben und ihm meine Meinung zu sagen: daß er sich geirrt hat, daß er sich überhaupt irrt, wie das dem Menschen häufig passiert und daß er noch einiges lernen kann und daß vor allem das mit den ›Zehenspitzen‹ gar nicht so unentsprechend ist. [Nachtrag: Welche Gemeinheit gegen die ›Tür ins Nichts‹, eines Ihrer schönsten Gedichte! Aber wenn Sie den ›Grünen Gott‹ *so* genannt hätten, so wäre der Titel mindestens ebenso schön gewesen!!] (Für diesen Fall also bitte den Namen der Zeitung und die Angabe der Nummer!) Was *ich* tun kann, ist nur: eine Reihe von Aufsätzen zusammenstellen und sie einem Schweizer Verleger als Buch vorlegen, darin wird dann auch der über Sie sein. Ich hätte Lust, das Buch ›Einzelheiten‹ zu nennen und ihm als Motto den Satz von Friedrich Schlegel voranzustellen, der da lautet: ›Übersichten des Ganzen, wie sie jetzt Mode sind, kommen so zustande, daß man alles Einzelne übersieht und dann summiert.‹ Hätte ich nur mehr

Zeit! Inzwischen kann ich Sie auch in der geringen Zeit, die ich habe, nicht mit Skutsch-Worten (Wann hat es denn je seit dem Heliand in der deutschen Literatur einen solchen Namen gegeben? Vielleicht stammt er aus dem Neolithicum?!) sondern mit meinen eigenen loben: das Gedicht von der Sintflut finde ich sehr schön. Warum kriege ich so etwas nur zu sehen, wenn Sie auf Herrn Sktsch (muß er den schönen U-Laut haben?) böse sind? Was muß geschehen, damit ich Ihre Erzählung –? Wie fest und bestimmt ist ein Vers wie ›wo sich feste Hecke buschte‹! Oder jenes starke ›Mastet Baum und ästet Ruhe‹! Aber das ist Einzelnes. Das *ganze* Gedicht ist schön, das Ganze des Gedichts läßt sich in die Hand nehmen. In dem bedeutendsten Vers hätte ich beinahe das entscheidende Wort nicht entziffert, und ich wollte schon dem ›Einerlei‹ ein Vielerlei assoziieren, da hat ein Blick meiner Frau zum Glück festgestellt, daß nur ein ›Zweierlei‹ gemeint ist, aber gerade das ist ganz außerordentlich: im Einerlei der Sintflut wird der Umriß von etwas Neuem sichtbar, es ist so selbstverständlich, aber man muß es finden, und es verknüpft sich seltsam mit einem Gedanken, der mir neulich gegen den französischen Existentialismus einfiel (obwohl ich Sartre zwar für eine anarchische aber für eine Produktivkraft halte): daß man nämlich in der Welt des Geistes zuerst zwei und erst dann eins zählen müsse. Alles in dem Gedicht steht an seinem Platz, vielleicht mit Ausnahme des ›sie sei‹, das ist zwar gesagt aber eigentlich nur mit der halben Kraft eines Potentialis. Es müßte doch, dem Sinne nach, heißen: sie ist, und sie müßte sein, ohne daß Sie es sagten, und der Reim ›Mai‹ wartet doch nur darauf, daß Sie ihn erfüllen. [Nachtrag: ›Und ganz leise wird es Mai‹ (?!)] Es ist so leicht zu ändern, aber selbst wenn Sie den Einwand ablehnen sollten, ist es ein geschlossenes Gedicht, der Form nach, in das man, dem Inhalt nach, hineinsehen kann, um aus der Sintflut des Nichts das Entstehen von ›etwas‹ (und damit von allem) zu gewahren. ›Einerlei wird Zweierlei‹, das ist so überzeugend wie etwa in einem Gedicht von Claudius der Vers ›Bäume haben Blätter‹. (Nebenbei: In einem Brief an Goethe nennt W. von Humboldt Claudius einen ›leeren‹ Menschen. Vielleicht mit subjektivem Recht! Und doch ist dieser Humboldt der große Autor der Abhandlung über den Sprachbau und der leere der Abhandlung über Hermann und Dorothea und der allerleerste von 1000 Sonetten, und Claudius ist ein großer Dichter, auf Grund einer Leere, die Raum schafft für die Sprache!) Meine eigenen Gedichte sind ja immer mehr von einem Halbverrückten, dem die Treue (der Identität) zu halten ich mich noch immer gezwungen fühle, aber ich hätte Lust, einmal eine Kritik von Skutsch über sie zu schreiben, das könnte (falls ich es könnte) die satirische Literatur wahrhaft bereichern

– obwohl leider damit über den substantiellen Wert solcher Gedichte vorweg nichts entschieden wäre. Ich bin da wirklich ganz ohne Illusionen, wie ich überhaupt glaube, daß die echte Wertbestimmung des Gedichts nur bis zu dem Punkte führen kann, wo sich eine ausweglose Problematik entpuppt: was selbst bei Goethe praktisch feststeht, nämlich daß er große Gedichte gemacht hat, steht nur praktisch fest, theoretisch ist es nicht zu begründen. Vielleicht werden Sie sagen: die Dinge so betrachten hieße sie allzu genau betrachten, und den bekannten Ast absägen sei nicht ratsam. Als Künstler stimme ich Ihnen zu, als Kritiker bin ich leider anderer Meinung. Versöhnlicher kann ich es aber auch so ausdrücken: Nachdem ich weiß, daß Über allen Gipfeln von Goethe ist, vermag ich zu beweisen, warum es ein großes Gedicht ist, ein großes Gedicht von Goethe. ›Goethe‹ – das ist ein geschichtsphilosophisches Faktum, das ich voraussetzen muß. (Würde ich dasselbe Gedicht in einer heutigen Zeitschrift mit dem Autornamen X. finden – eine absurde Annahme, die Sie einen Augenblick annehmen mögen –, so könnte ich das Gedicht nach meinen eigenen Maßstäben zwar auch für groß halten, diesem Eindruck – oder Urteil – fehlte aber mindestens zunächst jede geschichtsbildende Kraft, ich könnte etwa mit meinem Urteil einen Proceß eröffnen, der bei Goethe abgeschlossen ist: daß das Gedicht von X. wirklich von X. und dieser in seinem schönen Gedicht nicht mehr unbekannt, sondern bekannt, konturiert, von anderen sichtbar und verbindlich unterschieden ist. Für solchen Proceß kommen soziologische Faktoren ins Spiel, die außerhalb jeder nur individuellen Erfahrung liegen .. Vielleicht ist das aber alles nur Halbunsinn, und Sie haben jedes Recht es als ganzen zu streichen und sich Ihrer und der ganzen Poesie jenseits aller Theorie mit der ganzen Kraft und Pracht Ihres Herzens zu freuen, ja ich wünsche es geradezu!

Ihre physiognomische Deutung einer Photographie von Kassner ist eindrucksvoll. Zu lieben ist der Mann wirklich kaum, und doch habe ich jetzt sein in der Schweiz erschienenes Buch ›Das 19. Jahrhundert‹ trotz aller Manierismen der Sprache und des Denkens mit großem Gewinn gelesen. Er ist ein Denker, leider ist ihm das Gedachte nicht ganz so wichtig wie die Lust, es auszudrücken, und doch sagt er auch Wesentliches. Das Folgende müßte Ihnen gefallen:

> ›Ich sage Gesicht und nicht Glanz. Manchmal scheint es mir so, als sähen die Griechen gerade um des Glanzes willen weniger als wir, was uns vielleicht auch das Übergewicht des Skulpturalen über dem (?) Malerischen erklären kann. Sie haben Lynkeus, dessen Blick ins Innere der Erde bis zu deren Mittelpunkt dringt. Das

> Auge, soll das bedeuten, durchleuchtet entweder das Gestein gleich einem Röntgenapparat, oder es ist zu und gleitet von der Haut der Dinge ab. Der Blick des Auges kommt nicht aus dem Geiste. Der delphische Auriga ergreift die Welt um sich herum mehr noch als mit dem Blick seiner Augen aus Stein mit den beiden nackten Sohlen, welche den Boden des Wagens, worauf er steht, umklammernd fassen wie die Wurzel des Weinstocks oder des Ölbaums den Boden der heimatlichen Erde.‹

Ich glaube, das ist schön. Ob es aber stimmt? Ob es nicht nur Ausdruck ist? Ich habe keine Klarheit. Man könnte auch sagen: Soviel Probleme wie er sieht gibt es ja gar nicht. Oder anders ausgedrückt, wenn ein Denker bewußt ›Anfang‹ und ›Ende‹ leugnet – welchen Sinn hat es dann noch überhaupt etwas zu ›sehen‹, es sei denn man basiert das Ganze auf die Physiognomik, auf den Rythmus, auf das ›Zusammensehen‹ der Phänomene, wobei dann eigentlich jedem Einzelakt des Sehens etwas wie Schein anhaftet. Für einen Denker dürfte, besser: müßte dies eine unanständige Haltung sein, während sie für den Künstler legitim wäre, es scheint aber so, als wenn Kassner als Künstler ein Denker und als Denker ein Künstler wäre. (Jenes könnte man von Valéry sagen, dieses ganz bestimmt nicht, er hat sich wirklich *seinen* Kopf zerbrochen, während sich Kassner die Köpfe aller Denker vor ihm zerbricht. Er hat das Zeug weniger zu denken und dieses ganz, statt dessen denkt er mehr und dieses halb.) Sie schreiben von der Theatralischen Sendung. Ich habe sie sehr lange nicht gelesen. Über den Meister kann ich nur sagen, die Lieder sind groß, aber das Größte ist: Mignon. Mich erbittert es, *wie* Goethe sie sterben läßt: am Herzkrampf, als Wilhelm Natalie umarmt und *dann* die feierlichen Exequien. Die Symbolik – gegen die Poesie – erforderte einen eisernen Besen gegen Goethes Tiefstes, gegen den Wahnsinn einer Liebe, die sich keiner Ordnung assimiliert. Gerade um diese Liebe ist der Roman mehr als der ›Candide gegen die Poesie‹, den Novalis in ihm sieht, wie Goethes Liebe zu Mignon mehr ist als Novalis' ›Religion‹ zu Sophie. Novalis ist ein tiefer Denker, aber seine Mystik imponiert *mir* nicht. Und Ihnen?

Ich *muß* schließen, aber ich schreibe bald wieder. Alles Schöne für Sie und die Ihren, auch von meiner Frau, immer Ihr Werner Kraft

Sein Name
Herder [...]
[vgl. Nr. 184, S. 293]

Bei Francke in Bern ist ein ganz außerordentliches Buch erschienen: Erich Auerbach: Mimesis. Darstellung der Wirklichkeit in der abendländischen Literatur. Lassen Sie sich das doch von Ihren Schweizer Freunden schenken!! Es lohnt sich. Der Autor ist Romanist. Das Buch ist überaus belehrend.

Karl Kraus […] [vgl. Nr. 184, S. 294]

Verspätete Widerlegung Herders […] [vgl. Nr. 184, S. 294]

Wilhelm Heinse:
Auf einen Poeten, den die Journalisten kanonisiert haben
für Sktsch

Wenn für die Geister einst ein frischer Tag erwacht,
dann sieht es übel aus, mein Herr, mit Ihrem Stolze,
Ihr göttliches Genie gleicht einem faulen Holze
es leuchtet in der Journalisten Nacht.

196. Wilhelm Lehmann an Werner Kraft

Eckernförde, 20. Mai 49 ½ 11 Uhr Vormittags

Lieber, so sehr lieber Werner Kraft,
Noch bevor ich freudigst Ihren soeben eingetroffenen Brief zu Ende gelesen habe, muss ich Ihnen schnell antworten, denn was lese ich auf S. 4 unten? »Dass Ihnen Kafka, um von etwas anderem zu reden, nichts bedeutet ....« Sollte ich diese kapitale Dummheit geschrieben haben? Ich, dem der »Hungerkünstler« kostbare Liebe ist, ich, in dem sich manche Aussprüche Kafkas ständig bewegen? Nein, lieber Werner Kraft, das kann nicht möglich sein! Sollten Sie Kasack für Kafka gelesen haben? Und sollte ich wirklich so groteske Gedankenlosigkeit geschrieben haben, so revoziere ich hiermit in bitter-feierlichem Ernst!

Dies soll sofort an Sie weg! Ich schreibe Ihnen sehr bald wieder! Vielen Dank schon heute! Trost und Freude Ihnen & mir! Und Herzensgrüsse von Paar zu Paar und Haus (so weit es das gibt) zu Haus. Schön, das Wort von Else Lasker-Schüler: nun, ich werde hoffentlich ausführlich schreiben!

Immer
Ihr
Wilhelm Lehmann

197. Werner Kraft an Wilhelm Lehmann

Jerusalem
31, Alfasi Rd
8.7.1949

Lieber Wilhelm Lehmann,
sehr lange habe ich nichts von Ihnen gehört und bin eigentlich sehr besorgt, wie es Ihnen gehen mag. Ihre letzte Äußerung war die erste kurze Mitteilung auf meinen letzten Brief wegen des Kafka-Mißverständnisses, wobei ich nicht im entferntesten geglaubt habe, daß Sie ›dumm‹ seien, denn wenn hier irgendwer dumm war, so war es, im Ausdruck, höchstens ich, wenn ich auch wirklich ganz ernsthaft mit der Möglichkeit rechnete, daß ein Künstler wie Sie mindestens subjektiv begründete Einwände gegen Kafka habe. Aber wie dem sei, es ist sehr sehr traurig, daß die räumliche Entfernung so groß und oft die äußeren Hemmungen so unüberwindbar sind, daß alles stockt. Denn ich hätte Ihnen längst schreiben können, aber es ging einfach nicht, das Klima, die Müdigkeit nach der Arbeit, das momentane Interesse des Tages – alles war stärker. Trotzdem habe ich so oft an Sie gedacht, mit Ihnen gesprochen, und Sie hatten nichts davon ..

Meine Frau liest gerade den Wilhelm Meister, und plötzlich bricht sie in eine Klage aus, sie sei so traurig, ein so großes Buch nicht so groß finden zu können, wie sie möchte, und daß ihr die Lektüre eine solche Mühe mache, daß sie Zweifel an dem Wert des Buches habe. Darauf halte ich ihr eine lange Rede über die unreine Form des Romans überhaupt, daß vieles an ihm vergänglicher sei als im Gedicht oder im Trauerspiel, daß man aber darüber hinwegsehen müsse, um zu der zentralen Idee des Autors durchzudringen, daß verglichen mit der modernen Romantechnik eines Balzac oder Dostojewski Goethe als primitiv erscheine, wie ja auch das elektrische Licht es nur noch schwer verständlich macht, daß die Menschen eigentlich bei Kerzen- oder Lampenlicht ganz vergnügt waren. Umgekehrt aber sagte ich, daß, wo Goethe groß ist wie in dem ganzen Mignon-Zusammenhang seine Größe größer ist als die jener großen Autoren und zwar wegen der lautlosen Unscheinbarkeit seiner Darstellung und daß ich eigentlich heute nur einen Autor kenne, der *in diesem Punkte* an Goethe erinnert, und das sind Sie, wenn das auch wiederum Ihre Lage ungeheuer erschwert, aber auf jeden Fall war ich bei Ihnen und konnte Ihnen schreiben ..

Über eben diese Ihre Lage, ich meine die als Künstler, empfand ich in Ihren letzten Briefen verschiedene Äußerungen eines Mißvergnügens, die mir subjektiv ebenso berechtigt wie objektiv unökonomisch erschienen. Rien à faire, wer so auf einem schmalen Grat des Lebens und der Kunst steht, muß auch bereit sein, *alle* Konsequenzen zu ziehen. Insbesondere kann er nicht hoffen, die Blicke einer deutschen Welt entscheidend auf sich zu ziehen, die alle Hände voll zu tun hat, um zwischen Thomas Mann und Jünger die große Versöhnung herzustellen, während doch erst hinter beiden, von denen ich den ersten bedingt schätze und den zweiten unbedingt mißachte, das Neue beginnen kann, das Fruchtbare, auch Sie .. Es ist gewiß sehr schwer, aber Sie sollten immer bedenken, daß jeder Augenblick der Klage, den Sie nicht geraden Weges Ihrem Werke zuleiten, nicht nur für Sie selber sondern auch für die Welt verloren ist und daß es auf nichts ankommt als sich selbst treu zu bleiben oder wie Christian Wagner zu sagen: ›Stufen schlug ich, um groß herabzusteigen vom Throne‹ oder wie er im W der Kassiopeia sich an seinem ›geringen und *eigenen* Namen‹ zu trösten, wenn Sie nicht der Vermessenheit fähig wären, mit der derselbe sagt: ›Wenn der Göttliche darbt, feiert der Pöbel sein Fest.‹ Aber nun nichts mehr hiervon, Goethe sagt zwar: Der Tröster prahlt leicht, und doch glaubt *dieser* Tröster aus bitterer Erfahrung zu wissen, *wie* schwer es ist. Aber Sie sollen auch bedenken, daß er mitzutragen bereit ist, denn untröstlich ists noch allerwärts ..

Neulich hatte ich für ein paar Piaster eine merkwürdige Begegnung, auch da habe ich an Sie gedacht. Ich kaufte mir nämlich eine Erzählung von Zschokke, die sonderbarerweise in Buenes Ayres ohne jede Einleitung über den Dichter erschienen ist, als wenn er dort noch lebendig wäre .. Sie heißt ›Die Gründung von Maryland (Aus den Baltimoreschen Familienpapieren)‹ und ist trotz einer stellenweise etwas altväterischen idealistischen Schwärmerei ganz außerordentlich. Es handelt sich um die Gründung von Baltimore durch katholische Aristokraten, die den Schrecken der kommenden Revolution unter Cromwell in die Neue Welt entfliehen. Ich zitiere. Ein Schiffbruch:

> ›Der Himmel wehte düster wie ein graues Tuch. Ein Mast lag gebrochen. Die Wellen wandelten wie glänzende Berge und donnerten zerschäumend. Einige Matrosen schrien und fluchten, andere standen wie stumme Todesbilder.‹

Eine Betrachtung:

> ›Wenn im hohen Alter manche Greise kindisch werden, ist ihre Seele darum nicht kleiner geworden, sondern sie sind, die sie sonst waren, nur verstehen wir sie nicht mehr. Die Seele ist nicht mehr

der abgestorbenen Nerven mächtig, durch welche sie sich in ihrem Glanz gegen die Außenwelt offenbaren konnte. Die niedrigsten der Lebenskräfte, welche sich beim Kinde zuerst laut machen, bleiben wieder auch am letzten die wirksamsten. Die ganz geheime, irdische Pflanzenkraft verharrt ja noch in Leichnamen, deren Haupthaar und Bart noch im Grabe wachsen.‹

Die Politik:

›Oder glaubst Du, Gärungen, wie diese, können ohne furchtbare Ausbrüche bestehen? Hier geht es um Meinungssachen, Geistesangelegenheiten, Überzeugungen. Den Hunger und Durst des Leibes kann man mit Nahrung stillen, nicht so den Hunger der Geister. Nicht die Gewalt beherrscht den Gedanken, sondern der Gedanke beherrscht die Gewalt, und die verzweifelnde Seele bietet zuletzt den Leib der Todesgefahr feil, um eine höhere Sache zu retten. Das Vorgefühl des mit unbesonnener Staatsklugheit oder vielmehr Staatstorheit herbeigezogenen Unglücks meines Vaterlandes quält mich oft peinlich. Die heute zu früh triumphieren, werden einst zu spät weinen.‹

Eine Szene, es handelt sich um den Helden, den Lord Baltimore [Nachtrag: Es ist ein Briefroman.]:

›In der Nähe meines Hauses fühlte ich mich jählings von hinten durchstochen. Ich wandte mich. Es gingen in der Dunkelheit mehrere Menschen auf der Straße. Ich schrie: Mörder! Man kam zu mir. Ich sagte, was geschehen sei. Plötzlich ward ich von einer großen Menschenmenge umgeben. Man führte mich in mein Haus. Vom Täter war nichts zu erfahren. Der Wundarzt beruhigte mich.‹

Es ist nun meisterhaft motiviert, wie der Held glaubt, dieser Stich gehe von einem religiösen Fanatiker aus und so schneller zur Auswanderung getrieben wird. Erst viel später erfahren wir nebenbei, daß der Täter der Musiklehrer seiner Geliebten war, der einmal in die Erzählung mit dem Öffnen einer Tür hineingeistert, die er sofort wieder schließt, und der die Tat aus Eifersucht getan hat. Amerika:

›Der Potowmak wälzt seine jugendlichen Wellen im Glanz der aufsteigenden Sonne. Die herrliche Vorwelt lebt nicht mehr in irdischen Gestalten, nur verklärt noch glänzt sie im Gedächtnis der Menschheit. Indien, Persien, Aegypten, Griechenland, Rom nehmen wir mit uns in die Gefilde, die Columbus fand.‹ Die Natur:

›Die silberhellen Blüten der Gesträuche schimmerten in kühler Dämmerung der hundertjährigen Eichen, Ahornen und Linden wie Gestirne.‹

Eine bedingt richtige aber große Prophezeiung:

›Aber bei Euch in der alten Welt ist es anders. Wie das Licht der Wissenschaften von Osten nach Westen zog und die Barbarei über Asien ihre Nacht verbreitet, so wandert auch die Freiheit westwärts und orientalischer Despotismus rückt aus Asien über Konstantinopel nach Europa. Wer kann es sagen, wie asiatisch dieses Europa in einigen Jahrhunderten werden wird, inzwischen aber wird Amerika im Licht der Freiheit, Wissenschaft und Kunst strahlender geworden sein.‹

Ein wunderbarer Schlußsatz, als die Geliebten, die in der alten Welt durch verschiedene Religion getrennt waren, sich in der neuen endgültig wiederfinden:

›Von dieser Stunde an zähle ich die Tage meines schönen Lebens.‹

Schließlich ein Satz, der ohne Druckfehler schön ist, mit ihm, falls es keiner wäre, gewaltig ist:

›Ich kann den Augenblick, die schöne Heilige wiederzusehen, kaum erwarten. Zum Glück bin ich in einem Meer von Geschäften verloren. Die mächtige *Zertreuung* erhebt mich. Fast schäme ich mich meiner Schwäche.‹

Das muß genügen, und ich hoffe, Sie haben einen Eindruck. An Sie wurde ich erinnert, weil langsam und gelassen erzählt wird und alles Wichtige unscheinbar und bestimmt. Das Schwanken zwischen Erzählung und historischem Bericht erlaubt sogar Fußnoten des Autors.

Ich schließe für heute, lieber Wilhelm Lehmann, obwohl ich noch so viel zu sagen hätte. Aber ich will durch schnelles Abschicken dieses Briefes den Ihren hervorlocken .. Dann werde ich wieder schreiben und sofort. Ich warte aber auf Ihre Erzählung. Anbei noch ein Wahngebilde, über das ich Ihr offenstes Urteil erbitte.

Ich grüße Sie und die Ihren sehr herzlich, auch von meiner Frau,

immer Ihr
Werner Kraft

Der siebente Tag

Alles hab' ich einst vergessen,
Dunkel war es, nichts.
Noch erfühl' ich mich besessen,
Schatten zu verjagen, den, das n,
Daß es werde, meines Lichts
Großes L.
Denn
Ich gedenke. Es ist hell.

198. Werner Kraft an Wilhelm Lehmann

Jerusalem
31, Alfasi Rd
6.8.1949

Lieber Wilhelm Lehmann,
vor einigen Tagen kam das Buch von Nossack mit Ihrem Gruß. Über diesen Gruß habe ich mich sehr gefreut, war aber zuerst etwas traurig, daß das Buch nicht, wie ich geglaubt hatte, von Ihnen war und daß es an Stelle eines Briefes kam, auf den ich seit so langer Zeit vergebens warte. Vielleicht aber haben Sie keine Lust zum Schreiben, und da ich solche Unlust leider sehr gut verstehe, liegt in meinen Worten nicht der geringste Vorwurf. Die Weltzeit ist im Grunde für die Menschen zu schwer, obwohl es doch wiederum die Menschen sind, die sie geschaffen haben. Und doch bitte ich für den Fall daß Sie einmal nichts Besseres zu tun haben, dessen eingedenk zu sein, daß Sie mir mit Ihrem Brief, auch dem kürzesten, eine Freude machen, die wiederum auf Sie zurückwirken könnte, indem ich Ihnen antworte, denn ich bedarf sehr des Anstoßes, um auf meiner eigenen Höhe zu bleiben, auf die ich so oft verzichte und verzichten muß. Aber auch das möchte ich sagen, daß ich Ihnen vor ca einem Monat geschrieben habe …

Und doch habe ich mich auch über das Buch sehr gefreut. Ich habe es inzwischen ganz gelesen. Den Autor kannte ich schon aus einem Gedicht, das mich ergriff, und aus der merkwürdigen Geschichte ›Der Jüngling aus dem Meer‹. Er ist unzweifelhaft ein Dichter. Geschichten wie die von Kassandra oder von Orpheus und Persephoneia ergreifen unmittelbar, ebenso vieles in dem Bericht über die Zerstörung Hamburgs. Ich sage nebenbei, daß ich am schlechtesten die Geschichte finde, von der das Buch seinen Namen hat, und einen zugkräftigen, der mir mißfällt. Das ist nicht mehr als rohe Allegorie und ein Cynismus, der auf geistige Deckung verzichtet. Aber wäre sie auch besser, so käme mein zwiespältiger Eindruck im ganzen daher: Der Autor strebt zweifellos eine besondere Einfachheit im Sagen des Unsagbaren an. Ich habe aber noch keine Klarheit darüber, ob dies gelungen ist, ob nämlich die *echte* Einfachheit, die ich an manchen Stellen spüre, eben doch nur eine *literarische* Einfachheit ist, ich weiß es einfach noch nicht und möchte abwarten (während ich mich z.B. jetzt entschlossen habe, Sartre trotz der zweifelhaften metaphysischen Grundlagen seines Weltbilds für einen einmaligen Charakter in der Sphäre der neuen Literatur zu halten .. Das ist eine lange Geschichte, die Ihnen zu erzählen ich hoffentlich noch einmal die Kraft finden werde.) Was mich etwa bei Nossack stört, ist die affektierte Verwebung von Gedichten in den Erzählungszusammenhang, indem er dort jeweils so tut, daß er von ihnen nichts hält und dabei doch möchte – mit Recht! – daß der Leser etwas von ihnen hält. Es ist mir auch aufgefallen, daß mindestens fünf Mal das greuliche Jargonwort ›ausgerechnet‹ vorkommt, und ich habe Zweifel, ob ihm, dem Autor, das aufgefallen ist .. Als nach dem ersten Weltkrieg der Bananensong ertönte, jenes furchtbare

Ausgerechnet Bananen
Verlangt sie von mir

konnte man ja schon ahnen, wohin die Reise geht. Das priapische Sinnbild der Weltsexualität verbunden mit dem Sinnbild der absoluten Rechenhaftigkeit verhieß nichts Gutes, und es war nur logisch, daß Brecht in seinem ›Dreigroschenroman‹ dann die Vision eines Bordells hatte, in dem die Mädchen nicht nur der Lust dienten sondern zugleich die Schreibmaschine bedienten .. Und so sage ich, was Nossack betrifft: es ist für einen heutigen deutschen Autor, der den Ehrgeiz hat, ein Dichter zu sein, ein Unglück, von Politik reden zu sollen, aber es ist kein Glück, wenn er nicht von ihr redet, man könnte gerade dann auf den Gedanken kommen, daß er *doch* von ihr redet, indem er vieles wegläßt, etwa einen Schuldzusammenhang. Nun weiß ich, daß erfahrenes Unglück jeden Schuldzusammenhang durchbricht, und doch durchbricht es nicht jeden, *es bleibt ein bitterer Rest*, der durch Literatur nicht auflösbar ist, obwohl ich zugebe, daß dieser Autor sich bemüht, aber er müßte immer daran denken, daß heutige Leser mit gespitzten Ohren lesen und manchmal das Gras wachsen hören oder nicht .. Bitte glauben Sie nicht, daß dies eine negative Kritik ist, im Gegenteil werde ich diesen Schriftsteller mit Aufmerksamkeit lesen, wo er mir entgegentritt, aber auf Grund dieses vielfach ergreifenden Buches kann ich ihm meine Zustimmung, so gern ich sie ihm geben würde, noch nicht im vollen Umfang zuteil werden lassen. Ich finde übrigens das Gedicht, das in ›Dorothea‹ vorkommt, sehr schön. Die Unterbrechungen in dieser Geschichte bedeuten einen *Kunstgriff*, der für die Technik des Erzählens vielleicht sehr wichtig ist aber doch den Wahrheitsgehalt eines Erzählten zersetzen könnte. Das sind alles merkwürdige Dinge, die ich nur andeuten kann. Vielleicht hätte einem unzersetzten Begriff des Wahrheitsgehalts die Fähigkeit entsprochen, dieselbe schöne Geschichte *kurz und gerade* und darum tausendmal schöner zu erzählen .. Aber es kann ja noch werden! Sollten Sie den Dichter kennen, so wäre es wohl besser, ihm nichts von diesem meinem Eindruck zu sagen, es sei denn daß er die Freiheit besäße, von solchen Eindrücken zu lernen. Glaubt er an sich bis zur Verblendung, wie so viele Dichter, so kann ihm niemand helfen, und wir müssen warten, ob seine Verblendung unsere Einsicht oder unser Irrtum war, denn es ist durchaus möglich, daß *ich* mich irre ..

Leben Sie für heute wohl, lieber Wilhelm Lehmann, es ist sehr heiß, und Sie können von ›Glück‹ sagen, daß Sie auch nur diesen Brief erhalten. Ich wiederhole meine Frage nach Ihrer neuen Erzählung und möchte wenigstens wissen, ob Sie sie beendet haben, falls Sie nicht die Möglichkeit haben, sie mir im Druck oder in einer Abschrift zu schicken.

Ich grüße Sie von ganzem Herzen

Ihr
Werner Kraft

199. Wilhelm Lehmann an Werner Kraft

Eckernförde, 24 Aug 49

Lieber, verehrter Freund,
Als eine geraume Zeit der Freundschaft zwischen Moritz Heimann und mir vergangen war, warf er eines Tages die Bemerkung hin, er habe nun ein Recht von mir zu verlangen, dass ich nicht mehr objektiv von ihm spräche – (mir fällt ein, ist das nicht die Schuld oder das Verfahren Regans und Gonerils gegen ihren Vater?). Aber wenn ich neulich einer Londoner Bekannten gegenüber, der geschiedenen Frau des Prof. Krojanker (Jerusalem?), von Ihnen gesprochen habe, so werden Sie nichts darwider haben können. [Nachtrag: »mir aber kommt immer vor, wenn man von Schriften, wie von Handlungen,

nicht mit einem gewissen parteiischen ⟨auch von Menschen, füg ich ein⟩ Enthusiasmus spricht, so bleibt so wenig daran, dass es gar nicht der Rede wert ist. Lust, Freude, Teilnahme an den Dingen ist das einzig Reelle, und was wieder Realität hervorbringt; alles andere ist eitel und vereitelt nur«. So Goethe a. Sch. 14. Juni 1796] Ich habe einfach Ihr Lob gesungen und gesagt, wenn der neue Staat Israel wüsste, was er an Ihnen besitzt, dann …

Ich bin Ihnen längst wieder Ausführliches schuldig: Unruhe & Nervosität haben mich geplagt und – ich liebe die Deutschen nicht, den Durchschnittsdeutschen nicht, auch nur wenige seiner Intellektuellen. Nun hat man mich aufgefordert, dem Kollegium der am kommenden Sonntag in Frankfurt zu verkündenden Akademie beizutreten. Ich nahm an – sie will der deutschen Sprache aufhelfen & wenngleich Schulmeisterei da nichts leisten kann, man kann mich ja nicht hindern, ihr mit Gedichten beizuspringen, nicht wahr? und fahre sogar, für mich Schwerfälligen etwas Ausserordentliches, morgen nach Frankfurt, wo man Thomas Mann den Goethepreis überreichen wird, nehme auch an einer ›Vorstandssitzung‹ der neu zu gebärenden Akademie teil, so wichtigtuerisch mir auch das Gehaben gewisser Männer (wie ich Ihnen schon schrieb) vorgekommen ist (der Scherz: kon-gräss-lich sei erlaubt) & gehe dann auch noch nach Wuppertal, wo es einen ›Bund‹ gibt, der alljährlich gewisse Gruppen von Soziologen usw. sammelt und schön unterbringt, auch die Reise wird bezahlt. Ich habe mich erboten, aus Loerkes sieben Gedichtbänden einige zwanzig vorzulesen. Das Thema der Tagung soll sein »Die Wirklichkeit der neuen Dichtung«. Da wirklich das ist, was wirkt, kann ich nur mitteilen, was auf mich wirkt. Ich verspreche mir so gut wie gar nichts von solchen Diskussionen, ausserdem bin ich gegen die meisten der »geläufigen« Teilnehmer rebellisch, das ist vielleicht zu tadeln. Aber wenn man [aus] seiner Einsamkeitsgeladenheit heraus schiesst, ist man gefährlich. Nun, ich werde mich beherrschen. Was kann das alles schon sein? Ich wollte ich könnte mit Ihnen einen schönen stillen Weg machen, Sie erzählten mir von Ihnen, ich Ihnen von mir. – Sie haben einmal Gertrud Kolmar erwähnt, ein Verwandter von ihr schickte mir ihre Verse, ich finde sie ausgezeichnet: hier ist Rhetorik herrlich, weil farbig und erfüllt. Es ist gar nicht zu sagen, mit was für Machwerken die deutschen Tageszeitungen ihr Papier verunreinigen: und diese Leute, Krolow u. Rasche z. B. werden mit G. Eich (!), Usinger etc in W. sein. Ich hatte gehofft, Krolow würde mich mit seinen zwei neuen Sammlungen verschonen: aber sie kamen. Ich habe schnell, dann weniger schnell, hineingesehen: in keinem seiner Zimmer kann ich mich aufhalten, ich eile, wieder herauszukommen. Ich würde sie Ihnen schicken, vielleicht finden Sie ein paar »passende Worte« darüber: aber wir wollen uns nicht dabei aufhalten. Freilich, den Grund dieser Fehlgeburten zu suchen, lohnt sich vielleicht. Ich begnüge mich summarisch: es fehlt reiner Blick, Macht der Empfindung: ein Möchtegern wird nur ein Kannicht. Während ich diese Unwilligkeiten an Sie herausplaudere, ist es sonniger August. Die letzten vier Tage sind ein so seltenes Geschenk, dass man nicht weiss, wie es benutzen. In Süddeutschland vertrocknet das Obst & gedeiht nur der Mais. Hier war die Ernte sehr gut & wird bei solchem Wetter herrlich eingebracht. Also mein Dank:

Makarie
(nach zweihundert Jahren)

Vollendung, wehmutlose Helle,
Das Licht rückt nicht mehr von der Stelle,
Ein Götterwort hat es gebannt.
Das Rosenfeuer ausgebrannt,
Mit Aster, Phlox und Fingerhut
Tut mir die Welt noch einmal gut.

Die Raupe eilt, sich einzuspinnen,
Zu enden mutig, zu beginnen
Makarie kommt auf Vogelzehn,
Mein Tisch bleibt still im Lichte stehn,
Sie läßt es durch die Hände rinnen.

Von ihrem Liebesblick bezwungen
Sind Feld und Garten wohlgelungen
Ich ruh mit euch vom Überschwange,
Gefügig dem Planetengange.

Ach, für so vieles hätte ich *Ihnen* zu danken. So graziös und tiefsinnig zugleich können nur Sie Gegner abwehren: [...]

Und Sie müssen soviel für das tägliche Brot arbeiten, und ich, ich habe eigentlich nichts mehr zu tun, verzehre mich mit mir selbst und weiß nicht, wozu alles gewesen ist und wozu es weitergehen soll. Ich wollte, ich hätte Ihre Kraft, Ihre Denk- und Empfindkraft, dann könnt ich den Leuten von der Akademie sagen, woran's fehlt. Ich hätte eigentlich alles, was Sie und Karl Kraus zur Sprache zu sagen haben, zusammenbinden sollen, um es als Würzgeruch den Leuten unter die Nase zu halten. –

Was Sie über Nossack schreiben, werde ich ihm doch vielleicht einmal mitteilen. Er ist ein sehr eigentümlicher und auf Lob nicht versessener Mann: die obere Hälfte seines Gesichts ernst, die untere lächelt. Ich habe besonders schön den Jüngling aus dem Meer gefunden. Ich werde ihm auch einmal eine Auswahl *Ihrer* Verse schicken: Ich traue ihm zu, daß er den Weg dazu weiß.

Nun bitt ich Sie, die folgende Übertragung eines »Light-verse« von Andrew Marvell, dem Sekretäre Miltons, Ihrer Frau als Gruß darzureichen. Die »Freiheit« der dritten Strophe rechtfertigt sich durch die etwas dünne Füllung des Originals. (s. 3. Zeile)

The Mower to the Glow-worms

Ach, eben merke ich, daß ich den englichen Text schon an die Bibliothek zurückgegeben habe: nun denn:

Der Mäher an die Leuchtkäfer

Bei eurem flinken Licht probiert
Bis in die späte Sommernacht
Die Nachtigall und meditiert
der einzigen Gesänge Pracht.

Ihr ländlichen Kometen seid
Von Krieg, von Fürstentod nicht schwer:
Daß es die Sichel morgen schneid',
Sagt ihr dem Gras voraus, nicht mehr.

Der Heuende im Abendmoor,
Wenn er den Heimweg wieder weiss
Und an den Irrwisch nicht verlor,
Leuchtkäfer, dankt es eurem Fleiss.

An mich verschwendet ihr den Brand:
Juliane kam mir zu Gesicht.
Das büsste ich mit dem Verstand –
So finde ich nach Hause nicht.

Von Hans von Savigny, dem Urenkel F.C. v. Savignys und seiner Frau Gundel Brentano weiss ich nur die »Elegie der getrosten Verzweiflung«, in der »Wandlung« ersten Jahrganges zweitem Heft.

Merkwürdig, wie gut man an Gertrud Kolmars ›freien‹ Versen ablesen kann, wie sehr sehr schlecht bei den Meisten diese Art Formgebung ausfällt – und dass *sie* ein Recht auf diese Art hat: ist nicht das schon sehr viel? So bin ich sehr glücklich, dass Peter Wenzel mir die ›Welten‹ mit einer persönl. Widmung sandte.

– Ach, dieser Brief ist wieder nicht geworden, was er werden sollte. Aber, bitte, bitte, werden Sie nicht ungültig [!]. Ich hoffe doch, allmählich all *Ihren* Reichtum sozusagen aufarbeiten zu können.

– Also, das Meer ist zwar noch blau und das Licht noch da, aber ich schliesse & hoffe, Ihnen irgend etwas Gutes aus Frankfurt oder Wuppertal zu berichten, sobald ich zurück bin.

Bis dahin

von Herzen
Ihr
W. Lehmann

200. Werner Kraft an Wilhelm Lehmann

Jerusalem
31.8.1949
31, Alfasi Rd

Lieber Wilhelm Lehmann,
endlich! – Um so mehr habe ich mich über Ihren Brief gefreut, als es mir rätselhaft war, warum Sie nicht schrieben, und als ich hocherfreut bin, daß der Grund nur Unlust am Schreiben und nichts Schlimmeres war. Im Gegenteil hoffe ich, daß Ihre Reise nach Frankfurt und nach Wuppertal (wo Sie in Elberfeld Else Lasker-Schülers in meinem Namen gedenken besser: gedacht haben mögen) Ihnen persönliche Erfrischung bringe. Es scheint doch hier und da in Deutschland Menschen zu geben, die erkannt haben, daß man Ihr Wort in die Hand nehmen kann wie einen Apfel. Aber kein Wort von Ihrer Erzählung?! Warum?! – Ich schreibe bald mehr. Nächste Woche fahre ich auf eine Woche in Urlaub. Hier nur ein paar Verse, deren Überschrift und Nummerierung nur das Nacheinander des Entstandenen zusammenfaßt bis zum heutigen Tage, an dem ich Ihren Brief erhielt. Immer

Ihr
Werner Kraft

›Makarie‹: herrlich! Aber 2 Einwände: 1) ›die Rosenflamme ausgebrannt‹ stört mich syntaktisch, wenn nicht vorher vielleicht ein Komma steht. 2) *Gefügig* dem Planetengange: Das Dienstverhältnis stört mich. Ich schlage vor: *entsprechend.* Wunderbarer Doppelsinn, der genau Ihrer Situation entspricht aber Ihre Freiheit nicht antastet!

August 1949

1.

Das Unfaßbare

Die Hunde bellen,
Wie Wasserquellen
Es hört nicht auf.

Die Sterne scheinen,
Wie Augen weinen,
Es hört nicht auf.

Die Menschen sprechen
Wie Welten brechen
Es hört nicht auf

Das reine Schweigen
Der Sprache Neigen,
Es hört nicht auf.

Die Helden schaffen,
Wie Leiber schlaffen,
Es hört nicht auf

Den Tod der Helden
Das große Melden,
Es hört nicht auf.

Die Töne gleiten,
Wie Boten reiten,
Es hört nicht auf.

2

Antwort der Welt

Vor Anfang des Tohuwabohu
Von Unschuld und Schaffott
Zwischen Ich und Du,
Zwischen Welt und Gott
        Macht den Raum bewohnbar,
        Macht die Ruhe thronbar.

Aber das genügt nicht,
Denn uns fehlt die Zeit,
Und die Wahrheit lügt nicht,
Und das Dunkel feit
    Gegen jedes Fegen,
    Gegen jeden Segen.

Darum schnell in Treue,
Schneller, jetzt, sofort
Hergestellt der neue
Weltgehalt am Wort,
    Wenn die Welt entkäme
    Daß das Wort sich schäme!

Sie war ganz enthalten
Längst in jedem Laut,
Den wir unsren Falten
Heilig einvertraut –
    Warum sie nicht breche
    Wortes Schild der Schwäche,

Antwort, mir! – ›Mein Schweigen
Wird am jungen Tag
Dieser Tage steigen
In den Lerchenschlag
    Herzdurchflammter Laller
    Und der Sprache aller.‹

3

Feiertag

Den ich so froh durchwacht,
Der Tag ging nun zuende,
Den ich so schön durchdacht,
Die Arbeit, die nicht schände,
Rührt morgen wieder die Hände,
Sie weinen über die Zeit hin,
Gestellt,
Die Ordnung steht fest, ich bin
Welt.

4
Abendklage

Der Mond steht über dem Hause,
Die Schönheit sieht nicht der Erde
In Qualen verwitterte Faltung.

Wir sitzen im stillen Werde
Zufälliger Pause
Und des Unglücks Enthaltung

In einem Abendgarten
Und ziehen die Strahlen nieder,
Die dünnen Fäden des Schönen,

Wir um den Tag Genarrten
Im Kampf der schwindenden Glieder
Mit dem matten Versöhnen.

Auch dies ist schön, die trübe
Gemeinsamkeit des Entzweiten
Im brechenden Blick nach oben

Bei Lampenschein, daß sich übe
Das untere Bereiten
Des Lichts in des Lichtes Toben.

Ob es sich aber lohne,
Vermag nicht mehr zu sagen
Der müde verdummte,

Schwarz auf dem schwarzen Throne
In das Dunkel vermummte
Gedanke, ungetragen –

5
Schimmer

Ich warte immer –

Worauf? Mir ist, als müßt' ich's wissen.
Und sei es nur ein Ruhekissen
Aus Stein,

Ich habe keinen Schimmer,
Und darum könnt' er's schimmernd sein,
Wird es auch schlimmer!

Wer wagt zu sagen: Nein?

Der Feige, der die Wahrheit raubt,
Und hat in Händen ihren Schein,
Der wenn das Wort zerdacht das Ganze weiß,
Das er nicht glaubt,
Und sich erbaut auf Staub und an Geflimmer.

Das Kinderspiel von Kalt und Heiß
Will dieses und gibt jenes preis,
Das warme Herz schlägt nicht im Eis,
–

Und stehe wartend mutig da,
Von meinem Staube grün umlaubt,
Ein Sturmbild, es und wenn's geschah,
Schon sieht, schon hört das noch erschlagne Haupt.

6
Bitte

Alles Grün ward uns genommen,
Alles Grau ist uns gegeben,
Gerade wenn wir Gott entfrommen,
Blüht er auf zu frommem Leben,

Diese Welt –

Gib, mein Gott, daß wir nicht irren,
Wenn das Wunder wir entwirren
Und uns diese Welt

Gefällt!

7
Abweichung

Wenig dringt von oben in die Welt,
Die ein andrer machte.
Sie ist häßlich wie das Geld,
Schön wie das verwegen abgedachte

Nichts.

Keiner weiß, woher es kam,
Schöpferisch legt stolz der Gram
Ab die schöpferische Scham,

Grell erleuchtet strahlt die Nacht des Lichts.

8

Stummes Schauen

Wo war ich? – Dieses ist mein Stuhl.
Ich seh' der Schönheit nach
Und meine wohl und weh: dem Pfuhl,
Der Schmach.

Und steige das Gebirge an
Der aufgegebnen Welt
Bis auf den Grat und bin der Mann,
Der fällt

In diesen Sitz, das Gleichgewicht
Packt meinem Sturz am Hals
Das schöne ausgeparte Licht
Von meiner Jugend, als –

9

Epimetheus

Ich gedenke. – Einer hat mir vor vielen Jahren,
Als wir befreundet waren,
Etwas gesagt, was mich traf, und nun ist er tot.
Meine Antwort, heute, wird sich verfahren.
Besser, sie einschlingen wieder, o bittres Brot
Des Nachdenkens der Ohnmacht,
O eisige Thronmacht
Über der Arche verlorener Laren,
Die das Gedenken zu Hohn macht
Gottes über den ätherdurchschossen flatternden Aaren!

10

Die ganze Zeit

Tag! – Es ist Mühe,
Und brech' in die Knie

Vor so viel Frühe,
Vor so viel Nie.

II
Lob wider Lob
An Wilhelm Lehmann

Es regt mich auf,
Daß mir aus Herzens Laube
Des Lobes süße Traube
Verschärft den Mund.

Kein Zweifel, den
Ich ihm entgegenhalte
Und dann auch diese Falte
Durch mein Gesicht.

Taugt sie zum Grab?
Wie ich mit Ernst versuche,
Zu stehn dem Erdenfluche
Verlorner Zeit,

Dank' ich auch ihm,
Der sieht auf leisen Zehen
Durchs schuldlose Vergehen
Und schön ruht auf.

2.8.-31.8.1949

201. Werner Kraft an Wilhelm Lehmann

Jerusalem
31, Alfasi Rd
19.9.1949

Lieber Wilhelm Lehmann,
ich warte mit Spannung auf Ihren angekündigten Brief und auf Ihren Reisebericht. Ich selber bin inzwischen eine Woche weg gewesen – schon ist wieder alles vorbei und geht in Vergessenheit über –, aber es war schön. Ich war vier Tage in einem ›Kibuz‹ – Sie wissen, was das ist – in Gilboa, Saul und die Hexe von Endor waren in Greifnähe aber auch arbeitende Menschen, unter denen ich als Nichtarbeitender meiner Muße nachging. Ich habe dort einen jungen Freund von 25 Jah-

ren, er ist verheiratet, hat ein Kind, Vater, Mutter, Schwester ermordet, er kam als Junge hierher, aus Preßburg, ist ganz hebraisiert, aber was tut Gott? Denn *ich* habe keine Schuld, das Unglück war schon geschehen, als ich ihn kennen lernte. Also, er dichtet, und zwar deutsch. Er ist begabt, und darum ist das Unglück, von dem ich eben nur ironisch sprach, vielleicht wirklich eines, denn was soll daraus werden?! Die ganze Paradoxie unserer Weltzeit mögen Sie daran erkennen, daß *ich* ihm mit pädagogischer Verantwortung rate, wenigstens einmal zu versuchen, hebräisch zu dichten. Denn ist schon die Existenz eines sei es alten sei es jungen Dichters an sich heute eine bare Unmöglichkeit – ein Jude, der in Palästina deutsch dichtet, obwohl er jung ist und hebräisch kann, das geht eben nicht, oder es geht vielleicht und sollte nicht gehen. Und was antwortet er nun ganz ernsthaft? Er habe schon selber daran gedacht, aber Baum sei eben nicht das gleiche Wort wie seine hebräische Entsprechung, und wenn er dieses sagen wolle, stelle sich ihm jenes ein. Das ist ein nahezu unwiderlegbares Argument, und ich selber würde nie in einer anderen Sprache als der deutschen dichten, selbst wenn ich sie völlig ›beherrschte‹, das gibt es eben nicht oder in allerseltensten Ausnahmsfällen wie Conrad, und doch habe ich ihm geraten, es trotzdem zu versuchen .. Ich werde Ihnen demnächst einmal Gedichte von ihm abschreiben. Dann war ich noch drei Tage in Tel Aviv, habe auf das Meer gesehen und Gespräche geführt. Gelesen habe ich in dieser Zeit, zum zweiten Male, Mon Faust von Valéry, mit noch stärkerem Eindruck als das erste Mal, obwohl das Ganze kein Kunstwerk ist, auch abgesehen von dem fragmentarischen Zustand des Vorhandenen, den der Autor noch selbst verantwortet hat. Aber es sind Stellen darin, aus denen ich entnehme, daß hier ein Mensch etwas gewußt hat, und ohne den berühmteren Faustroman herabsetzen zu wollen – was übrigens lobenswert wäre, um seines *wirklichen* Wertes habhaft zu werden –, muß ich sagen, daß ich diesen vorziehe. Dann habe ich zum dritten und vierten Male einen Aufsatz abgeschrieben und verbessert, den ich ›Hölderlin und der Reim‹ genannt habe und in dessen Mittelpunkt das Gedicht ›An Landauer‹ steht, das beginnt: ›Sei froh! du hast das gute Los erkoren‹. Wie gerne würde ich Ihnen alle diese Dinge zu lesen geben, aber es fehlt an so vielem, nicht nur an Zeit sondern sogar an Lust, mehrere Kopien zu machen, manchmal am Farbband und an tausend kleinen Dingen, aus denen der Tag besteht und vergeht.

Und doch kann alles das – und das ist ein wirklicher Trost – das Wiedersehen in der ›Wandlung‹ nicht verhindern. Welch ein schönes Zusammentreffen, daß ich auf Ihr außerordentliches Gedicht [Nachtrag: besonders die beiden letzten Verse!!] mit meinem Beitrag folge. Wenn nur davor noch die ›Makarie‹ gestanden hätte (wenn mein Vorschlag mit ›entsprechend‹ Ihnen nicht entspricht, dann sollten Sie wenigstens ›gehorsam‹ sagen, darin liegt mehr Freiheit als in ›gefügig‹) statt dieser unvorstellbar abscheulichen ›Idylle‹, bei der das größte Wunder ist, daß die Herausgeber des Heftes, an deren *gutem Willen* überhaupt nicht zu zweifeln ist, [Nachtrag: Die ›Wandlung‹ ist eine wesentlich bessere Zeitschrift als etwa ›Merkur‹, unabhängig von guten Beiträgen (zu welchen ich übrigens zwei Gedichte eines mir unbekannten Dichters namens Rudolf Kiewe rechne!), sie hat Charakter.] ›des Vaters Jauche‹ offenbar für einen Fortschritt der Kunst halten. Ich habe in meinem Leben nichts so Abscheuliches gelesen, dabei müßte ich keine Schiffahrt kennen, um nicht zu wissen, daß dies keineswegs ernst gemeint ist, wie etwa die großartige Rebellion in gewissen Gedichten Rimbauds, sondern, dem Dichter ist ›Bauche‹ eingefallen, und nun suchte er den stärksten Reim, und da fiel ihm eben mangels jeder moralischen Hemmung, geschwellt von den Erlaubnissen der neuen Ära, nur ›Jauche‹ ein, oder es war umgekehrt, und der Jauchezustand wurde ›schöpferisch‹, und ich glaube es diesem Dichter anzuhören, daß er lieber das Gedicht preisgeben würde als diese beiden Verse. (Und dabei stimmt es nicht einmal logisch, denn Jauche kann man doch wohl nur das nennen, was den Körper schon verlassen hat?!) Die schöneren Verse am Schluß von dem Dichter sind nun ganz entwertet, und ihnen wächst höchstens der Wert zu, daß sie eben von dem Dichter sprechen könnten, der gleich dahinter steht, für mich aber wohl kaum für diesen im Fortschritt gestolperten und von einer Generation jubelnd aufgefangenen Dichter, der vom Vater nur noch die Jauche wahrnimmt. Auch das Unflätige kann sprachlich groß sein, dies ist nur dumm. Bezieht sich denn auch auf dieses der schöne Schlußsatz des schönen wenn auch nicht erschöpfenden Aufsatzes von Marie Luise Kaschnitz? Es ist ein Räsel, ja ein Wunder! Das Gedicht von Gumpert ist kein Gedicht aber ein dichterisches Dokument mit starken Stellen. Hätte der Autor die größere Kraft gehabt, es *nicht* zu dichten, hätte er vielleicht den Grund gelegt zu großen Gedichten. Denn daß er etwas erlebt und erfahren hat, ist unzweifelhaft. Der Aufsatz von Spitzer ist vernünftig (wenn ihm auch – oder dem Setzer – das Malheur passiert, ›Über allen *Wipfeln*‹ zu schreiben), und daß E.R. Curtius ein falscher Fünfziger ist, hat mir schon früher eingeleuchtet [Nachtrag: z.B. aus einem Aufsatz über Eliot, in dem er von diesem einen Vers zitiert, der das Wort ›merds‹ enthält und dann die Fußnote macht, es handle sich um einen Archaismus aus dem 17. Jh. Niemand lacht. Sie haben eben nicht mehr die Sprachkraft, merde zu sagen, die ein Dante hatte, wenn er durch eben diese ging.], aber der Aufsatz von Franzen ist die völlig entsprechende Darstellung eines gigantischen Kulturskandals, vielleicht nicht völlig entsprechend aber doch überaus präzise. Ist es nicht der Skandal der Kultur selbst? Das Schöne kann nur noch als ein Einzelnes sich rechtfertigen, das in keinen Interpretationszusammenhang eingeht. Finden Sie nicht auch? Aber darüber hätte ich noch sehr sehr viel zu sagen, muß aber schließen bis zum nächsten Mal und grüße Sie und die Ihren sehr sehr herzlich

Ihr Werner Kraft

Im Merkur, der Goethe mit einem Aufsatz über Benn feiert, steht mein Aufsatz über das Türmerlied. Der Goethe-Aufsatz von Kassner ist gut aber nicht sehr gut, obwohl gerade er mich veranlaßt hat, Hermann und Dorothea zu lesen. – Aber er zitiert: ›Dieses Stirb und Werde‹, statt:

Und so lang du *das* nicht hast,
Dieses: Stirb und werde. (Kleingeschrieben!)

Und dabei wollte ich Ihnen eigentlich über Hermann und Dorothea schreiben, da ich das Gedicht in einem Zuge wiedergelesen habe und an manchen Stellen mit Tränen, *obwohl* es in verbotener Weise von Besitz durchtränkt ist und obwohl es nur stellenweise jene Größe realisiert, auf die es hinzielt. Der Brand, von dem die Mutter erzählt! Der Gang durch den Garten! Der Vers am Schluß: ›Du bist mein, und nun ist das Meine meiner als jemals!‹ usw

Es ist alles ganz unzulänglich, was ich hier geschrieben habe, aber ich schicke den Brief ab, da er nun einmal geschrieben ist. – Den Roman von E. Langgässer, über den ich neulich eine sehr ernsthafte Kritik von Hermann Broch gelesen habe, möchte ich gern lesen.

Thomas Mann – gedankenvoll, aber etwas fehlt, und es wäre das Beste, das er doch wohl ›vergessen‹ hat.

202. Wilhelm Lehmann an Werner Kraft

Eckernförde, 26. Sept 49

Lieber Werner Kraft,
Ihre Briefe sind so ernste Geschenke, dass schon das Auswickeln Zeit kostet, wie viel mehr der Inhalt, an dem ich lange zu essen habe. Seien Sie auch nicht enttäuscht, dass ich zu Ihren Gedichten noch so wenig gesagt habe: sie stossen Türen nach Weltgegenden auf, in denen ich mich erst zurechtfinden, mich ganz neu equipieren muss. So halte ich mich zunächst bei Nebensachen auf, die ganz gewiss keine Nebensachen sind. Sehr stolz bin ich darauf, dass ich in der ›Wandlung‹ mit Ihnen rub shoulders darf. Von den wundervollen Herdstücken Werner Krafts wurde mir »Das Sinnlose festhalten ist der bescheidene Stolz des Dichters« zu sofortigem Besitz. Dass sich eine solche Maxime aus der Einzeltatsache des Sofakaufs – aber auf richtig dichterische, nominalistische Weise – ergibt, ist herrlich. »Was ist das Allgemeine? Der besondere Fall« und »Das Besondere unterliegt ewig dem Allgemeinen; das Allgemeine hat ewig sich dem Besonderen zu fügen«: so Goethe. [Nachtrag: Wie lieb ist einem doch so ein altmodischer Kommentator wie G. von Loeper, verglichen z. B. mit dem recht leeren Goetheverwalter Beutler, der dann ja auch die Goetheplakette 1949 erhielt. Ich schrieb einmal an ihn, um über die Weissagungen des Bakis orientiert zu werden & bekam eine ganz nichtssagende Antwort.] Also es gibt den Menschen zugängliche Wahrheiten: und Sie sind deren glücklicher Entdecker.

Ich bin eben nach Hause zurückgekehrt: nach den Frankfurter, den Wuppertaler, den Kempener Tagen und dann noch einer Woche in Dänemark, bin einigermassen verwirrt und muss mich erst wieder zusammensetzen. Ich wollte, Sie wären bei den Wuppertaler Gesprächen zugegen gewesen und Sie hätten mir dann geschrieben, »wie es eigentlich gewesen«. Eine grosse Buchhandlung (in dieser sehr ruhigen Gegend Deutschlands: Goethe empfand richtig, wenn er Vossens Gedichte so rezensierte wie er es tat; kann man doch z. B. Grimms Märchen aus unserer Gegend gar nicht verstehen. Mit Dänemark wird es dann schon wieder anders, scheint mir) plakatierte: »Der Bund«, Wuppertals Fortifikationslinie gegen Ungeist und Vermassung. In eine grosse Menge Literaturmänner und Philosophieprofessoren waren nur drei Leute des dichterischen Geschäfts selbst eingesprengt: Emil Barth (warm und nett: einzelne Gedichte in der Frankf. Ztg hatten mir nicht eingeleuchtet. Ich muss das alles, auch seine Prosa, erst kennen lernen), Karl Krolow (eine rührende, zarte Erscheinung, Hainbund: ich will seine beiden Gedichthefte nun noch mal ›anders‹ lesen: ich fürchte aber, sie werden nicht besser) und ich. Die Vorträge galten Mann, G. Benn, Valéry, Kafka – ein Professor Pongs über ›Symbol u Allegorie‹: nach *jedem* Vortrag hob er den Zeigefinger: »Sehen Sie, das ist die Allegorie« – ein zermergeltes Gesicht, rheinischer Dialekt. Ich ignorierte ihn. Er kam auf mich zu: er habe ein schlechtes Gewissen, vor 15 Jahren habe er in e. Sammelbericht in der ›Neuen Rundschau‹ mich abgetan – nun ja, die Konjunktur ist jetzt eben anders. Ich wurde da hingerichtet, ich verstünde nichts von »der Dämonie des Volkswerdens« usw. Mir peinlich und fremd. Was mich betrübte, war – den Urhebern des »Bundes« wohl unbewusst – eine leise Tendenz, mit wegen Nazitums abgesetzten Professoren Mitleid zu haben (wer teilt es? Ich gewiss nicht). Da war der ebenso abgesetzte Prof. Hans Naumann, sprach über »Die Elegie als biologische Funktion des Dichters« (?!!), also die Griechen haben Elegien geschrieben, auch der Skalde Egil ⟨Spezialforschungen: germanistisches Eigentum⟩, auch W. von der Vogelweide, das wäre aber noch nicht so wie bei Rilke .... Der Mann sah aus wie ein alter Major & ich hatte Lust, vor mich hinzusummen »O alte Burschenherrlichkeit«. Es waren jüngere, bessere ›Lichter‹ dabei: ein sehr preziös anmutender, aber sehr gescheiter Dr Gruenther (auf 3 Jahre nach England verpflichtet), ein dümmerer Dr Heselhaus mit gigantischer Hornbrille: man kegelte nur so mit Zitaten aus Augustin, Dostojewski, Kierkegaard, Hofmannsthal, man war sicherlich sehr klug, dichterisch geschult, wollte der Wissenschaft durchaus nicht das Wasser abgegraben haben, empörte sich über des enfant terrible Gerhard Nebel (des neuesten lumen) Schelten auf das »Bildungsgeschwätz« – mir wurde die Luft zu dünn, Fruchtbares & Gutes geschah in Unterhaltungen zwischen Einzelnen. Mein »Beitrag« war eine hingegebene Vorlesung von 13 Gedichten Oskar Loerkes. Machte bei den nämlichen Teilnehmern kein Furore, fand aber zarten Beifall bei zwei liebenswerten Frauen (doch! auch einige Männer: aber sie hatten wenig Ahnung des Eigentlichen). Von diesem G. Nebel, einer erfrischenden Jungensnatur muss ich Ihnen was schicken. Da fallen Bemerkungen, Nietzsches Gedichte wären Studienratslyrik: man erschrickt und revidiert. – Gottfried Benn, jetzt aus der Schweiz neu erstanden, wird m. E. gewaltig überschätzt. Hysterisches Geschrei. Seine Exoten- und Labormethode kommt mir veraltet vor. Die Deutschen in der Sucht, ganz etwas Besonderes vorzuzeigen, kommen dann immer sofort mit »unvergleichlich«. Über Kafka zerbrechen sie sich »geisteswissenschaftlich« den Kopf, das merkwürdige Synagogenstück aus dem

»Merkur« stand zu Debatte. Für Pongs war das natürlich Allegorie. – Ist die Sache nicht viel einfacher? Mit eigenen dichterischen Mitteln Dichtung. Das ist's für mich. Ich könnte mir denken, dass solche »Deutung« Kafka selbst lieber gewesen wäre oder ist als jenes Kategorieunwesen. Gibts nicht bei Hauff eine Geschichte: man geht zur Ruh in einem unheimlichen Schwarzwälder Wirtshaus, einer wacht: da senkt sich die Zimmerdecke, alle zu töten, er weckt alle im letzten Augenblick? So fühlte ich fürchterlich auch über meinem Haupt irgend eine Kategorie nahen, mich zu zerquetschen. Meine Arbeit stand glücklicherweise nicht zur Debatte, aber ein junger Schweizer verriet mir, gewisse junge, hochmoderne Leute täten mich als Idyllisten und Pan-isten (!) ab. – Eine Enttäuschung war der schnell »berühmt« (zeitungsberühmt) gewordene Holthusen, weniger als Erscheinung (gute, braune Augen. Aber schon Salonlöwenmanieren) denn als lobhudelnder ›Interpret‹ von Eliot's Quartets. Er wurde von Gruenther u.a. fürchterlich heruntergemacht, solches ›Geklöne‹ [darüber leserlicher: Geklön'] – das käme eben daher, wenn man zu früh dem philologischen Seminar entlaufe .. Ich fand's so übel nicht & liess ihm ruhig seine Eliotbegeisterung; finde aber, dass man bei Eliots Dantezitaten doch immer die Gänsfüsschen durchschmeckt. – Meistens waren es Leute up-to-date, die lächerlich genug glauben sagen zu müssen »Eichendorff sagt mir nichts mehr« & zwar mit dem Gefühl, damit eine ungewöhnliche Leistung zu vollziehen, anstatt sich ihrer Armut zu schämen! Immerhin traf ich interessierte Laien, die erstaunt waren, mal etwas anderes zu hören & gewiss belehrt werden könnten, so einen Buchhändler, der mir bis Nachts 3 Uhr – ich verging fast – grotesk-grossartige Dinge aus dem Russland nach dem 1. Weltkrieg erzählte.

Und Frankfurt? Lachen Sie mich aus: ich habe die feierliche Handlung in der Paulskirche mit Freuden mitgemacht, denn schon vorher hatte mich das wahrhaft festliche Frankfurt (eine neue Welt für mich: Goethe war gewiss kein Schleswigholsteiner), gerührt: es war als wenn die ganze Stadt den Goethe ehrte. Sogar die Trams waren mit kleinen schwarzrotgoldnen Fähnchen besteckt: sie wurden umgeleitet, um während der Feier in der P.Kirche nicht zu stören. Ausländische Delegationen, die Universität in ihren Togen, amerikanische Millionäre (?), die Geistlichkeit in herrlicher roter, amethystener, blauer, gelber Seide. Ich genoss das Spektakel kindlich, vergass allen Snobismusverdacht. Der frühere Kultusminister A. Grimme (sehr von den Nazis gequält: wie auch der Oberbürgermeister von Fr., Kolb, eine Boxerfigur, mit goldener Kette um den Hals), ein natürlicher, herzlicher, offener, sicher grundanständiger Mann hielt die Rede, bei der ich mich ganz wohl fühlte (nachdem Kolb vorher die Verleihung des G-Preises an Th. Mann pflichtschuldig in einem, ihm von seinem Büro bereiteteten, langen Diskurse über die ›Ambiguität‹ begründet hatte). Am Abend waren wir zu einer mit grosser Liebe gemachten Aufführung des Ur Goetz geladen. War ich schon den ganzen Tag bewegt herumgelaufen & vor mich hin singend »Sah ein Knab …«, so war ich vollends gerührt von diesem jungen Goethe. Die Aufführung war vielleicht zu gut, zu realistisch-plastisch à la Gerhart Hauptmann, indes der Goetz nach Gs eigenem Worte doch »bloss gedacht« war und Andeutungen schöner gewesen wären als reelle Ausführlichkeit: der Götz selbst mehr sentimental als Ritter: auch nur über Pianissimo und Fortissimo verfügend: aber die eifrige Liebe der Aufführung ergriff mich & liess mich böse werden über Meissingers (der neben mir sass) ironische Glossen. (Wuppertal bezahlte mir die Reise, sonst hätte ich die Frankfurter Sache nicht mitmachen können.) Grimme las dann noch die Proklamation der Deutschen Akademie vor (ich mache mit: schon wenn sie erreicht, dass der Rundfunk sage »heute Abend singt K. Erb Lieder von Schubert« statt ›bringt zu Gehör‹, scheint's mir der Mühe wert. Spott über die bis jetzt eben nur proklamierte Akademie ist billig: »die Brüder Grimm hätten so etwas anders gemacht« u. dgl.) Und als ich am greisen Albert Schweitzer vorbei die Paulskirche verliess und in einer Wirtschaft ein Glas Bier trank, meldete die »Allgemeine Zeitung«, dass Döblin, Kasack, v. Molo (uh!), A. Kolb eine, noch eine, deutsche Akademie soeben begründet hätten …. Kasack hat sich geäussert, »unsere« A. lebe von der Schwerindustrie, »ihre« sei die unabhängig-progressive.

Walter Erben, in der Stadt, der kleinen, niederrheinischen Thomas a Kempis, junger Zeichenstudienrat, jeden Morgen eine Viertelstunde Bahnfahrt zum Gymnasium in Krefeld, hatte mich vor einigen Jahren hier aufgesucht, ihn sucht immer wieder Asthma heim, besuchte ich bei dieser Gelegenheit (so ein Studienratshaushalt, Frau, zwei Kinder quält sich bei den heutigen Preisen recht hin): gross, schlank, eigene Welterfassungsweise, in seiner Gegenwart hört man Musik, sieht man Bilder besser, auch interpretiert er Gedichte wunderschön: es lebt in ihm der Grundriss mancher Künste; dichterisch quält er sich ab & schreibt mir aus seltsamer Beschämung, nichts vorweisen zu können, sehr spärlich (wo man hinkommt, auch an so kleinen Ort, die grässlichen Hauszerstörungen. Ach, Frankfurt, Mannheim, Münster usw!). Ich setze grosse Hoffnungen auf ihn, doch das ist ein törichter Ausdruck, er ist schon jetzt etwas.

Endlich, von einem Freund sonst lethargischer dänischer Verwandter eingeladen, mitten in Jütland eine Woche. Leitet eine Ungddomskole, 75 junge Mädchen im Sommer, 65 junge Männer im Winter, meist Hofbesitzerskinder (die Hälfte vom Staat unterstützt); höchst ruhig; war 3 Monate von der Gestapo eingesperrt (von einer nichtsnutzigen Dänin denunziert): da hat seine Frau – begreiflich – ausgerufen: aldrig mer Tyskerne! Ich ward liebevollst aufgenommen. Es ist vielleicht keine Kunst in einem so kleinen Lande: aber er kennt dessen Literaten wirklich, mehr vom Pädagogischen als rein Literarischen her. Regengüsse störten das sonst zauberische Septemberwetter: Mittwoch Nachm. noch lagerten er, seine Frau und der 8jährige Svend mit mir in schönster, antik-idyllischer Heideeinsamkeit am Rørbåksee, ich hatte das Glück, einen fliegenden Eisvogel zu entdecken. Die Preise sind gewaltig, z. Tl. höher als hier. – Nun wieder hier, zum offenen Fenster dringt das Gedudel des Herbstjahrmarktes herein. Meine Frau laborierte an Schweissdrüsenabszessen, mit denen nicht zu spassen sei. Es ist besser jetzt. Agathe hat Ferien: sie sehnt sich in die »Welt«: ich kann ihr keine Erfahrungen abnehmen. Sie ist begabter als Pelle (der eig. praktisch veranlagt ist, aber mit Gewalt zum ›Geistigen‹ hin will, es mir übel nimmt, dass ich ihn da nicht ernst nehmen kann: ich werde so tun müssen), ganz spontan & ohne sich damit zu brüsten die Beziehung zur Kunst, komplizierter als er: ich bin leider überzeugt, dass ihr das Leben nicht leicht werden wird. Bis zum nächsten Brief, lieber Werner Kraft: Ihnen, Ihrer Frau, den Kindern das Beste, das Schönste!

Von Herzen Ihr

W. L.

Das Thema der ›Wuppertaler Gespräche‹ hiess: Die Wirklichkeit der neuen Dichtung.

Ja! ich akzeptiere mit Freuden *gehorsam*

Ihr
W. L.

Den »stummen Laufjungen« schicke ich nach Erscheinen im Oktober.

203. Werner Kraft an Wilhelm Lehmann

Jerusalem
31, Alfasi Rd
4.10.1949

Lieber Wilhelm Lehmann,
ich wollte Ihnen die ganze letzte Zeit schreiben das ist auch ein trauriges Kapitel: wie viele Briefe nur mit Kopf und Herz geschrieben werden aber nicht mit der Feder! –, da kommt heute Ihr so überaus lebendiger und reichhaltiger Brief. Ehe ich aber auf ihn eingehe, muß ich einen Punkt vorwegnehmen: So kann man wirklich nicht zu Ruhm kommen, und das ist doch das natürliche Bestreben jedes Dichters, und zwar noch bei Lebzeiten, wenn man die wichtigste Nachricht an verstecktester Stelle und in dünnster Bleistiftschrift mitteilt, wozu noch kommt, daß Ihre Schrift manchmal besonders undeutlich ist, was aber beileibe kein Vorwurf sein soll – ich meine das Erscheinen des ›Stummen Landjungen‹. Das geht nicht, so etwas muß laut und deutlich gesagt werden, Sie dürfen, ja sollen sich das Recht zu gelegentlicher Tonverstärkung in eigenster Sache getrost nehmen. Und nun will ich nur noch schnell sagen, wie sehr ich mich freue, diese Dichtung bald lesen zu dürfen. Ich glaube, ohne Selbstüberschätzung, daß ich wohl der einzige Ihrer Leser bin, der aus diesem Titel allein, aus diesem Adjektiv ahnungsweise sich irgend etwas vorstellen kann, nicht natürlich von dem besonderen Geschehen, das dargestellt wird, aber von dem Ziel, auf das es gerichtet ist, denn zwischen Stummheit und Sprache spielt sich ja alles ab, was Sie zu sagen haben. Und nun auch noch ganz schnell dies: Es hat mich tief erfreut, daß Sie so Gutes über meine Prosastücke sagen, die nur eine Auswahl sind aus einem etwa dreimal so umfangreichen Ganzen, das ich teilweise schon in Paris geschrieben habe. Der Satz von dem ›bescheidenen Stolz des Dichters‹, den Sie so besonders hervorheben, wird in meinem Bewußtsein nun immer mit Ihrem Namen verknüpft sein.

Ihr Brief mit allen so verschiedenen Einzelheiten gibt mir ein scharf umrissenes Bild von dem augenblicklichen Stand der deutschen Literatur. Wie doch in jeder Generation und unter den allerungünstigsten Umständen die Literaten nachwachsen! Und wie man sie nicht einmal radikal ablehnen kann, da sie doch die Athmosphäre bilden, in der, was nicht für sie geschrieben ist, schließlich doch durch sie in Erscheinung tritt! Karl Kraus hat den Satz niedergeschrieben: ›Es ist ein Unglück, daß nur die Intelligenz begreift, was ich gegen sie auf dem Herzen habe.‹ Die Paradoxie der Literatur ist schlechthin unauflösbar, wenigstens für mich. Eben deshalb wage ich sie zu bejahen. Als mögliche Begründung für eine solche Bejahung biete ich Ihnen die Vermutung zur Nachprüfung, daß eines der Ziele der Menschheit, nicht *das* Ziel, die Wiedergeburt des Genius sei. Die Literaten arbeiten durch ihre Unzulänglichkeit, von der sie das Bewußtsein in sich ersticken, gegen die Erreichung dieses Ziels aber heimlich dafür, indem sie auch das Gute rezipieren. Von Gerhart Nebel, den Sie erwähnen, kenne ich einen gut gedachten und geschriebenen Aufsatz aus dem ›Merkur‹, aber woraus ist die Stelle über Nietzsche? Ich würde den Aufsatz gern lesen, aber dieses Wort von der ›Studienratlyrik‹ mißfällt mir sehr. (Warum sollen nebenbei Studienräte *nicht* dichten, wo es doch so viele tun, ohne vorher um Erlaubnis zu fragen?! Das ist doch weit besser als sich mit Politik befassen! Und wie bourgeois, einen der wichtigsten Berufe durch einen wirklich ziemlich häßlichen Titel lächerlich [zu] machen, wo doch der frühere Oberlehrer auch nicht viel besser war, und dies alles hat doch mit der *Sache* gar nichts zu tun!) Es ist ganz logisch, Geistern, denen man Jahrzehnte lang göttliche Ehren erwiesen hat, nun die kalte Schulter zu zeigen, aber man hätte es früher tun müssen, und selbst dann hätte es nicht gestimmt, denn Nietzsche gehört ja trotz den schrecklichen Folgen seiner Lehren zu den großen Denkern. Kein ernsthafter Mensch wird wohl je behauptet haben, Nietzsche gehöre zu den großen lyrischen Dichtern. Daß er aber einige herrliche Gedichte gemacht hat, möchte wenigstens ich behaupten, besonders das Gedicht ›Venedig‹, mit seinem wunderbaren Anfang: ›An der Brücke stand / Jüngst ich in brauner [Nachtrag: Und diesem einzigartigen Beiwort, das nebenbei aus dem Barock stammt und noch bei Kant vorkommt, aber einer *falschen* Übersetzung entstammt, denn la notte bruna bedeutet italienisch eigentlich die *schwarze* Nacht. (Braun ist: marrone.) Und bei Nietzsche dann dieser neue symbolische Farbwert! Sollten Sie übrigens ein Nachschlagewerk haben, wo über die *braune* Nacht etwas zu finden ist, so würde mich jede Angabe *äußerst* interessieren!] Nacht.‹ (Über das ich seit langem einen Aufsatz schreiben will!) Karl Kraus, der kein Freund des Philosophen Nietzsche und sogar ein ungerechter Feind war, schreibt über das Gedicht ›Vereinsamt‹:

> ›Da ist im Vollbild der winterlichen Landschaft das der winterlichen Seele enthalten, ein lebendigster Ausdruck der Erstarrung, der nun, fortgesponnen in winterliche Handlung, leider ermattet. Wenn nur diese erste Strophe dastünde – und befreit von der belastenden Interpunktierung, die sie aus dem Elementaren ins Ratio-

nale drückt – wenn nur die erste Strophe wäre, so wäre sie das ganze Gedicht (das als solches kein ganzes Gedicht ist). Nietzsche setzt vor den einzigartigen Vers ›Bald wird es schnei'n‹ leider einen Doppelpunkt, nach jenem ein Komma und einen Gedankenstrich: einen eben solchen Strich durch den Gedanken vor das Wort ›Heimat‹, dessen Empfindungsfülle auf eine unbildliche Reflexion abgezogen wird. Die Zeile, in der die ganze Winterahnung eingeschlossen ist, müßte aber völlig isoliert sein und mit einem Punkt schließen: Bald wird es schnei'n. Schon sie wäre das ganze Gedicht, und es wäre ungeheuer, wie hier eine Feststellung, die jeder Schwätzer vornimmt, zum Erst- und Einmaligen wird: zum Gedicht. Jenem größten deutschen Wortwunder vergleichbar, zu dem, im Abschied der Iphigenie, der banalste Gruß erblüht ist, mit Atemzug und Herzschlag des großen Verzichts: Lebt wohl!‹

Etwas lang, aber ich hoffe, es hat sich gelohnt. Im Text geht es noch weiter, und K. K. hält dann die letzte Strophe für das *eigentliche* Gedicht. Ich empfehle Ihnen also ernsthaft, Ihre Revision zu revidieren. Bei Pongs, von dem ich einmal einen dicken Wälzer in der Hand hatte, fällt mir Benjamin ein. Sollten Sie das Buch ›Einbahnstraße‹ besitzen (problematisch aber mit tiefen Stellen), so lesen Sie auf S. 30: ›Prinzipien der Wälzer oder die Kunst, dicke Bücher zu machen‹. Emil Barth kenne ich durch einen zwar problematischen aber doch gehaltvollen Aufsatz aus der Neuen Rundschau (um 1937) über Trakl. So viel hätte ich noch zu sagen, aber ich bin leider ins Schwätzen geraten und muß schließen. Lassen Sie sich durch dumme Jungen aus der Schweiz nicht einschüchtern. Es gibt Anzeichen dafür, daß dieses Land zwar schöne Berge hat aber im übrigen scheußlich saturiert ist und daß seine Literaten noch korrupter sind – gekauft und bestochen – als anderswo. [Nachtrag: ein nicht lesbares Wort] Naumann hat ein gutes Buch über deutsche Volkskunde geschrieben, wird aber wohl in der Geschichte durch ein anderes Buch fortleben, das den Führern Adolf Hitler und Stefan George gewidmet ist. (Ich habe es selbst gesehen.) Der Aufsatz über Ezra Pound in der Wandlung ist durchschlagend. Ich hoffe, daß meine Wünsche zur Gesundung Ihrer Frau schon überholt sind. Daß Agathe sich in die Welt sehnt, ist verständlich, und doch ist *auf die Dauer zwischen Eckernförde und Paris kein wesentlicher Unterschied*. Sie wird es natürlich nicht glauben und hat Recht, aber –?

Ich grüße Sie und die Ihren sehr herzlich

Ihr Werner Kraft

Zu Kafka? Gegen den ›Bund‹ haben Sie Recht, aber ohne ihn Unrecht. Mit dem Dichterischen, obwohl es da ist, kommt man nicht aus, denn dieser Mann hat *etwas* gewußt, und sein Werk stellt die Aufgabe, es zu finden. Aber der Bund gegen Ungeist und Vermassung wird es kaum finden … Darüber noch einmal mehr!!

Ich war vier Tage in einem Kibuz in Gilboa. Saul und die Hexe von Endor waren in Greifnähe, auch Nazareth, noch näher aber 400 arbeitende Menschen, die ein menschenwürdiges Leben führen, obwohl es auch hier Probleme in Hülle und Fülle gibt.

Akademie? Schwerindustrie? Es stimmt immer alles. Nur mit dem Dichten hapert es, und darauf kommt es allein an. Das Andere versteht ja doch keiner. Jeder tut aber so.

5.10.

Ich füge noch eine Seite hinzu, da ich mit dem, was ich da hingeschrieben habe, nicht sonderlich zufrieden bin und obwohl ich nicht garantieren kann, daß mir Besseres einfällt. Valéry sagt einmal dem Sinne nach, man solle nicht traurig sein, wenn man eine Dummheit gesagt habe, man solle sich damit trösten, daß sie *gelebt* habe. – Es besteht natürlich ein Unterschied zwischen Eckernförde und Paris. Aber man kann in Eckernförde glücklich und in Paris unglücklich sein. Und daß man Unglück in Paris leichter tragen könne, ist doch wohl nur eine aesthetische Bagatellisierung ich möchte sagen: des Unglücks im Unglück, und *das* kennt keine Konzessionen! Aber Sie haben Recht: die eigenen Erfahrungen kann keiner keinem abnehmen, und an die Bereitschaft, Erfahrungen zu machen, ist ja auch der Adel des Menschen geknüpft, besonders des jungen Menschen. – Was Sie über Walter Erben in Kempen schreiben, hat mich berührt. Vielleicht schreiben Sie mir mal seine Adresse, ich würde ihm dann meine Gedichte schicken. Und schreiben Sie mir bitte, *welche* Gedichte von Loerke Sie vorgelesen haben, die Titel, das ist mir sehr wichtig. Und was die Leser (oder Hörer) angeht, so tröstet vielleicht auch Sie, was einmal Villiers de l'Isle Adam gesagt haben soll: daß die heutigen Leser überhaupt nichts zu lesen verständen, nicht einmal die Aufschrift auf den Senfgläsern!! Voilà. – Sicherlich ist von Löper sympathischer als die Kunstschwätzer, und doch ist große Philologie so selten wie große Metaphysik der Kunst. Burdach etwa ist gewiß ein Philologe, dem die Geschichte der deutschen Sprache das Wichtigste zu verdanken hat. Aber wie ledern ist seine Sprache! Wie tief steht er als Geist unter seinen wichtigen Forschungen über die Sprache! *Bei Jacob Grimm war das anders.* – Meine Frau legt Wert auf die Feststellung, daß die Korrektur ›gehorsam‹ von ihr stammt. [Nachtrag: Eben sagt sie, Sie sollen wissen, daß sie Wert darauf [legt], daß sie keinen Wert darauf legt!!]

– Die Erzählung ›La Frana‹ von M.L. Kaschnitz fand ich überaus gut und frisch, die (jüdische) Erzählung über den Tischfuß von Bergengruen (beide in der Wandlung) fand ich bemerkenswert schlecht erzählt, ganz zu schweigen von Sprachfehlern. Sind Ihnen im ›Merkur‹ vielleicht zwei Gedichte von Rudolf Kiewe aufgefallen? Mindestens das eine hat sehr starken Eindruck auf mich gemacht. Es heißt ›Arie‹ und ist ein tragisches Liebesgedicht. Sie haben wirklich noch Glauben zu verlieren, wenn Sie glauben, daß Ihnen ein Beutler (der wohl eher Gehalt und Honorar beutelt) etwas über die *ungeheuren* Weissagungen des Baki sagen könne.

Haben Sie meinen Aufsatz über das Türmerlied im Merkur gesehen? Dieses Heft hat sonst Goethe mit Benn gefeiert, von dem man allerlei ›vergessen‹ hat, und auch Kassner ist mager.

Und damit schließe ich endgültig.

Immer W K.

204. Wilhelm Lehmann an Werner Kraft

Eckernförde, Sonntag Abend, 16. Nov 49

Lieber Werner Kraft,

Verschwindet Sorgen & lasst mich, wenn ich an Sie schreibe, fühlen als wäre alles gut oder könnte alles gut werden. Ich bin so müde, dass es mir zu viel ist, den Deckel von der Tintenflasche zu heben, und schreibe Ihnen doch so gern. Beim Ordnen alter Briefbündel fühlte ich wieder ein Jahresbegängnis unseres Zusammenseins, nur kurz von Angesicht zu Angesicht, aber länger von Federstrich zu Federstrich. Am 28.10.31 schrieb mir ein Unbekannter aus Hannover, Tiestestrasse 19 zum ersten Mal: er glaubte, dass mir »in dieser Zeit der Verlassenheit Zustimmung angenehm« wäre – wie richtig hat er geglaubt und mit welcher Freude weiss ich uns nun schon achtzehn Jahre vereinigt. Wie ich darauf komme? Nun, erstens weil es mir natürlich wird, zurückzusinnen und zweitens, weil ich, mein Nichtstun zu töten, autobiographische Aufzeichnungen zu machen seit kurzer Zeit beschäftigt bin: erweiternd Kindheit und erste Jugend und beginnend jetzt mit dem Durchbruch aus Wandsbek – die Universitäten nicht zu rechnen, sie haben mir ohnehin nicht viel bedeutet – und der vita nuova im Hause Moritz Heimanns (kleines Intermezzo, eben ruft uns Gathi, zum Buss- und Bettag hin, ans Flurfenster, den Waldkauz zu beschauen in der Silberpappel, es dämmert schon stark. Das Laub ist in den letzten Wintertagen sehr gefallen, jetzt ist es ruhig, bei gewisser Sturmrichtung können wir nicht heizen, alles steht dann voll Rauch: lange Blechrohre durchziehen das Haus, das auf kleine Öfen nicht, sondern auf Zentralheizung einst, in den »reichen« Zeiten, eingerichtet ist).

Wo fang ich an, bei dem gewohnten Reichtum auch Ihres letzten Briefes? Nun denn, zunächst, ja Sie haben Recht, es ist nicht nur Dichterisches bei Kafka, ich fühle, dass er etwas weiss, was ich nur als Pferdegetrappel gleichsam im Herzen der Nacht vernehme & dann wieder vergesse, etwas wovon ich nur noch weiss, dass mit Kafka auch Sie es *wissen*. Ich glaube auch, dass Sie über Nietzsches Gedichte gegen Nebel Recht haben, und bei seiner ›braunen Nacht‹ fiel mir sofort eine Anmerkung ein aus Carl Lemckes Geschichte der Deutschen Dichtung, erstem (wohl einzigen) Band Von Opitz und Klopstock Leipzig 1871 (das Vorwort schliesst:

> »das deutsche Volk hat in den letzten Zeiten beispiellose ⟨!⟩ Thaten vollbracht, die dem geeinigten wieder die ihm gebührende Stelle unter den Völkern anweisen. Unsere Männer und Jünglinge, Lenker, Führer und Krieger, gleich herrlich in der Erfüllung der Pflicht und allen Tugenden des Mannes, bringen dem Vaterlande den Sieg, die Ehre und die Einheit zurück. Ruhiger und stolzer kann die erwachsende Generation den Zielen der neuen Generation entgegen streben. Auch neue Ideale wahrer Menschlichkeit auf; sie werden klarer und klarer geschaut, mit göttlicher Kraft der Poesie erfasst und in das Leben geführt werden.« Heidelberg, am Geburtstag des deutschen Kaisers, d. 22 März 1871).

Immerhin ist das Buch reinlich, stellt manches dar oder deutet an, was viel tiefer aufgefasst werden müsste natürlich. Besagte Anmerkung zu dem Satz »Gern leitet Friedrich von Spee durch die Natur ein«

> Z.B. in den aufeinanderfolgenden Gedichten (Trutznachtigall oder Geistl. Poet. Lust-Wäldlein, desgleichen wohl nie zuvor in Teutscher Sprache gesehen 1649.) S. 83: Wenn Abends uns die braune Nacht (die«braune« Nacht findet sich jetzt häufig nach dem Italienischen.) Usw.

Ich habe mir dabei notiert ›braune Kraft‹ auch in Des Knaben Wunderhorn. Das letztere habe ich einmal in einer nicht reich genug kommentierten Ausgabe durchgenommen: ich fand sehr viel Cliché, fand bestätigt, dass, bis vor einiger Zeit jedenfalls, die Stadtmode nachher auf dem Lande zu Ende getragen wird. Übrigens: *Treulieb* (wie auch bei Goethe und Brentano noch) und (my own) *True Love* in engl. Balladen und Songs – geht das wohl auch auf eine Norm zurück, und zwar eine europäische Norm? Vom Spee besitze ich einige Ausgaben & werde noch nach der ›braunen Nacht‹ fahnden, auch unter ›braun‹ im Grimm Wb., das die Schule besitzt, nachsehen.

Nachholen muss ich, dass ich zunächst ganz eilfertig über Ihren ›stillen Herd‹ mich äusserte. Mindestens ebenso wie Ihre Bestimmung (sozusagen) der Poesie, berührt mich als *ganz ausserordentlich* Ihre Deutung des Schlabrendorfschen Schicksal … »so gross ist die Magie des Lebens, dass noch was den Tod bringt eigentlich das Leben bringt, in welchem die Schuhe gefunden werden müssen.[«] So durchdringend wahr wie Geruch der Luft nach dem Gewitter (ganz in der Ferne, aber aus der gleichen Gegend, tönt mir ein Aufsatz Heimanns »Vom Sterben« an). Ich werde noch mehr über diese einzigen Prosa-Stücke sagen, bemerke aber auch, dass Sie es auch dem willfährigen Leser manchmal zu schwer machen (wie in den Gedichten Podszus – zwischen dem und mir es leider, leider, nach erfolgter Beruhigung, ganz aus geworden ist). – »Die Welt dauert als Entwurf ihrer Möglichkeit« herrlich! Ich wollte, ich dürfte das als Motto vor meine Gedichte setzen. – »Am stillen Herd schläft das Erwachen«. Darüber habe ich, daran habe ich lange nachgedacht.

Sehr dankbar bin ich Ihnen was Sie mir über »die Paradoxie des Literaten« sagen: Sie haben mir damit die ganze Wuppertalsche Situation näher und zugleich ferner gerückt. Ungerechtigkeit gehört wohl zum Begriff des blossen Seins. Und wollte man immer sich zügeln, gäbe es bald nichts Zügelnswertes mehr.

Von Oskar Loerke las ich in W. vor: Aus dem ›Atem der Erde‹: Hängende Berge, Mondfrost, Einladung, Teppichklopfen. Aus dem ›Längsten Tag‹: Schwabenspiegel, Grosser Seele Gesang, Dichter. Aus der ›Heimlichen Stadt‹: Chinesisches Drachensteigen. Aus dem ›Silberdistelwald‹: Ohne falsche Zeugen, Die Laubwolke. Dann aus den Nachlassgedichten: Das höchste Wetter und Timur und die Seherin.

Eben ist Oskar Loerkes Versnachlass als schönes Buch »Die Abschiedshand« erschienen. Ich werde es Ihnen als weihnachtlichen und als Gruss der Treue überhaupt demnächst schicken.

Drastischer konnte man uns wohl nicht die äussere Bedrängnis zeigen als Lambert Schneider die Unbezahlbarkeit der Beiträge zum Augustheft der »Wandlung«, die sich nun wohl im Nichts auflöst, mitteilte, nicht wahr? Was der Basilisk ›Währungsreform‹ für ein Ei ausgebrütet hat, jetzt merken wirs. – Über die von Ihnen gerügte Stelle Martin Kessels bin ich ebenso entsetzt wie Sie. Es wäre wahrlich der Mühe wert, dergleichen dem sonst doch so aufmerksamen Dolf Sternberger zu schreiben. – Einmal verfiel die Frau v. Lichnowski in einem dem Verfall des Sprachlichen [gewidmeten] Aufsatz (auch in der ›Wandlung‹) selbst in eine Falschheit, die man Quartanern schon anstreicht: ich schrieb an sie, an die Redaktion, beides humorig & bekam nie eine Antwort.

Übrigens möchte ich Ihnen wohl Nebel-Bände zugänglich machen. Ich glaube, nachdem man sie diskutiert hat, wird man sie bald vergessen. Sehr entfernt mich von ihm s. masslose Bewunderung – wessen? E. Jüngers! So viel für heute: eigentlich hatte ich Ihnen *alle* Seiten füllen wollen. Wir alle grüssen Sie alle sehr, sehr

von Herzen Ihr
Wilhem Lehmann

so lange es heissen darf »Noch gelebte Hoffnung«.

205. Werner Kraft an Wilhelm Lehmann

Jerusalem
2.12.1949
31, Alfasi Rd

Lieber Wilhelm Lehmann,
der ›Stumme Laufjunge‹, den ich nach Ihrer Handschrift für einen Landjungen gehalten hatte, ist gekommen, und da ich ihn für ein Buch, für eine längere Erzählung gehalten hatte, war ich im ersten Augenblick enttäuscht über die Kürze. Dann aber wurde ich beschämt und belohnt. Denn dies ist gar keine Erzählung sondern ein Gedicht von hoher Schönheit. Ich lese gespannt, gerade eben zum zweiten Male, daß nichts geschieht, aber wie hier nichts geschieht, und daß Sie dies erreichen, darin sehe ich das Besondere Ihrer Kunst. Sie haben gerade die Gefahr, die darin liegen könnte, von diesem Jungen eine ›besondere‹ Geschichte zu erzählen, mit bewunderungswürdiger Sicherheit vermieden, denn nur so konnte er werden, was Ihnen vor-

schwebte, der er wäre, und ist –: ein Kronzeuge des richtigen Seins mitten in der allgemeinen Verwirrung und Zerrüttung, welcher selber, als Hintergrund dieses Ungeschehens, meisterhaft geschildert ist. Ihr Begriff vom Sein ist der echte, er ist *nicht* gedacht sondern produktiv gelebt. Wo er zur Metaphysik wird wie bei Heidegger ist er ein Greuel. Mir ist es trostvoll, daß Sie zu diesem Teil der geistigen Welt ohne innere Beziehung sind, und wenn ich Sie über das hinaus, was Sie selbst sagen, ›deute‹, so scheint es mir, daß Sie das Sein als Werden und das Werden als Sein sehen, beide wechselweise aneinander messend, und daß Sie sich zwischen diesen beiden Polen zugleich mit Trauer und Anmut bewegen und daß Sie dieser ›Zweisilbigkeit‹ – ein wunderbares Wort, das an seiner Stelle anders gemeint ist –, daß Sie gerade ihr die Möglichkeit verdanken, in einer dem Anschein nach unmöglichen Situation dem Schönen treu zu bleiben. Es ist seit langem meine geheime Überzeugung, daß sich die Wahrheit nur *polar* erfassen läßt, vielleicht allerdings auch dann nicht. Zerschlägt man aber den einen Pol, so bleibt eine sture Ontologie übrig wie bei Heidegger, Wissenschaft mit Lehrstuhl (den er wiederbekommen wird, das ist nur eine Frage der Zeit!) – zerschlägt man den anderen, so sind wir bei Nietzsche mit dem Wahnsinn des Werdens, Ewiger Wiederkehr und wirklichem Wahnsinn, was alles vielleicht nicht unendlich aber sicherlich endlich mehr ist als Heidegger, der in seiner letzten Schrift über Plato und die Idee des Guten der Weisheit letzten Schluß über das Sein so formuliert – ich zitiere aus der Erinnerung, aber es stimmt –:

Es ist Es selbst.

Tableau! Der große Anfangsbuchstabe des zweiten ›es‹ ist zu beachten. Und wenn ich bedenke, daß der Mann, als Kronzeuge für ein Sein, in dem sich die Sprache selbst erwürgt, jetzt dauernd Hölderlin bemüht, so weiß ich was die Stunde geschlagen hat, aber auch, was Ihre Erzählung wert ist und daß Bescheidenheit mehr wert ist als eine usurpierte Unsterblichkeit, die ja doch nur verlängerte Sterblichkeit ist. Wie lange Kunst dauert, kann niemand wissen, aber daß sie da ist, ist ein Glück.

›Ist doch, klagen sie vermessen,
Nichts getan,
Und das Gute reift indessen
Still heran.
Nun erscheint es. Niemand sieht es
Im Geschrei.

Mit bescheidner Trauer zieht es
Still vorbei.‹

So Feuchtersleben. Die Sprache Ihrer Erzählung ist an jeder Stelle richtig und schön. Nur zwei kleine Stellen sind mir aufgefallen, wo Sie die grammatische Richtigkeit der sprachlichen Gestalt (mit vielleicht grammatischer Unrichtigkeit) vorziehen: S. 383 unten ›keine Mühe, kein Weg *standen* bevor.‹ Hier müßte es, denke ich, ›stand‹ heißen. Und S. 386 unten: ›So waren es Claudius und ein .. Mädchen.‹ Hier müßte es ›war‹ heißen. (Der Gedanke ist nicht: Cl. u. ein Mädchen waren (es), sondern: Wer war es? Claudius, und dann: ein Mädchen). Das herrliche Sturm-Zitat wollte mir beim ersten Lesen als Einwand, als aus der Rolle Fallen erscheinen, aber eben, beim zweiten Lesen, finde ich es in Ordnung: dieser ideale Abschluß, dieses bewußte aus der Rolle Fallen zeigt gerade, daß die erzählten Vorgänge, obwohl sie sich auf das konkreteste, engste Geschehen beziehen, geradezu lautlos transzendiieren. Die Shakespeare-Stelle ›Mein kleiner Fleiß‹ dürfte übrigens mit dem zusammenhängen, was ich den Überfluß der Sprache des Genius, gerade als aus der Rolle Fallen nenne, so wenn die Königin vor ihrer Rede auf Ophelias Tod Blumen auf das Grab streut und sagt: ›Der Süßen Süßes‹ oder wenn Coriolan nach seiner Rückkehr als Sieger seine Frau mit den Worten begrüßt: ›Mein lieblich Schweigen‹. Ich werde sicherlich später noch mehr über Ihre Dichtung sagen, aber ich muß mit dem Papier sparen. Das Heft ist auch sonst sehr lesenswert. Carossa finde ich zwar schön gefühlt aber nicht eigentlich ›nahrhaft‹, wie Sie zu sagen pflegen, bis auf einen Punkt allerdings: er ist der einzige Zeitgenosse, der unter Goethes großen Dichtungen auch den ›Elpenor‹ aufführt, und das interessiert mich besonders, weil ich seit langer Zeit um dieses hochbedeutende Fragment herumspüre, das Gundolf nur als durch die Iphigenie aufgesaugte Dublette wertet und von dem nur Viktor Hehn gesehen hat, daß in ihm etwas von den Schauern des Äschylos spürbar ist. Ich habe darüber schon vor längerer Zeit einen Aufsatz geschrieben, der leider nur bis zur Hälfte gediehen ist. Der Aufsatz über Sophokles von Schröder ist gedankenreich, was mich um so mehr freut, als ich in seiner religiösen Lyrik nach dem Kriege Spuren von Altersschwäche erkenne, wie auch der dichterische Ruhm, den er genießt, nur daher kommen dürfte, daß jeweils einer die Lücke füllen muß, wobei es ein Gesetz ist, daß dies nie der Richtige darf, er ist grundsätzlich unverwendbar, es sei denn als Ornament. Aber trotz allem weiß Schröder, wenn auch nicht was sie *ist* so doch mindestens was die Poesie einmal *war*. Freilich fürchte ich, daß sein christlicher Maßstab ihn an dem entscheidenden Verstehen einer so gewaltigen Figur wie Sophokles immer verhindern wird, was sich indirekt schon daran zeigt, daß Hölderlins wunderbares Distichon auf Sophokles nicht vorkommt (›Viele versuchten umsonst, das Freudigste freudig zu sagen, / Hier spricht endlich es mir, hier in der Trauer sich aus‹), geschweige die Anmerkungen zu seinen Übersetzungen. Dennoch ist es erstaunlich, wieviel Schröder von ihm sieht und wie er, selber eine Art von Ödipus, die feste Konvention seiner eigenen Lebensgrundlage fragend durchbricht. A propos Luther: Ich bin mit ihm böse, denn ich habe neulich gelesen, daß er irgendwo gegen das schönste aller deutschen Gedichte:

›Ich leb und weiß nit, wie lang;
Ich sterb und weiß nit, wann;
Ich fahr und weiß nit, wohin:
Mich wundert, daß ich fröhlich bin‹

von seinem christlichen Blickpunkt aus polemisiert. Natürlich ist ihm die letzte Zeile nicht traurig genug, aber daß sie es nicht ist, das ist gerade das Erhabene, das Antike an ihr. So rein kann sich nur ein Grieche vor dem Schicksal oder ein Jude vor Gott verhalten, aber dieses Mal ist es ein Deutscher – Martinus von Biberach (1498) –, und die innere Verwandtschaft mit Hölderlin kommt groß heraus, in der Sophokles-Strophe, aber auch in der Schlußstrophe des Reimgedichts an Landauer. Ergreifend ist die Episode bei Schröder, wie Heymel über Hofmannsthals Ödipus-Bearbeitung in Tränen ausbricht. Er hat Recht, aber bevor Hofmannsthal Unrecht hat, hat er mehr Recht als Heymel, wenn er mit dem Instinkt des praktischen Theatergenies Sophokles mit einem Mindestmaß von Sophokles an das Publikum heranbringt. Der Aufsatz von Seeberger ist interessant, wenn auch die Behauptung, daß der amerikanische Freiheitsbegriff griechisch sei, ein typischer Fall von historischer Sinngebung post festum ist. Noch mehr interessiert mich allerdings der Waschzettel hinten über das Buch von Dahlerus, der mit den Worten ›wie ein spannender Roman‹ schließt. So weit sind wir schon im Vergessen vorgeschritten, daß man *diesen* Krieg als Roman genießen kann und ganz offenbar soll?! Ein trübes Zeichen. Interessiert hat mich auch die Berichtigung zu dem Gedicht ›Die wilden Äpfel‹. Bitten Sie doch den Autor, falls Ihnen das keine Mühe macht, mir dieses Gedicht zu schicken! Gar nicht interessiert mich dagegen das ›Schweigen‹ Picards, und ich wollte Ihnen schon lange sagen, daß meine Bewunderung von ›Hitler in uns‹, womit ich Sie kurz nach dem Kriege wahrscheinlich belästigt habe, schon sehr bald der kühlen Besinnung gewichen ist, daß zwar Hitler nicht in diesem Autor wohnt, aber er selbst, Picard, und daß das viel weniger ist, als er mit subjektivem Recht glaubt: im besten Fall ist es ein schönes Sagen des nicht ernst Gedachten, und so wird es sich auch mit seinem ›Schweigen‹ verhalten. Warten wir ab!

Und nun ist auch noch Ihr lieber, so inhaltsreicher Brief gekommen. Er führt schlechthin ins Uferlose. Ich kann einfach nicht auf alles eingehen. Ich finde es seltsam, daß wir uns nur zweimal *gesehen* haben und glaube es manchmal nicht. Meine Frau träumt übrigens für Ende nächsten Jahres von einer Reise nach Paris und dann auch nach Deutschland. Ich glaube es nicht, aber sie ist hartnäckig in ihren Träumen. Es bewegt mich, wieviel Sie in meinen Aufzeichnungen sehen. Ich habe leider keine Kontrolle über verständliche und unverständliche Sprache, will mir aber Mühe geben, diese mit jener zu überwinden. Was hat denn Podzus gegen Sie? Aber meine Tochter Alisa pflegte im Krieg immer zu sagen, wenn ich über Hitlers Erfolge niedergedrückt war: Nicht schlimm, אבא (Aba = Vater), und das ist eine weise, für alle Lebenslagen verwendbare Äußerung. – Jünger? Er macht sich mit schönem Stil einfach einen Jux auf alle Moral. Er ist der wahre Erbe Hitlers, der statt der Waffe heute die Sprache als Gift verwendet. Daher sein Erfolg. Ich übe Enthaltung dieser Lektüre, obwohl man dem faulen Kern schon mit Vernunft beikommen könnte, und ich bin ganz in der Lage Liebermanns (das grobe Wort gehört leider zur Sache), der einmal auf die Frage, warum er nicht in die Ausstellung eines Malers gehen wolle, den ihm ein Freund begeistert lobte, gesagt haben soll: er habe Angst, daß ihm die Scheiße gefallen könne. – Daß die ›Wandlung‹ die Beiträge nicht honoriert, heißt, daß sie oder Schneider pleite ist. Ich wußte es noch nicht. Ich weiß aber von Dolf Sternberger, daß er Chefredakteur der Neuen Rundschau werden wird, die ab 1.1. in Deutschland erscheinen soll. Für Sie kann das nur eine Verbesserung bedeuten, vielleicht sogar für mich. *Aber trotzdem hasse ich diese Zeitschrift*, und Hermann Broch hat ganz Recht, wenn er mir aus New Haven (Yale) schreibt, daß es eine Neue Neue Rundschau nicht geben könne .. Immerhin, auch dies ist besser als nichts. In so dürftiger Zeit muß man ja für das schäbige Wunder jedes Überhaupt erscheinen Dürfens dankbar sein .. Mit Loerkes Gedichten werden Sie mir eine große Freude machen. Schade, daß Sie nicht auch ›Aliang‹ aus der ›Heimlichen Stadt‹ gelesen haben, ein Gedicht, das ich besonders liebe, ebenda S. 86 auch ›Abend‹. Den ›Athem der Erde‹ kenne ich leider überhaupt nicht.

Nossak hat mich tief enttäuscht. Siehe Merkur III 10 ›Bekenntnis zu Europa‹ (neben W. K.: Goethes Namen). Ich kenne das Buch von Overhoff nicht, das er bespricht, und bin skeptisch, da jedes Kapitel mit einem ›formvollendeten‹ Sonett schließen soll. Ein solches Wort nimmt ein Künstler doch nicht im Ernst in den Mund, höchstens satirisch, um zu zeigen, daß ein ›formvollendetes‹ Sonett keines von Shakespeare ist. Ich werde hierbei an die Anekdote erinnert, daß Ludwig XIV einmal einem Höfling ein Sonett vorgelesen und dieser gesagt habe: Es ist merkwürdig, wie Ew Majestät alles gelingt, was Sie sich vornehmen. Kaum nehmen Sie sich vor, ein schlechtes Sonett zu machen, gelingt es Ihnen meisterhaft. Wenn aber Nossak schreibt: ›Ja, wenn man dies Buch zuschlägt, schämt man sich, sich jemals einer Untergangsstimmung hingegeben zu haben‹, so ist das glatter bürgerlicher Konformismus, wenn nicht die Kapitulation des Geistes vor dem Ungeist. Der Untergang der Welt ist leider ein Faktum, das wir nur durch unerbittliches Mißtrauen gegen das Gerede vom Aufbau allmählich in diesen verwandeln können, an jeder Stelle der heutigen Welt, finden Sie nicht auch? Trotzdem verwerfe ich nur einen Satz eines begabten Autors, nicht diesen selbst. Mit dem ›Merkur‹ ist überhaupt nicht alles in Ordnung ..

Sie suchen nach einem Motto für Ihre Gedichte? Warum nicht die Verse aus dem Schluß von Arnims ›Letztem Gedicht‹:

Wir knien nicht auf hartem Stein,
Auf weichem Gras wir knieen

Oder die Verse aus dem großartigen Gedicht von demselben ›Reime zu einem Gemälde‹, das ich gerade ›entdeckt‹ habe (Werke, Bd 3 S. 477, Insel Verlag):

Das Kleinste im Schaffen rein zu halten
Kostet mehr als die größten Lügen gestalten

Oder dies ebenda:

Du hast so manches nicht angerührt,
Womit sich andre als trefflich beschmiert.

Was für eine Zusammenstellung von zwei Worten!

Aber nun *muß* ich schließen, bis zum nächsten Mal.

Mit vielen Grüßen für Sie und die Ihren, auch von meiner Frau,

immer
Ihr
Werner Kraft

Heinse [...]
[vgl. Nr. 195, S. 332]

Das Buch von Lemcke habe ich früher gelesen. Was im Grimm über ›braun‹ steht, kenne ich. Mich interessiert mehr Literatur über diese Frage, besonders über die Ableitung aus dem Italienischen.

Über die Hauptsache, die Stummheit Ihres Helden, habe ich gar nichts gesagt. Aber was wäre mehr darüber zu sagen als daß es eine geniale Eingebung ist!

206. Werner Kraft an Wilhelm Lehmann

Jerusalem
31, Alfasi Rd
24.1.1950

Lieber Wilhelm Lehmann,
gestern, als ich von einer zweitägigen ›Reise‹ aus Tel Aviv zurückkam – wo derselbe Regen herrschte wie hier – fand ich den Loerke vor, und ich war von dieser Gabe und auch Ihrer Widmung tief bewegt – zugleich aber beschämt, denn *ich* habe Ihnen zu Weihnachten keine Gabe zukommen lassen, wie ich doch weit eher hätte müssen, nicht einmal einen Brief, aber nur ein Schelm gibt mehr als er hat, und Schelme frieren im allgemeinen nicht, wohl aber ich. Dieser Beweis, daß ich kein Schelm bin, ist sicherlich nur ein Scheinbeweis, aber vielleicht bin ich wirklich keiner sondern andere Leute, und das kann ich zwingender beweisen, wenn ich auch hoffe, daß selbst dieser Beweis widerlegt wird: vor ca zwei Monaten habe ich unter dem Eindruck des ›Stummen Laufjungen‹ meinen Aufsatz über Sie an die Deutschen Beiträge geschickt und bis zum heutigen Tag *keine Antwort* erhalten. Daß solche Sendungen verloren gehen, glaube ich eigentlich nicht. Eher könnte es sein, wie mir das auch neulich mit der ›Literarischen Revue‹ geschehen ist, daß eine Zeitschrift, wenn sie vor der Entscheidung steht, eine Beziehung zu mir einzugehen, es vorzieht, auf die Beziehung zu verzichten und einzugehen. Nehme ich diese Möglichkeit aber aus, so kann ich mir auf solches Schweigen keinen Reim machen, und möchte es eigentlich: aber ich finde ihn nicht.

In Loerkes Gedichten habe ich erst hier und da gelesen. Sie sind in Leid, dem vielen, und in so wenig Freude, aber auch dieses Wenige als Vorrat des Wortes unerschöpflich, ich kann es nicht tiefer sagen: herzlich; und bringen nicht Wirkung hervor sondern Träne. Ich glaube, daß dieser Dichter sich als Dichter bewährt hat. Die Kritik wird nur die Grenzen seines Bereichs festzustellen haben. In diesem Bereich gibt es Gedichte, bei denen die Zusammenstellung Loerkes mit Rilke bei Kasack als pure Konvention wirkt, denn ich glaube nicht, daß es einen überschätzteren Lyriker gibt als eben diesen (während George bei all seiner furchtbaren Problematik zweifellos einer höheren Kategorie der Sprache zugehört: als Rilke!) Wenn ich Ihnen zu Weihnachten geschrieben hätte, dann würde ich Ihnen die Schlußverse des Gedichts ›Drunten‹ zitiert haben:

›Und Weihnacht ist? Es war, es sei
Mariäe Kind noch nicht geboren‹.

Ich danke Ihnen nochmals sehr für dieses edle Geschenk. Das Vorwort zu dem ›Steinpfad‹ – den ich noch nicht gelesen habe – ist wohl an Sie gerichtet, oder ich müßte mich sehr irren. Ich werde noch viel über diese Gedichte sagen. Haben Sie Geduld!

Was soll ich noch sagen? Das Ausbleiben eines Briefes von Ihnen erklärt sich wahrscheinlich aus den gleichen Gründen wie bei mir. Und dennoch? Ich hoffe auf einen Sonnenstrahl, der Ihrer Hand zugute kommen wird – und mir!

Ich habe neulich zum ersten Mal von Balzac – den ich viel zu wenig kenne – ›Le lys dans la vallée‹ gelesen. Das ist ein bedeutender Roman, der im Grunde eine ganze Ars Amandi enthält. Das Nachleben des Mythos bei Balzac zu zeigen wäre ein großes Thema. Irgendwann wird wohl im ›Merkur‹ ein langer Aufsatz von mir über Karl Kraus erscheinen, dessen 17 Manuskriptseiten ich leider wegen Raummangel um vier kürzen mußte. Haben Sie die Möglichkeit, sich die Arbeit von Borchardt ›Pisa‹ zu verschaffen, die im Verlag Carl Schütte in Frankfurt erschienen ist? Es lohnt sich. Und wie ist es möglich, daß ich zugleich ›La Nausée‹ von Sartre lesen kann?! Aber ich *muß* das. Das ist gewiß eine schreckliche Lektüre, aber der Mann ist ernst und hat ein Anrecht auf meine Teilnahme und auf meinen Widerspruch. Ich schreibe bald wieder. Dieser Brief ist nur der Prodromos des längeren Briefes, der da kommen wird. Ihnen und den Ihren alles Herzliche und Gute

Ihr Werner Kraft

Versuchung

So gedankenlos plötzlich geblickt
Hat auch Goethe, wenn er mit sich allein war
Und das Herz im Herzen steinerner Stein war
Und die ganze Seele schrecklich erschrickt.

Es geht vorüber, und er blieb Goethe,
Und ich bin nur aber dennoch ich.
Das Schreckbild, das von beiden wich,
Erbleicht vor der stürmischen Morgenröte.

W. K.

Goethe
Fragment

Bin ich mir selber
Einzig genügsam,
Nicht will ich Goldes
Noch der Ehre Lohn;
Selbst das Umleuchten
Wetterleuchtenden Ruhmes
Schwindet ins Dunkel.

Christian Wagner […]
[vgl. Nr. 79, S. 90]

207. Werner Kraft an Wilhelm Lehmann

Jerusalem
31, Alfasi Rd
25.1.1950

Lieber Wilhelm Lehmann,
heute morgen habe ich den Brief an Sie in den Kasten geworfen, und heute Nachmittag erhalte ich meinen Aufsatz über Sie von den Deutschen Beiträgen zurück, mit einem *korrekten* Brief, daß sie leider schon einen weniger tiefgehenden Beitrag über Sie gebracht hätten (von dem ich nichts wußte, sonst hätte ich mir die Mühe erspart) und daß mein Aufsatz durch das Nichteingehen auf Ihre letzten Veröffentlichungen schon etwas veraltet sei. Das finde ich nun keineswegs, aber was soll man tun? Mir tut es leid, auch meinet-, aber vor allem Ihretwegen. Ich habe kein Glück mit diesem Aufsatz. Und doch, legen wir das gelassen ad acta bis zum nächsten Mal! Einmal wird auch dies in Ordnung kommen. So habe ich nun wenigstens die erwünschte Gelegenheit, Ihnen innerhalb von zwei Tagen zum zweiten Mal zu schreiben, selbst wenn es heute noch kälter ist und noch mehr regnet als gestern. Inzwischen habe ich weitere Gedichte von Loerke gelesen. Dieser Dichter, scheint mir, der den Termin der öffentlichen Stellungnahme versäumt hat (woran auch die deutlichen Gedichte in seinen gedruckten Büchern im

Entscheidenden nichts ändern, da ihnen jede öffentliche Autorität ermangeln mußte, die nur im Nicht-Dichten sich hätte sinnvoll bekunden können, als Opfer, das nicht ich von ihm verlange, das aber doch er hätte bringen mögen, als es zu spät war), – er hat das Versäumte in einem bis zur Großartigkeit großen Sinne nachgeholt: durch den Gram; welcher ihn im Gesicht des nahenden Todes ich möchte beinahe sagen zum Schöpfer aller seiner früheren und der jetzigen Gedichte machte: man sieht und vor allem hört jetzt, wie es immer gemeint war, jetzt da die leichte Welt der Schönheit schwer wurde wie der Stein, den wirkliche Sklaven schleppen mußten, jetzt da das schwere Wort der Kunst leicht wurde, faßbar, in die Hand zu nehmen, an den Mund zu führen, ja zu essen. Also muß ich mich berichtigen: Hat er nicht das Opfer seines Lebens im Leben gebracht, für die Welt, und ist nur des traurigen Todes gestorben, so hat er doch das Opfer dieses Lebens in der Kunst gebracht, und also wird dieses Wort die Welt erreichen, vor allem dann, wenn sie behaupten sollte, sich an nichts von früher zu erinnern, weil inzwischen vielleicht Schlimmeres geschehen wäre. Darum hat mich von allem, was ich bis jetzt gelesen habe, vielleicht am entscheidendsten getroffen S. 102: ›Denn alle, die vom dürstenden Verbrechen Und scharfem Leichengift im Wasserkumm *Als von der Grausamkeit der Schöpfung sprechen*, Sind, eh der Hund Orions anschlägt, stumm.‹ Den unterstrichenen Vers beziehe *ich* auf Heidegger und seine Wirkung, wenn er die ›Schuld des Seins‹ streng metaphysisch ableitet, und also, wenn das Sein selber schuldig ist, ist keine Verantwortung in der Welt, und jeder darf morden. Übrigens habe ich neulich einmal den schrecklichen Gedanken gehabt, daß von den *natürlichen* Todesarten die vorletzte der Verkehrsunfall ist und die letzte der Mord sein wird. Sagen Sie es aber nicht weiter, auch ich will es wieder vergessen. Noch eines muß ich gerechterweise sagen: Da der Druck des Bandes nicht mehr vom Autor besorgt wurde, hätten die Gedichte auf Binding, Wilhelm von Scholz, Hauptmann wegbleiben sollen. Ich sage nichts gegen die Gefühle, die sie ausdrücken, das Gedicht auf Hauptmann ergreift mich sogar, obwohl das in ihm enthaltene Kunsturteil nur bedingt stimmt, *aber* – so geht es nicht, hier ist etwas nicht gesagt, und darum ist das Gesagte unerlaubt. Denn Hauptmann *hatte* die Autorität, leider: *hätte* sie (gehabt), um für Wahrheit zu zeugen, und er schwieg, und darum läßt mich alles, was er später schrieb (auch wenn es besser wäre als die Elektra) kalt, wie die Hand der Toten, die keinen Rächer hatten.

Ich grüße Sie von ganzem Herzen

Ihr Werner Kraft

208. Wilhelm Lehmann an Werner Kraft

Eckernförde, 1. Februar 50

Lieber Werner Kraft,
Eben gelangen in meine trübe Dämmerung gleich zwei Briefe von Ihnen – ein *reines* Geschenk, denke ich, als sie auf der Tischplatte schimmern: dabei habe ich schon auf ein Wort von Ihnen gewartet, ohne ein »Recht« darauf zu haben, denn ich habe noch nicht einmal auf Ihren neulichen Brief geantwortet & habe überhaupt lange geschwiegen. Es ist mir seit längerer Zeit physisch nicht so recht gut zu Mute: heute geht's, mir ist als müsse ich mich dann vom Unwohlsein ein bischen ausruhen. Darum schreib ich Ihnen heute auch nur so obenhin und nur um Ihnen zu sagen, wie dankbar ich bin für Mitteilung von Ihnen: ich fühle mich dann ein wenig getröstet und aufgehoben und zwar gar nicht »ein wenig« nur. Der Januar ist ein grässlich trüber, nasskalter, erst die letzte Woche hindurch trocken kalter Monat gewesen, nein, ein paar Mittage war es sonnig, das Meer schwarzblau: von den Elementen kommt ein reiner Hauch, aber zuweilen ist er so grausam gross, dass er auch mein Menschliches aufzuschlucken droht. Wie leicht verlöscht ein Mensch im Grunde, und wie schwer tut er sich doch damit. Nur dies: wie sehr mich Ihre Schätzung des Laufjungen gefreut hat (wobei ich auch noch notieren will, dass die Art, in der Sie jenes flammende Tüchlein in der »Hochzeit der Aufrührer« in Ihrem grossen Aufsatz deuten, mir mustergültig zu sein scheint in dem Sinne, dass wahre Begeisterung produktiv mache). ——

Ich muss, aus ethischen Gründen sozusagen, jenen Ausspruch Hofmannsthals gelten lassen (eine neu-gedruckte Sammlung seiner Aphorismen kam mir in die Hand): »Es ist leichter sich zu begeistern als gelten zu lassen« – und das wird ja auch nicht heissen wollen, Schlechtes oder gar Mittelmässiges (jedenfalls im Gedicht) gelten zu lassen, denn das vermag ich meinen Teils durchaus *nicht* schon deshalb nicht, weil dies Mittelmässige den vielen Schreibern & sogenannten »Gebildeten« die etwaige Anlage zum Echten vollends verdirbt, den Keim verschüttet.

Dank, dass Sie Ihren schönen, schönen Aufsatz nach München schickten. Aber es sind überall eingehegte ›Cliquen‹ & die Publikationsmöglichkeiten schwinden von Tag zu Tage. Aber Sie trösten auch mich: legen wir das »Nein« gelassen bei Seite & sagen trotzdem Ja.

So, jetzt werde ich erst *genauer* lesen: nämlich Ihre *drei* letzten Briefe. Die Gedichte und das, was Sie über Loerke sagen. Dies soll also nur ein Händedruck durch die Trübe, die Kälte sein & die Gewissheit, dass Sie mir sehr, sehr in Gedanken sind & ich froh bin, dass es eine Post gibt, die von Jerusalem nach — Eckernförde befördert.

Immer Ihr
W. Lehmann

Also bis zum nächsten Brief.

Habe ich geschrieben, wie *schön* wir alle hier Ihr Bild fanden und finden?

6° Kälte

209. Werner Kraft an Wilhelm Lehmann

Jerusalem
31 Alfasi Rd
29.3.1950

Lieber Wilhelm Lehmann,
Ihr letzter nun wieder so lange zurückliegender Brief hatte einen so traurigen Ton, daß ich es doppelt bedaure, Ihnen nicht sofort geantwortet zu haben. Ich wollte Sie mit dem Frühling trösten, aber es ging nicht, es war zu kalt. Dann kamen frühlinghafte Tage, aber nun ist es plötzlich wieder so kalt geworden, und so wird es auch bei Ihnen sein. Aber jetzt steht der April bevor, und Sie dürfen endgültig auf den Frühling hoffen und sich innerlich und äußerlich an ihm wärmen. Es war aber nicht nur das, was mich am Schreiben hinderte. Hinzu kam auch die Schwere des Lebens, die unabhängig ist von jeder Jahreszeit. In Tel Aviv ist ein Mann, mit dem ich nicht eigentlich befreundet war, den ich aber wegen des Ernstes seiner philosophischen Besinnung in einem hohen Grade achtete, plötzlich gestorben. Er war der schärfste philosophische Kopf, den ich in meinem Leben kennengelernt habe. Dann habe ich einen jungen Freund, 26 Jahre alt, der noch als Junge hierher kam, Vater, Mutter Schwester von Hitler ermordet, in einem Kibuz menschlich und sprachlich eingeordnet, er hat auch jene Photographie von mir gemacht, die Sie schön fanden. Er dichtet deutsch, ist innerlich sehr bedroht, hatte aber durch eine Heirat Halt gefunden und durch die Geburt einer Tochter Menschenglück. Und nun geschieht ein sinnloser Autobusunfall, bei dem seine junge Frau verbrannt ist, und er selbst liegt an schweren Brandwunden danieder, wird aber durchkommen, und das Unglück des Alleinseins, mit einem

kleinen Kinde, wird von neuem beginnen, und es ist noch nicht abzusehen, wie er durch dieses neue Unglück hindurchkommen wird. Man hilft, wie man kann, aber in allem Entscheidenden steht ja jeder Mensch allein ..

Schrieb ich Ihnen schon einmal, daß meine Frau für uns beide mit gefährlicher Hartnäckigkeit für Anfang nächsten oder Ende dieses Jahres von einer Reise nach Paris träumt, welche uns dann auch für einige Wochen nach Deutschland führen soll?! Ich bin skeptisch, ob dieser Plan realisiert werden kann, finde aber den Gedanken überaus schön, Sie wiederzusehen, falls es realisierbar wäre. Inzwischen müssen wir uns, so gut es geht, behelfen, durch Briefe, durch Teilnahme, durch Förderung. Bitte schreiben Sie mir, daß es Ihnen gut geht und daß Sie arbeiten! Bei dieser Gelegenheit möchte ich Sie fragen, wie es eigentlich Ihrem ›Provinzlärm‹ geht und ob Sie nichts tun, ihn der Veröffentlichung entgegenzuführen. Es wäre aufs dringendste zu wünschen. Ich selbst schreibe weniger als ich möchte und sollte, muß mich aber mit diesem Wenigen begnügen. So ist jetzt, ein Jahr nach der Annahme, in der Neuen Schweizer Rundschau (Febr.) mein Aufsatz über George und das Judentum erschienen. Er ist immerhin lesenswert, und vielleicht können Sie sich das Heft verschaffen. Etwa im Juni wird im ›Merkur‹ ein größerer Aufsatz von mir über Karl Kraus erscheinen, den ich leider wegen Raummangels um vier Seiten kürzen mußte. Aber es ist besser als nichts. Auch habe ich dem Merkur zwei Buchbesprechungen geschickt, eine über eine Auswahl von Borchardts Gedichten, die bei Benno Schwabe in Basel erschienen ist und eine über das Buch von Edgar Salin über George, das in gleicher Weise subjektiv unannehmbar wie objektiv aufschlußreich und wichtig ist. Dann habe ich jetzt vom Verlag die beiden erschienenen Gedichtbände von Konrad Weiß zugeschickt erhalten. Das ist ein schwerer Brocken, und ich kann bis jetzt nur sagen, daß aus einer hoffnungslos verdunkelten sprachlichen Konzentration sich eine Reihe von Gedichten herausheben, die eine allerdings ganz exzeptionelle Stärke des Ausdrucks – und des Inhalts, den er wiedergibt – bezeugen. Das Problem ist das des christlichen Dichters, den es streng genommen nicht gibt. Nicht das Christentum macht Dante zu dem gewaltigen Dichter, der er ist, sondern die Kraft, es zu transzendiieren – der strenge Christ müßte sagen: cisszendiieren –, Welt zu sein und zu sehen. Da Konrad Weiß kein Dante ist, drückt sich seine Problematik so aus, daß er zwar mit ungewöhnlicher Schärfe die Welt sieht, daß aber infolge des Pfahls im Fleische seine christliche Besinnung die gesehene Welt ständig zurücknimmt und gleichsam das rechtmäßig Geborene wieder verschlingt.

Ich habe große Achtung vor diesem Dichter, möchte aber sagen: Wilhelm Lehmann ist mir lieber.

Der Bogen ist zuende. Ich schließe, um den Brief abzuschicken und einen von Ihnen hervorzulocken und dann ausführlicher zu antworten.

Leben Sie wohl! Alles Gute Ihnen und den Ihren, auch von meiner Frau, immer

Ihr Werner Kraft

Haben Sie in der Neuen Rundschau die außerordentlichen Seiten von Borchardt über Homer gelesen? Ist es nun gut für Sie, daß Podszus anstelle von Sternberger Redakteur dieser Zeitschrift geworden ist?!

Das alte Lied

Laßt uns singen ein neues Lied,
Das mit Brand durch Mark und Bein
Nie vernahm ein sterblich Ohr!
Aber was dem Mut geschieht
Wird zuvor
Meiner Schwäche Glanz und Schein!

Denn wir stürben an diesem Klang,
Der so leise und so rein,
Daß der Leib nicht hielte Stand,
Daß uns überragt der Rang,
Marmorwand
Bröckelt ab, gibt nach, bricht ein.

Sinken will es, das Augenlid,
Mütterlich, ein warmes Sein,
Um des alten Liedes Keim.
Was ein sterblich Auge sieht
Blieb geheim,
Die zerstörte Welt bleibt mein.

W. K.

Konrad Weiß
Deine Erde

Fühlt ein Sinn die ganze schöne
Erde einsam werden, ihre

liebe Schwere nun wie Töne
in ihn brechen, als verliere

Ziel und Weg sich ganz von hinnen –
im Gefühl kann nichts vergehen.
Tapfres Herz wird neu gewinnen
alles schön, und nur durch Sehen.
So ist Schöpfung einst geschehen.

210. Werner Kraft an Wilhelm Lehmann

Jerusalem
31, Alfasi Rd
23.4.1950

Lieber Wilhelm Lehmann,
so lange habe ich wieder nichts von Ihnen gehört, und ich möchte es doch so gerne. Nun sende ich Ihnen zu Ihrem Geburtstag meine innigsten Glückwünsche, nicht ohne die Hoffnung, daß auch Sie dieser Tag veranlassen wird, mir zu schreiben. Ihr letzter Brief hatte einen so traurigen Ton, aber nun wird der Frühling Ihre Lebensgeister wieder erweckt haben. Dieser selbe Frühling vergeht hier ebenso zauberhaft wie schnell, und die furchtbare Sonne dröhnt schon wieder über uns und zehrt das Mark aus den Knochen. Heute ist hier der Jahrestag der Unabhängigkeitserklärung, und das allgemeine Volksfest gibt mir die erwünschte Gelegenheit, mich Ihnen zuzuwenden.

Das Leben ist so schwer, und obwohl ich mich keineswegs beklage, wird es mir immer unmöglicher, meinen schriftstellerischen Aufgaben mich hinzugeben. Auf jeden Fall geht alles in solchen Pausen vor sich, daß es Tage gibt, an denen ich völlig vergesse, wer ich bin oder, vielleicht, sein könnte: An einem Aufsatz von geringem Umfang schreibe ich mindestens 14 Tage, die schönsten Pläne verdorren mit dem Glutwind, und an eine Zusammenstellung wenigstens des schon Vorhandenen zu Buchveröffentlichungen kann ich kaum denken. Dabei zeigen die Zeitschriften ein in bescheidenem Maßstab wachsendes Interesse für meine Sachen. In der Neuen Schweizer Rundschau (Februar) ist mein Aufsatz über ›George und das Judentum‹ erschienen, von dem ich gern möchte, daß Sie ihn lesen. Vielleicht können Sie sich das Heft durch Ihre Schweizer Freunde schicken lassen. Wohl im Juli wird im ›Merkur‹ ein langer Aufsatz über Kraus und eben dort vielleicht schon früher eine Besprechung des Buchs von Salin über George und vielleicht auch eine über die Auswahl von Borchardts Gedichten (Benno Schwabe) erscheinen. Einen Aufsatz über ›Hölderlin und der Reim‹, an dem mir besonders viel liegt, hat mir der ›Merkur‹ zurückgegeben. Es scheint so, als wenn es für diese Art von Veröffentlichungen überhaupt keinen Platz in deutschen Zeitschriften gibt. Oder irre ich mich da? Vergessen Sie bitte nicht, mir darüber ein Wort zu sagen! Ich denke etwa an eine solche rein literarkritische Zeitschrift wie das ›Trivium‹ in Zürich, wo übrigens demnächst ein stofflich sehr interessanter Aufsatz ›Der Brief der Périchole‹ (über ›Manon Lescaut‹ von Prevost, Offenbach, Kraus) erscheinen wird.

Ab und zu ein Gedicht. Neulich kam ich aus dem Kino in eine warme Sommernacht, und *plötzlich* fiel mir das folgende sinnlose, mindestens sinnfreie Gedicht ein, das ich ›Die schöne Nacht‹ genannt habe:

Die Nächte sind so schön in Granada,
Doch zückt auch über ihnen schon das Schwert.
Ich steig' empor zu meiner Ohnmacht Glanz,
Die Nächte sind so schön in Granada.

Ein leerer Raum! Ein Riesenschatten!
Schon hebt ein grüner Flötenton den Fuß.
Ist es denn wahr? Und alle tot!
Die Nächte sind so schön in Granada.

Wovon ist denn des Dunkels Rede,
Die sprengend das Verlies der Brust
Schön wird und schluchzt und weiß nur dies,
Die Nächte, ach, so schön, o Granada!

Ich habe inzwischen die ›Tag- und Nachthefte‹ von Theodor Häcker gelesen. Das ist ein bedeutendes menschliches und geistiges Dokument, aber weniger der dogmatische Katholizismus macht auf mich Eindruck als die Erschütterung des Glaubens durch die furchtbare Hitler-Realität. In diesem Kampf zwischen Glauben und Unglauben steigert sich das Buch stellenweise zur Größe (obwohl ich glaube, daß Häcker als Denker überschätzt wird.)

Mehr zufällig kam mir ein Buch von Gervinus über ›Shakespeare und Händel‹ in die Hände, bei dem ich staunte, *wie gut* es geschrieben ist. Die Geschichte der Musik interessiert mich nicht vorwiegend, aber das Buch ist so außerordentlich geschrieben, daß dieser Gegenstand mich schließlich doch interessierte, besonders die Beziehung zwischen Sprache und Musik.

Wann werde ich wieder von Ihnen Gedichte erhalten oder Aufsätze oder Erzählungen. Zschokke schreibt einmal in seiner entzückenden Liebenswürdigkeit an Jochmann, ihn würde, wenn er wüßte, daß es aus seiner Feder sei, auch die Lektüre eines Rechenbuchs brennend interessieren. Und genau so die Erzeugnisse Ihrer Feder mich, wenn ich auch schon mit Ihren Briefen zufrieden bin. Nur mit nichts kann ich nichts anfangen. Alles Gute, lieber Wilhelm Lehmann für Sie und die Ihren immer Ihr

Werner Kraft

Friedrich Schlegel
Das Mädchen

Wie so innig, möcht' ich sagen,
Sich der Meine mir ergibt,
Um zu lindern meine Klagen,
Daß er nicht so innig liebt.

Will ich's sagen, so entschwebt es;
Wären Töne mir verliehen,
Flöss' es hin in Harmonien,
Denn in jenen Tönen lebt es;
Nur die Nachtigall kann sagen,
Wie er innig sich mir gibt,
Um zu lindern meine Klagen,
Daß er nicht so innig liebt.

(Aus meiner Anthologie. Bitte nicht jedem zeigen! Ein wunderbares, tragisches Liebesgedicht. Finden Sie nicht auch?)

Eine Frage: Wie verstehen Sie in der Marienbader Elegie die Strophe ›In unsres Busens Reine‹ usw? Der Vers ›enträtselnd sich den ewig Ungenannten‹ ist doppeldeutig, indem ›den‹ Akk. sing. und Dativ pluralis sein kann. Wäre man für dieses, so würde die passive Hingabe (= Öffnung, Enträtselung) nicht durch einen höchst aktiven Vorgang unterbrochen, aber ›die Ungenannten‹ wären rätselhaft. Jenes würde bedeuten, daß man sich (den) Gott durch Hingabe enträtselt. Davon abgesehen, ist in Vers 1 ›Unbekannten‹ ein jäher Abbruch der Steigerung. Vielleicht gewollt, als dumpfes Aussprechen?! Der Reim Unbekannten – Ungenannten ist *nicht* gut, ohne die gerade hier geforderte Spannung. Aber die ganze Strophe ist natürlich großartig.

Der Brief ist mager wie die Kühe der Bibel. »Die mageren Kühe« – das wäre ein Titel für ein Gedichtbuch. – Buber arbeitet in ungebrochener Frische und ist bewunderungswürdig, hat aber schließlich auch noch nie in seinem Leben einen Tag für sein Brot arbeiten müssen (Das ist kein Ressentiment aber doch wahr!)

Die Traumlandschaft

Mir träumte, ich fuhr nach Amerika.

Sonderbar, ich war plötzlich da,
Als wenn ich nicht übers Meer gereist wäre.

Als ich ankam, ging ich sofort zum Meere.

Wo am Hafen nichts ist als tobender Wille,
Sah ich den Traum, die stille Idylle,
Wasser, nicht weit, einen Binnensee,
Begrenzt von schweigsamen Bäumen, ich steh'
Und weiß nur, daß ich ihn liegen sehe,
Daß ich ihn sah, bevor ich gehe,
Grün, oben Blau, aus stummem Gemälde
Tritt auf ohne Sein die irdische Sälde,
Ergeift – dann wandt' ich mich sorglos ab.

Schon ging's in gemächlichem Autobustrab
durch die kleine städtische Riesenstadt.
Sie schämt sich, daß sie gelogen hat.
Wenig Menschen, freundlich und annehmbar,
Daß ich deutlich nicht weiß, wo ich dunkel war,
Eine Frau scherzt mir zu, fremd steigt sie aus,
Das ist die Sitte der Welt zuhaus,
Bis ich vor Studenten Professor Albright hörte,

Er sprach deutsch, ohne Einspruch, aber ich störte,

Geträumter, verstummend, die Sprache ist reich,
Bin wieder hier, wach, müde, Teich
Der Erfahrung, die ich nicht deuten kann.
Die Traumlandschaft sieht mich aufmerksam an.
Mir ist, als dürf' ich traurig erwacht sein,

Als dürfe herrlich die schwarze Nacht sein,
Eines Tages wird eine Pracht sein –

Aber am Tage über das Meer
Fahren ist besser, erfahrend, wer.
Darum wer träumt soll auf der Wacht sein.

W. K.

211. Werner Kraft an Wilhelm Lehmann

Jerusalem
31 Alfasi Rd
22.5.50

Lieber Wilhelm Lehmann,
ich bin besorgt. Nicht daß Sie mir zu meinem Geburtstag nicht geschrieben haben, beunruhigt mich, da Sie ja auch ohne zu schreiben gerade an diesem Tage meiner gedenken werden, sondern daß Sie nicht geschrieben haben, denn es ist schon lange her, daß ich von Ihnen hörte, und die Jahreszeit ist gewiß kein Grund mehr. Sie wird dort sehr schön sein und ist es hier, so daß wir in der ersten Hälfte des Mai, gegen alle frühere Erfahrung, sogar noch leicht gefroren haben. Warum also höre ich nichts? Warum lese ich keine Gedichte von Ihnen? Warum weiß ich nichts von Ihren Plänen? Ein Dichter, der trotz aller Ungunst der Zeit sich noch den ›Stummen Laufjungen‹ abgerungen hat, soll mir doch nicht einreden, daß er den ganzen Tag mit Nichtstun beschäftigt wäre, selbst wenn es wahr ist, denn gerade dann ist es nicht wahr, denn es kommt doch darauf an, *wer* nichts tut! Also es gibt keine Ausflucht, es sei denn daß Sie nicht schreiben wollen, und das wäre in Ordnung und ich der letzte, Sie daran zu hindern – aber ich müßte es wissen – oder daß Sie krank wären. Aber diese letzte Möglichkeit erwähne ich nur der Vollzähligkeit halber, ich denke sie nicht. Ich habe gar keine besonders gute Zeit hinter mir. Wochenlang habe ich kaum etwas getan, es sei denn dies oder jenes gelesen, seit einem Monat habe ich keinen Vers geschrieben, das ist vielleicht gar nicht so schlimm, aber da ich in dieser Hinsicht ›verwöhnt‹ bin, besser: mich verwöhnt habe, so irritiert es mich, obwohl ich weiß, daß es besser wäre, weniger als mehr zu dichten. Was übrigens meine Aufsätze angeht, so habe ich in der letzten Zeit bescheidene Erfolge, und gerade da muß ich mir sagen, daß ich durchaus von einem nicht sehr großen Kapital lebe, denn alles was da erscheint ist schon vor Jahren geschrieben. Immerhin ist es besser als gar nichts. Im ›Trivium‹ wird ein Aufsatz ›Der Brief der Perichole‹ erscheinen, den ich Ihnen schicken

werde, auch im Merkur wird Verschiedenes erscheinen, was Sie ja von selbst sehen werden, und die Neue Rundschau hat merkwürdigerweise einen langen aber schwierigen Aufsatz über ›Paul Valéry und der Gedanke‹ angenommen, während sie einen über Else Lasker-Schüler abgelehnt hat, obwohl er schon in einem deutschen Prospekt als demnächst erscheinend angezeigt war, was ich wohl Podzus zu verdanken hatte, zu dem ich aber in keinerlei brieflicher Beziehung stehe.

Seit einem Monat habe ich keinen Vers geschrieben, aber gerade heute ist mir etwas eingefallen, und ich setze es hierher, da es Ihnen Freude machen könnte, und falls nicht, werden Sie es mir auch sagen. Also dies:

Weihgeschenk

Plötzlich blüht der Granatapfelbaum
In diesem wüsten Garten
Mit feuerroten Blüten,
Du schenkst uns den sichtbaren Traum.

Du willst nicht warten,
Während wir unfruchtbar brüten
Über dem Steinharten.

Ach, dich zu betasten
Und liebkosen!

O, leichtes Lasten
Harmlosen
Wunders im stürmisch gelassenen Rasten!

Die letzten Tage habe ich mich damit beschäftigt, aus meinen tagebuchartigen Aufzeichnungen, die ich seit Jahren schreibe und die zu drei Vierteln unpersönlich sind, eine Auswahl (1945-1950) zusammenzustellen, welche als Versuch einer Deutung der heutigen Weltzeit vielleicht, wenn sie einen Verleger fände, sinnvoll wäre. An zwei Stellen kommen Sie vor. Ich schreibe sie Ihnen ab:

1) Wilhelm Lehmann. Es geht bei ihm nicht um die Darstellung einer besseren Zeit mit dem Blick auf die Vergangenheit sondern um die Darstellung des *Seins* in einer immer schlechter gewesenen und gewordenen Zeit. Um die Erhaltung des Seins in jedem Augenblick der gelebten Zeit kämpft der Dichter, der Mensch einen Kampf, in dem die Unterscheidung zwischen Hoffnung und Hoffnungslosig-

keit wesenlos wird. Dieser Begriff des Seins wäre unhistorisch, wenn er nicht eben aus einer Weltzeit erklärt werden müßte, deren Verfall in dem Autor produktiv geworden ist. Zu kämpfen ist ihm unmöglich, weil solcher Kampf ihm die Einheit des Seins zerrisse; er kann nur um seine Existenz kämpfen. Dieser Kampf könnte die gesunde Funktion haben, das krankhafte in allem theoretischen Existentialismus zu beleuchten und zu entlarven.

2) Wilhelm Lehmann: Der stumme Laufjunge. Ich halte diese kurze Erzählung für eine hohe Dichtung, die Stummheit dieses Laufjungen, der ein Kronzeuge ist für richtiges Sein, für eine geniale Eingebung, um den Zustand der heutigen Menschheit zu bezeichnen, die sprechen kann. Daß dieser Laufjunge keine Biographie hat und daß von ihm keine besondere Geschichte erzählt wird, darin liegt das Besondere dieses Kunstwerks. Der Kontrast zwischen diesem im Nullpunkt zwischen Sein und Werden traurig und mutig ausharrenden Dichter und der dürren Metaphysik des Seins bei Heidegger ist lehrreich.

– Gelesen, heute, von Kleist: Marionettentheater. Grandios! Leben Sie wohl, lieber Wilhelm Lehmann, es grüßt Sie und alle Ihren, in der Hoffnung, daß Sie ihm bald schreiben, auch von meiner Frau

immer Ihr
Werner Kraft

Wir planen für Anfang nächsten Jahres – besonders meine Frau, die in solchen Plänen sehr stark ist – eine Reise nach Paris und auch nach Deutschland. Wie schön ist der Gedanke, Sie wiederzusehen! Hoffen wir, daß es wird!!!

212. Wilhelm Lehmann an Werner Kraft

Eckernförde, 7. Juni 50

Lieber Werner Kraft,
Endlich, endlich schreibe ich. Immer schwerer folgt die Gebärde der Hand derjenigen der Seele. Es ist als kehrte ich immer verlassener [?] in mich selbst zurück, aber viel liegt an meinem physischen Zustand, Schwächen und Depressionen wandern in meinem Körper herum, ›Abbau‹, ›Klimakterium‹ so bezeichnete es der Burgdorfer jüdische Arzt vor 2 Jahren. Wie Sie mit Zschokke so zierlich schreiben, er wäre

auch an einem Rechenbuch Jochmanns interessiert – nun ein solches könnte ich gewiss nie und nimmer verfassen, und so plaudere ich Ihnen nur vor. Zuerst aber will ich sagen, wie sehr mich die Fülle Ihrer Arbeiten freut: ich werde mir zu verschaffen suchen was irgend möglich ist. Von mir kann ich so Gutes lange nicht berichten. Ich bekam Anfang März die Aufforderung, an der Tagung der Akademie am 17/18 teilzunehmen: man trug mir die Wahl zum Vicepräsidenten an, da man vielfach das Gefühl hatte, die reine Dichtung komme bei dieser Akademie zu kurz. Ich lehnte ab, Mangel an organisatorischen Talenten. Ich wusste nicht recht, ob ich mich einer solchen Anerkennung freuen sollte oder nicht: zu wenig habe ich mich in der Welt dieser Welt bewegt als dass ich mich jetzt auch auf ihr Parkett wagen könnte. Immerhin traf ich manchen, der mit Hochachtung von meinen Arbeiten sprach. Döblins Akademie wählte mich »nur« zum korresp. Mitglied – was immer das heissen mag, er selbst hatte sich ja nicht zu einem Worte des Dankes eingefunden, als ich in die Festschrift zu seinem 70. Geburtstag Gedichte geliefert hatte (in Erinnerung jenes Kleistpreises von 1923 – lang, lang ist's her). Endlich bin ich – auf Betreiben Georg Brittings (deren [!] Gedichte mir an zu grosser Gedankenlosigkeit leiden) – in die bayerische Akademie der schönen Künste aufgenommen worden (in Stuttgart hörte ich einem Gespräch zu, das sich über diese Ak. mokierte, es sässen Leute darin, die nicht hineingehörten, es herrsche politischer Favoritismus. Nun, davon weiss ich nichts, ich finde es nett, dass ich mit Mechtild Lichnowski zusammen aufgenommen wurde). Merkwürdigerweise kommen mir all diese Ehrungen sehr ›post festum‹ vor, leicht gekommen, leicht vergessen. Lieber wär's mir, sie wären mit Donationen verbunden: dann könnten meine Frau und ich Sie in Ihrem neuen Staat besuchen – denn das Schönste Ihres letzten Briefes war mir die Meldung, dass Sie beide vielleicht, vielleicht im nächsten Jahr zu uns kommen wollen! Too good to come true – doch ich *will* hoffen und glauben.

Ich war im Anschluss an Stuttgart (Einfall meiner Frau, sie gleicht darin der Ihren) in der Schweiz, im selben Hause des alten Fräulein wie 48, mit dem es jedoch zu einer Art Krise kam: eine Mischung von gutem Willen und ›Sparsamkeit‹ (in der Schweiz häufig) liess sie zu wenig heizen & mich hat zuweilen jämmerlich gefroren, sodass der Sinn meiner Dorthinreise, endlich einmal ein ruhiges Arbeitszimmer zu haben, kaum getroffen wurde. [Nachtrag: ich wanderte dort wie hier zwischen 3 kalten Zimmern hin und her.] Immerhin habe ich aus der Zeit so viel gemacht als meine Kräfte erlaubten und ich schrieb ein paar Gedichte. Aber ich bin wirklich in einem dilapidated Zustand.

Es ist nichts mehr wie es einmal *war*. Das ist alles, was ich Ihnen heute schnell schreibe, endlich, damit Sie nicht immer umsonst warten und gar zweifeln an der alten, unruinierbaren liebenden Anhänglichkeit

Ihres alt gewordenen
Wilhelm Lehmann

Vielen Dank für Ihre erneuten Worte über den ›Stummen Jungen‹. Sie trösten mich über vieles hinweg.

Wir sind beide ganz glücklich aufgeregt über die Hoffnung, Sie wieder zu sehen, ehe es zu spät ist.

Du willst nicht warten,
Während wir unfruchtbar brüten
Über dem Steinharten.

Wahr und schön. – Zu Ihren Goethepartizipien: ich bin ganz einverstanden. Goethe selbst wäre sicher zufrieden gewesen.

In Hamburg las ich auf der Rückreise am 8 Mai in einem grellen, arenaartigen Sendesaal des Rundfunks (einer ehemaligen, ›modern‹ gebauten Synagoge: das schien mir e. gutes Vorzeichen) (zur »Woche des Buches«) 8 Gedichte vor: ich ging ganz im Akt des Lesens auf. Was die Leute gedacht haben, ist unbekannt.

Mit dem Provinzlärm wird es nun doch nichts: es ist nicht das, was die Verleger *brauchen*.

213. Werner Kraft an Wilhelm Lehmann

Jerusalem
31, Alfasi Rd
15.6.1950

Lieber Wilhelm Lehmann,
heute Morgen, als ich in den Dienst ging, schrieb ich flüchtig den Anfang eines Briefes an Sie: daß ich noch einmal versuchen wolle, mit meinen Zeichen eine Antwort von Ihnen hervorzulocken, und am Nachmittag, als ich nach großer Hitze nach Hause kam, war sie da. Das nenne ich praktische Magie! Ich danke Ihnen sehr für Ihren Brief. Aber er war traurig, trauriger noch als frühere. Beschwerden? Ja, das gibt es, und da hilft kein Trost? [Randbemerkung: Aus Versehen gesetztes Fragezeichen, das doch lieber fragt als ausruft!] Hilft nicht aber doch etwas der Gedanke, daß es noch *größere* Beschwerden gibt,

von denen Sie kraft der geringeren befreit sind, und seien sie noch so arg?! Und lese ich Ihren Brief genau, so verstehe ich wieder nicht deutlich. Man sollte denken, daß Sie mürrisch in Ihrem Zimmer sitzen, und statt dessen fahren Sie in der Welt herum, von Stadt zu Stadt, von Akademie zu Akademie, beinahe von Land zu Land, werden geehrt, dürfen aus Ihren Gedichten vorlesen und dennoch die Depressionen?! Da muß doch etwas nicht stimmen! Wie soll ich Sie nur trösten, ohne in Prahlerei zu verfallen? Gewiß, körperliche Beschwerden kann Ihnen keiner abnehmen, und Sie müssen Sie tragen, und daß Sie nicht mehr jung sind, ist leider auch eine traurige Tatsache, für die ich um so mehr Verständnis habe, als ich zwar noch nicht so alt wie Sie und doch auch nicht mehr jung bin. Aber es muß eben gehen, und Sie müssen ›durch‹, und ich meine, daß die Heiterkeit des Gemüts sich zu erhalten beinahe noch wichtiger ist als dauernd ›Werke‹ zu produzieren, und dabei waren Sie doch eben noch des ›Stummen Laufjungen‹ fähig, und sogar in der Schweiz waren Sie frierend von Zimmer zu Zimmer gehend – wie ich das aus dem hiesigen Winterklima verstehe! – sogar noch imstande, einige Gedichte zu machen, *die Sie mir nicht schicken*, und vielleicht kommt Ihre ganze Mißstimmung, wie sie sichtlich Ihren Brief diktiert hat, nur aus dieser Pflichtversäumnis?! Wer weiß! Ich nehme doch Anteil an Ihrer Arbeit und kann doch nicht Ihre Gedichte selber dichten – wie vermutlich G. Britting, ist das eine ›sie‹ oder haben Sie sich verschrieben –, um sie zu loben. Also, Sie haben viel gutzumachen, und nun will ich feurige Kohlen auf Ihr Haupt schütten – keine Gefahr, ich koche mit Wasser, mit kaltem – und Ihnen sagen, daß einer meiner nächsten Freunde in Kürze nach der Schweiz fährt, um u.a. auch für mich zu wirken, und meine Frau träumt schon von einer triumphalen Vortragsreise durch die Schweiz und von ungeheurem Jubel in Schaffhausen und Graubünden. Wie dem nun nicht sei, ich habe gerade eben meine erschienenen und nicht erschienenen Werke auf einem Bogen zusammengestellt, aus dem hervorgehen soll, was für ein glorioser Kerl ich bin, und da habe ich auch eine Rubrik Vortragsthemen aufgeführt und zwar die folgenden: 1) Das Scheitern einer deutschen Kultur 1900–1930, 2) Die Idee der Sprache bei Rudolf Borchardt und Karl Kraus 3) Das Bild Hölderlins 4) Prosa und Poesie bei Valéry und Sartre 5) Das Problem der Übersetzung 6) Hermann Brochs ›Der Tod des Vergil‹ 7) Wilhelm Lehmann oder Natur und Sprache. Sie sehen, lauter herrliche Titel, kein Wort ist aufgeschrieben, die Reise wird nicht stattfinden, und wenn sie stattfinden wird, werden die Vorträge nicht stattfinden, und wenn die Vorträge stattfinden, wird die Wahl vielleicht nicht auf Nr 7 fallen, und wenn sie auf Nr 7 fällt, wird es vielleicht ein Mißerfolg werden, der nicht an Ihnen liegt sondern an mir, der ich leider gar kein Redner bin, im Gegensatz zu meinem Freund Ernst Simon, der ein phänomenaler Redner ist – lieber Wilhelm Lehmann, Sie sehen, es ist schwer, aber ich stelle meinen guten Willen unter Beweis, mehr kann ich nicht tun, es sei denn daß ich Sie recht herzlich bitte, nicht den Mut zu verlieren und vor allem nicht den Humor. ›Der Lebende bedenke, Wie auch das Schicksal mault, Daß er den Freunden schenke, Was nie und nimmer fault‹, und zu diesen Freunden gehöre auch ich, und wenn die Zeit von dem ›Provinzlärm‹ nichts wissen will, so soll sie der Teufel holen, das ist doch alles alles alles total schnurz. Wie hat Cézanne gesagt: *Devenir fort, le reste ne vaut pas le mot de Cambronne*, und wie dieses Mot de Cambronne heißt, werden Sie wissen, sonst werde ich es Ihnen – nur auf ausdrücklichen Wunsch – verraten.

Der Brief ist leider einige Tage liegen geblieben. Aber auch dies hat sein Gutes, denn so kann ich meine Trostversuche um zwei indirekte vermehren. Einmal habe ich einen Brief von Mechtilde Lichnowsky gelesen, den sie an einen hiesigen Bekannten geschrieben hat und aus welchem hervorgeht, daß sie eines ihrer Bücher *26 englischen* Verlagen angeboten hat, und alle haben es abgelehnt. (Ich lese übrigens jetzt ihr Buch ›Worte über Wörter‹ und muß sagen, daß ich manches daraus lerne, obwohl ich glaube, daß sie trotz allen guten Willens und trotz aller wirklichen Kenntnis und Erkenntnis sich vermißt. Solche sprachrichterliche Autorität hängt zum mindesten auch von dem Gesamtwert der sprachlich-geistigen Person ab, und den halte ich trotz des wesentlichen Gehalts eines Romans wie ›Geburt‹ nicht für so groß, wie es ihr selbst scheint. Dennoch würde es sich sehr lohnen, ein solches Buch wie ›Worte über Wörter‹ einmal eingehend zu analysieren. Aber wo? Nun ist auch ›Merkur‹ in der Krise!) Gewichtiger als Trost ist aber Folgendes: Wenn die Produktionsmaschine ununterbrochen geheizt ist, dann kann es passieren, daß man vom Doktor Faustus zum ›Erwählten‹, vom bedingt Erhabenen zum unbedingt Lächerlichen stürzt. Dies wenigstens war mein Eindruck, als ich in der letzten ›Neuen Rundschau‹ die Kapitel aus dem neuen Roman Thomas Manns las, dessen Geheimnis aus dem im Text vorkommenden, nicht von mir erfundenen Satz:

›*Ich bin dein Mann und Ehgemal blödsinnigerweise*‹

völlig aufgeklärt werden kann. Ich hoffe, glaube und weiß, daß Ihnen das nie passieren wird, und ich habe schon jetzt meinen Angehörigen die formelle Erlaubnis gegeben, mich sofort totzuschlagen, falls ich mit 75 Jahren solchen Blödsinn schreiben sollte, mit Ironie und Archaismen paniert, damit der Nonsens wie Weisheit schmeckt, wie meine Mutter Schweinekoteletts reichlich paniert für Kalbskoteletts ausgab, und wenn mein Vater es merkte, gab es einen Krach. Aber da standen sich Geld- und Geschmacksache gegenüber, und eigentlich hatte meine Mutter Recht, während hier alle befriedigt essen und keiner etwas merkt. Es ist sonderbar .. Und dazu noch der kindische Geburtstagsgruß von Hermann Hesse! Man müßte schriftstellerische Anfangskurse für Nobelpreisträger einrichten, wo in den ersten Stunden die *Grundsätze* auswendiggelernt werden müßten:

1) Blutschande ist langweilig.
2) Ein Nobelpreisträger darf einem anderen Nobelpreisträger nicht öffentlich zum Geburtstag gratulieren.
3) Ironie verbirgt Unwissenheit.
4) Auf gutes Deutsch wird gepfiffen, aber nicht auf Meisterwerke.
5) Mit der Unsterblichkeit hapert es immer. Werke der Sprache und der Seele dauern, wie lange, weiß niemand.

Fortsetzung folgt.

Und nun leben Sie herzlich wohl. Ich habe das Meinige getan, tun Sie das Ihrige und schreiben Sie bald froher

Ihrem Werner Kraft

6. Ein stummer Laufjunge ist mehr wert als ein lauter Nobelpreisträger.
7. Das Publikum versagt wie ein Mann.
8. In einer Zeit ohne Genius muß ein Mann zum Kinde und ein Jünger zum Meister werden.

214. Wilhelm Lehmann an Werner Kraft

Eckernförde, 9. Juli [1950], an einem (endlich) warmen Sonntagabend im Garten.

Lieber Werner Kraft,
Hauch der Wärme, der Güte, der Freundschaft! Ja, Ihr Brief hilft mir, wieder Heiterkeit zu gewinnen. Ihr etwas grimmiger Humor ist mir Wohltat ⟨denken Sie doch nur: *eben erst* erzähle ich meiner Frau, die mir, ebenfalls Briefe schreibend, natürlich an die Tochter (darüber

nachher), gegenübersitzt, von M. Lichnowskys Schreiben an englische Verleger! Warum vergass ich das? Weil es mir völlig absurd-märchenhaft vorkommt, wollte es gar keine Wurzel in mir fassen. Dabei schätze ich meinerseits M. L. ausserordentlich hoch, [Nachtrag: ich lese eben nach, was Sie über ihre Gesamtpersönlichkeit sagen: Sie haben wohl Recht, aber immerhin sind solche Schriftstellerinnen schrecklich selten!] das wird sie schwerlich wissen, das ist eine richtige Schriftstellerin, alles, was sie schreibt, ist nahrhaft [Nachtrag: ich kenne übrigens nur wenige Aufsätze und den überaus nützlichen ›Kampf mit dem Fachmann‹ »alles«, da nehme ich den Mund wieder zu voll] (eine Kleinigkeit: in einem Aufsatz der ›Wandlung‹ griff sie mit Recht das verhunzte heutige Deutsch an, wobei ihr leider selbst ein ganz elender Sprachschnitzer unterläuft: ich schrieb ihr daraufhin, erst ihr selbst, dann Sternberger – ich blieb ohne Antwort), übrigens hat Loerke Lobeshymnen auf sie gesungen – und nun fange ich endlich an, mich furchtbar geehrt zu finden, weil Georg Britting (nein, keine ›she‹, sondern ein sehr ›viril‹ Auftretend*er* – anbei eine Probe zusammen mit dem Graf; noch heute bin ich betrübt, dass mein Brief, in dem ich auf Grafs albernen Angriff auf Sie Ihnen ich glaube: richtig antwortete, verloren ging s. Zt.) mir die Berufung in die bairische Akademie der schönen Künste mit den Worten mitteilte, ich sei zusammen mit M. Lichnowsky und Gottfried Benn aufgenommen worden. Während ich Ihnen so vorplaudere, fällt mir auf, dass ich im Grunde keine Ahnung habe, was das alles für Institutionen sind und – tröste mich mit Ihrem damaligen Brief über die homines literati!! Sie haben Recht, so lächerlich es meistens ist, aber wer ist es sonst, der uns wesentliche Dinge überhaupt ›in Kurs‹ setzte? Ach, mit wie vielen Clichés schlägt man sich (nein, schlägt man sich eben nicht, sondern lässt man sich gefallen) herum!! Das wird mir immer besonders schmerzhaft-freudig bei Ihren Briefen deutlich. Bitte, lassen Sie sich einmal recht von Herzen bewundern über Ihre Widerstandskraft: Ihr Spruch No 3 ›Ironie verbirgt Unwissenheit‹ fuhr mir geradezu ins Eingeweide, er hätte mal mitten unter die Wuppertaler vom vorigen Jahr platzen sollen! Weil ich ein bedeutender und vor allen Dingen einflussreicher Akademist geworden bin, werde ich vorschlagen, alle Ihre 8 Grundsätze in das Fundament der ›Ak. f. Spr. u. Di‹ einzumauern. ›Blutschande‹ ist langweilig – wie wahr! E. Stucken schrieb einen Shakespeareroman, der handelt nur von Inzesten, das ist fast so langweilig wie das gesamte Machwerk des Herrn Blunck, der vom Grabe der Eltern Hitlers ein Telegramm an Goebbels schickte, welches der G. prompt beantwortet, die ›Persönlichkeit‹ B's als massgebend feiernd. Die Neue

Rundschau bekomme ich nicht, über Manns Arbeit darin schrieb mir schon ein kundiger Bekannter empört. Zwischen Podszus und mir ist es leider seit nun 3 Jahren völlig aus: er hat auf jedes Schreiben (meiner, meiner Frau, Agathe -seits) geschwiegen (sonderbarerweise, nachdem alles zwischen uns wieder in Ordnung gebracht war). Nun erfahre ich aus einem Bericht über eine Avantgardistentagung irgendwo in Baiern, dass dort der »als kritische Instanz« geschätzte F.P. einen Gedichtzyklus ›Wassermusik‹ (dem toten Loerke gewidmet) vorgelesen hat. Also es handelt sich um eine Umwidmung: mit diesem Zyklus und der ausdrücklichen Widmung an mich beschenkte und besuchte mich nämlich F.P. s. Zt. zum 65. Geburtstag ....

Ist es nicht merkwürdig, dass ich zuweilen in Gedanken scheide zwischen denjenigen Menschen, an die ich zuerst, und denjenigen, die mir zuerst schrieben, und finde, dass die ersten dauern, die zweiten nicht? An F.P. schrieb ich bald nach dem Tode Loerkes, weil er in der ›N.R.‹ ein Gedicht auf L. veröffentlichte, das mich – merkwürdig – hauptsächlich wegen seines altmodischen Titels ›Les adieux‹ ergriff. Er schwieg, schrieb mir dann, besuchte mich, es war mitten im Krieg, ich fand einen bedeutenden kritischen Intellekt, an seinen Gedichten biss ich mir erfolglos das Zahnfleisch blutig, seine Prosa ist reizend wenn auch nicht einschneidend: aber das wissen Sie ja. Dann muss ich ihn während seines letzten Hierseins gekränkt haben. usw. Trotzdem: diese Umwidmung schmerzt mich. Habeat sibi. Ich schickte der Ztg, die den Bericht über jene Tagung brachte, eine kurze sachliche Richtigstellung. Sie antwortete nicht. Es wird nie wieder ein Verhältnis zwischen P. und mir geben. – Kennen Sie einen Aufsatz über Kafka von Günther in der ›N.R.‹? Darüber wüsste ich gern Ihr Urteil. Soll ich ihn schicken?

Vor Ihrem strengen Auge halte ich gern noch einiges geheim. Aber nun schicke ich Ihnen doch »meine ersten 25 Jahre«: take them for what they are worth: ich glaube nicht, dass die kleine Chronik e. Veröffentlichung wert ist.

Also: wir ziehen um, schon zum 1. August, in ein 25 Minuten Omnibusfahrt von E. entferntes (noch etwas, weil reich mit alten Bäumen, den Geschmack wohlhabenden schleswigschen Bauerntums bewahrendes: manche Dörfer hier sind ganz auf den Hund gekommen, der Baracken, der Flüchtlinge wegen usw.) Dorf (vom 1. August ab also einfach: Kleinwittensee bei E.). Seit der Kapitulation ist uns das laute, rücksichtslose Haus (unter uns leider eine sehr wenig angenehme Schwägerin. Wo wir sie nun gründlich als Mitbewohnerin kennen gelernt haben, begreife ich mit allen Mitteln nicht, wie mein verstorbener Bruder sie hat zur Frau nehmen können: ja, sein Angedenken wird mir durch sie vermindert) unerträglich geworden: wir altern, noch fällt meiner Frau die Besorgung, die weitläufige, nicht zu schwer, aber bald. Ich sehne mich nach Erleichterung für sie, ich sehne mich nach *Stille*: wir werden sie in e. kleinen Altenteilehaus finden, 3½ Zimmer (ausser Küche, Bodenraum, Keller, einem schönen Stück Garten), ein seltener Glücksfall im überfüllten Gebiet. Aber Agathens Kummer geberdet sich hysterisch: drei mit Tränen betropfte Briefe des Jammers (sie muss überreizt sein nach einer Kunstwanderung durch München). Ich liebe diese einzige Tochter sehr, glaube an ihre Begabung (meine Frau weniger fest): aber wir leiden beide darunter, dass sie sich bei solchem Anlass derartig ›gehen lässt‹. Meine Frau las mir eben ihren nur liebevoll tröstenden Antwortbrief nach Tübingen vor. Das Verhältnis zwischen Tochter und Vater kann nicht besser sein: ob man je mehr man liebt auch Schwächen findet? Nein, diese Liebe ist nicht blind. Es bleibt, wunderbarerweise, in jedem Verhältnis etwas Wunderbares, nicht näher Aufzulösendes.

Möchte das auch für das Verhältnis zwischen Ihnen und mir gelten! So wird es dann bleiben – Also bis zum nächsten Brief mit Dank und Liebe

Ihr
W. L.

Wenn Sie können, schicken Sie mir Ihre Gedanken über Valéry! – Gedichte im Herbst!

P.S. Ich fürchte, dass ich mich, weil ich so unregelmässig schrieb, oft wiederhole: Es soll, so hoffe ich durchaus, jetzt besser & genauer werden.

215. Werner Kraft an Wilhelm Lehmann

Jerusalem
21.8.1950

Lieber Wilhelm Lehmann,
mit einem leichten Schrecken sehe ich daß Ihr letzter Brief am 9. Juli geschrieben ist und daß ich erst jetzt mich zu einer Antwort entschließe, obwohl ich doch sofort hatte schreiben wollen. Aber die Hitze der letzten Monate war zu groß, meine Entschlußkraft war auf ein Minimum gesunken, nicht nur zu Briefen langte es nicht mehr,

auch sonst habe ich kaum die Feder angesetzt, es sei denn zu ein paar Gedichten. Dabei hatte mich Ihr Brief so besonders erfreut, weil er doch eine etwas gefaßtere Stimmung verriet als die früheren und weil er die wichtige Mitteilung von Ihrer Wohnungsveränderung enthielt. Ich hoffe mit Ihnen, daß sie für Ihre Frau und für Sie zum Segen sein wird, und ich hoffe auch, daß Agathe sich inzwischen getröstet haben wird, denn wichtiger als das Elternhaus sind doch die Eltern selber, und so möge sie sich mit dem alten Spruch trösten: Introite, nam et hic dei sunt. Ich lege ein Gedicht bei, das meine Wünsche für Sie noch im besonderen auszudrücken versucht. Leider ist an einigen Stellen meine Freude an der Verwendung von nicht gerade normaler Grammatik mit mir durchgegangen. Wenn es Ihnen als Gedicht nichts sagt, so legen Sie es ruhig ad acta, denn mehr als daß ich Ihnen in Ihrem neuen Heim Gutes wünsche und nur Gutes, will es ja nicht sagen, und daß diese Wünsche auch *schön* ausgedrückt wären ..

Was Sie mir über diese erstaunliche Umwidmung bei Podzus berichten, hat mich ebenso erheitert wie traurig gemacht. Das ist also möglich! Es gibt eben schlechthin nichts, wozu ein Literat nicht imstande wäre, und mehr als ein solcher, wenn auch ein gutartiger, dürfte dieser dichterische Mensch ja kaum sei. Daß Sie sich an seinen Gedichten das Zahnfleisch blutig gerissen haben, wie Sie schreiben, scheint mir doch der Sache etwas unangemessen zu sein. Ich habe jetzt wieder in sein Buch hineingesehen und muß doch gerechterweise sagen, daß im Gegensatz zu seiner Königsberger Jugenderinnerungsprosa, die wirklich anmutig ist, diese Gedichte trotz vereinzelter schöner Stellen – welche ich beim ersten Lesen wegen seiner menschlich anständigen Haltung überschätzt hatte – nur aus zweiter Hand sind [Nachtrag: Ich könnte Ihnen das genau begründen!] und die Einflüsse, denen sie entspringen, wenigstens für mich faustdick zeigen, für Sie wahrscheinlich weniger deutlich, weil Ihnen diese Männer nicht so viel bedeuten wie mir, ich sehe nämlich zwei: Karl Kraus und Borchardt, und die Gedichte, die so entstehen, enthalten Gesten eines höheren Verhaltens aber nicht dieses Verhalten selber, womit ich aber nicht sagen will, daß kein höheres Verhalten vorhanden wäre, nur im Gedicht selbst drückt es sich nicht aus, in der unerbittlichen Wahrheitssphäre des Gedichts, höchstens in der des aesthetischen Scheins .. Was nun das Verhalten zu Ihnen selbst angeht, so habe ich nicht den geringsten Grund, an den Unterlagen, die Sie mir geben, zu zweifeln, und wenn ich ihm dennoch – theoretisch – die Chance gebe, Gründe seiner Haltung gegen Sie zu haben, so bin ich doppelt erstaunt, daß er gar nicht auf die Lösung gekommen ist, die so nahe lag, wie jede Umwidmung einem echten Schriftsteller fern liegen müßte –: die Widmung stehen zu lassen und sein negatives Verhältnis zu Ihnen *nicht* zu ändern. Hier war George eben doch anders, und von ihm leitet sich doch dieses gestenhafte Richtertum letztlich her, mit der Waffe des dämonischen Schweigens als Schutz vor der Wahrheit, *die zu sprechen befiehlt* und in ihrer Einfachheit entwaffnen könnte, George also hat, wie Sie wissen, den bewunderten Freund Hofmannsthal später gehaßt, aber in keiner späteren Auflage der ›Pilgerfahrten‹ bis zur Gesamt-Ausgabe hat er die Widmung an Hofmannsthal weggelassen, und zu sagen, daß die Widmung an Sie eben noch gar nicht im Druck erschienen war, dieser Einwand wäre doch der Inbegriff der Windigkeit. Aber ich breche ab, denn es ist doch wohl schon zu viel, was mir hierzu einfällt. Die Geschichte wird ja auf solche anspruchsvollen Mätzchen kaum rekurrieren, und daß Loerke sich von einer solchen Widmung mit Ekel abwenden würde, steht mindestens so fest wie alles, was sonst in der Welt wackelt, wie etwa die kleine Münze der gängigen Literatur .. In diesem Zusammenhang ist Ihnen übrigens ein Schreibfehler passiert, denn Sie finden es merkwürdig, daß Ihre Beziehungen zu Menschen dauern, denen Sie zuerst geschrieben haben, während Sie doch sagen wollen, daß es die Beziehungen zu Menschen sind, die Ihnen zuerst geschrieben haben.

Sehr schön, daß Sie mit Mechtild Lichnowsky zusammen in die Akademie gewählt sind, aber der Dritte –? Denn mir konnte Benn auch schon vor Hitler gestohlen werden, aber nach seinem schamlosen Übergang zu Hitler genügt mir sein Bekenntnis *für* die Juden, das ich in einer deutschen Zeitung las, wobei ihm das Malheur passierte, alles über den grünen Klee weg zu loben, wo unsereiner die größten Bedenken hätte. Wie dem nun sei, von dem nehme ich keine geistige Nahrung mehr zu mir und wende mich ab, wenn ich auch zugebe, daß er im Grunde nicht beißen wird, wie etwa Jünger, sondern nur dumm ist, wie auch Jünger – man kann über gewisse geistige Dinge von heute nur mit leichter Verwirrung sprechen. Sollten Sie aber anderer Meinung sein, dann belehren Sie mich. (Um aber gerecht zu sein, muß ich sagen, daß ich *eine* wirklich schöne Strophe von ihm kenne, aus einem leeren Gedicht:

›Wie die Götter vergeh'n
Und die großen Cäsaren,
Von der Wange des Zeus
Emporgefahren,
Singe, wandert die Welt

Schon im fremdesten Schwunge,
Schmeckt uns das Charonsgeld
Längst unter der Zunge –‹).

Dennoch ist diese mythische Verklärung des Gesanges und des Todes, welche später an Hitler keinen Anstoß nimmt – seltsam, wie sich alles verknüpft – nicht mit dem großen Ernst jener Grabschrift zu vergleichen, die sich in Mechtilde Lichnowskys Roman ›Geburt‹ die Heldin vor ihrem Tode selbst schreibt:

›Das Sterben ausgenommen,
War alles ihr heilig und ernst.
Dein Lachen wird vollkommen,
Wenn du dies von ihr lernst.‹

Was diese angeht, so scheint sie sich in ihren ›Worten über Wörter‹, obwohl sich aus dem Buch manches lernen läßt, aus ihrer Verehrung für Karl Kraus etwas zu vermessen, denn sie schreibt das Buch in einer nicht unbedingt autorisierten Stellvertreterschaft (obwohl K. K. sehr viel von ihr gehalten hat!).

So viel gäbe es noch zu sagen, und schon geht das Papier zuende. Ihre ›ersten 25 Jahre‹ sind bis heute nicht angekommen. Sollten Sie sie vielleicht doch nicht abgeschickt haben? Ich hoffe es, weil es zu schade ist, daß gerade diese Sendung verloren wäre. Den Aufsatz über Valéry kann ich Ihnen leider nicht schicken, da ich ihn für die Korrektur brauche, die ich erwarte, ohne daß sie käme. Als Ersatz habe ich Ihnen, als Drucksache, einen Aufsatz geschickt, der hoffentlich bald ankommt. Ich erwarte Ihre für den Herbst angekündigte Sendung einschließlich der 25 Jahre recht bald und hoffe ernsthaft, daß mit dem ›sinkenden Jahr‹ meine Briefpausen nicht mehr so groß sein werden, denn der Winter kommt wenigstens hier noch nicht so bald. Leben Sie wohl, lieber Wilhelm Lehmann, alles Gute Ihrer Frau und Ihnen, auch von meiner Frau,

Ihr Werner Kraft

Victor Hugo – überreich, aber Sie wissen, was Gide einmal auf die Frage geantwortet hat, wer der größte französische Dichter sei: *Victor Hugo, hélas*. Und Cocteau? ›Victor Hugo – c'est un fou qui croit être Victor Hugo.‹

Kennen Sie von Hölderlin das ziemlich frühe Gedicht ›Die Eichbäume‹? Es ist ganz besonders kräftig und gehaltvoll. – Ich habe in letzter Zeit in Ermangelung eigener Einfälle manches Französische gelesen: de Maistre: Voyage autour de ma chambre. Nicht tief aber charmant. Dasselbe gilt von Colette: Chéri. Vigny: seine Gedichte wirken enttäuschend, schön, aber Haltung ohne Substanz, im Gegensatz zu einigen wunderbaren Sonetten von Gérard de Nerval, z. B. El Disdichado. Verlaine: großartig: Er ist als Dichter weit größer als Rimbaud, der geistig tiefer ist, aber auf dem berühmten Bild von Fantin-Latour im Louvre sieht Rimbaud wie ein junger Genius aus und Verlaine wie ein bösartiger Kleinbürger ..

Was Rimbaud angeht, so habe ich neulich einen Schlag verspürt. Ich las, nicht sehr beteiligt, in einem Aufsatz über Alexander den Großen von Viktor Ehrenberg, einem namhaften Philologen. Aber auf einmal sagt er, er wüßte eigentlich nur einen, den er mit ihm vergleichen könne –: Rimbaud. Mein erster Eindruck war: Dieser Bengel!, mein zweiter: es stimmt ja!, mein dritter: es stimmt eben nicht oder nur umgekehrt, denn *so* ist heute ein Alexander: vom Dichter zum Ausbeuter, sein Gold in der abyssinischen Hitze immer bei sich tragend, und dann: das schreckliche Sterben!

Daß meine Anfangsgründe für Nobelpreisträger Sie amüsiert haben, freut mich sehr. Das mit der Ironie stimmt aber nur bedingt. Bei Th. Mann verbirgt sie Unwissenheit, sie kann aber auch die furchtbare Waffe der Ohnmacht vor der Macht sein, wie bei Swift oder Karl Kraus .. Felix Stössinger aus Zürich erzählt mir gerade brieflich einen alten Witz über Th. Mann nach dem jemand gesagt habe, er habe eine Schotennase und trage sie, als wenn es eine Adlernase wäre. (Dennoch denke ich nicht völlig negativ über ihn, aber der Weltruhm hat ihm sehr geschadet!) Mario und der Zauberer ist bedeutend!

In einem nicht tiefen aber aufschlußreichen Buch von Barthou: Les amours de Victor Hugo, wird erzählt, daß unmittelbar nachdem der Dichter Pair de France wurde, ein Mann, der auf seine Frau eifersüchtig war, einen Polizisten zu ihr schickte, der bei ihr nicht Herrn X. sondern Victor Hugo fand, Skandal! Und da soll Lamartine gesagt haben: ›La France est elastique. Elle se relève même d'un canapé.‹ Wunderbarer Witz, nicht wahr?

Kleinwittensee
W. L.

Alte Bäume, Stille,
In der Luft das Meer,

Salzig, Athemholen
Das Gedachte tief

Aus dem Blumenboden,
Aus dem kahlen Wald,
In des Sommers Schwinden,
In des Winters Stand,

Aus dem Schweigen werde
Rauschend sanft der Strom
Schwimmenden Gewahrens
Deutlich das Gebild,

Klare, schlichte Laute,
Festlicher Substanz,
Und die Dinge tanzen
Das bescheidne Sein.

Liebeslied
nach Charles van Lerberghe
(1861-1907)

Von meiner seltsamen Reise
Bewahr' ich dir nur ein Bild,
Nur ein Lied, hier sind sie:
Ich bringe dir keine Rosen,
Ich rührte nicht an die Dinge,
Sie lieben zu leben auch.

Für dich, mit glühenden Augen,
Sah ich auf Luft und Woge,
Ins klare Feuer, in den Wind,
In allen Glanz der Welt,
So lern' ich, dich besser zu sehen
In allen Schatten des Abends.

So lern' ich dich besser zu hören,
So legt' ich mein Ohr an die Töne,
Hörte zu allen Liedern,
Allem Murmeln und dem Tanz
Der Klarheit in der Stille.

So lern' ich wie berühren
Deinen Busen, der bebt, deinen Mund,

Wie im Traum, und habe gelegt
Auf das Wasser, das glänzt, und das Licht
Meine leichte Hand, meinen Kuß.

216. Werner Kraft an Wilhelm Lehmann

Jerusalem
4.10.1950

Lieber Wilhelm Lehmann,
vorgestern ist nun doch, nach überlanger Reise, ›Anfänge‹ bei mir eingetroffen, und ich danke Ihnen sehr herzlich dafür. Ist dies übrigens ein Geschenk oder soll ich Ihnen etwa das Manuskript zurückschicken? Ich hoffe jenes, würde aber auch dieses verstehen.

Ich habe das außerordentliche Dokument sofort gelesen und bin tief beeindruckt. Mögen Sie die Kraft haben, diese Anfänge fortzusetzen! Obwohl mir Ihre Persönlichkeit als ganze völlig klar zu sein schien, sehe ich nun doch vieles Einzelne mit größerer Deutlichkeit, vor allem wie das Schwere Ihrer geistigen Existenz sich aus dem Schweren Ihrer realen Existenz entwickelt, es durchbricht, um von einem bestimmten Zeitpunkt ab sich einleuchtend über es zu erheben. Ihr Vater, Ihre Mutter, Moritz Heimann, der ganze Schlußteil – das sind Glanzpunkte der Darstellung, und die Wahrheit Ihres Urteils über sich und andere scheint mir ganz unverletzend, ganz reif zu sein. Das Originale Ihrer Person, das rechtmäßig zugleich unter und über dem liegt, was Sie in der Kunst anstreben und erreichen, wird mir sozusagen authentisch bestätigt. Kunst ist ein Teilphänomen. Selbst die größten Künstler gingen mit leeren Stellen durchs Leben. Gerade diese Stellen scheinen mir bei Ihnen ausgefüllt zu sein!

Für den Druck wäre höchstens zu erwägen, ob nicht einzelnes Anekdotische aus Ihren Schul- und Studentenjahren, so interessant es ist, um der Einheitlichkeit der Wirkung willen könnte weggelassen werden. Dies ist aber eine Nebensache. Dagegen finde ich, daß der Stil hier und da einer Überarbeitung bedürfte. Ich könnte Ihnen Beispiele nennen, möchte aber nur auf Ihren ausdrücklichen Wunsch den Beckmesser spielen. Übrigens können Sie ganz beruhigt sein: Es sind wunderbare Stellen vorhanden, eben dort, wo Sie beim Schreiben fühlen: Mea res agitur, und ich möchte gern, daß *alles* richtig sei, und da habe ich zuweilen das Gefühl, daß nicht Ihr Interesse an der Mitteilung sondern das am Ausdruck erlahmt, und dieser wird trübe. Ich sage das nicht als Kritik sondern nur darum, weil ich möchte, daß Ihr Stil an jeder Stelle so schön wäre, wie er an den schönsten natürlich ist.

Hingerissen hat mich übrigens das Gedicht von der Leberblume, obwohl es eine Lungenblume ist. Ich hoffe sehr, daß Sie *alle* Gedichte aus dieser frühen Zeit gesammelt haben. Sie sollten sie mir alle schicken!! Ich hatte bis jetzt immer geglaubt, daß die Lyrik bei Ihnen erst in einem späteren Punkt Ihrer Entwicklung begonnen habe. Nun sehe ich, wie ich mich geirrt habe. Ich weiß nicht, wie vollkommen es ist, Sie selbst scheinen es unvollkommen zu finden. Ich finde es in jeder Schwebung des Ausdrucks und des Rhythmus unvergleichbar original. So original waren gewisse Gedichte von Hofmannsthal, nur daß diese Gedichte noch ein Publikum fanden und Ihre nicht. Ich denke etwa an ›Dein Antlitz war mit Träumen ganz beladen‹, wo Rhythmus, Metrum, Reim gleichsam auf dem Kopf stehen und das Ganze großartig in Ordnung ist. So bei Ihnen. Wie steht dieser fast gegenrhythmisch einsetzende Vers ›Es versinkt an uns‹ usw an seiner Stelle, und der Schlußvers erinnert mich, ich weiß nicht warum, an Shakespeare, aber vielleicht weiß ich es doch, es ist die ›Shakespearsche Narrenschwermut‹, die Walter Benjamin einmal in einem Gedicht von Karl Kraus – ›Fahrt ins Fextal‹ – gesehen hat, ich sehe und höre sie in diesem süßen Ruhen. Anders ausgedrückt: Das Gedicht durchbricht die Vernunft und nimmt den Wahnsinn zurück.

Ich schreibe bald wieder

Von Herzen Ihr
Werner Kraft

Der Regen beginnt.

Wir haben die ersten Schritte wegen unserer Reise getan. Die Schwierigkeiten sind sehr groß, und es wird einige Monate dauern, bis wir klar sehen.

In welchem Heft der Neuen Rundschau steht Heimanns Hölderlin-Aufsatz? Er interessiert mich sehr. Ich habe viel über Hölderlins Nachwirkung geschrieben.

Noch dies: Ich wußte gar nicht, daß Sie Linguistisches geschrieben und veröffentlicht haben. Ich würde es gern alles lesen!! Wie schade, daß aus der Dissertation über Jakob Böhme nichts wurde, von dem ich keine Zeile kenne! Wissen Sie vielleicht, ob er auch *Verse* gemacht hat? – Ich war etwa bis zur Untersekunda ein Musterschüler, aber das einzige verhaßte Fach war mir Naturgeschichte, und am verhaßtesten war mir Botanisieren, ich weiß selbst nicht warum. Und doch sind mir *einzelne* Blumen sehr vertraut gewesen, wie etwa das Wiesenschaumkraut oder der von Ihnen erwähnte Gundermann. – Ich bekam aber im Zeugnis immer Gut, weil ich als Erster nur einmal vor den Zeugnissen gefragt wurde und dann vorbereitet war!

Ich habe in der Natur im allgemeinen nur Ganzheitseindrücke, die sehr unzuverlässig sein mögen, aber so ist es leider. ›Meer‹, ›Wald‹, ›Berg‹, all das bedeutet mir viel. – Hölderlin erzählt in einem Brief von einer Fußwanderung und lehnt es ab, über Einzelnes zu berichten. Aber das ist auch die einzige Ähnlichkeit, die *ich* mit Hölderlin habe.

Ist es übrigens nicht seltsam zu denken, daß Hölderlins Gespräche mit Diotima die zwischen einem Schwaben und einer Hamburgerin waren?! Als Hölderlin die *einzelnen* Dinge der Natur *benannte*, war die Katastrophe da.

Kennen Sie das Gedichtbuch ›Der Ton‹ von Arno Nadel, der ein furchtbares Hitler-Ende gehabt hat? Ich quäle mich damit ab, weil Felix Stössinger in Zürich diesen Dichter sehr liebt und mich bedrängt hat, es zu lesen: Aber zum Lehrgedicht fehlt dem Denker die Autorität und zum Dichter die Sprache. Das ist traurig. Aber eben da ich das Buch enttäuscht hinlegen wollte, stieß ich auf den Vers: ›Dort fliegt ein Vogel wie ein Ja vorbei.‹ Das ist doch sehr schön!!

Mors

In den luftigen Abend schön
Fährt der Geist, wenn der Leib ihn trägt.
Hoch auf des Himmels Höhn,
Weil das Herz mir schlägt,
Seh' ich Sterne stehn.
Eine Greisin starb,
Die Nacht ist feuerfarb,
Ich habe das ewige Leben gesehn.

Dasselbe

Wenn alle dasselbe sagen,
Entsteht nicht dasselbe Lied?
Dasselbe mußt du wagen,
Dann blüht der Unterschied!

In einem gutgemeinten aber höchst ungeschickten Buch ›Verboten und verbrannt‹, das gleich nach dem letzten Weltkrieg erschien, fand ich einen Satz von Heimann, der ungefähr so lautet:

> Vergiß nicht, daß es Dichter auch in China gibt und Not und Leid auch um die nächste Ecke.

Das ist sehr schön!

Es gäbe noch so viel zu sagen. Nur die Zeit mangelt oder oft: die Kraft, sie zu rauben.

217. Wilhelm Lehmann an Werner Kraft

Klein-Wittensee, 20. Okt. 50

Lieber & herzlich verehrter Werner Kraft,
Ich bin eben von der ersten Tagung der Deutschen Akademie für Dichtung und Sprache zurück & melde Ihnen nur kurz: ich war es mir selbst schuldig, unter die zu erwählenden korr. Mitglieder Ihren Namen so dicht und energisch hineinzurufen als es mir nötig erschien. Dr Rudolf Pechel beschied mich, ich möchte bei Ihnen anfragen, er möchte sich, da naturgemäss das neue Israel feindlich gegen solche Bekundung sein möchte, nicht gern einen refus zuziehen. Dass Sie mich nicht kränken, wenn Sie ablehnen, brauche ich nicht zu sagen.

Nun brauchen Sie und ich uns nicht zu verständigen über das Problematische obgenannter Akademie und jeder Akademie überhaupt, ich für meine Person bleibe sowieso ein outsider, finde es aber richtig, bei ehrlichem Bemühen – und das liegt vor – mitzutun. Ich glaube, wir brauchen nie zu fürchten, Leute wie Benn und Jünger neben uns zu haben (dazu sind Pechel und Jancke zu peinliche Leute). Ich glaube, Sie werden leise lächeln, kann mir aber nicht denken, dass Sie mir bloss erklären, das sei alles Unsinn und Sie bedankten sich für so zweifelhafte kleine ›Ehrung‹. Auf jeden Fall, lieber Werner Kraft, schreiben Sie mir gleich, da ich nun einmal Ihren Namen genannt habe (die meisten kannten ihn natürlich nicht, Gerhart Pohl aber z. B., der neben mir sass, fragte eifrig nach Quellen: die »Wandlung« wird ja den meisten am zugänglichsten sein).

Sollte ich Ihre Wahl nicht durchsetzen, so wäre das gewiss nicht meine Schuld, aber ich *muss* es versuchen. Nun schickte mir Breitenbach mit einem freundlichen Brief Ihr *herrliches* ›Grabgewölbe‹, schon versuchte ich, einen Verleger zu gewinnen, vorläufig negativ, aber ich versuche selbstverständlich weiteres: wer weiss, vielleicht gelingt's doch! Ich lange eben erst an, finde Ihren Brief, der mir mehr bedeutet als alle Akademien der Welt, habe ihn mir noch nicht erarbeitet, danke aber, wie sehr, von Herzen & schreibe bald ausführlich und ordentlich. Das Ihnen geschickte MS kam zuerst zurück, weil ich Palestine statt Israel adressierte, dann sandte es mein Sohn noch einmal. Wenn Sie mögen, sei es Ihnen höchst gern geschenkt.

Immer Ihr W. L.

218. Werner Kraft an Wilhelm Lehmann

Jerusalem
31 Alfasi Rd
21.10.1950

Lieber Wilhelm Lehmann,
ich warte, wieder auf einen Brief von Ihnen, und er kommt nicht, ich hoffe aber, daß er bald kommen wird ... (Und anderes auch, denn ich habe gehört, daß Sie im Merkur einen Aufsatz über Jules Renard veröffentlicht haben, der mich aufs höchste interessiert, und in einem Prospekt über ein Übersetzungswerk französischer Lyrik fand ich *Ihren* Namen unter den Übersetzern aufgeführt?!)

Inzwischen haben wir den Besuch von Frau Krojanker erhalten, die sich einmal den von Ihnen so Gelobten ansehen wollte – ob der Eindruck kongruent war, bleibt abzuwarten. Frau K., die Ihnen herzlich zugetan ist, ist eine sehr charmante Frau, die in den Gewässern der Pen-Club Literatur schwimmt wie der Fisch im Wasser, von der mir aber an dem einen Abend nicht deutlich geworden ist, ob ihre Beziehung zur Sprache und Dichtung eine wesentliche und echte ist. So wenig ich es bezweifle, so wenig kann ich es mit Sicherheit sagen. Sie scheint Sie nur als Lyriker zu kennen, von Ihren Erzählungen wußte sie kaum etwas, aber es bedeutet zweifellos etwas, daß sie durch Ihre Lyrik angesprochen wird. Sie erzählte auch manches Interessante von der ihr in London zugänglichen Literatur, im wesentlichen deutscher, wobei ich durch sie hindurch den Eindruck gewann, daß weder die Lage all dieser mehr oder weniger bekannten Autoren objektiv erhebend noch ihre Leistung imponierend ist. Sogar Kasimir Edschmid hat in ihrem Herzen Raum .. Als sie bei uns eintrat, sah ich zuerst eine erstaunlich junge Frau, bei näherer Betrachtung wurde sie älter, schließlich aber auch wieder jünger, so daß der Gesamteindruck der ist, daß sie in schon reiferen Jahren sich überaus jung erhalten hat. Ich erfuhr übrigens von ihr, daß Sie in Deutschland viel bekannter sind als Sie wahrhaben wollen, daß im Stuttgarter Rundfunk Gedichte von dem *berühmten* Dichter vorgelesen wurden, und auch Herr Moras vom Merkur schrieb mir, daß Sie doch der bedeutendste aller chtonischen Lyriker seien und daß der Merkur, wenn er Platz habe, sehr gern Beiträge von Ihnen und über Sie bringen werde. Das freut mich sehr, wenn auch diese ›chtonische‹ Nomenklatur mir so wenig bedeutet wie hoffentlich auch Ihnen, aber an dem Henkel der Phrase läßt sich ein Getränk anfassen, das ohne ihn verschüttet würde, und so ist das, was nicht in Ordnung ist, mindestens praktikabel. Es wäre mir übrigens peinlich, wenn meine Worte über Frau K. Sie gegen sie einnehmen könnten, denn daß sie Ihnen, wie sie erzählte, für eine vorgeschlagene Reise nach London ihre Wohnung in ihrer Abwesenheit angeboten hat, zeugt doch von einer nicht gewöhnlichen Großzügigkeit, wie ich überhaupt glaube, daß sie wirklich Schwung hat und daß die ganz interesselose Hingabe an Sprache und Poesie bei Frauen verhältnismäßig selten ist. Sie erzählte auch Interessantes von dem mir unbekannten Bing und daß er Sie so besonders hochschätzt. Dabei fiel mir ein, daß er es war, der noch 1934 in der Frankfurter Zeitung von mir einen Aufsatz über den unbekannten Lyriker Anselm Elwert abdruckte!

Noch dies wollte ich Ihnen sagen: Ich habe gerade ›Stopfkuchen‹ von Wilhelm Raabe in einem Zuge gelesen. Ich kannte von ihm nur von früher her die Chronik der Sperlingsgasse und den Hungerpastor, Bücher, die ich vor langer Zeit mit Vergnügen und doch ohne wesentlichen Eindruck gelesen hatte. Dies aber ist ein außerordentliches, faszinierendes Buch, über das sich sehr viel sagen ließe. Sicherlich kennen Sie es! Ist es nicht der Gegenpol zum Michael Kohlhaas? Eine umwerfende Stelle fand ich darin. Der ohne Unterbrechung sprechende Stopfkuchen sagt plötzlich:

> ›Unterbrecht mich doch nicht immer! Diese ewige Aufgeregtheit in der jedesmaligen, eben vorhandenen Menschheit, bis sie sich hinlegt und tot ist!‹

That is the point, sagt ja wohl der Engländer, und damit leben Sie für heute wohl, lieber Wilhelm Lehmann, ich grüße Sie und Ihre Frau sehr herzlich, auch von der meinen,

immer Ihr
Werner Kraft

Heute morgen haben wir einen sehr schönen Spaziergang durch die weiße Sonnenlandschaft gemacht, mit dem herrlichen Blick auf die alte Stadt, auf die Omarmoschee, auf das Kidrontal, Gethsemane usw usw Nicht zu beschreiben!!

219. Werner Kraft an Wilhelm Lehmann

Jerusalem
4.11.50

Lieber Wilhelm Lehmann,
ich habe jetzt eine Woche lang über Ihren letzten Brief nachgedacht und will Sie nicht länger auf eine Antwort warten lassen. Ich danke Ihnen aus vollem Herzen für das, was Sie für mich getan haben, es hat mich tief erfreut und gestärkt, und ich bin keineswegs so, daß ich einer solchen öffentlichen Ehrung, und sei sie in ihrem Ausmaß auch noch so klein, mit einer ›Weisheit‹ begegne, die ich eben nicht besitze. Wenn ich aber im Augenblick dazu weder Ja noch Nein sagen kann, so nehmen Sie das bitte ganz wörtlich. Ich bitte Sie, noch etwas Geduld zu haben. In nicht zu ferner Zeit hoffe ich Ihnen genau meinen Standpunkt zu entwickeln, aber aus wirklich zwingenden Gründen kann ich heute nicht mehr sagen. Ich kann mir sehr gut denken, daß Sie trotz Ihrer ausdrücklichen Zusicherung, nicht gekränkt zu sein, über diese heutige Antwort traurig sind, und das würde mir aufrichtig leid tun und um so mehr, als ja meine endgültige Antwort gar nicht die Absicht hat, vorweg negativ zu sein. Es ist eben alles in der heutigen Menschheit bis zur Unerträglichkeit schwer, aber ich bin sicher, lieber Wilhelm Lehmann, daß Sie auch das Unausgedrückte verstehen werden.

Sehr danke ich Ihnen auch für Ihr wunderschönes Bild, auf dem ich nur Ihre Augen voll aufgeschlagen gewünscht hätte, wie Borchardt einmal von George sagt, was er von Ihnen *nicht* hätte sagen können, ihm fehle, was seiner Epoche fehle, das heilig über Groß und Klein aufgeschlagene Auge, das gottgleich wird, indem es die Welt Gottes nachschafft. Ihr Bild hat einen Ehrenplatz auf meinem Schreibtisch, ich kann es immer sehen.

Inzwischen war Frau Krojanker noch einmal bei uns. Sie hat Jerusalem verlassen. Sie wird am 11.11. wieder in London sein. Sie ist eine charmante Frau! Von ihr hörte ich auch, daß Sie in Zürich aus Ihren Gedichten vorgelesen haben. Das haben Sie mir verschwiegen. Ich würde darüber gern noch nachträglich etwas hören, um so mehr als ich auch ›bald‹ in Zürich zu sein hoffe, ohne dieses ›bald‹ im Augenblick schon präzisieren zu können. Daß meine Anthologie Ihnen gefällt, ist mir eine besondere Freude. Bitte sagen Sie mir alles, was Ihnen an Positivem und Negativem aufgefallen ist. Mir ist alles *sehr* wichtig. Daß von Schiller nichts darin steht, ist purer Zufall, ich denke aber an die Aufnahme des großen Distichons ›Wanderer, kommst du nach Sparta‹. Ich danke Ihnen für alles innig, was Sie praktisch für das Buch tun wollen, nur bitte ich Sie, es nur an Menschen zu schicken, die Sie als *zuverlässig* kennen, da die Gedichte in Beziehung auf ihren Herausgeber ja ohne jeden Schutz sind und jeder, ohne ein Unrecht zu tun, frei über sie verfügen könnte. Daß Sie mir übrigens Ihre ›Anfänge‹ schenken, ist mir höchst willkommen, und ich danke Ihnen sehr. Denken Sie aber bitte immer daran, auf der Adresse Ihrer Briefe an mich *Israel* anzugeben, sonst passiert es eben, daß die Briefe in das *arabische* Jerusalem gehen, das von dem jüdischen absolut getrennt ist, mit all den traurigen Folgen für den Empfänger, der vergebens wartet …

Hier ist, nach dem ersten Regen, noch überraschend schönes Wetter. Neulich saßen wir einmal *ausnahmsweise* auf der Terrasse des vornehmsten hiesigen Hotels mit dem Blick auf die Altstadt. Könnte ich Ihnen einen solchen Blick, wie *Goethe* sagt, ›herübersegnen‹, er würde, wie *Sie* sagen, ›nahrhaft‹ werden, aber es geht leider nicht. Auch bin ich ein schlechter Beschreiber der sichtbaren Welt, obwohl ich sie der unsichtbaren vorzuziehen glaube.

Zu meinem Erstaunen las ich neulich, daß Elisabeth Langgässer gestorben ist, das muß Sie sehr geschmerzt haben. Zugleich mit Shaw, der ist, was er ist und vielleicht nicht ist – Karl Kraus hat ihn maßlos gehaßt, noch mehr aber seinen Übersetzer Trebitsch und einmal mit tödlich ungerechtem (aber auch gerechtem) Witz von Shaw gesagt: ›Dieser gut ins Englische übersetzte Trebitsch!‹ – ist die amerikanische Dichterin Edna St. Vincent Millay gestorben. Sie soll sehr bedeutend sein. Kennen Sie sie? Wie fühlen Sie sich in Ihrer neuen Wohnung? Viele herzliche Grüße Ihrer Frau und Ihnen immer Ihr Werner Kraft

Bald mehr! – Was hat eigentlich ein solches corr. Mitgl. zu tun?

220. Werner Kraft an Wilhelm Lehmann

Jerusalem
31, Alfasi Rd
27.12.1950

Lieber Wilhelm Lehmann,
warum haben Sie so lange nicht geschrieben, obwohl Ihr letzter Brief nach Ihrer Rückkehr aus München in dieser Hinsicht so viel versprach? Geht es Ihnen nicht gut? Leiden Sie unter der Kälte? Oder – hat Sie meine Antwort auf Ihr großherziges Eintreten für mich *doch* verstimmt?! Ich kann es nicht glauben, und will hoffen, daß sich alles durch die bekannte menschliche Unzulänglichkeit erklärt, von der auch ich meinen Teil habe. Denn ich hätte Ihnen schreiben können – und wollte es jeden Tag –, aber diesmal habe ich abgesehen von besagter Unzulänglichkeit noch eine halbwegs plausible Erklärung: ich bin *wirklich* mit Arbeit überlastet. Ich soll nämlich für Döblins Akademie in Mainz so schnell wie möglich zwei Auswahlbände mit Einleitung fertig machen: von Karl Kraus und Else Lasker-Schüler. Das macht Arbeit, nach acht Stunden Dienst!! Aber ich will nun zur Sache kommen, die hoffentlich alle Entschuldigungen überflüssig macht, nicht ohne zuvor Ihnen und den Ihren wenn auch etwas verspätet meine innigsten Wünsche zu Weihnachten und Neujahr zu sagen, auch von meiner Frau, und als Trost dies: Es wird *zunächst* keinen Krieg geben; was in drei Monaten ist, weiß ich nicht, aber ein Krieg, der *jetzt* nicht ausbricht, *kann* zur Folge haben, daß derselbe Krieg auch in drei Monaten *nicht* ausbrechen wird. (Aber das ist schon höhere Mystik!) Nun die Hauptsache: Wenn nicht alles trügt, haben wir von heute an die *begründete* Hoffnung in spätestens 6 Wochen unsere Reise antreten zu können. Ich freue mich sehr auf Sie und weiß, daß Ihre Freude die gleiche ist! Und auch dies als antizipiertes ›Weihnachtsgeschenk‹: Dr. Walter Meier, der Herausgeber der Neuen Schweizer Rundschau, hat mir 6 Seiten eingeräumt für einen Aufsatz über Sie. Leider – mit Freude! – muß ich diesen Aufsatz auch schreiben, da ich den größeren Aufsatz nur bedingt verwenden kann, denn Dr. Meier möchte, daß ich auch über Ihre Aufsätze usw spreche. Nun, es wird alles geschehen! Auch Dr. Jancke hat mir einen sehr freundlichen Brief mit Beziehung auf Sie geschrieben und mich um Mitarbeit für seine Zeitschrift gebeten. Nur Ihren Renoir-Aufsatz habe ich leider noch immer nicht gelesen. Dagegen werden Sie meine Kritik in ›Merkur‹ zu dem Georgebuch von Salin gelesen haben. Übrigens mißfällt mir die faustdick unterstrichene politische *Tendenz* der

Zeitschrift, und mir mißfällt auch der Beitrag von Carossa. Ich halte ihn nicht für einen großen, wenn auch für keinen kleinen Dichter und sonst für einen sicherlich privat grundanständigen Menschen. Aber welcher Dämon hat ihn verführt, dieses vielleicht zwangsmäßige Versagen vor Teufeln mit solcher Harmlosigkeit auszuplaudern?! Ich will es gar nicht wissen. Wenn ich es aber lese, möchte ich sagen, daß schlimmer als die Tatsache, daß er sich von Göbbels hat einfangen lassen, für mich die Tatsache ist, daß er im Begriff steht, sich von den neuen Gewalten aufs neue einfangen zu lassen. Er merkt gar nicht, daß man ihn wieder benutzt, daß man *das* heute braucht: eine moralische Intaktheit, die ihre Blöße zeigt und gleichzeitig sagt: ich war dagegen. Besonderen Eindruck hat jene Frau von Schirach auf mich gemacht, die schon 1944 von Hitler »grenzenlos enttäuscht« war. Und die Zeit zwischen 1933 und 1944?! Nein, so geht es nicht! Doch genug für heute! Auf frohes Wiedersehen in nicht zu langer Zeit immer

Ihr Werner Kraft

[von Erna Kraft:
Herzlichste Grüsse und auf Wiedersehen! Ihre Erna Kraft]

221. Werner Kraft an Wilhelm Lehmann

Jerusalem
31, Alfasi Rd
6.1.1951

Lieber Wilhelm Lehmann,
nehmen Sie meinen allerherzlichsten Dank für Ihren wunderbaren Gedichtband, der mir als die schönste Überraschung ins Haus kam und mich sogar vergessen ließ, daß ich persönlich schon wieder so lange von Ihnen nichts gehört habe. Denn dies ist eine persönliche Mitteilung ersten Ranges und eine überpersönliche dazu. Ich kann Ihnen nicht so ausführlich über meinen Eindruck schreiben, wie ich möchte. Dies ist aber aus zwei Gründen nicht schlimm: 1) werden wir uns in absehbarer Zeit sehen und 2) wird manches von meinem Eindruck in den Aufsatz über Sie eingehen, den zu schreiben ich im Begriffe stehe. Wenn ich sagen sollte, welche Gedichte mir besonders gefallen haben, wäre ich in Verlegenheit, denn sie haben mir *alle* gefallen und das Ganze dazu. Ich höre eine reine Menschenstimme mit

ihrem unverwechselbaren Grundton, der das ›chtonische‹ Gerede im ›Merkur‹ mit Ihrem prachtvollen Renoir-Aufsatz als Phrase entlarvt (mit einem falschen Genitiv dazu: ›*von* W.L., *des* feinsinnigen‹ (?!) usw!!) Ganz persönlich hat mich etwas Geringfügiges gestört, nämlich das für meine Augen (noch) unmögliche Schriftbild ›Chal‹, denn *ich* halte bis auf weiteres ›Shawl‹ noch für das deutschere Wort! Dabei ist das Gedicht ›Solothurn‹ – ein verschämtes Sonett! – so besonders gehaltvoll, daß ich sagen möchte: obwohl ich es ganz nicht verstehe, glaube ich es ganz zu verstehen und bedarf keiner Erklärung für dieses in eigenster Sache so verschwiegene wie ausgesprochene Seelenbekenntnis. Ganz von weitem erinnert es mich an das Gedicht ›Versäumnis‹ von Karl Kraus:

›Da ist mir neulich was widerfahren
und fast wär' es gut mir ausgegangen.
Mir träumte von einem späten Verlangen,
mir träumte, daß ich nach hundert Jahren
punkt drei die Schönste von allen Schönen
zu treffen versprochen und leider versäumt.
Doch als ich den Traum zu Ende geträumt,
da schien mich das Schicksal halb zu versöhnen,
und da ich erwachte, da war's erst zwei
und ich fand, es wird mit der Zeit noch langen!
Doch schon befiel mich ein neues Bangen:
denn ach sie selbst war leider vorbei.‹

– Aber ich breche ab, obwohl es *noch nicht genug* [Nachtrag: Sehr schöner Titel!] ist. Das Fehlende wird aber nachgeliefert. Vielleicht finde ich *im Augenblick* am allerschönsten: Makarie. – Leben Sie wohl, lieber Wilhelm Lehmann, mit den herzlichsten Grüßen für Ihre Frau und Sie, auch von meiner Frau,

immer Ihr Werner Kraft
Und auf Wiedersehen!

Wenn Herr Holthusen Goethe zitiert, ist Vorsicht geboten. Er zitiert ›In unsres Busens Reine‹, und ich lese: ›Enträtselnd sich de*m* ewig Ungenannten‹. Bei Goethe steht aber: *den*, und dadurch wird der Sinn zweideutig. Ich glaube nicht, daß H. sich auf eine andere Lesart berufen kann!

Dasselbe
[vgl. Nr. 216, S. 401]

222. Wilhelm Lehmann an Werner Kraft

Klein-Wittensee, 13. Januar 1951

Lieber Werner Kraft,
Nun heisst es nachholen! Am 4. Oktober heisst es in Ihrem Brief »Ich habe in der Natur im allgemeinen nur Ganzheitseindrücke, die sehr unzuverlässig sein mögen, aber so ist es leider. ›Meer‹, ›Wald‹, ›Berg‹, all das bedeutet mir viel.« Darüber habe ich viel nachgedacht. Als ich, einer Anfrage wegen, mit mir zu Rate ging, ob ich eine Lebensskizze von mir selbst (was ich Ihnen schickte, kommt mir sonderbarerweise gar nicht so vor) schreiben sollte, lauter Details häufen und zu welchem ›Ergebnis‹ kommen? fiel mir eine sarkastische Erörterung des Biografiewesens von heute in die Hand.

> »For 300 francs anybody can live three months of M. Cocteau's life, hear the edge of his talk, participate in small daily sensations of fatigue or exhileration, and even, when it is apposite, discover at what hour he finished shaving on a particular morning. And yet, can these touches of detail really be said to reveal anything of interest about M. Cocteau? And, in general, can the highly conscious desire of the modern autobiographer to explain and describe everything about himself be said to assuage much of the curiosity which it arouses?«

(wobei etwas über Neugierde zu sagen wäre, wohl nicht dasselbe wie curiosity) und dann erinnert der Aufsatz an Assyrian autobiographical simplicity –

> »I am the King, I am the Lord, I am the exalted, the great, the strong, I am famous, a Prince, I am noble, triumphant in war, I am a lion, the beloved of Ramman, greatest of the Gods«.

Doch, auch mir bedeuten ›Baum‹ ›Berg‹ ›Meer‹ viel, ich könnte ohne sie nicht auskommen, gleichwohl ist Ihr Blick antiker, ideenvoller Art, und ich muss mich mühsam, als ein rechter Nominalist, mit Hilfe von Einzelheiten zu einem Ganzen hinarbeiten. Was soll ich machen, wenn jemand seine kritischen Bedenken gegen meine Gedichte so äussert:

> »Das meiste, was einzuwenden ist, richtet sich gleichzeitig gegen jetzt bemerkbare Zeitströmungen in der Lyrik. Gemeint ist zunächst das überall festzustellende Eindringen fremder Grundstoffe in die Kunst. Bei L. äussert sich das im Überhandnehmen botanischer Bezeichnungen, die sich mit dem poetischen Ausdruck, der

> an ihrer Stelle zu fordern wäre, nicht decken oder ihn absichtlich verdecken wollen (!). In einem Gedicht, einer Sommerlandschaft, steht die Zeile ›Der Odermennig schneller seine Früchte reift!‹ Das kleine wohlriechende, bitter schmeckende Kraut, das gemeint ist, wird nun aber durch den botanischen Namen ›Odermennig‹ nicht zum heissen Leben erweckt; weder ›Oder‹ noch ›Mennig‹ vermögen das. Sicher vermögen sie es beim Dichter selbst; beim Leser nicht.«

Da muss ich mich wehren: welcher Name könnte es denn tun wenn nicht der ihm wie angeboren ansitzende? Am nächsten Wiesenstück kann jedermann es übrigens finden, mir ist beides von Kind aus vertraut und bemerke, der ich mich furchtbar gern von wirklichen Kennern über Biologisches orientieren lasse, dass hier ein Pseudokenner sich gross tut, indem das »Kraut« weder klein ist noch wohlriecht noch bitter schmeckt! Ist das nicht sehr lustig? Ich finde, dergleichen Gerede geht ganz an meinen Gedichten vorbei, so sehr es sich den Anschein gibt, genau zu sein. Ach ja! »Es ist leichter sich zu begeistern als gelten zu lassen«, aber der Verfasser, ›G. von der Vring‹ ist nur ein soso lala Dichter und sein Wunderhornsingsang ist nicht sauber und trifft bestenfalls ab und zu eine vage »Stimmung«. In München lernte ich Georg Britting kennen, einen riesigen, warmen, auch wohl an gewissen Stellen zarten Mann, der mich mit respektvoller Herzlichkeit empfing, er hat mich ja in die Bayrische Akademie gelotst (ich bin alt genug zu wissen, wie viel solche Ehrungen bedeuten und was sie *nicht* bedeuten), wir waren aber ›nett‹ zusammen. Ich kann ihm ja nicht erklären, dass ich seine als »grosse bayerische Lyrik« gepriesenen Gedichte sämtlich für herrlich schwach halte, dass das Geschwätz von ›bajuwarischem Barock‹, von Farbigkeit usw unsinnig ist, dass sie zu Grunde gehen an einem unübertrefflichen Grad von Gedankenlosigkeit & zusammenfallen wie aus Pappe geklebte Bilderbuchtiere, dass mir dieses derbe ›Lob des Weines‹ (ein ganzes Buch voll davon) mit Leichtigkeit von der einzigen Zeile Gottfried Kellers aufgewogen wird »Und der selbstvergessne Zecher lauscht«. Zum Teufel mit dieser rustikalen Animalik – es ist Infantilismus, nein, ich täusche mich [!], so gern ich »gelten lassen« wollte. Lachen Sie mich aus! Die B.A., im fast unzerstörten schönen Prinz Karl Palais (herrliche Räume) untergebracht (und vom B. Kultusministerium subventioniert, sie hat in der Tat noch, m.E., wirklich aristokratische Züge, diese Akademie, im Vergleich zu »unserer«, die sich wirklich proletarisch mühen muss. Natürlich befeinden gewisse Leute dieser letzteren die erstere, die ich aber durchaus in Schutz nehmen muss, denn anstatt über die tausend verhungernden deutschen Schriftsteller zu ächzen (worauf sich die D. A. nolens volens beschränken muss, da sie mittellos ist), tut sie, im Stillen, nobel & unalmosenhaft, tüchtigen jungen Künstlern Gutes: das *weiss* ich vom Sekretär, dem jungen, sehr reizenden, natürlichen (antikisch dichtenden) & offenen Grafen Podewils (was er und seine Frau schreiben ist, glaub ich, nur edelmännische Art, kein Schreck und keine Entdeckung). Ich war also zum 18. Dez. von München eingeladen, im internen Kreis – nach herrlicher alter Musik eines deutsch-amerikanischen Trios – es wurde nach 10 Uhr Abends –, mich sozusagen als Mitglied vorzustellen, d. h. ein paar Gedichte vorzulesen. Ich tat's. Wie's gewirkt hat, weiss man nie. Eine Dame lobte mich, ihr als Bayerin (*alles* waren Bayern, ausser der mir wegen ihres verflossenen Führergedichts suspekt gebliebene Ina Seidel) habe mein spitzes ›st‹ und ›sp‹ gefallen: nun, immerhin etwas. Leute wie der Maler Max Unold, der ›Dichter‹ Ernst Penzoldt, der Kritiker Brauer kamen mir reichlich selbstgefällig vor – ich liess mir das alles nur so gefallen & hatte mit mehr nicht gerechnet, habe mich dafür an einer kleinen Maillolausst. weidlich erbaut, geliebte französ. Impressionisten gesehen und grossartige Rembrandts. Die Reise bezahlte mir die Akademie, ich fuhr in einem grossen Touring Bus morgens ½ 8 von Kiel ab, Abends 22 in Frankfurt, Übernachtung, von Frkt. morgens ½ 8, in München 6 Uhr. Auf der Rückreise war ich in Frkt. Gast bei Gottfried Stein, der vom Hess. Kultusministerium beauftragt, ein grosses Schullesebuch, kühn & weitgreifend, herausgibt, sich deshalb auch an mich wandte: es war ein angenehmer Tag, seine jüdische Frau, die er in der Schreckenszeit in einem Eifeldorf verborgen gehalten hat, kam mir besonders wohltuend entgegen bei solcher Gelegenheit lebt immer in mir die Atmosphäre Moritz Heimann auf). St. hat übrigens Romane und entzückende Vogelbücher geschrieben [Nachtrag: und hat für den Frankfurter Oberbürgermeister Kolb die Begrüssungsrede an Mann im Goethejahr verfasst]: in s. Zimmer zwei Käfige mit zwei Nachtigallen, in der Küche ein Gartenrotschwanzweibchen, selbst aus dem Nest aufgezogen, eine sehr schwierige Sache! Was ich bei der Gelegenheit über Frankfurter Schulverhältnisse erfuhr, empörte mich & liess mich alten Eckernförder rufen »Wir Wilden sind doch bessere Menschen«.

Noch einige petits riens. Vielleicht muss es Leute wie Edschmid geben, freilich nehmen sie dem Echten den Platz fort. Ich hab ihn nun in Darmstadt sehen können. Irgend etwas an dem Mann rührt mich: ein Darmstädter, der absolut ›europäischer Schriftsteller‹ (= prunkhafte Nichtigkeit) sein will (das macht er durch Italienreisen, durch Löwenschiessen im Kongo, Skilaufen) – er und Frank Thiess bescheinigen sich dieses Europäertum gegenseitig), an sich ein harmloser Studienratssohn aber – die seignoriale Maske, die er seit je trägt, ist ihm wirklich angewachsen & es würde gar nicht so furchtbar lächerlich wirken, wenn er vor einer – sicher reichen, sicher schönen – Dame niederkniete und ihr ein provenzalisches Troubadourlied zupfte. Die Darmstädter (hoffentlich ertrinkt die Ak. nicht im D-er Lokalpatriotismus: die Drehorgel spielt: die Stadt, wo Lichtenberg, Merck, Goethe und – Edschmid wohnten & wohnen) verzeihen ihm seine Fehler & sind gerührt, wenn E., selbst gerührt, s. geputzten Auditorium die Bombenzertrümmerungsnacht von D. schildert, er schliesst natürlich mit Nachtigallen, die trotz der Bomben sangen – wozu doch diese Tiere manchmal herhalten müssen! Im Grunde interessieren mich weder er, der gewaltige Seigneur, noch der baltische Ballettmeister Frank Thiess die Spur! Was keinesfalls nur ein Positivum für mich bedeuten mag (s. Hugo v. Hofmannsthals Wort vom gelten lassen – aber ich lasse ja auch gelten). Scharf und gut ist mir Süskind in der Erinnerung. Viel nette Leute. Gross? O so gross wie sie heute sein können!

Wie es mich freut, dass Sie den Renard(ein reizender Schreibfehler lässt Sie Ren*oir* sagen)aufsatz mögen: hier verlässt mich einmal mein sporadisches Selbstgefühl nicht, ich finde ihn selbst gut & finde, er fordert auf, J.R. zu lesen. Übrigens bin ich betrübt, dass ich, Jahre lang vom unmöglichen Paeschke genarrt & hingehalten, nicht noch anmerken konnte, dass eine schöne Fotografie J. Renards einen nazarenischen Ausdruck zeigt.

Wenn Sie es für der Mühe wert halten, dann dankt ich Ihnen sehr, möchten Sie eines Tages aus dem ›Anfang‹ MS alles [xx]gatorische merzen. Dass von einer Verstimmung, falls Sie die Mitgliedschaft der Ak. ablehnen (ich respektiere *immer* Ihre Entscheidungen, glaube Sie doch auch zu verstehen!), nicht die Rede sein kann, wissen Sie. Und nun Ihr Brief mit der 1. Nichtkriegsbotschaft, 2 dass Sie kommen werden (o wie wir uns freuen und schon Ihre Unterkunft planen: können Sie schon abmessen, wieviel Tage Sie uns, mir schenken werden??) 3. dass Sie, es wäre das 1. ausführliche öffentliche Mal, in den ›Schweizer Monatsheften‹ über mich schreiben werden. – Nachträglich: ich war kühn genug, Ihre sehr wichtige Goethemarginalie in der Zs. der Ak. erscheinen zu lassen! Hoffentlich sind Sie nicht böse!

Dass Binding in »die Abschiedshand« aufgenommen wurde, ist sicher nicht im Sinne Oskar Loerkes geschehen. Dann, S. 86 ist der Anfang der mittleren Strophe unverständlich, es muss heissen

Auf rote Blüten der Kastanienkronen
Hintreten, usw.

Moritz Heimanns alten Hölderlinaufsatz besäss ich selbst gar zu gern: übrigens verlor er etwas vom Erinnerungsglanz, als ich ihn vor Jahren in e. Bibliothek einsah. Endlich: man hat, rechtlich, die Akademie Zs. gerügt, dass sie Karl Kraus nicht zu kennen scheine. Ich nenne dem Jancke Sie als *den* berufenen. Bitte, lieber W. K., danken Sie mir für nichts in dieser Beziehung: das ist alles nur fitness of things & müsste von Rechts wegen noch ganz anders sein!

Sie haben alle Hände voll zu tun, sonst wenn Sie einen zur Einführung der deutschen Ignoranz dienlichen Krausaufsatz liegen haben, schicken Sie ihn Jancke. Er wird sicher gedruckt.

Ich freue mich Ihres Mainzer Auftrages.

Um den ›niedlichen‹ (fraglichen) Vergleich des Wespenkörpereinschnitts mit einem Damenmieder baut der Mann ein ganzes Sonett herum. Resultat 0,000.

Sonntag 14. Jan 51 Abds: Nun geht der Brief doch erst morgen weg. Reisen Sie nicht zu früh: das Wetter ist miserabel, Sie müssen warmes Zeug mitnehmen. Herrlich wärs, wenn Sie uns Sonne mitbrächten!

Noch einmal: tausend Grüsse! u. bald hier!

So viel Nässe haben wir (seit September!) noch nicht erlebt.

Pechel. m. E. kein »Kopf«, aber sauber, und das ist in solcher Position viel wert. Im Ganzen kann man auch hier und bei der unbedeutendsten Eitelkeit sagen, nicht viel Bedeutendes, aber Fleiss und Bemühen.

223. Werner Kraft an Wilhelm Lehmann

Jerusalem
31.1.1951

Lieber Wilhelm Lehmann,
ich danke Ihnen vielmals für Ihren reichen Brief, aber es ist mir ganz unmöglich, auf ihn noch gebührend zu antworten. Ich habe nicht mehr die Sammlung dazu. Ich schreibe nur, um Ihnen zwei Dinge zu sagen:

1) daß gerade heute die letzten Schwierigkeiten überwunden sind und daß wir am 15.2. fahren können

2) daß ich einen Brief von Dr. Walter Meier, dem Herausgeber der Neuen Schweizer Rundschau erhalten habe, in dem er schreibt, daß ihm ›die schöne Studie‹ – über Sie – ›ausnehmend gut gefalle‹ und daß er sie ›so bald wie möglich‹ drucken werde. Was Letzteres angeht, so müssen wir wohl mit 4-5 Monaten rechnen, ehe sie erscheint, in diesem Punkte ist ein Herausgeber nie zuverlässig, ich freue mich aber trotzdem sehr für Sie und auch etwas für mich. Freilich habe ich entsetzlich konzentrieren und kürzen müssen. Das tut mir selbst sehr leid, aber wie der Komiker Valentin zu sagen pflegte: Eine Brille ohne Gläser ist besser als gar keine, und 6 Seiten sind nicht 12 aber doch zweifellose 6, und ich hoffe, daß Sie im ganzen den Aufsatz Ihrer nicht unwürdig finden werden. Aus Zürich werde ich Ihnen Näheres über unsere Ankunft schreiben, ich denke kaum vor Mitte März. Ihre und Ihrer Frau so herzliche Einladung rührt uns sehr.

Viele Grüße Ihnen beiden

Ihr Werner Kraft

Den Durchschlag meines Aufsatzes bringe ich mit.

Dem schlechten Wetter werden wir geistig Trotz bieten!!

224. Werner Kraft an Wilhelm Lehmann

Lüneburg
9.3.1951

Lieber Wilhelm Lehmann,
Überraschungen bieten oft Überraschungen, darum schreibe ich Ihnen in aller Eile, in der Hoffnung, daß wir nicht früher ankommen als diese Mitteilung –: Wir treffen morgen, Sonnabend im Laufe des Nachmittags bei Ihnen ein. Diese Karte soll schnell fort, darum weiß ich noch nicht genau, *wann* wir in Eckernförde ankommen. Wir werden drei Tage bleiben, falls Sie nicht früher an uns genug haben. Bis dahin also auf frohes Wiedersehen

Ihr
Werner Kraft

225. Werner und Erna Kraft an Wilhelm und Frieda Lehmann

[wohl 13. März 1951]

Liebe Familie Lehmann,
es waren ganz unbeschreiblich schöne und wohltuende Tage mit Ihnen, die wir nicht vergessen werden. Haben Sie beide vielen vielen Dank. Wir haben uns erlaubt zu den Kosten Ihrer Gastfreundschaft beizutragen und bitten nachträglich um Ihr Einverständnis. – Der Prophet hat Recht behalten: wir haben zwar nichts mitgenommen aber etwas dagelassen: in Agathens Zimmer ein Paar hellbraune Damensöckchen, innen drin mit Nylonstrümpfen. *Bitte bringen Sie sie nach Hamburg mit!!!*

Nichts soll endgültig sein, alles wird wiederkommen.
Auf frohes Wiedersehen zunächst am Mittwoch

Ihr
Werner Kraft

[von Erna Kraft:
und Erna] [unter dem Namen Kraft ein Wiederholungszeichen]

226. Werner Kraft an Wilhelm Lehmann

Lüneburg
15.3.1951

Lieber Wilhelm Lehmann,
es waren schöne Tage, und der eine Tag hätte sie nicht schöner machen können. Dennoch wäre dieser Tag, als Tag, besonders schön geworden, und als unser Autobus an Ihrem Hause vorbeifuhr, zuckte es mir in den Gliedern, aber es war schon zu spät .. Der See schimmerte, aber wir fuhren, und es war kein Halten mehr möglich.

Immer wieder ist es mir beglückend aber auch beunruhigend, zu denken, daß Sie sich zu mir so hingezogen fühlen wie ich zu Ihnen, denn ein größerer Gegensatz zwischen zwei Menschen scheint mir kaum denkbar, und wenn ich diesen Gegensatz rein durchdenke, komme ich doch nur zu dem Ergebnis, daß gerade er die Identität begründen könnte. Was meinen Sie?

Also wir sehen uns am Mittwoch. Ich habe noch nicht auf den Fahrplan gesehen, ich werde aber so früh fahren, daß ich Sie um 9^{20} morgens im Reisebureau der Hapag treffen werde. Nun gibt es aber noch ein Problem, das ein moralisches ist. Als ich Hubert Breitenbach erzählte, daß ich Sie am Mittwoch noch einmal sähe, sagte er sofort, er wolle mitfahren – es ist sein erster Ferientag –, und ich hatte einfach nicht die Kraft, ihm mitzuteilen, daß Sie lieber zu zweien als zu dreien sein wollten, was ich völlig verstehe ... Aber er freute sich so auf dieses Zusammensein, und später erzählte er mir, daß er Sie sogar persönlich kenne, von einer englischen Stunde in Holzminden, als er bei Ihnen hospitierte und als Sie ihm, dem angehenden Lehrer, Mut zusprachen .. Ich überlasse nun Ihnen die Lösung des Problems. Die schlimmste Lösung, daß Sie überhaupt nicht kommen, möchte ich ausschließen. Aber vielleicht könnte man die Dinge in Hamburg so ordnen, daß wir zunächst allein zusammen sind und dann zu dreien. Das würde er sicherlich verstehen. Bitte sagen Sie mir umgehend ein Wort! –

Habe ich den Aufsatz über Kleist bei Ihnen liegen lassen? Wenn ja, bringen Sie ihn, bitte, mit! Und noch eine Bitte: Das Buch von Kommerel über das Gedicht würde ich doch gern lesen. Könnten Sie mir es mitbringen? Ich würde es Ihnen dann von Paris aus zurückschicken. Und die Nilonstrümpfe meiner Frau!! Viele herzliche Grüße und auf Wiedersehen

Ihr Werner Kraft

Ihrer lieben Frau meine allerherzlichsten Grüße und innigen Dank für Ihrer beider so unendlich wohltuende Gastfreundschaft. – Ich schreibe an dem Kraus-Aufsatz ...

227. Werner Kraft an Wilhelm Lehmann

Lüneburg
17.3.1951

Lieber Wilhelm Lehmann,
also es ist alles in Ordnung. Ich habe mit Hubert Breitenbach offen gesprochen, er hat sofort alles eingesehen, und es kommt hinzu, daß er plötzlich am Mittwoch auch dienstlich verhindert ist. Trotz allem bedauert er, Sie nicht zu sehen, da er Sie nicht etwa auf dem Umweg über mich sondern auf dem Weg über sich selber aufrichtig schätzt und sich innerhalb seiner Kompetenz als Lehrer des Deutschen tatkräftig für Sie einsetzt. Auch hält er seine Einladung aufrecht, daß Sie bei einer etwaigen größeren Reise in Lüneburg unterbrechen mögen, um bei ihm zu übernachten und am nächsten Tage weiterzufahren.

Er behält sich auch vor, im Sommer einmal eine Radtour zu Ihnen zu machen. Ich bin überzeugt, daß sich eine solche Begegnung auch für Sie lohnen wird.

Also auf frohes Wiedersehen am Mittwoch Morgen 9^{20} in dem Hapag-Büro bei hoffentlich schönerem Wetter, als gerade heute hier herrscht, während gestern ein herrlicher Vorfrühlingstag war, und mit vielen Grüßen, auch für Ihre Frau

Ihr Werner Kraft

Ich habe hier das Drama ›Die goldene Harfe‹ von Hauptmann gelesen, von dem ich nur wußte, daß es um 1933 vor Hitler in München aufgeführt wurde. Dennoch muß ich sagen, daß ich beeindruckt bin. Es ist ein dichterisch sehr starkes Stück. Kennen Sie es?

228. Werner Kraft an Wilhelm Lehmann

Jerusalem [richtig: Lüneburg]
23.3.1951

Lieber Wilhelm Lehmann,
Ihrer Frau und Ihnen sende ich, auch von meiner Frau, die schönsten Ostergrüße. ›Vom Eise befreit sind Strom und Bäche Durch des Frühlings holden, belebenden Blick‹ – ganz stimmt es leider nicht, wenigstens nicht hier, wo Regen und Sturm herrscht, aber er wird kommen, und –

ich glaube, es war sehr gut, daß unser Abschied in Hamburg so schnell und kurz war. Ich sehe darin einen Wink – Winke sind, nach Heraklit, die Sprache der Götter –, daß dieser Abschied keiner für immer ist. Wir wollen solche Kleingläubigkeit gar nicht erst aufkommen lassen, und ich hoffe, Sie sind einverstanden.

Die drei Briefe habe ich mit tiefer Bewegung gelesen. So sieht heute ein junger Mensch – und Jude – aus, so sieht die Welt von heute aus. Sie haben Grund, stolz zu sein, daß er sich gerade an Sie gewendet hat. *Man müßte ihm helfen.* Aber wie? Da meldet sich sofort die Schwierigkeit. Früher, in den besseren schlechten Zeiten sprach man einem solchen Menschen, so gut man konnte, einfach und aufrichtig Mut und Vertrauen zu, in der schweigenden Hoffnung, daß er Kraft genug habe oder finde, um zu leben und zu überleben. Aber heute? Es gibt nur einen Weg, und der ist wesensmäßig unmöglich, für Sie wie etwa für mich: man müßte sich mit ihm identifizieren, man müßte die Verantwortung für dieses Leben auf sich nehmen. Gerade das geht nicht, denn das ist zu schwer, zu schwer ist das eigene Leben. Was also sollen wir tun? Ich weiß keinen Rat. Gedacht habe ich daran, ihm zu raten, nach Israel zu gehen, aber dagegen hat er, wenn er noch Kommunist ist, wahrscheinlich schon entschieden. Wäre es aber auch nicht der Fall – *ich* könnte es ihm nicht raten, ich könnte ihm nur nach meinen minimalen Kräften zu helfen suchen, falls er sich dazu entschlösse. Aber ich fürchte, die neuen Schwierigkeiten würden für ihn mindestens so groß sein wie die, die er verließe, so würde er wahrscheinlich sofort zum Militär eingezogen usw usw Immerhin, Arbeit würde er wahrscheinlich finden und im ganzen, vielleicht – aber auch das ist nicht sicher – ein wärmeres Seelenklima, zumindest bei einzelnen Menschen. Anderseits könnte er das Land, wenn er einmal da ist, kaum je wieder verlassen … Aber Sie könnten einmal diese Frage an ihn richten, könnten ihm auch raten, sich an mich zu wenden, aber so lange ich noch in Paris bin, denn von Jerusalem aus würde ich nicht mehr völlig aufrichtig schreiben können.

Dann noch dies: ich habe mir die Frage wegen des Preises Eyck usw noch einmal überlegt, und ich finde es doch besser, daß Sie *gar nicht* schreiben. Es hat keinen Sinn, und wie immer Sie den Brief formulieren, Sie werden anstoßen, sich schaden, noch mehr ärgern und sich Kraft nehmen, die Sie Ihrer Arbeit nehmen. Sie können keine andere Wirkung haben als die langsame und stille. Es gibt Menschen, mehr als vor zehn Jahren, die Sie lieben und verehren, arme Teufel werden berühmt, dann wieder entrühmt, dann halb, dann ganz vergessen. Da nützt ja kein Geschrei. Auch ich leide darunter, daß man mich nicht druckt, meine Gedichte, aber dann sage ich mir auch: Ist es so schlimm? Gibt es nicht Schlimmeres? Worauf kommt es an: 1) auf die sinnvolle Ordnung der Welt und 2) darauf, daß ich gute Gedichte mache, deren Gutes zu dem Entstehen dieser sinnvollen Ordnung beiträgt. Über alles Andere wie Druck, Erfolg, Ruhm, Unsterblichkeit haben wir keine Gewalt, und wir bohren uns selbst an, wenn wir in diese Richtung schielen, wo alles trübe ist .. Selig ist, der nichts erwartet, denn er wird herrlich überrascht werden. (Dennoch – verzeihen Sie oder lächeln Sie – hielte ich es für ganz gut, wenn Sie den Aufsatz von Rang über mich, obwohl er nicht gerade von Rang ist, dem Literarischen Deutschland schickten, damit man wieder einmal das Wörtchen Nein hört … [Ergänzung von Erna Kraft: und es dann dem ›Merkur‹ schicken kann.] Wollen Sie? Wollen Sie nicht, so bin ich auch einverstanden!!)

Und nun leben Sie wohl, lieber Wilhelm Lehmann. Der nächste Brief wird aus Paris kommen. Arbeiten Sie oder arbeiten Sie nicht, aber seien Sie nicht trauriger als es selbstverständlich ist, in dieser traurigen Welt zu sein, sondern zugleich auch freudig.

Immer Ihr Werner Kraft
Ihrer lieben Frau viele Grüße

[von Erna Kraft:
Auch von mir Ihnen beiden die herzlichsten Grüsse. Ich werde die wunderschönen Tage bei Ihnen mein ganzes Leben lang dankbar in Erinnerung bewahren!
Ihre Erna Kraft.]

229. Wilhelm Lehmann an Werner Kraft

Klein-Wittensee, 28. März 51 (Schneelandschaft)

Lieber Werner Kraft,
Ein herzliches Willkommen in Paris! Ihnen beiden! Dank & Freude & Glück über die Ehre Ihres Besuches (Jerusalem – Klein-Wittensee!) Nein, es soll noch nichts zu Ende sein.

Als wir im Kreise der ›Gegenwarts‹bilder in der Hamburger Kunsthalle sassen, sagten Sie »Die Welt ist in Unordnung«. – Ein Gastwirt in Budelsdorf (Vorort von Rendsburg) sucht durch die Zeitung eine Magd (d.h. so ›darf‹ es heute hier wohl nicht mehr heissen). Es melden sich hundert. Aber da sie erfahren, was er vergass anzugeben: es seien zwei Kühe zu melken, ziehen sie *alle* zurück. »Die Welt ist ⟨in dieser Beziehung gewiss nicht im Kiebutz⟩ in Unordnung«.

Unsere Gedanken haben Sie begleitet & begleiten Sie. Ob ich Sie gestern Abend bei Döblin vermuten durfte? Ich schrieb ihm herzlich-dringend. – Ich freue mich unendlich auf Ihren Aufsatz. Auch suchte ich schon drei Proben aus dem »Provinzlärm« der mich, bei neulicher Lektüre, sehr bewegte – um sie D^{r}. Meier zu schicken.

Ich will sehen, Jancke die Rangsche Anzeige eingängig zu machen, obschon ich empört bin über neuerliche Vorgänge daselbst, woran die Eigenmächtigkeit des Heidelberger Verlegers Schuld hat. Fragt sich, ob sich die Zs. halten werde.

Das Rilkebändchen (sehen Sie wohl! Rilke gegen Nylon) vergass ich Ihnen zurückzugeben. Das nächste Mal. Dies möchte Sie gern zur Begrüssung in Paris antreffen. – Gugenot schreibt mir, unexpectedly, gar nicht wieder. Ich werde ihm jedenfalls von Ihnen melden, Ihre Adresse sagen: er muss selbst entscheiden. – A propos Akademie: Ich werde *nicht* schreiben & G. Eich seine 3.000,– gönnen. Aber ich werde bei den Akademien (zum letzten Mal) herumbetteln zur Beihülfe des Provinzlärms.

Herzliches von uns beiden:
toujours
Ihr W L.

230. Werner Kraft an Wilhelm Lehmann

Paris V[e]
71, rue du Cardinal Lemoine
chez Mme Scheiner
8.4.1951

Lieber Wilhelm Lehmann,
haben Sie herzlichsten Dank für Ihren Brief, der uns hier in Paris als erstes Lebenszeichen aus der nun wieder Fremde begrüßte. Die Stadt ist unvergleichlich: die Landschaft an der Seine mit Dom, Fluß, Bauten, Büchern, Bäumen ist heroisch. Leider ist es von einigen wärmeren Tagen abgesehen kalt und regnerisch, und wir erwarten sehnsüchtig die Sonne und den Frühling. Das erste Grün ist schon da, im Luxembourg, Knospen an den Kastanien. Als wir in Lüneburg am frühen Morgen abfuhren, lag tiefer Schnee, in Hannover stürzten wir sofort auf die Ämter und haben, obwohl guter Wille vorhanden war, Kafka-Erfahrungen gemacht. Ich entwickelte im Halbschlaf diplomatische Kräfte ersten Ranges, die mir im Wachen fehlen, und so erreichten wir, daß man uns Punkt ein Uhr vor Schließung der Bank die erste Rate der Pension auszahlte. Dann stürzten wir zu einem Rendezvous mit Frau Lessing, der Witwe Theodor Lessings, mit der wir von alten Zeiten sprachen. Sie hat die administrative Leitung von Schulungskursen für Studienreferendare auf Schloß Schwöbber über Hameln. Dann ins Theater zu ›Faust‹, nein, vorher wieder zu komplizierten Verhandlungen über Häuser meines ermordeten Onkels mit guten Aussichten in einer unfixierbaren Zukunft. Das schöne Theater meiner Jugend existiert nicht mehr. Es ist ausgebrannt und ganz schön restauriert aber ohne individuellen Charakter. Die Aufführung untermittelmäßig bei gutem Willen. Der Faust ein Journalist im Pyjama, Mephisto ganz gut, Gretchen hatte einige schöne Stellen, wo sie den König von Thule singt. Aber sie sagen die großartigen Verse im leichten Konversationston, Pathos wird wenn noch nicht mit Zuchthaus so doch schon mit Entlassung bestraft, etwa jenes:

›Der Frühling webt schon in den Birken,
Und auch die Fichte fühlt ihn schon‹,

oder:

›Wie traurig steigt die unvollkommne Scheibe
Des roten Monds mit später Glut empor!‹

(Vielleicht falsch zitiert.) Dann stürzten wir in den Zug nach Frankfurt, wo wir am Morgen ankamen. Dann Mainz. Wieder Verhandlungen, die mit der Auszahlung von 1000 MK endeten. Ulbricht war sehr nett, auch Döblin, den ich nur telephonisch sprach, er sprach von Ihrem Brief, der sicherlich dazu beigetragen hat, die Atmosphäre zu entspannen, also nochmals herzlichen Dank! Dann zurück nach Frankfurt, wo wir die Familie Kütemeyer trafen – mit Podzus habe ich nur telephoniert, er war gerade im Begriff nach Bochum zu fahren – und mit dem weiblichen Teil den Abend verbrachten, während der männliche zur Feier von Suhrkamps 60. Geburtstag ging, zu der ich natürlich nicht eingeladen war. Er sprach nachher von ›Untergangsstimmung‹, die er dort gespürt habe.

In der Nacht in dem Kütemeyerschen Auto alle zurück nach Heidelberg, wo wir noch zwei sehr schöne Tage verlebten, auch mit Werner von Trott zu Solz, dem Bruder des ermordeten Adam von Trott. Sowohl Kütemeyer als auch Trott (der im Krieg zum Katholizismus übergetreten ist) sind Menschen ersten Ranges, und Sie sollten nicht versäumen, einmal dort einzukehren, man kennt Sie dort, Sie sind nachdrücklich empfohlen, und können der herzlichsten Aufnahme sicher sein. Man sucht dort Menschen, und besonders meine Frau hat Sie als einen solchen vorgestellt. Dieser Werner Trott, Großgrundbesitzer, in der Fülle der Jahre, sitzt da in Heidelberg, untätig, schwermütig über Schicksal und Schuld Deutschlands. Kütemeyer ist wesentlich aktiver. Ich gebe Ihnen seine Adresse: Unter der Schanz 3. Es ist am Schloßberg, und sie wohnen, ohne reich zu sein, in einem veritablen Schloß, dessen Schönheit im Sommer wir nur ahnen konnten .. Schließlich im Auto den Rhein entlang, an Speier vorbei nach dem ganz zerbombten Ludwigshafen, wo wir zugleich Abschied und den Pariser Zug nahmen. Hier wohnen wir bei unserer Freundin in zwei ganz kleinen Zimmern, die von ihrem im vorigen Jahr gestorbenen Mann mit primitivsten Mitteln unendlich liebevoll eingerichtet sind. Sein Schatten folgt mir dauernd. Das Gedicht auf ihn ›Dem Abwesenden‹ haben Sie wahrscheinlich schon gelesen. ›Abwesend‹ ein tiefes Wort, aber ›Abwesenheit‹ ist schlecht, die Vor- und Endsilben zerren an dem Wesen, um wieviel schöner ist hier das französische ›absénce‹, ein Zentralbegriff bei Valéry, in dem das Negative positiv wird. Ich bin nicht sehr für Rabbiner und offizielle Theologen überhaupt, aber da ist vor einigen Jahren in Kairo ein Dr. Meyerhoff gestorben, ein ebenso hervorragender Augenarzt wie Erforscher der Geschichte der arabischen Medizin, Ehrendoktor von Bonn, er stammt aus Hildesheim, und während des ersten Weltkriegs arbeitete ich mit ihm – besser: zugleich mit ihm – am gleichen Lazarett in Hannover, ich als Krankenwärter. Nach der Beerdigung sagte der Oberrabbiner von Kairo zu der Witwe: ›Ne soyez pas triste, Madame, votre mari est simplement absent.‹ Dieses Wort hat Eindruck auf mich gemacht. Ich beginne zu arbeiten, da die Bibliothèque Nationale bis zum 15.4. geschlossen ist, zunächst in der Bibliothek der Ecole Normale nahe beim Panthéon, die eine erstaunlich reiche deutsche Abteilung hat. Hier fand ich ein für mich sehr wichtiges Buch über Campe, den Nacherzähler des Robinson und Puristen. Ein großes Kapitel in Jochmanns Buch über die Sprache ist gegen den Purismus gerichtet. Die deutsche Tragödie ist von vielen Seiten zu beleuchten, auch von der, daß die Kräfte der Aufklärung sich nicht entfalten konnten sondern aufgesogen wurden durch die Bewegung von Klopstock bis Hölderlin, deren Gewaltiges ihr Gefährliches unhörbar und unsichtbar machte. Das wiederholte sich dann noch einmal um 1900, in der falschen Rezeption Bachofens, nachdem die Kräfte der Aufklärung in Nietzsche auf dem Höhepunkt seiner Entwicklung umschlugen in eine mörderische Metaphysik. (Dies ist alles sehr grob ausgedrückt.) Einstweilen leben Sie wohl, lieber Wilhelm Lehmann! Auch wir denken oft an die herrlichen Tage mit Ihnen beiden, und wir grüßen Sie aufs herzlichste.

Immer
Ihr
Werner Kraft

Wie schön, daß Sie den Rilke haben! Bitte schicken Sie mir ihn doch gelegentlich!

Kennen Sie die ›Moabiter Sonette‹ von Albrecht Haushofer? Das ist ein erschütterndes Dokument. – In Ihrem Brief sprechen Sie von jemandem, der ›unexpectedly‹ nicht geschrieben hat und dem Sie die Entscheidung über mich überlassen. Aber wer ist das? Es war mir unmöglich, den Namen zu entziffern, verzeihen Sie! – Von Walter Meier nichts gehört. Hoffentlich druckt er den ›Provinzlärm‹.

231. Werner Kraft an Wilhelm Lehmann

P. [Paris] 13.4.51

Lieber Wilhelm Lehmann, vielleicht wissen Sie es schon, aber ich will Ihnen doch in aller Eile schreiben, daß nach einer gestern angekommenen Karte der N. Sch. R. mein Aufsatz über Sie ›voraussichtlich‹ im Maiheft erscheinen wird, und ›anschließend daran sollen zwei Stücke von W. L. publiziert werden‹. Auch wenn es nicht Mai wäre sondern Juni, wie schön, daß wir zusammen auftreten und daß auch in meinem Aufsatz sich ein Hinweis auf den ›Provinzlärm‹ findet. Ich hoffe zuversichtlich, daß nunmehr dieser oder jener Leser Augen und Ohren öffnen wird. – Auf dem Palais Chaillot (Theater, Ethnologie, moderne Kunst) stehen zwei Inschriften von Valéry:

1) Il dépend de celui qui passe que je sois tombe ou trésor que je parle ou me taise. Ceci ne tient qu'à toi, ami. N'entre pas sans désir.
2) Tout homme crée sans le savoir comme il respire. Mais l'artiste se sent créer. Son acte engage tout son être. Sa peine bien-aimée le fortifie.

[am Rand: Ist das große Kunst? Gibt es größere? Keine Ahnung. *Aber es ist schön.*] Ich finde diese Inschriften sehr großartig (noch schöner weil kürzer – vielleicht ein Zitat? – die auf dem Leipziger Gewandhaus: res severa verum gaudium), aber ein gebildeter Franzose, mit dem ich gestern sprach, gläubiger Katholik (der gegen Sartre ist, wegen seines Atheismus, und für Aragon, trotz seines Kommunismus) nannte sie ›lieux communs‹. Für mich sind solche Äußerungen unschätzbar als Material zur Paradoxie des aesthetischen ›Verstehens‹ überhaupt. Jahrzehntelang galt Valéry als dunkel, ›hermétique‹ usw. Ist er dann einmal verständlich, findet man ihn banal ... Ein erstaunlicher Maler ist Henri Rousseau. Es gibt hier ein außerordentliches Bild von ihm: La guerre. – Ich wußte gar nicht, daß Hausenstein konvertiert ist. Ich lese das Nachwort zu seinen Baudelaireübersetzungen: falsch aber doch aufschlußreich. Es wird Frühling. Bald mehr. Immer

Ihr W. K.

Viele Grüße an Ihre Frau.

Ich freue mich, daß wir das Doppelbildnis von Thoma zusammen gesehen haben.

Ist Agathe zurück? Was macht sie?

232. Wilhelm Lehmann an Werner Kraft

Klein-Wittensee, 28. April 51

Lieber Werner Kraft,
Nun wird dies doch ›erst‹ oder ›schon‹ ein Geburtstagsbrief. Sie dürfen überzeugt sein, dass ich Sie herzlich am 4. Mai in meine Gedanken einschliesse & Ihnen soviel Gutes wünsche, wie die Götter Ihnen gönnen mögen. Ich bin immer noch voll Entzückens über die Fahnen, die W. Meier mir aus Zürich schickte: darüber verglimmt die Sehnsucht nach Ihrem damaligen, volleren Konzept: besonders bewegt war ich damals von Ihrer Deutung der Stelle aus der ›Hochzeit der Aufrührer‹ – diesmal zitieren Sie sie bloss & ich schlage Ihren Kommentar in meinem ausführlichen Exemplar Ihres in jedem Betracht bedeutsamen Aufsatzes nach. Jene Ihre Deutung liess mich empfinden, dass wirkliche Begeisterung produktiv mache – wie selten sie ist, ersieht man ja aus der Dämlichkeit der Rezensenten, die ja manchmal vorgeben, zu bewundern …

Sehr, sehr getroffen hat mich das Wort zum Tode Dr Meyerhoffs. Ne soyer pas triste, Madame, votre mari est simplement absent. Das werde ich nicht wieder vergessen.

Haben Sie Dank, dass Sie uns so ausführlich schilderten, was Sie taten, bis Sie nach Paris fuhren. Es ist mir ein höchst eigentümliches, nicht eigentlich schmerzhaftes Gefühl, dass Sie nun nicht mehr mir räumlich nahe sind, oder es tut nur so weh wie alles Unabänderliche ›weh‹ tut. – Also Dr Meier will tatsächlich zwei Fragmente aus dem Provinzlärm im Anschluss an Ihren Aufsatz drucken: ich sollte die Korrekturen aber wohl schon empfangen haben, & so wird es mit uns beiden für das Maiheft wohl doch noch nichts. Das wäre allerdings ein schöner »Gedanke« gewesen, wir beide zusammen .. es gibt doch eine Dauer, nicht wahr? Gugenot war der Ihnen unleserliche Name des jungen Verlassenen in Bielefeld, er schrieb mir unlängst noch einmal: ich glaube, er befestigt sich wieder im Leben; übrigens kümmert sich meine Nichte, eine wohlmeinende, freilich amusische Person um ihn, G. hat sie neulich 5 Stunden lang besucht. Also hab ich ihm noch nichts von Ihnen gesagt: es lag kein unmittelbarer Anlass mehr vor. – Übrigens habe ich mich entschlossen, Rang – mit dem ich die Korrespondenz erst wieder ankurbeln muss – um Kürzung seiner Anzeige zu bitten: ich bin überzeugt, so ist's aussichtslos (im Vertrauen teilte mir der Verleger des ›Lit. D‹ mit, dass er vorläufig 600 MK im Monat privat zuschiesse, er habe aber doch Hoffnung auf Bestehen). Jancke schrieb mir übrigens, dass er sich freue, Sie als Mitarbeiter gewonnen zu haben. Ich habe den kleinen Essai, dessen Titel – als einen integrierenden Bestandteil des Textes – »Nur so ungefähr« der Geschäftsleiter einfach weggeschnitten hat, im ›Lit. Deu‹ drucken lassen. Die vage Hoffnung, einer vom »Nachwuchs« schriebe »begeisterte Zustimmung«, erfüllt sich nicht. Die jungen Leute des Tages wissen nicht, was Lernen ist, die alten sind aufeinander eifersüchtig.

Meine Frau lässt fragen, ob es der Ihrigen mit ihrer Reise hierher gelingen wird? Ende Juni scheint ihr der passendste Termin zu sein. Bitte, schreiben Sie gelegentlich: deswegen, weil ich Anfang Juni voraussichtlich in Luzern sein werde & Ihre Frau hier doch gern treffen möchte.

Sehr schade, dass Gathi Sie nicht sehen konnte. Als ich ihr Ihren Aufsatz vorgelesen, sagte sie als Erstes »So ganz ohne Eitelkeit. Nur im Dienst des Gegenstandes« und fügte hinzu, sie müsse wegen der Konzentriertheit selbst nachlesen.

Die märchenhafte Überraschung des warmen Wetters, die uns, erstaunlich, für ein paar Tage das Heizen abnahm, ist seit gestern früh empfindlicher Abkühlung gewichen. Wie schade!

Ich muss mich wieder durch allerlei Altersdepressionen durchempfinden & bin dankbar, wenn es mir dann mal wieder wohl geht. Auch die Gartenarbeit, der meine Frau sich sehr hingibt & die mir früher ein Leichtes war, strengt bald an, aber das ist dann wohltuende Müdigkeit.

Merkwürdigerweise schreiben mir, gleichzeitig, drei Leute über die Schmetterlingspuppe, in Erinnerung an ihren Eindruck – aber ich kann alle Anfragen nicht beantworten, da ich von fast allen meinen Schriften (ausser den von L. Schneider verlegten) kein Exemplar mehr habe. Der Verleger Hanser, an den Georg Britting den »Provinzlärm« empfohlen hatte, schickte das MS dieser Tage zurück, bedauernd, es wende sich an einen zu kleinen Kreis.

Abends lese ich meiner Frau und Agathe die Wanderjahre vor, dabei Ihrer Vermutung über den Inhalt des Kästchens gedenkend. Die hohe Normalität des Goetheschen Denkens bleibt verehrungswürdig: was für eine Welt baut er auf!

Übrigens will ich versuchen, Ihr ›Grabgewölbe‹ mit in die Schweiz zu nehmen. Ob es den Vitanovaverlag in Luzern noch gibt, den Verleger des »Detlev Holz«? Unter Ihren Gedichten hat mir »Wachstum« noch besonders wohlgetan.

Fehl am Ort in beiden Welten
Lass ich mich ins Ganze gehn –

das ist sehr, sehr schön. Ach, ach! dass ich Sie nicht mit dem nächsten Omnibus erwarten darf.

Gedenken Sie meiner wie ich Ihrer am 4. Mai gedenken werde: wir grüßen Sie beide von Herzen.

Immer
Ihr
Wilhelm Lehmann

Ich muss mir doch Notizen machen für zukünftige Briefe an Sie: das Gedächtnis hält nicht mehr gut.

Ich las Penzoldt, R.A. Schröder, G. von der Vring (ein erbärmlicher Versspieler) lobend zu Suhrkamps 60. Geburtstag. P. behauptete, er, S., habe ein Matthias-Claudius-Gesicht. Ob's wahr ist? Mir war er unzuverlässig und treulos.

Wenn Sie können, schicken Sie doch bald wieder dem ›Li. Deu‹ einen Aufsatz! Allerdings, mit der Bezahlung haben die Leute leider keine Eile.

Das schöne palästinische Rauchgerät wird dankbar benutzt.

233. Werner Kraft an Wilhelm Lehmann

Paris V^e^
71, rue du Cardinal Lemoine
chez Mme Scheiner
1.5.51

Lieber Wilhelm Lehmann,
der Mai ist gekommen, und *wir* haben eingeheizt. Ich hoffe aber, daß zu Ihnen alle Frühlingsblumen ins Zimmer kommen, um Ihnen zu Ihrem Geburtstag Glück zu wünschen, das Glück, zu leben, zu lieben, zu denken, zu dichten. Mehr gibt es nicht zu wünschen, in der schlechtesten aller Welten, die zugleich die beste ist, mit dem Guten im Mittelpunkt. Auch Ihrer Frau wünsche ich zu diesem Tage Glück.

Trotz der Kälte ist Paris bezaubernd und gratuliert Ihnen ebenfalls von Herzen in einem Gedicht, das ich beilege und das, in einem deutschen Äquivalent, auch von Ihnen sein könnte. Vielleicht erregt es Ihre Lust, es nachzuschaffen. Es steht in dem eben erschienenen Gedichtband ›Naissances‹, den mir der Dichter schickte, der leider Rekonvaleszent nach einer Krankheit und nicht in Paris ist, so daß ich ihn nicht persönlich kennenlernen kann.

Der Eindrücke hier sind so viele, daß es mir schwer wird, die Konzentration zu finden, um geordnet zu schreiben. Hier in Paris ließe es sich, wenn man leben könnte, leben, aber am 30.5. besteige ich das Schiff, um nach Jerusalem zurückzufahren, wo es sich natürlich auch leben läßt, nur in anderer Art, mit Menschen und Büchern und im Geiste aber ohne alle diese sichtbare und greifbare Schönheit. Schön ist es zwar in Jerusalem auch, aber es ist doch anders …

Im Louvre habe ich Wiedersehen mit Rembrandt gefeiert, besonders mit der Betsabe, das für mich eines der wunderbarsten Bilder der Welt ist, in dem die Trauer über das Ungeheure, das ihr der König zumutet, sich auf ihren nackten Leib überträgt, welcher von dem Brief in ihrer Hand gleichsam bedeckt wird, als wirkungsloser und wirkungswidriger Schutz. Durch die ägyptische Abteilung gehe ich mit ungeheurem Staunen über die gewaltigen Mittel einer Kunst, die mir etwas mitteilt, was ich nicht verstehe. Aber auch die griechischen Antiken wirken auf mich so, daß ich sie schön finde, erhaben, Urbilder einer Weltzeit, die nicht wiederkommt, und doch treffen sie mich nicht ins Herz, auch nicht die Schönheit der Venus von Milo, die so offenbar ist, daß ich ihr Geheimnis nicht mehr sehe, am ehesten noch die wunderbaren Glieder der geflügelten Nike ohne Kopf, aus denen mir unzerstörbar die Hoffnung entgegenstrahlt … In einer Ausstellung von Bildern aus den Berliner Museen habe ich herrliche Holländer – van Meer [!], Rembrandt: den Mann mit dem Goldhelm –, aber auch wunderbare Velasquez und van Dycks gesehen. Aber ich kann gar nicht auf alles Einzelne eingehen.

Gestern haben wir in der Comédie Française ›Un conte d'hiver‹ von Shakespeare gesehen. Das Leichte, Luftige, Märchenhafte, Possenhafte, fast Offenbachsche kam wunderschön heraus, das Tragische weniger, dieser Leontes, den die Sterne mit Eifersucht überfallen, der Halbbruder Othellos, den die Vernuft zum sinnvollen Leben zurückführt, in der Gestalt Paulinas, und die großartige Schlußszene mit der Statue, die zu einem lebenden Bilde erstarrte, mit Weglassung fast des ganzen wunderbaren Textes ..

Aber regelmäßig sitze ich morgens um 9 Uhr in der Bibliothèque Nationale und arbeite. Ich sammle ein erstaunliches Material, das mir die Rückseite der Epoche des deutschen Geistes mit schrecklicher Deutlichkeit zeigt. Dieser wird dadurch nicht angetastet, er ist, was er ist und nicht ist, aber eingeschränkt, wenn gerade die Besten ich möchte sagen mit einem weinenden und einem lachenden Auge auf ihn bezogen sind, und über allem thront der gewaltige Goethe und läßt die Sphinxe in der klassischen Walpurgisnacht sagen:

›Sitzen vor den Pyramiden
Zu der Völker Hochgericht,
Überschwemmung, Krieg und Frieden,
Und verziehen kein Gesicht.‹

Andere, zweifellos Geringere haben das Gesicht verzogen und für Freiheit, Recht, Verfassung gekämpft. Das Resultat war Bismarck und was ihm folgt. Wieder andere für Sozialismus. Das Resultat war Stalin und was ihm folgt. Wieder andere für den Übermenschen. Das Resultat war Hitler. Schrecklich. Und doch, glaube ich, ist kein Grund zur Verzweiflung, es sei denn zu jener, von der Sie in ›Weingott‹ sprechen, oder zu der, von der Karl Kraus sagt, verzweifelnd bis zum Glauben, oder im Sinne des ›getrosten Verzweifelns‹, von der Rahel einmal in einem Briefe schreibt, welche überhaupt über den Menschen und seine Not alles Wissenswerte gewußt haben dürfte, denn sie war eine erstaunliche Frau. In 50 Jahren, wenn wir alle tot sind, kann wieder alles ganz anders sein …

Leben Sie wohl, lieber Wilhelm Lehmann, und schreiben Sie mir, wie es Ihnen geht, was Sie arbeiten, und schicken Sie mir Gedichte.

Ich grüße Sie und Ihre Frau
allerherzlichst Ihr
Werner Kraft

Ich habe hier Wilhelm Hausenstein kennengelernt .. Er macht einen sehr guten Eindruck. Seine Frau ist Jüdin. Er fährt gerade auf Urlaub nach München.

Achtung! Achtung! Erste und letzte Gelegenheit! 8.5. 17^{30}-17^{45} wird über die 3 oesterreichischen Sender gesendet: Gedichte von Werner Kraft. Ein Viertelstündchen Ruhm, ehe er im Äther verhallt oder: Eine Brille ohne Gläser ist besser als gar keine (Karl Valentin)

Meine Arbeit erhält jetzt erst Relief, und ich glaube, daß sie äußerlich und innerlich spannend und gut wird, aber schreiben werde ich sie erst in Jerusalem können. Ich bin froh, wenn ich hier alles Material sammeln kann.

Möge mein Aufsatz als Geburtstagsgeschenk bald erscheinen, das Sie erfreue, ich hoffe es!

Jules Supervielle
Le visage

Pour affronter le ciel il me faut un visage
Qui ne ressemble au mien que par le vif des yeux
Et pour gravir la nuit j'ai besoin de ce bleu,
Ce souvenir du jour et de ma mère sage
Blottie entre mes cils avec tant de pudeur
Que nul ne pense à elle en voyant leur couleur.
Elle sait être moi avec tant de patience
Qu'elle aime à se confondre avec mon ignorance
Et l'on ne songe pas que je ne suis pas seul
A vouloir m'élancer au puits sans fond du ciel.
Pardon de n'avoir su, ô douce ressemblance,
Imiter ta pudeur ni garder ton silence.

234. Werner Kraft an Wilhelm Lehmann

Paris
3.5.51

Lieber Wilhelm Lehmann,
vielen vielen Dank für Ihren Brief! Inzwischen werden Sie den meinen erhalten haben. Beiliegend als eine Art nachträgliches Geschenk einige Nachträge zu dem ›Grabgewölbe‹, die Ihnen hoffentlich Freude machen – aber nur Ihnen, ich bitte Sie, sie niemandem zu zeigen! Was übrigens das ›Grabgewölbe‹ angeht, so wäre es im Augenblick doch richtiger, so sehr ich Ihnen für Ihre Absicht danke, *nichts* dafür zu tun. Ich habe nämlich das Manuskript in Zürich Dr Walter Meier übergeben, der ein gewisses Interesse zeigte. Er hat sich noch nicht geäußert. Ich erwarte seine Entscheidung noch hier. Sollte er ablehnen, dann werde ich Ihnen sofort schreiben. Die Welt ist nämlich klein, und sollte er hören, daß ein anderer Verlag die Anthologie liest, könnte sein geringes Interesse sich ganz verflüchtigen. Zugleich mit Ihrem Brief kam einer von Dr. Jancke, in dem er mir mitteilt, daß eine Auswahl aus einem größeren Ganzen von Aufzeichnungen – ›Zeitvertreib‹ – in zwei Fortsetzungen erscheinen soll. Aber den Kleist-Aufsatz könnten Sie ihm doch noch schicken. Oder meinen Sie, daß er ungeeignet ist, vielleicht zu lang? Für Ihre Reise nach Luzern wünsche ich Ihnen das Allerschönste. Dann fahre ich bereits übers Meer … Nicht schlimm, wie Alisa im Krieg bei dem Schlimmsten als Trost zu sagen pflegte! Ich hoffe doch noch auf unser gemeinsames Auf-

treten im Mai! Die Gärten hier! Flieder, Tulpen, Obstbäume, Kastanien! Im Jardin des Plantes würden Ihnen die Augen übergehen, die Ohren, wie sie es allerdings auch an Ihrem See tun werden. – Eben Hochamt in Notre-Dame. Herrliche Musik, die jedes Aber übertönt! Goethe in der Peterskirche: Ich bin zu allem zu alt, nur für das Wahre nicht. – Meinen Geburtstag ›feire‹ ich während eines Vortrags über Kraus, ähnlich wie der Merkur-Aufsatz. Würden Sie, bitte, daran denken, mir den Rilke noch zu schicken. Ich grüße Sie, lieber Wilhelm Lehmann, und Ihre Gattin, herzlichst Ihr

Werner Kraft

Agathes Eindruck von meinem Aufsatz hat mich berührt. Ich hoffe, daß sie Recht hat, besonders in dem, was sie über das Fehlen der Eitelkeit sagt.

Wissen Sie vielleicht, was indische ›Slokas‹ sind. Damit hat ein Zeitgenosse die Gnomen des Grafen Schlabrendorf verglichen. Ich könnte es hier nachschlagen, es führt mich aber ab. Aber es ist gar nicht wichtig!

Konrad Engelbert Ölsner
Das Erwachen*

Der Blick schmelzendes Entzücken,
Des Mundes Lächeln und das Rot
Der Jünglings-Wange zu ersticken,
Lauscht an des Alters Hand der Tod.
Die Flamme des Gefühls verraucht,
Wenn das Geschick die Fackel taucht.

Wer ahnet, wann in Staub zerronnen,
Der um den Fuß des Wandrers fliegt,
Daß dieses Herz in Engelswonnen
Genuß des Lebens eingewiegt;
Da sich allein in Dir bewußt
Es glühend schlug an Deiner Brust.

Doch ja, der Ahnung leiser Schauer
Kehrt gern bei schönen Seelen ein,

* Vielleicht etwas zu weich, aber weil diese Töne von ⟨!⟩ kräftigen und gesunden Menschen kommen, der kein ›Berufsdichter‹ ist, doch wieder nicht. Er sagt das Eigenste in einer etwas veralteten Form, besser: Wortwahl.

Die Wehmut hüllt in süßer Trauer
Des Blicks der Liebe Strahlenschein;
Ein Thränchen thaut die Wang' herab
Und netzet des Verblühten Grab.

Mein Staub trinkt Leben, ich erwache,
Ein Veilchen aus der düstren Ruh,
Gepflanzt an Deinem Busen fache
Ich Dir mein duftend Seelchen zu,
Noch einmal, Liebin, loscht mein Stern,
Von Dir geathmet sterb' ich gern.
1825

Liebin Ausdruck der Minnesänger.
(Fußnote im Text.)

Gustav von Schlabrendorf
1750-1824
Wahlspruch

Wolle fromm,
Denke frei,
Sprich frank,
Trage frisch,
Handle froh!

Schiller

Wanderer, kommst du nach Sparta, verkündige dorten, du habest
Uns hier liegen gesehn, wie das Gesetz uns befahl.

Nicht unbekannt aber in seiner Größe vielleicht doch unbekannt! Was finden Sie?

Konrad Engelbert Ölsner
1764-1828
Der liebe Gott

Ein's Tags der liebe Gott erwacht,
Gar gnädig an uns Menschen dacht',
Er steckt den Kopf hinaus zum Laden!
Kam ihr Planet vielleicht zu Schaden?

Nein, spricht der Herr, ich kann ihn sehn
Sich fern in seinem Ecklein drehn;
Doch wenn ich weiß, wie sie darauf herumkariolen,
So soll mich, Kinder, gleich der Gott-sei-bei-uns holen!

Ihr Menschlein schwarz, ihr Menschlein weiß,
Hier gar geschmort, dort steif wie Eis,
Man sagt euch zwar, ihr winzgen Leute,
Daß ich euch lenk', regier' und leite;
Doch leider Gottes! seht ihr ja,
Es pfuschen auch Minister da.
Wenn diesen ich das Leder nicht versohle,
So will ich, daß mich gleich der Gott-sei-bei-uns hole!

Gab ich zum Froh- und Friedlich-Sein
Vergebens Weiber euch und Wein?
Und dreist ins Antlitz, ihr Pigmeen,
Nennt ihr den Gott mich der Armeen;
Ruft meinen heilgen Namen an
Und haut und stecht und schießt euch dann?
Wenn in der Schlacht ich je ein Heer befohlen,
So soll mich, Kinder, gleich der Gott-sei-bei-uns hohlen!

Was tun denn dort geputzt und stolz
Die Zwerg' auf samtbeschlagnem Holz?
Sie sagen, die geölten Schächer,
Die Herren eurer Ameislöcher,
Daß sie – ich bitt' euch, welcher Wind? –
Von meinen Gnaden Herrscher sind.
Wenn sie zu herrschen jemals ich befohlen,
So soll mich, Kinder, gleich der Gott-sei-bei-uns holen!

Ich nähre schwarze Zweiglein auch,
Weh' meiner Nas' bei ihrem Rauch!
Mit Ablaß schachern sie und kramen
und tun in Bann in meinem Namen
Durch lange Reden salbungsvoll,
Die ich noch heut enträtseln soll.
Versteh' ich die geheimen Hyperbolen,
So soll mich, Kinder, gleich der Gott-sei-bei-uns holen!

Nein, Kinder, ich kann nichts dafür!
Die Guten sind die Heilgen mir,

Und ich ersäuf' euch nicht deswegen.
Lebt, liebt, genießet meinen Segen,
Neckt Hochmut, Frommtun, Kriecherei ....
Adieu! Da schleicht die Polizei!
Schleicht je die Brut hier durch mein Tor verstohlen,
So soll mich, Kinder, gleich der Gott-sei-bei-uns hohlen!

1826

Leibnitz
Es hat ja der treffliche Opitz kein Bedenken gehabt, dergleichen zu tun, als zum Exempel, wenn er zum Heinsius sagt: ›Daß deine Poesie der meinen Mutter sei‹. Damit hat er dieses Wort ›Poesie‹ aus seiner Macht einmal für alle Mal für Deutsch erklärt, so gut und unwiderruflich, als ob ein Act of Parliament über eine englische Naturalisierung ergangen wäre.

Statt der Anthologie könnten Sie vielleicht ›Figur der Hoffnung‹ mitnehmen. Es könnte sein, daß Sie Dr. Meier in Luzern sehen. Ich hatte ihm seinerzeit das letzte Gedichtheft geschickt, und er hatte mir zwar sehr freundlich darüber geschrieben aber doch nur so, wie man schreibt, wenn man keinen entscheidenden Eindruck hat. Im Augenblick schätzt er mich nur als Essayisten. Ein Wort von Ihnen könnte ihn zum Nachdenken bringen. Natürlich besteht die Welt der Verleger nicht nur aus Dr. Meier ...

235. Wilhelm Lehmann an Werner Kraft

Klein-Wittensee, 26. Mai 51

Lieber Werner Kraft,
Ich setze schon in Gedanken mit Ihnen den Fuss auf das Schiff, das Sie aus Frankreich wieder nach Hause trägt, nach Hause, wiewohl Sie sich ein bischen zweiflerisch über Ihre Jerusalemer Stätte äusserten. Nicht die Politik, das Wetter ist, jedenfalls, mein Schicksal. Wir heizen, gegen Ende Mai. Die Chancen, nach denen es der Stellung der Sonne zur Erde gemäss, warm sein *kann*, werden nicht ausgenutzt: ein bitter kalter Wind durchbläst das nun endlich aufgebrochene Grün. Wir luden den stets von seinem anfälligen Körper in Anspruch genommenen Karl Krolow auf einige Tage ein, Montag früh verlässt er uns, er hat nur etwas Wärme hier erwischt. Er ist ein reiner & bemühter Mensch, der unter dem Verhängnis seiner Anfälligkeit lebt (sein Vater nahm sich das Leben) mir hangt er recht an: auf mich aufmerksam gemacht

hat ihn – das Böse wollen und das Gute stiften – der Schmutz warf auf mich im ›Schwarzen Korps‹ (schauerlichen Gedenkens) und die ebenfalls nazihaft ablehnende ›Kritik‹ des Professors Pong im ›Inneren Reich‹ ebenfalls in der Zeit des Entsetzens. Es gibt doch immer wieder Leute, die ihren eigenen Weg gehen, sagen, was sie in ihrer Empfindung getroffen hat. So ist denn nicht alles umsonst, denkt man dann wieder. Ich hatte von Dr Meier, nach seiner Rückkehr aus Paris (!), einen Brief: danach wird Ihr Aufsatz und meine Provinzlärmfragmente doch erst im Juni erscheinen. Wie ich mich auf Ihren Aufsatz, wenn er dann vor aller Augen liegt, freue. Was verschlägt demgegenüber die Enttäuschung, dass der ›gewaltige‹ Max Rychner, der mir s. Zt. ein paar anerkennende Worte über »Noch nicht genug« sandte und versprach, mich seinen Lesern vorzustellen, die Sache nun doch für nicht wichtig genug gehalten & Curt Hohoff in München einen kleinen Aufsatz zu schreiben gebeten hat. C. H. meint es gut mit mir, hat aber leider in einer Anzeige der Limesverlagsanthologie geäussert, Oskar Loerke verdanke sein Genanntwerden »persönlicher Freundschaft« mit mir. Als ob ich nicht imstande wäre, auch wenn ich nie den leibhaftigen Umgang mit O. L. genossen hätte, das Gewicht seiner Dichtung zu empfinden! So ist's das alte, bequeme Camarillawesen, und man wird skeptisch auch gegen die geläufige Art des »Besprechens«. Ich kann mir übrigens gut denken, dass einem M. Rychner meine Verse nicht »geistig« genug vorkommen & er es für geratener & dringlicher hält, über Valéry und Adorno sich zu äussern. Das Organ für reine, tendenzlose Dichtung wächst selten.

Ich leide unter dem kalten Wetter, leide mit dem langsamen Wachstum von Keimlingen und Blumen & wäre durchaus bereit, mit Ihnen in die heisse palästinische Landschaft zu fliegen.

Mit dem guten Krolow laufe ich in vielfachem, literarischen Gespräch, er ist ein zarter, aber nicht unbestimmter Geist, obwohl er klagt, er unterliege zuweilen völliger Kritiklosigkeit oder Urteilsunbestimmtheit.

Auf meinen ›Nur so ungefähr‹ Aufsatz folgte eine weinerlich gekränkte, sich auf den »Kuss der Muse« zurückziehende Antwort v. de Vrings, die mir Schulmeisterarroganz und rote Tinte ankreidet: er druckt sein missglücktes Opus zum dritten Mal ab, wodurch es leider nicht besser wird. Jancke schreibt als Fussnote »Erstaunliches Interesse für die Kontroverse mit G. v. d. V., also für Lyrik!«, ich weiss nicht recht, was er damit meint, vielleicht Leserbriefe, die er dann wohl, gutmütig beiden Seiten geneigt, als a) pro-v. d. V., b) pro-W. L. abdrucken wird.

Die ›Neue Zeitung‹ stellt fest, dass man ein altes, Carl Hofer zum 70. Geburtstag gewidmetes Gedicht H. Hesses in der Ostzone zum Gruss für Bechers 60. Geburtstag umgefälscht & publiziert hat.

Wie schön wäre es, wenn ich Sie wie zu Anfang, nun auch gegen den Schluss Ihrer Europafahrt hier erwarten dürfte: der Bus fährt vorbei, hält in Klein-Wittensee, aber nicht Sie steigen aus.

Lächerlich ist's, dass man aus unwichtigen Dingen dem momentanen Hautgefühl nach wichtige macht. Nur in seltenen Augenblicken glaubt man das Wesen der Welt zu spüren & ist erhaben über das Verschwindende des Augenblicks, der augenblicklichen Enttäuschungen, Erwartungen, Hoffnungen, Resignationen.

Von der Zusammenkunft in Luzern am 7.-10. Juni verspreche ich mir nichts. Man will über das »Lit. D.« reden, bei dem sich viele Misshelligkeiten ergeben haben. Jancke übernimmt den Kulturleiterposten beim Süddeutschen Rundfunk – Thiess erklärt, man könne nicht Steuermann auf zwei Schiffen sein. Jancke, bisher ein schlecht bezahlter Idealist, greift natürlich zur so guten Besoldung, wie sie am Rundfunk üblich ist usw. usw., Thiess tadelt die Gesichtslosigkeit des Blattes; typisch wäre der Abdruck 1) einer pro-Besprechung des neuesten Buches von Th. Mann (Hennecke) 2) einer contra-Meinung (H. Risse); u. ä.

Geht es Ihnen auch so, dass Sie gewisse Leute nur als Scheinexistenzen am Rande des Bewusstseins auftauchend empfinden, als nur Schatten, die kein Blut mehr aus dem Nichts emporleben lassen kann? Schreibende, die gar nicht da sind, die nur glauben, sie seien da – und doch mag es, muss es Leute geben, denen sie lebhaftes Gesprächsthema sind.

Ob wir nun endgiltig auf den Besuch Ihrer Frau verzichten müssen? Ob ich noch einem Brief von Ihnen aus Paris bekomme? Wie nötig wäre mir gerade jetzt ein Gespräch mit Ihnen! Seien Sie von Herzen gegrüsst

von immer Ihrem
Wilhelm Lehmann

Meine Frau schliesst sich mit Grüssen an Sie beide an.

Bitte schreiben Sie mir über Anspruch Ihrer Pariser Arbeiten. Bitte, auch einmal einen Aufsatz zu Valéry.

Grabschrift auf Zwei:
(nach Henry Wotton)

Er starb voraus ihr. Sie versuchte kurze Weile
ohne ihn zu leben.

Versuchte, mocht'es nicht, und hat sich schnell
ihm nachbegeben.

Wurden Ihre Gedichte in den österr. Sendern erträglich gesprochen? Wir können sie leider nicht hören.

Schön das Superviellegedicht!

Dank!

236. Werner Kraft an Wilhelm Lehmann

Marseille
30.5.1951
9 Uhr

Lieber Wilhelm Lehmann,
zu meiner großen Freude habe ich noch gestern Morgen Ihren Brief erhalten. Gestern Abend bin ich abgefahren und sitze hier nach einer durchfahrenen und durchwachten Nacht und schreibe an Sie. Um 1 Uhr geht das Schiff.

Ich freue mich, daß Sie eine so schöne Reise machen werden. Die wird doch schöner sein als alles, was da gesprochen wird, und Ihre Augen werden beschäftigt sein, wenn Ihr Mund schweigt, es sei denn daß er spräche, um Ihre eigensten Sachen zu sagen. Sie schreiben in Ihrem Brief von dem Gespenstischen gewisser literarischer Erscheinungen und ob ich es auch empfinde. Gewiß und sogar bis zu dem Grade, daß es mir gleichgültig ist, ob etwa Leute wie Frank Thieß kollaboriert haben oder nicht. Für Engelberts Romanbibliothek bin ich nun einmal nicht zu gewinnen, und die moralische Anständigkeit solcher Autoren ist auch ohne Hitler einfach eine Sache des Preises. Was Jancke angeht, dem ich persönlich nicht im mindesten nahetreten will, so handelt er folgerichtig. Wer von den Gesetzen des Marktes abhängig ist, muß sich so vorteilhaft wie möglich verkaufen. Es gibt – oder gab – solche, die sich nicht verkaufen, das sind Helden. Es gibt aber eine dritte Kategorie, das sind die, die sich zwar verkaufen aber unfähig sind, die stillschweigenden Bedingungen dieses Vertrages einzuhalten, die im Namen des Geistes treulos und schlechthin unkorrumpierbar sind. Ob Jancke zu diesen gehört, wage ich nicht zu entscheiden. Auf jeden Fall sind alle diese Dinge traurig und trostlos. Am besten ist es, bescheiden zu leben und der Poesie treu zu bleiben, ohne Hoffnung, daß es eine materielle Entlohnung gäbe, die dem Hauch des Gedichts entsprechen könnte, ja dürfte … Es ist schwer, es ist vielleicht unmöglich, aber jeder muß tun was er kann und die Entlohnung, die er rechtmäßig fordern darf, gerade in ihrer impliciten Forderung mechanischer Produktivität verwerfen. Der Menschheit Würde usw Das gilt noch!!!

Sie zweifeln, daß ich gern nach Jerusalem zurückgehe. Weder gern noch ungern. Wir leben jeder in seiner Höhle, und manche Seelenbande binden mich an das Land. Aber es ist schwer. Die Sprache werde ich nie lernen und immer ein fünftes Rad am Wagen sein. Dazu ist die Lage innerlich und äußerlich bedenklich. Aber ›nous sommes embarqués‹, wie Pascal, oder ›Le vent se lève il faut tenter de vivre‹, wie Valéry sagt. Ich habe ein schönes Material für eine schöne Arbeit gesammelt, die ich nun bald zu schreiben gedenke. Als ich Paris verließ, gab es einen leichten Knacks in mir. Heinrich, der Wagen bricht – aber noch nicht. Ja, der Autobus fährt durch Klein-Wittensee ohne mich, und doch hoffe ich, daß wir uns wiedersehen werden. Ich schreibe bald mehr. Ihrer Frau und Ihnen innige Grüße und Wünsche
Ihr Werner Kraft

Ob meine Frau, wenn sie in Deutschland ist, bis zu Ihnen kommen wird, ist *sehr* zweifelhaft. Sie möchte es sehr gern, aber sie hat *sehr* wenig Geld, es sei denn daß die große Nachzahlung genehmigt würde … Aber sie grüßt Sie beide herzlichst.

Ich freue mich sehr auf das Juniheft der Schweizer Rundschau! Schreiben Sie mir doch von Luzern!!

237. Wilhelm Lehmann an Werner Kraft

Lieber Werner Kraft,
Ich sitze an einem schwülen Juninachmittag im lieblichen Herrenpark in Darmstadt, nachdem alles so Schweiz wie Einweihung des Akademiehauses auf der Mathildenhöhe verklungen, und lese am kleinen verehrenden Goethetempel:

> Verhülle mir das wogende Gedränge
> Das wider Willen uns zum Strudel zieht

Nein, führe mich zur stillen Himmelsenge
Wo nur dem Dichter reine Freude blüht
Wo Lieb und Freundschaft unsres Herzens Segen
Mit Götterhand erschaffen und erpflegen

Zu Hause schreibe ich mehr. Immer

Ihr W.L.

[Darmstadt,] 18.VI.51

Von W. Meier empfing ich guten Eindruck.

238. Werner Kraft an Wilhelm Lehmann

Jerusalem
7.7.51.

Lieber Wilhelm Lehmann,
Sie sind wahrscheinlich längst von Ihrer Schweizer Reise heimgekehrt. Sie brauchen nicht mehr zu heizen und geben sich ganz der Wärme des Sommers hin und dem sommerlichen Sein, wie nur Sie es vermögen. Dazwischen warten Sie – vielleicht – auf ein Lebenszeichen von mir, das jeden Tag nicht kommt, aber alles wäre gut, wenn Sie nur nicht etwa denken würden, obwohl Sie Grund hätten, mein Schweigen so zu erklären –: Aus den Augen, aus dem Sinn. Das Gegenteil ist der Fall, aber –?

Ich habe Gründe und besonders zwei. Der äußerliche ist der, daß die Wärme, die Sie dort genießen, mit erfrischendem Regen dazwischen, hier in den letzten Wochen die Tobsucht der Sonne des Orients ist, die jeden Gedanken lähmt. Ich habe gerade in diesen Tagen das Buch L'étranger von Camus gelesen, das als ganzes sehr starken Eindruck auf mich gemacht hat, aber in diesem Zusammenhang besonders durch eine Stelle. Die Handlung spielt nämlich in Algier, wo es noch heißer ist als hier, und da ist einmal die Rede von ›la trêve mélancolique du soir‹. Das läßt sich in Europa kaum nachfühlen .. Der zweite Grund ist aber gewichtiger, und es ist ein innerer. Seit ich wieder hier bin, ist äußerlich alles in Ordnung, ich arbeite in meinem Beruf, ich sehe Bekannte, Freunde, ich lese dies und das, aber die eben erlebte und stark erlebte Wirklichkeit ist wie abgeschnitten, ich habe noch keine Zeile von dem in Paris Geschriebenen angesehen, geschweige daß ich ernstlich gearbeitet hätte, und kaum daß mir ein Vers einfällt. Vielleicht muß das die Reaktion auf so starke tägliche Eindrücke in diesen drei Monaten sein, ich hoffe es, aber einstweilen ist es traurig. Es kommt hinzu, daß ich gleich nach meiner Ankunft hier beschattet wurde von Hermann Brochs plötzlichem Tode. Es war verabredet, daß wir uns in Paris sehen sollten. So habe ich ihn nicht mit Augen gesehen. Seit drei Jahren habe ich mit ihm Briefe gewechselt, aus denen mir ein unglaubhaftes Wohlwollen entgegenströmte, das hört nun auf. Den ›Tod des Vergil‹ halte ich für ein Buch, das bleiben wird. Noch eine letzte Karte erhielt ich von ihm nach Paris, in der er mir dankte für meinen Aufsatz über Karl Kraus im ›Merkur‹.

Die fünf Tage auf dem Schiff von Marseille nach Haifa waren eine herrliche Zugabe. Ich habe mich selten so frei und offen gefühlt. Wunderbar tauchte die Landschaft um Neapel am frühen Morgen aus dem Wasser auf, während ich während des zweistündigen Aufenthalts von der Stadt nicht mehr gesehen habe als schmutzige Straßen und einen schönen Botanischen Garten mit seltenen Bäumen, aber dies war nur ein Zufallseindruck. Wunderbar war auch die Fahrt durch die Straße von Messina in der Nacht mit dem brennenden Stromboli.

(Eben – 8.7. – erhalte ich einen Brief von Dr. Meier in Zürich, aus dem ich entnehme: 1) daß Sie bei ihm waren und ihm den ›Provinzlärm‹ geschickt haben 2) daß mein Aufsatz erschienen ist, den ich noch nicht erhalten habe, 3) daß nur *ein* Fragment von Ihnen gedruckt ist, was besser ist als keins und aufgewogen durch die Tatsache, daß er den *ganzen* Roman lesen wird und 4) daß er sehr Lobendes auf wie ich glaube aufrichtig Lobendes über das ›Grabgewölbe‹ sagt, um am Schluß den Druck mit einer langen Darstellung der Schwierigkeiten des schweizer Verlags-Buchhandels abzulehnen, von dem er behauptet, daß der deutsche Verlagsbuchhandel ihn kaputt mache, denn ohne den deutschen Markt könne er nicht existieren. Er wird wohl Recht haben, daß aber gerade ich unter die Räder dieses Wirtschaftskampfes komme, ist besonders traurig, finden Sie nicht auch? Es handelt sich ja nur bedingt um ein Werk von mir sondern um eines, das dem deutschen Publikum ganz unabhängig von mir nützlich wäre.)

Und nun noch eine Klammer: Eben – 14.7. – erhalte ich einen Brief von Podzus, nachdem mein Roman ›Der Wirrwarr‹ an Sie abgegangen ist. Ich bin überaus neugierig auf Ihren Eindruck, erwarte aber von Ihnen völlige Wahrheit. Nicht der Schatten eines Hauches wird zwischen uns stehen, falls Sie dieses Buch ablehnen müßten, im Gegenteil ist es mir von äußerster Wichtigkeit, zu wissen, wieweit es auf Sie gewirkt hat, wieweit nicht, und gerade von Ihnen. Ich habe ja nicht viele Menschen, deren Urteil mir so maßgebend ist. Podzus hat den Roman abgelehnt, das ist sein gutes Recht, aber die Art, in der er es tat, war ziemlich läppisch, ohne jedes sachliche Eingehen, es war da etwa von ›Kaviar fürs Volk‹ die Rede, das ist eine ziemlich widerliche Redensart, von der ich nicht sicher bin, ob er sie überhaupt verstanden hat. Es sollte eine Schmeichelei sein, bedeutet aber weit eher das Gegenteil, nämlich *Hering*, und gerade das will, glaube ich, diese Redensart sagen. Trotzdem zeigte sein Brief Interesse an mir aber in so unverbindlicher Form, daß ich ihm offen schrieb, es habe keinen Zweck, ihm weitere Sachen zu schicken, es würde mir eher als eine Belästigung des Verlags erscheinen. Darauf kam nun der zweite Brief, in welchem er wirklich auf Roman und Gedichte eingeht, aber in einer so gestelzten Form, daß auch das Richtige, das er sagt, mir davon angefressen zu sein scheint .. Leider enthielt aber dieser Brief auch eine erneute Betonung seines Interesses an meinen Sachen und diesmal in konkreterer Form: Er stellte nämlich, ohne daß ich davon gesprochen hätte, den Druck des Buches von Jochmann über die Sprache als möglich in Aussicht, mit einer Einleitung von mir. Das würde meine kühnsten Erwartungen übertreffen, und so bin ich gebunden. Er hat mir nämlich schon nach Paris seine Ihnen gewidmeten Wassergedichte geschickt, von denen ich glaube, daß es die sind, von denen Sie mir geschrieben haben, daß er sie an Loerke ›umgewidmet‹ hat. Es sind einige schöne Gedichte darunter, aber ich müßte ihm doch offen sagen, daß eine solche Umwidmung ein literarisches Novum ist, und ich kann es jetzt nicht mehr, wenn ich mir nicht diese [ein unleserliches Wort] Möglichkeit eines Erfolges abschneiden will. Sagen Sie mir bitte ein Wort hierzu! – So viel gäbe es noch zu sagen, und 6 Seiten sind schon vollgeschrieben, ohne daß ich eigentlich angefangen hätte. Sehr erwarte ich Ihren Reisebericht, in der Hoffnung, daß Sie die Natureindrücke stark in sich aufgenommen haben. Dr. Meier schrieb mit großer Achtung von Ihnen und Ihrem Besuch bei ihm. Schreiben Sie mir doch ja sofort, falls er bereit wäre, den ›Provinzlärm‹ zu drucken. Ich wünsche es von ganzem Herzen. Ist Ihnen übrigens in der Schweiz das letzte Heft des ›Trivium‹ in die Hände gekommen? Es enthält einen außerordentlichen Aufsatz von Elisabeth Brock – die ich flüchtig kennen lernte – über ein Gedicht von Rimbaud. Was dagegen die Herren Staiger und Heidegger, von denen mir jener sympathischer ist als dieser, sich über den Vers von Mörike ausgedacht haben, scheint mir ziemlich belanglos zu sein. In der letzten ›Neuen Rundschau‹ findet sich viel Geschwätz, wozu die Gespräche mit Kafka natürlich nicht gehören. Dagegen weise ich Sie, falls es dessen bedarf, auf die drei Gedichte von Edna St. Vincent Millay in Borchardts Übersetzung hin. Sie scheinen mir als deutsche Gedichte sehr stark zu sein und auf großartige englische Originale hinzudeuten. Noch dies: Lesen Sie in den Noten zum Divan (Insel-Dünndruckausg. S. 213 f), Erläuterungen zum Schenken-Buch die wunderbare Übersetzung aus Saadis Rosengarten!! Ich muß abbrechen. Allerherzlichst grüßt Ihre Frau und Sie

Ihr Werner Kraft

[am Rand einer Seite mit Verweis auf einige Tintenflecken: Die Kleckse kommen leider von meinem Füllfederhalter]

Meine Frau ist in Heidelberg und wird kaum noch bis zu Ihnen kommen, obwohl sie es sicherlich *sehr gern* täte. Aber das Geld! Am 22.8. geht ihr Schiff von Marseille. Vielen Dank für Ihre Einladung an sie!

Könnten Sie den Rilke (Gedichte des Grafen C.W.) in ein Kouvert stecken und mir als Drucksache schicken? Es stehen doch einige schöne Gedichte darin. Vielen Dank.

Ich habe leider Ihren Kommerell mitgenommen und noch nicht gelesen. Aber falls Sie ihn brauchen, schicke ich ihn Ihnen sofort.

Landschaft

Vor meinen Augen liegt die rätselhafte Stadt,
Die strahlend übersteht.
Der Eiffelturm setzt die Geschichte matt.

Bevor sie untergeht –:
Im Dom der Invaliden droht
Ein Toter aufzustehn zu dunklem Wesen.

Der Obelisk besteht,
Das Sinnbild unsrer stummen Not,
Mit Schrift auf Wahrheit, keiner kann sie lesen,
Und die Chimären türmen das Gebet.

Felseninschrift

Vieles klingt auf der Membrane
Meines Herzens. Ich ahne ..

Menschen, die ich echt liebe,
Und mich leichter beiseite schiebe,

Tote, die fest ich bejahe,
Und bin ihnen der Hauchnahe.

Schwindend mir in Dank habe
Ich Nahrung bis zum Grabe.

Definition
Ein Lektor ist ein Leser, der ein Lektor ist.
[wegen aus Platzmangel umbrochener Zeile: natürlich Prosa!]

239. Werner Kraft an Wilhelm Lehmann

Jerusalem
31, Alfasi Rd
1.8.51

Lieber Wilhelm Lehmann,
ich habe Ihnen für Ihre Ansichtskarte aus Darmstadt zu danken und bin in Erwartung Ihres Briefes, der hoffentlich bald kommen wird. Inzwischen sind Sie, wie ich annehme, nach Hause zurückgekehrt und haben dort meinen ›Roman‹ vorgefunden. Ich möchte gern hören, was Sie über ihn denken. Sollte Ihnen aber die Lektüre quälend sein, so steht ja niemand hinter Ihnen, der Sie zum Lesen zwingt, nicht einmal der Autor, der Ihnen höchstens zuzwinkert, das alberne Zeug ruhig beiseite zu legen. Ganz wie Sie wollen – Sie sind frei, zu sprechen oder zu schweigen. Ich bin ziemlich leer und zerfahren im Augenblick. Daher ist dies nur ein Anklopfen, um Ihnen zu zeigen, daß ich noch lebe. Meine Frau hat bis jetzt viel weniger Geld, als wir hofften, daher ist es sehr zweifelhaft, ob sie noch bis zu Ihnen kommen wird. Sie fährt am 22.8. von Marseille ab. Ich schreibe bald mehr.

Herzlichst grüßt Sie beide und Agathe – Fräulein Agathe! –

Ihr
Werner Kraft

Brot

Aus stillem Winkel auf den Sommer schauen,
Auf Menschen, die der Welt vertrauen,
Den weißen Häusern, grünen Bäumen,
Macht säumen
Den Säumenden im Grauen ..

Wir haben Zeit, und wenn sie weicht,
Sie bleibt auch, gut umhegt –:
Wie meines Vaters Hand sich leicht
Aufs Haupt mir legt!

Das Schwere ist erschüttert,
Die Frucht im Munde reift,
Sie füttert
Mit Leben meinen Tod,
Mein Leben greift,
Mit meiner Hand, das Brot.

240. Werner Kraft an Wilhelm Lehmann

Jerusalem
31, Alfasi Rd
1.9.1951

Lieber Wilhelm Lehmann,
was bedeutet das? Außer einer Karte aus Darmstadt habe ich *nichts* von Ihnen gehört. Ich habe Ihnen einmal einen Brief geschrieben, wegen der Hitze enthielt er gewiß nicht viel, aber er war ein Lebenszeichen. Sind Sie krank? Das schließe ich aus. Bedürfen Sie der Ruhe und der Abschließung von jeder Störung, die schon darin läge, auch nur die Feder in die Hand zu nehmen? Ich wäre der Letzte, um das nicht zu verstehen. Vielleicht *arbeiten* Sie. Das wäre der schönste Grund für Ihr Schweigen, und ich warte mit Geduld auf die schönste Frucht vom Baume. Vielleicht aber gehen Sie nur durch die Landschaft und nehmen schweigend den Sommer in sich auf, um Vorrat für den Winter zu haben, und auch dieser Grund für Ihr Schweigen, ist legitim, aber –? Selbst eine Zeile im Lapidarstil würde mich erfreuen und beruhigen. Und erst dann würde ich mich frei fühlen, Ihnen über vieles zu schreiben.

Herr Päschke fragt mich, ob ich nicht einen neuen Aufsatz über Sie [Nachtrag: über Ihre Lyrik] für den ›Merkur‹ schreiben wolle. Sie sehen daraus, daß der Aufsatz in der N. Schw. R. in irgendeinem Sinne ›wirkt‹. Das freut mich für Sie. Aber es müßte mir etwas *Neues* einfallen, und ich muß abwarten …

Meine Frau ist noch immer in Deutschland, hat in Hannover schreckliche Wochen im Kampf mit den Ämtern verlebt, ist jetzt in

Berlin und weiß nicht, *wann* sie abfahren kann, obwohl sie es so schnell wie möglich will. Das ist der Fluch des Geldes …

Leben Sie wohl, lieber Wilhelm Lehmann, mit herzlichen Grüßen und Wünschen für Ihre Frau und Sie selber

Ihr Werner Kraft

Wie schön muß jetzt Ihr See sein! Meine Frau schreibt, sie habe ›wie ein seliger Geist‹ im Wannsee geschwommen.

Gegenwart
(Hockender Schreiber der 5. Dynastie im Louvre)

Was hat er nur geschrieben?
Zu lange ist es her
Und nichts von ihm geblieben,

Nur er,

Aus Stein das Monument,
Das keinen Namen nennt.

Wie seine Augen blicken
Geschärft in keine Zeit,
Sie binden uns mit Stricken
Der Ewigkeit

An ihn.

Was er uns sagt, verschweigt er,
Und was er schweigt spricht klar,
Mit Fingern zeigt er
Auf die Gefahr,

Wenn wir entfliehn –:

Wie schön es einst war,
Als uns die Sonne beschien.

241. Wilhelm Lehmann an Werner Kraft

Klein-Wittensee, 10. Sept 51

Lieber Werner Kraft,
Noch des Lichts würdig gehalten, sitze ich im Septemberschein, der uns seit drei Tagen hier glücklich macht … Sonst habe ich nicht viel Mut & Zuversicht, sonst hätte ich längst geschrieben. Zuweilen sonne ich mich in der Freude an Ihrem Aufsatz und wenn ich auf die Stelle stosse: ».... ist die deutsche Lyrik in ihrem Grundbestand bereichert«, träume ich, es sei doch nicht alles umsonst gewesen .. Als Sie von der Tobsucht Ihrer Sonne sprachen, da fror uns. Aber ich empfinde uns noch immer in der Märzkühle zusammen gehen, und zuweilen spiele ich mit dem abenteuerlichen Gedanken, Sie in Palästina zu besuchen (aber ich würde die Hitze, vor der ich mich sonst nicht fürchte, wohl nicht mehr ertragen können). Ich bin sehr glücklich über Ihre Zeitvertreibnotizen im L.D., Ihre Erinnerungen an Franz Blei (auch ich habe einmal über Gedichte ein freundliches Schreiben von ihm erhalten; seine exorbitante, blondflatternde Tochter Billy war eine Sensation in Wickersdorf). Hoffentlich bringt Jancke demnächst Rangs Anzeige Ihrer Gedichte. In Ihren »bürgerlichen Roman« habe ich mich noch nicht recht hineingelesen, ich warte, dass er Macht über mich gewinne, noch ist mir das Ganze nicht palpabel genug: aber ich wart' es ab. Der Verlag schickte ihn (aber Podszus verbirgt sich vor mir). Wir boten Karl Krolow im Mai einige Tage Gastfreundschaft an: er ist ein bescheidener Mensch, stets in Angst vor körperlichen Zuständen, sein Vater wollte mit der ganzen Familie sterben, nahm sich dann allein das Leben. Wiewohl ich bislang seine Gedichte nie recht habe bejahen können, freute ich mich, seine Lorcaübertragungen, sowie an Neuerem einiges schön finden zu können. Hören Sie, was er mir, nach langer Pause, schreibt:

> »Gerade bekam ich Gottfried Benns Marburger Lyrik-Rede geschickt, die mich so gereizt hat (obwohl *viel* Gescheites in ihr zu finden ist, oder vermutlich gerade deswegen), dass ich versuchen will, in der N.Z. – hoffentlich unverstümmelt, wie's sonst je und je geschieht – mich kritisch mit B. auseinander zu setzen. Ob's gelingt, ist eine andere Frage. Das Auf-dem-Bauche-liegen vor diesem Mann ist mir nachgerade widerlich geworden und beweist die verhängnisvolle allgemeine kritische Ziel-, Plan- und Niveaulosigkeit. Curt Hohoff ist einer [!] der wenigen Ausnahmen, die Benn gegenüber offenbar nicht knieweich zu werden gewillt sind«.

Ich habe K. zu solcher Selbständigkeit beglückwünscht. Kann ich mich dem Pathos einiger Gedichte Bs nicht entziehen, so glaube ich, das [!] sein Stil nicht derjenige ist, in dem *das Richtige* gesagt werden kann. Dies manische Hacken mit schwelgenden Antithesen, kreidigen Bildern, dies Kreischen von ›Orgasmus‹ und Heiligkeit: manchmal erinnert's an Rudolf Herzog, an Kerr, an antiquierten ›Sturm und Drang‹: die seelenkranke Zeit frisst davon. Ich glaube, K. hat Recht. Genau so wie sich die verwahrlosten, bescheiden-frechen Deutschen heute, mit wenigen Ausnahmen, sich ihren Karl Jaspers (dessen Leistung ich nicht beurteilen kann) wie die Küken nicht ihre Glucke wegnehmen & bemäkeln lassen wollen, so mit Benn. Dass er ein Nazi war, das spielt heute schon, selbst in der amerikanischen NZ, keine Rolle mehr. Aber – ich plaudere aus der Schule – die D. Akademie hofft, mit seiner Georg Büchnerpreisung im Oktober viel für das »Ansehen« der Akademie tun zu können, ich werde überstimmt gegen die Herren Edschmidt, Thiess, das Land Hessen, die Stadt Darmstadt usw. Meine Frau erklärt, sie sei »sehr unglücklich«, dass B. den Preis bekomme. Jancke kann man dergleichen vielleicht nicht übelnehmen, da er nur an das »Ansehen« seiner Institution denkt, als wenn es – in meinen Augen jedenfalls – zum Ansehen nicht eher genützt hätte, einmal die Mode nicht mitzumachen. Ich selbst schweige natürlich, man würde mir eine Gegendemonstration falsch auslegen. Am 3. August sollte ich nach Mainz, aber ich hatte keine Lust, ich werde immer schwerfälliger. Die Schweizer Reise, schrieb ich Ihnen eigentlich darüber? Da lernte ich auch wieder einmal einen »Berühmten«, Vielgelesenen, einen ›Erfolg‹reichen kennen, an sich kein übler Mann, Werner Bergengruen, mit seiner ihn mir unangenehmlich ›verehrenden‹ Frau. Warum nur erfolgreiche Schriftsteller es heute stets für ihre Pflicht halten, auch Gedichte zu schreiben? Zu seinen ›effektvoll‹ vorgetragenen Versen konnte ich nur sagen: sie rücken wie eine Streitmacht heran, bloss – der Feind fehlt. Kavallerieattacke der Vergeblichkeit, sein ›Wind‹gedicht. Nein, das ist alles nichts Eigentliches, das ist blosses Als-ob, aber es wird gekauft, als gelungen, als klassisch, gefeiert. Widerspruch rennt gegen die Wand der Herren Uhde-Bernays, v. Taube, etc. etc. Nicht die leiseste Bewegung im Kern der Dinge vollzieht sich.

So weit schrieb ich gestern. Es war heute, am 11 Sept, ein schöner warmer Vormittag, der See lag blau, gestern Nachmittag waren meine Frau und ich an der Eider, die bei Borgstedt, in den Kanal mündet: lebhafter Schiffsverkehr, ein herrlicher grosser schwedischer Dampfer, belgische, deutsche, dänische Schiffe, meistens holzbeladen. Eben, gegen 3 Uhr Nachmittags, Gewitter und Regen: ich hoffe gleichwohl, es werde noch wieder sonniges Herbstwetter. Das Gedicht auf den hockenden Schreiber ist schön und dringt in mich ein. Ich schrieb auch einige: eins umseitig. Ich brauche Ihnen nicht zu sagen, wie es mich freuen würde, wenn Sie für den »Merkur« schrieben: diese Zs wird von einigen für die beste gehalten. Dass Paeschke sich zu mir bekennt, wunderte mich. Wenn ich ihm vor Jahren Gedichte schickte, sandte er sie zurück: sie sprachen ihn nicht an. – Agathe hat nun endlich eine ›Stelle‹ in England bekommen, durch Vermittlung des guten und hilfsbereiten British Resident in Schleswig. Zum 1. Okt. wird sie von der Frau eines Luftpiloten mit 10jähriger Tochter erwartet, sie soll mehr companion als servant sein. Sie freut sich darauf, augenblicklich ist sie Sekretärin bei dem Politikhistoriker Professor Michael Freund in Kiel & nimmt ausserdem in der Nacht von Sonntag auf Montag für die ›Volkszeitung‹ Sportberichte (!) auf, stenografiert sie nach & diktiert sie dann. Wiewohl sie oft von einer ihre Mutter verwundenden Unzärtlichkeit – euphemistisch gesprochen – ist, werden wir sie ein langes Jahr hindurch sehr entbehren. Wie die Kinder verschieden sind! Agathe, entschieden die geistig Begabtere, macht wenig aus sich, hat nicht recht Initiatorisches, lebt aber intensiv. Das tut auch der 36j. Pelle, der jetzt Lehrer in Eckernförde ist. Mir wäre sinngemässer gewesen, er hätte einen ganz extrovertierten Beruf ergriffen. Aber der Volkslehrer ist ja mehr ein Mann des Aussen als des Innen. Pelle möchte gern ›Geistiges‹ besitzen (er ist ein Büchernarr & pflegt eine exquisite Bibliothek), es ist aber damit nichts, über geistige Dinge kann ich mich jedenfalls kaum mit ihm unterhalten, er fühlt das & grollt mir. (während ich mit Gathi im lebhaftesten geistigen Einverständnis bin) Aber er ist sehr rührig und in E. ganz an seinem Platz, unter Blinden als Einäugiger durchaus König. Es gehört zu ihm, dass er sich immer in einer Umgebung befindet, die er ›überragt‹; er findet nette Kameraden. Vergebens wünscht man, er käme in eine imponierendere Umgebung. Gewisse Situationen sind eben gewissen Naturen zugeschrieben. Damit Sie nun endlich von mir hören, soll dies weg. Nun noch die Bitte, das MS ›Anfänge‹ mit Ihrem Korrekturstift zu durchjäten & alles wegzustreichen, was Ihnen zufällig & ephemer erscheint. Vielleicht kann ich es nämlich irgendwie an den Mann bringen. Lesen Sie im Kommerell? Auch den Rilke schicke ich. Von Herzen bin ich, mit den schönsten Grüßen auch meiner Frau,

Ihr W. L.

242. Werner Kraft an Wilhelm Lehmann

Jerusalem
18.9.51

Lieber Wilhelm Lehmann, endlich kam Ihr Brief, und aus Raummangel sage ich nicht, *wie* er mich erfreut hat. Ich wünsche Agathe alles Schöne für ihre Reise nach England. Daß sie ihre Mutter quält, bedeutet wohl nur, daß sie sich selbst quält, daß sie es nämlich schwer mit sich hat. Aber der Wind kann umschlagen, und alles wird gut .. Mein Sohn hatte Jahre, wo es ähnlich war .. Daß Ihre Frau ›unglücklich‹ ist über Benns Wahl, ehrt ihr Urteil, aber zugleich ist sie zu beglückwünschen zu diesem kleinsten denkbaren Unglück, denn daß die Deutschen trotz ihrer gewaltigen Sprache dumm sind, ist doch eine leider bekannte Wahrheit, von der alle großen Deutschen gewußt haben. Ben heißt auf hebräisch Sohn, aber dieser Sohn hat keinen Vater, er hat sich selbst erschaffen, und alles Selbsterschaffene stirbt, alles von der Schöpfung Erschaffene hat Teil an ihr, und kann nur leben. – Quälen Sie sich nicht mit meinem Roman, er soll Ihnen keine Zeit rauben. Damit Sie nicht völlig im Dunkel tappen, sage ich Ihnen dies: er ist autobiographisch: Georg Delta bin ›ich‹, Eduard ist mein Bruder Fritz, der hier in Palästina 1917 auf deutscher Seite gefallen ist (Eduard hieß mein Vater), Fidelius und die Frauen sind erfunden, Herr Tem ist Wilhelm Kü*tem*eyer, Herr Lem ist Benjamin. Nun sind Sie vielleicht nicht klüger als vorher, wie dem sei, quälen Sie sich nicht. – Sie erwähnen Sybilla Blei. Ich habe gerade in alten Briefen gelesen, in denen Maria Blei, ihre Mutter, andeutet, daß Borchardt sie eine Zeitlang geliebt hat und Mutter und Tochter die Beziehungen zu ihm abbrachen .. Sie muß sehr schön gewesen sein. Ob sie wohl noch lebt? – Ja, der Merkur! Die beste deutsche Zeitschrift? Sagen wir, sie enthält ab und zu gute Beiträge von Lehmann und anderen, im Augustheft etwa von Borchardt und – Kraft ›über‹ jenen. Aber Paeschke? Moras ist klüger. Paeschke erinnert mich verdammt an die ›Dame‹, an den ›Junggesellen‹ usw. Er schreibt z. B.: ›Als *Nachhang* meines Briefes‹. Schauerlich! So schreiben wohl heute die Deutschen? Weder schätzt er Sie noch schätzt er Sie nicht, er hat den Geruch für die Schätzung anderer, und mein Aufsatz über Sie macht ihn einfach neidisch. In dem selben Heft steht ein langer Aufsatz über eine ›heroische Bruchstelle Europas‹. Es handelt sich um die widerliche Schwatzbude Duino, wo die Fürstin von Thurn und Taxis den ganzen Dante auswendig konnte und mit Rilke vorliebnahm, und 50 Personen täglich zu Tisch, unter ihnen Kassner, der natürlich mehr war aber hier verdorben wurde, aus einem guten Prosaisten zu einem preziösen .. Aber ich breche ab .. *Bruch!!* (Nur einmal ertönt ein Menschenlaut: als die Fürstin von Kassner sagt, er spreche von sich selber schon wie von einem entfernten Verwandten, obwohl auch das eigentlich nicht stimmt und ich Kassner für gleichzeitig einsichtsvoll und böse halte, er rächt sich durch völlige Kälte dafür, daß er sich selbst das wirklich wahre Wissen, das scheinlose, entzogen hat ...) Über Sie noch einmal schreiben? Ich müßte einen neuen Gesichtspunkt finden. Es gibt ihn sicherlich, aber ich brauche Zeit, um ihn zu entwickeln. – ›Wechsel der Weise‹ ist ein schönes Gedicht, aber es könnte noch schöner sein, und ich ertappe mich dabei, einige Stellen – bitte, es geht ganz schnell – ›umzudichten‹, aber Sie haben ja jede Freiheit das Umgedichtete wieder zurückzudichten. In der ersten Strophe finde ich ›waldinmitten‹ schwach, es ist eine ›poetische‹ Komposition für ›inmitten des Waldes‹, die Sie sich sonst versagen. Warum nicht ›die tief im Walde schlief‹? So sind ›sensi*tiv*‹ und ›schlief‹ durch einen Binnenreim gebunden, in dem dazu noch ›tief‹ dem Klang ›tiv‹ Sinn, gleichsam Tiefe gibt. – Der Kitharöde stört mich. Meint das *Gedicht* nicht etwa: Klug weiß der Wind der Öde? Denn dieser Wind ist doch der Sänger. Nun aber die letzte Strophe! Man hört unbedingt, da der Wechsel sich auch sprachlich manifestieren muß, besser: rhythmisch –: Drum wechselt (*der*) Wind die Weise. Ich gestehe Ihnen, daß ›dorisch‹ und ›lydisch‹ schöne Namen sind, mit denen wenigstens ich keine konkrete Vorstellung verbinde. Ich sehe zwei Möglichkeiten: 1) die ›Namen‹ zu tilgen und zu sagen: und nach (besser vielleicht: statt) der himmlisch strengen spielt er die irdisch weiche und 2) wenn Sie an den Namen hängen, ihnen die konkreteste und schönste Klangform zu geben, nämlich so: und statt der griechisch strengen spielt er die deutsche, weiche. Dorisch und lydisch erregt doch unwillkürlich die Vorstellung von antiken Metren, die bei Ihnen ja nicht vorkommen. (Es wäre durchaus denkbar, das Gedicht noch einmal zu dichten und zwar so, daß antikisierende Verse schließlich in Reime übergingen. Eine wunderbare Idee, aber das vermag ich natürlich nicht Ihnen vorzudichten ...). Ich habe gesprochen, und so kühn eigentlich meine sozusagen ›produktive‹ Kritik ist, ich glaube, Sie werden mir nichts vorwerfen, denn den Kern Ihres Gedichts habe ich ja nirgends angetastet. Ich bin nun sehr neugierig auf Ihre Reaktion. Ich schreibe bald wieder, da ich Ihnen auch noch über das Tagpfauenauge schreiben will. Einstweilen viele herzliche Grüße Ihrer Frau und Ihnen

Immer Ihr
Werner Kraft

Bitte nicht wieder eine so lange Pause! Über Ihre Schweizer Reise weiß ich fast nichts!

243. Werner Kraft an Wilhelm Lehmann

Jerusalem
31, Alfasi Rd
10.11.51

Lieber Wilhelm Lehmann,
ich bin sehr traurig, wenn ich denke, daß ich Ihnen in meinem letzten Brief einen baldigen zweiten angekündigt hatte und daß meine Kraft nicht ausgereicht hat, ihn zu schreiben, und auch heute möchte ich Ihnen nur ein Lebenszeichen geben, damit Sie nicht glauben, es habe sich in meinen Gefühlen für Sie das geringste verändert. Auf vielfache Weise wurde ich übrigens an Sie erinnert. Neulich tauchte in Begleitung einer Dame eine andere Dame auf, die mir vorgestellt wurde, ohne daß ich den Namen verstand. Im Laufe der Unterhaltung kam plötzlich heraus, daß sie jene Frau Spektor war, die bei Ihnen gewohnt hat, daß sie mit großer Verehrung von Ihnen sprach, daß sie aber schon fast ein Jahr fünf Minuten von mir enfernt wohnt, ohne daß das sie veranlaßt hätte, mich zu besuchen. Sie hat eine musikwissenschaftliche Stelle an der Universität, und ich habe sie seitdem nicht wiedergesehen und kann nur mit Nestroy sagen: ›So gibt es halt allerlei Leut auf der Welt.‹ Dann habe ich neulich einen mäßigen Film über einen englischen Atomprofessor gesehen, der an die Regierung ein Ultimatum schickt, die Atombombenproduktion einzustellen, sonst würde er London in die Luft sprengen. In der Spannung, die ein solcher Film beim Publikum erregt, wird die Aufmerksamkeit mit Erfolg von dem Nachdenken über die Beschaffenheit einer Welt abgelenkt, die sich in Trauer und Trägheit geradezu danach sehnt, von besagten Atombomben aufgefressen zu werden, wenn Sie mir das unmögliche Bild nachsehen, anstatt ... Aber das ist eine andere Geschichte, über deren Anfang auch ich nicht hinaus käme, während die meisten nicht einmal den Anfangssatz hören wollen, der etwa lautet: Denke nach, bis Dir der Kopf platzt! Ich erinnerte mich dabei unseres Abschieds in Hamburg, in jenem Autobus, der Sie mir dann entführte, als uns schon nichts mehr einfiel und plötzlich ein Radio von dem Ultimatum eines Atombombenprofessors sprach und ich erschreckt fragte, ob denn die Dinge schon so weit gediehen seien, bis ich die Filmreklame er-

kannte. Ich weiß gar nicht, ob Sie von diesem sonderbaren Vorfall überhaupt Kenntnis nahmen. Und dann las ich eben in den ›Temps Modernes‹ einen Nachruf auf Alain, den ich leider sehr wenig kenne, von einer mir unbekannten Frau namens Colette Audrey, und in ihm las ich den großartigen Satz:

›C'est peut-être aux tranquilles que revient l'immense honneur de mener le combat jusqu'au bout et de faire scandale.‹

Da dachte ich wieder an Sie und entschloß mich zu schreiben. Und nun schreiben Sie – bitte – mir, wie es Ihnen und Ihrer Frau geht, was Agathe aus England schreibt, was Sie schreiben oder denken oder nicht denken, es ist alles einerlei, nur schweigen Sie nicht, bitte! Davon abgesehen, werde ich Ihnen bald wieder schreiben. Inzwischen ist meine Frau wiedergekommen. Sie hat viel erreicht, aber es war *sehr* schwer und hat ihre ganze Zeit in Anspruch genommen, und *nur dies* ist der Grund, daß sie nicht noch einmal zu Ihnen gekommen ist, wie sie sich fest vorgenommen hatte. Das wird sie Ihnen auch noch selbst schreiben. Ich habe mit größtem Eindruck den Tristram Shandis von Sterne gelesen. Das ist einer der großen Romane, und ich kenne kaum eine rührendere Figur als diesen Onkel Toby. Wenn sich Sterne nicht auf Cervantes und Rabelais beriefe, so würde ich sagen, daß er das Komische *erfunden* hat. – ›Antwort des Schweigens‹ ist wieder erschienen?!?! Ist es wahr, daß man Jünger aus dem Heliopolis-Verlag herausgeworfen hat? Leben Sie wohl! Immer von ganzem Herzen

Ihr Werner Kraft

Eine Bitte: Könnten Sie, falls Ihre Lektüre des ›Wirrwarr‹ erfolglos bleibt, den Roman schicken an

Dr Wilhelm Kütemeyer
Unter der Schanz 3
Heidelberg

Die Geldausgabe tut mir leid, aber ich wäre Ihnen *sehr* dankbar. K. will etwas für den Roman tun.

Von Wilhelm Kütemeyer ist bei Suhrkamp das *außerordentliche* Buch ›Die Krankheit Europas‹ erschienen. In der nächsten Neuen Rundschau, die bald erscheinen muß, steht mein Aufsatz über Valéry.

244. Wilhelm Lehmann an Werner Kraft

[Klein-Wittensee, 18. November 1951]

Es ist Sonntag Abend, 18. Nov. 51, lieber Werner Kraft & ohne Vorbereitung will ich mich an den längst Ihnen zugedachten Brief machen. Ich bin eben zurück von einer Vorlesung (40 DM war der äussere Gewinn: 81 Personen sassen im grossen, schönen, hellen Hörsaal des Altonaer Museums; 1000 Einladungskarten waren verschickt worden. Es ist keine von den ›grossen‹ Sensationsdarbietungen in Hamburg à la Kasack, oder Ortega y Gassez, oder Max Rychner in Altona. Der Direktor der H-er Kunsthalle, Carl Georg Heise, kam gleich darauf zu mir & sprach warm und verständig, er hatte ja einmal in der H-er Freien Presse intelligent über den »Entz. Staub« geschrieben, hatte sich auch s. Zt, befreundet mit meinem Sohn Berthold in Lübeck, höchst menschlich am, dann gelungenen, Versuch beteiligt, B. und ich [!], nach *12*jährigem Zerwürfnis, wieder zu einen, fand mich, obgleich mir sonst derlei gar nicht liegt, von Hamburg angeheimatelt, es schwangen Kindheitserinnerungen mit. Der Eindruck war auch deswegen deutlich, weil ich jüngst immer in ganz anderer Umgebung, meist Katholiken, Bayern oder Hessen, gewesen war. Man lernt durch die Akademien eine Fülle von Menschen kennen, wie ich es mir nie habe träumen lassen. Es belebt mich dann meist, ehe ich in meine Einsamkeit, wie ich sie mir selbst zu- und angemessen habe, zurücksinke. Zu meiner Freude fand ich Ihren zweiten Brief vor, ich freue mich sehr auf den verheissenen Valéryaufsatz, freue mich über alles, was Sie mir schreiben. Aber, was denken Sie, glauben Sie wirklich, die Filmtäuschung im Autobus nach Rendsburg, damals am Dammtor, hätte ich vergessen? Wie genau weiss ich *alles* noch! Die Bemerkung über Alain oder gelegentlich Alains (den ich etwas kenne & sehr fruchtbar finde; man schmeckt es nicht so ganz weil es eben französisch ist, schmeckt aber wahrscheinlich gerade darum auch etwas, weil man es als Deutscher liest) lässt auch mich lange nachsinnen. Es ist immer wieder dasselbe, eigentlich weiss man, wo das Wesentliche geschieht. Vielleicht ist's richtig vom Geschick geplant, dass ich in so späten Jahren in Akademien u. dgl. ›verwickelt‹ werde, früher hätte es mich wahrscheinlich viel zu stark angegriffen, jetzt sehe ich's doch gleich immer wieder wie durch einen Flusslauf getrennt von mir selbst. Ich müsste Ihnen natürlich alles haargenau nacherzählen, aber das *könnte* langweilen (weil's eben doch nicht so sehr wichtig ist) ich greife heraus: Der Haupt ›Coup‹ war die Darmstädter ›Krönung‹ Benns. Nein, der Mann sieht nicht wie ein Dichter aus (aber: wie sieht ein Dichter aus?), Mischung aus einem kleinen Teil Bescheidenheit & einem grossen von Selbstbewusstsein: ich las die Briefe, die er an die Akademie in Sachen seiner Preiszuteilung geschickt hat. Im einen steht tatsächlich: ich teile Ihnen noch mit, dass augenblicklich Doktorarbeiten über mich in Köln, Bonn und Los Angeles gemacht werden .... Vorgetragen wurde das Dreimännergespräch, von 4 Schauspielern in ›Zivil‹, (der mir sehr gefallen[de] sehr klare & s. eigenen Weg gehende Badenser (im Hauptamt Direktor eines Gymnasiums) Gerhard Storz sass neben mir & sagte zu einer Stelle, in der Pascal genannt wurde »Quatsch«, ich konnte ihm nur beipflichten, mir ist diese Prosa, keine Prosa & ich behaupte (verzeihen Sie, wenn ich mich wiederhole), es ist ein Stil, in dem man nicht *das Richtige* sagen kann. Aber er ist über Nacht die Modegrösse der verwirrten Deutschen geworden, von 100 die ihm zujubeln, sind 99 Snobs, dabei leugne ich garnicht, dass es Gedichte von einer gewissen Grossartigkeit gibt von Benn, aber ein junger Schüler von mir, der s. eigenen Weg geht, sagt, es wäre immer Opium darin. Ich glaube, das ist gut geurteilt. Zum ›Kummer‹ (d.h. sie lacht jetzt auch schon darüber) meiner Frau und Gathis (von ihr gleich) konnte ich die 3000 Mk nicht bekommen, weil ich im Präsidium als dem Wahlkollegium sitze: die Stadt Darmstadt, die 1 Stimme hat, hatte nämlich mich nominiert! Köstlich, nicht? Interessanter war mir, dass der alte, allgemein gefeierte R.A. Schröder, der Aufräumer des protest. Kirchenliedes (an sich ein listiger, bewanderter, humoriger Alter), der m.E. so weit entfernt ist von Benne [!] wie, sagen wir, Klopstock von Heine, auch unter den Bann Benn (!) geraten ist, ihn bei einem Mikrofongespräch für ›einen tiefen Denker‹ deklarierte und drohte, aus der Ak. auszutreten, wenn man – bei diesem Mikrofongespräch – Benn als einen Nihilisten ansprechen wollte, wozu nämlich Friedrich Märker aus München Lust bezeigte ... Ist's nicht alles sehr, sehr komisch? Soll man weinen – nein, ich ziehe das Lachen vor: wenn ich ›einen tiefen Denker‹ lesen will, dann ziehe ich Moritz Heimann oder Werner Kraft oder ältere Philosophen vor. – Gathi ist seit dem Oktoberanfang in England, als servant aber mehr als companion, in einem schönen ländlichen, überaus praktischen Haus, Frau eines Zivilfliegers, der Leute nach Tokio etc. fliegt, mit einem 10jährigen Mädel, mit dem Gathi aber leider wohl wenig ›anfangen‹ kann, aber man ist sehr gut & höflich gegen Gathi & sie wird sich wohl 1 Jahr lang durchbeissen, uns entlastend & sich selbst Kleider u. dgl. vom Verdienten kaufen können. Ihre Neufreude liess sie die Dinge zuerst interessanter sehen als sie sind: jetzt merkt sie, dass das an sich disziplinierte & ›vernünftige‹ Leben so einer upper middle-class Familie im Grunde *leer* ist: *gelesen* wird in solchem Hause überhaupt nicht, aus dem Rundfunk Belangloses goutiert & G. gelangt zu der Einsicht, sie, die sich immer nach Eleganz sehnt, im Grunde aber natürlich, gegen ihren Willen, schon längst wusste was sie jetzt spontan freiwillig weiss, dass Geld nicht das Eigentliche bedeutet (wahrscheinlich muss sie das auf diese Weise erfahren, weil sie sich offenbar bislang eingebildet hat, dass reiche Leute eben ihr Geld immer dazu verwenden, Italien gründlich kennen zu lernen, den Louvre durcherleben u. ä.) – während ihre Engländer night-clubs und a drink für die Wesensgüter ansehen … Also freuen wir uns, das Gathi auf diese Weise Dinge bemerkt, auf die sie sich von uns nicht so gern aufmerksam machen liess.

Ihre Bemerkungen zum ›Wechsel der Weise‹ haben mich natürlich sehr beschäftigt, aber merkwürdigerweise kann ich Ihre Änderungen noch nicht übernehmen, es ist fast a man convinced against his will Is of the same opinion still. Mit Ihrem Roman will ich es jetzt aufs Neue versuchen, ich bitte um eine *kurze Weile* noch, dann schicke ich selbstverständlich das M.S. an Kütemeyer. Bitte, lassen Sie uns doch nie einander von Geld reden: wer was hat, schickt's dem andern, wer keins hat, tut – es auch, nicht? Johanna Spector hätte längst auch mir wohl einmal schreiben können, dass sie nun in Israel ist: sie hatte immer eine Art Pflichtgefühl dahin, aber für den Anfang war, nach dem Entsetzlichen, Amerika gut für sie. Sie ist kein Geist ersten Schlages, aber wir schätzen sie doch sehr; sie ist auch gegen uns sehr gut gewesen, innen und aussen. Treffen Sie sie, so bitte ich herzlich zu grüssen (ich bin doch froh, dass ich ihr damals, nach dem Furchtbaren, wieder ein bischen Mut zum Leben habe machen können).

So, dies ist ein kümmerlicher Brief. Lesen Sie das beste in den Spalten, die er offen lässt. Ich muss noch ein paar Worte an Gathi schreiben. Ja, Ihre Frau hätten wir sehr, sehr gern noch bei uns gehabt. Wir beide grüßen sie von Herzen. Dies soll morgen mit Luftpost weg. Ich müsste Ihnen auch noch von der letzten Darmstädter Tagung & im Anschluss dran dem PEN in Düsseldorf, dessen Tagung ich zum 1. Mal mitmachte, berichten. Nächstes Mal.

Wie immer und nie anders,

Ihr
W. L.

Meine Frau grüsst sehr. Wie gut, dass die Ihre einigen Erfolg gehabt hat.

Sehr schön wär's, wenn Sie mir den von Ihnen (bitte!) gereinigten Text der ›Memoiren‹ bald senden möchten!

Guckten Sie in den Kommerell?

Die ›Antwort des Schweigens‹ erschien nun endlich: mit Ihrer Emendation »Herbst, wir mussten beiden schweigen«. Sie bekommen es natürlich.

245. Werner Kraft an Wilhelm Lehmann

Jerusalem
23.11.51

Lieber Wilhelm Lehmann,
heute kam Ihr lieber Brief, der so viel interessante Mitteilungen enthielt, daß ich gar nicht weiß, wo anfangen. Vor allem freue ich mich, daß Ihr Name an Klang gewinnt und daß diese Tatsache Sie belebt, sei es durch Vorlesungen, sei es durch Reisen. Ich hätte gern gewußt, *was* Sie in Altona gelesen haben, und daß Max Rhychner und ähnliche Autoren ein größeres Publikum haben, braucht Sie nicht zu betrüben, denn 80 Menschen die hören, sind eine realere Wirklichkeit als 300, die klatschen, wenn es auch wahr sein mag, daß man durch die 300, die klatschen, noch sicherer auf die 80, die hören, stoßen würde .. Aber da sind wir schon im Bereich des Dämonischen, das ein Künstler durchschauen sollte: der allerkleinste Erfolg bei zählbaren Menschen ist ein großer, der allergrößte bei unzählbaren ein zweifelhafter, ein gefährlicher. Ich glaube sagen zu können, selbst wenn ich nur einen Bruchteil des heute Geschriebenen kenne, daß das literarische Leben im heutigen Deutschland auf einer beschwiegenen Lüge beruht. In ihrem Zentrum sehe ich Benn. Daß der 75jährige Schröder, der weiß, was Poesie ist, den ich aber für einen wesentlich geringeren Dichter als Sie halte, daß der Freund Borchardts und Hofmannsthals, daß der lebensfrohe Greis, der von Zeit zu Zeit in schlechten Kirchenliedern Buße tut, obwohl er in besseren Tagen auch bessere Gedichte gemacht hat, nun kurz vor Torschluß in den Bann des Benn geraten ist, das geht mir nahe. Aufgewachsen bei Else Lasker-Schüler *und* bei Hitler und der Liebling des vierten Reichs – da kann unsereiner, der die neuesten Leistungen des Mannes nicht kennt, nur immer wieder auf Liebermann verweisen, der auf die Aufforderung eines Freundes, sich eine moderne Ausstellung anzusehen, die so schön sei, daß sie selbst ihm gefalle, zur Antwort gab: Das ist es ja, warum ich nicht gehe,

nachher gefällt mir die Scheiße. Ein Witz, der ins Schwarze trifft unserer völligen Unsicherheit vor dem Schönen: wir wissen nicht mehr, was schön ist, wir setzen nur, dies ist schön und jenes nicht .. Wozu ich auch gleich einen anderen Witz von Liebermann erzählen will, teils aus Altersschwäche, teils um Ihnen – vielleicht – eine momentane Freude zu bereiten. Also er macht ein Porträt von Sauerbruch, und dieser wird nach immer neuen Sitzungen ungeduldig. Darauf L. auf Berlinisch, das gehört dazu –: Sehen Sie, Herr Professor, wenn Sie einen Kunstfehler machen, dann deckt ihn der jrine Rasen, wenn ick einen Kunstfehler mache, dann hängt er 100 Jahre an der Wand. – Um aber auf Ihre Vorlesung in Altona zurückzukommen, da fällt mir ein, daß ich Sie nie gebeten habe, Gedichte vorzulesen, was doch so leicht gewesen wäre, und so habe ich gar keinen richtigen Eindruck, *wie* Sie das machen, mit der einen Ausnahme eines Gedichts von mir – auf den Granatapfelbaum –, aber das genügt nicht zu einer Eindrucksbildung .. Es ist sehr schade, wie man ja überhaupt tausendmal mehr hätte sprechen können, aber ich bin im persönlichen Umgang so gar kein Mensch des Plans und gebe mich ganz dem Augenblick hin, mag er nun Banales oder Ernstes in mir hervorbringen ..

Es versteht sich ganz von selbst, daß Sie den ›Wirrwarr‹ so lange behalten können, wie Sie wollen, falls Sie noch die geringste Lust verspüren sollten, ihn zu lesen. Sonst wäre ich Ihnen für die Übersendung an Kütemeyer dankbar. Was übrigens diesen angeht, so ist von ihm gerade bei Suhrkamp das Buch ›Die Krankheit Europas‹ erschienen, eine Sammlung seiner zum größten Teil schon in Zeitschriften erschienenen Aufsätze. Ich halte diesen Mann, unbeschadet meiner Stellungnahme zu Einzelnem, für moralisch und geistig ersten Ranges. Es ist die erste deutsche Auseinandersetzung mit der deutschen Katastrophe, die dem Willen zur Wahrheit entspringt, die nicht sentimental sondern nüchtern, nicht eigentlich polemisch sondern nur aufrichtig ist, die eher leise als laut geschrieben ist und doch den Mut hat, die furchtbare Wahrheit offen auszusprechen, mit der Hoffnung des Arztes, so und nur so zur Heilung beizutragen – im Namen eines Christentums, das ich als Lehre von der Inkarnation mir nicht zueignen kann, da ich eben kein Christ bin, das mir aber als unbeugbarer Wille, in die Welt bis zu ihrer Verwandlung einzugreifen, Bewunderung abnötigt. Eine seiner zentralen Thesen ist die, daß er im Namen des Westens sich der antirussischen Blockbildung in Deutschland und Europa widersetzt, da er in Rußland das Ultimatum an den Westen sieht, *sich selber* zu ändern und die Augen des Geistes nicht vom Proletariat weg sondern auf es hin zu richten .. Im Maße meiner Einsicht halte ich diese Auffassung für richtig, wenn ich auch mehr fürchte als glaube, daß es für jede *richtige* Stellungnahme bereits zu spät ist, da seit langem schon nicht mehr geschieht, was geschehen soll, sondern nur noch geschieht, was geschieht. Dennoch glaube ich, daß im Westen mindestens so viel über den Osten gelogen wird wie im Osten über den Westen. Die Wahrheit selbst hat keinen Kurswert. Ein Grund mehr, sie nicht aus dem Griff zu lassen ..

Ich freue mich sehr, von Ihnen zu hören, daß Sie sich mit Ihrem Sohn wieder versöhnt haben. Was gibt es Schöneres als Versöhnung! Daß Agathe Erfahrungen macht, kann ihr nur gut tun. So wie jene englische Familie leben übrigens Millionen von Familien in der Welt .. Dennoch ist der Reiz des Fremden immer wieder da und berechtigt. Ich muß an eine Stelle bei Pindar denken, in Borchardts Übersetzung: –

›sondern sie dehnte sich nach Fernem:
Mancher ist, dem geht's wie ihr, –
So verloren ist unter den Menschen
Kein Blut, wie das sich des Heimischen schämend
Nach auswärts lungert und jagt einen Schein und faßt ein Nichts‹.

Aber eben dieses Nichts muß man, gerade in der Jugend, immer wieder ›erfassen‹, um überhaupt zum Etwas durchstoßen zu können, glauben Sie nicht auch? Und noch einmal muß ich an Borchardt denken. In dem dramatischen Gedicht ›Verkündigung‹, dem ersten Teil einer unvollendeten Tragödie von der Päpstin Jutta, sagt die Mutter zu der vom Teufel in Gestalt eines ›falschen Boten‹ bedrohten Jungfrau:

›Mädchen, Mädchen,
Das ganze All ein Ungefähr
Und schwer
Und hängt an einem Fädchen.‹

Kann man auch kaum helfen, so gibt es doch Hoffnung, so lange im Mittelpunkt der Welt das Gute steht .. Leben Sie wohl!

Ihnen und Ihrer Frau alles Gute

immer Ihr Werner Kraft

Schrieb ich Ihnen schon, daß ich Tristram Shandis von Sterne, leider nur auf Deutsch, gelesen habe? Ich war hingerissen.

Gelesen Sartres neues Stück aus dem deutschen Bauernkrieg: Le diable et le bon Dieu. Trostlos, problematisch und kolossal! Der Mann hat nicht nur Kraft, er ist eine.

Ja, Ihre Jugenderinnerungen werde ich Ihnen schicken, nebst ›Verbesserungen‹ – nur noch etwas Geduld! Und ich schicke auch bald den Kommerell an Sie zurück, den ich mit nicht besonderem Erfolg gelesen habe.

In einem anspruchslosen aber sachlich interessanten Buch von Erich Hock: ›Hölderlins Reise nach Driburg‹ fand ich ein herrliches bisher unbekanntes Bild von Susette Gontard.

Zeitvertreib

Jeder, der aus einem Kriege heimkehrt, lügt.

Mit der Sprache kommt keiner weiter als sie.

Getroste Verzweiflung schütze vor dieser Welt jeden, dem die Freude in dieser Welt Ernst ist.

Nur eine deutsche Epoche, die sich ehrlich zu ihrer Armut bekennen würde, anstatt mit Hölderlin großzutun, dürfte diesem zustreben, um sorglos arm an Tönen von Nachtigallen zu lernen, daß der neue Ton anders erklingen muß als der alte, dem er entspringt.

Wenn nicht alles täuscht, täuscht alles.

Nicht Form & Gehalt = Kunstwerk sondern Form (& Gehalt) & Gehalt (& Form) = Kunstwerk.

Sie sprechen von der Sprache, als wenn sie begehrten, wozu sie verpflichtet.

Sehe ich plötzlich viele Menschen, so habe ich zugleich das Gefühl, daß sie mich nichts wie daß sie mich alles angehen. Der Abgrund, in dem sie mich nichts, wird zum Grunde, auf dem sie mich alles angehen.

Mommsen: – ›und das empörte menschliche Gefühl wird mit Recht sich nie mit dem versöhnen, was Sulla getan oder daß andere taten geduldet hat.‹ Dies ist eine erstaunliche – vielleicht lateinische – Konzentration des Stils: das Weglassen eines ›es‹ als Objekt von ›taten‹. Der Stil nimmt an, daß ›es‹ schon in ›was‹ enthalten sei. Aber die deutsche Sprache wird überanstrengt.

Valéry weist darauf hin, daß in der Wissenschaft vom Schönen die schönen Dinge (les belles choses) leer ausgehen und auch könnten weggelassen werden. Da aber die schönen Dinge ohne die Idee des Schönen sich nicht halten lassen, bleibt hier alles wesentlich trübe. Wir haben Kenntnis vom Schönen aber keine Erkenntnis. Wir wissen nicht, warum das Schöne schön ist.

›Das von der Genialität des Bösen bestochene Lob versündigt sich an dem heiligen Geist der Geschichte.‹ – Kritik des Mythos von einem, der ohne ihn nicht leben könnte und ihm doch widerstrebt. Das Gesamtbild Sullas ist positiv. Die Frage, ob Mommsen fähig gewesen wäre, so Hitler zu sehen, bleibt ohne Antwort. Aber selbst ich verneine sie, da ich zwischen Hitler und Sulla einen Unterschied zugebe. Mit Hitler ist der Mythos geplatzt, und hervorströmt eine einzige Eitermasse ..

Die Menschen leben vom rationierten Nichts leidlich, aber erst das ganze verspräche mehr: etwas.

Ein Dichter, der dichten sollte, wie der Tischler hobelt, will höher hinaus und sinkt tiefer hinab. Sein Gedicht interessiert selbst ihn nur bedingt.

Ein Gedicht läßt sich gegen die Sonne halten wie ein Glas voll Wein. Es funkelt. Der Dichter nicht, es sei denn vor Wut, daß er nie die Höhe seines Gedichts erklimmt.

Kinder entwachsen den Eltern, Eltern den Kindern zu hoher Gemeinschaft in der einen Welt.

Schillers Wallenstein ist nicht von Shakespeare aber von Schiller. Wo das Trauerspiel sich verflüchtigt, ist das Drama noch stark.

Da sein, hoffend, in einer nicht ganz ungünstigen Beleuchtung gesehen zu werden, ohne den Willen, es zu erfahren –

[von Erna Kraft:

Lieber Herr und Frau Lehmann!
nun ist es doch so, dass Sie mein Gruss erst von hier erreicht. Ich hatte die letzte Zeit in Deutschland unaufhörlich mit geschäftlichen Dingen und Einkäufen zu tun und hatte mir immer vorgenommen, am Schluss, wenn alles erledigt wäre, Sie noch einmal zu besuchen. Und wie ich mich darauf gefreut hatte, brauche ich nicht zu sagen! Leider hat unser Konsulat mir einen Strich durch die Rechnung gemacht. Ich hatte nämlich meinen Pass zur Verlängerung nach Paris geschickt und anstatt ihn gleich zurückzuschicken, hatte man ihn verbummelt. So verbrachte ich die ganzen letzten 2 Wochen in ständiger Aufregung und konnte nichts unternehmen. Schliesslich erhielt ich meinen Pass um 2 Uhr mittags an dem gleichen Tag, an dem ich 6^{20} (es war der letzte Termin, um das Schiff zu erreichen) abends abfuhr. Trotzdem hoffe ich von Herzen, dass dies Versäumnis noch nachzuholen ist,

denn eigentlich, nachdem unsere Angelegenheiten in Deutschland geordnet sind, steht nichts dem im Wege, dass wir alle zwei Jahre einen Urlaub in Deutschland verleben.

In dieser Hoffnung einerseits und zugleich in grosser Betrübnis, dass diesmal mein Besuch missglückt ist, grüsst Sie in Erinnerung an die schönen Tage, die ich bei Ihnen mit meinem Mann zusammen verleben durfte,

Ihre
Erna Kraft.]

246. Wilhelm Lehmann an Werner Kraft

Klein-Wittensee, am 23. Nov. 51

Lieber Werner Kraft, meinem armen Briefe vor drei Tagen schicke ich diesen, hoffentlich etwas reicheren, nach. Ich beginne mit einer Selbstschmähung: ich begreife mich nicht, Trägheit des Herzens ließ mich neulich vom ›Wirrwarr‹ wie von einer hohen Mauer zurückfallen. Und nun bin ich mitten im Glück des Lesens und staune. Könnte man oberflächlich denken, dass es sich um ein Hin- und Wider von leidvoller Reflexion handelt, könnte man denken, dass Angela und Annette nur gedachte Spiegelungen seien: jetzt empfinde ich das durchaus als Handlung, als Geschehen, ich bin an den Personen beteiligt, am meisten natürlich am Erzähler (aber *das* ist die Intention), ich finde Paris als mitbeteiligt, ich lebe die Szenen mit, ich finde deshalb den Kummer als bewältigt – und bin dabei erst in der Mitte des Romans angelangt! & bin voll der Freude auf die zweite Hälfte. Wie merkwürdig alles ist: gestern Abend, gerade vor dem vorgenommenen Weiterlesen des ›Wirrwarr‹, blättere ich, weil ich etwas suchte, in einem Bande Balkanmärchen, werde festgehalten von dem grossartige Züge enthaltenden von »der Nachtigall Gizar« und empfinde gleich darauf den ›Wirrwarr‹ als eine Fortsetzung: ich brauchte das Klima nicht zu wechseln. Trotz schneidender Gegenwärtigkeit des Weltaugenblicks in Ihrem Roman ist er gleichzeitig mit dem Märchen

»Die Welt vergeht, doch die Figur besteht.
Drum schaue ich ihr zu von früh bis spät.«

So, Besseres weiß ich vorläufig nicht zu sagen. Ich hätte Lust, eine Abschrift des Ganzen zu nehmen. Selbstverständlich werde ich das MS eingeschrieben an Kütemeyer dann senden. Es *muss* sich ein Verleger finden: er *wird* sich finden. Ach! ich weiss, dass ich einen weissen Fuss bei Ihnen habe: ich möchte mir zwei machen. Sie werden lachen, aber Sie schrieben selbst, es wäre einerlei, ob man den ›Provinzlärm‹ drucke, er sei doch da. Und Loerke bemerkt, das Mögliche sei von der Realität nur dem Grade, nicht der Kategorie nach verschieden – also, machen wir Ernst. Jedenfalls habe ich noch nie so ohne Schwanken, als die Akademie mich gestern aufforderte, im Namen der Academia dei Lincei in Rom ihr für die Verleihung zweier Preise für ein literarisches Kunstwerk und für ein literarhistorisches Werk je einen Träger vorzuschlagen, Sie genannt, nur Sie und zwar für beides: dichterisches und kritisches Werk. In die kurze Begründung nahm ich ›die Figur der Hoffnung‹ wie auch den ›Wirrwarr‹ nebst allem anderen auf. Nun lachen Sie mich aus, wie ich es selbst tue, denn ›man‹ wird Sie eben nicht kennen & ich werde überstimmt werden. Trotzdem: wollen Sie nicht einen Augenblick lang wie Eulenspiegel vom Geruch des schmorenden Bratens satt werden?

Noch dieses, ich schrieb Ihnen schief über Benn, glaub ich. Am besten summierte sich meine Empfindung in Darmstadt in dem erleichternden Seufzer: »Wie gut, dass es andere Dichtung gibt!«

Das Liter. Deutschland wechselt den Verlag, der bisherige hat bankrottiert, wir hatten ihm schon vorher gekündigt, ein neuer scheint gefunden zu sein. Ich notiere noch zwei Aussprüche Mark Twains:

›Be virtuous and you will be eccentric‹

und

›Lump the whole thing! Say that the Creator made Italy from designs by Michelangelo‹

und aus einer Anthologie:

Absinthe makes the heart grow fonder.
›The more articulate, the less said‹, is an old Chinese proverb which I just made up myself.
Every dogma must have its day.
The time he can spare from the adornment of his person he devotes to the neglect of his duties.

Herzlichste Grüsse
Ihres Wilhelm Lehmann

247. Werner Kraft an Wilhelm Lehmann

Jerusalem
29.11.51

Lieber Wilhelm Lehmann,
heute kam zu meiner großen Überraschung und noch größeren Freude Ihr zweiter Brief, und angesichts dessen, was Sie nun über den ›Wirrwarr‹ schreiben, kann ich nur sagen: Wie wahr ist der so harmlos klingende Satz des Weisen, der da sagt: Alles hat seine Zeit. Aber selbst wenn ich vorweg unterstelle, daß der Eindruck des zweiten Teils des Romans nicht unter dem des ersten bleiben wird, möchte ich ganz schüchtern fragen, ob Sie denn trotz Ihrer Zustimmung im ganzen gar keine Einwände haben. Es kann doch einfach nicht sein, daß –? Und dann die Sache mit dem Preis. Ich habe einmal einen Berliner Chansonier in den Beifall des Publikums schlicht hineinsagen hören: So ehrt man einen Gott, nicht einen Menschen. Aber der Mensch, der kein Gott ist, dankt, und zwar von ganzem Herzen. Und wenn ich einen Augenblick auf Eulenspiegel und den Duft des schmorenden Bratens eingehe, so würde *ich* es für die ideale Lösung halten, daß der Preis zwischen uns geteilt würde und wir uns zur Entgegennahme desselbigen in Rom treffen werden. (Beachten Sie bitte die Änderung des Tempus und des Modus in diesem Satz!) Für *diese* Reise hätte ich sogar keine Schwierigkeit der Ausreise, und auch nur eine Woche – bedenken Sie: Ostern in Rom! – wäre ja die Seligkeit selbst! Wenn die Dinge aber so stehen, oder vielmehr nicht oder noch nicht stehen, wenn auch stehen könnten, dann wäre es doch sehr unklug, das Manuskript schon jetzt an Kütemeyer zu schicken, anstatt zu warten, bis vielleicht einer der Preisrichter den Wunsch äußert, das so empfohlene Manuskript zu lesen. Meinen Sie nicht auch? Dasselbe gilt für die Gedichte. An dem Tage aber, an dem Sie keinen Zweifel haben, daß Ihre Ehrung meiner Arbeit keinerlei Kraft der Übertragung auf andere hat, möchte ich Sie um Folgendes bitten: ›Figur des Herzens‹ – zugleich mit der Absendung des Romans an Kütemeyer – an den Heliopolis-Verlag zu schicken und vielleicht ein paar Zeilen über die Gedichte hinzuzufügen. Ich habe eine einigermaßen begründete Hoffnung, daß dieser Verlag sich für die Gedichte interessieren könnte. Ich werde in meinem nächsten Brief an Hubert Breitenbach diesen bitten, Ihnen noch mehr über diese Angelegenheit zu sagen ..

Ich wollte Ihnen ohnehin gerade über Verschiedenes schreiben, besonders über Ihre biographischen Aufzeichnungen, an denen ich mit dem Bleistift lese und die ich in ca einer Woche an Sie abschicken werde. Bis zu diesem Brief verschiebe ich auch eine Äußerung über das Gedicht, für das ich im Augenblick noch nicht der richtige Leser war – von wegen des Schmorbratens. Aber eines möchte ich noch sagen: Bei der Durchsicht meiner Pariser Papiere fand ich auch Ihre Abschrift des Originalgedichts von Chesterton und habe sie ins Buch neben die Übersetzung gelegt. Ohne Absicht haben Sie in aller Stille das eigentliche Wesen der Übersetzung erkannt: die photographische Identität, auf die so viele Übersetzer stolz sind, ist theoretisch unhaltbar. Die Treue zum Original gelangt nur auf dem Weg der schöpferischen Untreue zu einem deutschen Originalgedicht, auf das allein es ankommt. Erst in diesem ist das Original rechtmäßig enthalten. Und darum finde ich *Ihr* Gedicht vom Esel herrlich. Sollte man Sie hier tadeln, so schweigen Sie getrost. In jedem Buchstaben treu und im ganzen miserabel, das zieht natürlich mehr. Bald mehr! Viele Grüße für Ihre Frau und Sie

immer
Ihr
W.K.

Das mit der ›Untreue‹ muß man aber können. Ich will natürlich nicht den sogenannten ›freien‹ Übersetzungen das Wort reden. Karl Kraus hat vom Übersetzen als: Üb' Ersetzen gesprochen. Das ist es! Es geht hier gerade um die echtere Treue!!

248. Werner Kraft an Wilhelm Lehmann

Jerusalem
8.12.51

Lieber Wilhelm Lehmann,
ich schicke nun also morgen die ›Anfänge‹ an Sie zurück, möchte aber gleich vorsorglich sagen, daß für den Fall daß sie *nicht* erscheinen sollten, ich das Manuskript sehr gern zurückhaben würde. Wie Sie sehen werden – leider wird die Ankunft bei Ihnen einige Wochen dauern, die Luftpost ist zu teuer –, ist das Ganze besät mit Randbemerkungen. Falls Sie aber ein gutes Gummi haben, können Sie was Ihnen beliebt wieder in seines Nichts erbärmliche Gestalt zurückbefördern. Sie werden auch bemerken, daß ich in der zweiten Hälfte viel weniger einzuwenden hatte. Alles das aber sind Nebendinge gegenüber einer grundsätzlichen Beobachtung, nach der ich auf dem

Umwege über Proust – mit dem Sie an sich nichts gemeinsam haben – folgendes zu erkennen glaube: Mir war die eigentümliche Verschachtelung Ihrer Sätze aufgefallen, und plötzlich fiel mir ein, daß das ja der Stil Ihrer Briefe ist. Was aber in diesen so überaus reizvoll ist: daß man förmlich sieht, wie Sie im Schreiben sich erinnern, wird im Buch schwerfällig, und es erhebt sich für mich das Problem, bis zu welchem Grade *bewußt Erinnertes* in Kunst eingehen kann. Dieses bewußt Erinnerte macht die große Wahrheit Ihrer Wiedergabe aus, beeinträchtigt aber die Klarheit des Stils. Bei Proust geschieht das Umgekehrte: er erinnert sich *unbewußt*, alles Einzelne ist falsch, ungenau, ›gedichtet‹, aber das Ganze ist wahr, und nun ist das Merkwürdige, daß sein Stil auf demselben Prinzip beruht wie der Ihre: immer noch mehr Erinnertes in jeden Satz einzubeziehen. Davon werden dann seine Perioden immer breiter und länger, wie ein Strom, und überaus treffend hat Benjamin von diesem Stil einmal geschrieben, er sei der Nil der Wahrheit, der über die Ufer trete. Bei Ihnen, da Ihnen nur die Wahrheit des Erinnerten wesentlich ist und da Sie hier nicht ›dichten‹, müßten eigentlich die Sätze vor Genauigkeit einschrumpfen, denn sie sind weit eher ein Land – des Seins – als ein Strom – des Werdens –. Denn das wollte ich natürlich mit all meinen Einwänden *nicht* sagen: daß Ihre Erinnerungen bei einem Vergleich mit Proust etwa ihr Daseinsrecht verlören. Was immer man zu dessen Ruhm sagen kann, symbolisch ist sein Werk nicht, eher allegorisch (und darum fällt ihm auch so viel ein!), sein *wirkliches* Leben zählt in einem gewissen Sinne nicht, das Ihre im höchsten Grade. Darum ist es symbolisch und teilt diese Symbolgewalt auch in dieser gebrochenen Darstellung mit: der Vater, die Mutter, die Liebe, Heimann, und dazwischen immer Sie selber. Ich hüte mich nun, Ihnen irgendwelche Vorschläge für Kürzungen zu machen, es sei denn in den einzelnen Sätzen. Dagegen wäre es ratsam, an manchen Stellen das mehr Anekdotische zu beschneiden, und zwar überall da, wo von Personen zu wenig gesagt wird, um ein wirkliches Bild zu vermitteln, und wiederum so viel, daß die Aufmerksamkeit des Lesers von dem wesentlichen Verlauf der Ereignisse abgelenkt wird. Auch da gibt es natürlich Nuancen: die Freunde, deren Handschrift Sie nachahmen, sind wichtig, mancher Lehrer weniger, es sei denn daß Sie mehr von ihm sagten. Aber nun breche ich ab, da Sie mich ohnehin im Herzen Ihres Herzens schon für einen unverbesserlichen Pedanten halten könnten.

Und füge nur noch ein Wort über das letzte Gedicht hinzu: Ich finde das Gedicht *sehr* schön, wunderbar gesehen und gefühlt. (Ihre Handschrift ist, wenn Sie sich Mühe geben, elfenhaft, Elfen haben nur leider den Nachteil, welchen ich sehr sehr gern in Kauf nehme, daß man sie nicht immer deutlich sieht, und so weiß ich bis jetzt nicht, ob ich den Vers ›zum Verlies (?) der Früchte gänzte‹ richtig lese. Vergessen Sie bitte nicht, mich darüber aufzuklären!) Ich habe nur zwei Bedenken: Das eine Bedenken geht auf die Schlußstrophe. Ich habe das Gefühl, als wenn hier ein sonettartiger Abschluß mit zwei Versen näher läge, etwa so: Spiegel, den kein Aufruhr zweit, / Unverwelklich (blüht die) Zeit. Aber wenn Sie das nicht annehmen, würde ich doch für den letzten Vers das ›blüht‹ oder ein ähnliches volleres Wort als schöner empfinden. Mein zweites Bedenken betrifft das ›gänzte‹. An sich sind die Verben im Gebrauch ohne die üblichen Vorsilben oft sehr stark. Hier aber nicht, weil ich ›ganzte‹ erwarte, und das geht natürlich nicht, und selbst dann nicht, wenn es entsprechend reimte. Gänzen ist gleich ergänzen, und der Umlaut entsteht durch die Vorsilbe. Oder nicht? Wie dem aber sei, der Vorgang des Ergänzens, zu einem Ganzen machen kommt stärker in ›ergänzte‹ heraus, ›gänzte‹ ist nicht Fisch und nicht Fleisch, das Wort wirkt abstrakt, es hat förmlich die Ergänzung durch die Vorsilbe nötig, um zu einem lebendigen Ganzen zu werden. Ich rate Ihnen um so mehr darüber nachzudenken, als die Änderung des Verses sehr leicht sein dürfte.

Nun habe ich für heute nur noch zu sagen, sollte ich Ihnen bis Weihnachten nicht mehr schreiben, was aber keineswegs schon beschlossen ist, daß ich Ihrer Frau und Ihnen die schönsten Weihnachtstage wünsche.

Doch wenn erst unterm Schnee der Park entschlief
So glaub ich daß noch leiser Trost entquille
Aus manchen schönen Resten – Strauß und Brief –
In tiefer kalter winterlicher Stille.

Diese schöne Strophe Georges trifft zu auf den Brief, den ich so gern empfange, und auf den herrlichen letzten Vers, in dessen tiefer kalter winterlicher Stille ich Sie mir denke, um das Sein besorgt und dem Guten untrennbar verbunden.

Immer
Ihr
Werner Kraft

Sätze:

Ein Benn schmilzt die Welt in Bann, und ein Jünger ist kein Meister.

Schritt vor Schritt gesetzt in die Welt, du bist noch lange nicht da.
Die Politik macht reinen Tisch mit diesem, und er versinkt im Schmutz.

249. Wilhelm Lehmann an Werner Kraft

Klein-Wittensee, 15. Dez. 51

Lieber Werner Kraft,
Zu meinem Schreck merke ich, dass schon in einer Woche Weihnacht ist. Da soll schnell das letzte Blatt meines Briefblocks zu Ihnen. Also: Dank für Ihren Brief, ach! möchte doch der Bratenduft Ihren Nüstern nicht zu sehr schmeicheln. Aber, zweitens, wichtiger: der zweite Teil des ›Wirrwarrs‹ hält, was der erste versprach. Bedeutend und erstaunlich und wie kühn! Mein Gott – welcher Weg seit meiner »Erlösung aus der Bürgerlichkeit« (wie ich meinen biogr. Erstling unternennen möchte. Ja, schicken Sie das gereinigte MS bitte bald!) Kritik? Vielleicht, dass der Inhalt des Notizbuches zu voll und breit mitgeteilt wird, vielleicht vertrüge das Kürzung auf die ›Grundzüge‹. Auf der Reise nach Darmstadt notierte ich mir: Zu Werner Krafts »Wirrwarr«: Menschen bringen es nicht mehr fertig, die Schlacht zu liefern, also werden dem Verfasser Menschen zu Geistern: die Erde aber spielt bei dieser Geisterschlacht noch verglimmend, vergehend, mit.

Zum Paket, das Sie hoffentlich erreicht, im Namen meiner Frau, folgende ›Aufklärung‹. Wir bemerkten mit Kummer, wie kärglich Sie wirtschaften müssen & hatten die Absicht, Ihnen ein volles Viktualienpaket zu senden. Aber die Bundesrepublik lässt dergleichen nicht zu: nur ein Drittel einer Sendung darf Lebensmittelbestandteil sein. Ein Haufen Rapine & chicanerie. Lächerlich. *Darum* also fehlt ein Zipfel der Wurst! *Darum* stopfte ich ausser Ihnen bestimmten Büchern noch allerlei blosses Füllsel in die Papphülse: in der N.R. interessiert Sie, wenn nicht Sonstiges, Moritz Heimanns Glosse über ›Beleidigungen‹. – Ach, es ist graugrauer Dezember, die Sonne wieder eine Sage. Gedichte nur noch eine Erinnerung. Zu Ihrer Frage, ob der Heliopolisverlag Jünger ›hinausgeworfen‹ habe, nur die mir zugegangene authentische Mitteilung, dass die Beziehungen zwischen Jünger (und seinem Sekretär) und dem H.V. »problematisch« seien. (die Frage des Lektors, dessen Bemühungen ich die Edition meiner beiden Gedichtbände verdanke: »Gehören Sie auch zu den Autoren des H. Verlages, die noch keinen Pfennig ihres Honorars zu sehen bekommen haben?« ist natürlich in meinem Falle völlig fehlgerichtet, denn ich habe durchaus die Empfindung, dass Katzmann mich mit der Edition glatt *beschenkt* hat. Wie könnte ich erwarten, dass er an mir auch nur eine Kleinigkeit verdiene!) Ein Herr Wolfgang Cordan schickte mir eine ebenfalls im H.V. erschienene, von George her stammende Gedichtsammlung: ich finde sie leider nicht bedeutsam. Dass Sie glauben, bei Katzmann auf ein Interesse für Ihre Arbeiten rechnen zu dürfen, wundert mich sehr. Ich kann es mir von K., der in Sachen Kunst ein Böotier ist – wie der Graf Podewils zutreffend, glaub ich, urteilte – absolut nicht denken. Aber Sie wollen mir ja durch Breitenbach Näheres melden lassen. – Ob es möglich sein wird, meinen kl. biogr. Anfang zu publizieren? – Neuerdings macht sich wieder einmal ein völlig fiktives Verlangen nach »Einfachheit« laut. Der Neuherausgeber von Velh.&Klasings Monatsheften (seligen Angedenkens) bittet mich, höchst respektvoll, um Gedichte (nachdem er die Biogr. abgelehnt: was bedeute Moritz Heimann seinen Lesern?); ich schicke eins, er refüsiert mit der albernen Begründung: »Wir sind mit Drogen des Intellektualismus so überfüttert worden, dass wir mehr denn je nach einfachem, guten Brot verlangen. Lyrik, die dem Gefühl oder dem Verständnis Schwierigkeiten macht, möchte ich meiden, auch auf die Gefahr hin, dass ich zunächst (!) auch auf wertvolle Gestaltungen verzichten müsste. Ich scheue nicht den hohen Anspruch, suche aber für den Anfang so schlicht und einfach wie möglich zu sein, um aus den jetzigen Trümmern das Vertrauen neu herausholen zu können.« Also, es lebe »das Schlichte und Einfache«!! – Wunderbar, was Sie von Kraus und der Übersetzungsarbeit schreiben. Als wenn wir nicht auch das Einfache wollten! Wir haben ja gesehen, was bei ›Volksverbundenheit‹ heraus kommt. Sobald es keinen Sinn mehr hat, beides bei mir lagern zu lassen, schicke ich ›Figur der Welt‹ und ›Wirrwarr‹ an Kütemeyer (Ach, da fällt mir ein, ich hatte Ihnen ein wunderschönes Spielzeug »Pustefix« ins Paket legen wollen, eine Seifenwasserkugelgloriole steigt auf, vor der manches Bedenken verstummt!) Und nun grüßen wir Sie und Ihre Frau herzlich, weihnachtlich allem Grau hier zuwider.

Aus dem versinkenden Jahr

immer Ihr W. Lehmann

250. Werner Kraft an Wilhelm Lehmann

Jerusalem
5.1.51 [richtig: 1952]

Lieber Wilhelm Lehmann,
das Packet ist noch nicht gekommen, es geht langsam, aber von ganzem Herzen danken wir Ihrer lieben Frau und Ihnen für Ihre Güte. Sie tut uns unendlich wohl. Sicherlich haben Sie in den Zeitungen alarmierende Nachrichten über unsere Ernährungslage gelesen, und das stimmt leider, aber glauben Sie trotzdem nicht, was uns selbst angeht, daß wir leiden. Ich kann mich über das Einzelne nicht äußern, aber ich möchte sagen, daß alles in der Presse verkehrt herauskommt, selbst die Wahrheit, gemäß dem Satz von Karl Kraus, den er um 1910 geschrieben hat: ›Die Verzerrung der Realität im Bericht ist der wahrheitsgemäße Bericht über die Realität.‹ Das gilt etwa auch über Bubers Annahme des Hamburger Goethepreises, denn die Gleichzeitigkeit der offiziellen projüdischen Haltung in Deutschland mit dem Wiedererwachen eines neuen nazionalsozialistisch gefärbten Nationalismus, wie er von der Welt wenn nicht gewünscht so doch aus Realpolitik gebilligt wird, werden auch Sie nicht übersehen. So war auch ich, wie viele hier, dafür, daß Buber den Preis *nicht* annähme. Nachdem er ihn angenommen hat, bin ich es zufrieden, da die Ablehnung für die wenigen Deutschen, die es *außerhalb der Politik* ernst mit der Versöhnung meinen, eine schwere und unverdiente Kränkung hätte sein können. Aber ganz rein wird diese Rechnung nie aufgehen. In der Deutschen Rundschau las ich übrigens ein Zitat aus Carossas letztem Buch. Es ist ein projüdisches Bekenntnis, in dem der Satz vorkommt: wenn wieder einmal irgendwo in der Welt ein ähnlicher antijüdischer Ausbruch geschähe, müsse Deutschland die Juden als Freunde aufnehmen. Ich weiß nicht, ob Carossa überhaupt so weit gedacht hat, aber wissen Sie, was mich an diesem zweifellos ernst und echt gemeinten Bekenntnis *durchschauert* hat? Das ist die bloße Setzung einer historischen Möglichkeit, in deren Realisierung alles alles von vorn anfänge, alles Positive und alles Negative. Ich lehne mich zwar mit der ganzen Kraft meines Geistes gegen diese Anschauung auf, legt nicht aber dennoch die bloße *Möglichkeit* solcher Wiederholung den Gedanken nahe, daß sich *alles* wiederholt und daß Nietzsche mit der Ewigen Wiederkehr Recht haben könnte?! Das sind quälende Fragen, die man, um ruhig zu schlafen, besser nicht stellt, und das schlimmste dabei ist, daß sie immer ohne Antwort bleiben werden, wenigstens eine präzise, vage gibt es natürlich haufenweise. Aber

vielleicht wissen dennoch *Sie* eine Antwort oder eine Art von Antwort, und sei es auch nur eine Ahnung, wie Sie ja auch den Sinn des ›Wirrwarr‹ in Ihrer Aufzeichnung richtig geahnt haben, und wie schön, daß Sie den Vorgängen noch eine gewisse Verbindung mit der Erde zubilligen, in der die chaotischen Geisteskämpfe wenigstens für die nachträgliche Besinnung als legitimiert erscheinen! (Ist es nicht übrigens merkwürdig, daß die Überschriften ›Provinzlärm‹ und ›Wirrwarr‹ so ähnlich sind?) In der Deutschen Rundschau (Nov.) las ich auch eine gutgemeinte aber unzulängliche Besprechung von ›Noch nicht genug‹, in der der Autor – Walter Schmiele – von den mythischen Namen in Ihren Gedichten spricht, und da lese ich den Satz: ›Es treten Figuren auf, die man nicht kennt. Prinz Florizel, Jachimo und Imogen, Huon von Bordeaux – da muß mancher Gebildete zum Lexikon greifen.‹ Ich würde sagen: mancher Ungebildete. Ist es nicht erschütternd, daß hier ein Deutscher, also ein Angehöriger der Nation, die Schlegels Übersetzung hervorgebracht hat und deren Bildung es noch Bismarck erlaubte, Shakespeare öffentlich englisch zu zitieren, die Kenntnis von Wintermärchen oder Cymbeline nicht mehr als echten Bestandteil der Bildung fordert? Ich habe selten einen Satz gelesen, der, ohne daß ich dem Autor zunahe treten will, einen solchen Selbstverrat enthält. Denn es wird ja nicht die Kenntnis von Namen verlangt sondern die von Sachen, welche dem zwei- und fünfdeutigen Gerede von ›Kultur‹ überhaupt erst einen menschenwürdigen Sinn geben. Ich weiß nicht – oder ich weiß es doch, aber es ist ein Sprung –, warum mir hier wieder ein Satz von Karl Kraus einfällt, auch wenn er nicht ganz zu dieser Sache gehörte, aber bestimmt gehört er zur Sache überhaupt, nämlich dieser: ›Neulich hatte ich eine furchtbare Vision. Ich sah ein Lexikon auf einen Polyhistor zugehen und ihn aufschlagen.‹ Ihre literarischen Beziehungen zu Velhagen und Klassing, so traurig sie sind, rate ich Ihnen komisch zu nehmen, und doch hat die Sache eine sehr ernste Seite: Ich meine, daß heute die kompakte Majorität der Dummheit in der ganzen Welt herrscht. Sie setzt Ihnen und allen, die im Geiste leben, Grenzen, die Sie nicht überschreiten können, ja nicht einmal dürfen. Der Erfolg, den Sie haben – und Sie haben ihn, daran ist kein Zweifel –, muß Ihnen genügen. Mehr ist von *dieser* Welt nicht zu erreichen, und im übrigen ist Ihre Aufgabe, zu sein, und diesem – dialektisch unzersetzten – Sein, die Sprache abzugewinnen. Alles Mehr an Ruhm, das durch Literaturpolitik zu haben wäre, läuft auf eine Rechtfertigung dieser grenzenlos abscheulichen Welt hinaus, von der es das größte und wahrhaft undurchdringliche Wunder ist, daß sie eben doch mit der Welt Gottes, mit der Welt des reinen Seins identisch zu sein scheint. Ein Beweis, *wie* Recht ich habe: Von wem sind die folgenden Verse:

›Das Tal stand silbern in Olivenzweigen,
dazwischen war es von Magnolien weiß,
doch alles trug sich schwer im Schicksalsschweigen,
sie blühten marmorn, doch es fror sie leis.‹

Nicht von Ihnen sondern von Benn!!! Und davor ist man verzückt und verzeiht sogar das Bekenntnis für Hitler von 1933!! Dieses ›Schicksalsschweigen‹ war schon 1920 Dreck, aber heute ist es ein ›statisches‹ Gedicht. Wie wahr, wie wahr! Aber auch dieses ist wahr: ›Wahrheit ist ein Hund, der ins Loch gesperrt wird, indes Madame Schoßhündin am Feuer stehen und stinken darf.‹ Aber das ist von einem, den man nicht mehr zu kennen braucht!!

Ich grüße Ihre Frau und Sie und danke Ihnen nicht nur für ein Packet sondern für mehr

Ihr Werner Kraft

Ich würde gern wissen, *wer* den Rom-Preis erhalten hat oder erhalten wird.

Ich schreibe Ihnen ein Gedicht ab, auch wenn Sie es kennen, nicht nur weil ich es außerordentlich finde sondern weil ich davon eine ganz unzulängliche Übersetzung gelesen habe und finde, daß etwa Sie sich angeregt fühlen könnten es deutsch zu ersetzen.

Bitte schicken Sie doch die Gedichte (dies hat aber keine Eile) an Hubert Breitenbach und nur den Roman an Kütemeyer.

W.B. Yeats
An acre of grass

Picture and book remain,
An acre of green grass
For air and exercise,
Now strength of body goes;
Midnight, an old house
Where nothing stirs but a mouse.

My temptation is quiet.
Here at life's end
Neither loose imagination,

Nor the mill of the mind
Consuming its rag and bone,
Can make the truth known

Grant me an old man's frenzy,
Myself must I remake
Till I am Timon and Lear
Or that William Blake
Who beat upon the wall
Till Truth obeyed his call;

A mind Michael Angelo knew
That can pierce the clouds,
Or inspired by frenzy
Shake the dead in their shrouds;
Forgotten else by mankind,
An old man's eagle mind.

Die Welt

Über alle Bilder groß
Wankt die Welt vor dem Gewissen,
Steht, gefestigt von dem Stoß,
Und ein Leib sinkt in die Kissen.
Um 1930

Reim

Ich stehe in der Krise
Wie Adam in der Brise.
Um 1936

Über Nacht

Wie den Himmel Sterne überbauen,
Bau' ich auf die blaue Welt im Grauen,
Mensch, nach aller Menschen Art, verloren
Und verlebt bis über beide Ohren
In die graue Welt, des Geistes voll
Dieser Leere, die noch summt, Apoll –
Ohr lauscht, ihm: der Sichelmond, die Horen.

251. Wilhelm Lehmann an Werner Kraft

Klein-Wittensee, 8. Januar 52

Lieber Werner Kraft,
Sie haben hoffentlich meinen neulichen Brief bekommen? Ich denke mir, dass ich Ihre Antwort in Zürich vorfinden werde, wohin wir nun also am Samstag über Hamburg (wo ich Sonntag in einer Matinee der Kammerspiele 6 Minuten lang aus meinen Gedichten sprechen soll) fahren werden. Auf jeden Fall für mehrere Wochen, denk ich, die Adresse: bei Frau Möckli (einer alten Freundin Dr Oskar Janckes; sie ist Hamburgerin, Lektorin im Büchergildeverlag, auch in zweiter Ehe mit einem Schweizer verbunden, spricht mit seltsam klagender Stimme & unverfälscht Hamburgisch, gescheit u. wie ihre Einladung zeigt, generös), *Zürich-Erlenbach*, Pflugsteinstrasse. Bitte, lassen Sie mich dort von Ihnen lesen!

Ob Sie inzwischen unser Paket bekamen? Das kleine Weihn.paket an Agathe brauchte 3 Wochen bis England!

Aber nun eine erfreuliche Nachricht. Denken Sie, der Dr Meier will den »Provinzlärm« drucken, schon im Januar. Unwahrscheinlich, nicht? Nun bitte ich Sie, dem ich den Druck verdanke, um Hilfe: M. braucht einen suggestiven Titel. Ich habe lang gesonnen, schlug jetzt vor »Ruhm des Daseins«. Ob ihm das gefallen wird? Vielleicht wissen Sie einen tieferen, besseren, anziehenderen?

Ich selbst freue mich der Reise besonders meiner Frau wegen, die endlich einmal zu einem »Hinaus« kommt. Die Nerven versagen häufig. Eine kleine Furunkulose belastete uns beide. Nun sind wir in allerlei Reisevorbereitung. Dies soll schnell noch an Sie weg. Aus Zürich dann hoffentlich Ausführlicheres. Zum Gedicht (die Stelle hiess: zum Verlass): ich werde die zweite Strophe überhaupt ändern. Bitte schreiben Sie recht eilig *Ihren* Titel nach Zürich

an den immer Ihrigen
WL

Ich will, bevor ich reise, Roman und Gedichtsammlung »Figur der Welt« an Kütemeyer schicken!

Viele Grüsse von uns beiden an Ihre Frau. Hier ist's grau regnerisch, unwahrscheinlich milde. Bei Ihnen?

Dass ich's ja nicht vergesse: die Biogr. langte sicher an! *Vielen* Dank für Ihre Kritizismen: ich war verwundert, dass Sie nicht viel mehr ausmerzten.

252. Werner Kraft an Wilhelm Lehmann

Jerusalem
15.1.52

Lieber Wilhelm Lehmann,
Ihr Brief vor Ihrer Abreise war eine schöne und freudige Überraschung für mich. Ich gratuliere Ihnen – und uns – von ganzem Herzen. Gottes Mühlen mahlen langsam, aber zuletzt mahlen sie Feinmehl. Ich halte zwar den ›Provinzlärm‹ für den einzig richtigen Titel, aber da Dr. Meier das nicht tut, muß ich nachdenken, und ich weiß nicht, ob mir in der kurzen Zeit schon das Richtige eingefallen ist. Solche Einfälle beruhen ja wesentlich auf Glück. Von meinem Freunde, dem Dichter Ludwig Strauß, werden im Frühjahr bei Lambert Schneider die Gesammelten Gedichte erscheinen. Er wollte sie nach einem schönen Gedicht des Bandes ›Der große Wald‹ nennen. Ich protestierte in letzter Minute heftig gegen diesen Titel, der mir zu wenig schlagkräftig erschien. Wir sahen darauf die Titel der Gedichte durch und fanden einen, der als Gesamttitel alles hat, was jenem fehlte: Heimliche Gegenwart. Der Dichter ist zufrieden. In Ihrem Falle bin ich bis jetzt leider nicht so sicher. Ich kann Ihnen nur mitteilen, was mir eingefallen ist, in der Hoffnung, daß es Sie, falls es Sie nicht überzeugt, doch anregt, etwas Besseres zu finden. Aber übereilen Sie sich nicht! Also:

1) Der Provinzlärm oder Felfers Eingreifen in die Welt
2) Felfer oder Das Dasein
3) Auf der Schneide des Daseins
4) Der abgelehnte Helfer
5) Das Rettende (vielleicht mit dem Motto von Hölderlin:

›Wo aber Gefahr ist wächst
Das Rettende auch‹)

›Ruhm des Daseins‹ finde ich, als Titel, zu lyrisch. Wenn mir noch etwas Besseres einfällt, werde ich es sofort schreiben.

Ihrer lieben Frau und Ihnen wünsche ich die schönsten Wochen in Zürich! Schreiben Sie bitte ausführlich über Ihre Eindrücke! Mich interessiert alles. Ich schreibe heute nur kurz, weil ich gerade einen Hexenschuß habe und mich nach meinem Heizkissen sehne.

Viele Grüße und Wünsche für Sie beide

Ihr Werner Kraft

Das Packet ist leider immer noch nicht da, aber es wird kommen. In einem langen Brief, den Sie inzwischen erhalten haben müssen, habe ich Ihnen beiden von uns beiden von Herzen für Ihre Güte gedankt.

Achtung! Achtung!

Können Sie Dr. Meier nicht wenigstens so weit bringen, daß er den Wunsch verspürt, den ›Wirrwarr‹ zu *lesen*, um ihn abzulehnen oder – ›Selig ist der nichts erwartet, denn er wird herrlich überrascht werden‹ – anzunehmen (mit dem obligaten Verlangen nach Änderung des Titels)?! Ich wäre Ihnen sehr dankbar.

Der Name

Sanft eingeschlafen ohne Nebensinn,
Der durch die Hände mir des Schlafes rinnt!
Unendlich dehnt der Athem hin,
Was nun beginnt:

Durch Schlummers Tor das langsame,
Schon körnige Erwachen –
Wie schön mein Name
Bleibt aus dem Spiel, um Ernst zu machen!

253. Werner Kraft an Wilhelm Lehmann

Jerusalem
17.1.52

Lieber Wilhelm Lehmann,
ich schicke nun meinem Brief von vorgestern diesen zweiten nach, um Ihnen zu sagen, daß meine Bitte wegen des ›Wirrwarr‹ eine konkretere Grundlage erhalten hat. Ich habe nämlich heute ein Heft des von Ernst Schönwiese in Salzburg herausgegebenen ›Silberboot‹ V 2 erhalten, das tatsächlich wenn auch mit Druckfehlern, da ich keine Korrektur gelesen habe, die ersten Kapitel des Romans enthält, bis zu dem Punkte, wo Georg dem Fidelius durchs Gesicht schlägt. Es ist durchaus möglich, daß Dr. Meier das Heft schon gesehen hat oder sich dort verschaffen kann. Ists nicht beinahe so, als wenn Ihr Erfolg elektrisch den meinigen heraufgerufen hat? Auf jeden Fall ist es schön, zu denken, daß dieser Zufall sinnvoll sein könnte!

Die letzten beiden Tage, da ich noch immer von Hexenschuß geplagt im Bett lag, habe ich ein Buch gelesen, das Sie sich dort verschaffen könnten, denn es ist im Artemis-Verlag erschienen. Es ist: Die Deutung einer großen Liebe. Goethe und Charlotte von Stein von Margarete Susman. Der Titel ist wenig geschmackvoll, und auch sonst ist nicht alles in Ordnung, und doch muß ich sagen, daß ich von diesem liebevoll geschriebenen Buch manche Belehrung erfahren habe. Nicht zwar über die total gleichgültige Frage – für uns –, ob die beiden zusammen geschlafen haben oder nicht, für sie war es wichtig, und sie haben es ja gewußt, aber über vieles andere und vor allem über dies, vielleicht war es aber nur mir unbekannt, ich meine über Charlottes Grabschrift:

Sie konnte nichts begreifen,
Die hier im Grunde liegt;
Nun hat sie's wohl begriffen,
Da sie sich so vertieft.

Ich finde diese Verse so erstaunlich, daß ich sie in meine Anthologie aufnehmen werde. Woher aber hat sie dieses Wortspiel ›vertieft‹? Weder von sich selbst noch von Goethe! Höchstens von Shakespeare! Dann bliebe immer noch seltsam, daß es in einer lyrischen Strophe steht, von einer Frau kurz vor dem Tode. Rätselhaft ist auch, wie diese ungereimten Verse geradezu gereimt wirken. Ich denke auch an die Stelle im Faust II, wo es in der Grablegung heißt: ›*Vertieft* ein längliches Quadrat‹, aber das ist eine Stelle, die sie kaum gekannt haben wird. Für mich ist diese Strophe noch aus einem anderen Grunde wichtig: Ich habe einmal einen Aufsatz über Goethes ›Mondlied‹ geschrieben, in dem ich gegen Julius Petersen polemisiere, der das ›Busch und Tal‹ aus Charlottes ›An den Mond nach meiner Manier‹ übernommen erklärt. Entscheidend war für mich, daß das Material nicht auszureichen scheint, um die Wandlung des Mondlieds von der ersten zur zweiten Fassung *wirklich* zu erklären. Dann aber sagte ich, daß nichts sonst in ihrer Umdichtung darauf hindeute, daß sie einer so großen Fügung fähig sei. Nun, nach dieser Grabschrift möchte ich's *beinahe* glauben. Den Seinen gibt's der Herr im Schlafe, sogar den Dilettanten!! Vergessen Sie nicht, mir Ihren Eindruck zu sagen! Sonderbar ist übrigens auch, daß Frau von Stein doch christlich fromm war und daß diese Strophe doch eigentlich gar keinen christlichen Eindruck macht, eher den Eindruck verlorenen Glaubens.

Noch eine andere Grabschrift fällt mir ein, die nichts mit dieser zu tun hat. Sie stammt auch von einer Frau, ist aber erdichtet. Mechtilde Lichnowski läßt nämlich die Heldin ihres schönen Romans ›Geburt‹ sich die folgende Grabschrift schreiben:

Ihr Sterben ausgenommen,
War alles ihr heilig und ernst.
Dein Lachen wird vollkommen,
Wenn du dies von ihr lernst.

Und nun leben Sie wohl! Ihrer Frau und Ihnen, auch von der meinen, die schönsten Grüße

Ihr Werner Kraft

Ich freue mich auf Ihren nächsten Brief.

Packet noch nicht gekommen, aber es wird kommen.

Welcher Glückliche hat den Braten verspeist, dessen Duft mir so angenehm in der Nase kitzelte? Ich würde es gerne wissen. Ich gönne ihn ihm.

Sollten Sie auf den Rigi fahren – von Goldern-Art aus – dann denken Sie an uns!

254. Wilhelm Lehmann an Werner Kraft

Zürich-Erlenbach (c/o Frau M. Möckli), January 24th '52

Lieber Werner Kraft,
O die grossartige Grabschrift – welch Glück, welch Ehre, sie vernehmen zu dürfen. Unerschöpflichkeit der Sprache. Es ist schwieriger, reimlose Gedichte zu schreiben als gereimte, mir jedenfalls, wiewohl ich weiss, dass Ungereimtes sich eben auch reimt. Frau Lichnowski bleibt viele Male unter der Höhe zurück.

Also ich bekam alle Ihre Briefe zu meiner Freude. Dank für die Titelbeteiligung: Sie haben Recht, mein Vorschlag ist zu lyrisch. »Der abgelehnte Helfer« leuchtet Meiern ein, weil er Episches verheisst und darauf spannt. Er will es sich noch überlegen. Mir selbst geht's wie Ihnen: für mich bleibt der Roman »Der Provinzlärm«. Ja, es gelang ohne Schwierigkeit, M. zur Lektüre des Wirrwarr zu veranlassen. Ich soll ihn ihm schicken. Wie ich Ihnen schrieb, schickte ich Roman, Anthologie, Figur der Hoffnung vor meiner Abreise an Kütemeyer, eingeschrieben natürlich: ich bin verdutzt, dass er mir den Empfang hierher noch nicht bestätigt hat. Ich werde ihn also bitten, den Ww. an Meier zu senden. Vom Braten und seinem Geruch kann ich noch nichts vermelden. Es scheint, dass man, die Polyphonie zu vermeiden, Pechel den Entscheid überlassen hat. Sobald ich was weiss, künde ich's. Ich gratuliere einstweilen zum Teilabdruck im »Silberboot«. Dem Prvzl. stellt M. eine gute Prognose, während A. Mohler, der Sekretär E. Jüngers, der mich hier Sonntag aufsuchte, das Gegenteil tut. Döblin »tröstete« mich einst, seine Bücher seien gedruckt und nicht gelesen, warum ich denn gedruckt werden wollte: aber mich freut doch, dass der Roman von jedermann zu kaufen sein wird & vielleicht einigen Menschen zu freudigerem Herzschlag verhelfen kann. Mehr hoffe, mehr will ich gar nicht. Ich laufe durch das schöne Zürich, mit seiner soliden Eleganz, seinen Gathi nicht elegant genugen Damen, laufe und denke, dass ich mein Teil so gut getan habe wie all die von ihrer Tätigkeit Getriebenen um mich her. Gathi erfreut durch merkwürdig genaue & kritische Briefe. Von Frau Kroj. schreibt sie eher enttäuscht als positiv: o diese scharfen, unbestechlichen Augen Gathis! Dass Frau Spector gar nicht schreibt, ist vielleicht in der Ordnung: unsere Beziehung war ganz allgemein menschlich nur & kaum individuell. Meine Frau, mit ihrer unerfüllten Abenteuer- und Örtlichkeitssehnsucht geniesst Zürich sehr. Ich selbst, wie gesagt, döse vagierend herum. Ein Film nach Sartres ›Les Mains sales‹ interessierte mich sehr, interessierte mich aber auch nur. Es brauchte den abstrusen, nicht sehr reichen Hugo als Idealisten des Absoluten, damit sich ein Hoederer usw. schön um ihn herum entwickeln kann. Morgen ist, zu erschwinglichem Gelde, ein Kammermusikabend (Haydn, Schubert, Beethoven), auf den wir uns masslos freuen. Frau Möckli, eine höchst liebenswerte, grosszügige, hart arbeitende, tapfere Gastgeberin [Nachtrag: Lektorin des Buchgildeverlags] (mit Ressentiment *gegen* die Schweiz) behauptet, hier werde noch mehr als in Deutschland die Meinung von den Zeitungen gemacht, die Leute hätten hier gar kein Urteil. Das alberne Klatschen nach & zu all und jedem ist, das glaub ich auch, dem Publikum Gelegenheit zu Ekstase, die Hemmungen befreit. Viel undifferenzierte Gesichter hier, dann auch viele in ihrer Simplizität rührende Johanna Spyrigesichter der Mädchen. Männer wie Meier, Job (vom Radio) sprechen mit einer sonoren Sekurität, die wir Deutschen verloren haben. Das Gute, dass Leute wie Rychner den Glauben an Humanität weiter tragen und Goethe keineswegs à la Jaspers für erledigt halten. Wie kindisch ist das Augenblicksgehaben vieler Literaten!

Walter Erben schreibt mir übrigens, dass er von Benn *nichts* halte, er will das in einem kleinen Aufsatz über den Neudruck der »Antwort des Schweigens« in der Frankf. Allgem. Ztg ausdrücken (oder sind die deutschen Zeitungen heute etwa so von Benn eingenommen wie in den annis diaboli von dem grauenhaften Blunck?). Jancke wird

Ihnen auch geschrieben haben: die Rubrik »Vergessene Bücher« halte ich für eine vernünftige Enquête: ich werde ihm etwas über H. Stehrs »Leonore Griebel« schicken. Nehmen Sie für heute mit diesem Wirrwarr vorlieb und seien Sie beide von uns beiden bis zum nächsten Communiqué von Herzen gegrüsst. Ich bekam 500 Franken Vorschuss & wir hoffen, Ihnen wenigstens von hier aus, falls die Bürokratie hier harmloser, etwas schicken zu können.

Immer Ihr

W. L.

Dass L. Schneider eine grosse Sammlung Gedichte ediert, frappiert, da ich ihn nach seinem Verhalten gegen mich für erschöpft halten musste.

NB. Könnten Sie Dr Meier (Zürich, Birmensdorferstr. 83) nicht den Silberbootdruck schicken?)

Vor m. Abreise aus Kl.-W. fand ich d. lang vermissten Aufsatz von Ihnen über Supervielle wieder und fand ihn erneut ausserordentlich, schön und hilfreich. Ich will sehen, ob ich mir hier Originaltexte S's verschaffen kann.

255. Werner Kraft an Wilhelm Lehmann

Jerusalem
30.1.52

Lieber Wilhelm Lehmann,
was lange währt, währt sehr gut, das Packet ist gekommen, und wir danken den Spendern noch einmal sehr herzlich für Wurst und Schinken, ich besonders für die Bücher, und noch einmal besonders für ›Antwort des Schweigens‹ mit Ihrer schönen Widmung. Neues habe ich über das Schöne dieser schönen Gedichte kaum zu sagen, wenigstens nicht im Augenblick, aber etwas enttäuscht war ich über die Druckanordnung der Gedichte, ich meine: über die Art, wie die Langzeilen in die nächste Zeile übergehen und gleichsam als durchgebrochen erscheinen. Hätte der Verleger etwas breiteres Papier genommen, so wäre dem Leser dieser unschöne Eindruck erspart geblieben, wenigstens mir. Das ist natürlich nur äußerlich, da aber das Druckbild mit zum Gedicht gehört, so ist es eben nicht nur äußerlich, und Sie sollten hier in Zukunft, vorausgesetzt daß Sie meine Meinung teilen, unnachgiebig sein.

Da ich nun einmal im Tadeln bin, so möchte ich Sie fragen, welcher Teufel denn die Herausgeber von ›Gestalt und Gedanke‹ geritten hat, daß sie einen liebevollen Druck herstellen und gerade Ihre ›Göttersuche‹ und das ebenso schöne Gedicht von Carossa drucktechnisch so schnöde behandeln, obwohl Platz da gewesen wäre. Wollte man die allgemeine Mißachtung der Poesie auch sichtbar zum Ausdruck bringen? Dann hätte man wenigstens das Gedicht von Britting *schön* drucken sollen, da es nicht schön ist!! Wie dem sei, ich verstehe die Welt nicht mehr oder zu gut. (An Proust hat hier wohl keiner gedacht, dessen Swann einmal sagt, er habe eine Lieblingsidee, nämlich die, die Zeitungen auf Bütten zu drucken und in Maroquin zu binden und auf Zeitungspapier die Pensées von Pascal!) Aber wie sagt der Dichter?

›Genug, genug!
Der Wind steht still. Die Lüfte ruhn. Und Aphrodites Tränen rinnen.‹

Eben, weil sie die Göttin der Schönheit ist! (Wäre hier nicht eine kleine Änderung angebracht, die vielleicht den Vers so schön machen würde, wie er ist? Nämlich diese: Die Lüfte ruhen. Aphrodites Tränen rinnen. Das Ruhen wäre ruhevoller, hingegebener, und das im Grunde ausdruckslose ›Und‹, am Anfang des Satzes, fiele weg ..) Die Beiträge dieses Bandes finde ich unterschiedlich. Sehr gehaltvoll ist der Aufsatz von Karl Reinhardt. Wilhelm Hausenstein ist sicherlich ein guter Kunsthistoriker und ein reizender Mensch – wir haben ihn in Paris kennengelernt – aber ein wenig begnadeter Übersetzer, der sich die Zunge zerbricht, um treu zu sein, anstatt das Herz in geweihter Untreue sprechen zu lassen. Benn – na ja, Heidegger: Guarda e passa. (Non ragionam di lor heißt es vorher) Lassen wir ihn das Ding ›dingen‹, ich hätte beinahe gesagt: drehen!) – Haben Sie einmal Verse von der durch die Nazis umgekommenen Gertrud Colmar gelesen? Sie enthalten einige tiefe Seelentöne. – In Rilkes Gedichten ist abgesehen von diesem Humbug mit dem Grafen C.W. einiges *wirklich* Schöne und besonders Frische, besonders das Gedicht, das anfängt: In Karnak war's. Über Stresau und die Rundschau später. Erzählen Sie mir doch einmal von Ernst Niekisch! Das würde mich sehr interessieren. Herzlichst grüßt Sie beide Ihr Werner Kraft

Der Mandelbaum in unserem Garten blüht. Heute vor einem Jahr rüsteten wir zu unserer Europa-Reise. Am 15.2. waren wir in Rom.

O schöne Zeit!
O Heiterkeit!

Walter Meier hatte meine Anthologie trotz hohen Lobes im wesentlichen wegen des deutsch-schweizerischen Wirtschaftskrieges abgelehnt. Nun lese ich in der ›Neuen literarischen Welt‹, daß dieser Wirtschaftskrieg beigelegt ist und daß der Ausfuhr schweizer Bücher nach Deutschland nichts mehr im Wege steht. Also –? Können Sie ihn nicht einmal freundschaftlich daran erinnern?! (Vielleicht ist das auch der äußere Grund, warum er den ›Provinzlärm‹ druckt.) Wann kommt Ihr Brief?!

Wenn die Toten reden könnten, würden sie schweigen.
Kennen Sie das Buch von Aloys Riegl über Spätrömische Kunstindustrie? Sehr bedeutend!!

Auch von mir den allerherzlichsten Dank für das Packet! Ihre Erna Kraft

256. Werner Kraft an Wilhelm Lehmann

Jerusalem
3.2.1952

Lieber Wilhelm Lehmann,
heute kam Ihr lieber Brief, er war mir wie immer eine große Freude, nur leider diesmal eine herbe. Denn es muß ein Malheur passiert sein. Es fehlt etwas in der Mitte und etwas am Schluß. Gerade als Sie ›vom Braten und seinem Geruch‹ sprechen wollen, bricht es ab (so als hätten Sie Mitleid mit mir), und am Schluß heißt es: ›Walter Eibner (falls ich den Namen richtig lese) schreibt mir übrigens‹, und Fortsetzung folgt nicht. Es ist traurig. Ich bitte Sie aber dringend um ›Nachlieferung‹ der fehlenden Seiten. Was Supervielle angeht, so gibt es in Zürich eine vorzügliche *französische* Buchhandlung, welche Sie inzwischen vielleicht schon selbst entdeckt haben. Das mit der ›sonoren Sekurität‹ haben Sie – über W.M. – unübertrefflich gesagt. Genau so ist es. *Ich* möchte nicht dauernd in Zürich leben, aber zu Besuch da zu sein, das ist sehr schön. Die Berge sind gewiß herrlich, und doch hat Liebermann so ganz Unrecht auch nicht: ›Jedes Mal, wenn man gerade was Schönes sehen will, steht ein Berg davor.‹ Sehr freue ich mich, daß Ihnen die ›Grabschrift‹ den gleichen Eindruck macht wie mir. Ob ›Provinzlärm‹ oder ›Der abgelehnte Helfer‹ oder anders – die Hauptsache ist, daß der Roman gedruckt wird, und die sonore Sekurität soll gesegnet sein, nur darf man ihr keine Zeit zur Besinnung lassen über die essentielle Unsicherheit der Kunst. Daß sie diesmal ins

Programm paßt, ist schon beinahe ein Wunder, das sich im Falle des ›Wirrwarr‹ kaum wiederholen wird. Immerhin danke ich Ihnen sehr und schreibe sofort an Kütemeyer. Seine Nicht-Bestätigung Ihrer Sendung dürfen Sie nicht falsch auffassen. Er ist ein beruflich und geistig überanstrengter Mann, der sich noch dazu in einer Krise befindet: seine Habilitierungsarbeit ist von der Heidelberger medizinischen Fakultät *abgelehnt* worden. (Dies unter Diskretion!) Er ist ein Mensch, der für seine Idee alles einsetzt, seine gesamte geistige und persönliche Existenz. Es ist Anlaß zur Besorgnis. Ich habe jetzt einen langen kritischen Aufsatz über sein Buch ›Die Krankheit Europas‹ geschrieben, von dem es fraglich ist, ob er erscheinen wird.

Was soll ich noch sagen? Der Wind weht, und der Frühling kommt. Unser Mandelbaum blüht schon. Es ihm nachzumachen ist schwer.

Herzlich grüßt Ihre Frau und Sie selbst

Immer
Ihr Werner Kraft

Gustav von Schlabrendorf
Wahlspruch [...] [vgl. Nr. 234, S. 432]

257. Werner Kraft an Wilhelm Lehmann

Jerusalem
7.2.1952

Lieber Wilhelm Lehmann,
das Geheimnis ist in Form meiner Dummheit offenbar geworden: ich hatte nicht bemerkt, daß das dünne überseeische Papier aus jeweils zwei Seiten bestand, und meine Frau mußte erst aus Tel Aviv zurückkehren, um das Rätsel zu lösen. Der Vorteil für Sie liegt darin, daß Sie nun in kurzem Abstand einen zweiten Brief erhalten, um Ihnen nicht nur das zu sagen –

Wie schön wäre es, jetzt mit Ihnen durch die Straßen Zürichs zu schlendern! Vor einem Jahr wäre es möglich gewesen, und da war es unmöglich! Ich finde auch, daß Sie völlig Recht haben und daß die Frage Döblins, warum Sie sich so nach dem Druck sehnen, wenn seine Bücher zwar gedruckt aber nicht gelesen seien, von einem gestellt wurde, der eben wußte, daß seine Bücher eben doch gedruckt und also gelesen oder nicht gelesen waren, während die eines nicht gedruckten Autors eben eindeutig nicht gelesen werden. (Wie etwa ein Arzt einem reichen Lungenkranken sofort Davos verschreibt und einem armen sagt, er könne auch in Braunlage gesund werden. Ich habe selbst einen solchen unendlich traurigen Fall erlebt, der dann auch programmgemäß mit schnellem und frühem Tode endete.) Das Silberboot werde ich an Dr. Meier schicken. Wie ich von Herrn Ulbricht aus Mainz hörte, ist Ihnen ein Exemplar meiner Else Lasker-Schüler-Auswahl direkt zugegangen. Davon sind bis jetzt 50 (!) Exemplare verkauft worden, was aber über die Wirkung nichts Endgültiges besagt, da 500 Exemplare an öffentliche Institutionen verschenkt sind. Nur weil Sie Lambert Schneiders wegen eine Frage stellen, deren Nichtbeantwortung zu einem Mißverständnis führen könnte, sage ich Ihnen, daß der Druck der erwähnten Gedichte von Freunden des Autors *bezahlt* ist. Nun bitte ich Sie aber im Interesse von Autor und Verleger diese Mitteilung *sofort* wieder zu vergessen, da Sie verstehen werden, daß ich eigentlich kein Recht habe, eine solche Mitteilung zu machen. Vom Standpunkt eines Dichters, der an die Reinheit seines Werks glaubt und keine Macht hat, es öffentlich werden zu lassen, finde ich übrigens gegen ein solches Verfahren moralisch nichts einzuwenden. Auch ich bin dazu bereit! Was Hanns Ulbricht betrifft, den ich menschlich sehr sympathisch finde, so scheint er voller Freude über einen Brief zu sein, den er von Ihnen über seine Gedichte erhalten hat. Ich habe in diesem Band bis jetzt ein schönes Gedicht gefunden – es heißt ›Herbst‹ und steht auf S. 16 –, aber manche schöne Stellen. Es würde mich sehr interessieren, von Ihnen zu hören, welche Gedichte Sie schön finden. Das könnte meine Aufmerksamkeit wecken. Den Titel seines Buches – das habe ich ihm geschrieben – finde ich merkwürdig gesichtslos. Wie schön, daß Ihre Tochter mit so klarem Urteil durch die Welt geht und dieses gleich so sicher an Frau Kroj. beweist! Halten Sie eigentlich wirklich viel von Max Rhycher? Ich sage nicht das Gegenteil, aber –? Passen Sie doch auf, ob ein neues ›Trivium‹ erscheint oder erschienen ist! Darin müßte eigentlich mein Aufsatz ›Hölderlin und der Reim‹ stehen, zu dem ich schon im August Korrektur gelesen habe. Wie rührend von Ihnen, daß Sie uns etwas schicken wollen! Sie sollten es *nicht* tun und dafür mit Ihrer Frau ins Theater gehen oder Bücher kaufen. Fängt der Druck des Provinzlärms schon an? Was sagen Sie denn zu dem Gedicht von Yeats? Alles Schöne Ihrer Frau und Ihnen

Ihr Werner Kraft

In der Deutschen Rundschau fand ich zur Erinnerung an Friedrich Koffka, der in London gestorben ist, einen Aufsatz von diesem über

Shakespeare, der sehr lesenswert ist, besonders was er über Desdemona und Ludovico kurz vor der Katastrophe sagt.

Sicherlich kennen Sie von Schiller die Elegie ›Das Glück‹! Sie ist herrlich.

Und in den ›Piccolomini‹ fiel mir der Vers auf, mit dem Max auf seines Vaters Beweise über Wallensteins Verrat reagiert: ›Das kann nicht sein, kann *nicht* sein, kann nicht *sein*!‹ Welch ein Leben in *einem* Verse! – Ungereimte Gedichte sind mindestens so schwer wie gereimte, wenn sie inwendig reimen. Tun sie das nicht, dann sind sie leichter.

Das Gedicht von Benn in ›Gestalt und Gedanke‹ ist von solcher Leere, daß diese angesichts ihres Erfolgs schon wieder bemerkenswert ist.

258. Wilhelm Lehmann an Werner Kraft

Klein-Wittensee, 23. April 52

Lieber Werner Kraft,
lange, lange habe ich nichts von Ihnen bekommen, aber ich glaube, ich bin der ›Schuldige‹: nun trennen uns nur noch 10 Tage von Ihrem *und* meinem Geburtstag. Da will ich mich von Goethe mahnen lassen

> ›Man soll etwas Mürrisches nie in die Ferne senden: denn gerade zu der Zeit, wo man dem Freund nunmehr eine unangenehme Stunde macht, hat man sich schon völlig wiederhergestellt und ist durch eine glücklich entschlossene Tätigkeit schon längst aus dem düsteren Zustand herausgetreten, wo uns der Ärger über ein gehindertes Wirken einen Augenblick überraschen konnte.‹

Leider trifft das Letztere gar nicht auf mich zu: weder bin ich in einer ›glücklich entschlossenen Tätigkeit‹ noch überraschte mich Ärger »über ein gehindertes Wirken«. Darf ich denken, dass es Ihnen gut geht, dass Sie denken und dichten? Ich besitze so wenig Denk- und Empfindungskraft, dass ich mich nur so treiben lasse, obwohl uns ein wilder Frühlingsausbruch hier zu Ostern erfreute. Aber ich muss erst nachholen. Ich las auf Einladung eines gewissen Friedrich Hansen-Love, Redaktors der – katholischen – Monatschrift »Wort und Wahrheit« – (die schon ein paar Gedichte gedruckt hatte) in Wien vor ca 60 Hörern einen Aufsatz ›Verlust der Wirklichkeit. Gedanken über die Kunst des Gedichts‹ und im Anschluss einige Verse. Dann noch, ein paar Tage später, Abends in einer Buchhandlung vor etwa zwölf Leuten. Einige schienen sehr entzückt zu sein. Fr. H-L. selbst (dänischer Bürger, in Wien ansässig & gern dort, wie offenbar alle Wiener), ganz jung, lebhaft, belesen, höchst avantgardistisch aber mit vielen Vorbehalten – er macht mir vorläufig einen leicht snobistischen Eindruck & ich begreife eigentlich nicht, dass er mich mehr als Benn auf der Rechnung hat: liebenswürdig, geistreich, mit einigen festen Meinungen, die vielleicht nicht alle von ihm selbst stammen, seine religiöse Haltung ist mir unklar: die Politik des heutigen Katholizismus scheint mir zu sein: Weitherzigkeit auf jeden Fall.

Jener junge Gugenot hat, teils genötigt, teils von selbst, zugegeben, dass er die Unwahrheit sprach: er ist nicht Jude, seine Angehörigen sind nicht totgeschlagen worden, sein Vater usw. leben, er ist ›nur‹ in einem Wehrmachtstraflager gewesen, wegen Desertion misshandelt usw. Ich müsste Ihnen alle seine dialektischen Selbstzerquälungen mitteilen, ich schrieb ihm, dass ich, trotz allem, Verständnis für seine Situation hätte. Meine Nichte beurteilt ihn nicht mehr so günstig, bezichtigt ihn des Arbeitsscheus. Nun wird er, neueste Meldung, katholisch. Ich war ja leibhaftig Zeuge seines Verstandes, seiner Einsicht: aber ich habe nicht mehr so viel Interesse an ihm. Ich glaube, es ist zu einfach zu glauben, dass mich glauben zu machen, er sei Jude, ein stärkerer Appell an mein Empfinden als an bloße Wehrmachtsgequältheit (die letztere genügt mir ja völlig!! s. meine Biographie und meinen Roman »Der Überläufer«) Ich muss also gestehen, dass ich mir nicht mehr den Kopf zerbreche über den seltsamen Mann (meine Frau kommt eben: ich soll Sie vielmals grüssen!) – Damit ich nicht übermütig werde, die Publikation des ›Provinzlärms‹ ist, unbestimmt, vertagt, der Verlag muss Telefonverzeichnisse und Kataloge drucken. Wien ist als wunderbares Bündel herrlicher Häuser, Paläste, Brunnen voll Zauber, wenn man sie in die Vergangenheit projiziert als den Aufenthalt Schuberts, Grillparzers, Stifters – als heutig macht sie einen gespenstischen Eindruck, lebt von ihrer Vergangenheit, der bildende Adel ist weg, die Stadt ist arm, viel elende Bettelei, der Stefansdom überwältigend. In Wien ist alles ›weich‹, sagte H.-L., auch die Besatzungsgrenzen sind weich, der Wiener flöhe alles Harte, alle Obstruktion: vor der alliierten Kommandantur sitzen die Soldaten aller vier Mächte einträchtig & schauen sich die Wiener Mädchen an. Einmal war ich in einem Empfang bei einer alten Gräfin Thun, herrliche Zimmer, e. herrlichen Vermouth, ich plauderte kurz mit der Witwe des Grafen Hermann Keyserling, lernte eine Frau von Kleeborn, Übersetzerin Rilkes oder Eliots kennen (sie wieder befreundet mit der Gräfin Nora Wydenbruck, Nichte der Marie von Th. u. Taxis, der Mäzenatin Rilkes: Agathe kann sie vielleicht in London besuchen). Sie zeigte mir ein englisches Buch über deutsche Literatur, das aller Unterweisung englischer Studenten zu Grunde gelegt wird: voll haarsträubenden Unsinns und Unverständnisses. Aus Zürich muss ich noch berichten: Walter Meier, Dr. Jaeckle (Chefredaktor der »Tat«), Rychner und Emil Staiger, halten jeden Freitag im Odeon usw. ein Symposion ab: ich wohnte einem bei, E. Staiger interpretierte, und zwar sehr sachlich u. bescheiden, Hölderlins »Vor seiner Hütte«. Ich habe gern zugehört, man erzählte mir auf der Rückfahrt, dass E. Staiger im Begriff gestanden hätte, ein ekliger, mit allen Intrigen & Eitelkeiten des Universitätsbetriebes ›gesegneter‹ Professor zu werden: durch Hinlenkung auf Sachliches habe man ihn freundschaftlich geheilt: er wisse das & sei dankbar dafür. (Köstlich, wenn einmal die Schweiz in den österr. Gesprächen auftauchte. Horror vor Lederjoppen und Philistertum). Ich habe mich aber eigentlich sowohl in Zürich wie in Wien ganz wohl gefühlt, leider war beide Male das Wetter unfreundlich. Von Agathen haben wir gute Berichte, ich freue mich stets über ihre Klarheit, Unbestechlichkeit, Frische und Blick für das Wesentliche. – Ich habe von einigen Gedichten des Jesuiten G.M. Hopkins einen starken Eindruck. Ich lese zuweilen, mich vom Heutigen zu reinigen, in der Goethe Schiller Korrespondenz. Welche Würde, welche Verantwortlichkeit. Gewiß, es ist hübsch von R.A. Schröder & Rychner zu lesen, wie sie »die deutsche Klassik« hochhalten: aber S. hat all das gepachtet u. seine Machenschaft ist doch nur Bildungsfilterei & gar nichts Eigentümliches. Ich bin sehr sehr glücklich, dass Sie ganz festen Fuss in der ›Neuen liter. Welt‹ gefasst haben: ein Beitrag von Ihnen ist das Salz, das den ganzen Aufwand bezahlt macht. Man hat mir auch versprochen, Rangs Anzeige zu bringen, wenn sie auch Jancke nicht erstklassig erscheint. Aber schließlich muss man die Dinge doch erst einmal nennen. In Avantkreisen ist immer noch die dialektische Jargonlyrik gefragt: Ich kann doch wohl zu wenig Englisch, um folgende Anzeige des Jahrbuches 1951 der Oxforder jungen Dichter ganz zu begreifen. Herr Fraser, der Rezensent, sagt »The poem I like best in the book is a comic one, by Mr. Michell Raper:

> Less than Rimes was my room-mate Chetwyn;
> he took large doses in a small cup.
> My gime, one might say, came between us, for
> somehow we never seemed to buddy up.

He would inhale orgies of creosole
as you or I smoke cigarettes, or chew
spearmint. Small wonder that the maidens
of the Faculty accorded him no succès for ..

But – fährt der Rec. fort – the wit, there, is American, and the more specifically English inspiration, alas, one finds in soulful pieces about Lancelot, and dawn, and wispy kisses, and mystic migratory birds. Nun, mein Verstand reicht offenbar nicht, den amerikanischen Witz zu würdigen, und wenn der Rec. die ›seelenvollen‹ Stücke lächerlich macht: Lanzelot und Zugvögel kommen auch in meiner Lyrik vor –. – Skandalos [!] empfand ich eine Rundfunkvorlesung aus M. Picards Reisetagebuch: pompöser Flachsinn, gewollte Geistreichigkeit – etwas zum Nachtisch für middle-class-snobs – dann eine Serie »Die grossen Liebenden«, wo grosse Leute für Imbezile zurechtgekocht werden, neulich: Rembrandt & Hendrikje, beleidigende Idiotie: das Unverstandene bleibt hoffentlich um so strenger & esoterisch dem albern befingernden Bourgoisamtsrichtertum für immer verschlossen. Aber schon fragt man in Massen beim Rundfunk an, ab man die »Texte«! im Druck haben könnte!! Herr Max Sidow in Hamburg verbricht solche Albernheiten. Ach! hätte man doch Autorität, dergleichen zu verbieten. – Ich will mich trösten, das Echte kann dem Echten nicht aus dem Wege gehen: sie treffen einander an einer schönen Waldecke.

Am 4. Mai, lieber Werner Kraft, gedenke ich Ihrer in Herzlichkeit, in Dankbarkeit für die langen, langen Zeiten der Teilnahme & mit der Gewissheit Ihrer Treue – Glück zu allem, was Sie tun!

Immer
Ihr
Wilhelm Lehmann

Wie erfuhr ich durch Sie: »Lust, Freude, Teilnahme an den Dingen ist das einzig Reelle, und was wieder Realität hervorbringt; alles andere ist eitel und vereitelt nur.«
(So Goethe an S., 14. Juni 1796)

Tausend Dank nochmals für die Reinigung der biogr. Aufzeichnung: L. Schneider druckt sie. Die Akademie will dafür gut stehn.

O. M. Graf hat Sie einmal angegriffen. Da, sehen Sie, welch ein »Dichter!«

259. Werner Kraft an Wilhelm Lehmann

Jerusalem
31, Alfasi Rd
5.5.52

Lieber Wilhelm Lehmann,
haben Sie herzlichsten Dank für Ihre guten Wünsche zu meinem Geburtstag. Ich lasse sie mir gesagt sein. Inzwischen werden Sie auch die meinen erhalten haben. Mich hat von Ihnen in den letzten Wochen nichts anderes getrennt als der Raum. Ich wußte nicht, wo Sie waren. Ich hatte von Zürich noch ein Wort erwartet, und da es nicht kam, erlahmte meine Kraft, nach Klein-Wittensee zu schreiben, und nun höre ich von Ihnen, daß Sie sogar in Wien waren. Aber jetzt soll die Zeit der Pausen vorbei sein. Wir sind gerade zurück von einer Woche Ferien, die wir teils in einem Kibuz, nicht weit von Nazaret, teils in einem Ort in der Nähe von Tel-Aviv, an beiden Orten bei Freunden sehr schön verlebt haben. Alles war noch grün, es war nicht zu heiß, und wir haben die letzten fünf Tage sogar täglich gebadet, was herrlich war, von der Schönheit des Meeres ganz zu schweigen. Daß Sie das Wichtigste, die Preisgabe des Provinzlärms an Telephonbücher, in einem Nebensatz sagen, macht Ihrer Gelassenheit alle Ehre. Meine Empörung ist um so größer. Elendes Bürgerpack in der Form des intellektuellen Maskenspiels! Die keinen Gedanken zu haben behaupten als die Kunst opfern sie kaltblütig, wenn das Geschäft zu kurz kommt. Und was sind da Versprechungen oder gar Zusagen! Ein Dreck! Aber schweigen wir und arbeiten wir! ›Que le travail soit avec nous‹, so hat Valéry gebetet. Wenn aber Lambert Schneider Ihre biographischen Aufzeichnungen druckt, warum druckt er nicht den Provinzlärm, den ich für *noch* wichtiger halte?! A propos Schneider – mein Gedichtband ›Figur der Hoffnung‹ liegt bei ihm. Wie ich von Kütemeyer höre, hat er sich noch nicht entschieden, obwohl er den Druck nicht bezahlen soll. Könnten Sie ihm nicht ein paar Worte schreiben, wie Sie über diese Gedichte denken, und zwar wenn möglich sofort?! Vielen Dank im voraus! (Aber nur wenn Sie ein positives Urteil verantworten können. Obwohl ich es glaube, sage ich es ausdrücklich, denn Freundschaft ist ein Ding, und Kunst ein anderes ...). Ich schreibe bald wieder, über Schröder, über die Neue Literarische Welt, über den seltsamen Mann aus Bielefeld und vieles andere. Einstweilen grüße ich Ihre Frau und Sie selbst allerherzlichst

Immer Ihr Werner Kraft

Ihre Arbeit über Gedichte, die Sie in Wien vorgelesen haben, möchte ich *sehr* gern lesen.

Dieser Abend im April

Das Lampenlicht an Hügellehnen
Gibt her die Häuser, wo sich's wohnt.
Kein Aufbegehren und kein Sehnen;
Nur ein Vorbeigehn an dem Sein,
Das thront.
Und dann sich in die Hoffnung dehnen,
Die schöne –: Bin ich nicht zu zwein?
Kein Mond.
Vom Himmel fallen Kantilenen
Der Sterne still dem Schweigen ein.

Abendruhe

Tag in des Abends Ruhe
Lockert die schweren Schuhe,
Müde des ewigen Baus.
Bald schließt die Truhe
Alles, das Haus,
Die schwarze Ruhe.
Aus Schlummermund
Athmet das All, gesund.

Was Hansen-Love angeht, so habe ich gerade von ›Wort und Wahrheit‹ einen Fragebogen erhalten, auf dem ich drei und mehr Fragen hinter der Tür über das Wesen des Intellektuellen beantworten soll. Ich antworte nicht, da ich die Formulierung der Fragen für dumm halte und meine Antworten noch dümmer werden könnten.

260. Wilhelm Lehmann an Werner Kraft

Klein-Wittensee, am 14. Mai 52

Lieber, lieber Werner Kraft: aus dem teils heiteren, teils ernsten Tumult der letzten Tage soll dieser Gruss schnell an Sie geschickt sein: ich bekam Ihr eigenhändiges Verseheft, Ihren Brief, hörte mit Entzücken Ihre Einleitung zur Stuttgarter Rundfunksendung, bekam *gestern* am Kiosk der Kieler Bahnhofsbuchhandlung Ihren Brief in der N. L. W: ich bin tiefbewegt, ich feiere erst jetzt den 70. Lebensjahrestag. Von niemandem weiss ich mich lieber und besser der Aufmerksamkeit gewürdigt als von Ihnen. Doch Sie wissen das ja, ich bin sehr, sehr glücklich, das zu wissen. Immerdar grüsst Sie

Ihr
Wilhelm Lehmann

Ich schrieb sofort an L. Schneider der Weltfigur wegen.

Ich werde Ihnen bald in Ruhe schreiben: eine längst verloren gegebene Wickersdorfer Schülerin – lang, lang ist's her – tauchte zu meiner Frau & meiner erleichterten Freude – mit einem Geburtstagsbrief aus ———— Jerusalem auf. Alles Genauere bald. Es geschah allerlei ›Originelles‹.

Schönsten Gruss Ihrer Frau & Dank für Ihren Glückwunsch

Wie gut, dass Sie auch einmal böse wurden – auf die Schweizer ›Tüchtigkeit‹ – und nicht etwa auf mich!

261. Werner Kraft an Wilhelm Lehmann

Jerusalem
24.5.1952

Lieber Wilhelm Lehmann,
ich danke Ihnen sehr für Ihren lieben Brief und freue mich sehr auf Ihren nächsten, der hoffentlich noch nähere Mitteilungen über Ihren Geburtstag enthalten wird. Was ich tun konnte, um Sie zu ehren, habe ich getan. Es ist wenig genug und kein Grund, es zu überwerten .. Es ist aber wohl sicher, daß nicht nur ich Sie geehrt habe. Die Literarische Welt habe ich noch nicht erhalten, aber ich freue mich mit Ihnen Ihrer Freude. Und schreiben Sie mir auch von Ihrer Jerusalemer Schülerin, um so mehr als es ja nicht unmöglich ist, daß ich sie kenne oder mich leicht zu ihr in Beziehung setzen kann. Was den jungen Mann aus Bielefeld angeht, so ist ja dessen Verhalten ein grimmiges Sinnbild der Zeit, in der wir leben. Daß ein Deutscher einem Deutschen sagt, er sei Jude, um nicht zugeben zu müssen, daß er vor Hitler desertierte, das ist beinahe schlimmer als Hitler, denn es zeigt, daß diesen gerade der Zustand überlebt hat, der ihn möglich machte: die unlösliche Verknüpfung eines sentimentalen Ehrbegriffs mit der

grundsätzlich, auch wenn sie nicht wie Hitler eifert, wenn nicht ehrlosen so doch ehrfreien Gewalt .. Und dann noch katholisch werden, um alles bereuen zu dürfen, von dem sich in Erkenntnis loszusagen man nicht die Kraft hat ... Es geht über jeden Begriff. Wie schade übrigens, daß ich den ›Überläufer‹ überhaupt nicht kenne! Das war doch im Zeitpunkt des Entstehens dieses Romans ein exzeptionelles Thema, das auch heute, wie gerade der Bielefelder Fall zeigt, nichts von seiner Bedeutung verloren hat. – Bei uns ist Hochzeitsunruhe. Die Feier findet am 5. Juni statt. Der Bräutigam, so alt wie Alisa, ist ein großer, schöner, äußerlich und innerlich sauberer Junge ungarischer Herkunft, und nur schade, für uns, besonders für mich, daß er kaum Deutsch spricht. Aber Alisa und er sind sehr glücklich und strahlend, so daß wir alles vertrauensvoll der Zukunft überlassen. Dazu die Reise unseres Sohnes nach Amerika .. Seltsame Welt! Man muß sehr viel Reserven haben, um in ihr auszuhalten.

Ich kann übrigens nicht sagen, daß ich – verzeihen Sie, es geht ganz schnell – mit der Literarischen Welt zufrieden bin. Wert und Unwert gehen da in einer Weise durcheinander, daß ich mich manchmal abwende. Wirklichen Eindruck hat mir neulich das Gedicht ›Die Kinder dieser Welt‹ von Marie Luise Kaschnitz gemacht! Und Ihr kurzer Aufsatz über Stehr, besonders der Schluß! Aber die antirussische Haltung der Zeitschrift mißfällt mir sehr, selbst wenn alles wahr wäre. Und es ist nicht alles wahr. Irgendwo hieß es, in Königsberg herrsche der Kirgisische Imperativ. Das stimmt nicht, und wenn dort wirklich der kategorische Imperativ herrschte, würden wir es erfahren? Bestimmt nicht!! Die Welt ist wohl verloren. Ein Grund mehr für uns, zu bezeugen, ohne persönliche Hoffnung, daß sie nicht verloren ist!

Immer und von Herzen Ihr
Werner Kraft

Wohl im nächsten Heft der Neuen Rundschau wird ein langes Gespräch von mir über Peter Altenberg erscheinen.

Schröder, der bessere Tage gesehen hat, bezeugt eine nicht unbeträchtliche Lebendigkeit, schreibt aber im Schlafrock. Rhychner überschätze ich nicht, aber dafür daß er mich auf die besondere Schönheit von Goethes Elfenlied aufmerksam gemacht hat, bin ich ihm doch dankbar.

262. Werner Kraft an Wilhelm Lehmann

Jerusalem
27.6.52

Lieber Wilhelm Lehmann,
schon lange erwarte ich Ihren Brief, den Sie angekündigt haben und der ausführlich von Ihrem Geburtstag berichten sollte. Er kommt nicht, oder noch nicht, und gerade schicke ich mich an, Ihnen zu schreiben, da kommt nun doch ein Lebenszeichen von Ihnen, ein unerwartetes, nämlich ein Packet aus der Schweiz, das nur von Ihnen sein kann, der Sie bei Frau Möckli gewohnt haben. Wir sind wieder einmal sehr gerührt, und wir danken Ihnen und Ihrer Frau von ganzem Herzen für Ihre tätige Freundlichkeit und Freundschaft. Mehr als ein Lebens- und Dankeszeichen soll dieser Brief nicht sein, genug, wenn er den Ihren hervorlockt ..

Manches liegt hinter uns. Alisa hat am 5. Juni geheiratet. Es war eine sehr schöne Hochzeit. Der religiöse Akt fand in unserem Garten statt, und der Granatapfelbaum blühte und sah erfreut auf zwei junge strahlende Menschen. Abends ein bescheidenes Essen in unseren kleinen zwei Zimmern zu dreißig Personen, die durch die Energie meiner Frau und einiger Helfer in der erstaunlichsten Weise placiert waren. Und dann ist am 15. Juni unser Junge nach Washington abgeflogen .. Er war eine Woche in Paris, jetzt ist er in London, und am 1. Juli wird er an seinem Bestimmungsort sein, nach zwölfstündiger Reise durch die Luft. Ich habe zum ersten Mal *gesehen*, wie ein Flugzeug aufsteigt. Ich muß Ihnen sagen, daß das für mich ein gewaltiger Eindruck war, dieses plötzliche sich Erheben in den Nachthimmel, das Kleinerwerden bis zum Stern, dann das Verschwinden. Das seelische Problem der Technik ist unlösbar, und mir fiel der Satz ein: ›Die Angst vor der Technik macht Mut zu dem Teufel.‹

Dies ist nur ein Lebenszeichen. Ich schreibe bald mehr, über Ihre Gedichte und die Prosa in der Lit. Welt und über vieles andere.

Leben Sie wohl! Nicht nur für ein Packet dankend aber auch dafür

immer Ihr Werner Kraft

Ich habe einen sehr netten Brief von Hanns Ulbricht erhalten. Er beklagt sich nicht, aber er sagt es doch, daß niemand bis jetzt seinen Gedichtband besprochen habe. Da er nun Ihren Brief dankbar erwähnt, sollten Sie, meine ich, die Gedanken dieses Briefes in eine Besprechung in der Lit. Welt verwandeln. Dies ist natürlich nur eine Anregung, aber ich glaube, daß H. U. eine solche Förderung verdienen würde ..

[von Erna Kraft:
Vielen vielen Dank! Ihre Erna Kr]

Mitgift

Wir haben nicht Schätze dir mitzugeben,
Wir haben nur Wünsche, im Herzen genährt,
Diesen, daß freudig dein kommendes Leben
Durch die Vergänglichkeit wachse und währt,

Diesen auch, daß deine reinliche Kindheit
Süß verwandle die bittere Welt
Und in des Daseins vergeblicher Windheit
Heimlich durchdüfte das häusliche Zelt,

Diesen noch, daß deiner Jugend Schimmer
Nimmer erbleiche im Ich und im Du
Und daß ihr entschlossen immer und immer
Hüllet mit Liebe die Bitternis zu,

Und dann noch diesen und diesen und diesen
– Zu lang schon gesprochen, dies sei der Schluß:
Rauscht es um dich von Wonnen und Wiesen,
Nimm auch noch diesen: unseren Kuß!

263. Werner Kraft an Wilhelm Lehmann

Jerusalem
3.7.52

Lieber Wilhelm Lehmann,
wieder eine Überraschung! Nicht Ihr Brief kam aber Ihr Buch, und ich danke Ihnen sehr für Text und Widmung. Ich habe das ganze noch einmal gelesen, und diesmal nicht mit dem Bleistift – der übrigens wenig zu bemerken hätte! – sondern mit Geist und Herzen. Ich bin sehr bewegt von dem Bild Ihres Lebens, das diesen *wahren* Bekenntnissen entspringt. Denn die Wahrheit in Ihrem Verhalten zu Welt und Leben ist nun nicht mehr zu übersehen, wie Sie den ungünstigsten Bedingungen durch zuerst dumpfes, dann klares Festhalten an dem Unmöglichen das Mögliche abgerungen haben: sich selber – das ist ein erhebendes Schauspiel. Ich will heute nicht mehr darüber sagen, es sei denn noch dies, daß Sie nicht versäumen sollten, auf diese strenge

Weise Weiteres aus Ihrem Leben erzählend zu bewahren, es lohnt sich, denke ich, sowohl für Sie als auch für uns. ›Glück der Begegnung‹ macht große Neugier auf das Ganze, dem es entnommen ist und hat völlig das Gepräge Ihrer edlen Phantasie. Aber den Satz in der ersten Spalte unten ›Als er aber eines Morgens‹ usw sollten Sie noch einmal auf die Goldwage legen. Er ist unmöglich, denn seine Bestandteile gehen einfach nicht in *einen* Satz hinein, vielleicht nicht einmal in zwei. Ich habe Änderungen versucht, ohne Ergebnis. (Vielleicht so, daß Sie alles zwischen ›nachdem‹ und ›begleitet hatte‹ resolut weglassen?! Wen interessiert das denn, und das ›dreifach allein gelassen‹ würde ohne jede Erklärung nur um so stärker wirken!!) ›Unberühmter Ort‹ durch und durch entzückend: wie hier die Natur berühmt und die Geschichte unberühmt wird! In ›Verrichteter Dinge‹ liebe ich mehr noch als das Ganze, die erste Strophe, in ›Gültige Zeit‹ das Ganze *und* die sehr schöne zweite und noch schönere dritte Strophe. In ›Ruhm des Daseins‹ finde ich am schönsten die ersten beiden Verse der letzten Strophe. Gegen den letzten Vers habe ich *nichts* einzuwenden – im Gedicht! Aber außerhalb des Gedichts frage ich mich, ob je ein Tag so schön wäre, daß Ahasver –? Er durchwandert doch nicht die Welt wie Odysseus oder wie Hans im Glück sondern ist unstet und flüchtig .. Das macht einen großen Unterschied, er lebt nicht in dem Dasein, das Sie mit Recht rühmen, und obwohl es für Sie spricht, daß Sie ihn in dieses Dasein einbeziehen wollen, entzieht er sich gerade diesem Willen am meisten. Was ihn quält bis in alle Ewigkeit, ist nicht nur seine Schuld sondern auch die Schuld der anderen, die nur er sieht. ›Aber die Dinge so betrachten hieße sie allzu genau betrachten‹, heißt es im Hamlet mit Recht, und dieses Selbstgespräch, das Sie hier belauschen, mögen Sie keineswegs als Einwand betrachten, und doch kommt mir beinahe traumhaft die folgende mehr Variante als Änderung: Selbst Ahasver ist, der er nicht ist, gern. – Unser Junge schrieb begeisterte Briefe aus Paris und London und ist jetzt schon in Washington, von wo wir noch keine Nachricht haben. – Der Aufsatz von Podszus ist echt gefühlt, und Sie dürfen sich über ihn freuen – trotz der ›Näherin‹ Natur! Sonderbarer Kauz! Hat er Ihnen geschrieben?

Für heute leben Sie wohl! Ihre Frau und Sie selbst grüßt herzlichst
Ihr Werner Kraft

Hier ist schönes Sommerwetter, abends ist es kühl, am Tage heiß aber ohne ›Chamsin‹, den Föhn der Wüste. – Ludwig Straußens Gedichtband ›Heimliche Gegenwart‹ bewegt mich tief.

Bernhard Rang fragt mich, ob ich irgend eine Reaktion auf seinen Aufsatz über mich gehört hätte. Nein, gar nichts weder auf den Aufsatz noch auf die Gedichte. Totenstille. Totenstille. / Nicht ganz. Es ist eine Grille. (Beinahe ein Gedicht?)

264. Werner Kraft an Wilhelm Lehmann

29.7.52
Jerusalem

Lieber Wilhelm Lehmann,
was bedeutet das denn, daß Sie gar nicht mehr schreiben? Haben Sie die Beziehung zu mir abgebrochen? Das kann ich nicht glauben, obwohl es mir als plausibel erscheint, wenn ich an die leere Hülse denke, die ich mir zuweilen bin! Haben Sie die Beziehung zu sich abgebrochen und sind inkommunikabel geworden? Das will ich nicht glauben. Sind Sie krank? Das scheint mir höchst unwahrscheinlich, denn ich habe neulich der N. L. W. entnommen, daß Sie in Nizza sind, mindestens waren, und da ist man krank höchstens im Sitzungssaal, wenn die Leute anfangen zu reden, nicht aber draußen, wo es, so denke ich, schön und natürlich zugeht .. Wie ich es drehe und wende, ich habe keine Erklärung aber dafür das etwas traurige Faktum, um das sich meine Hand behutsam schließt, in der Hoffnung, daß dem Nichts vielleicht doch das Etwas als ein allerfeinster Duft des Lebendigen entströmen wird ..

Was mich betrifft, so kann ich nur sagen, daß es heiß ist. Ich bin daher nicht sehr aufgelegt, viel zu erzählen. Mir fehlt der elektrische Funke, die Anregung durch Sie .. Gerade habe ich mit tiefster Anteilnahme den Band Briefe von Valéry gelesen, der jetzt erschienen ist. Das ist für mich ein wahrhaft erregender Mensch: so viel Verzweiflung, so viel Leichtigkeit, so viel Ernst, so viel Witz, so viel Ruhm und so wenig Eitelkeit .. Aber das sind nur Worte, man muß das Seite für Seite lesen und sich davon durchdringen lassen. – Kafkas Tagebücher: nichts fehlt ihm zur Größe als ein wenig Sonne: und er hat ein Vorurteil gegen sie (das er erst hier hätte haben können, aber anders ..). Dies ist nur ein dürftiges Lebenszeichen, lieber Wilhelm Lehmann, ich warte auf Nachricht. Immer

Ihr Werner Kraft

Herzliche Grüße an Ihre liebe Frau!

Unser Junge hat schon aus Washington geschrieben.

Wann werden wir uns wiedersehen? Ganz vage planen wir für nächstes Jahr, aber –? Wer kann jetzt Pläne machen?!

Nein, von dem Dichter Holthusen hielt und halte ich nichts. Die ›Ode‹ im letzten ›Merkur‹ habe ich als gut gemachten Schwindel gelesen, der dem ›höheren‹ Publikum glatt eingeht. Das Gedicht ›Urlaub‹ von Borchardt dagegen in der letzten Neuen Rundschau finde ich groß.

265. Wilhelm Lehmann an Werner Kraft

Klein-Wittensee, 10.8.1952 Sonntagnachmittag. Es ist zwar warm, aber immer regnerisch, schädlich fürs Getreide, das aufs Einfahren wartet, keine Helligkeit, kurze Gewitterschauer, Nemesien können nicht blühn.

Lieber Werner Kraft,
nein, nicht Trägheit des Herzens, sondern Widerwille der Materie, Müdigkeit. Verzeihen Sie, daß ich Sie ungeduldig mache, wie ich es wäre, wenn Sie nicht schrieben. Die Hochzeit Ihres Kindes haben wir in Gedanken mitzumachen versucht: die heiße Landschaft versuchte ich mir mit Nizzas Hilfe vorzustellen. Die Helligkeit dort war glorios, nie gestört, aber ich war nicht recht wohl, die Hitze strengte mich zu sehr an, jeder Weg wurde mir schwer. Das Home office hatte endlich einmal statt für Helsinkis Fußballer Geld für deutsche Schriftsteller gegeben, am 24. PEN Kongress teilzunehmen = 500 Mark, das war für mich Anlaß, das Mittelmeer zu sehen. Es ist also da, und während hier der Regen das Korn immer wieder durchnäßt, liegen Provence und Riviera und Jerusalem in üppigem Licht. Eine Frucht war das beigelegte Gedicht »Antibes«. Nach dem Kongresswirrwarr schloß ich mich, des Französischen kein Meister, weil ich noch ein paar Tage an der Küste (Juan-les Pins) sein wollte, einem Ehepaar Herbert Günther an, seiner Frau, einer blonden Russin, Tochter des verstorbenen Komponisten Glasunow, harmlos und heiter: er ist Korrespondent für deutschen Rundfunk- und Zeitungsdienst, sehr gross, Tenortypus, gewandt, ich glaube gutherzig, so ein Mann, der alle Schriftsteller nicht nur aufgesucht hat, sondern 25 Jahre mit Jedem gut bekannt oder befreundet ist, wobei herauskommt, daß er zwischen Agnes Miegel, A.R. Meyer, E. Wiechert, W. Schmidtbonn usw. usw. keine Unterschiede macht, ein Fleckchen Nationalsozialismus nicht übelnimmt, ein gutes Gedächtnis, immer erzählend – auch

solche Maklernaturen muß es vielleicht geben, ich hörte nur halb hin. Bücher, die er mir schickte, heißen natürlich »Glückliche Reise« und sind unterhaltsame Klebearbeiten, [... Auslassung in Transkription] In Klammer: Hans Hennecke hab ich ganz von meiner Tafel Gewährsmänner gestrichen, das ist nichts, das sind doch nur words, words und trifft nie ins Wahre und wie es unzählige gibt: passend für Westermanns Monatshefte und die Leute, die, wenn sie Bonsels lesen, glauben, sie nähmen an Nietzsches Gedankenwelt teil. In Nizza wiesen zwei reizende englische Autorenschwestern einen belgischen Dichter Maurice Carême auf mich hin. Trotz meines entsetzlichen Französisch sprachen wir lebhaft über Verse (ich war dann erschöpft und rannte weg), er schickte mir drei Versbücher, darunter ein entzückendes Poème pour les enfants. (Es ist leichter, aus dem Englischen zu übersetzen. Suhrkamp brachte die ältere Schrift eines Hochintellektuellen heraus, an der ich nur den Titel Palinurus schön finde, da wird S. Beuve zitiert, aber in einer kraftlosen Übersetzung verkrümeln seine Aphorismen zu Banalitäten). Ich zitiere eins:

L'éléphant

Dis maman,
Pourquoi n'a-t-il pas de roulettes,
L'éléphant
Qui tire la charrette
Avec un clown dedans?

Dis, qu'il est maladroit,
Avec ses gros pieds plates!

Est-ce pour le rendre plus comique
Que le monsieur du cirque
N'a laissé des roulettes
Qu'à la charrette?

Ah! Saint Nicolas
Serait bien étonnér [!]
S'il voyait cela!
Car l'éléphant qu'il m'a donnér [!]
en a.

Leider, fürcht ich, entspinnt sich bei so jähen Begegnungen kaum Weiteres: Kaum gegrüßt – gemieden. Was mich übrigens bei meinem

Aufenthalt in Wien sehr frappierte, war: daß man da deutsch spricht. Vielleicht ist die deutsche Sprache das Einzige, was Deutschland noch zu schenken vermag. Es rührte mich, ich begriff nicht, daß man da nicht auch eine andere Sprache sprach. Von »uns« waren Kasack (ein netter Mann: nur daß er sich so sehr sehr wichtig nimmt, ohne etwa herablassend, vielmehr sich demokratisch mit jedermann einlassend[)]. V. der Vring fällt mir auf die Nerven. Warum? Weil er so sehr verständnisvoll, menschlich-gelassen, etwas »égaré« nicht tut, sondern wohl ist: da ich seine Dichterei für verfehlt halte, halte ich auch seine Menschlichkeit – sagen wir es so: nicht für geglückt. Martin Kessel ist nicht der kesse Kaltschnauz, sondern im Grund zart: ich muß zugeben, daß er auch mit seinen Aphorismen manchmal entgleist (z. B. schrieb er dem Günther etwas über Eltern ins Stammbuch, das fand ich scheußlich: Sie erinnern sich des Gedichts aus der »Wandlung«?) Kreuder ist ein brutal anmutendes, es aber nicht seiendes Nervenbündel, der mit seiner Frau stets mit Maschinenpistolen auf diese Welt zielt. An Edschmid rühmt man immer seine »Weltmännischheit«, allmählich wird's mir lächerlich. Was sagen Sie nun zu diesem völlig unzulänglichen PEN-Bericht? – In Darmstadt und mit der Akademie und mit der Zeitung (nur für Sie diese Mitteilung vorläufig) kriselt's. Ich weiß nicht, was »man« (Thieß, Edschmid, v. Brentano) gegen Jancke, diesen Atlas, hat. Der neue Verleger ist nicht besser als der alte, soll auch in der Luft schweben. Vollends lächerlich – ich möchte Jancke helfen, aber wie? – wird die Preisverteilung heuer. Ich war bei der Präsidialsitzung nicht: man will den Preis zwischen O. Flake und … E. Kästner teilen. Für den einen wär's ein Alterzuschuß, der andere, als best-seller, wird uns auslachen. Was hat das mit G. Büchner zu tun? (die Frage besteht allerdings auch im Falle Benn, nicht?). Jancke spricht stets von Intrigen, ich kann das von hier aus viel zu wenig über- oder einsehen. – In Schleswig wurde eine Landeskulturwoche (!) gemacht, ich wurde eingeladen, den ersten Abend zu tragen. Ich sprach über »Dichtung und Dichter heute« (las nachher Gedichte). Der Präsident, ein Graf Otfried Finkenstein – ich fürchte, heimatvertrieben, faschistisch – sagte hernach, ob er kritisieren dürfe. Ich: gewiß. Er: ihm habe das Musische gefehlt. Ich starrte ihn an, daß [!] sei ja die Grundvoraussetzung von allem, allem. (Die Leute wollen was fürs »Herz«, ich hatte von der Dichtkunst als einer hohen Disziplin gesprochen.) […]

Wie steht L. Schneider zu Ihren Gedichten? Schrieb er definitiv? Seien Sie nicht betrübt, daß niemand auf die Anzeige durch Rang reagierte! Meinen Sie, daß irgendeine Seele außer Ihnen ein Wort über meine Gedichte in der Mainummer äußerte? Ich hätte Ihnen so viel zu schreiben, daß ich aufhören muß. Immer hab ich das Gefühl, Ihnen dürfe ich nur Erwogenes schreiben. Das ist verkehrt: ich werde Ihnen in Zukunft öfter und leichtsinniger schreiben, (etwa: Wie geht es wohl jetzt in Venezuela zu?!!!). Bitte, bitte, schreiben Sie bald wieder!

Immer von Herzen
Ihr W. L.

[...] Jancke schrieb, »Die Literatur«, sozusagen Gegenblatt der Jungen (mit viel Skandälchen) geht schon wieder ein.

Picasso hat einige schöne Dinge in der Tat der Stadt Antibes geschenkt. Ihr Georgeaufsatz hat mir ein ganz neues Bild entworfen. Ich hatte zuviel mit Vorurteilen (des Weihrauches, der Pose) zu kämpfen: fast gelingt es Ihnen, sie zu vernichtigen. Ihr Valéryaufsatz, den ich nicht kenne, fand Zustimmung bei der Schweizer Bekannten: Sie schritten von Grat zu Grat und sagten mit Wenigem viel.

Mit Podszus traf ich in Frankfurt zusammen. er ist milder, geklärter, wir sprachen freundschaftlich. ja, merkwürdiger Mann! [...]

266. Werner Kraft an Wilhelm Lehmann

Jerusalem
30.8.52

Lieber Wilhelm Lehmann,
endlich haben Sie geschrieben, und ich freue mich um so mehr über Ihren Brief, als ich mir schon böse Gedanken gemacht hatte, als ob Sie mir etwas übel genommen hätten, sinnlose Gedanken, die die furchtbare Hitze der letzten Wochen hier ausgebrütet hatte. Schreiben Sie doch bitte ohne Hemmungen, was und wie es Ihnen einfällt, ohne die geringsten inneren Hemmungen, Briefe sind doch Äußerungen bei denen wenigstens ich nur auf den Menschen sehe, der sich mir mitteilt, völlig abgesehen von Stil, Ordnung oder Besonderheit der Gedanken, und so sollen Sie es auch mit meinen Briefen halten. Mich interessiert eben einfach *alles*, was Sie sagen, und was Sie sagen ist mir reizvoller als wie Sie's sagen, obwohl auch dieses mir überaus reizvoll ist. Doch nun genug hiervon! – Sie schrieben von der neuen Krise der N. L. W. Mir kommt das nicht überraschend. Wie soll denn das der arme Dr. Jancke leisten: 1) gute Beiträge bringen 2) den Verlegern entgegenkommen 3) Politik machen. Das ist unmöglich und *muß*

scheitern. Mir scheint es nur ein Abbild der Lage der Literatur überhaupt im heutigen Deutschland zu sein. Nehmen Sie etwa die letzte Nummer mit Ihren Erinnerungen aus Tübingen und meinen Aphorismen. Sie enthält eine sehr gedankenreiche Besprechung von Karl August Horst über eine Übersetzung der Gaspara Stampa. Aber dann lesen Sie einmal aufmerksam den Aufsatz ›50 Jahre Insel-Almanach‹ und darin den Absatz, wo von 1933 die Rede ist, daß die jüdischen Autoren fortbleiben mußten, weil sie für das Regime nicht mehr tragbar waren und daß trotzdem der Insel-Almanach weiter eine noble Insel der Stille und der Einkehr geblieben sei oder so ähnlich. Still gewiß, aber nobel? Nein, das geht wirklich nicht. (Jancke, der vor längerer Zeit mein Manuskript ›Zeitvertreib‹ dem Insel-Verlag geschickt hatte, hat nunmehr eine ablehnende Antwort erhalten, in der ich nicht die Ablehnung beanstande sondern den völlig unmöglichen Ton, in dem ein Lektor des Insel-Verlags sich heute ausdrückt. Als Gegenstand einer sprachlichen Analyse wäre dieser Brief sehr interessant. Das aber nur nebenbei und ganz unter uns!) Obwohl sich Podszus gewiß sehr anständig unter den Nazis verhalten ist [!], glaube ich doch, daß in der Beurteilung seines Verhaltens zu Ihnen eher Ihre Frau Recht hat als Sie, was aber nicht bedeutet, daß Sie die ohnehin oberflächlichen Beziehungen zu ihm abbrechen sollten. So geringfügig diese Sache gewiß ist, irgendwie hängt sie doch zusammen mit der merkwürdigen Unfähigkeit heutiger Deutscher, *Reue* zu zeigen, deren größte Beispiele für mich Heidegger und Jünger sind. Man hat Unrecht getan und fährt fort zu schreiben, als sei die Kontinuität der moralischen Haltung niemals in Frage gestellt gewesen. Und noch das einer *Person* konkret zugefügte Unrecht – wie bei Ihnen – nötigt zu keinem Ausspruch des Bedauerns. – Ihr Gedicht ›Antibes‹ halte ich für ein überaus reizvolles Genrebild, in dem mir die sprachliche Einheit durch das anmutige Spiel mit Fremdwörtern eher in Frage gestellt als erreicht zu sein scheint. Nun ist der Brief zwei Tage liegen geblieben, weil mir das Gedicht abhanden gekommen ist. Ich hoffe es aber wiederzufinden. Heute kann ich daher nur sagen, daß einige höchst dichterische Stellen darin waren aber das Ganze mir einen noch nicht einheitlichen Eindruck machte: etwa ›Côte d'azur‹ ist ein formelhafter Ausdruck, in dem das ›azür‹ nicht als *Azur* leuchtet. Aber wie schön, daß Sie den Azur gesehen haben!! Für alles was mit Pen-Klub usw zusammenhängt, habe ich nie den geringsten Sinn gehabt. Ich wüßte überhaupt nicht, was ich da tun sollte … Ich schreibe bald wieder. Sehr herzlich Ihr Werner Kraft

Herzliche Grüße Ihrer Frau!

Dieser Brief befriedigt mich gar nicht. Ich schicke ihn ab faute de mieux. Eine Brille ohne Gläser ist besser als gar keine, so der Komiker Valentin in München. Bald mehr und Besseres!

267. Werner Kraft an Wilhelm Lehmann

Jerusalem
6.9.52

Lieber Wilhelm Lehmann,
Ihr Vortrag über Dichter und Dichtung heute interessiert mich aufs höchste. Sollte es nicht leicht sein, ihn in einen Aufsatz zu verwandeln oder sogar als Vortrag zu veröffentlichen? Vielleicht können Sie mir sogar den Text schicken? Bei dem, was Sie über den Einwand des Vorsitzenden schreiben, daß er das Musische vermisse, fällt mir für diesen und ähnliche Fälle immer der Witz von Frau Raffke ein, die auf die Frage, wie es ihr im Theater gefallen habe, die Antwort gibt: Ganz schön aber *zur Première nicht geeignet*. (Im Scherz habe ich einmal erwogen, meinen Gedichten *diesen* Titel zu geben. Die Annahme ist nicht so ohne, daß sie *dann* Käufer fänden?!) – Nun muß ich Sie aber eines fragen: Warum sind Sie so hart gegen Hans Hennecke? Ich will ja nicht sagen, daß Sie ganz Unrecht haben, immerhin hat er gewisse Verdienste in der Vermittlung englisch-amerikanischer Lyrik, obwohl mir meistens seine Übersetzungen nicht einleuchten, aber ich muß doch bekennen, daß ich bei einem Zusammensein in Mainz *menschlich* von ihm einen viel besseren Eindruck hatte als von seinem Schreiben, und das würden auch Sie finden, er hat geradezu etwas Kindlich-Rührendes in seiner Leidenschaft für alles Literarische. Das Schlimme ist, daß er für Geld schreibt und offenbar keinen seiner Gedanken ausreifen läßt. Ist aber der ausgereifte Holthusen, der die gediegene Ware liefert, die der Markt verlangt, um so viel besser?! Ich glaube es nicht. Mein Lob Henneckes in dem Gespräch über Peter Altenberg, das Sie bald lesen werden – dieses Lob, das gewiß übertrieben ist, kann ich für den Vermittler des herrlichen Joyce-Zitats eigentlich nicht zurücknehmen, oder will es nicht, denn ich gebe diesem Autor eine Chance. [Nachtrag: Und hätte es gar nicht nötig, da er seit Jahren damit beschäftigt ist, einen öffentlich angezeigten Aufsatz über mich *nicht* zu schreiben. Einen sehr ernsthaften Eindruck habe ich von den Aufsätzen Rudolf Lennerts in Lüneburg, besonders von einem über Uhlands ›Droben stehet die Kapelle‹. Er hat *etwas* zu sagen.] Um so schlimmer, wenn Sie Recht behalten sollten! – Ich habe hier durch Zufall zwei

vereinzelte Bände aus Immermanns ›Memorabilia‹ erworben und fand in dem einen eine höchst eindrucksvolle Darstellung von Grabbe, der mir bis dahin ein ziemlich leerer Name gewesen ist, auch mit vielen Briefen Grabbes. Und darauf habe ich nun den ›Herzog Theodor von Gothland‹ gelesen. Das ist nun als gestaltetes Drama zweifellos am Rande des Lächerlichen aber als *dramatischer Ausdruck* etwas Außerordentliches und wesentlich elementarer als die unvergleichbar besser durchdachten und gebauten Dramen Hebbels (den ich im Grunde nur als Dichter einzelner Gedichte und der sehr schönen Prosa ›Meine Kindheit‹ mag. Seine Tagebücher enthalten gewiß Tiefes aber auch sehr viel auf die Tiefe hin ich möchte sagen: aus sich Heraus-Geprotztes.)

Lied

O vogelfreier Raum!
O menschenleere Zeit!
O Trümmer ohne Traumpracht!
Die Fledermaus der Freiheit
Flattert.

Wann sank die Nacht
Über versunkenes Haus?
Und habe mit Andacht
Gelebt.

Hauptmann wird hier verramscht. Ich habe einzelne Bände einer Gesamtausgabe gekauft. Ich freue mich, ›Kramer‹, ›Pippa‹, ›Ratten‹ usw wieder zu lesen. Denn er *war* ein *großer* Dichter (und *ist* es!) Aber –? Der Rest ist Schweigen.

Herzlich grüßt Sie und Ihre Frau Ihr Werner Kraft

268. Wilhelm Lehmann an Werner Kraft

Kl-W., 7. Sept. 52

Lieber Werner Kraft, eben kam Ihr Brief. Ich vernahm von der Hitzewelle in Ihrem sowieso heißen Lande & machte mir Sorgen um Sie. Wie gut, daß Sie mir Ihre Aufsätze schickten, ich vertiefte mich in den Valéry und habe daran zu kauen. Morgen, am 8. Sept, fahren meine Frau und ich hier ab: meine Frau fährt direkt nach Comalogno [!] bei Locarno, sie wird mit mir im Hause ›Barca‹ für eine Bekannte der Frau Möckli Blumen & Katzen besorgen & dafür brauchen wir kein

Logis zu bezahlen. Ich freue mich am meisten meiner Frau wegen auf die Zeit im Tessin. Es war hier ein bis zum Halse ersäufter Sommer, Regen, Regen, Kühle (gegen den trockenen in Süddeutschland, wo die Ernte mißriet, während sie hier trotz Regen nicht übel ausfiel) & wir hoffen sehr auf einige warme Zeit (Könnten Sie uns abgeben von Ihrem Zuviel!). Ich selbst fahre zuerst nach Hagen (Westf.), meinen Ältesten wieder zu sehen (schon wieder Opern- und Konzertbetrieb), dann nach Knokke an der belgischen Küste, wo eine Biennale (gestartet vom Journal des Poètes in Brüssel) vom 11-15 Sept. stattfindet, ich verdanke vermutlich die unerwartete, vom Ausw. Amt finanzierte, Einladung jenem belgischen Dichter, von dem ich Ihnen schrieb. Mir liegt gar nichts daran, dort die Herren Benn und Holthusen zu treffen (aber Krolow ist mir sympathisch, obwohl mir bei seinen Gedichten *nie* wohl wird), aber das Meer & der Golfstrom locken; dann lese ich am 19. in Wuppertal vor, kehre noch einmal bei Berthold ein & fahre dann direkt meiner Frau nach. Die Reisevorbereitungen beunruhigen. Ich lasse mich oft so treiben. Ich schrieb einige Gedichte, aber die erhoffte Septembersüßigkeit blieb aus. Dies in aller Sonntagsvormittagseile, meine Frau ist beim Packen. In Sachen Podszus haben Sie nicht Unrecht. – Ich bekam einen Peitschenschlag. Der Roman ist ad infinitum verschoben. Dr Meier wurde auf einer Erkundigungsreise (zusammen mit dem Magnaten Conzett) durch Deutschland belehrt, daß der Buchhandel nichts mit einem Autor W. L. im Sinne & darum so gut wie gar keine Bestellungen aufgegeben hat. Vorsichtige, kunst- und geistliebende Leute, fürwahr! Mir ist's eine große Enttäuschung. Ich will ja weiter nichts als es gedruckt wissen. Lese darin, wer Lust hat. Ja, der Dr Jancke! Außerdem ist er 1) Sekretär der Akademie und 2) Verwalter der Abtlg. ›Kultur‹ im Südfunk!! Von Herzen von uns beiden, Grüße & bald mehr hoffentlich aus Comologna

Immer Ihr W. L.

[Wiederholung des zuvor unleserlich und falsch geschriebenen Orts] COMOLOGNA

269. Wilhelm Lehmann an Werner Kraft

Lieber Werner Kraft, ich fühle mich ganz nomadisch & schreibe Ihnen von einer Zwischenstation bevor ich zur Ruhe komme in Comologno [!]. Ich war auf der Herreise, jetzt zum zweiten Mal bei meinem Ältesten. Er ist ein konzentriert enthusiastischer Musiker, der jetzt über der Walkürenpartitur nebenan brütet, die er einstudiert. An einen kleinen

Ort gelangt, Hagen in Westf, schafft er mit kleinem Orchester Erstaunliches. Ich will heut Abend ihn ›Salome‹ dirigieren hören (es ist eine große Sache, einer seiner Proben beizuwohnen: seine Bemerkungen sind nicht von Pappe, einen Hornisten (⟨jedem Musiker wirft er seine Stimme zu⟩ ruft er: Blasen Sie das nochmal, das klingt zu gutmütig u. dgl.) & fahre dann nach Wuppertal, wo ich vorlesen will: ein paar Vorbemerkungen über das Gedicht, dann der Abgesang, dann Gedichte. Belgien war wunderschön. Die Art, wie Arthur Haulot und der Herausgeber des Journal des Poètes die 4 Tage leitete, bewundernswert. Welche Leichtigkeit, die Deutschen werden über allem schwer. Es gab Widerspruch, es gab als man ›Gala de Poésie‹ lyrische Gedichte mit 4 jungen Schauspielern ›aufführte‹ (nach m. Gefühl unmöglich) langes Pfeifen, man treibe Schindluder mit der Poesie – all dergleichen störte nicht den Geist des Ganzen, diese Liebenswürdigkeit, die den Verkehr ölt & doch nicht verhindert, daß zwischen Einzelnen ein tiefes Gespräch zustandekommt. Gewiß, Rhetorik, jeder frz. Dichter ist gleich ›un grand poète‹ oder gar ein Prince des Poètes. Macht nichts, man hat Respekt. Ich lernte den Holthusen als einen menschlich unzulänglich-eitlen Gernegroß kennen, während Hagelstange sehr anständig als Mensch ist. Von Locarno aus berichte ich mehr. Es ist *kaltes*, regnerisches Wetter. In Flanders gab's am Meer schöne Septembersonne. Ein flämischer reicher Junggeselle Freund der Poesie & der Poeten, beherbergte Hagelstange & mich 2 Tage & fuhr uns zu einem 1914 Friedhof, wo ich die beiden erschütternd großartigen Skulpturen (dem eigenen Sohn Peter gewidmet, 1914 gefallen, ein Rosensträuchlein auf seinem Grab, alles sonst Holzkreuze auf Rasen) der Käthe Kollwitz sah: Mann & Frau trauern um den 1. Weltkrieg, sie trauern so tief, daß sie gleich für den 2. mittrauern. Die ganze Sache war viel besser als Nizza. Es war enger & persönlicher. Meine Vorlesung in Wuppertal-E. macht mir Lampenfieber. Noch einmal meine Adresse vom 21. ab: Comologno bei Locarno, Palazzo Barca. Meine Frau schreibt leider, daß es auch in Locarno regne!! Dabei fahren wir doch der Sonne wegen in den Tessin. Unser Gespräch im März in Kl-Wittensee war zu kurz. Kommen Sie bald wieder? Oder soll ich nach Jerusalem kommen? Wir sind alle geopfert, auch Berthold opfert sich, aber es ist wert, um was er seine Intensität der Welt schenkt. Die Nullen stehen hoch im Kurse. Aber es gibt *etwas*, das versucht zu *sein*. Von Herzen & mit vielen & häufigen Gedanken immer Ihr

W. Lehmann

Hagen i. West., 19. Sept. 52

270. Werner Kraft an Wilhelm Lehmann

Jerusalem
8.10.52

Lieber Wilhelm Lehmann,
auf zwei Briefe schulde ich Ihnen Antwort, den letzten aus Hagen, und schon sind Sie im Tessin, ein Hauch des Südens in der herbstlichen Luft, Ihre Frau begießt die Blumen, und Sie arbeiten oder auch nicht, warum denn arbeiten, wenn man so wie Sie im Hauch der Dichtung athmet, und trotzdem arbeiten, denn nur durch Arbeit ist der Hauch übersetzbar. Ich las eben den ›Abgesang‹, um mich für diesen Brief zu stimmen, mit manchen sprachlichen Einwänden im einzelnen, die das Ganze nicht betreffen: es ist wahrlich die Darstellung eines Hauches, Abschied, Wiedersehen, Trauer, Hoffnung, alles in einem. Wie gern hätte ich das von Ihnen gehört! Ich habe Sie ja noch nie lesen gehört, außer einmal als Sie mein Gedicht vom Granatapfelbaum sagten .. Aber nicht dies! Gewiß, wir planen eine neue Reise, auch nach Deutschland. Aber die Hindernisse sind groß. Ob es gelingen wird, sie zu überwinden, wer weiß. Das Wiedersehen von Menschen, die sich nahestehen, ist ja kein zureichender Grund für Behörden. Aber was Ihre halb im Scherz und halb im Ernst hingeworfene Frage angeht, ob Sie nach Jerusalem kommen sollen –: warum denn nicht?! Natürlich sollen Sie kommen, und wenn wir Ihnen wenig zu ›bieten‹ haben, dieses Wenige werden wir Ihnen aus vollem Herzen zur Verfügung stellen: uns selbst. Meine Frau läßt Ihnen sagen, daß sie von Ihrem Plan *fasciniert* ist. Also –? Wir erwarten eine grundsätzliche Entscheidung, damit wir in die Einzelheiten des Planes eintreten können .. Ach, der Herr Dr. Meier! Was mich angeht und den ›Wirrwarr‹, so schweigt er seit Monaten, und es ist rührend, wenn Sie schreiben, Sie wollten ja nur, daß ein paar gute Leser Ihren Roman lesen. *Eben das will ja Herr Meier nicht*, und weil die Welt verkehrt läuft, so wartet wirklich der gute Leser auf die tausend schlechten, um Ihr Buch in die Hand zu bekommen. Unlösbares Geheimnis, alles ist in bester Unordnung, und wir können nur versuchen, weiter da zu sein. Haben Sie neulich im ›Merkur‹ den Aufsatz über das Grimmsche Wörterbuch gelesen? Er war, wie Sie zu sagen pflegen, ›nahrhaft‹, und ich stelle mir vor, daß gerade Ihnen die Stelle über Littré besonders gefallen hat. Lou Andreas-Salomé: Lebensgrundriß: ein höchst interessantes und belehrendes Buch, das ich mit innerer Spannung gelesen habe. Sie schreibt vielfach nicht sehr gut, scheint sich aber in den schwierigsten Lebensumständen als ein ganz

reines Wesen bewährt zu haben, und die beiden Kapitel über ihren Mann sind geradezu aufregend, und hier ist auch das Deutsch musterhaft. Der Herausgeber in seinen interessanten Anmerkungen leicht (das ist am schlimmsten) antisemitisch, fügt bei weltbekannten (wahrscheinlich mit Unrecht) Namen wie Georg Brandes in Klammern: Cohn hinzu, komischerweise bei Reinhardt nicht: Goldmann, entweder versagt da sein Wissen, oder der gehört zu den ganz Gewaltigen, die supra grammaticam judaicam stehen. Solche Kleinigkeiten schließen für mich einen Menschen auf. Dazu lese ich noch, Beer-Hofmann komme aus dem Georgekreis und sei bekannt geworden durch ein *Drama* ›Der Tod Georgs‹, das nennt man wahrlich Philologie des Quatsches. Wozu mir einfällt, daß ich neulich von einem Dr. Moritz Hauptmann, Lektor im Insel-Verlag, einen Brief erhalten habe, in dem sein gutes Recht, mein Manuskript ›Zeitvertreib‹ abzulehnen, spachlich so formuliert war, daß ich mich frage, ob es nicht besser wäre, die vornehme Bude endgültig zu schließen und ein Plakat aufzuhängen: Wegen Mangel an Insel bis auf weiteres geschlossen. Ihr Gedicht ›Antibes‹ habe ich wiedergefunden, aber der Teufel hat die letzte Kolonne abgerissen. Bitte, schicken Sie es mir, falls das Ihnen keine Arbeit zumutet, noch einmal und weitere Gedichte!!

Mit allerherzlichsten Grüßen für Sie und Ihre Frau, die natürlich *miteingeladen* ist

immer
Ihr Werner Kraft

Kommerell: Gedanken über Gedichte – das zweite Jahr habe ich's jetzt von Ihnen, und erst jetzt lese ich es – mit Spannung! Darf ich das Buch *noch* etwas behalten? Dann schicke ichs zurück. K. ist hochbegabt und hat in einer Sprache, die aus Anmut und Affektation gemischt ist, Gedanken.

Lesen Sie von Goethe das Gedicht ›Wenn sich lebendig Silber neigt‹ aus der Marienbader Zeit mit Ulrike.

Die große Hitze ist gegangen, am Tage ists noch warm, aber der Himmel hat schon manchmal schwarze Wolken, die weinen wollen ..

Über Ihren Sohn, über Belgien – alles mit größtem Interesse gelesen.

Also in einem *Palast* hausen Sie?!

271. Werner Kraft an Wilhelm Lehmann

[Jerusalem, 12. Oktober 1952]

Sternenlandschaft

Ich gehe durch die Landschaft,
Der Abendwind geht mit,
Und sehe die Gesandtschaft
Der Sterne hocherlaucht.

Wie schön ists unterm Monde,
Wenn er zum Kreis sich schließt
Um meines Daseins Fronde
Zur Freude –

Wenn fern die Häuser leuchten
In ihres Friedens Nacht,
Bin ich mit den Verscheuchten
Der Erde hocherlaucht.

Lied […]
[vgl. Nr. 267, S. 502.]

Die tote Katze

Flüchtenden Blicks seh' ich eine Katze,

Die schon angefressen war
Und stellt das Vergessen dar,

Von Fliegenschwärmen umgeben,
Dem Leben,
der Tatze.

Ich sah sie,
Ganz nah sie,
Und flog vorüber mit einem Satze,

Die tote Katze.

Viele Grüße
W. K.

Entkommen

Entkommend auf die Erde wieder
Hier find' ich alles schön begrünt

Und habe mich der Liebeslieder
Zu junger Freude nicht erkühnt,
Eh' ich gesühnt
Den Staub an dem ich sterben werde –

O Toter, weh mir, liebe Erde!

Ich bin ja dein,
Laß mich doch sein

Der grüne Athemzug am roten Herde!

Abend über der gerechten Welt

O schöner Abend über der gerechten Welt,
O leichter Wind der Unvergänglichkeit,
O tiefe Schatten, die das holde Licht bezeugen,
O ferne Häuser mit den trauten Lampen, freundlichen,
O friedlicher Beweis des offenbaren Silberblicks der Eintracht,
O Chor der Grillen meine Ohren schrill durchklirrend,
O Steinbruch aller Hoheit der geschleiften Veste Gottes –
Friedlos ist alles, niederträchtig, und verbrecherisch, und ruchlos,
Ich habe keinen Teil an meines starken Hierseins Unrecht,
Dem ungesühnten, dem unsühnbaren, dem halben und dem ganzen,
Und gehe ruhig in die Leere ein, die liebliche,
Den schönen Abend über –

272. Wilhelm Lehmann an Werner Kraft

[Darmstadt, 22. Oktober 1952]

Lieber Werner Kraft, ich bin eben, am 22. Okt. 52 in D. eingetroffen, um aus dem trüben Schlamassel, in den die Ak. geraten ist, zu retten was noch zu retten ist. Schon Goethe: im Einzelnen mag Deutschland vortreffliche Exemplare liefern, setzen sie sich zusammen, mißrät's. Ich besuchte mit meiner Frau (die von Zürich, als Spendergaben von Möckli, ein Paket an Sie schickte) den alten Bing, an dessen Rederitis (Quälendes, ironisch Mühendes, oft den Kalauer ⟨Wer Pechel anfaßt usw⟩ nicht verschmähend, oft boshaft-witzig) ich fast zu Grunde ging, m. Frau brachte mehr Geduld auf. Wir durften eine Woche herrliche Sonne in Locarno schlucken, Vorrat für den Winter. Ich las mit innigstem Vergnügen Ihren Altenbergaufsatz, voll Bewunderung für solche Polyphonie des Geistes, Glückwunsch! Bekam auch den Gedichtbrief, noch keine Ruhe zum Lesen. – Ich befinde mich in unbehaglicher Situation hier, möchte & müßte Partei für Jancke ergreifen, höre aber von verständigen Männern, daß seine Tätigkeit sowohl als Sekretär wie als Redaktör ruinös ist. Pechel tritt sowieso zurück. Ich fürchte, O.J. wird mich des Treubruchs zeihen. Ich will versuchen, ihm die Größe einzureden, von seinem Werk einstweilen zurückzutreten! Daß er's in Leben gerufen, läßt sich ja nicht mehr wegstreiten. Möchte er doch mit diesem ›Ruhm‹ zufrieden sein! Sobald eine Idee wirklich wird, setzt sie Schmutz an. Mag man von Thieß und Edschmid literarisch gering denken, sie sind versatil genug, um in D. zu repräsentieren. Schließlich kann die Ak nicht von der ewigen Dankbarkeit gegen ihren Gründer noch vor der Verbeugung vor Edschmid d h Darmstadt leben. Das Konkret-Augenblickliche muß aber Ausschlag geben (ich persönlich hatte prophezeit, daß wir im Darmstädter Lokalpatriotismus versinken würden. J hätte Mut genug, zu einer Sezession & anderem Lokal aufzubrechen. Ich halte das für Kräfteverschwendung & absurd. So leicht findet ein Darmstadt sich nicht wieder. Ich lächle augurenhaft, ohne etwas Gescheites zu wissen oder zu können. Ach, wären Sie dabei, zu raten, zu planen. Es regnet auch hier natürlich. Die Kinder melden, zuhause sei alles verschlammt, die Bauern noch nicht das Wintergetreide in der Erde. »Ruhm des Daseins« – so soll es nun leider heißen – soll im Frühjahr 1952 erscheinen (die Buchhändler gaben 7 ⟨sieben⟩ Bestellungen auf). Sie haben Recht, uns bleibt nichts übrig, als bloß da zu sein. All die verschiedenen Meinungen der Köpfe, die ich nun dieser Tage erleben werde, bieten vielleicht ein ergetzliches Schauspiel. Man darf seine eigenen Idiosynkrasien nicht aufgeben, sind sie doch auch ›man‹s Stärke, nicht? Ich grüße Sie von Herzen. Ich sollte im Südfunk ein Gespräch mit Kasack über das Bild in der Poesie halten, aber da die Mainzer Ak. genau zur gleichen Zeit tagt wie die hiesige (Kasack ist dort Mitglied), wird's kaum was werden. Extra darum noch mal von Kl.W. nach Stuttg. kann ich mir nicht zumuten. Also wird meine Frau (die eines Bartokkonzerts wegen noch in Zürich blieb) mich hier Montag abholen & wir begeben uns dann in die Winterruhe. Könnten wir, mit Loerke, einen tierartigen Winterschlaf tun, um irgendwo heiter wieder aufzuwachen.

Immer Ihr W. L.

273. Werner Kraft an Wilhelm Lehmann

Jerusalem
25.11.52

Lieber Wilhelm Lehmann,
von ganzem Herzen danken wir Ihrer lieben Frau und Ihnen für das Schweizer Packet, das gekommen ist und von dem wir schon eine Fleischbüchse mit den angenehmsten Gefühlen der hochherzigen Spender gedenkend verspeist haben. Es ist schön, zu denken, daß solche Labsal von Menschen kommt, mit denen man nicht nur das ›Brot‹ (oder Fleisch) gemeinsam hat sondern jegliches Wort, das durch den Mund Gottes geht. Schon längst wollte ich Ihnen auf Ihren Brief aus Darmstadt antworten, der mich insofern überrascht hat als ich dachte, daß Sie viel länger in der Schweiz bleiben würden. Nun sitzen Sie also wieder, hoffentlich warm, in Ihrem Dorf, dessen eisige Kälte, als wir bei Ihnen waren, uns so wohl getan hat, denn der Mensch lebt ja nicht nach dem Thermometer, und je nach der geistigen Befeurung ist es warm oder kalt. Sie wollten meinen ›Rat‹ über die Lage in Darmstadt. Ich bin zu weit entfernt, um irgend einen Rat geben zu können, es sei denn den (der gewiß keiner ist), daß in einer Lage, in der es Gründe dafür gibt, daß Edschmid oder Thiess ›besser‹ wären als Jancke, man die Bude einfach schließen soll, selbst wenn dadurch Menschen wie wir eine Publikationsmöglichkeit weniger hätten. Ich weise Sie etwa darauf hin, daß in einem Verzeichnis von Neuigkeiten in einer der letzten Nummern der N. L. W. auch ein Buch von Blunck aufgeführt ist .. Da hilft natürlich keine ›Polemik‹ sondern nur völliges Schweigen. Dies ist nur ein winziger Bruchteil der großen Lüge. Ich halte etwa die Deutsche Rundschau für viel gefährlicher und lasse mich durch den zur Konvention erstarrenden Philosemitismus nicht täuschen. Dies ist aber nicht gegen die wenigen Edlen gerichtet, die es, wie überall, auch in Deutschland gibt. Das ist völlig fraglos. Seien wir also weise und versuchen wir nur Wahres zu denken und zu sprechen. Und dazu paßt gut, daß Sie in einem Radioprogramm mit Gedichten unter dem Titel ›Herbstmut‹ vertreten sind. Bedeutet das, daß ich etwa zu Weihnachten ein neues Gedichtbuch von Ihnen lesen darf?! Das wäre schön! A propos Gedichtbuch! Kütemeyer scheint Lambert Schneider in langen Diskussionen überzeugt zu haben, daß er meine Gedichte drucken *muß* (gegen die er sich als gegen ›Kopfgedichte‹ sträubt, was ganz unsinnig ist, sie können schlecht sein, aber Kopfgedichte sind es nicht!) Wenn dies so wäre – Endgültiges von Schneider selbst habe ich noch nicht gehört –, so würde ich es *auch*

Ihnen zu verdanken haben, und dafür danke ich Ihnen, selbst wenn er noch einmal umfiele. Der ›Merkur‹ wird nächstens fünf Gedichte von mir drucken. Ich nehme an, daß Sie von Mainz aus meine Karl Kraus-Auswahl erhalten werden. Wenn nicht, werden Sie ein Ex. erhalten. Die *sechs* Exemplare, die man mir bislang geschickt hat, zerrinnen mir hier unter den Händen. Virginia Woolf muß eine bedeutende Frau sein. In der letzten Neuen Rundschau habe ich zwei Geschichten von ihr gelesen, die mich tief beeindruckt haben. Ich schreibe bald wieder. Sehr herzlich Ihr Werner Kraft

Edler Schein

Alles ganz in Ordnung. Aber etwas stimmt nicht,
Denn das Licht, das leuchtet, glimmt nicht –
Das ist es! Vielleicht.

Aber, sieh doch, glimmt nicht
Auf dem Wasser dort ein edler Schein?
Nein.

Und er weicht
In das Dunkel. – Auch das Dunkel stimmt nicht.

Übrigens ist mir einmal die gewiß schreckliche Variation eines Sprichworts eingefallen: Kommt Zeit, kommt Unrat.

Zschokke war gewiß kein großer aber ein tapferer Geist. Immer wieder stoße ich bei ihm auf Stellen von erstaunlicher sprachlicher Dichte.

Ich schreibe jetzt endgültig an meinem Buch über Jochmann und hoffe in drei Monaten fertig zu sein. (*Aber nicht weiter sagen!*) Wie schön, daß ›Ruhm des Daseins‹ im Frühling erscheinen wird!

Unser Freund Ludwig Strauß ist sehr krank. Er hat dieselbe Krankheit wie Loerke.

Besitzen Sie vielleicht den Briefwechsel zwischen Goethe und Carl Reinhard? Wenn ja, vielleicht stoßen Sie im Register oder den Briefen Reinhards auf die Namen Schlabrendorf oder Ölsner. Das würde mich brennend interessieren.

Lesen Sie (vielleicht wieder) den Aufsatz von Fr. Schlegel über Georg Forster in den Jugendschriften (ed. Minor).

[neben zwei Klecksen:]
Bitte die Kleckse zu entschuldigen! Mein Füllfederhalter hat den Teufel im Leibe.

274. Wilhelm Lehmann an Werner Kraft

Klein-Wittensee, 19. Dez. (Geburtstag meiner Mutter) 52

Lieber Werner Kraft, sollte L. Schneider Ihre Gedichte drucken – niemand würde sich mehr freuen als ich. L. S. verhält sich mir gegenüber leider so kalt, daß ich nicht weiß, was ich gegen ihn getan hätte wo er doch allerlei für mich getan hat. – Immer noch seh ich den K. Edschm. vor mir, wie er pathetisch-hysterisch für – ja, für sein Darmstädtchen kämpfte, es in Schutz nehmend gegen wen? Gegen den armen Jancke, der statt es in zartem Kreise einmal aufseufzend zu bemerken, in öffentlicher Sitzung rief: »Ohne mich säßen Sie alle nicht hier«, worauf ein entsetzlich korpsstudentenmäßiger Ausbruch des Herrn Bischoff erfolgte. – Ich gehe mit dem Gedanken um, aus der Ak. auszutreten; Jancke rät, noch etwas zu warten. Er selbst spielt mit dem Traum einer Sezession (der ›Guten‹, vermutlich), was ich für absurd halte. Den Academia dei Linceipreis haben nicht Sie oder ich, sondern Th. Mann bekommen. Dagegen kann ich Ihnen herbgeschwellt künden, daß das Land Schleswig-Holstein mir die Hälfte seines Kunstpreises verlieh (2500 Mk), was e. kleine äußere Lebenserleichterung (die Kinder) bedeutet. Kennen oder lesen tut mich natürlich niemand hier. In Kiel hielt ich in der Goethegesellschaft einen Vortrag »Der Dichter Oskar Loerke«, worauf ich im Kieler C. D. U.blatt las, ich hätte von *Gustav* L. gehandelt. Nebel liegt vor den Fenstern, Kohlmeisen, Ideogramme der Leichtigkeit, mühen sich zierlich um die Futterringe. Agathe wird Anfang Januar in einen französ. Haushalt nach Paris fahren. Wie sehr liebe ich diese kapriziös-hartnäckige Tochter, an der meine Frau, mit Recht sicher, viel auszusetzen hat, während ich es meinem zweiten Sohn gegenüber tue, der, wohl aus Minderwertigkeitskomplexen, stets mehr sein will als er ist, immer auf sein Recht trumpft (auch durch die Soldatenzeit verdorben) & mir oft scheußlich auf die Nerven fällt. Es ist offenbar eine nicht oft vergönnte Gnade der Natur, den eigenen Bereich zu kennen, sich nicht zu übernehmen und still zu tun, was man kann.

Ich leide an mancherlei Unmutsgefühlen. Meine Frau blieb letzthin von ihren Magenschmerzen verschont: die 2500 Mk werden die Anschaffung eines Elektroherdes u. dgl. ermöglichen. Ihr Schicksal ist wie jeder Mutter beständige Sorge um die Kinder (Pelle kann auch leichtsinnige Streiche vollführen, seine Frau aber wird [ein oder zwei Worte unlesbar], sie haben eine neue Wohnung, haben Schulden gemacht & arbeiten sich ab mit ewigen Privatstunden, worüber die eigenen Kinder zu kurz kommen). Ich habe Ihre herrliche Krausauswahl bekommen, gehe sparsam damit um und versinke in Freude über die Bemerkung »Ein Sprichwort entsteht neu auf einem Stand der Sprache, wo sie noch schweigen kann« – wunderbar, das hätten auch Sie sagen können. – Ich muß oft darüber nachdenken, wieso ein Gedanke so leicht zu einer Banalität werden kann: gerade angesichts der auf obige Bemerkung folgenden, von Ihnen oft zitierten. Von Herzen Ihnen alles weihnachtlich Gute von uns allen.

Immer Ihr
Wilhelm Lehmann

Wenn Sie einmal an Jules Supervielle schreiben, sagen Sie ihm meine Huldigung.

Ruhm

Die späte Hungerharke geht,
Begierig nach letztem Schaube.
Die Raupe krümmt sich, ums Faß die Daube,
Das Jahr zu runden,
Den Wein zu spunden.
Nicht alles war umsonst, Poet.

Wo zögerte ich die lange Zeit?
Im kühlen Land, wo kein Wein gedeiht,
Nur kurz besucht von Proserpina,
Säuert die Schlehenbeere am Dorn.
Rafft aber das Mädchen die Garbe Korn,
Ist es die Nymphe, die Corot sah.

Nicht laubige Dauer
An südlicher Mauer,
Kein Lorbeer, den Laura Petrarka reicht.
Doch rankt der Hopfen wie Rebe rankt
Wenn Eichblatt im Fallen über mich streicht,
Niemandes Hände sah ich es brechen,
Sei, Niemand, bedankt:
Du hältst dein Versprechen.

275. Werner Kraft an Wilhelm Lehmann

Jerusalem
22.12.52

Lieber Wilhelm Lehmann,
so lange habe ich nichts von Ihnen gehört, und obwohl es mein Wunsch war, Ihnen zu Weihnachten zu schreiben, ist es nichts geworden, aber jetzt, zwei Tage vorher, entschließe ich mich zu diesem Brief und sende Ihnen und den Ihren mein Gedenken und meine innigsten Wünsche zum Neuen Jahr und frage vor allem, wie es Ihnen geht. Ich hoffe, daß es Ihnen gut geht und daß Sie eingeschneit und eingestürmt und eingekältet es warm haben, innen und außen und daß Sie Kraft und Mut zur Arbeit finden oder auch nur dazu, Ihren reinen Blick auf die Natur und die Menschen fortzusetzen, denn wo alles unrein zu werden droht – vielleicht schon geworden ist – brauchen wir den Reinen beinahe mehr als den Bissen Brot, der ihn ernährt. Wenigstens ich! Darum geben Sie ein Zeichen des Lebens! – Auch hier ist es jetzt Winter, und wer fühlt, daß es kalt ist, kann sich leider vom Thermometer nicht widerlegen lassen. Aber es geht uns im ganzen gut. Unser Junge hat starke amerikanische Eindrücke, und Alisa freut sich in rhythmischem Wechsel von Arbeit und Vergnügen ihrer jungen Ehe. Sie lernt jetzt für ihren Kibuz Blumenzucht, das muß sie gerade Ihnen näher bringen. à propos Blumen, ich habe gerade das Buch ›Der leidenschaftliche Gärtner‹ von Rudolf Borchardt erhalten, das müßten doch *Sie* lesen, kennen Sie es? In der N.L.W. werden Sie mein ›Liebeslied‹ nach Charles van Le*r*berghe (das Sie schon aus meinem Gedichtmanuskript kennen) gelesen haben. Leider ist es durch zwei Druckfehler entstellt. Der Dichter heißt nicht Leberghe, es fehlt ein r, und es muß heißen ›*ins* klare Feuer‹, nicht ›das‹. Ich liebe dieses – im Original viel schönere – Gedicht, und daß ich auf die Reime verzichtet habe, hat mir die Möglichkeit gegeben, ein deutsches *Gedicht* zu machen, das an das schönere Original erinnert. (So scheint es mir, aber was finden Sie?) Inzwischen werden Sie wohl auch schon die – wörtliche – Nachdichtung eines Prosagedichts von Mallarmé aus den ›Divagations‹ gelesen haben, eines Gedichts, welches in seiner bloßen Möglichkeit mir erklärt, warum es Mallarmé auf völlig natürliche Art gegeben war, seinen Antipoden Zola aufrichtig zu bewundern. Stellen Sie sich vor, daß George die ›Weber‹ hätte bewundern können?! Aber was ist das für ein beunruhigend seltsamer Dichter, der Otto zur Linde heißt und von dem bei Piper soeben ein Auswahlband erschienen ist?! Das ist eine inkommensurable Mischung

zwischen Dilettantismus und Genie, höchst lesenswert im Negativen und Positiven. Ich bin müde. Darum schließe ich, mit dem Versprechen, bald wieder zu schreiben, und in der Hoffnung Ihres Briefes

Immer
Ihr
Werner Kraft

Zschokke an Karl von Bonstetten 1825:

›Sie mögen schreiben, in welcher Sprache Sie wollen, französisch oder deutsch, Sie schreiben wahrhaft gut. Es gibt keine Regeln für den Stil; ehmals glaubt' ich das nicht. Man soll die Jugend nur zum Reichtum von Worten und zur Gewandtheit im Ausdruck bringen, dann gibt sich die Schreibart von selbst, und wird, was der Geist ist, der seinen Gedanken in das Wort einschleiert, um ihn andern Geistern übergeben zu können.‹

(Welch ein wunderbares Wort: einschleiern! Finden Sie nicht auch?)

Es könnte sein, daß 1953 wir wieder einmal nach Deutschland – aber genug! Schweigen wir! Noch ist alles ungewiß, und dennoch?!!

Spät

Wer da müde soll nicht singen,
Aber seiner Jugend Frische
Mag ihm leise noch erklingen
Durch die späte Lässigkeit.
Still sitzt er am Tische,
Dunkelnd mit den bleichen Dingen
In der Zeit.

Dennoch schien es dieses Tages,
Daß der frühsten Liebe Tiefe
Aufwärts stiege kraft des Schlages
Eines Herzens, das geweiht
Leidend nie entliefe
Treu' um Treue des Vertrages
Vor der Zeit.

Also steh' ich auf dem Boden,
Den der Erde Beben schüttert
Nebst den singenden Pagoden,
Als ich selbst und eingereiht,

Wie das Vieh gefüttert,
Wie der Mensch in Feuertoden
Dieser Zeit.

Man sagt: das Kommen, und: das Gehen. Man hört in diesen substantivierten Infinitiven den Infinitiv. Man hört ihn noch in: das Sterben. In: das Leben hört man ihn nicht mehr. Welch ein Tiefsinn der deutschen Sprache!

276. Werner Kraft an Wilhelm Lehmann

Jerusalem
7.1.53

Lieber Wilhelm Lehmann,
sehr herzlichen Dank für Ihren letzten Brief, der voll war von den wichtigsten Nachrichten. Das ist doch wunderschön, daß Sie einen Preis erhalten haben, und daß man Sie nicht versteht, das ist doch ganz in Ordnung, denn *wenn* man Sie verstände – das reine Sein ist ein Angriff auf das unreine – würde man doch nicht Ihnen den Preis geben. Ich wünsche mir immer einen Brief, der etwa lautet: Wir haben Ihre Anthologie gelesen, finden sie offen gestanden gar nicht besonders, aber da wir nichts Besseres haben und sie in unser Programm paßt, haben wir uns entschlossen, das Buch herauszugeben. – Ein solcher Brief wird nicht geschrieben, wohl aber habe ich einen von Dr. Hirsch (S. Fischer) erhalten, in dem steht, daß dieser von der Lektüre der Anthologie ›fasciniert‹ (wörtlich!) war, daß es ihm aber leider ganz unmöglich ist usw Ich habe ihm jetzt Verzicht auf Honorar für die erste Auflage angeboten, aber auch das wird nichts helfen. (à propos Anthologie! Die Grabschrift von Frau von Stein ist *wirklich* von ihr, wie mir das Goethe-Haus in Frankfurt bestätigt hat!) Wunderschön auch, daß Agathe jetzt in Paris ist! Sie soll sofort an unsere Freundin Hedwig Scheiner schreiben 71, rue du Cardinal Lemoine, Paris V^e^, die ganz im Bilde sein wird, wenn sie Ihren und meinen Namen nennt. Sie wird einen überaus warmen und reifen Menschen kennenlernen, dazu eine Landsmännin aus Hamburg, die früher Sachau hieß. Sie hat wenig Geld, ist aber ungeheuer tapfer und ebenso hilfsbereit. Da sie zu Weihnachten nach Deutschland fahren wollte, wäre es immerhin möglich, daß sie noch nicht zurück ist, aber es kann sich eigentlich nur um eine kurze Zeit handeln! – Ich finde Ihr Gedicht *sehr* schön, besonders den Anfang und den Schluß, aber

auch die Mitte. Hier einige geringere Einwände, besser: Vorschläge! Statt ›Ist es die Nymphe‹ unbedingt: Ist *sie* die Nymphe. [Nachtrag: Noch kühner: Bist du die Nymphe!] ›es‹ ist gehorsame Grammatik, ›sie‹ lebendiges Leben, denn *das* Mädchen ist weiblich und hat ein Recht auf *ihre* Weiblichkeit. Ich weiß nicht, ob das Gedicht bei so gediegener Echtheit und Einfachheit des Gefühls nicht zuviel Bildungsstoff enthält. Wie wäre es, etwa zu sagen: Kein Lorbeer, den Liebe dem Dichter reicht (denn eigentlich reicht ja nicht Laura Petrarka den Lorbeer sondern umgekehrt)?! Wie dem sei, aber ›Petrarken‹ ist *nicht* schön, wie ja auch Goethen nicht (nicht mehr) schön ist. Auch das ›Poet‹ in der ersten Strophe überzeugt mich nicht ganz. Sie reden ihn an und fahren mit ›ich‹ fort. Wie wäre es, wenn Sie ihn opferten und ›einfach‹ sagten: Nicht alles war zu spät. (Der ›unreine‹ Reim auf ›geht‹ ist rein, und Sie hätten einen guten logischen Anschluß an ›zögerte‹ gewonnen!) Denken Sie darüber nach, das Gedicht ist es wert, auch von den geringsten Trübungen befreit zu sein und im eigenen Licht zu strahlen. – Und wieder treten wir gemeinsam auf, in Zürich! Wie schön und kernhaft ist vieles von dem, was Sie über das Gedicht sagen und mir aus der Seele gesprochen! Aber Benn? Ich zucke immer zusammen (Sie ja auch übrigens), was ist das freilich gegen Jünger, den selbst ein Jude, wie Stössinger, den ich sehr gern habe, ernst nimmt?! Da fange *ich* einfach an zu spucken. Dabei hat Benn meiner Meinung nach sachlich Unrecht: Der ›Zauber‹, das große Zauberwort Georges, ist nicht mehr tragfähig für eine stichhaltige Erklärung des Gedichts als eines Geheimnisses innerhalb des Ganzen der Kunst. Ich würde weit eher sagen – es fällt mir gerade ein, und ich gebe es gern wieder preis, falls Sie dagegen sind –: Das Gedicht ist wahnsinnig gewordene Vernunft, die klingt. Es hat mich sehr gefreut, daß Sie von meiner Kraus-Anthologie einen Eindruck haben. Bitte verbessern Sie S. 91 Z. 2 von unten: Mit den Kutschern für: Mit Kutschern. – Die Schilderung von Darmstadt ist eindrucksvoll. Eine Sezession der Guten? Ich habe gerade Rahel Varnhagens umwerfendes Wort gelesen: *Alle Menschen sind gut, aber sie taugen nichts.* In der Kunst gilt noch immer Schillers: ›Der Starke ist am mächtigsten allein.‹ (Und zu zweien ist er noch stärker!)

Ich grüße Ihre Frau und Sie selbst sehr herzlich

Ihr
Werner Kraft

In dem Kapitel aus den Aufzeichnungen Henry Adams ist hinreißend der Abschnitt über Swinburne.

Swinburnes ›Ballade von Lasten‹, die ich nur aus Borchardts sehr schöner Übersetzung kenne, ist also ein Jugendgedicht. Das ist überaus erstaunlich! Das Gedicht enthält Greisenweisheit!

277. Wilhelm Lehmann an Werner Kraft

[Hamburg, 5. Februar 1953]

Lieber Werner Kraft, ich sitze am 5. Febr. in kurzem Sonnenblick (bei sonstigem leichten Schneegestöber & dem üblichen aufgeweichten Wetter) am Altonaer Bahnhof: die Goethegesellschaft hatte einen W.L. Abend veranstaltet, Dr Ibel, temperamentvoll donnernd, mit allen möglichen Zusammenhängen (Jung, christl. Renaissance u. dgl.), hielt einen Vortrag, dessen Rationalistik aber doch, weil er von persönlicher wirklicher Teilnahme u Kenntnis aufgesogen wurde, zu mir hinführte. Eine Sprecherin (etwas zu sachlich, die Angst vor Gefühl & Pathos ist allgemein) sprach 13 Gedichte. Stellen Sie sich vor, daß man mir, widernatürlich wie's im Grunde ist, den halben Lessingpreis (5000 DM) zuerkannt hat, der Partner ist der brave A. Goes (den mir, wie Hagelstange meint, R. A. Schröder »ins Bett gelegt« hat). Immerhin, die 5000 Mk können wir brauchen & Sie werden es an Paketen aus der Schweiz merken. Wir fahren am 10. nach Ascona: meine Frau hat ein besseres Klima bitter nötig. Ich habe in Hamburg, die Stadt immerhin meiner Mutter & Kindheit, heimatliche Gefühle gehabt & eine Reihe vortrefflicher, wirklich interessierter Leute kennengelernt. Es gibt noch den alten »königlichen« Typus hier, bei viel Ehrgeiz und Betonung der irdischen Verhältnisse. – Von Ihren Bemerkungen zu »Ruhm« werde ich wohl Einiges beherzigen, Ihr Name gehört dann neben den meinen. Gathi, die etwas problematisch aus Paris (bei allem Glück) schrieb: die Wohnung, ihr »Zimmer« ist entsetzlich eng, die ganze Familie trocknet sich an einem kleinen Handtuch ab, es scheint das Gegenteil des engl. Haushalts zu sein, wo die Wohnung weit, die Leute eng waren. Der Mann ist expert comptable, hat Interessen, löst Navigationsaufgaben, hat eine Yacht und ein Auto, aber G. sehnt sich nach frischer Luft (am Ende gewinnt so Klein-Wittensee so in ihren Augen), wiewohl sie vom Licht in P. & den Kunstdingen hingerissen ist. – Ich selbst kann hier in H. das Wichtiggenommenwerden nicht ganz verstehen, gewöhne mich dran, freu mich aber wieder zu entfliehen. Lebt man so isoliert wie ich, erstaunt man, daß *doch* auch unter Menschen hier ein geistiges Interesse lebt. Tausend Dank für Ihren schönen und lieben Brief. Ich schreibe Ihnen vom Tessin aus (Adresse: Casa Helwig, Ascona)

Das ständig weich-trübe Wetter deprimiert; wären Sie hier, würden Sie mir helfen, ihm »geistig zu trotzen«, wie Sie sagen. Mit Benn haben Sie natürlich Recht, noch unsympathischer ist mir das Treiben der Holthusen und de Haas. Wie seltsam, daß sich doch ein Massstab in einem aufrichtet, zufolge welchem man neben Tagesflüchtigen und ›Bleibenden‹ unterscheidet. Hier ist ein Buchhändler Saucke (bei dem ich gestern zu Gaste war), fein, belesen, kennt viele ›Größen‹, unterscheidet gut & benimmt sich adlig-liebenswert. Ich selbst lebe eigentlich immer noch in der Zeit, da wenige Ausgezeichnete an mir teilnahmen, zu allererst Sie: heute ist es sozusagen keine ›Kunst‹ mehr & viele Menschen wissen nicht, was sie reden & verlieben sich in einen Dunst von ›Gefühlen‹, die, fühlt man näher hin, schließlich auch Frieda Schanz und Em. Geibel erfüllen könnten. – Ich las nemlich eine allerdings seichte & unhaltbare Biographie Mörikes & ich fand, unglücklich & niedergebeugt, was für ein erbärmliches Leben dieser früh zusammenbrechende Mann sich bereitet hat. Auch an Storm kann ich so rechte Freude nicht mehr empfinden. Dagegen wächst meine Bewunderung der Droste. Jeder nimmt sich eben, was seine Konstitution braucht. Viel Zeit fließt jetzt bei mir vergeblich hin. Ich wollte, Sie säßen wieder mir gegenüber im Café unter der Alster & erzählten mir von Ihren Gedanken. Da alle Formen, die früher ein Dasein leichter ertragen ließen, entzwei gingen, weiß man garnicht mehr, was eine Lebensform überhaupt ist. – Schrecklich, daß in Amerika wieder ein General Präsident geworden ist. Gestern traf ich einen Engländer, & zwar einen Romantiker, der glaubt, England fehle es an Vollkornbrot, daher erschlaffe der Unterkiefer der Engländer wegen Mangels an starkem Kauen: & daraus erkläre sich die Schlaffheit heute. Er will das ändern & leitet eine Bewegung für kräftigeres Brot ein.

Immer von Herzen Ihr W. L.

Meine Frau läßt Sie beide immer von Herzen grüßen!

Sofort habe ich Gathi Hedwig Scheiners Adresse gemeldet.

Die Gedichte von Goes sind doch höchstens *brav*. Sie guckten ja hinein. Erquickend gegen das Scheingedichte der Holthusen u. dgl. tauchte ein Walter Höllerer auf (Literaturhistoriker in Heidelberg).

Ist Opposition immer nötig? Könnte man nicht gut ohne Gegner leben?

278. Werner Kraft an Wilhelm Lehmann

Jerusalem
12.2.53

Lieber Wilhelm Lehmann,
ich begrüße Sie in Ascona, und natürlich auch Ihre Frau! Gerade heute Morgen brachte mir jemand die Literarische Welt (die immer schlechter wird, aber neulich brachte sie ein Liebesgedicht von Karl Krolow, das das außerordentliche Bild von dem schwarzen und weißen Schachbrett der Schneenacht enthielt), und ich las von dem Preis, den Sie erhalten haben, am Nachmittag, als ich nach Hause kam, fand ich Ihren Brief aus Hamburg mit der gleichen Mitteilung. Wie schön! Ich wünsche von Herzen, daß dieses wohlverdiente Geld, wie man zu sagen pflegt, gut anschlägt. Und tun Sie mir den Gefallen und kaufen Sie *sich* – ich besitze es – das Buch ›Der leidenschaftliche Gärtner‹, das im Arche-Verlag in Zürich erschienen ist, von Borchardt, es muß Sie brennend interessieren, und ich möchte sehr gern wissen, was Sie dazu sagen. Und noch dies, damit ich es nicht vergesse: Vielleicht lesen Sie schon die Korrekturen zu Ihrem Roman. ›Ruhm des Daseins‹ ist ein *schöner* Titel, aber ›Der Provinzlärm‹ ist ein *authentischer* Titel. So heißt dieser Roman, und wenn der Widerstand Dr. Maiers nicht zu überwinden ist, so sollten Sie wenigstens sehen, daß er in einer Anmerkung zu Anfang oder Ende des Buches als der *frühere* Titel in Erscheinung tritt. Ich halte das nicht für unwichtig. Ich freue mich Ihrer Erfolge, wenn sie auch, auf die Goldwage des Gewissens gelegt, keine Erfolge sein mögen, aber auch die Selbsttäuschung, falls er sich nicht täuschen läßt, braucht der Künstler. ›Ich lasse mich täuschen, so lange ich will‹ hat Karl Kraus einmal geschrieben. Was Holthusen angeht, so bin ich völlig Ihrer Meinung. In den jüdischen Kaufmanns-Kreisen, in denen ich aufgewachsen bin, hatte man nicht eigentlich für Literatur aber für *schlechte Ware* die treffende Redewendung ›Stuss mit Fransen‹, das dürfte hier vorliegen. Die Fransen sind: Verzweiflung (als Mittel zum Erfolg), Revolution (als Mittel zur Anerkennung des Bestehenden), Christentum (als schöner Schein) und dann noch etwas Mao tse King als Draufgabe, weil das auf keinen Fall schaden kann und den Westen mit dem Osten sinnvoll verknüpft. –

Auch ich möchte die Unterhaltung mit Ihnen fortsetzen, in Hamburg, in Klein-Wittensee oder wo immer. Wer weiß? Nur Geduld! Gottes Mühlen malen [!] langsam, aber zum Schluß malen [!] sie Feinmehl.

Wie schön, daß Sie jetzt den Frühling im Tessin erleben werden! Sie werden doch mindestens zwei Monate dort bleiben. – Hier kracht's. Daß Rußland die diplomatischen Beziehungen mit uns abgebrochen hat, werden Sie wissen. Ein Wahnsinniger (mit Vernunft) hat in der russischen Gesandschaft in Tel-Aviv eine Bombe platzen lassen. Die Folgen sind unkalkulabel. Aber ich bin ganz ruhig. ›Der Vogel spricht: Weil dies so ist Und weil mich doch der Kater frißt, So will ich keine Zeit verlieren Und noch ein bisschen quinquilieren‹ – oder mein Buch über Jochmann fortsetzen (*aber dies nur für Sie!*), von dem ich schon ca 150 Seiten geschrieben habe und noch ca 300 zu schreiben gedenke. Es wird die Welt nicht erschüttern, aber mir macht es Spaß, und es enthält zum mindesten großartige Zitate, die auch Ihnen Spaß machen werden. – Haben Sie meine Gedichte im ›Merkur‹ (Januar) gelesen? Ich bitte um offenste Äußerung. In ›Der Name‹ ist ein Druckfehler. Gemeint sind nicht die ›Wände‹ sondern die *Hände* des Schlafes. – Ich grüße Ihre Frau und Sie selbst sehr herzlich. Bald mehr! Immer

Ihr Werner Kraft

Ja, die Droste hat's in sich. Aber Mörike hat halbgöttlich schöne Gedichte gemacht (Erinna an Sappho, Äolsharfe) Storm bedeutet mir nicht viel außer einigen Gedichten, Goes ist gar nichts, Schröder weiß genau, was Poesie ist, hat Kunstverstand und ist doch wohl nach seinen eigenen Maßstäben kein Dichter.

Schröders Einfluß heute ist ziemlich trostlos.

Schröder oder das Juste Milieu der Oden-Dichtung (schockweise) und der religiösen Lyrik (zentnerweise). Dazwischen vielleicht doch einmal ein *echter* Ton, aber es geht nicht.

279. Werner Kraft an Wilhelm Lehmann

Jerusalem
28.2.53

Lieber Wilhelm Lehmann,
es gibt zwar schon rote Anemonen draußen, so sagt man, unser Mandelbäumchen ist schon abgeblüht, manchmal ist ein Hauch wie Frühling

in der Luft, aber es ist doch noch kalt und regnerisch. Wie mag es bei Ihnen sein? Ich freue mich auf Ihren nächsten Brief. Die Welt wird immer wüster, sie kann sich nicht entrinnen, und darum tobt sie, wenn doch in dieser Tobsucht etwas Heilendes wäre! Es gibt Menschen, die es glauben, und auch ich möchte zu ihnen gehören, gehöre wohl auch zu ihnen, aber auf eine Weise, die diese Hoffnung hegt aber nicht explizieren kann, aus Angst vor der Lüge .. Immerhin tue ich, was ich kann. So hatte ich mir die vergangene Woche Urlaub genommen, den ich ausschließlich meiner Arbeit widmete, und ich komme vorwärts. Die höchste menschliche Tugend, von Gerechtigkeit und Liebe abgesehen, ist wohl die Geduld, und ich glaube sie bis zu einem gewissen Grade zu besitzen. – Neulich habe ich Alisa Gedichte von Goethe vorgelesen. Sie hat etwas gespürt, und das ist schon viel. Ich selbst war wieder völlig hingerissen. In dem großen Gedicht ›Auf dem See‹ sind wohl das Größte die vier eingeschobenen Verse ›Aug, mein Aug‹ usw. Vielleicht treten die *goldnen* Träume da zum ersten Mal auf, aber dann: ›so gold du bist‹, und dann: ›Hier auch Lieb und Leben ist‹. Läse man ›hier auch‹ als Trochäus, wäre der Vérs gléichgǘltig. Groß wird er erst dadurch, daß man lesen muß: h̄ier āuch L̄ieb usw Drei Hebungen stoßen aufeinander, genauer: drei vollwertige Begriffe (deren Ton*stärke* dazu noch verschieden ist!), und dann folgt das normale Metrum. Weiter: Lieb und Leben, durch Stabreim verknüpft, gehören zusammen, sind aber rhythmisch getrennt. Indem Lieb zu der schweren Einheit der ersten Hälfte gehört, kann Leben in trochäischer Erstreckung in den zweiten Teil des Verses verfließen. Der ganze Vers ist ein Wunder, als hätte Goethe gar nicht vorher gewußt, was ein Vers ist und ihn, nicht diesen Vers sondern den Vers überhaupt, im Dichten hervorgebracht. Was sagen Sie zu dieser Deutung? Und auch das fiel mir zum ersten Male auf, daß es in dem Refrain des unsterblich-schönen Mignonliedes ›Kennst du das Land‹ jeweils heißt: Dahin! / Dahin möcht' ich usw Das erste Dahin ist der Triumphschrei der Sehnsucht oder der nach Italien ausgestreckte Zeigefinger des Kindes, das zweite, als Enjambement, die Ausführung, die Reise selbst. (Übrigens heißt es in der Theatralischen Sendung, wo die Art beschrieben wird, wie Mignon das Lied sang: ›Mit Feier, mit einer Pracht‹, und im Meister an derselben Stelle nur ›feierlich und prächtig‹, ein kleines Beispiel dafür, *was* Goethe aufgegeben hat, als er seine Prosa von Schlacken befreite, reiner machte, denn hier ziehe ich die Schlacken vor, ohne zu sagen, daß er mit dieser Reinigung seines Stils Unrecht hatte!) – Hat denn die gegenwärtigen Deutschen die Tarantel gestochen? Schröder ist gewiß ein kenntnisreicher, verdienstvoller

Mann, der unter 10000 Gedichten sicherlich 50 schöne gemacht hat und dem ich jede Ehrung gönne, aber dieses Röhren des Enthusiasmus, diese Selbstberäucherung [!] im Lobe, diese offenbare Lüge – ich könnte sie beweisen –, das ist wirklich unerträglich und einfach zum Speien, wie etwa die beispiellose Schmockerei von Werner Zemp im Januarheft der Neuen Schweizer Rundschau. Aber eben da sollten Sie, wenn Sie es noch nicht getan haben, den überaus ›nahrhaften‹ (W. L.) Aufsatz von Walther Böhlig über Winckelmann lesen. Er ist geradezu spannend. Und nun bitte ich Sie noch, darüber nachzudenken, wo Sie Ende Mai sein werden, damit wir rechtzeitig unsere Dispositionen treffen können, *wenn* –? Noch ist alles ungeklärt, aber den lieb ich, der Unmögliches begehrt, und der Zufallsreim möge ein gutes Vorzeichen des Sinnes sein!

Alles Gute und Schöne für Ihre Frau und Sie selber, auch von meiner Frau, immer, von Herzen,

Ihr Werner Kraft

Ein ganz wunderbares Gedicht von Goethe – isoliert unter seinen wunderbaren – ist das Elfenlied: ›Um Mitternacht, wenn die Menschen erst schlafen‹ usw Wo bleiben neue Gedichte von Ihnen und was macht der ›Provinzlärm‹? (Adorno: ›Gerade die Großartigkeit der Folgerungen mag unversehens den Charakter des Provinziellen annehmen.‹ Minima moralia S. 287).

280. Werner Kraft an Wilhelm Lehmann

Jerusalem
25.4.53

Lieber Wilhelm Lehmann,
ich danke Ihnen für den Provinzlärm und beglückwünsche Sie von ganzem Herzen zu diesem äußeren und inneren Erfolg, der unabhängig ist von der Wirkung, die das Buch finden wird. Ich habe es mit einer Spannung gelesen, als kennte ich es noch gar nicht. Es ist frisch wie 1933, als ich das Manuskript las. Sie kommen mir vor wie einer, der einen Felsen anbohrt, und es kommt lauteres Wasser heraus. Dies ist keine Folge eines Wunders sondern die Folge der schlichtesten menschlichen Zuversicht, die das Sein durch Annahme *aller* seiner Bedingungen gleichsam in die Enge treibt .. Ich sage heute nicht mehr, denn wie ich mir die Zeit zur Lektüre ablisten mußte, so die zu die-

sem Brief, *denn* – und nun kommts –: Wir, begleitet von Alisa und ihrem Mann, fahren am 6.5. hier ab, nach Neapel, werden ca 10 Tage in Italien sein, dann Zürich usw, dann Deutschland, dann Paris. Gegen Ende August müssen wir zurück sein. Die Kinder fahren von der Schweiz nach England, wir sehen sie in Paris wieder.

Wo aber stecken Sie? Ich weiß nichts von Ihnen. Werden Sie noch in der Schweiz sein? Das wäre herrlich! Wenn nicht, sehen wir uns in Klein-Wittensee. *Wir freuen uns.* Auf jeden Fall schreiben Sie bitte eine Zeile nach Zürich, an die Adresse von Herrn Felix Stössinger, Mühlebachstraße 37, damit wir wissen, woran wir sind. Ich habe meine Arbeit im ersten Entwurf beendet. [Nachtrag: Bitte nicht darüber sprechen.] Aber es ist noch viel zu tun. Ich hoffe, es geht Ihrer Frau und Ihnen gut.

Wir grüßen Sie beide
herzlich
Immer Ihr
Werner Kraft

Der Wind

Es geht vorüber wie der Wind,
Der bleibt,
Und also wird das Kind
Zum Greis.
Schön wölbt das Dasein über den,
Der ging,
Und also darf ich stehn
Im Wind.

Im Abendwinde

Der Abend und der Wind,
Weil sie die Liebe sind,
Erfinden sich zusammen
Die Seele,
Ich fehle
Dem eigenen Entflammen

Und suche zu entwinden
Den Abendwind dem Schwinden,
Den Stern dem Firmament,

Ich habe
Die Labe,
Mein Dunkel brennt.

281. Wilhelm Lehmann an Werner Kraft

Klein-Wittensee, 28. April 53 (nach einem erfrischenden Regen, nach Tagen toten, recht kühlen Wetters: zages und hartes Blühen)

Mein lieber Werner Kraft,
Seit drei Wochen sind wir zurück. Der Aufenthalt im Tessin tat uns gut, ich habe dort leichter geatmet in der dünneren, trockeneren Luft, wir froren anfangs auch dort: angelangt im Gepäckraum des Locarnoer Bahnhofes, meinten wir, die Kellerkühle hätten wir auch in Kl-Wittensee. Aber dann wurde es bald eine immer sonnige Zeit, meine Frau blieb von Magenschmerzen verschont & auch mir ging's ganz gut. Eine sehr herzliche Einladung, durchs Telefon von Frau Ninon Hesse, nach Montagnola, lehnte ich ab. Ob ich recht tat, weiß ich nicht. Hesse hat von einem amerik. Mittel Erleichterung pausenloser Schmerzen erfahren, wehrt sonst überhaupt Besuch ab: ich hätte also wohl ›stolz‹ auf die Einladung sein können, doch liegt mir so etwas nicht, außerdem war Suhrkamp gleichzeitig zu Besuch, das war aber nur ein mitbegründender Nebenumstand. Das Schönste ist (ich weiß nicht, ob Thomas Mann dazu imstande gewesen wäre: nach Aussage des alten Trebitsch, der, unter uns gesagt, mit 83 Jahren ebenso unbegabt geblieben ist wie er es immer war: zu Heimanns Zeiten. H. verschaffte mir damals einen Verdienst durch Verbesserung von Tr's Shawübersetzungen. Shaw, gefragt, wie er mit seinem Übersetzer fahre, antwortete: ›Recht gut, ich verstehe kein Deutsch und er kein Englisch.‹ Fritz Heimann, nicht ganz gut fahrender Sohn Moritz Heimanns, der den ganzen generösen Stil der Güte von seinen Eltern geerbt hat, aber sonst zickzack steuert, Farbfotograf in der Filmbranche, machte mich auf Ts Vorhandensein in Zürich aufmerksam), also: das Schönste war, daß Hesse alles verstand, mir herzlich wiederschrieb und den Provinzlärm als »ein aufregendes, unvergeßliches Buch« pries, nachdem er mir auch schon über die ›Mühe des Anfangs‹ reizend geschrieben hatte. Und nun, was zuerst hätte kommen sollen: auf das erste Blatt des schön geratenen Buches – Sie haben es doch bekommen! – sollen Sie sich zum 4. Mai 53 die folgende Widmung denken, zumal es sich ja recht eigentlich um *Ihr* Buch handelt:

Dem Ersten unter seinen lebenden Freunden, dem lieben, bedeutenden Freund
Werner Kraft
als Gruß des Herzens
W. L.

Ja, das war nun nicht mehr möglich, wenigstens zu notieren, daß für mich der Titel immer bleiben wird wie er zuerst hieß (Ihrem Vorschlag bildete ich nur in der Phantasie noch nach: Der abgesetzte Herzog). Ich bin heilfroh, daß diese Schlangenhaut nun abgestreift ist und in der Sonne glitzern mag, und mag sie aufheben, wer will. Bedenkt man, daß das MS fünfundzwanzig Jahre vergeblich bei fast allen Verlegern Deutschlands zu Besuch gewesen ist, dann ist's begreiflich, daß ich den Dr Meier (der, wenn auch auf Ihren Rat, doch selbständig gehandelt hat) ungern vor seinen Brotgebern, den Herren Conzett & Huber, blamiert, das Verlegen solchen Textes als geschäftlich ruinös wissen möchte. Mir selbst aber ist natürlich die Rentabilität des Unternehmens gleichgültig.

Wie freue ich mich Ihrer Geduld, am Jochmann zu arbeiten. Ich habe mit dem Gedanken gespielt, am XXV Congreß des P.E.Nclubs in Dublin teilzunehmen: aber mir scheint die Reise, der Aufenthalt zusammen mit Hunderten unbekannter Leute, zu anstrengend. Der Verkehr mit Engländern ist an Ort und Stelle stets herzlich und natürlich, aber nie entsteht tiefere Bindung & aus den Augen aus dem Sinn. Das scheint mir dann die Anstrengung nicht wert zu sein, so gern ich Dublin, das ich 1931 nur flüchtig als pennyloser Mann sah, ordentlich & das romantisch verehrte Land überhaupt wiedersehen möchte. Ein Franzose, Germanist aus der Sorbonne, brachte eine graziöse Notiz über meine Gedichte in ›Hommes et Mondes‹: auch legte er mir ein paar von ihm deutsch verfasste Verse vor, was Anlaß zu einigen ›artigen‹ Betrachtungen bot: einen selbständigen Wert schienen sie mir (abseits der Kuriosität als solcher) nicht zu haben, es lief auf eine sanfte, mit einiger bourrure gefüllte abgesungene Eichendorffweise heraus, was er immerhin ›ce n'est pas si mal‹ fand. Komischerweise korrespondiere ich auch mit dem alten Literaturprofessor (maßgebend für die jungen englischen Deutschstudenten) Jethro Bithell: ich schreibe ihm höchst offenherzig & geradezu, er antwortet ebenso offen und drastisch. Mir scheint es aber hoffnungslos, einem Engländer das Gehör anzuzaubern, mit dem wir deutsche Gedichte hören (während ich nicht so fest glaube, daß ich gewisse englische Herrlichkeiten so falsch höre wie ein Engländer deutsche: es ist zum Lachen oder zum Verzweifeln, woran die Leute sich halten & die Valeurs von Versen stets aus dem ›Stoff‹ und nicht seiner Verwandlung heraushören.

Von der Akademie nur Verdrießliches. Jancke hat sich, auf Grund ganz gewiß umgangsmäßiger & taktischer Verstöße, die Darmstädter ›Elite‹ zum Feind gemacht. Diese hinwiederum behandelt ihn und seine die Akademie anders wollenden Ansätze mit einem unweisen, bitteren Ernst, d.h. sie geht gar nicht darauf ein. Fruchtbare Erörterung unter Leuten verschiedener Meinung scheint in diesem Lande ein für alle Mal unmöglich. Meine Antwort, ziemlich leichtsinnig, lautet: Wenn man einen Menschen schätzt, soll er ruhig Fehler machen! ich brauche ihn ja darin nicht zu unterstützen. Weniger komisch ist's, daß eine Hidalgoerscheinung à la Edschmid es tatsächlich mit seiner ihm allmählich an die Haut angewachsenen Prätention, den weit vorausgeschrittenen »europäischen Schriftsteller« zu markieren, es fertig bringt, gewisse ›maßgebende‹ Kreise [Nachtrag: Unesco!] zu sich und seiner immensen Bedeutung zu bekehren. – Die Ak. will jetzt in der deutschen Lehrerschaft ›Fuß fassen‹. Dazu könnte ich ja schließlich auch mein Wörtlein beisteuern: aber ich bin dergleichen herzlich satt & halte es auch für im Grunde steril. Weder in Mainz noch in Essen (wo die D. Ak. im Juni tagen will) lasse ich mich sehen, wozu denn? Die Beziehung zur Münchener Akademie (die mir immer nur bayerische Localia zu bereden scheint: Leute wie Penzoldt, H. Braun werden überschätzt, gelten aber als Klassiker: dafür bin ich nun einmal nicht zu haben) vollends ist völlig blutleer. Ich bin vielleicht undankbar gegen Britting, der mich ja hineinehrte, aber seine Gedichte sind für mich Nullitäten und bringen das Geschäft der Sprache nicht um einen mm weiter. Mit dem Mikroskop etwa in G. von der Vrings Gedichten nach möglicherweise vorhandenen Schätzen zu suchen, will ich mir keine Mühe geben, ich habe mir ja damals schon sowieso den Mund verbrannt, als ich sein »Beim Öffnen einer Walnuß« als Miß- u. Fehlprodukt aufwickelte. – O wie sehr, wie herzlich gedenke ich Ihrer, nicht nur am kommenden Montag! Möchte dies rechtzeitig Sie erreichen!

Immer Ihr
Wilhelm Lehmann

282. Werner Kraft an Wilhelm Lehmann

Jerusalem
5.5.53

Lieber Wilhelm Lehmann,
morgen früh um ½ 10 Uhr fahren wir von hier nach Haifa, um uns einzuschiffen. Heute erhielt ich Ihr so überaus liebevolles Packet, für das wir Ihnen innig danken, in der Hoffnung, diesen Dank bald mündlich wiederholen zu können, und gleichzeitig kam Ihr Brief mit Ihren Geburtstagswünschen. Unter dem Drang der letzten Tage und Wochen habe ich Ihren Geburtstag vergessen, und beinahe den eigenen. Aber auch verspätet wünsche ich Ihnen Glück und Segen.

Inzwischen werden Sie den Brief erhalten haben, den ich noch nach Ascona schickte. Auf jeden Fall wiederhole ich: Bitte schreiben Sie ein paar Zeilen an die Adresse von Herrn Felix Stössinger in Zürich, Mühlebachstraße 37, *wann* Sie im Juni zuhause sind und *wann* Ihnen unser Besuch angenehm wäre, damit wir rechtzeitig unsere Dispositionen treffen können.

Ich wiederhole auch meinen Dank für den Provinzlärm, der frisch wie damals auf mich wirkte, als ich ihn 1933 las. Sie können mit diesem Geburtstagsgeschenk zufrieden sein, das Sie sich und der Welt geschenkt haben. Ich grüße Ihre Frau und Sie selber, auch im Namen meiner Frau, die von Packen absorbiert ist, aufs allerherzlichste

Ihr
Werner Kraft

In großer Eile und Müdigkeit geschrieben.
Morgen schwimmen wir zu vieren auf dem Mittelländischen Meer in Richtung Napoli! Eine schöne Vorstellung!

Karl Kraus über Shaw: ›Dieser gut ins Englische übersetzte Trebitsch.‹

283. Werner Kraft an Wilhelm Lehmann

Lüneburg
van der Mölenstr 8
bei Breitenbach
19.6.53

Lieber Wilhelm Lehmann,
sehr danke ich Ihnen für Karte und Brief. Daß ich Ihnen für beides erst heute danke, nicht zuletzt für Ihre Einladung, hat seinen Grund lediglich in der Turbulenz unseres Reiselebens mit immer neuen Eindrücken von Menschen, Städten Landschaften.

Aber nun wollen wir sehr gerne kommen, und zwar denken wir kommenden Montag Morgen nach Hamburg zu fahren, wo ich etwas zu tun habe – ich werde vielleicht im Radio vorlesen –, und dann würden wir im Laufe des Nachmittags bei Ihnen sein. Ich hoffe, daß dieser Plan nicht mit Ihren eigenen Absichten kollidiert. Sollte es aber aus irgendwelchen Gründen doch der Fall sein, [Nachtrag: Vielleicht ist es doch besser, daß Sie hierher telegraphieren, falls es Ihnen nicht paßt, da dann meine Frau nicht mit nach Hamburg fahren würde.] (so schreiben Sie bitte gleich hauptpostlagernd nach Hamburg. Wenn wir dort keine Nachricht von Ihnen vorfinden, so nehmen wir an, daß Ihnen unser Besuch angenehm ist.)

Wie sehr wir uns freuen, Sie beide wiederzusehen, brauche ich Ihnen nicht zu sagen, tue es aber doch. Es gibt so viel zu erzählen, was in Briefe nicht eingeht.

Für heute nur auf ein frohes Wiedersehen

Ihr
Werner Kraft
Lambert Schneider will meine Gedichte drucken.

[von Erna Kraft:
Auch von mir herzliche Grüsse und auf Wiedersehen! Ich bin sehr glücklich, dass ich meinen versäumten Besuch vor zwei Jahren nun doch noch einmal nachholen kann.
Ihre Erna Kraft]

Fest
(Klein-Wittensee)

Unsres Daseins Innigkeit
Webt der Welt ein Seidenkleid,

Und das Böse stürzt zusammen,
Und des Guten rote Flammen
Werden Wein.

Lebt und laßt euch lenken,
Feuer einzuschenken
Und der Zukunft zu gedenken,
Fest im Sein.

24.6.1953

284. Werner Kraft an Wilhelm Lehmann

Berlin
28.6.53

Lieber Wilhelm Lehmann,
wir danken Ihrer Frau und Ihnen von ganzem Herzen für die drei wunderschönen Tage, die wir bei und mit Ihnen verleben durften. Alles, die heiteren und ernsten Gespräche, die Spaziergänge, die Erdbeeren, Rosen, Eulen, Wald und See, habe ich getreu in mir verwahrt und hoffe mich gelegentlich dieses reichen Vorrats an Liebem und Schönen bedienen zu können. Ich hoffe nur, daß die leise Störung, die notwendigerweise mit jedem Besuch verbunden ist, Sie nicht allzu sehr in Ihren Lebens- und Arbeitsgewohnheiten gestört hat und daß auch für Ihre liebe Frau jetzt wieder größere Ruhe eingetreten ist. Wenn wir wieder nach Deutschland kommen werden, werden wir wieder nach Klein-Wittensee kommen, das mir eigentlich mehr imponiert als Hamburg und Berlin zusammengenommen.

Was unsere Luftreise nach Berlin angeht, so kann ich nur sagen, daß der Mensch denkt und Gott lenkt. Als wir in Hamburg ankamen, erfuhren wir, daß das billige Abendflugzeug ausverkauft war. Also nahmen wir Karten für ein Flugzeug um 6 Uhr abends. Dann warteten wir wegen schwerer Gewitter in Berlin stundenlang auf die Abfahrt, um endlich zu erfahren, daß das Flugzeug überhaupt nicht mehr fahre. Es gab einen Aufstand unter den deutschen Fahrgästen, der mir soziologisch interessante Aufschlüsse über deutsche Sympathien (für Amerika) und Antipathien (gegen England) gab. Also zurück nach Hamburg, wo wir die Nacht auf Kosten der Fluggesellschaft in einem splendiden Hotel verbrachten. Am nächsten Morgen fuhren wir dann. Zu sehen war wenig, aber über den Wolken zu fahren, war höchst eindrucksvoll. Die meisten Fahrgäste hatten kein besonderes Interesse an der Landschaft. Das Wunder des Fahrens in der Luft erzeugt keinen Höhenflug des Geistes.

Höchst eindrucksvoll war das Gespräch mit Herrn Schüddekopf, das ist nämlich ein Lupinus im Weltmaßstab, wobei mir einfällt, daß heute zwischen ›Welt‹ und ›Provinz‹ kaum noch ein Unterschied ist. Diesen Mann müßten Sie einmal besichtigen. Ob er Flöte spielt, wie Lupinus, weiß ich allerdings nicht .. Ein großer, breitschultriger Mann, wahrscheinlich was man einen ›schönen‹ Mann (à femmes) nennt, der über eine ganz grandiose Sprache verfügt, in die sich mühelos ganz großartige Fremdwörter einfügen, wie sie meine staunenden Ohren noch nie gehört haben, auch wo es sich um ganz simple Dinge handelt. Als ich ihm sagte, daß ich gerade von Ihnen komme, fragt er: ›Wie geht es denn dem Patriarchen der deutschen Dichter? Ist er gesund?‹ Ich konnte ihm sagen, daß ich stundenlange Spaziergänge mit ihm gemacht habe, was ihn erfreute. Ich habe ihm nicht gesagt, daß hier ein Patriarch es mühelos mit einem Noch-nicht-Patriarchen aufgenommen hat .. Meine Briefe von Buber haben starken Eindruck gemacht. Es wird sich noch irgend etwas ergeben. Nach meiner Rückkehr aus Hamburg erneutes Zusammensein. On verra.

Leider wurde ich abgelenkt und konnte Ihnen nicht mehr meinen Eindruck von dem Gedicht von Hermann Kurz sagen. Die ersten beiden Verse sind stark, der erste noch stärker als der zweite. Aber was folgt ist leer und doch lehrreich. Mir schwebt vor, darüber etwas zu schreiben, aber ich habe den Text nicht.

Sollten *Sie* nicht Lust haben, einen Aufsatz zu schreiben über Provinz, Volk, Vaterland im Sinne unseres Gesprächs und nach dem Maßstab des Satzes von Hölderlin: ›Verbotene Frucht, wie der Lorbeer, ist aber das Vaterland. Davon koste ein jeder zuletzt‹? Ein solcher Aufsatz könnte doch sehr aufschlußreich sein. Niemand wäre berufener, ihn zu schreiben, als Sie!

Hier habe ich noch nicht viel gesehen aber manches gehört, was nicht erbaulich ist. Inzwischen sind Sie aus Hamburg zurückgekehrt und können sich wieder Ihrer Arbeit widmen. Das Gedicht, das Sie mir zeigten, würde ich gern haben, falls es nicht in absehbarer Zeit erscheinen wird.

Daß die Menschen, die sich von Natur so quälen müssen, von der Unnatur so gequält werden!

Nun leben Sie wohl! Ich grüße Ihre Frau und Sie selber sehr sehr herzlich Ihr

Werner Kraft

[von Erna Kraft:
In dankbarer Erinnerung an die 3 herrlichen Tage in Kleinwittensee!
Ihre Erna Kraft]

285. Werner Kraft an Wilhelm Lehmann

Paris Ve
71, rue du Cardinal Lemoine
chez Mme Scheiner
21.7.53

Lieber Wilhelm Lehmann,
nun ist schon wieder so viel Zeit vergangen, und doch leuchten die drei Tage schön aus ihr hervor. So vielerlei haben wir inzwischen erlebt, und als wir von Heidelberg nach Stuttgart fuhren, sah ich am Bahnhof die Literarische Welt mit meinem Aufsatz über Rilke und wurde für meine etwas eitle Freude belohnt durch Ihre Rede, die mich Ihnen wieder ganz nahe brachte ... Sie enthält das Richtige über das Wesen der Lyrik .. In Stuttgart kam uns Oskar Jancke mit bemerkenswerter Sympathie entgegen. Ich las dort also Prosa und Gedichte auf Band, und das Ganze wird zwischen 21. und 27.10. gesendet werden, so daß Sie dann bis zum nächsten Wiedersehen die letzte Gelegenheit haben werden, eine Stimme zu hören, deren Sprecher sich längst wieder jenseits der Meere befindet. Ich finde aber der Wahrheit gemäß, daß Jancke ein sehr sehr netter Mensch und doch von bemerkenswerter Langweiligkeit im Gespräch ist, wenn auch zweifellos guten Willens. Am Nachmittag des Abends, an dem wir von Stuttgart aus nach Paris fuhren, sind wir in einem plötzlichen Entschluß noch nach Tübingen gefahren, und es gelang mir, Friedrich Beissner, den Herausgeber der großen Hölderlinausgabe, vor einer Seminarübung wenigstens für eine halbe Stunde zu sprechen und so für meine Jochmannarbeit zu interessieren, daß er sie lesen und – gegebenen Falles ?! – an Mohr oder Niemeyer empfehlend weitergeben wird ...

4.8. Saint-Cloud:
Leider ist das Geschriebene viele viele Tage liegen geblieben, es gab zuviel schöne Ablenkung, der ich mich nicht entziehen konnte (und wollte!) Nun fahre ich fort (bald in die Berge bei Grenoble und am 21.8. nach Hause, von Marseille, wo ich mir einen langen Brief von Ihnen erwarte, poste restante, ein Wunschtraum, aber ich werde dort zur Post gehen und nachfragen ..) Beissner macht einen guten Eindruck. Ein großer Mann, etwas gebückt gehend und von ungesunder

Gesichtsfarbe, klug aber nicht eigentlich bedeutend. Das Komische ist, daß er mich in seiner Schrift ›Kafka als Erzähler‹ auf Grund meines Aufsatzes über Kafkas ›Ehepaar‹ in der ›Wandlung‹ als ›Übersetzer‹ ablehnt, das sind Deuter, die Kafkas Dichtung in eine dieser ungemäße Sphäre übersetzen. Die Akzentverschiebung von der ›Deutung‹ auf die Kunst (der Erzählung) halte ich übrigens für richtig und gesund, die Unterstellung dagegen, daß es bei Kafka überhaupt keine Deutung gebe, für absurd, mindestens für problematisch. Es gibt eben die *richtige* Deutung, und die ist schwer .. (Wie es ja auch das Apriori des Gedichts gibt, trotz der vielen empirischen Deutungen. Novalis: Jedes Kunstwerk hat eine apriorische Notwendigkeit, dazusein.) Wir haben uns dann schnell sozusagen ausgesöhnt, und er gestand mir sogar, daß gerade mein inkrimierter Aufsatz für ihn der erste Anstoß gewesen sei, nach früheren negativen Versuchen sich positiv mit Kafka zu befassen. (Warum sagt er dann aber in seiner Schrift nur das Negative und nicht auch das Positive?! Das verstehe ich nicht. Vielleicht Sie?) Wie dem sei, ich knüpfe an diesen Besuch einige Hoffnungen.

Um noch einmal auf Ihren Vortrag zu kommen: Von wem ist der herrliche Vers ›Um es jemals zu vergessen, war es einmal doch zu süß‹? Von Ihnen? Kaum. Hubert Breitenbach, der eine schöne Woche hier war und gestern abgefahren ist, vermutet, es sei ein Vers von Yeats? Stimmt das? Bitte streichen Sie doch meine Frage beim Lesen mit Bleistift an, damit Sie die Antwort nicht vergessen, denn sie ist mir wichtig. Merkwürdig hat mich die von Hagelstange (und von Ihnen) aufgenommene Bemerkung Picards berührt, daß Dichtung ein ›Vorgegebenes‹ sei. Picard dürfte diesen Gedanken von Karl Kraus übernommen haben, für den er zentral ist. Etwa:

›Bevor es eintritt in die Zeit,
War's da in aller Dagewesenheit,
von dort muß es der Dichter haben:
Wo lesend sie am Dichter sich erlaben,
da tritt kein Leben in das Leben ein,
⟨zwei Verse vergessen⟩
und nur das Vorvorhandne ist erhaben.‹

Oder:

›Noch nicht ersehn, ersehn' ich's,
vorweltlich Anverwandtes.
Eh es gesetzt ward, stand es,
und nun mir selbst entlehn' ich's.‹

Aber *Ihre* Verwendung dieses Motivs im Zusammenhang mit der Gebärenden finde ich ergreifend. (Picard, den ich wenig kenne, scheint mir intellektuell wenig redlich zu sein. *Ich* habe Ihnen einmal das Buch ›Hitler in uns‹ gelobt, dieses Lob dürfte auf die Dauer kaum haltbar sein. Schon kurz nach der Lektüre hatte ich starke Bedenken ..)

Paris ist herrlich. Es ist kaum nötig, Bekanntes zu wiederholen, um so mehr als Agathe Ihnen inzwischen davon eingehend erzählt haben wird (und besser als ich!) Wir waren in Chartres. Auch 1933 war ich dort. Versailles, Saint Cloud (Ein Jugendgedicht von Schröder:

›In den Gärten von Saint-Cloud
Singen wir zur Sommerzeit,
Eine weiße Wolke du
In dem neuen Linonkleid‹ usw

ist schöner als vieles Spätere.) Die Rembrandts im Louvre: jedes Bild hat eine eigene Lichtquelle, als habe *er* das Licht geschaffen. Die Bauernbilder von Le Nain in der Zeit Ludwigs XIV. Das großartige Altersselbstporträt von Tintoretto. Die Impressionisten haben nicht nur Impressionen gehabt sondern mit diesen *etwas* dargestellt, Manet in der Olympia, Renoir in den beiden Kindern am Klavier [Nachtrag: Dennoch ist Renoir die Grenze, manche Bilder verschwimmen zu Farbe ..], Degas. Aber das ist ›ein wenig wenig‹ wie Scheerbart sagt. Den ich für einen tiefsinnigen humoristischen Schriftsteller halte und für wesentlich tiefer als Morgenstern. Im Grün ist es beschwerlich zu schreiben, und es ist zu schön hier, um nicht zu sehen und zu gehen. Leben Sie also für heute wohl! Ich grüße Ihre Frau und Sie von ganzem Herzen [Nachtrag: auch Agathe, die Unbekannte!]

Immer Ihr
Werner Kraft

Tagebücher von Delacroix, sehr interessant, aber hier beginnt das *notwendige* Umschlagen in der Auffassung des Fortschritts, dessen negative Einschätzung vieles Spätere indirekt vorbereitet …

In der Bibliothèque Nationale arbeite und lese ich Manches. Bei Knebel, der kein großer aber ein beträchtlicher Autor ist, finde ich wichtige Äußerungen über Goethe. Sollten Sie etwa seine Lukrez-Übersetzung *in Reclam* besitzen, die ich seit Jahren suche, so würden Sie mich sehr erfreuen, falls Sie sie mir leihweise nach Israel schicken würden. Den Kommerell haben Sie doch zurückerhalten. Er ging vor Beginn unsrer Reise als Drucksache an Sie ab.

Das Gedicht von Rudolf Hartung in der Nr. der Lit. Welt mit Ihrem Vortrag hat mich berührt.

286. Werner Kraft an Wilhelm Lehmann

Rötlicher Duft
(Route Napoléon)

Erdbeeren waren, wie rund? so süße!
Fahrender freudige Reisegrüße
Sendet den Spendern dankbar mein Mund,
Und das Gedenken hat Gartengrund.

Mögen Gedichte sich bilden und runden,
Wie diese Früchte uns schilden und stunden
Unsre auf Leben und nicht auf Tod
Kämpfend verwundene Herzensnot!

22.8.53
Zwischen Marseille und Neapel

Lieber Wilhelm Lehmann,
wir haben Paris am 10.8., kurz vor Beginn des Streiks, verlassen. Wir machten zuerst Halt in La Grave, einem Ort zwischen Grenoble und Briançon in den Hautes Alpes. Dort haben wir vier herrliche Tage verbracht. Die Schneeberge sahen uns ins Fenster. Wir waren übrigens zu sechsen, indem außer unsrer Freundin in Paris auch noch meine Schwägerin aus Tel Aviv zu uns gestoßen ist. Dann zwölfstündige großartige Fahrt im Autobus von Briançon bis Nizza über die höchsten Bergrücken, eben la Route de Napoléon. (In Briançon kamen wir abends an, konnten kein Hotel mehr finden und nur erreichen, daß wir in der Hall [!] eines Hotels auf Sesseln schlafen durften, ich auf einem Prokrustessofa. In der Nacht breitete meine Frau fürsorglich meinen Rock über mich. Am nächsten Morgen fuhren wir ab und kurz nachher entdeckte ich, daß meine Brieftasche fehlte, mit unseren beiden Pässen. Tableau. Der Chauffeur sagte, man könne telephonieren, was beim ersten Haltepunkt geschah, ohne Erfolg. Später war Telephonieren unmöglich. In Barcelonnette trafen wir den Chauffeur des Gegenautos von Nizza. Also kurz und gut: die Brieftasche wurde gefunden, sie war *in* den Divan gerutscht. Das letzte Problem: wie kann eine Brieftasche so böse sein!) Dann wunderbare

Tage in Mentone. Ein Blick auf die Kulturlandschaft des Mittelmeers und die Erinnerung an die Wildheit der Nordsee genügt, um des ewigen Unterschieds zwischen Romanen und Germanen gewahr zu werden. Hier ist Dante geboren, dort Shakespeare.

Dann nach Marseille. Unsre *elf* Koffer, in Paris aufgegeben, waren wegen des Streiks nicht da. Infolgedessen ist meine Frau bis zur Abfahrt des nächsten Schiffes am 2.9. dort geblieben und nach Mentone zurückgefahren, wo unsere Freundin und meine Schwägerin noch sind. Seit Wochen keine Post. Ich hoffe, daß es Ihnen beiden gut geht.

Immer Ihr Werner Kraft

Grüße auch für Agathe.

287. Wilhelm Lehmann an Werner Kraft

Kl-Wittensee, 7. Sept. 53

Lieber Werner Kraft, nach vielen verregneten herbstkalten Tagen seit gestern Septembersonnigkeit. Ihr italienischer Brief kam vor dem französischen, beide höchst erwünscht und sehr erwartet. »Reicher wird der Vorrat innen –«, gewiß, aber doch wünschte ich die herrlichen Tage zurück, die wir hier in lebendigstem Gespräch zusammen sein durften unter einem strahlenden Himmel in der glücklichsten Zeit wachsender Kornfelder und durch nassen Wald brechend, unseren Hosen, Ihren Füßen zum Trotz! Was für ein wunderschönes Gedicht machten Sie mir »Wie diese Früchte schilden und stunden«: großartig diese beiden Verben und welche Kühnheit, unter den Titel Rue Napoléon zu setzen – sollte man es nicht für unwichtig halten, daß dergleichen veröffentlicht werde? (Aber ...). Ein neues Gedicht »Tag in Ravenna« beginnt: »Noch hängt von der Pineta Ein Duft im Reiserock, Am Korn des heißen Staubes schürft noch mein Wanderstock.« Vielleicht ist's schön, aber ermüdet der Rhythmus nicht als balladesker Singsang? Das quält.

Der von Ihnen und Breitenbach vorbei erratene Vers stammt aus dem heiter nachdenklichen Stück »Das Iguanodon« (Pansmusik 1930) Loerkes. Es ist zu lang hier, ich zitiere nur: ›Aus dem Tode, von der Tränke Kalten bittren Wassers kam es, Suchte seine Urwaldheimat An der Stelle dieser Stadt. / Denn ich glaube, noch die Toten Quält das Leben durch Äonen; Um es jemals zu vergessen, war es einmal doch zu süß‹. Meine Anknüpfung an R. Hagelstange war ja im ersten Falle eine an mich selbst & wäre gewiß im zweiten würdiger an Karl Kraus geschehen, wie Sie ihn bewegt & bewegend zitieren. Das Ganze war ja recht äußerlich, aber ich habe aus dem Äußerlichen etwas Sinn geschlagen. – Ich bin glücklich über Ihre Apologie des Impressionismus. Vielleicht bin ich nichts weiter als ein Impressionist, was ich in dem von Ihnen bedeuteten Sinne denn auch gern sein will. – Lukrez-Knebel habe ich und bekommen Sie. – Ich muß lachen: noch nie habe ich jemanden etwas so schnell aus der Hand legen sehen, als Sie aus meiner Dissertation sprachliches Wissen klopfen wollten und zusammengekleckster Gelehrsamkeit begegneten! – Gathi ist zurück, wohl an Leib und Seele. Gemachte Erfahrungen haben ihre kluge Naivität nur bereichert. Die servant-Erfahrung hat sie williger gemacht, dienend zu springen. Ihre Art, über Bilder und Dichtung und Menschen zu sprechen, macht uns glücklich. Ich darf mich selbst in ihr wiedererkennen (mit aller Bescheidenheit sei's gesagt). Mir wird an ihr deutlich, daß Eltern ihren Kindern doch etwas vorweg leben, abnehmen, ihnen ein Stück Leben in schon bearbeitetem Zustand überliefern, sodaß Same, von ihnen selbst darein getan, bessere Wachstumsbedingungen schon gegeben findet. Was Agathe »werden« soll, bleibt unbestimmt. Aber *alles* darf nicht unsere Sorge sein. Wir hatten einige Wochen eine alte Bekannte zu Besuch, die frühere sehr tüchtige, für ihren Beruf wie geschaffene Hausdame von Wickersdorf. Gewiß ergreift und versöhnt ein Alter von 82 Jahren und meine Frau exzelliert in Gütigkeit gegen alte Damen: ich selbst muß mich freilich (ohne daß es mir ganz gelingt) oft beherrschen, da unser gutes Frl. Franke die Eigentümlichkeit (übrigens von jeher) gepflegt hat & es zu bedeutender Meisterschaft gebracht hat, darin nämlich, die größten Trivialitäten mit fein prononcierter Pompositât von sich zu geben: Sucht, alles mitzumachen, von allem zu schwätzen, Erbe ihrer Hausdamentätigkeit, die sie eben deswegen so gut auszuüben verstanden hat. – Gegen die wohlwollende Mattigkeit, mit der die Leute den ›Ruhm des Daseins‹ anzeigen, gegen die Unfähigkeit, das Ganze zu durchdringen, sticht angenehm ein von Hesse inspirierter Aufsatz einer Frau Dr Anni Carlsson (Göttingen) in Meiers Zeitschrift ab. Ist Krolow auch als Lyriker nicht doch nur eine ausgebildete Schwachheit? Ach, wie selten ist die Fähigkeit, zart und energisch den Erscheinungen ihr Recht zuzuerkennen! Und wie herrlich ist diese Fähigkeit bei Ihnen ausgebildet. Ach! wären die Tage unseres Zusammenseins doch noch wieder vor uns. Welch ein Trost, daß es denn doch Briefe gibt. Von Herzen und immer

Ihr W. L.

288. Werner Kraft an Wilhelm Lehmann

Jerusalem
16.9.1953

Lieber Wilhelm Lehmann,
mit großer Freude habe ich Ihren Brief erhalten. Inzwischen sind wir längst wieder hier installiert, auch meine Frau, die unserer Koffer wegen, da sie infolge des Streiks nicht in Marseille waren, ein Schiff später gefahren ist. Nach der so schönen Reise sind wir hier gleich verdunkelt worden durch die Nachricht vom Tode Ludwig Strauß', die uns in Frankreich nicht erreicht hat. Er stand und steht uns sehr nahe, und diese Lücke wird sich nicht mehr schließen. – Daß Sie mein Gedicht schön finden – und zwar unabhängig davon, wie ich als sicher annehme, daß es sich auf Sie bezieht –, erfreut mein Herz, wie überhaupt von Ihnen gelobt zu werden meine Kräfte steigert. *Ich* liebe besonders den Vers ›Und das Gedenken hat Gartengrund‹. Dennoch, meine ich, sollte man Dichtern wie Krolow eine Chance geben. Man kann nicht wissen, was da wird, und das ›schwarzweiße Schachbrett der Schneenacht‹ hat mir wirklich sehr gefallen. Mallarmé schrieb an *jeden* Dichter die reizendsten Briefe, und seine Tochter erzählt, daß er zu sagen pflegte: ›Il n'y a personne qui soit complètement idiot.‹ – Ich freue mich, daß Annie Carlsson über ›Ruhm des Daseins‹ geschrieben hat. Sie war mir schon durch einen Aufsatz in einem früheren Heft aufgefallen, gegen Rilke, in dem Heft, das meinen Aufsatz über George und Hofmannsthal enthält. Ich werde mir den Aufsatz zu beschaffen suchen. Sehr danke ich Ihnen für die Aufklärung über den Vers. Daß er von Loerke ist, konnte ich darum nicht wissen, weil ich leider ›Pansmusik‹ nicht kenne. Durch den Zusammenhang wird dieser Vers noch wunderbarer. Überaus liebe ich von Loerke in ›Die heimliche Stadt‹ das Gedicht ›Abend‹ und dann ›Aliang‹, aber auch vieles andere. – Ich verstehe Ihr Lachen, und doch war es nicht ganz so, wie Sie schreiben. Als ich Ihre Dissertation in die Hand nahm, war ich müde, und ich hatte – vielleicht – auch anderes erwartet. Aber das plötzliche Niederlegen (das wahrscheinlich mit Recht komisch wirkte) bedeutete ganz gewiß kein negatives Urteil. Eher ein positives, indem was nicht für mich geschrieben war, mir eben darum imponierte, und Sie werden wohl gehörig übertreiben, wenn Sie mit solcher Nichtachtung von dieser Arbeit sprechen. – Wie liebevoll schreiben Sie über Agathe und wie schade ist es, daß ich diese junge Dame noch immer nicht kennengelernt habe, obwohl ich sie kenne, aber da war sie, glaube ich, fünf Jahre alt! – Die von Ihnen

zitierten Verse aus dem Ravenna-Gedicht sind schön und stark, und ich vermag in ihnen die Berechtigung Ihres Mißvergnügens nicht zu erkennen. Aber ich müßte das Ganze lesen und bitte Sie darum. – *Natürlich wäre ich sehr einverstanden*, wenn Sie die Anthologie der Akademie vorlegen würden, und ich danke Ihnen für diese Absicht von Herzen. Nur mache ich mir keine Illusionen, und auch Sie sollen sich keine machen. ›Selig ist, der nichts erwartet, denn er wird herrlich überrascht werden‹, so habe ich einmal bei Chesterton gelesen, und ich glaube, es stimmt. Wie denken Sie sich diese Aktion praktisch? Brauchen Sie den Text? Er liegt im Augenblick noch bei Suhrkamp, ohne viel Aussicht, und ich schreibe gerade an Podzus, wie es damit steht. Für den Fall, daß er ablehnt, könnte er das Ms Ihnen schicken. Ich könnte Ihnen aber auch mein Exemplar von hier aus schicken, falls Sie mir schreiben. Was sagen Sie denn zu meinem Rilkeaufsatz? Ich habe noch wichtige Ergänzungen zu meinem Jochmann in Heidelberg und Paris gefunden. In Deutschland kaufte ich die sechsbändige Originalausgabe des Briefwechsels Goethe – Zelter. Das ist ein Schatz. Aber auch dieses ist einer:

Soyez bon pour le Poète,
Le plus doux des animaux,
Nous prêtant son cœur, sa tête,
Incorporant tous nos maux.
Il se fait notre jumeau,
Au désert de l'épithète,
Il précède les prophètes
Sur son douloureux chameau;
Il fréquente, très honnête,
La misère et ses tombeaux,
Donnant pour nous, bonne bête,
Son pauvre corps aux corbeaux.
Il traduit en langue nette
Nos infinitésimaux,
Ah, donnons-lui, pour sa fête,
La casquette d'interprète!

Von Supervielle! Leben Sie wohl! Viele Grüße für Ihre Frau, auch für Agathe und Sie selbst Ihr

Werner Kraft

[von Erna Kraft:
Viele herzliche Grüsse Ihnen beiden! Ihre Erna Kraft]

Auf den Lukrez freue ich mich sehr.

Kennen Sie den Gedichtband von Hermann Kükelhaus? Es stehen einige *sehr* schöne Gedichte darin. K. ist mit 22 Jahren im letzten Krieg umgekommen.

Oder soll ich die Anthologie direkt nach Darmstadt schicken lassen? Und an wen? Bitte ein Wort hierüber!

Ich lese jetzt ›La peste‹ von Camus. Ein bedeutendes Buch!

289. Werner Kraft an Wilhelm Lehmann

Die Muse

Wenn dich die Muse besucht
Für die Frist dieses Meerhauchs auf Capri,
Fühlst du das Glück
Durch die Adern dir rollen.

Schwindet sie,
Den silbernen Wogen zugetan,
Bestelle dein Haus,
Denn du mußt leben,
Ohne Reim.
Vielleicht kommt sie wieder
Auf goldenen Flügeln der Nike.

Heidelberg

Schöne Stunde der Ruhe,
Denkend nicht Liebe, nicht Haß,
In dem Nichts, das ich tue,
Quillend den Wald vor Augen
Und den Neckar der Nähe –

Wenn etwas geschähe,
Würde ich taugen?

Aber was ist es, was
Ich sagen will
In dem lieblichen Gelaß
Schweren Lebens? – Still.

Grab in Mentone

Es ist nicht schlimm,
Der Unterschied
Ist so gering
Wie ohne Stimm
Zu Freundes Lied.

Wenn dieser ging,
kommt jener nach,
Und Rätselding
Bringt keine Schmach,
Und Wiedersehn,
So neu wie nicht,
Es mag geschehn
Verdunkelt, licht
Wie Flüsterflehn,
Das schweigt. – Es spricht.

Italien dringt
Durch blaue See.
Was uns verschlingt,
Wird helles Weh.

Es ist nicht schlimm.
Vernimm, vernimm.

Nur ein Dichter, der als Mensch durchsichtig ist, betrügt nicht sich und die Welt. Er hat die Möglichkeit, dem Höchsten zuzustreben.

Die toten Freunde sind die lebendigen Helfer.

Minusio
(Georges Grab)

Der hier liegt ist Staub,
Der zu Grabe geht.
Schön der Name steht
Schrift im Lorbeerlaub.

Zelter an Goethe 27.10.1809:

›Es gibt gewisse Sinfonien von Haydn, die durch ihren losen liberalen Gang mein Blut in behagliche Bewegung bringen und den freien Teilen meines Körpers die Neigung und Richtung geben wohltätig nach außen zu wirken. Meine Finger werden dann weicher und länger, meine Augen möchten etwas ersehn das noch kein Blick berührt hat, die Lippen öffnen sich, mein Inneres will hinaus ins Freie.‹

Berlin
(Potsdamer Brücke)

Wo du hinblickst, nichts
Als der Sturm des Lichts,
In der Luft ein Geheule,
In der Ferne die Siegessäule –

Der Mensch will es nicht haben
Wort,
Erbauend und begraben.
Fort.

[Jerusalem,] 4.10.53

Lieber Wilhelm Lehmann,
ein Tag erstickender Hitze, um den Sie uns beneiden, und wenn Sie hier wären, würde ich bestimmt nicht sagen, daß Sie Unrecht haben. Da Sie aber leider nicht hier sind, hat es nur noch dazu gereicht, Ihnen vor dem Schlafengehen einige Verse der letzten Monate abzuschreiben. Ich freue mich auf Ihren nächsten Brief und hoffe, daß Sie und die Ihren gesund sind.

Immer Ihr Werner Kraft

290. Werner Kraft an Wilhelm Lehmann

Schluß eines langen Reiseberichts von Zelter an Goethe 26.6.1822

Mein Vater hatte einem Manne Geld geliehen, dessen Namen er vergessen hatte. Darüber äußerte sich die Mutter mit den Worten: »So machst Du es immer, und läßt es Dir sauer werden und kommst um das Deinige.«

Mein Vater erhob sein Antlitz gegen die Mutter und sprach: »Frau, wenn ich nur Dich habe, so mache ich mir einen – aus allem Geld der Erde! – Weiß doch der Mann wie *ich* heiße!«

Nach einigen Jahren kam der Mann von der Reise und brachte das Geld wieder. Er hieß *Venus*.

Das fällt mir eben ein, indem ich diesen Bericht mit den Worten des 73. Psalms Vers 25* schließen wollte. Gott sei mit Dir wie ich

Dein
getreuer Z.

* Wenn ich nur Dich habe, so frage ich nicht nach Himmel und Erde.

[Jerusalem,] 19.10.53

Lieber Wilhelm Lehmann,
obwohl Sie vielleicht den Zelterschen Briefwechsel zur Hand haben, lasse ich es mir nicht nehmen, Ihnen die herrliche Stelle abzuschreiben und Sie sanft zu sofortiger Lektüre zu zwingen, in der Hoffnung, daß Sie sie genau so herrlich finden werden wie ich. (Aber vielleicht kennen Sie sie?)

Sehr danke ich Ihnen für Ihre Absicht, die Anthologie der Akademie in Darmstadt vorzulegen. Das Exemplar – sozusagen mein Handexemplar – habe ich binden lassen und sofort als Luftpost-Drucksache an Sie abgeschickt; es müßte inzwischen in Ihren Händen sein. Darf ich Sie nur bitten, dem Herren, dem Sie das Manuskript zu lesen geben werden, eine sorgfältige Aufbewahrung ans Herz zu legen?! Was immer das *Ergebnis* Ihrer Aktion sein wird, für Ihre *Absicht* danke ich Ihnen schon jetzt von Herzen.

Neulich las ich zufällig, daß irgendwo in einem Sammelband Frost-Übersetzungen von Ihnen erschienen sind. Übersetzungen gerade von Ihnen interessieren mich in ganz besonderem Grade, denn Sie sehen dem fremden Gedicht offen in die Augen, fragen nichts nach ›wörtlicher‹ Treue, die niemals erreichbar ist, sondern nur nach sachlicher [Nachtrag: die auch wie Untreue aussehen darf!], und wenn Ihre Phantasie auf ein fremdes Gedicht mit einem deutschen Gedicht reagiert, so machen Sie dieses, und es ist gut, wie jener ›Esel‹, der so schön von Chesterton zu Lehmann übergegangen ist. Bitte veranlassen Sie doch, daß ich diese Übersetzungen zu lesen bekomme!

›Selig ist, der nichts erwartet, denn er wird herrlich überrascht werden‹, das ist ein schöner Satz von Chesterton, den ich mich bemühe mir zu eigen zu machen. Am 5.12.53 11 Uhr vormittags können Sie mich im Süddeutschen Rundfunk hören. Herzlichst

Ihr
Werner Kraft

Herzliche Grüße auch an Ihre Frau, an Sie beide auch von der meinen!

291. Wilhelm Lehmann an Werner Kraft

[Klein-Wittensee, 20. Oktober 1953]
Herbstwetter die letzten Tage: noch sehr schöne Blumen draußen

Lieber Werner Kraft, Dank für Ihren lieben, gedichtevollen Brief, ich kann ihn noch nicht beantworten, hielt auch mein Versprechen zum letzten nicht, muß Ihnen aber wenigstens melden, daß das herrliche ›Grabgewölbe‹ soeben richtig eingetroffen ist. Ich wag es kaum aus der Hand zu geben. Es sollte eigentlich bei allen Mitgliedern des Publikationsausschusses (ach! erst einmal das Geld) als da sind: Schröder, Usinger, Stahl, Barth, Goes bis zum 4. Nov. herumgegangen sein. Daraus wird schwerlich etwas werden: einige Leute schenken mir bzw. Ihnen freilich von vornherein ihr Vertrauen, so Usinger. Aber ich will schleunigst das Licht der Kerze abschatten. Tut nichts: ich fühle mich wie auf einer Mission: wie schön wäre solche Veröffentlichung, wie Akademiewürdig. Also ich bin am 30. und 31. Oktober in Mainz, dann Besuch meiner Schwester im Taunus, dann zum 4. Nov. in Darmstadt.

Leider, leider (trotz alledem) völliger Konkurs des mysteriösen Montanaverlags, auf ausstehende Honorare vorläufig nicht zu rechnen. Welch merkwürdige Verwirrungen auch sonst. Darüber, hoffentlich, in Ruhe: post eventum.

Von Herzen stets
Ihr W. L.

292. Werner Kraft an Wilhelm Lehmann

Jerusalem
15.11.53

Lieber Wilhelm Lehmann,
heute kam Ihre Karte aus Baden-Baden. Sie hat mich – uns – in große Freude versetzt. Wie soll ich Ihnen danken! Aber ich danke Ihnen von ganzem Herzen. Ich bin nun begierig, Näheres von Ihnen zu er-

fahren. Natürlich opfere ich, wenn es sein muß – da es sein muß – den Titel, obwohl er mir der Sammlung wie angegossen zu sitzen scheint. Es ist nun Sache des Glücks, einen Titel von ähnlichem Ernst zu finden. Im Augenblick ist meiner Frau eingefallen: Das Denkmal. (Aber dazu paßt das schöne Goethesche Motto nicht ganz so gut.) Immerhin, was meinen Sie? Neulich hatte ich auch eine sehr angenehme Überraschung, an der Sie nicht unbeteiligt waren, nämlich einen sehr sympathischen Brief von Herrn Walter Braun aus Primavera in Alto Paraguay. Ich war verwirrt, aus dieser Gegend der Welt, von der ich nur eine höchst vage Vorstellung habe, Freundliches über meine Gedichte zu hören, verwirrt aber auch über die Lebensform, die da ernste und entschlossene Menschen gefunden haben. Es zuckte uns in den Beinen, uns das einmal anzusehen. Vielleicht machen wir die Reise zusammen?!? Wahrscheinlich ist es ein Blumenparadies. – Da hat Hans Paeschke im letzten ›Merkur‹ etwa zwanzig Seiten über Kassner geschrieben, über den gewiß Gutes und Gehaltvolles zu sagen wäre, noch dazu an seinem 80. Geburtstag, aber ich meine, man müßte doch wenigstens in einem Satz zu erkennen geben, daß man den Autor, den man bewundert, auch *verstanden* hat. Ich konnte diesen Satz nicht finden. Aber am Schluß sagt er: ›Kafka sagt einmal, höchst zeitgemäß: ›Es gibt ein Ziel, aber es gibt keinen Weg.‹ Kassner vermag uns die Einsicht zu lehren, daß das Ziel der Weg selber ist.‹ Mich leider nicht! Höchstens umgekehrt: daß der Weg das Ziel selber wäre. Hier sitzt der Einwand: Kassner will – und kann – kein Ziel haben. Noch dazu, wenn Sie bedenken, daß Kafkas *genauer* Wortlaut ist: ›Es gibt ein Ziel, aber keinen Weg; was wir Weg nennen, ist Zögern.‹ Die weggelassenen Worte geben dem Satz erst das Salz: in ihn ist die ganze Erlösungsglut des Judentums eingegangen. Aber auch das Christentum verhilft Kassner zu keinem Ziel. Ich würde sagen, Kassner ist ein reicher Geist, den zuviel Sehen arm gemacht hat. Etwas fehlt – Aber von dem, was er hat, könnte ein Paeschke immer noch existieren, wenn er es nicht vorzöge, zu schreiben. Vielleicht drücke ich mich sybillinisch aus. Bald mehr! Ich grüße Ihre Frau und Sie von Herzen.

Ihr dankbarer
Werner Kraft

Zelter an Goethe 1823:

›Da schwatze ich Dir nun solche Dinge, die Dich höchstens interessieren können, weil es *meine* Sache ist. – Wem soll ich's denn sagen, und wenn Du mir nicht wärst, müßt' ich's den Wolken klagen wie lieb sie mir's getan. O, des sinnigen Unsinns! Verzeih, wenn ich jetzt an Dich denke, ist mein Herz wie ein frischer Honig, ich könnte es aufs Brot essen. Morgen ist Ostern.‹

Was war dieser Zelter, den Literarhistoriker den ›guten‹ Zelter genannt haben, für ein herrlicher Mensch!

[von Erna Kraft:
Lieber Herr Lehmann, ich möchte Ihnen auch persönlich danken, denn ich freue mich so sehr! Solange fast, wie ich Werner kenne, sammelt er an dieser Anthologie, und jedes neu entdeckte Gedicht haben wir gleich zusammen bewundert und uns daran gefreut! Ihnen und Ihrer lieben Frau die herzlichsten Grüsse,
Ihre Erna Kraft]

293. Werner Kraft an Wilhelm Lehmann

Jerusalem
28.11.53

Lieber Wilhelm Lehmann,
leider ist in dieser Woche kein Brief von Ihnen gekommen. Hoffentlich geht es Ihnen gut, und es ist nur die Kälte, die Sie am Schreiben hindert. Selbst hier macht sie sich peinlich bemerkbar, weniger auf dem Thermometer als in der Wirklichkeit. Aber nicht davon wollen wir reden. Ich habe lange nachgedacht, auch meine Frau, aber der einzige Titel für die Anthologie, der uns bis jetzt als annehmbar erschien, ist: Unwiederbringlich. (Mit dem Motto von Goethe, wodurch das Wahre, das Traurige daran auch wieder als begrenzt erscheint!) Was meinen Sie dazu? Ein Freund schlug vor: Wo wenn nicht hier. Aber das ist wohl zu anmaßend, wenn auch als Titel einprägsam. Wie schade, daß man sich den Kopf zerbrechen muß, wo doch das Grabgewölbe so schön wäre! – Haben Sie eigentlich Hanns Ulbricht in Mainz gesehen? Er hat mir neulich einen Brief geschrieben, aus dem ich entnehmen mußte, daß er seine Stelle an der Akademie verloren hat. Das tut mir sehr leid. Aber *das* verstehe ich nicht, daß so viele Menschen in Deutschland jetzt in irgend einem Sinne *von* der Literatur leben wollen (Akademien, Verlage, Zeitschriften usw), anstatt sich in einem nüchternen Brotberuf mit Anstand zu langweilen, wie etwa ich es mein ganzes Leben getan habe. Trotz aller Unfreiheit hat man doch nur so den Rest von Freiheit, aus dem man wenigstens ein Mindestmaß von Schönem und Sinnvollen *machen* kann, ohne nach dem Gelde – schon vorher! – schielen zu müssen, das es einbringt. So zeigt sich H. U. tief

verärgert über die Entwicklung in Deutschland, politisch und literarisch, und er hat wohl Recht, aber teilweise sieht er es auch mit dem enttäuschten Blick des *persönlich* Enttäuschten. Erst wenn man es nicht nötig hat, enttäuscht zu sein, hält die Enttäuschung geistig Stich. – Das Buch ›Minotaurus‹, von Döblin herausgegeben, haben Sie wohl gesehen. Ich finde es interessant aber doch noch eher von schlechten Musikanten geschrieben, die gute Menschen sind, hoffentlich! Leider muß ich Ihnen auch, was den sachlich nicht uninteressanten Aufsatz von Hans Hennecke über nordamerikanische Stadtlyrik angeht, nunmehr zugeben, daß das miserable Schreiben und das klischeehafte Denken dieses Schriftstellers – an den ich eine sehr angenehme menschliche Erinnerung habe – einfach nicht mehr auszuhalten sind. Aber ehe das Geld im Kasten klingt, die Seele ins Fegefeuer springt, und sie muß schreiben, schreiben, schreiben, schlecht und schnell. Aber der Band enthält auch einiges Gute. Dagegen habe ich jetzt ein kleines Buch von Erich Auerbach ›Vier Aufsätze zur Geschichte der französischen Bildung‹ gelesen, das mich hingerissen hat. Das ist echte Philologie! Ein großartiger Aufsatz über Pascal und die Politik, ein ungewöhnlich spannender Aufsatz über Paul-Louis Courier usw Was der aus seinen Texten herausholt! Nun ist leider der Raum zuende, und ich grüße Ihre Frau und Sie selbst sehr herzlich, auch von meiner Frau.

Ihr Werner Kraft

Was halten Sie eigentlich von Otto zur Linde? Zu dem Auswahlband (Piper) hat Hans Hennecke eine ganz gute Einleitung geschrieben. Ich würde sagen: Eine Mischung zwischen Dilettantismus – um so abscheulicher als er einer Theorie entspringt – und einem Genie, das große sprachliche Augenblicke hat, mit denen es nichts anzufangen weiß. Beides barbarisch, wie ein Mensch, der stolz wäre, immer mit ungepflegtem Bart zu gehen.

294. Wilhelm Lehmann an Werner Kraft

Klein-Wittensee, 11. Dez. 53

Lieber Werner Kraft, ich bekam nun schon zwei gute Briefe von Ihnen & hätte längst geantwortet: aber rheumatische oder wohl richtiger: Gefäßverengungsschmerzen machten mich elend, jetzt geht es besser. Vor mir steht Ihr ganz wunderschönes Foto (endlich eins, wie ich es mir wünschte), ich habe Breitenbach sehr gedankt. – Zum Tode von Ludwig Strauß werde ich Ihnen die kurze Besprechung Oskar Loerkes, die ihn so gekränkt hat, demnächst ausschreiben. Seien wir nun nicht zu übermütig. Kasack, den wir ja als verständig klaren zum Präsidenten machten, schreibt, bevor die Verzahnung der Akademie mit dem ominösen Montanaverlag nicht entwirrt, könne man nicht drucken. Ach, das sind alles widerliche Geschichten. ›Unwiderbringlich‹ ist zu Fontanesch. ›Wo wenn nicht hier‹ gefällt mir. Von Kraus ist bei Kösel ›Sprache‹ erschienen: ich möchte es mir zur Weihnacht schenken. Ich las – und wohl nicht wieder – in Rendsburg (es gibt überall ein ›Erwachsenenbildungswerk‹, welch Wort und Werk!), sprach zuerst über Sprache u. Gedicht, las dann Gedichte – und muß mir von einer dummen Gans im Rendsburger Tageblatt sagen lassen, ich hätte »eher betont lehrhaft als lehrreich« gesprochen. Ich war so böse, daß ich der Redaktion schrieb, wie sie solche Besprechung durchgehen lassen könne, die die eigenen Bestrebungen (Erwachsenenbildungswerk!!) torpediere. Hoffentlich bekomme ich keine Antwort, um mich nicht neu ärgern zu müssen. Da haben Sie meine kleinliche Verfassung auch bin ich unwillig über das schlechte Papier hier: ich schreibe Ihnen demnächst einen richtigen Brief auf richtigem Schreibepapier. Frau Anni Carlsson fragte, aus heiterem Himmel, sie hätte Kasacks neues Buch »Fälschungen« in Zeitungsfortsetzungen gelesen, das scheine ihr stilistisches billiges Unterhaltungsniveau, dabei habe K. doch schöne Gedichte geschrieben. Nun hindert freundschaftliche Verbindung an Objektivität gegenüber Unvertrauten. Aber ich konnte doch, auch mir selbst, sagen: K. ist ein Phänomen an Versatilität & wirklicher Begabung. Organisation, Weltverwaltung, Leerlauf etc. interessieren ihn als *literarisches Thema* (sonst hätte er auch nie das peinliche Amt des Präsidenten der Ak. übernommen): dabei gelingen ihm wirkliche Gedichte. Dazu sagte er mir (Ihnen im Vertrauen), was seine Romane angehe, so *notzüchtige* er hier wohl sein Talent. Er ist voll tiefer Skepsis. – Nach den Motiven solcher Selbstvergewaltigung hab ich nicht gefragt. – Ich war zwei Tage, sehr gern & fruchtbar, sein Gast zwischen Mainz u. Darmstadt. Übrigens, in Mainz (das einem immer bürgerlich sicher gegen Darmstadt als bürgerlich unsicher vorkommt), hielt ich vor dem Wissenschaftler & Literatenplenum, einen Vortrag »Dichterische Grundsituation und notwendige Besonderheit des Gedichts« (ich schicke Ihnen die Abhandlung, sie wird gedruckt) und fand merkwürdig herrlichen Anklang (geradezu ergriffenes Schweigen) – muß es deshalb schlecht gewesen sein? Meine Frau, mit böser Erkältung, ist wieder auf. Wir grüßen Sie *sehr*. Von Herzen immer

Ihr W. L.

Über Hennecke demnächst. Nett, komisch – aber keine Kompetenz! Er war in Darmstadt.

Agathe, seit 1. Dez., in einer Kieler Farbfabrik als Sekretärin der Vorstandsabteilung [Textverlust durch Papierabriss]
Ullbricht wegen [ein Wort unlesbar wegen Poststempeldurchdrucks] Sekretärsuntüchtigkeit wurde einstimmig entlassen! Eigene Schuld.

Wunderbar der Zelter!

Döblins Minotaurus kenne ich nicht. – In Gedanken viel bei Ihnen. Ihr L.

295. Wilhelm Lehmann an Werner Kraft

Kl=W., 18.XII.53

Lieber Werner Kraft: die Hauptsache ist, daß das Buch gedruckt werde. Finanzielles scheint jetzt bereinigt zu sein. Ich wäre überglücklich, wenn das Ganze gelänge. Aber, aber: nun steht der Genaue gegen den Genauen. Ich bekomme vom neuen Präsidenten, Kasack, einen Brief, aus dem ich das Folgende abschreibe:

»Die von W. K. zusammengestellte Anthologie, deren Vorzug wohl darin liegt, daß viele entlegene Texte vereint werden ⟨Welch mageres Lob! L.⟩, ist im MS leider noch nicht satzfertig. In der Anlage gebe ich die grundsätzlich zu klärenden Fragen an. Herr Dr. K. müßte wohl so freundlich sein, sich zu den Fragen zu äußern und eine entsprechende neue Satzvorlage zur Verfügung zu stellen. Dabei möchte ich auch Ihre Ansicht erfahren, ob Herr Dr K. mit einem Honorar rechnet u. in welcher Höhe.

Ich kann mich nicht selbst an ihn wenden, aus folgenden Gründen. In der Reihe ›Vergessene und V.‹ hatte er den Band der L.-Sch. herausgegeben. Ich hatte in einer Besprechung in der D. R. ihm nachgewiesen, daß ein großer Teil seiner Angaben in der Bibliographie unvollständig u. falsch war. Er hat sich daraufhin in einem Brief an die Redaktion der D. R. darüber beklagt, und ich habe der D. R. die Belege über die einzelnen Irrtümer zugänglich gemacht, die ihm dann von der D. R., wie ich erfuhr, auch zugeleitet wurden. Daß diese Tatsache mich auch in Hinsicht auf das Ihnen übertragene MS stutzig macht, dafür nur ein Beispiel:

K. bringt von Hölderlin das Gedicht ›Herbst‹. Als Quelle gibt er eine (als unzuverlässig bekannte) Ausgabe von E. Trummler, München 1921, ›Der kranke H.‹, an. Das Gedicht ist bereits 1846 zum 1. Mal bei Schwab gedruckt u. dann in der von Hellingrath begonnenen textkritischen Ausgabe, Bd. 6, besorgt von Pigenot u. Seebass, Berlin 1923, enthalten. K. schreibt: ›Die Bilder der Vergangenheit sind nicht *verloren*, / Von der Natur, als wie die Tag' verblassen‹. Es muß natürlich heißen statt verloren *verlassen*. In der letzten Strophe schreibt K:

> Der Erde *Gr*und, mit Felsen ausgezieret,
> Ist wie die Wolke nicht, die abends sich verlieret,
> *Er* zeiget sich ..

Dagegen die textkritische Fassung:

> Der Erde *Rund* mit Felsen ausgezieret
> ist wie die Wolke nicht, die abends sich verlieret,
> *Es* zeiget sich ..

In dem Gedicht von Heine schreibt K. ›Gräzia‹ mit z, in einer älteren Ausgabe von Hoffmann & Campe steht ›Grácia‹ mit c. Aber das letzte müßte natürlich mit einer textkritischen Ausgabe verglichen werden.

Ich glaube, Sie sind mit mir der Ansicht, daß eine Publikation der Akademie äußersten Wert auf textkritische Genauigkeit legen muß, auch wenn die Verantwortung dafür nicht die Akademie, sondern der jeweilige Herausgeber zu tragen hat.

Aus diesem Grund müßten Sie wohl Herrn Dr K. bitten, auch die übrigen Texte noch einmal sorgfältig durchzusehen. Es ist bekannt, daß sich leicht beim Abschreiben Schreibfehler einschleichen. Ich nehme an, daß K. ein weiteres Exemplar des Ms hat, denn es würde eine große Verzögerung eintreten, wenn er hier vorliegende noch einmal zurückerhalten müßte.

Schließlich noch: Nicht nur der Titel, sondern auch der Untertitel der Anthologie müßte wohl revidiert werden. Ich glaube, daß das Wort ›deutsch‹ überflüssig ist und man aus ›gefunden, ausgewählt, zusammengestellt‹ nur eine einzige Bezeichnung wählen sollte.«

Soweit der Brief. Aus den Richtlinien: 1) Im vorliegenden MS ist die Schreibweise z.T. der modernen Orthographie angeglichen, z.T. gewisse Altertümlichkeiten stehengeblieben: Thau, Thränen u.a. Es wird sich empfehlen, grundsätzlich zu modernisieren. 2) Unklarheiten: S. 83, wo ein Strich unter den Titel gesetzt ist, der sonst fehlt, S. 104, wo es heißt: übersetzt von P. Ernst. Es wäre zu klären, ob in solchen

Fällen die Vornamen ausgeschrieben werden, also Paul Ernst. 3) Frage des Apostrophs? »des Weltentau's« altertümlich 4) Namen des Autors nicht vor den Beitrag, sondern dahinter setzen 5. Durch Beschnitt fehlen häufig letzte Buchstaben. Einige Seiten der Anmm. sind durch hdschriftl Zusätze (S. 173, 184, 187) als Satzvorlage nicht zu verwenden. Mindestens diese, möglichst aber der gesamte Anhang bedarf einer neuen Satzvorlage. 6) Urheberrechte Karl Kraus u. Christian Wagner! 7) Inhaltsverzeichnis 8) Ob die in den Gedichten gesperrten Wörter auch im Satz so gesetzt werden sollen, weil Sperrungen in e. Gedicht immer unschön wirken.

Dies soll schnell an Sie weg! Hoffentlich, hoffentlich keine Verzögerung des Ganzen! Von Herzen Ihr W.L. Bitte schnell Nachricht!

296. Werner Kraft an Wilhelm Lehmann

Jerusalem
20.12.53

Lieber Wilhelm Lehmann,
ich danke Ihnen vielmals für Ihren Brief und sende Ihrer Frau und Ihnen zu Weihnachten meine innigsten Wünsche, von denen der nächste der ist, daß wie Ihre Frau von ihrem Husten Sie inzwischen von Ihren eigenen Beschwerden völlig befreit sind. Drei Monate müssen wir noch durchhalten – auch hier ist nicht nach dem Thermometer aber nach der Wirklichkeit schlimmer Winter, und gestern ist sogar starker Schnee gefallen, der sich schon heute in Schlamm und nasse Kälte aufgelöst hat – drei Monate, dann steht der Frühling bevor, und man kann wieder hoffen. Daß Ihr Brief mißmutig war, ist nur zu verständlich, aber ich freue mich auf Ihre Mainzer Rede, und wenn Sie über Rendsburg schlechter Laune sind, so möchte ich Sie mit Humor darauf hinweisen, daß es sich da um ein freundliches Städtchen handelt, in dem wir vorzüglich gegessen haben, daß aber ein W.L. als Redner dort nichts verloren hat, da alle etwaigen Bedürfnisse poetischer Art von totsicher vorhandenen Poeten der näheren oder weiteren Umgebung in zufriedenstellender Weise befriedigt werden, meinen Sie nicht auch? Wenn der Poet nichts in seinem Vaterlande gilt, ist es schlimm, aber *wenn* er etwas gilt, ist es noch schlimmer. Ich zitiere nicht gern Rilke, da ich ihn als ganzen nicht liebe, aber er hat einmal gesagt: ›Ruhm ist die Summe aller Mißverständnisse, die sich um einen großen Namen sammeln.‹ Das dürfte stimmen. Also werden Sie wieder guter Laune und fahren Sie so oft nach Rendsburg,

wie Sie wollen, um dort nichts vorzulesen. Sie werden sehen, wie gut Ihnen das bekommen wird. Inzwischen habe ich einen langen sehr freundlichen Brief von Emil Barth erhalten, in dem er auch schon Kritik anmeldet. Ich habe ihm in einigen Punkten nachgegeben, aber in dem, der ihm am wichtigsten zu sein scheint, werde ich fest bleiben. Er hält Schimper für einen ›Platenepigonen‹ und Dichter zweiten Ranges, ich halte ihn weder für dieses noch für jenes sondern für einen Dichter, dem eine Reihe sprachstarker Gedichte gelungen sind, für deren jedes in meinem Buch ich die Verantwortung übernehmen kann. Was finden Sie? Übrigens ist mir hier klar geworden: Der Begriff des ›Epigonen‹ steht auf wackeligen Füßen. Wer ist denn im 19. Jh. *nicht* Epigone? Sogar Mörike! Wenn aber Mörike ein Epigone ist, dann ist er eben keiner, und die Sache muß anders erklärt werden. Heine ist kein Epigone, er hat geschichtlich die stärkste Wirkung gehabt, aber Mörike hat eine begrenzte Zahl von schöneren, von vollkommen schönen Gedichten gemacht. Es gibt in jeder Epoche Dichter von geschichtlicher Wirkung und die Dichter der schönen Gedichte, die gleichsam der Geschichte eine Nase drehen. Es gibt auch von Heine schöne Gedichte (neben gräßlichen, die es auch bei Mörike gibt), aber die geschichtliche Wirkung geht immer von ganz anderen Dingen aus als den schönen Gedichten .. [Nachtrag: bei George etwa von der Danteähnlichkeit usw] Hier liegt auch die Rechtfertigung meiner Anthologie, die ich im Vorwort angedeutet habe aber einmal ausführlich entwickeln möchte. Wir haben übrigens jetzt einen Titel gefunden – abgesehen von dem Untertitel und dem Motto, die bleiben –, der uns voll befriedigt, nämlich: *Wiederfinden*, nach dem Divangedicht. Ich bin sehr gespannt, wie Sie ihn finden werden. Nein, ›übermütig‹ bin ich gar nicht, und da die Verleger durch ihr Verhalten das Vertrauen bezeugen, daß ich mindestens neunzig Jahre alt werde, so habe ich eine endlose Geduld, und selbst daß die N.L.W. eingegangen ist, wie ich aus einem beinahe drohenden Rundschreiben des Montanaverlags an die Autoren entnehme, so weit sie geneigt wären, wegen des Honorars nicht nur zu klagen sondern zu klagen – ich weder dies noch jenes –, sogar dies trage ich gelassen, wenn es auch schade ist um eine Möglichkeit des Publizierens. Was nun? Aber in Primavera naht der Sommer, und Herr Braun ist ein netter Mensch, der Sie sehr liebt; und auch ich will nicht zurückbleiben und grüße Sie und Ihre Frau sehr herzlich

Immer Ihr
Werner Kraft

Die allerherzlichsten Grüße und Wünsche an Sie beide auch von meiner Frau.

Ich habe jetzt eine Woche Urlaub genommen, um einen Essayband fertigzumachen, für den ich auf Franke in Bern setze. (Dies aber unter uns!) Darin findet sich auch einer über einen gewissen W.L.

Das Gedicht vom Wanderer in der Sägemühle von Justinus Kerner soll Kafkas Lieblingsgedicht gewesen sein. Warum? Ich meine: nicht wegen der schönen Volkstümlichkeit des Tones sondern wegen der Stelle, wo die Säge durch den Tannenbaum geht. Schrecklich!

Gern würde ich Näheres über die Annahme der Anthologie hören!

297. Werner Kraft an Wilhelm Lehmann

Jerusalem
28.12.53

Lieber Wilhelm Lehmann,
ich danke Ihnen vielmals für Ihren Brief, obwohl ich selten etwas von Ihrer Hand gelesen habe, was mir so contre cœur ging. Als zum ersten Mal der Name Kasack auftauchte, schwante mir nichts Gutes. Ein unwohlwollender Mann, mir gegenüber. Paul Valéry sagt: ›Nos vrais adversaires sont silencieux‹, und nun sprechen sie sogar! Es ist auch leider nicht so, wie Sie wohlwollend annehmen, daß hier der Genaue dem Genauen gegenübertritt sondern –: dem Ungenauen. Dafür gibt es Gründe, aber dies alles ist eine Geschichte, die mich schon genug gewurmt hat, als daß ich sie noch einmal erzählen möchte. Und vor allem möchte ich nicht Sie, der Sie wahrlich getan haben, was in Ihren Kräften der Freundschaft steht, mit Dingen behelligen, die Sie in moralische Probleme verstricken könnten. Ich fühle es deutlich genug, daß heute Autor sein sich verstricken heißt, mit seinen Fehlern und seinen Vorzügen. – Ich werde also direkt an Kasack schreiben, sehr freundlich und entgegenkommend und auf alle seine berechtigten Einwände eingehen. Die Festsetzung des Honorars (für die 1. Auflage, der kaum eine zweite folgen dürfte) werde ich ihm überlassen, und ich werde auch ein neues *druckreifes* Manuskript herstellen. Neue Verwirrung! Ich habe im Sommer das *zweite* Manuskript bei Podzus (Suhrkamp) gelassen, ohne viel Aussicht, nie eine Antwort erhalten und auch nicht, obwohl ich schon dreimal darum gebeten habe, das Manuskript. Heute habe ich *telegraphisch*

um Luftpostrücksendung gebeten. Dies aber nur für Sie! Ich hoffe, daß sich die Sache doch noch regeln wird, und an Kasack werde ich schreiben, daß ich ihm das Manuskript in ca drei Wochen schicken werde. (Eine andere Frage ist die, ob Sie vielleicht nicht doch noch einmal einen Blick in Ihre Bibliothek werfen, um gegen alle Möglichkeit das *dritte* Exemplar zu finden, das es gegeben hat und von dem ich keineswegs mit Sicherheit aber mit einer geringen Wahrscheinlichkeit annehme, daß es sich von langer Zeit her noch bei Ihnen befindet .. Wenn ja, dann schicken Sie es mir bitte sofort per Luftpost, trotz der Kosten und trotz der Möglichkeit, daß inzwischen schon das Ex. von Suhrkamp eingetroffen wäre. Wenn nein, dann war meine Annahme falsch, und ich kann Sie nur nachträglich wegen überflüssiger Bemühung um Verzeihung bitten. Aber bedenken Sie, Kasack will mir nicht wohl – ich kenne von ihm nichts und würde gern einmal ein schönes Gedicht von ihm lesen –, und nun müßte er mir noch sein Ex. der Anthologie zurückschicken, weil ich kein anderes habe?!! Es ist alles zu verflucht! – Wir waren jetzt zwei Tage in Tel-Aviv und Umgebung: Vorvorfrühling, der schnell vergehen wird. Meine Frau meinte einmal, die Landschaft erinnere an die Ihre. Ich meinte dagegen: Ja, aber –? An der einen Seite das Meer und an der anderen Seite keine Wälder. Sicherlich würden Sie auch hier die Natur entdecken, etwa die wunderbaren Orangenbäume nach dem Regen. Ein gutes Neues Jahr den Guten. Immer

Ihr Werner Kraft

Buber hat mir neulich gesagt, Loerke sei einer der reinsten Menschen, die er in seinem Leben kennengelernt habe. In Bubers Essayband ›Hinweise‹ (Manesseverlag) steht auch ein alter schöner Aufsatz über Heimann, den Sie wahrscheinlich kennen.

Loerke ›Ohrenklingen in der Winterstille‹: ›Und keine Flucht will den vier Ernsten glücken‹, nämlich den vier Augen im Spiegel – Herrlich!!

298. Wilhelm Lehmann an Werner Kraft

Zum Teufel: warum soll ich denn nicht endlich einmal wieder einen ordentlichen Briefbogen nehmen um an den besten Freund zu schreiben? Wir sind ein Spiel von jedem Druck der Luft – aber ist ein Brief von Ihnen nicht etwa mehr als ›Druck der Luft‹? Bevor ich weiter schreibe: der Titel ›Wiederfinden‹ ist großartig, ich bin ganz erfüllt, es kommt kein andrer dagegen auf. Sollte jemand auch *da* zwischen funken, wir schlagen zurück. Emil Barth, einen guten, anständigen Menschen (keineswegs ein zupackender geschweige großartiger Dichter: seinem Roman ›Das Lorbeerufer‹ – 4. Aufl. – fällt es nicht schwer als Kitsch- und Gipsaufguß der Sappho-Phaonaffäre zu identifizieren), habe ich geradezu aufgefordert, Ihnen zu schreiben (meist aus diplomatischen Gründen, nämlich um die Mitglieder des Publikationsausschusses sich als mittätig empfinden zu lassen. Borée ist ein Pedant, aber ein guter: er will immer meine End-Beschlüsse vom Gesamtausschuss bestätigt haben): aber ich brauche Sie zum Glück nicht erst zu bitten, *fest* zu bleiben! Findet B. das herrliche Falladalied zu isoliert, als ob man nicht einem Leser der Anthologie zutrauen dürfte, gefälligst »Die Gänsemagd« nachzulesen!! vgl. aber Walter Schmiele über Perdita und Florizel!!! Erinnern Sie sich? – Mir ist & bleibt die Hauptsache, die Anthologie »Wiederfinden« wird *gedruckt*. Und zwar gilt das numehr als abgemacht. Deshalb schrieb ich meinen letzten Brief an Sie mehr böse als glücklich, der Verzögerung wegen! Wer zuerst kommt, mahlt zuerst. Tun Sie daher bitte alles, um den Druck in Gang zu bringen. Mir schwant nämlich, Sie hätten nur dies eine ›beschnittene‹ Exemplar, an dem Kasack so viel zu mäkeln weiß. Aber wir wollen ihm nicht gram werden, er bringt ganz entschieden einen frischen Wind in die Akademie: wie vom Regen genäßte Hühner lassen sich alle Mitglieder vorläufig von ihm locken. Also bitte, lieber Werner Kraft, schreiben Sie mir, was Sie tun wollen & können, um die Druckvorlage in richtigen Schuß zu bringen. Ich werde immer ganz aufgeregt, wenn ich zu denken wage, daß *ich* zur Drucklegung verhelfen soll! Es kam mir wie ein Blitz in der Nacht, als ich (wider Willen zum ›Vorsitzenden‹ des P. Ausschusses gemacht in Essen) grübelte, womit wir beginnen könnten, nachdem der Briefwechsel Hofmannsthal - E. v. Bodenhausen von R. A. Schröder aus der Hand gegeben war: mittlerweile bei E. Diederichs erschienen. Daß Sie es sein müßten. Ich habe eben einen Bericht des Präsidenten (der ganz anders als Pechel oder gar Snell sein Denken der Ak. widmet): danach ist also, noch einmal, der Druck der Anthologie beschlossene Sache. Ich atme einmal tief auf, so weit wären wir.

Sie haben mir in der Tat einen erleichternden Schwung über die Schildbürgersache Rendsburg hinweg gegeben & ich las mit leidenschaftlichem Vergnügen Ihren ›Humor‹ dazu, aber .. – Mir schickt (warum, weiß ich nicht) die Witwe eines 1947 gestorbenen, von den Nazis wegen seiner unarischen Geschichtsauffassung wie der jüdischen

Großeltern seiner Frau verfolgten Studienrats seinen 1952 publizierten Band Gedichte. Es wäre ja schön, man könnte sie schön finden. Aber es ist, als wären sie überhaupt gar nicht geschrieben. Wie soll man sich aus der Affäre ziehen, obgleich ich der Frau ja in keiner Weise verpflichtet bin, vielleicht auch nicht zur Wahrheit? (man täte ihr, dem Duktus ihres Briefes zufolge, wahrscheinlich mit ein paar gut getünchten, wohlmeinenden Worten ein Gutes an, aber nicht mit der Wahrheit). Das bringt mich darauf, daß es offenbar ganz unmöglich ist, Leuten, die solche Gedichte schön finden, ihre Irrigkeit zu zeigen. Es ist was Entsetzliches mit diesen Quasidichtern! Dann lieber ganz blutiger Dilettantismus als diese Gebildetenspielerei mit hübschen Bildern, tiefen Seufzern, gequälten Reimen! Als ob nicht ein *ganzes* Leben dazu gehörte, sich in den Kosmos einzuarbeiten, nicht ein ganzes Leben, sich das nötige Handwerk zu erlernen!

Zu denken, daß bei Ihnen Winter ist! Hier sind alle Bäume leer, aber so ein milder, *wind*loser November & Dezember ganz unerlebt. Gestern und heute war's *sonnig*. Gegenüber summt die Dreschmaschine. Die Eckernförder Kinder schenkten mir eine Kammelie mit reichem Knospenansatz: ich züchte sie in meinem Dilettantentreibhaus (das die bäuerliche Nachbarin Grützkasten nennt), sie kann bis 2 Grad Kälte vertragen. Ich verlache die Leute, die so geschenkte Blumen in ihre warme Stube stellen & sich wundern, warum die Kreatur dann ›nein‹ sagt. Agathe hat sich in ihre Geschäftsstellung in Kiel etwas gefunden, sucht aber eifrig nach ihr Gemäßerem. Meine Frau ist ihre Erkältung los, ich auch – wunderbarerweise – die Schmerzen im linken Schenkel. Meine Frau triumphiert, daß ich, da sie's gewollt, zum Arzt ging – ich halte Ärzte für Charlatane. Aber eins mag stimmen, man kann wohl als Arzt nicht umhin, gewisse Erfahrungen zu machen & das Verhalten des Körpers zu beobachten .. Offenbar war's was ganz Gemeines, an dem ich litt: die Art & Weise, wie er das Bein umgriff, zeigte mir, daß er mit dergleichen umzugehen gewohnt war. Offenbar gehört nur zum Gedichte schreiben weder Erfahrung noch Wissen noch Intuition, nicht?

Ein alter, erfahrener, witziger Darmstadter, dem der Wein zur Vertraulichkeit mir gegenüber verholfen hatte, äußerte – mir nichts, dir nichts – »ach! der Edschmid ist doch nur ein Hampelmann!« Was mein Urteil angeht: der Mann hat unzweifelhaft Recht.

Ihr Wort vom ›Spitzwegischen‹ des Hans Hennecke verhalf mir an sich schon zu richtigem Blick. Ich hab ihn in Darmstadt neulich als ganz unbedarftes Kind eingesehen – man sieht nur seinen langen Fingern an, daß sie schöne Dinge anfassen –, er stürzte sich begeistert auf eine kleine österreichische Chiromantin! Mir gegenüber wurde er sogar herzlich – das hilft aber alles nichts: aus diesem Munde kommt keine authentische Kunde (sein drittes Wort ist neuerdings »The New Criticism«. Ihnen, wohl auch mir, nimmt er tödlich übel, daß wir die nordamerikanische Großstadtlyrik nicht kennen!! – Dem Benn *muß* der Kamm schwellen, nennt doch sogar Eliot ihn öffentlich in einem Vortrag über Lyrik.

Das soll uns nicht bange machen. – Nun ist der Briefbogen doch zu Ende. Bitte schreiben Sie mir schleunigst über die Anthologie! Lassen Sie sich durch nichts ver-stimmen & seien Sie von Herzen gegrüßt als von Ihrem allezeit getreuen

W. L.

Was Sie mir über ›Epigone‹ schreiben, leuchtet mir *ganz* ein.

Von verschiedenster Seite hat sich Mißfallen geregt, daß man mir den Goes ins Bett gelegt hat. Sogar der vorsichtige Kasack äußerte, »G. spielt den Prominenten«. Ach!

Klein-Wittensee, 30. Dez. 53. Abends

Anhang

Editorische Bemerkung

Zur Textgestalt

Der Briefwechsel zwischen Werner Kraft und Wilhelm Lehmann ist weitgehend vollständig erhalten und umfasst insgesamt 591 Briefe, Aerogramme, Postkarten und ein Telegramm. Allein 415 dieser Schriftstücke stammen von Werner Kraft; sie befinden sich im Nachlass Lehmanns im Deutschen Literaturarchiv Marbach am Neckar (DLA). Die 176 Schriftstücke von Wilhelm Lehmann, fast ausnahmslos ohne Umschläge erhalten, werden im Werner Kraft-Archiv im Literatur- und Kunstinstitut Hombroich (LKH) verwahrt. Drei nicht abgeschickte Brieffragmente von Wilhelm Lehmann an Werner Kraft im Deutschen Literaturarchiv wurden nicht in den Text aufgenommen.

Nur wenige Briefe und Karten dieses Briefwechsels wurden bereits im Ganzen oder in Teilen veröffentlicht, hauptsächlich in den beiden den Dichtern gewidmeten Marbacher Magazinen (Wilhelm Lehmann : Ausstellung von April bis Oktober 1982 im Schiller-Nationalmuseum Marbach. Hg. von Ute Doster in Verb. mit Jochen Meyer. Marbach am Neckar: Dt. Schillergesellschaft 1982 [Marbacher Magazin 22]; Werner Kraft. 1896 - 1991 Bearb. von Jörg Drews. Marbach am Neckar: Dt. Schillergesellschaft 1996 [Marbacher Magazin 75]) sowie in den Anhängen von Lehmanns bisher in sieben Bänden vorliegenden »Gesammelten Werken in acht Bänden« (Herausgegeben in Verbindung mit der Akademie der Wissenschaften und der Literatur in Mainz und dem Deutschen Literaturarchiv in Marbach a. N. von Agathe Weigel-Lehmann, Hans Dieter Schäfer, Reinhard Tgahrt und Bernhard Zeller. Stuttgart: Klett-Cotta 1982ff.). Auf den Einzelnachweis dieser Abdrucke wurde verzichtet.

Grundlage vorliegender Edition ist die gesamte erhaltene, fast ausnahmslos handschriftliche Korrespondenz der beiden Schreiber, die vollständig und ungekürzt in ihrer letzten Gestalt, ohne Berücksichtigung textgenetischer Prozesse, wiedergegeben wird. Lediglich in sechs Briefen wurden aus persönlichkeitsrechtlichen Gründen Auslassungen vorgenommen, die jeweils mit drei Punkten in eckigen Klammern gekennzeichnet sind. In zwei der Fälle, in denen ein Brief oder Teile eines Briefs im Original als verloren gelten müssen, konnte auf frühere maschinenschriftliche Transkriptionen zurückgegriffen werden.

In der Regel versahen Werner Kraft und Wilhelm Lehmann ihre Briefe und Karten mit Orts- und Datumsangaben; wo keine oder fehlerhafte Angaben stehen, wurden die Daten nach dem Poststempel, dem Absender oder, in einzelnen Fällen, aufgrund inhaltlicher Angaben und Hinweise erschlossen und kursiv in eckigen Klammern ergänzt. Die Datumszeile wird getreu über oder, in wenigen Fällen, unter dem Brief einheitlich am rechten Rand des Satzspiegels wiedergegeben; vereinheitlicht sind auch die Positionen von Anrede und Grußformel.

Die Briefe werden in originaler Orthographie und Interpunktion wiedergegeben, inklusive orthographischer und grammatikalischer Eigenheiten (wie der unterschiedlichen Schreibweise von »daß«/»dass« der beiden Briefschreiber) und gattungstypischer Flüchtigkeiten wie dem gelegentlichen Fehlen des Punkts am Satzende oder hinter einer Abkürzung. Auch Werner Krafts Gewohnheit, manche Namen falsch zu schreiben, wurde beibehalten (vor allem »Lörke« statt »Loerke«, trotz des Protests Wilhelm Lehmanns, vgl. Brief Nr. 176). Lehmanns Eigenart, statt des Wortes »und« ein »&« zu setzen, sowie die Krafts, statt dreier Punkte nur zwei zu setzen, wurden ebenfalls übernommen. Abkürzungen wurden, soweit nötig, in den Anmerkungen aufgelöst.

Stillschweigend korrigiert wurden versehentliche Wort- und Silbendoppelungen (»und und«; »nennenen«) und Buchstabenverdreher (»dei«). Auch die unvollständige Setzung von Klammern und Anführungszeichen wurde stillschweigend verbessert; wenn die Position des zu ergänzenden Zeichens nicht eindeutig ist, wurde es in eckige Klammern gesetzt. Vor allem Lehmann verwendete willkürlich sowohl einfache als auch doppelte Anführungszeichen, nicht selten beschließen bei ihm doppelte Anführungszeichen ein mit einfacher Anführung öffnendes Zitat (und umgekehrt). Hier wurde stillschweigend das schließende an das öffnende Zeichen angepasst. Nicht ausgewiesene, das heißt ohne Anführungszeichen stehende Zitate wurden ebenso ohne Zeichen wiedergegeben. In den Vorlagen mit Virgeln oder Abständen zwischen den Versen zitierte Gedichte wurden wie auch längere Prosazitate eingerückt und abgesetzt.

In Groteskschrift sowie in eckigen Klammern stehen Herausgeberzusätze, unsichere Lesarten und unleserliche Stellen. In den Fällen, in denen ein bereits in einem früheren Brief zitiertes Gedicht nicht noch einmal abgedruckt wird, ersetzt ein Verweis auf die Erstnennung in eckigen Klammern das wiederholte Zitat. Nachträgliche Einfügungen und Randbemerkungen mit Verweiszeichen wurden ohne Vermerk in den Text integriert, wenn sich dadurch keine syntaktischen, grammatikalischen oder inhaltlichen Brüche ergeben; andernfalls wurde der Nachtrag durch einen editorischen Vermerk kenntlich gemacht und recte in eckigen Klammern an die entsprechende Stelle gesetzt. Lediglich wirkliche Fußnoten – etwa zu Gedichten – wurden mit Fußnotenzeichen (*) als solche wiedergegeben. Allgemeine Nachträge unter der Unterschrift oder an den Rändern sind jeweils am Ende eines Briefs zu finden. Zusätze Dritter (meist Erna Krafts oder Frieda Lehmanns) stehen ebenfalls mit einem entsprechenden Vermerk recte in eckigen Klammern. Durch Unterstreichung von den Briefschreibern hervorgehobene Stellen sind *kursiv* gesetzt. Zur Unterscheidung von Herausgeberzusätzen in eckigen Klammern wurden spitze Klammern zur Kennzeichnung von Zusätzen der Briefschreiber innerhalb von Zitaten sowie für Klammern innerhalb von Klammern verwendet.

Zu den Anmerkungen

Die Anmerkungen bestehen im Wesentlichen aus Einzelstellenerläuterungen. Auf eine Briefbeschreibung (Format, Papiersorte, Seitenzahl) wurde ebenso verzichtet wie auf die generelle Dokumentation der Absender, Adressen, sonstiger postalischer Zusätze oder Empfängervermerke. Diese werden angegeben, wenn sie inhaltlich relevant sind. Der Poststempel wurde nur bei fehlender oder fehlerhafter Datierung und Ortsangabe verzeichnet.
Die Einzelstellenerläuterungen mussten sich weitgehend auf den Nachweis von Zitaten und Literaturhinweisen beschränken. In den Briefen genannte Texte von Wilhelm Lehmann und Werner Kraft werden, wo möglich, allgemein im Werkregister und jeweils bei ihrer ersten Nennung an den Einzelstellen nachgewiesen. Die in den Briefen mitgeteilten Gedichte und Prosatexte von Kraft und Lehmann, die dem Leser somit vorliegen, werden, soweit sie veröffentlicht sind, nur im Werkregister nachgewiesen. Das annotierte Personenregister führt neben allen im Briefwechsel vorkommenden realen Personen die im Briefwechsel zitierten und genannten Werke Dritter auf. Bibliografische Nachweise und nähere Erläuterungen zu Texten von Kraft, Lehmann und Dritten finden sich also über die Register jeweils in der Einzelstellenerläuterung zur ersten Nennung eines Textes im Briefwechsel.

Abkürzungen

DLA	Deutsches Literaturarchiv Marbach am Neckar
LKH	Literatur- und Kunstinstitut Hombroich
GW	Wilhelm Lehmann: Gesammelte Werke in acht Bänden. [Davon bisher sieben erschienen.] Herausgegeben in Verbindung mit der Akademie der Wissenschaften und der Literatur in Mainz und dem Deutschen Literaturarchiv in Marbach a. N. von Agathe Weigel-Lehmann, Hans Dieter Schäfer, Reinhard Tghart und Bernhard Zeller. Suttgart: Klett Cotta 1982ff.
SW	Wilhelm Lehmann: Sämtliche Werke in drei Bänden. Gütersloh: Sigbert Mohn 1962.
WA	Goethes Werke. Hg. im Auftrag der Großherzogin Sophie von Sachsen. vier Abteilungen mit insgesamt 133 Bänden. Weimar 1887-1919.

H	Handschrift
hs.	handschriftlich
Ts	Typoskript

Editorische Zeichen

[?]	unsichere Lesart
[!]	sic
[xx]	zwei nicht lesbare Buchstaben

Anmerkungen

1. Werner Kraft an Wilhelm Lehmann, 28. Oktober 1931

DLA (68.4460/1). Brief.

»Der Gott und die Magd«] Erstdruck: Das Tagebuch, Jg. 5, H. 38 vom 20. September 1924, S. 1334.

»Dezembernacht auf den Feldern«] Erstdruck: Die literarische Welt, Jg. 5, Nr. 3 vom 20. September 1929, S. 3.

»Untergehender Dichter«] Erstdruck: Die literarische Welt, Jg. 7, Nr. 2 vom 9. Januar 1931, S. 3.

2. Wilhelm Lehmann an Werner Kraft, 1. November 1931

LKH. Brief.

ein paar Verse] Beilage nicht erhalten. Lehmann schickte Kraft drei Gedichte (vgl. folgenden Brief), darunter »Mondjubel«, im Erstdruck (Die literarische Welt, Jg. 5, Nr. 13/14 vom 28. März 1929) unter dem Titel »Mondfreude« erschienen, und wahrscheinlich »An meinen ältesten Sohn« (vgl. Nr. 37), vermutlich als Ausschnitte aus der Unterhaltungsbeilage der Kieler Zeitung »Schleswig-Holstein« (Nr. 14 vom 6. April 1930, S. 1), in der fünf Gedichte Lehmanns abgedruckt waren: An meinen ältesten Sohn. – Mondjubel. – Im Winter zu singen. – Starenschwarm im Baum. – Heißer Herbstabend.

zwei neuere Romane] Der Überläufer (Erstdruck: Sämtliche Werke in drei Bänden. Gütersloh: Sigbert Mohn 1962, Bd. 1, S. 489-770); Der Provinzlärm, zuerst erschienen unter dem Titel »Ruhm des Daseins« (Zürich: Manesse 1953; vgl. Nr. 251). – Zur langen Veröffentlichungsgeschichte der beiden Romane, die Lehmann schon Ende der zwanziger/Anfang der dreißiger Jahre fertiggestellt hatte, vgl. ausführlich GW 3, 370-403 und GW 4, 272-288. Vor allem bezüglich des »Provinzlärms« erinnerte Kraft Lehmann in ihrem Briefwechsel unausgesetzt daran, die Veröffentlichung voranzutreiben. Zu Krafts umfassender und detaillierter Kritik am »Provinzlärm« vgl. vor allem Nr. 10 und Nr. 35. – Lehmann glaubte auch im Nachkriegsdeutschland lange an keine Veröffentlichungsmöglichkeit für seinen bereits 1925-27 entstandenen Roman »Der Überläufer«. Erst im Juni 1959 bekam Werner Kraft das Manuskript zu lesen; zu seinem Eindruck vgl. vor allem Nr. 426. Im Sommer 1959 bat Lehmann Hubert Breitenbach aus Lüneburg, das Manuskript seines Romans »Der Überläufer« für ihn aufzubewahren, da er es, ohne Aussicht auf Veröffentlichung, »nur noch als Last« empfinde (Nr. 428). Fast gleichzeitig allerdings wies er in seiner Rede zum Empfang des Schiller-Gedächtnispreises im November 1959 (vgl. Nr. 436) noch einmal auf den unveröffentlichten Roman hin, worauf es zum Vertragsschluss mit dem Sigbert Mohn Verlag und Ende

April 1962 zur Veröffentlichung des »Überläufers« innerhalb einer dreibändigen Ausgabe »Sämtlicher Werke« kam. Eine Sonderausgabe des »Überläufers« erschien Ende August 1964 (mit der Angabe »1962«) bei Mohn noch auf Betreiben seines Lektors H. J. Meinerts, der allerdings kurz vor der Veröffentlichung starb. »Der Überläufer« erschien mit der gedruckten Widmung: »Dieses Buch ist Hans Jürgen Meinerts zugeeignet. Seiner Aufmerksamkeit verdankt es das Erscheinen. W. L.«

»Nördlicher Juli« in der »Neuen Rundschau«] Wind des Anfangs. – Sand. – Traumleib der Wärme. – Bleiben des Endes. In: Neue Rundschau, Jg. 40, Nr. 5 vom Mai 1929, S. 693f.

Reihe von Gedichten … »Die Horen«] Der Heilige. – Altjahrsabend. – Verzweiflung. – Einigung. In: Die Horen, Jg. 5, Nr. 9 von 1928/29, S. 793-795. Das letzte der »Monatshefte für Kunst und Dichtung« (Berlin) erschien im August/September 1930.

3. Werner Kraft an Wilhelm Lehmann, 21. November 31

DLA (68.4460/2). Brief.

drei Gedichte] Vgl. vorigen Brief.

aus den Horen und der Neuen Rundschau] Vgl. vorigen Brief.

Heine-Strophe] Das von Heine bevorzugte Reimschema a-b-c-b.

»Bedrängten Seraph« … Heft des Neuen Merkur] Der bedrängte Seraph. Erstdruck in: Der neue Merkur, Jg. 2, H. 6 vom September 1915, S. 744-768.

Aufsatzes von Walter Benjamin] Das Leben der Studenten. In: Der neue Merkur, Jg. 2, H. 6 vom September 1915, S. 727-737.

Hölderlin-Biographie] Wilhelm Böhm: Hölderlin. Zwei Bde. Halle a.d. Saale: Max Niemeyer 1928-1930.

4. Wilhelm Lehmann an Werner Kraft, 27. November 1931

LKH. Brief.

Vorsitzenden] Wilhelm Böhm.

Im Februar 1928 … »Verführerin Trösterin«] Verführerin, Trösterin. Erstdruck: Neue Rundschau, Jg. 39, H. 2 vom Februar 1928, S. 153-171.

5. Werner Kraft an Wilhelm Lehmann, 7. Dezember 1931

DLA (68.4460/3). Brief.

»Wahrheit ist ein Hund … stinken darf.«] Shakespeare: King Lear, I, 4.

»Weingott«] Roman. Erstdruck: Trier: Friedrich Lintz 1921.

»Der Sturz auf die Erde«] Erzählung. Trier: Friedrich Lintz 1923.

College Crampton] Komödie von Gerhart Hauptmann (Uraufführung 1892).

Gedicht Weingotts] Zweifel; vgl. GW 2, 388f. und GW 1, 12f./392.

Mengs] Aus der Erzählung »Verführerin, Trösterin«.

6. Werner Kraft an Wilhelm Lehmann, 29. Januar 1932

DLA (68.4461/1). Brief.

Vogelfreien Josef] Novelle. Trier: Friedrich Lintz 1922. (Die deutsche Novelle. Eine Bücherei zeitgenössischer Dichtung. Hg. von Max Tau.)

Assessors Mengs] Aus der Erzählung »Verführerin, Trösterin«.

Parzival] Wolfram von Eschenbach: Parzival; vgl. GW 5, 225-229.

Radio-Vorlesung] Eine von der Deutschen Welle am 10. Januar 1932 gesendete halbstündige Lesung Lehmanns: »Der Dichter liest aus eigenen Schriften. Eine Folge der Reihe: Dichterstunde«.

Propaganda ... von der Literarischen Welt] Willy Haas hatte eine Ausgabe der von ihm herausgegebenen Zeitschrift »Die Literarische Welt« (Jg. 8, Nr. 3 vom 15. Januar 1932) Wilhelm Lehmann gewidmet. Vgl. GW 5, 581.

Sätze des Grafen Yorck] Vgl. die in der »Literarischen Welt« (s. o.) abgedruckte »Biographische Notiz« mit einem Zitat aus dem Briefwechsel zwischen Wilhelm Dilthey und dem Grafen Paul Yorck von Wartenburg 1877-1897 (vgl. GW 8, 16-20, 19f./643).

7. Wilhelm Lehmann an Werner Kraft, 3. März 1932

LKH. Brief.

Dilthey an York] Vgl. vorigen Brief.

Oskar Loerke ... Besprechung des »Vogelfreien Josef«s] Berliner Börsen-Courier, Nr. 95 vom 25. Februar 1923; vgl. GW 5, 551.

Bücherwurm ... als Loses Blatt] Der Bücherwurm, Jg. 17, H. 3 vom Februar 1932, Loseblatt-Beilage (Seiten 17-32 der Loseblatt-Beilagen für Ausgaben A und S). Dem Abschnitt aus dem 23. Kapitel des »Provinzlärm« geht eine kurze Würdigung Lehmanns durch den Herausgeber Karl Rauch und eine von Lehmann verfasste Inhaltsangabe des Romans voraus.

Herausgeber des Kunstwarts] Hermann Rinn.

»Begrabenen Gott«] Stehrs Roman »Der begrabene Gott«. Berlin: Fischer 1905.

Stehrbuch des »Freundes« Kaergel] Das Hermann Stehr-Buch. Eine Auswahl aus seinen weltanschaulichen Dichtungen und Gesprächen von Hans-Christoph Kaergel. Leipzig: Paul List 1927.

Wort von Ihnen] Werner Kraft kam der Bitte nach und schrieb einen Aufsatz über Wilhelm Lehmann, den er ihm am 29. Juni 1932 schickte. Lehmanns tiefe Freude über den Aufsatz sowie beider langjähriges Bemühen, ihn zur Veröffentlichung zu bringen, durchzieht den Briefwechsel: Die ursprünglich vorgesehene Publikation des Aufsatzes im »Kunstwart« von Hermann Rinn kam nicht zustande, auch die Versuche, ihn bei Dolf Sternberger (»Die Wandlung«), Alfred Döblin (»Das Goldene Tor«), Walter Dirks (»Frankfurter Hefte«), Hans Hennecke und Herbert Burgmüller (»Die Fähre«/»Literarische Revue«) oder Berthold Spangenberg und Wolf Lauterbach (»Deutsche Beiträge«) unterzubringen, scheiterten. Lange bevor es zur Veröffentlichung kam, überarbeitete Kraft den Aufsatz und schickte die neue Fassung am 20. April 1947 an Lehmann. Schon ein knappes Jahr später (am 24. März 1948) meldete er abermals, ihn erweitern und überarbeiten zu wollen. – Am 27. Dezember 1950 berichtete Kraft an Lehmann, die »Neue Schweizer Rundschau« habe Interesse an einem sechsseitigen Aufsatz über Wilhelm Lehmann. Diese weitere Fassung, für die Kraft »entsetzlich konzentrieren und kürzen« (31. Januar 1951) musste, erschien als Erstdruck von »Wilhelm Lehmann« schließlich in: Neue Schweizer Rundschau, N. F., Jg. 19, H. 2 vom Juni 1951, S. 96-104, gefolgt von dem Vorabdruck eines Abschnitts des Romans »Der Provinzlärm« von Lehmann (S. 105-111). – Am 25. Juni 1954 schrieb Kraft an Lehmann von seiner neuerlichen Arbeit an dem Aufsatz für einen Essayband. Auch über diese Fassung zeigte sich Lehmann »glücklich« (21. August 1955). Als erweiterter Wiederabdruck erschien »Wilhelm Lehmann« in: Werner Kraft: Wort und Gedanke. Kritische Betrachtungen zur Poesie. Bern, München: Francke 1959, S. 251-281; ein weiterer Abdruck in: Gegenwart des Lyrischen. Essays zum Werk Wilhelm Lehmanns. Hg. von Werner Siebert. Gütersloh: Mohn, 1967. S. 91-121. – Zwei Fassungen sind handschriftlich erhalten (DLA, A: Lehmann, 68.6878): die in »Wort und Gedanke« gedruckte sowie eine spätere, gekürzte Fassung; vgl. zu Nr. 166.

8. Werner Kraft an Wilhelm Lehmann, 10. März 1932

DLA (68.4461/2). Brief. – Beilage: Werner Kraft, »Über ›Wanderers Nachtlied‹« (3 S.) (Sonderdruck aus der »Zeitschrift für Deutsche Bildung«, Jg. 8, Heft 2 vom Februar 1932, S. 132-134).

Aufsatz über Sie] Kraft: Wilhelm Lehmann.

»Der Bilderstürmer«] Der 1916 als Vorabdruck in der »Neuen Rundschau« abgedruckte Roman war 1917 als Buch bei S. Fischer (Berlin) erschienen.

»Die Schmetterlingspuppe«] Roman. Berlin: S. Fischer 1918.

kleinen Aufsatz] Über »Wanderers Nachtlied«; s. Angabe zur Briefbeilage.

9. Wilhelm Lehmann an Werner Kraft, 28. März 1932

LKH. Postkarte.

Urlaub] Nachdem die Schulbehörde seinem Urlaubsgesuch stattgegeben hatte, begab sich Lehmann auf eine längere Reise, deren Verlauf sich anhand der Briefe an Kraft und der Entstehungsgeschichte seiner Erzählung »Die Hochzeit der Aufrührer« (vgl. GW 5, 581f.) weitgehend rekonstruieren lässt: Vom 30. März bis zum 25./26. Juni hielt sich Lehmann in Cadempino im Tessin auf, fuhr dann nach Ehrwald in Tirol, um seine Frau und seine Tochter zu treffen, und verbrachte den Rest des Urlaubs vom 16. Juli bis Ende September im schwäbischen Weilheim an der Teck. Die mehrtägige Heimreise trat er am 1. Oktober an; sie führte ihn über Hannover, wo er Werner Kraft für mindestens zwei Tage besuchte (vgl. Nr. 24). Am 5. Oktober kehrte Lehmann nach Eckernförde zurück. – Über den

Besuch Lehmanns bei Kraft vgl. Kraft: Der Dichter Wilhelm Lehmann. In: Hochland, Jg. 59, H. 4 vom April/Mai 1967, S. 350-359, S. 354; gekürzt auch in: Kraft: Spiegelung der Jugend. Frankfurt a. M.: Suhrkamp 1973 (Bibliothek Suhrkamp, Bd. 356), S. 145.

Wenn Sie Zeit ... achten?] Bei dieser ersten kurzen Begegnung übergab Lehmann Kraft das (nicht erhaltene) Manuskript des »Provinzlärms«.

Aufsatz] Kraft: Wilhelm Lehmann.

Gedichtaufsatz] Über »Wanderers Nachtlied«.

Loerkeschen Deutung von »Über allen Gipfeln«] Goethe: Ein gleiches. – Vgl. Oskar Loerke: Formprobleme der Lyrik. In: Jahrbuch der Sektion für Dichtkunst 1929. Berlin: S. Fischer 1929, S. 206-227, S. 224f.

10. Werner Kraft an Wilhelm Lehmann, 7. April 1932

DLA (68.4461/3). Brief.

Lektüre des »Provinzlärm«] Lehmanns Roman mit seinen Protagonisten Asbahr, Felfer, Regine und Lupinus, von denen der Brief im folgenden spricht.

Kafka-Wortes] »Das Gute ist in gewissem Sinne trostlos.« Aus Franz Kafkas nachgelassenen Aphorismen, unter dem Titel »Betrachtungen über Sünde, Leid, Hoffnung und den wahren Weg« veröffentlicht in: Beim Bau der Chinesischen Mauer. Hg. von Max Brod und Hans Joachim Schoeps. Berlin: Gustav Kiepenheuer 1931, S. 213-236, S. 218. – Offensichtlich hatte Lehmann das Zitat seinem Romantyposkript als – später verworfenes – Motto vorangesetzt; vgl. Briefe Nr. 27 und 75.

Löschki, Weingott, Wingen] Personal aus Lehmanns Romanen »Die Schmetterlingspuppe« (Loeski), »Weingott« und seiner Erzählung »Vogelfreier Josef«.

Fürst Myschkin] Aus Dostojewskis »Der Idiot«.

Rogoschins ... Nastasja] Aus Dostojewskis »Der Idiot«.

Juliette] Aus »Der Provinzlärm«.

Yoice] James Joyce.

kein richtiger Genitiv] Den Genitiv »Lupinus'« des Namen Lupinus im Erstdruck änderte Lehmann für den Druck von 1962 in »Lupins«; vgl. GW 4, 271.

»Michael Lippstock« und »Marleen«] Novelle (Erstdruck: Neue Rundschau, Jg. 26, H. 8 vom August 1915, S. 1022-1063) und Erzählung »Maleen« (Erstdruck: Neue Rundschau, Jg. 29, H. 5 vom Mai 1918, S. 601-634) von Lehmann.

11. Wilhelm Lehmann an Werner Kraft, 24. April 1932

LKH. Brief.

meinem Buche] Lehmann: Der Provinzlärm.

Bemerkungen zu den Goetheschen Gedichten] Nicht ermittelt.

Aufsatz über Kafka] Einziger gedruckter Aufsatz von Kraft über Kafka war bis dahin »Über Franz Kafkas ›Elf Söhne‹« (Die Schildgenossen. Jg. 12, 1932, H. 2/3, S. 120-132).

12. Werner Kraft an Wilhelm Lehmann, 2. Mai 1932

DLA (68.4461/4). Brief.

»Die Rosen ruhen ... nicht weiter.«] Aus Lehmanns Gedicht »Bleiben des Endes« aus dem Zyklus »Nördlicher Juli«.

Goethe: »Wie ... es ist gut.«] Aus Goethes nachgelassenem Gedicht »Der Bräutigam«.

Hölderlins ... »Patmos«] Hölderlin: Patmos, sechste Strophe.

Aufsatz über Sie] Kraft: Wilhelm Lehmann.

13. Werner Kraft an Wilhelm Lehmann, 9. Mai 1932

DLA (68.4461/5). Ansichtskarte: Paris. Notre-Dame. Chimère.

Chimären an den Türmen von Notre Dame] Vgl. das Motiv der Ansichtskarte.

14. Werner Kraft an Wilhelm Lehmann, 18. Mai 1932

DLA (68.4461/6). Kunstkarte: Musée du Louvre. Bruegel le Vieux. La Parabole des Aveugles. – Datierung nach Poststempel: Paris, 18. 5. 32.

Reproduktion] Vgl. das Motiv der Ansichtskarte.

Rodin qui a fait une main de Dieu] Auguste Rodins Skulptur »La Main de Dieu« von 1896 (Musée Rodin, Paris).

15. Wilhelm Lehmann an Werner Kraft, 23. Mai 1932

LKH. Ansichtskarte: Lugano, Mte. Brè.

16. Werner Kraft an Wilhelm Lehmann, 26. Mai 1932

DLA (68.4461/7). Brief.

Aufsatz über Sie] Kraft: Wilhelm Lehmann.

Felfer] Aus Lehmanns Roman »Der Provinzlärm«.

Je suis fatiguée ... Anatole France: Thais] Aus dem Roman »Thaïs« von Anatole France, Livre II, Le Papyrus 2.

17. Wilhelm Lehmann an Werner Kraft, 27. Juni 1932

LKH. Postkarte.

seit Ende voriger Woche wohne ich hier] Der 27. Juni 1932 war ein Montag; also hielt sich Lehmann ab dem Wochenende 25./26. Juni (bis zum 16. Juli) in Ehrwald auf.

Novelle, die ich gerade schrieb] »Die Hochzeit der Aufrührer«, zuerst in der »Vossischen Zeitung« in 14 Fortsetzungen abgedruckt (Nr. 335-348,

9.-24. Dezember 1933). Als Buch erschien sie 1934 (Berlin: S. Fischer). Zur Entstehungs- und Veröffentlichungsgeschichte vgl. GW 5, 581-592.

18. Werner Kraft an Wilhelm Lehmann, 29. Juni 1932

DLA (68.4461/8). Brief.

Gedicht] Grille im Tessin.
mit dem Aufsatz nicht einverstanden] Kraft: Wilhelm Lehmann; vgl. Nr. 7.

19. Wilhelm Lehmann an Werner Kraft, 5. Juli 1932

LKH. Brief.

Aufsatz] Kraft: Wilhelm Lehmann.
Gedicht] Grille im Tessin.
»Kein Mensch ist tiefer als seine Sprache«] Nicht ermittelt.

20. Wilhelm Lehmann an Werner Kraft, 15. Juli 1932

LKH. Ansichtskarte: Ehrwalderalm gegen die Wettersteinwand.

Christian Wagneraufsatz] Wahrscheinlich Krafts Aufsatz »Über Christian Wagner« (Der Kunstwart, Jg. 44, H. VI vom März 1931, S. 383 – 388).
Brief von Dr B. Rang] Kraft hatte einen Brief von Bernhard Rang an Wilhelm Lehmann vom 5. Juli 1932 (DLA, A: Lehmann, 68.578/2) weitergeleitet.

21. Werner Kraft an Wilhelm Lehmann, 16. Juli 1932

DLA (68.4461/9). Brief.

Aufsatz] Kraft: Wilhelm Lehmann.
Claudius sagt ... Eigenschaften«] Das Zitat von Matthias Claudius stammt nicht aus den »Briefen an Andres«, sondern aus seinem Brief »An meinen Sohn Johannes, 1799«. In: Claudius: Asmus omnia sua secum portans Oder Sämtliche Werke des Wandsbecker Boten. Original-Ausgabe. Gotha: Friedrich Andreas Perthes 1907. Zweiter Band, Siebenter Theil, S. 157-161, S. 159.
Goethes ... Wort vom »gewissenlosen« Handeln] Goethe: Maximen und Reflexionen, Nr. 251 (Goethes Werke [Hamburger Ausgabe], Bd. 12): »Der Handelnde ist immer gewissenlos; es hat niemand Gewissen als der Betrachtende.«
Lörke »Atem der Erde«] Oskar Loerke: Atem der Erde. Sieben Gedichtkreise. Berlin: S. Fischer 1930.
»Der Mond ist aufgegangen«] Das »Abendlied« von Matthias Claudius.
»Es wachsen die Hormone«] Erster Vers von Oskar Loerkes Gedicht »Erlöschen«.

22. Werner Kraft an Wilhelm Lehmann, 7. August 1932

DLA (68.4461/10). Brief. – Beilage: Ernst Rowohlt an Werner Kraft, 27. 7. 1932, Ts. mit eigenhändiger Unterschrift, Briefkopf: Rowohlt Verlag GmbH / Berlin W 50 / Passauer Str. 8/9.

beiliegende Brief] »Sehr geehrter Herr Doktor Kraft! / Besten Dank für Ihre Zeilen vom 18. ds. Mts. Das Manuskript ›Der Provinzlärm‹ von Wilhelm Lehmann hat uns allerdings vorgelegen und ist auch von unseren Lektoren ausserordentlich günstig beurteilt worden. Aber eine eingehende Beschäftigung mit dem Manuskript hat uns doch zu der Ueberzeugung kommen lassen, dass dieses Buch zu denen gehört, an denen der Verleger unbedingt Geld verlieren muss. Wir können nicht an einen geschäftlichen Erfolg des Buches glauben und haben es daher abgelehnt. / Ich persönlich bin mir auch darüber klar, dass Wilhelm Lehmann noch nicht den Leserkreis gefunden hat, den er finden könnte. Aber ich bin durch allerlei Dinge in dieser Beziehung ziemlich mutlos geworden. Ich kann Ihnen also heute nur schreiben, dass ich prinzipiell bereit bin, mich noch einmal selber mit dem Manuskript zu beschäftigen. Wenn also Herr Wilhelm Lehmann ein Exemplar seines Manuskriptes besitzt, das er zurzeit nicht benötigt, so würde ich Ihnen sehr dankbar sein, wenn Sie ihn veranlassen würden, es mir noch einmal zu schicken. Ich bitte Sie aber, ihm nicht viel Mut zu machen und ihm vor allen Dingen zu sagen, dass ich erst in etwa 3-4 Wochen an die Lektüre herangehen kann, da ich noch sehr viel zu erledigen habe. / Inzwischen bin ich / mit bester Empfehlung / Ihr sehr ergebener / Rowohlt / RSi 27. 7. 32« – Auf einer nicht abgeschickten Ansichtskarte vom 15. August 1932 schreibt Lehmann: »[...] Dass Rowohlt ablehnt, erfuhr ich erst durch das Schreiben an Sie: bis jetzt ist das nun überarbeitete MS, das seit 2 Jahren bei R. war oder ist – nicht an mich zurückgelangt: ich glaube kaum, dass es Sinn hat, es ihm noch einmal zu schicken (Ihr MS ist das beste). Mögen Sie selbst nach dieser Mitteilung urteilen! [...]« (DLA, 68.6454/1) Vgl. zu Nr. 23.

Manuskript] Der Provinzlärm.

Aufsatz über die »Schmetterlingspuppe«] Der Aufsatz »Wilhelm Lehmanns ›Schmetterlingspuppe‹« von Bernhard Rang wurde zusammen mit Lehmanns Gedichten »Tauwind«, »Leiser Herbstwind«, »Südliche Stunde«, »Sonnenwende«, »Ahornfrüchte« sowie einem Abschnitt aus »Die Hochzeit der Aufrührer« abgedruckt in: Die Schildgenossen, Jg. 13, H. 3 vom Januar/ Februar 1934, S. 244-251. Die ursprünglich geäußerte Absicht des Schriftleiters der »Katholischen Zweimonatsschrift« Karlheinz Schmidthüs, dort auch Krafts Aufsatz »Wilhelm Lehmann« abzudrucken (vgl. Rang an Lehmann, 25. August 1932, DLA Marbach, 68.5278/2), wurde nicht umgesetzt.

hat Alfred Kerr vollends dafür gesorgt, ... gestrichen wird] Die 1911 ausgebrochene Fehde zwischen Kraus und Kerr fand 1927/28 neue Nahrung und führte zu juristischen Auseinandersetzungen über die Kriegsgedichte Kerrs, die dieser unter dem Pseudonym »Gottlieb« verfaßt hatte. Der Prozess endete im Februar 1928 mit einem Vergleich, nicht aber die Feindschaft zwischen Kraus und Kerr, die sich weiterhin publizistisch befehdeten.

Bernhard Rang … Literaturblättchen zusammen.«] In: Der neue Stand, Jg. 2, H. 1 vom Juli 1932, S. 1-7; Zitat S. 4.

23. Werner Kraft an Wilhelm Lehmann, 1. Oktober 1932

DLA (68.4461/11). Brief.

Kraus-Unfugs] Emanuel bin Gorion: Der Fackel Reiter. Ein Wort über Karl Kraus. Berlin: Morgenland-Verlag 1932.

Herausgebers … »Die Sagen der Juden«] Gesammelt und bearbeitet von Micha Josef bin Gorion. 5 Bde. Frankfurt a. M.: Rütten & Loening, 1913-27.

über den gleichen Gegenstand] Vgl. Werner Kraft: Über den Dichter Karl Kraus. In: Der Sumpf, H. 4 vom Oktober 1932, S. 240-249.

nichts von Ihnen hörte!] Am 15. August 1932 hatte Lehmann »auf dem Wege von Weilheim nach« Bad Boll (Württemberg) eine Postkarte (DLA 68.6454/1) an Kraft geschrieben, sie aber nicht abgeschickt: »Lieber Herr Kraft, es ist verlorene Sommereinsamkeit und goldene Zeit für Wespen u. Hornissen & ich gehe selbst verloren, sodass ich Ihnen immer noch nicht auf zwei Briefe antworte. Dass Rowohlt ablehnt, erfuhr ich erst durch das Schreiben an Sie: bis jetzt ist das – unüberarbeitete MS, das seit 2 Jahren bei R. war oder ist – nicht an mich zurückgelangt: ich glaube kaum, dass es Sinn hat, es ihm noch einmal zu schicken (Ihr MS ist das beste). Mögen Sie selbst nach dieser Mitteilung entscheiden! Tun Sie wie Ihnen sinnreich scheint. Ihr Aufsatz ist bei der Redaktion der Neuen Rundschau: warten wir ein paar Tage noch auf die Ablehnung. Haben Sie Dank für alles Gute: Ich denke Ihrer oft & lebendig & werde Ihnen sobald es geht ausgebreiteter schreiben. Ich wohne noch eine Zeit in Weilheim. Herzlich Ihr / Wilhelm Lehmann […]«.

»Südliche Stunde« … Rang abschrieb] Erstdruck: Europäische Revue, Nr. 3 vom März 33, S. 176.

»In Prosa dichten … vermählen müssen.«] In: Hofmannsthal: Aus dem Nachlaß (Neue Rundschau, Jg. 40, H. 7 vom Juli 1929, S. 613-625, S. 615). – Kraft gibt das Zitat von Hofmannsthal in seinem Aufsatz »Von Bassompierre zu Hofmannsthal« (Kraft: Wort und Gedanke, S. 132-173, S. 172) versehentlich mit falscher Quellenangabe wieder. Vgl. auch zu Nr. 85.

meinen Aufsatz] Wilhelm Lehmann.

Anbei zwei kleine Aufsätze von mir] Um welche Aufsätze von Kraft es sich handelte, läßt sich nicht sagen.

Aufsatz] Kraft: Wilhelm Lehmann.

Herausgeber] Oscar Bie, Samuel Fischer und Samuel Saenger.

24. Werner Kraft an Wilhelm Lehmann, 5. Oktober 1932

DLA (68.4461/12). Brief.

es waren schöne Tage] Lehmanns Besuch in Hannover; vgl. zu Nr. 9.
Emanuel Bingorion] Emanuel bin Gorion.
seine Schrift] Der Fackel Reiter.
Hofmannsthals »Brief« … Prosaischen Schriften] Hugo von Hofmannsthal: Ein Brief. In: Die Prosaischen Schriften gesammelt in vier Bänden. Erster Band. Berlin: S. Fischer 1907, S. 53-76.
»Inschrift« von Hofmannsthal] Sämtliche Werke (Kritische Ausgabe). Bd. 1, S. 67.
Aphorismen von Schestow] Leo Schestow: Von den Quellen der Weltanschauung. In: Neue Rundschau, Jg. 43, H. 10 vom Oktober 1932, S. 514-530.
Aufsatz über George] Friedrich Franz von Unruh: Stefan George und der deutsche Nationalismus. In: Neue Rundschau, Jg. 43, H. 10 vom Oktober 1932, S. 478-492.

25. Wilhelm Lehmann an Werner Kraft, 6. Oktober 1932

LKH. Kunstkarte: Leonardo da Vinci, Il Musicista.

Reise] Vgl. zu Nr. 9.
Aufsatz] Wohl die beiden Aufsätze, die Kraft geschickt hatte; vgl. Nr. 23.
Gedichte] Kraft hatte Lehmann ein gebundenes Typoskript (Durchschlag) von 117 Seiten mit rund 120 Gedichten geschickt (DLA, A: Lehmann, 68.6869). Vgl. Nr. 34.

26. Werner Kraft an Wilhelm Lehmann, 9. Oktober 1932

DLA (68.4461/13). Postkarte.

Lörke] Oskar Loerke: Zeitgenossen aus vielen Zeiten. Berlin: S. Fischer 1925; darin die Aufsätze »Jean Paul, das unbekannteste Genie«, »Gerhart Hauptmann«, »Moritz Heimann«, »Alfred Mombert«.
»Rede des toten Christus … kein Gott sei«] Jean Paul: Siebenkäs. Zweites Bändchen, Erstes Blumenstück.
»Quint« … »Indipohdi«] Gerhart Hauptmann: Der Narr in Christo Emanuel Quint (Roman, 1910); Der Ketzer von Soana (Erzählung, 1918); Indipohdi (Drama, Uraufführung 1922).
Karl Kraus: »Wehe … dem Menschen!«] Aus: Pro domo et mundo (Die Fackel, Jg. 11, Nr. 300 vom 9. April 1910, S. 17-32, S. 32).
Karl Kraus: … »Lebt wohl!«] Aus: Nachts (Die Fackel, Jg. 14, Nr. 360-362 vom 7. November 1912, S. 1-25, S. 17).

27. Werner Kraft an Wilhelm Lehmann, 17. Oktober 1932

DLA (68.4461/14). Brief.

Zeitschrift mit dem Aufsatz] Nicht ermittelt.

Motto zum »Provinzlärm«] Vgl. Briefe Nr. 10 und 75.
Goethe wollte aus ihr ein Drama machen] Am 8. August 1776 schrieb Goethe an Charlotte von Stein von seinem Plan, die Novelle »Der Falke« aus Boccaccios »Dekameron« (V, 9) zu dramatisieren.

28. Werner Kraft an Wilhelm Lehmann, 22. Oktober 1932

DLA (68.4466/15). Postkarte.

29. Wilhelm Lehmann an Werner Kraft, 28. Oktober 1932

LKH. Ansichtskarte: Seebad Eckernförde, Fischereihafen.

30. Werner Kraft an Wilhelm Lehmann, 8. November 1932

DLA (68.4461/16). Postkarte.

»Sumpf«] »Der Sumpf« (Berlin), hg. von Wilhelm Kütemeyer, in vier Heften erschienen Januar bis Oktober 1932.
»Rose Berndt«] Gerhart Hauptmann: Rose Bernd (Schauspiel).
Gabriel Schillings Flucht] Drama von Gerhart Hauptmann (entstanden 1905/06, Uraufführung 1912).
dem leider verbrannten] Beim Brand des Münchener Glaspalasts am 6. Juli 1931 waren über 3.000 Gemälde zerstört worden, darunter auch »Wir drei«, ein Selbstporträt von Runge mit seiner Frau und seinem Bruder.

31. Wilhelm Lehmann an Werner Kraft, 16. Dezember 1932

LKH. Ansichtskarte: Ostseebad Eckernförde, Borby. Datierung nach Poststempel: Eckernförde, 16. 12. 32.

Novelle] Lehmann: Die Hochzeit der Aufrührer.
Ihren Gedichten] Vgl. Nr. 25.

32. Wilhelm Lehmann an Werner Kraft, 18. Dezember 1932

LKH. Ansichtskarte: Cefalù, La Cattedrale.

33. Werner Kraft an Wilhelm Lehmann, 20. Dezember 1932

DLA (68.4461/17). Postkarte.

34. Wilhelm Lehmann an Werner Kraft, 23. Dezember 1932

LKH. Postkarte.

Ihren Versen] Ein Typoskript mit rund 120 Gedichten (vgl. Nr. 25), darunter die im folgenden zitierten Verse.
Wandl ich nachtwärts … du mich durchdrangst.] 3. und 4. Strophe von »Abschied«.
Die nie begriffne Klage … niemals war] Letzte Strophe von »Aus welcher weiten Ferne«.

»An den Gesang«] Mit dem Anfangsvers »Verschollener Gesang!«.
Mag verarmen … auf dich niederrangst!] Anfang von »Auferstehung«.
Hans Kaspar] Paul Caspar Kraft.

35. Werner Kraft an Wilhelm Lehmann, 23. Dezember 1932

DLA (68.4461/18; 68.4493). Brief.

Wenig bedürfen … herabzusteigen vom Throne.] Zum Geburtstag (3). In: Christian Wagner: Späte Garben. Gedichte. München, Leipzig: Georg Müller 1909, S. 51.

Bemerkungen über den Provinzlärm] Keiner dieser Vorschläge, dessen Seiten- und Zeilenangaben sich auf ein nicht erhaltenes Typoskript beziehen, wurde von Lehmann berücksichtigt.

36. Werner Kraft an Wilhelm Lehmann, 1. Januar 1933

DLA (68.4462/1). Brief.

»Die modernen psychologischen … müßte.«] In: Hofmannsthal: Buch der Freunde. In: Reden und Aufsätze III. (Gesammelte Werke in zehn Einzelbänden.) Frankfurt a. M.: Fischer Taschenbuch Verlag 1980, S. 233-299, S. 285.

Wer nicht hassen kann, ist kein Mann.] Oswald Spengler: Politische Schriften. München: C. H. Beck 1933, S. 147. – Der Satz findet sich in dem Kapitel »Politische Pflichten der deutschen Jugend« (S. 129-156) und heißt im Ganzen: »Wer nicht zu hassen vermag, ist kein Mann, und die Geschichte wird von Männern gemacht.«

37. Werner Kraft an Wilhelm Lehmann, 29. Januar 1933

DLA (68.4462/2). Brief.

Vorabend] Am 30. Januar 1933 wurde Adolf Hitler zum Reichskanzler ernannt.

»o heilig Herz … o Vaterland«] Erster Vers von Friedrich Hölderlins »Gesang des Deutschen« (1799).

glänzenden Autor] Trotzki hatte 1929 »Mein Leben. Versuch einer Autobiographie« bei S. Fischer (Berlin) veröffentlicht.

in einem Shakespeareschen Bilde zu reden] Vgl. den letzten Vers in Shakespeares Sonett 146: »And Death once dead, there's no more dying then.«

»Zauberberg«] Thomas Manns Roman »Der Zauberberg« (1924).

Stelle im »Wilhelm Meister«] Goethe, wohl »Wilhelm Meisters Lehrjahre« (1795/96), 4. Buch, 4. Kapitel.

Anthologie] Mit allen Sinnen. Lyrik unserer Zeit. Hg. von Carl Dietrich Carls und Arno Ullmann. Berlin: Rembrandt 1932. – Die Anthologie enthält neben vier Gedichten Lehmanns (S. 81-83: An meinen Sohn. – Altjahrsabend. – Im Winter zu singen. – Grille im Tessin) Beiträge von Oskar Loerke, Robert Brendel, Georg von der Vring und 41 weiteren Autoren. Vgl. Nr. 41.

38. Wilhelm Lehmann an Werner Kraft, 30. Januar 1933

LKH. Brief.

Der Schriftwechsel … verfuhr] Die Erzählung »Die Hochzeit der Aufrührer« hatte Lehmann zuerst an die »Neue Rundschau« unter der Leitung von Rudolf Kayser geschickt, der um eine Novelle gebeten hatte; vgl. GW 5, 582f.

Vossische Zeitung] Vgl. zu Nr. 17.

»Papiers Natur ist Rauschen«] Der erste Vers des Lieds »Würde der Schreiber« aus: Des Knaben Wunderhorn. Alte deutsche Lieder gesammelt von Ludwig Achim von Arnim und Clemens Brentano, Bd. II (1808), Moralische Gassenhauer.

Aufsatz] Kraft: Wilhelm Lehmann.

Maler Wasmann … Autobiographie] Friedrich Wasmann: Ein deutsches Künstlerleben von ihm selbst geschildert. Hg. von Bernt Grönvold. München: F. Bruckmann, 1896. – Lehmann berichtet aus der Autobiographie auch in seinem Aufsatz »Clemens Brentano« (GW 6, 13-46, 45).

Korrekturen zum Roman] Zu den Bemerkungen Krafts zu »Der Provinzlärm« vgl. Nr. 35 vom 23. Dezember 1932.

Ihrem Rate] Vgl. Nr. 36 vom 1. Januar 1933.

Hans Caspar] Paul Caspar Kraft.

Anthologie »Mit allen Sinnen«] Vgl. zu Nr. 37 vom 29. Januar 1933.

39. Werner Kraft an Wilhelm Lehmann, 1. Februar 1933

DLA (68.4462/3). Postkarte.

Spinoza-Schmarren] Rudolf Kayser: Spinoza. Bildnis eines geistigen Helden. Wien: Phaidon 1932.

Ihr Tauwind] Das Gedicht »Der Tauwind«.

Brief an Runge] Vermutlich der Brief um den 21. Januar 1810, mit dem Brentano den Briefwechsel an Runge eröffnete. Zuerst gedruckt in: Philipp Otto Runge: Hinterlassene Schriften. Teil 2. Hamburg: Fr. Perthes 1841, S. 393-406.

40. Werner Kraft an Wilhelm Lehmann, 11. Februar 1933

DLA (68.4462/4; 68.4493). Brief.

Adam Müllers Reden über die Beredsamkeit] Adam Müller: Zwölf Reden über die Beredsamkeit und deren Verfall in Deutschland. München: Drei Masken Verlag 1920.

Felfers Degradierung] Vgl. Lehmanns Roman »Der Provinzlärm«, Kap. 23.

41. Werner Kraft an Wilhelm Lehmann, 25. Februar 1933

DLA (68.4462/5). Postkarte.

Deutscher Geist ... adiecto] Nietzsche: Götzendämmerung, Sprüche und Pfeile, Nr. 23.

die von Lörke] Oskar Loerke: Feuerstelle. – Die Vogelstraßen. In: Mit allen Sinnen, S. 85-87.

Gedichte von R. Brendel] Robert Brendel: Die Insel. – Inntal bei Passau. – Mondnacht in den Dünen. – Die hellen Nächte. In: Mit allen Sinnen, S. 26-30.

von der Vring ... Wiesengesang] In: Mit allen Sinnen, S. 146f.

»Ein Gedicht ... von wem es ist.«] Aus: Kraus: Ich und das Ichbin (Die Fackel, Jg. 20, Nr. 484-498, vom Oktober 1918, S. 93-114, S. 110).

42. Werner Kraft an Wilhelm Lehmann, 28. Februar 1933

DLA (68.4462/6). Postkarte.

»Die Welt will ... und sagt!«] Aus: Kraus: Nach dreißig Jahren. Rückblick der Eitelkeit (Die Fackel, Jg. 31, Nr. 810 von Ende Mai 1929, S. 1-12, S. 7).

43. Wilhelm Lehmann an Werner Kraft, 18. März 1933

LKH. Brief.

44. Werner Kraft an Wilhelm Lehmann, 19. 3. 1933

DLA (68.4462/7). Brief. – Beilage: Abschrift, 4 S.

Scene aus Heinrich VI 3. T. (II, 4 u. 5) ... vorgelesen hat] Von 1910 an hielt Karl Kraus öffentliche Lesungen aus eigenen und fremden Schriften. Ab 1912 las er aus Shakespeares Dramen; der erste Hinweis auf eine Lesung aus »Heinrich VI« (Teil 1, II/4, Teil 2, III/2, IV/8, 3. Teil, I/4, II/5) findet sich für den 21. April 1920 (Die Fackel, Jg. 21, Nr. 521-530 vom Januar 1920, S. 93). Nach der 700. Lesung 1936 brach die Reihe ab.

Cosima Wagners Briefe an ihre Tochter] Cosima Wagners Briefe an ihre Tochter Daniela von Bülow 1866-1885. Hg. von Max Freiherrn von Waldberg. Stuttgart, Berlin: J. G. Cotta'sche Buchh. Nachf. 1933. – Brief Nr. 136: »Wir lesen jetzt immer Abends einen Akt aus Heinrich VI. Gestern hat die Scene in der Schlacht, der König, zwischen Vatermörder und Sohnes-Umbringer, und die Gefangennehmung uns wiederum unaussprechlich ergriffen; das ist ein Triumph des Christenthum's, dass dieser arme, schwache König der wahre Held erscheint gegenüber all den gewaltigen heroischen Raub-Thieren, die ihn umgeben.« (S. 249.)

»Die Natur ... erwacht«] Aus Hölderlins Festtags-Hymne »Wie wenn am Feiertage ...«, 3. Strophe.

»Der Rhein« ... Berge.«] Friedrich Hölderlin: Der Rhein, 5. Strophe (Vers 71-75).

Euphrosyne] Elegie von Goethe.

»Der du von dem Himmel bist«] Goethe: Wandrers Nachtlied.

»Über allen Gipfeln«] Goethe: Ein gleiches.

nationell zu dichten] An Casimir Ulrich Böhlendorff, o. D. (1802). In: Hölderlin:

Sämtliche Werke (Stuttgarter Ausgabe). Bd. 6. Stuttgart 1954, Nr. 240, Z. 41.

Der Reim] In: Die Fackel, Jg. 18, Nr. 443f. vom 16. November 1916, S. 31f.

45. Werner Kraft an Wilhelm Lehmann, 21. März 1933

DLA (68.4462/8). Postkarte.

»Weise bist du … vom Blut meine Hände!«] Goethe: Iphigenie auf Tauris, 1. Aufzug, 4. Auftritt.

Kafka: Das nächste Dorf] In: Ein Landarzt. Kleine Erzählungen. München, Leipzig: Kurt Wolff 1919, S. 88f.

46. Werner Kraft an Wilhelm Lehmann, 24. März 1933

DLA (68.4462/9). Brief.

Aufsatzes] Kraft: Wilhelm Lehmann.

47. Wilhelm Lehmann an Werner Kraft, 4. April 1933

LKH. Kunstkarte: Leonardo da Vinci, Il Redentore.

48. Werner Kraft an Wilhelm Lehmann, 5. April 1933

DLA (68.4462/10). Postkarte.

Literatur … besonders hervor] Ernst Lissauer: Naturlyrik der Jugend. In: Die Literatur. Monatsschrift für Literaturfreunde. Jg. 35, H. 7 vom April 1933, S. 380-382. Das ohne Titel zitierte Gedicht »An meinen Sohn« wird mit den Worten eingeleitet: »Von Wilhelm Lehmann, der durch Romane bekannt, aber noch nicht als Lyriker hervorgetreten ist, stammen einfache Lieder, aus deren scheinbarer Nüchternheit herbe, eindringliche Atmosphäre aufsteigt« (S. 382).

Haßgesangs!] Der im Ersten Weltkrieg überaus populäre »Haßgesang gegen England«. In: Worte in die Zeit. Flugblätter 1914 von Ernst Lissauer, Erstes Blatt (S. 1f.).

49. Wilhelm Lehmann an Werner Kraft, 12. April 1933

LKH. Brief.

50. Werner Kraft an Wilhelm Lehmann, 14. April 1933

DLA (68.4462/11; 68.4493). Brief.

H. Johsts »Schlageter« … Browning.«] In dem »Adolf Hitler in liebender Verehrung und unwandelbarer Treue« gewidmeten Schauspiel (München: Albert Langen / Georg Müller 1933) S. 26.

nach dem neuen Beamtengesetz] In dem am 7. April 1933 von der nationalsozialistischen Reichsregierung erlassenen Gesetz zur Wiederherstellung eines nationalen Berufsbeamtentums heißt es: »Beamte, die nichtarischer

Abstammung sind, sind in den Ruhestand zu versetzen«. – Werner Kraft, Bibliotheksrat an der Vormals Königlichen und Provinzialbibliothek in Hannover, wurde am 10. August 1933 in den Ruhestand versetzt und am 20. September aus dem preußischen Staatsdienst entlassen. Ihm wurden zunächst vorläufige Versorgungsbezüge gezahlt; am 23. April 1935 wurde ihm durch den Hannoverschen Oberpräsidenten endgültig ein Ruhegehalt zuerkannt, das bis zum Ausbruch des Zweiten Weltkrieges ausbezahlt wurde. Ab 1946 erhielt Kraft zunächst Bezüge durch das Preußische Innenministerium, später durch das Land Niedersachsen.

51. Werner Kraft an Wilhelm Lehmann, 23. April 1933

DLA (68.4462/12). Postkarte.

zunächst nach Paris gehen] Die Flucht von Werner Kraft aus Deutschland nach Palästina führte über mehrere Stationen: am Dienstag, den 13. Juni 1933 besuchte Kraft Hubert Breitenbach in Lüneburg, am 14. Juni Lehmann in Eckernförde (vgl. Nr. 64). Am 15. fuhr er weiter nach Kiel, setzte von dort nach Schweden über, kam am 17. Juni nach Djursholm-Danderyd bei Stockholm, wo er knapp vier Wochen blieb, wohnte vom 20. August bis zum 15. September bei seinem Schulfreund Ernst Blumenthal in Stockholm, fuhr dann nach Kopenhagen, schiffte sich am 20. September von Esbjerg nach London ein, reiste am 14. Oktober nach Paris. Dort lebte er ein dreiviertel Jahr. Am 24. Juli 1934 fuhr Kraft nach Marseille, wo er sich am 4. August nach Haifa einschiffte. Am 18. August 1934 schrieb er an Lehmann den ersten Brief aus Jerusalem, wo Kraft bis zu seinem Tod lebte.

52. Werner Kraft an Wilhelm Lehmann, 3. Mai 1933

DLA (68.4462/13; 68.4493). Brief.

einflußreichen Franzosen] Wohl Charles du Bos.

Selbstmord des Professors Jacobsohn] Hermann Jacobsohn, seit 1919 Professor für Indogermanische Sprachwissenschaften an der Universität Marburg, war entlassen worden und hatte sich daraufhin am 27. April 1933 getötet.

Rang] Bernhard Rang.

53. Wilhelm Lehmann an Werner Kraft, 3. Mai 1933

LKH. Briefkarte.

54. Werner Kraft an Wilhelm Lehmann, 4. Mai 1933

DLA (68.4462/14). Brief. Datierung nach Poststempel: Hannover, 4. 5. 33. – Dank für eine Blumensendung zum Geburtstag.

55. Werner Kraft an Wilhelm Lehmann, 6. Mai 1933

DLA (68.4462/15). Postkarte.

F. Huchs »Pitt und Fox«] Friedrich Huch: Pitt und Fox. Die Liebeswege der Brüder Sintrup. München-Ebenhausen, Leipzig: Wilhelm Langewiesche-Brandt 1909.

56. Werner Kraft an Wilhelm Lehmann, 9. Mai 1933

DLA (68.4462/16). Postkarte.

schmutzige Karte] Tinten- und Wasserflecke.

57. Wilhelm Lehmann an Werner Kraft, 13. Mai 1933

LKH. Brief.

58. Werner Kraft an Wilhelm Lehmann, 24. Mai 1933

DLA (68.4462/17). Postkarte.

»Rire, quel motif de pleurer!«] Victor Hugo: Actes et Paroles, Volume IV: Depuis l'Exil. Mes Fils. 1874, Chapitre III.

59. Wilhelm Lehmann an Werner Kraft, 25. Mai 1933

LKH. Postkarte.

›Flehentlich‹] Unter diesem Titel erschien das Gedicht »Ersatz« in Werner Kraft: Figur der Hoffnung (vgl. zu Nr. 234), S. 16.

60. Werner Kraft an Wilhelm Lehmann, 29. Mai 1933

DLA (68.4462/18). Postkarte.

Schwägerin] Toni Halle.

Sind eigentlich die Verse ... Zitat?] »Doch meine schöne Braut wird darum nicht erröten, / Von innen sieht sie aus wie Salomos Tapeten.« (GW 2, 154/451). – Die Antwort darauf wird Lehmann (wenigstens brieflich) schuldig bleiben.

61. Werner Kraft an Wilhelm Lehmann, 8. Juni 1933

DLA (68.4462/20). Postkarte.

Daß »Ersatz« ... viel schöner] Vgl. Briefe Nr. 58 und 59.

Dienstag ... auf die Reise] Zu den Stationen der Emigration von Werner Kraft vgl. zu Nr. 51.

62. Werner Kraft an Wilhelm Lehmann, 8. Juni 1933

DLA (68.4462/19; 68.4493). Brief.

»und es hängt ... alles ist Schein –«] Schluss von Hölderlins Trauerspiel-Fragment »Der Tod des Empedokles« (3. Fassung).

»O wär es ... mein Vaterland«] Verse aus Hölderlins hymnischem Entwurf »Sonst nemlich, Vater Zevs«.

Inhalt] Die imaginierte Zeitschrift enthält – bis auf den Aufsatz über Wilhelm Lehmann – nicht verwirklichte Beiträge von Werner Kraft und zum Teil unbestimmte Beiträge anderer.

Karl Gustav Jochmann: Stilübungen] In: Jochmann: Über die Sprache. Heidelberg: C. F. Winter 1828, S. 335-372.

Christian Rang] Florens Christian Rang.

Paul Kraft: Der Kriegsgefangene.] Der 1922 gestorbene Vetter von Werner Kraft Paul Kraft hatte einige Gedichte in der »Aktion« (Grauen. – Für den, der mich hört. – Vor der Fahrt in die Heimat.) und einen Band »Gedichte« veröffentlicht (Leipzig: Kurt Wolff 1915 [2. Auflage 1918]; Achtzehnter Band der Bücherei »Der jüngste Tag«). Postum wurden weitere Gedichte in der Zeitschrift »Griffel« (H. 6 vom Dezember 1997, S. 64-73) abgedruckt, darunter »In Erinnerung an einen alten Leierkasten« (S. 68). Vgl. Nr. 459.

Adam Müller: ... Reden über die Beredsamkeit] Adam Müller: Zwölf Reden über die Beredsamkeit und deren Verfall in Deutschland. München: Drei Masken Verlag 1920.

Paul Kraft: ... Letztes Gedicht] Siehe Erläuterung oben im selben Brief.

Fouqué: Letzte Verse (mit Fußnote.)] Zitiert in Nr. 72; vgl. dort. – Auch in der Anthologie »Wiederfinden. Deutsche Poesie und Prosa. Eine Auswahl von Werner Kraft.« Heidelberg: Lambert Schneider 1954. Zweite, erweiterte Auflage 1962. (Veröffentlichungen der Akademie für Sprache und Dichtung Darmstadt, 4), S. 147. – Schon vor seiner Emigration hatte Kraft Texte von unbekannten und entlegenen Dichtern gesammelt. Die Anthologie, für die spätestens ab Oktober 1946 konkrete Pläne bestanden (vgl. Nr. 159), sollte eigentlich unter dem Titel »Das Grabgewölbe« erscheinen (vgl. auch Nr. 180). Der Titel »Wiederfinden« geht auf das gleichnamige Gedicht aus Goethes »West-östlichem Divan« zurück (vgl. Nr. 296). – Kraft hatte vergeblich versucht, über dessen Lektor Friedrich Podszus Suhrkamp für die Veröffentlichung zu gewinnen. Lehmann setzte sich für die Veröffentlichung der Anthologie entschieden ein und hatte u. a. versucht, sie bei Walther Meier in Zürich (Manesse) unterzubringen, bevor die Akademie sie unter dem Lektorat Hermann Kasacks in ihre Veröffentlichungen aufnahm. Das Vorwort zur ersten Auflage beschließt Kraft mit dem »Wunsch, diese Sammlung deutscher Poesie Wilhelm Lehmann zuzueignen«. – Einer Bemerkung Krafts zufolge (vgl. Nr. 334) war die erste Auflage schon im Juni 1955 vergriffen; dennoch blieben Krafts Bemühungen um eine zweite vermehrte Auflage lange erfolglos. Erst im Herbst 1962 erschien die um 35 Stücke vermehrte zweite Auflage bei Lambert Schneider mit der gedruckten Widmung: »Für Wilhelm Lehmann zum achtzigsten Geburtstag«.

Jochmann: Brief.] Vielleicht der Brief an E. H. von Sengbusch in Riga über Kotzebues Ermordung. In: Jochmann: Die Rückschritte der Poesie und andere Schriften. Hg. von W. K. Frankfurt a. M.: Insel 1967 (sammlung insel, 26), S. 33-41.

Chamberlain: Über Shakespeare] Houston Stewart Chamberlains lebenslange Verehrung von Shakespeare findet verstreut überall in seinem Werk Ausdruck.
Schmidt von Lübeck: Distichon.] Vgl. Distichen. In: (Georg Heinrich) Schmidt von Lübeck: Lieder. Altona: Joh. Friedr. Hammerich 1841, S. 241-244.

63. Wilhelm Lehmann an Werner Kraft, 10. Juni 1933

LKH. Postkarte. Datierung nach Poststempel: Eckernförde, 10. 6. 33.

am Mittwoch] Mittwoch, den 14. Juni 1933. Vgl. zu Nr. 51.
Volkszählungsgeschäft] Für die am Freitag, den 16. Juni 1933 durchgeführte Volks-, Berufs- und Betriebszählung, an der die neuen nationalsozialistischen Machthaber gesteigertes Interesse hatten, wurden bevorzugt höhere Beamte als freiwillige ehrenamtliche Oberzähler eingesetzt.

64. Werner Kraft an Wilhelm Lehmann, 17. Juni 1933

DLA (68.4462/21). Postkarte.

sehr schönen Tag] Zum Besuch Krafts bei Lehmann am 14./15. Juni 1933 vgl. Kraft: Der Dichter Wilhelm Lehmann. In: Hochland, Jg. 59, H. 4 vom April/Mai 1967, S. 350-359, S. 355; auch in: Kraft: Spiegelung der Jugend. Frankfurt a. M.: Suhrkamp 1973, S. 145f.
Lörke] Oskar Loerke: Die heimliche Stadt. Berlin: S. Fischer 1921. – Darin S. 111 das Gedicht »Aliang«.
»Windiger Februar«] Erstdruck (unter dem Titel »Früher Frühling«): Die Literarische Welt, Jg. 9, Nr. 10 vom 12. Mai 1933, S. 3.

65. Werner Kraft an Wilhelm Lehmann, 25. Juni 1933

DLA (68.4462/22). Postkarte.

Aufsatz über Sie] Kraft: Wilhelm Lehmann.
will Herr Schmidthüs, ... drucken] Vgl. zu Nr. 22.
Fahrt nach S.] Wohl Swanage, einem Ort an der englischen Südküste, wo sich Lehmann im Juli für etwa zweieinhalb Wochen aufhielt.
Band von Heimann, in dem ... stehen] Moritz Heimann: Nachgelassene Schriften. Berlin: S. Fischer 1926. (Heimann: Prosaische Schriften, Bd. 5), S. 156-160: Wilhelm Lehmann [über den Roman »Weingott«], S. 187-191: Die heimliche Stadt [von Oskar Loerke].
Inselbuch ... Li-Tai-Pes (Klabund.)] Kraft meinte wahrscheinlich nicht den Band der Insel-Bücherei Nr. 201 (Li-Tai-Pe. Nachdichtungen von Klabund. Leipzig: Insel 1916), sondern Nr. 183: Dumpfe Trommel und berauschtes Gong. Nachdichtungen chinesischer Kriegslyrik [und Nachwort] von Klabund. Leipzig: Insel 1915. Aus diesem Buch druckte Karl Kraus in der »Fackel« die Gedichte »Klage der Garde« und »Der müde Soldat« von Schi-King ab (Jg. 18, Nr. 445-453 vom 18. Januar 1917, S. 102f.)

und zitierte Verse von Konfuzius, woran Kraft sich erinnerte (vgl. Nr. 67). Lehmann schickte ihm offenbar das gewünschte Buch (vgl. ebd.).

Hofmannsthal »Andreas«] Andreas oder die Vereinigten. Fragmente eines Romans. Berlin: S. Fischer 1932.

Ihr Ms?!] Die Hochzeit der Aufrührer.

66. Wilhelm Lehmann an Werner Kraft, 8. Juli 1933

LKH. Postkarte.

Aufsatz] Kraft: Wilhelm Lehmann.

meinen Sie diese Ausgabe?] Vgl. zu Nr. 65.

S. 10 unten] Keine der erhaltenen Fassungen enthält eine entsprechende Bemerkung; vgl. zu Nr. 7 und zu Nr. 166.

67. Werner Kraft an Wilhelm Lehmann, 12. Juli 1933

DLA (68.4462/23; 68.4493). Brief.

Klabund] Vgl. zu Nr. 65.

Aufsatzes] Kraft: Wilhelm Lehmann.

Herausgeber der »Schildgenossen«] Der Schriftleiter der »Schildgenossen« Karlheinz Schmidthüs; vgl. zu Nr. 22.

»Was bleibt … wie Feuer steht.«] Nicht von Litaipe, sondern von Konfuzius stammen diese Verse aus seinem »Epitaph an einen Krieger«, die Kraus in der Glosse »Dies, liebe Welt, ist die Glorie!« (Die Fackel, Jg. 18, Nr. 445-453 vom 18. Januar 1917, S. 169) zitiert.

Einige dieser Gedichte … in der Fackel] Vgl. zu Nr. 65.

Nachworts] Vgl. Klabund: Nachwort. In: Dumpfe Trommel und berauschtes Gong (vgl. zu Nr. 65), S. 41-43.

von Duhamel … des Inselverlags] Anthologie de la Poésie lyrique française de la Fin du XVe Siècle à la Fin du XIXe Siècle. Présentée par Georges Duhamel. Leipzig: Insel 1923.

68. Werner Kraft an Wilhelm Lehmann, 12. Juli 1933

DLA (68.4462/24). Postkarte.

»Begegnung mit den Wasserprimeln«] Erstdruck: Vossische Zeitung, Nr. 325 vom 9. Juli 1933 (Unterhaltungsblatt Nr. 187).

im Anfang von »Weingott«] »Es gibt die verschiedensten Grade der Unmacht und der Verzweiflung; ihre Gefährlichkeit hängt auch davon ab, wie tief ein Mensch um sich selber weiß; manche befällt sie nicht schwerer als das Pferd ein Hinstürzen, manche erfaßt sie ständig wieder, wenige werden dieser Verzweiflung nie teilhaftig.« GW 2, 232.

Aufsatz] Kraft: Wilhelm Lehmann.

69. Wilhelm Lehmann an Werner Kraft, 15. Juli 1933

LKH. Postkarte.

»Wasserprimeln«] Begegnung mit den Wasserprimeln.
Aufsatz] Kraft: Wilhelm Lehmann.
Das B. Tageblatt ist kaputt] Im März 1933 wurde der bisherige Chefredakteur des »Berliner Tageblatts« Theodor Wolff im Zuge der Anpassung der Zeitung an das nationalsozialistische Regime entlassen. Nach ihrer Gleichschaltung bestand sie noch bis 1939.
belanglosen Artikel] Wohl der kleine Aufsatz »Der Wanderer und der Weg« (Berliner Tageblatt, Jg. 62, Nr. 258 [Sonntags-Ausgabe] vom 4. Juni 1933). – Für den 30. Mai ist kein Artikel von Wilhelm Lehmann im »Berliner Tageblatt« nachweisbar.

70. Werner Kraft an Wilhelm Lehmann, 19. Juli 1933

DLA (68.4462/25). Brief.

über Lörke ... empört] Am 13. März 1933 hatten 18 von 27 Mitgliedern der Sektion für Dichtkunst der Preußischen Akademie eine von Gottfried Benn entworfene Loyalitätserklärung an die neuen Machthaber unterschrieben, darunter Oskar Loerke. Im April sah er sich gezwungen, von seinem Amt als Sekretär der Sektion zurückzutreten, blieb aber weiterhin Mitglied der Akademie.
Aufsatz über Bahr ... Neuen Rundschau] Oskar Loerke: Hermann Bahr. Zu seinem 70. Geburtstag. In: Neue Rundschau, Jg. 44, H. 6 vom Juli 1933, S. 139-141.
Julien Green: Le voyageur sur la terre] Paris: Éditions de la Nouvelle Revue française 1927. – Seine Übersetzung der Erzählung »Christine« (vgl. Nr. 75) schickt Kraft am 8. September 1933 an Wilhelm Lehmann (vgl. Nr. 79; Typoskript: DLA, 68.6880). Die Übersetzung wurde 1987 zusammen mit Krafts 1938 gehaltenem Vortrag »Julien Green, Dichter der Schwermut« veröffentlicht (Bonn: Georg Heusch Verlag 1987).

71. Wilhelm Lehmann an Werner Kraft, 24. Juli 1933

LKH. Ansichtskarte: Promenade & Sands, Swanage.

72. Werner Kraft an Wilhelm Lehmann, 3. August 1933

DLA (68.4462/26). Postkarte.

Fouqués letzte Verse] Friedrich de la Motte Fouqué: Werke. Hg. von Walther Ziesemer. Berlin: Bong (o. J.), S. XXVII: Tagebuch, Eintrag vom 21. 1. 1843. – Auch in Krafts Anthologie »Wiederfinden« (2. Auflage S. 147).
Ideen] Kraft: Idées [Aphorismen]. In: Cahiers, No. 5, Mars 1935, S. 2f.
Hochzeit der Aufführer] Lehmann: »Die Hochzeit der Aufrührer«.
Der Morgen kam; es scheuchten seine Tritte –] Anfang von Goethes Gedicht »Zueignung« (1784).
»Schwere Hand der Götter«] Goethe: Tagebuch, [6.] April 1777.
»Reine Entfremdung von den Menschen«] Goethe: Tagebuch, 12. Februar 1778.

73. Werner Kraft an Wilhelm Lehmann, 13. August 1933

DLA (68.4462/27). Postkarte.

»Vogelfreier Josef« S. 45: Und die meisten glichen] »Und die meisten glichen Vermehren darin, daß sie Opfer einer Zeit waren, welche den Himmel und die Erde nach Heilmitteln absuchte, da sie den festen Stolz, die süße Demut des Vorhandenen nicht merkte, ob sie schon wie Duft meilenweit entfernter Felder und schüchtern wie der Mistel im Februar, Wohlgeschmack inniger Wehmut, in jeder Straße Staub und Lärm Einlaß gefunden hatten.«

Venetianischen Epigrammen! 73 und 75] Goethe: Epigramme. Venedig 1790.

Angriffe gegen die deutsche Sprache: 29, 77] In dem Epigramm 77 ist ein Bezug zur deutschen Sprache nicht zu erkennen; vgl. aber Epigramm 76.

»Es gibt ... Goethe und Ansätze.«] »Wir haben keine neuere Literatur. Wir haben Goethe und Ansätze.« In: Hofmannsthal: Buch der Freunde. In: Reden und Aufsätze III. (Gesammelte Werke in zehn Einzelbänden.) Frankfurt a. M.: Fischer Taschenbuch Verlag 1980, S. 233-299, S. 281.

»Hochzeit«] Lehmann: Die Hochzeit der Aufrührer.

74. Wilhelm Lehmann an Werner Kraft, 22. August 1933

LKH. Postkarte.

Hochz. der Aufr.] Lehmann: Die Hochzeit der Aufrührer.

Bücherwurm ... Gedichte] Nicht im »Bücherwurm«, sondern in seiner Beilage »Das Gedicht« (6. Blatt 1933, S. 81-96) erschienen zwölf Gedichte Lehmanns. – Der »Bücherwurm« selbst gab im September 1933, seine reguläre monatliche Erscheinungsweise unterbrechend, ein ganz der Neubesetzung der Deutschen Akademie, Sektion für Dichtkunst, gewidmetes Zweimonatsheft heraus, das alle 38 Mitglieder in Bild und Text vorstellt.

Goethes ... Stelle von der »reinen Entfremdung«] Vgl. Nr. 72.

75. Werner Kraft an Wilhelm Lehmann, 26. August 1933

DLA (68.4662/28; 68.4493). Brief.

verzweifelnd bis zum Glauben, wie Karl Kraus sagt] In »Aus Redaktion und Irrenhaus oder Eine Riesenblamage des Karl Kraus«. In: Die Fackel, Jg. 30, Nr. 800-805 von Anfang Februar 1929, S. 75-132, S. 76.

»reine Entfremdung von den Menschen«] Vgl. Nr. 72.

in der Tagebuch-Auswahl des Insel-Verlags] Aus Goethes Tagebüchern. Ausgew. und eingel. von Hans Gerhard Gräf. Leipzig: Insel-Verlag 1913.

»edle Gleichgültigkeit des Tages«] GW 4, 37.

englischen Dichter] John Donne.

übersetze jetzt »Christine«] Vgl. Nr. 70.

Kafka-Wortes] Vgl. Nr. 10 und 27.

»Wie ist jeder so allein ... kein lebendiger Vater!«] »Wie ist jeder so allein in der weiten Leichengruft des Alles! Ich bin nur neben mir – O Vater! o

Vater!« Jean Paul: Rede des toten Christus vom Weltgebäude herab, daß kein Gott sei. Siebenkäs. Zweites Bändchen, Erstes Blumenstück.

76. Werner Kraft an Wilhelm Lehmann, 30. August 1933

DLA (68.4462/29; 68.4493). Brief. Datierung nach Poststempel: Stockholm, 30. 8. 33.

Gehalt bis Dez.] Vgl. Nr. 50.

77. Werner Kraft an Wilhelm Lehmann, 4. September 1933

DLA (68.4462/30). Postkarte. Datierung nach Poststempel: Stockholm, 4. 9. 33.

Ohne Regung ... nie gefühlt!] Verse aus »An den Domherrn von Rochow, als er gesagt hatte, die Liebe müsse sie gelehrt haben, so schöne Verse zu machen«. In: Anna Luise Karsch: Auserlesene Gedichte. Berlin: George Winter 1764 [recte 1763]. – Auch in Krafts Anthologie »Wiederfinden« (2. Auflage S. 42).

Ludwig Geiger über die Karschin] Ludwig Geiger: Die deutsche Sappho. In: Geiger: Vorträge und Versuche. Beiträge zur deutschen Literatur-Geschichte. Dresden: L. Ehlermann 1890. S. 94-101. – S. 101: »Unter allen ihren Versen kenne ich nur zwei Strophen, in denen echte Empfindung lebt und ein starker, wenn auch etwas verkünstelter Ausdruck herrscht.«

Tod des Verfassers von Europa und Asien] Theodor Lessing, der Verfasser von »Europa und Asien« (Berlin: Verlag Die Aktion 1918), war am 30. August 1933 im Exil in Marienbad von sudetendeutschen Nationalsozialisten ermordet worden. Kraft hatte ihn 1913 kennengelernt.

Goethe ... begehrt] Faust, Der Tragödie zweiter Teil, Klassische Walpurgisnacht.

Porphyrias lover] Robert Browning: Madhouse Cell II / Porphyria's Lover. In: The Poetical Works of Robert Browning. Complete from 1833 to 1968 and the shorter poems thereafter. London: Oxford University Press 1905, S. 358f.

78. Wilhelm Lehmann an Werner Kraft, 6. September 1933

LKH. Postkarte. Datierung nach Poststempel: Eckernförde, 6. 9. 33.

Hegels kleinen Aufsatz ›Wer denkt abstrakt?‹] Entstanden 1807. Erstdruck (aus dem Nachlaß) in: Hegel: Werke. 17. Band, 1835.

Rabenpresse ein Bändchen Gedichte] In der Rabenpresse von V. O. Stomps erschien kein Buch von Lehmann; bereits Ende 1932 war dort zu seinem 50. Geburtstag »Die unbekannte Stimme« mit Beiträgen über ihn und einem Anhang mit fünf Gedichten von Lehmann erschienen.

Ls Tod] Die Ermordung von Theodor Lessing in Marienbad.

79. Werner Kraft an Wilhelm Lehmann, 8. September 1933

DLA (68.4462/31). Brief.

»wie Trauer starr des Ruhmes Zeichen«] Aus Lehmanns Gedicht »Untergehender Dichter«.

Hast Du in deiner Rüstkammer ... Seligen?] Unter dem Titel »Überschwang« veröffentlicht in: Christian Wagner: Dichtungen. Hg. von W. Rutz. 2 Bde., Stuttgart: Bonz & Comp., 1927f. – Auch in Krafts Anthologie »Wiederfinden« (2. Auflage S. 184).

Geschichte von Green] Julien Green: Christine.

80. Werner Kraft an Wilhelm Lehmann, 19. September 1933

DLA (68.4462/32). Postkarte.

Glyptothek] Die Glyptothek Ny Carlsberg in Kopenhagen.

Essbjerg] Esbjerg.

Par. u. Pal.] Aus Paris von seiner Frau Erna, aus Palästina von seinem Sohn Paul Caspar.

81. Werner Kraft an Wilhelm Lehmann, 24. September 1933

DLA (68.4462/33). Postkarte.

Brieffragments von Kafka] Franz Kafka: Über Kierkegaards »Furcht und Zittern« und der Erzvater Abraham. Aus einem Brief an Dr. Robert Klopstock (etwa 1920). In: Almanach des Schocken Verlags auf das Jahr 5694. Berlin 1933/34, S. 40-43.

82. Werner Kraft an Wilhelm Lehmann, 15. Oktober 1933

DLA (68.4462/34; 68.4493). Brief.

Claudius: Was im Hirn ist, ... Eigenschaften.] Vgl. Nr. 21.

Goethe ... bedürfen wir des Künstlers] Die Wahlverwandtschaften. Zweiter Teil. 5. Kapitel, Aus Ottiliens Tagebuche.

Emil Bernard: Souvenirs sur Paul Cézanne] Emile Bernard: Souvenirs sur Paul Cézanne. Paris: R. G. Michel 1925. – Der französische General Pierre Cambronne (1770-1842) soll bei der Schlacht von Waterloo auf die Forderung der Engländer, sich zu ergeben, »Merde!« geantwortet haben.

Büchmann] Georg Büchmann: Geflügelte Worte. Zitatenschatz, erschienen seit 1864 in vielen Auflagen.

lasen wir das Geschehene] Joseph Goebbels hatte am 14. Oktober 1933 den Austritt Deutschlands aus dem Völkerbund angekündigt, der wenige Tage später erfolgte.

Heraklit: Trockener Glast: ... Seele.] Heraklit: Fragmente, B 118.

Chamfort ... ou se bronce.] Chamfort: Produits de la Civilisation Perfectionée. Seconde Partie: Caractères et Anecdotes. Paris: Presse de l'Imprimerie Nationale 1953, S. 59f.

Wassermeyer ... Abschied von seinem Sohn] Vgl. aus Lehmanns Erzählung »Der Sturz auf die Erde«: »Eines flimmernden Sommermittags stand Wassermeier am Bahnhof von Schwertlishausen, nicht gerührt durch das unverzagt frohe Gesicht Bernhards« (GW 5, 262) und Kraft in seinem Aufsatz »Wilhelm Lehmann« dazu (in: Wort und Gedanke, S. 261).

Aufsatz über Schmidt von Lübeck ... »Literatur«] Werner Kraft: Schmidt von Lübeck. Der Textdichter von Schuberts »Wanderer«. In: Die Literatur, Jg. 36, H. 2 vom November 1933, S. 88-89.

83. Werner Kraft an Wilhelm Lehmann, 16. 11. 1933

DLA (68.4462/35). Ansichtskarte: Anatole France. Écrivain. Membre de l'Académie Française, Photo: Roseman.

Anatole France ... Etui de nacre] Über die Erzählung »Manuscrits d'un médecin de village« in der zuerst 1892 veröffentlichten Prosasammlung »L'étui de nacre« von Anatole France (Paris: Calmann Lévy) vgl. Werner Kraft: Die Klage. In: Kraft: Herz und Geist. Gesammelte Aufsätze zur deutschen Literatur. Wien, Köln: Böhlau 1989 (Literatur und Leben N. F., Bd. 35), S. 175-209, S. 181-186.

Green] Julien Greens Erzählung »Christine«.

Aufsatz ... über Rilke] Werner Kraft: Zu einem Gedicht von Rilke aus dem Nachlaß. In: Die Schildgenossen, Jg. 13, H. 1, 1933, S. 82-84. – Zum Abdruck von Rangs Aufsatz »Wilhelm Lehmanns ›Schmetterlingspuppe‹« und zur Ablehnung von Krafts Aufsatz »Wilhelm Lehmann« vgl. zu Nr. 22.

Il faut ... avec tendresse.] »Il méprisa les hommes avec tendresse.« Anatole France: Les opinions de M. Jérôme Coignard. Paris: Calmann Lévy 1925. – Vgl. auch Kraft über die Erzählung »Manuscrits d'un médecin de village« von France als eine »Satire, die nicht scharf, eher liebevoll ist, entsprechend dem, der geschrieben hat: ›Man muß die Menschen mit Zärtlichkeit verachten!‹« (Kraft: Die Klage, S. 183).

84. Wilhelm Lehmann an Werner Kraft, 27. November 1933

LKH. Postkarte. Ortsangabe nach Poststempel: Berlin, 27. 11. 33.

Erzählung] Lehmann: Die Hochzeit der Aufrührer.

A. Francekarte] Vgl. das Motiv der Ansichtskarte vom 16. 11. 1932 (Nr. 84).

Le livre d'Ami] »Le livre de mon ami« (1885) von Anatole France.

Julien Green Sache] Greens Erzählung »Christine« in der Übersetzung von Kraft.

heißt es im Urtext »fureur«?] Vgl. folgenden Brief.

ohne Sie & nur von Rang begleitet] Zum Abdruck von Rangs Aufsatz »Wilhelm Lehmanns ›Schmetterlingspuppe‹« und zur Ablehnung von Krafts Aufsatz »Wilhelm Lehmann« vgl. zu Nr. 22.

85. Werner Kraft an Wilhelm Lehmann, 1. Dezember 1933

DLA (68.4662/36; 68.4493). Brief.

Novelle] Lehmann: Die Hochzeit der Aufrührer.

Pension] Vgl. zu Nr. 50.

Arbeit über Karl Gustav Jochmann] Erst 1966 veröffentlichte Kraft einen Aufsatz »Carl Gustav Jochmann« in der »Neuen Rundschau« (Jg. 77, H. 2, vom April-Juni 1966, S. 249-267) und 1972 das Werk »Carl Gustav Jochmann und sein Kreis. Zur deutschen Geistesgeschichte zwischen Aufklärung und Vormärz« (München: C. H. Beck). Abgesehen von Vorarbeiten widmete sich Kraft erst ab 1951 intensiver dem Vorhaben, eine Jochmann-Monografie zu schreiben (vgl. Nr. 233 und Nr. 273). Die Ursachen dafür sind neben den äußeren Umständen in Krafts »Jochmann-Kontroverse« mit Walter Benjamin zu suchen; vgl. Nr. 161. – Ab Juli 1953 bemühten sich Kraft und auch Lehmann um die Veröffentlichung der Monografie, so bei der Akademie der Wissenschaften und der Literatur in Mainz und bei Kohlhammer (Stuttgart) (vgl. Nr. 341).

Hofmannsthals ... Memoiren Bassompierres entnimmt] Über die Novelle, die zuerst 1900 erschien, und ihre Verbindung zu Goethe schrieb Werner Kraft den Aufsatz »Von Bassompierre zu Hofmannsthal. Zur Geschichte eines Novellenmotivs«. In: Revue de littérature comparée, Tome 15, H. 2 vom Februar 1935, S. 481-490 und 694-725 sowie in Kraft: Wort und Gedanke, S. 132-173.

Chateaubriand gestoßen, der ... erzählt] Vgl. Kraft: Von Bassompierre zu Hofmannsthal, S. 136-139.

Dans l'extrait mortuaire de ma mère ... la Révolution.] Chateaubriand: Mémoires d'Outre-Tombe. Nouvelle éd. par Edmond Biré, Paris 1899, Tome I; von Kraft zitiert auch in »Von Bassompierre zu Hofmannsthal«, S. 137.

Geschichte von Green] Julien Green: Christine.

Grabrede auf Adolf Loos] Adolf Loos. Rede am Grab, 25. August 1933. In: Die Fackel, Jg. 35, Nr. 888 vom Oktober 1933, S. 1-3.

Man frage nicht ... Welt erwachte.] Die Fackel Nr. 888 vom Oktober 1933, S. 4. – Mit diesem Gedicht schließt Krafts Anthologie »Wiederfinden« (2. Auflage S. 198).

»Ideen«] Kraft: Idées.Vgl. Nr. 72.

Aufsatz über Kafka] Bernhard Groethuysen: A propos de Kafka. In: La Nouvelle Revue Francaise. Vol. 40, Nr. 235, 1933, S. 588-606.

Daß Rang ... ohne mich veröffentlicht] Zum Abdruck von Rangs Aufsatz »Wilhelm Lehmanns ›Schmetterlingspuppe‹« und zur Ablehnung von Krafts Aufsatz »Wilhelm Lehmann« vgl. zu Nr. 22.

Grimm: Deutsche Sagen: »... blicken zu können.«] Deutsche Sagen. Hg. von den Brüdern [Jacob und Wilhelm] Grimm. Berlin: Nicolai 1816, S. XXVf.

86. Werner Kraft an Wilhelm Lehmann, 9. Dezember 1933

DLA (68.4462/37). Postkarte.

Goethes Gespräche, hrsg. von Biedermann ... S. 213] Kap. 1435: Zwischen 1825 und 1832. Mit den russischen Grafen S. ... In: Goethes Gespräche.

Hg. von Woldemar Frh. von Biedermann. Band 8. Leipzig: F. W. v. Biedermann 1890, S. 213-228.

87. Werner Kraft an Wilhelm Lehmann, 16. Dezember 1933

DLA (68.4462/38). Postkarte.

Auszüge aus einem Tagebuch] Charles du Bos: Extraits d'un Journal 1908-1928. Paris: R.-A. Corrêa 1931 (Deuxième Édition, Augmentée).

Pensées, von Chateaubriand herausgegeben] Recueil des pensées de M. Joubert, publié par F. R. de Chateaubriand. Paris: Le Normant 1838.

»J'ai donné … il faut l'appuyer.«] Zitate aus »Recueil des pensées«.

»Hochzeit« in der Voß] Vgl. zu Nr. 17.

Georges Tod] Stefan George war am 4. Dezember 1933 gestorben.

88. Wilhelm Lehmann an Werner Kraft, 22. Dezember 1933

LKH. Postkarte.

Votivtafeln … Rahelverse] Die in den Briefen Nr. 85 und 86 enthaltenen Vierzeiler von Kraft, gewidmet Rahel von Varnhagen, Jean Paul, Goethe, George und Kafka.

Aufsatze des … Matthew Arnold] Joubert. In: Essays in Criticism. First series, London: Macmillan 1905, S. 265-306.

S. Beuve hat über J. geschrieben?] Vgl. Sainte-Beuve: Joubert. In: Portraits Littéraires. Nouvelle Édition revue et corrigée, Tome 2, Paris: Garnier Frères o. J., S. 1306-326); vgl. Arnold: Joubert, S. 266: »M. Sainte-Beuve has given of him one of his incomparable portraits«.

»He has chosen … to hide his life«] Arnold: Joubert, S. 267.

›a genius‹] Arnold: Joubert, S. 266.

Vossische … erkennen] Die linksliberale »Vossische Zeitung«, in der Lehmanns »Die Hochzeit der Aufrührer« erschien (vgl. Nr. 17), versuchte ihr Profil auch im Nationalsozialismus beizubehalten, musste aber im März 1934 wegen finanzieller Probleme ihr Erscheinen einstellen.

89. Werner Kraft an Wilhelm Lehmann, 30. Dezember 1933

DLA (68.4462/39). Postkarte.

90. Werner Kraft an Wilhelm Lehmann, 6. Januar 1934

DLA (66.4463/7). Postkarte. Datierung nach Poststempel: Paris, 6. 1. 34.

»Hochzeit«] Die Hochzeit der Aufrührer.

91. Werner Kraft an Wilhelm Lehmann, 17. Januar 1934

DLA (68.4463/1). Brief.

Der ganze Brief ist Lehmanns Erzählung »Die Hochzeit der Aufrührer« gewidmet. Fast alle konkreten Verbesserungsvorschläge Krafts, die sich auf den

Erstdruck in der »Vossischen Zeitung« beziehen, fanden Eingang in die Buchausgabe (Berlin: S. Fischer 1934); vgl. GW 5, 587-591.

Wassermann: Die Kunst der Erzählung (1904)] Jakob Wassermann: Die Kunst der Erzählung. Berlin: Bardt & Marquardt [1904]. (Die Literatur, Bd. 8.) – S. 21f.: »Aber so wenig ein Mensch lange Zeit hindurch im Zustand der Atemlosigkeit verweilen kann, so wenig verträgt dies ein Buch, ohne daß es Unbehagen und Widerwillen erregt. [...] Vom Erzähler wird Unsichtbarkeit verlangt, von dem, was er erzählt, höchste Sichtbarkeit.« (S. 22) – Zur Stelle in »Wilhelm Meisters Lehrjahren« (5. Buch, 13. Kapitel) vgl. S. 25f.

»Bäume haben Blätter«] Vers aus dem »Mailied« von Matthias Claudius, das Kraft auch in seine Anthologie »Wiederfinden« (2. Aufl., S. 88f.) aufgenommen hat.

Stelle aus den »Kronenwächtern«] Unter der Überschrift »Wilhelm Lehmann. Der Autor unseres neuen Romans« erschien in der ersten Nummer des Abdrucks von »Die Hochzeit der Aufrührer« in der »Vossischen Zeitung« (vgl. Nr. 17) als »Selbstdarstellung« Lehmanns ein langes Zitat aus Achim von Arnims »Die Kronenwächter«; vgl. GW 5, 585.

»wenn ich einen Sohn ... sich verfinge«] In Goethes Brief an den Grafen Karl Friedrich Reinhard vom 7. Oktober 1810 heißt es: »Aber manchmal machen sie mirs doch zu toll. So muß ich mich z. B. zurückhalten, gegen Achim von Arnim, der mir seine Gräfin Dolores zuschickte und den ich recht lieb habe, nicht grob zu werden. Wenn ich einen verlorenen Sohn hätte, so wollte ich lieber, er hätte sich von den Bordellen bis zum Schweinekoben verirrt, als daß er in der Narrenwust dieser letzten Tage sich verfinge«.

Motto] »Oh, laßt uns widerstehen, laßt uns tapfer, / Was uns und unser Volk erhalten kann, / Mit doppelt neuvereinter Kraft erhalten!« Aus Goethes Drama »Die natürliche Tochter« (I/5, Vers 309-311). Vgl. auch GW 5, 586.

Ich will ... Unordnung] »Es liegt nun einmal in meiner Natur, ich will lieber eine Ungerechtigkeit begehen, als Unordnung ertragen.« Goethe: Belagerung von Mainz, 25. 7. 1793.

jener A. E. bei Vischer sagt ... von selbst versteht] A. E. ist die titelgebende Figur des Romans »Auch Einer. Eine Reisebekanntschaft« von Friedrich Theodor Vischer (Stuttgart: Hallberger 1879), aus dem das Zitat stammt.

92. Wilhelm Lehmann an Werner Kraft, 26. Januar 1934

LKH. Postkarte.

›Hochzeit‹] Lehmann: Die Hochzeit der Aufrührer.
Motto] Vgl. zu Nr. 91.

93. Werner Kraft an Wilhelm Lehmann, 1. Februar 1934

DLA (68.4463/2). Postkarte.

in die Richtung unseres Sohnes] Nach Palästina, wohin Paul Caspar Kraft schon im Mai 1933 abgefahren war.

94. Werner Kraft an Wilhelm Lehmann, 4. März 1934

DLA (68.4463/3). Postkarte.

»Hochzeit«] Lehmann: Die Hochzeit der Aufrührer.

»Schildgenossen« mit Ihren Gedichten] Tauwind. – Leiser Herbstwind. – Südliche Stunde. – Sonnenwende. – Ahornfrüchte. Vgl. zu Nr. 22.

Brief von Hölderlin] Ein Brief Friedrich Hölderlins [an Johann Gottfried Ebel, 10. 1. 1797]. Mitgeteilt von Ludwig Strauß. In: Euphorion, Bd. 34, 1933, S. 438-441. – Wiederabdruck in der »Frankfurter Zeitung«.

Arbeiten und nicht verzweifeln] Berühmt gewordener Ausspruch von Thomas Carlyle aus seiner Antrittsrede als Rektor der Universität Edinburgh am 2. April 1866.

Chamfort: En voyant … de rire.] Chamfort: Produits de la Civilisation perfectionnée. Première Partie: Maximes et Pensées. Paris: Presse de l'Imprimerie Nationale 1953, S. 146.

Victor Hugo: Rire, quel motif de pleurer!] Vgl. Nr. 58.

95. Wilhelm Lehmann an Werner Kraft, 20. März 1934

LKH. Postkarte.

Carlylevariante] Vgl. vorangehenden Brief.

Erzählung] Lehmann: Die Hochzeit der Aufrührer.

all Ihre Berichtigungen] Vgl. Nr. 91.

Loerkes … Der Silberdistelwald … Nachwort] Oskar Loerke: Der Silberdistelwald. Gedichte. Berlin: S. Fischer 1934. Mit gedruckter Widmung »Meinem Freunde WILHELM LEHMANN«. – Das Nachwort (S. 148-155) richtet sich in Form eines Briefes an Lehmann.

96. Werner Kraft an Wilhelm Lehmann, 22. März 1934

DLA (68.4463/4). Postkarte.

»Hochzeit«] Lehmann: Die Hochzeit der Aufrührer.

naher Freund … ist Arzt] Hermann Scheiner.

Silberdistelwald] Oskar Loerke: Der Silberdistelwald.

in den Nouvelles Littéraires] Nicht ermittelt.

Aufsatz von mir] Zu zwei Gedichten von Karl Kraus. In: Der Brenner, F. 15 vom Mai 1934, S. 34-47. – Zu »Geheimnis« und »Annie Kalmar« von Karl Kraus.

Schlußgedicht aus dem Passionated Pilgrim] Nicht als Schluss von Shakespeares »The Passionate Pilgrim«, sondern im Anhang zu Robert Chesters »Love's Martyr: Or Rosalins Complaint« ist 1601 das dreiteilige Gedicht »The Phoenix and the Turtle« (ohne Titel) von Shakespeare erschienen. – Auch in Krafts Anthologie »Wiederfinden« (2. Auflage S. 186f.)

97. Werner Kraft an Wilhelm Lehmann, 1. Mai 1934

DLA (68.4463/5). Brief.

über Lörke] Vgl. Nr. 70.
Hochzeit«] Lehmann: Die Hochzeit der Aufrührer.
Zyklus] Kraft schenkte Lehmann ein Typoskript (Durchschlag) mit dem Titel »Klage des Gedankens«. Es trägt die Datierung »1931« und versammelt 30 Gedichte von Kraft (DLA, 68.6868).
Was ehedem ... die Zeit.] Shakespeare: Hamlet, III, 1.
Anerkennung meines Pensionsanspruchs] Vgl. zu Nr. 50.
Gedicht unter dem Titel] Krafts Gedicht »Bitte« (inc. »Hör' ich die fremde Sprache«).

98. Wilhelm Lehmann an Werner Kraft, 3. Mai 1934

LKH. Postkarte.

Kommerell ... »Jugend ohne Goethe«] Max Kommerell: Jugend ohne Goethe. Frankfurt a. M.: Vittorio Klostermann 1931.

99. Werner Kraft an Wilhelm Lehmann, 6. Juni 1934

DLA (66.4463/6). Postkarte.

»Hochzeit«] Lehmann: Die Hochzeit der Aufrührer.
Verleger] Ludwig von Ficker.
»Über Anselm Elwert«] Werner Kraft: Ueber Anselm Elwert. In: Frankfurter Zeitung und Handelsblatt, Jg. 8, Nr. 255, 1. Morgenblatt vom 23. Mai 1934, S. 1f. – Wiederabdruck: Marbacher Magazin 75/1996, S. 67-70.
Bismarcks Briefe an seine Braut] Fürst Bismarcks Briefe an seine Braut und Gattin. Stuttgart: J. G. Cotta'sche Buchhandlung Nachfolger 1900.
»Buch der Kindheit« ... Stelle über Hölderlin] Bogumil Goltz: Buch der Kindheit. Frankfurt a. M.: Heinrich Zimmer 1847, S. 316f. Kraft zitiert die Passage über Hölderlin in seinem Aufsatz »Hölderlin« in: Werner Kraft: Wort und Gedanke. Kritische Betrachtungen zur Poesie. Bern, München: Francke 1959, S. 21-105, S. 77f. Vgl. auch Nr. 106.
»Nimm dein Verhängnis an. Laß alles unbereut«] Aus Paul Flemings Gedicht »An sich« (zuerst erschienen 1641).

100. Werner Kraft an Wilhelm Lehmann, 21. Juni 1934

DLA (66.4463/8). Postkarte. Datierung nach Poststempel: Paris, 21. 6. 34.

101. Wilhelm Lehmann an Werner Kraft, 10. Juli 1934

LKH. Postkarte.

»Heimlich klingt ... entzieht«] Aus dem Gedicht »Abend« aus dem Zyklus »Klage des Gedankens« von Werner Kraft; vgl. Nr. 97.
»... dass mein eigen Nichts ... im Herzen meines Herzens«] Aus dem Gedicht

»Jenseits der Grenze« aus dem Zyklus »Klage des Gedankens« von Werner Kraft; vgl. Nr. 97.

102. Werner Kraft an Wilhelm Lehmann, 14. Juli 1934

DLA (68.4463/9). Brief.

Gedichte in jenem Heft der Schildgenossen] Tauwind. – Leiser Herbstwind. – Südliche Stunde. – Sonnenwende. – Ahornfrüchte. Vgl. Nr. 22.

Herausgeber] Karlheinz Schmidthüs.

»Es kommt ... in den Schoß.«] »Es kommt die Zeit, sie drängt sich selber los / Und eilt auf Fittichen der Rose in den Schoß.« Aus Goethes Gedicht »Ilmenau / am 3. September 1783«, 16. Strophe.

103. Werner Kraft an Wilhelm Lehmann, 3. August 1934

DLA (68.4463/10). Ansichtskarte: Marseille pittoresque. La Corniche – Le Marégraphe. Datierung nach Poststempel: Ma[rseille], 3. 8. 34.

Europa verlasse] Vgl. zu Nr. 51.

104. Wilhelm Lehmann an Werner Kraft, 4. August 1934

LKH. Brief.

Augenentzündung] Eine Netzhautablösung am rechten Auge, wegen der sich Lehmann bis zum 9. Mai 1935 in der Kieler Universitäts-Augenklinik stationär behandeln lassen musste.

105. Werner Kraft an Wilhelm Lehmann, 18. August 1934

DLA (68.4463/11). Postkarte.

»Hochzeit«] Lehmann: Die Hochzeit der Aufrührer.

Brenner] Vgl. Nr. 96.

106. Werner Kraft an Wilhelm Lehmann, 2. September 1934

DLA (68.4463/13). Brief. – Beilage: »Bogumil Goltz, Hölderlin und Brentano«. 4 S. Ts. (Durchschlag) mit wenigen hs. Korrekturen.

Briefe Ihrer Frau] »Eckernfoerde, d. 23. 8. 34. / Lieber Herr Doktor Kraft, / Sie müssen mit einer Nachricht über meinen Mann statt von ihm fürlieb nehmen. Er liegt seit dem 6. Aug. in der Kieler Augenklinik mit einer Netzhautablösung im rechten Auge. Ob das Auge die Sehkraft wiedererlangt, ist fraglich. Der Professor hofft aber, es durch eine längere Kur – in den nächsten Tagen will er allerdings auch einen kleinen Eingriff vornehmen –, etwa 6-8 Wochen, doch zu erreichen; und wir hoffen natürlich inbrünstig mit ihm. Mein Mann muß liegen, bekommt alle paar Tage eine Milchspritze, darf die Augen nicht brauchen, wenn sie auch nicht gerade verbunden sind. Dieser erzwungenen Untätigkeit fügt er sich mit großer Geduld, ist aber natürlich von schweren, sorgenden Gedanken heimgesucht. Ich fahre, wenn irgend möglich, jeden 2. Tag zu ihm. Er bat mich schon vor mehreren Tagen, Ihnen zu schreiben. Ich konnte aber bisher nicht die Zeit dazu finden. – Ihr Schicksal beschäftigt meine Gedanken oft. Hoffentlich sind Sie gut angelangt und haben Frau und Kinder gesund angetroffen. Ich wünsche Ihnen alles Gute und hoffe sehr, Sie nochmal wiederzusehen. / Viele gute Grüße / Ihre / Fr. Lehmann // Kiel, d. 24. / Ich bin heut wieder in Kiel. Mein Mann läßt Sie ganz besonders herzlich grüßen. / Fr. L.« (LKH.)

Aufsatz] Den Aufsatz (s. Angaben zur Beilage) veröffentlichte Kraft unter dem Titel »Hölderlin«; vgl. Nr. 99.

107. Wilhelm Lehmann an Werner Kraft, 12. September 1934

LKH. Postkarte. H: Frieda Lehmann.

Aufsatz] Bogumil Goltz, Hölderlin und Brentano (veröffentlicht unter dem Titel »Hölderlin«); vgl. Nr. 99.

Gedichte] Wohl den Zyklus »Klage des Gedankens« von Werner Kraft; vgl. Nr. 97.

Aufsatz über mich] Kraft: Wilhelm Lehmann.

108. Werner Kraft an Wilhelm Lehmann, 15. September 1934

DLA (68.4463/14). Postkarte.

aus der Klinik heraus] Der Brief erreichte Lehmann nicht in der Kieler Augenklinik, sondern in einer nahegelegenen Pension, in der er zwischen stationären Aufenthalten offenbar wohnte.

Insel-Buch … Reproduktionen] Die Minnesinger in Bildern der Manessischen Handschrift. Leipzig: Insel 1933 (Insel-Bücherei Nr. 450).

»Nur einen Sommer«] Hölderlins Gedicht »An die Parzen« (inc. »Nur Einen Sommer gönnt, ihr Gewaltigen!«).

109. Werner Kraft an Wilhelm Lehmann, 25. September 1934

DLA (68.4463/15). Postkarte.

diktierte Karte] Nr. 107.

Aufsatz] Wilhelm Lehmann.

Keller-Ausg.] Gottfried Keller: Sämtliche Werke, Bd. 1-22. Bern, Leipzig: Benteli 1931-48 (1926 begonnen und bis Bd. 22 hg. von Jonas Fränkel).

Arbeit über Hofmannsthal (Bassompierre)] Von Bassompierre zu Hofmannsthal.

Gedicht … anderes in der N. R.] An Oskar Loerke (Mit einem Büschel Ahornfrüchte). In: Neue Rundschau, Jg. 45, H. 3 vom März 1934, S. 338. – Unter dem Titel »Der Sommeraufenthalt« veröffentlichte Lehmann im Jahr 1934 noch die Gedichte »Der Schlafapfel«, »Rosen im Mittagbrand«, »Oberon« und »Sommerliches Nichts« in der »Neuen Rundschau« (Jg. 45, H. 10 vom Oktober 1934, S. 375f.).

»Hochzeit«] Lehmann: Die Hochzeit der Aufrührer.

110. Werner Kraft an Wilhelm Lehmann, 2. Oktober 1934

DLA (68.4463/16). Postkarte.

Ihre Gedichte in den »Sch«] Lehmanns Gedichte »Tauwind«, »Leiser Herbstwind«, »Südliche Stunde«, »Sonnenwende«, »Ahornfrüchte« in »Die Schildgenossen«; vgl. Nr. 22.

zauberspruchartig … Mispel] In »Südliche Stunde« heißt es: »Mispel blühte; Mispel rundet / Sich vor meinem Blick nicht mehr.« – Kraft verwechselt die Mispel (Mespilus), ein Kernobstgewächs, mit der auf Bäumen wachsenden Mistel (Viscum), einem Halbschmarotzer, der schon bei den Kelten magische Kräfte zugesprochen wurden.

»Betrübt … wir uns begegnen«] Das titellose Gedicht mit diesen Anfangsversen aus Stefan Georges »Der siebente Ring« (Berlin: Blätter für die Kunst 1907, S. 74f.) lautet in der Mitte: »Nur ein geheimnisvoll lebendiges zeichen / Umfängt den schwarzen stamm: die grüne mistel.«

Nous nous … par noz noms.] In: Essais de Michel de Montaigne. Avec des notes de tous les commentateurs. Édition revue sur les textes originaux. Paris: Firmin Didot Frères 1836. Livre I, Chapitre XXVII: De l'amitié, S. 81-88, S. 84.

111. Werner Kraft an Wilhelm Lehmann, 22. Oktober 1934

DLA (68.4463/17). Postkarte.

112. Werner Kraft an Wilhelm Lehmann, 31. Oktober 1934

DLA (68.4463/18). Brief.

Karte Ihrer Frau] Nicht erhalten.

Carl Candidus … in die Nacht der Nächte!] Schwermut. In: Karl Candidus: Vermischte Gedichte. Leipzig: S. Hirzel 1869, S. 16. – Vertont 1871 von Johannes Brahms (Op. 58, Nr. 5).

Es steigt herab … des Kindes wiegt.] Erstdruck in: Letzte Gedichte und Gedanken von Heinrich Heine. Hg. von Adolf Strodtmann. Hamburg: Hoffmann und Campe 1869, S. 267 und 254.

Friede der Kreatur] In der von Jonas Fränkel gegründeten Ausgabe in: Nachgelassene Gedichte seit 1846 (Sämtliche Werke. Bd. 15. Abteilung II). Bern: Benteli 1949, S. 133f. – Auch in Krafts Anthologie »Wiederfinden« (2. Auflage S. 69).

Jonas Fränkel … veröffentlicht] Jonas Fränkel: Ein Gedicht von Gottfried Keller. In: Aus unbekannten Schriften. Festgabe für Martin Buber zum 50. Geburtstag. Berlin: Lambert Schneider 1928, S. 174-179.

Die Wolke] In: Friedrich Pustkuchen: Die Poesie der Jugend. Erzählungen, Gedanken und Lieder. Leipzig: Reclam 1817. – Auch in Krafts Anthologie »Wiederfinden« (2. Auflage S. 79).

Nachruhm] In: Wilhelm Busch: Sämtliche Werke. Sechster Band. Hg. von Otto Nöldeke. München: Braun & Schneider 1943, S. 279.

Alter japanischer Meister ... Ludwig Hardt-Buch] Vgl. Unbekannter alter japanischer Meister: Das Bleibende im Wandel. In: Vortragsbuch Ludwig Hardt. Die Hauptstücke aus seinen Programmen nebst Darstellungen seiner Vortragskunst sowie etliche Glossen von ihm selbst. Hamburg: Gebrüder Enoch 1924, S. 151.

Göckingh / An meine kranke Freundin] In: Ruinen und Blüthen. Hg. von Winfried [d. i. Nic. Dan. Hinsche]. Altona: In Commission bey Karl Busch 1826, S. 127. – Auch in Krafts Anthologie »Wiederfinden« (2. Auflage S. 93).

August Apel / Die Nacht] In: Cicaden. Von August Apel. Berlin: Im Kunst- und Industrie-Comptoir 1810, S. 293. – Auch in Krafts Anthologie »Wiederfinden« (2. Auflage S. 136).

113. Werner Kraft an Wilhelm Lehmann, 16. November 1934

DLA (68.4463/19). Postkarte.

Brownings Briefwechsel mit Elisabeth B. B.] Briefe von Robert Browning und Elizabeth Barrett-Barrett. Ins Deutsche übertragen von Felix Paul Greve. Berlin: S. Fischer 1905.

Nachdichtung Borchardts ... Original] Die Nachdichtung des Gedichts »Porphyria's lover« von Robert Browning (vgl. Nr. 77) in: Rudolf Borchardt: Tollhaus-Zelle II / Porphyrias Buhle. In: Borchardt: Gedichte II / Übertragungen II. (GW.) Stuttgart: Klett-Cotta 1985, S. 238-240.

114. Werner Kraft an Wilhelm Lehmann, 23. November 1934

DLA (68.4463/20). Postkarte.

ihre Karte] »E., d. 14. 11. 34. / Lieber Herr Dr. Kraft, mein Mann wollte mir gestern 1 Karte an Sie diktieren, wir hatten aber beide keine da. Er läßt Ihnen herzlich danken für Ihr freundl. Gedenken u. für die wunderschönen Verse aus Ihrer Lyrik-Sammlung. Er sollte heute wieder operiert werden; ich fahre morgen hin, um zu sehen, wie es geht. Über den etwaigen Erfolg läßt sich aber erst in etwa 1 Woche etwas sagen. Hoffentlich hat sich dann das letzte Stückchen Netzhaut entschlossen, sich wieder anzulegen. Die Sehkraft d. Auges hat sich etwas gebessert. Eine Gefahr wird wohl noch längere Zeit bestehen, weil's vorkommt, daß d. Netzhaut sich wieder löst. Aber ich hoffe fest, daß bei der großen Vorsicht meines Mannes das nicht passiert. Wie lange er noch in Kiel bleiben muß, ist immer noch unbestimmt. Leider wird er bei unserem trüben grauen lichtlosen Klima sehr von Depressionen heimgesucht. Ja, als Adresse genügt: Universitäts Augenklinik. Ihnen und Ihrer Gattin auch von mir herzliche Grüße Ihre Fr. Lehmann« (LKH).

»Der Tröster prahlt leicht«] In: Hofmannsthal: Buch der Freunde. Reden und

Aufsätze III. (Gesammelte Werke in zehn Einzelbänden.) Frankfurt a. M.: Fischer Taschenbuch Verlag 1980, S. 233-299, S. 250.

über die Verzweiflung] Vgl. Nr. 68.

Immermann / Verzweiflung] In: Immermann: Schriften. Bd. 1: Gedichte. Düsseldorf: J. E. Schaub 1835. 2. Buch: Wonne und Wehmuth, S. 131. – Auch in Krafts Anthologie »Wiederfinden« (2. Auflage S. 80).

Nyt Eiges meh] In: Burckhardt: E Hämpfeli Lieder. Basel: Schweighauser'sche Verlagsbuchhandlung 1853, S. 18. – Auch in Krafts Anthologie »Wiederfinden« (2. Auflage S. 136).

Hofmannsthal / Eigene Sprache] In: Hofmannsthal: Sämtliche Werke (Kritische Ausgabe). Bd. 1, S. 87.

Karl Kraus, Aus »Nachts«] In: Die Fackel, Jg. 15, Nr. 381-383 vom 19. September 1913, S. 69-76, S. 69.

Caressez ... par sourire.] Schluss des kurzen Prosastücks »Credo« von Anatole France. In: Jean-Jacques Brousson: Anatole France en Pantoufles. Paris: G. Crès 1926, S. 49. – Vgl. Werner Kraft: »Der Rest, den die Ratio von der Sprache nicht verdaut, das ist sie. / Anatole France: [folgt das Zitat].« Aus: Über die Sprache (1). In: Herz und Geist (vgl. zu Nr. 83), S. 55-72, S. 60.

Il faut ... avec tendresse.] Vgl. Nr. 83.

115. Werner Kraft an Wilhelm Lehmann, 29. November 1934

DLA (68.4463/21). Postkarte.

Operation] Vgl. zu Nr. 104.

wie Friederike Wesendonck ... tötet] Vgl. GW 2, 47f.

über das bekannte Platensche Sonett ... Tod Pindars] Georg Bondi: Erinnerungen an Stefan George. Mit einer Bibliographie. Berlin: Georg Bondi 1934, S. 15f.

über die Realität des Paradieses] Vgl. Werner Kraft: »Darauf deutet der Roman »Amerika« ⟨»Der Verschollene«⟩ [...] hin, wo im Schlußkapitel ⟨»Fragmente/2«⟩ seine Spekulationen über die Realität des Paradieses Ausdruck finden. Diese Realität scheint identisch mit der gegebenen Welt zu sein.« In: Franz Kafka. Durchdringung und Geheimnis. Frankfurt a. M.: Suhrkamp 1968, S. 65-78, S. 73.

Welt Felfers] Aus »Der Provinzlärm« von Lehmann.

Jean Paul: »So viel ist ... für das All..«] Zitat aus: Jean Paul: Herbst-Blumine. Drittes Bändchen. Kapitel 4, Gelehrte Sachen, Erster Teil.

Karl Kraus: »Wer nichts ... der Sache.«] Tagebuch. In: Die Fackel, Jg. 10, Nr. 254-255 vom 22. Mai 1908, S. 33-35, S. 34.

116. Werner Kraft an Wilhelm Lehmann, 5. Dezember 1934

DLA (68.4463/22). Postkarte.

in den »Schildgenossen«] Tauwind. – Leiser Herbstwind. – Südliche Stunde. – Sonnenwende. – Ahornfrüchte.

Abschatz … Ach] Ach! In: Hans Aßmann von Abschatz: Poetische Übersetzungen und Gedichte. Faksimiledruck nach der Gesamt-Ausgabe von 1704 mit der Vorrede von Christian Gryphius. Hg. von Erika Alma Metzger. Bern: Herbert Lang. 1970, S. 249. – Auch in Krafts Anthologie »Wiederfinden« (2. Auflage S. 37).

Klopstock … Furcht der Geliebten] In: Klopstocks sämmtliche Werke. Vierter Band: Oden. Leipzig: Georg Joachim Göschen 1893, S. 96.

Jean Paul … mit dem Regenbogen] In: Jean Paul: Flegeljahre. Nr. 19. (Jean Paul: Sämtliche Werke. Abt. 1. Bd. 10. Weimar 1934, S. 134.)

117. Werner Kraft an Wilhelm Lehmann, 17. Dezember 1934

DLA (68.4663/23). Postkarte.

wieder zuhause … gesund!] Vgl. zu Nr. 104.

»Spaziergang nach Syrakus« von Seume (Reklam)] Johann Gottfried Seume: Spaziergang nach Syrakus im Jahre 1802. Leipzig: Philipp Reclam jun. o. J.

118. Werner Kraft an Wilhelm Lehmann, 31. Dezember 1934

DLA (68.4463/24). Postkarte.

Fischerschen Almanach … Photographie] Almanach. Das 48. Jahr. S. Fischer zum Gedächtnis. Berlin: S. Fischer 1934, Tafel (verso) vor S. 65.

Vergleich mit andren Photographien] Neben einem Fotoporträt von S. Fischer und dem Wilhelm Lehmanns enthält der Almanach fotografische Abbildungen von Richard Billinger, Emil Belzner, Hellmut von Cube, Jean Giono, Stephan Kamare, Harold Nicolson, Ernst Penzoldt, Hans Rehberg, Hermann Rossmann, Carl Zuckmayer und Rudolph Wahl.

»Letzter Abend«] Almanach, S. 91; ebenfalls abgedruckt Lehmanns Gedichte »Südliche Stunde« und »An meinen Sohn« (S. 92f.) sowie sein Prosatext »Begegnung mit den Wasserprimeln« (S. 38-40).

Karl Kraus »Heine und die Folgen«] München: Albert Langen 1919.

Mommsens Römischer Geschichte … über die Zerstörung Karthagos] Theodor Mommsen: Römische Geschichte. Zweiter Band: Von der Schlacht von Pydna bis auf Sullas Tod. Berlin: Weidmannsche Buchhandlung 1889 (Achte Auflage), Viertes Buch, Kapitel I: Die unterthänigen Landschaften bis zur Gracchenzeit, S. 3-67, bes. S. 22-37.

119. Werner Kraft an Wilhelm Lehmann, 25. Januar 1935

DLA (68.4464/1). Postkarte. Datierung nach Poststempel: Jerusalem, 25. 1. 35.

Karte Ihrer Frau] »E., d. 1. 1. 35. / Lieber Herr Dr. Kraft, leider ist mein Mann immer noch in Kiel, wird auch den Januar hindurch mindestens noch da bleiben müssen. Das Gesichtsfeld ist vollkommen da, nur liegt das Sehbild des kranken Auges noch schief. Hoffentlich wird dieser Schaden auch noch beseitigt. – Er läßt Ihnen sehr für Ihre Karte mit den guten Wünschen und den Kafka (in dem das Gedicht selbstverständlich drin bleiben wird) danken. Dies Büchlein zu besitzen, war ein Wunsch von ihm, der ihm nun netterweise durch Sie erfüllt worden ist. Seume besitzt er. Wir sind froh, daß der Tag jetzt täglich um mindestens 1 Minute zunimmt; diese grauen, reichlich unangenehmen nebelfeuchten Tage sind, besonders meinem Mann, scheußlich. – Wie mag's Ihnen allen gehen? / Seien Sie mit Ihrer Gattin von uns beiden herzlich gegrüßt / Ihre Lehmanns« (LKH). – Zu dem Buch von Kafka mit einer Gedichtwidmung (»Die Sterne«) von Kraft vgl. Nr. 121.

Heilung Ihres Auges] Vgl. zu Nr. 104.

Pension] Vgl. zu Nr. 50.

der Junge wieder zu uns] Paul Caspar, der schon am 28. Mai 1933 nach Palästina abgefahren war, wohnte dort zunächst bei Erna Krafts Schwester Toni Halle; vgl. Nr. 60.

Fischerschen Almanach] Vgl. Nr. 118.

120. Werner Kraft an Wilhelm Lehmann, 28. Januar 1935

DLA (68.4664/2). Postkarte.

Gedicht »Letzter Abend«] Aus dem Almanach des S. Fischer Verlags; vgl. Nr. 118.

Zuckmeyers Salzburger Phantasie … Herbstgedicht] Carl Zuckmayers »Salzburger Nacht-Phantasie« (Almanach S. 126f.) und sein Gedicht »Der leuchtende Herbst / 1931« (S. 51f.)

im ersten Druck der seligen »Voß«] Vossische Zeitung vom 17. Oktober 1931, Unterhaltungsblatt, S. 1. – Im März 1934 hatte die »Voß« ihr Erscheinen eingestellt.

Ihren Augen] Vgl. zu Nr. 104.

121. Wilhelm Lehmann an Werner Kraft, 12. Februar 1935

LKH. Postkarte.

Gedicht, … Kafka-Büchlein] Franz Kafka: Vor dem Gesetz. Berlin: Schocken 1934. Auf dem vorderen Innendeckel des Bändchens, ein Geschenk Krafts an Lehmann, steht von Krafts Hand mit Blei sein Gedicht »Die Sterne«, darunter: »Wilhelm Lehmann / in großer Herzlichkeit zu Weihnachten. Das Gedicht ist mit Bleistift geschrieben, kann also leicht ausradiert werden. / Jerusalem, 19 12. 1934.«

schadhafte Stelle des Auges] Vgl. zu Nr. 104.

Buddhas Reden] Vgl. Nr. 124.

Pension] Vgl. zu Nr. 50.

122. Werner Kraft an Wilhelm Lehmann, 22. Februar 1935

DLA (68.4464/3). Postkarte.

erste Band von Kafkas Ges. Schriften] Franz Kafka: Gesammelte Schriften. Hg. von Max Brod. Bd. I: Erzählungen und kleinere Prosa. Berlin: Schocken 1935.

»Betrachtung«] Leipzig: Ernst Rowohlt 1913.

»Die Bäume«] Gesammelte Schriften, S. 44.

123. Werner Kraft an Wilhelm Lehmann, 26. Februar 1935

DLA (68.4464/4). Postkarte.

»Et in Arcadia ... Epikur.«] Der Wanderer und sein Schatten, Absatz 295. In: Nietzsche: Menschliches, Allzumenschliches. Bd. 2. Zweite Abteilung.

124. Werner Kraft an Wilhelm Lehmann, 14. März 1935

DLA (66.4464/5). Postkarte.

Buddhas Reden ... Übersetzung von K. E. Neumann] Die Reden Gotamo Buddhos aus der Mittleren Sammlung (Majjhimanikâyo). Übertragen von Karl Eugen Neumann, Bd. I-III. Leipzig: Friedrich 1896 und 1900, Berlin: Altmann 1902.

Rede ...deutschen Universitäten?] Martin Heidegger: Die Selbstbehauptung der deutschen Universität. Rede, gehalten bei der feierlichen Übernahme der Rektorates der Universität / Freiburg i. Br. am 27. 5. 1933. Breslau: Wilhelm Gottlieb Korn [1933].

125. Wilhelm Lehmann an Werner Kraft, 24. März 1935

LKH. Postkarte. H: Frieda Lehmann.

Auge] Vgl. zu Nr. 104.

Stifters ›Studien‹] Erzählsammlung von Adalbert Stifter, erschienen in Folgen von je zwei Bänden 1844, 1847 und 1850.

126. Wilhelm Lehmann an Werner Kraft, 28. April 1935

LKH. Postkarte.

Auge] Vgl. zu Nr. 104.

Bändchen Gedichte] Ende September 1935 erschien Lehmanns Gedichtsammlung »Antwort des Schweigens« bei Ernst Niekisch (Berlin: Widerstandsverlag 1935). – 2. Aufl. Tübingen: Heliopolis-Verlag 1951. – Die zweite Auflage wurde mit einer hinsichtlich der Entstehung und Veröffentlichung der Gedichte fehlerhaften Widmung abgedruckt: »Diese Verse entstammen dem dritten Zehnt des Jahrhunderts. Ernst Niekisch, der sie 1934 im Widerstands-Verlag, Berlin, zuerst veröffentlichte, mußte um der Freiheit seines Geistes willen schwer leiden. / Über Zeit und Raum hinweg sei er gegrüßt und bedankt. / W. L.«

250 M., die der Verleger als Zuschuß haben will] Vgl. GW 1, 388f.

127. Werner Kraft an Wilhelm Lehmann, 29. April 1935

DLA (68.4464/6). Brief.

128. Werner Kraft an Wilhelm Lehmann, 22. Mai 1935

DLA (68.4664/7; 68.4493). Brief.

wieder zuhause] Vgl. zu Nr. 104.

Ihre Gedichte] »Antwort des Schweigens«.

»und mitteninne Weinte ich.«] Die beiden Schlussverse von Lehmanns Gedicht »Letzter Abend«; Unterstreichung von Kraft.

Buch-Manuskript] Erst 1968 erschien eine Monografie von Kraft über Kafka; vgl. Kraft: Franz Kafka. Durchdringung und Geheimnis. Frankfurt a. M.: Suhrkamp 1968. (Bibliothek Suhrkamp, Bd. 211.)

»Die Idee der Prosa«] Nicht veröffentlicht.

Über allen Gipfeln] Goethe: Ein gleiches.

Tagebücher von Amiel] Henri Frédéric Amiel: Fragments d'un Journal intime. Éd. par. Edmond Henri Adolphe Scherer. 2 T. Genève: Georg 1915.

»L'Allemand ... des rôles du quatuor.«] Ebd. T. 1, S. 108.

»Drum achte nicht ... Schelle klingt«] Letzte Strophe von »Der Liederdichter an die Ungünstigen. Statt der Vorrede«, in: Lieder von Schmidt von Lübeck. Hg. von H. E. Schumacher. Altona: J. F. Hammerich 1826 (zweite vermehrte Auflage), S. 1-3, S. 3.

129. Werner Kraft an Wilhelm Lehmann, 29. Mai 1935

DLA (68.4464/8). Postkarte.

Poggfred] Haus des Helden im gleichnamigen »Kunterbunt-Epos« von Detlev von Liliencron.

130. Wilhelm Lehmann an Werner Kraft, 30. Mai 1935

LKH. Postkarte. H: Frieda Lehmann.

Sehkraft des rechten Auges] Vgl. zu Nr. 104.

131. Werner Kraft an Wilhelm Lehmann, 14. Juni 1935

LKH (68.4664/9). Postkarte.

»Füllest wieder –«] Vgl. Goethes Gedicht »An den Mond«.

»Merlin«] Erstdruck: Das Innere Reich, Jg. 2, Nr. 3 vom Juni 1935, S. 292.

Gedicht, in dem Oberon vorkommt] Lehmann: Oberon.

132. Werner Kraft an Wilhelm Lehmann, 12. August 1935

DLA (68.4664/10). Postkarte. Datierung nach Poststempel: Jerusalem, 12. 8. 35.

»Silberdistelwald«] Oskar Loerkes Gedichtsammlung »Der Silberdistelwald«.

Ihr Name … an Klang gewinnen] Vgl. zu Nr. 95.
wo von dem … »Urleid« die Rede ist] Vgl. Nachwort, S. 150-152.

133. Werner Kraft an Wilhelm Lehmann, 26. Oktober 1935

DLA (68.4464/11; 68.4493). Brief.

Leo Schestow: Potestas … (Verlag der Nietzsche-Gesellschaft)] München: Verlag der Nietzsche-Gesellschaft 1926.
Ihr Buch] Antwort des Schweigens. Gedichte von Wilhelm Lehmann. Berlin: Widerstands-Verlag 1935.
Ihren Augen] Vgl. zu Nr. 104.
schön gedruckt] Das von A. Paul Weber ausgestattete Buch wurde in Fraktur von der »Landsknecht-Presse Wittingen, Lüneburger Haide« gedruckt.
ausgeglittenen … Verlagsverzeichnisses daneben] Auf den (nicht paginierten) Seiten 46f. von »Antwort des Schweigens« stehen sich Inhaltsverzeichnis und Verlagswerbung mit unterschiedlich hoch angesetztem Satzspiegel gegenüber. Der des Inhaltsverzeichnisses ist zudem, anders als im Rest des Buchs, so schmal, dass ein langer Titel umbrochen werden musste. Die Verlagswerbung weist vier unterschiedliche Schriftgrößen auf.
Aufsatz über Ihre Gedichte] Kraft hat keinen Aufsatz über »Antwort des Schweigens« veröffentlicht.
Staarenschwarm im Baum] Starenschwarm im Baum. – Zur Änderung des von Kraft beanstandeten Verses vgl. Nr. 244.

134. Wilhelm Lehmann an Werner Kraft, 15. Dezember 1935

LKH. Postkarte. – Dem Poststempel (Hamburg, 20. 12. 35) zufolge wurde die Karte fünf Tage, nachdem Lehmann sie geschrieben hatte, von Hamburg aus losgeschickt.

»trat ans Fenster … Fahnen zusammen«] Eduard Mörike: Maler Nolten. Novelle in zwei Theilen. Stuttgart: E. Schweizerbart'sche Verlagsbuchhandlung (1832), Zweiter Theil, S. 629.
Aufsatz Bogumil Goltz – Jean Paul – Hölderlin] Unter dem Titel »Hölderlin« veröffentlicht; vgl. zu Nr. 99.
die Fahnen] Vgl. Kraft: Hölderlin, S. 77-79.
Gedicht … setzten] Kraft: Die Sterne. Vgl. Nr. 121.
nur eine Zeitung … Britting an die Seite] Hellmut v. Cube: Wilhelm Lehmann, Antwort des Schweigens. 1935. In: Berliner Tageblatt, Nr. 545 vom 17. November 1935.
»Der irdische Tag«] Georg Britting: Der irdische Tag. Gedichte. München: Albert Langen / Georg Müller 1935. Das Exemplar für Wilhelm Lehmann (DLA) trägt die handschriftliche Widmung »Wilhelm Lehmann / in / herzlicher Verehrung / Georg Britting / Okt. 1935«. Lehmann hat die Gedichte dieses Bandes mit zahlreichen kritischen Randnotizen versehen.
einige wenige neue] Höhe der Winde. – Orpheus. – Tür ins Nichts. – Pause des Windes. – Maulwurfshügel. – Augustwolken; vgl. zu Nr. 138.

»Und was Dauerndes … wahren Poesie …«] Jacob Burckhardt an Friedrich von Preen, 31. Dezember 1870.

135. Werner Kraft an Wilhelm Lehmann, 23. Dezember 1935

DLA (68.4464/12). Brief (maschinenschriftlich).

Noch spielen die Jagdhunde … Unmöglichkeit von Krähen.] Aus Franz Kafkas nachgelassenen Aphorismen, unter dem Titel »Betrachtungen über Sünde, Leid, Hoffnung und den wahren Weg« veröffentlicht in: Beim Bau der Chinesischen Mauer. Hg. von Max Brod und Hans Joachim Schoeps. Berlin: Gustav Kiepenheuer 1931, S. 213-236, S. 221.

»Entwurf einer deutschen Prosodie« (1786)] Moritz: Versuch einer deutschen Prosodie. Berlin: Arnold Wever 1786.

auf Grund dessen … Verse umgesetzt hat] Vgl. die Eintragung vom 10. Januar 1787 in Goethes »Italienische Reise«.

Biographie Seumes (1883)] Vermutlich meint Kraft die 1898 erschienene Biografie »Johann Gottfried Seume. Geschichte seines Lebens und seiner Schriften von Oskar Planer und Camillo Reißmann« (Leipzig: G. J. Göschen'sche Verlagshandlung), »die alles Material sorgfältig gesammelt haben, so daß sich schwerlich in den Archiven noch neues Material finden läßt«, so Kraft in seiner Einleitung zu der von ihm herausgegebenen Seume-Sammlung »Prosaschriften« (Köln: Melzer 1962, S. 7-49, S. 48f.).

Heine-Auswahl] Heine: Gedicht und Gedanke. Auswahl und Nachwort von Werner Kraft. Berlin: Schocken 1936. (Bücherei des Schocken Verlags, 57.)

Insel-Ausgabe] Heines Sämtliche Werke in 10 Bänden. Unter Mitwirkung von Jonas Fränkel, Ludwig Krähe, Albert Leitzmann und Julius Petersen hg. von Oskar Walzel. Leipzig: Insel 1911-1915.

dass George … abdruckt] Zu den Eingriffen Georges in Heines Gedicht »An die Mouche« vgl. Stefan George und Karl Wolfskehl (Hgg.): Deutsche Dichtung. Dritter Band: Das Jahrhundert Goethes. Stuttgart: Klett-Cotta 1995 (Neuausgabe von 1902), Nachwort von Ute Oelmann, S. 191-213, hier S. 197f., sowie Werner Kraft: Heine. Gedicht und Gedanke, Nachwort, 79-85, hier S. 80.

Nachwort zum Romanzero] Hamburg: Hoffmann und Campe 1851, S. 299-313. (»Geschrieben zu Paris, den 30. September 1851«.)

136. Werner Kraft an Wilhelm Lehmann, 27. Dezember 1935

DLA (68.4464/13). Brief (maschinenschriftlich).

Wo ist die Fee … zerzaust.] 37. Strophe von Heines Gedicht »Waldeinsamkeit« aus den »Lamentazionen« des »Romanzero«.

Gedichte von Britting] Vgl. Nr. 134.

Satz von Jakob Burckhardt] Vgl. Nr. 134.

Brief-Freund] Albert Bloch.

137. Werner Kraft an Wilhelm Lehmann, 28. April 1936

DLA (68.4465/1). Brief.

So gehts denn … und tanze mir] In: J. M. R. Lenz: Gedichte. Hg. von Karl Weinhold. Berlin: Hertz 1891, S. 182.

»Hamlet in Wittenberg«] Schauspiel von Gerhart Hauptmann (Erstausgabe und Uraufführung 1935).

Porto Fino, Alta Chiara] Gerhart Hauptmann: Portofino, Alta chiara. In: Corona, Jg. 5, H. 2 vom Januar 1935, S. 220. (Hauptmann: SW. Bd. 4. Berlin 1964, S. 212.)

»Von Bassompierre … Novellenmotivs«] Vgl. zu Nr. 85.

138. Werner Kraft an Wilhelm Lehmann, 29. Mai 1936

DLA (68.4465/2; 68.4493). Brief.

Gedichte »Mühsal«] Die neuen Gedichte, die Lehmann Kraft angekündigt und wohl zwischenzeitlich geschickt hatte (vgl. Nr. 134): »Höhe der Winde«, »Orpheus«, »Tür ins Nichts«, »Pause des Windes«, »Maulwurfshügel«, »Augustwolken«. – Um die zwei später entstandenen Gedichte »Stare« und »Herbstgang« vermehrt erschien der »Mühsal«-Zyklus zuerst in: Neue Rundschau, Jg. 48, Nr. 1 vom Januar 1937, S. 33-41 und dann in Lehmanns Gedichtsammlung »Der grüne Gott« (vgl. zu Nr. 153). – Die konkreten Änderungsvorschläge, die Kraft in seinem Brief machte, hat Lehmann bis auf den das Gedicht »Orpheus« betreffenden übernommen.

»Er läuft … verboten ist.«] Aus Franz Kafkas nachgelassenen Aphorismen, unter dem Titel »Betrachtungen über Sünde, Leid, Hoffnung und den wahren Weg« veröffentlicht in: Beim Bau der Chinesischen Mauer. Hg. von Max Brod und Hans Joachim Schoeps. Berlin: Gustav Kiepenheuer 1931, S. 213-236, S. 226.

Ihr Gedichtband besprochen] -ng. Deutsche Lyrik. [U. a. Lehmann: Antwort des Schweigens.] In: Nationalzeitung (Basel), 23. Februar 1936.

Opferung Isaaks und das Problem des Glaubens] Kierkegaards Schrift »Furcht und Zittern« mit dem Untertitel »Dialektische Lyrik« (1843) bestimmt am Beispiel der alttestamentlichen Erzählung von Abraham, der seinen Sohn Isaak opfern soll, einen das Ethische übersteigenden Glaubensbegriff.

mein Buch erhalten] Heine: Gedicht und Gedanke. Auswahl und Nachwort von Werner Kraft. Das Exemplar von Lehmann (DLA) trägt auf dem Vorsatz ein handschriftliches Widmungsgedicht Krafts – »Am Wegrand« – und den Zusatz »herzlichst / W K / Jer. 22. 5. 1936«.

»Erinnerung an Hans«] In: Corona, Jg. 6, H. 2 von 1936, S. 189-240.

139. Wilhelm Lehmann an Werner Kraft, 16. August 1936

LKH. Brief.

mag Papiers Natur … behauptet] Vgl. Nr. 38.

meiner erwähnten] Vgl. Nr. 137.
Mühsalverse] Vgl. Nr. 138.
Ludwig Straussens Ablehnung] Vgl. Nr. 136.
meinen kleinen Band Gedichte] Lehmann: Antwort des Schweigens.
im »Inneren Reich« ganz gröblich geschulmeistert] Vgl. Hermann Pongs: Zur Lyrik der Zeit I. In: Das Innere Reich, Jg. 2, H. 9 vom Dezember 1935, S. 1155-1170. Pongs befindet, Lehmann sei »untergangssüchtig« (S. 1166), »ein müder Nebengänger Brittings, von Rilkes schwermütigem Geist überschattet« (S. 1164), und bezeichnet »Antwort des Schweigens« als »die letzte schlimme Fragwürdigkeit des ganz in sich abgesunkenen Lyrikers« (S. 1165).
Ihre Heineauswahl] Heine: Gedicht und Gedanke.
dass die Neue Rundschau mich … gelobt hat] Vgl. Rudolf Bach: Lyrik der Gegenwart. (Sammelbericht.) In: Neue Rundschau, Jg. 47, 1936, S. 750-764. Dort werden unter der Rubrik »Naturgedicht« (S. 759-762) Brittings »Der irdische Tag« und Lehmanns »Antwort des Schweigens« vergleichend besprochen.
»ewigen Bestand«] Vgl. Heines »Nachtgedanken«, sechste Strophe.
Brief über die Mühsal] Brief Nr. 138.

140. Werner Kraft an Wilhelm Lehmann, 28. August 1936

DLA (68.4465/3). Postkarte.

Arbeiten und verzweifeln!] Vgl. zu Nr. 94.
»Denn nur ein Gott … Kugel zu sein.«] Aus der 24. der »Weissagungen des Bakis« von Goethe.
Novalis dürfte recht haben … nennt] Zum Vergleich von Goethes »Wilhelm Meister« mit Voltaires »Candide ou l'optimisme« vgl. Novalis an Tieck, 13. Februar 1800 sowie Fragment 536 der »Fragmente und Studien 1799-1800« (Novalis: Schriften. Bd. 3. Darmstadt: Wissenschaftliche Buchgesellschaft 1968).

141. Wilhelm Lehmann an Werner Kraft, 14. Oktober 1936

LKH. Postkarte. Ortsangabe nach Poststempel: København, ⟨??. ??.⟩ 36.

nach D.] Nach Dänemark.
Gedicht an die Leere] Krafts Gedicht »Die Sache«.
Herbstgang] Auf Krafts Einwände hin (vgl. folgenden Brief) überarbeitete Lehmann das Gedicht, bevor er es in den »Mühsal«-Zyklus (vgl. zu Nr. 138) aufnahm.

142. Werner Kraft an Wilhelm Lehmann, 23. Oktober 1936

DLA (68.4465/4). Postkarte.

Gedicht] Herbstgang. Vgl. vorangehenden Brief.
Lexikon von Ersch und Gruber] Allgemeine Encyclopädie der Wissenschaften

und Künste in alphabetischer Folge. Begründet. v. Johann Samuel Ersch u. Johann Gottfried Gruber. 167 Bde., Leipzig 1818-1889 [unvollendet].

lobend erwähnt, ... des Stils lege!] »Nicht blos auf den Gedanken, auch auf den Ausdruck desselben verwendete er große Sorgfalt. Sein Styl, meistens im leichten, freien Gesellschaftston, wird oft glänzend und rhetorisch.« (Artikel »Jochmann«, Section II, Theil 20, S. 115-117, S. 116.)

Josef Conrad »Mit den Augen des Westens«] Joseph Conrads Roman »Under Western Eyes« (London 1911); dt.: Mit den Augen des Westens. Übers. von E. W. Günter [d. i. E. W. Freißler]. Berlin 1913.

Glosse von Ihnen über Irland] Lehmann: Irisches. In: Neue Rundschau, Jg. 25, H. 4 vom April 1914, S. 586-587.

143. Wilhelm Lehmann an Werner Kraft, 12. März 1937

LKH. Brief.

zu ihrer Schwester nach F.] Vielleicht nach Flensburg nahe der Grenze zu Dänemark; vgl. zu Nr. 163.

»Welch ein ... Ausatmend Mord!«] Beginn des Gedichts »Wintermorgen« von Kraft. In: Kraft: Wort aus der Leere. Ausgewählte Gedichte. Jerusalem: Rothschild [1937], S. 84. – Das Exemplar von Wilhelm Lehmann (DLA) trägt die handschriftliche Widmung von Werner Kraft: »Geht auf Wahrem dein Fuß nicht wie auf Teppichen? / Hölderlin / In großer Herzlichkeit / Ihr Werner Kraft. / Jer. 23. 12. 1936.«

144. Werner Kraft an Wilhelm Lehmann, 9. April 1937

DLA (68.4466/1). Brief. Ortszusatz nach Poststempel: Paquebot Alexandrie, 13. 4. ⟨?⟩. – Den Brief gab Kraft vom Passagierdampfer »Alexandrie« aus auf dem Heimweg von Frankreich nach Palästina auf.

ein Exemplar meiner Gedichte] Kraft: Wort aus der Leere.

während der Ausstellung] Vom 25. Mai bis zum 25. November 1937 wurde in Paris die Weltausstellung (»Exposition internationale des arts et technique dans la vie moderne«) gezeigt.

Tel qu'en ... le change] Aus dem Sonett von Mallarmé »Le Tombeau d'Edgar Poe«, das dem Band »Les Poèmes d'Edgar Poe. Traduction de Stéphane Mallarmé, avec portrait et fleuron par Edouard Manet«, Bruxelles: Edmond Deman 1897, vorangestellt ist (S. 11f.).

Gloire ... idées] Anfangsverse der 8. Strophe von »Prose pour des Essaintes« von Mallarmé.

Un coup ... hasard] »Un coup de dés jamais n'abolira pas le hasard«, erschienen in Mallarmés Todesjahr (1914).

Achim von Arnim] Französische Surrealisten wie André Breton und Yves Duplessis haben sich wiederholt auf die deutsche Romantik berufen.

145. Wilhelm Lehmann an Werner Kraft, 15. April 1937

LKH. Brief.

2 *Rundschauhefte*] Jg. 48, Nr. 1, Januar 1937 (mit dem »Mühsal«-Zyklus, vgl. Nr. 138) und Jg. 47, Bd. 2, S. 1143-1164 (mit Lehmanns Aufsatz »Brentano«).

Ihre Glossen Zu den Mühsalgedichten] Vgl. Nr. 138.

Korsarenfahne] Zu Lehmanns Gedicht »Herbstgang« und Krafts Einwänden dagegen vgl. Nr. 141 und 142.

Auswahl Ihrer Verse] Kraft: Wort aus der Leere.

»Strom ohne Ende«] Oscar Walter Cisek: Der Strom ohne Ende. Berlin: S. Fischer 1937.

nach Descartes variieren] Nicht ermittelt.

146. Werner Kraft an Wilhelm Lehmann, 12. Juli 1937

DLA (68.4466/2). Brief (maschinenschriftlich mit hs. Nachbemerkung und hs. Zusatz von Erna Kraft).

Arbeiten in den Heften der »Rundschau«] Vgl. Nr. 145.

Brentano] Lehmanns Aufsatz »Brentano«.

Doktorarbeit] Die Päpstin Johanna. Eine motivgeschichtliche Untersuchung. Frankfurt a. M.: Univ. (Diss.) 1925.

Urteils gegen Varnhagen] Vgl. GW 6, 37f.

»denn dieser Defektiv-Effekt hat Grund«] Shakespeare: Hamlet, II, 2.

wie die französischen Surrealisten] Vgl. Nr. 144.

Urteil Goethes] Vgl. Nr. 91.

»Mühsal«-Gedichte] Vgl. Nr. 138.

Druckfehler!] Kein Druckfehler: vgl. GW 1, 76f., 77.

»Es fährt das Schiff … bewahrt«] Aus Lehmanns Gedicht »Tür ins Nichts«.

gedruckten Gedichte] Kraft: Wort aus der Leere.

Buber sprach … von Ihnen.] Vgl. Kraft: Gespräche mit Martin Buber. München: Kösel 1966, S. 70.

»Stammtisch« in Berlin] Die »Donnerstags-Gesellschaft«, eine literarisch-künstlerische Vereinigung, traf sich in den zehner Jahren des 20. Jahrhunderts in der Steinertschen Weinstube am Berliner Kurfürstendamm zum Stammtisch. Lehmann begleitete öfter Moritz Heimann dorthin, wenn er ihn in Berlin besuchte.

nachgelassenes Werk »Die Sprache«] Hg. von Philipp Berger. Wien: Verlag »Die Fackel« 1937.

Todestage] Der 12. Juni 1937 war der erste Todestag von Karl Kraus.

junger zwanzigjähriger Dichter] Abrahram Gergel, der sehr früh starb und heute völlig vergessen ist.

Quidquid … et Dona ferentes] »Was es auch ist, ich fürchte die Danaer, auch wenn sie Geschenke bringen.« Vergil, Aeneis, Buch 2,Vers 49.

Ceci n'est pas un conte] Dt. »Dies ist keine Erzählung«, Kurzerzählung von Diderot, erschienen Paris 1773.

»Sur les femmes«] (1772.) Paris: Léon Pichon 1919. (28 S.)

Auswahl in einem Insel-Buch] Briefe eines Unbekannten. Eine Auswahl aus den Briefen Alexander von Villérs. Auswahl und Vorwort: Z. und H. von Halben. (Insel-Bücherei Nr. 355.) Leipzig: Insel 1922.

vom Schwan und … dem Schleier] Vgl. die vierte der »Weissagungen des Bakis« von Goethe.

von Kegel und Kugel!] Vgl. die 24. der »Weissagungen des Bakis« von Goethe. Vgl. Nr. 140.

147. Wilhelm Lehmann an Werner Kraft, 13. August 1937

LKH. Brief. Briefkopf mit aufgedrucktem Foto eines Gebäudes, Unterschrift »Hvilehjemmet / Glyngøre« und von Lehmann ergänzter Zeile »Glyngøre, den ⟨13. August⟩ 19⟨37⟩«.

den ersten] Nr. 144.

den zweiten] Nr. 146.

Regengussspruch] Inc. »Im Traume gehend an dem Flusse«.

Arnim und die Surrealisten!] Vgl. Nr. 144.

Goethes Urteil über Arnim] Vgl. Nr. 91.

über Joh. Chr. Günther] Goethe rügt die »Charakterlosigkeit« des Dichters Johann Christian Günther: »Er wußte sich nicht zu zähmen, und so zerrann ihm sein Leben wie sein Dichten.« In: Aus meinem Leben. Dichtung und Wahrheit. Goethe: WA. Abt. I, Bd. 27, S. 81f.

unbekannte Briefe B's] Briefe aus dem Brentanokreis. Mitgeteilt von Ernst Beutler. In: Jahrbuch des Freien Deutschen Hochstifts Frankfurt a. M. 1934/35. Halle a. d. Saale: Max Niemeyer 1935, S. 367-455.

Kierkegaardgegend] Glyngøre am Limfjord liegt in Westjütland, etwa 150 Kilometer nördlich von Sædding, dem Geburtsort von Sören Kierkegaards Vater. Kierkegaard reiste 1840 von Kopenhagen an den Ort, an dem sein Vater als Kind Gott verflucht haben soll.

Where goes … too much with us«] Wohl »Where lies the land to which you ship must go?« und »The world is too much with us«, die in »The Poetical Works of Wordsworth« (London: Frederick Warne and Co. o. J.) unter den »Miscellaneous Sonnets« (S. 129-146, S. 135) zu finden sind.

»Gedichte«(??) Britting] Der irdische Tag. Vgl. Nr. 134.

Volksschullehrer – … »Kultur«] Im Juli 1937 hatte der ehemalige Gymnasiallehrer Bernhard Rust, Reichsminister für Wissenschaft, Erziehung und Volksbildung, die Preußische Akademie der Wissenschaften unter das Protektorat von Hermann Göring gestellt.

148. Werner Kraft an Wilhelm Lehmann, 23. August 1937

DLA (68.4466/3). Brief (maschinenschriftlich mit hs. Schluss und hs. Nachbemerkung).

Arion-Gedicht] Lehmann hatte Kraft sein (nicht mehr beiliegendes) noch unveröffentlichtes Gedicht »Arion« geschickt.

nicht Nominativ sondern Akkusativ] Es hieß offenbar zunächst »Rettete nicht Arion«, bevor Lehmann es in »Rettete nicht den Arion« veränderte. Vgl. folgenden Brief und GW 1, 90/422f.

Aufsatz über »Antwort des Schweigens«] Vgl. zu Nr. 133.

über allen Gipfeln] Goethe: Ein gleiches.

»Ein Gedanke ... Gedanken fehlt.«] In: Nachts. (Die Fackel, Jg. 14, Nr. 360-362 vom 7. November 1912, S. 1-25, S. 17.)

Heft] Kraft: Wort aus der Leere.

»Ich starb ... Klage.] Der große Traum, Elfter Gesang, 18. Strophe.

Bäume haben Blätter] Vgl. Nr. 91.

Aufsatz über sie] Kraft schrieb mehrere Aufsätze über Else Lasker-Schüler. Der erste veröffentlichte ist ein Nachruf nach ihrem Tod am 22. Januar 1945 (Mitteilungsblatt. Irgun Olej Merkas Europa. Jg. 9, Nr. 4 vom 26. Januar 1945, S. 174). Vgl. auch: Else Lasker-Schüler. In: Wort und Gedanke. Kritische Betrachtungen zur Poesie. Bern, München 1959, S. 216-229.

»Das Hebräerland«] Zürich: Oprecht 1937.

Hebräischen Balladen, ... stammen] Berlin-Wilmersdorf: A. R. Meyer 1913 (erschienen Ende 1912). Das früheste Gedicht der Sammlung war erstmals 1901 gedruckt worden.

149. Wilhelm Lehmann an Werner Kraft, 6. Oktober 1937

LKH. Brief (Fragment: Schluss fehlt).

Aufsatz] Es handelt sich wohl um Krafts Aufsatz »Rilke und Baudelaire« (in: Der Kreis, Nr. 2 vom Februar 1937, S. 1-4). – Von Werner Kraft separat als »Printed Matter« verschickt; der Umschlag, dessen Poststempel wegen ausgerissener Briefmarke nicht lesbar ist, trägt den hs. Zusatz von Lehmann: »Zusammen mit Brief [vom 23. August] in Odense am 3. Okt. 37 bekommen.«

Hverken-Eller] Nicht »Hverken-eller« (»Weder-noch«), sondern »Enten-Eller« (»Entweder-Oder«) heißt das »Lebensfragment« von Kierkegaard (erschienen 1843). 1937 erschien in Kopenhagen (Gyldendalske Boghandel/Nordisk Forlag) das zweiteilige Werk in einem Band.

Heft Ihrer Verse] Kraft: Wort aus der Leere.

Wolke nur ... Rücken?] Aus Lehmanns Gedicht »Arion«.

dass Sie W. Benjamin zitieren] In »Rilke und Baudelaire«.

Aufsatz über Goethe] Goethes »Wahlverwandtschaften«. In: Neue Deutsche Beiträge, Zweite Folge, Erstes Heft vom April 1924, S. 38-138, Zweites Heft vom Januar 1925, S. 134-168.

Artikel, in dem er ... als unmöglich nachweist] Der arkadische Schmock. In: Literaturblatt der Frankfurter Zeitung, Jg. 62, Nr. 35 vom 1. September 1929. Besprechung von Albrecht Schaeffer: Griechische Helden-Sagen. Neu erzählt nach den alten Quellen. Folge I. Leipzig: Insel (1929).

Malerfreund ... ›Entartungsausstellung‹] Ernst Wilhelm Nay, von dem bei der Ausstellung »Entartete Kunst« zwei Bilder gezeigt wurden. Die Ausstellung war am 19. Juli 1937 in München eröffnet worden und ging ab Dezember in zwölf weitere Städte. Sie zeigte über 600 konfiszierte Kunstwerke.

Bubers »Kategorie des Richtigen«] Vgl. Nr. 146.

Jens Baggesen ... in Windeby] Die Dichter und Schriftsteller Christian Graf zu Stolberg-Stolberg, der die letzten Jahre seines Lebens auf seinem 1800 erworbenen Gut Windeby bei Eckernförde verbrachte, und sein Bruder Friedrich Leopold waren mit Klopstock und Jens Baggesen befreundet.

150. Werner Kraft an Wilhelm Lehmann, 27. April 1938

DLA (68.4467). Brief (maschinenschriftlich mit hs. Zusätzen.) Auf der ersten Seite der beigefügten ms. Gedichte (68.6873) von Lehmanns Hand: »Zu Pfingsten 1938.« Auf dem Umschlag von fremder Hand: »L. L. / Ich wünsche eine schöne / Zeit hier in Dänemark / Gez. dein / E[rnst] R[iewerts].« Von W. L.: »Bekommen in / Aarøsund / 6 Juni 38.«

Schwägerin] Else Halle.

Zyklus von 25 Gedichten ... »Frühling«] Vgl. Kraft: Gedichte II. Jerusalem: Selbstverlag 1938, S. 15-34. – 1954 schickte Kraft einen (anderen) Zyklus »Frühling« an Wilhelm Lehmann; vgl. Nr. 306.

Aufsatz über das Religiöse bei Franz Kafka] Vgl. den später gedruckten Aufsatz »Kafka und das Religiöse«. In: Die Fähre. Jg. 2, H. 2 vom Februar 1947, S. 13-19.

»Wenn das Haus ... mit zum Fest.«] In: Hofmannsthal: Aufzeichnungen. (Gesammelte Werke in Einzelausgaben.) Frankfurt a. M.: S. Fischer 1959, S. 174.

»Vereinigung durch den Feind hindurch«] Von Rudolf Borchardt. Wien: Bermann Fischer 1937.

Vorspiel zu einem Zyklus von Staufer-Dramen] Borchardt: Alpenübergang. München: Hofbuchdruckerei Josef Deschler 1936. (Privatdruck.) – Vorspiel zu einem nicht ausgeführten Drama.

151. Wilhelm Lehmann an Werner Kraft, 9. Juni 1938

LKH. Postkarte.

Ariongedicht] Lehmann: Arion.

damals in Hann.] Lehmanns Besuch bei Kraft Anfang Oktober 1932; vgl. zu Nr. 9.

»unter meinem Dach«] Krafts Besuch bei Lehmann im Juni 1933; vgl. zu Nr. 51.

152. Wilhelm Lehmann an Werner Kraft, 18. August 1939

LKH. Briefkarte.

sehe Ludwig Holberg zu] Der Statue von Ludvig Holberg am Eingang des Königlichen Theaters in Kopenhagen.

Ihre Gedichte] Werner Kraft: Gedichte II. Jerusalem: Selbstverlag 1938.

Bild des Totengottes] Vielleicht auf einer der Briefkarte beigegebenen (nicht erhaltenen) Ansichtskarte.

Und dann auf Erden … durch das All.] Letzte Strophe des Gedichts »Im Gehen« von Kraft. In: Kraft: Gedichte II, S. 42.

153. Wilhelm Lehmann an Werner Kraft, 22. Oktober 1945

LKH. Brief.

›*The Green God*‹] Der grüne Gott. Ein Versbuch. Berlin: Otto Müller 1942. – Den Verleger Otto Müller hatte Elisabeth Langgässer 1940 auf Lehmann aufmerksam gemacht. Nach Müllers Ausschluss aus der Reichsschrifttumskammer 1941 hatte mit einem Scheinverkauf Lambert Schneider die Verlagsleitung übernommen. 1948 erschien eine 2. Auflage bei Lambert Schneider (Heidelberg) mit der Widmung: »Dieses Buch verdankt / Oskar Loerke / den Namen und ist seinem / hohen Andenken geweiht.« – Vgl. GW 1, 409-411.

›*Enchanted Dust*‹ *is in preparation*] Die Gedichtsammlung »Entzückter Staub« (Heidelberg: Lambert Schneider) erschien im April 1946.

154. Wilhelm Lehmann an Werner Kraft, 1. November 1945

LKH. Brief. – Da kein Umschlag erhalten ist, ist nicht zu ermitteln, ob das Schreiben in Palästina eingeworfen oder Werner Kraft persönlich übergeben wurde.

155. Werner Kraft an Wilhelm Lehmann, 9. Dezember 1945

DLA (68.4468). Nachricht auf Vordruck der »War Organisation of the British Red Cross and Order of St. John«. – Zwei Umschläge mit Absender »Foreign Relations Section, British Red Cross Commission, Vlotho«. Poststempel: Vlotho, 3. 5. 45; Vlotho, 9. 5. 45.

Ihren Gedichtband] Der grüne Gott.

156. Werner Kraft an Wilhelm Lehmann, 25. Mai 1946

DLA (68.4469/1). Brief.

Militärburo] Kraft war vom 20. Dezember 1943 bis zum 8. Dezember 1947 beim Palestine Record Office in Jerusalem als Zahlmeister angestellt.

französischen Institut] Das »Centre de Culture Française« in Jerusalem, wo Kraft von 1936 bis 1942 als Bibliothekar tätig war.

Ihre Gedichte] Die Sammlungen »Der grüne Gott« und »Entzückter Staub«.

157. Werner Kraft an Wilhelm Lehmann, 4. August 1946

DLA (68.4469/2; 68.4493). Brief.

Ihre beiden ›Fetzen‹] Lehmann hatte wohl, um den Gewichtsauflagen für Briefsendungen Genüge zu leisten, die Druckfahnen von »Entzückter Staub« in zwei Sendungen nach Jerusalem geschickt, wie später auch im Falle des »Grünen Gotts« (vgl. Nr. 165). – Die »Begleitworte« sind nicht erhalten.

biographische Notiz] Biographische Notiz. In: Die Literarische Welt, Jg. 8, Nr. 3 vom 15. Januar 1932, S. 1f.

Gedicht von Robert Graves] Der Dichter (Nach Robert Graves). Eine Übersetzung des Gedichts »Devilishly Disturbed« von Robert Graves (s. Nr. 158).

Schlußgedicht] Lehmann: Alter Mann.

Schuberts ›Winterreise‹] Franz Schubert: Winterreise. Liedzyklus in 24 Liedern (von Wilhelm Müller) 1827.

›Entzückter Staub‹] Das Gedicht auf S. 27 der gleichnamigen Sammlung.

So wie das Rad … ist Rast.] Auch in Krafts Anthologie »Wiederfinden« (2. Auflage S. 148); dort zitiert nach: Johann Gottfried Seume. Geschichte seines Lebens und seiner Schriften von Oskar Planer und Camillo Reißmann. Leipzig: G. J. Göschen'sche Verlagshandlung 1898, S. 609.

Gegenseitige Wirkung] In: Klopstock: Epigramme. Berlin, New York: de Gruyter 1982. (Werke und Briefe, Bd. 2), S. 53.

158. Wilhelm Lehmann an Werner Kraft, 3. September 1946

LKH. Brief.

Goethes Rezension von Vossens Gedichten] Goethes Rezension der »Lyrischen Gedichte« von Johann Heinrich Voß (Bd. 1-4, 1802) in : Jenaische Allgemeine Literaturzeitung 1804 (Weimarer Ausgabe. Abt. I. Bd. 40, S. 263-283).

Seume-Verse … Klopstockdistichon] Lehmann nahm offenbar an, die von Kraft mitgeteilten Verse seien von diesem.

a man … wave his hand«] Chesterton: Robert Browning. New York, London: Macmillan 1903, 4. Kapitel.

»Der Schutt von Unsinn, … aus dem Geröll!«] Moritz Heimann: Die Spindel. Eine Auswahl aus seinem Werk. Berlin: S. Fischer 1937, S. 41.

Devilishly Disturbed] Von Robert Graves.

159. Werner Kraft an Wilhelm Lehmann, 29. September 1946

DLA (68.4469/3). Brief.

dritte Heft meiner Gedichte] Werner Kraft: Gedichte III. Jerusalem: Palestine Literary Guide 1946. – Ein leerer Umschlag mit Poststempel vom 16. September 1946 (DLA, 68.6877) weist darauf hin, dass Werner Kraft einen Teil der Druckbögen an diesem Tag verschickt hat.

›Hitler in uns‹] Picard: Hitler in uns selbst. Erlenbach-Zürich: Eugen Rentsch 1946.

autobiographische Skizze] Biographische Notiz. Vgl. Nr. 157.

Aufsatz über Hölderlin] Heimann: Friedrich Hölderlin. Eine Betrachtung. In: Neue Rundschau, Jg. 10, 1899, S. 651-660.

Volk der Richter und Henker] Karl Kraus: Maximilian Harden. Ein Nachruf. In: Die Fackel, Jg. 9, Nr. 242f. vom 31. Januar 1908, S. 4-52, S. 11.

Sartre selbst hat in Heidelberg studiert] Sartre studierte nicht in Heidelberg, wo der mit Heidegger befreundete Karl Jaspers lehrte, sondern in Paris. 1933/34 verbrachte Sartre als Stipendiat des Institut Français in Berlin.

Freiburger Rektoratsrede von 1934] Nicht 1934, sondern 1933 wurde die Rede gehalten und gedruckt: Martin Heidegger: Die Selbstbehauptung der deutschen Universität. Vgl. Nr. 124.

zitierten Versen] »Du fühlst dich in der Welt verloren, ausgesetzt und bang; / Getrost! Aus jeder Ferne kommt einmal Gesang.« GW 8, 20/644.

Ihre Übersetzung des Gedichts von Graves] Lehmann: Der Dichter; Graves: Devilishly Disturbed.

Georges Shakespeare-Übersetzung] Shakespeare: Sonette. Umdichtung von Stefan George. Berlin: Georg Bondi 1909.

›Dirge in woods‹ von Meredith] George Meredith: A Reading of Earth. London 1888, S. 64; Selected Poems. London 1897, S. 19.

›Marianna‹] Hans Benzmann (Hg.): Die deutsche Ballade. Eine Auslese aus der gesamten deutschen Balladen-, Romanzen- und Legenden-Dichtung unter besonderer Berücksichtigung des Volksliedes. 2 Bde. Leipzig: Hesse & Becker 1913. Bd. 2: Von der Romantik bis zur Gegenwart, S. 449f.

Haben Sie einen Eindruck von Otto zur Linde?] Diese Frage stellt Kraft mehrmals; sie bleibt aber (zumindest in den vorliegenden Briefen) unbeantwortet. Vgl. aber Lehmanns Besprechung »Nicht ganz vergeblich. Otto zur Linde: Charon, Auswahl aus seinen Gedichten« (Einführung von Hans Hennecke) (Frankfurter Rundschau, Nr. 277 vom 28./29. November 1953) sowie seine Bemerkung auf einem hs. Entwurf: »Ein nicht ganz vergeblicher Mann. Ich hätte ihn gerne gekannt.« (DLA, 68.2524). Vgl. GW 8, 520f./792f.

Umgekehrtes Sonett] In: Mnioch: Analekten. Zwei Bände, Görlitz: C. G. Anton 1804. Bd. 1, IX: Kleine Gedichte. Erste Abtheilung: Sonette über das Sonett, S. 205. – Auch in Krafts Anthologie »Wiederfinden« (2. Auflage S. 113).

›Sturmabend‹ von Hebbel] Hebbel: Gedichte I. In: Hebbel: Sämtliche Werke. Hg. von R. M. Werner. Abt. 1. Bd. 6. Berlin 1904, S. 143f.

Bitte geben Sie … keine Literaten sind] Zu Krafts Erfahrungen mit ›geistigem Diebstahl‹ vgl. zur ›Jochmann-Kontroverse‹ (Nr. 161).

Plans einer Anthologie] Vgl. Kraft: Wiederfinden.

Umgereimtes Sonett] In: Gryphius: Poetische Wälder. 2. Aufl. Frankfurt a. M., Leipzig: Bauch 1707. – Auch in Krafts Anthologie »Wiederfinden« (2. Auflage S. 44); dort mit der Anmerkung (S. 202): »Das letzte Gedicht des 826 Seiten starken Bandes [»Poetische Wälder«], vielleicht das einzig wirkliche Gedicht dieses Dichters.«

160. Wilhelm Lehmann an Werner Kraft, 9. November 1946

LKH. Brief.

Gedichtbrief] Die Sendung der »Gedichte III« von Kraft.

habe ich nur oui dire] Lehmann kennt Picard nur vom Hörensagen.

herrlichen Gedicht] Kraft: Einem deutschen Dichter in die Ferne. Mitgeteilt in Nr. 156.

Hölderlinaufsatz] Heimann: Friedrich Hölderlin.

Oxf. Classics Anthologie] Um welche Anthologie aus der Reihe »Oxford Classics« es sich handelt, wurde nicht ermittelt.

›autumnal face‹] Wohl »Elegy IX: The Autumnal« von John Donne, mit den Anfangsversen: »No spring, nor summer beauty hath such grace / As I have seen in one autumnal face«. In: Poems of John Donne. Vol. I. Ed. by E. K. Chambers. London: Lawrence & Bullen 1896, S. 118f.

unleidlichen Jünger] Ernst Jünger.

Les adieux] Podszus: Les adieux. »Oskar Loerke zum Gedächtnis.« In: Neue Rundschau, Jg. 52, Heft 4 vom April 1941, S. 244; wiedergegeben in Nr. 163.

Eilenauer(?) Wäldchen] In der Eilenriede, dem Stadtwald von Hannover; vgl. Nr. 161.

6. *Heft der »Fähre« … Ihren Aufsatz*] Die Fähre, Jg. 1, H. 6 vom September 1946 mit Krafts Aufsatz »Karl Kraus und die Sprache« (S. 373-379).

Dirge in the Woods] George Meredith: Dirge in Woods.

Gedicht an W. Benjamin] Kraft: Grab in Spanien (auf W. Benjamin). In: Kraft: Gedichte III. Jerusalem 1946, S. 15.

frühen Roman von ihr bei S. Fischer] Von Irene Forbes-Mosse sind im S. Fischer Verlag nur kleinere Formen erschienen.

Schauspielers] Vielleicht der Filmschauspieler Ralph Forbes.

161. Werner Kraft an Wilhelm Lehmann, 11. Dezember 1946

DLA (68.4469/4). Brief.

die Gedichte] Kraft: Gedichte III.

›In einem Berg … noch nicht geboren‹] Aus Loerkes Gedicht »Drunten« aus »Der Silberdistelwald«. Auch in Nr. 206 zitiert Kraft den Vers »Und Weihnacht ist? Es war, als sei« falsch.

Aufsatz über Karl Kraus] Karl Kraus und die Sprache.

Gedicht auf Lörke] Les adieux.

dieser Mann und sein gutartigerer Bruder] Ernst und Friedrich Georg Jünger.

das Wort ›Feind‹ in meinem Gedicht] »Hier oder dort im Zug der holdern Horen / Wir finden uns, o glaub es deinem Feinde, / Die Opfer als die Stifter der Gemeinde.« Verse aus »Grab in Spanien (Walter Benjamin)«.

Jochmann, meiner bedeutenden Entdeckung] Zur hier geschilderten ›Jochmann-Kontroverse‹ zwischen Kraft und Benjamin vgl. auch: Volker Kahmen: Walter Benjamin und Werner Kraft. In: Für Walter Benjamin. Dokumente, Essays und ein Entwurf. Hg. von Ingrid und Konrad Scheurmann. Frankfurt a. M.: Suhrkamp 1992, S. 34-55.

Heft des ... Archivs für Sozialwissenschaften] Walter Benjamin: Carl Gustav Jochmann. Die Rückschritte der Poesie. In: Studies in Philosophy and Social Sciences, Vol. 8, 1939, H. 1/2, S. 92-114. – Die Zeitschrift für Sozialforschung erschien seit 1939 unter einem englischen Titel. – Als der Aufsatz von Walter Benjamin 1963 als Einleitung zu Carl Gustav Jochmanns »Rückschritte der Poesie« (in: Das Argument, Jg. 5, H. 26 vom Juli 1963, S. 2-17) wiederabgedruckt wurde, setzte Theodor W. Adorno eine Fußnote (S. 2, Fußnote 1): »Werner Kraft hat Anfang der dreißiger Jahre Jochmann, einen bis auf den Namen verschollenen Autor, wiederentdeckt. Unter dem Eindruck dieser Entdeckung hat Walter Benjamin den Aufsatz über die ›Rückschritte der Poesie‹ 1939 in der Zeitschrift für Sozialforschung veröffentlicht und Jochmanns geschichtsphilosophische Bedeutung dargestellt. Eine umfangreiche Monographie über Jochmann von Werner Kraft liegt seit Jahren vor, ist aber bis heute ungedruckt.«

Herausgeber] Max Horkheimer.

über die Wahlverwandtschaften] Benjamin: Goethes »Wahlverwandtschaften«.

über den Ursprung des deutschen Trauerspiels] Benjamin: Ursprung des deutschen Trauerspiels. Berlin: Ernst Rowohlt 1928.

Über das Kunstwerk ... Reproduktion] Benjamin: L'œuvres d'art à l'époque de sa reproduction mécanisée. In: Zeitschrift für Sozialforschung, Jg. 5, 1936, S. 40-68.

Über den Historiker ... Georg Fuchs] Benjamin: Eduard Fuchs, der Sammler und Historiker. In: Zeitschrift für Sozialforschung, Jg. 6, H. 2, 1937, S. 346-381.

Über Baudelaire] Benjamin: Über einige Motive bei Baudelaire. In: Studies in Philosophy and Social Sciences, Vol. 8, H. 1/2, 1939, S. 50-91.

»Deutsche Menschen«] Deutsche Menschen. Eine Folge von Briefen. Auswahl und Einleitungen von Detlef Holz [d. i. Walter Benjamin]. Luzern: Vita Nova Verlag 1936.

Sein Hauptwerk] Das Fragment gebliebene, 1982 erstmals veröffentlichte »Passagen-Werk« von Benjamin.

als Maximin verherrlicht] Maximin. Ein Gedenkbuch. Hg. von Stefan George. Berlin: Blätter für die Kunst 1907.

Seine Gedichte ... in der Schweiz erschienen] Maximilian Kronberger: Nachlass. Zürich: Bürdeke 1937.

Einsamer Trinker am Meer] Gedicht eines unbekannten Dichters in der Nachdichtung von Klabund. (Vgl. Klabund: Chinesische Gedichte. Nachdichtungen. Zürich: Phaidon 1954, S. 34.)

Am Brunnen] Maximin, Bl. 16.

›Dirge in woods‹] Von George Meredith.

Venezuela] Lehmann wurde in Puerto Cabello, Venezuela geboren.

162. Werner Kraft an Wilhelm Lehmann, 15. März 1947

DLA (68.4470/1). Brief.

Ihren Namen ... Brüdern Jünger] »Die unpolitische Lyrik dieser Zeit ist überwiegend bestimmt durch eine Naturlyrik, die, wo sie sich nicht romantisch verströmt (von der Vring, Bischoff, Stuppäck), die Dinge der Naturspröde anspricht (Britting, Wilhelm Lehmann). Ihr gegenüber nimmt F. G. J. als ein ›Grieche‹ – wie man ihn abkürzend im Sinne eines ruhendes Seins in festen Formen zu nennen versucht hat – eine Sonderstellung ein.« In: Armin Mohler: Friedrich Georg Jünger. In: Die Weltwoche, Jg. 15, Nr. 686 vom 3. Januar 1947, S. 5.

meinen Aufsatz] Kraft: Wilhelm Lehmann.

so zukommen zu lassen wie den ›Entzückten Staub‹?] Vgl. zu Nr. 157.

›Silberboot‹] das silberboot. Zeitschrift für Literatur. Hg. von Ernst Schönwiese. Jg. 1, 1935/35; Jg, 2-5, 1951; Jg. 6, 1952, H. 1. Salzburg: Otto Müller 1935-1952.

›Fähre‹] Die Fähre. Literarische Revue. Red. von Herbert Burgmüller. Jg. 1f. München: Weismann 1946-1947. Fortges. u. d. T.: Literarische Revue. Jg. 3f., 1948-1949.

Anthologie... ›Patmos‹] Die Anthologie »Patmos. 12 Lyriker« (hg. von Ernst Schönwiese. Wien: Johannes-Presse 1935) ist nicht neu erschienen.

Aufsatz über mich] Nicht erschienen.

das letzte Gedicht] Rudolf Borchardt: Letztes Gedicht. In: das silberboot, Jg. 2, H. 9 von Weihnachten 1946, S. 191f. und in: Die Fähre, Jg. 1, H. 9 vom September 1946, S. 515-516. (Postumer Erstdruck als Doppeldruck.)

Werke ... von Schröder herausgegeben] Borchardts Schriften waren 1920-24 in sieben Bänden bei Rowohlt in Berlin erschienen, seine Gesammelten Werke in 14 Einzelbänden 1955-2003 bei Klett und Klett-Cotta in Stuttgart (hg. von Marie Luise Borchardt, Rudolf Alexander Schröder, Silvio Rizzi, Ernst Zinn, Ulrich Ott, Gerhard Schuster, Lars Korten).

Nachlaß von Lörke] Einen Teil des Nachlasses von Oskar Loerke (heute DLA) besaß damals Wilhelm Lehmann.

163. Wilhelm Lehmann an Werner Kraft, 16. März 1947

LKH. Brief.

Lektor eines Verlages] Podszus war beim Carl Alber Verlag in München, bevor er zu Suhrkamp (Frankfurt) ging.

das von Ihnen genannte Buch] Detlev Holz [d. i. Walter Benjamin]: Deutsche Menschen.

Bitte, ... nicht literarisch zu verwerten] Vgl. Nr. 159.

wie Sie mir zu Ersch & Grubers Enzyklopädie rieten] Vgl. Nr. 142.

Aufsatz über ihn] Lehmann: Theodor Wilhelm Danzel. Erstdruck 1947 in: Lehmann: Bewegliche Ordnung (vgl. Nr. 184), S. 83-99.

Lesebuch aus deutschen Dichtern und Denkern] Deutscher Geist. Ein Lesebuch aus zwei Jahrhunderten. Zwei Bände. Berlin: S. Fischer 1940. – Mit einer Einleitung von Oskar Loerke. – Bd. 2: Theodor Wilhelm Danzel: Über Lessing, S. 463-472.

Bericht über W. B.] Vgl. Nr. 161.

einen Spruch … meines Staubes Ohren vernähmen] Kraft schrieb zum Tod Wilhelm Lehmanns das Gedicht »Wilhelm Lehmann. Gestorben am 17. 11. 1968 in Eckernförde«. Erstdruck: Kraft: Bewältigte Gegenwart. Alte und neue Gedichte. Darmstadt: J. G. Bläschke, S. 81.

Gedichtsammlung] Friedrich Podszus: Der Freund der Erde. München: Alber 1946. Exemplar von Wilhelm Lehmann (DLA) mit der handschriftlichen Widmung »Der Himmel braucht uns auf als Hefe …«. – Ebd. S. 51: Angelus Novus. Für Walter Benjamin. – »Angelus Novus« heißt eine Zeichnung von Paul Klee, die Benjamin zeitweise besaß und nach der er eine (nicht realisierte) Zeitschrift benennen wollte.

Fussnote in der ›Wandlung‹] Die Wandlung. Eine Monatsschrift. Unter Mitwirkung von Karl Jaspers, Werner Krauß und Alfred Weber hg. von Dolf Sternberger. Jg. 1-4. Heidelberg: Lambert Schneider 1945-49. – Fußnote nicht ermittelt.

War es genug? … angefangen!] Podszus: In memoriam Karl Kraus. In: Der Freund der Erde, S. 53.

»Die Spindel«] Moritz Heimann: Die Spindel. Eine Auswahl aus seinem Werk. Berlin: S. Fischer 1937.

»Das Meer«, … Sterne am Himmel] Aus Werner Kraft: Gedichte III.

die Marceline Desbordes Wiederdichtung] Kraft: Die Rosen des Saadi nach Marceline Desbordes-Valmore (Gedichte III, S. 12).

Es ist da wie … Jetzt und nie.] Aus dem Gedicht »Das Meer« von Werner Kraft. (Gedichte III, S. 10).

Von sechs glückseligen … die Kerne.] Aus Krafts Gedicht »Windstille« (Gedichte III, S. 11).

»Und so fortan!«] Von Goethe vor allem in seiner Spätzeit gern verwendete Schlussformel in Briefen.

Alles ist wahr] Heimann: Die Spindel, S. 35.

164. Wilhelm Lehmann an Werner Kraft, 2. April 1947

LKH. Brief.

Auf der Terasse] In: Kraft: Gedichte III, S. 8.

165. Wilhelm Lehmann an Werner Kraft, 13. April 1947

LKH. Brief.

in zwei Briefen … nur die bedruckten Druckzettel] Um den strengen Auflagen zu genügen – Sendungen durften ein bestimmtes Gewicht nicht übersteigen –, verschickte Lehmann nicht das Buch, sondern die Druckfahnen in zwei Teilen nach Jerusalem.

Ihren Versen] Kraft: Gedichte III; vgl. Nr. 159.

die Bomben ... blieb nichts von der ›Herrlichkeit‹ übrig] Die Lagerbestände der in 2000 Exemplaren gedruckten Auflage von »Der grüne Gott« war gut ein Jahr nach der Auslieferung durch Bombenangriffe vernichtet worden; vgl. Lehmann, GW 1, S. 410.

Weismann schrieb ... im Namen Schönwiesens] Der Verleger Willi Weismann verlegte seit April 1946 »Die Fähre«, eine der ersten literarischen Nachkriegszeitschriften, die mit der von Ernst Schönwiese herausgegebenen österreichischen Zeitschrift »das silberboot« durch eine Arbeitsgemeinschaft verbunden war.

›Entz. Staub‹] Lehmann: Entzückter Staub.

auf der Insel Patmos] Vgl. Nr. 162.

das mich die Schweizer Weltwoche ... Herren Jünger zusammen nennt] Vgl. Nr. 162.

Otto Müller ... (worauf L. Schneider sich erbarmte)] Vgl. zu Nr. 153.

Journal inédit] Jules Renard: Journal inédit 1887-1895 [-1906-1910]. Paris: François Bernouard 1925-27.

Frkfter Hefte] Frankfurter Hefte. Zeitschrift für Kultur und Politik. Hg. von Eugen Kogon, Walter Dirks u. a., erschienen April 1946 bis 1984.

›E. St.‹] Lehmann: Entzückter Staub.

166. Werner Kraft an Wilhelm Lehmann, 20. April 1947

DLA (68.4470/2). Brief.

Aufsatz über Sie in zwei Teilen abgeschickt] Die beiden Sendungen gingen laut Poststempel der erhaltenen Umschläge am 18. April von Jerusalem ab; Wilhelm Lehmann versah beide Umschläge mit dem Datum (wohl des Eingangs) »13. V. 47« und einen von ihnen mit der eingelegten Notiz: »Hierin lag W. Ks Aufsatz über mich. WL.« Das Typoskript »Wilhelm Lehmann« (31 Bl., DLA, 68.6878) trägt auf der ersten Seite links oben den Zusatz von Kraft »Dank für Ihren reichen Brief und das Gute zum 4. 5. / Brief folgt / WK« und rechts oben die Bemerkung von Lehmann »bek am 13 Mai 47 / Wilhelm Lehmann.« – Vgl. zu Nr. 7.

von Friedrich Podzus] Vgl. zu Nr. 163.

›Unter dem Wasserfall‹] In: Die Fackel, Jg. 21, Nr. 508-513 von Mitte April 1919, S. 76.

›Halbschlaf‹] In: Die Fackel, Jg. 20, Nr. 474-483 vom 23. Mai 1918, S. 81.

›Wiese im Park‹] In: Die Fackel, Jg. 17, Nr. 413-417 vom 10. Dezember 1915, S. 128.

›Verlassenen‹] In: Die Fackel, Jg. 21, Nr. 521-530 vom Januar 1920, S. 92.

als Buch] Podszus: Der Freund der Erde.

Gedicht von Heimann] Alles ist wahr.

»Ewiger Vorrat«] Ewiger Vorrat deutscher Poesie. Besorgt von Rudolf Borchardt. München: Verlag der Bremer Presse 1926.

›Wilde Fräulein‹] Frauenstrophe, um 1550: »Dass mir niemands hold ist, / Des freu ich mich gar sehr; / Was die Leut verdreusset, Das treib ich desto mehr. / Mir und dir ist niemands hold, / Das ist unser beider Schold. / Ho ho Lieber, – / To so wol und friss mich nit, Hab mich lieb und acht mein nit.« Ewiger Vorrat deutscher Poesie, S. 40.

in einen Roman verwebt, ohne die geringste Quellenangabe] Vgl. Carl Zuckmayer: Salwàre oder Die Magdalena von Bozen. Wien: Bermann-Fischer 1936, S. 313f.

Titel (den ich nicht verstehe) ›Siciliana‹] Der Siciliano (auch Siciliana), eine Satzbezeichnung der Barockmusik für Arien, Tanzstücke oder Suitensätze.

Laß mich wandern ... am Hügel ziehn.] In Krafts Anthologie »Wiederfinden« (2. Auflage S. 191); dort als unbekannte Übersetzung von Miltons »L'Allegro« ausgewiesen (S. 214).

Besprechung über meine Gedichte] Vgl. Oskar Maria Graf: Verslein, reim Dich! In: Aufbau, Jg. 12, Nr. 48 vom 29. November 1946, S. 24. Darin wird neben Gedichten von Siegfried Einstein »Gedichte III« von Werner Kraft besprochen: »Werner Kraft, offenbar ein sehr junger Mensch, gibt gleich drei Bändchen Gedichte heraus. Sie sind durch ihre völlige Reimbesessenheit manchmal humoristisch [...]. Man wird unwillkürlich an Friederike Kempner, die liebe ›schlesische Nachtigall‹ erinnert [...].« Zum Beleg wird aus den Gedichten »Die Rosen des Saadi« und »Geliebtes Lied« zitiert.

Zeitschrift ›Der Sumpf‹ erscheinen, die vorher eingehen mußte] Vgl. zu Nr. 30.

›Die Wandlung‹] Vgl. zu Nr. 163.

›das Materielle im Christentum‹] Das Materielle als Element des Christentums. In: Die Wandlung, Jg. 1, H. 8 vom August 1946, S. 761-771.

167. Werner Kraft an Wilhelm Lehmann, 30. Mai 1947

DLA (68.4470/3). Brief.

Auswahl ... Übersetzung von Schlegel und Gries] Calderóns ausgewählte Werke in drei Bänden. Aus dem Spanischen von A. W. Schlegel und J. D. Gries. Mit einer Einleitung des Grafen Ad. Fr. von Schack. Stuttgart: J. G. Cotta'sche Buchhandlung / Gebrüder Kröner o. J.

Chinese Poems ... Arthur Waley] A hundred & seventy Chinese Poems. Translated by Arthur Waley. New York: Alfred A. Knopf 1919; weitere Ausgaben.

Meinem Aufsatz] Kraft: Wilhelm Lehmann.

über die ›Dummheit‹ und über das ›Inhaltslose‹] Vgl. Kraft: Wilhelm Lehmann. In: Wort und Gedanke, S. 276f.

Karl Dirks] Walter Dirks; vgl. Nr. 165.

›Baldgreis‹] Lehmann: Der Baldgreis. In: Lehmann: Der grüne Gott, S. 44.

Episode] Fontane: Irrungen, Wirrungen, 11. Kapitel.

Oper von Händel] Vgl. Lehmann: Fahrt über den Plöner See, aus der zweiten

Strophe: Hier könnte Händels Oper spielen, / Vielleicht Acis und Galathee.« (GW 1, 114.)

›Les enfants du paradis‹] Film von Marcel Carné, Frankreich 1943-45.

über Goethes ›Über allen Gipfeln‹] Kraft: Über allen Gipfeln. [Über Goethes Gedicht »Ein gleiches«.] In: das silberboot, Jg. 3, H. 3 von 1947, S. 115-124.

über ›Kafka und das Religiöse‹] In: Die Fähre, Jg. 2, H. 2 vom Februar 1947, S. 13-19.

Analysen von Gedichten von Karl Kraus] Zur Lyrik von Karl Kraus. In: Trivium [Schweizerische Vierteljahresschrift für Literaturwissenschaft], Jg. 5, H. 2 vom April/Juni 1947, S. 88-104.

auf der Insel Patmos] Vgl. Nr. 165.

›Paradise Lost‹] Von John Milton.

Gedicht von dem Brot und dem Messer] »Ich bin mit einem Stücke Brot allein / Und einem Messer, das es schneidet.«. – Verse aus Loerkes Gedicht »Einladung« (5. Strophe) in: Atem der Erde.

Gedichtband von Friedrich Podzus] Der Freund der Erde.

168. Wilhelm Lehmann an Werner Kraft, 31. Mai 1947

LKH. Brief.

Aufsatz] Kraft: Wilhelm Lehmann.

Charles Lamb The Superannuated Man] In: Lamb: The Essays of Elia. London 1890, S. 276-284.

169. Werner Kraft an Wilhelm Lehmann, 9. Juli 1947

DLA (68.4470/4). Brief.

mein Aufsatz] Kraft: Wilhelm Lehmann.

Groteske … Friderike Kemptner verglichen] Vgl. Nr. 166.

Links sind Bäume … Bach / Ach] Erste Strophe des Gedichts »Rechts und links« von Kurt Tucholsky.

dem Herrn Graf nicht zu zeigen] Oskar Maria Graf, der Kraft mit Kempner verglichen hatte.

daß ich von L. ›Athem der Erde‹ … gar nicht kenne] Kraft irrt sich: Schon im Sommer 1932 berichtet er von der Lektüre von Loerkes Gedichtband »Atem der Erde«; vgl. Nr. 21f.

das mit dem Reim Salz – Pfalz schließt] Die letzte Strophe von Loerkes Gedicht »Strom« aus »Pansmusik« lautet: »Zuletzt steigen Nebel- und Wolkenzinnen / In mir auf wie die göttliche Kaiserpfalz. / Ich ahne, die Ewigkeit will beginnen / Mit einem Duft von Salz«.

besonderen Aufsatz] Moritz Heimann: Oskar Loerkes Gedichte. In: Heimann: Kritische Schriften. Hg. von Helmut Prang. Zürich 1969, S. 133-137.

Briefwechsel zwischen Dilthey und York] Briefwechsel zwischen Wilhelm Dilthey und dem Grafen Paul Yorck von Wartenburg 1877-1897. Hg. von

Sigrid von der Schulenburg. Halle a. d. Saale: Max Niemeyer 1923. (Philosophie und Geisteswissenschaften, Bd. 1.)

Chamberlain] Houston Stewart Chamberlain.

›*Atme das Dunkel … gesichtlos*‹] Aus dem titellosen Gedicht »Überfließende Himmel verschwendeter Sterne…« aus Rilkes »Gedichten an die Nacht«.

›*Seelied*‹ *von George*] Vers 10: »Kommt nun ein kind mit goldnem haar –«; Vers 13: »Ich schau ihm vor […]«.

die vierte der Reden … über die deutsche Sprache] Johann Gottlieb Fichte. In: Wert und Ehre deutscher Sprache. Gedanken einiger deutscher Männer über die deutsche Sprache. In Zeugnissen hg. von Hugo von Hofmannsthal. München: Verlag der Bremer Presse 1927, S. 177-190.

von E. M. Arndt, … herrlicher Aufsatz] Wert und Ehre deutscher Sprache, S. 203-228.

170. Wilhelm Lehmann an Werner Kraft, 22. Juli 1947

LKH. Brief.

Ihre zehn Gedichte] »Späte Zeit / 10 Gedichte / abgeschrieben für / Wilhelm Lehmann / der / gedacht ist als / Leser / und als / Kritiker / und den / von Herzen / grüßt / Werner Kraft / 7. 6. 1947.« – Das Manuskript (DLA, A: Lehmann, 68.6872) gelangte laut einer Notiz Lehmanns auf dem Umschlag am »8. 7. 47 Morgens« in seine Hände.

›*Nehm ich … Eines Quells*‹] Kraft: Regen (Schlussverse).

in II] Kraft: Dunkel über dem Land. Schlussverse: »Aber schon steigt in das erbleichte All / Höher der erbleichende Silberball, / In dunklem Fall // Schleierwerfend die schwarze Weltwand.«

III] Kraft: Dem Staube geweiht: »Lampe vom Tisch gefallen, / Stern hat ins All sich verirrt, / Toter beginnt zu lallen, / Stein unterm Fuß spielt den Wirt. // Singender Held / Schweigend erlosch / In der siegreichen Welt / Des Hieronymus Bosch. // Durch das Lichte tappt Gruß, / Dem Dunkel nah. / Dankend in den Staub des Schuhs / Schreibt der Tag, daß es geschah. / Erfrischter kommt an, / Müder zurück, / Schlaf im Gespann, / Geht durch das heroisch athmende Glück.«

»*Die Sommernacht*«] Sommernacht. Vgl. Nr. 161.

»*Kühler Rausch*« *… als letztem Klang*] Kraft: Kühler Rausch, letzte Strophe: »Hier sitz' ich vor dem grünen Tor / Der rein verzehrten Dauer / Und wage mich so leicht empor, / Wird auch dem Monde sauer.«

»*Leicht schau … Vereinigt und daneben*«] Aus Kraft: Kühler Rausch.

»*Das Wirkende hält Stand*«] Aus Kraft: Sinkender Tag.

die Materie] Das Lebensmittelpaket; vgl. Nr. 162.

Wahrheit ist …, also Ihnen«] Aus einem Brief Humboldts an Varnhagen vom 7. Dezember 1841. Zitat in: Briefe von Alexander von Humboldt an Varnhagen von Ense aus den Jahren 1827 bis 1858. Nebst Auszügen aus Varnhagen's Tagebüchern und Briefen von Varnhagen und Andern an Humboldt. Hg. von Ludmilla Assing. Leipzig: F. A. Brockhaus 1860, S. V.

a superannuated Man] Vgl. Charles Lamb: The Superannuated Man; vgl. Nr. 168.

Hamburger »Woche der Dichtung«] Sie fand im Sommer 1947 mit einer Reihe von Lesungen und Vorträgen statt, organisiert vom »Schutzverband Deutscher Autoren« in Hamburg.

der ihn aus dem Dunkel holte] Zu Moritz Heimann und Hermann Stehr sowie zu Lehmanns Verhältnis zu Stehr vgl. Lehmann: Mühe des Anfangs (GW 8, 36-118, 71-84; vgl. zu Nr. 204).

Autobiographie] Stehr: Mein Leben. Berlin: Juncker und Dünnhaupt 1934.

›Meike ... Schindelmacher‹] Stehr: Meicke, der Teufel (Erzählung, 1899); Der Schindelmacher (Novelle, 1899).

Gedichte R. Borchards] Borchardt: Letztes Gedicht.

»Die späte Reise«] In: Loerke: Gedichte und Prosa, Bd. 1, Frankfurt a. M.: Suhrkamp 1958, S. 544f. [Aus dem Nachlass.]

»He who tastes ... all the stars«] »As Paracelsus wrote: ›If thou tastest a crust of bread, thou tastes all the stars and all the heavens‹«. Yeats: Representative Irish Tales. 2 Volumes. New York and London: G. P. Putnam's. Vol. 1, Preface, S. 32.

171. Werner Kraft an Wilhelm Lehmann, 24. August 1947

DLA (68.4470/5). Brief.

›Das Gute ist in gewissem Sinne trostlos‹] Vgl. zu Nr. 10.

ein langer Brief] Nr. 169.

Maria Anderson] Marian Anderson.

›Der Talwind‹ nach Arthur Waley] Vgl. A hundred & seventy Chinese Poems (vgl. zu Nr. 167), S. 100: Living in retirement beyond the world.

›Als ich ... von Yüan Chên singen hörte‹] Vgl. A hundred & seventy Chinese Poems, S. 240: On hearing someone sing a poem by Yüan Chen, written long after Chen's death.

Gedicht auf Borchardt ... Silberschiff] Kraft: Rudolf Borchardt. Zitiert in Nr. 184. – Ein veröffentlichtes Gedicht von Kraft auf Borchardt war zu diesem Zeitpunkt schon im »silberboot« erschienen: Rudolf Borchardt. »Erlöster Toter, hast du gebüßt?« In: das silberboot. Jg. 2, H. 9 von Weihnachten 1946, S. 192.

meinem Aufsatz] Kraft: Wilhelm Lehmann.

›untröstlich ist's noch allerwärts‹] Vers aus dem Gedicht »Am 18. Oktober 1816« aus den »Vaterländischen Gedichten« von Ludwig Uhland.

Erinnerungen von Verwey an George] Albert Verwey: Mein Verhältnis zu Stefan George. Erinnerungen aus den Jahren 1895-1928. [Übersetzung aus dem Holländischen v. Antoinette Eggink.] Straßburg: Heitz 1936.

›Il faut entrer ... le talent est rare.‹] In: Honoré de Balzac: Le Père Goriot. Œuvres Complètes. Quatrième Volume. Paris: Francis Guillot o. J., S. 1-244, S. 92.

172. Wilhelm Lehmann an Werner Kraft, 30. September 1947

LKH. Postkarte.

173. Werner Kraft an Wilhelm Lehmann, 16. Oktober 1947

DLA (68.4470/6). Brief.

›mit zartester Verneigung‹] Aus Lehmanns Gedicht »Arion«.

Cholera] Die Cholera-Epidemie forderte über 10.000 Tote, hauptsächlich in Ägypten.

Marc Aurel sagt: … gleich handeln] »Trotz allem werden die Menschen dasselbe tun (wie bisher) und wenn du [aus Zorn darüber] zerbersten würdest!« (Selbstbetrachtungen. Übertr. von Wilhelm Capelle. Stuttgart: Kröner 1933, S. 104: 8. Buch, Nr. 4).

Übermenschen, … den Menschen voraussetzt] Tagebuch. In: Die Fackel, Jg. 10, Nr. 264f. vom 18. November 1908, S. 17-33, S. 24.

›Wandlung‹] Vgl. Nr. 166.

Gedichte … Hans. H. König] Vier Gedichte: Lebensspruch. – Im Tal der Nacht. – Die Leidlosen. – Im Wietingsmoor. In: Die Wandlung, Jg. 2, H. 4 von 1947, S. 333-335.

Berichte … Geisteskranken] Dokumente zu den Geisteskranken-Morden. In: Die Wandlung, Jg. 2, H. 2 von 1947, S. 160-174; H. 3/4, S. 251-267.

meinem Aufsatz] Wilhelm Lehmann.

L'âge de raison‹] Les Chemins de la Liberté. T. 1: L'âge de raison. Paris: Gallimard 1945.

174. Werner Kraft an Wilhelm Lehmann, 29. Oktober 1947

DLA (68.4470/7). Brief.

Besprechung … Franz Golfing] Franz Golffing: Wilhelm Lehmann: Entzückter Staub. In: das silberboot, Jg. 3, H. 6 von 1947, S. 332.

Hans Hennecke ›Deutsche Lyrik – heute‹] In: Die Fähre, Jg. 2, H. 5 von 1946, S. 269-278. Zitate: S. 277; 278.

mein Manuskript] Des Aufsatzes »Wilhelm Lehmann« von Kraft.

vier Ihnen unbekannte Gedichte] Kraft: Die Ruhe. – Die Liebe. – Diotima. – Die Klapper. In: Die Fähre, Jg. 2, 1947, H. 5, S. 279-280.

zwei außerordentliche Briefe] Rudolf Borchardt, Briefe an eine junge Dichterin. [17.2.1936; undatiert] In: Die Fähre, Jg. 2, H. 5 von 1947, S. 259-267.

seine beiden Bücher] Friedrich Podzus: Der Freund der Erde. München: Carl Alber 1946; Kinderszenen. München: Carl Alber 1947.

175. Werner Kraft an Wilhelm Lehmann, 17. November 1947

DLA (68.4470/8). Brief.

Aufsatz über Sie] Kraft: Wilhelm Lehmann.

in Amerika erschienene ... Der Tod Vergils] Der Tod des Vergil. New York: Pantheon Books 1945. – Es ist das einzige Buch, das in Kurt Wolffs Verlag Pantheon Books in der deutschsprachigen Originalfassung erschien (eine englische Übersetzung erschien gleichzeitig im selben Verlag).

Anfang Dezember gekündigt] Als Angestellter im Palestine Record Office Jerusalem. Vgl. zu Nr. 156.

176. Wilhelm Lehmann an Werner Kraft, 19. November 1947

LKH. Brief.

Arbeit] Kraft: Wilhelm Lehmann.

an Hennecke] Vgl. Nr. 171.

Ludwig Kunze ... »Die unbekannte Stimme«] Hg. von Ludwig Kunz. Berlin: Die Rabenpresse 1932.

W. D.] Walter Dirks.

den ›Grünen Gott‹ ... neu drucken] Die zweite Auflage erschien 1948 bei Lambert Schneider in Heidelberg.

Karl Schimper ... Poetischem Hausschatz] Der »Poetische Hausschatz des deutschen Volkes«, zuerst 1840 erschienen und in zahlreichen Auflagen verbreitet, brachte seit 1849 Gedichte des Botanikers Karl Schimper (1803-1867), die in zwei Sammlungen 1846 und 1847 herauskamen. – Wolff war der Verfasser der 1832 anonym erschienenen Sammlung »Das Büchlein von Goethe«.

Angriff Grafs ... Fr. Kemper] Vgl. Nr. 166.

Erst erkaltend wird das Tontier tot.] Dieser Vers trägt in Lehmanns Exemplar von Brittings »Der irdische Tag« (vgl. zu Nr. 134) folgenden Zusatz: »wird das Tontier ⟨o!⟩ tot«.

›Aktenmaterial‹ über die Hinschlächtereien in Polen] »Die Vernichtung des Warschauer Ghettos im April und Mai 1943. Auszug aus dem Bericht des verantwortlichen SS- und Polizeiführers Stroop.« Mit einer Vorbemerkung von Dolf Sternberger. In: Die Wandlung, Jg. 2, H. 6 vom August 1947, S. 524-553.

Schon tanzen ... durch den Jammer.] Letzte Verse des Gedichts »Blatt« von Kraft (Kraft: Gedichte III, S. 9).

177. Werner Kraft an Wilhelm Lehmann, 20. November 1947

DLA (68.4470/9; 68.4493). Brief.

meinen Aufsatz ... abgeschickt haben] Wilhelm Lehmann. – Die Änderungs- und Zusatzwünsche beziehen sich auf eine nicht erhaltene Fassung. – Vgl. Nr. 175.

drei Gedichte von Ihnen] Göttin der Fruchtbarkeit. – Daphne. – Tiefer Augenblick. In: Neue Rundschau, Jg. 58, H. 8 vom Herbst 1947, S. 432f.

aus dem Nachlaß von Lörke] Meine alten Verse. – Nachtrag zum Cyklus

»Atlantis«. – Letzter Spruch. In: Neue Rundschau, Jg. 58, H. 8 vom Herbst 1947, S. 434.

Gedichte von Elisabeth Langgasser] Langgässer: In den Mittag gesprochen. – Samenzug. – Arachne. In: Neue Rundschau, Jg. 58, H. 8 vom Herbst 1947, S. 429-431.

178. Wilhelm Lehmann an Werner Kraft, 29. November 1947

LKH. Brief. Diesem Brief wurde ein loser Zettel zugeordnet (inc. »Ich bin froh, dass Sie Gutes«), der auch den Briefen vom 19. 11. oder vom 19. 12. beigelegen haben könnte.

»Wäre ich reich! Doch ich bin arm!«] Vgl. Nr. 174.

Arbeit] Kraft: Wilhelm Lehmann. Vgl. Nr. 175.

an Hennecke] Vgl. Nr. 171.

Alfred Döblin sie vorzulegen] Döblin gab die Zeitschrift »Das Goldene Tor« (Jg. 1.1946-6.1951) heraus.

Oktoberheft der »Frankf. Hefte«] Frankfurter Hefte, Jg. 2, H. 10 vom Oktober 1947, S. 1062.

»deutsche Versöhnungsbund«] Der 1914 in Konstanz von Pfarrern gegründete Bund setzt sich für Friedensarbeit ein. Organisationen aus 10 Ländern schlossen sich 1919 zum Internationalen Versöhnungsbund zusammen. Nach der Auflösung 1933 Wiederbegründung im Februar 1946.

»Jüdisches Vermächtnis«] Hg. vom Deutschen Versöhnungsbund. (Vorw.: Wilhelm Mensching.) Bad Pyrmont 1946, S. 16.

Zuckmeyer ist wieder hoch im Kurs] Zuckmayers Drama »Des Teufels General«, erschienen und uraufgeführt 1946, war ein außerordentlicher Bühnenerfolg. Zu seinem 50. Geburtstag erschien ein hymnischer Artikel in der »Neuen Rundschau« (Jg. 58, 1947, S. 89-93).

Luzerner Verlag] Der Vita Nova Verlag, in dem Benjamins »Deutsche Menschen« erschien.

ihr verdank ich den Verleger L. Schneider] Vgl. zu Nr. 153.

»im Gruftgemach des Körperbaus«] Aus dem Gedicht »Die Trennung« von Kraft.

Timur und die Seherin] In: Loerke: Gedichte und Prosa, Bd. 1. Frankfurt a. M. 1958, S. 566f. [Aus dem Nachlass.]

179. Wilhelm Lehmann an Werner Kraft, 14. Dezember 1947

LKH. Brief.

Meldungen aus Ihrem Lande] Vgl. Nr. 180.

einen herrlichen Sisley] Vgl. Nr. 182.

»Baltische Briefe aus zwei Jahrhunderten«] Hg. von Alexander Eggers. Berlin: Deutsche Bibliothek [1918]. – Zitate S. 40f., 44f., 56f.

Libau] Das lettische Liepāja.

Mitau] Das lettische Jelgava.

180. Werner Kraft an Wilhelm Lehmann, 19. Dezember 1947

DLA (68.4470/10; 68.4493). Brief.

letzten Verse … Lörke ›Radio‹] Kraft meint wohl die Schlussverse des Gedichts »Drunten« aus »Der Silberdistelwald« von Loerke: »Und Weihnacht ist? Es war, als sei / Mariä Kind noch nicht geboren. (Vgl. auch Verse 2f.: »Am Radio durch Europa geht / Der Zeiger nach einem Trostgeber.«)

1. Dezember] Am 29. November 1947 hatten die UN eine Resolution verabschiedet, welche die Teilung Palästinas in einen jüdischen und einen arabischen Staat beschloss. Der Teilungsplan wurde von jüdischer Seite begrüßt, von arabischer abgelehnt. Der Konflikt eskalierte zum Krieg, der 1949 mit Waffenstillstandsabkommen zwischen Israel und seinen arabischen Nachbarn endete.

›Der Frieden … müde wird‹] In Strindbergs »Ostern« nicht ermittelt.

gekündigt] Vgl. Nr. 175.

neue Stelle … Rockefeller] Das in der britischen Mandatszeit 1927-1929 erbaute, von dem amerikanischen Mäzen John D. Rockefeller Jr. weitgehend finanzierte und nach ihm benannte Museum befindet sich nahe dem Jaffator und verfügt über eine große Bibliothek, in der Werner Kraft bei der Regierung von Palästina, Department of Antiquities, von 1947 bis zu seiner Pensionierung 1956 arbeitete.

Jüdischen Nationalbibliothek] Die Nationalbibliothek befand sich auf dem Skopusberg auf dem Gelände der Hebräischen Universität.

Aufsatz über Sie] Wilhelm Lehmann.

Verlag … identisch] »Die Wandlung« und Lehmanns »Entzückter Staub« erschienen im Lambert Schneider Verlag in Heidelberg.

Aufsatz – über die Idee der Toleranz] Dolf Sternberger: Toleranz als Leidenschaft für die Wahrheit. In: Die Wandlung, Jg. 2, 1947, S. 231-250; Wiederabdruck in: Sternberger: Über den Jugendstil und andere Essays. Hamburg: Claassen 1956, S. 201-218.

Karl Kraus ›eine Art Sterilke‹] In: Notizen. (Die Fackel, Jg. 27, Nr. 706-711 vom Dezember 1925, S. 43-58, S. 54.)

›Das Gruftgewölbe‹] Unter dem Titel »Das Grabgewölbe« sollte Krafts Anthologie »Wiederfinden« (vgl. zu Nr. 62) ursprünglich erscheinen.

Herausgebers der ›Fähre‹] Hans Hennecke und Josef Burgmüller.

Aufsatz über Supervielle] Kraft: Jules Supervielle. Hinweis auf einen Dichter. In: Literarische Revue, Jg. 3, H. 5 von 1948, S. 291-304.

Sie an einer Stelle vorkommen] Vgl. den Wiederabdruck des Aufsatzes in Kraft: Wort und Gedanke, S. 282-298, S. 282.

Le bœuf et l'âme de la crèche] In: La Nouvelle Revue Française, T. 35 von 1930, S. 772-790.

La fuite en Egypte] In: La Nouvelle Revue Française, T. 38 von 1932, S. 844-853.

›Comprenant ... bien des choses.‹] In: La Nouvelle Revue Française, T. 35 von 1930, S. 777.

De Profundis] In: das silberboot, Jg. 3, H. 7 von 1947, S. 372.

Ludwig Strauß ... ›Zur Struktur des deutschen Sinngedichts‹] Ludwig Strauß: Zur Struktur des deutschen Distichons. In: Trivium, Jg. 6, 1948, S. 52-83.

von mir in einem späteren Goetheheft ... über Goethe] Tatsächlich erst 1949 erschien ein Themenheft »Zu Goethes 200. Geburtstag« (Trivium, Jg. 7, H. 3 vom Juli/September 1949) mit Krafts »Glossen« zu Goethes und Wielands »Teutschem Merkur«. Drei weitere Goethe-Aufsätze von Kraft wurden 1949 abgedruckt in: The Goethe-Year. Das Goethe-Jahr. 1749-1949. London: Orpheus-Publications, Part VI, S. 52-56, Part VII, S. 106-114 und Part VIII, S. [138].

Selbstbiographie von Zschokke ... Wind strich.‹] Zschokke: Eine Selbstschau. Th. 1. Aarau: Sauerländer 1842. S. 8; 14f.

181. Wilhelm Lehmann an Werner Kraft, 7. Februar 1948

LKH. Brief.

Brief vom 19. Jan.] Wohl gemeint vom 19. Dezember 1947 (Nr. 180).

Ihren Aufsatz] Weder »Die Wandlung« (Dolf Sternberger) noch »Das Goldene Tor« (Alfred Döblin) nahmen Krafts Aufsatz »Wilhelm Lehmann« an.

Ermordung Gandhis] Am 30. Januar 1948 war der 79-jährige Mohandas Karamchand (genannt Mahatma) Gandhi von einem nationalistischen Hindu erschossen worden.

Bhagavad Gita] Eine der zentralen Schriften des Hinduismus und das berühmteste mystisch-philosophische Dichtwerk der Inder, 1823 von August Wilhelm von Schlegel ins Lateinische übertragen.

182. Werner Kraft an Wilhelm Lehmann, 9. Februar 1948

DLA (68.4471/1; 68.4493). Brief.

drei Briefe von Ihnen] Nr. 178, 179, 181.

die Lage] Vgl. zu Nr. 180.

ein Brief von mir verlorengegangen] Nr. 180, den Lehmann erhalten hat.

meinen letzten Gedichtband] Kraft: Gedichte III. Jerusalem: Palestine Literary Guild 1946.

Von der ›Wandlung‹] Von Dolf Sternberger.

Aufsatz] Kraft: Wilhelm Lehmann.

Heft dieser Zeitschrift] Das Goldene Tor. Zweimonatsschrift für Literatur und Kunst. Hg. von Alfred Döblin. Jg. 1-6. Lahr 1946-1951.

Aufsatz über die Anemone] Lehmann: Bewegliche Ordnung. Bildnis einer Blume. In: Neue Rundschau, Jg. 59, H. 9 vom Winter 1948, S. 91-95. – Der Aufsatz war zuerst 1941 veröffentlicht worden.

gehaßt dafür daß sie existiert] Die »Neue Rundschau« stand in enger Verbindung mit dem S. Fischer-Verlag, was Auswirkungen auf ihre Veröffentlichungspraxis hatte und der Glaubwürdigkeit der Literaturkritik abträglich sein musste: Die Autoren von S. Fischer konnten in der »Neuen Rundschau« Erstabdrucke veröffentlichen und wurden ebenda von Kollegen desselben Verlags rezensiert. Dass Karl Kraus die »Neue Rundschau«, dieses »trostloseste Bild impressionablen Schmocktums« (Die Fackel, Jg. 8, Nr. 216 vom 9. Januar 1907, S. 24), und deren einflussreichen Mitarbeiter Alfred Kerr (vgl. Nr. 22) ebenfalls im Visier hatte, wird Krafts Haltung geprägt haben. Kraft wiederholte und bestärkte seine für ihn ungewöhnlich heftigen Worte noch einmal gegenüber Lehmann; vgl. Nr. 205.

Erzählung von Werfel] Die arge Legende vom gerissenen Galgenstrick. In: Neue Rundschau, Jg. 59, H. 9 vom Winter 1948, S. 30-45.

heftig gegen Hennecke] Vgl. Nr. 176.

Aufsatz über Joyce] Hans Hennecke: James Joyce. In: Die Fähre, Jg. 1, H. 6 von 1946, S. 329-336; das silberboot, Jg. 2, H. 8 von 1946, S. 133-138.

Briefe des Kurländers] Baltische Briefe aus zwei Jahrhunderten; vgl. Nr. 179.

Fußnote … aus dem Siebenkäs] »Wenn einmal mein Herz so unglücklich und ausgestorben wäre, daß in ihm alle Gefühle, die das Dasein Gottes bejahen, zerstöret wären; so würde ich mich mit diesem meinem Aufsatz erschüttern und – er würde mich heilen und mir meine Gefühle wiedergeben« (Siebenkäs. 2. Bändchen, Erstes Blumenstück, Rede des toten Christus vom Weltgebäude herab, daß kein Gott sei).

Brief, in Benjamins Sammlung … von Gott hofft.‹] Samuel Collenbusch an Immanuel Kant (23. Januar 1795), in: Detlef Holz (d. i. Walter Benjamin): Deutsche Menschen, S. 28-30, S. 30.

Sisley in der Kestnergesellschaft] Nicht in der Kestnergesellschaft, sondern im Hannoverschen Provinzial-Museum (ab 1933 Landesmuseum), das 1930 Sisleys Ölbild »Walisische Küste« (1897) erworben hatte.

Dokument des Juden] »Jüdisches Vermächtnis«; vgl. Nr. 178.

Die feindliche Einheit … Idee der Menschheit.] Vgl. Kraft: Stefan George. München: edition text + kritik 1980, S. 105.

Ermordung Gandhis] Vgl. Nr. 181.

›Morgengebet‹ von Schmidt von Lübeck] In: Lieder. 3. Auflage. Altona: Hammerich 1847. Auch in Krafts Anthologie »Wiederfinden« (2. Auflage S. 82).

Urteil über Elisabeth Langgasser] Kraft über Langgässer vgl. Nr. 177.

Stelle im Wilhelm Meister] Vgl. Nr. 37.

Stelle im Grünen Heinrich] Keller: Der Grüne Heinrich. Sämtliche Werke (Deutsche Klassiker Bibliothek). Bd. 2, Frankfurt a. M. 1985, S. 457.

Sonnengesang des Königs Echnaton] Altägyptische Hymne auf den Sonnengott, verfasst von König Amenophis IV. (1364-47 vor Chr.), der sich Echnaton nannte.

Timur und die Seherin … Mondorangen?!] Vgl. Nr. 178.

über George] Vermutlich Krafts Aufsatz »George und das Judentum«. In: Neue Schweizer Rundschau, Jg. 17, H. 10 vom Februar 1950, S. 619-625.
über Supervielle] Kraft: Jules Supervielle. Hinweis auf einen Dichter.
dritten Band meiner Gedichte] Kraft: Gedichte III.
Anthologie ›Pathmos‹] Vgl. zu Nr. 162.

183. Werner Kraft an Wilhelm Lehmann, 11. März 1948

DLA (68.4471/2). Brief.

›Das Gute ist im gewissen Sinne trostlos‹] Vgl. zu Nr. 10.
Siebenkäs von Jean Paul] Blumen-, Frucht- und Dornenstükke oder Ehestand Tod und Hochzeit des Armenadvokaten F. St. Siebenkäs im Reichsmarktflecken Kuhschnappel. 3 Bde. Berlin: Matzdorff 1796-1797.
Börnes Gedenkrede] Ludwig Börne: Denkrede auf Jean Paul. Erlangen 1826.
Aufsatz von Loerke] Jean Paul. In: Loerke: Hausfreunde. 1939. (Loerke: Gedichte und Prosa. Bd. 2. Frankfurt a. M. 1958, S. 377-413.)
Eduard Berend: Jean Pauls Persönlichkeit] Jean Pauls Persönlichkeit. Zeitgenössische Berichte. München: Georg Müller 1913. – Erweiterte Neuausgabe 1956; 2. Aufl. 2001.
›Die meisten Männer … aufzuhacken.‹] Siebenkäs. Zweites Bändchen, Siebentes Kapitel.
›Zwei Löcher … ausgekrochen ist.‹] Siebenkäs. Zweites Bändchen, Achtes Kapitel, (letzte) Fußnote.
›in einem solchen Zeitalter … für Pressen.‹] Auch in der von Kraft zusammengestellten Anthologie »Wiederfinden« (2. Auflage S. 15).
›Es scheint … aufträgt.‹] Siebenkäs. Drittes Bändchen, Neuntes Kapitel.
›Sein Weg … Fruchtschale.‹] Siebenkäs. Drittes Bändchen, Zwölftes Kapitel.
wo Goethe Jean Paul mit den persischen Dichtern vergleicht] Goethe: Noten und Abhandlungen zu besserem Verständnis des West-östlichen Divans, Kapitel »Vergleichung«.
Benjamin … Ironie als Umbildung des Allegorischen.‹] Walter Benjamin: Ursprung des deutschen Trauerspiels. Berlin: Ernst Rowohlt 1928, S. 187.
›Adventures in Verses‹] Albert Bloch: Ventures in Verse. Selected pieces. New York: F. Ungar 1945. – Der Band enthält neben eigenen Dichtungen Übersetzungen, vor allem von Versen von Karl Kraus.
Aufsatz] Kraft: Über Goethes Türmerlied (DLA, 68.6877; 10 Bl. Durchschlag, Ts. mit hs. Ergänzungen). Abgedruckt als »Goethes Türmerlied« zuerst in: The Goethe-Year. Das Goethe-Jahr. Parts V & VI. – London: Orpheus Publications 1949, S. 52-56.
Der Sonntag. Ein Motiv bei Karl Kraus.] Kraft: Der Sonntag. Über ein Motiv bei Karl Kraus. In: Der Brenner, Folge 17 von 1948, S. 162-170.
auf mein Judentum redaktionell hinzuweisen] Fußnote S. 162: »Der Verfasser möchte nicht verhehlen, dass er Jude ist und als solcher dem Prozess der Heilserwartung, der dem Brenner heute das aufgeschlossene Gesicht seiner Erkenntlichkeit verleiht, fremd gegenübersteht. Gleichwohl wüsste er, wie

er aus Jerusalem mitteilt, für diese seine Betrachtung keine würdigere Stelle des Erscheinens als eben hier, wo er bereits einmal (s. Brenner XV, 1934) der eigentümlichen Transparenz Kraus'scher ›Worte in Versen‹ im bewegten Antlitz ihrer Blick- und Sprachversonnenheit eine beachtliche Studie gewidmet hat.«

184. Werner Kraft an Wilhelm Lehmann, 24. März 1948

DLA (68.4471/3). Brief.

Buch ›Verführerin, Trösterin‹] Wilhelm Lehmann: Verführerin, Trösterin und andere Erzählungen. Heidelberg: Lambert Schneider 1947. – Der Band mit Erzählungen war im Januar 1948 erschienen.

Aufsatz über Sie] Kraft: Wilhelm Lehmann.

Beendigung des englischen Mandats] Am Vorabend der Beendigung des britischen Mandats proklamierte David Ben Gurion am 14. Mai 1948 in Tel-Aviv die Gründung des Staates Israel. Am 15. Mai überschritten Armeen arabischer Nachbarstaaten die palästinensische Grenze. Jerusalem war Brennpunkt der Kämpfe.

nicht mehr schreiben können] Am 22. März 1948 schnitten arabische Truppen die Verbindungswege von Jerusalem zur Küste ab.

Luftpostbriefe] In der Bundesrepublik gab es erst ab dem 20. Oktober 1948 wieder regulären Luftpostverkehr.

›Siebenkäs‹ ... wolle] »Ich wollte, Gott fristete mir nach diesem Leben das zweite, und ich könnte in der andern Welt mich an Realien machen« (Jean Paul: Siebenkäs. Drittes Bändchen, Elftes Kapitel, Nachschrift zum Brief Leibgebers an Stanislaus).

– – – *(Intermezzo:*] Hier unterbricht Kraft seine Ausführungen zu »Verführerin, Trösterin« und nimmt sie erst gegen Briefende mit den Worten »– – Forts. von S. 4: – – « wieder auf.

›Bewegte Ordnung‹] Lehmann: Bewegliche Ordnung. Aufsätze. Heidelberg: Lambert Schneider 1947. – Zweite Ausgabe Berlin, Frankfurt a. M.: Suhrkamp [1956] (Bibliothek Suhrkamp, Bd. 35). – Im Impressum der Neuausgabe die Angabe: »›Bewegliche Ordnung‹ erschien – ohne den letzten Aufsatz – zuerst 1747[!] im Verlag Lambert Schneider, Heidelberg.« – Die sonst in Zahl und Reihenfolge der (für die Suhrkamp-Ausgabe überarbeiteten) Aufsätze in beiden Ausgaben identische Sammlung schließt im Erstdruck mit dem Aufsatz »Bildnis der Eltern und erste Kindheit«, im Druck von 1956 mit »Gedicht als Tatsache«.

über Brentano] Lehmanns Aufsatz »Clemens Brentano«.

über Arnim] Lehmanns Aufsatz »Zum Bilde Ludwig Achim von Arnims«.

Gedicht vom Kirschbaum] Arnim: Der Kirschbaum. – Auch in Krafts Anthologie »Wiederfinden« (2. Auflage S. 21).

an Bettina] Arnim: Belehrende Entschuldigung. – Auch in Krafts Anthologie »Wiederfinden« (2. Auflage S. 104).

Grabschrift der Günderode] Zitiert nach: Ludwig Geiger: Karoline von Günderode und ihre Freunde. Stuttgart, Leipzig, Berlin, Wien: Deutsche Verlags-Anstalt 1895, S. 193. – Auch in Krafts Anthologie »Wiederfinden« (2. Auflage S. 177).

Das ist es nicht, ... mich bedroht.] Ludwig Achim von Arnim: Die Gleichen. Schauspiel in 6 Aufzügen (Sämtliche Werke. Neue Ausgabe. Bd. 10. Berlin 1857, S. 335).

über Fouqué] Lehmanns Aufsatz »Romantischer Don Quixote«.

Heil ... seligen Näh'] Bereits zitiert in Nr. 72; siehe dort.

Danzel] Lehmanns Aufsatz »Theodor Wilhelm Danzel«.

Huldigung für Loerke] Lehmann zitiert (unvollständig) in »Ist dieser Dieter dann vorbei?« das Gedicht »Im Zuge« (Oskar Loerke: Der Silberdistelwald. Gedichte. Berlin: S. Fischer 1934, S. 20); vgl. Nr. 190.

Über Ritter] Über Johann Wilhelm Ritter in Lehmanns Aufsatz »Der Laie und die Philosophie«.

Benjamin: Ursprung des deutschen Trauerspiels S. 212-13] »Mitten ins Zentrum allegorischer Anschauung trifft er mit seiner Lehre, alles Bild sei nur Schriftbild. Das Bild ist im Zusammenhange der Allegorie nur Signatur, nur Monogramm des Wesens, nicht das Wesen in seiner Hülle.« (Ursprung des deutschen Trauerspiels, 1928, S. 213f.) – In der zu dieser Passage überleitenden Bemerkung von Benjamin »Anders Ritter« ist in Lehmanns Exemplar (DLA), das viele Anstreichungen aufweist, der Name unterstrichen.

Paolo Uccelli] Zum Maler Paolo Uccello vgl. Lehmann: Der Planet. GW 6, 457-466, 458.

Erzählung von Marcel Schwob] Marcel Schwob: Der Roman der zweiundzwanzig Lebensläufe. Übertragen von Jakob Hegner. Hellerau: Hegner 1925.

›Der Wirrwarr‹] Werner Kraft: Der Wirrwarr. Ein Roman. Frankfurt a. M.: S. Fischer 1960. – Den schon 1939 entstandenen (vgl. Nr. 493) Roman versuchten Kraft und, nachdem er ihn bekommen und gelesen hatte (vgl. Nr. 241, Nr. 246 und Nr. 249), auch Lehmann zunächst vergeblich unterzubringen. Auch der Versuch, die Akademien in Darmstadt (vgl. Nr. 341) und Mainz (vgl. Nr. 348 und Nr. 362) für den Roman zu interessieren, scheiterten. Ein Vorabdruck der ersten Kapitel erschien 1952 im »silberboot« (vgl. Nr. 253); im August 1957 bekundete der S. Fischer Verlag seine Absicht, den Roman 1958 zu veröffentlichen (vgl. Nr. 380); im April 1960 endlich kam es zur Auslieferung (vgl. Nr. 442). – Zu autobiografischen Bezügen im Roman vgl. Nr. 242.

– – Forts. von S. 4: – –] Damit nimmt Kraft seinen Satz (Gedanken zu »Die Kastanien«) wieder auf, den er auf S. 4 seines achtseitigen Briefs unterbrochen hatte, und führt den Satz zu Ende.

›Bewegter Staub‹] »Bewegliche Ordnung«; Kraft kontaminiert versehentlich die Titel von Lehmanns Aufsatzsammlung und seiner Gedichtsammlung »Entzückter Staub«.

der Gegenstand selbst] Lehmanns Erzählung »Der Abgesang« (GW 5, 451-467) hat eine Schulaufführung von Lessings »Minna von Barnhelm« zum Gegenstand.

Divan-Zitat] Vgl. GW 5, 454.

Lapsus von Grillparzers ›Leben ein Traum‹] Vgl. »Die Aufführung« (GW 5, 427-448, 429), wo von »Grillparzers ›Das Leben ein Traum‹« die Rede ist. Grillparzers »Dramatisches Märchen« heißt tatsächlich »Der Traum ein Leben«, in Anspielung auf Calderóns »Das Leben ein Traum«. – Lehmann änderte die Stelle auch in späteren Fassungen nicht.

Lichtenberg-Zitat] »Ein Drei-Groschen-Stück ist immer besser als eine Träne.« Lichtenberg: Sudelbücher, Heft C, Nr. 22. – Auf welche Stelle in Lehmanns »Verführerin, Trösterin und andere Erzählungen« oder in »Bewegliche Ordnung« Kraft sich bezieht, wurde nicht ermittelt.

Ideen über Pflanzennamen] Vgl. Lehmanns Essays »Pflanzennamen« und »Sauromatum«.

über ›aber‹ bei Grimm] »›Aber‹ schiebt im Märchen wie Wilhelm Grimm es stilisierte, erzählerisch weiter ohne zu kontrastieren, es haftet ihm noch Fleischliches an [...].« In: Lehmann: Das Unmittelbare. In: Bewegliche Ordnung (1947), S. 169-173, S. 172. (Im Abdruck des Essays in Lehmanns »Sämtlichen Werken« (1962) nicht enthalten.)

Betsabe Rembrandts] »Bathseba bei der Toilette« (Musée de Louvre, Paris). Vgl. »Die Kastanien«, GW 5, 471-481, 480.

Raffaels Selbstbildnis] In den Uffizien, Florenz.

Der Name] Vgl. Goethe: Aus meinem Leben. Dichtung und Wahrheit. Zweiter Teil, 10. Buch. – Kraft teilte die Spottverse Herders auf Goethe zusammen mit dem Gedicht von Karl Kraus und seinem eigenen »Verspätete Widerlegung Herders« unter der Überschrift »Goethes Name« mit in: Merkur, Jg. 3, H. 10 vom Oktober 1949, S. 1039.

Und vergebens ...] Aus: Die Flamme der Epimelia. (Die Fackel, Jg. 20, Nr. 474-483 vom 23. Mai 1918, S. 85f., S. 86.)

Visp heißt ... den Klang.] Hofmannsthal: Namen. In: Hofmannsthal: Sämtliche Werke. Bd. I. Gedichte 1, S. 87.

185. Werner Kraft an Wilhelm Lehmann, 4. August 1948

DLA (68.4471/4; 68.4493). Brief.

Postverkehr mit Deutschland wiederaufgenommen] Vgl. Nr. 184. Ein von Lehmann an Kraft gesandter kurzer Brief vom 2. April 1948 (DLA 68.6454/2) mit Hinweis auf die »drohende Postsperre« war bereits als unzustellbar mit dem Vermerk auf dem Umschlag »Postverkehr eingestellt« zurückgekommen.

Sturm gnädig vorübergegangen] Vgl. Nr. 184.

Buch über Burckhardt ... Löwith] Löwith: Jacob Burckhardt. Der Mensch inmitten der Geschichte. Luzern: Vita Nova 1936. 1. Kapitel: Burckhardt und Nietzsche.

Es ist nicht wahr … ein Rätsel.] Stelle in Löwiths Buch nicht ermittelt. In Burckhardts »Weltgeschichtlichen Betrachtungen« heißt es im Schlusskapitel über »Glück und Unglück in der Weltgeschichte«, dass »nicht jede Zerstörung auch Verjüngung zu Folge« habe. (J. Burckhardt: Gesamtausgabe. Bd. 7. Stuttgart 1929, S. 202.)

›Im Gehen‹] Literarische Revue, Jg. 3, H. 2 von 1948, S. 78. – Auch in Kraft: Gedichte II, S. 42.

über Supervielle] Kraft: Jules Supervielle. Hinweis auf einen Dichter.

über Goethe] Vgl. Nr. 180.

›Zur Struktur des deutschen Sinngedichts‹] Strauß: Zur Struktur des deutschen Distichons; vgl. Nr. 180.

›Pestalozzi als Pionier der Sozialpädagogik‹] Neue Wege, Jg. 41, 1947, S. 403-412, 513-523.

Aufsatzes über Sie] Kraft: Wilhelm Lehmann.

Rockefeller-Museums] Vgl. Nr. 180.

186. Wilhelm Lehmann an Werner Kraft, 30. August 1948

LKH. Brief.

der Wickersdorfer Zeit] Lehmann war von 1912-1920 – unterbrochen durch Kriegsdienst und Gefangenschaft – Lehrer an der Freien Schulgemeinde Wickersdorf in der Nähe von Saalfeld (Thüringen).

Währungsreform] Am 21. Juni 1948 verlor die Reichsmark durch die Währungsumstellung ihre Gültigkeit und wurde durch die Deutsche Mark ersetzt. Jeder Deutsche erhielt am Stichtag ein ›Kopfgeld‹ von 40 DM.

187. Werner Kraft an Wilhelm Lehmann, 29. September 1948

DLA (68.4471/5). Brief.

über Supervielle] Kraft: Jules Supervielle. Hinweis auf einen Dichter.

Verse … Harry Timar] In: Die Wandlung, Jg. 3, H. 4 vom Juli 1948, S. 330.

›er ist volkstümlich‹] Redaktionelle Anmerkungen, S. 374-376, S. 376.

ein Glückwunschgedicht an Lernet-Holenia] Carl Zuckmayer: Das Altern. Für Alexander Lernet-Holenia zu seinem fünfzigsten Geburtstag, am 21. Oktober 1947. In: Neue Rundschau, [Jg. 58], H. 8 vom Herbst 1947, S. 390f.

188. Werner Kraft an Wilhelm Lehmann, 10. Oktober 1948

DLA (68.4471/6). Brief.

Waffenstillstand … gekämpft] Nach der Gründung des jüdischen Staates Israel am 14. Mai 1948 kam es zum 1. Israelisch-arabischen Krieg. Im Juni und im Juli 1948 wurden befristete Waffenstillstände vereinbart. Am 20. Juli 1949 wurde der Krieg offiziell beendet.

Negev … Hauptziel des ganzen politischen Kampfes] Bei den Kämpfen um die damals noch ägyptische Wüste Negev mit dem Zugang zum Roten

Meer vom 15. Oktober 1948 bis zum Frühjahr 1949 wurde das gesamte Negev mit Ausnahme des Gazastreifens von Israel erobert.

über die Struktur des deutschen Distichons] Zur Struktur des deutschen Distichons.

Aphorismen] Ludwig Strauß: Sätze (I-III). In: Neue Schweizer Rundschau, N. F., Jg. 16, H. 4 vom August 1948, S. 245-249, H. 5 vom September 1948, S. 314-317 und Jg. 17, H. 11 vom März 1950, S. 671f.

Huizinga … Kultur] Johan Huizinga: Homo Ludens. Versuch einer Bestimmung des Spielelementes der Kultur. Amsterdam: Pantheon Akademische Verlagsanstalt 1940; 1944 erschien eine Ausgabe im Baseler Burg-Verlag.

›Man muß Ernst … als jetzt.‹] Platon: Gesetze. Buch 7. 803c. Das Leben ein Spiel. – Im Brief zitiert nach Huizinga: Homo Ludens, S. 31.

Und wo die Freunde … nimmer fault.] Goethe: Zahme Xenien V. (WA. Abt. 1. Bd. 3, S. 319).

189. Wilhelm Lehmann an Werner Kraft, 23. Oktober 1948

LKH. Brief. (Schluss ab »mir eine hohe Ehre« im Original verschollen; Wiedergabe nach einer maschinenschriftlichen Abschrift.)

Mörikes Frühlingshügel] Mörike: Im Frühling (»Hier lieg' ich auf dem Frühlingshügel:«).

»Nur der Meister hat Gegenwart«] Das Zitat von Kassner wurde nicht ermittelt.

Bodenreform] Im Jahr 1949 wurde die Durchführung einer Bodenreform auch in den westlichen Besatzungszonen festgelegt.

kräftige Sechzigerin] Lea Fankhauser, bei der Lehmann zwei Jahre später noch einmal zu Gast war; vgl. Nr. 212.

mit Holzschnitten verzierten (wozu?) Gedichtband] Günter Eich: Abgelegene Gehöfte. Mit 4 Holzschnitten von Karl Rössing. Frankfurt a. M.: Georg Kurt Schauer 1948. – Lehmanns Exemplar (DLA) trägt die hs. Widmung: »Wilhelm Lehmann, dem ich vieles in diesem Buch danke!«

Supervielleaufsatz] Kraft: Jules Supervielle. Hinweis auf einen Dichter. Vgl. zu Nr. 180.

Erwähnung meiner Arbeit] »Wie in Deutschland Wilhelm Lehmann, so prägt in Frankreich Jules Supervielle in Gedichten eine Form der persönlichen Existenz aus, die es mit jeder Form des durchdachtesten Existentialismus aufnehmen kann.« Kraft: Jules Supervielle, S. 291 (Abdruck in Kraft: Wort und Gedanke, S. 282-298, S. 282).

»Dichten ein Symbol für richtiges Verhalten.«] Ebd. S. 295 (Wort und Gedanke, S. 288).

»ein Stieglitz und ein Gott … Gottes auszusprechen.«] Ebd. S. 297 (Wort und Gedanke, S. 290).

Zitat aus H. Zschokkes Selbstschau] Vgl. Nr. 180.

190. Werner Kraft an Wilhelm Lehmann, 8. November 1948

DLA (68.4471/7; 68.4493). Brief.

›Stürzen mit allen Guten muß Lob wert sein‹] »Mit Guten falln muß ehrlich stehn und wert sein.« In: Borchardt: Canzone. In: Borchardt: Gedichte II. Übertragungen II. Stuttgart: Klett-Cotta 1985, S. 205-208, S. 207.

meinen Aufsatz ... Literarische Revue] Kraft schickte seinen Aufsatz »Wilhelm Lehmann« vergebens an die »Literarische Revue« (vormals »Die Fähre«) von Herbert Burgmüller und Hans Hennecke. Die Zeitschrift stellte 1949 (Jg. 4) mit H. 6 ihr Erscheinen ein.

Günther Eick] Günter Eich.

mit Friederike Kemptner verglichen] Zum Vergleich Werner Krafts mit Friederike Kempner vgl. Nr. 166.

›Über allen Gipfeln‹] Goethe: Ein gleiches.

es liege ... sittlichen Entartung] »Im Dilettantismus ist der Keim einer sittlichen Verderbnis.« In: Hofmannsthal: Gesammelte Werke in zehn Einzelbänden: Reden und Aufsätze III 1925-1929, Buch der Freunde, Aufzeichnungen 1889-1929. Frankfurt a. M.: Fischer Taschenbuchverlag 1980, S. 285.

Ihre beiden Gedichte] Die hs. Gedichte »Tigerfell und Glockenhut« und »Der Holunder« liegen dem Brief nicht mehr bei.

Nasturtium ... Aufklärung] Der Aufsatz »Pflanzennamen« (Wilhelm Lehmann, Bewegliche Ordnung [1947], S. 113-117, hier S. 116 [GW 6, S. 194]) erwähnt »Nasturtium« als einen Namen der Kapuzinerkresse.

Hinweis ... die Nacht von Hölderlin zitiert] Der Hinweis auf die Übernahme von Versen Hölderlins bei Brentano in: Lehmann: Clemens Brentano, S. 38 (Wilhelm Lehmann, Bewegliche Ordnung [1947], S. 35-66. [GW 6, 16]): »So tanzt der Dichter in seiner, in der neuen Zeit [...] und alle Dinge müssen mit: [...] Verse von Hölderlin – mitten im Radlauf begegnet der Satz: ›Jetzt aber erhob sich ein Lüftlein und regt die Gipfel des Hains auf‹. Das ist kein Sakrileg. Brentano war eine Harfe – Matthias Claudius und Rückert [...].« – Vgl. Hölderlin: »Die Nacht« (Erstdruck von »Brod und Wein«, Vers 1-18 von 1807), darin V. 13: »Jetzt aber kommt ein Wehn und regt die Gipfel des Hains auf«. – Die Übernahme von Brentano in seinem »Märchen von dem Rhein und dem Müller Radlauf« findet sich zu Beginn des Kapitels »Wie Radlauf die Verjüngung der Frau Phönix Federschein ansieht und diese ihre Geschichte mit dem Kautzenveitel erzählt«.

La vie ... tissé] »Notre vie est du vent tissu.« In: J. Joubert: Pensées. Édition Complète. Paris: Perrin 1911, S. 95, No. LXII.

Aufsatz über Thümmel] Lehmann: Erinnerung an M. A. von Thümmel. In: Lehmann: Bewegliche Ordnung (1947), S. 27-34 (GW 6, 77-84).

spielen auf die Anthologie ... an] Vgl. Bewegliche Ordnung (1947), S. 33 (GW 6, 84): »schon ein früherer Verleger kürzte sie [die Verse des Gedichts »Elegie auf einen Mops«] klug um die dritte, sechste und neunte Strophe«. – Heinrich Fischer (Hg.): Die Vergessenen. Hundert deutsche Gedichte des XVII. und XVIII. Jahrhunderts. Berlin: Paul Cassirer 1926, S. 199: »Die ›Elegie auf den Mops‹ ist in gekürzter Fassung abgedruckt.«

auf Lyrik-Vorlesungen von Karl Kraus beruht] Vgl. die Nachbemerkung des Herausgebers (»Die Vergessenen«, S. 212f.).

›gegleicht‹] Vgl. »Elegie auf einen Mops«, sechste (letzte) Strophe, Vers 1f.: »Wie hast du, guter Mops, nicht meiner Stirne Falten, / Sah ich dem Grillenspiel der deinen zu, gegleicht!«

›oder ausruft‹] GW 6, S. 80. Richtig wäre »oder wenn er ausruft«.

Dieter-Aufsatz … falsch zitiert] Der Prosatext »Ist dieser Dieter dann vorbei?« zitiert das Gedicht »Im Zuge« (vgl. zu Nr. 184) unvollständig.

sogar Hegel] Vgl. Lehmann: Der Laie und die Philosophie.

grauenhaft falsch zitiertes Faust-Zitat] Nicht ermittelt.

Arnim] Lehmanns Aufsatz »Zum Bilde Ludwig Achim von Arnims«.

›Brentano‹] Lehmanns Aufsatz »Clemens Brentano«.

Aufsatz über Fouqué] Lehmann: Romantischer Don Quixote.

Fouqués, letzte Verse] Zitiert in Nr. 72; vgl. auch Nr. 184.

meine Anthologie] Kraft: Wiederfinden.

Aufsatz über Danzel] Lehmann: Theodor Wilhelm Danzel.

Hinweis auf Ritter] Vgl. Nr. 184.

Valéry-Zitat] »Das Bekannte fürchte ich mehr als das Unbekannte« steht als Motto über dem Aufsatz »Das habe ich schon gewußt«.

Baader-Zitat] »Nichts, was in uns selbst schon lebendige Tat ist, kann es außer uns werden.« In: Das habe ich schon gewußt. Bewegliche Ordnung (1947), S. 107-111, S. 111 (GW 6, 466-470, 470).

Zitat von Lörke] Die erste Strophe von Loerkes Gedicht »Vergossne Welt«.

Prosastück von … Elio Vittorini] Die Wüste. [Prosa.] (Deutsch von Walter Talmon-Gros.) In: Literarische Revue, Jg. 3, H. 4 von 1948, S. 223f. – Ebd. S. 256: Bio-bibliografische Notiz zu Vittorini.

Kindheitserinnerungen] Lehmann: Bildnis der Eltern und erste Kindheit.

›Adams und Evas selige Nächte‹] Friedrich (Maler) Müller: Adams erstes Erwachen und erste selige Nächte. Mannheim: Schwan 1779.

über Gogol] Gogol. In: Rudolf Kassner: Essays. Leipzig: Insel 1923, S. 17-41.

›Melancholia‹] Rudolf Kassner: Melancholia. Trilogie des Geistes. Berlin: S. Fischer 1908.

›Elementen der menschlichen Größe‹] Kassner: Von den Elementen der menschlichen Größe. Leipzig: Insel-Verlag 1911.

Wiederwahl von Truman] Die Wiederwahl des amerikanischen Präsidenten Harry S. Truman im November 1948.

Türmerlied-Aufsatz] Kraft: Goethes Türmerlied.

Hugo Großmann … Berlin 1926] Altorientalische Texte und Bilder zum Alten Testament. Hg. von Hugo Gressmann, 2., vermehrte Aufl. Berlin, Leipzig: de Gruyter 1926.

Joice: Ulysse] James Joyce: Ulysses. Vom Verf. geprüfte deutsche Ausgabe von Georg Goyert, Bd. 1-3, Privatdruck 1927-1930.

191. Werner Kraft an Wilhelm Lehmann, 26. November 1948

DLA (68.4471/8). Brief.

Auswahlband von Wilhelm Schellberg (München-Gladbach 1923)] Brentano: Gedichte. Ausgewählt, eingeleitet und erläutert von Wilhelm Schellberg. Mönchen-Gladbach: Volksverein-Verlag 1923.

›Text zum Oratorium von Ett‹] Ebd. S. 249.

Hölderlins ›Nacht‹ so bewundert] Vgl. zu Nr. 190.

über Hölderlins Reimgedicht ›An Landauer‹] Kraft: Hölderlin und der Reim. In: Trivium, Jg. 9, H. 4 von Oktober/Dezember 1951, S. 225-240. Vgl. zu Nr. 205.

Briefwechsel mit Sophie Mereau] Briefwechsel zwischen Clemens Brentano und Sophie Mereau. Hg. von Heinz Amelung, Bd. 1f.. Leipzig: Insel-Verlag 1908.

diese Briefe hat Herman Grimm ... sekretiert!!] In der dreibändigen Edition »Achim von Arnim und die ihm nahe standen«, hg. von Reinhold Steig und Herman Grimm (1894-1913), wurde der Briefwechsel zwischen Brentano und Sophie Mereau unvollständig veröffentlicht (vgl. Bd. 1: Achim von Arnim und Clemens Brentano).

Katharina Emmerich] Brentanos radikale Wendung zum Katholizismus, nach der er die Visionen der stigmatisierten Augustinerin Anna Katharina Emmerick aufzeichnete und 1833 veröffentlichte als: Das bittere Leiden unsers Herrn Jesu Christi. Nach den Betrachtungen der gottseligen Anna Katharina Emmerich, Augustinerin des Klosters Agnetenberg zu Dülmen († 9.2.1824) nebst dem Lebensumriß dieser Begnadigten. (Durch die Mitteilungen über das letzte Abendmahl vermehrte zweite Auflage 1834.)

›Zahl und Gesicht‹] Rudolf Kassner: Zahl und Gesicht. Nebst einer Einleitung: Der Umriss einer universalen Physiognomik. Leipzig: Insel-Verlag 1919.

über die Chimären von Notre Dame] Der Gott und die Chimäre. In: Kassner: Elemente der menschlichen Größe, S. 40-47.

›Arno Holz und der Charon‹] Von Otto zur Linde. Großlichterfelde: Charon-Verlag 1911.

192. Werner Kraft an Wilhelm Lehmann, 11. Dezember 1948

DLA (68.4471/9). Brief.

Und wann ... geboren.] Detlev von Liliencron: Poggfred. Kunterbuntes Epos in neunundzwanzig Kantussen, Zweiter Kantus: Panorama um Golgatha, 16. Strophe.

›Erinnerung an Liliencron‹ ... hat dieses Tages gedacht.‹] Erinnerung an Liliencron. In: Die Fackel, Jg. 26, Nr. 657-667 vom August 1924, S. 61-65, S. 64f.

›Auf lauter Lücken ... aufgebaut‹] »Aus lauter Leeren ist die Fülle der menschlichen Existenz aufgebaut.« In: Hofmannsthal: Buch der Freunde. In: Gesammelte Werke in zehn Einzelbänden: Reden und Aufsätze III 1925-1929. Buch der Freunde. Aufzeichnungen 1889-1929. Frankfurt a. M.: Fischer Taschenbuchverlag 1980, S. 285.

›Gedichte‹ von Schelling] Friedrich Wilhelm Joseph von Schelling: Gedichte. Hg. von Otto Baensch. Jena: Diederichs 1917.

Lied an Caroline ›In deines Herzens Grunde‹] Schelling: Lied. In: Schellings sämmtliche Werke. Abt. 1, Bd. 10. Stuttgart und Augsburg: J. G. Cotta 1861, S. 437f. – Auch in Rudolf Borchardts Anthologie »Ewiger Vorrat deutscher Poesie« (München 1926), S. 291f.

Bekenntnis von Heinz Widerporst] Epikurisch Glaubensbekenntnis Heinz Widerporstens (1799).

Naturgedicht an Caroline] Schelling: Gedichte, S. 23-27.

›Letzten Worte ... Seeland‹] Schelling: Gedichte, S. 31-38.

›Die nächtliche Trauung‹] Detlev von Liliencron: Gesammelte Werke. Bd. 3. Berlin 1911, S. 288-291.

›Was ich erlebte‹ IV] Henrich Steffens: Was ich erlebte. Aus der Erinnerung niedergeschrieben. Bd. 4. Breslau: Josef Max und Komp. 1841, S. 402-404.

Plitt: Das Leben Schellings] Aus Schellings Leben. In Briefen. (Hg. von Gustav Leopold Plitt.) Bd. 1. Leipzig: Hirzel 1869. S. 293f. »die von Steffens mitgebrachte Erzählung« des Pfarrers von Drottning.

Goethe soll sich für den Stoff interessiert haben.] Vgl. Steffens: Was ich erlebte. Bd. 4, S. 402: »Jene räthselhafte Begebenheit [...], die Göthe erschütterte, als er sie vernahm, die Schelling in Terzinen behandelte [...].«

›Könnt ich Dir ... leichtern Stimmung.‹] Caroline Schlegel an Schelling, undatiert. In: Caroline. Briefe aus der Frühromantik. Nach Georg Waitz vermehrt hg. von Erich Schmidt, Bd. 2, Leipzig: Insel 1913, S. 58.

Übersetzung eines ägyptischen Liebesgedichts] Nach A. H. Gardiner: Hieratic Papyri in the British Museum. 3. Serie, London: British Museum Press 1935, S. 9f. – Vgl. eine andere Übersetzung in: Siegfried Schott: Altägyptische Liebeslieder. Zürich: Artemis 1950, S. 44.

Hausenstein über Karl Valentin] Die Masken des Münchner Komikers Karl Valentin. In: Die Wandlung, Jg. 3, H. 6 vom Oktober 1948, S. 518-535.

Nachtrag zu Mommsens Testament] »Ich wünschte ein Bürger zu sein«. [Testamentsklausel.] In: Die Wandlung, Jg. 3, H. 1 vom Januar 1948, S. 69f.

W. Kütemeyer: Ist Deutschland schuldig oder krank?] Deutschland – schuldig oder krank? In: Die Wandlung, Jg. 3, H. 1 vom Januar 1948, S. 106-119.

Neue Rundschau mit Lörkes Gedichten und Testament] Hermann Kasack: Gedenkblatt für Oskar Loerke. In: Neue Rundschau, Jg. [59], H. 10 von 1948, S. 139-156. Darin S. 145-147: Oskar Loerke: Letztwillige Bitten für den Fall meines Todes. – S. 147-149: Pansmusik. – Aus dem Zyklus »Der Steinpfad« (»Auch ich lustwandele mit einem Gaste«). – Die späte Reise. – S. 149-156: Weitere Verse aus Oskar Loerkes Nachlaß: Zum Abschluß meiner Sieben Gedichtbände. – Geduldе dich! – Ohne Übertreibung. – Über viele Sintfluten hin. – Gebetsfrage. – Der Vorübergehende. – Abschied von den Krummen. – Die Einzelhöfe. – Eines Dichters Stimme. – Unsere Schuhe.

193. Werner Kraft an Wilhelm Lehmann, 6. März 1949

DLA (68.4472/1). Brief.

letzten Brief] Nicht erhalten.

Stelle aus Steffens abzuschreiben] Eine Abschrift Lehmanns von Henrich Steffens' »Was ich erlebte« im nicht erhaltenen Brief.

Erzählung, an der Sie gerade schrieben] Lehmann: Der stumme Laufjunge. Die Erzählung, die Lehmann im November/Dezember 1948 schrieb, erschien zuerst in: Deutsche Beiträge, Jg. 3, Heft 5 von September/Oktober 1949, S. 376-388. – Krafts unausgesetzte Fragen nach der neuen Erzählung beantwortet Lehmann erst am 26. September 1949 mit einer knappen Erwähnung (vgl. Nr. 202). Am 2. Dezember 1949 bedankt sich Kraft für die Übersendung des Drucks (vgl. Nr. 205). – Die spätere Buchausgabe »Der stumme Laufjunge. Vier Erzählungen« (München: R. Piper 1956) trägt die Widmung: »Für Werner Kraft«. Außer der Titelerzählung enthält es die weiteren: Der Abgesang. – Die Aufführung. – Die Kastanien. – Vgl. GW 5, 621-623.

Schulmeisterleins Wutz] Jean Pauls »Wutz« schreibt sich seine Bibliothek selbst zu den Buchtiteln der Neuerscheinungen. (Leben des vergnügten Schulmeisterlein Maria Wutz in Auenthal. Eine Art Idylle. Als Anhängsel gedruckt zu: Jean Paul: Die unsichtbare Loge. Berlin: Carl Matzdorff 1793.)

Protest gegen den neuen Literaturbetrieb] Wilhelm Lehmann: Dichterlesung. In: Merkur, Jg. 1, H. 3 von 1947, S. 472-475.

Jürgen von Kempski] Mit zahlreichen politischen, juristischen und auch einigen literarischen Beiträgen in den ersten Jahrgängen des »Merkur« vertreten.

›Fahrt nach Würzburg‹ von Max Meister] In: Merkur, Jg. 1, H. 2 von 1947, S. 219-233.

›Der Jüngling aus dem Meer‹] Novelle von Hans Erich Nossack. In: Merkur, Jg. 1, H. 5 von 1947, S. 716-731.

Nachahmung und Vergröberung der Duineser Elegien] Vgl. Holthusen: Hier in der Zeit. Gedichte. München: Piper 1949. – Holthusen, der über Rilke promoviert hatte, veröffentlichte nach dem Krieg mehrere Bücher und Essays über den Dichter der »Duineser Elegien«.

Hamburger Akademischen Rundschau] Hg. von Dozenten und Studenten der Universität Hamburg. Jg. 1-3. Hamburg 1946/47-1948/50. – Nachdruck mit Begleitband. Berlin, Hamburg 1991.

›Le style, c'est l'homme‹] Nach einem Ausspruch von Buffon 1753 in seiner Antrittsrede in der französischen Akademie.

Karl Kraus, ... einer Steigerung fähig‹] Aus: Nachts. In: Die Fackel, Jg. 18, Nr. 445-453 vom 18. Januar 1917, S. 1-19, S. 2.

›Ich lasse mich täuschen, so lange ich will.‹] Aus: Tagebuch. In: Die Fackel, Jg. 11, Nr. 279f. vom 13. Mai 1909, S. 1-16, S. 2.

Erinnerungen ... von Kassner] Erinnerung an Berlin. In: Merkur, Jg. 1, H. 5 von 1947/48, S. 662-679; Erinnerung an Paris. Ebd. H. 6, S. 842-857.

Hauptmann ... als ›Monisten‹] »[...] er war kein Christ. Im Herzen keiner. Trotz aller Mitleidsregungen auf deutschen Bühnen. Er war Monist« (Kassner: Umgang der Jahre. Erinnerung an Berlin, 2. Kapitel. Hier: Kassner: Sämtliche Werke, Bd. 9, Pfullingen 1990, S. 231.

›Feuillet d'album‹] Stephane Mallarmé: Œuvres complètes. Éd. par Henri Mondor et G. Jean-Aubry. Paris: Gallimard 1956. (Bibliothèque de la Pléiade), S. 59.

über Browning] Rudolf Kassner: Englische Dichter. Leipzig: Insel-Verlag 1920, S. 155-187.

über Hebbel] Hebbel. In: Kassner: Motive. Essays. Berlin 1906, S. 161-190.

Denk nach und stirb.] Vgl. Shakespeare: Antony and Cleopatra, III, 11: »Think, and die.« – Shakespeare: Dramatische Werke. Übers. von August Wilhelm Schlegel und Ludwig Tieck. Th. 5. Berlin 1831, S. 246: »Denken, – sterben.« [So auch in Rowohlts Klassikern der Literatur und der Wissenschaft. Englische Literatur Bd. 15, Antonius und Cleopatra. Englisch und Deutsch. In der Übersetzung von Schlegel und Tieck. 1962, S. 107.]

Bedenken und sterben] Shakespeare in deutscher Sprache. Hg. und zum Teil neu übers. von Friedrich Gundolf, Bd. 1, Berlin 1920, S. 228.

Gedichte Loerkes] Vgl. Hermann Kasack: Gedenkblatt für Oskar Loerke.

194. Wilhelm Lehmann an Werner Kraft, 27. April 1949

LKH. Brief.

Aufsatz ›Der Sonntag‹] Kraft: Der Sonntag. Über ein Motiv bei Karl Kraus.

»Als ich ... auf der Wiese«] Kraus: Sprüche und Widersprüche. (Kraus: Werke Bd. 3: Beim Wort genommen. München 1955.) S. 177 Auszug aus einem längeren Text, der beginnt: »Als ich zehn Jahre alt war, verkehrte ich auf den Wiesen von Weidlingau ausschließlich mit Admiralen [...] Als ich nach zehn Jahren wiederkam, waren sie alle verschwunden. [...] Dafür lagen Fetzen ...«

»das Wissen ... Gegenbild ....«] Kraft: Der Sonntag (vgl. zu Nr. 183), S. 163.

aus Steffens] Vgl. zu Nr. 192.

Gedanken, wir möchten nur ein Spielzeug Gottes sein] Vgl. Nr. 188.

»Ist hier in Goethische ... nur ein Spielzeug Gottes«] In: Walther Kranz: Griechische Philosophie. Leipzig: Dieterich 1941 (Sammlung Dieterich, 88), S. 167. – Den Text aus Platons »Gesetzen« hat Lehmann eingefügt.

»Tür ins Nichts«] Die Rezension wurde nicht ermittelt.

Skutsch, der in antiker Dichtung »macht«] Karl Ludwig Skutsch, Verfasser von

»Antike Schale« (1938) und »Das Fortleben der Antike in den Dichtern« (1947).

Novelle von Franz Werfel] Die arge Legende vom gerissenen Galgenstrick.

»Der Abend bringt seine Lampe mit«] »Le soir de la vie apporte avec soi sa lampe.« In: Joseph Joubert: Pensées. Édition complète. Paris: Perrin 1911, S. 89, No. XXV.

W. Ms theatralische Sendung] Fragmentarische Urfassung von Goethes Roman »Wilhelm Meisters Lehrjahre«, 1909 in einer Abschrift entdeckt.

195. Werner Kraft an Wilhelm Lehmann, 7. Mai 1949

DLA (68.4472/2). Brief.

Gedeihen der Erzählung] Lehmann: Der stumme Laufjunge.

Herr Eick] Günter Eich.

aus dem Heft der Frankfurter Hefte] Alfred Andersch: Freundschaftlicher Streit mit einem Dichter [Günter Eich]. In: Frankfurter Hefte, Jg. 4, H. 2 von 1949, S. 150-154. Darin S. 153f.: 6 Gedichte von Eich: Büro. – Lemberg. – Wartesaal. – Weg zum Bahnhof. – Schuttablage. – Betrachtet die Fingerspitzen!

Pfeiffer ... auf ein Gedicht von Lenau] Johannes Pfeiffer: Umgang mit Dichtung. 5. Aufl. Leipzig: F. Meiner 1947, S. 29f.: 4. Schilflied von Nikolaus Lenau.

›Schläfrig hängen die sommermüden Blätter‹] Nikolaus Lenau: Waldlieder VII. In: Lenau: Werke und Briefe, Bd. 2, Wien 1995, S. 315f.

›den lieb' ich, der Unmögliches begehrt‹] Goethe: Faust II, II, 3.

außer Loerke] Hermann Kasack gab von Oskar Loerke heraus: Zehn Gedichte (1941); Die Abschiedshand. Letzte Gedichte (1949). – Später folgten: Johann Sebastian Bach (1950); Gedichte (1954); Tagebücher 1903-1939 (1955); Reden und kleinere Aufsätze (1957).

›Welten‹ von Gertrud Kolmar] Berlin: Suhrkamp 1947.

Aufsatz über deutsche Dichtung nach dem Kriege] German Verse To-Day. In: The Times, Literary Supplement, Jg. 48, Nr. 2460 vom 26. März 1949, S. 202. – Es handelt sich nicht um einen Aufsatz über deutsche Dichtung, sondern um eine (anonyme) Besprechung von Leonhard Forsters »German Poetry, 1944-1948« (Cambridge: Bowes and Bowes). In ihr wird Hans von Savigny als einziger Dichter namentlich genannt und seine »Elegie der getrosten Verzweiflung« als »an extraordinary masterpiece which is the great glory of the survey« hervorgehoben.

Daß Ihnen Kafka ... nichts bedeutet] Krafts Einschätzung scheint aus dem Schweigen Lehmanns zu Krafts Äußerungen über Kafka zu kommen. Vgl. Nr. 196 und Nr. 197.

Heraklit: Einer gilt mir für Hunderttausend] »Einer gilt mir zehntausend, falls er der Beste ist.« Heraklit, Fragment 49.

›Übersichten des Ganzen, ... summiert.‹] Schlegel: Fragmente. In: Athenäum Bd. 1, 2. Stück. 1798, S. 145. (Schlegel: Kritische Ausgabe. Bd. 2. 1967, S. 175.)

Gedicht von der Sintflut] Lehmann: Sintflut.
›Bäume haben Blätter‹] Vgl. Nr. 91.
In einem Brief an Goethe ... ›leeren‹ Menschen] Hier scheint Krafts Erinnerung ungenau zu sein: Schiller berichtete über Humboldts Besuch bei Matthias Claudius in Wandsbek 1796 in einem Brief an Goethe vom 23. Oktober 1796, »von Claudius wisse er durchaus nichts zu sagen, er sey eine völlige Null«.
Abhandlung über den Sprachbau] Wilhelm von Humboldt: Über die Verschiedenheit des menschlichen Sprachbaues und ihren Einfluss auf die geistige Entwicklung des Menschengeschlechts. Berlin 1836.
Abhandlung über Hermann und Dorothea] Wilhelm von Humboldt: Ästhetische Versuche. Th. 1: Über Göthe's Herrmann und Dorothea. Braunschweig 1799.
1000 Sonetten] Wilhelm von Humboldt: Sonette. Vorwort von Alexander von Humboldt. Berlin 1853.
die Dinge ... allzu genau betrachten] Nach Shakespeare: Hamlet, V, 1.
Über allen Gipfeln] Goethe: Ein gleiches.
in der Schweiz erschienenes Buch ›Das 19. Jahrhundert‹] Rudolf Kassner: Das neunzehnte Jahrhundert. Ausdruck und Größe. Erlenbach-Zürich: Rentsch 1947.
›Ich sage Gesicht ... Erde.‹] Kassner: Das neunzehnte Jahrhundert, S. 136f.
Theatralischen Sendung. ... Meister] Goethe: Wilhelm Meisters theatralische Sendung. Wilhelm Meisters Lehrjahre.
mehr als ... den Novalis in ihm sieht] Vgl. Nr. 140.
Erich Auerbach: Mimesis. ... abendländischen Literatur] Mimesis. Dargestellte Wirklichkeit in der abendländischen Literatur. Bern: Francke 1946.
Wenn für die Geister ... Nacht.] An einen Dichter, den die Journalisten canonisierten. In: Heinse: Sämmtliche Werke. Hg. von Carl Schüddekopf. Bd. 1. Leipzig: Insel Verlag 1913, S. 102. – Auch in Krafts Anthologie »Wiederfinden« (2. Auflage S. 73).

196. Wilhelm Lehmann an Werner Kraft, 20. Mai 1949

LKH. Brief.

197. Werner Kraft an Wilhelm Lehmann, 8. Juli 1949

DLA (68.4472/3). Brief.

›Stufen schlug ich ... vom Throne‹] Vgl. die Abschrift der Verse von Christian Wagner in Nr. 35.
im W der Kassiopeia ... Namen] »Grade zu Häupten mir stand in lateinischer Letter des eignen / Namens erstrahlend Gebild in Sternschrift. Grade zu Häupten / Flammte das ewige W der erhabenen Kassiopeia, / Flammte das ewige W des geringen und eigenen Namens. – / Heiß durch die Adern mir rann die Gewißheit göttlichen Beistands.« Verse aus Christian Wagners

Gedicht »Aufrichtung« in: Wagner: Gesammelte Dichtungen, 2. Aufl., Stuttgart 1918. – Auch in Krafts Anthologie »Wiederfinden« (2. Auflage S. 67).

Goethe sagt zwar: Der Tröster prahlt leicht] Nicht von Goethe, sondern von Hofmannsthal (Buch der Freunde, S. 250) stammt der Satz; vgl. Nr. 114.

›Die Gründung von Maryland … Familienpapieren)‹] Buenos Aires: Estrellas 1941. (Sternen-Bücherei 1.) Die Erzählung erschien zuerst in Zschokkes Monatsschrift »Erheiterungen«, Jg. 1820, Bd. 1, S. 193-379, danach in Zschokke: Ausgewählte Schriften. Bd. 18. Aarau: Sauerländer 1825.

Ihre Erzählung] Lehmann: Der stumme Laufjunge.

198. Werner Kraft an Wilhelm Lehmann, 6. August 1949

DLA (68.4472/4). Brief.

Buch von Nossack mit Ihrem Gruß] Hans Erich Nossack: Interview mit dem Tode. Hamburg: Krüger 1948. – Neuausgabe Frankfurt a. M. 1963.

Gedicht, das in ›Dorothea‹ vorkommt] »O Nacht, die mit der mütterlichen Kühle […]«. In: Nossack: Interview mit dem Tode. (Neuausgabe.) Erzählung S. 12-61, S. 50.

neuen Erzählung] Lehmann: Der stumme Laufjunge.

199. Wilhelm Lehmann an Werner Kraft, 24. August 1949

LKH. Brief. Nicht vollständig erhalten (fehlt »mein Tisch bleibt still im Lichte stehn, […] Sagt ihr dem Gras voraus, nicht mehr.«); Wiedergabe dieser Passage nach einer maschinenschriftlichen Abschrift mit Auslassungen.

Regans und Gonerils] Der beiden Töchter King Lears aus der gleichnamigen Tragödie von Shakespeare.

Sch.] Schiller.

am kommenden Sonntag … beizutreten] Am 28. August 1949 wurde in der Frankfurter Paulskirche zur 200-Jahrfeier von Goethes Geburtstag die Gründung der Deutschen Akademie für Sprache und Dichtung bekanntgegeben. Lehmann war ordentliches Gründungsmitglied und Vorsitzender der Publikations-Kommission.

Goethepreis] Die Verleihung des Goethepreises der Stadt Frankfurt a. M. an Thomas Mann. Da der in den USA lebende Thomas Mann am 28. August 1949 (Goethes 200. Geburtstag) nicht in Frankfurt sein konnte, fand die Verleihung des Preises während seines Deutschlandbesuchs am 25. Juli 1949 statt. – Vgl. Nr. 202.

›Bund‹] Die Vereinigung »Der Bund. Gesellschaft für geistige Erneuerung« wurde 1946 in Wuppertal gegründet und veranstaltet Tagungen und Seminare. Vgl. den Bericht Lehmanns von der Tagung 1949 in Nr. 202.

zwei neuen Sammlungen] Von Karl Krolow erschienen nach 1945 zuerst drei Gedichthefte: Heimsuchung. (Vorwort von Stephan Hermlin.) Berlin: Volk und Welt 1948. – Gedichte. Konstanz: Südverlag 1948. – »Auf Erden«. Gedichte. Hamburg: Ellermann 1949. – Lehmann spricht vermutlich von den beiden letzteren.

abwehren: [...]] Auslassung in Transkription.

»Light-verse« von Andrew Marvell] Andrew Marvell: The Mower to the Glow-worms. In: Marvell: The complete works in verse and prose. Ed. by Alexander B. Grosart. London: Robson and Sons 1872-75. Vol. 1, 1872, S. 72f.

dünne Füllung des Originals. (s. 3. Zeile)] Marvell: The Mower to the Glow-worms, 3. Strophe, 3. Zeile: »That in the night have lost their aim.«

»Elegie der getrosten Verzweiflung«] In: Die Wandlung, Jg. 1, H. 2 vom Januar 1946, S. 121-131.

›Welten‹ mit einer persönl. Widmung] Gertrud Kolmar: Welten. Berlin: Suhrkamp 1947. – Das Exemplar von Lehmann (DLA) trägt die handschriftliche Widmung: »Dem immer wieder vergessenen und immer wieder neu entdeckten Dichter Wilhelm Lehmann sei dieses Bändchen als posthumer Gruss von einer, der es vielleicht ebenso ergehen wird, überreicht. / P. W. / 14. 9. 48«. – Peter Wenzel, der Schwager Gertrud Kolmars, setzte sich wie der Herausgeber der »Welten« Hermann Kasack für die Sicherung und Veröffentlichung des nachgelassenen Werks der in Auschwitz ermordeten Dichterin ein.

200. Werner Kraft an Wilhelm Lehmann, 31. August 1949

DLA (68.4472/5: 68.4493). Brief.

in Elberfeld Else Lasker-Schülers ... gedenken] Dem Geburtsort der Dichterin.

Erzählung] Lehmann: Der stumme Laufjunge.

Gefügig dem Planetengange] In den gedruckten Fassungen von Lehmanns »Makarie« heißt der Vers »Willfährig dem Planetengang.«

201. Werner Kraft an Wilhelm Lehmann, 19. September 1949

DLA (68.4472/6). Brief.

Saul und die Hexe von Endor] Vgl. 1. Samuel 5-25.

Freund] Tuvia Rübner.

Mon Faust von Valéry] Paris: Gallimard 1945.

Faustroman] Thomas Mann: Dr. Faustus. Das Leben des deutschen Tonsetzers Adrian Leverkühn erzählt von einem Freunde. Berlin, Frankfurt a. M.: Suhrkamp 1947.

Wiedersehen in der ›Wandlung‹] Im selben Heft der »Wandlung« (Jg. 4, H. 7 vom August 1949) veröffentlichte Lehmann das Gedicht »Das Ungeheure« (S. 625) und, unmittelbar daran anschließend, Kraft »Am stillen Herd. Aufzeichnungen« (S. 626 – 635).

mein Vorschlag] Zu den Änderungsvorschlägen zu »Makarie« vgl. Nr. 200.

abscheulichen ›Idylle‹] Martin Kessel: Idylle. [Gedicht] In: Die Wandlung,

Jg. 4, H. 7 vom August 1949, S. 624f. Die Verszeilen, an denen Kraft Anstoß nimmt, lauten: »Da sind auch zwei Schüler, zwei Freunde die tauschen / heißhungrig aus, was sie alles erlauschen / vom Busen der Schwester, von Vaters Bauche, / der so behaart ist, entsetzlich voll Jauche«.

zwei Gedichte ... Rudolf Kiewe] Rudolf Kiewe: Gedichte: Die bittere Frage. – Serenade. In: Merkur, Jg. 3, H. 11 vom Januar 1949, S. 66f. – In der »Wandlung« war von Kiewe erschienen: Kleine Elegie. In: Jg. 3, H. 3 von 1948, S. 200.

Aufsatzes von Marie Luise Kaschnitz] Vom Wortschatz der Poesie. In: Die Wandlung, Jg. 4, H. 7 von 1949, S. 618-623.

Gedicht von Gumpert] Martin Gumpert: Die letzte Zeit. In: Die Wandlung, Jg. 4, H. 7 von 1949, S. 605-617.

Aufsatz von Spitzer] Leo Spitzer: Zum Goethe-Kult. In: Die Wandlung, Jg. 4, H. 7 von 1949, S. 581-592.

Aufsatz über Eliot] Ernst Robert Curtius: T. S. Eliot. In: Merkur, Jg. 3, H. 1 von 1949, S. 1-23.

Aufsatz von Franzen] T. S. Eliot und die Masken Ezra Pounds. In: Die Wandlung, Jg. 4, H. 7 von 1949, S. 593-604.

Aufsatz über Benn] Max Rychner: Gottfried Benn. Züge seiner dichterischen Welt. In: Merkur, Jg. 3, H. 8 von 1949, S. 781-793; H. 9, S. 872-890.

Aufsatz über das Türmerlied] Kraft: Goethes Türmerlied.

Goethe-Aufsatz von Kassner] Die Größe und das Glück Goethes. In: Merkur, Jg. 3, H. 8 von 1949, S. 729-750.

Und so lang ... Stirb und werde.] Die Verse 17f. von Goethes »Selige Sehnsucht« in: Goethe: West-östlicher Divan. Buch des Sängers.

Roman von E. Langgässer ... Broch] Elisabeth Langgässer: Das unauslöschliche Siegel. Hamburg: Claassen & Goverts 1946. – Die Kritik von Hermann Broch in: Literarische Revue, Jg. 4, 1949, S. 56-79.

202. Wilhelm Lehmann an Werner Kraft, 26. September 1949

LKH. Brief.

»Das Sinnlose ... Stolz des Dichters«] Aus Werner Kraft: Das Sofa. In: Am stillen Herd (Die Wandlung, Jg. 4, H. 7 vom August 1949), S. 628f.

Kommentator wie G. von Loeper] Der Philologe Gustav von Loeper war wegen seiner Kommentare zu Goethes Werken bekannt.

Goetheverwalter Beutler] Ernst Beutler, Direktor des Freien Deutschen Hochstifts Frankfurt a. M., baute 1946 das zerstörte Goethehaus wieder auf.

»Der Bund«] Vgl. Nr. 199.

Hainbund] Lehmann assoziiert den 1772 gegründeten Göttinger Dichterbund »Hain« mit dem 1942-52 in Göttingen lebenden Lyriker Krolow.

Gedichthefte] Vgl. zu Nr. 199.

Sammelbericht in der ›Neuen Rundschau‹] Der Sammelbericht »Lyrik der Gegenwart« stammt von Rudolf Bach, nicht von Hermann Pongs. Die Rezension von Pongs erschien im »Inneren Reich«. Vgl. zu Nr. 139.

abgesetzte Prof.] Hans Naumann war am 30. November 1945 seines Amtes als Professor enthoben worden, was noch vor seinem Tod am 25. September 1951 wieder rückgängig gemacht wurde.

Dr. Gruenther] Rainer Gruenter.

aus der Schweiz neu erstanden] Mitte September 1948 waren Gottfried Benns »Statische Gedichte« ausgeliefert worden, verlegt von Peter Schifferli im Arche Verlag Zürich.

Synagogenstück aus dem »Merkur«] Kafka: In unserer Synagoge. In: Merkur, Jg. 1, H. 1 von 1948, S. 110-112. – Dazu S. 113f.: Marthe Robert: Über Franz Kafkas Fragment ›In unserer Synagoge‹.

bei Hauff eine Geschichte] Hauffs Rahmenerzählung »Das Wirtshaus im Spessart« in seinem »Mährchen-Almanach auf das Jahr 1828« enthält kein Motiv einer sich senkenden Decke. Das Motiv sich verschiebender Wände taucht in Edgar Allan Poes Kurzgeschichte »The Pit and the Pendulum« (1843) auf.

feierliche Handlung in der Paulskirche] Zu Goethes 200. Geburtstag am 28. August 1949 hielt Adolf Grimme die Gedenkrede (vgl. Grimme: Goethe heute. Gedenkrede. Frankfurt a.M. 1949). Vgl. zu Nr. 222.

frühere Kultusminister] Adolf Grimme war 1930-1932 preußischer Kultusminister, 1946-1948 niedersächsischer Kultusminister.

die Rede] Walter Kolbs Rede zu Verleihung des Goethepreises an Thomas Mann in: Grimme: Goethe heute.

die Verleihung des G-Preises] Vgl. zu Nr. 199.

Ur Goetz] Unvollendete erste Fassung des aus dem Nachlass 1833 herausgegebenen Textes: »Geschichte Gottfriedens von Berlichingen mit der eisernen Hand. Dramatisirt.«

»bloss gedacht«] »Es ist alles nur gedacht. Das ärgert mich genug. ›Emilia Galotti‹ ist auch nur gedacht.« Goethe an J. G. Herder [Mitte Juli 1772]. WA. Abt. IV, Bd. 2, S. 1.

noch eine, deutsche Akademie soeben begründet] Am 9. Juli 1949 wurde in Worms die Akademie der Wissenschaften und der Literatur gegründet, die 1950 in Mainz ihre Arbeit aufnahm. Gründungsmitglied Alfred Döblin, damals Mitarbeiter der französischen Kulturbehörde, wurde Vizepräsident und Vorsitzender der Klasse der Literatur. Lehmann wurde am 29. April 1950 in die Akademie aufgenommen.

Stadt … Kempis] Walter Erben (1908-1981) war Studienrat im niederrheinischen Kempen, der Geburtsstadt des Mystikers Thomas a Kempis.

Ungddomskole] Ungdomsskole: Eine Schule für Jugendliche, entsprechend der Mittelstufe.

Aldrig mer Tyskerne!] Nie wieder Deutsche!

Rørbåksee] Der Rørbœk Sø nahe des Orts Nørre Snede in der dänischen Provinz Vejle.

ich akzeptiere mit Freuden gehorsam] Krafts Änderungsvorschlag in Lehmanns Gedicht »Makarie«; vgl. Nr. 201.

»stummen Laufjungen«] Lehmann: Der stumme Laufjunge.

203. Werner Kraft an Wilhelm Lehmann, 4. Oktober 1949

DLA (68.4472/7). Brief.

›Stummen Landjungen‹] Lehmann: Der stumme Laufjunge.

Prosastücke] Kraft: Am stillen Herd. (Die Wandlung, Jg. 4, H. 7 vom August 1949.)

›Es ist ein Unglück, ... auf dem Herzen habe.‹] »Es ist ein Jammer, daß nur die Intelligenz kapiert, was ich gegen sie auf dem Herzen habe. Das Herz versteht es nicht.« In: Kraus: Nachts. In: Die Fackel, Jg. 14, Nr. 360-362 vom 7. November 1912, S. 1-25, S. 15.

Aufsatz aus dem ›Merkur‹] Der einzige Aufsatz von Gerhard Nebel im »Merkur« – abgesehen von einer Buchbesprechung – lautet: Höhlen und Schächte. Umrisse einer Elementarlehre. In: Merkur, Jg. 1, H. 2 von 1947, S. 239-256. – Dort keine Bemerkung über Nietzsches Gedichte als »Studienratslyrik« (vgl. Nr. 202).

›Venedig‹] Nietzsche: Ecce homo. Warum ich so klug bin. 7. Kap. (Nietzsche: Werke. Kritische Gesamtausgabe. Abt. 6. Bd. 3. Berlin 1969, S. 289.)

›Vereinsamt‹] »An der Brücke stand jüngst ...« Nietzsche: Kritische Gesamtausgabe. Abt. 7. Bd. 3. Berlin 1974, S. 37.

›Da ist im Vollbild ..., Lebt wohl!‹] In: Aus Redaktion oder Irrenhaus oder Eine Riesenblamage des Karl Kraus. In: Die Fackel, Jg. 30, Nr. 800-805 von Anfang Februar 1929, S. 75-132, S. 115f.

›Einbahnstraße‹ ... Kunst, dicke Bücher zu machen‹] Lehmanns Exemplar der »Einbahnstraße« (Berlin: Ernst Rowohlt 1928) weist etliche Anstreichungen und Randbemerkungen auf, allerdings nicht zum Kapitel »Lehrmittel. Prinzipien der Wälzer oder die Kunst, dicke Bücher zu machen« (S. 30f.).

über Trakl] Georg Trakl zum Gedächtnis seines 50. Geburtstages am 3. Februar 1937. In: Neue Rundschau, Jg. 48, H. 1 von 1937, S. 42-62.

Naumann ... über deutsche Volkskunde] Hans Naumann: Grundzüge der deutschen Volkskunde. Leipzig 1922. (Wissenschaft und Bildung, 181.)

den Führern Adolf Hitler und Stefan George gewidmet] Naumann: Die deutsche Dichtung der Gegenwart: 1885-1933. Epochen der deutschen Literatur VI. Hg. von Julius Zeitler. 6. neubearbeitete Auflage. Stuttgart: J. B. Metzlersche 1933. – Der sechsten Auflage seines zuerst 1923 erschienenen Buchs geht ein überarbeitetes Vorwort voran, in dem es heißt (S. 10): »Wir legen die höchsten Maßstäbe an, wie sie George uns anerzog. [...] Denn daß Stefan George der gekrönte König und Beherrscher dieser fünfzig Jahre und damit dieses Buches ist, kann heute weniger geleugnet werden als je bisher. Freudiger als je bisher schließen wir auch diesmal wieder unser Buch mit seiner ungeheuren Prophetie des Führers.«

Aufsatz über Ezra Pound] Erich Franzen: T. S. Eliot und die Masken Ezra Pounds. In: Die Wandlung, Jg. 4, H. 7 vom August 1949, S. 593-604.

›Bund‹] Vgl. Nr. 199.

Ich war vier Tage in einem Kibuz] Vgl. die Bemerkung Krafts in Nr. 201.

daß die heutigen Leser … Aufschrift auf den Senfgläsern] »[…] il n'y a pas, sur le globe terraqué, plus d'un cent d'individus par siècle (et encore!) capables de lire quoi que ce soit, voire des étiquettes de pots à moutarde.« Zitat aus Villiers de l'Isle Adams Erzählung »La machine à gloire« aus den »Contes Cruels«.

von Löper] Gustav von Loeper.

die Korrektur ›gehorsam‹] Krafts Änderungsvorschlag in Lehmanns Gedicht »Makarie«; vgl. Nr. 201.

›La Frana‹ von M. L. Kaschnitz] Die Frana. Erzählung. In: Die Wandlung, Jg. 4, H. 6 vom Juni 1949, S. 501-507.

über den Tischfuß von Bergengruen] Der goldene Tischfuß. Novelle. In: Die Wandlung, Jg. 1, H. 5 vom Juni 1946, S. 414-427.

von Rudolf Kiewe … heißt ›Arie‹] Die Gedichte »Die bittere Frage« und »Serenade« (nicht »Arie«); vgl. zu Nr. 201.

Aufsatz über das Türmerlied] Kraft: Goethes Türmerlied.

Dieses Heft hat sonst Goethe mit Benn gefeiert] Max Rychner: Gottfried Benn. Züge seiner dichterischen Welt. Vgl. Nr. 201.

Kassner ist mager] Kassner: Die Größe und das Glück Goethes.

204. Wilhelm Lehmann an Werner Kraft, 16. November 1949

LKH. Brief.

autobiographische Aufzeichnungen] Sie erschienen unter dem Titel »Mühe des Anfangs. Biographische Aufzeichnung« (Heidelberg: Lambert Schneider 1952) »mit Unterstützung der Deutschen Akademie für Sprache und Dichtung als Festgabe zu Wilhelm Lehmanns 70. Geburtstag am 4. Mai 1952«. – Das Typoskript mit dem Titel »Anfänge. Biografische Aufzeichnungen« lag Ende Januar 1950 vor; im Juli schickte es Lehmann an Kraft. Weil er versehentlich »Palestine statt Israel adressierte« (Nr. 217), bekam Kraft es erst am 2. Oktober; bereits am 4. Oktober gab er Lehmann »tief beeindruckt« Lektüreeindrücke wieder (Nr. 216). Als es Ende Februar 1952 zur Drucklegung kommen sollte, bat Lehmann seinen Verleger Lambert Schneider, alle Korrekturen, die Kraft auf die Bitte Lehmanns hin (vgl. Nr. 241) an seinem (nicht erhaltenen) Exemplar vorgenommen hat, zu berücksichtigen. Schneider bestand allerdings darauf, dass Lehmann das Typoskript mit Krafts »Kritizismen« (Nr. 251) selbst noch einmal überarbeitete.

Carl Lemckes Geschichte der Deutschen Dichtung … Leipzig 1871] Carl Lemcke: Geschichte der deutschen Dichtung neuerer Zeit. Band 1: Von Opitz bis Klopstock. Leipzig: Seemann 1871. – Das Exemplar aus dem Besitz von Lehmann (DLA) weist zahlreiche Anstreichungen und, vor allem auf den Innendeckeln und Vorsätzen, Bemerkungen auf.

Vorwort] S. III-V.

neuen Generation] Recte: »neuen Zeit«.

Auch neue Ideale wahrer Menschlichkeit auf] Recte: »Auch neue Ideale wahrer Menschheit dämmern den Geistern auf«.

Anmerkung … nach dem Italienischen.)] Ebd. S. 225.

dabei notiert ›braune Kraft‹ auch in Des Knaben Wunderhorn] Das Exemplar Lehmanns weist die Eintragungen »braun« und »aufgenommen in ›Des Knaben Wunderhorn‹« auf.

im Grimm Wb.] Im »Deutschen Wörterbuch« von Jacob und Wilhelm Grimm.

›stillen Herd‹] Kraft: Am stillen Herd.

Ihre Deutung des Schlabrendorfschen Schicksal … werden müssen.[«]] Vgl. Krafts Prosatext »Schlabrendorf« (in: Kraft: Am stillen Herd, S. 630f.), in dem Kraft die Anekdote wiedergibt, nach der Graf Schlabrendorf in der Französischen Revolution der Guillotine entkommt, weil er am Tag seiner Hinrichtung seine Schuhe nicht finden kann und ihm deswegen der letzte Gang zunächst gefristet und er dann vergessen wird.

Aufsatz Heimanns »Vom Sterben«] Heimann: Über Tod und Sterben. In: Neue Rundschau, Jg. 23, Bd. 1 von 1912, S. 262f.

»Die Welt dauert als Entwurf ihrer Möglichkeit«] In: Kraft: Gespräch mit dem Pessimisten. In: Kraft: Am stillen Herd, S. 631f., S. 632.

»Am stillen Herd schläft das Erwachen«] In: Kraft: Das letzte Wort. In: Kraft: Am stillen Herd, S. 635.

Eben ist … »Die Abschiedshand« erschienen] Oskar Loerke: Die Abschiedshand. Letzte Gedichte. Berlin: Suhrkamp Verlag vorm. S. Fischer 1949.

»Wandlung« … im Nichts auflöst] Das letzte Heft der »Wandlung« erschien im Dezember 1949 (Jg. 4, H. 8); danach stellte der Verleger Lambert Schneider ihr Erscheinen aus finanziellen Gründen ein.

Stelle Martin Kessels] Vgl. zu Nr. 201.

v. Lichnowski … Aufsatz] Lichnowsky: Worte über Wörter. In: Die Wandlung, Jg. 1, H. 6 vom Juni 1946, S. 521-526. – Vgl. Nr. 214.

s. masslose Bewunderung … E. Jüngers] Vgl. Gerhard Nebel: Ernst Jünger und das Schicksal des Menschen. Wuppertal: Marées Verlag 1948.

»Noch gelebte Hoffnung«] In: Kraft: Zuweilen. In: Kraft: Am stillen Herd, S. 633f, S. 634.

205. Werner Kraft an Wilhelm Lehmann, 2. Dezember 1949

DLA (68.4472/8). Brief.

der ›Stumme Laufjunge‹] Lehmanns Erzählung »Der stumme Laufjunge« in: Deutsche Beiträge, Jg. 3, H. 5 von 1949, S. 376-388.

Lehrstuhl … Zeit!] Das 1946 ausgesprochene Lehrverbot endete mit Heideggers Emeritierung am 26. September 1951.

Es ist Es selbst.] »Doch das Sein – was ist das Sein? Es ist Es selbst. Dies zu erfahren und zu sagen, muss das künftige Denken lernen.« Aus: Heidegger: Platons Lehre von der Wahrheit. Mit einem Brief über den »Humanismus«. Bern: Francke 1947, S. 76.

›Ist doch, ... Still vorbei.‹] Ernst Frh. von Feuchtersleben: Sämtliche Werke und Briefe, Bd. 1, Teil 1, Wien 1987, S. 69. (Nicht ganz wörtlich zitiert.)

S. 383 unten ›keine Mühe, kein Weg standen bevor.‹] Lehmann: Der stumme Laufjunge. (In: Deutsche Beiträge). Für den nächsten Abdruck (vgl. zu Nr. 193) geändert.

S. 386 unten: ›So waren es Claudius und ein .. Mädchen.‹] Für den nächsten Abdruck nicht geändert.

Sturm-Zitat] »Der stumme Laufjunge« schließt mit dem Zitat der Schlussworte Prosperos aus Shakespeares »Der Sturm«, V, 1 (in der Übersetzung von August Wilhelm Schlegel).

Shakespeare-Stelle ›Mein kleiner Fleiß‹] Vgl. »Der stumme Laufjunge« (GW 5, 510) und Shakespeares »Sturm«, V, 1: »Recht schön, mein kleiner Fleiß!«

wenn die Königin ... ›Mein lieblich Schweigen‹] Vgl. Shakespeare: Hamlet, V,1; The Tragedy of Coriolanus, II, 1.

Das Heft] Deutsche Beiträge, Jg. 3, Heft 5 von September/Oktober 1949, in dem »Der stumme Laufjunge« erschien.

Carossa] Hans Carossa: Worte über Goethe. Aus einem Lebensbericht.Deutsche Beiträge, Jg. 3, H. 5, S. 372-375.

den ›Elpenor‹ aufführt] Vgl. S. 375.

das Gundolf ... Dublette wertet] Friedrich Gundolf: Goethe. 5. Auflage Berlin 1918, S. 319-323.

von dem nur Viktor Hehn gesehen hat, daß ... spürbar ist] Hehn: Einiges über Goethes Vers. In: Goethe-Jahrbuch, Bd. 6, 1885, S. 176-230, S. 208.

über Sophokles] Schröder: Sophokles. Deutsche Beiträge, Jg. 3, H. 5, S. 389-408.

›Ich leb und weiß nit, wie lang; ... Mich wundert, daß ich fröhlich bin‹] Verse von Martinus von Biberach in: Reinhold Köhler: Kleinere Schriften. Weimar: Felber 1900: Bd. 3, S. 421-452. – Auch in Krafts Anthologie »Wiederfinden« (2. Auflage S. 176); dort zu Luthers Polemik: »Luthers Polemik gegen das Gedicht steht in der Auslegung des 14. Kapitels St. Johannis, Erlanger Ausgabe, Bd. 49. Danach soll der Christ den Schluß ›getrost umkehren‹: Ich fahre und weiß wohl wohin. Mich wundert, daß ich noch traurig bin.« (Wiederfinden, 2. Auflage, S. 206f.)

Reimgedichts an Landauer] Hölderlin: An Landauer. (Entstanden wohl 1800, zu einer Zeit, in der Hölderlin sonst reimlos dichtete.) Vgl. Nr. 191.

Heymel ... in Tränen ausbricht] Vgl. Schröder: Sophokles, S. 390.

Aufsatz von Seeberger ... griechisch sei] Kurt Seeberger: Die peloponnesischen Kriege sind beendet. Deutsche Beiträge, Jg. 3, H. 5, S. 416-422, vgl. S. 422.

Waschzettel ... ›wie ein spannender Roman‹] Werbung auf dem hinteren Umschlagblatt einer den »Beiträgen« beigebundenen Leseprobe für: Birger Dahlerus: Der letzte Versuch. London – Berlin. Sommer 1939. München: Nymphenburger Verlagshandlung 1948. – Der Bericht des schwedischen Industriellen, der 1939 zwischen Hitler und Chamberlain zu vermitteln versuchte, liest sich laut Werbetext »trotz sachlicher Berichterstattung vor dem Hintergrund der tödlichen Kriegsdrohung wie ein spannender Roman«.

Berichtigung zu dem Gedicht ›Die wilden Äpfel‹] »Zu Heft 3/1949, Seite 202, ist nachzutragen, daß in dem Gedicht ›Die wilden Äpfel‹ von Wilhelm Lehmann die Verszeile ›Den glühenden Septembernachmittag‹ richtig heißen muß ›Den glühen Septembernachmittag‹.« (»Redaktionelle Notizen«, S. 452.)

›Schweigen‹ Picards] Max Picard: Die Welt des Schweigens. Erlenbach-Zürich: Eugen Rentsch 1948. Rez. von Albrecht Goes. Deutsche Beiträge, Jg. 3, H. 5, S. 445-449.

womit ich Sie ... belästigt habe] Vgl. Nr. 159.

zweimal gesehen haben] Vgl. zu Nr. 9, zu Nr. 51 und zu Nr. 64.

Schneider pleite] Nach der Währungsreform 1948 war die wirtschaftliche Situation der Verlage sehr schwierig. Viele Zeitschriften stellten ihr Erscheinen ein, so auch die »Wandlung« (vgl. zu Nr. 204). Der Verlag Lambert Schneider überstand die Krise.

Chefredakteur der Neuen Rundschau] Die seit 1950 wieder in Deutschland erscheinende Zeitschrift wurde redigiert von Rudolf Hirsch und Joachim Maass. Der dritte, Friedrich Podszus, schied nach dem 2. Heft aus.

hasse ich diese Zeitschrift] Vgl. Nr. 182.

Loerkes Gedichten] Loerke: Die Abschiedshand.

›Athem der Erde‹ kenne ich leider überhaupt nicht] Zum Irrtum Krafts, Loerkes »Atem der Erde« nicht zu kennen, vgl. zu Nr. 169.

›Bekenntnis zu Europa‹] Hans Erich Nossack: Bekenntnis zu Europa. [Über Julius Overhoff, Europäische Inschriften.] In: Merkur, Jg. 3, H. 10 von 1949, S. 1037-1039.

Arnims ›Letztem Gedicht‹] Achim von Arnim: Werke. Bd. 5: Gedichte, hg. von Ulfert Ricklefs. Frankfurt a. M.: Deutscher Klassiker Verlag 1994, S. 1001f.: »O Herr gib deiner Gaben viel....« (V. 43-44). – Notiz des Sohnes Siegmund: »Letztes Gedicht meines Vaters.« (S. 1613.)

Das Kleinste ... Lügen gestalten] Verse aus »Reime zu einem Gemälde«, einem Zwiegespräch einer in den Himmel aufgenommenen »Armen Seele« und »Dem Herrn«. Archim von Arnim, Werke. Ausgewählt und hg. von Reinhold Steig. Dritter Band. Leipzig: Insel [1911], S. 477-480, S. 478. Auch in Krafts Anthologie »Wiederfinden« (2. Auflage S. 161-164).

Du hast ... trefflich beschmiert.] Ebd. S. 478.

Buch von Lemcke] Carl Lemcke: Geschichte der deutschen Dichtung neuerer Zeit. Bd. 1.

im Grimm über ›braun‹] Vgl. Nr. 204.

206. Werner Kraft an Wilhelm Lehmann, 24. Januar 1950

DLA (68.4473/1). Brief. Auf dem Umschlag von fremder Hand: »Pfarrer Goes / Ohmden / b /Kirchheim.«

Loerke] Die Abschiedshand.
Widmung] Das Exemplar von Kraft (LKH) ist derzeit nicht einsehbar.
Aufsatz über Sie] Kraft: Wilhelm Lehmann.
neulich mit der ›Literarischen Revue‹] Vgl. zu Nr. 190.
einzugehen] Die Zweimonatsschrift »Deutsche Beiträge«, hg. von Berthold Spangenberg und Wolf Lauterbach, erschien in vier Jahrgängen von 1946/47 bis 1950.
›Und Weihnacht ist? ... nicht geboren‹.] Aus Loerkes Gedicht »Drunten«; vgl. zu Nr. 161.
Vorwort zu dem ›Steinpfad‹ ... ist wohl an Sie gerichtet] Dem Zyklus »Der Steinpfad« in »Die Abschiedshand« ist als Geleitwort ein, wie das Nachwort von Hermann Kasack ausweist, »fiktiver Brief« Loerkes vorangestellt (S. 7-11) mit der Anrede »Mein lieber Freund in der Ferne!«.
›Le lys dans la vallée‹] Balzac: La Comédie humaine. Études de mœurs. Scènes de la vie de campagne IV: Le Lys dans la vallée. Paris 1922. (Balzac, Œuvres complètes. T. 26.)
Aufsatz von mir über Karl Kraus] Kraft: Karl Kraus. In: Merkur, Jg. 5, H. 36 vom Februar 1951, S. 101-115.
Borchardt ›Pisa‹] Rudolf Borchardt: Pisa. Ein Versuch. Frankfurt a. M.: Carl Schütte 1948. (Zuerst Zürich: Verlag der Corona 1938.)
›La Nausée‹ von Sartre] Paris: Gallimard 1938.
Goethe / Fragment] Paralipomenon ohne Titel, dessen Veröffentlichung Goethe seinen späteren Herausgebern überließ: WA. Abt. 1. Bd. 5, II, S. 410. – Auch in Krafts Anthologie »Wiederfinden« (2. Auflage S. 184).

207. Werner Kraft an Wilhelm Lehmann, 25. Januar 1950

DLA (68.4473/2). Brief.

meinen Aufsatz] Kraft: Wilhelm Lehmann.
Beitrag über Sie] Curt Hohoff: Wilhelm Lehmann. In: Deutsche Beiträge, Jg. 3 von 1949, S. 284-288.
Gedichte von Loerke] Die Abschiedshand.
›Denn alle, ... Sind, eh der Hund Orions anschlägt, stumm.‹] Aus dem Gedicht »Orions stolzer Hund«, in: Die Abschiedshand, S. 101f., hier S. 102.
Gedichte auf Binding, Wilhelm von Scholz, Hauptmann] Vgl. ebd. (Grüße und Widmungsblätter, S. 49-79): Zu Gerhart Hauptmanns fünfundsiebzigstem Geburtstage (S. 49), An Rudolf G. Binding (S. 50), Für Wilhelm von Scholz (S. 50f.).

208. Wilhelm Lehmann an Werner Kraft, 1. Februar 1950

LKH. Brief.

Ihre Schätzung des Laufjungen] Zu Kraft über Lehmanns »Der stumme Laufjunge« vgl. Nr. 205.

Art, in der Sie jenes flammende Tüchlein … deuten] Vgl. Kraft: Wilhelm Lehmann. In: Kraft: Wort und Gedanke, S. 251-281, S. 264.

»Es ist leichter sich zu begeistern als gelten zu lassen«] Hofmannsthal: Buch der Freunde. Tagebuch-Aufzeichnungen. Wiesbaden 1949, S. 8: »Gelten lassen ist schwerer, als sich begeistern«.

Aufsatz nach München] Krafts Aufsatz »Wilhelm Lehmann«, den er an die »Deutschen Beiträge« (München) schickte.

über Loerke] Über Loerkes Nachlassband »Die Abschiedshand«.

209. Werner Kraft an Wilhelm Lehmann, 29. März 1950

DLA (68.4473/3). Brief.

jungen Freund] Tuvia Rübner.

mein Aufsatz über George und das Judentum] Kraft: George und das Judentum. In: Neue Schweizer Rundschau, Jg. 17, H. 10 vom Februar 1950, S. 619-625.

über Karl Kraus] Kraft: Karl Kraus.

über eine Auswahl von Borchardts Gedichten] Kraft: Über die Lyrik Rudolf Borchardts. In: Merkur, Jg. 5, H. 42 vom September 1951, S. 794-797. (Rezension von: Borchardt: Gedichte. Ausgewählt von Hans Urs von Balthasar. Basel: Benno Schwabe 1948. [Sammlung Klosterberg.])

über das Buch von Edgar Salin über George] Kraft: Um George. [Rez. von Edgar Salin: Um Stefan George.] Godesberg: Küpper, vorm. Bondi 1948. In: Merkur, Jg. 4, H. 34 vom Dezember 1950, S. 1314-1317.

Gedichtbände von Konrad Weiß] Konrad Weiß: Gedichte. 2 Bde., München: Kösel 1948f.

von Borchardt über Homer] Rudolf Borchardt: Das Geschichtsbild der Ilias. In: Neue Rundschau, Jg. 65, H. 1 von 1950, S. 74-87.

Podszus anstelle von Sternberger] Vgl. zu Nr. 205.

Weiß / Deine Erde] Dichtungen und Schriften. Bd. 1. München 1961, S. 365.

210. Werner Kraft an Wilhelm Lehmann, 23. April 1950

DLA (68.4473/4; 68.4493). Brief. Auf dem Umschlag Adressänderung von anderer Hand: »bei Frl. Fankhauser / Oberburg Ktn Bern / Schweiz«.

In der Neuen Schweizer … Borchardts Gedichten (Benno Schwabe) erscheinen.] Zu diesen Veröffentlichungen Krafts vgl. zu Nr. 209.

›Hölderlin und der Reim‹] Kraft: Hölderlin und der Reim.

›Trivium‹ in Zürich] In »Trivium«, der »Schweizerischen Vierteljahresschrift für Literaturwissenschaften«, hg. von Theophil Spoerri und Emil Staiger, brachte Kraft seinen Aufsatz schließlich unter.

›Der Brief der Périchole‹ … Kraus] Kraft: Der Brief der Perichole. In: Trivium, Jg. 8, H. 2 von April/Juni 1950, S. 85-99. (Über ein Motiv im Roman des Abbé Prévost »Histoire du Chevalier des Grieux et de Manon Lescaut«

und dessen Verarbeitung in Offenbachs Operette »Perichole«, die Kraus überarbeitet und neu übersetzt hat.)

›Tag- und Nachthefte‹ von Theodor Häcker] Theodor Haecker: Tag- und Nachtbücher. 1939-1945. München: Kösel 1949.

Gervinus über ›Shakespeare und Händel‹] Georg Gottfried Gervinus: Händel und Shakespeare. Zur Ästhetik der Tonkunst. Leipzig: Engelmann 1868.

Zschokke ... an Jochmann] Am 4. Juli 1821. In: Prometheus. Für Licht und Recht. Zeitschrift in zwanglosen Heften. Th. 1, 1832, S. 125.

Das Mädchen] Friedrich Schlegel: Kritische Ausgabe. Abt. 1, Bd. 5 (Dichtungen). Paderborn: Schöningh 1962, S. 188. – Auch in Krafts Anthologie »Wiederfinden« (2. Auflage S. 116).

Bitte nicht jedem zeigen!] Zu Krafts Erfahrungen im Umgang mit ›geistigem Eigentum‹ vgl. zur ›Jochmann-Kontroverse‹ (Nr. 161).

›In unsres Busens Reine‹] Goethe: Elegie (Mittelstück der »Trilogie der Leidenschaft«), Vers 82.

211. Werner Kraft an Wilhelm Lehmann, 22. Mai 1950

DLA (68.4473/5). Brief.

im Merkur wird Verschiedenes erscheinen] Um George; Karl Kraus; Über die Lyrik Rudolf Borchardts.

›Paul Valéry und der Gedanke‹] In: Neue Rundschau, Jg. 62, H. 3 von Juli-September 1951, S. 108-121.

Auswahl (1945-1950)] Vgl. die unter dem Titel »Zeitvertreib« erschienenen Aphorismen Krafts. Erstdruck: Das literarische Deutschland, Jg. 2 (1951), Nr. 9, S. 1; Nr. 16, S. 1; Neue literarische Welt, Jg. 3 (1952), H. 1, S. 2; Nr. 2, S. 7; Nr. 15, S. 3; Jg. 4 (1953), Nr. 3, S. 7; Nr. 5, S. 6; Nr. 19, S. 7; Neue Zürcher Zeitung, Fernausgabe, 5. Dezember 1959, Bl. 23.

212. Wilhelm Lehmann an Werner Kraft, 7. Juni 1950

LKH. Brief.

Georg Brittings (deren] Schreibversehen, auf das Werner Kraft im Brief Nr. 213 Bezug nimmt.

Döblins Akademie] Vgl. zu Nr. 202.

Tagung der Akademie] Die Herbsttagung der 1949 gegründeten Deutschen Akademie für Sprache und Dichtung, deren Gründungsmitglied Lehmann war, fand am 12.-14. Oktober 1950 in Darmstadt statt. Zum Thema der Tagung »Die Wirkung der Literatur« trug auch Lehmann vor (vgl. GW 6, 387-391/561).

in die Festschrift ... Gedichte geliefert] Alfred Döblin zum 70. Geburtstag. (Hg. von Paul E. H. Lüth.) Wiesbaden: Limes-Verlag 1948. – S. 106-112: Lehmann: Deutsche Zeit 1947. – Tiefer Augenblick. – Wohltat der Klage. – Die Goldammer. – Eroberter Tag. – Odysseus. – Die Hornisse.

in Erinnerung jenes Kleistpreises von 1923] Alfred Döblin hatte als Vertrauensmann der Kleist-Stiftung den Kleist-Preis für das Jahr 1923 zu gleichen Teilen an Wilhelm Lehmann und Robert Musil verliehen.

im selben Hause … wie 48] Bei Lea Fankhauser in Oberburg, Kanton Bern; vgl. Nr. 189. Dorthin wurde Krafts Brief vom 23. April weitergeleitet; vgl. zu Nr. 210. – Die unerfreulichen Erlebnisse seines zweiten Besuchs in Oberburg verarbeitete Lehmann in seinem Prosatext »Der zweite Besuch«, den er erst 1956 veröffentlichte (in: Neue Deutsche Hefte, Jg. 3, H. 25 vom April 1956, S. 1-13). Vgl. GW 8, 335-359/733-737. Vgl. auch Nr. 356.

Goethepartizipien] Vgl. Nr. 210 über einen Vers in Goethes »Elegie«.

213. Werner Kraft an Wilhelm Lehmann, 15. Juni 1950

DLA (68.4473/6). Brief.

ist … verschrieben] Vgl. Nr. 213.

›Der Lebende bedenke … nimmer fault‹] Goethe: Zahme Xenien V. S. Nr. 118.

Cézanne gesagt: … mot de Cambronne] Vgl. Nr. 82.

Mot de Cambronne] Vgl. zu Nr. 82.

›Geburt‹] Berlin: Erich Reiß 1921.

Nun ist auch ›Merkur‹ in der Krise!] Im Herbst 1950 teilten die beiden Herausgeber und der Verlag den Lesern und Freunden des »Merkur« in einem eingelegten Blatt mit, dass die Zeitschrift »eine schwere Krise hinter sich« habe: seit der Währungsreform 1948 infolge sinkender Verkaufsauflage, höherer Herstellungskosten und des gerade noch zuzumutenden Preises. Ein kleiner Freundeskreis sicherte finanziell das weitere Erscheinen.

Kapitel aus dem neuen Roman Thomas Manns] Thomas Mann: Der Erwählte: Die Hochzeit. – Jeschute. – Der Abschied. In: Neue Rundschau, Jg. 61, H. 2 von 1950, S. 153-172.

›Ich bin dein Mann und Ehgemal blödsinnigerweise‹] »Ich bin der Mann hier und bin Euer Ehgemal, wenn auch blödsinniger Weise« (ebd. S. 171).

Geburtstagsgruß von Hermann Hesse] »Lieber Herr Thomas Mann.« In: Neue Rundschau, Jg. 61, H. 2 von 1950, S. 151f.

214. Wilhelm Lehmann an Werner Kraft, 9. Juli 1950

LKH. Brief.

›Kampf mit dem Fachmann‹] Mechtilde Lichnowsky: Der Kampf mit dem Fachmann. Wien, Leipzig: Jahoda & Siegel 1924.

in einem Aufsatz der ›Wandlung‹ griff sie … ohne Antwort] Lichnowsky: Worte über Wörter. Vgl. Nr. 204.

keine ›she‹] Vgl. Nr. 213: »G. Britting«.

anbei eine Probe zusammen mit dem Graf] Nicht erhalten.

Grafs albernen Angriff auf Sie] Vgl. Nr. 166.

zusammen mit M. Lichnowsky und Gottfried Benn] Lehmann wurde auf Vorschlag Georg Brittings Mitte 1950 (im zweiten Wahlgang) zusammen mit Mechtilde Lichnowsky und Gottfried Benn in die 1948 gegründete Bayerische Akademie der Schönen Künste (München) gewählt.

E. Stucken ... Shakespeareroman] Eduard Stucken: Im Schatten Shakespeares. Berlin: Horen Verlag 1929.

Blunck, der ... Telegramm an Goebbels schickte] Lehmanns Quelle konnte nicht ermittelt werden.

Manns Arbeit] Der Erwählte.

aus einem Bericht ... vorgelesen hat] Der Bericht wurde nicht ermittelt.

Gedicht auf L.] Podszus: Les adieux.

Ztg, die den Bericht über jene Tagung brachte] Nicht ermittelt.

Aufsatz über Kafka von Günther] In der »Neuen Rundschau« nicht nachweisbar; Günther hatte Lehmann vielleicht den ungedruckten Aufsatz übermittelt. Ein Aufsatz von Joachim Günther »Der Bote des Königs« [über Kafka] in: Deutsche Rundschau, Jg. 78, H. 5 von 1952, S. 527-531.

»meine ersten 25 Jahre«] Lehmann: Mühe des Anfangs.

wir ziehen um] Nach Klein-Wittensee (Kreis Rendsburg-Eckernförde), wo Lehmanns bis zum November 1955 wohnten. Dann zogen sie zurück nach Eckernförde in ein eigenes Haus im Krankenredder (ab 1957 Lützowweg; vgl. Nr. 344), in dem Lehmann bis zu seinem Tod lebte.

mein verstorbener Bruder] Walter Lehmann.

Gedanken über Valéry] Kraft: Paul Valéry und der Gedanke.

215. Werner Kraft an Wilhelm Lehmann, 21. August 1950

DLA (68.4473/7; 68.4493). Brief.

Umwidmung bei Podzus] Des Gedichts »Les adieux«.

sein Buch] Podszus: Der Freund der Erde.

Königsberger Jugenderinnerungsprosa] Friedrich Podszus: Kinderszenen. München: Alber 1947.

in die Akademie gewählt] Vgl. Nr. 114.

Bekenntnis für die Juden] Vermutlich meint Kraft Benns »Bekenntnis zum Expressionismus«, das in der »Deutschen Zukunft« am 5. November 1933 erschienen war.

›Wie die Götter ... unter der Zunge –‹] Gottfried Benn: Palau, 5. Strophe. Unter diesem Gedichttitel zuerst in: Benn: Spaltung. Berlin 1925.

›Das Sterben ausgenommen, ... von ihr lernst.‹] Mechtild [!] Lichnowsky: Geburt. Berlin: Erich Reiß 1921, S. 533. Recte: »Ihr Sterben ausgenommen«; vgl. Nr. 253.

aus dem Buch] Lichnowsky: Worte über Wörter. Wien: Berglandverlag 1949.

Ihre ›ersten 25 Jahre‹] Lehmann: Mühe des Anfangs.

Aufsatz über Valéry] Kraft: Paul Valéry und der Gedanke.

als Drucksache, einen Aufsatz] Nicht ermittelt.

de Maistre: Voyage autour de ma chambre] Paris 1798.

Colette: Chéri] Erschienen 1920. In: Colette: Œuvres. T. 2. Paris 1986 (Bibliothèque de la Pléiade), S. 717-882.

Vigny: seine Gedichte] Alfred de Vigny: Œuvres complètes. Éd. par F. Baldensperger. T. 1. Paris 1964 (Bibliothèque de la Pléiade), S. 1-264.

Gérarde de Nerval, z. B. El Disdichado] Œuvres. Éd. par Albert Beguin et Jean Richer. T. 1. Paris 1956 (Bibliothèque de la Pléiade), S. 2.

Bild von Fantin-Latour im Louvre] Henri Fantin-Latour: Le Coin de Table: Verlaine, Rimbaud et les Vilains bonshommes. 1872. (Musée d'Orsay, Paris.)

Aufsatz ... Rimbaud] In den Publikationen des Althistorikers Victor Ehrenberg über Alexander den Großen konnte keine Erwähnung Rimbauds ermittelt werden.

Barthou: Les amours de Victor Hugo] Louis Barthou: Les amours d'un poète. Documents inédits sur Victor Hugo. Paris: Louis Conard 1919.

216. Werner Kraft an Wilhelm Lehmann, 4. Oktober 1950

DLA (68.4473/8; 68.4493). Brief.

›Anfänge‹] Lehmann: Mühe des Anfangs.

Gedicht von der Leberblume ... ist.] Das Jugendgedicht Lehmanns mit dem ersten Vers »So schön wie in der Leberblume« in: Lehmann: Mühe des Anfangs (GW 8, 100)

›Dein Antlitz war mit Träumen ganz beladen‹] Gedicht (o. T.) von 1896. In: Hofmannsthal: Sämtliche Werke (Kritische Ausgabe). Bd. I. Gedichte 1. Hg. von Eugene Weber. Frankfurt a. M.: S. Fischer 1984, S. 55.

die Walter Benjamin ... gesehen hat] Kraus: Fahrt ins Fextal. In: Die Fackel, Jg. 18, Nr. 418-422 vom 8. April 1916, S. 40. – Das Wort von der »Shakespeareschen Narrenschwermut«, das Benjamin Kraft zufolge kurz nach Erscheinen des Gedichts in einem Brief geprägt habe, ließ sich in den Briefen Benjamins nicht ermitteln. (Vgl. Kraft: Karl Kraus. Beiträge zum Verständnis seines Werkes, S. 256.)

Heimanns Hölderlin-Aufsatz] Heimann: Friedrich Hölderlin.

Linguistisches geschrieben und veröffentlicht] Lehmann promovierte 1905 in Kiel mit einer Dissertation »Das Präfix uz- besonders im Altenglischen« (Kiel: Robert Cordes 1906; Kieler Studien zur englischen Philologie N. F., H. 3) und veröffentlichte 1906-1909 sprachwissenschaftliche Aufsätze in Fachzeitschriften.

Dissertation über Jakob Böhme] Vgl. GW 8, 95.

Hölderlin erzählt in einem Brief von einer Fußwanderung] Hölderlin an Neuffer, 28. April 1795 über »einen Spaziergang, den ich über Halle nach Dessau, und von da über Leipzig machte«: »Ich kann Dich nicht mit Reisebeobachtungen plagen, ich mochte das Wesen nie recht leiden, wahrscheinlich, weil ich keine Gabe dazu habe, ich bin meist mit dem Totaleindruk zufrieden«.

›Der Ton‹ von Arno Nadel] Der Ton. Die Lehre von Gott und Leben. Leipzig: Insel-Verlag 1921.

›Dort fliegt ein Vogel wie ein Ja vorbei.‹] Nadel: Der Ton. 2. Aufl. Berlin: Felix Stössinger 1926, S. 407.

›Verboten und verbrannt‹] verboten und verbrannt. Deutsche Literatur. 12 Jahre unterdrückt. Hg. von Richard Drews und Alfred Kantorowicz. Berlin, München: Heinz Ullstein – Helmut Kindler 1947.

Vergiß nicht, daß es Dichter … nächste Ecke.] Vgl. »verboten und verbrannt« S. 67.

217. Wilhelm Lehmann an Werner Kraft, 20. Oktober 1950

LKH. Brief.

ersten Tagung … und Sprache] Zur Herbsttagung 1950 in Darmstadt mit dem Thema »Die Wirkung der Literatur« trat Lehmann als Referent auf.

unter die zu erwählenden korr. Mitglieder Ihren Namen] Werner Kraft trat erst 1972 als korrespondierendes Mitglied der Darmstädter Akademie bei. Zu seiner Antwort vgl. Nr. 219.

›Grabgewölbe‹] Krafts Anthologie »Wiederfinden«, die als Manuskript über Hubert Breitenbach zu Lehmann gelangt war; vgl. zu Nr. 62.

218. Werner Kraft an Wilhelm Lehmann, 21. Oktober 1950

DLA (68.4473/9). Brief.

über Jules Renard] Lehmann: Jules Renard. In: Merkur, Jg. 3, H. 11 von 1949, S. 1092-1101.

Übersetzungswerk französischer Lyrik] Anthologie der französischen Dichtung von Nerval bis zur Gegenwart. Hg. von Flora Klee-Palyi. [Wiesbaden: Limes] 1950. Mit drei Übersetzungen von Wilhelm Lehmann: Paul Fort: Philomène (S. 177, 179); Guillaume Apollinaire: Der Floh (S. 207); Valéry Larbaud: Das Unnennbare (S. 215).

im Stuttgarter Rundfunk … vorgelesen] Vielleicht handelt es sich um die von Lehmann selbst gesprochenen Gedichte aus »Antwort des Schweigens« und »Noch nicht genug«, die zusammen mit seiner Lesung von »Entstehung eines Gedichts« am 17. März 1950 vom Süddeutschen Rundfunk Stuttgart aufgenommen wurden; wann die Lesung gesendet wurde, wurde nicht ermittelt.

Herr Moras vom Merkur] Joachim Moras gab die Zeitschrift von 1948-1961 zusammen mit Hans Paeschke heraus, letzterer allein 1947 und 1961-1978.

Bing] Siegmund Bing.

Aufsatz über den unbekannten Lyriker Anselm Elwert] Kraft: Über Anselm Elwert. In: Frankfurter Zeitung und Handelsblatt, Jg. 78, Nr. 255 vom 23. Mai 1934, 1. Morgenblatt, S. 1f..

Michael Kohlhaas] Erzählung von Heinrich von Kleist.

›Unterbrecht mich … hinlegt und tot ist!‹] Wilhelm Raabes Werke (Braunschweiger Ausgabe), Bd. 18, Göttingen 1963, 2. Aufl. 1969, S. 94.

219. Werner Kraft an Wilhelm Lehmann, 4. November 1950

DLA (68.4473/10). Brief.

öffentlichen Ehrung] Die mögliche Aufnahme Krafts in die Akademie für Sprache und Dichtung; vgl. Nr. 217.

wie Borchardt einmal von George sagt … Welt Gottes nachschafft] Nicht ermittelt.

meine Anthologie] Kraft: Wiederfinden.

›*Wanderer, kommst du nach Sparta*‹] Das Distichon von Simonides in Schillers Übersetzung fand keine Aufnahme in Krafts Anthologie.

Ihre ›Anfänge‹ schenken] Lehmanns autobiografische Aufzeichnung »Mühe des Anfangs« im (nicht erhaltenen) Typoskript.

Elisabeth Langgässer gestorben] Am 29. April 1950; Lehmann veröffentlichte einen Nachruf auf sie »Zwischen Gnade und Ungnade« in der »Zeit« (Nr. 31 vom 3. August 1950).

›*Dieser gut ins Englische übersetzte Trebitsch!*‹] Aus: Shakespeare und die Berliner. In: Die Fackel, Jg. 18, Nr. 418-422 vom 8. April 1916, S. 95-98, S. 96.

Shaw ... Edna St. Vincent Millay gestorben] George Bernard Shaw war am 2. November 1950, Edna St. Vincent Millay am 19. Oktober 1950 gestorben.

220. Werner Kraft an Wilhelm Lehmann, 27. Dezember 1950

DLA (68.4473/11). Aerogramm.

für Döblins Akademie ... zwei Auswahlbände] Else Lasker-Schüler. Eine Einführung in ihr Werk und eine Auswahl von Werner Kraft. Wiesbaden: Steiner 1951. (Verschollene und Vergessene [4].) – Karl Kraus. Eine Einführung in sein Werk und eine Auswahl von Werner Kraft. Wiesbaden: Steiner 1952. (Verschollene und Vergessene [6].) – Die Schriftenreihe »Verschollene und Vergessene« wurde von der Akademie der Wissenschaften und der Literatur, Klasse der Literatur herausgegeben.

zunächst keinen Krieg] Trotz der Fortdauer arabischer Anschläge kommt es bis zur Suezkrise 1956 zu keinem Krieg.

unsere Reise antreten] Krafts erste Europa-Reise nach dem Krieg vom 15. Februar bis 30. Mai 1951 führte sie nach Lüneburg (Breitenbach), Klein-Wittensee (Lehmann, 10.-13. März), Hannover (Ada Lessing), Mainz (Döblin), Heidelberg (Kütemeyer) und Paris (Hedwig Scheiner).

Aufsatz über Sie] Kraft: Wilhelm Lehmann.

Mitarbeit für seine Zeitschrift] Oskar Jancke war verantwortlicher Redakteur der von der Deutschen Akademie für Sprache und Dichtung herausgegebenen Zeitschrift »Das literarische Deutschland« (Jg. 1-2, 1950f.), die im November 1950 mit ihrer ersten Nummer im Palladium Verlag Heidelberg erschien. Wilhelm Lehmann gehörte dem Beratenden Redaktionskollegium an. Nach Beendigung der Zusammenarbeit mit dem Palladium Verlag mit Nr. 24 vom 20. Dezember 1951 (Jg. 2) wurde die Publikation im Januar 1952 unter dem Titel »Neue literarische Welt« (Jg. 3-4, 1952f.) fortgesetzt und erschien im Montana Verlag Darmstadt und Zürich. Bald nach Janckes Rücktritt als Redakteur im August 1952 (vgl. Nr. 265) wurde die Zeitschrift offiziell von der Akademie abgelöst (vgl. Nr. 294); ab dem 10. November 1952 (Nr. 21) wurde sie nicht mehr von der Akademie, sondern von deren Gründungsmitglied Frank Thieß herausgegeben. Mit dem Erscheinen der Nummer 20 vom 30. Oktober 1953 (Jg. 4) und dem Konkurs des Verlags (vgl. Nr. 291) wurde die Zeitschrift eingestellt.

Renoir-Aufsatz] Lehmann: Jules Renard. – Die Verwechslung mit Auguste Renoir geschieht Kraft auch in Nr. 221.
Kritik in ›Merkur‹ zu dem Georgebuch von Salin] Werner Kraft: Um George.
Beitrag von Carossa] Ungleiche Welten. Aus einem Lebensbericht. In: Merkur, Jg. 4, H. 12 von 1950, S. 1271-1284.

221. Werner Kraft an Wilhelm Lehmann, 6. Januar 1951
DLA (68.4474/2). Aerogramm.

Gedichtband] Lehmann: Noch nicht genug. Tübingen: Heliopolis-Verlag Ewald Katzmann 1950. – Verlagslektor Armin Mohler, Sekretär von Ernst Jünger (nach dessen Roman der Verlag benannt worden war), hatte sich entscheidend für die Veröffentlichung eingesetzt.
Aufsatz] Kraft: Wilhelm Lehmann.
das ›chtonische‹[!] Gerede ... Renoir-Aufsatz] Wilhelm Lehmann: Jules Renard. In: Merkur, Jg. 3, H. 11 vom November 1949, S. 1092-1101. – Ebd. S. 1152 (»Notizen«): »Das umfangreiche Werk von Wilhelm Lehmann, des feinsinnigen Essayisten und Begründers einer Schule ›chtonischer‹ Lyrik, vermehrte sich nach dem Kriege ...« – Auch in Nr. 220 hatte Kraft schon versehentlich von »Renoir« gesprochen.
›Chal‹] Nicht vom »Chal«, sondern vom »Reiseschal« ist in dem Gedicht »In Solothurn« (Noch nicht genug, S. 26) die Rede.
›Versäumnis‹ von Karl Kraus: ... leider vorbei.‹] Versäumnis. In: Die Fackel, Jg. 22, Nr. 557-560 vom Januar 1921, S. 27.
Makarie] »Makarie (nach zweihundert Jahren)«. Noch nicht genug, S. 36.
Holthusen Goethe zitiert ... steht aber: den] Goethe als Dichter der Schöpfung. In: Merkur, Jg. 3, 1949, S. 1041-1062; hier S. 1053. – Wiederabdruck in: Holthusen: Der unbehauste Mensch. München 1951, S. 214. – Goethes Marienbader Elegie, V. 82.

222. Wilhelm Lehmann an Werner Kraft, 13. Januar 1951
LKH. Brief.

was ich Ihnen schickte] Lehmann: Mühe des Anfangs.
»For 300 francs ... of the Gods.«] Nicht ermittelt.
»Das meiste ... beim Leser nicht.«] Georg von der Vrings Besprechung von Lehmanns Sammlung »Noch nicht genug« mit dem hier kritisierten Gedicht »Göttin der Fruchtbarkeit« wurde nicht ermittelt.
»Es ist leichter sich zu begeistern als gelten zu lassen«] Zum unten im Brief als Hofmannsthal-Wort ausgewiesenen Zitat s. zu Nr. 108.
in die Bayrische Akademie] Vgl. Nr. 214.
Geschwätz von ›bajuwarischem Barock‹] Vgl. Britting an Georg Jung, 7. August 1946: »Ich bin öfter als mir lieb war barock genannt worden. Das gibt so ein bequemes Schlagwort ab. Übrigens bin ich es ziemlich.« – Britting war gebürtiger Regensburger und lebte seit 1921 in München.

›Lob des Weines‹] Die dritte erweiterte Auflage von Brittings Lyriksammlung »Lob des Weines« war 1950 in München bei Hanser erschienen. (Erstauflage 1947).

»Und der selbstvergessne Zecher lauscht«] Keller: Beim Rheinwein. (1847.) 2. Strophe, V. 5f.: »Und der selbstvergeßne Zecher lauscht / Wie der Strom in seinen Ohren rauscht«.

B. A.] Bayerische Akademie der Schönen Künste München.

D. A.] Deutsche Akademie für Sprache und Dichtung Darmstadt.

Führergedichts ... Ina Seidel] Zu seinem 50. Geburtstag schrieb Ina Seidel 1939 ein hymnisches Gedicht auf Adolf Hitler, den »Auserwählten der Generation«.

Maillolausst.] Die Ausstellung der Werke von Aristide Maillol wurde am 14. November 1950 im Bayerischen Nationalmuseum in München eröffnet.

grosses Schullesebuch] Gottfried Stein gab ab 1950 die Lesebuchreihe »Die Silberfracht« (Frankfurt a. M.: Hirschgraben) für alle Klassen heraus.

Romane und entzückende Vogelbücher] Gottfried Stein veröffentlichte im Nationalsozialismus unter dem Pseudonym Philipp Gottfried Maler vor allem populärwissenschaftliche vogelkundliche Bücher und kleinere Erzählungen.

Begrüssungsrede an Mann] Vgl. Nr. 202.

»Wir Wilden sind doch bessere Menschen«] Aus Johann Gottfried Seumes Gedicht »Der Wilde«. In: Seume: Werke. Bd. 2. Frankfurt a. M.: Deutscher Klassiker Verlag 1993, S. 478-481, hier vorletzte Zeile.

Hofmannsthals Wort vom gelten lassen] S. oben im Brief.

Renard...aufsatz] Lehmann: Jules Renard. Krafts Fehler in Nr. 220 und Nr. 221.

vom unmöglichen Paeschke ... Ausdruck zeigt] Zur Veröffentlichungsgeschichte des Renard-Aufsatzes im von Paeschke und Moras herausgegebenen »Merkur« wurde nichts ermittelt. – Die Bemerkung zur Fotografie Renards fügte Lehmann später gedruckten Fassungen hinzu; vgl. GW 6, 114-125/549, S. 115.

›Anfang‹ MS] Lehmann: Mühe des Anfangs.

Nichtkriegsbotschaft ... Sie kommen werden] Vgl. Nr. 220.

in den ›Schweizer Monatsheften‹ über mich] Kraft: Wilhelm Lehmann. In: Neue Schweizer Rundschau, N.F. Jg. 19, H. 2 von 1951/52, S. 96-104. Vgl. Nr. 7.

Goethemarginalie in der Zs. der Ak.] Werner Kraft: Leid und Lied. Zu Goethes »Ihr naht euch wieder ...«. In: Das literarische Deutschland, Zeitung der Deutschen Akademie für Sprache und Dichtung, Jg. 1, Nr. 4 vom 20. Dezember 1950, S. 5.

Binding in »die Abschiedshand«] Oskar Loerke: Die Abschiedshand. Letzte Gedichte. Berlin: Suhrkamp vormals S. Fischer 1949, S. 50: »An Rudolf G. Binding. Zum siebzigsten Geburtstage, 1937«.

Auf rote ... usw.] Vgl. Die Abschiedshand, S. 86 (»Klarinettenadagio von Mozart im Kurhausgarten«, Beginn der zweiten Strophe): »In roten Blüten der Kastanienkronen / Betreten, ...«. An den Rand dieser Verse hat Lehmann in seinem Exemplar (DLA) den Vermerk »? / s. H[an]ds[chrift]« angebracht.

Heimanns alten Hölderlinaufsatz] Heimann: Friedrich Hölderlin. Vgl. Nr. 159.

Akademie Zs.] Das literarische Deutschland.

Mainzer Auftrages] Zum Auftrag der Mainzer Akademie vgl. Nr. 220.

Vergleich] Vgl. Georg Britting: »Wespen-Sonette«, I, letztes Terzett: »Die Wespe trinkt. Bei jedem Zuge rührt / Die Brust sich ihr, spannt sich das enge Mieder, / Das ihre fräuleinshafte Hüfte schnürt.« (Erstdruck: Süddeutsche Zeitung, Nr. 230 vom 5. Oktober 1950 u. d. T.: Das blaue Mahl. [Teil II]. Auch in: Britting: Sämtliche Werke. Bd. 4, S. 196.)

223. Werner Kraft an Wilhelm Lehmann, 31. Januar 1951

DLA (68.4474/3). Brief.

am 15. 2. fahren] Vgl. Nr. 220.

›die schöne Studie‹] Kraft: Wilhelm Lehmann.

224. Werner Kraft an Wilhelm Lehmann, 9. März 1951

DLA (68.4474/4). Postkarte.

Lüneburg] Bei Hubert Breitenbach.

225. Werner und Erna Kraft an Wilhelm und Frieda Lehmann, wohl 13. März 1951

DLA (68.4474/6). Brief. Auf der Rückseite von Wilhelm Lehmann: »15. März 51 / von Stüdje / geholt.« – Datierung: Krafts traten auf ihrer Reise (vgl. Nr. 220) ihren Besuch bei Lehmanns in Klein-Wittensee am 10. März an und wollten drei Tage bleiben. Demnach fuhren sie am 13. weiter nach Lüneburg und hinterlegten, der Notiz Lehmanns auf der Rückseite des Blatts zufolge, das Schreiben bei »Stüdje«, wohl einem Nachbarn oder Gastwirt.

schöne und wohltuende Tage] Vgl. Kraft: Spiegelung der Jugend. Frankfurt a. M. 1973, S. 147f.

226. Werner Kraft an Wilhelm Lehmann, 15. März 1951

DLA (68.4474/5). Brief.

Aufsatz über Kleist] Nicht ermittelt.

Buch von Kommerel über das Gedicht] Max Kommerell: Gedanken über Gedichte. Frankfurt a. M.: Klostermann 1943.

Kraus-Aufsatz] Wahrscheinlich der Aufsatz »Karl Kraus' Gedicht an Annie Kalmar« von Kraft (in: das silberboot. Jg. 5, H. 1 vom September 1951, S. 33-38).

227. Werner Kraft an Wilhelm Lehmann, 17. März 1951

DLA (68.4474/7). Brief.

um 1933 vor Hitler in München aufgeführt] Das Schauspiel (Berlin: S. Fischer 1933) wurde am 15. Oktober 1933, am »Tag der deutschen Kunst«, in den Münchener Kammerspielen in Anwesenheit Hitlers uraufgeführt. Vgl. Hans von Brescius: Gerhart Hauptmann. Zeitgeschehen und Bewußtsein in unbekannten Selbstzeugnissen. Eine politisch-biographische Studie. Bonn: Bouvier 1976 (Abhandlungen zur Kunst-, Musik- und Literaturwissenschaft, Bd. 197), S. 246-249.

228. Werner Kraft an Wilhelm Lehmann, 23. März 1951

DLA (68.4474/8). Brief.

Winke sind, nach Heraklit, die Sprache der Götter] Nicht bei Heraklit; vgl. aber folgende Verse aus Friedrich Hölderlins Gedicht »Rousseau«: »Dem Sehnenden war / Der Wink genug, und Winke sind / Von alters her die Sprache der Götter.«

drei Briefe] Lehmann hatte Kraft bei dessen Besuch offenbar die Briefe eines in Bielefeld lebenden jungen Mannes namens Gugenot mitgegeben, der, wie sich später herausstellte (vgl. Nr. 258) unrichtig, sich Lehmann gegenüber als jüdisches Opfer des Naziregimes ausgegeben und um Hilfe gebeten hatte.

Preises Eyck] Günter Eich erhielt 1951 den im Jahr zuvor gestifteten Literaturpreis der Bayerischen Akademie der Schönen Künste.

Aufsatz von Rang über mich] Rang: Zwischen Pest und Prophetie. In: Neue literarische Welt, Jg. 3, Nr. 8 vom 25. April 1952, S. 12. (Über Kraft: Wort aus der Leere. – Gedichte II. – Gedichte III.)

229. Wilhelm Lehmann an Werner Kraft, 28. März 1951

LKH. Brief.

Aufsatz ... drei Proben aus dem »Provinzlärm«] Kraft: Wilhelm Lehmann; vgl. zu Nr. 7.

Rangsche Anzeige] Bernhard Rang: Zwischen Pest und Prophetie.

Heidelberger Verlegers] Dem Palladium Verlag in Heidelberg.

Rilkebändchen] Vgl. Nr. 238.

230. Werner Kraft an Wilhelm Lehmann, 8. April 1951

DLA (68.4474/9). Brief.

im Luxembourg] Im Pariser Parc du Luxembourg.

erste Rate der Pension] Vgl. zu Nr. 50.

König von Thule] Vgl. Goethe: Faust I. Abend, V. 2758-2781.

›Der Frühling ... schon‹] Goethe: Faust I. Walpurgisnacht, V. 3845-3846.

›Wie traurig ... empor!‹] Ebd. V. 3851-3852.

Verhandlungen] Bezüglich der Schriftenreihe der Mainzer Akademie »Verschollene und Vergessene«, für die Werner Kraft die Bände »Else Lasker-Schüler« und »Karl Kraus« bearbeitete; vgl. Nr. 220.

Freundin ... gestorbenen Mann] Hedwig und Hermann Scheiner, der im September 1950 gestorben war.

›Dem Abwesenden‹] Kraft: Dem Abwesenden (Hermann Scheiner). In: Kraft: Figur der Hoffnung (vgl. zu Nr. 234), S. 58f.

Dr. Meyerhoff ... simplement absent.‹] Vgl. Kraft: Spiegelung der Jugend, S. 85.

Buch über Campe] Jakob Anton Leyser: Joachim Heinrich Campe. Ein Lebensbild aus dem Zeitalter der Aufklärung. Bd. 1.2. Braunschweig: Friedrich Vieweg 1877. – Campes Jugendbuch »Robinson der Jüngere« erschien 1779; als Verfasser eines Deutschen Wörterbuchs trat er für die Reinheit der deutsche Sprache ein.

›Moabiter Sonette‹ von Albrecht Haushofer] Berlin: Blanvalet 1946.

jemandem, der ›unexpectedly‹ nicht geschrieben hat] Gugenot.

231. Werner Kraft an Wilhelm Lehmann, 13. April 1951

DLA (68.4474/10). Postkarte.

N. Sch. R.] Die »Neue Schweizer Rundschau«, in der Krafts Aufsatz »Wilhelm Lehmann« mit einem Vorabdruck aus dem »Provinzlärm« (Anfang des 16. Kapitels) im Juni 1951 erschien.

Palais Chaillot] In dem 1937 im neoklassizistischen Monumentalstil erbauten Gebäudekomplex befinden sich Museen und ein Theater.

Henri Rousseau ... La guerre] La guerre ou la chevauchée de la discorde. 1894. Paris, Musée d'Orsay.

Baudelairübersetzungen] Charles Baudelaire: Ausgewählte Gedichte. Deutsch von Wilhelm Hausenstein. Zweisprachige Ausgabe. Mit einem biographischen Essay des Übersetzers. Freiburg i. Br.: Alber 1946.

Doppelbildnis von Thoma] Hans Thoma: Der Künstler und seine Gattin. 1867. Kunsthalle Hamburg.

232. Wilhelm Lehmann an Werner Kraft, 28. April 1951

LKH. Brief.

Fahnen, ... aus Zürich] Von Krafts Aufsatz »Wilhelm Lehmann«.

Deutung der Stelle aus der ›Hochzeit der Aufrührer‹] Vgl. Nr. 208.

zwei Fragmente] Im Anschluss an Krafts Aufsatz wurde ein Fragment, der Anfang des 16. Kapitels von Lehmanns noch unveröffentlichtem Roman »Der Provinzlärm«, abgedruckt. Vgl. zu Nr. 7.

Rang ... Kürzung seiner Anzeige] Bernhard Rang: Zwischen Pest und Prophetie.

Verleger des ›Lit. D‹] »Das literarische Deutschland« erschien bis Dezember 1951 beim Heidelberger Palladium Verlag.

als Mitarbeiter gewonnen] Kraft lieferte für die Zeitung der Deutschen Akademie »Das literarische Deutschland« (Heidelberg, 1.1950,11 - 2.1951) und für ihren Nachfolger »Die neue literarische Welt« (Darmstadt, Zürich, 3.1952 - 4.1953) insgesamt 21 Beiträge.

»Nur so ungefähr«] Lehmann: Kritische Betrachtung eines Gedichts. In: Das literarische Deutschland, Jg. 2, Nr. 8 vom 20. April 1951, S. 8f. Später unter dem Titel »Nur so ungefähr« wiederabgedruckt. – Dem Essay über das Gedicht »Beim Öffnen einer Walnuß« von Georg von der Vring (der nicht genannt wird) entgegnete dieser in seiner »Antwort an Wilhelm Lehmann. Anläßlich seiner ›Kritischen Betrachtung eines Gedichts‹« in: Das literarische Deutschland, Jg. 2, Nr. 9 vom 5. Mai 1951, S. 2. Lehmann greift die Kontroverse noch einmal in seinem Aufsatz »Grundsätzliches zur Kunst des Gedichts« (in: Das Gedicht. Jahrbuch für zeitgenössische Lyrik. Hg. von Rudolf Ibel. 1, 1954/55, S. 126-137) auf. Vgl. Nr. 235.

Inhalt des Kästchens] In Goethes »Wilhelm Meisters Wanderjahre« spielt das rätselhafte Kästchen als Lebensgeheimnis eine leitmotivische Rolle.

Grabgewölbe] Vgl. Kraft: Wiederfinden.

Fehl am Ort ... gehn] Beginn der 5. (letzten) Strophe von Krafts Gedicht »Wachstum«, zuerst gedruckt 1955 in Krafts Sammlung »Figur der Hoffnung« (S. 93).

Vitanovaverlag ... Detlef Holz] Im 1934 gegründeten Vita Nova Verlag (Luzern) hatte Walter Benjamin 1936 unter dem Pseudonym Detlef Holz »Deutsche Menschen. Eine Folge von Briefen« herausgegeben. Der Verlag bestand bis 1948.

zu Suhrkamps 60. Geburtstag] Rudolf Alexander Schröder hielt bei der Verleihung der Ehrendoktorwürde der Universität Frankfurt a. M. zum 60. Geburtstag des Verlegers am 28. März 1951 eine Laudatio im Namen der Autoren auf Peter Suhrkamp. – Georg von der Vring: Wir mit fünfzehn Jahren. [Offener Brief an Peter Suhrkamp.] In: Das literarische Deutschland, Jg. 2, Nr. 7 vom 5. April 1951, S. 3. – Der Geburtstagsbeitrag von Ernst Penzoldt wurde nicht ermittelt.

233. Werner Kraft an Wilhelm Lehmann, 1. Mai 1951

DLA (68.4474/11). Brief.

Gedichtband »Naissances«] Jules Supervielle: Naissances, suivi de En songeant à un art poétique. Paris: Gallimard 1951. (Bibliothèque de la Pléiade.)

Wiedersehen ... mit der Betsabe] Vgl. Nr. 184.

geflügelten Nike ohne Kopf] Abbildungen in: Heiner Knell: Die Nike von Samothrake. Darmstadt 1995.

van Meer] Vermeer.

Rembrandt: den Mann mit dem Goldhelm] Um 1650/55, Berlin, Gemäldegalerie. Dem Umkreis von Rembrandt zugesprochen.

›Un conte d'hiver‹ von Shakespeare] The Winter's Tale.

›Sitzen vor den Pyramiden … kein Gesicht.‹] Goethe: Faust II, V. 7245-7248.
in ›Weingott‹] Vgl. zu Nr. 68.
Karl Kraus sagt, verzweifelnd bis zum Glauben] Vgl. Nr. 75.
Meine Arbeit] Krafts erst 1972 erschienene Monografie »Carl Gustav Jochmann und sein Kreis«.
mein Aufsatz] Kraft: Wilhelm Lehmann.
Le visage] Supervielle: Le visage. In: Supervielle: Œuvres poétiques complètes. Éd. publié sous la direction de Michel Collot. Paris: Gallimard 1996, S. 548.

234. Werner Kraft an Wilhelm Lehmann, 3. Mai 1951

DLA (68.4474/12). Brief.

›Grabgewölbe‹] Vgl. Kraft: Wiederfinden.
›Zeitvertreib‹ – in zwei Fortsetzungen] Zeitvertreib. In: Das literarische Deutschland, Jg. 2, Nr. 9 vom 5. Mai 1951, S. 1 (I); Das literarische Deutschland, Jg. 2, Nr. 16 vom 20. August 1951, S. 1 (II). – Weitere Folgen erschienen in der »Neuen Literarischen Welt« und der »Neuen Zürcher Zeitung«.
Kleist-Aufsatz] Vgl. Nr. 226.
Merkur-Aufsatz] Kraft: Karl Kraus.
Slokas] Sloka, das epische Versmaß der alten Inder, bestehend aus zwei sechzehnsilbigen Versen mit einem Einschnitt in der Mitte.
Gnomen des Grafen Schlabrendorf] Gustav Graf von Schlabrendorf: [21] Gnomen. In: Carl Gustav Jochmann: Reliquien. Aus den nachgelassenen Papieren. Bd. 1. Hechingen 1836, S. 165-166; wiederabgedruckt von Werner Kraft: Carl Gustav Jochmann und sein Kreis. München: Beck 1972, S. 166. – Gnomen sind Denksprüche, die nicht mehr als 14 Silben umfassen.
Das Erwachen] Drucke der beiden von Kraft zitierten Gedichte von Konrad Engelbert Ölsner, dem Freund Schlabrendorfs und Jochmanns, wurden nicht ermittelt.
Wahlspruch] Erstdruck in: Carl Gustav Jochmann: Reliquien. Bd. 1. Hechingen 1836, S. 114; auch in Krafts Anthologie »Wiederfinden« (2. Auflage S. 192).
Wanderer] Zitat aus Friedrich Schillers Gedicht »Der Spaziergang« (1795), V. 97f.
Leibnitz] Unvorgreiffliche Gedancken, betreffend die Ausübung und Verbesserung der Teutschen Sprache. Paragraph 97. In: Leibniz: Collectanea etymologica, illustrationi linguarum, veteris Celticae, Germanicae, Gallicae, aliarumque inservientia. Teil 1. Hannover: N. Förster 1717, S. 255-314.
Figur der Hoffnung] Kraft: Figur der Hoffnung. Ausgewählte Gedichte 1925-1953. Heidelberg: Lambert Schneider 1955. – Kraft bemühte sich mit Lehmanns Hilfe zunächst vergeblich um eine Veröffentlichung der Gedichte bei Walther Meier (Manesse Verlag Zürich) und Ewald Katzmann (Heliopolis Verlag Tübingen). »Figur der Hoffnung« erschien auf Vermittlung Wilhelm Kütemeyers (vgl. Nr. 273) im Frühjahr 1955 bei Lambert Schneider.

letzte Gedichtheft] Kraft: Gedichte III.

235. Wilhelm Lehmann an Werner Kraft, 26. Mai 1951

LKH. Brief.

der Schmutz warf auf mich im ›Schwarzen Korps‹] Im 1935-45 erscheinenden publizistischen Organ der SS (Untertitel »Organ der Reichsführung SS – Zeitung der Schutzstaffeln der NSDAP«) ist keine Besprechung zu Wilhelm Lehmann ermittelt. Lehmann selbst scheint erst 1951 durch Karl Krolow auf eine solche Rezension aufmerksam gemacht worden zu sein und sie selbst nicht gekannt zu haben. Vgl. Karl Krolow: Traum vom Sinn der Erde. In: Das literarische Deutschland, Jg. 2, Nr. 21 vom 10. November 1951, S. 10.

›Kritik‹ … im ›Inneren Reich‹] Zur Kritik von Hermann Pongs vgl. zu Nr. 139.

Ihr Aufsatz] Kraft: Wilhelm Lehmann.

Provinzlärmfragmente] Vgl. Nr. 231.

kleinen Aufsatz] Curt Hohoff: Nord und Süd in deutscher Lyrik. Zu neuen Gedichten von Britting und Lehmann. In: Süddeutsche Zeitung, Nr. 10 vom 14./15. Juli 1951.

Limesverlagsanthologie] Geliebte Verse. Die schönsten deutschen Gedichte aus der ersten Jahrhunderthälfte. (Einleitung: Max Niedermayer.) Wiesbaden: Limes Verlag [1951].

Camarillawesen] Die Camarilla, Bezeichnung für eine Günstlingspartei.

›Nur so ungefähr‹Aufsatz … Antwort v. de Vrings] Zur Kontroverse mit von der Vring, die Lehmanns Aufsatz »Kritische Betrachtung eines Gedichts« auslöste, vgl. zu Nr. 132.

Leserbriefe] Vgl. sechs »Leserzuschriften«, darunter die des späteren Lehmann-Chronisten Heinz Bruns in: Das literarische Deutschland, Jg. 2, Nr. 11 vom 5. Juni 1951, S. 8.

Die ›Neue Zeitung‹ … publiziert hat.] Vgl. »Die Neue Zeitung«, 25. und 26. Mai 1951. Hermann Hesse hatte das für niemand Bestimmten geschriebene Gedicht versehentlich für beide Anlässe zum Abdruck zur Verfügung gestellt.

Zusammenkunft in Luzern am 7.-10. Juni] Die Tagung der Deutschen Akademie auf dem Bürgenstock bei Luzern.

»Lit. D.«] Die Zeitung der Deutschen Akademie für Sprache und Dichtung »Das literarische Deutschland«.

einer pro-Besprechung … einer contra-Meinung] Thomas Mann: Der Erwählte. Roman. 1951. Rezension von Hans Hennecke. In: Das literarische Deutschland, Jg. 2, Nr. 8, 1951, S. 1; von Heinz Risse ebd. S. 8.

Grabschrift … Wotton] Henry Wotton: Upon the death of Sir Albert Morton's Wife: »He first deceased; she for a little tried / To live without him, liked it not, and died.« In: The Oxford Book of English Verse: 1250-1900. Ed. by Arthur Quiller-Couch. Oxford: Clarendon 1919, No. 180.

236. Werner Kraft an Wilhelm Lehmann, 30. Mai 1951

DLA (8.4474/13). Brief.

Engelberts Romanbibliothek] »Engelhorns Romanbibliothek«, eine vom Stuttgarter Verlag Engelhorn (Nachf.) aufgelegte Reihe, in der auch Frank Thieß 1925 und 1926 zwei Bände mit Novellen veröffentlicht hatte.

›nous sommes embarqués‹] Blaise Pascal: Pensées. Nouvelle édition par Philippe Sellier. Paris 1976, S. 355: »vous êtes embarqués«.

›Le vent se lève il faut tenter de vivre‹] Letzte Strophe des Gedichts »Le cimetière marin« von Paul Valéry. In: Valéry: Gedichte. Französisch und deutsch. Übertr. von Rainer Maria Rilke. Hamburg 1962. (Rowohlts Klassiker der Literatur und Wissenschaft. Französische Reihe Bd. 11.) S. 18-25, S. 24.

Heinrich, der Wagen bricht] Vgl. Grimms Märchen »Der Froschkönig«.

große Nachzahlung] Zu den Bezügen, die Kraft erhielt, vgl. zu Nr. 50.

Juniheft der Schweizer Rundschau] Mit Krafts Aufsatz »Wilhelm Lehmann« und dem Vorabdruck aus Lehmanns »Der Provinzlärm«; vgl. Nr. 7.

237. Wilhelm Lehmann an Werner Kraft, 18. Juni 1951

LKH. Ansichtskarte: P. Breughel, Stürmisches Meer.

Herrenpark] Herrngarten, Darmstadts größter und ältester Park (16. Jh.), nahe am Schloss gelegen.

Goethetempel] Denkmal von Ludwig Habich (1903).

Verhülle mir ... erpflegen] Goethe: Faust I. Vorspiel auf dem Theater, V. 61-66.

238. Werner Kraft an Wilhelm Lehmann, 7. Juli 1951

DLA (68.4474/14). Brief.

L'étranger von Camus] Paris: Gallimard 1947.

Hermann Brochs plötzlichem Tode] Hermann Broch war am 30. Mai 1951 in New Haven (Connecticut, USA) gestorben.

über Karl Kraus im ›Merkur‹] Kraft: Karl Kraus. Vgl. zu Nr. 206.

brennenden Stromboli] Dem aktiven Vulkan auf der Liparischen Insel.

mein Aufsatz erschienen] Kraft: Wilhelm Lehmann.

nur ein Fragment] Vgl. Nr. 232.

das ›Grabgewölbe‹] Vgl. Kraft: Wiederfinden.

Jochmann über die Sprache] Ein Faksimiledruck der Erstausgabe von 1828 erschien erst 1968 in Göttingen und ohne Einleitung von Kraft. (Faksimiledruck nach der Originalausgabe von 1828, mit Schlabrendorfs »Bemerkungen über die Sprache« und der Jochmann-Biografie von Julius Eckardt. Hg. von Christian Johannes Wagenknecht. Göttingen: Vandenhoeck & Ruprecht 1968.)

an Loerke ›umgewidmet‹] Vgl. Nr. 214.

Elisabeth Brock ... über ein Gedicht von Rimbaud] Elisabeth Brock-Sulzer:

Rimbaud: »Les Effarés«. In: Trivium, Schweizerische Vierteljahresschrift für Literaturwissenschaft, Jg. 9, H. 1 von 1951, S. 34-43.

Staiger und Heidegger ... über den Vers von Mörike] Emil Staiger: Zu einem Vers von Mörike. Ein Briefwechsel mit Martin Heidegger, ebd. S. 1-16. (Zu Mörikes »Auf eine Lampe«.)

Gespräche mit Kafka] Gustav Janouch: Erinnerungen an Franz Kafka. In: Neue Rundschau, Jg. 62, H. 1 von 1951, S. 49-64. – Als Buch unter dem Titel »Gespräche mit Kafka« (Berlin: S. Fischer 1951) erschienen.

drei Gedichte von Edna St. Vincent Millay in Borchardts Übersetzung] Drei Gedichte. Deutsch von Rudolf Borchardt. – April. – Zu S. M. wenn er im Sterben läge. – Das fröhliche Mädchen. In: Neue Rundschau, Jg. 62, H. 1 von 1951, S. 80f. – Ein weiteres Gedicht, ebenfalls übersetzt von Borchardt, in Heft 4, S. 80f., gefolgt von einem Aufsatz von Borchardt: Die Entdeckung Amerikas. Die Poesie von Edna St. Vincent Millay, S. 82-104.

Insel-Dünndruckausg.] Goethe: West-östlicher Divan. Gesamt-Ausgabe. Hg. von Hans Gerhard Gräf. Leipzig: Insel 1912. (Enthält auch die Noten und Abhandlungen zum besseren Verständnis des »West-östlichen Divans«.)

Gedichte des Grafen C. W.] Rilke: Aus dem Nachlass des Grafen C. W. Ein Gedichtkreis. Wiesbaden: Insel 1950. Vgl. Nr. 229.

Ihren Kommerell] Max Kommerell: Gedanken über Gedichte.

239. Werner Kraft an Wilhelm Lehmann, 1. August 1951

DLA (68.4474/15). Brief.

meinen ›Roman‹] Den noch unveröffentlichten Roman »Der Wirrwarr«.

weniger Geld, als wir hofften] Vgl. Nr. 236 und zu Nr. 50.

240. Werner Kraft an Wilhelm Lehmann, 1. September 1951

DLA (68.4474/16). Aerogramm.

Päschke] Hans Paeschke.

Aufsatz in der N. Schw. R.] Kraft: Wilhelm Lehmann, erschienen in der »Neuen Schweizer Rundschau«.

im Kampf mit den Ämtern] Um Bezüge des Landes Niedersachsen für Kraft; vgl. zu Nr. 50.

(Hockender Schreiber der 5. Dynastie im Louvre)] Vgl. Richard Hamann: Ägyptische Kunst. Berlin 1944, S. 134, Abb. 137.

241. Wilhelm Lehmann an Werner Kraft, 10. September 1951

LKH. Brief.

»... in ihrem Grundbestand bereichert«] »Dennoch strebt jede Stelle dieser dem Schweigen abgerungenen klaren Gedichte zum Gedicht, und wo es sich selbst herstellt, wie in ›An meinen Sohn‹, ist die deutsche Lyrik in ihrem Grundbestand bereichert.« Werner Kraft: Wilhelm Lehmann. In: Neue Schweizer Rundschau, N.F. Jg. 19, H. 2 vom Juni 1951, S. 96-104, S. 100.

Zeitvertreibnotizen im L. D.] Zeitvertreib [1]: Aufzeichnungen. In: Das literarische Deutschland, Jg. 2, Nr. 9 vom 5. Mai 1951, S. 1. Darin: So lange die Menschen noch Zeit haben ... (Notiz über Wilhelm Lehmann); [2]: Aufzeichnungen. In: Das literarische Deutschland. Jg. 2, Nr. 16 vom 20. August 1951, S. 1. Weitere Folgen erschienen in der »Neuen literarischen Welt« (1952f.) und in der »Neuen Zürcher Zeitung« (1959).

Erinnerungen an Franz Blei] Kraft: Erinnerungen an Franz Blei. In: Das literarische Deutschland, Jg. 2, Nr. 17 vom 5. September 1951, S. 3.

Billy] Sibylle Blei.

Rangs Anzeige Ihrer Gedichte] Rang: Zwischen Pest und Prophetie, mit der Anzeige der drei 1937-46 in Jerusalem erschienenen Gedichtbände Krafts.

»bürgerlichen Roman«] Kraft: Der Wirrwarr.

Lorcaübertragungen] Vgl.: Spanische Gedichte des XX. Jahrhunderts. Ausgewählt und übertragen von Karl Krolow. Frankfurt a. M.: Insel 1962. (Insel-Bücherei Nr. 722.)

Benns Marburger Lyrik-Rede] Probleme der Lyrik. Vortrag in der Universität Marburg am 21. August 1951. – Buchausgabe: Wiesbaden: Limes 1951.

in der N. Z. ... mit B. auseinanderzusetzen] In der »Neuen Zeitung« (München) erschien am 28. Oktober 1951 Karl Krolows Artikel »Das ›absolute Gedicht‹ und das ›lyrische Ich‹. Zu Gottfried Benns Lyrik-Theorie«. – Wiederabgedruckt in: Benn – Wirkung wider Willen. Hg. von Peter-Uwe Hohendahl. Frankfurt a. M.: Athenäum 1971, S. 262-265.

Büchnerpreisung] Der Georg-Büchner-Preis, 1923 als Kunstpreis vom Volksstaat Hessen gestiftet, wird seit 1951 durch die Deutsche Akademie für Sprache und Dichtung in Verbindung mit dem Hessischen Staatsministerium und dem Magistrat der Stadt Darmstadt als reiner Literaturpreis verliehen; Preisträger 1951 war Gottfried Benn, seit 1950 ordentliches Mitglied der Deutschen Akademie. Die Jury bildeten Wilhelm Lehmann, Rudolf Pechel, Kasimir Edschmid, Bruno Snell, Frank Thieß, Gertrud von le Fort und R. A. Schröder.

›Wind‹gedicht] Werner Bergengruen: Ballade vom Wind. In: Bergengruen: Gesammelte Gedichte. Zürich 1992, S. 118-122.

Gedicht auf den hockenden Schreiber] Kraft: Gegenwart.

eins umseitig] Lehmann: Wechsel der Weise. – Die Gedichthandschrift befindet sich nicht auf einer Briefrückseite, sondern stand auf einem beigelegten Blatt, das wohl als verloren gelten muss.

MS ›Anfänge‹] Lehmann: Mühe des Anfangs; vgl. Nr. 204.

im Kommerell] Max Kommerell: Gedanken über Gedichte.

den Rilke] Rilke: Aus dem Nachlass des Grafen C. W. Ein Gedichtkreis.

242. Werner Kraft an Wilhelm Lehmann, 18. September 1951

DLA (68.4474/17). Aerogramm.

Benns Wahl] Zum Büchnerpreisträger 1951.

meinem Roman] Kraft: Der Wirrwarr.

Merkur … Kraft ›über‹ jenen] Rudolf Borchardt: Der Untergang der deutschen Nation. Mit einer Einführung von Rudolf Alexander Schröder. In: Merkur, Jg. 5, H. 8 vom August 1951, S. 705-722; Werner Kraft: Über die Lyrik Rudolf Borchardts. Ebd. H. 9 vom September, S. 791-797.
an die ›Dame‹, an den ›Junggesellen‹] Unterhaltungsblätter der Vorkriegszeit.
mein Aufsatz] Kraft: Wilhelm Lehmann.
Aufsatz über eine ›heroische Bruchstelle Europas‹] Von Margret Boveri über »Duino, die Fürstin Thurn und Taxis, Rilke und Kassner«. In: Merkur, Jg. 5, H. 7 vom Juli 1951, S. 723-735.
›Wechsel der Weise‹] Lehmann hat die Änderungsvorschläge Krafts für sein Gedicht nicht berücksichtigt. Vgl. GW 1, 213/462.

243. Werner Kraft an Wilhelm Lehmann, 10. November 1951

DLA (68.474/18). Aerogramm.

Spektor] Johanna Spector.
Film über einen englischen Atomprofessor] John Boulting (Regie): Seven Days to Noon. Großbritannien 1950.
Nachruf auf Alain … Audrey] Der Philosoph Alain (eigentlich Émile-Auguste Chartier) war am 2. Juni 1951 gestorben. – Colette Audry: Hommage à Alain. In: Les Temps Modernes, Jg. 7, Nr. 69 vom Juli 1951, S. 126f. – Zitat S. 127.
Sie hat viel erreicht] Hinsichtlich der Zahlung von Bezügen an Kraft; vgl. zu Nr. 50.
Tristram Shandis von Sterne] Laurence Sterne: Das Leben und die Ansichten Tristram Shandys. Deutsch von Rudolf Kassner. Wiesbaden: Dieterichsche Verlagsbuchhandlung 1946. – Englische Erstausgabe: 9 Bde., 1760-67.
›Antwort des Schweigens‹] Lehmann: Antwort des Schweigens. Gedichte. Berlin: Widerstands-Verlag 1935. – 2. Aufl. Tübingen: Heliopolis-Verlag 1951. Vgl. zu Nr. 126.
Jünger … herausgeworfen] Ernst Jüngers Bücher erschienen seit 1950 im renommierten Vittorio Klostermann Verlag in Frankfurt a. M.
›Die Krankheit Europas‹] Wilhelm Kütemeyer: Die Krankheit Europas. Beiträge zu einer Morphologie. Frankfurt a. M.: Suhrkamp 1951.
mein Aufsatz über Valéry] Kraft: Paul Valéry und der Gedanke. In: Neue Rundschau, Jg. 62, H. 3 von 1951, S. 108-121.

244. Wilhelm Lehmann an Werner Kraft, 18. November 1951

LKH. Brief.

Ortega y Gassez] José Ortega y Gasset.
über den »Entz. Staub« geschrieben] Carl Georg Heise: Gold und Staub. [Über Friedrich Rückert: Gedichte. 1946; Lehmann: Entzückter Staub. 1946.] In: Hamburger Allgemeine Zeitung, 9. August 1946.
Valéryaufsatz] Kraft: Paul Valéry und der Gedanke.

Darmstädter ›Krönung‹ Benns] Vgl. Nr. 241.

Dreimännergespräch] Benn: Drei alte Männer. Gespräche (Wiesbaden: Limes 1949), vorgetragen vom Intendanten des Hessischen Landestheaters Darmstadt und Mitgliedern des Ensembles.

Die Stelle, in der Pascal genannt wurde] »Ein amerikanischer Statistiker urteilt, das Leben besteht aus Orgasmen und aus Handlungen, die sie vorbereiten, während Pascal meinte, die Liebe sei nur erlaubt, um Heilige zu erzeugen; ein Dritter schrieb, der Sexualverkehr mit Tieren sei für Landbewohner naheliegend.« Benn: Sämtliche Werke. Hg. von Gerhard Schuster. Bd. 7,1. Stuttgart: Klett-Cotta 2003, S. 118.

die 3000 Mk] Die Dotierung des Büchnerpreises 1951.

Ihrem Roman] Kraft: Der Wirrwarr.

dem PEN in Düsseldorf, dessen Tagung ich zum 1. Mal mitmachte] Wilhelm Lehmann, schon vor 1951 Mitglied des PEN-Clubs, nahm an der 4. Jahresversammlung des PEN-Zentrums Deutschland vom 23.-25. Oktober 1951 in Düsseldorf teil, an der Gründungsversammlung des deutschen PEN-Zentrums (Bundesrepublik) am 3./4. Dezember 1951 in Darmstadt wie auch im Juni 1952 an dem Internationalen PEN-Kongress in Nizza (vgl. Nr. 264). – Das neue westdeutsche PEN-Zentrum verfasste nach seiner Gründung eine Schrift »Über Toleranz und Geistesfreiheit / an die Mitglieder des Internationalen PEN-Club« zur »Aufklärung der PEN-Mitglieder über die Situation der geistigen Freiheit unter dem sowjetkommunistischen Regime«. Zu den acht Unterzeichnern der Schrift gehörte auch Wilhelm Lehmann. (Vgl. Sven Hanuschek: Geschichte des bundesdeutschen PEN-Zentrums von 1951-1990. Tübingen 2004.)

Text der ›Memoiren‹] Lehmann: Mühe des Anfangs.

Kommerell] Gedanken über Gedichte.

mit Ihrer Emendation »Herbst, wir mussten beiden schweigen«] Der emendierte Vers aus »Starenschwarm im Baum« aus der zweiten Auflage von »Antwort des Schweigens« heißt richtig »Baum, wir mußten beide schweigen«, nachdem Kraft die ursprüngliche Fassung »Baum, du mußtest gleich mir schweigen« beanstandet hatte; vgl. Nr. 133.

245. Werner Kraft an Wilhelm Lehmann, 23. November 1951

DLA (68.4474/19). Brief.

Max Rhychner] Max Rychner.

auf den Granatapfelbaum] Kraft: Weihgeschenk. Zitiert in Nr. 211.

Stelle bei Pindar, in Borchardts Übersetzung] In Rudolf Borchardt: Drittes Pythisches Gedicht (Siegeslied auf König Hieron von Syrakus). In: Borchardt: Übertragungen. (GW.) Stuttgart: Klett 1958, S. 138-143, S. 139.

›Mädchen, Mädchen … Fädchen.‹] Rudolf Borchardt: Verkündigung. In: Dramen. (GW.) Stuttgart: Klett 1962, S. 5-79, S. 44.

Schrieb ich Ihnen schon … Tristram Shandis] Vgl. Nr. 243.

Sartres … Le diable et le bon Dieu] Paris: Gallimard 1951.

Ihre Jugenderinnerungen] Mühe des Anfangs.
Kommerell] Gedanken über Gedichte.
Erich Hock: ›Hölderlins Reise nach Driburg‹] »Dort drüben in Westphalen«. Hölderlins Reise nach Bad Driburg mit Wilhelm Heinse und Diotima. Münster: Regensburg 1949. Nach S. 16: Bildnis Susette Gontard nach einer Miniatur von Margarethe Sömmering.

246. Wilhelm Lehmann an Werner Kraft, 23. November 1951

LKH. Brief.

›Wirrwarr‹] Kraft: Der Wirrwarr.
Balkanmärchen ... »der Nachtigall Gizar«] Die Nachtigall Gisar. In: August Leskien (Hg.): Balkanmärchen aus Albanien, Bulgarien, Serbien und Kroatien. Jena: Diederichs 1915.
»Die Welt vergeht ... bis spät.«] Nicht ermittelt.
weissen Fuss] Sich einen weißen Fuß machen: sich bei jemandem einschmeicheln.
Academia dei Lincei] Der »Premio Feltrinelli« der Accademia dei Lincei in Rom wurde 1952 an Thomas Mann vergeben.
›die Figur der Hoffnung‹] Kraft: Figur der Hoffnung; vgl. Nr. 234.
Liter. Deutschland wechselt den Verlag] Vgl. zu Nr. 220.
›Be virtuous and you will be eccentric‹] »What is your motto? Be virtuous and you will be eccentric.« In: Twain: Mental Photographs (1869; Wiederabdruck in:) Twain: Complete Humorous Sketches and Tales. Ed. by Charles Neider. New York: Doubleday 1961.
›Lump ... by Michelangelo‹] In: Twain: The Innocents Abroad (1869), Kap. 27. (London and Glasgow: Collins 1954, S. 17.)
aus einer Anthologie.] Nicht ermittelt.

247. Werner Kraft an Wilhelm Lehmann, 29. November 1951

DLA (68.4474/20). Aerogramm.

Alles hat seine Zeit] Der Prediger Salomo 3, 1-8.
So ehrt man einen Gott, nicht einen Menschen.] Schiller: Maria Stuart, III, 4.
›Figur des Herzens‹] Ein Versehen Krafts: seine Sammlung heißt »Figur der Hoffnung«.
an den Heliopolis-Verlag] Von Ewald Katzmann, wo gerade die zweite Auflage von Lehmanns »Antwort des Schweigens« und im Jahr zuvor seine Sammlung »Noch nicht genug« erschienen war.
Ihre biographischen Aufzeichnungen] Lehmann: Mühe des Anfangs.
über das Gedicht] Lehmann: Gültige Zeit.
des Originalgedichts von Chesterton ... neben die Übersetzung] Vgl. Lehmann: Noch nicht genug, S. 31: Der Esel / nach G. K. Chesterton. – Chesterton: The Donkey. In: Chesterton: The collected poems. London: C. Palmer 1927, S. 297. – Vgl. auch Krafts Aufsatz: Der Esel. In: Neue Zürcher Zeitung, Nr. 364, 8. Februar 1956 (o. S.).

Karl Kraus hat vom Übersetzen als: Üb' Ersetzen gesprochen.] In: Warum die Fackel nicht erscheint. In: Die Fackel, Jg. 36, Nr. 890-905 von Ende Juli 1934, S. 1-315, S. 77.

248. Werner Kraft an Wilhelm Lehmann, 8. Dezember 1951

DLA (68.4474/21). Aerogramm.

›Anfänge‹] Lehmann: Mühe des Anfangs.

das letzte Gedicht] Lehmanns Gedicht »Gültige Zeit«, in einer den Briefen nicht mehr beiliegenden Handschrift. – Lehmann überarbeitete das ganze Gedicht; vgl. GW 1, 216f/463f.

Doch wenn erst ... winterlicher Stille] Stefan George: Das Jahr der Seele (SW Bd. 4, 1982) S. 22: Im freien Viereck mit den gelben Steinen ..., 4. Strophe.

249. Wilhelm Lehmann an Werner Kraft, 15. Dezember 1951

LKH. Brief.

Bratenduft] Vgl. zu Nr. 246.

»Erlösung aus der Bürgerlichkeit«] Lehmann: Mühe des Anfangs. Biographische Aufzeichnungen.

Inhalt des Notizbuches] Vgl. das Kapitel »Das Notizbuch« in Krafts Roman »Der Wirrwarr« (S. 137-191).

Moritz Heimanns Glosse über ›Beleidigungen‹] In: Neue Rundschau, Jg. 18, 1907, S. 1523-1525.

Jünger (und seinem Sekretär)] Ernst Jünger und sein Sekretär Armin Mohler.

Lektors, dessen Bemühungen ich ... verdanke] Armin Mohler vom Tübinger Heliopolis-Verlag, in dem »Noch nicht genug« (1950) und die zweite Auflage von »Antwort des Schweigens« (1951) erschienen war.

Wolfgang Cordan ... Gedichtsammlung] Wolfgang Cordan: Ernte am Mittag. Tübingen: Heliopolis 1951.

meinen kl. biogr. Anfang] Lehmann: Mühe des Anfangs.

Neuherausgeber von Velh. & Klasings Monatsheften] Die erfolgreiche Zeitschrift war von 1885-1944 erschienen. Ab März 1952 gab Otto August Ehlers neue Nummern heraus; die Zeitschrift wurde 1953 endgültig eingestellt.

›Figur der Welt‹] Werner Kraft: »Figur der Hoffnung«.

250. Werner Kraft an Wilhelm Lehmann, 5. Januar 1952

DLA (68.4474/1; 68.4493). Brief. – Datierung: Der an Lehmanns Urlaubsadresse in »Zürich-Erlenbach / bei Mökli« weitergeleitete Brief mit der versehentlichen Datumsangabe Krafts »5. 1. 51« trägt auf seinem Umschlag den Ausgangsstempel »Jerusalem, 6. 1. 52« sowie zwei Eingangsstempel, von denen einer ebenfalls nicht stimmen kann: »Grosswittensee über Eckernförde, 13. 1. 52« und »Eckernförde, 15. 1. 51«. Der Inhalt des Briefs legt eindeutig Januar 1952 als Datum des Schreibens fest.

Ernährungslage] Die jüdischen Masseneinwanderungen nach dem Inkrafttreten des Rückkehrgesetzes und wirtschaftliche Sanktionen der arabischen

Länder gegen Israel wie die Blockaden des Suezkanals und der Straße von Tiran am Ausgang des Golfes von Akaba zum Roten Meer führten in Israel zu Versorgungsproblemen, die im April 1951 die Rationierung von Lebensmitteln erforderten. Vor allem durch Hilfslieferungen aus den USA wurden die Engpässe nach und nach behoben.

Karl Kraus … über die Realität.‹] In: Karl Kraus: Nachts. In: Die Fackel, Jg. 14, Nr. 360-362 vom 7. November 1912, S. 1-25, S. 25.

Bubers Annahme des Hamburger Goethepreises] Martin Buber erhielt 1951 den Hansischen Goethepreis der wegen der Haltung ihres Gründers im Nationalsozialismus umstrittenen Alfred Toepfer-Stiftung.

Zitat aus Carossas letztem Buch] »Es ist ja nicht genug, jüdische Menschen von hohem Rang […] anzuerkennen und zu verehren; wir müssen auch für die nicht berühmten […] eine Form finden, die es ihnen und uns möglich macht, miteinander in Frieden zu leben. Es könnte sein, daß irgendwann einmal in einem anderen Volk der Judenhaß emporflammt; dann werden es die Deutschen sein müssen, die den Verfolgten Schutz gewähren.« – Das isoliert stehende Zitat aus Carossas Autobiografie »Ungleiche Welten« (Wiesbaden: Insel 1951) in: Deutsche Rundschau, Jg. 77, H. 11 vom November 1951, S. 967.

Besprechung von ›Noch nicht genug‹] Walter Schmiele: Zu neuen Gedichten von Wilhelm Lehmann. [Noch nicht genug.] In: Deutsche Rundschau, Jg. 77 von 1951, S. 1045-1047.

›Neulich hatte ich … ihn aufschlagen.‹] In: Illusionen. In: Die Fackel, Jg. 9, Nr. 237 vom 2. Dezember 1907, S. 1-16, S. 7.

›Das Tal stand … es fror sie leis.‹] Gottfried Benn: Statische Gedichte. Zürich 1948. S. 27: V. Jahrhundert, II., 1. Strophe.

›Wahrheit ist ein Hund … stinken darf.‹] Shakespeare: King Lear, I, 4.

Rom-Preis] Vgl. Nr. 246.

Gedichte … Roman] Kraft: Figur der Hoffnung; Der Wirrwarr.

W. B. Yeats / An acre of grass] The collected Poems. A new Edition. Ed. by Richard J. Finneran. New York 1989, S. 301f.

251. Wilhelm Lehmann an Werner Kraft, 8. Januar 1952

LKH. Brief.

Frau Möckli] Margarete Möckli von Seggern.

Dr Meier will den »Provinzlärm« drucken] Im Manesse Verlag von Walther Meier erschien Lehmanns bis dahin unveröffentlichter Roman unter dem Titel »Ruhm des Daseins«. Vgl. zu Nr. 5.

Zum Gedicht] Lehmann: Gültige Zeit.

Roman und Gedichtsammlung ›Figur der Welt‹] Werner Krafts Roman »Der Wirrwarr« und die Gedichtsammlung »Figur der Hoffnung«.

Biogr.] Lehmann: Mühe des Anfangs.

252. Werner Kraft an Wilhelm Lehmann, 15. Januar 1952

DLA (68.4475/1). Aerogramm.

Gesammelten Gedichte] Ludwig Strauss: Heimliche Gegenwart. Gedichte 1933-1950. Heidelberg: Lambert Schneider 1952.

›*Wo aber Gefahr ist wächst /Das Rettende auch*‹] Hölderlin: Patmos, V. 3f.

253. Werner Kraft an Wilhelm Lehmann, 17. Januar 1952

DLA (68.4475/2). Aerogramm.

ersten Kapitel des Romans] Werner Kraft: Der Wirrwarr. Roman[beginn]. Besuch. – Pantheon. – Brief. – Gerade durch die falsche Tür. In: das silberboot, Jg. 5, H. 2 von 1951/52, S. 101-109.

Die Deutung einer großen Liebe. ... Margarete Susman.] Margarethe Susman: Deutung einer großen Liebe. Goethe und Charlotte von Stein. Zürich, Stuttgart: Artemis 1951.

Charlottes Grabschrift ... so vertieft.] Vgl. Susman S. 14. – Auch in Krafts Anthologie »Wiederfinden« (2. Auflage S. 185). – Die Grabschrift wurde hs. überliefert von Karl von Knebel, dem Sohn von Goethes »Urfreund« Karl Ludwig von Knebel (mitget. von Hans Gerhard Gräf. In: Jahrbuch der Goethe-Gesellschaft, Bd. 7, 1920, S. 264). Die von der Quelle abweichende Variante »im Grunde« statt »im Boden« geht auf Susman zurück.

Stelle im Faust II ... Grablegung] 5. Akt. Großer Vorhof des Palasts (nicht: Grablegung), V. 11.528.

Aufsatz über Goethes ›Mondlied‹] Ein gedruckter Aufsatz von Kraft über Goethes »An den Mond« wurde nicht ermittelt.

gegen Julius Petersen] Petersen: Goethes Mondlied. In: Aus der Goethezeit. Gesammelte Aufsätze zur Literatur des klassischen Zeitalters. Hg. von Julius Petersen. Leipzig 1932, S. 49-69. – Dort über den möglichen Einfluss von Charlotte von Steins Parodie auf Goethes zweite Fassung von »An den Mond«.

Ihr Sterben ausgenommen ... von ihr lernst.] Vgl. Nr. 215.

Braten verspeist] Vgl. Nr. 246.

von Godern-Art aus] Die Zahnradbahn von Arth-Goldau auf den Rigi.

254. Wilhelm Lehmann an Werner Kraft, 24. Januar 1952

LKH. Brief.

Titelbeteiligung] Krafts Beteiligung an der Suche nach einem geeigneten Namen von Lehmanns Roman »Der Provinzlärm«.

Roman, Anthologie] Der Wirrwarr. Wiederfinden.

Vom Braten und seinem Geruch] Vgl. Nr. 246.

Teilabdruck] Von Kraft: Der Wirrwarr; vgl. Nr. 253.

Frau Kroj.] Frau Krojanker.

Film nach Sartres ›Les Mains sales‹] Regie: Fernand Rivers und Simone Berriau. Frankreich 1951.

Frau Möckli] Margarete Möckli von Seggern.
Aufsatz über den Neudruck der »Antwort des Schweigens«] Walter Erben: Poesie, dem Schweigen abgerungen. [Rezension von Lehmann: Antwort des Schweigens.] In: Frankfurter Allgemeine Zeitung vom 24. Mai 1952, Bilder und Zeiten, Nr. 120, Literaturblatt (S. 3) vom 24. Mai 1952.
Rubrik »Vergessene Bücher« … über H. Stehrs »Leonore Griebel«] Als Teil III der Serie »Zum Wiederlesen empfohlen« in der »Neuen literarischen Welt« erschien Lehmann: Hermann Stehrs »Leonore Griebel«. In: Neue literarische Welt, Jg. 3, Nr. 6 vom 25. März 1952, S. 3.
Lambert Schneider … ediert] Vgl. Nr. 252.
den Silberbootdruck] Einiger Kapitel aus »Der Wirrwarr«; vgl. Nr. 253.
Aufsatz von Ihnen über Supervielle] Kraft: Jules Supervielle. Hinweis auf einen Dichter.

255. Werner Kraft an Wilhelm Lehmann, 30. Januar 1952

DLA (68.4475/3). Aerogramm.

für Wurst und Schinken] Vgl. Nr. 250.
Gestalt und Gedanke] Ein Jahrbuch. Hg. von der Bayrischen Akademie der Schönen Künste. München: Oldenbourg 1951.
›Göttersuche‹] Gestalt und Gedanke, S. 61f.: Faksimile der Handschrift und Abdruck des Gedichts.
Gedicht von Carossa] Heiliger Berg. In: Gestalt und Gedanke, S. 223f.: Faksimile der Handschrift und Abdruck des Gedichts.
Gedicht von Britting] Jägerglück. In: Gestalt und Gedanke, S. 123f.: Faksimile der Handschrift und Abdruck des Gedichts.
›Genug, genug! … Aphrodites Tränen rinnen.‹] Aus »Göttersuche«. Die von Kraft vorgeschlagene Änderung übernahm Lehmann für den Abdruck in seiner Sammlung »Überlebender Tag. Gedichte aus den Jahren 1951 bis 1954« (Düsseldorf, Köln: Eugen Diederichs 1954).
Aufsatz von Karl Reinhardt] Hölderlin und Sophokles. In: Gestalt und Gedanke, S. 78-102.
Hausenstein] Stephane Mallarmé: Saint. Französisch und Übertragung von Wilhelm Hausenstein. In: Gestalt und Gedanke, S. 76f.
Benn] Einsamer nie –. In: Gestalt und Gedanke, S. 149f.: Faksimile der Handschrift und Abdruck des Gedichts.
Heidegger] Das Ding. In: Gestalt und Gedanke, S. 128-148.
Gertrud Colmar] Gertrud Kolmar.
Humbug mit dem Grafen C. W. … Karnak war's] Rilke: Aus dem Nachlass des Grafen C. W. Ein Gedichtkreis. Erste Reihe, VII: »In Karnak wars. Wir waren hingeritten …«.
Stresau und die Rundschau] Hermann Stresau wird im Briefwechsel nicht mehr erwähnt.
meine Anthologie] Kraft: Wiederfinden.
Aloys Riegl] Spätrömische Kunstindustrie. Wien 1927 (zuerst 1901 als: Die

spätrömische Kunstindustrie nach den Funden in Österreich-Ungarn. I. Teil).

256. Werner Kraft an Wilhelm Lehmann, 3. Februar 1952

DLA (68.4475/4). Aerogramm.

Walter Eibner] Walter Erben.
W. M.] Walther Meier, der Verleger des Manesse Verlages in Zürich.
Aufsatz über sein Buch] Kraft: Wilhelm Kütemeyer. [Besprechung von »Die Krankheit Europas«.] In: Neue Schweizer Rundschau, Jg. 20, H. 8 vom Dezember 1952, S. 492-497.

257. Werner Kraft an Wilhelm Lehmann, 7. Februar 1952

DLA (68.4475/5). Aerogramm.

Silberboot] Mit den ersten Kapiteln aus »Der Wirrwarr«; vgl. Nr. 253.
meiner Else Lasker-Schüler-Auswahl] Else Lasker-Schüler. Eine Einführung in ihr Werk und eine Auswahl von Werner Kraft.
erwähnten Gedichte] Ludwig Strauß: Heimliche Gegenwart.
Hanns Ulbricht ... Gedichte] Landschaft, Traum, Nacht und Musik. Gedichte. Büdingen: Hesperus 1950.
Frau Kroj.] Krojanker.
Max Rhycher] Max Rychner.
mein Aufsatz ›Hölderlin und der Reim‹] Trivium, Jg. 9, H. 4 von 1951, S. 225-240.
Gedicht von Yeats] W. B. Yeats: An acre of grass. S. Nr. 250.
Friedrich Koffka ... kurz vor der Katastrophe sagt.] Friedrich Koffka: Seitenlicht auf Shakespeare. In: Deutsche Rundschau, Jg. 77, H. 12 vom Dezember 1951, S. 1099-1102. – Darin S. 1101 über Motive in Shakespeares »Othello« (IV, 1 und 3).
Schiller ... ›Das Glück‹] 1798 (Schiller: Werke und Briefe. Bd. 1. Frankfurt a. M.: Deutscher Klassiker Verlag 1992, S. 18-20).
›Das kann nicht sein, kann nicht sein, kann nicht sein!‹] Schiller: Wallenstein. Die Piccolomini, V, 1 (V. 2430).
Gedicht von Benn] Einsamer nie –.

258. Wilhelm Lehmann an Werner Kraft, 23. April 1952

LKH. Brief.

›Man soll etwas Mürrisches ... konnte‹] Goethe an C. F. Zelter, 17. Juli 1827. (WA. Abt. IV, Bd. 42, S. 259.)
Verlust der Wirklichkeit. ... des Gedichts] Lehmanns Wiener Vortrag erschien in: Wort und Wahrheit, Monatsschrift für Religion und Kultur, Jg. 7, H. 9 vom September 1952, S. 687-691.
s. meine Biographie und ... »Der Überläufer«] Lehmann war im Ersten Weltkrieg im August 1918 als Soldat an der Westfront; im September 1918 floh

er in englische Kriegsgefangenschaft, aus der er im Oktober 1919 zurückkehrte. Das Erlebte setzte er literarisch in dem Roman »Der Überläufer« um; vgl. auch die kurze Erwähnung in seiner »Biographischen Notiz« (GW 8, 16-20, S. 17f.).

Verlag] Der Manesse Verlag von Walther Meier.

Nora Wydenbruck] Nora Purtscher-Wydenbruck, Übersetzerin von Eliot, Verfasserin einer Rilke-Biografie.

Dr. Jaeckle ... »Tat«] Erwin Jaeckle war von 1943 bis 1971 Chefredaktor der Tageszeitung »Die Tat«.

jeden Freitag ... Symposion] Im Zürcher Café Odéon traf man sich ab 1942 zu der legendären »Freitagsrunde«, die halb ein Stammtisch, halb ein Kolloquium gewesen sein soll und an der ursprünglich Max Rychner, Erwin Jaeckle und Walther Meier teilnahmen; später stießen Emil Staiger und Werner Weber dazu sowie jeweils ausgewählte Gäste (darunter Werner Bergengruen). Vgl. Nr. 343. – Vgl. auch Erwin Jaeckle: Zeugnisse zur Freitagsrunde. Zürich: Hans Rohr 1984.

Hölderlins »Vor der Hütte«] Die ersten Worte von Hölderlins Ode »Abendphantasie«: »Vor seiner Hütte im Schatten sitzt / Der Pflüger ...«.

ganz festen Fuss in der ›Neuen liter. Welt‹ gefasst] Vgl. zu Nr. 232.

Rangs Anzeige] Bernhard Rang: Zwischen Pest und Prophetie.

Jahrbuches 1951 der Oxforder jungen Dichter] Die Anthologie von Studenten der Universität Oxford »Oxford Poetry« für das Jahr 1951 (ed. by John B. Donne) enthält fünf Gedichte von Michell Raper, der danach keine literarischen Texte mehr veröffentlichte. Die Anzeige von G. S. Fraser wurde nicht ermittelt.

M. Picards Reisetagebuch] Max Picard: Zerstörte und unzerstörbare Welt. [Tagebuch einer italienischen Reise.] Erlenbach-Zürich: Rentsch 1951.

Hendrijke] Hendrijke Stoffels.

»Die grossen Liebenden« ... Albernheiten.] Vgl. Max Sidow, Waldemar Maass und Gottfried Sello: Die großen Liebenden. Hamburg: Köhler 1952. – Nach einer Sendereihe des Nordwestdeutschen Rundfunks.

Goethe an S] An Schiller (WA. Abt. IV. Bd. 11, S. 96).

O. M. Graf hat Sie einmal angegriffen] Vgl. Nr. 166.

259. Werner Kraft an Wilhelm Lehmann, 5. Mai 1952

DLA (68.4475/6). Aerogramm.

die meinen erhalten] Kraft hatte Lehmann ein Heft mit italienischen und französischen Gedichten und Prosaauszügen in eigener Übersetzung geschenkt (DLA, 68.6879).

den seltsamen Mann aus Bielefeld] Gugenot.

Arbeit über Gedichte] Lehmann: Verlust der Wirklichkeit.

260. Wilhelm Lehmann an Werner Kraft, 14. Mai 1952

LKH. Brief.

Tumult der letzten Tage] Lehmann beging am 4. Mai 1952 seinen 70. Geburtstag.

eigenhändiges Verseheft] Vgl. zu Nr. 259.

Ihre Einleitung zur Stuttgarter Rundfunksendung] Am 4. Mai 1952 hatte der Südwestdeutsche Rundfunk Stuttgart einen halbstündigen Beitrag »Wilhelm Lehmann liest aus eigenen Werken. Wilhelm Lehmann zum 70. Geburtstag« gesendet. Lehmann las aus »Der Provinzlärm« und einige Gedichte. Am 8. Mai 1952 war von Stuttgart aus eine »Hörfolge« mit dem Titel »Wilhelm Lehmann und die Erneuerung des Gedichts« gesendet worden. – Ob und in welcher Weise Werner Kraft an einer der Sendungen beteiligt war, wurde nicht ermittelt.

Ihren Brief in der N. L. W.] Kraft: Zu Wilhelm Lehmanns 70. Geburtstag. Ein Brief. In: Neue literarische Welt, Jg. 3, H. 9 vom 10. Mai 1952, S. 1f.

Weltfigur] Kraft: Figur der Hoffnung.

261. Werner Kraft an Wilhelm Lehmann, 24. Mai 1952

DLA (68.4475/7) Aerogramm.

Die Literarische Welt] Mit Krafts Beitrag »Zu Wilhelm Lehmanns 70. Geburtstag«.

den jungen Mann aus Bielefeld] Gugenot.

›Die Kinder dieser Welt‹ von Marie Luise Kaschnitz] In: Neue literarische Welt, Jg. 3, Nr. 6 vom 25. März 1952, S. 3.

Aufsatz über Stehr] Lehmann: Hermann Stehrs »Leonore Griebel«. (Teil III der Serie »Zum Wiederlesen empfohlen«.) In: Ebd. S. 4.

Gespräch von mir über Peter Altenberg] Kraft: Peter Altenberg. Ein Gespräch. In: Neue Rundschau, Jg. 63, H. 2 vom April-Juni 1952, S. 267-291.

Rhychner] Max Rychner.

Goethes Elfenlied] »Um Mitternacht, wenn die Menschen erst schlafen …« (1780).

262. Werner Kraft an Wilhelm Lehmann, 27. Juni 1952

DLA (68.4475/8). Aerogramm.

Frau Möckli] Margarete Möckli von Seggern.

Ihre Gedichte und die Prosa in der Lit. Welt] Lehmann: Gedichte. Februarmond. – Verrichteter Dinge. – Unberühmter Ort. – Ruhm des Daseins. – Gültige Zeit. In: Neue literarische Welt, Jg. 3, Nr. 9 vom 10. Mai 1952, S. 5. – Lehmann: Glück der Begegnung. (Aus dem unveröffentlichten Roman »Der Überläufer«.) In: Ebd. S. 5f.

seinen Gedichtband] Hanns Ulbricht: Landschaft, Traum, Nacht und Musik. Gedichte. Büdingen: Hesperus 1950.

Besprechung in der Lit. Welt] Lehmann veröffentlichte keine solche Besprechung.

263. Werner Kraft an Wilhelm Lehmann, 3. Juli 1952

DLA (68.4475/9). Aerogramm.

Ihr Buch] Lehmann: Mühe des Anfangs.

›Glück der Begegnung‹] Aus Lehmanns Roman »Der Überläufer«; vgl. zu Nr. 262.

ob je ein Tag so schön wäre, daß Ahasver –?] Krafts kritische Bemerkung bezieht sich auf den letzten Vers des Gedichts »Ruhm des Daseins«: »Selbst Ahasver zieht seine Straße gern.« – Lehmann hat die vorgeschlagene Änderung für spätere Drucke nicht übernommen.

›Aber die Dinge ... genau betrachten‹] Shakespeare: Hamlet, V, 1.

Aufsatz von Podszus ... ›Näherin‹ Natur!] Friedrich Podszus: »Noch nicht genug«. Zum 70. Geburtstag von Wilhelm Lehmann. In: Frankfurter Allgemeine Zeitung vom 3. Mai 1952, S. 9. – Darin: »Aber außer der Näherin Natura begegnete ihm auf seinem Lebenswege ebenso im Gefolge von Göttern, Dämonen und Kreaturen Frau Welt.«

Aufsatz über mich] Bernhard Rang: Zwischen Pest und Prophetie, mit der Besprechung der drei in Jerusalem 1937-46 erschienenen Gedichtbände Krafts: Wort aus der Leere. – Gedichte II. – Gedichte III.

Gedichte] Kraft: Figur der Hoffnung.

264. Werner Kraft an Wilhelm Lehmann, 29. Juli 1952

DLA (68.4475/10). Aerogramm.

der N. L. W. entnommen, daß Sie in Nizza sind] »In Nizza wurde der 24. Internationale Kongreß des PEN unter dem Präsidium des Prinzen Wilhelm von Schweden eröffnet. Von deutscher Seite nehmen teil: Erich Kästner, Kasimir Edschmid, Hanns Braun, Georg von der Vring, Hermann Kasack, Ernst Kreuder, Wilhelm Lehmann und Martin Kessel.« Notiz in: Neue literarische Welt, Jg. 3, Nr. 12 vom 25. Juni 1952, S. 16. Vgl. zu Nr. 244.

Briefe von Valéry ... der jetzt erschienen ist] Paul Valéry: Lettres à quelques-uns. Paris: Gallimard 1952.

›Ode‹ im letzten ›Merkur‹] Holthusen: Ode. In: Merkur, Jg. 6, H. 7 vom Juli 1952, S. 626-628.

›Urlaub‹ von Borchardt] Borchardt: Gedichte. An eine Dichterin. – Tibull. – Urlaub. – Trinklied. In: Neue Rundschau, Jg. 63, 1952, S. 260-266 (»Urlaub« S. 265).

265. Wilhelm Lehmann an Werner Kraft, 10. August 1952

H: ? Brief. Textwiedergabe nach einer maschinenschriftlichen Abschrift mit Auslassungen.

am 24. PEN Kongress teilzunehmen] Vgl. zu Nr. 264.

beigelegte Gedicht »Antibes«] Briefbeilage wie Originalbrief verschollen.

»Glückliche Reise«] Herbert Günther: Glückliche Reise. Heiteres Wissen von den Reisegenüssen. Ebenhausen: Wilhelm Langewiesche-Brandt 1939.

drei Versbücher ... Poème pour les enfants] Maurice Carême: La lanterne magique. Poèmes pour les enfants. Paris: Stock 1950. Die beiden weiteren Versbücher: L'eau passe. Bruxelles 1952; Images perdue. Bruxelles 1954. (Mit hs. Widmung des Verfassers. Oct. 1954.)

Palinurus ... S. Beuve zitiert] Nicht der Titel, sondern das Pseudonym des Autors Cyril Vernon Connolly lautet »Palinurus« (nach dem unglücklichen Steuermann auf dem Schiff des Aeneas in Vergils »Aeneis«). – Palinurus: Das Grab ohne Frieden. Aus dem Englischen von Leonharda Gescher. Berlin, Frankfurt a. M.: Suhrkamp [1952]. (Bibliothek Suhrkamp, Bd. 11.) – Erstdruck: The Unquiet Grave. London: Horizon 1944. – Die in eigene Betrachtungen eingebettete Zitatsammlung enthält auch »Weisheiten Sainte Beuves«.

L'éléphant] Maurice Carême: La lanterne magique (s. o.) S. 88.

Martin Kessel ... Aphorismen] Stuttgart, Hamburg: Rowohlt 1948.

Gedichts aus der »Wandlung«] Martin Kessel: Idylle. In: Die Wandlung, Jg. 4, H. 7 vom August 1949, S. 624f.

PEN-Bericht] Der 24. Kongreß des Internationalen PEN-Clubs. Hermann Kesten: Ergebnisse. Kasimir Edschmid: Referate. In: Neue literarische Welt, Jg. 3, Nr. 15 vom 10. August 1952, S. 3.

mit der Akademie ... kriselt's] Streitigkeiten innerhalb der Deutschen Akademie um Oskar Jancke führten diese in eine ernste Krise und zu zahlreichen Austritten sowie zum Rücktritt ihres Präsidenten Rudolf Pechel und ihres Vizepräsidenten und früheren Sekretärs Oskar Jancke und seinem Austritt aus der Akademie am 29. Mai 1953. Auch die Zeitschrift »Das literarische Deutschland« wurde in Folge der Auseinandersetzungen von der Akademie gelöst (vgl. zu Nr. 220 und Nr. 294) und der Georg-Büchner-Preis im Jahr 1952 nicht vergeben.

Der neue Verleger ist nicht besser als der alte] Vgl. zu Nr. 220.

Preisverteilung] Der Büchner-Preis der Deutschen Akademie für Sprache und Dichtung wurde 1953 an Ernst Kreuder verliehen.

»Dichtung und Dichter heute«] Abgedruckt in: Lehmann. Dichtung als Dasein. Hamburg: Christian Wegner 1956 (Hg. von der Akademie der Wissenschaften und der Literatur, Mainz, Bd. 5), S. 34-41. Zu »Dichtung als Dasein« vgl. Nr. 333.

L. Schneider zu Ihren Gedichten] Lambert Schneider, an den Kraft seine unveröffentlichte Sammlung »Figur der Hoffnung« geschickt hatte.

Anzeige durch Rang] Bernhard Rang: Zwischen Pest und Prophetie.

meine Gedichte in der Mainummer] Lehmann: Gedichte. Februarmond. – Verrichteter Dinge. – Unberühmter Ort. – Ruhm des Daseins. – Gültige Zeit.

Wie geht es wohl jetzt in Venezuela zu?!!!] Vgl. Nr. 161.

»Die Literatur« ... geht schon wieder ein] Die Literatur. Blätter für Literatur, Film, Funk und Bühne. Hg. von Hans Werner Richter in Zusammenarbeit mit Hans Georg Brenner und Walter Jens. Stuttgart: Deutsche Verlags-Anstalt 1.1952 (15. März)-16.1952 (1. November).

der Stadt Antibes geschenkt] Im südfranzösischen Antibes hatte Picasso zeitweise ein Atelier in dem in einem Schloss untergebrachten Musée Grimaldi. Picasso schenkte der Gemeinde Antibes 23 Bilder und 44 Zeichnungen, Grundlage des »Musée Picasso«, wie das Museum ab 1966 genannt wurde. – Lehmann hatte Antibes am 22. Juni 1952 besucht.

Ihr Georgeaufsatz] Kraft: Das Bild Georges. Zu dem Buch »Mein Bild von Stefan George« von Robert Boehringer. In: Merkur, Jg. 6, H. 53 vom Juli 1952, S. 683-690.

Ihr Valéryaufsatz] Kraft: Paul Valéry und der Gedanke. Eine Skizze. In: Neue Rundschau, Jg. 62, H. 3 vom Juli-September 1951, S. 108-121.

Schweizer Bekannten] Margarete Möckli von Seggern.

266. Werner Kraft an Wilhelm Lehmann, 30. August 1952

DLA (68.4475/11). Aerogramm.

Krise der N. L. W.] Die »Neue literarische Welt«; vgl. zu Nr. 220.

mit Ihren Erinnerungen aus Tübingen und meinen Aphorismen] Lehmann: Als Student in Tübingen. Erinnerungen. (Aus »Mühe des Anfangs«.) In: Neue literarische Welt, Jg. 3, Nr. 15 vom 10. August 1952, S. 3. – Kraft: Zeitvertreib. Ebd. – Im selben Heft findet sich auch eine Besprechung von Lehmanns »Mühe des Anfangs« von Karl Krolow (S. 10).

Besprechung von Karl August Horst] Horst: Gesteigertes Vorbild. [Besprechung von Gaspara Stampa: Die Sonette an den Grafen Callaltino di Dollalto, übertragen von Graf Leo Lanekoronski; Margarete von Rohrer: Gaspara Stampa – Roman einer Leidenschaft aus dem Venedig der Hochrenaissance.] Ebd. S. 8. – S. auch: Gaspara Stampa: Sonett XLVIII. (Übersetzt von Karl August Horst). Ebd. S. 5.

›50 Jahre Insel-Almanach‹] Leo Nyssen: Fünfzig Jahre Insel-Almanach. Ebd. S. 10.

Absatz, wo von 1933 *die Rede ist*] »In den Jahrgängen seit 1933 fehlen zwar manche Insel-Autoren wie Stefan Zweig, Hugo von Hofmannsthal, Alfred Mombert, Regina Ullmann, weil sie dem Regime als nicht mehr tragbar galten, die Almanache selbst aber hielten ihren noblen Ton bei und waren gerade damals im überlauten Lärm des Tages wie echte stille Inseln der Einkehr.« (Ebd.)

völlig unmöglichen Ton ... sich heute ausdrückt] Zu Moritz Hauptmanns Brief an Kraft vgl. auch Nr. 270.

267. Werner Kraft an Wilhelm Lehmann, 6. September 1952

DLA (68.4475/12). Aerogramm.

Vorsitzenden] Otfried Finkenstein.

Gespräch über Peter Altenberg] Kraft: Peter Altenberg. Ein Gespräch.

Vermittler des herrlichen Joyce-Zitats] »Er umarmt die Anmut, die seit langem aus der Welt geschwunden ist. Mein ganzes Verlangen geht darauf, die Anmut zu umarmen, die noch nicht in der Welt ist.« (Vgl. den Schluss von »Peter Altenberg. Ein Gespräch«.)

Aufsatz über mich] Erst 1987 schrieb Hennecke über Kraft. Vgl. den Artikel »Kraft, Werner« in: Lexikon der deutschsprachigen Gegenwartsliteratur. Begr. von Hermann Kunisch. 2., erw. und aktualisierte Aufl. München: Nymphenburger 1987, S. 341f.

Aufsätzen Rudolf Lennerts ... über Uhlands ›Droben stehet die Kapelle‹] Rudolf Lennert: »... die sich freuten in dem Tal«. Gedanken über ein einfaches Gedicht. In: Die Sammlung, Jg. 6 von 1951, S. 665-669. – In der »Sammlung« sind weitere Aufsätze von Rudolf Lennert erschienen.

Darstellung von Grabbe] Karl Immermann: Grabbe. Erzählung, Charakteristik, Briefe. November 1834 bis Mai 1836. In: Immermann, Memorabilien. Bd. 2. Hamburg: Hoffmann und Campe 1843, S. 1-182.

›Herzog Theodor von Gothland‹] Drama von Grabbe (entstanden 1822, uraufgeführt 1892).

›Kramer‹, ›Pippa‹] Michael Kramer. – Und Pippa tanzt!

268. Wilhelm Lehmann an Werner Kraft, 7. September 1952

LKH. Aerogramm.

den Valéry] Kraft: Paul Valéry und der Gedanke. Eine Skizze.

Frau Möckli] Margarete Möckli von Seggern.

Journal des Poètes] Offizielles Organ des »Maison Internationale de la Poésie« in Brüssel, das im September 1952 unter der Präsidentschaft von Jean Cassou zum ersten Mal »Les Biennales Internationales de Poésie« in Knokke mit dem Thema »La Poésie de Demi-Siècle« ausrichtete. Über 200 Dichter aus 29 Ländern und von vier Kontinenten nahmen teil.

belgischen Dichter] Maurice Carême.

Benn und Holthusen zu treffen] Zur Begegnung mit Holthusen vgl. Nr. 269; zu Benn vgl. Benn an Lehmann, 8. Mai 1956: »... wo ich feststellte, daß wir so viel Gemeinsamkeiten haben, nämlich den unbeirrbaren Ernst in bezug auf die Dinge der Literatur, die tiefe Strenge in bezug auf Qualität und Leistung. Sehr schattenreich in uns beiden alles.« (GW 1, 525.)

Roman ist ad infinitum verschoben] Als »Der Provinzlärm« schon in der Produktion war, stellte Walther Meier von Manesse fest, dass nur sieben Vorbestellungen aus dem deutschen Buchhandel vorlagen, worauf die Auslieferung des Romans bis zu einem »günstigen Augenblick« verschoben wurde; vgl. Nr. 272 und GW 4, 285.

Conzett] Hans Conzett.

269. Wilhelm Lehmann an Werner Kraft, 19. September 1952

LKH. Aerogramm.

Abgesang] Lehmann: Der Abgesang. (Erzählung.)

Arthur Haulot und der Herausgeber des Journal des Poètes] Haulot war der Herausgeber des »Journal des Poètes« und Präsident des »Maison International de la Poésie«. Leiter der Biennale 1952 war Jean Cassou.

Skulpturen ... Kollwitz] Das von Käthe Kollwitz für ihren im Ersten Weltkrieg getöteten Sohn Peter geschaffene Mahnmal »Die trauernden Eltern«, das 1932 auf dem Soldatenfriedhof in Roggevelde bei Diksmuide aufgestellt wurde. Seit der Auflösung des Friedhofs 1956 steht das Mahnmal auf dem Soldatenfriedhof Vladslo bei Diksmuide.

Meine Vorlesung in Wuppertal-E.] Vgl. Lehmanns hs. Aufzeichnungen vom selben Tag zur Vorlesung in Wuppertal-Elberfeld mit dem Vermerk: »Wuppertal 19. Sept. 52.« (DLA, 68.2456/2); vgl. GW 8, 564-566/810.

270. Werner Kraft an Wilhelm Lehmann, 8. Oktober 1952

DLA (68.4475/13). Aerogramm.

Gedicht vom Granatapfelbaum] Kraft: Weihgeschenk. Zitiert in Nr. 211.

Aufsatz über das Grimmsche Wörterbuch ... über Littré] Walter Boehlich: Säkularfeier oder Säkulartrauer? Das Deutsche Wörterbuch der Brüder Grimm (Erste Lieferung Mai 1852). In: Merkur, Jg. 6, H. 8 vom August 1952, S. 779-786. – Über Émile Littré vor allem S. 783.

Lou Andreas-Salomé: Lebensgrundriß] Lebensrückblick. Grundriß einiger Lebenserinnerungen. Aus dem Nachlaß hg. von Ernst Pfeiffer. Zürich: M. Niehan 1951.

über ihren Mann] Friedrich Carl Andreas.

Drama ›Der Tod Georgs‹] Erzählung von Richard Beer-Hofmann (1900).

Ulrike] Ulrike von Levetzow.

271. Werner Kraft an Wilhelm Lehmann, 12. Oktober 1952

DLA (68.4475/14). Aerogramm. Datierung nach Poststempel.

272. Wilhelm Lehmann an Werner Kraft, 22. Oktober 1952

LKH. Aerogramm.

am 22. Okt. 52 in D. eingetroffen] Der Absender auf dem Umschlag trägt den Zusatz: »bis 26. Okt. Darmstadt / Hôtel Post«.

Schlamassel, in den die Ak. geraten ist] Vgl. zu Nr. 265.

Möckli] Margarete Möckli von Seggern.

Altenbergaufsatz] Kraft: Peter Altenberg. Ein Gespräch.

in D.] In Darmstadt, Sitz der Deutschen Akademie für Sprache und Dichtung.

»Ruhm des Daseins«] Der Titel, unter dem »Der Provinzlärm« 1953 bei Manesse erschien.

(die Buchhändler gaben 7 [sieben] Bestellungen auf)] Vgl. Nr. 268.

(Kasack ist dort Mitglied)] Nicht nur Kasack: Lehmann war am 29. April 1950 in die Akademie der Wissenschaften und Literatur (Mainz) aufgenommen worden.

mit Loerke, einen tierartigen Winterschlaf tun] Vgl. die letzte Strophe aus Loerkes Gedicht »Die Vogelstraßen«: »Zu reisen, ist der Vögel Winterschlaf, / Der schwere Frösche, Schlangen oder Bären / Im Schwebetraume nur mitschwebend traf. / O daß wir alle Vogelseelen wären!« (Loerke: Gedichte und Prosa. Bd. 1, S. 256f., S. 256.)

273. Werner Kraft an Wilhelm Lehmann, 25. November 1952

DLA (68.4475/15). Aerogramm.

die Lage in Darmstadt] Der deutschen Akademie für Sprache und Dichtung in Darmstadt; vgl. zu Nr. 265.

Verzeichnis von Neuigkeiten ... ein Buch von Blunck] Die »Liste eingegangener Bücher« verzeichnet u. a. »H. Friedrich Blunck: Unwegsame Zeiten. Ein Lebensbericht, Keßler Verlag, Mannheim«. In: Neue literarische Welt, Jg. 3, Nr. 20 vom 25. Oktober 1952, S. 15.

Deutsche Rundschau] Herausgegeben von Rudolf Pechel.

mit Gedichten unter dem Titel ›Herbstmut‹ vertreten] Am 5. Dezember 1951 waren für den Hessischen Rundfunk neun von ihm selbst gelesene, ausnahmslos bereits veröffentlichte Gedichte Lehmanns aufgenommen worden, darunter das 1943 entstandene Gedicht »Herbstmut«. Wann, wo und wie oft die Gedichte aus den Jahren 1932-1949 gesendet wurden, wurde nicht ermittelt.

meine Gedichte] Kraft: Figur der Hoffnung.

fünf Gedichte von mir] Kraft: Gedichte. Der Name. – Die Zeit. – Chimäre. – Der Sehnsucht Lied. – Gegenwart. In: Merkur Jg. 7, H. 59 vom Januar 1953, S. 21-23.

von Mainz ... Karl Kraus-Auswahl] Karl Kraus. Eine Einführung in sein Werk und eine Auswahl von Werner Kraft. – Erschienen in der Schriftenreihe »Verschollene und Vergessene«, die von der Akademie der Wissenschaften und der Literatur, Klasse der Literatur herausgegeben wurde.

zwei Geschichten] Virginia Woolf: Zwei Erzählungen. Der Scheinwerfer. – Das Vermächtnis. (Übersetzung von Herbert und Marlys Herlitschka.) In: Neue Rundschau, Jg. 63, 1952, S. 396-407.

Buch über Jochmann] Kraft: Carl Gustav Jochmann und sein Kreis. Zur deutschen Geistesgeschichte zwischen Aufklärung und Vormärz. München: C. H. Beck 1972.

(Aber nicht weiter sagen!)] Zur Ursache von Krafts Angst vor geistigem Diebstahl gerade hinsichtlich Jochmanns, die ihn lange gehemmt hat, das lange geplante Buch über Jochmann zu schreiben, vgl. Nr. 161.

Briefwechsel zwischen Goethe und Carl Reinhard ... Ölsner] Goethe und Reinhard. Briefwechsel in den Jahren 1807-1832. Neuausgabe. Wiesbaden:

Insel 1957. – Der aus dem Württembergischen stammende französische Diplomat Graf Karl Friedrich Reinhard war mit Konrad Engelbert Oelsner seit 1793 befreundet und wird im Briefwechsel mit Goethe mehrfach erwähnt; Gustav von Schlabrendorf findet keine Erwähnung.

Fr. Schlegel über Georg Forster … (ed. Minor)] Schlegel: Georg Forster. In: Friedrich Schlegel: Seine prosaischen Jugendschriften. Hg. von Jakob Minor. 2 Bde. Wien: Carl Konegen 1882, S. 119-139.

274. Wilhelm Lehmann an Werner Kraft, 19. Dezember 1952

LKH. Aerogramm.

Ihre Gedichte] Kraft: Figur der Hoffnung.

für sein Darmstädtchen kämpfte] Bei der Mitgliederversammlung der Deutschen Akademie während der Herbsttagung 23.-25. Oktober 1952 in Darmstadt, bei der es auch um das zeitweilig gespannte Verhältnis der Stadt Darmstadt zur Akademie ging.

Academia dei Linceipreis] Der »Premio Feltrinelli« der Accademia dei Lincei; vgl. zu Nr. 246.

daß das Land … verlieh] Den seit 1950 gestifteten Kunstpreis des Landes Schleswig-Holstein von 5.000 DM erhielt Lehmann am 2. März 1952 zur Hälfte; die andere Hälfte teilten sich der Komponist Jens Rohwer (Lübeck) und der Musikerzieher Fabio Dorgio (Rendsburg).

im Kieler C. D. U.blatt … gehandelt] Kieler Nachrichten (Kiel, CDU), 7. Dezember 1952. – Der Rezensent hat vermutlich an Gustav Landauer gedacht: In dem Artikel ist stets von Gustav Loerke die Rede.

Krausauswahl] Karl Kraus. Eine Einführung in sein Werk und eine Auswahl von Werner Kraft.

275. Werner Kraft an Wilhelm Lehmann, 22. Dezember 1952

DLA (68.4475/16). Aerogramm.

gerade das Buch … von Rudolf Borchardt erhalten] Borchardt: Der leidenschaftliche Gärtner. Ein Gartenbuch. [Hg. von Marie Luise Borchardt.] Zürich: Arche 1951.

›Liebeslied‹ nach Charles van Lerberghe] Kraft: Liebeslied. Nach Charles von[!] Leberghe[!]. In: Neue literarische Welt, Jg. 3, Nr. 22 vom 25. November 1952, S. 5.

aus meinem Gedichtmanuskript] Figur der Hoffnung, das 1955 bei Lambert Schneider (Heidelberg) verlegt wurde.

dieses – im Original viel schönere – Gedicht] Charles van Lerberghe: La Chanson d'Ève. In: Van Lerberghe: La Chanson d'Ève. Préface de Roland Mortier. Bruxelles: Jacques Antoine 1980, S. 22.

Nachdichtung … aus den ›Divagations‹] Kraft: Armes bleiches Kind. Nach Mallarmé. In: Neue literarische Welt, Jg. 3, Nr. 24 vom 31. Dezember 1952, S. 3. – Nachdichtung von Mallarmé: Pauvre enfant pâle, erschienen in der Zeitschrift »Divagations« (1864).

ein Auswahlband] Otto zur Linde: Charon. Auswahl aus den Gedichten. Mit einer Einführung von H. Hennecke. München: Piper [1952]. Lehmann schrieb eine Besprechung dieses Bandes; vgl. zu Nr. 159.

›Sie mögen schreiben ... übergeben zu können.‹] Zschokke an Bonstetten, Aarau 17. Mai 1825. In: Prometheus. Für Licht und Recht. Th. 2. 1832, S. 49f.

276. Werner Kraft an Wilhelm Lehmann, 7. Januar 1953

DLA (68.4476/1). Aerogramm.

Anthologie] Kraft: Wiederfinden.

Grabschrift von Frau von Stein ist wirklich von ihr] Vgl. Nr. 253.

Ihr Gedicht] Lehmann: Ruhm.

Einwände, besser: Vorschläge] Zu Lehmanns Überarbeitung des Gedichts vgl. GW 1, 225/466.

treten wir gemeinsam auf, in Zürich!] In der in Zürich erscheinenden »Neuen Schweizer Rundschau«. Kraft: Wilhelm Kütemeyer. [Besprechung von »Die Krankheit Europas«.] In: Neue Schweizer Rundschau, Jg. 20, H. 8 vom Dezember 1952, S. 492-497. – Lehmann: Dichtung und Dichter heute. Ebd. S. 453-460.

Aber Benn? ... Ganzen der Kunst.] Vgl. Lehmann: Dichtung und Dichter heute: »Zitieren wir Gottfried Benn da, wo er mir recht zu haben scheint – ich würde es weniger pathetisch sagen: ›Wir werden uns damit abfinden müssen, daß Worte eine latente Existenz besitzen, die auf entsprechend Eingestellte als Zauber wirkt und sie befähigt, diesen Zauber weiterzugeben. Dies scheint mir das letzte Mysterium zu sein, vor dem unser immer waches, durchanalysiertes, nur von gelegentlichen Trancen durchbrochenes Bewußtsein seine Grenze fühlt.‹« (S. 458; GW 6, 398-407, 404f.)

Kraus-Anthologie] Karl Kraus. Eine Einführung in sein Werk und eine Auswahl von Werner Kraft.

Alle Menschen ... taugen nichts] Die Bemerkung ist überliefert in: Ellen Karolina Sofia Key: Rahel. Eine biografische Skizze. Leipzig: E. Haberland [1907], S. 37.

›Der Starke ist am mächtigsten allein.‹] Schiller: Wilhelm Tell, I, 3.

Kapitel aus den Aufzeichnungen Henry Adams ... also ein Jugendgedicht] Henry Adams: Feinde oder Freunde. [Vorabdruck von: Die Erziehung von Henry Adams, von ihm selbst erzählt. Übersetzung von J. Lesser. Zürich: Manesse 1953, Kap. 9.] In: Neue Schweizer Rundschau, S. 479-491. – Über Swinburne wird berichtet, dass der 25-jährige seine unveröffentlichten Gedichte rezitiert, darunter »The Ballad of Burdens« (S. 487-491, S. 488). – Rudolf Borchardt: »Eine Ballade von Lasten« (Erstdruck 1919). In: Borchardt: Gedichte II. Übertragungen II. (Gesammelte Werke in Einzelbänden.) Stuttgart: Klett-Cotta 1985, S. 276-278.

277. Wilhelm Lehmann an Werner Kraft, 5. Februar 1953

LKH. Aerogramm.

halben Lessingpreis … A. Goes] Am 22. Januar 1953 empfingen Wilhelm Lehmann und Albrecht Goes zusammen den Lessingpreis der Stadt Hamburg.

am 10. nach Ascona] Lehmanns hielten sich vom 10. Februar bis Anfang April 1953 im Schweizer Tessin auf; vgl. Nr. 281.

wieder ein General Präsident geworden] Dwight D. Eisenhower.

278. Werner Kraft an Wilhelm Lehmann, 12. Februar 1953

DLA (68.4476/2). Aerogramm.

Liebesgedicht von Karl Krolow] Krolow: Gedicht für J. S. In: Neue literarische Welt, Jg. 3, Nr. 24 vom 31. Dezember 1952, S. 3; mit den Schlussversen: »Das schwarze und weiße Schachbrett der Schneenacht / Liegt über deinem Gesicht; und ich weiß, / Daß nichts an dir für mich bestimmt ist …«.

las von dem Preis] Von der Verleihung des Kunstpreises des Landes Schleswig-Holstein 1952 in der »Neuen literarischen Welt« (ebd. S. 2); vgl. Nr. 274.

Dr. Maiers] Walther Meier, Manesse Verlag.

der frühere Titel in Erscheinung tritt] Das Buch enthält keinen entsprechenden Vermerk; vgl. Nr. 281.

›Ich lasse mich täuschen, so lange ich will‹] In: Kraus: Tagebuch. In: Die Fackel, Jg. 11, Nr. 279f. vom 13. Mai 1909, S. 1-16, S. 2.

›Der Vogel spricht: … bisschen quinquilieren‹] Aus »Humor« von Wilhelm Busch.

Buch über Jochmann] Kraft: Carl Gustav Jochmann und sein Kreis.

Gedichte im ›Merkur‹ (Januar)] Kraft: Gedichte. Der Name. – Die Zeit. – Chimäre. – Der Sehnsucht Lied. – Gegenwart. In: Merkur, Jg. 7, H. 1 vom Januar 1953, S. 21 – 23.

Äolsharfe] Mörike: An eine Äolsharfe.

279. Werner Kraft an Wilhelm Lehmann, 28. Februar 1953

DLA (68.4476/3). Aerogramm.

›Mit Feier, mit einer Pracht‹ … ›feierlich und prächtig‹] Vgl. Wilhelm Meisters theatralische Sendung, 4. Buch, am Anfang des 1. Kapitels: »Sie fing jeden Vers mit Feier, mit einer Pracht an«; Wilhelm Meisters Lehrjahre, 3. Buch, am Anfang des 1. Kapitels: »Sie fing jeden Vers feierlich und prächtig an«.

Ehrung] Bei der Feier zum 75. Geburtstag Schröders verkündet am 26. Januar 1953 Bremens Bürgermeister Wilhelm Kaisen die Stiftung des »Bremer Literaturpreises«, der bis heute unter dem Patronat der Rudolf-Alexander-Schröder-Stiftung vergeben wird.

Selbstberäucherung] Dem Aufsatz von Lutz Weltmann: R. A. Schröder –

Humanist und Protestant. Ein Gruß aus England zu seinem 75. Geburtstag am 26. Januar (Neue literarische Welt, Jg. 4, Nr. 2 vom 25. Januar 1953, S. 11) schließen sich sieben Gedichte Schröders an, die dieser selbst auf Bitte der Schriftleitung ausgewählt und zusammen mit einem Brief an dieselbe in die Zeitschrift eingestellt hat (ebd. S. 12). Auf derselben Seite unten findet sich noch ein Aufsatz von Rudolf Adolph: Der Bibliophile R. A. Schröder (ebd.).

Schmockerei von Werner Zemp] Zemp: Rudolf Alexander Schröder und Rudolf Borchardt. Ein Literaturbrief zum 75. Geburtstag von R. A. Schröder am 26. Januar 1953. In: Neue Schweizer Rundschau, Januar 1953, S. 515-530.

›nahrhaften‹ (W. L.)] Ein von Lehmann gern verwendetes Attribut.

Walther Böhlig über Winckelmann] Walter Boehlich: Winckelmanns Sudelbuch in Montpellier. In: Neue Schweizer Rundschau, Jg. 20, H. 9 vom Januar 1953, S. 531-548.

280. Werner Kraft an Wilhelm Lehmann, 25. April 1953

DLA (68.4476/4). Aerogramm.

ich danke Ihnen für den Provinzlärm] Am 15. April 1953 wurde Lehmanns Roman unter dem Titel »Ruhm des Daseins« ausgeliefert. Zu Lehmanns ›gedachter Widmung‹ an Kraft in dessen Exemplar vgl. Nr. 281.

Zürich] In Zürich wohnten Krafts bei Felix Stössinger; vgl. Nr. 282.

dann Deutschland] Krafts besuchten Breitenbachs in Lüneburg, dann, vom 22. bis zum 25. Juni 1953, Lehmanns in Klein-Wittensee. Danach fuhren Krafts nach Berlin, wo sie in der »Schwalbacher Str 2 / bei Löffler« (Absenderangabe von Nr. 284) wohnten.

281. Wilhelm Lehmann an Werner Kraft, 28. April 1953

LKH. Brief.

Aufenthalt im Tessin] Vgl. Nr. 277.

»ein aufregendes, unvergeßliches Buch«] Zu Hesses Aufnahme von Lehmanns Roman »Ruhm des Daseins« vgl. GW 4, 286.

über die ›Mühe des Anfangs‹ reizend geschrieben] Zitiert in GW 8, 655.

zu notieren … wie er zuerst hieß] Vgl. Nr. 278.

am Jochmann zu arbeiten] An Krafts Arbeit »Carl Gustav Jochmann und sein Kreis«.

Notiz über meine Gedichte in ›Hommes et Mondes‹] Maurice Boucher: Lettres allemandes. [Wilhelm Lehmann: Le Dieu vert. (Der grüne Gott.)] In: Hommes et Mondes, Jg. 8, Nr. 81 vom April 1953, S. 138-140, S. 140.

Jethro Bithell] Zur Korrespondenz von Lehmann und Bithell vgl. David A. Scrase: Discussing »This and That« and Modern German Literature – the Correspondence of Jethro Bithell with Wilhelm Lehmann (1952-1959). In: German Life and Letters, New Series, Jg. 33, 1979/80, S. 291-318.

Unesco!] »Kasimir Edschmid wurde als Generalsekretär des Deutschen PEN-Zentrums (Bundesrepublik) in die deutsche UNESCO-Kommission berufen.« Meldung in: Die neue literarische Welt, Jg. 4, Nr. 8 vom 25. April 1953, S. 10.

in der deutschen Lehrerschaft ›Fuß fassen‹] Die als »Sommerakademie« geplante Tagung unter der Leitung der Deutschen Akademie zum Unterricht im Deutschen an den Schulen und zum deutschen Lesebuch fand nicht statt.

Münchener Akademie] Der Bayerischen Akademie der Schönen Künste in München, in der Lehmann seit 1950 ordentliches Mitglied war; vgl. Nr. 222.

als ich sein »Beim Öffnen einer Walnuß« ... aufwickelte] Vgl. zu Nr. 232.

282. Werner Kraft an Wilhelm Lehmann, 5. Mai 1953

DLA (68.4476/5). Aerogramm.

Karl Kraus über Shaw: ›... Trebitsch.‹] In: Kraus: Shakespeare und die Berliner. In: Die Fackel, Jg. 18, Nr. 418-422 vom 8. April 1916, S. 95-98, S. 96.

283. Werner Kraft an Wilhelm Lehmann, 19. Juni 1953

DLA (68.5576/6; 68.4493). Brief.

kommenden Montag ... bei Ihnen sein] Am Montag, den 22. Juni 1953.

Lambert Schneider will meine Gedichte drucken] Krafts 1955 bei Lambert Schneider in Heidelberg erschienene Sammlung »Figur der Hoffnung«.

284. Werner Kraft an Wilhelm Lehmann, 28. Juni 1953

DLA (68.4476/7). Brief.

drei wunderschönen Tage] Vgl. zu Nr. 280.

die Erdbeeren] »Ich erinnere mich, es war in Klein-Wittensee, da servierte uns liebevoll die Frau des Hauses Erdbeeren aus ihrem Garten. Wir haben niemals Erdbeeren von solcher Größe und von solcher Süße gegessen. Die Gabe war eine Freundlichkeit für uns, die Frucht war eine Huldigung der Natur für ihren treusten, für ihren unbestechbarsten Verkünder, der so in ihr wohnt, wie er ihr entwohnt, wenn es sein muß.« (Kraft: Der Dichter Wilhelm Lehmann. In: Hochland, Jg. 59, H. 4 vom April/Mai 1967, S. 350-359, S. 358.) – Das Erlebnis der gemeinsam genossenen Erdbeeren – Kraft besingt es in seinem Gedicht »Rötlicher Duft« (Nr. 286) – wird im Briefwechsel noch lange heraufbeschworen.

ein Lupinus] Vgl. Lehmanns Roman »Der Provinzlärm« mit der Figur des Schuldirektors Lupinus.

Weltmaßstab] Jürgen Schüddekopf, leitender Redakteur beim Nordwestdeutschen Rundfunk, war nach dem Zweiten Weltkrieg auch für das Feuilleton der »Welt« zuständig.

Briefe von Buber] Vgl. Martin Buber: Briefwechsel aus sieben Jahrzehnten.

3 Bde. Hg. und eingeleitet von Grete Schaeder in Beratung mit Ernst Simon. Heidelberg: Lambert Schneider 1975, in dem fünf Briefe Bubers an Kraft und ebensoviele Gegenbriefe abgedruckt sind.

Gedicht von Hermann Kurz] Ein Gedicht, das Lehmann Kraft wohl bei dessen Besuch vorgelegt hat.

Aufsatz zu schreiben über Provinz, Volk, Vaterland] Von Lehmann nicht verwirklicht.

›*Verbotene Frucht ... ein jeder zuletzt*‹] Hölderlin: Einst hab ich die Muse gefragt ... [Hymnisches Fragment.] In: Hölderlin: Gedichte nach 1800. (Stuttgarter Ausgabe. Bd. 2), S. 220, V. 6-8.

285. Werner Kraft an Wilhelm Lehmann, 21. Juli 1953

DLA *(68.4476/8)*. Brief.

Aufsatz über Rilke] Kraft: Über Rilkes Gedicht »Klage«. In: Neue literarische Welt, Jg. 4, Nr. 13 vom 10. Juli 1953, S. 4.

Ihre Rede] Lehmann: Was können die Dichter stiften? In: Neue literarische Welt, Jg. 4, Nr. 13 vom 10. Juli 1953, S. 3. – Text des Vortrags, den Wilhelm Lehmann auf der Essener Tagung der Deutschen Akademie für Sprache und Dichtung vom 4. bis 6. Juni 1953 hielt. Ebenfalls dort (S. 3f.) abgedruckt ist der Vortrag von Fritz Usinger zu diesem Thema.

großen Hölderlinausgabe] Hölderlin: Sämtliche Werke. (Große Stuttgarter Ausgabe.) Hg. von Friedrich Beißner (Bd. 1-5) und Adolf Beck (Bd. 6f., Bd. 8 zusammen mit U. Oelmann). Stuttgart: Cotta (ab Bd. 2: Kohlhammer) 1943-1985.

meine Jochmannarbeit] Krafts Arbeit »Carl Gustav Jochmann und sein Kreis«.

Mohr oder Niemeyer] Die beiden in Tübingen ansässigen Verlage Max Niemeyer und J. C. B. Mohr (Paul Siebeck) unter Leitung von Hans Georg Siebeck, der auch das von Beißner und Paul Kluckhohn herausgegebene Hölderlin-Jahrbuch veröffentlichte.

daß er mich in seiner Schrift ... als ›Übersetzer‹ ablehnt] Vgl. Beißners gedruckten Vortrag »Der Erzähler Franz Kafka« (Stuttgart: Kohlhammer 1952, S. 31f.), wo Beißner bezüglich Krafts Aufsatz »Franz Kafkas Erzählung ›Das Ehepaar‹« (in: Die Wandlung, Jg. 4, H. 2 vom Februar 1949, S. 155-160) ausführt, warum Kraft Kafkas Erzählung »gründlich mißverstanden« habe.

Novalis: Jedes Kunstwerk hat eine apriorische Notwendigkeit, dazusein.] Novalis: Schriften. Bd. 2. Stuttgart 1965, S. 648: »Jedes Kunstwerk hat ein Ideal a priori – hat eine Nothwendigkeit bey sich *da* zu seyn.« Fragmente. Vorarbeiten. Nr. 476: Antiken.

Ihren Vortrag] Lehmann: Was können die Dichter stiften?

Von wem ist ... doch zu süß‹?] Lehmann zitiert die Verse aus Loerke: Das Iguanodon (vgl. Nr. 287) in seinem Vortrag.

streichen Sie ... an] Keine Anstreichung im Brief.

die von Hagelstange ... aufgenommene Bemerkung Picards] Rudolf Hagelstange: Was können die Dichter stiften? (Beitrag zur Essener Tagung der Deutschen Akademie für Sprache und Dichtung). In: Neue literarische Welt, Jg. 4, Nr. 11 vom 10. Juni 1953, S. 1f., S. 2: »Wenn Wilhelm Lehmann sagt, die Dichtung helfe der Welt, da zu sein, so berührt er sich aufs engste mit der Behauptung Picards, der sagt, daß Dichtung ein Vorgegebenes sei unabhängig von den Poeten, uns umgebend wie Feuer, Wasser, Luft und Erde – ein Element unserer Sinne und unseres Geistes, das zu entdecken wir ausgezogen sind.«

›Bevor es eintritt ... das Vorvorhandne ist erhaben.‹] Schöpfung. In: Die Fackel, Jg. 22, Nr. 561-567 vom März 1921, S. 68. – Nicht zwei, sondern acht Verse fehlen im ungenauen Zitat Krafts.

›Noch nicht ersehn ... entlehn' ich's.‹] Strophe 21 des Gedichts »Abenteuer der Arbeit«. In: Die Fackel, Jg. 18, Nr. 443f. vom 16. November 1916, S. 5-8, S. 7.

Ihre Verwendung ... mit der Gebärenden] Vgl. Lehmann: Was können die Dichter stiften? (GW 6, 267-269, S. 267).

Ich habe Ihnen einmal das Buch ›Hitler in uns‹ gelobt] Vgl. Nr. 159.

›In den Gärten ... neuen Linonkleid‹ usw] »Durch die Gärten von St. Cloud / Gingen wir zur Sommerszeit«, lauten die ersten beiden Verse von Rudolf Alexander Schröders Gedicht »St. Cloud« (Schröder: Hama. Gedichte und Erzählungen. Leipzig: Insel 1908, S. 8f.).

Bauernbilder von Le Nain] Genrebilder der Brüder Antoine, Louis und Mathieu Le Nain, die zu den wichtigsten Barockmalern Frankreichs zählen.

Altersselbstporträt von Tintoretto] 1588, Musée du Louvre.

Impressionisten] Bis 1986 versammelt im Musée de Paume, Paris. Vgl. Nr. 528.

Manet in der Olympia] 1863, heute Musée d'Orsay, Paris.

Renoir in den beiden Kindern am Klavier] 1892, heute Musée d'Orsay, Paris.

Knebel, ... Äußerungen über Goethe] Wilhelm Bode: Goethe in vertraulichen Briefen seiner Zeitgenossen. Bd. 1-3. Berlin: E. S. Mittler & Sohn 1918-1923.

seine Lukrez-Übersetzung in Reclam] T. Lucretius Carus: Von der Natur der Dinge. Nach der Übers. von Karl Ludwig v. Knebel hg. von Otto Güthling. 2. Aufl. Leipzig: Reclam [1928]. (Reclams Universal-Bibliothek, Nr. 4257/4259.)

Den Kommerell] Gedanken über Gedichte.

Gedicht von Rudolf Hartung] Hartung: Noch einmal. In: Neue literarische Welt, Jg. 4, Nr. 13 vom 10. Juli 1953, S. 5.

286. Werner Kraft an Wilhelm Lehmann, 22. August 1953

DLA (68.4476/9). Brief. Poststempel: »Napoli, 22. 8. 53«

unsrer Freundin in Paris] Hedwig Scheiner.

meine Schwägerin aus Tel Aviv] Toni Halle.

287. Wilhelm Lehmann an Werner Kraft, 7. September 1953

LKH. Aerogramm.

wunderschönes Gedicht] Kraft: Rötlicher Duft (Route Napoléon).

»Tag in Ravenna« ... balladesker Singsang?] Mit diesem Beginn erschien »Tag in Ravenna« im Erstdruck in: Der Tagesspiegel, Nr. 2540 vom 17. Januar 1954, 1. Beiblatt; für spätere Drucke arbeitete Lehmann den Anfang um. Vgl. GW 1, 230/467f.

vorbei erratene Vers ... doch zu süß‹] Vgl. Nr. 285. Aus Oskar Loerkes »Das Iguanodon« aus der Sammlung »Pansmusik« (1929; Neuauflage des Erstdrucks unter dem Titel »Gedichte« von 1916). – Lehmann zitiert (ohne Versvirgel) die Strophen sieben und acht des 22strophigen Gedichts.

Anknüpfung an R. Hagelstange] Vgl. Nr. 285.

meiner Dissertation] Lehmann: Das Präfix uz- besonders im Altenglischen.

von Wickersdorf] Vgl. Nr. 186.

Anni Carlsson ... Zeitschrift] Anni Carlsson: Wilhelm Lehmann: »Ruhm des Daseins«. In: Neue Schweizer Rundschau, Jg. 21, H. 4 vom August 1953, S. 243-246.

288. Werner Kraft an Wilhelm Lehmann, 16. September 1953

DLA (68.4476/10). Aerogramm.

Tode Ludwig Strauß'] Am 11. August 1953 in Jerusalem.

mein Gedicht] Kraft: Rötlicher Duft (Route Napoléon).

›schwarzweiße Schachbrett der Schneenacht‹] Krolow: Gedicht für J. S.

›Il n'y a personne qui soit complètement idiot.‹] Zitat bei Mallarmé nicht ermittelt.

Annie Carlsson über ›Ruhm des Daseins‹] Anni Carlsson: Wilhelm Lehmann: »Ruhm des Daseins«.

gegen Rilke] Carlsson: Literaturmetaphysik im feuilletonistischen Zeitalter. In: Neue Schweizer Rundschau, Jg. 21, H. 2 vom Juni 1953, S. 74-85. – Der Aufsatz richtet sich nicht nur gegen Rilke, sondern gegen »eine sich ›metaphysisch‹ gebärdende Literatur« (S. 74).

über George und Hofmannsthal] Kraft: George und Hofmannsthal. In: Neue Schweizer Rundschau, Jg. 21, H. 2 vom Juni 1953, S. 86-97.

Ihre Dissertation] Lehmann: Das Präfix uz- besonders im Altenglischen.

Ravenna-Gedicht] Lehmann: Tag in Ravenna.

wenn Sie die Anthologie der Akademie vorlegen würden] Lehmann hatte wohl mündlich bei dem Besuch Krafts die Absicht geäußert, sich für »Wiederfinden« bei der Deutschen Akademie zu verwenden, welche die Anthologie 1954 veröffentlichte.

Rilkeaufsatz] Kraft: Über Rilkes Gedicht »Klage«.

zu meinem Jochmann] Zu Krafts nahezu abgeschlossener Arbeit »Carl Gustav Jochmann und sein Kreis«.

Originalausgabe des Briefwechsels Goethe – Zelter] Briefwechsel zwischen

Goethe und Zelter in den Jahren 1796 bis 1832. Hg. von Friedrich Wilhelm Riemer. 6 Bde., Berlin: Duncker und Humblot 1833f.

Soyez bon … casquette d'interprète!] Gedicht aus Supervielles »Poèmes de l'humeur triste« (1919). In: Supervielle: Œuvres poétiques complètes, S. 83.

den Lukrez] Vgl. Nr. 285.

Gedichtband von Hermann Kükelhaus] Hermann Kükelhaus: Gedichte. Potsdam: Eduard Stichnote (1947).

›La peste‹ von Camus] Paris: Gallimard 1947.

289. Werner Kraft an Wilhelm Lehmann, 4. Oktober 1953

DLA (68.4476/11). Aerogramm.

›Es gibt gewisse … ins Freie.‹] Briefwechsel zwischen Goethe und Zelter in den Jahren 1796 bis 1832. Bd. 1. Nr. 139, S. 373f.

290. Werner Kraft an Wilhelm Lehmann, 19. Oktober 1953

DLA (68.4476/12). Aerogramm.

Mein Vater … getreuer Z.] Briefwechsel zwischen Goethe und Zelter in den Jahren 1796 bis 1832. Bd. 3. Nr. 389 vom 26. May⟨!⟩ 1822, S. 252-268, S. 267f. – Auch in Krafts Anthologie »Wiederfinden« (2. Auflage S. 166).

die Anthologie] Kraft: Wiederfinden.

in einem Sammelband Frost-Übersetzungen von Ihnen] Lehmann (Übertragung): In den Wäldern von Hardwood (In Hardwood Groves). – Kuh zur Apfelzeit (The Cow in Apple Time). – Feuer und Eis (Fire and Ice). – Auf einem unbenutzten Kirchhof (In a disused Graveyard.) In: Robert Frost. Gesammelte Gedichte. Mannheim: Kessler 1952, S. 57; S. 164; S. 266f.

jener ›Esel‹, der … übergegangen ist] Lehmann: Der Esel. – Chesterton: The Donkey.

291. Wilhelm Lehmann an Werner Kraft, 20. Oktober 1953

LKH. Aerogramm.

›Grabgewölbe‹] Kraft: Wiederfinden.

Mitgliedern des Publikationsausschusses] Der deutschen Akademie für Sprache und Dichtung. Lehmann war Vorsitzender des Ausschusses.

meiner Schwester] Frieda Marschalk.

Konkurs des mysteriösen Montanaverlags] Vgl. zu Nr. 220.

292. Werner Kraft an Wilhelm Lehmann, 15. November 1953

DLA (68.4476/13). Aerogramm.

Ihre Karte] Offensichtlich nicht überliefert.

Natürlich opfere ich … den Titel] Den ursprünglich vorgesehenen Titel der Anthologie »Das Grabgewölbe« in »Wiederfinden«; vgl. Nr. 62.

das schöne Goethesche Motto] Die dem Vorwort zur ersten Auflage vorangestellten Verse aus »Siebenschläfer«: »Denn ein Pfeiler durchgegraben /

Führt zu scharf benamsten Schätzen.« (In: Goethe: Der West-östliche Divan. Chuld Nameh. Buch des Paradieses.)

über Kassner] Hans Paeschke: Rudolf Kassner. Zum 80. Geburtstag (11. 9. 1953). In: Merkur, Jg. 7, H. 8 vom August 1953, S. 803-833.

›Es gibt ein Ziel, aber keinen Weg; was wir Weg nennen, ist Zögern.‹] Aus Franz Kafkas nachgelassenen Aphorismen, unter dem Titel »Betrachtungen über Sünde, Leid, Hoffnung und den wahren Weg« veröffentlicht in: Beim Bau der Chinesischen Mauer. Hg. von Max Brod und Hans Joachim Schoeps. Berlin: Gustav Kiepenheuer 1931, S. 213-236, S. 217.

›Da schwatze ich … Morgen ist Ostern.‹] Briefwechsel zwischen Goethe und Zelter in den Jahren 1796 bis 1832. Bd. 3. Nr. 404, S. 303-305, S. 305. – Auch in Krafts Anthologie »Wiederfinden« (2. Auflage S. 185).

293. Werner Kraft an Wilhelm Lehmann, 28. November 1953

DLA (68.4476/14). Aerogramm.

Anthologie] Kraft: Wiederfinden.

Motto von Goethe] Vgl. zu Nr. 292.

›Minotaurus‹, von Döblin herausgegeben] Minotaurus. Dichtung unter den Hufen von Staat und Industrie. Hg. von Alfred Döblin. Wiesbaden: Franz Steiner [1953].

Hans Hennecke über nordamerikanische Stadtlyrik] Hennecke: Wesen und Voraussetzungen nordamerikanischer Großstadtlyrik. In: Minotaurus, S. 162-189.

Erich Auerbach ›Vier Aufsätze … Bildung‹] Auerbach: Vier Untersuchungen zur Geschichte der französischen Bildung. Bern: A. Francke 1951.

über Pascal und die Politik] Auerbach: Über Pascals politische Theorie. In: Auerbach: Vier Untersuchungen …, S. 51-74.

über Paul-Louis Courier] Auerbach: Paul-Louis Courier. In: Auerbach: Vier Untersuchungen …, S. 75-106.

Was halten Sie … Einleitung geschrieben] Otto zur Linde: Charon. (Einleitung S. 7-38.) Vgl. Nr. 159 und Nr. 275.

294. Wilhelm Lehmann an Werner Kraft, 11. Dezember 1953

LKH. Aerogramm.

Besprechung Oskar Loerkes] Loerkes Besprechung des Gedichtbands von Ludwig Strauß »Die Flut, das Jahr und der Weg« (Berlin 1921) im Berliner Börsen-Courier, Nr. 305 vom 3. Juli 1921. (Wiederabdruck in: Der Bücherkarren. Besprechungen im Berliner Börsen-Courier 1920-1928. Unter Mitarbeit von Reinhard Tgahrt hg. von Hermann Kasack. Heidelberg: Lambert Schneider 1965, S. 54f.)

zum Präsidenten] Bei der Herbsttagung der Deutschen Akademie für Sprache und Dichtung vom 5. bis 7. November 1953 in Darmstadt wurde Hermann Kasack als Nachfolger von Bruno Snell zum Präsident gewählt.

Verzahnung der Akademie mit dem ominösen Montanaverlag] Obwohl im Herbst 1952 die Verbindung der im Montana Verlag erscheinenden »Neuen literarischen Welt« zur Akademie gelöst worden war und diese künftig als selbständige Zeitschrift erschien, wurden erneut Korruptionsvorwürfe laut, denen das Präsidium bei seiner Sitzung am 10. August 1953 mit weiterer personeller Entkopplung zu begegnen versuchte. Vgl. zu Nr. 220.

›Unwiderbringlich‹] Als Titel für die dann unter dem Titel »Wiederfinden« erschienene Anthologie Krafts.

Kraus ... ›Sprache‹] Kraus: Die Sprache. Zweite, durch einige neue Stücke ergänzte Auflage. München: Kösel 1954. (Zweiter Band der Werke von Karl Kraus, hg. von Heinrich Fischer.)

im Rendsburger Tageblatt] In der sehr kurzen Besprechung im Rendsburger Tageblatt vom 4. Dezember 1963 (von kl.) heißt es auch: »Die wenigen Besucher (verärgerte ihn [Lehmann] das?) dankten mit herzlichem Beifall«.

Kasacks neues Buch »Fälschungen« in Zeitungsfortsetzungen] Kasack: Fälschungen. Eine Erzählung. Frankfurt a. M.: Suhrkamp 1953. – Aus dem Impressum: »Geschrieben: April bis Juni 1953«. – Der Vorabdruck in der »Frankfurter Allgemeinen Zeitung« wurde (ebd. Nr. 219) am 21. September 1953 angekündigt.

»Dichterische ... Gedichts«] Lehmann: Dichterische Grundsituation und notwendige Besonderheit des Gedichts. Wiesbaden: Verlag der Akademie der Wissenschaften und Literatur in Mainz in Kommission bei Franz Steiner (1954). (Abhandlungen der Klasse der Literatur, Jg. 1953, Nr. 4.) Mit Bemerkung im Impressum: »Vorgetragen in der Gesamtsitzung am 30. Oktober 1953, zum Druck genehmigt am selben Tage, ausgegeben am 31. Januar 1954.« – Für seinen Essayband »Kunst des Gedichts« (Frankfurt a. M.: Insel 1961. [Insel-Bücherei Nr. 748.]) hat Lehmann viele Passagen verändert und gekürzt. Diese Fassung u. d. T. »Poetische Grundlage« und nicht der Originalvortrag, auf den im Briefwechsel Bezug genommen wird, wurde in GW 6, 269-277 abgedruckt.

Döblins Minotaurus] Minotaurus. Dichtung unter den Hufen von Staat und Industrie. Hg. von Alfred Döblin.

295. Wilhelm Lehmann an Werner Kraft, 18. Dezember 1953

LKH. Aerogramm.

das Buch] Krafts Anthologie »Wiederfinden«.

das Folgende] Kraft bezeichnet Kasacks Monita als »berechtigte Einwände« (Nr. 297). Zu den Quellenangaben vgl. die »Anmerkungen« in »Wiederfinden« (2. Auflage 1962, S. 199-214).

»Vergessene und V.« ... Band der L.-Sch.] Else Lasker-Schüler. Eine Einführung in ihr Werk und eine Auswahl von Werner Kraft. Wiesbaden: Steiner 1951. (Verschollene und Vergessene, Bd. 4.)

Besprechung in der D. R. ... nachgewiesen] Hermann Kasack: Der Prinz von

Theben. [Besprechung von E. Ginsberg: Else Lasker-Schüler. Dichtungen und Dokumente; Kraft: Else Lasker-Schüler.] In: Deutsche Rundschau, Jg. 78, H. 4 von 1952, S. 424f. – Der ›Nachweis‹ beschränkt sich allerdings auf den Hinweis auf »so viele verkehrte Angaben, daß sie besser unterblieben wären« (S. 425).

Gedicht von Heine] Heine: Gesang des Apollo. Vgl. »Wiederfinden«, 2. Auflage S. 180f.

Untertitel der Anthologie] Der vollständige Titel beider Auflagen lautet: Wiederfinden. Deutsche Poesie und Prosa. Eine Auswahl von Werner Kraft.

296. Werner Kraft an Wilhelm Lehmann, 20. Dezember 1953

DLA (68.4476/15). Aerogramm.

Ihre Mainzer Rede] Lehmann: Dichterische Grundsituation und notwendige Besonderheit des Gedichts.

›Ruhm ist … Namen sammeln.‹] »Rodin war einsam vor seinem Ruhme. Und der Ruhm, der kam, hat ihn vielleicht noch einsamer gemacht. Denn Ruhm ist schließlich nur der Inbegriff aller Mißverständnisse, die sich um einen neuen Namen sammeln.« Rilke: Auguste Rodin (Anfang).

Brief von Emil Barth … Kritik anmeldet] Emil Barth, Mitglied des Publikationsausschusses der Deutschen Akademie für Sprache und Dichtung, als deren Veröffentlichung Krafts Anthologie »Wiederfinden« 1954 erschien. – Der von Barth kritisierte Karl Schimper ist mit vier Gedichten in der Anthologie vertreten.

Anthologie … im Vorwort angedeutet] Vgl. das Vorwort zu ersten Auflage (Kraft: Wiederfinden. Zweite, erweiterte Auflage S. 9-11).

nach dem Divangedicht] Vgl. Nr. 62.

daß die N. L. W. eingegangen ist] Vgl. zu Nr. 291.

Essayband … über einen gewissen W. L.] Vgl. Kraft: Wort und Gedanke. Kritische Betrachtungen zur Poesie. Bern, München: Francke 1959, mit dem Aufsatz »Wilhelm Lehmann« (S. 251-281).

Wanderer in der Sägemühle … Kafkas Lieblingsgedicht] Vgl. Kafka an Milena [September 1922]. In: Kafka: Briefe an Milena. Hg. von Jürgen Born und Michael Müller. Frankfurt a. M. 1983, S. 305.

297. Werner Kraft an Wilhelm Lehmann, 28. Dezember 1953

DLA (68.4476/16). Aerogramm.

›Nos vrais adversaires sont silencieux‹] Zitat von Valéry nicht ermittelt.

Manuskript] Als Druckvorlage für »Wiederfinden«.

In Bubers Essayband ›Hinweise‹ … Aufsatz über Heimann] Martin Buber: Moritz Heimann. (1912.) In: Buber: Hinweise. Gesammelte Essays. Zürich: Manesse 1953, S. 238-243.

›Und keine Flucht will den vier Ernsten glücken‹] Loerke: Ohrenklingen in der Winterstille (aus: Der Wald der Welt, 1936), 3. Vers.

298. Wilhelm Lehmann an Werner Kraft, 30. Dezember 1953

LKH. Brief.

endlich ... wieder ... ordentlichen Briefbogen] Statt der Aerogramme, die wegen ihres dünnen Papiers und dessen Färbung schwerer beschreib- und lesbar waren.

›*Das Lorbeerufer*‹ – *4. Aufl.*] Emil Barths zuerst 1942 erschienenes Buch (Hamburg: Claassen & Goverts) war 1953 in der 4. Auflage (27. Tausend) herausgekommen.

Sappho-Phaonaffäre] Der griechischen Mythologie zufolge hat sich die Dichterin Sappho ihrer unerwiderten Liebe zu Phaon wegen vom Leukadischen Felsen gestürzt.

Mitglieder des Publikationsausschusses] Lehmann war auf der Frühjahrstagung der Deutschen Akademie für Sprache und Dichtung in Essen (4.-6. Juni 1953) zum Vorsitzenden des Publikationsausschusses gemacht worden, dem auch Emil Barth angehörte.

Falladalied ... nachzulesen!!] Lehmann könnte sich auf die in dem Grimmschen Märchen »Die Gänsemagd« von dem Pferd »Falada« gesprochenen Verse beziehen oder auf Loerkes »Lied« (in: Loerke: Atem der Erde, 1930) mit der Strophe: »Zu einem Pferde Fallada / Auf seidne Wiesen gehn, / Zu fragen, was es aß und sah, / Und seine Sprache verstehn –«. Weder das eine noch das andere wurde allerdings in Krafts Anthologie »Wiederfinden« aufgenommen. Kraft äußert sich aber zustimmend über Loerkes »Lied« in Nr. 22 und Nr. 309.

Walter Schmiele über Perdita und Florizel] Vgl. Nr. 250.

zum ›*Vorsitzenden*‹ *des P. Ausschusses*] S. o. in Brief und Erläuterungen.

Briefwechsel Hofmannsthal - E. v. Bodenhausen von R. A. Schröder] Hugo von Hofmannsthal / Eberhard von Bodenhausen: Briefe der Freundschaft. [Düsseldorf:] Eugen Diederichs 1953.

des Präsidenten ... anders als Pechel oder gar Snell] Hermann Kasack, nach Rudolf Pechel und Bruno Snell Präsident der Deutschen Akademie für Sprache und Dichtung.

Witwe ... Gedichte] Xenia Brendel, deren Mann, den Lüneburger Lehrer Robert Brendel, Werner Kraft vor seiner Emigration kennengelernt hatte; vgl. Nr. 300. Vgl. auch Kraft: Spiegelung der Jugend, S. 149-151.

Band Gedichte] Robert Brendel: Wandlung und Dauer. Ausgewählte Gedichte. Reinbek bei Hamburg: Parus-Verlag 1952.

Ihr Wort vom ›*Spitzwegischen*‹ *des Hans Hennecke*] Nicht brieflich übermittelt.

nennt doch sogar Eliot ihn ... in einem Vortrag] T. S. Eliot: The Three Voices of Poetry. Cambridge: University Press 1953. (Annual Lecture of the National Book League, 11), S. 17 [über Benn: Probleme der Lyrik]. – Übersetzung: Die drei Stimmen der Poesie. In: Akzente, Jg. 2 von 1955, S. 463-479.

über ›*Epigone*‹] Vgl. Nr. 296.

den Goes ins Bett gelegt] Vgl. Nr. 277.

Wilhelm Lehmann an Werner Kraft, Klein Wittensee, 7.9.1953;
Außenseite des Aerogramms. Vgl. Nr 287, S. 536 f.
(Literatur- und Kunstinstitut Hombroich)

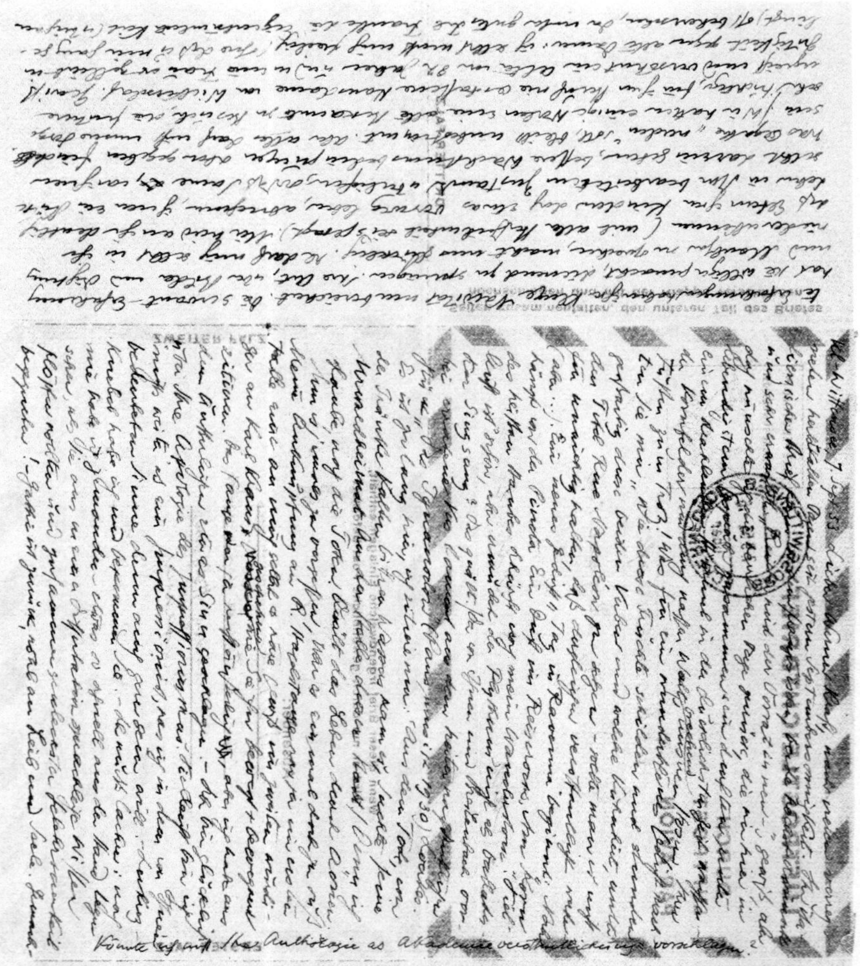

Wilhelm Lehmann an Werner Kraft, Klein Wittensee, 7.9.1953;
Innenseite des Aerogramms. Vgl. Nr 287, S. 536 f.
(Literatur- und Kunstinstitut Hombroich)

Wilhelm Lehmann in Rom, 1959
(Foto: vermutlich Amateuraufnahme; Fotograf unbekannt)

Werner Kraft in Darmstadt, 6. Oktober 1972 (Foto: Erica Loos)

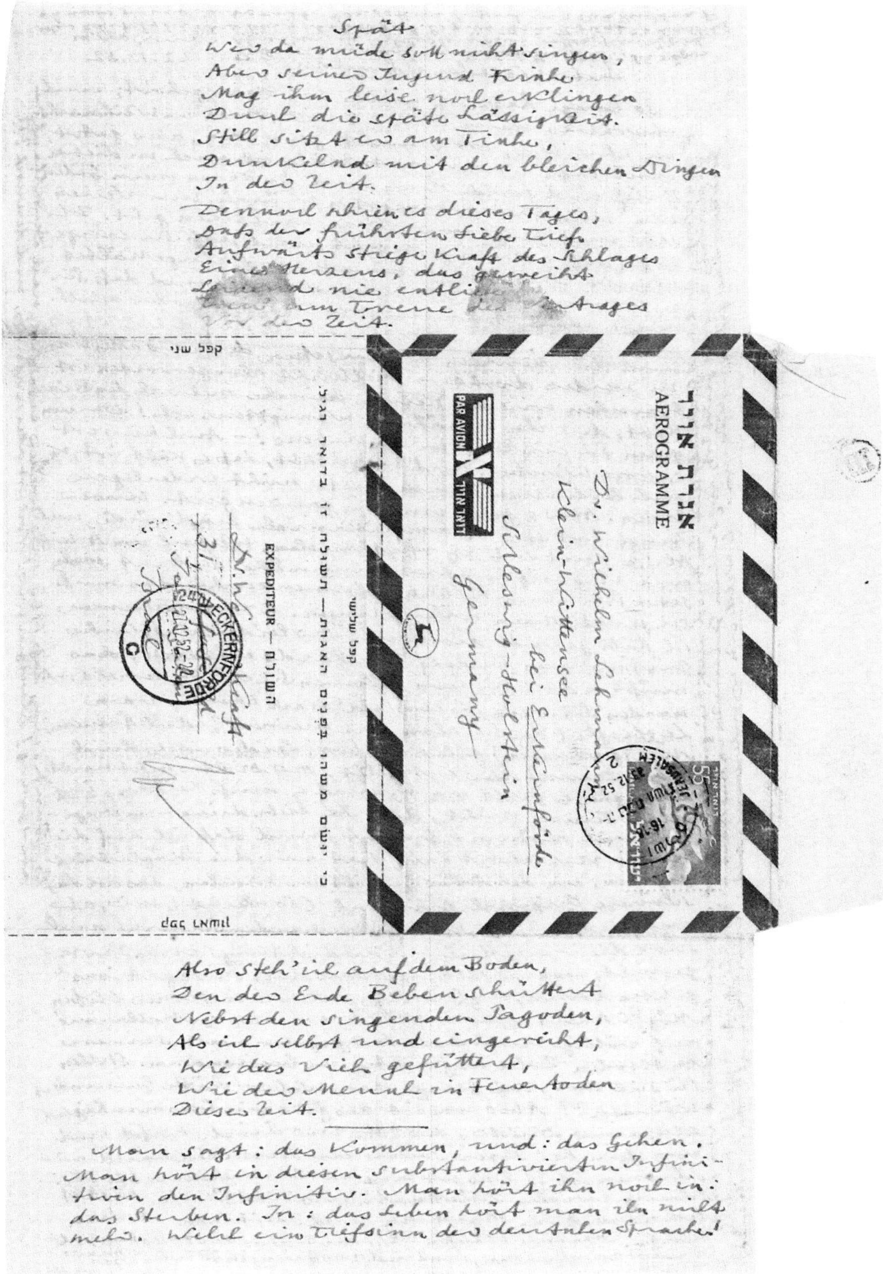
Spät

Wer da müde soll nicht singen,
Aber seiner Jugend Kirche
Mag ihm leise noch erklingen
Durch die späte Lässigkeit.
Still sitzt er am Tische,
Dunkelnd mit den bleichen Dingen
In der Zeit.

Dennoch schien es dieses Tages,
Daß der frühsten Liebe Tief
Aufwärts stiege Kraft des Schlages
Eines Herzens, das geweiht
Leidend nie entließ [illegible]
[illegible] um Treue des [illegible]trages
Vor der Zeit.

Also steh' ich auf dem Boden,
Den der Erde Beben schüttert
Nebst den singenden Pagoden,
Als ich selbst und eingereiht,
Wie das Vieh gefüttert,
Wie der Mensch in Feuertoden
Dieser Zeit.

Man sagt: das Kommen, und: das Gehen. Man hört in diesen substantivierten Infinitiven den Infinitiv. Man hört ihn noch in: das Sterben. In: das Leben hört man ihn nicht mehr. Wohl ein Tiefsinn der deutschen Sprache!

Werner Kraft an Wilhelm Lehmann, Jerusalem, 22.12.1952; Außenseite des Aerogramms. Vgl. Nr 275, S. 514 f. (DLA Marbach)

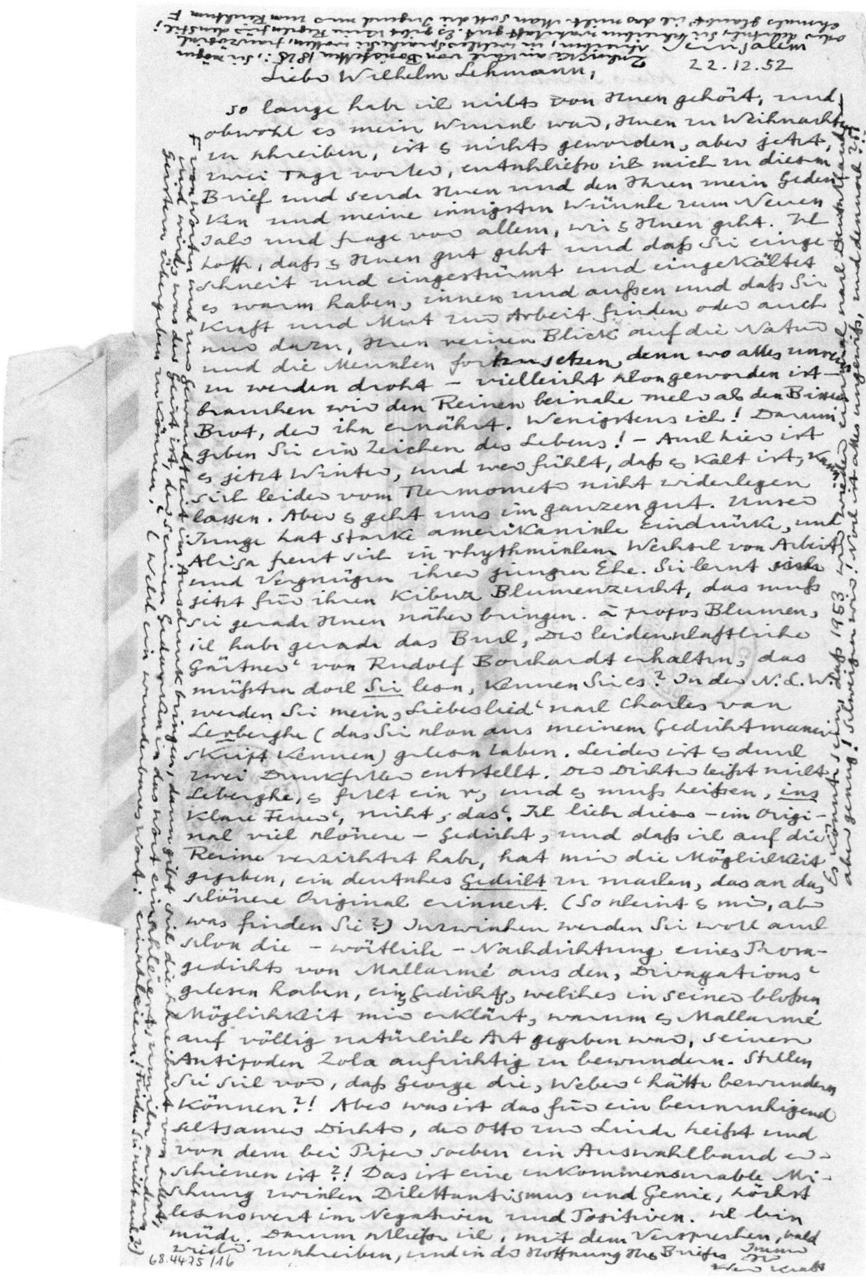

Jerusalem 22.12.52

Lieber Wilhelm Lehmann,

so lange habe ich nichts von Ihnen gehört, und obwohl es mein Wunsch war, Ihnen zu Weihnachten zu schreiben, ist es nichts geworden, aber jetzt, zwei Tage vorher, entschließe ich mich zu diesem Brief und sende Ihnen und den Ihren mein Gedenken und meine innigsten Wünsche zum Neuen Jahr und frage vor allem, wie es Ihnen geht. Ich hoffe, daß es Ihnen gut geht und daß Sie eingeschneit und eingestürmt und eingekältet es warm haben, innen und außen und daß Sie Kraft und Mut zur Arbeit finden oder auch nur dazu, Ihren reinen Blick auf die Natur und die Menschen fortzusetzen, denn wo alles unrein zu werden droht – vielleicht schon geworden ist – brauchen wir den Reinen beinahe mehr als den Bissen Brot, der ihn ernährt. Wenigstens ich! Darum geben Sie ein Zeichen des Lebens! – Auch hier ist es jetzt Winter, und wer fühlt, daß es kalt ist, kann sich leider vom Thermometer nicht widerlegen lassen. Aber es geht uns im ganzen gut. Unser Junge hat starke amerikanische Eindrücke, und Alisa freut sich im rhythmischen Wechsel von Arbeit und Vergnügen ihrer jungen Ehe. Sie lernt jetzt für ihren Kibbuz Blumenzucht, das muß Sie gerade Ihnen näher bringen. à propos Blumen, ich habe gerade das Buch ‚Der leidenschaftliche Gärtner' von Rudolf Borchardt erhalten; das müßten doch Sie lesen, kennen Sie es? In der N.D.H. werden Sie mein ‚Liebeslied' nach Charles van Lerberghe (das Sie schon aus meinem Gedichtmanuskript kennen) gelesen haben. Leider ist es durch zwei Druckfehler entstellt. Der Dichter heißt nicht Leberghe, es fehlt ein r, und es muß heißen ‚ins Klare Ferne', nicht ‚das'. Ich liebe dieses – im Original viel schönere – Gedicht, und daß ich auf die Reime verzichtet habe, hat mir die Möglichkeit gegeben, ein deutsches Gedicht zu machen, das an das schönere Original erinnert. (So scheint es mir, aber was finden Sie?) Inzwischen werden Sie wohl auch schon die – wörtliche – Nachdichtung eines Prosagedichts von Mallarmé aus den ‚Divagations' gelesen haben, ein Gedicht, welches in seiner bloßen Möglichkeit mir erklärt, warum es Mallarmé auf völlig natürliche Art gegeben war, seinen Antipoden Zola aufrichtig zu bewundern. Stellen Sie sich vor, daß George die ‚Weber' hätte bewundern können?! Aber was ist das für ein beunruhigend seltsamer Dichter, der Otto zur Linde heißt und von dem bei Piper soeben ein Auswahlband erschienen ist?! Das ist eine inkommensurable Mischung zwischen Dilettantismus und Genie, höchst lesenswert im Negativen und Positiven. Ich bin müde. Darum schließe ich, mit dem Versprechen, bald wieder zu schreiben, und in der Hoffnung Ihres Briefes.

Werner Kraft an Wilhelm Lehmann, Jerusalem, 22.12.1952; Innenseite des Aerogramms. Vgl. Nr 275, S. 514 f. (DLA Marbach)

Bibliografische Information der Deutschen Nationalbibliothek

Die Deutsche Nationalbibliothek verzeichnet
diese Publikation in der Deutschen Nationalbibliografie;
detaillierte bibliografische Daten sind im Internet
über http://dnb.d-nb.de abrufbar.

www.wallstein-verlag.de
Vom Verlag gesetzt aus der Stempel Garamond
Umschlaggestaltung: Susanne Gerhards, Düsseldorf
Druck: Hubert & Co, Göttingen
ISBN 978-3-8353-0235-8